BASTEI
LÜBBE

JOHN F.

CASE

DER SCHATTEN DES HERRN

2 ROMANE IN EINEM BAND

DAS ERSTE DER SIEBEN SIEGEL

BASTEI LÜBBE

BASTEI LÜBBE TASCHENBUCH
Band 25 937

Vollständige Taschenbuchausgabe

Bastei Lübbe Taschenbücher ist ein Imprint der Verlagsgruppe Lübbe

Titel der Originalausgaben: *The Genesis Code* und *The First Horseman*
Originalverlag: Fawcett Columbine, New York

Lizenzausgabe: Verlagsgruppe Lübbe GmbH & Co. KG,
Bergisch Gladbach
Umschlaggestaltung: HildenDesign, München
Satz: hanseatenSatz-bremen, Bremen
Druck und Verarbeitung: Elsnerdruck, Berlin
Printed in Germany
ISBN 3-404-25937-8

JOHN F. CASE

DER SCHATTEN DES HERRN

ROMAN

Aus dem Englischen von
Bettina Runge und Sonja Schuhmacher

BASTEI LÜBBE

Gott von Gott, Licht vom Licht
wahrer Gott vom wahren Gott,
gezeugt, nicht geschaffen ...

Nicänisches Glaubensbekenntnis
Konzil von Chalcedon
A. D. 451

Teil 1

1

Juli

Pater Azetti geriet in Versuchung.

Er stand auf den Stufen der Gemeindekirche, ließ die Perlen seines Rosenkranzes durch die Finger gleiten, blickte über die leere Piazza zu seiner Lieblingstrattoria hinüber – und sah auf die Uhr. Es war 13.39 Uhr. Er hatte einen Bärenhunger.

Eigentlich sollte die Kirche von acht bis vierzehn Uhr und dann noch einmal von siebzehn bis zwanzig Uhr geöffnet sein. Das stand jedenfalls auf dem Schild am Eingang. Pater Azetti musste zugeben, dass das Schild eine gewisse Autorität besaß. Es hing nun schon an die hundert Jahre da. Aber dennoch ...

Die Trattoria lag in der Via delle Felice – ein hochtrabender Name für die kopfsteingepflasterte mittelalterliche Gasse, die sich kurvenreich vom Marktplatz bis zu der Mauer wand, die das Städtchen umgab.

Das abgelegene italienische Bergdorf Montecastello di Peglia lag malerisch auf einer Felsenkuppe gut dreihundert Meter über der umbrischen Ebene. Sein Schmuckstück war die Piazza di San Fortunato, wo im kühlen Schatten der Dorfkirche ein Brunnen plätscherte. Die kleine, ruhige Piazza mit den duftenden Pinien zog Liebespaare und Kunststudenten an, die von den Festungswällen aus den Rundblick auf die Umgebung genießen wollten. Hoch über dem Flickenmuster der Landschaft blickten sie auf das »grüne Herz« Italiens und ergötzten sich an den Sonnenblumenfeldern, die in der Hitze flimmerten.

Aber nicht jetzt, nicht in diesem Augenblick. Jetzt waren sie beim Mittagessen.

Im Gegensatz zu Pater Azetti. Eine leichte Brise trug den betörenden Duft von frisch gebackenem Brot herbei. Von gegrilltem Fleisch und Zitrone. Von heißem Olivenöl.

Ihm knurrte der Magen, aber das musste er ignorieren. Montecastello war eher ein Dorf als eine Stadt. Ein Hotel gab es nicht, nur eine kleine Pension, die von zwei Briten geführt wurde. Pater Azetti, der noch keine zehn Jahre im Ort lebte, war ein Außenseiter und würde es bis ins nächste Jahrtausend bleiben. Als solcher weckte er Verdacht und wurde daher von den stets wachsamen älteren Bürgern misstrauisch beäugt, die seinem Vorgänger nachtrauerten. (Oder, wie sie ihn nannten, »dem *guten* Priester«. Und Azetti? Er war »der *neue* Priester«.) Wenn Pater Azetti während der Beichtstunden die Kirche auch nur eine Minute zu früh schloss, würde es gewiss jemandem auffallen, und ganz Montecastello würde sich empören.

Seufzend wandte sich der Priester ab und trat wieder ins Halbdunkel der Kirche. In einer Epoche erbaut, in der Glas als Kostbarkeit galt, war das Gotteshaus von Anbeginn zu ewiger Dämmerung verdammt. Abgesehen von dem gedämpften Licht der elektrischen Kandelaber und den tropfenden Kerzen im Hauptschiff, bestand die einzige Lichtquelle in den schmalen Fenstern hoch oben an der Westwand. Die wenigen, kleinen Fenster zeigten dennoch zuweilen eine dramatische Wirkung, wenn sie, so wie jetzt, das nachmittägliche Licht einfingen und den Fußboden der Kirche aufleuchten ließen. Der Priester schritt an den Mahagonibildern des Kreuzwegs vorbei und lächelte, als er sah, dass der Beichtstuhl in strahlendes Sonnenlicht getaucht war. Er trat in den Lichtkegel, ein wunderbarer Effekt, obwohl es ihn blendete. Zögernd stellte er sich die Szene vor, wie sie sich den Augen anderer bieten würde, geriet aber ob seines Narzissmus in Verlegenheit, trat in den Beichtstuhl und zog den Vorhang zu.

Der hölzerne Beichtstuhl war in der Mitte unterteilt; in der

Wand, die Priester und Beichtkind trennte, befand sich ein kleines Gitterfenster, das von der Seite des Priesters mit einem Schiebetürchen geöffnet und geschlossen werden konnte. Unter dem Gitter war über die ganze Breite der Abtrennung ein Holzbrett angebracht. Pater Azetti hatte die Angewohnheit, die Finger auf den schmalen Sims zu legen, während er mit geneigtem Kopf den Flüsterstimmen der Beichtenden lauschte. Diese Angewohnheit hatten offenbar auch seine Vorgänger gehabt, denn er konnte die Spuren, die ihre Finger hinterlassen hatten, auf dem abgegriffenen Brett fühlen.

Seufzend blickte Pater Azetti auf das leuchtende Zifferblatt seiner Armbanduhr. Es war 13.51 Uhr.

Wenn er gut gefrühstückt hatte, genoss der Priester die Stunden im Beichtstuhl. Wie ein Musiker, der Bach spielt, horchte er in sich hinein, lauschte dem Nachhall der Vergangenheit. Der alte Beichtstuhl erzählte von gebrochenen Herzen, Geheimnissen und vergebenen Sünden. Hier waren Millionen Sünden eingestanden worden – oder zumindest, wie Pater Azetti meinte, ein Dutzend Sünden, millionenfach begangen.

Der Priester wurde von vertrauten Geräuschen aus seinen Gedanken gerissen – der Vorhang wurde beiseite geschoben, ein alter Mann ließ sich mit leisem Stöhnen auf die Knie nieder. Pater Azetti öffnete die Schiebetür des Gitters.

»Segne mich, Vater, denn ich habe gesündigt ...«

Das Gesicht des Mannes war in Schatten gehüllt, aber der Priester kannte die Stimme. Es war der angesehenste Bürger von Montecastello – Dr. Ignazio Baresi. Wie Azetti war er ein Außenseiter, den das Schicksal in die Provinz verschlagen hatte. Über beide wurde getuschelt, und so schien es unvermeidlich, dass sie Freunde wurden. Oder wenn nicht Freunde, so doch Verbündete, denn sie hatten wenig gemeinsam – da war der Altersabstand, unterschiedliche Interessen. Was sie verband, war jedoch ein Übermaß an Bildung. Die Wände im Haus des greisen Doktors waren mit Diplomen und Urkunden bedeckt, die seine Leistungen in Wissenschaft und Medizin würdigten. Der

Priester hatte sich etwas weniger hervorgetan – ein Aktivist in mittleren Jahren, aus politischen Gründen vom Vatikan aufs Abstellgleis geschoben.

Und so sah man sie freitagabends vor dem Schachbrett sitzen, auf der Piazza vor dem Café Centrale, mit einem Glas Vin Santo. Sie unterhielten sich allenfalls über das Wetter, tranken auf die Gesundheit des anderen, und dann zog der Bauer vor dem Läufer des Königs zwei Felder vor. Dennoch wussten sie einiges voneinander, nachdem sie ein gutes Jahr lang beiläufige Bemerkungen und Erinnerungen ausgetauscht hatten.

In letzter Zeit hatten sie sich nicht mehr so regelmäßig getroffen. Der Priester wusste, dass der alte Mann krank war, aber jetzt wurde ihm klar, dass sich Baresis Zustand verschlimmert hatte. Pater Azetti presste die Schläfe gegen das Gitter, um überhaupt etwas zu verstehen.

Nicht dass er besonders neugierig gewesen wäre. Nach zehn Jahren kannte er die Schwächen seiner Beichtkinder: Der vierundsiebzigjährige Arzt mochte den Namen Gottes missbraucht oder sich wenig mildtätig gezeigt haben. Vor seiner Krankheit war er zuweilen dem Verlangen nach einer Frau erlegen. Aber damit war es nun vorbei; der Arme wurde von Tag zu Tag schwächer.

Eigentlich wartete man im Dorf bereits auf das Ableben des Doktors. Schließlich war *il dottore* ein wohlhabender, frommer, unverheirateter Mann, der bereits früher Stadt und Kirche großzügig unterstützt hatte. Sogar Pater Azetti erhoffte sich im Stillen, der Doktor ...

Was?

Der Priester konzentrierte sich ganz auf die zögernden Worte Baresis. Er hatte sich gerechtfertigt, wie Beichtende es häufig taten, und, ohne die Sünde zu erwähnen, seine Absichten dargelegt (die selbstverständlich gut waren). Dann sprach er vom Stolz, der Stolz hatte ihn geblendet – und dann natürlich von seiner Krankheit und der Einsicht in die eigene Sterblichkeit. Er sah seine Fehler ein. All das schien nicht weiter bemerkenswert;

im Angesicht des Todes schärfte sich das moralische Empfindungsvermögen der meisten Menschen. Doch schließlich kam der Doktor zur Sache und schilderte die Sünde, die er begangen hatte.

Der Priester lauschte und stieß keuchend hervor: »*Was?!*«

Doktor Baresi wiederholte mit gedämpfter, gequälter Stimme das Gesagte. Dann ging er ins Detail, sodass kein Zweifel über den Sachverhalt blieb. Während Pater Azetti den schrecklichen, eindeutigen Ausführungen folgte, hatte er das Gefühl, dass ihm das Herz stehen blieb. Was der Mann getan hatte, war die grauenhafteste Sünde, die man sich vorstellen konnte, eine so vernichtende Todsünde, dass selbst der Himmel ihn wahrscheinlich niemals davon erlösen würde. Wenn das überhaupt möglich war.

Inzwischen schwieg der Doktor und wartete schwer atmend auf die Absolution durch seinen Freund und Verbündeten.

Aber Pater Azetti hatte es die Sprache verschlagen. Er brachte kein Wort heraus. Er war so aufgewühlt, dass er keinen klaren Gedanken fassen konnte. Und selbst wenn, war die Verbindung zwischen Hirn und Stimme plötzlich abgerissen. Ihm war, als hätte man ihn in einen brusttiefen Gebirgsfluss gestoßen. Er rang nach Luft; sein Mund war wie ausgetrocknet.

Auch der Doktor konnte mit einem Mal nicht mehr sprechen. Nur ein Keuchen kam noch über seine Lippen. Er räusperte sich, ein erstickter Laut tief aus seiner Brust, der dann jäh aus ihm hervorbrach und den Beichtstuhl erzittern ließ. Der Priester fürchtete, dass der Mann auf der Stelle sterben würde. Doch dann hörte er, wie der Vorhang zurückgerissen wurde. Der Doktor war fort.

Pater Azetti blieb wie erstarrt sitzen, als wäre er soeben Zeuge eines tödlichen Unfalls geworden. Er bekreuzigte sich unwillkürlich. Dann sprang er auf, riss den Vorhang beiseite und trat aus der Dunkelheit in den Kegel des Sonnenlichts.

Einen Augenblick lang war die Welt wie ausgelöscht, nichts als Staub, der in einer gelblichen Lichtsäule zum Himmel aufstieg. Nachdem Azetti wieder etwas erkennen konnte, sah er den gebrechlichen alten Mann auf einen Stock gestützt in Richtung Ausgang humpeln. Das weiße Haar leuchtete gespenstisch im Halbdunkel. Der Priester folgte ihm zögerlich.

»*Dottore!* Bitte!« Pater Azettis Stimme hallte durch die Kirche. Baresi blieb stehen, wandte sich langsam um und sah den Priester an. Im Gesicht des Doktors war nichts von Reue zu lesen. Er war auf dem besten Weg zur Hölle; eine Aura der Angst hüllte ihn ein wie ein matter Lichtschein.

Und dann war er verschwunden.

2

Pater Azetti schrieb *chiuso* auf ein Stück Pappe, damit jeder begriff, dass die Kirche geschlossen war. Er hängte es an die Tür, schloss ab und machte sich sofort auf den Weg nach Rom.

Die Stimme des Doktors dröhnte ihm im Kopf, bald lauter, bald leiser, bald wie ein Echo aus der Ferne. Er fühlte sich, als wäre in seiner Seele der Notstand ausgerufen worden. Die verzweifelte, monotone Stimme Baresis ergriff wie eine Infektion von ihm Besitz und ließ sich nicht mehr abschütteln. Die Worte nagten an ihm, und alles, was er ihnen entgegenstellen konnte, war die leere Forderung: *Tu etwas. Irgendetwas!* Nun denn. Er fuhr nach Rom. In Rom würde man wissen, was zu tun war.

Er bat den Mann seiner Putzfrau, ihn in die Nachbarstadt Todi zu fahren. Im Auto ging es ihm wieder besser. Der Druck ließ etwas nach: Er hatte sich aufgemacht, war unterwegs.

Der Fahrer war ein kräftiger, lauter Mann, der, wie Pater Azetti wusste, leidenschaftlich gern Karten spielte und eine Vorliebe für Grappa hatte. Er arbeitete schon seit Jahren nicht mehr und zeigte sich, vielleicht aus Sorge um das Einkommen seiner Frau, übertrieben eifrig, entschuldigte sich ständig für die schlechte Federung des Wagens, die Hitze, den Zustand der Straßen und das verrückte Verhalten der anderen Fahrer. Jedes Mal wenn er auf die Bremse trat, streckte er schützend den Arm aus, als wäre der Priester ein kleines Kind, das mit den Grundprinzipien der Physik nicht vertraut ist.

Schließlich langten sie am Bahnhof an; der Mann sprang auf und eilte zur Beifahrerseite. Die Tür des alten Fiat, der noch Spuren eines Jahre zurückliegenden Unfalls trug, öffnete sich mit jämmerlichem Quietschen. Draußen war es kaum kühler als im Wagen; der Priester war schweißgebadet. Zum Abschied überschüttete ihn der Fahrer, der ihn zum Schalter begleitete, mit Fragen: Ob er dem Pater die Fahrkarte kaufen solle? Ob er mit ihm im Bahnhof auf das Eintreffen des Zuges warten solle? Ob er den Pater nicht doch lieber mit dem Auto zum Hauptbahnhof nach Perugia fahren solle? Aber der Priester lehnte ab: *No-no-no-no-no- – -grazie, grazie!* Schließlich entfernte sich der Mann, unverkennbar erleichtert, mit einer höflichen Verbeugung.

Pater Azetti wartete fast eine Stunde auf den Zug nach Perugia. Dort würde er eine weitere Stunde auf den *locale* nach Rom warten müssen. Jetzt saß er auf einer kleinen Bank vor dem Bahnhof von Todi in der prallen Sonne.

Er war Jesuit, ein Mitglied der Gesellschaft Jesu. Trotz Hitze, Staub und Ozon ließ er weder Schultern noch Kopf hängen, sondern saß kerzengerade auf der Bank. Seine Haltung war makellos.

Wäre er ein gewöhnlicher Gemeindepfarrer in einer umbrischen Kleinstadt gewesen, wäre die ganze Sache mit Dr. Baresis Beichte wohl im Sande verlaufen. Ein einfacher Geistlicher hätte das Geständnis des Doktors, geschweige denn seine Auswirkungen, wahrscheinlich noch nicht einmal verstanden. Und wenn doch, so hätte er nicht die leiseste Ahnung gehabt, an wen er sich in dieser Angelegenheit wenden sollte.

Aber Giulio Azetti war kein einfacher Geistlicher.

Für die merkwürdigen Verwicklungen des Schicksals gibt es ein modernes Schlagwort: Synchronizität. Aber für einen religiösen Menschen war dies eine fremde, wenn nicht gar dämonische Vorstellung. Pater Azetti musste die Verkettung der Ereignisse als Wirken einer unsichtbaren Hand auffassen, das einem Willensakt und nicht dem Zufall unterstand. In diesem Lichte war seine Anwesenheit in eben jenem Beichtstuhl, um eben jene Beichte entgegenzunehmen, Teil eines sinnreichen Plans. So wie es im Volksmund hieß: *Gottes Wege sind unerforschlich.*

Während Pater Azetti auf dem Bahnsteig wartete, erwog er die Dimensionen der ihm gebeichteten Sünde. Schlicht gesagt war sie verabscheuungswürdig – ein Verbrechen nicht nur gegen die Kirche, sondern auch gegen die natürliche Weltordnung; eine Beleidigung, die den Untergang der Kirche heraufbeschwor. Und nicht nur der Kirche.

Ein Gebet bietet Schutz, und er versuchte zu beten, sich abzuschirmen durch das Gebet – aber es half nichts. Dr. Baresis Stimme drang hindurch, und nicht einmal das Zeichen des Kreuzes konnte sie bannen.

Pater Azetti schüttelte den Kopf und richtete den Blick auf das verstaubte Unkraut, das in den Ritzen des Betons neben den Gleisen wucherte. Ebenso wie die Samen in jenen Ritzen die Zerstörung durch diese Pflanzen in sich bargen, so barg die Sünde des Doktors, sollte man der Sache nicht begegnen ... was eigentlich?

Das Ende der Welt?

Die Julihitze brannte so stark, dass alles, was er vor sich sah – die Gleise, die gegenüberliegenden Gebäude –, zu zerfließen schien. Er wischte sich die schweißnasse Stirn mit dem Ärmel ab und ging noch einmal durch, was er in Rom sagen wollte – vorausgesetzt, Kardinal Orsini empfing ihn.

Es ist eine Sache von großer Wichtigkeit, Eure Eminenz ...

Ich habe etwas erfahren, was eine schwere Bedrohung für den Glauben darstellt ...

Er würde schon die rechten Worte finden. Das größere Problem bestand darin, die Bürokratie der Kirche zu überwinden. Der Pater überlegte, unter welchen Umständen ihn der Kardinal, ein Dominikaner, empfangen würde. Gewiss würde Orsini sich an seinen Namen erinnern, würde wissen, dass er nicht grundlos um eine Audienz bat. Vielleicht wirkte sich die Bekanntschaft aber auch zu seinem Nachteil aus; vielleicht würde der Kardinal annehmen, dass er ihn in eigener Sache aufsuchte und nach dem langjährigen Exil in Umbrien seine Rückkehr nach Rom erwirken wolle.

Er schloss die Augen. Er musste irgendwie einen Weg finden.

Und dann erzitterte der Boden unter seinen Füßen. Nicht weit von ihm entfernt hüpfte ein kleines Mädchen in rosa Plastiksandalen auf und ab. Pater Azetti erhob sich. Der Zug fuhr ein.

3

Zwischen Perugia und Rom verkehrte ein alter Lokalzug, der immerhin gepolsterte Sitze besaß und in dessen Abteilen gerahmte Fotos des Comer Sees hingen. Es stank nach billigen Zigaretten, und allem Anschein nach hielt der Zug in jedem Ort entlang der Strecke. Hungrig und erschöpft kauerte Pater Azetti auf seinem Platz und starrte aus dem Fenster. Nach einer Weile bot die Landschaft einen weniger interessanten Anblick, war dichter besiedelt und wich schließlich den öden Industrieanlagen in der Umgebung Roms. Quietschend kam der Zug in der Stazione di Termini zu stehen, die Druckluftbremsen ächzten, die Türen öffneten sich, und die Passagiere strömten auf den Bahnsteig hinaus.

Pater Azetti hielt nach einem Telefon Ausschau und erreichte endlich nach einigen Schwierigkeiten Monsignore Cardone in Todi. Er entschuldigte sich und sagte, er weile wegen einer Angelegenheit von höchster Dringlichkeit in Rom.

»Roma?!«

Er hoffe, in ein, zwei Tagen wieder da zu sein, aber es könne auch länger dauern – in diesem Fall müsse jemand anders seine Pflichten in Montecastello übernehmen. Der Monsignore war so aufgebracht, als er das hörte, dass er nur ein wütendes *cosa*?!, herausbrachte. Azetti entschuldigte sich erneut und legte auf.

Weil er kein Geld für ein Hotel hatte, übernachtete der Priester auf einer Bank im Bahnhof. Am Morgen wusch er sich in der

Männertoilette und fand direkt vor dem Bahnhofsgebäude ein billiges Café. Dort trank er einen doppelten Espresso und verschlang ein Zuckerhörnchen, das nur äußerlich Ähnlichkeit mit einem Croissant hatte. Anschließend suchte er nach dem großen roten M, das den Eingang zur U-Bahn wies. Azettis Ziel war der Stadtstaat im Herzen Roms: der Vatikan.

Es wird nicht leicht sein, sagte er sich, bestimmt nicht leicht. Wie jeder unabhängige Staat regelt der Vatikan seine Angelegenheiten mit Hilfe eines bürokratischen Apparats – der Kurie. Ihr fällt die Aufgabe zu, das riesenhafte Gebilde des katholischen Imperiums zu führen. Neben dem Staatssekretariat, das die diplomatischen Beziehungen der Kirche regelt, besteht die Kurie aus neun heiligen Kongregationen, die als Ministerien fungieren.

Das mächtigste dieser Ministerien ist die Kongregation für die Glaubenslehre, die von 1908 bis 1965 Sanctum Officium und davor »Kongregation für die römische und weltweite Inquisition« hieß. Seit über 450 Jahren Bestandteil der Kurie, nimmt die Inquisition auch heute noch maßgeblichen Einfluss auf die Angelegenheiten der Kirche – nur wird sie heute nicht mehr so bezeichnet.

Die Glaubenskongregation, wie sie heute genannt wird, überwacht nicht nur die Lehrpläne katholischer Schulen in aller Welt, sondern befasst sich auch weiterhin mit Häresie und Bedrohungen für den Glauben und entscheidet über die Exkommunikation von Sündern. Es kommt auch vor, dass Mitglieder der Kongregation mit Teufelsaustreibungen oder dem Kampf gegen Angriffe auf den Glauben betraut werden.

Pater Azettis Anliegen betraf letztere Aufgaben.

Präfekt der Glaubenskongregation war Kardinal Stefano Orsini, der vor fünfunddreißig Jahren mit Azetti an der Gregoriana, der päpstlichen Universität in Rom, studiert hatte. Heute war Orsini ein Fürst des Glaubens, das Oberhaupt einer Kurienkongregation, der neun ihm unterstellte Kardinäle, zwölf Bischöfe und fünfunddreißig Priester angehörten – allesamt Akademiker ersten Ranges.

Die Amtsräume des Kardinals lagen im Schatten der Peterskirche im Palast des heiligen Offiziums – ein Gebäude, das Azetti wohl bekannt war. Hier hatte er als junger Priester in einem kleinen, hellen Raum im ersten Stock gearbeitet, umgeben von Büchern und Manuskripten. Das war lange her. Er ging die Treppe mit heftigem Herzpochen zum zweiten Stock hinauf.

Das Herzpochen rührte nicht so sehr von der Anstrengung als von den Stufen selbst her. Der Marmor war in der Mitte ausgetreten, und angesichts dieser im Lauf der Jahrhunderte abgenutzten Stufen wurde ihm bewusst, dass es fast zwanzig Jahre her war, seit er zuletzt diese Treppe hinaufgegangen war. Das Leben nutzte ihn ab; wie auf den Stufen hatten die Jahre auch auf ihm Spuren hinterlassen.

Auf dem Treppenabsatz blieb er stehen; er klammerte sich so fest an das Geländer, dass die Knöchel weiß hervortraten. So etwas wie Nostalgie überkam ihn, aber nein, das Gefühl ging tiefer ... es war die Trauer um einen Verlust, die ihm die Kehle zuschnürte. Langsam setzte er seinen Weg fort, und mit jedem Schritt wuchs sein Heimweh.

Jetzt war er ein Außenseiter, ein Gast in seines Vaters Haus, und der bloße Anblick vertrauter Einzelheiten – die Farben, das Messing des Geländers, die Muster, die das Licht auf den Marmorboden malte – brach ihm fast das Herz.

Früher hatte er gedacht, er werde sein ganzes Leben in den Mauern des Vatikans verbringen. In der Bibliothek. Als Lehrer an einer kirchlichen Universität. Ja, er hatte sich sogar Hoffnungen gemacht, eines Tages die Kardinalswürde zu erlangen.

Stattdessen war er seit nunmehr zehn Jahren Seelsorger in Montecastello, wo seine »Herde« aus Krämern, Feldarbeitern und kleinen Geschäftsleuten bestand. Was tat ein Mann wie er an einem solchen Ort?

Er hatte in Kirchenrecht promoviert und kannte den Vatikan in- und auswendig. Jahrelang war er in der Glaubenskongregation tätig gewesen und später im Staatssekretariat. Seine Pflichten hatte er in bewundernswerter Weise erfüllt – einfühlsam, intelligent, effizient –, er schien prädestiniert für eine steile Karriere. Wie üblich hatte man ihn ins Ausland geschickt, damit er Erfahrungen sammeln konnte, zunächst als Sekretär des apostolischen Nuntius in Mexiko, dann nach Argentinien. Alle gingen davon aus, dass auch er eines Tages Nuntius, Botschafter des Papstes, werden würde.

Aber es kam anders. Azetti geriet mit der Kurie in Konflikt, weil er Demonstrationen gegen das brutale Militärregime in Buenos Aires anführte. Er setzte Regierung und Polizei unter Druck, Informationen über spurlos verschwundene Bürger herauszurücken, er gab der Auslandspresse aufwiegelnde Interviews, die den Austausch diplomatischer Noten zur Folge hatten – nicht nur einmal, sondern wiederholt.

Mit der Wahl von Johannes Paul II. fand die Toleranz des Vatikans gegenüber politisch aktiven Priestern wie Azetti ein jähes Ende. Der neue Papst war Dominikaner, ein polnischer Konservativer, geprägt durch den Kalten Krieg, ein Papst, für den »soziale Gerechtigkeit« eher eine weltliche als eine religiöse Angelegenheit darstellte.

Dominikaner und Jesuiten hatten im Laufe der Geschichte in der Regel unterschiedliche Ziele verfolgt. So war es wenig verwunderlich, dass nun die gesamte Gesellschaft Jesu ins Sperrfeuer der Kritik geriet. Der Papst warf dem Orden »Unausgewogenheit« vor, da dieser sich mehr um Politik kümmere als um den Dienst an der Kirche.

Pater Azetti ärgerte sich über diese Ermahnung. Zwar hatte er als Jesuit dem Papst Gehorsam gelobt, aber auch das ärgerte ihn. Wie sollte er sich als Priester denn nicht für die Armen einsetzen? In einem inoffiziellen Gespräch mit einem amerikanischen Reporter in Buenos Aires hob Azetti hervor, es sei nicht politische Aktivität an sich, gegen die sich der Papst aussprach, sondern Engagement in eine bestimmte Richtung. Er hätte es dabei belassen können und wäre wahrscheinlich ungeschoren davongekommen. Aber um keine Zweifel an seiner Haltung aufkommen zu lassen, führte er weiter aus: Insbesondere antikommunistische Aktivität wird ermutigt, aber Protest gegen die Faschisten duldet man nicht, auch wenn tausende gefoltert und ermordet werden.

Zwei Tage später erschien seine Kritik wortwörtlich im *Christian Science Monitor,* nebst einem Foto von Azetti an der Spitze einer Demonstration auf der Plaza de Mayo. Darunter stand sein Name und als Bildunterschrift: KIRCHENSPALTUNG?

Unter diesen Umständen konnte Azetti von Glück reden, dass er nicht exkommuniziert worden war. Stattdessen wurde er in den Vatikan zurückbeordert und praktisch seines Amtes entkleidet. Als Übung in »Demut« wies man ihm eine Gemeinde zu, so winzig und abgeschieden, dass niemand ihm genau sagen konnte, wo sie sich eigentlich befand.

Damals.

Jetzt trat Pater Azetti in das schlichte Vorzimmer, das er noch so gut in Erinnerung hatte: zwei Holzbänke, ein Schreibtisch, ein Kruzifix an der Wand, ein träger Ventilator an der Decke.

Niemand war da. Auf dem ansonsten leeren Schreibtisch flimmerte der Bildschirm eines unverkennbar teuren Laptop. Da Azetti keine Glocke fand, versuchte er sich durch Hüsteln und leises Rufen bemerkbar zu machen. Weil niemand erschien, ließ er sich schließlich auf einer Bank nieder. Er griff nach seinem Rosenkranz und begann zu beten.

Als Azetti bei der zwölften Perle angelangt war, kam ein Priester in weißer Kutte aus dem Büro des Kardinals. Überrascht sah er den Besucher an. »Was kann ich für Sie tun, Pater?«

»*Grazie.*« Azetti sprang auf.

Der Priester streckte die Hand aus. »Donato Maggio.«

»Azetti! Giulio Azetti – aus Montecastello. Umbrien.«

»Oh«, sagte Maggio, »natürlich.« Die beiden Männer lächelten sich verlegen an. Schließlich setzte sich Maggio an seinen Schreibtisch. »Was kann ich für Sie tun?«

»Sind Sie der Sekretär des Kardinals?«

Maggio schüttelte den Kopf. »Ich sitze hier nur für ein paar Wochen, bis alles wieder in geordneten Bahnen verläuft. Hier tut sich viel. Veränderungen sind im Gange. Eigentlich bin ich Hilfsarchivar.«

Azetti nickte. Er hätte Maggios Position leicht erraten können – eine Archivmaus. So nannte man jene, die in den Tiefen des Archivs arbeiteten und Urkunden und alte illuminierte Handschriften für die Kardinäle, Bischöfe und die Professoren an den Universitäten des Vatikans heraussuchten. Man erkannte sie an der roten Nase und den kurzsichtigen Augen, Folgen der langjährigen Tätigkeit bei schlechter Beleuchtung inmitten schimmeliger Bücher.

»Was kann ich für Sie tun, Pater?«, fragte Maggio erneut. Er war ein wenig enttäuscht, dass der Besucher nicht fragte, was sich denn tue und welcher Art die Veränderungen seien. Dann hätte Maggio eine Bemerkung über das Befinden des Papstes machen und den Mann in Erstaunen setzen können.

»Ich bin hier, weil ich den Kardinal sprechen will.«

Maggio schüttelte den Kopf. »Tut mir Leid.«

»Es ist *urgente!«,* erklärte Azetti. »Eine Bedrohung für den Glauben.«

Die Archivmaus lächelte entschuldigend. »Er hat sehr viel zu tun, Pater. Das müssen Sie verstehen.«

»Ich weiß, aber ...«

»Ein Termin muss lange Zeit im Voraus vereinbart werden«, schwadronierte Maggio. Azetti hätte den Monsignore seiner Diözese konsultieren sollen. Aber da er nun schon einmal in Rom sei, könne er immer noch einen Termin mit einem hochrangigen Würdenträger vereinbaren und ihm die Sache darlegen. Und wenn nötig, werde dann möglicherweise eine Unterredung mit dem Kardinal anberaumt – aber das würde gewiss Wochen dauern. Wenn nicht länger. Vielleicht ... ein Brief?

Schon einmal hatte man Azetti Arroganz vorgeworfen, weil er seine Sorgen für vorrangig hielt, während die Kirche andere Prioritäten setzte. Aber in diesem Fall? Nein. Ein Mittelsmann kam nicht in Frage, ebenso wenig ein Brief. Er musste sein Anliegen dem Kardinal vortragen, und nur diesem Kardinal.

»Ich werde warten.« Er kehrte zu der Bank zurück und setzte sich.

»Ich fürchte, Sie verstehen nicht.« Maggio lächelte gequält. »Der Kardinal kann nicht jeden empfangen, der zu ihm will. Es ist einfach nicht möglich.«

»Ich verstehe«, erwiderte Azetti. »Aber ich werde warten.«

Jeden Morgen fand er sich um sieben Uhr in der Peterskirche ein, wo er vor der berühmten Statue des heiligen Petrus seine Gebete sprach und beobachtete, wie die Gläubigen herantraten, um den Fuß des großen Apostels zu küssen. Die Zehen der Bronzefigur waren durch diesen Brauch im Lauf der Jahrhunderte abgeflacht und nahezu mit der bronzenen Sandale verschmolzen.

Um acht Uhr begab er sich zum Vorzimmer des Kardinals im zweiten Stock, wo er dem weiß gewandeten Maggio seinen Namen nannte. Tag für Tag schrieb Maggio mit feindseliger Miene Azettis Namen in ein Buch. Dann ließ sich der Landpfarrer auf der Bank nieder, wo er in unbequemer Haltung bis zum Abend ausharrte. Um fünf Uhr, wenn der Audienzraum des Kardinals geschlossen wurde, ging er wieder die Treppe hinunter, durch die Kolonnaden Berninis und durch das Tor von Sankt Anna.

Während er wartete, hatte er genug Zeit, um über den Mann nachzudenken, den er sprechen wollte. Er erinnerte sich noch gut an Orsini, den ehemaligen Kommilitonen, dessen behäbige, schwerfällige Gestalt gar nicht zu seinem scharfen Verstand passte. Orsinis durchdringende, kalte Intelligenz war frei von Mitgefühl oder Interesse an der Sichtweise anderer.

Orsinis Leidenschaft galt einzig der Kirche und ihren Belangen. Wer ihm im Wege stand, wurde niedergewalzt. Sein rascher Aufstieg durch die vatikanische Hierarchie bis hinauf zum Präfekten der Glaubenskongregation überraschte niemanden. Für diese Position schien er durch seine Polizistenmentalität prädestiniert. Er erinnerte Pater Azetti an den kaltherzigen, gnadenlosen Polizisten in *Die Verdammten*. Zu Stein gewordene Tugend.

Natürlich sind solche Männer notwendig, wenn nicht unverzichtbar – und Orsini war der ideale Mann, dem man Dr. Baresis Beichte anvertrauen konnte. Er würde wissen, was zu tun war, er würde handeln.

Azetti wollte aber nicht darüber nachdenken, was getan werden musste. Und so versenkte er sich oft ins Gebet.

Die Abende verbrachte er in der *stazione*, wo er nach der ersten Nacht ein paar tausend Lire in seinem runden, breitkrempigen Hut auf der Bank neben sich fand. Er schlief unruhig, wurde aber nicht belästigt. Morgens gab er die erhaltenen Almosen in dem kleinen Café für Espresso, *cornetti* und Mineralwasser aus.

Am vierten Tag hörte Pater Maggio auf, ihn höflich zu behandeln. Er ignorierte Pater Azettis *buon giorno* und tat, als wäre der Priester nicht da. Unterdessen stellten sich andere Mittelsmänner ein und boten ihre Hilfe an. Höflich, aber bestimmt lehnte Azetti ab und sagte, er könne die Sache nur mit *il cardinale* besprechen.

Auf den Gängen wurde über ihn getuschelt. Die Neugier derer, die ab und zu den Kopf hereinstreckten, um den verrückten Priester zu sehen, schlug schließlich in Verärgerung um. Und allmählich war seine Anwesenheit nicht mehr nur ärgerlich, sondern peinlich. Zum einen begann er – trotz seiner morgendlichen Waschungen auf der Bahnhofstoilette – zu stinken. Der Verfall seiner körperlichen Hygiene versetzte ihn in größte Verlegenheit, denn er war in jeder Hinsicht ein anspruchsvoller, gepflegter Mensch. Er ertrug es nur, weil er keine andere Wahl hatte. Ungeachtet seiner Bemühungen um Sauberkeit setzte sich der Schmutz an Haut und Kleidung fest. Sein Haar wurde zusehends fettiger, aber er konnte nichts dagegen tun.

Seine Versuche, sich zu säubern, unternahm er nachts, wenn die Männertoilette wenig frequentiert war. Dennoch wurde er häufig gestört. Anscheinend fanden es die Leute unterhaltsam, einem Priester beim Waschen zuzusehen. Mit kaltem Wasser und schlechter Seife ließ sich ohnehin nicht viel ausrichten. Noch schlimmer war, dass es keine Handtücher gab, sondern nur einen Warmlufttrockner. Er konnte anstellen, was er wollte, der Schmutz blieb an ihm haften. Zum ersten Mal erfuhr er am eigenen Leib, wie man sich als Obdachloser fühlt.

»Können wir ihn nicht fortschaffen lassen?«, fragte jemand. Am sechsten Tag sprach man schon ganz unbefangen über ihn, als wäre er ein Ausländer oder ein Tier, das einen nicht verstand.

»Wie würde das aussehen? Er ist schließlich Priester!«

Azetti wich und wankte nicht. Er brauchte sich nur die Worte des Doktors in Erinnerung zu rufen. Er wollte und durfte nicht als einziger Mitwisser von Baresis Geheimnis nach Montecastello zurückkehren. Lieber würde er bis in alle Ewigkeit warten.

Am siebten Tag traf Monsignore Cardone aus Todi ein.

Der Monsignore war ein verhutzeltes Männlein, das an einen Vogel erinnerte. Er setzte sich neben Azetti auf die Bank und sagte eine volle Minute lang gar nichts. Schließlich lächelte er gewitzt und legte die Hand auf Pater Azettis Knie. »Ich habe erfahren, dass Sie hier sind«, sagte er.

»Aha«, erwiderte Azetti, als sei er neugierig darauf, was der Monsignore zu sagen hatte.

»Giulio. Was ist los? Vielleicht kann ich helfen?«

Azetti schüttelte den Kopf. »Nein, es sei denn, Sie könnten beim Kardinal ein Wort für mich einlegen ...«

Der Monsignore tat sein Bestes. Er ließ seinen Charme spielen, appellierte an Azettis Intelligenz, an seine Bildung. Bestimmt wisse er – besser als jeder andere –, wie dergleichen gehandhabt werde. Das Protokoll, Formalitäten! Er wisse doch, wie kostbar die Zeit des Kardinals sei und dass seine Mitarbeiter ihn vor jeder Ablenkung abschirmen müssten. Kommen Sie, machen wir einen Spaziergang.

No. Grazie. Molte grazie.

Schließlich ging der Monsignore zum Angriff über: Wirklich,

Azetti, Sie vernachlässigen Ihre Pflicht, Ihre Kirche. In der Zwischenzeit hat es eine Taufe, einen Todesfall gegeben – eine Beerdigung, die heilige Messe! Die Leute reden schon!

Dann sprach er ihm gut zu. Wenn sich Azetti ihm anvertraue, werde sich der Monsignore für ihn einsetzen. Wahrscheinlich wisse der Kardinal nicht einmal, dass Azetti schon seit Tagen warte.

»Ich darf es niemand anderem sagen«, sagte Azetti. »Nur dem Kardinal.«

Ärgerlich sprang Cardone auf. »Wenn Sie so weitermachen, Giulio ...«

Azetti wollte den Monsignore beschwichtigen, aber bevor er die rechten Worte fand, steckte Donato Maggio den Kopf zur Tür herein. »Der Kardinal wird Sie jetzt empfangen«, beschied er dem Priester. Offenbar war Orsini zu dem Schluss gekommen, dies sei die einfachste Art, Azetti loszuwerden.

Stefano Orsini saß hinter einem imposanten Schreibtisch. Seine schwarze Robe war dunkelrot gesäumt, und er trug ein rotes Käppchen. Er hatte ein fleischiges Gesicht und braune Augen. Die Augen eines großen Hundes, eines feindseligen Hundes. Als ihm Azettis Körpergeruch entgegenwehte, verzog er das Gesicht. Dann blickte er auf. »Giulio«, sagte er. »Wie schön, Sie zu sehen. Setzen Sie sich. Ich habe gehört, dass Sie schon sehr lange warten.«

»Eure Eminenz.« Pater Azetti nahm auf einem ledernen Ohrensessel Platz und wartete darauf, dass Pater Maggio den Raum verließ. Dann aber bemerkte er, dass sich Maggio, statt zu gehen, auf einem Stuhl neben der Tür niederließ.

Azetti hüstelte und blickte in Maggios Richtung.

Der Kardinal sah erst den einen an, dann den anderen und schüttelte den Kopf. »Er ist mein Assistent, Giulio.«

Azetti nickte.

»Und er bleibt«, fügte der Kardinal hinzu. Wieder nickte Azetti. Er merkte, dass Orsini allmählich die Geduld verlor.

»Geht es Ihnen um eine Versetzung?«, fragte der Kardinal verächtlich. »Des Landlebens überdrüssig?«

Azetti hörte Pater Maggio hinter seinem Rücken kichern. Aber das störte ihn nicht. Zum ersten Mal wurde ihm klar, dass er auf dem Lande etwas eingebüßt hatte – nämlich seinen Ehrgeiz. Das hörte sich schrecklich an, aber in tiefstem Herzen wusste er, dass der Verlust etwa eines Beines schlimmer war. Er empfand es eher als Heilung von einem Fieber. Als er den Blick durch Orsinis Büro schweifen ließ, wurde ihm klar, dass ihn, ungeachtet seines Heimwehs am ersten Tag, nichts dazu verleiten konnte, in dieses Leben voller Intrigen zurückzukehren. In Montecastello hatte er etwas Wertvolleres gefunden als den Ehrgeiz.

Er hatte seinen Glauben gefunden.

Aber das konnte er Orsini nicht mitteilen, ungeachtet der Tatsache, dass der Kardinal selbst ein weißer Rabe im Vatikan war – auch er war wahrhaft gläubig, ein leidenschaftlicher Streiter Christi. Dennoch interessierte sich Orsini nicht für Pater Azettis Seele. Ihm ging es um Macht, und Azetti wusste, dass er ein Bekenntnis zum Glauben nicht als solches verstanden hätte, sondern als Finte, als Trick, als politischen Schachzug.

»Nein«, sagte er. »Ich bin nicht in eigener Sache hier.« Er blickte in Orsinis Raubtieraugen. »Es geht um etwas, was die Kirche erfahren muss.« Er zögerte. »Etwas, das nur ...«

Der Kardinal hob die Hand und lächelte kühl. »Giulio ... bitte! Ersparen Sie mir einleitende Bemerkungen.«

Pater Azetti seufzte. Mit einem nervösen Seitenblick auf Pater Maggio kam er zur Sache und vergaß dabei die Worte, die er sich im Laufe der Woche zurechtgelegt hatte. Einen Augenblick lang verlor er die Orientierung, Worte schwirrten ihm durch den Kopf. Dann begann er.

»Ich habe eine Beichte abgenommen«, stammelte er. »Eine Beichte, bei der mir fast das Herz stehen blieb.«

4

In den folgenden Tagen war Kardinal Orsini voller Sorge.

Er sorgte sich um die Menschheit. Er sorgte sich um Gott. Und er sorgte sich um sich selbst. Was sollte er tun? Was hätte ein anderer an seiner Stelle getan? Die Schlussfolgerungen, die sich aus Dr. Baresis Beichte ergaben, waren so schwer wiegend, dass Orsini zum ersten Mal in seinem Leben das Gefühl hatte, eine allzu schwere Last ruhe auf seinen Schultern. Zweifellos sollte die Angelegenheit ohne Verzug dem Papst vorgetragen werden, aber der Papst war häufig nicht ansprechbar, immer öfter trübte sich dessen Bewusstsein. Eine Sache wie diese ... hätte er nicht verkraftet.

Das Problem verschärfte sich durch die Isolation, die es Kardinal Orsini auferlegte. Es gab niemanden, dem er sich hätte anvertrauen mögen. Der einzige Angehörige des Vatikans, der außer ihm von der Sache wusste, war Pater Maggio – ein Umstand, den er sich selbst zuzuschreiben hatte. Azetti hatte ihn fortschicken wollen, aber der Kardinal hatte darauf bestanden: *Er ist mein Assistent, Giulio ... Er bleibt.*

Warum hatte er das gesagt? Weil du, so sagte er sich, zu lange im Vatikan und zu kurz draußen in der Welt gelebt hast. Du bist ein arroganter Mensch, der sich nicht vorstellen kann, dass ein Gemeindepfarrer etwas Interessantes zu sagen hat – und jetzt ist Donato Maggio dein einziger Vertrauter.

Donato Maggio. Der Gedanke an ihn ließ ihn aufstöhnen. Der Archivar Maggio, der hin und wieder als Sekretär einsprang, machte keinen Hehl aus seinen theologischen Ansichten. Als Traditionalist, der lauthals für einen »kraftvolleren Katholizismus« betete, machte Maggio immer wieder Andeutungen über die »echte Messe« – eine kaum verschleierte Kritik an den Reformen des 1. Vatikanischen Konzils.

Unter der »echten Messe« verstand er den tridentinischen Ritus (sie wurde auf Latein gelesen, der Priester mit dem Rücken zur Gemeinde); die Neuerung, die Messe in der Landessprache zu halten und dabei die Gemeinde anzusehen, hielt er für eine Verfälschung, ja ein Sakrileg.

Obwohl Kardinal Orsini niemals theologische Themen mit Pater Maggio erörtert hätte, konnte er sich lebhaft vorstellen, wie der Priester zu verschiedenen Fragen stand. Ihm war nicht nur die neue Messe in lebenden Sprachen ein Gräuel, auch der Kirchenbesuch am Sonntag ließ sich für ihn nicht durch einen Gottesdienst am Samstagabend ersetzen. Jegliche Modernisierungsbestrebungen lehnte er ab. Aber Maggio widersetzte sich nicht nur Neuerungen wie der Ordination von Frauen, der Abschaffung des Zölibats oder der Legitimierung der Geburtenkontrolle. Als Erzkonservativer wollte er auch Reformen rückgängig machen, die bereits stattgefunden hatten. Er war ein Neandertaler.

Es hatte also keinen Sinn, Maggio zu fragen, was er von Doktor Baresis Sünde halte. Priester wie er hatten keine Meinung, sie reagierten reflexartig, vorhersehbar.

Doch letztlich spielte das alles keine Rolle. Pater Azetti hatte seine Zeitbombe in den Vatikan getragen, während gerade ungewohnte Betriebsamkeit herrschte – und das hieß, Kardinal Orsinis Abgeschiedenheit währte nicht lange. Angesichts der schweren Erkrankung des Papstes hatte das Kardinalskollegium in aller Stille begonnen, unter seinen Mitgliedern Ausschau nach einem geeigneten Nachfolger zu halten. Man setzte streng vertrauliche Listen mit den Namen jener auf, die in die engere Wahl gezogen wurden – der *papabiles*. Geheimbesprechungen in verrauchten Sälen und Unterredungen im Flüsterton waren an der Tagesordnung. Es herrschte eine überhitzte Atmosphäre; bei jeder zufälligen Begegnung kamen Fragen von höchster Wichtigkeit zur Sprache: der nächste Papst, die Zukunft der Kirche.

Da Dr. Baresis Beichte noch bedeutsamer war als jede andere Frage, war es unvermeidlich, dass Kardinal Orsini seine qualvolle Bürde nun doch mit Männern teilte, denen er vertraute. Er holte den Rat von zwei, drei Kollegen ein – nicht mehr.

Sie alle zeigten dieselbe Reaktion: Sie waren entsetzt, wurden nachdenklich und merkten schließlich an, man könne nichts tun – das Einzige, was man tun könne, sei zu schrecklich, um es auch nur in Erwägung zu ziehen. Und doch ... alle stimmten überein, nichts zu tun habe seine eigene Wirkung – vielleicht mit Folgen von genauso großer Tragweite.

Nichts tun, dachte Orsini. Nichts zu tun bedeutete, die Welt ihren Lauf nehmen lassen wie eine aufgezogene Uhr, die seit Anbeginn der Zeit tickte.

Orsinis Kollegen konnten ihrerseits nicht umhin, diese unfassbare Sache mit ihren Freunden zu besprechen, und so fand die Nachricht Verbreitung. Binnen einer Woche nach Azettis Enthüllung im Büro des Kardinals kam im Vatikan eine rege Debatte in Gang. Prälaten suchten insgeheim die vatikanische Bibliothek auf, fanden aber nirgends Rat. Die Lehren der Kirchenväter gaben über diese Frage keinen Aufschluss. Man kam überein, das durch Dr. Baresis Beichte aufgeworfene Problem sei in der Kirchengeschichte noch nie da gewesen – und zwar aus dem schlichten Grunde, dass es niemals zuvor möglich gewesen war.

In diesem dogmatischen Vakuum kam schließlich doch eine Entscheidung zu Stande. Nach wochenlangen inoffiziellen Gesprächen beschloss die Kurie, was immer Dr. Baresi getan habe, sei *Gottes Wille* gewesen. Niemand könne also etwas unternehmen, bis sich der Papst erholt habe – oder aber ein neuer Papst im Amt sei, dem man die Frage vorlegen könne. Dann möge Seine Heiligkeit das Problem *ex cathedra* lösen. Bis dahin sollten alle Zurückhaltung üben. Und das tat man auch.

Mit Ausnahme von Pater Maggio. Als er von dieser Entscheidung erfuhr, machte er ein grimmiges Gesicht.

Er nahm den nächsten Zug nach Neapel.

Die Büroräume des *Umbra Domini*, »Schatten des Herrn«, lagen in einer viergeschossigen Villa an der Via Viterbo unweit der neapolitanischen Oper. Gegründet im Jahr 1966, kurz nach dem 2. Vatikanischen Konzil, war der kanonische Stand der Gemeinschaft dreißig Jahre lang unverändert geblieben; sie war ein »Säkularinstitut« mit über fünfzigtausend Mitgliedern und »Missionen« in dreizehn Ländern. Zwar bemühte sich die Weltgemeinschaft um den höheren Stand einer »Personalprälatur«, doch nach Einschätzung von Beobachtern durfte sich der Umbra Domini glücklich schätzen, dass die Organisation überhaupt noch in der Kirche geduldet wurde.

Gegen die Reformen des 2. Vatikanischen Konzils protestierte die Gemeinschaft lautstark. Man wandte sich gegen die »Demokratisierung« des Glaubens, sah darin eine Kapitulation gegenüber den Kräften des Modernismus, Zionismus und Sozialismus. Als besonderes Ärgernis betrachtete der Umbra Domini die Messe in den jeweiligen Landessprachen, die einen Bruch mit einer jahrhundertealten Tradition darstellte. Dadurch werde das alle Katholiken verbindende Element zerstört. Für diese Verfälschung des Ritus hatte der Gründer des Umbra Domini nur eine Erklärung: Während das 2. Vatikanische Konzil tagte, habe der Antichrist auf dem Heiligen Stuhl gesessen.

Doch damit nicht genug. Der Umbra Domini lehnte zudem die liberale Haltung ab, dass auch andere Religionen Elemente der Wahrheit enthielten und (gemäß dem 2. Vatikanischen Konzil) ihre Anhänger »in der Liebe Gottes« stünden. Wenn das zutreffe, so der Umbra Domini, habe sich die Kirche der Verfolgung und des Massenmords schuldig gemacht. Denn wie sonst sollte man den vom Papsttum verordneten Dogmatismus, die sechzehn Jahrhunderte währende Intoleranz erklären, die in der heiligen Inquisition gipfelte? Wenn nicht, wie der Umbra Domini betonte, die Lehren der Kirche schon immer richtig und die Anhänger anderer Religionen Ungläubige gewesen seien – und damit Feinde der wahren Kirche.

Kritiker forderten die Exkommunikation der Mitglieder des Umbra Domini, aber der Papst zögerte, da er die Spaltung fürchtete. Jahrelang verhandelten Abgesandte des Papstes insgeheim mit Führern des Umbra Domini, bis ein Kompromiss erzielt wurde. Die Gemeinschaft wurde offiziell anerkannt und durfte fortan die Messe auf Lateinisch halten, vorausgesetzt, sie legte eine Art Schweigegelübde ab. Künftig durfte der Umbra keine öffentlichen Erklärungen mehr abgeben und nur noch durch Mundpropaganda Mitglieder anwerben.

Unweigerlich wandte sich der Umbra Domini nach innen. Die Wortführer verschwanden von der öffentlichen Bühne und gaben keine Interviews mehr. Gelegentlich warnten Zeitungsberichte in den USA oder Europa, die Organisation sei zum Kult geworden. Die *New York Times* warf ihr »zwanghafte Geheimnistuerei und erpresserische Anwerbemethoden« vor und verwies auf das riesige Vermögen, das sie in wenigen Jahren angehäuft hatte. Der englische *Guardian* sprach von einer »unglaublichen Zahl von Politikern, Industriellen und Verwaltungsbeamten«, die dem Umbra Domini angehörten, und deutete an, »eine neofaschistische politische Organisation trete im Gewande eines religiösen Ordens in Erscheinung«.

Diese Darstellung hatte ebenjener Mann charmant zurückgewiesen, den Pater Maggio jetzt in Neapel aufsuchte – der jugendliche, charismatische »Steuermann« des Umbra Domini, Silvio della Torre.

Della Torre widersprach den Behauptungen über den neofaschistischen Charakter der Gemeinschaft in einer Rede vor neuen Mitgliedern. In der dicht gedrängten Menge stand damals auch, mit dem Rücken zur Wand, Donato Maggio. Die Ansprache fand in dem uralten neapolitanischen Kirchlein San Eufemio statt. Das Gotteshaus war im 8. Jahrhundert auf den Grundmauern eines alten Mithrasheiligtums errichtet worden. Trotz seines ehrwürdigen Alters war es im Jahr 1972 völlig heruntergekommen – das Dach war undicht, die Mauern bröckelten. Der Umbra Domini hatte sich bereit erklärt, das Gebäude zu renovieren, und es daher als Schenkung erhalten.

Kunstschätze hatte das primitive Kirchlein aus dem 8. Jahrhundert nicht zu bieten. Zwar hatten die Türen aus Zypressenholz überdauert, aber sie waren schlicht und schmucklos. Im Innenraum herrschte Halbdunkel; die wenigen Fenster ließen nur schummriges Licht eindringen, da sie statt aus Glas aus durchscheinendem mineralischen Selenit waren.

Die übrigen Attraktionen wirkten ein wenig abstoßend. Ein unansehnlicher Reliquienschrein enthielt das Herz eines aus der Mode gekommenen Heiligen. Der ganze Stolz des Kirchleins war eine sehr alte, ziemlich gespenstische Verkündigung. Das düstere Gemälde zeigt die Jungfrau Maria, die mit starrer Miene den Heiligen Geist betrachtet, der nicht wie traditionell üblich als Taube, sondern als in der Luft schwebendes, körperloses Auge dargestellt wird.

An jenem Tag, als sich Donato Maggio dem Umbra Domini anschloss, leuchtete della Torre im Dunkel der Kirche wie eine Kerze. Mit theatralischen Gesten untermalte er seine Stellungnahme zum Vorwurf des Neofaschismus.

»Die Presse«, begann er. »Die Presse verblüfft mich, weil sie einerseits absolut widersprüchlich reagiert – andererseits aber auch wieder absolut verlässlich. Zuerst beklagt man sich, dass wir zu viel reden«, sagte er, auf jene Tage anspielend, als der Umbra Domini seine Ansichten noch laut hinausposaunte. »Und jetzt«, fuhr er fort, »beklagt man sich, dass wir uns überhaupt nicht mehr äußern. Weil es ihren Zwecken dient, interpretiert die Presse Abgeschiedenheit als Geheimnistuerei, Brüderlichkeit als Verschwörung und beweist damit ihre ... Verlässlichkeit.« Amüsiertes Gemurmel in den Reihen der Zuhörer. »Die Presse versteht *immer alles* falsch«, sagte della Torre abschließend. »Darauf können Sie sich verlassen.« Die Neubekehrten grinsten.

Pater Maggio war gleichzeitig Dominikaner und Mitglied des Umbra. In den Reihen des Umbra Domini gab es viele Priester; da es sich um ein Säkularinstitut handelte, war diese doppelte Zugehörigkeit möglich. Der Status von Donato Maggio war nur deshalb ein wenig ungewöhnlich, weil er nicht nur einem Orden angehörte, sondern auch im Vatikan arbeitete. Er lebte also in zwei Welten und begriff die Furcht, die jede Seite bei der anderen weckte. Für den Vatikan war der Umbra Domini ein kaum erträgliches Bündnis von Fundamentalisten, eine Art hochexplosive katholische Hisbollah. Der Umbra Domini hingegen sah den Vatikan als das, was er war oder zu sein schien – ein Hindernis. Schwerfällig, altersschwach und eben einfach vorhanden.

Obwohl Pater Maggio die Bekanntschaft Silvio della Torres nie offiziell gemacht hatte, konnte er ohne Schwierigkeiten eine private Unterredung mit ihm erwirken. Als della Torre hörte, ein persönlicher Mitarbeiter Kardinal Orsinis wünsche ihn in einer äußerst dringlichen Angelegenheit zu sprechen, lud er Maggio noch für denselben Abend zum Essen ein.

Sie trafen sich in einer kleinen Trattoria unweit der Kirche della Torres. Das Restaurant, das *I Matti*, sah von außen recht unscheinbar aus, war innen aber überraschend elegant. Pater Maggio wurde vom Oberkellner ehrerbietig begrüßt und in einen Nebenraum im ersten Stock geführt. Unter einem hohen Fenster im Stil Palladios stand der einzige Tisch. In einem offenen Kamin flackerte ein Holzfeuer, und gediegene Kerzenleuchter verströmten warmes Licht.

Silvio della Torre blickte aus dem Fenster, als Pater Maggio eintrat. Als er sich umwandte, bemerkte Maggio, was ihm in der dunklen Kirche entgangen war: Das Oberhaupt des Umbra Domini sah ausgesprochen gut aus. Er war Mitte dreißig, groß und breitschultrig, seine Kleidung schlicht, aber teuer, sein dickes, lockiges Haar so schwarz, dass es im Licht beinahe bläulich schimmerte. Aber am meisten überraschten Maggio della Torres Augen – ein blasses Aquamarin, weder blau noch grün, eingerahmt von dichten schwarzen Wimpern.

»Juwelen in einer von Gott gefertigten Fassung«, dachte Maggio, erfreut über die gelungene Wendung. Er war ja auch praktisch ein Poet. In seiner Freizeit schrieb er Lyrik. Della Torre stand auf, und Maggio dichtete in Gedanken weiter: »Ein klassisches römisches Profil ...« Doch schließlich wandte er dem Mann selbst seine Aufmerksamkeit zu. Sein Herz pochte heftig. Er sollte mit Silvio della Torre zu Abend essen!

»Salve«, sagte della Torre und streckte ihm die Hand entgegen. »Sie müssen Bruder Maggio sein.«

Maggio stammelte, das sei er in der Tat, und die beiden Männer setzten sich. Unter höflichem Geplauder schenkte della Torre sich und Maggio ein Glas Greco de Tufo ein. »Auf unsere Freunde in Rom«, sagte er, und sie stießen an.

Das Essen war schlicht und köstlich, das Gespräch ebenso. Sie aßen Bruschette und unterhielten sich über Fußball, über Lazio und Sampdoria. Der Kellner öffnete eine Flasche Montepulciano. Dann wurden mit Trüffel und Lauch gefüllte Agnolotti serviert. Maggio verglich die Agnolotti mit »kleinen weichen Kissen«, und della Torre erwiderte etwas, was in Maggios Ohren wie ein schmutziger Witz klang (aber vielleicht hatte er sich ja verhört). Während sie aßen und tranken, wandte sich die Unterhaltung der Politik zu, und Maggio stellte erfreut fest, dass er und della Torre in fast jedem Punkt einer Meinung waren. Die Christdemokraten waren völlig heruntergekommen, die Mafia im Aufwind, die Freimaurer allgegenwärtig. Und was die Juden betraf ... Auch das Befinden des Papstes und die Chance der infrage kommenden Nachfolger wurden erörtert.

Als nächster Gang folgte Forelle. Nachdem sich der Kellner entfernt hatte, bemerkte della Torre, er schätze sich glücklich, dass der Umbra Domini in Pater Maggio einen Freund bei der Glaubenskongregation besitze. Während der geschmeichelte Maggio genüsslich die Forelle verspeiste, erzählte er, was er über die internen Mechanismen der Kongegration wusste und über die Männer, die Zugang zu *il terzo piano* besaßen – den Privatgemächern des Papstes im dritten Geschoss des Vatikanpalasts.

»Es ist immer von Nutzen«, sagte della Torre, »zu wissen, was Kardinal Orsini und der Heilige Vater denken.«

Auf die Forelle folgte Salat, dann eine üppige *bistecca alla fiorentina.* Danach räumte der Kellner ab und stellte eine Flasche Vin Santo und einen Teller Biscotti auf den Tisch. Er schürte das Feuer, fragte nach weiteren Wünschen und entfernte sich.

Della Torre schenkte ein. Dann beugte er sich über den Tisch, sah dem Priester in die Augen und sagte mit seidenweicher Stimme: »Donato.«

Pater Maggio räusperte sich. »Silvio?«

»Schluss mit dem Quatsch – warum sind wir hier?«

Pater Maggio verbarg sein Erstaunen hinter einer weißen Serviette, mit der er sich den Mund betupfte. Schließlich holte er tief Luft und räusperte sich erneut. »Ein Priester – ein Geistlicher vom Lande – ist in den Vatikan gekommen – das war vor ein paar Wochen – und hat eine Geschichte erzählt.«

Della Torre nickte aufmunternd.

»Manchmal«, fuhr Maggio achselzuckend fort, »höre ich, was der Kardinal hört – sofern es keine allzu bedeutende Angelegenheit ist. Jene erschien ihm nicht wichtig, und so war ich zugegen, als der Priester sprach. Und jetzt ...« Pater Maggio kicherte kläglich. »Jetzt ist der Kardinal gewiss nicht glücklich darüber, dass ich es gehört habe.«

»Es geht also um eine heikle Sache.« Della Torre dachte nach. »Und das war vor ein paar Wochen?«, fragte er schließlich.

»Abgesehen von der Nachfolge des Papstes stand dieses Thema die ganze Zeit im Mittelpunkt.«

»Und warum?«

»Weil man eine Entscheidung treffen musste ... Aber man entschied nichts. Man beschloss vielmehr, nichts zu tun, was auf dasselbe hinausläuft. Deshalb bin ich hier.«

Della Torre war nachdenklich geworden. Er füllte erneut

Maggios Glas und sagte: »Vielleicht, Donato, sollten Sie mir die Geschichte von Anfang an erzählen.«

Pater Maggio runzelte die Stirn. Schließlich beugte er sich vor, stützte die Ellbogen auf den Tisch und erzählte. »Alles begann mit einer Beichte ...«

Als Maggio zum Ende kam, saß della Torre auf der Kante seines Stuhls, eine erloschene Zigarre in der Hand. Abgesehen vom Knacken der Holzscheite im Kamin, herrschte Totenstille. »Donato«, sagte della Torre und sah Maggio in die Augen. »Ich danke Ihnen, dass Sie es mir erzählt haben.«

Pater Maggio lächelte, nippte an seinem Likör und stand auf. »Ich muss gehen.«

Della Torre nickte. »Danke, dass Sie den Mut hatten, mich zu informieren«, sagte er. »Die Kardinäle konnten sich nicht entscheiden, weil es hier nichts zu entscheiden gibt. Es gibt nur eine Maßnahme, die ergriffen werden kann.«

»Ich weiß«, erwiderte Pater Maggio. »Die Kardinäle haben aber nicht die Nerven dazu.«

Della Torre stand auf. Als ihm Maggio die Hand reichte, ergriff er sie mit beiden Händen. Mit Bedacht führte er die Hand des Priesters an die Lippen und küsste sie. Einen Augenblick lang glaubte Donato, die Zunge Silvios auf seiner Haut zu spüren.

»Grazie«, sagte della Torre. *»Molte grazie.«*

Teil 2

5

November

Bis zum Abend des 2. November gehörte die Keswick Lane zu jenen Straßen, von denen es immer heißt, dass dort »einfach nie was los ist«. Von Vierhunderttausend-Dollar-Häusern gesäumt, wand sie sich durch ein Neubaugebiet von Burke, einem Washingtoner Vorort. Die Häuser von Cobb's Crossing – so hieß die Siedlung – waren im Neokolonialstil erbaut. Jedes Haus war anders, wenn auch nur in Farbe und architektonischen Details, aber alle waren zur gleichen Zeit erbaut worden und inzwischen sechs Jahre alt. Da die Städteplaner sich um die Erhaltung möglichst vieler Bäume bemüht und eine Menge in die Landschaftsgestaltung investiert hatten, wirkte das Viertel auf den ersten Blick wie eine altehrwürdige Wohngegend.

Der makellose, tiefschwarze Asphalt der Straße aber, die in einem anmutigen Bogen nach Westen führte und in einer Sackgasse endete, verriet das wahre Alter der Siedlung. In vielerlei Hinsicht wäre es ein ideales Wohnviertel für Kinder gewesen, die ohne Angst vor gefährlichem Autoverkehr dort hätten spielen können. Aber mit einer einzigen Ausnahme waren die Kinder aus der Keswick Lane schon zu alt, um noch auf der Straße zu spielen. Weil die Häuser teuer waren, bewegten sich ihre Eigentümer – vorwiegend Juristen und leitende Angestellte – in einer bestimmten Altersklasse – und so auch ihre Kinder. Die nahmen Reit- und Karatestunden, spielten Fußball oder jagten auf ihren Computerbildschirmen Dämonen in die Luft.

Und so machten die Bürgersteige der Keswick Lane und die Keswick Lane selbst einen verlassenen Eindruck. Der Anblick eines Fußgängers, ganz gleich welchen Alters, war eher selten.

Abgesehen natürlich von den Hundebesitzern. Fast in jedem Haus hielt man sich einen Hund. Unter der Woche waren die Herrchen und Frauchen meist den ganzen Tag fort, sodass die Hunde ihren einzigen richtigen Auslauf – eine pflichtgetreue Runde um die gepflegten Häuserblocks von Cobb's Crossing – nur am Abend hatten.

Am 2. November waren überall noch Spuren von Halloween zu sehen, ausgehöhlte Kürbisse an den Vorderveranden, baumelnde Pappskelette vor den Eingangstüren, falsche Spinnweben in den Fenstern. In den stillen Minuten vor Mitternacht führte eine Frau, die eben von einer *Tosca*-Aufführung im Kennedy Center Opera House zurückgekehrt war, ihren Labrador namens Coffee um den Block.

Coffee und seine Besitzerin waren gegenüber der Keswick Lane Nr. 207 stehen geblieben, weil Coffee am Pfeiler eines Briefkastens schnuppern musste.

Plötzlich hob er den Kopf, und ein tiefes Knurren drang aus seiner Kehle. Sein Rückenfell sträubte sich, seine Ohren richteten sich auf. Beim ersten Bellen geschah es: ein Aufblitzen von Licht, gefolgt vom Klirren zersplitternden Glases, weil ein Mann durch das große Wohnzimmerfenster des Hauses jenseits der Straße geschossen kam.

Der Mann stand in Flammen.

Er landete brennend in einer Azaleenhecke, rappelte sich in einer Aura von Flammen hoch, brach zusammen und rollte sich über den dunklen Rasen. Der Hund zerrte jaulend an seiner Leine, während seine Besitzerin wie versteinert dastand und auf die schaurige Szene starrte. Sie schien nicht zu begreifen, was ihre Augen sahen; ihre Aufmerksamkeit war gefesselt – allerdings nicht von dem Mann, sondern von dem Fenster, durch das er hervorgebrochen war.

Es bestand aus einer einzigen riesigen Glasscheibe, wirkte aber durch das angebrachte Holzgitter wie ein Sprossenfenster. Ein Teil dieser Sprossen umgab den Körper des Mannes, und der Anblick des weißen, von züngelnden Flammen gesäumten Gitters, das knarzte und krachte, während der Mann sich auf dem Rasen wälzte, ließ die Frau erstarren. Sie musste an ein Feuerwerk denken, das sie vor einigen Jahren im Urlaub in Mexiko gesehen hatte, und diese unangemessene Erinnerung lähmte sie irgendwie. Für Sekunden, die wie Minuten schienen, stemmte sie sich gegen den zum Sprung ansetzenden heulenden Hund, bis der Mann in eine Gruppe von Flussbirken rollte, wild um sich schlug und dann liegen blieb.

Erst dann reagierte sie. Sie ließ den Hund von der Leine und rannte zu dem Mann. Sein Haar hatte Feuer gefangen, seine Augenbrauen waren verbrannt, und er schrie. Sie riss sich den Mantel vom Leib, kniete neben dem Mann nieder, drückte die Jacke auf Gesicht und Haar, um die Flammen zu ersticken.

Wuuummmmmm!

Hinter ihr ein hohles Krachen. Der Hund bellte, während eine Welle von Hitze und Licht über den Rasen rollte. Als sie sich umsah, standen die Vorhänge in Flammen. Sekunden später war das Haus nur noch ein einziges Inferno.

Die Frau schnellte hoch, rannte zum Nachbarhaus und trommelte mit den Fäusten an die Tür. Ein verwirrter Mann in Boxer-Shorts, eine Flasche Red Dog in der Hand, öffnete ihr. »Notruf!«, schrie sie. »Den Notruf, schnell!«

Bis die Frau mit Decken unterm Arm zum Haus Nr. 207 zurückgekehrt war, hatten sich schon zahlreiche Nachbarn auf der Straße davor versammelt. Die meisten hatten sich nur rasch einen Mantel über den Schlafanzug geworfen. Der Mann auf dem Rasen stand nicht länger in Flammen. Mehrere Nachbarn, einer von ihnen barfuß und nur mit einer Pyjamahose bekleidet, trugen ihn unbeholfen die Auffahrt hinunter, weg von der unerträglichen Hitze, die aus dem Haus strömte. Der Mann stöhnte, als sie ihn auf den Bürgersteig legten. Die Frau hörte sich selbst reden: »Ich führte gerade Coffee aus. Ich war direkt auf der anderen Straßenseite ...«

Konfus plapperte sie weiter – die typische Reaktion auf ein Trauma, wie sie als Psychologin selbst wusste! Erst als sie die Auffahrt hinaufschaute und das kleine rot-gelbe Plastikauto neben der Garage stehen sah, dachte sie an die Hausbewohner – die Frau, wie hieß sie noch? Karen? *Kathy!* Und den süßen kleinen Jungen, das einzige richtige *Kind* in der Nachbarschaft, das mit dem Plastikauto an den Wochenenden die Auffahrt rauf- und runterfuhr. Der Junge, der an Halloween, als Hase verkleidet, mit einem orangefarbenen Plastikkürbis vor ihrer Tür gestanden hatte. Sie erinnerte sich genau: der Junge auf der Vorderveranda, seine Mutter lächelnd hinter ihm.

»Und wer bist *du?«,* hatte sie gefragt, das Körbchen mit Süßigkeiten halb hinter dem Rücken versteckt. »Wer könntest du denn wohl sein?«

Der Kleine, der das R noch nicht richtig beherrschte, hatte eifrig geantwortet: »Ostahase«, und seine Mutter hatte gelächelt.

Warum hatte sie nicht eher an die beiden gedacht? Das Auto des Jungen begann zu schmelzen und Blasen zu werfen. Waren sie zu Hause? Waren sie da drinnen?

»O Gott«, sagte sie. »O Gott!« Sie rannte auf das Inferno los. Sie war schon dicht an der Vordertreppe, als jemand sie von hinten packte und zurückzog.

Der Hund bellte noch immer.

In der Notaufnahme des Fair Oaks Hospital trafen die Krankenschwestern Vorkehrungen, um die Kleider des Mannes wegzuschneiden.

»Polyester«, stöhnte eine von ihnen und schüttelte den Kopf. Baumwolle brannte. Polyester schmolz. Wenn man es abzog, schälte man die Haut mit ab.

Der Mann trug einen schwarzen Rollkragenpulli. Die Schwester sah an der verkohlten, zähflüssigen Masse an seinem Hals, dass es extrem unangenehm werden würde, den Kragen zu entfernen. Der Mann hatte Verbrennungen dritten Grades, und man konnte fast mit Sicherheit sagen, dass es zu Entzündungen kommen würde. Trotzdem würde er sich davon erholen. Das eigentliche Problem war die Lunge. Er atmete angestrengt, vermutlich war die Lunge von der sengend heißen Luft schwer angegriffen.

Es dauerte eine Weile, bis sich die Lebenszeichen des Mannes stabilisierten. Mit Infusionsnadeln im Arm wurde er in den OP geschoben und für die Operation vorbereitet. Zunächst musste eine Tracheotomie, ein Luftröhrenschnitt, vorgenommen und ein Atemschlauch eingeführt werden. Der Zustand der Lunge war schon kritisch genug, aber das Halsgewebe war bereits so geschwollen, dass der Mann zu ersticken drohte. Nach der Tracheotomie würde man sich daranmachen, das verbrannte Fleisch und die Stoffreste vom Körper zu entfernen und eiternde Wunden bloßzulegen.

Bestimmt gibt es nichts Schmerzhafteres als Verbrennungen, dachte der Anästhesist, nachdem der Patient zu stammeln begann. Es waren schreckliche, erstickte Laute, die kaum als menschliche Stimme zu erkennen waren.

»Sonderbar«, sagte eine der Schwestern, »er sieht gar nicht nach einem Hispano aus.«

Der Dienst habende Assistenzarzt stand über den Patienten gebeugt. »Das ist nicht Spanisch«, sagte er. »Das ist Italienisch.«

»Und was sagt er?«

Der Arzt zuckte mit den Achseln. »Ich weiß nicht. Ich habe es nie richtig gelernt.« Er legte den Kopf auf die Seite und lauschte noch einmal. »Ich glaube, er betet.«

6

Als der Verletzte auf dem Operationstisch lag, war das Feuer an der Keswick Lane so weit unter Kontrolle, dass sich zwei Feuerwehrmänner auf die Suche nach möglichen Opfern machen konnten. Von den Nachbarn war ihnen mitgeteilt worden, dass zwei Personen im Haus lebten – die Eigentümerin und ihr dreijähriger Sohn. Einen Ehemann gab es nicht. Sie war allein erziehende Mutter. Ihr Volvo stand in der Garage.

Trotz der fortgeschrittenen Stunde und der Novemberkälte war die Zahl der Schaulustigen auf über fünfzig angestiegen. Eine chaotische Szene mit Sanitäts-, Polizei- und TV-Kamerawagen. Blaulichter blinkten durch die Nacht. Und überall schlängelten sich Schläuche über den Rasen, der sich in einen Sumpf verwandelt hatte.

Zwei Kamerateams und ein Radioreporter vergrößerten das Durcheinander mit einem Wirrwarr von Kabeln und Lampenstativen. Mit sehr ernsten, betroffenen Mienen hielten sie Feuerwehrmännern und Schaulustigen Mikrofone vors Gesicht.

Nach allem, was man gehört hatte, war aus dem Feuer niemand lebend herausgekommen – mit Ausnahme des brennenden Mannes.

Zunächst suchten die Feuerwehrmänner den verkohlten und durchnässten Trümmerhaufen, der vom Erdgeschoss übrig geblieben war, nach Überlebenden ab – vergebens. Die Durchsuchung des ersten Stocks musste verschoben werden, da die Treppe nicht begehbar war.

Draußen wurde eine Leiter mit zwei jungen Feuerwehrmännern im Korb vor einem der oberen Fenster in Position gebracht und das Fenster eingeschlagen.

Beide Feuerwehrmänner waren davon überzeugt, dass ihre Unternehmung sinnlos war. Niemand konnte den Brand überlebt haben. Wer sich vor den Flammen hatte retten können, war dem Rauch zum Opfer gefallen. Trotzdem gab es immer die leise Hoffnung, dass jemand in einem Badezimmer Zuflucht gesucht hatte, jemand mit der Geistesgegenwart, die Tür mit feuchten Handtüchern abzudichten. Feuer war unberechenbar – manchmal nahm es einen richtiggehend aufs Korn, manchmal ließ es einen seltsamerweise ungeschoren. Bei Feuer konnte man nie wissen.

Der jüngere der beiden Feuerwehrmänner steckte den Kopf durchs Fenster und testete den Fußboden mit einem Brecheisen. Nachdem er sich davon überzeugt hatte, dass der Boden nicht nachgab, kletterte er hinein und ließ seinen Kollegen auf der Leiter zurück, damit er ihm im Notfall helfen konnte.

Was der Feuerwehrmann vorfand, war genau das, was er erwartet hatte: einen Erwachsenen. Und ein kleines Kind. Sie waren noch in ihren Betten, das heißt, in dem, was von ihren Betten übrig geblieben war – Matratzen, auf ihre Federn reduziert, und Häufchen zersetzten Stoffes. Das Bettzeug der Opfer war in Flammen aufgegangen und hatte netzartige, verkohlte Rückstände auf ihrer Haut zurückgelassen. Neben dem Kopf des Kindes lagen zwei kleine Glasaugen, die letzten Überreste eines Stofftiers. Der Junge und die Mutter waren immer noch als Menschen erkennbar, was ein »Glück« war. Wären die Feuerwehrwagen nur wenige Minuten später eingetroffen oder wäre der Hydrant etwas weiter entfernt gewesen, wäre von den Opfern und dem Haus nichts übrig geblieben außer Kochen und Rauch.

Es war die Aufgabe des Polizeichefs, die nächsten Angehörigen zu informieren – was auf der Stelle geschehen musste. Wenn ein Vierhunderttausend-Dollar-Haus in einem teuren Vorort wie Cobb's Crossing abbrannte und die Bewohner darin umkamen, war das eine echte Nachricht, und solche Nachrichten verbreiteten sich schnell. Zwar war das Feuer nach Redaktionsschluss der *Post* ausgebrochen, aber das Frühstücksfernsehen würde sofort einen Bericht senden. Deshalb erledigte der Polizeichef die nötigen Anrufe gleich und brachte in Erfahrung, dass das Haus einer gewissen Kathleen Ann Carpenter gehörte, die mit ihrem dreijährigen Sohn dort lebte oder, besser gesagt, gelebt hatte. Aus den Versicherungsunterlagen ging hervor, dass der nächste Angehörige ihr Bruder Joseph war, der in McLean wohnte.

Und der in diesem Augenblick träumte.

In seinem Traum stand Joe Carpenter am Ufer des Potomac River, gleich oberhalb der Great Falls, und angelte. Er warf den Köder aus, und die Leine flog im hohen Bogen über den Fluss – ein perfekter parabolischer Traumwurf, der genau den anvisierten Punkt erreichte. Sobald der Köder im Wasser schwamm, biss ein dicker Barsch an, und der Träumer hob die Rute gen Himmel, um ihn einzuziehen.

Aber irgendwo klingelte ein Telefon, und er wurde stocksauer. Es war schlimm genug, dass diese gottverdammten Dinger mitten in einem Konzert im Kennedy Center, an der schönsten Stelle der Neunten, läuten mussten – aber jetzt! Irgendein Idiot hatte doch tatsächlich sein Handy zum Angeln mitgenommen. Was hatte das Angeln für einen Sinn, wenn man sein blödes Handy dabeihatte.

Er zog die Rute geschickt nach rechts und kurbelte mit der freien Hand an der Spule. Aus nächster Nähe trieb seine eigene Stimme zu ihm hin:

Hallo, hier spricht Joe Carpenter. Ich kann Ihren Anruf im Augenblick nicht entgegennehmen. Wenn Sie mir eine Nachricht hinterlassen, rufe ich gern zurück.

Der Fluss, der Fisch, die Rute und die Angelrolle lösten sich in nichts auf. Er lag wach, aber mit geschlossenen Augen in der Dunkelheit und wartete darauf, den Anrufer zu hören. Aber, wer immer es war, er legte auf. Hätte ich mir denken können, dachte Joe und drückte den Kopf noch etwas tiefer in das Kissen.

Er wollte zurück, zurück in den Traum, aber der Traum war nicht mehr einzuholen. Der Fluss war weg, der Fisch war weg, und alles, was er herüberretten konnte, war seine Empörung über das Telefon. Das Phantomtelefon. Sein Telefon.

Und dann läutete es wieder. Diesmal ging er ran.

»Was?«

Die Stimme des Mannes klang professionell, ruhig, vernünftig und offiziell. Aber was er sagte, war alles andere als vernünftig, und es drang erst Minuten später in sein Bewusstsein vor, als Carpenter schon im Wagen saß und durch die Nacht nach Fairfax fuhr. Es hatte gebrannt. Die Leichen waren noch nicht identifiziert, aber die Leichen ...

»Nein«, dachte Joe.

... Die Leichen entsprachen ...

Entsprachen was?

... dem, was wir über die Bewohner wissen. Ihre Schwester ... Kathleen ...

Und ihr Sohn ...

Brandon. Der kleine Brandon.

Die Straße führte den Potomac entlang, nicht weit von der Stelle entfernt, an der er im Traum geangelt hatte. Am gegenüberliegenden Flussufer, hinter den Türmen der Georgetown University, lichtete sich der Himmel zur Morgendämmerung.

Sie waren tot. Natürlich hatte sich der Mann anders ausgedrückt. »Es hat zwei Opfer gegeben.« Joe Carpenter biss die Zähne so fest zusammen, dass das Blut in seinen Schläfen pochte. Kathy. Einmal in ihrem verkorksten Leben war Kathy wirklich glücklich gewesen. Ausgeglichen. *Heiter!* Und wider Erwarten war sie eine wunderbare Mutter geworden, und der Kleine ...

Brandons Gesicht tauchte vor Joes innerem Auge auf, und er schaute weg, schob das Bild mit aller Gewalt zur Seite. Kurbelte das Fenster runter und spürte die kühle Luft auf seinem Gesicht. In Rosslyn, jenseits des Flusses, bog er in die Auffahrt zur 66 ein. Der Gegenverkehr war schon dicht.

Wie konnte das Haus abbrennen?, fragte sich Carpenter. Es war praktisch neu, und alles – der Herd, die Leitungen, das Heizsystem, *alles* – war auf dem neusten Stand. Er selbst hatte die Hausinspektion vorgenommen. Überall waren Rauch- und Kohlenmonoxiddetektoren. Seine Schwester hatte sogar Feuerlöscher anbringen lassen! Als Kathy Mutter geworden war, hatte Sicherheit plötzlich einen hohen Stellenwert bekommen.

Er wusste, dass er jetzt nicht an das Haus denken sollte. Er sollte an seine Schwester denken. Er verwandelte eine Katastrophe in etwas Abstraktes, betrachtete sie wie ein Detektiv, nicht wie ein Bruder. Vielleicht war er in der Verleugnungsphase, aber er konnte tatsächlich nicht glauben, dass sie tot war. Nur zu hören, dass sie tot war, machte es noch nicht zur Wirklichkeit. Er konnte nicht glauben, dass das Haus abgebrannt war, und wenn das Haus nicht abgebrannt war, wie konnte sie dann tot sein? Wie konnte Brandon dann tot sein?

Warum hatten sie sich nicht in Sicherheit gebracht?

Der Mann am Telefon hatte ihm nicht genügend Einzelheiten berichtet. Er wollte mehr wissen. Er wollte alles wissen. Er gab Gas, obwohl er wusste, dass es sinnlos war. *Opfer.* Er konnte sie nicht retten.

Er war auf dem Weg zum Leichenschauhaus, schlug dann aber unvermittelt die Richtung zu Kathys Haus ein, fuhr wie ein Roboter. Wenige Blocks von Cobb's Crossing entfernt, wurde die Luft plötzlich beißend. Rauch stieg ihm in die Nase, und ihn verließ aller Mut. Bis eben hatte er sich, irgendwo in seinem Innern, an eine winzige Hoffnung geklammert: Es war eine Verwechslung gewesen – die falsche Adresse, eine andere Kathy Carpenter.

Jetzt war sie erloschen, die Hoffnung. Er sah die Blaulichter der Feuerwehrautos, lenkte den Acura an den Straßenrand, machte den Motor aus und legte den restlichen Weg zu Fuß zurück.

Er wusste, dass man die Untersuchung der Brandursache bereits eingeleitet hatte. Eine Routinesache. Man versuchte immer, die Ursache eines Brandes herauszufinden. Dabei ging es nicht darum, irgendjemandes Neugier zu befriedigen oder gar vom Unglück zu lernen. Die Antwort auf die Frage »Warum ist dieses Feuer ausgebrochen?« hat wichtige rechtliche und finanzielle Folgen. War es eine Zigarette gewesen? Ein defekter Warmwasserboiler? Ein schadhafter Kamin?

Durch die Schuldzuweisung wurde bestimmt, wer zu zahlen hatte und wie viel, und so wurde der Frage sofort – und energisch – nachgegangen.

Sechs Wagen parkten vor dem Haus. Carpenter registrierte sie mit beiläufiger, instinktiver Sorgfalt: ein Streifenwagen, zwei zivile Polizeifahrzeuge, zwei Feuerwehrautos und ein gelbbrauner Camry, der wahrscheinlich dem Versicherungsdetektiv gehörte. Ein uniformierter Mann entrollte ein gelbes Absperrband von einem Pfosten der Auffahrt zum anderen. Das Band war mit den Worten bedruckt:

POLIZEIABSPERRUNG – NICHT ÜBERTRETEN

Ein intensiver Geruch hing in der Luft, ein Gemisch aus verbranntem Holz und Plastik. Das Haus selbst, der Anblick des Hauses, traf ihn wie ein Hieb in den Magen. Es war ein totes Haus, und zum ersten Mal seit dem Telefonanruf nahmen die Worte einen Sinn an. *Opfer.* Seine Schwester war tot; sein Neffe war tot. Das Haus schwelte in der Mitte eines von Reifenspuren durchzogenen Rasens – ein Trümmerhaufen von verkohltem

Holz und angelaufenem Metall. Brandons kleines Plastikauto neben der Garage war nur noch eine rot-gelbe Pfütze. Die Fenster des Hauses waren zerborsten, und ohne ihre Glashaut hatten sie den leeren Blick eines Toten. Durch ihre Öffnungen konnte er die ausgebrannten Eingeweide sehen. Er wandte sich ab und ging auf den Polizisten zu, der mit dem gelben Band beschäftigt war.

»Was ist passiert?«

Der Polizist war noch jung, hatte rotes Haar, Sommersprossen, blaue Augen. Ein kleiner Klugscheißer, dachte Carpenter. Der Polizist blickte auf.

»Hier hat es gebrannt.«

Carpenter hätte ihm am liebsten eine Ohrfeige verpasst, doch stattdessen holte er tief Luft. Als er sie wieder ausstieß, war sein Atem wie Dampf in der kühlen Morgenluft.

»Wie ist das Feuer ausgebrochen?«

Der Polizist sah ihn an, als wollte er sich Carpenters Gesichtszüge einprägen. Schließlich deutete er mit dem Kinn zu den Feuerwehrwagen. »Die meinen Brandstiftung.«

Und wieder war Carpenter fassungslos. Er hatte etwas anderes erwartet. Eine Zigarette vielleicht – Kathy rauchte noch immer, wenn auch nie in der Nähe des Kindes, aber sie rauchte noch. Deshalb vielleicht eine Zigarette. Oder ein Heizgerät, oder ... nein, kein Heizgerät, nicht in diesem Haus, nicht mit diesem Heizsystem. Vielleicht ein Blitz? Eine Zigarette, ein Kurzschluss wegen eines Haushaltsgeräts – in den Verbrauchersendungen im Fernsehen wurde ständig davor gewarnt. Ein Haushaltsgerät – aber Brandstiftung?

»Was?«

Der Jungbulle musterte ihn dreist. »Wer sind Sie überhaupt?«

Carpenters Verstand arbeitete blitzschnell. Ein Teil registrierte, dass der Jungbulle auf Draht war, dass er wusste, dass Pyromanen oft an den Ort des Verbrechens zurückkehren. Ein anderer Teil dachte, dass er natürlich hätte wissen müssen, dass einen Pyromanen die Anwesenheit von Polizeiwagen rechtzeitig gewarnt hätte. Bei Verdacht auf Brandstiftung wird die Brandstelle augenblicklich zum Tatort. Und wenn es obendrein Opfer gegeben hat, wird es ein Fall für die Mordkommission.

»Warum sollte jemand Kathys Haus niederbrennen wollen?«, sagte er laut.

7

He, Joe! Was machen *Sie* denn hier?«

Beim Klang der halb spöttischen, halb vorwurfsvollen Stimme drehte sich Carpenter um. Ein rötliches Gesicht grinste ihn an.

»Jim Riordan«, sagte das Gegenüber.

»Ich erinnere mich.«

»Also, was machen Sie hier eigentlich?«

»Es ist das Haus meiner Schwester.«

Riordans Grinsen erstarb augenblicklich. »Entschuldigen Sie, Joe«, sagte er schließlich. »Tut mir Leid. Das wusste ich nicht.«

In einem kleinen Raum im Polizeipräsidium saß er Riordan gegenüber und wartete darauf, dass der Detective sein Telefongespräch beendete. Bei ihrer letzten Begegnung war es umgekehrt gewesen: Riordan hatte, etwas unbehaglich, ihm gegenüber in seinem, Carpenters, Büro gesessen. Er hatte sein »gutes Stück« angehabt, einen abgetragenen Nadelstreifenanzug, der ihm eine Nummer zu eng war.

»Ein Jahr dauert's noch«, hatte Riordan gesagt, »dann bin ich draußen. Was ich dann mache? Den ganzen Tag auf meinem Arsch hocken? Kann ich mir nicht vorstellen. Deshalb will ich mich jetzt schon mal umschauen – das Terrain sondieren, sehen, was sich auf die Beine stellen lässt. Und da dachte ich mir, warum nicht ganz oben anfangen, verstehn Sie? Drum bin ich hier und rede mit Ihnen.«

Diese Art von Gespräch führte Carpenter ein-, zweimal die Woche. Wenn es kein Cop war, dann war es einer vom FBI oder von der Drogenfahndung, vom Pentagon oder vom CIA. Alle brauchten einen Job, und weil sie alle eine entsprechende Vorbildung hatten, war eine Detektei immer die erste Anlaufstelle. Aber das Einzige, wodurch Riordan für Carpenter interessant schien, war seine letzte Bemerkung beim Hinausgehen: »Und wenn sich gar nichts findet, dann schreib ich halt weiter an meinem Drehbuch.«

Das war wirklich interessant. Denn Bullen, die schreiben konnten, waren so selten wie Schneeleoparden, und Carpenter Associates suchte immer nach Detektiven, die Berichte schreiben konnten, die dann an die Kunden – vorwiegend Anwälte und Börsenmakler – geschickt wurden. Deshalb arbeiteten so viele Journalisten für die Firma. Wenn Riordan schreiben konnte, hatte Carpenter vielleicht eine Stelle für ihn.

»Ihr Arsch hängt da drin«, brüllte Riordan ins Telefon. Der zornige Tonfall holte Carpenter abrupt in die Gegenwart zurück. Der Detective knallte den Hörer auf die Gabel, sah Carpenter an und zuckte die Achseln. »Tut mir Leid.«

Dann begann Riordan etwas zu suchen. Er wühlte in den Papieren auf dem Schreibtisch, fand das Gesuchte und schob es Carpenter über den Tisch zu. »Es war Brandstiftung, ohne Frage. Mehrere Brandherde, überall Rückstände von chemischen Beschleunigern.«

Carpenter sah den vorläufigen Bericht der Feuerwehr durch, dem auch eine grobe Skizze der beiden Stockwerke des Hauses beigefügt war. Da waren Markierungen an sieben verschiedenen Stellen, darunter auch den beiden Schlafzimmern. Carpenter wusste, dass natürliche Brände fast immer von einer einzigen Stelle ausgingen. Er blickte zu Riordan auf.

»Da ist noch was.« Der Detective trommelte mit den Fingern auf die Tischplatte. »Das Gas war an – nicht nur der Herd. Auch im Keller. Jemand hat sich am Wasserboiler zu schaffen gemacht. Die Feuerwehrfritzen meinen, wenn sie mit ihren Löschwagen fünf Minuten später eingetroffen wären, dann wäre das ganze Haus wie eine Rakete in die Luft geflogen. Nichts wäre übrig geblieben, absolut gar nichts.«

Carpenter runzelte die Stirn. »Sie wollen damit also sagen ...«

»Ich will damit sagen, wer immer das getan hat, dürfte nicht zimperlich gewesen sein. Es war ganz sicher Brandstiftung und so was wie Overkill, verstehn Sie? War wie ...« Die groben Gesichtszüge des Polizisten verzogen sich zu einer kläglichen Grimasse. »Weiß selbst nicht, was. Wie ›verbrannte Erde‹ oder so. Als ob nichts als Asche zurückbleiben sollte.« Der Detective beugte sich über den Schreibtisch. Er öffnete den Mund, als wollte er etwas sagen, besann sich dann aber wieder. Er schüttelte den Kopf und verzog schmerzlich das Gesicht. »Ich sollte Ihnen das alles nicht sagen. Ich vergesse es immer wieder. Sie *ermitteln* hier ja nicht. Sie sind lediglich ein naher Angehöriger.«

»Schon gut«, sagte Carpenter, als spielte es keine Rolle. »Die Sache ist doch die: Sie haben gedacht, dass jemand vielleicht versucht hat, Beweise zu vernichten. Und nun wollen Sie wissen, welche Beweise. Was hat meine Schwester ...«

Riordan fiel ihm ins Wort. »Ich sollte Sie vielleicht erst mal zum Leichenschauhaus fahren, damit Sie die Leichen identifizieren. Ich glaube, bevor wir über Ihre Schwester reden, sollten wir sicher sein, – dass es auch wirklich Ihre Schwester ist.«

Als sie schon auf dem Weg zur Tür waren, läutete das Telefon. Riordan zögerte kurz, dann schob er sich an Carpenter vorbei und griff zum Hörer.

»Was?«, fragte er, während er in seinen Mantel schlüpfte. Die Stimme am anderen Ende der Leitung sagte etwas, und Riordan warf einen raschen Blick auf Carpenter. »Herrje«, sagte er. »Ja. Ja. Okay.« Als sie hinausgingen, zündete sich Riordan eine Zigarette an.

»Worum ging's denn?«, fragte Carpenter.

Riordan stieß den Zigarettenrauch aus. »Wobei?«, fragte er.
»Am Telefon.«
Riordan schüttelte nur den Kopf.

Zehn Minuten später fuhren sie beim Leichenschauhaus vor. Carpenter löste seinen Sicherheitsgurt und wollte schon aussteigen, aber der Detective hielt ihn zurück.

»Hören Sie mal, Joe«, sagte er etwas verlegen. »Ich möchte Sie um etwas bitten.« Er räusperte sich. »Finden Sie nicht auch, dass ein Arzt nicht das eigene Kind operieren sollte?«

»Wie bitte?«

»Ein Arzt sollte sein Kind nicht operieren, ein Anwalt sollte sich nicht selbst verteidigen, und Sie ... Sie sollten den Fall mir überlassen.«

»Ich werde dran denken.«

Riordan schlug mit den Händen aufs Lenkrad. »Ich spreche offensichtlich an eine Wand, aber ...« Er warf einen Blick auf seine Uhr. »Wissen Sie, ich kenne das schon: Exbullen, Spione, Armee-Ermittler – alles Leute mit Sachkenntnis und alle an einem Fall dran, in den sie persönlich verwickelt sind, das gibt ein Chaos sondergleichen. Bringt nur 'ne Menge Kummer, und obendrein wird alles verpfuscht.«

Carpenter schwieg. Der Detective stieß einen Seufzer aus. »Ich hab jemanden beauftragt, Ihren Wagen herzubringen. Und dann möchte ich, dass Sie nach Hause fahren. Ich rufe Sie später an.«

Joe Carpenter war in einer seltsamen Verfassung, er sah alles wie aus weiter Ferne – als wäre er eine Kamera, die auf ihn selbst gerichtet war. Er empfand so gut wie nichts. Als sagte er sich: Also gut, gehe ich halt ins Leichenschauhaus, um meine tote Schwester zu identifizieren. Er sah sich selbst das Gebäude betreten und ins Wartezimmer gehen, einen nüchternen Raum mit Bildern von Meereslandschaften an den Wänden. Er sprach mit einer Frau, die einen weißen Kittel trug, der mit einem Namensschildchen, auf dem BEASLEY stand, versehen war. Sie schrieb seinen

Namen in ein großes grünes Buch und begleitete ihn zum Kühlraum, wo die Leichen in sargähnlichen Schubladen aufbewahrt wurden.

Selbst als er Kathy und dann auch noch Brandon identifizierte, regte sich nichts in ihm. Es war, als betätigte er eine Marionette, während der wirkliche Joe Carpenter zusah.

Das blonde Haar seiner Schwester war jetzt nichts weiter als ein verkrustetes schwarzes Scheitelkäppchen. Die Lippen waren geöffnet, und die blauen Augen starrten in das Neonlicht. Die Brauen und Wimpern waren verbrannt, was dem Gesicht einen leeren, dümmlichen Ausdruck gab. Brandon sah noch schlimmer aus, die Haut war verkohlt und mit Brandbläschen übersät.

Carpenter hatte schon oft Tote gesehen, und Kathy und Brandon sahen ganz genauso aus – einfach tot. Sie sahen puppenhaft tot aus, als wären sie nie lebendig gewesen. Die Frau im weißen Kittel – Beasley – stand in angespannter Verteidigungsstellung hinter ihm, als wartete sie darauf, dass er jeden Augenblick Amok laufen würde. Stattdessen aber nickte die Joe-Carpenter-Puppe und bestätigte mit gefasster Stimme die Identität der beiden Leichen. Die Frau entspannte sich und schrieb etwas auf ein Formular. Er hörte das Kratzen des Filzstifts auf dem Papier. Er unterschrieb irgendwas, ohne es durchzulesen. Dann verließen sie den Raum.

Im Flur legte die Frau ihre Hand vorsichtig auf seinen Arm. Es war, als könnte er den Druck nicht fühlen. »Wollen Sie sich einen Augenblick setzen?«, fragte sie. »Soll ich Ihnen ein Glas Wasser bringen?«

»Danke, es geht schon. Aber ich würde gern den Amtsarzt sprechen.«

»Tja«, sagte sie stirnrunzelnd, »das ist nicht ...«

»Tom ist ein Freund von mir«, sagte er beschwichtigend.

»Ich rufe ihn kurz an«, sagte sie und ging zum Telefon. »Vielleicht ist er gerade bei einer Au ..., bei irgendwas Wichtigem.«

Im Wartezimmer hockten zwei verängstigte lateinamerikanische Jugendliche auf einem orangefarbenen Plastiksofa. Ein Polizeibeamter wartete in der Nähe, und als ihre Namen aufgerufen wurden, schossen sie, wie von der Tarantel gestochen, hoch. Carpenter starrte auf die Meereslandschaft an der Wand – ein trostloses Ölgemälde einer sturmgepeitschten Küste, hohe Wellen, die sich immerzu an grauen Felsen brachen.

Er hörte den Singsang einer Stimme hinter sich – »okay, okay« – und drehte sich um, nachdem die Frau den Hörer aufgelegt hatte. »Gehen Sie bis zum Ende des Flurs …«

»Ich kenne den Weg.«

Tom Truong blickte von seinem Schreibtisch auf und erhob sich. »Tscho!«, sagte er und streckte Carpenter eine zarte Hand entgegen, von der ein Hauch von Formaldehyd ausging. Truong schien gleichzeitig zu lächeln und die Stirn zu runzeln. »Was kann ich tun für dich? Du arbeiten an Fall?«

Joes Verbindung zu dem Amtsarzt war auf außergewöhnliche Art zu Stande gekommen. Sie hatten in derselben Altherren-Fußballmannschaft gespielt, bis sich Carpenter vor zwei Jahren die Kniescheibe verletzt hatte. Trotz seines zierlichen Körperbaus war Truong ein abgefeimter Verteidiger mit messerscharfen Ellenbogen und einer Abwehrtechnik, die einen wie eine Sense niedermähte. Erst nach mehreren Jahren kamen sie auf ihren Beruf zu sprechen, was im Whitey's bei einem Glas Bier geschah. Später engagierte Carpenter Truong gelegentlich als gerichtsmedizinischen Berater und erfahrenen Sachverständigen. Er war ein ausgesprochen sorgfältiger und begabter Pathologe und, trotz seiner wackeligen Englischkenntnisse, ein hervorragender Gutachter. Die Geschworenen liebten ihn.

»Kein Fall«, sagte Carpenter. »Es geht um meine Schwester. Sie liegt hier, mit meinem Neffen.«

Entweder glaubte Truong, Carpenter wollte ihn auf den Arm nehmen, oder er verstand ihn nicht richtig. »Wie bitte, Tscho?«, fragte er mit einem verschmitzten Blick. »War nur Scherz, oder?«

»Nein. Die Sache mit der Brandstiftung.«

Truongs Honigkuchenpferd-Grinsen schwand. »*Car-penter*«, murmelte er vor sich hin. »Oh, Tscho. Sorry. Das tut mir Leid.«

»Hast du schon die Autopsie vorgenommen?«

Truong nickte ernst. »Tschimmy bitten mich um Eile. Wegen Brandstiftung.« Er seufzte. »Deine Schwester. Und kleines Kind.« Seine Augen verengten sich zu Schlitzen. »Also, nicht Feuer hat sie getötet.«

Carpenter nickte automatisch. Dann erst begriff er. »Was?!«

Truongs großer Kopf wippte auf seinem dünnen Hals hin und her. »Keine Rauchpartikel in Lunge. Kein Kohlenmonoxid in Blut. Das allein sagt, ob Opfer *vor* Feuer gestorben. Und nicht nur das. Hast du Körper gesehen?«

»Ja. Ich habe sie identifiziert. Deshalb bin ich ja hier.«

»Nein. Du hast Körper gesehen? Oder Gesichter?«

»Die Gesichter.«

»Wenn du Körper anschaust, Körper von beiden, siehst du, dass Haut bedeckt ist mit ... sieht aus wie kleine Schnitte. Die passieren, wenn Mensch in Feuer ist. Ganz normal – weil Haut platzt. Fleisch, weil voll Flüssigkeit, dehnt sich in Hitze, Haut nicht, so Haut bricht überall, gibt Druck nach. Aber in diesem Fall, erwachsene Frau – deine Schwester – sie hat kleine Schnitte an jede Hand, und die sind anders, sie sind nicht nur Haut. Fleisch auch beschädigt. Die sind eindeutig Spuren von Verteidigung, weißt du. Ich das sehe, und ich suche weiter, und ich sehe, warum. Deine Schwester – Stich in Brust. Todesursache Aortaklappe. Durchtrennt! Kleiner Junge.« Truong beugte sich über seinen Schreibtisch. »Seine Kehle ganz durchgeschnitten. Von Ohr zu Ohr.« Er sank in seinen Stuhl zurück, so als hätte ihn dieser Vortrag enorme Kraft gekostet.

Er hob die Hände und ließ sie wie Blätter flattern. Dann presste er sie zusammen. »Tscho. Ist kein Tropfen Blut mehr in kleiner Junge. Beide tot, vielleicht eine Stunde – *dann* Feuer.«

Carpenter starrte ihn an.

»Was ist mit dem Kerl?«, fragte Truong. »Ehemann?«

»Welcher Kerl?«

»Ich höre«, sagte Truong, »dass dritte Person im Haus von deiner Schwester. Er kam aus Fenster, in Flammen. Weil deine Schwester so gestorben, ich dachte, vielleicht er ...« Er zuckte mit den Achseln.

»Wo ist dieser Kerl?«

»In Station für Verbrennungen.«

»Welches Krankenhaus?«

Truong zuckte wieder mit den Achseln. »Vielleicht Fair Oaks. Vielleicht Fairfax.«

8

Eine Stunde später wartete Riordan im Fair Oaks Hospital auf Carpenter und hatte sich an einem Schreibtisch in einem Ärztebüro schon häuslich eingerichtet. Eine Krankenschwester führte Carpenter zu ihm. Als er das Zimmer betrat, stellte sich der Detective etwas steif vor den Schreibtisch, als wollte er etwas verbergen. Er schien sich nicht gerade wohl in seiner Haut zu fühlen.

»Sie wollen einfach nicht auf mich hören, was?«

»Sie haben mir nicht gesagt, dass Sie einen Verdächtigen haben.«

»Er war kein Verdächtiger, bis der Bericht des Amtsarztes eintraf«, verteidigte sich Riordan. »Bis dahin war er nur ein weiteres Opfer.«

»Irgendein Kerl kommt aus dem Fenster des brennenden Hauses, in dem zwei Tote liegen, geflogen, und Sie erwähnen es nicht einmal! Und Sie glauben, er sei ein Opfer?«

»Er war ein Opfer. Eine lebende Fackel.«

»Meinetwegen. Aber das bedeutet doch nur, dass er eine Niete ist. Wer ist er?«

»John Doe.«

»Soll das sein Name sein, ›John Doe‹?«

»Na ja, der steht mehr für ›Mr. X‹; er hat nämlich bei der Einlieferung nicht gerade Name, Beruf und Geburtsdatum angegeben. Er hatte auch keinen Personalausweis dabei.«

Carpenter schwieg. »Der Autoschlüssel?«, fragte er schließlich.

»Nein. Kein Schlüssel, kein Ausweis, kein Geld. Kein gar nichts.«

»Und was hat das bitte schön zu bedeuten? Dass er per Fallschirm gelandet ist? Ist das vielleicht Ihre Theorie?«

»Jetzt machen Sie aber mal 'nen Punkt ...«

»Haben Sie die Autos überprüft?«

»Welche Autos?«

»Die geparkten Autos! Die Autos in der Nachbarschaft – haben Sie die überprüfen lassen?«

»Ja«, sagte Riordan zögernd.

»Und? Was haben Sie ...« Plötzlich fühlte sich Carpenter völlig erschöpft. Während er noch versuchte, einfache Gedanken zu fassen, überwältigte ihn die Müdigkeit. Die Feuerwehr war gegen Mitternacht angerufen worden. Jetzt war es zwei Uhr nachmittags. Es waren also vierzehn Stunden vergangen, und nach Riordans Blick zu urteilen, hatte niemand daran gedacht, die Straßen der Siedlung abzugehen und die Nummernschilder zu notieren. Jetzt war es zu spät, es sei denn, »John Doe« arbeitete allein.

»Kleider gibt's auch keine mehr«, sagte Riordan. »Bin sicher, Sie – wollten gerade danach fragen. Sie waren voller Blut und mussten dem Kerl vom Leibe geschnitten werden. Die Schwestern haben sie weggeworfen. Sondermüll. Hab versucht, sie noch aus irgendeinem Mülleimer rauszufischen, aber sie waren nicht mehr aufzutreiben. Jetzt können wir nur noch abwarten, bis die Ärzte erlauben, dass ich mit ihm spreche. Wenn es soweit ist, werde ich ihm dieselben Fragen stellen, die Sie ihm stellen würden. Und dann nehme ich ihm die Fingerabdrücke ab. Die untersuchen wir dann, und wenn wir Glück haben, finden wir raus, wer er ist. Also, warum fahren Sie jetzt nicht nach Hause und lassen mich meinen Job machen?«

»Was ist *das*?«

»Was?«

»Was Sie da hinter Ihrem Rücken verstecken?«

Riordan stieß geräuschvoll die Luft aus und trat mit einem Augenaufschlag zur Seite, sodass Carpenter sehen konnte, was er hinter sich auf dem Schreibtisch verborgen hatte: ein Medikamententablett. Zwei Gegenstände lagen darauf, und einer davon war ein Messer, etwa zwanzig Zentimeter lang. Es war ein großes Messer, ein Jagdmesser, wie man es zum Abbalgen und Zerlegen von Wild benutzte. Carpenter sah es genauer an. Eigentlich ... war es ein Militärmesser.

»Ist er vielleicht Soldat?«

Riordan zuckte die Achseln. »Kann sein. Aber entscheidend ist doch: Er hat das Ding mitgebracht. Also ist nicht einfach jemand eingebrochen, worauf es zum Kampf in der Küche kam, sich jemand ein Messer schnappte ... Unser Typ kommt mit einem Messer ins Haus – und zwar nicht mit einem Brotmesser, sondern einem Kampfmesser ...«

»Sie wollen also sagen, es handelte sich um vorsätzlichen Mord?«

»Jawohl, der Mörder wusste, was er tat.«

Carpenter sah sich das Messer genauer an. Da, wo die Klinge ansetzte, war eine klebrige, bräunliche Substanz. Wie Blut. Ein paar Haare klebten daran. Blond, sehr fein. Kinderhaar. Brandons Haar. Tom Truongs Stimme hallte in seinem Kopf wider: *Kein Tropfen Blut mehr in dem kleinen Jungen.*

Der zweite Gegenstand auf dem Tablett war eine Flasche, sehr klein, wie ein kleines Schnapsfläschchen. Eine ungewöhnliche Flasche, aus dickem Glas; sie sah antik aus. Der Verschluss war aus dunklem Metall, wie eine Krone geformt, mit einem winzigen Kreuz darauf. In der Flasche war noch ein Rest einer klaren Flüssigkeit.

»Die Schwestern und Pfleger hatten natürlich überall hier ihre Pfoten drauf«, sagte Riordan. »Halten Sie mal auf, bitte.« Er reichte Carpenter ein kleines Plastiksäckchen, auf dem ein gedruckter Zettel klebte:

JOHN DOE
MPD-3601
02.11.95

Carpenter hielt das geöffnete Säckchen, während Riordan die beiden Gegenstände, ohne sie anzufassen, mit einem Bleistift hineinschob.

»Wo ist er?«

Riordan überhörte die Frage geflissentlich. »Wenn ich im Büro bin, lasse ich das Zeug genau unter die Lupe nehmen. Wir lassen alle Abdrücke abnehmen, die drauf sind, machen den Gegencheck mit denen der Schwestern und Pfleger und geben den Rest in den Computer. Dann sehe ich zu, was ich über die Flasche rausfinden kann. Wir lassen die Flüssigkeit untersuchen und alles, was wir auf dem Messer finden.« Er hielt inne. »Eins sollten Sie nicht vergessen: Wer immer dieser Kerl ist, Ihre Schwester hat ihm eine versetzt. Der Amtsarzt hat Gewebe und Blut unter den Fingernägeln ihrer rechten Hand gefunden. Ich lass DNS-Tests machen, und die vergleichen wir dann.« Er hielt erneut inne. »Und jetzt gehen Sie wohl besser nach Hause.«

Carpenter folgte Riordan zur Tür hinaus. Der Detective trug das Plastiksäckchen zwischen Daumen und Zeigefinger vor sich her. Dann blieb er stehen und legte die freie Hand auf Carpenters Arm. »Sehen Sie, ich dürfte Ihnen das alles eigentlich gar nicht verraten. Oder Ihnen die Beweisstücke zeigen. Denn eigentlich ...« Riordan schaute auf seine Fußspitzen. »Also genau genommen sind Sie selbst ein Verdächtiger.«

»Ach, wirklich?«

»Ja, wirklich!«

»Was reden Sie da, Jim?«

Riordan zuckte die Achseln. »Was, wenn Ihre Schwester Ihnen zum Beispiel all ihr Geld vermacht hat? Was, wenn sich herausstellen sollte, dass Sie sie gehasst haben wie die Pest? Ich meine – Sie verstehen schon.«

»Das ist doch völliger Quatsch.«

»Natürlich ist es Quatsch«, sagte Riordan gleichmütig. »Ich sag ja bloß, wie's *aussieht.* Ständig erhalten wir Aktenvermerke von oben oder werden zu Besprechungen einberufen. Und eins von den Dingen, die man uns dann immer wieder einhämmert, ist ›den Anschein von Unkorrektheit‹ zu vermeiden.«

»Unkorrektheit?«

»Nein! Den *Anschein* von Unkorrektheit. Das ist was anderes. Niemand muss unbedingt was Falsches tun. Es muss nur falsch aussehen – zum Beispiel, wenn ich Ihnen das hier zeige.« Riordan deutete mit dem Kinn auf das Plastiksäckchen in seiner Hand. »Könnte falsch ausgelegt werden.«

Carpenter schüttelte den Kopf, sagte aber nichts. Er war zu müde, um wütend zu werden. Außerdem meinte Riordan es nicht böse. Und genau genommen – hatte er Recht.

»Und überhaupt«, sagte der Detective und setzte sich wieder in Bewegung, »müssen Sie Ihre Angehörigen anrufen. Vorbereitungen treffen. Die Presse ist hinter der Sache her. Und wenn die Pressefritzen erst mal rauskriegen, dass es kein gewöhnlicher Hausbrand war ...« Seine Stimme verlor sich.

Riordans nüchterner Menschenverstand wirkte wie eine kalte Dusche. Carpenter hatte sich so darauf konzentriert, zu begreifen, was vorgefallen war, dass er die normalen Verpflichtungen wie »Verwandte anrufen« völlig vergessen hatte. Riordan hatte Recht. Natürlich musste er Anrufe erledigen. Außer Kathy hatte er keine Geschwister, und die Eltern waren tot. Aber da waren Kathys Exmann, ihre Freunde, ihre Kollegen beim Rundfunk. Tante Lillian. Und Brandon? Brandon hatte keinen Vater, wohl aber Paten. Es waren also doch ziemlich viele Leute, die er anrufen sollte, damit sie nicht übers Fernsehen oder über die Zeitung erfuhren, was passiert war. Die Liste in seinem Kopf wurde immer länger, während er neben Riordan herstolperte. *Vorbereitungen.* Er musste sich um die Särge kümmern. Die Grabsteine. Die Gräber.

Es gab unendlich viel zu tun, und trotzdem musste er immerzu an Brandon denken – das Messer und das Blut und die Haare. Warum sollte – wie *konnte* – jemand die Kehle eines dreijährigen Kindes durchschneiden?

»Ich werde mich bei Tommy Truong erkundigen«, sagte Riordan, »wann die Leichen freigegeben werden und …«

»Wie ist sein Zustand?«, fragte Carpenter.

»Wessen?«

Carpenter schaute ihn nur an.

»Ach, Sie meinen John Doe? Ernst, aber stabil! Es heißt, er dürfte die Kurve kriegen. Freut Sie das?«

»Ja.«

»Mich auch.«

Riordan blickte Carpenter nach, bis dieser um die Ecke des Korridors verschwunden war. Sieht gut aus, der Kerl, dachte er, groß, breitschultrig, athletisch. Aber *nervtötend.* Selbst heute, selbst hier, lief er herum, als gehörte ihm der ganze Laden.

Riordan dachte, dass er sich wegen seiner Verbindung zu Carpenter vielleicht besser aus dem Fall zurückziehen, ihn jemand anderem überlassen sollte. Aber das wäre eine verdammt feige Art, um sich die Sache vom Hals zu halten. Schließlich war er, bei aller Bescheidenheit, der beste Ermittler der Mordkommission – und er würde morgens nicht mehr in den Spiegel schauen können, wenn er den Fall abgäbe, nur weil er sich die Chancen für einen neuen Job verpatzen würde.

Ja, Carpenter würde ein Problem darstellen. Keine Frage. Aber er würde ihn einfach behandeln müssen wie jeden anderen, auch wenn er sich dann abschminken konnte, in dessen Firma zu arbeiten. Na ja, da konnte man nichts machen.

Nicht dass der Fall besonders kompliziert war. Man hatte bereits einen Verdächtigen und eine Mordwaffe. Zwar wusste niemand, wie der Kerl hieß, oder kannte gar dessen Motiv – aber das spielte keine Rolle, weil man beweisen konnte, dass er's getan hatte. Und es *war* Mord. Das Motiv spielte keine Rolle, auch der Name nicht. Die Gefängnisse waren mit John Does gefüllt, die Menschen getötet hatten, ohne dass jemand die Gründe verstand.

Aber vielleicht hatte man ja auch Glück. Vielleicht war John Doe einfach ein Verrückter. Vielleicht hatte ihm ein Hund befohlen, es zu tun. Vielleicht war eine Lebensversicherung im Spiel. Ein Exmann. Ein Geliebter.

Riordan hoffte auf eine einfache Lösung, andernfalls würde ihm Carpenter erst richtig auf die Pelle rücken – ihn bedrängen, dies und jenes zu tun, dies abzuchecken und jener Spur nachzugehen. Nein, es käme bestimmt noch schlimmer. Wenn *er*, Riordan, Joe Carpenter wäre und eine große Detektei besäße und wenn *seine* Schwester und *sein* Neffe umgebracht worden wären ... Er würde die Ermittlungen selbst führen und jedes gottverdammte Mittel, das ihm zur Verfügung stand, voll ausnutzen. Und der Bulle, der mit dem Fall betraut war, nämlich Jimmy Riordan höchsteigen, würde überall, wohin er ging, auf Carpenters Spuren stoßen.

Der Bursche hatte einen Haufen Leute, die er auf den Fall ansetzen konnte – mehrere Dutzend! Leute, die vom FBI, von der Drogenfahndung, dem CIA, der *Washington Post* oder sonst woher kamen, saßen bei Carpenter Associates. Er konnte also mehr und, um ehrlich zu sein, *bessere* Leute einsetzen als die hiesigen Behörden. Und mehr Geld hatte er auch. Was bedeutete, dass Jimmy Riordan schließlich Zeugen befragen würde, die Carpenter längst vernommen hatte. Er würde Verbindungen herstellen, die Carpenter schon ein paar Tage zuvor geknüpft hatte, und Fährten aufnehmen, denen Carpenter längst nachgegangen war – denen Riordan aber trotzdem würde nachgehen müssen.

Allein der Gedanke machte ihn müde. Und er war auch tatsächlich müde. Den Anruf hatte er mitten in der Nacht bekommen, und seither war er auf den Beinen. Und die taten ihm jetzt weh. Sein Adrenalin war aufgebraucht, und er war ganz benebelt im Kopf. Er brauchte unbedingt eine Tasse Kaffee. Erst mal sollte er aber das Revier anrufen.

Denn Carpenter hatte in einem Punkt Recht, und das war die Sache mit John Does Auto. Riordan würde einen Streifenwagen losschicken, um die Keswick Lane und die benachbarten Straßen abzufahren und die Nummernschilder der dort geparkten Autos zu prüfen. Danach würde man die Kennzeichen durch den Computer der Kfz-Meldestelle laufen lassen. Ein Wagen, dessen Besitzer weder in den umliegenden Häusern noch an seiner eigenen Adresse, noch an seinem Arbeitsplatz zu finden war, bekam dann einfach einen Hemmschuh verpasst. Leihwagen sowieso.

Riordan erledigte den Anruf und wartete dann im Schwesternzimmer, bis die Oberschwester aufkreuzte. Er nannte ihr seinen Namen und sagte, er nehme John Does persönliche Dinge an sich. Sie ließ ihn irgendwas unterschreiben. Er ließ sie auch irgendwas unterschreiben. Dann trug er den Beutel mit den Sachen hinaus zu seinem Wagen, schloss ihn im Kofferraum ein und ging zum Krankenhaus zurück. Er wollte doch noch mit der Schwester sprechen, die die Gegenstände aus John Does Taschen genommen und in den Beutel gesteckt hatte. Nach der Geschichte mit O. J. konnte man nicht sicher genug gehen, wenn es sich um Beweisstücke handelte.

Die Schwester hatte gerade Pause, aber er fand sie schließlich in der Kantine, wie sie sich in einen Groschenroman vertiefte. Er stellte ihr nur ein paar Fragen. Nachdem er seine Antworten hatte, holte er sich eine Tasse Kaffee und ließ sich mit seinem Notizbuch an einem Tisch nieder.

Das Notizbuch war eins von etwa hundert, die er besaß, weil er für jeden großen Fall ein neues anlegte. Sie sahen alle gleich aus – schwarz, zehn mal achtzehn Zentimeter, sechs Ringe, eng liniert. Auf der ersten Seite notierte Riordan den Namen des Opfers, die Nummer des Falls und die Paragrafen der Gesetze, die gebrochen worden waren. Die Handschrift war peinlich sauber, geradezu elegant.

Im Notizbuch stand noch nicht viel. Doch irgendwann würde es vollgeschrieben sein und wie all die anderen auf dem Bücherbord in dem kleinen Zimmer, das ihm zu Haus als Büro diente, seinen Platz finden. Riordan nippte an seinem Kaffee und dachte über den Fall nach. John Doe. Das Einzige, was er über den Mann wusste, war – abgesehen von der Tat selbst –, dass er, nach Aussage eines Assistenzarztes, etwas auf Italienisch gemurmelt hatte.

Das war möglicherweise ein Ansatzpunkt, konnte aber auch zu einem Problem werden. Vielleicht war John Doe ja *Giovanni* Doe. Hoffentlich nicht, dachte er. Er hatte schon häufiger Fälle gehabt, in die Ausländer verwickelt waren, und da Washington nicht weit war, mischten sich die Botschaften manchmal ein. Und die waren nicht gerade hilfreich.

Was ist eigentlich, dachte Riordan, wenn der Bursche tatsächlich ein echter Ausländer ist? Was, wenn er für eine Botschaft arbeitet? Was, wenn er diplomatische Immunität besitzt?

Er nahm noch einen Schluck Kaffee.

Der zweite war nie so gut wie der erste.

Joe Carpenter hatte das Krankenhaus nicht verlassen. Er befand sich zwei Stockwerke über der Cafeteria und folgte einer grünen Linie, die am Boden des Flurs verlief und von einem Korridor zum nächsten führte. Ja, er hatte Vorbereitungen zu treffen, eine ganze Menge, aber vorher wollte er den Kerl sehen, der Kathy und Brandon brutal ermordet hatte. Ein Pfleger hatte gesagt, die grüne Linie würde ihn zur Station für Verbrennungen führen.

Er trat durch eine Doppeltür, den Blick auf den Boden geheftet, beharrlich der grünen Linie folgend. Wie ein Vorschulkind. Wie *Brandon.* Das Bild des Kleinen tauchte vor seinem geistigen Auge auf: diese äußerste Konzentration, wenn Brandon in großen krakeligen Lettern seinen Namen schrieb. Und noch ein Bild: der schlafende Brandon, ein Lächeln auf seinem Gesicht – und seine Kehle durchgeschnitten wie bei einem geschlachteten Tier.

Und Kathy. Und Tom Truongs Stimme: *... kleine Schnitte an jeder Hand ... eindeutig Spuren von Verteidigung ...*

Kathy. Im Dunkeln. Schlafend. Plötzlich ein Geräusch. Ein nicht zu definierendes Geräusch. Dann ein Messer, das auf sie niedergeht, und ihre Hände, die reflexartig hochschnellen ...

Er kam an einem Schwesternzimmer vorbei, aber niemand schien ihn zu bemerken. Er wusste selbst nicht, was er tun würde, wenn er die Station gefunden hatte. Vielleicht diesen Kerl nur betrachten.

Und dann – war er am Ziel. Viel war nicht zu sehen. John Doe hinter einer großen rechteckigen Glasscheibe. Jedenfalls nahm Carpenter an, dass es Doe war; er war der einzige Patient, den er sehen konnte, also musste er es sein. Doe war an verschiedene Schläuche angeschlossen, und die Partien von ihm, die nicht bandagiert waren – dazu gehörte auch ein Großteil des Kopfes –, waren mit einer dicken weißen Salbe eingeschmiert. Carpenter hatte sich einmal die Hand verbrannt, und der Name des weißen Zeugs fiel ihm plötzlich ein. Silvadin.

Soweit Joe Carpenter wusste, hatte niemand den Kerl gesehen, bevor sein Gesicht in Flammen aufging. Also war er wirklich und wahrhaftig ein John Doe. Kein Name. Keine Beschreibung. Auch keine Beschreibung *möglich*. Wer war er? Warum hatte er es getan? Was mochte er jetzt denken?

War er überhaupt bei Bewusstsein? Carpenter konnte es nicht erkennen. Aber wenn er es war, konnte er ihm vielleicht ein paar Fragen beantworten. Simple Fragen. Carpenter wollte schon nach der Türklinke greifen, als ein Mann in einem Papierkittel mit einem wütenden Schrei auf den Gang stürzte.

Der Arzt zog seinen Gesichtsschutz herunter. Er hatte kleine helle Augen und vorstehende Zähne, die Carpenter an ein Eichhörnchen erinnerten. »Hab ich mich nicht deutlich ausgedrückt? Wie oft soll ich es noch sagen? Das hier ist ein keimfreier Bereich.« Carpenter gab keine Antwort und wich keinen Schritt zurück. Er schaute ihn nur an, und sein Blick war so bar allen Interesses, dass das Eichhörnchen etwas zögerte, bevor es erneut loslegte: »*Niemand* ist befugt, diese Station zu betreten.«

Das Eichhörnchen glaubte offenbar, Carpenter gehöre zur

Polizei, und Carpenter sah keinen Grund, das Missverständnis richtig zu stellen. »Mr. Doe wird des zweifachen Mordes verdächtigt«, sagte er, »und ich möchte so bald als möglich mit ihm sprechen.«

»Mein Patient«, erwiderte das Eichhörnchen in herablassendem Tonfall, »steht derzeit unter starken Beruhigungsmitteln und ist äußerst infektionsgefährdet. *Ich* werde *Sie* wissen lassen, wann es angebracht ist, ihn zu verhören.«

Carpenter nickte. »Danke für Ihre Hilfsbereitschaft.«

»Und, seien Sie drauf gefasst: Er wird noch eine ganze Weile nichts von sich geben.«

»Tatsächlich? Und warum nicht?«

Das Eichhörnchen lächelte und deutete mit dem Finger auf die eigene Kehle. »Hab ich euch Jungs schon gesagt. Trach-Schlauch.«

»Was ist das?«

»Das heißt, dass er nicht sprechen kann.«

Carpenters Blick wanderte durch die Scheibe hinüber zu Mr. Doe und dann zurück zu dem Arzt. »Wie lange?«

Das Eichhörnchen zuckte die Achseln. »Hören Sie mal, Detective«, sagte es aufgebracht, »jetzt gibt's für Sie nur noch abwarten, verstanden? Er wird ein paar hässliche Narben zurückbehalten, vielleicht sogar 'ne ganze Menge – die linke Gesichtshälfte, der Hals, die Brust –, aber er kommt durch. Vorerst aber kommt er sonst nirgendwohin. Wir werden Sie über seinen Zustand auf dem Laufenden halten.«

»Tun Sie das.« Damit wandte sich Carpenter ab und ging.

An diesem Abend legte sich Carpenter auf die Couch und schaltete den Fernseher an. Er musste wohl an die vierzig Telefonate geführt haben. Die Hälfte der Leute, die er angerufen hatte, wussten bereits von der Sache und wollten Einzelheiten von ihm erfahren. Die ständige Wiederholung der Fakten hatte zur Folge, dass er sich nach einer Weile loslöste von dem, was er sagte. Er rasselte die Geschichte mit der unbeteiligten Gelassenheit eines Nachrichtensprechers herunter, der von einer Missernte in Idaho berichtete.

Die andere Hälfte der Anrufe – bei denen, die noch nichts wussten – war weit schlimmer. Sie wurden von der Nachricht überrumpelt wie von einer Bombe aus heiterem Himmel, und ihre heftigen Reaktionen schmetterten ihn jedes Mal nieder.

Ruhelos zappte er von Sender zu Sender und wurde das Gefühl nicht los, irgendetwas Wichtiges vergessen zu haben. Er holte sich ein Bier aus dem Kühlschrank und ging über die Wendeltreppe auf die Terrasse des zweiten Stocks. Das Haus schmiegte sich an einen steilen Hang, und dort oben war er mitten in den Baumkronen. Er lehnte sich ans Geländer und schaute durch die dunklen Zweige auf den blassen, bewölkten Himmel. Es waren keine Sterne zu sehen.

Er hörte das Telefon läuten. Zuerst wollte er einfach nicht drangehen, dann aber besann er sich eines anderen.

»Hallo.«

Riordans Stimme bellte durch die Leitung. »›Hallo?‹ So melden Sie sich am Telefon? *Hallo?* Verdammte Scheiße ...«

Carpenter starrte auf den Hörer. »Wie?«

»Was *wie?* Was zum Teufel hatten Sie auf der Station zu suchen?«

»Rufen Sie deshalb an?«

»Ich verrate Ihnen, weshalb ich anrufe: John Doe hat sich diesen Scheißschlauch aus dem Hals gerissen.«

»Was hat er?«

»Er hat versucht, sich umzubringen. Die Ärzte erzählen mir erst, er sei so bedudelt, dass er nicht bis eins zählen könne, und trotzdem zieht er sich diesen verdammten Schlauch raus. Als man ihn so vorgefunden hat, hielt er das Ding noch immer umklammert. Seine Krallen waren nur mit dem Brecheisen zu öffnen.«

Carpenter fühlte einen Stich in der Brust. Er wollte nicht, dass John Doe starb. Er hatte eine Menge Fragen, und Doe war der Einzige, der sie ihm beantworten konnte. Und zudem war er der

Mann, mit dem er eine Rechnung zu begleichen hatte. »Ist er okay? Wird er ...«

»Doch, doch, er kommt durch, und sein Hirn hat auch keinen Kurzschluss abgekriegt. Aber jetzt mal zurück zu *Ihnen!* Welcher Teufel hat Sie denn geritten? Ich hab da diesen neuen Kompagnon, verstehen Sie? Vom Typ her ein junger FBI-Mann. Der hat immer ganz tolle Ideen, und diesmal hat er laut gedacht, dass John Doe vielleicht gar nicht selbst versucht hat, sich ins Jenseits zu befördern, so voll gepumpt mit dem Zeug, wie der war. Vielleicht habe ein anderer nachhelfen wollen.«

»*Wie?* War etwa jemand ...«

»Und dann«, fiel ihm Riordan ins Wort, »erzählt dieses Frettchen von Doktor was von dem ›anderen Detective‹, der sich in die Station schleicht. Und mein junger FBI-Typ fragt: ›Was für ein anderer Detective?‹ Und das hört sich überhaupt nicht nach einem von uns an. Hört sich vielmehr genau nach Ihnen an.«

»Ich wollte ihn mir nur anschauen.«

Riordan stieß ein hässliches Lachen aus. »Großartig. Kleiner Schaufensterbummel. War nicht besonders schlau von Ihnen.«

»Ich kam nicht mal über die Schwelle. Der Arzt hat mich rausgeworfen.«

»Ich weiß. Hab ich schon gehört.«

»Na, dann haben Sie richtig gehört. Wann ist denn die Sache mit dem Schlauch passiert?«

Riordan überging die Frage einfach. »Jetzt mal raus mit der Sprache. Wohin wollten Sie?«

»Moment mal. Glauben Sie etwa, ich wär drin gewesen? Ich hätte die Hand des Kerls um den Schlauch gelegt? Sie wollen ein *Alibi* von mir?« Es fehlte nicht viel, und er hätte aufgelegt. Er empfand die Entrüstung des zu Unrecht Angeklagten. »Ich bin nach Hause gefahren«, sagte er, »und danach war ich die ganze Zeit am Telefon.«

»Nun, das lässt sich überprüfen«, sagte Riordan.

»Nur zu.«

»*Muss* ich ja, wenn Sie solchen Scheiß machen«, gab Riordan zurück. »Passen Sie auf, ich will Ihnen mal was sagen. Ich glaube nicht, dass Sie reingegangen sind, okay? Ich glaube, dass sich der Kerl selbst umlegen wollte. Es sieht nun mal aber so aus: Die Ärzte checken ihn alle zehn Minuten, es ist noch ein Kind auf der Station, weiter hinten ist das Schwesternzimmer, überall sind Leute, es gibt *keine* Möglichkeit, unbemerkt an ihn ranzukommen. Aber Sie – Sie marschieren da rein und behaupten, Sie seien Detective –«

»Ich hab nie gesagt, dass ich Detective bin. Der Arzt hat –«

»Erst mal macht man mich zur Minna, weil ich keinen Wachmann vor Does Tür postiert habe ... Dabei hatte ich schon einen angefordert, aber diese wandelnde Uniform nimmt sich Zeit für den Weg in die Klinik. Und jetzt darf ich meine Zeit damit vertrödeln, Ihre verdammten Anrufe zu überprüfen, nur um meinem FBI-Junior zu beweisen, was los ist, *dass Sie's nicht gewesen sein können.* Und wenn ich Sie nicht überprüfe, sieht es komisch aus, weil alle wissen, dass ich Sie kenne. Und dann noch was, ich glaube nicht, dass Ihr Besuch auf der Station nur ein Schaufensterbummel war. Ich wette, Sie hatten die hirnverbrannte Absicht, mit dem Kerl zu sprechen.«

Carpenter holte tief Luft und stieß einen gedehnten Seufzer aus.

»Und das wäre einfach zu gut gewesen«, sagte Riordan. »Mal angenommen, Sie hätten Ihren Willen gekriegt und eine Aussprache mit dem Kerl gehabt und der hätte Ihnen tatsächlich seine Seele ausgeschüttet. Wenn dem Kerl der Prozess gemacht wird, was dann? Was ein Verteidiger daraus machen würde, brauche ich Ihnen wohl nicht zu sagen.«

»Warum wollte er sich umbringen?«

Riordan seufzte. »Vielleicht hatte er plötzlich Gewissensbisse«, sagte er abgekämpft.

»Ich frage mich –«

»Tun Sie mir einen Gefallen«, unterbrach ihn Riordan, »und fragen Sie sich nichts. Tun Sie überhaupt nichts. Helfen Sie mir, den Fall zu lösen – indem Sie sich verdammt noch mal raushalten!«

Riordans Zorn löste bei Carpenter stechende Kopfschmerzen aus. »Ich halte mich raus, sobald Sie mir sagen, wer meine Schwester umgebracht hat ...«

»Der verdammte John Doe hat ihre Schwester umgebracht.«

»Und wer er ist. Und warum.«

9

Am Tag der Beerdigung hatte es 25 Grad, ziemlich warm für November. Leuchtend wie Juwelen drehten sich die fallenden Blätter in der Luft, getragen von einem schwülen, fast tropischen Wind. Der Winter stand vor der Tür, aber das Wetter war mild wie im Juni. Und so schien das leuchtende Laub deplatziert, ja geradezu künstlich. Diejenigen, die aus der Stadt zur Beerdigung gekommen waren, hatten mit kühleren Temperaturen gerechnet und fühlten sich jetzt verschwitzt und unbehaglich in ihren Anzügen aus Kaschmir, Alpaka und Tweed. Selbst Carpenter war leicht benommen. Die unwahrscheinliche Wärme, die beklommenen Trauergäste, die wirbelnden Blätter – es war wie bei Außenaufnahmen für einen Film, der in falscher Szenenfolge und in der falschen Jahreszeit gedreht wurde.

Dieses Gefühl des Unwirklichen ließ sich nicht abschütteln. Selbst die Särge kamen ihm wie Requisiten vor, der kleinere schien übertrieben winzig, als hätte der Regisseur die Grausamkeit des Geschehens dramatisieren wollen. Und auch der Geistliche von der Unitarian Church, der Kathy seit einem Jahr angehörte, machte den Eindruck, als hätte er seine Rolle nur einstudiert. Er legte das passende ernste Gebaren an den Tag, wusste im richtigen Moment die Augen zu schließen oder gefühlvoll die Finger ineinander zu verschlingen.

Aber es steckte kein echtes Gefühl dahinter, jedenfalls schien es nicht speziell Kathy und ihrem Sohn zu gelten. Der Geistliche brachte Mitgefühl für alles und jeden auf, was seine Kummerbezeugungen oberflächlich und wie Allgemeinplätze wirken ließ. Nicht dass es Carpenter besonders störte: Die Kirche war groß, und der Geistliche kannte seine Schwester nicht gut. Als Carpenter mit ihm am Telefon die Totenmesse und das Begräbnis besprochen hatte, hatte ihn der Geistliche gebeten, ihm zu helfen, »die Zeremonie etwas persönlicher zu gestalten«. Er wollte wissen, wie er von der Dahingegangenen sprechen sollte. Von Kathleen? Von Kate oder Kath oder Kathy? Er bat um ein oder zwei Anekdoten aus ihrem Leben, etwas, was ihre Verwandten und Freunde an die »Lebende« erinnern würde.

Jetzt aber, am Grab, gab der Priester etwas Langweiliges von sich, das erbauend gemeint war. Etwas über die grenzenlosen Gefilde, in denen Kathy und Brandon jetzt weilten, und die unendlichen Dimensionen der Seele. Zumindest Carpenter kam es langweilig vor. Aber seiner Tante Lillian – der einzigen weiteren Verwandten auf der Beerdigung – schien es etwas zu bedeuten, denn sie lehnte sich an ihn und drückte inbrünstig seine Hand.

In gewisser Weise hatte er dieses seltsame Gefühl, dass alles um ihn herum irreal wirkte, seitdem er von Kathys Tod erfahren hatte. Zunächst hatte er geglaubt, es sei die normale Reaktion auf einen plötzlichen Todesfall, eine Art Schock also. Aber als er jetzt auf dem Friedhof stand, wurde ihm bewusst, dass dieses Gefühl so beherrschend war, weil er, wie die meisten Menschen, weit mehr Kinobegräbnissen beigewohnt hatte als wirklichen. Und er wartete geradezu auf die bedeutungsvolle Großaufnahme. Oder den langsamen Schwenk auf einen grasbewachsenen Hügel, wo ein geheimnisvoller Zuschauer stand – eine Silhouette, die sich scharf gegen den Himmel abzeichnete. Ein Liebhaber, der der Verstorbenen aus sicherer Entfernung die letzte Ehre erwies. Oder ein Killer, der sich an dem Unglück ergötzte, das er angerichtet hatte.

Carpenter wartete auf etwas – auf das Einsetzen von Musik

oder eine andere Kameraeinstellung –, was ihm helfen könnte, das Geschehen besser zu erklären.

Aber nichts passierte. Und genau das war es, was alles am Ende so unwirklich machte. Irgendwas fehlte – ein Grund für den Tod derer, um die man hier trauerte. Offenbar waren Kathy und Brandon nicht willkürlicher Gewalt zum Opfer gefallen – die Morde waren offensichtlich geplant gewesen. Und trotzdem ... nichts. Die Polizei hatte nicht einmal eine vage Vermutung. Und der Zustand des Tatverdächtigen hatte sich verschlechtert. Er war ohne Bewusstsein, seine Haut eiterte, seine angegriffene Lunge war entzündet. Es würde noch Wochen dauern, bis er wieder vernehmungsfähig war.

Die Leute am Grab sahen niedergeschlagen und bedrückt aus. Der plötzliche und brutale Tod von Menschen, die sie kannten, hatte sie schwer getroffen. Bestürzte Trauer um Brandon seitens der Eltern seiner Vorschulfreunde. Seine Kindergärtnerin, eine Frau mit langem braunem, zurückgestecktem Haar, wischte sich die Tränen weg. Ihre Unterlippe zitterte. Neben ihr stand ein kleiner Junge Hand in Hand mit seiner Mutter, die eine Sonnenbrille und einen verschleierten Hut trug.

Auch ein paar Kollegen vom National Public Radio waren gekommen, wo Kathy als Regisseurin gearbeitet hatte. Ein paar Nachbarn. Eine Frau, mit der Kathy im College die Bude geteilt hatte und die es als Reverenz für zwanzig Jahre gegenseitiger Weihnachts- und Geburtstagskarten auf sich genommen hatte, vierhundert Meilen hierherzufahren. Und Murray, der unermüdliche, großherzige Murray, Kathys Exmann. Aber keine engen Freunde, denn Kathy *hatte* keine engen Freunde.

Die Familie war nur durch ihn selbst und Tante Lillian vertreten, was jedoch nicht Kathys irgendwie schwierigem oder verschlossenem Charakter zuzuschreiben war. Es wurde Carpenter urplötzlich bewusst, dass die sechsundsiebzigjährige Schwester seines Vaters und er selbst alles waren, was von zwei immer dürftigeren Familienstammbäumen übrig geblieben war.

Murray war der Einzige, der weinte. Aber, wie bei dem Geistlichen, galt auch sein Kummer eigentlich nicht der Frau im Sarg. Murray gehörte zu der Sorte Mensch, die in Tränen ausbrechen, wenn sie ihr Lieblingssofa durch ein neues ersetzen. Trotzdem war ihm Carpenter dankbar. Das hemmungslose Zurschaustellen von Kummer schien ihm ein Tribut an seine Schwester, weit mehr als das üppigste Blumengebinde.

Schließlich beendete der Geistliche seinen Redefluss mit einem verbalen Schnörkel über die Leuchtfeuer in der Wildnis. Carpenter warf eine Hand voll Lehm auf die Särge und eine weiße Rose für Kathy. Dann ging er zur Seite.

Andere folgten seinem Beispiel. Er war ein paar Schritte entfernt auf dem Weg stehen geblieben, und die Trauergäste traten auf ihn zu, drückten ihm die Hand oder küssten ihn auf die Wange und sprachen ihr Beileid aus.

Eine der Ersten war die Frau mit dem kleinen Jungen; sie stellte sich als Marie Sanders vor. »Und das hier ist Jesse«, sagte sie voller Stolz. Carpenter lächelte dem Jungen zu und fragte sich im Stillen, ob es wohl ihr Sohn sei; sie hatten nicht die geringste Ähnlichkeit. Die Augen waren tiefbraun, die Haut dunkel und das Haar, das sich über der Stirn lockte, pechschwarz. Er war bildschön – wie sie. Aber auf völlig andere Weise. Sie war blasshäutig, blond und ... irgendwie vertraut.

»Kenne ich Sie?«, fragte er.

Sie schien von der Frage nicht überrascht, schüttelte jedoch den Kopf. »Ich glaube nicht«, sagte sie.

»Es ist nur ... Ich dachte, wir wären uns vielleicht schon mal begegnet.«

Sie lächelte unsicher. »Ich wollte nur sagen, wie Leid es mir tut. Kathy ...« Sie schaute zu Boden und schüttelte den Kopf. »Ich hab's in den Nachrichten erfahren.«

»Das tut mir Leid. Ich habe versucht, alle ihre Freunde anzurufen ...«

»O nein, bitte. So gut habe ich sie gar nicht gekannt. Es war überhaupt ein Zufall, dass ich von ihrem Tod erfahren habe.«

»Aber Sie sagten doch ...«

»Ich wohne nicht hier«, sagte sie hastig. »Wir waren auf Reisen und haben es über Satellitenfernsehen ...« Sie hielt inne, biss sich auf die Unterlippe. »Entschuldigen Sie. Ich rede Unsinn.«

»Ganz und gar nicht.«

»Ich habe Ihre Schwester in ... in Europa kennen gelernt, und ich habe sie sehr gern gemocht. Uns verband eine Menge. Und als ich ihr Foto und das von Brandon im Fernsehen sah ...« Ihre Stimme zitterte, und durch den Schleier hindurch konnte er erkennen, dass ihr die Tränen in die Augen traten. »Jedenfalls musste ich einfach kommen.« Sie nahm einen tiefen, bebenden Atemzug und gewann offenbar ihre Fassung allmählich wieder. »Und es tut mir so Leid«, sagte sie. »Es tut mir so Leid für Sie.«

»Danke«, sagte Carpenter. »Danke, dass Sie gekommen sind.«

Und dann war sie fort, und Murray trat vor ihn mit tränenüberströmten Wangen. »Es ist so schwer«, sagte er und schloss Carpenter in die Arme. »Ach, Joe, es ist so verdammt schwer.«

Carpenter selbst hatte vergessen, wie man weint, aber sein Kummer und Schmerz schnürten ihm die Kehle zusammen. Er verlor jemanden, der ihn so gut kannte wie sonst niemand auf der Welt, eine Gefährtin seiner Kindheit. Er verlor die »Allianz«, wie Kathy ihren Zusammenhalt als Kinder, ihr Bündnis gegen ihre Eltern, eines Tages feierlich getauft hatte.

Er sah ihr ernstes kleines Gesicht vor sich. In ihrem Spielzimmer in Washington, in einer Art Zelt, das Kathy aus Tüchern und Bettlaken errichtet hatte. Er war vielleicht fünf, Kathy zehn. »Wir müssen zusammenhalten«, sagte sie, »du und ich. Ich habe beschlossen, dass wir eine Allianz gründen.« Es dauerte noch Jahre, bis dieses Wort wirklich Teil seines Wortschatzes war, aber er wusste, was sie meinte. Kathy hatte eine Liste mit Pflichten aufgeschrieben und vorgelesen, die sie beide geloben mussten: *Nr. 1: Verpetze nie ein Mitglied der Allianz.* Sie stachen sich in die Finger, ließen Blut auf die Liste tropfen und begruben sie unter der Fichte. Noch als Erwachsene pflegten sie den Brauch, ihre gegenseitigen Briefe und Postkarten mit Kathys erdachtem Symbol, einem liegenden A, zu unterzeichnen.

Ihr Vater Elias war über zwanzig Jahre lang Kongressabgeordneter gewesen. Das Geld, das Elias' Karriere ermöglicht hatte, kam von seiner Frau Josie. Ihr Großvater hatte mit Whiskey ein Vermögen gemacht, und von dem Vermögen war ausreichend viel durch die Generationen gesickert, um Josie, ein Einzelkind, für den ehrgeizigen jungen Mann aus dem falschen Teil von Louisville zu einer guten Partie zu machen.

Weder Elias noch Josie zeigten besonderes Interesse an ihren Kindern. Wie die meisten Kongressangehörigen pendelten sie zwischen Washington und ihrem Heimatstaat hin und her, mit dem Ergebnis, dass Kathy und Joe weniger von Mama und Papa erzogen wurden als vielmehr von einer endlosen Reihe von Kinder- oder Au-pair-Mädchen, Babysittern und später »Angestellten«.

Joe hatte sich selbst kaum je Gedanken über die Kluft gemacht, die sich zwischen ihm und seinen Eltern auftat. Er fürchtete sich vor dem jähzornigen Naturell seines Vaters, und seine Mutter sah er selten. So war es eben. Er hatte eine teure Privatschule in Washington besucht, wo viele seiner Freunde sich in einer ähnlichen Situation befanden. Kathy allerdings hatte es etwas ausgemacht, zumindest so lange, bis schließlich doch der Punkt erreicht war, wo es ihr gleichgültig wurde.

Dass es so gekommen war, wusste er, denn als er einmal mit einem Getränk für Josie aus der Küche zurückkam, platzte er direkt in eine Auseinandersetzung zwischen seiner Mutter und seiner Schwester. Kathy blickte furchtbar zornig drein. »Du machst dir überhaupt nichts aus uns. Du wolltest doch nur Kinder haben, damit du ihre Namen auf deine Weihnachtskarten setzen kannst.«

Josie, die an ihrem Frisiertisch saß, nippte an ihrem Getränk. Sie drehte den Kopf zur Seite und legte einen Ohrring an. »Na hör mal, Liebes«, sagte sie, ohne den Blick von ihrem Spiegelbild zu lösen, »das ist nicht wahr. Du bedeutest mir sehr, sehr viel.« Er hatte noch immer die honigsüße Stimme seiner Mutter im Ohr. *Sähr, sähr viel.* Als sie glaubte, ihre Tochter besänftigt zu haben, erhob sie sich, nahm einen Zerstäuber aus Kristall, besprühte ihr Haar und schwebte dann durch eine Wolke von Duft. »Jetzt gib Mami einen Kuss«, sagte sie. »Ich bin spät dran.«

Elias betrachtete seine Vaterrolle als Pflichtübung. Er flocht seine Kinder sozusagen in seinen täglichen Arbeitsplan ein, eine Tatsache, auf die Joe von seiner Schwester hingewiesen wurde. Eines Abends, als sie in Washington wohnten, nahm sie ihn mit in Vaters Arbeitszimmer und zeigte ihm den ledergebundenen Terminkalender, wo sie ihre eigenen Namen in dem ausgefüllten Zeitplan des Kongressabgeordneten fanden.

7.00 – Frühstücksgebet mit Jungrepublikanern
8.30 – RNC-Zentrale: Republikanischer Lenkungsausschuss
10.15 – *mit Kindern zum Zoo*

Praktisch jeder Kontakt Elias' mit seinen Kindern war im Voraus geplant – wenigstens während der Zeit, die sie in Washington verbrachten.

Mit Joe zu Camillo: Haare schneiden
Mit Kathy reden: Träume versus Pläne

Daraufhin begannen sie, den Terminkalender zu durchforsten, um zu sehen, was sie erwartete, täuschten Krankheit vor oder machten andere Pläne, um jene Anlässe zu meiden, zu denen sie als Dekorationsobjekte mitgeschleift werden sollten. Sie deckten sich gegenseitig; sie logen füreinander; sie bildeten eine gemeinsame Front.

Kapitalbeschaffung für Senator Walling.
Familie mitbringen.

(»Mama! Mama! – Kathy muss sich übergeben und ... und ich fühl mich auch gar nicht gut.«)

Nach dem Begräbnis gab es ein Mittagessen. Er verspürte plötzlich den Wunsch, über seine Kindheit mit Kathy zu sprechen. Über die Allianz. Er hielt nach Murray Ausschau und nach der schönen Frau mit dem kleinen Jungen. Wie hieß sie doch gleich noch? Marie. Obwohl sie es verneint hatte, wurde er das Gefühl nicht los, sie irgendwie zu kennen. Vielleicht fühlte er sich nur zu ihr hingezogen, weil sie, neben Murray, als Einzige den Eindruck machte, als empfände sie Kathys Tod als persönlichen Verlust. Schließlich fand er Murray, oder Murray fand ihn. Die Frau mit dem kleinen Jungen aber war verschwunden.

Nach dem Essen fuhr er Tante Lillian nach Dulles. Auf dem Rückweg nahm er die Mautstraße, und als er zu Hause ankam, war es schon beinahe dunkel. Normalerweise freute er sich auf die lange, gewundene Einfahrt, das Knirschen des Kieses unter den Reifen, den weichen Rhythmus des Wagens, wenn er auf der Holzbrücke über den Fluss fuhr. In gewisser Weise war das der Grund gewesen, warum er das Haus gebaut hatte. Den ganzen Tag lang dachte er über seine Arbeit nach, über Pläne, Termine und taktische Entscheidungen – bis er über den Fluss fuhr. Dann fiel alles von ihm ab.

Die Umrisse des Hauses, wie es sich aus den Bäumen erhob, begeisterten ihn. In der Gegend um Washington gab es kein zweites Haus wie dieses, einerseits weil der Architekt Holländer war und andererseits weil er ein Spinner war. Oder ein Genie. Oder von beidem etwas. Auf jeden Fall ein Anthroposoph und als solcher – prinzipiell – ein Feind des rechten Winkels. Das Ergebnis war ein Millionen-Dollar-Haus, eine Anhäufung von Wölbungen und abgerundeten Nischen, von ungewöhnlichen Winkeln und überraschend großen Räumen.

Wer das Haus zum ersten Mal sah, zeigte eine von zwei möglichen Reaktionen: Entweder hielt er entzückt den Atem an, oder aber er biss sich auf die Unterlippe, nickte weise, wie um zu sagen: »Das kommt von zu viel Geld bei Leuten, die es eigentlich besser wissen müssten.« Carpenter gefiel die Vorstellung, Menschen nach ihren Reaktionen auf das Haus hin einzuschätzen, aber eigentlich konnte er es gar nicht. Einige von denen, an denen ihm am meisten lag (zum Beispiel Kathy), hatten nur den Kopf geschüttelt oder höflich gelächelt, als sie es sahen.

Die meisten allerdings änderten ihre Meinung, wenn sie das Haus betraten. Es war durchflutet von Licht, das durch ein gläsernes, in nord-südlicher Richtung verlaufendes Tonnengewölbe einfiel. Die Räume waren alle überdimensional groß und gingen fast nahtlos ineinander über. An den Wänden hingen Schwarz-Weiß-Fotos des alten New York und liebevoll gerahmte Zeichnungen von Yellow Kid, Krazy Kat und Little Nemo. Die Möblierung war nur spärlich: ein paar große Sitzteile in Schonbezügen und ein Flügel.

Heimzukehren war ihm sonst der Lohn für die Mühen des Tages, heute aber vermochten ihn die kühlen weißen Wände, die emporstrebenden Räume nicht aufzubauen. Heute kam ihm das Haus leer und kalt vor, mehr eine Festung als ein Refugium.

Er schenkte sich ein Glas Scotch ein und ging ins Arbeitszimmer, seinen Lieblingsraum. Drei der ungewöhnlich angeordneten Wände waren bis unter die Decke mit Bücherregalen gefüllt, vor denen spezialgefertigte Leitern auf Schienen rollten. In einer Ecke, ein paar Zentimeter über dem Boden, war ein Backsteinkamin mit Holzscheiten und Anzündmaterial darunter. Obwohl es warm war, machte Carpenter Feuer, hockte sich eine Viertelstunde davor, trank seinen Whiskey und sah zu, wie die Flammen an dem Holz züngelten.

Schließlich hörte er den Anrufbeantworter ab. Es waren siebzehn Nachrichten drauf. Er drehte auf höchste Lautstärke, trat auf die Terrasse ans Geländer und starrte auf die Birken, die sich im Wind wiegten. Die Luft war jetzt frischer, Regen war im Anmarsch.

Es waren zwei geschäftliche Anrufe. Alle anderen waren zumeist Beileidsbekundungen von Freunden und seinen Bekannten, die Kathy nie begegnet waren und deshalb auch nicht zur Beerdigung gekommen waren. Ein Anruf kam von einem der Fernsehsender. Ein anderer von der *Washington Post.* Und dann Monicas raue Stimme, die ihm sagte, wie Leid es ihr tue, und falls es etwas gebe, *irgendetwas*, was sie für ihn tun könne ... nun, ihre Nummer sei dieselbe geblieben.

Carpenter dachte darüber nach ... dachte daran, sie anzurufen, dachte an die Trennung zurück. Dachte: *Was ist los mit mir?*

Und die Antwort lautete: *das Übliche.*

Oder, genauer gesagt, es war dabei, das Übliche zu werden. Er lernte eine Frau kennen, die er wirklich mochte, sie blieben ein Jahr oder so zusammen – und dann fing es an zu bröckeln. Es gab ein Ultimatum, eine »Verlängerung«, eine weitere Verlängerung, und dann ... Monica räumte Claire – oder sonst wem – den Platz. Tatsächlich *war* es in diesem Fall Claire, die sich augenblicklich aber auf – einer Konferenz in Singapur befand. Sie hatte vor zwei Tagen angerufen, und er hatte ihr von Kathys Tod erzählt. Ihr Angebot, zur Beerdigung zu kommen, hatte er höflich abgelehnt, ein Angebot, das eh nur gemacht worden war, um abgelehnt zu werden.

Er trank den letzten Schluck Whiskey aus seinem Glas. Um ehrlich zu sein: Er war gern mit Frauen zusammen – aber immer nur mit jeweils einer. Monogamie, oder *wenigstens* sukzessive Monogamie, stellte für ihn kein Problem dar, und das Gleiche hätte für die Ehe gelten müssen. Doch die Ehe war etwas, was er gleich beim ersten Mal richtig hinkriegen wollte, und er war romantisch genug, zu glauben, dass er es merken würde, wenn die Richtige auftauchte, dass er dann nicht den geringsten Zweifel hätte, dass es für ihn die wichtigste Sache der Welt sein würde. Für Monica aber schien die Ehe so etwas wie ... na ja, wie eine von vielen Alternativen zu sein. Keine reizlose, gewiss, aber ...

Die letzte Nachricht auf dem Band war von Riordan. Carpenter hörte sie, ohne hinzuhören. Als das Band abgespielt war, stellte er fest, dass er kein Wort registriert hatte. Er spulte zurück und drückte ein zweites Mal auf *Play.*

Riordan gehörte zu denen, die nur äußerst ungern auf Anrufbeantworter sprechen. Er redete hastig und viel zu laut. »Tut mir Leid, wenn ich etwas zu ruppig war«, sagte er mit einer Stimme ohne jedes Bedauern. »Schaun Sie morgen kurz vorbei? Ich hätte da ein paar Fragen.«

10

Riordans Büro lag etwas abseits von der Route 29, im zweiten Stock eines hässlichen Kastens, eines typischen Verwaltungsgebäudes aus den 50er Jahren. Die Außenwände bestanden aus blauen Plastik- und Glaspaneelen, die durch verbeulte und löchrige Aluminiumstreifen abgesetzt waren. Es war zugleich ein modernes und ein veraltetes Gebäude, modern, weil es vergleichsweise neu war, und veraltet, weil es schäbig aussah, verglichen mit den ehrwürdigen Nachbarhäusern aus dem vorigen Jahrhundert.

Innen sah es auch nicht besser aus. Die Lärmdämmplatten an den Decken waren fleckig und hingen durch. Die Linoleumböden bedeckte eine jahrzehntealte, aus tausenden Schichten von Bohnerwachs bestehende Patina. Die Treppen erinnerten Carpenter an seine Grundschule, und als er die Stufen hochging, glaubte er, den Geruch saurer Milch wahrzunehmen.

Carpenter fand das Morddezernat im zweiten Stock. Es bestand aus mehreren in sich geschlossenen Büros, einzelnen leeren Räumen, die, wie er vermutete, Verhören vorbehalten waren, und einem Labyrinth von Arbeitsplätzen, die durch mannshohe Pressspanwände abgeteilt waren. Es herrschte Unordnung und Chaos wie in einem Pressebüro, und fast jeder hier saß vor einem Computer oder hing, wie Riordan, am Telefon.

Riordan war Mitte fünfzig und hatte jene typisch irische Haut, die nur da altert, wo sie der Witterung ausgesetzt ist. Sein

Gesicht und seine Hände waren rot, aber der restliche Körper war bestimmt weiß wie Milch. Als er Carpenter eintreten sah, grüßte er stumm. Er sah abgespannt aus. Er zog die Augenbrauen hoch und deutete auf einen Stuhl.

Die Luft war stickig, die Heizung auf den Kalender, nicht auf das Thermometer abgestimmt. Alle Polizeibeamten waren in Hemdsärmeln, und alle trugen eine Pistole. Hauptsächlich Schulterriemen und das merkwürdige Halfter im Kreuz. Bullen waren natürlich an die ständige Präsenz von Waffen gewöhnt, aber Carpenter fiel es in Polizeiwachen immer besonders auf: Jeder war bewaffnet.

Das war auch ein Umstand, warum Exbullen beinahe unbrauchbar waren, wenigstens was Carpenter Associates betraf. Nicht nur, dass sie nicht schreiben konnten. Sie waren zudem auffällig, wenn sie den Mund aufmachten: Sie bestiegen »Fahrzeuge« statt Wagen – und fuhren nie irgendwohin, sondern immer »einen Einsatz«. Darüber hinaus hatten sie eine Haltung, eine Art sich zu bewegen, die sehr viel damit zu tun hatte, dass sie eine Dienstmarke und eine Pistole trugen. Praktisch alle Bullen trugen zeitweise Uniform, und so erwarteten sie, ähnlich wie Schauspieler und Politiker, dass die Leute in ihrer Gegenwart irgendwie reagierten. Es war gar nicht so wichtig, ob die Reaktion negativ ausfiel – Hauptsache, es gab eine. Und dieses Symptom erstreckte sich leider noch weit über ihre Zeit bei der Polizei hinaus.

Riordan legte auf, sah Carpenter an und klatschte in die roten Hände. »Der Wagen«, sagte er. »Vielleicht interessiert es Sie: Wir haben einen Leihwagen in der Nähe des Hauses Ihrer Schwester gefunden und sind der Sache nachgegangen.«

Carpenter nickte, sagte aber nichts. An der Art, wie Riordan sprach – nüchtern und sachlich –, war zu erkennen, dass er, obwohl er natürlich stinkwütend über Carpenters Ausflug in der Klinik gewesen war, keinen Groll mehr gegen ihn hegte.

»Hertz. Direkt aus Dulles. Kein Zweifel, dass es John Does Wagen ist. Der Kofferraum stinkt. Wahrscheinlich Kerosin.

Und niemand hat sich über den Hemmschuh beschwert, den wir dem Wagen verpasst haben.« Riordan hielt inne.

»Und?«

Der Detective zuckte die Achseln. »Nun, der Bursche hat eine Kreditkarte benutzt. Juan Gutierrez. Die Karte ist auf eine Adresse in Brookville, Florida, ausgestellt. Ich hab den Kollegen dort gebeten, mal nachzuschauen. Ist 'ne Pension, 'ne billige Absteige. Dort hat tatsächlich ein Kerl mit Namen Juan ein Zimmer gemietet – so vor zwei, drei Monaten. Hat sich dort nicht oft blicken lassen. War fast nie da.«

Riordans Telefon läutete, und er nahm ab. Carpenter hörte ein Weilchen zu, lang genug, um sich zu überzeugen, dass der Anruf nichts mit ihm zu tun hatte, und dann betrachtete er die Trennwände von Riordans Arbeitsbereich. Sie waren mit Kinderzeichnungen geschmückt, falls geschmückt das richtige Wort dafür war. William Tyler Elementary School. Grob gezeichnete Gestalten mit sehr realistisch dargestellten Pistolen. Kugeln kamen heraus, alle gleich groß, in geraden Linien. Dicke Rotstiftstriche markierten die Wunden, und in mehreren Fällen floss Blut in sorgfältig gemalten einzelnen Tropfen. Irgendwie schien das Rotstiftblut brutaler und dinghafter als das oft übermäßig strömende Filmblut im Kino.

Riordan legte auf. »Wo war ich stehen geblieben?«

»Juan Gutierrez.«

»Genau. Sieht ganz so aus, als wäre die Anschrift in Brookville nur eine Briefkastenadresse. Aber wir sind noch nicht fertig. Wir haben einen Motelschlüssel im Aschenbecher des Leihwagens gefunden. Na ja, das bedeutet natürlich 'ne Menge Lauferei. Aber wir gehen der Sache nach und – hoppla-hoppla – es ist ein Motel gleich bei der 395. Juan Gutierrez – Zimmer 214. Wir besorgen uns also einen Durchsuchungsbefehl. Und im Zimmer ist eine Reisetasche, eine Straßenkarte von Fairfax und eine Brieftasche.«

»Eine Brieftasche.«

»In der Brieftasche sind knapp zweitausend Dollar in bar, ein

Führerschein, ein Bibliotheksausweis, eine Sozialversicherungskarte und ein paar Visitenkarten – alle auf den Namen Juan Gutierrez, Brookville, Florida. Also prüfen wir die Sachen, und es stellt sich raus ... Mr. Gutierrez ist wahrscheinlich nicht Mr. Gutierrez.«

»Was soll das heißen?«

»Der Bursche hat keine Geschichte. Alles fängt vor zwei, drei Monaten an, als wäre er im Alter von dreiundvierzig geboren. Er hat einen Bibliotheksausweis, ausgestellt im August. Aber er hat nie ein Buch ausgeliehen. Er hat einen Führerschein, ausgestellt Anfang September, und hat vorher offenbar nie einen besessen. Und seine Visa-Cards sind beide so Dinger, wie Bankrotteure und kreditunwürdige Leute sie kriegen.«

»Wo man auf der Bank das Geld vorher einzahlt?«

»Genau. Und er hat auf jeder einen Kreditrahmen von zweitausend Dollar. Er hat sie seit ...«

»September.«

»Richtig geraten. Aber er hat sie benutzt. Es war nur Zeit für einen einzigen Buchungszyklus, aber bei beiden Karten hat er den Kontostand wieder ausgeglichen. Pronto, per Zahlungsanweisung.«

»Dann ist er also ein ›Gespenst‹.« So hieß im Fachjargon einer, der mit falscher Identität lebt.

»Ein Gespenst der Extraklasse.«

»Was soll das heißen?«

»Er hat seine I. D., seine Identität, weder geklaut noch gekauft. Scheint so, als hätte er sie aus Einzelteilen zusammengebastelt. Und – die Sozialversicherungsnummer, die gibt es, und sie gehört einem Juan Gutierrez, den es auch gibt und der in Tampa lebt. Dieser Juan Gutierrez fährt zwar nicht Auto, ist aber etwa so alt wie John Doe. Wenn man die Nummer überprüfen würde, könnte man meinen, sie sind ein und derselbe Kerl.«

»John Doe hat sich also 'ne Menge Arbeit gemacht.«

»Kann man wohl sagen. Ist 'ne verdammt gute I. D. Ein Bulle hält ihn an, kein Problem. Er will 'nen Wagen leihen – bitte schön, was soll's denn sein? Er will irgendwohin fliegen, aber nicht in bar zahlen – das könnte auffallen! – Zack, seine Visa-Cards, und er könnte zum Mond fliegen, und niemand würde etwas argwöhnen. Ich fange an, mich zu fragen ...«

»Was?«

»Ob er nicht ein Profi ist. Was mich an den Grund erinnert, weshalb ich Sie hergebeten habe.« Riordan ließ sich in seinen Stuhl zurücksinken. »Ich denke, es ist an der Zeit, dass wir mal ausführlicher über Ihre Schwester plaudern.«

»Wieso? Da gibt es nichts, was Sie interessieren könnte.«

»Da bin ich anderer Meinung.«

»Hören Sie, da ist nichts in Kathys Leben, was Ihnen auch nur irgendeinen Anhaltspunkt geben könnte, warum ihr jemand mit den Arbeitsmethoden eines Profikillers die Kehle durchschneidet, ihr Haus niederbrennt, ihr Kind umbringt ...«

»Um bei der Wahrheit zu bleiben«, sagte Riordan, »er hat nicht ihr die Kehle durchgeschnitten. Er hat Brandon die Kehle durchgeschnitten. Ihre Schwester wurde durch einen Stich in die Brust getötet.«

Carpenter wollte etwas sagen, ließ es dann aber.

Riordan räusperte sich. Seine Stimme bekam einen verletzten Klang, und in seinen Augen lag ein sonderbarer Ausdruck. Carpenter konnte sich plötzlich gut vorstellen, wie Riordan als Kind ausgesehen haben musste. Ein Kind, das zu Unrecht gerügt worden ist. »Betrachten Sie's doch mal mit meinen Augen, Joe. Ich stehe da und ziehe die Sache für Sie durch, ich reiß mir den Arsch auf ...«

»Sie ziehen die Sache für *mich* durch? Dass ich nicht lache! Es geht um zweifachen Mord!«

»Nur zu Ihrer Information, wir haben siebenundfünfzig *ungelöste* Mordfälle in den Akten. Ich verschleudere unsere Mittel für einen, der fast schon gelöst ist, verstehn Sie? Und weiter zu Ihrer Information, ich habe heut morgen mit dem Doktor in der Klinik gesprochen: John Doe geht's gar nicht gut. Seine Lunge ist total versaut. Das soll nicht heißen, dass er nicht durchkommt, aber manche Leute hier finden, dass ich Zeit und Geld für einen Fall vergeude, der sich jeden Augenblick von selbst lösen kann.«

»Sie meinen, wenn er stirbt, betrachten Sie den Fall als *gelöst*?!«

»Ja, genau, das meine ich. Sobald der gerichtliche Beweis erbracht ist, ist der Fall *gelöst.* Wenn die Fingerabdrücke mit den Abdrücken auf dem Messer übereinstimmen und falls die DNS-Tests positiv sein sollten, wenn wir beweisen können, dass der Verdächtige A das Verbrechen Y begangen hat« – er machte eine ausladende Armbewegung – »dann nennen wir einen Fall *gelöst.* Und wenn der Verdächtige A obendrein tot ist, ist der Fall so gelöst, wie er gelöster nicht sein kann.« Seine Hände landeten geräuschvoll auf der Schreibtischplatte.

Carpenter blickte ihn an. »Aber wir würden nicht wissen, *warum.*«

»Warum, warum – und was, wenn es kein Warum gibt? Was, wenn eine Küchenschabe ihm befohlen hat, er soll es tun? Was, wenn er mit Drogen voll gepumpt war und er die Idee einfach nur gut fand?«

»So sah es aber nicht aus, oder?«

»Nein«, sagte Riordan, »sicher nicht. Allein schon wegen dieser I. D.« Er hielt inne, um gleich darauf fortzufahren: »Aber die Sache ist doch die: Während John Doe den Löffel nicht abgeben will und ich versuche, etwas Licht in die Sache zu bringen, können Sie doch nicht jedes Mal ausflippen, wenn ich Ihnen ein paar Fragen über Ihre Schwester stelle.«

»Sie haben Recht. Tut mir Leid.«

Offenbar reichte das, um Riordan zu besänftigen. Er rang sich ein kleines Lächeln ab. »Also ... dann erzählen Sie mal von ihr.«

Carpenter zuckte die Achseln. Er fühlte sich plötzlich müde. »Sie hörte regelmäßig den ›Prairie Home Companion‹.«

Riordan notierte. »Was ist das denn?«

Carpenter seufzte. »Eine Radiosendung aus Minnesota.« Riordan sah ihn verständnislos an. »Was ich damit meine, ist – was soll ich Ihnen sagen? Meine Schwester hat ein uninteressantes, ja langweiliges Leben geführt. Sie war Regisseurin beim Rundfunk. Sie hat hart gearbeitet. Ihr Leben drehte sich hauptsächlich um ihre Arbeit und das Kind. Ihr gesellschaftliches Leben bestand aus Vorschul-Elternabenden und Treffen allein erziehender Mütter in der Unitarian Church. Die meiste Zeit blieb sie für sich. Sie hatte keine Feinde.«

»Entschuldigen Sie – aber würden Sie's wissen, wenn?«

Carpenter dachte nach. Er glaubte nicht, dass Kathy etwas vor ihm geheim hielt, doch absolut sicher konnte er nicht sein. »Wir waren uns ziemlich nahe. Als unsere Eltern starben, war Kathy zwanzig, ich fünfzehn.«

»Ja. Ich erinnere mich. Der Kongressabgeordnete. Flugzeugabsturz.«

»Hubschrauber.«

»Tragisches Unglück«, sagte Riordan. »Hatte Ihre Schwester daher ihr Geld? Ich hab mich schon gefragt, wie sie sich so ein schickes Haus leisten konnte.«

»Mein Vater hat einen Großteil der Moneten meiner Mutter durchgebracht, aber wir haben beide etwa zweihunderttausend geerbt. Kathy war ziemlich genügsam. Hat geschickt investiert. Als sie Brandon bekam, hat sie das Stadthaus verkauft und ist rausgezogen.«

»Wem hat sie ihr Geld vermacht? Ich meine, Sie gestatten doch die Frage.« Riordan fuchtelte mit den Händen in der Luft. »Wir haben diesen Punkt noch nicht geklärt.«

Carpenter war Kathys Testamentsvollstrecker, wie Riordan offenbar bereits wusste oder erraten hatte. Er schüttelte den Kopf. »Ich kann Ihnen das Testament zeigen, aber das bringt Sie nicht weiter. Sie hat alles Brandon vermacht. Falls er früher verstirbt oder beide zusammen, soll alles an wohltätige Einrichtungen gehen.«

Riordan machte sich Notizen. »Welche Einrichtungen?«

»Vorschule Valley Drive. Sweet Briar – das war ihr College. Greenpeace.«

»Nichts an Sie?«

»Nur ... irgendwelcher persönlicher Kram. Familienfotos und so. Nichts, was das Feuer überlebt hat.«

Riordan blickte enttäuscht drein. »Was ist mit Männern? Irgendwelche Männer in ihrem Leben?«

»Nicht in den letzten Jahren.«

»Was ist mit dem Kind? Bekommt sie irgend'ne Unterstützung? Alimente oder so?«

»Nein.«

»Warum nicht?«

»Es gibt keinen Vater.«

Riordan hob verdutzt die Brauen. »Ja ... wie? Ist er tot?«

»Nein.«

Riordan kicherte wie ein Kind. »Wenn Sie mir sagen, wie das funktionieren soll, dann dürfen Sie gehen.«

»Ihre ›Uhr lief ab‹. So hat *sie* es ausgedrückt. Und weil es keinen Mann in ihrem Leben gab – na ja, da meinte sie, sie brauchte keinen.«

Ganz so nüchtern hatte sie sich nicht ausgedrückt. Kathy hatte ihm ihre Absicht, Mutter zu werden, an ihrem Geburtstag kundgetan. Sie wurde siebenunddreißig. Er hatte sie ins Little Washington zum Abendessen eingeladen, dort zwei Zimmer für die Nacht reserviert, und so waren sie nicht ganz nüchtern geblieben. Kathy trank in der Regel nicht viel, doch an jenem Abend, nach einem Glas Sherry, etwas Dom Pérignon und einem Armagnac, tat der Alkohol seine Wirkung. Sie saß ihm vis-à-vis mit einem kleinen geheimnisvollen Lächeln um die Lippen und ließ ihre Gabel in dem Rest Himbeersauce ihres *cœur de crème* kreisen. Plötzlich warf sie den Kopf in den Nacken und blickte ihn an. Sie nahm einen letzten Schluck Armagnac und stellte das Glas ab. »Das wird es ein Weilchen nicht mehr geben.«

Carpenter war verwundert. Alkohol war für Kathy nie ein Problem gewesen.

»Gesundheitstick?«

»In gewisser Weise.« Sie ließ versonnen den Zeigefinger auf dem Rand des Glases kreisen, bis es einen lauten, klingenden Ton von sich gab; sie kicherte. »Was würdest du sagen, wenn ich dir mitteile, dass ich schwanger werden will?« Ihre Wangen waren plötzlich ganz rosig.

Er zögerte. Worauf er auf keinen Fall anspielen wollte, waren ihre missglückten »Versuche« mit Murray. Oder ihre Magersuchtanfälle in der Pubertät, als sie auf knapp dreißig Kilo abgemagert war und die Ärzte gewarnt hatten, sie würde ihrem Körper so schaden, dass sie vielleicht keine Kinder bekommen könne. »Ich würde sagen, wer ist der Glückliche? Und dann würde ich fragen, warum die Hälfte der Allianz so lange nichts von dem Typen erfahren hat?«

Kathy schleckte ihre Gabel ab. Ihre Augen leuchteten auf. »Und wenn ich dir jetzt sagen würde, dass es keinen Typen gibt?«

»Dann würde ich sagen, das Vorhaben klappt nie.«

Kathy kicherte. »Nicht dass es ein Problem wäre, jemanden zum Bumsen zu finden – aber ›ohne Schutz‹? Heutzutage? Und im richtigen Moment? Und dann, falls es *wirklich* gelingt, will der Kerl am Ende was von dir, besteht auf gemeinsamem Sorgerecht, möchte vielleicht sogar *einziehen.* Glaub mir, Männer können viel Ärger machen. Doch zum Glück leben wir ja in den 90er Jahren. Und es gibt effektivere Möglichkeiten, sich ein Kind machen zu lassen.«

»Moment mal. Willst du etwa sagen ...«

Sie nickte. »Genau das will ich. Ich habe morgen einen Termin.« Sie lächelte. »Erst mal nur ein Beratungsgespräch, um etwas über das Verfahren zu hören.«

Damals hatte Carpenter Kathys plötzliche Begeisterung für die Mutterschaft insgeheim mit einiger Skepsis betrachtet. Doch am Ende hatten ihre Instinkte Recht behalten. All die Mühen und Scherereien – es hatte sie vier Jahre und eine Reihe kostspieliger und qualvoller Enttäuschungen gekostet – waren es wert gewesen. Die Mutterschaft hatte sie verändert – zum Positiven.

Nicht Brandons bedingungslose Liebe hatte diesen Wandel bewirkt. Vielmehr war Kathy zum ersten Mal in ihrem Leben verliebt – in ihren Sohn.

Riordan war richtig rot geworden. Er war schockiert. »Ihre Schwester ist in eine von diesen ... von diesen Institutionen gegangen. Eine Klinik. Zu einer, wie heißt es noch, ›künstlichen Befruchtung‹?«

Missbilligend verzog er das Gesicht und schüttelte langsam den Kopf. Dann beugte er sich vertraulich zu Carpenter vor. »Wenn wir nicht aufpassen, übernehmen die Frauen die Macht. Nein, nein, Sie lachen, aber ich meine es ernst. Wir enden noch wie die verdammten Bienen.«

Carpenter musste wohl erstaunt dreingeblickt haben, denn Riordan sah sich zu einer Erklärung genötigt.

»Wie die Drohnen.« Er nickte eifrig. »Bienen kommen ohne sie nicht aus, aber was ist am Ende ihr Lohn? Ich sag Ihnen, wie's aussieht – der Winter kommt, und sie werden aus dem eigenen Haus rausgeschmissen und frieren sich die Ärsche ab.« Riordan hielt inne, um mit einem weisen Nicken fortzufahren: »Die Gefahr könnte auch uns Menschen drohen.« Sein Gesichtsausdruck änderte sich zu einem kurzen ängstlichen Blick, als fürchtete er, zu viel gesagt zu haben. »Nichts gegen Ihre Schwester natürlich«, murmelte er.

Dann seufzte er geräuschvoll, stand auf und streckte die Hand aus. »Danke, dass Sie gekommen sind.«

Sie schüttelten sich die Hände. »Tut mir Leid, falls ich ...«

»Ach was, vergessen Sie's«, meinte Riordan mit sorgenvoller Miene. »Nicht dass Sie 'ne große Hilfe waren. Ihre Schwester, meine ich ...« Sein großer Kopf schaukelte traurig hin und her. »Nichts, was mir auf die Sprünge hilft. Es war nicht die Liebe, nicht das Geld, nicht die Familie. Ich weiß auch nicht. Vielleicht ist der Kerl wirklich ein Verrückter.«

»Darf ich Sie was fragen?«

Riordan schlüpfte mit einem Achselzucken in seinen Mantel und rückte die Krawatte zurecht. »Was?«

»Das Motel. Hat er von dort telefoniert?«

Als sie aus dem Gebäude traten, zündete sich der Detective eine Zigarette an, inhalierte und stieß eine kleine Rauchsäule in den grauen Himmel.

»Ich weiß nicht«, sagte er schließlich. »Glaube nicht, dass wir's schon überprüft haben.« Er nahm einen weiteren tiefen Zug von seiner Zigarette, bevor er hinzufügte: »*Noch* nicht.«

11

Erst mehrere Tage nach der Beerdigung schaltete Carpenter wieder sein Autoradio an. Er hatte es eine Zeit lang nicht angerührt, weil er unmittelbar nach den beiden Morden beim Betätigen des Suchlaufs von einer Kurznachricht überfallen worden war. Es war nichts Brandneues gewesen, mehr eine Zusammenfassung der bekannten Fakten, dazu ein kurzer Kommentar von Riordan. Es war schon makaber und höchst irritierend, zwischen den geschmacklosen Witzen von Howard Stern und dem Verkehrsbericht die Einzelheiten der eigenen Familienkatastrophe präsentiert zu bekommen.

»Ich sag dir, Robin, ich war vielleicht wieder mal geil heut morgen. / Die Kehle des Kleinen war aufgeschlitzt von einem Ohr zum anderen. / Unfall mit Blechschaden auf der äußeren Schiefe des Beltway …«

Knapp zwei Wochen waren seit den beiden Morden vergangen, und, wenn er ehrlich war, fing er an, sich an die Situation zu gewöhnen. Die Tatsache, dass seine Schwester und sein Neffe in ihren Betten abgeschlachtet worden waren, erschütterte ihn nicht mehr. Sie waren tot, einfach tot, so war das jetzt eben. Er musste an die Gefühle denken, die er hatte, als seine Eltern verunglückt waren. Nach einer Weile konnte er sich kaum mehr richtig an die beiden erinnern. Nach einer Weile war es, als hätten sie eigentlich nie gelebt.

An der Key Bridge bog er ab und schlug sich den Whitehurst Freeway durch bis zur E Street.

Er saß etwa eine Stunde an seinem Schreibtisch, als seine Sekretärin Victoria ihm durchgab, dass ein Reporter von der *Washington Times* ihn am Telefon sprechen wolle. »Es geht um die Sache mit Ihrer Schwester.« Er fand es irgendwie paradox, dass ein Reporter ihn anrief. Und er war überrascht. Das Interesse der Medien an Fällen wie Kathys war kurzlebig, wurde von neueren, ähnlich schauerlichen Katastrophen rasch von den Titelseiten verdrängt.

Eine junge, offenbar noch unsichere Journalistin meldete sich. »Johnette Daly«, sagte sie. »Entschuldigen Sie, wenn ich störe, Mr. Carpenter, aber wir haben gleich Redaktionsschluss. Und ich ...«

»Was kann ich für Sie tun?«

»Nun, ich wollte Sie bitten ... ich meine, könnten Sie einen Kommentar abgeben zu dem, was passiert ist?«

Er war verwirrt. Einen *Kommentar* zu dem, was passiert war? »Worum geht es?«, fragte er Johnette Daly.

Kurzes Schweigen am anderen Ende der Leitung, dann die leise, atemlose Stimme der Reporterin. »Gott, o Gott. Heißt das, Sie wissen's noch nicht?« Sie wartete nicht auf eine Antwort, sondern fuhr hastig fort: »Ich bin davon ausgegangen, dass man Sie gleich informiert hat. Ich weiß nicht, ob ...«

»Wovon reden Sie eigentlich?«

»Ich sag's nicht gern, aber ... auf dem Fairhaven-Friedhof ... Jemand hat Ihren Neffen ausgegraben ... die *Leiche* Ihres Neffen, meine ich. So ein Vandale oder was. Und ich ...«

»Wie bitte? Soll das ein Witz sein?«

»Die Polizei will sich noch nicht zu dem Zwischenfall äußern, Sir, deshalb wollte ich fragen, ob Sie ...«

»Tut mir Leid«, sagte er, »ich kann jetzt nichts dazu sagen.«

Er starrte auf den Hörer in seiner Hand.

Etwas später rief er Riordan an, der sich vor Entschuldigungen fast überschlug. »Ich hab's auch nicht gleich erfahren«, sagte er. »Man ahnt ja im Vorhinein nicht, dass es ausgerechnet das Grab eines Mordopfers ist. Es sah nach gewöhnlichem Vandalismus aus. Tut mir Leid. Jemand hätte Sie benachrichtigen müssen. Da hat mal wieder jemand Scheiße gebaut.« Er seufzte. »Ich wahrscheinlich.«

»Was, zum Teufel, ist denn genau *passiert?*«

»Soviel wir wissen«, sagte Riordan, »war's irgendwann zwischen Mitternacht und sieben Uhr morgens. Da ist nachts zwar ein Wächter, aber der sitzt in seinem kleinen Häuschen. Vor der Glotze. Hat nichts gehört, nichts gesehen. Ist ja auch ein ziemlich großes Gelände. Auf jeden Fall hat jemand, der morgens gleich in aller Frühe zum Grab seiner Mutter wollte, die Sache entdeckt – und gemeldet.«

»Was haben die getan? Brandons Leiche ausgegraben? Wozu? Haben die ihn, Himmel noch mal ... haben die ihn mitgenommen?« Ein Wort schoss ihm in den Kopf: *Grabräuber.*

Riordan räusperte sich. »Ich denke mal, diese Reporterin – sie hat ihnen nicht die ganze ... die ganze Geschichte erzählt.« Er sprach mühsam. »Die Leiche Ihres Neffen wurde ... exhumiert ... und dann aus dem Sarg genommen. Und dann, laut Labor, ich lese vor: ›Der Täter benutzte eine Magnesium-Zündschnur ...‹«

»Was?«

»Ich lese aus dem Laborbericht vor: ›Der Täter benutzte eine Magnesium-Zündschnur und entzündete damit eine Mischung aus pulverisiertem Aluminium und Eisenoxid, gemeinhin bekannt als ...‹«

»Thermit.«

»Exakt. Thermit. Und damit setzte er die Leiche in Brand. Er hat ihn also noch mal verbrannt.« Riordan hielt inne. »Krieg 'ne richtige Gänsehaut.«

Carpenter war völlig ratlos. »Ich versteh das nicht. Warum sollte jemand so etwas tun?«

»Frag ich mich auch.« Riordan murmelte noch etwas von Vergleichen mit ähnlich gelagerten Fällen. »Ist aber noch nichts dabei rausgekommen. Kommt schon mal vor, dass wir Fälle von Grabschändung haben. Dumme Streiche im Grunde. Aber dies?«

»Eine Magnesium-Zündschnur? Thermit?«

»Weiß schon, was Sie sagen wollen! Da wird 'ne Menge verrücktes Zeug erzählt – das meiste ziemlich weit hergeholt.«

»Zum Beispiel?«

»Zum Beispiel, dass einer hinter 'nem Teil von einer Leiche her ist, Satanskult und so. Aber ich will nur eins wissen: Hat das was mit dem Mord zu tun?« Er hüstelte. »Eins wissen wir natürlich.«

»Und was?«

»John Doe war's nicht.«

Am Spätnachmittag ging Carpenter joggen, um einen klaren Kopf zu bekommen, aber er konnte an nichts anderes denken als an die verkohlte Maske, die einmal Brandons Gesicht gewesen war. Als er seine Runde beendet hatte, stieg er in seinen Wagen und fuhr zum Friedhof, wo er ein kleines, durch gelbes Band abgesperrtes Areal vorfand. Ein Polizist lehnte an einem benachbarten Grabstein und rauchte eine Zigarette. Als Carpenter auf ihn zutrat, schnippte er den Stummel weg und nahm Haltung an.

»Es ist das Grab meiner Schwester«, sagte Carpenter. »Und meines Neffen.«

Der Polizist musterte ihn und hob die Schultern. »Solange Sie nicht hinter die Absperrung treten.«

Carpenter blieb davor stehen. Kathys Grab war noch immer mit Bergen inzwischen verwelkter Blumen bedeckt. Weiße Bänder flatterten im Wind. Brandons Grabstein lag auf der Seite, und davor klaffte ein Loch im Boden. Daneben lag aufgeschüttete Erde. Mehr, fand Carpenter, als in das Loch zu passen schien. Und überall sah man Rückstände der Spurensicherung – Pulver auf dem ganzen Grabstein, weiße Kleckse hier und da am Boden, wo Abdrücke von Schuhsohlen und dem Spatenblatt genommen worden waren. Und dann war da noch eine flache Mulde am Fuße des ursprünglichen Grabes, ganz eindeutig die Stelle, wo Brandons Leiche gelegen hatte. Die Spurensicherung hatte offensichtlich versucht, alle Überreste von Brandon sicherzustellen, allerdings erfolglos. Zurückgeblieben waren nur ein paar schwarze Streifen und mehrere kleine dunkle Ascheklumpen.

Der Anblick dieser schwarzen Streifen und der verstreuten Asche traf ihn besonders. Diese Überreste machten es deutlich: dass tatsächlich irgendwer Brandons kleinen Leichnam verbrannt hatte. Ihn ausgegraben und aus dem Sarg genommen hatte. Laut Riordan war der Schädel des Kindes mit dem Spaten zertrümmert, die Leiche dann mit Benzin übergossen und mit Hilfe einer Thermit-Vorrichtung angezündet und so weit verbrannt worden, bis nichts übrig geblieben war als das, was Tommy Truong »Knochenabfall« nannte.

Als er heimkam, erschien ihm das Haus unerträglich groß und still. Er rief Claire an, und sie versprach vorbeizukommen. Doch dann rief er sie noch einmal an, erzählte ihr, was passiert war, und fügte hinzu, dass er vielleicht doch lieber allein bleiben wolle.

Mitten in der Nacht wachte er auf und versuchte, sich an etwas zu erinnern, was ihm im Schlaf eingefallen war. Es schien ziemlich wichtig gewesen zu sein. Es war etwas, was Brandons Leiche betraf, und er wollte Riordan anrufen, er *musste* Riordan anrufen und es ihm erzählen. Doch wie sehr er sich auch bemühte, er konnte sich nicht erinnern, was es gewesen war. Es war da, weit hinten in seinem Kopf, aber je mehr er darüber nachdachte, desto weiter wich es zurück, bis nicht einmal mehr das damit verbundene Gefühl da war. Am Ende fragte er sich sogar, ob es wirklich eine Erkenntnis oder nur ein Traum gewesen war. Und so wälzte er sich den Rest der Nacht frustriert hin und her.

Am Morgen stand ein Artikel in der *Washington Post*. Er wollte ihn nicht lesen, nicht einmal einen Blick darauf werfen, aber er konnte nicht umhin, die Schlagzeile zu lesen: GRAB VON MORDOPFER VERWÜSTET.

Am Nachmittag erhielt er einen seltsamen Anruf von Evans Funeral Home, dem Bestattungsinstitut, das die Beerdigung arrangiert hatte.

»Ich wurde von der Polizei gebeten, mit Ihnen in Verbindung zu treten«, sagte ein Mann, der wohl aus Gewohnheit betont leise und mitfühlend sprach. »Sobald die ... hm ... die gerichtsmedizinische Untersuchung der Überreste abgeschlossen ist und die ... hm ... Leiche freigegeben ist ... wünschen Sie dann, dass wir die Wiederbestattung vornehmen?«

Carpenter bejahte.

»Und wünschen Sie einen neuen Sarg? Die Polizei ist mit dem ... hm ... ursprünglichen fertig, aber er ist ziemlich beschädigt.«

Carpenter bat um einen neuen Sarg.

»Noch eine Frage, Mr. Carpenter. Hm ...« Und hier zögerte selbst der Leiter des Bestattungsinstituts, als beträte er unerforschtes Terrain. »Wünschen Sie ... wünschen Sie anwesend zu sein, wenn wir ... hm ... die Leiche bestatten?« Er hüstelte. »Wenn wir sie neu bestatten? Ich meine ... Möchten Sie noch mal eine Zeremonie abhalten?«

Carpenter hatte wieder dies Gefühl, als würde sein Herz sich zusammenschnüren. »Keine Zeremonie«, brachte er schließlich hervor. »Aber ich möchte dabei sein.«

»Gut«, sagte der Mann. »Wir geben Ihnen Bescheid.«

Zwei Tage später war wieder ein strahlender Tag, und Carpenter war wieder auf dem Friedhof. Es hatte etwas Surreales, als der kleine Sarg in die Erdgrube gesenkt wurde. Diesmal aber gab es keinen Geistlichen, keine aufrichtenden Worte, keine Trauergäste außer ihm selbst und Riordan, der plötzlich aufgekreuzt war. Er und Riordan schaufelten die Erde selbst hinein. Die körperliche Anstrengung tat Carpenter gut, aber es war ein kleines Grab, und die Arbeit war rasch getan.

Die beiden blieben eine Weile stehen, dann wandte Carpenter sich ab.

»Dumme Geschichte«, murmelte Riordan kopfschüttelnd. Er zog eine Zigarette hervor, wartete aber, bis sie sich gebührend weit vom Grab entfernt hatten, bevor er sie anzündete.

Nach Brandons zweiter »Beerdigung« rief Riordan ihn alle paar Tage an. »Ich muss leider zugeben, Joe, dass wir immer noch nichts Konkretes haben. Das heißt, wir haben einen guten Abdruck vom Schaufelblatt und noch einen besseren von den Schuhen – Nike, Modell Chieftain, nagelneu, Größe 45. Und es gab nur eine Sorte Fußspuren, was darauf schließen lässt, dass es ein Einzelner war. Aber ansonsten? Absolut nichts. Keine Fingerabdrücke auf dem Sarg, nichts auf dem Grabstein. Wer's auch gewesen ist, er trug Handschuhe.«

Auch nach der gruseligen Exhumierung Brandons zogen sich die Mordermittlungen in die Länge. Riordan hielt Carpenter auf dem Laufenden, in der Hoffnung, ihn aus der Sache heraushalten zu können. Bei ihren Telefongesprächen hakten sie die einzelnen Indizien nacheinander ab.

Fingerabdrücke: »Raten Sie mal von wem?«

»Ich brauche nicht zu raten.«

Es war keine Überraschung, dass John Does Fingerabdrücke überall auf dem Messer, dem Wagen und der Brieftasche im Motel waren. Es war ein brauchbarer Beweis, der allerdings nichts über seine Identität besagte. Er war und blieb John Doe.

»Der Kerl ist nicht im Computer«, sagte Riordan, womit er auf die FBI-Datenbank anspielte, in der über hundert Millionen Fingerabdrücke gespeichert waren, darunter alle von denen, die jemals verhaftet worden waren – egal weshalb; von allen, die je eine Unbedenklichkeitsbescheinigung oder einen Waffenschein beantragt hatten; von jedem Armeesoldaten; von jedem Taxifahrer; jedem Busfahrer; jedem Regierungsangestellten.

»Alle sind im Computer«, sagte Carpenter.

»So in etwa.«

»Ich weiß. Jede Menge Leute sind gespeichert. Ich bin drin. Und Sie. Aber einer ist offenbar nicht gespeichert: John Doe.«

Blut, Haar, Gewebe: »Klarer Fall. Die Abdrücke auf dem Messer sind seine. Das Blut auf dem Messer ist ihres. Die Haare sind, wie es heißt, die von Brandon. Und die Haut ...«

»Welche Haut?«

»Die unter den Fingernägeln Ihrer Schwester. Die Haut ist von John Doe, keine Frage. Selbst ohne den DNS-Test. Der Arzt sagt nämlich, dass der Typ gekratzt wurde – vier Fingerstriemen über die Wange, von rechts nach links. Konnten wir nicht sehen, wegen des Verbands.«

Das Messer: »Wir haben einen Zeichner in die Brandstation geschickt. Der hat ein paar Skizzen von John Doe gemacht, und die letzte – gar nicht schlecht! Voilà John Doe – keine Verbrennungen, keine Bandagen. Aber dafür mit Haar und Augenbrauen, die zurzeit natürlich fehlen. Jedenfalls haben wir so eine Vorstellung, wie der Kerl aussieht, falls er kein Toupet trug.«

»Und weiter?«

»Wir haben die Skizze zwanzig Waffengeschäften vorgelegt, und – na raten Sie mal. Ein Händler in Springfield behauptet, er habe dem Kerl ein Kampfmesser verkauft. Vor drei, vielleicht vier Wochen.«

»Er kann sich dran erinnern?«

»Als wär's gestern gewesen.«

»Und wie soll so was gehen?«

»Ganz einfach. Er sagt, der Kerl habe dagestanden wie ein Storch. Habe einen von diesen schlabbrigen, ausländischen Anzügen angehabt.«

»Armani.«

»Kann sein ... Klamotten jedenfalls, die man dort nicht oft sieht. Da laufen nur Burschen in Overalls und Latzhosen rum, Kids mit rasierten Schädeln und schwarzen Jeans ... Unser Kerl sei aber – Zitatanfang – ›direkt einem Modejournal entsprungen‹ – Zitatende. Ich kann Ihnen eins flüstern, Joe: Der Fall ist 'ne harte Nuss.«

Und so ging's weiter. Im Krankenhaus stand stets ein gelangweilter Polizist vor dem Zimmer des Gefangenen und kontrollierte die Papiere von jedem, der ein- und ausging. Aber das schien nicht besonders ergiebig, denn es kamen nur Ärzte und das Pflegepersonal, und außer Carpenter und der Presse rief niemand an, um sich nach dem Zustand des Manns zu erkundigen.

Am Montag vor Thanksgiving rief Riordan an und teilte Carpenter mit, dass die Ärzte den Atemschlauch aus John Does Hals entfernen würden. Doe gehe es gut genug, um Fragen zu beantworten, also habe man eine Vernehmung für Mittwoch angesetzt.

»Und dann?«, wollte Carpenter wissen.

»Wir verlegen ihn nach Fairfax. Und dann stellen wir ihn vor Gericht – im Rollstuhl, wenn's sein muss.«

Nach Ansicht der Ärzte hatte sich der Zustand des Patienten bemerkenswert verbessert – auch wenn er nie mehr »so gut wie neu« sein würde. Tiefe Narben würden am Hals und auf der linken Gesichtshälfte zurückbleiben, das Gewebe von Lunge und Kehlkopf war beschädigt.

»Das wird ihm gar nicht gefallen«, sagte Riordan.

»Wem würde das schon?«

»Ich meine, den Ärzten nach ist der Kerl ein Sportler – oder zumindest bestens in Form –, das heißt, er war's.«

»Ein Läufer?«

»Nein ... oder vielleicht doch. Aber er ist ein Riesenkerl. Ziemlich massig. Boxer vielleicht. Oder Rausschmeißer. Irgend so was. Was Großes, Kräftiges. Vielleicht sogar Soldat.«

»Wie kommen Sie da drauf?«

»Weil er 'ne ziemlich harte Schule durchgemacht haben muss. Die Ärzte haben mir ein paar Röntgenaufnahmen gezeigt, auf denen man sieht, dass er schon ganz schön was eingesteckt hat. Als wär er gefoltert worden oder so.«

»Wie meinen Sie das?«

»Er hat ein paar alte Frakturen – und Narben. 'ne ganze Menge Narben auf dem Rücken – als wär er gepeitscht worden.«

»Wie?«

»Im Ernst. Sie sollten es sich mal ansehen. Plus eine Schusswunde. Wie von 'nem Gewehr. Einschussloch vorn, rechte Schulter. Austritt: ein Zentimeter vom Rückgrat entfernt. Und noch was.«

»Was?«

»Wollen Sie meine Meinung hören? Ich glaube, der Kerl ist – von Beruf, meine ich – Fliesenleger.«

»Hä?«

Riordan kicherte selbstzufrieden. »Da ist nämlich noch was. Der Arzt sagt, der Kerl hat Schwielen an den Knien. Dicke, große. Ich meine, wo sonst holt man sich die als beim Fliesenlegen?«

Carpenter dachte nach. »Keine Ahnung«, sagte er schließlich.

»Sehen Sie«, sagte Riordan. »Ende meiner Beweisführung.«

12

An dem Mittwochmorgen, an dem Riordan John Doe verhören wollte, fuhr Joe Carpenter in sein Büro in Foggy Bottom, wo er sich an den Schreibtisch setzte und vorgab zu arbeiten, während er in Wirklichkeit auf den Anruf des Detectives wartete.

Das Büro war ein großer und luxuriöser Raum mit einem offenen Kamin im georgianischen Stil, taubengrauem Teppichboden und Blick auf den Capitol Hill. An den diskret angestrahlten walnussgetäfelten Wänden hingen Hockney-Lithografien. An einem Ende des Raumes standen zwei Schaukelstühle und eine Ledercouch, am anderen Ende Carpenters reich verzierter Schreibtisch. Dies alles vermittelte den Eindruck von Seriosität und Diskretion und sollte den Reichen, den Argwöhnischen und Bekümmerten ein Gefühl des Wohlbehagens und Gutaufgehobenseins vermitteln.

Die Büros von Carpenter Associates nahmen den gesamten achten Stock des Gebäudes ein, also gab es neben seinem noch drei weitere Eckbüros. Eines davon diente als Besprechungszimmer. In den beiden anderen schalteten und walteten die beiden Hauptgeschäftsführer Judy Rifkin und Leo Bolton. Es gab acht weitere Büroräume mit Fenstern, jeweils für einen Chefermittler oder Fallbetreuer. Der fensterlose Bereich im Innern war den Rechercheuren, Datenspezialisten, Buchhaltern und Sekretärinnen vorbehalten. Hier in der Hauptgeschäftsstelle waren sechsunddreißig Angestellte beschäftigt und etwa vierzig weitere in New York, Chicago, London und Los Angeles.

Sicherheit war höchstes Gebot, und die Sicherheitsvorkehrungen wurden protzig zur Schau gestellt. Das begann gleich im Empfangsbereich, wo ein hochmodernes Video-Überwachungssystem das Kommen und Gehen sowohl der Angestellten als auch der Besucher festhielt. Hinter dem Empfang wurde der Zutritt zu den Fensterbüros durch ein biometrisches Schließsystem kontrolliert, das Fingerabdrücke scannte. War der Besucher dort angelangt, stellte er fest, dass alle Fenster mit gummierten Vorhängen versehen waren, um die Schwingungen des Fensterglases – für den höchst unwahrscheinlichen Fall, dass jemand mit Laser versuchen sollte, die Resonanzen der akustischen Wellen abzuhören – zu absorbieren. Die Aktenschränke waren mit schweren Kombinationsschlössern ausgestattet, und neben jedem Schreibtisch befand sich ein Reißwolf. Es gab noch andere, weniger augenfällige Sicherheitsvorrichtungen. Weil Carpenter Associates größtenteils für Firmenchefs und Spitzenanwälte arbeitete, durften keine Fotokopien von den Berichten angefertigt werden. Und so wurden diese Berichte, wenn nicht ausdrücklich anders verlangt, auf Papier gedruckt, das mit Phosphor imprägniert war, sodass jeder Versuch, das Dokument zu fotokopieren, eine schwarze Seite ergeben würde.

Die Computer im Büro waren mit Sperrvorrichtungen versehen. Vom Sicherheitsstandpunkt aus aber war viel wichtiger, was ihnen fehlte: Diskettenlaufwerke. Man konnte also keine Firmendaten auf Diskette kopieren. Die Computer waren so konfiguriert, dass das Versenden von E-Mails zentral gesteuert wurde. Und wenn jemals ein Hacker in die Datenverarbeitung eindringen sollte (aber die Programmierer schworen, es sei unmöglich), sorgte ein 128-Bit-Algorithmus dafür, dass ihr Inhalt für mindestens eine Million Jahre nicht decodiert werden konnte.

All das war kostspielig und, wie viele dachten, übertrieben, aber Carpenter wusste, was er tat. Sicherheit zahlte sich aus.

Denn der größte Teil der Firmeneinnahmen kam aus zwei Quellen: aus Rechtsstreitigkeiten der Superreichen oder großer Unternehmen, bei denen es um »Akquisitionsleistungen« ging. Ob es sich dabei um die Rohstoffhändlergattin handelte, die die Scheidung (und die Hälfte des Vermögens ihres zukünftigen Exmanns) wollte, oder ein feindliches Übernahmeangebot (und die Aussicht auf erpresserische Aktienkäufe), es stand immer viel auf dem Spiel. Oft ging es um hunderte Millionen Dollar, und so war Diskretion, absolute Diskretion erforderlich. Im Idealfall sollte der Gegner (und es gab immer Gegner) nicht einmal wissen, dass Carpenters Firma involviert war. Gelegentlich war es allerdings auch von Vorteil, dass die gegnerische Partei es erfuhr. Dann war die Ermittlung eine »laute«, man ließ Informationen an die Presse durchsickern und veranlasste aggressive Beschattungen.

Doch auch mit aller High-Tech dieser Welt konnte Carpenter Jimmy Riordan nicht bewegen, ihn anzurufen. Er hatte seine Sekretärin am Morgen gebeten, keine Anrufe durchzustellen – bis auf Riordans –, was eine ungewöhnliche Stille in der südwestlichen Ecke des achten Stocks zur Folge hatte. Die Morgensonne wich der Nachmittagssonne, und noch immer läutete das Telefon nicht. Carpenter ließ sich ein paar Sandwiches kommen, aß allein vor dem Kaminfeuer und blätterte dabei in der Zeitschrift *Information Warfare.* Langsam wich der Nachmittag dem Abend, und Carpenter überlegte schon, ob er nach Hause fahren sollte.

Wahrscheinlich war ein Problem aufgetreten, sagte er sich. Vielleicht hatte Doe auf einem Anwalt bestanden, und man hatte so schnell keinen auftreiben können. Vielleicht war's auch die Sprache, obwohl Riordan angekündigt hatte, dass er einen Dolmetscher mitnehmen würde, »einen, der Italienisch *und* Spanisch spricht«. Vielleicht ging es Doe wieder schlechter.

Das Telefon klingelte um Viertel nach fünf, als die Sonne bereits über dem Arlington-Friedhof versank.

»Bin gerade zurück«, sagte Riordan.

»*Und?*«

Kurze Pause. »Was ich rausgekriegt habe? Absolut nichts hab ich rausgekriegt«, sagte Riordan schließlich.

»Wieso?«

»Er hat nur gemauert. Ich hab kein Wort aus ihm rausbekommen. *Nada.*«

»Und was ist mit 'nem Anwalt? Haben Sie ihn gefragt ...«

»Sie kapieren wohl nicht ganz. Ich sag Ihnen doch: Er hat keinen Pieps von sich gegeben. Nichts. Wir haben ihm seine Rechte in drei Sprachen vorgelesen und ...«

»Sind Sie sicher, dass er's verstanden hat?«

»Ja, hat er. Das sah man an seinen Augen. Er hat jedes Wort kapiert. Keine Chance, an ihn ranzukommen.«

»Haben Sie wenigstens einen Anwalt besorgt?«

»Na klar! Nach ein, zwei Stunden hatte ich endlich einen für ihn aufgetrieben. Dachte, vielleicht kriegt der was aus ihm raus. Einen Namen. Irgendwas. Also warte ich zwei Stunden auf den Anwalt. Und dann drehen wir Däumchen, ich weiß nicht, wie lang – *halbe* Stunde vielleicht –, während er drin ist und mit ihm redet. Und wissen Sie was? Die ganze Zeit hat nur der Anwalt geredet. Doe bleibt stumm wie ein Fisch. Also geh ich wieder zu ihm rein und klär ihn auf. Ich sag ihm, in was für einem großartigen Land wir leben, dass alle gleichberechtigt sind und dass es keine Rolle spielt, wer man ist, dass nur das zählt, was man *getan* hat. Gute oder böse Taten. Und so komme ich zur Sache ... dass wir nämlich seinen Namen gar nicht brauchen, um ihn vor Gericht zu stellen ... nicht mal, um ihn zu verurteilen. Er kann auch als John Doe vor Gericht stehen ... und wenn's vorbei ist, dann ist das Urteil dasselbe. Er will nicht kooperieren? Bitte, dann ist er ein toter Mann – mit oder ohne Namen.«

»Das haben Sie tatsächlich gesagt?«

»Jawohl. Und dass er des zweifachen Mordes und der Brandstiftung angeklagt ist und wir handfeste Beweise haben. Ich hab die Beweise aufgezählt und ihm das Messer gezeigt.«

»Sie haben das Messer mit in die Klinik genommen?«

»Ich hab noch mehr mit in die Klinik genommen.«

»Und wie hat er reagiert?«

»Überhaupt nicht. Schon mal die Sphinx gesehen?« Riordan kicherte schrill. »Die einzige Reaktion, die ich ihm entlocken konnte, kam bei der Flasche.«

»Welche Flasche?«

»Na, die Parfumflasche, oder was immer es ist. Die kleine Flasche aus seiner Reisetasche.«

»Und wie sah die Reaktion aus?«

»Schwer zu sagen ... man sah einfach, dass die Flasche ihm wichtig war. Da wurden seine Augen größer ...«

»Seine *Augen* wurden größer?«

»Genau.«

»So, so.«

Riordan überhörte den Sarkasmus. »Ist mein Ernst. Die Flasche hat ihn überrascht. Drum lass ich einen zweiten Labortest von dem Wasser machen. Vielleicht ist was drin, was die übersehen haben. Drogen oder so.«

»Und dann?«

»Ich sitz da also mit ihm und seinem Anwalt und sag, dass ich in der Lage bin, dem Staatsanwalt eine Empfehlung zu geben. Ob der für die Todesstrafe oder auf lebenslänglich plädieren soll. Ist nämlich 'ne haarfeine Grenze, wissen Sie? Ich sag ihm also, wir haben 'ne Kette von felsenfesten Beweisen für vorsätzlichen Mord und ein abscheuliches Verbrechen. Ich sag ihm meine Meinung: dass es mit ihm bergab geht. In ein paar Tagen bringen wir ihn in die Stahlkammer vom Fairfax General. Und dann ...«

»Was ist eine ›Stahlkammer‹?«

»Ein Krankenzimmer, aber mit kugelsicheren Scheiben, 'ner Stahltür und Schlössern ... Wissen Sie, wie viele Verbrecher sich bei der Tat verletzen? Sie würden's nicht glauben. Deshalb hat jeder Gerichtsbezirk eine Stahlkammer. In Washington im D. C. General. Hier draußen im Fairfax. Kostet ein Heidengeld, rund um die Uhr eine Wache in den Krankenhäusern aufzustellen. Sobald jemand also halbwegs wieder okay ist, kommt er in die Stahlkammer.

Na, jedenfalls ich erklär ihm, wenn es ihm gut genug geht, dass er die Klinik und dann die Stahlkammer wieder verlassen kann und's für ihn unangenehm wird, weil wir ihn vor Gericht stellen werden und er ins Bezirksgefängnis wandert. Vielleicht in den Krankentrakt, wenn er noch etwas schwach auf der Brust ist, aber definitiv ins Kittchen. Wie ich schon sagte, es geht steil bergab mit ihm. Ich weiß, dass ihm die Ärzte heute weniger Medikamente gegeben haben, damit wir reden können und er nicht allzu benebelt ist. Und mir ist nicht entgangen, dass es ihm langsam zusetzt, dass er nach 'nem kleinen Schuss verlangt. Mit dem Anwalt an seiner Seite kann ich ihm natürlich nicht drohen, aber ich hab ihm trotzdem gesteckt, dass die Ärzte und Pfleger im Bezirksgefängnis nicht gerade übereifrig sind ...«

»Herrgott, Riordan!«

»Hey, ich sag doch nur, wie's ist. Die haben da viel zu tun, und er wird es nicht so komfortabel haben wie hier. Ist nicht gelogen. Ich hab ihm erzählt, wie es vor einem Jahr – Sie können es in der *Post* nachlesen – dort mal einen Skandal gegeben hat. Grässliche Sache. Nun, es stellte sich raus, dass die Gefangenen in der Krankenstation keinerlei Schmerzmittel gekriegt haben, dass die Schwester ihnen Placebos verpasst und den echten Stoff im Zellenblock verhökert hat.«

»Jim ...«

»Drum hab ich gesagt, *vielleicht*, wenn er ein bisschen hilfsbereiter wäre, vielleicht könnte er dann etwas länger in der Stahlkammer bleiben. Eine Woche vielleicht. Oder zwei. Bis er wieder auf die Füße kommt.«

»Und?«

»Nix.«

»Sind Sie sicher, dass er Sie verstanden hat?«

»Hundert Pro.«

»Wie können Sie sich so sicher sein, wenn er überhaupt nicht spricht?«

»Weil er doch *Englisch* spricht – mit den Schwestern. Er habe Durst. Er habe Hunger. Er habe Schmerzen. Er hat mit ihnen geredet. Und außerdem ... ich versteh was davon. Hab wahrscheinlich schon mehrere tausend Menschen verhört. Wollen Sie meine Meinung hören? Dieser Bursche ist ein harter Brocken. Und er wurde nicht das erste Mal von einem Bullen verhört, das kann ich Ihnen versichern.«

Carpenter glaubte ihm ohne weiteres. In solchen Dingen kannte sich Riordan tatsächlich bestens aus. »Also, war's das?«

»Mehr oder weniger. Der Arzt hat uns rausgeworfen.« Riordan ahmte den gereizten Tonfall nach. »*›Der Patient braucht Ruhe.‹* Er schickt die Schwester nach einer Spritze Demerol, wir stehen auf, und John Doe ... John Doe sieht gar nicht gut aus. Ich meine, er hat Mordsschmerzen. Das sieht man ihm an. Er schwitzt, und manchmal, wenn er sich bewegt, stößt er diesen komischen Laut aus. So was wie ›uhnhhh‹. Als könnte er sich nur mühsam beherrschen. Also setz ich meine strenge Miene auf und sag ihm, ich käme wieder – und er sieht mich mit so 'nem Scheißlächeln an, und wissen Sie, was er zu mir sagt?«

»Nein, was?«

»Er sagt: ›Ciao.‹«

»Ciao?«

»Ich dachte, mich tritt ein Pferd. Und wenn er nicht schon im Krankenhaus gewesen wär, ich hätte ihn dorthin befördert, darauf können Sie Gift nehmen.«

Carpenter schwieg, nach einer Weile fragte er: »Was wollen Sie jetzt tun?«

»Alles, womit ich ihm gedroht habe«, sagte Riordan grimmig. »Angefangen mit dem Umzug in die Stahlkammer. Der Arzt meint, das klappe nächste Woche, wenn John Doe weiterhin so gute Fortschritte mache.«

Am Morgen des Thanksgiving Day stand Carpenter gegen acht auf und sah, dass das Wetter umschlug. Große, akkurat gezeichnete Schneeflocken wirbelten an den Atriumfenstern vorüber – wie in den Eingangsszenen von Weihnachtsfilmen.

Er zog sich schnell an, holte zwei Thunfischdosen aus der Küche und ging nach draußen zu seinem Wagen. Die Dosen waren sein Eintrittsgeld für das Turkey-Trot-Rennen in Alexandria, eine ebene Fünfmeilenstrecke, die jedes Jahr etwa zweitausend Läufer anlockte. Als sich das Auto durch einen Wirbel von Schneeflocken schob, beugte sich Carpenter weit übers Lenkrad. Die Sicht war so schlecht, dass die Rücklichter vor ihm kaum mehr als ein rötlicher Schimmer waren. Der Schnee war von der Sorte, die einen zu der Bemerkung veranlasst: »Der hält nicht lange«, oder: »Der bleibt nicht liegen«, aber als er in Alexandria seinen Wagen abstellte, war die Welt vollständig in Weiß gehüllt.

Viele Leute behaupten, beim Laufen wertvolle Gedankenarbeit zu leisten, weil sich der Geist bei der gleichmäßigen Körperbewegung frei entfalten könne. Carpenter gehörte nicht dazu. Er dachte nie nach, wenn er lief, es sei denn über ganz simple Dinge: wohin er den Fuß setzen, ob er seine Handschuhe ausziehen, ob er umkehren sollte, oder ob der Schmerz in seinem Knie echt oder nur Einbildung war.

Beim heutigen Lauf waren seine Gedanken ähnlicher Art. Er dachte über sein Tempo nach und wie weit es bis zur nächsten Meilenmarkierung war. Oder ob er versuchen sollte, die Läufer vor ihm zu überholen. Er blinzelte den Schnee von seinen Wimpern, lauschte auf den keuchenden Atem der anderen und wunderte sich, wie warm ihm trotz der kalten Luft war. Seine Gedanken trieben mit dem Schnee dahin. Am Laufen gefiel ihm besonders, dass er dabei den Verstand ausschalten konnte. Wenn er lief, war ihm, als würde sein Ich ausgelöscht, als bliebe nur die Bewegung.

Kurz vor der Ziellinie sah er die erwartungsvolle Menge, die die letzten hundert Meter der Rennstrecke säumte und die Läufer mit Rufen anfeuerte. Als er die Ziellinie passierte, war der Digitalanzeiger halb mit Schnee bedeckt, doch er konnte seine Zeit sehen: 31 : 02. Nicht schlecht, dachte er. Er hörte den Rennleiter schreien: »Männer nach links, Frauen nach rechts.« Er nahm die Leute ringsum wahr, ihr Keuchen, ihre roten Gesichter, den Dampf, der von ihren Schultern und Köpfen aufstieg. Der Schnee fiel weiter in großen, dichten Flocken.

Er hätte schwören können, dass er beim Laufen nicht nachgedacht hatte. Dass sein Gehirn völlig ausgeschaltet gewesen war. Deshalb stellte er, als er den Stoffstreifen mit seiner Startnummer abriss und einem der Organisatoren überreichte, mit größtem Erstaunen fest, dass er irgendwo auf der Rennstrecke einen Entschluss gefasst hatte. Als er jetzt zwischen den Tischen mit Orangensaft und Energieriegeln umherschlenderte, überdachte er diesen Entschluss. Er würde sich freinehmen – eine Woche, einen Monat, ganz egal. Solange er eben brauchte, um herauszufinden, warum Kathy und Brandon ermordet worden waren und wer dahinter steckte. So lautete sein Entschluss, und es gab nichts mehr daran zu rütteln. Er war praktisch schon fort. Nur dass es in der Firma noch niemand wusste.

Er ging ins benachbarte Schulgebäude, wo man die Umkleidekabinen benutzen durfte, zog seinen Trainingsanzug an, machte ein paar Streckübungen und wunderte sich plötzlich, wie lang er gebraucht hatte, um zu diesem Entschluss zu kommen – auch wenn er sich nicht erinnern konnte, darüber nachgedacht zu haben. Wozu besaß man eine Detektei, wenn man sich ihrer nicht bediente? Wenn die von der Wall Street etwas herausfinden wollten, kamen sie zu ihm. Genauso die Anwälte aus der K Street. Warum also sollte Joe Carpenter etwas so Wichtiges wie Kathy und Brandon *den Bullen* überlassen?

Als er zu seinem Auto kam, war es mit Schnee bedeckt. Mit dem Ärmel wischte er die Windschutzscheibe frei und stieg ein. Der Wind heulte jetzt. Die Ampeln schaukelten an ihren Aufhängungen, und die Schilder klapperten zornig. Der Schnee flog in ununterbrochenen waagerechten Strömen in sein Scheinwerferlicht. Jenseits des schiefergrauen Flusses war die Stadt nicht mehr auszumachen. Nur das rote Licht auf dem Washington Monument blinkte wie der böse Blick.

Er fuhr über die Independence Avenue auf direktem Weg in sein Büro. Der Strom war ausgefallen, und der wenige Verkehr kroch zögernd von einer Kreuzung zur nächsten.

Zum Glück gab es einen Generator in seinem Gebäude, sodass alles funktionierte. Er stellte den Wagen in der Tiefgarage ab und ging zum Lift. Selbst hier unter der Erde konnte er den Wind heulen hören, und ein kalter Schauer durchlief ihn.

Seine Bürosuite war mit einer Dusche ausgestattet, die er regelmäßig benutzte. Er joggte fünfmal die Woche auf der Mall und hatte deshalb immer Sachen zum Wechseln in seinem Wandschrank. Während er unter dem harten, heißen Wasserstrahl stand, spürte er, wie sich seine Muskeln mit der Zeit entspannten. Schließlich trocknete er seine Haare, zog Jeans und einen Pullover an und setzte sich an den Schreibtisch.

Zum ersten Mal störte ihn etwas an seinem Büro. Die Bücherregale, die Holztäfelung, die Lithografien – wem wollte er damit imponieren? Es gab wohl ein Dutzend kostbar gerahmter Fotos an den Wänden, aber keines von Kathy oder Brandon. Alle zeigten ihn mit berühmten Leuten: Carpenter im Gespräch mit Prinz Bandar; Carpenter beim Shakehands mit dem Sicherheitsberater des Präsidenten; Carpenter mit JCS-Generälen im Hubschrauber; Carpenter in *Forbes* – als wäre er ein Restaurantkritiker; Carpenter beim Golfen mit dem Fraktionsführer der Minderheitspartei des Senats im Army-Navy Country Club. Daneben ein Geschenk von Judy: ein Artikel aus dem *Washingtonian*: Die begehrtesten Junggesellen der Stadt! – In einem herzförmigen Rahmen. (Carpenter war Nummer 26 – was eigentlich schmeichelhaft war. Oder vielleicht auch nicht.)

All das war ihm früher einmal wichtig oder zumindest amüsant erschienen, aber jetzt – wozu sollte es gut sein? Um noch mehr Büros zu eröffnen, noch mehr Geld zu scheffeln, ein noch größeres Haus zu bauen? Wozu? Um ehrlich zu sein: Dieser Bandar war ihm nicht mal sympathisch – was hatte sein Foto also in Carpenters Büro zu suchen?

Er nahm die Fotos von den Wänden und stapelte sie in einer

Ecke auf. Dann ging er an seinen Schreibtisch und holte ein Blatt Papier hervor. Er zog einen senkrechten Strich in der Mitte und schrieb »Firma« über den linken und »Ermittlungen« über den rechten Teil.

Einen Augenblick überlegte er, was er machen sollte. Die Schwierigkeit, Stellvertreter zu suchen, wenn auch nur vorübergehend, bestand darin, dass sein Zuständigkeitsbereich groß und zudem nicht klar definiert war. Eigentlich tat er alles, was nötig war, damit der ganze Apparat reibungslos lief, das heißt, er war Regenmacher *und* Feuerwehrmann, Kontrolleur *und* Fallbetreuer. Man konnte sagen, dass er überall mitmischte, oder, anders ausgedrückt, er machte, was ihm gerade passte. Und wie, fragte er sich jetzt, wie konnte man so etwas delegieren?

Unter »Firma« schrieb er »Burts – alle Fusionen«, und darunter schrieb er »Rifkin – alle anderen Fälle«. Leo und Judy waren beide ehrgeizig und hatten gleichrangige Positionen in der Firma. Wenn er einen bevorzugte, würde der andere gehen, und umgekehrt. Trotzdem würde es nicht reichen, die Fälle zwischen ihnen aufzuteilen: Manche Bereiche waren eher administrativer Art, wie beispielsweise Finanzen, neue Aufträge und Kundenbetreuung. Carpenter beschloss, diese Aufgaben Bill Bohacker zu übertragen. Er saß zwar im New Yorker Büro, konnte die Arbeit aber genauso gut von dort aus erledigen. Knapp die Hälfte der Rechnungen gingen sowieso an die Wall Street.

Er schaltete den Computer an, gab das Kennwort des Tages ein und rief die Fälle auf, die zurzeit im Washingtoner Büro bearbeitet wurden. Direkt hatte er nur mit zweien zu tun – beide allerdings von wichtigen Klienten. Er würde sie anrufen und ihnen seine Abwesenheit erklären müssen.

Carpenter machte sich ein paar Notizen. Dann stand er auf, trat ans Fenster und sah, dass der Schnee in Graupel übergegangen war.

Schließlich setzte er sich wieder an seinen Schreibtisch. Unter der Überschrift »Ermittlungen« hatte er noch nichts vermerkt.

Er schloss die Augen, lehnte sich in seinen Sessel zurück und dachte nach. Gab es irgendeinen Anhaltspunkt, dem Riordan nicht schon nachgegangen war? Nach halbstündigem Grübeln schrieb er ein Wort nieder, und zwar »Flasche«.

Nur zwei Dinge waren bei John Doe gefunden worden – ein großes Messer und eine kleine Flasche. Und aus der Flasche konnte sich niemand einen Reim machen. Riordan ließ den Inhalt noch einmal im Labor prüfen, da gab es für Carpenter weiter nichts zu tun. Doch vielleicht sollte man der Flasche als solcher nachgehen. Sie sah teuer, jedenfalls ungewöhnlich aus. Vielleicht konnte er ein paar Fotos machen lassen und einen der Rechercheure darauf ansetzen.

Die nächsten Worte, die er schrieb, waren »Comfort Inn«. Er erinnerte sich, Riordan gefragt zu haben, ob John Doe von seinem Motelzimmer aus telefoniert habe, aber die Antwort war ihm wieder entfallen. Vielleicht war auch gar nicht telefoniert worden, aber er wollte es überprüfen. Allem Anschein nach blieb nicht allzu viel zu tun.

13

Carpenter erwachte inmitten eines Klingelns und eines Schwalls blendenden Sonnenlichts, einer Wand von so greller Helligkeit, dass er sich abwenden musste und mit geschlossenen Augen aus dem Bett kletterte. Das Telefon läutete, und wie ein von der Sonne überraschter Vampir taumelte er blind durch den Raum. Als er das Telefon gefunden hatte, tastete er nach dem Hörer, räusperte sich und brummte: »Ja!«

Der Anrufer zögerte erst und sagte dann: »Sie haben noch geschlafen, stimmt's?« Es war Riordan.

»Nein«, log er. Er log automatisch. Er wusste selbst nicht, warum, aber jedes Mal, wenn er durch das Telefon geweckt wurde, leugnete er, aus dem Schlaf gerissen worden zu sein. Auch wenn es drei Uhr in der Früh war, fühlte er sich irgendwie schuldig, als würde die Welt von ihm erwarten, dass er ständig in Aktion war. Wenn der Anrufer wach war, warum dann nicht er?

»Sicher?«, fragte Riordan.

»Ja, bin hellwach. Wie spät ist es?«

»Punkt sieben.«

»Einen Augenblick.«

Am Vortag hatte es einen Stromausfall gegeben, und Carpenter hatte vergessen, den Zeitschalter für die Blenden des Glasdachs und der Oberlichter neu zu programmieren. Carpenter berührte den Schalter an der Wand und vernahm ein Summen.

Langsam verdunkelte sich der Raum, und Carpenter kehrte zum Telefon zurück. »Was ist los?«

»Ich gebe den Fall ab.«

»Wieso das denn?«

»Nun, aus zwei Gründen. Erstens ... hab ich Sie wirklich nicht geweckt? Manchmal rufe ich Leute an ...«

»Ganz sicher nicht.«

»Dann sind Sie Frühaufsteher. Wie ich.«

»Mit dem ersten Hahnenschrei.«

»Also, hier im Haus ist man der Meinung, der Fall sei gelöst. Wenn es nach mir ginge ...«

»Er ist aber nicht *gelöst.*«

»Ich weiß schon, was Sie sagen wollen. Zum ersten Grund: Es gab einen Doppelmord in Annadale, und eines der Opfer ist ein Bulle.«

»Tut mir Leid ...«

»Ein vierundzwanzigjähriger Bursche ... dazu ein *netter* Bursche ... neu im Revier ... hat nur auf einen Kaffee bei einer Imbissstube Halt gemacht.« Riordan hielt inne. »Der Bursche hat 'ne Tochter, grad mal zwei Monate alt, er ist auf dem Heimweg, die Frau wartet schon mit dem Essen – und wumms!, wird er abgeknallt, als er 'ne Tasse Kaffee bestellt.«

»Das ist furchtbar ...«

»Sie haben erst die Hälfte gehört. Das andere Opfer ist so 'ne Thai. Hat ihre Staatsbürgerschaft erst seit zwei Tagen. Sie jobbt an Thanksgiving als Kassiererin, fünf siebenundachtzig die Stunde, und – zack!, kriegt sie gleich drei ins Gesicht. Willkommen in Amerika! Schönes Thanksgiving! Ruhe in Frieden!«

»Passen Sie auf, Jim. Ich weiß, worauf Sie hinauswollen, aber ...«

»Der andere Grund ist der: Ich bin zu 'ner Konferenz eingeladen ... muss mich also vorbereiten.«

»Eine Konferenz?«

»Genau. Ist so 'ne Veranstaltung nach dem Motto ›Wir sind

alle eine große Familie‹. Wird von Interpol organisiert. In Prag. Waren Sie mal in Prag?«

»Schon länger her. Um was geht es bei der Konferenz genau?«

»Ich sitze mit zwei Franzmännern und einem Iwan in 'ner Art Diskussionsrunde und verkörpere so was wie den typischen amerikanischen Polizeibeamten. Es geht um ›Polizeiarbeit in der demokratischen Gesellschaft‹ – weil die Tschechen keine haben, verstehen Sie? Oder noch nicht lange.«

»Was Sie nicht sagen.«

»Auf jeden Fall übernimmt vorerst Andy Pisarcik den Fall. Er ist ein heller Kopf. Er erledigt die Aufräumarbeiten. Ich geb Ihnen mal seine Nummer durch.«

Carpenter wollte protestieren. Riordan war einer der besten Ermittler des Morddezernats von Nordvirginia, aber es wäre wohl vergeblich gewesen, ihn zu bedrängen.

»Kann ich Sie dann ein paar Sachen fragen, solange ich noch die Chance dazu habe?«

»Nur los«, sagte Riordan in unverbindlichem Tonfall.

»Unser Typ – haben Sie überprüft, ob er von seinem Motelzimmer aus telefoniert hat?«

Riordan zögerte. »Ich weiß nicht ... Ich schaue mal nach. Das Comfort Inn. Ich weiß, dass ich's *angefordert* habe. Ich stelle gerade die Akte für Pisarcik zusammen. Moment.« Carpenter vernahm Papierrascheln. »Genau. Hier ist es. Ein Anruf. Er hat einen Anruf nach Chicago gemacht. Knapp eine Minute. Mehr nicht.«

»Und wen hat er angerufen?«

Riordan zögerte. »Also ...« Der Detective fühlte sich spürbar unbehaglich. »Sei's drum ... er hat ein Hotel in Chicago angerufen. Embassy Suites.«

»Und?«

»Und *was*? Er ist an die Zentrale geraten. Ob sie ihn weiter verbunden haben, ist nicht ersichtlich.« Riordans Stimme verriet, dass er sich in die Defensive gedrängt fühlte. »Ich habe es nicht weiterverfolgt. Schließlich haben die – wie viel? – vielleicht zweihundert Zimmer. Ich würde sagen, er war falsch verbunden.«

»Und was ist mit der Flasche?«

»Wir haben ein paar Fingerabdrücke. Sind alle von Doe. Das Labor hat ein zweites Mal den Inhalt untersucht, aber bei der Analyse kam wieder nur Wasser raus. Mit ein paar Spurenverunreinigungen. Und so bleibt die Flasche nichts als ein großes Fragezeichen.«

»Sie haben doch Fotos davon gemacht, oder? Wär's möglich, dass Sie mir Abzüge davon besorgen?«

Ein heftiger Seufzer. »Gut, ich seh zu, was ich tun kann. Aber das war's dann auch, Joe – es ist nicht mehr *mein* Fall. Von jetzt an wenden Sie sich an Pisarcik.«

»Klar. Aber was ist mit der Pension in Florida? Wo ›Gutierrez‹ die Post hinschicken ließ. Haben Sie die Adresse?«

Riordan lachte. »Raus hier«, sagte er und legte auf.

Wie sich herausstellte, gab es vier Embassy Suites in Chicago, und Carpenter wagte es nicht, Riordan noch einmal deshalb zu belästigen. Deshalb rief er in der Firma an und schickte einen von seinen Detektiven, einen ehemaligen FBI-Agenten namens Tony Harper, ins Comfort Inn. Carpenter war ziemlich sicher, dass Tony vom Empfangschef eine Kopie der Motelrechnung bekommen würde – wenn auch wohl nicht umsonst. Und er hatte Recht. Zwei Stunden später faxte ihm Tony eine Kopie der Rechnung und einer Quittung über 100 Dollar. Die Quittung trug den Vermerk »Für geleistete Dienste«.

Neben dem einzelnen Anruf mit der Vorwahl 321 war auf der Rechnung die Nummer von Juan Gutierrez' Visa-Card vermerkt. Für 25 Dollar konnte sich Carpenter eine Kreditauskunft über Gutierrez besorgen; und für zweihundert bekäme er etwas noch Nützlicheres – eine Liste von allen Rechnungen, die Gutierrez mit dieser Karte bezahlt hatte. Und für die andere Karte auch – Riordan hatte ja von zwei Karten gesprochen, die beide erst vor wenigen Monaten ausgestellt worden waren. Die Auskunftei würde die zweite Karte (und etwaige andere auch!) problemlos mit Hilfe der ersten Karte ermitteln können.

Das war zwar nicht ganz legal, aber im Informatikzeitalter waren Verstöße gegen den Datenschutz das moralische Äquivalent zum, nun ja, Falschparken. Wenn man erwischt wurde, zahlte man eben sein Knöllchen, und die Sache war erledigt. Carpenter suchte die Nummer von Mutual General Services heraus, einer windigen Auskunftei in Florida.

Wenn man Bankunterlagen, Geheimtelefonnummern, Kopien von Kreditkartenabrechnungen oder Telefonrechnungen brauchte – Mutual lieferte sie rasch und billig. Laut Leo arbeiteten sie auf »die altmodische Art: mit Bestechung«. Nach allem, was man hörte, hatte die Firma bei allen größeren Kreditinstituten und jeder Telefongesellschaft der USA einen Informanten. »Eine nette kleine Nische«, hatte Leo gesagt. »Sie machen nur eine Sache, aber die machen sie gut.«

Carpenter wählte also die Nummer von Mutual General und sagte der Frau am anderen Ende der Leitung, was er wollte: Kopien von Gutierrez' Kreditkarten-Quittungen der letzten drei Monate.

Nachdem das erledigt war, sah er sich die Comfort-Inn-Quittung näher an. Der Betrag belief sich auf 1,25 Dollar für ein einziges Ferngespräch, das auch nur maximal eine Minute dauerte.

Er zog alle Möglichkeiten in Betracht. Eine Minute, wahrscheinlich weniger. Für eine Zimmerreservierung brauchte man länger. Und wenn er einen Hotelgast hatte sprechen wollen, dann war er in der Zeit bestimmt nicht durchgekommen. Es sah eher so aus, als wäre die verlangte Person außer Haus gewesen. Es sei denn ... es sei denn, es wäre eine Anrufweiterschaltung gewesen. Die meisten größeren Hotels hatten Voice-Mail – und so hätte John Doe auch seine Anrufe abhören können.

Carpenter hatte im Büro ein Voice-Mail-System. Er wählte die eigene Nummer und gab verschiedene Codes ein, um die Gespräche abzuhören. Dabei prüfte er auf seiner Uhr, wie lange er brauchte. Er hörte zwei kurze Nachrichten ab, was etwa anderthalb Minuten dauerte. Er schrieb die Nachrichten auf, löschte sie und legte auf. Noch mal einundfünfzig Sekunden.

Dann wählte er die Nummer des Hotels.

»Embassy Suites, mit wem darf ich verbinden?«

»Ich möchte einen Hotelgast sprechen. Juan Gutierrez.« Er buchstabierte.

»Einen Augenblick bitte.« Es wurde ein langer Augenblick, ausgefüllt mit schlechter Musik. Dann: »Tut mir Leid. Ich kann keinen Gast mit diesem Namen finden.«

Seinen Erfolg als Detektiv verdankte er unter anderem seiner Gründlichkeit und Hartnäckigkeit. Wenn er in eine Sackgasse geriet, vergewisserte er sich, ob es nicht vielleicht doch einen Hinterausgang gab. Statt aufzulegen, fragte er also weiter. »Ich hab Ihnen die letzte Nummer gegeben, die wir von ihm haben. Könnten Sie noch einmal nachsehen? Ich weiß, dass er vor ein paar Wochen bei Ihnen gewohnt hat, und wenn ich es recht verstanden habe, war er eine ganze Weile in Chicago. Vielleicht hat er seine neue Nummer hinterlassen. Könnten Sie bitte nachsehen?«

»Sind Sie ein Freund oder ...«

»Nein. Ich bin der Anwalt von Mrs. Gutierrez. Sie macht sich große Sorgen.«

Und wieder schlechte Musik. Er wusste selbst nicht, was er in Erfahrung zu bringen hoffte, auch wenn er herausfinden würde, dass Doe dort gewohnt *hatte*. Vielleicht bekam er ja wenigstens eine weitere Rechnung, weitere Telefonnummern, die Doe angerufen hatte.

Die Musik verstummte, und die Stimme der Empfangsdame meldete sich wieder. »Sie haben Recht. Wir hatten tatsächlich einen Gast mit diesem Namen – aber er hat sich nicht richtig abgemeldet.«

»Tut mir Leid, das verstehe ich nicht ganz ...«

»Nun, er ist gegangen, ohne sich abzumelden.«

»Das heißt, er hat nicht gezahlt? Sieht ihm gar nicht ähnlich.«

»Nein, nein, das Problem ist nur – würde es Ihnen etwas ausmachen, mir Ihren Namen zu nennen?«

»Natürlich nicht. Ich bin Michael Armitage. Hillman, Armitage & McLean. New York.«

»Und Sie sind Mrs. Gutierrez' Anwalt?«

»So ist es.«

»Nun, das Problem ist, dass Mr. Gutierrez das Limit auf seiner Visa-Card überzogen hat. Wir wollten mit ihm darüber sprechen, aber ... er ist nicht mehr aufgetaucht.«

»Aha.«

»Weshalb noch ein Restbetrag aussteht.«

»Ich glaube, das können wir regeln. Wie lange hat Mr. Gutierrez eigentlich bei Ihnen gewohnt?« Das Schweigen am Ende der Leitung sagte ihm, dass er zu weit gegangen war.

»Es wäre wohl das Beste, Sie sprechen mit dem Hotelmanager. Ich kann ihn bitten, dass er Sie zurückruft.«

»Nein danke.« Er legte auf.

Er brauchte keine fünf Minuten, um seine Reisetasche mit seiner Joggingausrüstung und einer Garnitur zum Wechseln zu packen. Er verließ das Haus und stapfte durch den Schnee, die Tasche in einer Hand, eine Tasse Kaffee in der anderen.

Gleich über der Key Bridge, in Georgetown, gab es eine Filiale von Kinko's Copies. Dorthin fuhr er als Erstes. Er ließ den Wagen auf dem Parkplatz bei Eagle Liquors stehen und ging hinüber zu Kinko's. Zehn Minuten später kam er mit einem Stapel Visitenkarten, gedruckt auf schwerem, graumarmoriertem Karton, wieder heraus. Auf den Karten war zu lesen:

Victor Oliver
Stellvertretender Geschäftsführer
Muebles Gutierrez
2113 52nd Pl., SW
Miami, FLA 33134
305-234-2421

Er hatte keine Ahnung, ob es die Adresse tatsächlich gab, aber die Postleitzahl stimmte, die Telefonnummer auch.

An diesem Wochenende empfahl es sich nicht, ohne Reservierung zu fliegen. Eine der Startbahnen am National Airport war geschlossen. Trotzdem saß Carpenter um drei Uhr auf Sitz 2 B in der ersten Klasse eines Northwest-Flugs nach Chicago. Er hielt die erste Klasse – außer bei sehr langen Flügen – für Geldverschwendung, aber er hatte nichts anderes bekommen.

Auf dem Platz neben ihm saß eine braunäugige Blondine, die mehr Dekolleté trug, als an einem kalten Tag wie diesem ratsam schien. Ihr Parfum war schwer, und jedes Mal, wenn sie das Wort an Carpenter richtete, drängte sie sich an seinen Körper und griff nach seinem Ärmel. Ihre leuchtend roten Fingernägel waren mindestens zwei Zentimeter lang.

Sie hieß Amanda, und ihr Ehemann war ein Immobilienmakler, der viel reiste. (»Übrigens ist er jetzt gerade auf Reisen.«) Sie züchtete Shelties und kam von einer Hundeschau in Maryland. Carpenter hörte dem allen zu, nickte höflich und blätterte dabei in seinem Flugbegleiter. Obwohl er sie nicht gerade ermunterte, redete sie in einem fort bis nach Chicago, informierte ihn über die Gepflogenheiten bei Hundeschauen und die »üblichen Tricks«, wobei eine Menge von Haarspray, Nagellack und Vitamin E die Rede war. (»Ein kleiner Klecks Öl auf das Schnäuzchen, und es *glänzt!* Nun, das ist eine Kleinigkeit, aber bei den Schauen, zu denen ich gehe, sind es die kleinen Dinge, die zählen.«)

Die Maschine landete, und der Lärm der Triebwerke übertönte vorübergehend ihre Stimme, allerdings nicht lange. Als sie mit dem Bus zum Terminal fuhren, lehnte Amanda sich an Carpenter, presste ihre Brüste an seine Schulter und ergriff seine Hand.

»Wenn Sie Lust auf Gesellschaft haben«, sagte sie und reichte ihm ihre Visitenkarte, »ich wohne gleich im Norden der Stadt.«

Die Karte war pinkfarben, die Schrift voller Schnörkel – in einer Ecke die winzige Zeichnung von einem Hund. Die Frau hatte etwas Verletzliches, aber er wollte ihr nicht wehtun. Also steckte er die Karte in sein Jackett. »Ich habe furchtbar viel zu tun«, sagte er, »aber mal sehen, wie die Dinge laufen. Man kann ja nie wissen.«

Noch vom Flughafen aus rief er das Hotel an.

»Embassy Suites. Mit wem darf ich verbinden?« Diesmal war es eine männliche Stimme.

»Nun, ich bin nicht ganz sicher«, sagte Carpenter. Er besaß schauspielerisches Talent und nahm einen leichten spanischen Akzent an, sprach überdeutlich – was eine Stimme immer »ausländisch« erscheinen lässt, auch wenn der Zuhörer den Akzent nicht genau einordnen kann. »Ich war vor vielen Wochen Gast in Ihrem Hotel, aber ich musste vorzeitig abreisen. Ein Zwischenfall in der Familie.«

»Tut mir Leid.«

»Nun ja, sie war schon eine sehr alte Frau.«

»Hmm ...«

»Aber ... c'est la vie! Und jetzt würde ich gern meine Rechnung begleichen.«

»Ach so! Ich verstehe ... Sie haben sich nicht abgemeldet?«

»Genau.«

»Natürlich. Solche Zwischenfälle kommen vor. Sagen Sie mir bitte Ihren Namen? Ich sehe im Computer nach ...«

»Juan Gutierrez.« Er buchstabierte.

»Einen Augenblick bitte ...« Carpenter hörte das ferne Klappern eines Keyboards und war dankbar, dass ihm diesmal die Musik erspart blieb. »Hier ist es. Sie hatten das Zimmer bis zum 12. reserviert, nicht wahr?«

»Ich glaube schon. Ja.«

»Nun, es sieht so aus, als hätten wir es so lange freigehalten, wie es eben ging, aber ... oh, jetzt sehe ich, was passiert ist: Sie haben das Limit auf Ihrer Visa-Card überzogen!«

»Zwangsläufig.«

Der Empfangschef kicherte verständnisvoll. »Tut mir Leid, aber ich sehe hier einen Fehlbetrag von 637,18 Dollar. Möchten Sie mit dem Manager sprechen? Ich weiß nicht, aber vielleicht schreibt er Ihnen ja ein paar Tage gut.«

»Nein, nein. Ich habe überhaupt keine Zeit. Außerdem ist das nicht der Fehler des Hotels.«

»Wir könnten Ihnen die Rechnung schicken ...«

»Wissen Sie, einer meiner Assistenten, ein Señor, entschuldigen Sie, ein *Mister* Victor Oliver, wird morgen in Chicago sein. Er soll am Hotel vorbeifahren und den Restbetrag zahlen. Wäre das recht so?«

»Selbstverständlich, Mr. Gutierrez. Ich sorge dafür, dass die Rechnung am Empfang für ihn bereitliegt.«

Carpenter holte tief Luft. »Eins noch. Ich habe ein paar Sachen zurückgelassen. Glauben Sie, dass man sie irgendwo aufbewahrt hat?« Er brachte einen wehmütigen Tonfall zu Stande.

»Gewöhnlich schicken wir die im Hotel vergessenen Gegenstände an die Adresse auf der Kreditkarte, aber wenn die Rechnung nicht beglichen ist ... Ich bin sicher, wir haben Ihre Sachen noch im Depot. Ich sorge dafür, dass Ihr Assistent sie bekommt.«

»Danke. Sie haben mir sehr geholfen. Ich werde Victor bitten, sich direkt an Sie zu wenden.«

»Nun, ich bin vor fünf nicht da, deshalb ...«

»Wunderbar. Er hat den ganzen Tag zu tun. Ich denke, er kann vor sechs Uhr sowieso nicht kommen.«

»Jeder am Empfang kann ihm helfen.«

»Mir wäre es lieber, er wendet sich an Sie. Sie haben mir sehr geholfen.«

»Gern geschehen, danke«, sagte der Mann. »Er soll nach Willis fragen – Willis Whitestone.«

Carpenter liebte Chicago. Die Hochhäuser am See, der Prunk und die technische Perfektion überraschten ihn jedes Mal aufs Neue. Er nahm ein Taxi vom O'Hare Airport zur Near North Side, wo er in einem seiner Lieblingshotels, dem Nikko, abstieg. Es war äußerst gut organisiert, elegant und sehr japanisch. Die Ikebana-Arrangements waren ebenso schön wie schlicht, und im Erdgeschoss befand sich ein exzellentes Restaurant. Das nützte er noch am selben Abend aus und spülte sein Sushi mit zwei großen Flaschen Kirin herunter. Als er in sein Zimmer zurückkam, erwartete er unwillkürlich die obligatorische Schokolade auf dem Kopfkissen – aber falsch gedacht, man befand sich ja im Nikko, und deshalb fand er dort eine Origami-Figur vor. Ein heulender Wolf, vielleicht auch ein Hund. Auf jeden Fall fühlte er sich an *Blade Runner* erinnert.

Am folgenden Morgen besuchte er das Art Institute. Anschließend schaute er in seiner Zweigstelle vorbei und begrüßte das Personal. Das Chicagoer Büro war nur knapp halb so groß wie das in Washington, aber die Leute waren gut, und die Umsätze stiegen. Er gratulierte ihnen dazu. Im Berghof's nahm er ein schweres, aber köstliches Mittagessen ein, dann lief er zu Fuß zum Hotel zurück. Auf den weihnachtlich geschmückten Straßen wimmelte es von Heilsarmee-Glockenspielern und Einkaufswilligen.

Im Hotel schlüpfte er in Trainingsanzug und Joggingschuhe und machte sich auf den Weg zum Hafen. Ein eisiger Wind blies vom See herüber, aber er ließ sich nicht entmutigen und lief, den Kopf gesenkt, die fünf Kilometer zum Yacht Club und zurück. Bis er sein Hotel wieder erreicht hatte, war es dunkel, und er war müde.

Nach einer erfrischenden Dusche kleidete er sich rasch wieder an. Ein schiefergraues Oxford-Hemd, das Monica so an ihm gemocht hatte (»Es hat haargenau die Farbe deiner Augen!«); einen dunkelblauen Anzug mit kaum sichtbaren schwarzen Nadelstreifen; eine schwarz- und burgundfarbene Rips-Krawatte; schwarze Schuhe und Lederhandschuhe. Alles stammte von Burberry's bis auf die Schuhe – die waren von Johnson & Murphy's. Dazu trug er seinen schwarzen (etwas abgetragenen) Kaschmirmantel, den er vor etwa acht Jahren in Zürich gekauft hatte. Üblicherweise war er eher salopp gekleidet, aber Willis Whitestone zuliebe machte er eine Ausnahme.

Punkt sechs Uhr erreichte er das Hotel. Er war etwas nervös, schließlich arbeitete er ohne Netz und doppelten Boden. Was, wenn John Doe eine Pistole oder einen Koffer voll Kokain zurückgelassen hatte? Er holte tief Luft und trat mit selbstbewusster Miene in die Lobby.

Willis Whitestone hätte gar nicht netter sein können. Carpenter reichte ihm Victor Olivers Visitenkarte, warf einen Blick auf die Rechnung, blätterte sieben 100-Dollar-Scheine auf den Tisch und lehnte das Wechselgeld mit einem »Mr. Gutierrez sagte, Sie waren sehr hilfsbereit« ab. Willis dankte ihm überschwänglich, stempelte die Rechnung ab und reichte ihm eine Ledertasche. Carpenter schlang den Riemen der Tasche über die Schulter, winkte zum Abschied und trat wieder hinaus in die kalte Chicagoer Nacht.

Zurück im Nikko, zog er seinen Mantel aus, nicht aber die Handschuhe. Die Tasche war verschrammt und zerbeult, das Leder allerdings war weich und teuer und sehr gut verarbeitet – ein sportlich elegantes Gepäckstück mit steifem Boden und weichen Seiten und einem dicken ledernen Schulterriemen. »Cerutti, Roma« stand auf dem Schildchen im Innern. Die Tasche bestand aus einem Hauptfach, das mit einem Reißverschluss versehen war, und großen Seitenfächern, ebenfalls mit Reißverschluss. Er öffnete sämtliche Reißverschlüsse, und der Inhalt ergoss sich auf das Bett.

Zum Vorschein kamen zwei altmodisch aussehende Hemden, die entweder sehr teuer oder sehr billig waren, ein Gürtel, mehrere Paar Socken, Unterwäsche und eine Gabardinehose. Viel versprechender schien eine Kalbsledertasche von etwa zehn mal zwanzig Zentimetern. Darin fand er ein storniertes Flugticket Miami-Chicago, einen Prospekt von »Alamo Rent-a-Car« und drei 20-Dollar-Travellerschecks, gegengezeichnet von Juan Gutierrez.

Er war maßlos enttäuscht.

Das kann nicht alles gewesen sein, sagte er sich. Er hob die Tasche hoch und wog sie. Er ging alle Fächer durch und befühlte die Seiten. Er tastete das Hauptfach sorgfältig ab. Er prüfte den Boden, innen und außen. Er fing noch mal von vorn an. Und noch einmal.

Beim dritten Versuch fand er, wonach er gesucht hatte: ein flaches Fach, das sich über den gesamten Boden der Tasche erstreckte. Die Lederpaspel, die den Boden mit den Seiten verband, löste sich, als er daran zog. Und was sich da löste, war eine rechteckige Spanplatte, die mit Klettverschluss befestigt war – der eigentliche Boden der Tasche. Er ließ sich öffnen wie ein Buch, und darunter kamen flache Fächer zum Vorschein, die mit Schaumgummi ummantelt waren. Eines der Fächer enthielt ein Bündel Banknoten, das andere einen Pass. Das Ganze war so perfekt konzipiert, dass nichts sich wölbte oder dellte.

Carpenter nahm den Pass heraus und besah ihn von allen Seiten. Es war ein italienischer Pass. Carpenter fühlte, wie sein Herz schneller schlug, als er den roten Deckel öffnete und den Namen des Mannes las, der seine Schwester und seinen Neffen getötet hatte. *Franco Grimaldi.* Das Foto zeigte eine jüngere Version des Computerbilds, das die Polizei hatte anfertigen lassen. Ihn durchrieselte ein Schauer von Freude und banger Erwartung, wie einen Jäger, dem soeben die Beute ins Visier gelaufen war.

John Doe hatte jetzt einen Namen, eine Identität, und Carpenter war sicher, das Geheimnis um den Mord an Kathy und Brandon lüften zu können, ganz gleich ob der Mann jemals wieder ein Wort sagte oder nicht.

Er hatte vorher nie jenes dringende Bedürfnis mancher Menschen nachvollziehen können, herauszufinden, wie und warum ein naher Angehöriger umgekommen war. Er hatte über Kriegsvermisste und die Familien der Lockerbie-Opfer gelesen – und er war verblüfft gewesen über ihre leidenschaftliche Suche nach Erkenntnissen, nach Gerechtigkeit, nach Bestrafung und nach *Einzelheiten.* Warum konnten sie nicht loslassen? Warum konnten sie ihr Leben nicht weiterleben und den Tod der anderen hinter sich lassen?

Jetzt wusste er's.

Er nahm ein Fläschchen aus der Minibar und goss sich einen Scotch in ein Wasserglas. Dann setzte er sich an den Tisch, legte den Pass vor sich hin und sah ihn sich genau an. Auf der Seite gegenüber dem Foto waren die Personalien vermerkt: Grimaldi, Franco. Geboren am 17.3.55. Darunter ein Quadrat aus weißem Papier mit einem offiziellen Stempel, offenbar eine neue Adresse: 114 Via Genova, Roma. Carpenter hob das Stück Papier hoch und sah, dass tatsächlich eine andere Adresse darunter stand: etwas wie Via Barberini. Dann folgten die Passnummer und persönliche Kennzeichen. Größe: 182 cm. Augenfarbe: braun. Haarfarbe: schwarz. Als er die hinteren Seiten mit den Visa und Grenzstempeln durchblätterte, fiel ein Blatt Papier auf den Boden. Er hob es auf.

Es war der Beleg einer telegrafischen Überweisung über 50 000 Dollar auf Grimaldis Konto bei Crédit Suisse, Zweigstelle Bahnhofstraße in Zürich. Die Überweisung war vor vier Monaten erfolgt.

Carpenter legte den Zettel beiseite und widmete seine Aufmerksamkeit erneut dem Pass. Er wollte Grimaldis Reisen anhand der Stempel verfolgen, aber die Seiten waren so voll, dass er sich eine Liste mit Ein- und Ausreisedaten anfertigen musste, die er dann wiederum chronologisch ordnete.

Der Pass war zehn Jahre alt, und die ältesten Stempel stammten von 1986. Sie zeigten, dass Grimaldi öfter zwischen Rom und Beirut hin und her gependelt war. Carpenter dachte nach: Beirut war ’86 die reine Hölle gewesen. Die einzigen Europäer, die in der Stadt lebten, waren an Heizungen gekettet, auf den Straßen gingen Autobomben hoch, Mordanschläge fanden auf beiden Seiten der grünen Linie statt. Was zum Teufel hatte Grimaldi in Beirut zu suchen?

Nach der Beiruter Zeit reiste Grimaldi häufig nach Spanien, entweder über Bilbao oder San Sebastian. Das Baskenland. Dann eine Reise nach Moçambique mit einem Stempel von Maputo – und danach *nichts,* fast drei Jahre lang. Schließlich, im Juni ’92, fing Grimaldi wieder an zu reisen, diesmal in die Balkanländer. Mehrere Reisen in die serbische Hauptstadt Belgrad, ein Jahr später in das kroatische Pendant Zagreb. Und dann wieder nichts bis 1995, als Grimaldi nach Prag, São Paulo und New York reiste. Der letzte Stempel, vom John F. Kennedy International Airport, war vom 18. September 1995.

Carpenter schüttelte ratlos den Kopf. Grimaldi konnte einen zweiten oder dritten Pass haben, vielleicht auf einen anderen Namen ausgestellt. Außerdem gehörte Italien zur EU, und so konnte er in alle Mitgliedsländer reisen, ohne dass es in seinem Pass vermerkt war.

Und trotzdem ... Die Lücke von drei Jahren zwischen '90 und '92 war viel sagend. Ein Gefängnisaufenthalt? Möglich. Vielleicht war er auch unter falschem Namen gereist. Die Aufenthalte in Belgrad, Zagreb und Beirut waren ebenfalls interessant. Das waren keine Touristenziele. Und was war mit seinen Reisen nach Spanien und Moçambique? Waren es Urlaube, und wenn, Urlaube von was? Was tat Grimaldi, wenn er nicht Menschen tötete? Wovon lebte er?

Enttäuscht legte Carpenter den Pass zur Seite und breitete die Banknoten auf dem Tisch aus, verschiedene Währungen, und obwohl er nicht zählte, konnte er sehen, dass es eine ganze Menge war – zwanzig Riesen oder mehr. Vielleicht dreißig.

Er setzte den Boden der Reisetasche wieder ein, verstaute das Geld und den Pass in den Fächern, die Kleider im großen Fach. Dann zog er den Reißverschluss zu. Morgen würde er Riordan die Tasche schicken. Anonym.

Jetzt aber wollte er möglichst schnell nach Washington zurück. Er bekam nur noch einen späten Flug nach Baltimore, wo er um ein Uhr morgens landen würde. Aber es war ihm gleichgültig. Es gab jemanden in Washington, den er so bald als möglich sprechen musste, einen alten Kumpel, der in den hintersten Winkeln des Behördendschungels arbeitete. Nick Woodburn. Woody.

14

Carpenter saß auf dem Rücksitz des Taxis, das ihn vom Flughafen Baltimore in sein Büro brachte, und dachte über Nick Woodburn nach. Als Schuljungen waren Joe und »Woody« die dicksten Freunde gewesen. Sie hatten dieselben Privatschulen, dieselben Ferienlager besucht, in denselben Mannschaften gespielt. Und sie hätten auch das letzte Schuljahr am St. Alban's zusammen verbracht, wäre es nicht zu dem »Vorfall« gekommen, wie es später hieß. Es war kurz vor den Sommerferien gewesen, als der Vater eines Mitschülers im wahrsten Sinne des Wortes über Woody und ein Mädchen von der National Cathedral School »stolperte«, die im Garten der Kathedrale vögelten. Es gab eine Menge Getuschel, Gekicher und lautstarke Empörung, die schließlich dazu führte, dass Nick Woodburn das letzte Schuljahr in Bath, weit oben im Norden, zubrachte.

Man war allgemein davon überzeugt, dass es mit Woody kein gutes Ende nehmen würde (oder wie einer aus der Klasse es ausdrückte: »Der kommt nirgendwo rein – der hat doch überall Spermaspuren auf seinem Führungszeugnis!«). Und tatsächlich wurden seine Bewerbungen für Harvard, Yale, Columbia und Cornell abgelehnt.

Schließlich schrieb er sich an der University of Wisconsin ein, wo er im Nebenfach Leichtathletik und im Hauptfach Arabisch studierte. Irgendwann erhielt er dann ein Stipendium für Oxford.

Nach Oxford bekam er eine Stelle im Außenministerium. Zwei Jahre arbeitete er als Angestellter für besondere Aufgaben im Office of Political and Military Affairs, ein Job, der ihn zwischen dem Außenministerium und dem Pentagon hin und her pendeln ließ. Nach acht Jahren im Ausland (Damaskus, Karatschi, Khartum) wurde er wieder nach Washington beordert, um im Intelligence Research Bureau zu arbeiten (das aus unerklärlichen Gründen als INR, nicht IRB bekannt ist). Dort war er jetzt seit vier Jahren und inzwischen sogar zum Chef avanciert.

Mit knapp hundert ständigen Mitarbeitern war das INR zugleich die kleinste wie auch unauffälligste Komponente des amerikanischen Geheimdienstapparats. Wegen seiner Größe ist die Behörde auch zu keiner der Sünden, für die die »Großen« berüchtigt sind, fähig. Das INR organisiert zum Beispiel keine paramilitärischen Operationen, knackt keine Codes, macht keine Lauschangriffe. Es mischt nicht heimlich LSD in die Drinks seiner Mitarbeiter, schickt keine Killer in Urwälder oder Paläste. Was es macht, und zwar großartig: Es analysiert HUMINT (Human Intelligence), also nachrichtendienstliche Informationen von Diplomaten und Agenten aus 157 amerikanischen Botschaften rund um den Globus.

Wenn Carpenter also das Unmögliche brauchte, wie zum Beispiel ausgerechnet an einem Ferienwochenende Informationen aus Italien, dann rief er seinen Freund Woody an.

Er bezahlte das Taxi und nahm den Lift in den achten Stock. Die Büros schienen alle leer. Er stellte seine Taschen ab und ging zum Telefon.

»Woody. Rat mal, wen du an der Strippe hast?«

Die Stimme am anderen Ende der Leitung schrie fast vor Begeisterung. »He, Joe! Wo ...« Dann in einem anderen Tonfall: »Mein Gott, tut mir die Sache mit Kath leid. Ich war in Lissabon, als es passierte. Hast du die Blumen gekriegt?«

»Hab ich. Danke.«

»In der Presse heißt es, man hat den Mörder gefunden.«

»Ja. Deshalb rufe ich übrigens an. Ich wollte dich um einen Gefallen bitten.«

»Schieß los.«

»Der Kerl ist Italiener. Vielleicht könntest du dich mal umhören. Ich tue zwar schon mit meinen Leuten, was ich kann, die Polizei sitzt auch dran, aber ich dachte ...«

»Kein Problem. Fax mir durch, was du hast, und ich melde mich Montag.«

Sie plauderten noch ein Weilchen und beschlossen, sich bald einmal zum Lunch zu treffen. Nachdem er aufgelegt hatte, zog Carpenter Handschuhe an, kopierte die Seiten von Grimaldis Pass und faxte das Deckblatt an Woodys Büro. Dann steckte er den Pass in Grimaldis Tasche und die Tasche dann in ein Paket, das er an Detective James Riordan, Fairfax County Police, adressierte. Er erfand einen Absender für Juan Gutierrez und gab das Paket bei der Post auf. Er hatte kurz erwogen, es an diesen – wie hieß er noch – Pisarcik zu schicken, sich aber anders entschieden. Riordan würde bestimmt erraten, wer der Absender war, und die Tasche wahrscheinlich kommentarlos an Pisarcik weitergeben.

Als er wieder im Büro war, klopfte er bei Judy an. Es war Samstag, aber er ahnte, dass sie da war. Judy war ein noch schlimmerer Workaholic als er selbst.

»Herein!«, rief sie, und als sie ihn sah, verzog sie das Gesicht zu einer komischen Grimasse. Sie telefonierte, den Hörer zwischen Schulter und Ohr geklemmt, und tippte gleichzeitig wie wild in ihren Computer.

Carpenter mochte sie gern. Sie hatte ein schmales, feines Gesicht und pechschwarzes Haar, an dem sie ständig herumspielte, indem sie einzelne Strähnen um den Zeigefinger wickelte.

»He, Joe!«, sagte sie fröhlich und knallte den Hörer auf die Gabel. »Wie geht's?« Dann besann sie sich und fuhr mit veränderter Stimme fort. »Ich meine – ist alles in Ordnung?«

»Ja, ich lass nicht locker. Pass auf, ich bin vorbeigekommen, weil da ein paar Dinge ... Ich werd mir längere Zeit Urlaub nehmen ...« Judy wollte etwas sagen, aber er winkte ab. »Wir können am Montag drüber sprechen. Bill Bohacker kommt runter, er übernimmt die Verwaltung, solange ich fort bin, Leo die Unternehmensübernahmen – alle außer einer – und du den Rest. Alle Ermittlungen.«

»Wow! Ich ... Danke!«

»Dann noch was.«

»Ja?«

»Da ist eine Amex-Übernahme, die ich dich bitte zu erledigen.«

Judy blickte verwirrt drein. »American Express? Davon hab ich noch nicht mal was gehört.«

»Weiß bis jetzt niemand. Ist streng geheim.«

»Okay«, sagte sie und griff nach Stift und Block. »Hinter wem sind die denn her?«

»Hinter Carpenter Associates.«

Judy starrte ihn an und kicherte verunsichert. »Das soll ein Witz sein, oder?«

Carpenter schüttelte den Kopf. »Nein. Man will uns dort als internen Nachrichtendienst haben.«

Judy dachte kurz nach. »Und das reizt dich?«, fragte sie schließlich.

Carpenter zuckte die Achseln. »Nicht besonders. Aber schließlich bin ich nicht Teil des Deals. Sie bekommen die Firma – nicht mich.«

»Du machst also Ausverkauf ...«

»So würde ich's nicht nennen. Aber es liegt ein Angebot auf dem Tisch.«

»Und du willst, dass ich es annehme?«

»Nein. Ich will, dass du die bestmöglichen Bedingungen aushandelst. Wenn es ähnlich wird wie der Deal, den du im September ausgehandelt hast, haben wir ausgesorgt.«

Judy grinste. »Der war gut, was?«

Carpenter schnitt eine Grimasse. »Es war gut für dich.«

Judy schaute ihn an. »Mal im Ernst, Joe, findest du nicht, ein Anwalt wäre in diesem Fall geeigneter als ich?«

»Nein.«
»Okay.«
»Bevor ich verschwinde, gebe ich dir noch ein Memo mit den wichtigsten Punkten. Ich will keinen Anwalt einschalten, bis das Geschäft unter Dach und Fach ist – die vermasseln nur immer alles. Und selbst dann möchte ich keinen dabeihaben, bis wir gesprochen haben – du und ich.«
Judy nickte. Dann runzelte sie die Stirn. »Warum machst du das? Wegen Kathy? Vielleicht solltest du noch etwas abwarten.«
Carpenter schüttelte den Kopf. »Nein, ich will's einfach so. Kathy hat sicher damit zu tun, aber ... um ehrlich zu sein, das alles hier macht mir keinen rechten Spaß mehr. Kommt mir manchmal so vor, als würde ich die ganze Zeit den Klienten die Hand halten, mit den Anwälten streiten und ... du weißt ja selbst, wie's ist. Es dreht sich alles nur noch um erforderliche Sorgfalt und Nachforschungen über Prozessgegner. Und wenn man das Ganze mal objektiv betrachtet, stehen wir doch – die meiste Zeit – auf der falschen Seite.«
Judy lachte. »Dann ist es dir also auch schon aufgefallen. Und warum ist das so?«
»Das dürfte wohl klar sein, oder? Die einzigen Leute, die sich unsere Honorare leisten können, sind die Bösen.«
»Dann ist es dir ernst damit?«
»Ja. Ich bin ziemlich reif dafür.«
»Okay – ich warte auf dein Memo ... und lege dann gleich los.«
»Ich kann dich eigentlich auch zum Lunch einladen und dir alles erzählen.«
»Darf ich das Restaurant aussuchen?«
»Klar. Wenn's kein Äthiopier oder Vietnamese ist. Ein Uhr, okay?«
»Prima.« Sie kritzelte etwas auf ihren Block und blickte dann auf. »Du hast gesagt, da seien *ein paar* Dinge ... Was noch?«
Carpenter schob ihr eine Kopie von Grimaldis Passseite hin.

»Privatsache«, sagte er. »Ich möchte, dass du dich mit einem von unseren Kontaktleuten in Rom in Verbindung setzt. Mal sehen, was wir über diesen Kerl rausfinden können.«

»O mein Gott!«, rief sie pathetisch. »Ist das *der Kerl?*«

»Ja.«

»Ich will's gleich versuchen, aber ...« Ein besorgter Ausdruck trat in ihr Gesicht.

»Ich weiß, es ist Wochenende.«

»Schlimmer – es ist ein Wochenende in Italien. Unser Mann arbeitet, aber die Bürokratie? Nie im Leben.«

Carpenter zuckte die Achseln. »Na dann eben ... so schnell wie möglich.« Er hielt inne. »Und sag ihm, er soll keinen Staub aufwirbeln.«

Der Sonntag kam und ging – und auch der Montag. Im Konferenzzimmer fand eine einstündige Besprechung statt, bei der die Geschäftsführer ihre angewachsene Verantwortung mit einem Lächeln zur Kenntnis nahmen, das solchen Gelegenheiten vorbehalten ist – einem Lächeln »tiefernster Begeisterung«.

Nach der Besprechung kehrte Carpenter in sein Büro zurück, angeblich »um alles startklar zu machen«, in Wirklichkeit aber wartete er auf Nick Woodburns Anruf. Doch das Telefon wollte nicht läuten.

Um halb drei lieferte ein ältlicher Mann vom Fahrradkurier einen Umschlag von Riordan ab. Darin befanden sich Hochglanzfotos von der merkwürdigen kleinen Flasche, die die Polizei in Franco Grimaldis Tasche gefunden hatte. Die Flasche schien jetzt, da die Identität des Mörders bekannt war, fast unwichtig, aber Carpenter bat seine Sekretärin dennoch nachzusehen, ob Freddy Dexter »in Reichweite« war.

Es gab Ermittler in seiner Detektei, die besonders gut im Aushorchen waren, andere waren es mehr bei der Schnitzeljagd, der Suche nach wichtigen Unterlagen in Stapeln von Schriftsätzen, Protokollen und Archivmaterial. Freddy, der noch sehr jung war – gerade drei Jahre aus dem College –, war in beidem gut.

Carpenter gab ihm die Fotos und ein paar Anregungen. »Lassen Sie Kopien anfertigen, und nehmen Sie sich so viel Zeit, wie Sie brauchen. Ich will wissen, wer dieses Ding produziert hat, wozu es dient – alles, was Sie rausfinden können. Es gibt bestimmt irgendwo ein Glasmuseum. Irgendwer wird schon was wissen.«

»Ich fang bei der Library of Congress und beim Smithsonian an«, sagte Freddy. »Wenn die mir nicht selbst helfen können, wissen die aber sicher, an wen ich mich wenden kann.«

»Sie können es auch bei einem Auktionshaus versuchen, Sotheby's oder so. Die haben Glasspezialisten oder können Ihnen bestimmt jemanden empfehlen.«

»Wie groß ist mein Budget?«

»Bis New York reicht's. Bis Paris nicht.«

Um fünf Uhr trat Judy, mit einem Fax winkend, in sein Büro. »Ist grad reingekommen«, sagte sie. »Aus Rom. Aber du wirst nicht besonders erfreut sein.« Sie reichte ihm das Fax und nahm Platz.

»Warum nicht?«

»Weil er uns eine Mordsrechnung schickt, und was er rausgefunden hat, ist ...«

»Nur Scheiße«, sagte Carpenter mit einem Blick auf das Fax.

»Genau. Laut Bericht unseres Manns ist Franco Grimaldi nie in Haft gewesen. Er ist eingetragener Wähler. Wählt *Motore* ...«

»Was ist das denn?«

»Eine Partei, die die Höchstgeschwindigkeit raufsetzen will.«

»Reicht das für ein Parteiprogramm?«

»Bepi, unser Mann, meint, es gibt hundert Parteien dort. Na, jedenfalls ist Grimaldi nicht verheiratet, genauer gesagt auch nie gewesen. Keine Bankschulden, keine Prozesse, kein gar nichts.«

»Großartig.« Carpenter überflog das Fax. »Und was ist mit Militärdienst?«

»Hat er nicht gemacht.« So viel also zu Riordans Vermutung, Grimaldi alias Gutierrez sei Soldat gewesen!

»Arbeit?«

»Keine.«

»Arbeitslos?«

Judy wollte etwas sagen, biss sich dann aber auf die Zunge. »Mist, ich glaube, ich weiß, auf was du hinauswillst.«

»Nach all den Informationen hier hat er keine Einkünfte. Keine Sozialhilfe – nichts! Wovon lebt er dann?«

»Keine Ahnung.«

»Nun, das will ich aber rauskriegen.« Carpenter dachte kurz nach und fügte hinzu: »Noch was: Hier steht, er hat kein Auto.«

»Richtig.«

»Und er wählt diese Motor-Fritzen?«

»Motore.«

»Genau. Dann wäre er also der erste Fußgänger der Welt, der die Geschwindigkeitsbegrenzung raufsetzen will.«

Judy lachte und erhob sich.

»Moment«, sagte Carpenter. »Noch eine Frage.«

»Und die Antwort ist: 900 Dollar. Er sagt, er hat sechzehn Stunden gearbeitet.«

»Glaubst du das?«

»Ja. Er ist ein guter Detektiv, und er weiß, dass es eine Privatsache für dich ist. Wahrscheinlich waren es sogar mehr als sechzehn Stunden.«

Carpenter nahm das Blatt auf. »Was glaubst du also?«

Judy runzelte die Stirn. »Aus dem Stegreif? Ich glaub, dein Mann ist ein Spion.«

Carpenter nickte. »Ja, das denke ich auch.«

Am Dienstagnachmittag saß Carpenter an seinem Schreibtisch und kam sich vor wie ein Idiot. Er hatte alles an Leo, Judy und Bill delegiert, damit die Firma reibungslos weiterlaufen konnte (das hoffte er wenigstens). Auf die einzige konkrete Spur hatte er Freddy angesetzt, und jetzt war er in Wartestellung und hatte nichts zu tun.

Er trat ans Fenster und starrte hinaus. Er machte Feuer im Kamin und sah zu, wie es erlosch. Er las das *Wall Street Journal* und überlegte, ob er joggen sollte. Dann klingelte das Telefon. Die Stimme am anderen Ende der Leitung war leise und ausdruckslos.

»Joe.«

»Woody!«

»Ich hab deinen Mann«, sagte er.

Das waren genau die Worte, die Carpenter hören wollte, aber mit Woodys Tonfall stimmte etwas nicht.

»Danke«, sagte er. »Auf dich ist Verlass.«

»Bedank dich nicht zu früh. Ich will dir mal was sagen, Joe.« Kurze Pause. »Dieser Scheißkerl jagt mir eine Heidenangst ein.«

Carpenter war fast erschrocken über die Heftigkeit von Woodys Stimme. »Wie meinst du das?«

»Ich meine, er macht mir solche Angst, dass ich schon bereue, meinen Namen auf das Telegramm gesetzt zu haben.«

Carpenter wusste nicht, was er antworten sollte.

»Eine Frage«, sagte Woody.

»Ja?«

»Hast du andere Ermittlungen eingeleitet?«

»Ja. Wir haben einen Kontaktmann in Rom, der öfter für uns arbeitet. Ist das ein Problem?«

»Nicht für mich. Aber du solltest ihn vielleicht auf Reisen schicken.«

»Soll das ein Witz sein?«

»Ich mache keine Witze.«

Carpenter konnte es einfach nicht glauben. »Er hat nichts rausgefunden.«

»Natürlich nicht. Das ist es doch, was ich dir sagen will: Dein Kerl ist ein sehr gefährlicher Mann. Wahrscheinlich weißt du eben mal, welche Partei er wählt, stimmt's?«

Carpenter schwieg viel sagend. Wortlos grübelte jeder vor sich hin.

»Eine Frage noch«, sagte Woody schließlich.

»Ja?«

»In was war deine Schwester *verwickelt?*«

»*Verwickelt?* Sie war in gar nichts verwickelt, Woody! Sie hatte ein Kind. Einen Job. Hat gern Eis gegessen. Du hast sie doch gekannt!«

Woody dachte nach und seufzte. »Vielleicht hat er die falsche Frau erwischt.«

»Möglich. Aber er hat nicht nur sie erwischt, oder? Er hat meinem Neffen glatt den Kopf abgeschnitten.« Sie versanken wieder in Schweigen, bis Carpenter fragte: »Was ist denn mit ihm? Was hast du rausgefunden?«

»Franco Grimaldi ist, was wir bei uns ein ›Schwergewicht‹ nennen, ein professioneller Killer. Er tötet Menschen, wie du ja schon weißt. Schon mal was vom SISMI gehört?«

»Nein, was ist SISMI?«

»Ich schick dir ein Päckchen vorbei.«

»Willst du meine Fedex-Kundennummer?«

»Nein. Morgen Nachmittag erscheint ein Beamter vom Ministerium bei dir. Er hat einen Aktenkoffer dabei, den er mit Handschellen am Handgelenk trägt. Er wird ihn öffnen, dir einen Umschlag überreichen und wieder gehen. Mach den Umschlag auf. Lies den Inhalt. Zerreiß ihn. Verbrenn ihn. Und lass die Asche verschwinden.«

Carpenter stand am Fenster und dachte über Woodys warnende Worte nach, als seine Sekretärin meldete, ein gewisser Pisarcik sei am Apparat.

»Stellen Sie durch ... Hallo?«

»Mr. Carpenter?«

»Ja.«

»Hier spricht Officer Pisarcik, Fairfax Police. Ich rufe an, weil wir gute Nachrichten für Sie haben.«

»Ich bin ganz Ohr.«

»Ja, Sir. Wir haben den Verdächtigen im Fall Ihrer Schwester identifiziert ... John Doe. Er ist italienischer Staatsangehöriger:

ein Mr. Frank Grimaldi. Detective Riordan sagt, Sie sollten es als Erster erfahren.«

»Gute Arbeit. Gratuliere!«

»Der andere Grund meines Anrufs ... Sie haben es wohl schon gehört. Detective Riordan ist nicht mehr für den Fall zuständig.«

»Ich weiß.«

»Ich werde ihn vertreten. Und da dachte ich mir, es wäre keine schlechte Idee, wenn wir uns mal treffen könnten.«

»Gern. Warum kommen Sie nicht einfach vorbei? Wissen Sie, wo mein Büro ist?«

»Natürlich! Aber, hmm ... Ich fürchte, heute geht's nicht. Können Sie was für sich behalten?«

»Um was geht's?«

»Der Gefangene wird heute um halb fünf verlegt ...«

»Tatsächlich?«

»Ja, Sir. Wir bringen ihn in die Stahlkammer von Fairfax General. Und danach ist im Revier noch ein Vortrag, zu dem ich muss.«

»Na, dann vielleicht später die Woche.«

»Gern, Sir.«

Carpenter legte auf. Er sah auf die Uhr. Es war vier, und draußen fing es an zu schneien. Trotzdem konnte er's noch schaffen.

Gewöhnlich fuhr er ruhig und gelassen, diesmal aber ging es hart auf hart. Sein Acura schlängelte und drängte sich durch den stockenden Verkehr auf dem Weg zum Krankenhaus.

Was er vorhatte, war eigentlich sinnlos. Er wusste es, aber es war ihm egal. Er wollte den Mörder seiner Schwester sehen, aus der Nähe – und ihn nicht nur sehen. Er wollte ihm gegenübertreten. Mehr noch: Er wollte den Mistkerl aus seinem Rollstuhl zerren und seinen Schädel auf dem Boden zertrümmern.

Genau das war sein innerster Wunsch. Aber er würde sich auch mit weniger begnügen. Er würde sich etwas einfallen lassen. Was er sagen wollte, wusste er noch nicht. Vielleicht ganz einfach: »Hallo, *Franco*«, damit er den Ausdruck im Gesicht des

Kerls sehen konnte, wenn er einen Fremden seinen Namen aussprechen hörte. »*Franco Grimaldi.*«

Während sich Joe Carpenter durch den schleppenden Verkehr quälte, traf Officer Dwayne Tompkins die notwendigen Vorkehrungen für die Verlegung des mutmaßlichen Mörders John Doe vom Fair Oaks Hospital ins Fairfax Hospital.

Er schaute auf die Uhr. Er wartete auf den Sanitäter mit dem Rollstuhl. Obwohl John Doe durchaus laufen konnte. Seit zehn Tagen scheuchten ihn die Physiotherapeuten durch die Korridore, und Dwayne war ihm dabei keinen Schritt von der Seite gewichen. Trotzdem wurde in den Hausregeln darauf bestanden, dass die Patienten die Klinik im Rollstuhl verließen, ganz gleich, wie gut sie zu Fuß waren.

Als der Rollstuhl eintraf, mussten sie noch warten, dass Pisarcik anrief und meldete, dass der Wagen bereitstand. Dwaynes Aufgabe bei dem Transfer bestand darin, den Gefangenen zum Hauptkorridor zu begleiten, wo Pisarcik sie erwarten sollte. Dort würde man das Entlassungspapier unterzeichnen und den Gefangenen offiziell in den Gewahrsam der Fairfax County Police übergeben.

Dwayne würde als bewaffneter Begleitschutz neben dem Gefangenen im Wagen sitzen, Pisarcik in einem Streifenwagen folgen. Im Fairfax würden die beiden John Doe in einen anderen Rollstuhl setzen und gemeinsam zur Stahlkammer schieben. Erst dort sollte der Gefangene wieder auf die Füße kommen dürfen. Sie würden ihn in die Stahlkammer stecken – und damit »auf Nimmerwiedersehen, verfluchter John Doe«.

Officer Tompkins war heilfroh, dass der Gefangene endlich verlegt wurde. Denn damit endete die langweiligste Aufgabe, die er in seiner noch kurzen Laufbahn hatte ausüben müssen. Mehr als drei Wochen hatte er täglich acht Stunden vor der Tür des Gefangenen gehockt – einfach nur dagesessen! Das Aufregendste dabei war gewesen, die Ausweise von allen Schwestern und allen Ärzten zu überprüfen, die im Krankenzimmer ein und aus gingen. Wenn er austreten wollte, musste er nach der Stationsschwester klingeln – äußerst peinlich! Er hatte schon angefangen, weniger zu trinken. Obendrein hatte er nicht mal ein richtiges Mittagessen bekommen! Man brachte ihm Krankenkost, und die durfte er dann – das Tablett auf den Knien – auf seinem Stuhl verzehren. Zugegeben, da war diese kleine Schwester, Juliette, die würde ihm schon fehlen.

Der Arzt führte eine letzte Untersuchung durch, Dwayne musste das Stationsentlassungsformular unterzeichnen, und da war sie auch schon, die kleine Juliette, und half John Doe in den Rollstuhl.

Dwayne zog sein Walkie-Talkie hervor und gab Pisarcik Bescheid, dass sie sich jetzt auf den Weg machten. Dann folgte er Juliette, die den Rollstuhl zum Aufzug schob. Sie sieht von hinten wirklich sexy aus, dachte Dwayne, aber von einer anderen Schwester hatte er gehört, sie hätte so was wie 'nen religiösen Tick – also konnte er's vergessen.

Trotzdem zwinkerte er ihr, am Lift angelangt, lächelnd zu. Man wusste ja nie.

Der Verkehr war schlimmer, als Carpenter angenommen hatte, und deshalb war es bereits Viertel vor fünf, als er das Krankenhaus erreichte. Vor dem Eingang zur Notaufnahme, neben einem großen Wagen mit vergitterten Fenstern, stand ein hoch gewachsener Polizeibeamter und rauchte eine Zigarette.

»Entschuldigen Sie«, sagte Carpenter. »Kennen Sie einen Officer Pisarcik?«

»Drinnen«, bekam er zur Antwort.

Carpenter trat eilig durch die automatische Tür. Er fragte eine Schwester nach Pisarcik. Sie deutete mit dem Kinn zum Ostkorridor. »Ganz hinten am Ende«, sagte sie.

Er lief den Flur hinunter und traf Pisarcik, der kaum älter als fünfundzwanzig sein konnte, neben dem Aufzug an, ein Walkie-Talkie in der Hand.

»Sie dürfen sich hier nicht aufhalten«, sagte Pisarcik. »Wir verlegen einen Gefangenen.«

»Ich weiß.«

»Auf der Südseite ist noch ein Aufzug.«

»Ich bin Joe Carpenter.«

»Oh«, sagte Pisarcik. »Guten Tag.« Er zögerte und fügte dann hinzu: »Sie werden doch nicht ...«

»... was Dummes anstellen? Nein. Ich will mir den Kerl nur mal ansehen.«

»Also, ich weiß nicht, Mr. Carpenter. Der Bereich hier ist eigentlich abgesperrt.«

Ein Knacken kam aus dem Walkie-Talkie, und Pisarcik wandte ihm seine Aufmerksamkeit zu. »Pisarcik«, sagte er.

»Wir sind startbereit. Alles klar da unten?«

Pisarcik warf Carpenter einen missmutigen Blick zu und sagte: »Alles klar.«

»Okay, wir kommen.«

Pisarcik wandte sich an Carpenter. »Würden Sie sich bitte dort drüben hinstellen?«

»Selbstverständlich«, sagte Carpenter und trat ein paar Schritte vom Aufzug zurück. Das Lichtzeichen blieb lange auf 9 stehen. Carpenter lehnte an der Wand, während Pisarcik mit seinem Walkie-Talkie auf und ab ging.

»Ich habe noch einen anderen Termin«, sagte der Polizist.

»Ich weiß.«

»Ich glaube, ich komme zu spät.«

»Ist nicht Ihre Schuld. Sie sind schließlich im Dienst.«

»He, Dwayne, was ist los?«, rief er in sein Walkie-Talkie.

»Die hatten einen Notfall. Jemand musste runter zur Radiologie.«

»Wir haben einen Termin.«

»Da kommt er schon wieder. Also es kann losgehen.«

Pisarcik wandte sich zu Carpenter. »Sie kommen«, sagte er. Carpenter nickte, den Blick fest auf die Lichter des Aufzugs geheftet, die die Stockwerksnummern angaben.

8 – 7 »Dwayne sagt, das war der fadeste Auftrag, den er je hatte«, bemerkte Pisarcik.

6 »Tatsächlich.«

5 »Er musste fast einen ganzen Monat vor diesem Zimmer hocken. Wenn er austreten wollte, musste er nach der Schwester klingeln.«

4 »Hmm«, sagte Carpenter.

3 »Ich kann nur hoffen, dass ich nie so einen Auftrag kriege. Wär mir schrecklich peinlich – selbst bei 'ner Schwester.«

3 Carpenter nickte, aber seine Nackenhaare richteten sich auf. »Warum bleibt der Aufzug stehen?«

Pisarcik schaute auf das Anzeigelicht. »Keine Ahnung. Dürfte eigentlich nicht sein, aber ...«

Das Licht erlosch, der Aufzug setzte sich in Bewegung, und beide warteten darauf, dass die 2 aufleuchtete.

4 – 5 »Zum Teufel!«, rief Carpenter und trat näher. Pisarciks Augen waren weit geöffnet, und er brüllte jetzt fast in sein Walkie-Talkie.

»He! Was ist los! *Dwayne!* Wo steckt ihr, he?« Es war nur ein Knacken zu hören, und dann machte der Aufzug ein zweites Mal kehrt.

4 – 3 – 2 – 1 – 0. Die beiden Männer atmeten erleichtert auf, als der Aufzug vor ihnen anhielt und die Tür sich öffnete.

Ein Polizist kauerte am Boden, den Rücken an die Wand gelehnt. Sein Mund stand vor Erstaunen weit offen, und Blut floss an der rechten Gesichtshälfte herab. Die Wand war blutverschmiert. Seine Waffe war verschwunden. Und ein Kugelschreiber steckte tief in seinem rechten Auge.

Pisarcik trat einen Schritt auf ihn zu, verharrte und sank dann langsam in einem Ohnmachtsanfall zu Boden. Carpenter nahm wohl wahr, wie die Stirn des Polizisten auf den Steinfliesen aufschlug, aber er konnte den Blick nicht von dem toten Mann und dem Stift im Auge wenden. Mit einem *Ping!*, ratterten die Türhälften aufeinander zu, und Carpenter streckte automatisch den Arm aus, um sie zu blockieren. Am Ende des Korridors fingen

Menschen an zu schreien. Die Aufzugtüren klapperten dramatisch, stießen außen an die Wände und schossen dann ein zweites Mal aufeinander zu; und zum zweiten Mal stieß Carpenter sie zurück. Und noch einmal. Und noch einmal.

Irgendwo kreischte eine Frau, Pisarcik stöhnte, und Menschen begannen zu rennen.

15

Musik vom Band.

Carpenter lief vor seinem Bürofenster auf und ab und versuchte angestrengt, die süßlichen Töne auszublenden, die durch den Hörer an sein Ohr drangen. Riordan hatte ihn auf Warteschleife geschaltet und ...

Plötzlich stoppte die Musik. »Wir haben sie gefunden«, sagte Riordan.

»Wen?«

»Die Krankenschwester. Juliette Soundso.«

»Ist sie *tot?*«

»Tot? Nein. Nur völlig durcheinander. Zittert wie Espenlaub ...«

»Was ist also passiert?«

»Sie sagt, er hat irgendwas geflüstert, so als könnte er nicht sprechen. Und der Bulle, der Wache schiebt, geht näher ran, weil er nichts versteht. Er soll ja wohl auch nichts verstehn! Als Nächstes packt Grimaldi ihn an der Krawatte, zieht dran, und ... plötzlich ist da 'ne Menge Blut. Dwayne liegt am Boden ...«

»Wer ist Dwayne?«

»Dwayne ist der Polizist. Dwayne liegt am Boden mit 'nem Stift im Kopf, und Grimaldi schnappt sich seine Waffe. So die Aussage von Juliette.«

»Woher hat er den Stift?«

»Keine Ahnung. Ist 'ne Klinik. Da liegen überall Stifte rum.«
»Und dann?«
»Sie fährt ihn im Rollstuhl raus.«
»Warum zum Teufel ...«
»Er hat jetzt die Knarre! Er hat eine Decke über den Beinen und eine Halbautomatik auf dem Schoß! Soll sie sich etwa mit ihm anlegen? Würde ich an ihrer Stelle auch nicht. Sie tut also, was er sagt. Sie drückt auf den Knopf, und sie fahren in den fünften Stock. Dann schiebt sie ihn über den Flur zu einem anderen Aufzug. Keine große Sache – sie sehen aus, wie eben 'ne Schwester mit 'nem Patienten. Sie nehmen also den anderen Aufzug und fahren ins Erdgeschoss. Zur gleichen Zeit öffnet sich die erste Aufzugtür, und Pisarcik fällt um. Anschließend ist Grimaldi auf dem Parkplatz.«
»Einfach so?«
»Ja, wir haben sogar den Rollstuhl gefunden.«
Carpenter sank auf die Couch vor dem Kamin. »Und dann?«
»Dann? Dann fuhr sie ihn, wohin er wollte. Was es zu einer Bundesangelegenheit macht. Bewaffnete Autoentführung. Jetzt ist also auch das FBI eingeschaltet.«
»Je mehr, desto besser. Wohin sind sie gefahren?«
»Richtung Baltimore. Nur dass sie dort nicht angekommen sind. Er hat sie mitten auf der Landstraße rausgesetzt. Ein Sheriff hat sie gefunden. Den Wagen suchen wir noch.«
»Er kann also Auto fahren?«
»Klar. Und wie sie behauptet, auch schon fabelhaft laufen.«
»Wozu dann der Rollstuhl?«
»Krankenhauspolitik. Man rollt rein, man rollt raus.«
Carpenter schwieg.
»Wie Sie sehen«, sagte Riordan, »frage ich nicht mal, was *Sie* dort zu suchen hatten.«
Carpenter knurrte nur. »Und Ihr Kollege? Pizarro?«
»Pisarcik. Der ist ziemlich fertig. Hat 'ne Gehirnerschütterung. Alle glauben jetzt, er ist ein Schlappschwanz. Aber wissen Sie was? Er ist ein guter Kerl.« Riordan verstummte, und Car-

penter hörte fast, wie dessen graue Zellen arbeiteten. »Eine Frage«, sagte er schließlich.

»Ja?«

»Sind Sie sicher, dass Sie nichts ausgeplaudert haben? Irgendjemand anderem ... versehentlich ... über die Verlegung des Gefangenen, meine ich?«

»...«

»Hallo?«

»Die Frage ignoriere ich nicht mal.«

»Schaun Sie, die Sache war doch kein Staatsgeheimnis. 'ne ganze Menge Leute wussten davon. Vielleicht hat jemand nicht dicht gehalten. Vielleicht *Sie*.«

»Genauso ist es«, sagte Carpenter in sarkastischem Ton.

»Na, egal, die Ärzte sagen, dass er Hilfe braucht. Ärztliche Hilfe. Antibiotika. Spezielle Salben für Verbrennungen, 'ne ganze Menge von dem Zeug. Wir geben das raus. Vielleicht haben wir ja Glück.«

»Der kann inzwischen über alle Berge sein. In New York zum Beispiel ...«

»Spielt keine Rolle. Jetzt, wo ein Bulle draufgegangen ist, kommt es zu 'ner ganz anderen Zusammenarbeit. Außerdem mischt das FBI mit. Dieser Saukerl wird nicht einfach untertauchen können.«

»Warum nicht?«

»Weil er Italiener ist – *echter* Italiener –, und sein Gesicht ist verwüstet, wird's immer bleiben. Die Leute schauen bewusst weg, wenn sie ihn sehen, also nehmen sie ihn wahr.«

»Wie bei einem Behinderten.« Carpenter verstummte. Irgendetwas an der Geschichte war nicht stimmig, dachte er. Und plötzlich wusste er, was. »Wieso hatte sie die Schlüssel dabei?«

»Wer? Welche Schlüssel?«

»Die Schwester. Warum hatte sie ihre Wagenschlüssel dabei? Die Frauen, die ich kenne, tragen ihre Schlüssel nicht in der Tasche. Sie legen sie in die Schreibtischschublade, in ihren Spind. Sie war doch im Dienst, oder?«

»Vielleicht war ihre Schicht zu Ende, oder sie wollte etwas aus dem Wagen holen. Sie *trug* sie eben einfach bei sich.«

»Überprüfen Sie das.«

»Klar, mach ich.«

»Ich kann mir einfach nicht vorstellen, dass eine Schwester im Dienst die ganze Zeit ihren Schlüsselbund mit rumschleppt.«

Riordan wurde ungehalten. »Joe, ich glaube, Sie drehn langsam durch. Woher hatte er den Stift? Warum hatte sie ihre Schlüssel dabei? Mir fallen zwanzig vernünftige Gründe ein. Aber das bringt uns jetzt auch nicht weiter.«

»Mag sein.«

»Ich halte Sie auf dem Laufenden.«

Carpenter blieb bis Mitternacht im Büro, ließ sich vom Thai um die Ecke etwas Warmes bringen, das er, an seinem Schreibtisch sitzend, gleich aus dem Karton aß. Er drückte auf einen Knopf neben seinem Knie, und ein Paneel der Wandverkleidung, hinter der sich ein Fernseher verbarg, glitt geräuschlos zur Seite.

Die Elfuhrnachrichten begannen mit hämmernder Musik. Grimaldis Konterfei erschien auf der Mattscheibe. Der Sprecher erklärte, dass eine halsbrecherische Flucht »eine Polizistenfamilie in Trauer – und uns mit einem Mörder« zurückließ. Es folgten, zwischen Werbespots, Bilder von den verschiedenen Schauplätzen. Eine kesse Blondine (»Ripsy«) posierte auf dem Klinikparkplatz neben einem umgekippten Rollstuhl. Dann ging es »weiter zu Ihnen, Bill«, und die Kamera richtete sich auf einen weißen Mann in den Fünfzigern mit blutunterlaufenen Augen. Er stand auf einer dunklen Straße »nicht weit von Olney entfernt«. Er berichtete von dem »entsetzlichen Martyrium« der Krankenschwester, woraufhin Michelle ins Bild kam, eine Schwarze mit sanfter Stimme, die bei der völlig verstörten Mutter von Dwayne Tompkins saß – einer Frau, die mit leerem Blick in die Kamera starrte und kein Wort herausbrachte.

Die Essstäbchen in der einen, das Bier in der anderen Hand,

sah Carpenter zu. Dabei hatte er Mühe, sich auf das Gesagte zu konzentrieren. Das Fernsehen vermochte es, Katastrophen so irreal erscheinen zu lassen, dass sie zum Abendessen genießbar wurden. Der Tod seiner Schwester, die zweifache Verbrennung seines Neffen, Grimaldis Flucht – das Fernsehen brachte es fertig, diese Dramen in Unterhaltung zu verwandeln.

Er dachte zerstreut über all das nach, als ihm auffiel, dass sämtliche Reporter die gleiche Art von Schal trugen, in schwarzbraunem Karo, was eine sonderbar gleichmachende Wirkung auf die Ungleichartigkeit der Reporter hatte. Und er dachte, wie verschieden die Reporter auch aussahen, sie gehörten alle zum selben Stamm, zum Stamm der Burberrys.

Er lächelte bei dem Gedanken, aber das Lächeln erstarb, weil ihm klar wurde, dass dies genau die Art von klugscheißerischer Beobachtung war, die Kathy zu machen pflegte. Verärgert schaltete er den Fernseher aus und fuhr nach Hause. »Wenigstens ist Riordan wieder am Fall«, dachte er.

Er konnte nicht einschlafen. Er hörte immer wieder das Geräusch von Pisarciks Kopf, der auf die Steinfliesen schlug, sah immer wieder den Stift im Auge des toten Polizisten. Das bedeutete nicht nur, dass der Killer unbestraft blieb, sondern darüber hinaus, dass Carpenter nie erfahren würde, warum seine Schwester und sein Neffe niedergemetzelt wurden.

Ciao.

Schließlich fiel er in einen unruhigen Schlaf und träumte von Kathy, vor allem von einem gemeinsamen Kindheitserlebnis.

Kathy war vielleicht zwölf, er sieben. Es waren Ferien, und sie ruderten auf einem See. Kathy hockte im Bug des Boots und las in einer Zeitschrift. Sie hatte ihre neue geschliffene Sonnenbrille auf, die mit dem weißen Rahmen, die sie zwei Wochen zuvor zum Geburtstag geschenkt bekommen hatte. Sie liebte diese Sonnenbrille über alles, trug sie die ganze Zeit, auch im Haus, sogar abends.

Jetzt, zum Lesen im Boot, hatte sie die Brille ins Haar geschoben, und als sie aufstehen wollte, fiel sie ihr ins Wasser. Er hörte noch immer ihren Schrei, sah noch immer, wie die Brille im Wasser versank. Es schien ein Kinderspiel, sie wiederzufinden, doch obwohl Kathy gleich hinterhergesprungen war und beide mit Schnorcheln und Taucherbrille zurückgekehrt waren, um sie zu suchen, blieb sie unauffindbar.

In seinem Traum schwamm er unter Wasser, sah die Brille am Grund des Sees, die Bügel gekreuzt, so als hätte Kathy sie auf den Tisch gelegt. Er tauchte und tauchte, aber der Schimmer war am Ende immer nur ein Klumpen Quarz, eine Bierdose oder eine Täuschung des Lichts. Am Ende kam er stets mit leeren Händen an die Wasseroberfläche zurück.

Als er aufwachte, hatte er dasselbe Gefühl wie damals, nämlich, dass er seine Schwester im Stich gelassen hatte.

Als er am nächsten Morgen ins Büro kam, schmückte Freddy Dexter gerade den Weihnachtsbaum im Eingang. Freddy drückte der Empfangssekretärin die Schachtel mit dem Schmuck in die Hand und lief hinter Carpenter her.

»Was gibt's?«, fragte Carpenter.

»Glas«, sagte Freddy, scheinbar höchst befriedigt.

Carpenter sah ihn fragend an.

»Sie wissen doch, die kleine Flasche.«

»Ah, natürlich, dann kommen Sie mal mit in mein Zimmer.«

Nachdem beide Platz genommen hatten, räusperte sich Freddy. »Glas ist viel interessanter, als ich gedacht habe«, sagte er schließlich.

»So, so.«

»Ja, man kann hindurchsehen, kann draus trinken. Aber das ist nicht alles. Wenn Sie wollen, kann ich Ihnen einen kleinen Vortrag über Glas halten: Ausdehnungsfähigkeit, Glasbläserpfeifen ...«

»Was ist das denn?«

»Die wurden in Mesopotamien entwickelt. Sie ahnen nicht, wie schwer es war, durchsichtiges Glas herzustellen.«

»Stimmt, wusste ich nicht.«

Freddy grinste. »Bis 1400, 1450 konnte man's auf jeden Fall noch nicht richtig. Und dieser Tatsache verdanken wir die farbigen Glasfenster. Ihre Flasche ...«

»Gut«, sagte Carpenter. »Kommen wir zur Sache.«

Freddy überhörte den Sarkasmus. »Ihre Flasche ist ein Meisterwerk gewesen.« Er hielt kurz inne. »Zu ihrer Zeit.«

Carpenter antwortete nicht gleich. »Dann ist sie also *so* alt?«

Freddy rutschte auf seinem Sessel hin und her. »Gut möglich. Wir haben ja nur die Fotos. Und ohne die Flasche selbst kann man nicht sagen, ob sie echt oder eine Fälschung – eine *gute* Fälschung – ist. Denn um die Jahrhundertwende fälschten die Italiener alles, was ihnen unter die Finger kam, Statuen, Reliquien, Stoffe, Glas. Da war plötzlich dieser Tourismus-Boom. Leute aus den Staaten, von überallher. Und genauso plötzlich tat sich ein Markt für Antiquitäten auf.«

»Also ist die Flasche ...«

»Sie ist eine Antiquität oder vielleicht auch eine Kopie solcher Flaschen, wie sie die Priester im Mittelalter verwendeten ...«

»Was?«

»Für Weihwasser. Ich habe mit einem halben Dutzend Experten gesprochen – Leuten von Christie's, vom Smithsonian. Alle waren der gleichen Ansicht. Die Sorte von Flasche, die Ihr Mann bei sich trug, ist mit Sicherheit in Murano, also in Venedig, hergestellt worden. Und anhand der beiden Kreuze an den Seiten und der kleinen Metallkrone obendrauf ist ersichtlich, dass sie für die Tempelritter bestimmt war, die solche Flaschen bei den Kreuzzügen bei sich trugen.« Äußerst zufrieden mit sich selbst, sank Freddy in seinen Sessel zurück.

Carpenter starrte ihn an. »Die Kreuzzüge?«

»Ja, gegen den Islam.«

»Und die Flaschen enthielten Weihwasser?«

»Hundert Pro«, sagte Freddy. »Ich könnte Ihnen über Weihwasserflaschen mehr erzählen, als Sie hören wollen. Marco Polo etwa hat mehrere mit nach China genommen (vorausgesetzt natürlich, dass er wirklich in China war). Wie auch immer, man hat mir erzählt ...«

»Haben Sie das alles aufgeschrieben?«

Freddy tippte auf das Notizbuch in seiner Brusttasche. »Klar. Sie bekommen ein Memo. Aber ich dachte, Sie wollen es gleich wissen. Fazit: Es ist eine alte Weihwasserflasche.«

»Danke«, sagte Carpenter, ratloser als je zuvor. »Das war gute Arbeit, denk ich mal.«

»Gern geschehen, denk ich mal.«

Am Nachmittag erschien Woodys Kurier vom Außenministerium, den Aktenkoffer mit Handschellen am Handgelenk, genau wie Woody es angekündigt hatte. Er verlangte, Carpenters Ausweis zu sehen, nahm einen Schlüssel aus der Tasche und schloss den Koffer auf.

Er zog einen Umschlag heraus und bat Carpenter um eine Unterschrift in ein kleines schwarzes Buch. Daraufhin überreichte er ihm den Umschlag, schloss den Koffer und ging ohne ein weiteres Wort. Nachdem die Tür hinter ihm ins Schloss gefallen war, riss Carpenter den Umschlag auf und zog ein dünnes Dossier heraus, auf dem ein gelber Memo-Sticker klebte:

Lass uns morgen an den Great Falls joggen. Treffpunkt, 6 Uhr, am Aussichtspunkt. – Dann liefere ich, was fehlt.
W.

Das Dossier trug die Überschrift GRIMALDI, FRANCO. Es war vom 29.1.89 datiert und enthielt verschiedene Stempel sowie den Vermerk »Keine Weitergabe an Dritte«. Die erste Seite des Dossiers füllte eine Aufzählung von Namen und Daten.

Decknamen: Franco Grigio, Frank Guttman,
V. u. Gutierrez

Nun, was das V. u. (Vorname unbekannt) anbetraf, konnte Carpenter Woody weiterhelfen: *Juan* Gutierrez.

Geb.: 17.3.55 – Rosarna, Calabria
Mutter: Vittorina Patuzzi
Vater: Giovanni Grimaldi (verstorben)

Geschwister:

Giovanni	12.2.53 (verstorben)
Ernesto	27.1.54 (verstorben)
Giampolo	31.3.57
Luca	10.2.61
Angela (Buccio)	7.2.62
Dante	17.5.64

Adressen:

114 Via Genova, Roma
237 Via Barberini, Roma
Heilestraße 49, Zuoz (Schweiz)

Militärdienst:

Carabinieri:	20.1.73
SISMI:	15.11.73 (bis 12.4.86)

X-ref:

Onda, 89 MAPUTO 008041 – Blitz

Der begleitende Bericht war weniger verschlüsselt. In ihm stand, wie das US-Außenministerium am 5. Januar 1989 zum ersten Mal auf Grimaldi aufmerksam wurde, nachdem ein Blitztelegramm vom CIA-Stützpunkt in Maputo, der Hauptstadt von Moçambique, eingegangen war. Das Telegramm berichtete von einem Mordanschlag auf einen »unilateral kontrollierten Mitarbeiter im Sekretariat des Afrikanischen Nationalkongresses«. Die örtliche Polizei suchte nach einem gebürtigen Italiener, einem »Söldner«, der am Vorabend, von Johannesburg kommend, in Maputo eingetroffen war. Wegen der Bedeutung des getöteten Agenten für die »amerikanischen Interessen« in der Region beschäftigte sich der CIA mit der Angelegenheit.

Nach dieser Einleitung fing der Verfasser des kurzen Berichts ganz am Anfang an. Grimaldi, Sohn eines Fischers, stammte aus Rosarna, einem kleinen Hafen »am Zeh des Stiefels«. Er war eines von sieben Kindern und entfremdete sich früh von der Familie. Er blieb nur mit seiner Schwester Angela in Kontakt, die in Rom lebte.

Dem Dossier zufolge trat er 1973 seinen neunmonatigen Militärdienst an. Anschließend wurde er sogleich vom italienischen Militärgeheimdienst, dem SISMI, übernommen. Bis zur Umstrukturierung des Geheimdienstes 1993 zählten zu den Aufgaben des SISMI – neben Spionageabwehr und Antiterroroperationen – alle Geheimdiensttätigkeiten, Antimafiaoperationen und elektronischen Überwachungen.

Grimaldi wurde der *Onda* (die Woge) zugeteilt, einer paramilitärischen Einheit mit dem Hauptaufgabengebiet einheimischer Terrorismus. Aber ihr Ruf als Antiterroreinheit geriet ins Zwielicht, als ihre Verwicklung in eine Reihe von Morden und Bombenanschlägen aufgedeckt wurde. Diesen Aktionen, darunter auch Anschläge auf Bahnhöfe und Supermärkte, fielen innerhalb von acht Jahren 102 Zivilisten zum Opfer. Nachdem man die Anschläge zunächst der ultralinken Szene zugeschrieben hatte, stellte sich heraus, dass sie durch Agents provocateurs innerhalb der *Onda* organisiert worden waren. Diese Aktionen gehörten, so hieß es, zur »Strategie der Spannungen«, die, im Erfolgsfall, eine Militärregierung an die Macht gebracht hätte.

1986 wurde die führende Rolle der *Onda* bei den Terrorakten aufgedeckt, und bald darauf wurde die Einheit aufgelöst (oder umbenannt, je nachdem, wie man es betrachtete). Zu einer gründlichen Säuberungsaktion innerhalb des SISMI selbst kam es, nachdem auch dort massive Korruption und Verfilzung mit der sizilianischen Mafia aufgedeckt worden war. Aber da war Grimaldi schon längst weitergezogen.

Dem Bericht waren drei Fotos beigefügt. Eines stammte von einem Militärausweis und zeigte einen attraktiven jungen Mann mit dunklen, funkelnden Augen. Die beiden anderen waren grobkörnige Observierungsfotos. Sie waren mit Tele aufgenommen worden und zeigten Grimaldi, wie er an irgendeinem Flughafen aus einem Landrover stieg. Im Hintergrund waren Palmen zu erkennen, und Grimaldi – jetzt nicht mehr jung – hatte den harten Gesichtsausdruck, den Carpenter von den Polizeifotos her kannte.

Ciao.

Carpenter dachte an Jimmy Riordans Kommentar zu Grimaldis körperlicher Verfassung, dass er wohl einige Schläge einkassiert hatte, aber immer noch in Topform war. »Ein Soldat«, hatte Riordan gemutmaßt. Und er hatte auf gewisse Weise doch noch Recht behalten.

Dem Dossier war außerdem eine Liste mit dem handschriftlichen Vermerk »Vermögenswerte« beigefügt:

- eine Penthouse-Wohnung an der Via Barberini im Nobelviertel Parioli
- eine zweite Wohnung an derselben Adresse (seiner Schwester Angela überlassen)
- ein Chalet im schweizerischen Zuoz (einem Dorf bei St. Moritz)

Neben den Immobilien hatte Grimaldi ein Konto bei der Banco Lavoro mit einem durchschnittlichen Stand von 26 000 Dollar. Es wurde vermutet, dass er noch weitere Konten in der Schweiz hatte, vor allem bei der Crédit Suisse – aber Einzelheiten waren »nicht zugänglich«.

Unter *Automobile* waren zwei aufgeführt: ein Jeep Cherokee (in Rom) und ein Range Rover (in Zuoz). Mit Ausnahme einer Kaufhaus-Kundenkarte besaß Grimaldi keine Kreditkarten. Offensichtlich zog er es vor, bar zu zahlen.

Das war bemerkenswert, denn als »Juan Gutierrez« hatte sich Grimaldi die Mühe gemacht, eine Visa-Card zu bekommen. Während in Europa noch viel in bar bezahlt wurde, fiel man in den USA auf, wenn man 1 000 Dollar hinblätterte, um ein Flugticket oder eine Hotelrechnung zu bezahlen.

Carpenter lehnte sich in seinen Sessel zurück und dachte nach.

Das Dossier gab Carpenter eine Identität, aber es war die Identität eines geheimnisvollen Mannes und, schlimmer noch, sie war überholt. Alles, außer dem Bericht aus Moçambique, war aus der Zeit vor 1986. Wo außer in Moçambique war Grimaldi in den letzten zehn Jahren gewesen? Was hatte er gemacht? Waren die Adressen in dem Dossier noch aktuell, oder war er weggezogen?

Carpenter fingerte an dem gelben Memo-Sticker herum. Er hatte nicht vorgehabt, am nächsten Morgen zu joggen. Nicht um sechs Uhr in der Früh. Aber er würde es tun.

Great Falls.

Es war noch fast dunkel, als Carpenter seinen Wagen vor dem Eingang des Parks abstellte, der nur zwei Meilen von seinem Haus in McLean entfernt war. Er kam dreimal die Woche hierher, allerdings nie so früh am Morgen. Woody dagegen war gern schon um acht im Büro, sodass sein Tag fast immer vor Beginn der Dämmerung anfing. Meist joggte er in der Nähe seines Hauses in Georgetown, aber manchmal reizte es ihn hierherzukommen, schon wegen des weicheren Untergrunds, der schönen Landschaft und der im wahrsten Sinne des Wortes atemberaubenden Hügel.

Schon vom Parkplatz aus konnte Carpenter das Tosen des Wasserfalls hören. Am Aussichtspunkt angelangt, lehnte er sich ans Geländer und schaute hinab in das schäumende Wasser. Das Geräusch war ohrenbetäubend, der Anblick grandios. Und dann sah er ein Licht durch die Bäume hüpfen. Es war Woody, mit einer Stirnlampe – wie ein Bergarbeiter.

»He«, rief Woody. »Da bist du ja schon.« Sie schüttelten sich die Hände, und der Spion des Außenministeriums beugte sich vor und dehnte seine Wadenmuskeln.

»Danke für das Dossier.«

»Hast du es verbrannt?«

»Ja. Wie du gesagt hast.«

»Gut«, sagte Woody. »Also, auf geht's!«

Die beiden liefen über eine Wiese auf einen Pfad zu, der sich durch den Wald schlängelte.

»Das Problem ist nur«, begann Carpenter, »dass es ...«
»Ich weiß schon. Es ist überholt.«
Nach längerem Schweigen meinte Woody:
»Dein Kerl ist ein Schlägertyp schlimmster Sorte.«
»Das hab ich schon kapiert.«
»Nach seinem Abschied vom SISMI hat er sich selbstständig gemacht.«
»Als was?«
»Alles Mögliche. Vor allem als Basken-Jäger im Auftrag von Madrid.«
»Was?«
»Baskische Separatisten. Er hat sie gejagt. In Spanien. Frankreich. Wo auch immer. Sie haben ihn pro Kopf bezahlt. Wie 'nen Kopfgeldjäger. Nur dass manche dieser Leute so genannte ›weiche Ziele‹ waren ... Leute mit Asyl in Orten wie Stockholm. Anwälte, Akademiker ... und dann ... was passiert '89? Er geht nach Moçambique ... ein anderer Auftrag. Ähnliche Arbeit. Bringt dort einen Mann namens Mtetwa um. Einen vom ANC. Was Grimaldi nicht wusste: Mtetwa ist einer der unsrigen. Und der CIA ist stinksauer.«
»Lauf nicht so schnell.«
»Ich jogge.«
»Du rennst.«
»Deshalb gibt es ein kleines Dossier.«
Keuchend kämpfte sich Carpenter einen steilen Hügel hinauf. Nach etwa zwei Minuten hatten sie den Gipfel erreicht und machten eine kurze Pause, um wieder zu Atem zu kommen. Trotz der Kälte waren ihre Sweatshirts dunkel vor Schweiß. Dampf stieg von ihren Rücken auf.
»Warum hat er den SISMI verlassen?«
»Er war nicht der Einzige.«
»Und wieso?«
»Sinkendes Schiff ... Der SISMI saß so tief im Dreck, war so durch und durch korrupt ... Los, komm, ich fange an zu frieren.« Sie liefen weiter, und Woody fuhr fort: »Sie haben die Ma-

fia unterwandert, die Freimaurer, die Kommunisten, die Roten Brigaden – oder auch nicht. Vielleicht war's ja auch umgekehrt. Wer wusste das schon? *Wir* wussten's nicht, und ich glaube, sie wussten es selbst nicht. Nicht so ganz jedenfalls. Jeder hatte ein geheimes Programm – Politik, Geld, Religion ... was auch immer.« Woody verstummte kurz. »Das Problem ist nur«, meinte er dann, »dass das alles nichts mit deiner Schwester zu tun hat.«

Carpenter nickte. »Ich weiß.«

»Vielleicht hatten sie es ja auf dich abgesehen?«

»Was soll das heißen?«

Woody spreizte die Finger und reckte die Arme hoch. »Na ja, all die Jahre in Brüssel und selbst hier, deine Firma. Glaubst du, du hast keine Feinde?«

»Feinde!«, schnaubte Carpenter. »Vielleicht. Aber nicht so was. Sag mir lieber, ob das alles ist, was du hast.«

»Mehr oder weniger. Nach Moçambique löst sich der Kerl sozusagen in Luft auf. Ein paar Jahre lang passiert nichts – und dann tötet er deine Schwester und deinen Neffen.«

Sie liefen eine Weile schweigend weiter, bis Woody fragte: »Und was hast du jetzt vor?«

»Keine Ahnung. Vielleicht ins Reisebüro gehen. Irgendwohin fahren. Um auf andere Gedanken zu kommen.«

»Gute Idee«, meinte Woody. »Überlass den Bullen die Sache. Und wohin soll's gehn?«

»Ich weiß nicht«, sagte Carpenter mit einem Achselzucken. »Ich dachte, vielleicht ... Italien.«

Woody machte sich nicht die Mühe, ihn umzustimmen; sie kannten einander zu gut. »Pass bloß auf dich auf«, sagte er nur.

16

Rom. Flughafen Leonardo da Vinci.

Joe Carpenter saß in der Business Class und blätterte in einer zerfledderten Ausgabe der *Time*, während er darauf wartete, dass die 737 sich leerte. Auf dem Gang neben ihm strömten jetlag-geplagte Reisende vorüber, die es nicht erwarten konnten, zum Terminal zu gelangen – um sich dort erneut in eine Schlange einzureihen. Nach etwa fünf Minuten, als der letzte Passagier, taumelnd unter dem Gewicht seines schweren Handgepäcks, ausstieg, legte Carpenter die Zeitschrift auf den Nachbarsitz, erhob sich und ging gemächlich zum Terminal.

Neben dem Gepäckband befand sich ein Kaffeestand. Dort bestellte er einen Cappuccino, den er mit drei Dollarscheinen bezahlte. Seine Mitreisenden standen dicht gedrängt um das Gepäckband. Mit dem Blick müder Raubvögel beäugten sie jeden vorübergleitenden Koffer, jede Tasche, bereit, sich darauf zu stürzen. Schließlich ergriffen sie ihr Gepäck und eilten zur Passkontrolle, wo sie abermals in einer Schlange warteten.

Carpenter reiste zu viel, um ihre Aufregung zu teilen. Als sein Gepäckstück in Sicht kam, trank er seinen Cappuccino in aller Ruhe aus. Schließlich holte er seinen Koffer und wurde durch die Passkontrolle gewinkt.

Carpenter vergaß immer wieder, wie scheußlich der Flughafen von Rom war. Als Ingenieur hätte Leonardo die Flugmaschinen vielleicht bewundert, als Künstler aber wäre er entsetzt gewesen über dieses abgrundhässliche Gebäude mit seinen stickigen Gängen und gelangweilten Carabinieri. Selbst in günstigsten Zeiten war es hier dreckig, viel zu eng und einfach chaotisch.

Heute wimmelte es von Urlaubern aus allen Teilen der Welt. Der Trainer einer finnischen Bowlingmannschaft mit seinen Spielern im Schlepptau stritt mit einer strengen Italienerin, die an einem Plastiktresen unter einem roten Fragezeichen saß. Ein kleinwüchsiges indisches Paar kämpfte sich durch die Menge und zog den größten Koffer hinter sich her, den Carpenter je gesehen hatte, eine himmelblaue Plastikkiste, zusammengehalten mit Elastikbändern. Eine Schar arabischer Frauen saß, umgeben von Kindern, auf dem gefliesten Boden. Italienische Geschäftsleute schritten zielstrebig auf den Ausgang zu, ungeduldige Touristen zerrten und schoben ihre Habseligkeiten hierhin und dorthin. Sicherheitsbeamte mit Maschinengewehren schlenderten paarweise umher. Es herrschte unbeschreiblicher Lärm. Carpenter trat schließlich ins Freie und hielt nach einem Taxi Ausschau.

Der Tag war grau, kalt und neblig. Carpenter fand ein Taxi, handelte einen Preis aus, lehnte sich in seinen Sitz zurück und ließ die öden Industrieanlagen und trostlosen Wohnsilos, die den Weg in die Stadt säumten, an sich vorüberziehen. Italien hat weit Besseres zu bieten, dachte er.

Und das hatte es auch. Sein Hotel, das Hassler Medici, lag über der kürzlich restaurierten Spanischen Treppe, und seine Fenster blickten auf die Via Condotti, Babington's Tea Room und McDonald's. Ein junges langhaariges Pärchen verteilte vor dem Hotel Handzettel. Carpenter nahm einen und bekam ein *grazie* zum Dank.

Der elegante Empfangschef erklärte ihm, dass es sich um eine Unterschriftensammlung zu Gunsten der Spanischen Treppe handele. Die Stadtverwaltung habe die Treppe gleich nach der offiziellen Wiedereröffnung erneut schließen wollen. Um weitere Abnutzung zu verhindern! Die Vorstellung machte den Mann ganz zornig. »Sie wollen ein *museo* aus der Treppe machen!«

Er lachte bitter. »Und dabei vergessen die, dass es eine Treppe ist, weil eine da hingehört.« Er schüttelte den Kopf. »Heute ist sie geöffnet. Aber morgen?« Seine Hände flogen in die Luft. »Ich kann es nicht versprechen.« Damit überreichte er ihm lächelnd einen Schlüssel. »Willkommen in der Ewigen Stadt, Mr. Carpenter.«

Sein Zimmer war geräumig, ruhig und elegant eingerichtet. Er streckte sich auf dem Bett aus. Eigentlich wollte er gar nicht schlafen, aber der Flug war lang gewesen, und das graue Licht machte müde. Als er aufwachte, war es stockfinster, und einen Augenblick fragte er sich, ob es sechs Uhr morgens oder abends war. Dann erinnerte er sich. Er war in Rom. Er war mittags angekommen, also musste es Abend sein.

Er packte seinen Koffer aus, ging in sein marmorgekacheltes Bad und stellte sich fünf Minuten unter die heiße Dusche, um seine Müdigkeit wegzuspülen. Dann schlüpfte er in den dicken hoteleigenen Bademantel, schaltete seinen Laptop ein und öffnete die Reisedatei für Rom. Anschließend wählte er die Nummer von Judys Kontaktmann.

»Pronto?«

»Hi ... Hmm ... Sprechen Sie Englisch?«

»Sì-ììì.« Der andere machte zwei Silben aus einer, wobei die zweite in einer hohen Note endete. Im Hintergrund kreischte ein Kind.

»Ich suche nach einem Mr. ... Bepi ...« Der Name war unmöglich auszusprechen.

»Bepistraversi! Das bin ich. Sind Sie Joe Carpenter?«

»Ja.«

»Judy sagte mir, dass Sie anrufen würden.«

»Haben Sie etwas Zeit für mich?«

»Klar. Übrigens nennen mich alle Bepi.«

»Ich könnte in Ihr Büro kommen ...«

»Un momento ...« Bepi legte die Hand auf die Sprechmuschel, und Carpenter hörte ein lautstarkes *»Per favore! Ragazzo!«* am anderen Ende der Leitung. Stille. Lachen. Und dann wieder

Bepis wohltönende Stimme. »Ich glaub ... vielleicht wäre La Rosetta am besten. Da können wir essen.« Er erklärte Joe den Weg zu einer Trattoria in Trastevere. »Ich lasse einen Tisch reservieren.«

Carpenter zog sich schnell an und verließ wenige Minuten später das Hotel.

La Rosetta war eine winzige Trattoria in einem ehemaligen Arbeiterviertel, inzwischen ein beliebter Treffpunkt von Einheimischen und Touristen. Carpenter war im vorigen Sommer mit Monica hier gewesen. Sie hatten in einer Osteria gegessen – draußen an einem kleinen Tisch, in einer schmalen Gasse, umdröhnt von knatternden Mopeds und Vespas. Eine romantische Mischung aus Kerzenlicht und Dieselgestank!

Aber jetzt war Winter, und alle saßen drinnen – die Touristen, Geschäftsleute und Liebespaare. La Rosetta war ein gemütliches Kellerlokal mit Knoblauchzöpfen an den Deckenbalken und einem knisternden Kaminfeuer. Als Carpenter aus der Kälte eintrat, kam ihm sogleich ein modisch gekleideter junger Mann entgegen. Er hatte schulterlanges schwarzes Haar, grüne Augen und ein optimistisches Lächeln. Bis auf das Lächeln sah er so aus, als träte er direkt aus einem Werbeplakat von Armani.

»Sie sind Joe?«

»Ja.«

»Tony Bepi.«

Sie schüttelten sich die Hand und fanden einen Tisch nahe der Küchentür am hinteren Ende des Raums. Das Gespräch kreiste zuerst etwas schleppend um Themen wie Roms Luftverschmutzung und den Dollar-Lira-Wechselkurs. Schließlich knallte der Kellner eine Karaffe mit Hauswein und eine Flasche San Gimignano auf den Tisch und nahm die Bestellung auf.

Nachdem der Kellner gegangen war, beugte sich Bepi zu Carpenter vor und fragte mit leiser Stimme:

»Sind Sie sauer?«

»Wieso?«

»So eine dicke Rechnung – für so wenig Information!«

»Welche Rechnung?«

»Grimaldi.«

Carpenter schüttelte den Kopf. »Nein. Ich bin nicht sauer.«

»Ich könnt es ja verstehen.«

Carpenter lachte. »Nein, ehrlich nicht ...«

»Dann ...« Bepi runzelte die Stirn und wusste ganz offensichtlich nicht, wozu sie überhaupt hier waren.

»Ich habe mit jemandem gesprochen«, sagte Carpenter. »Einem Behördenmenschen. Er behauptet, Ihr Freund sei ein sehr gefährlicher Bursche. Dass Sie Probleme bekommen könnten, nur weil Sie nach ihm gefragt haben.«

Bepi wischte die Probleme mit einer Handbewegung vom Tisch. Er hielt Carpenter ein Päckchen Marlboro hin und fragte auf dessen Kopfschütteln hin, ob Amerikaner das Rauchen »anstößig« fänden. Als Carpenter verneinte, atmete Bepi erleichtert auf, zündete sich eine an, inhalierte tief und blies den Rauch in einem langen Strom zum Nachbartisch. »Ich war«, begann er, »wie sagt man, sehr *vigile?* Sehr wachsam. Judy sagt mir, ich muss vorsichtig sein. Ich benutze immer erst eine andere Auskunftei, verstehen Sie. Und wenn die ermittelt und nichts dabei rauskommt, weiß ich schon, dass es sich um einen gefährlichen Mann handelt.«

»Wieso das?«

Eine ausholende Geste, eine weitere Rauchfahne. »Wir sind Italiener! Wir haben die berühmteste Bürokratie in der ganzen Welt! Es gibt eine halbe Million Italiener, deren einziger Lebenszweck ist, Sachen abzustempeln. Und dann schreiben sie Namen auf eine kleine Liste. Viele kleine Listen! Wenn man also ermittelt und nichts kommt zurück?!« Er hob die Schultern.

Der Kellner kam mit einem halben Dutzend Tellern auf dem Arm und teilte sie einen nach dem anderen aus, wie Karten. Nachdem er wieder fort war, sah Bepi seinem Gegenüber direkt in die Augen. »Verraten Sie mir eins.«

»Was?«

»Ist es der SISMI? Oder die Mafia? Oder beide?«

Carpenter erwiderte den Blick und dachte, dass er Bepi unterschätzt hatte. »Es ist der SISMI«, sagte er schließlich.

Bepi nickte.

»Es empfiehlt sich also, vorsichtig zu sein.«

Der Italiener zuckte die Achseln. »Und jetzt sind Sie hier wegen dieses Grimaldi?« Er schüttelte den Kopf. »Keine gute Idee, wenn es nicht wichtig ist. Vielleicht ist es nur rausgeschmissenes Geld.«

»Machen Sie sich um das Geld keine Sorgen.«

Bepi dachte nach. »Darf ich was fragen? Wer ist der Auftraggeber?«

»Ich. Hat Judy Ihnen das nicht gesagt?«

»Sie kennen doch Judy. Sie hat gesagt, Sie würden sich melden. Ich soll auf den Anruf warten. Mehr nicht.«

»Nun ... die Sache mit Grimaldi ist die ... er hat meine Schwester erstochen. Und dann meinem Neffen die Kehle durchgeschnitten. Beide sind tot.«

»Oh!« Bepi senkte die Augen. »Tut mir Leid für Sie.« Nach einer gebührenden Pause blickte er auf und sagte: »Und nun?«

»Ich brauche Hilfe.«

»Sì-ììì?« Wie am Telefon hob sich die Stimme des Italieners um eine Oktave als Ausdruck zögernder Bereitschaft.

Carpenter schenkte beiden Wein ein und nippte an seinem Glas. »Ich will ein paar von Grimaldis Adressen abklappern und sehen, was ich rausfinden kann. Dazu brauche ich einen Dolmetscher – und einen Führer.«

Bepi nahm einen Schluck Wein, dachte eine Weile nach und beugte sich dann weit vor. »Ich helfe Ihnen.«

»Wollen Sie wirklich?«

Wieder eine wegwerfende Handbewegung, und die Gefahr war vom Tisch. »Wenn es so ist, wie Sie sagen, dann geht es wohl um eine persönliche Abrechnung zwischen Ihnen und Grimaldi. Da habe ich nichts zu fürchten. Italien ist ein zivilisiertes Land.

Selbst die von der Mafia sind keine Psychopathen. Wenn ich lediglich für Sie dolmetsche ... bin ich sozusagen nur Staffage, verstehn Sie?«

Carpenter nickte unsicher, und dann machten sie sich über ihre Teller mit *calamari* und gedünstetem Gemüse her.

Früh am nächsten Morgen brachen sie in Bepis VW Golf auf – ein älteres Baujahr, aber makellos sauber und gepflegt. Auf dem Armaturenbrett stand allerdings ein Plastik-Lenin, wo ein Plastik-Jesus zu erwarten gewesen wäre, und ein kleiner Fußball baumelte am Rückspiegel. Bepi schob eine Kassette ein, und aus dem Lautsprecher tönte Verdi.

Bepi konnte mehrere Beinahe-Frontalzusammenstöße vermeiden, während er sich, wild gestikulierend und fluchend, durch den Verkehr kämpfte. Carpenter zeigte ihm die Liste mit den drei Adressen, die soweit bekannt waren: die von Grimaldis Pass und die beiden, die er von Woody hatte. Bepi runzelte die Stirn. »Das sind zwei total verschiedene Welten«, sagte er. »Welche wollen Sie zuerst sehen?«

»Die neuste. Die auf seinem Pass.«

Die Wohnung lag in Testaccio, einem Arbeiterviertel am Fuße des Aventin. Das Gebäude war eine heruntergekommene sechsgeschossige Mietskaserne ohne Aufzug. Das Einzige, was die graue Fassade belebte, war die Wäsche, die vor den Fenstern hing. Eine alte, ausgemergelte Frau fegte den Bürgersteig mit einem Reisigbesen und hielt Selbstgespräche.

»Das kann es nicht sein.«

»Warum nicht?«, fragte Bepi und überprüfte noch einmal die Adresse.

»Weil er ein teures Auto fährt. Weil er ein Haus in der Schweiz besitzt.«

»Es stimmt aber. Nummer 114.«

Carpenter konnte es einfach nicht glauben. »Es muss ein Irrtum sein.«

»Moment, ich frage die alte Frau.« Bepi stieg aus dem Wagen, trat, die Hände gefaltet, den Kopf gesenkt – ganz der Bittsteller –, auf sie zu. »*Scusi, bella …*«

Kurz darauf saß Bepi wieder hinterm Lenkrad. »Er war mehrere Monate nicht mehr hier, aber die Miete ist bezahlt. Gehen wir rauf, und werfen wir einen Blick rein.«

Grimaldis Wohnung lag im obersten Stockwerk, gleich neben dem finsteren Treppenhaus, in dem es nach verdorbenen Lebensmitteln stank. Sie standen vor der verschlossenen Wohnungstür.

»Ich hasse so was«, sagte Carpenter.

»Was?«, fragte Bepi.

Carpenter machte eine Handbewegung zur Tür. »Na ja, das hier. Ich hab es schon mal getan, in Brüssel, und es ging ziemlich schlecht aus.«

»Wirklich?«

»So schlecht, dass ich mir fast wünschte, ich hätte jetzt eine Pistole dabei.«

»Kein Problem«, meinte Bepi und zog eine Beretta aus seinem Halfter im Kreuz. »Hier. Nehmen Sie meine.«

Carpenter schüttelte den Kopf. »Um Gottes willen! Stecken Sie die weg! Glauben Sie etwa, ich bin Sam Spade?«

Bepi zuckte die Achseln, die Beretta verschwand wieder. Carpenter klopfte an die Tür – zaghaft zunächst und unsicher, ob nicht doch jemand drinnen war. Weil niemand antwortete, klopfte er ein zweites Mal, diesmal etwas lauter, dann ein drittes Mal. Schließlich trat er zur Seite und ließ Bepi die Tür öffnen, was dieser innerhalb weniger Sekunden mit einer Visa-Card bewerkstelligte. »Ich glaube immer noch, dass wir hier falsch sind«, sagte Carpenter, als das Schloss nachgab und die Tür aufsprang.

Der Raum, den sie betraten, war auffällig sauber und kahl wie eine Mönchszelle. Die alten Holzbohlen am Fußboden glänzten, wie mit Stahlwolle blank gescheuert. An den Wänden hing nur ein altes Holzkruzifix. Anderen Wandschmuck gab es nicht, und auch sonst war die Einrichtung spartanisch.

Ein schmales Feldbett; ein wackeliger Schrank; ein Metallschreibtisch; ein unbequemer Stuhl; ein Waschbecken mit einem gesprungenen Spiegel darüber. Das einzige Fenster des Zimmers blickte auf einen abfallübersäten Hof, und das einzige Licht im Raum kam von einer nackten 40-Watt-Glühbirne an der Decke.

»Sehen Sie«, sagte Bepi und deutete auf den Schreibtisch. »Der Mann liest.« Er nahm eins der Bücher auf, dann ein zweites. »Vielleicht betet er auch nur.«

Es waren drei Bücher. Das erste war die Bibel mit Seiten, die vom Gebrauch so steif geworden waren, dass sie nicht länger schloss, sondern irgendwo in der Offenbarung auseinander klaffte. Unter der Bibel lag ein lateinisches Lehrbuch und darunter eine religiöse Broschüre mit dem Titel »Crociata Decima«.

»Was ist das?«, fragte Carpenter.

Bepi reichte ihm die Broschüre. Unter dem Titel befand sich ein großes Oval und in dem Oval ein angedeuteter Hügel mit einem Kreuz darauf. Das Kreuz warf einen langen dunklen Schatten, in dem in goldenen Lettern die Worte *Umbra Domini* geschrieben standen. Carpenter deutete auf den Titel: »Crociata Decima«.

»Was heißt das?«

»Zehnter Kreuzzug«, sagte Bepi.

»Und was hat es zu bedeuten?«

»Keine Ahnung. Ich bin nicht abergläubisch.«

»Sie meinen nicht gläubig.«

»Ehhh!« Der Laut kam von der Tür hinter ihnen, und die beiden Männer, die mit der Polizei oder Schlimmerem rechneten, schnellten herum. Stattdessen trat ein alter Mann ins Zimmer und drohte mit dem Finger, als wären sie Kinder. *»Vietato!«*, rief er. *»Vietato! Vergogna!«* Er entriss Carpenter die Broschüre, legte sie wieder auf den Schreibtisch und schob beide aus dem Zimmer, wobei sein Finger hin und her pendelte wie ein Metronom.

»Was hat er gesagt?«, fragte Carpenter im Treppenhaus.

»Dass wir böse sind und uns schämen sollen.«

Das war kein besonders rühmlicher Auftritt gewesen, aber als sie auf die Straße traten, mussten beide lachen. »Er hat's Ihnen ganz schön gezeigt«, sagte Carpenter und stieg in den Wagen. »Was war das mit dem Finger?«

»Vergogna!«, sagte Bepi und warf den Motor an. »Sehen Sie, da steht er. Ich glaube, er schreibt sich unsere Nummer auf.«

Carpenter drehte sich um und sah, dass der Mann auf dem Bürgersteig stand und ihnen nachschaute. »Was heißt also *vergogna?«*, fragte er.

»Es heißt ›Schande!‹« Bepi zuckte die Achseln. Er legte den Gang ein, streckte die Hand aus dem Fenster und winkte dem alten Mann zu. »Also, wohin jetzt?«

Carpenter zog einen Zettel aus der Tasche und las vor. »Via Barberini.«

Das Apartmenthaus lag nördlich der Villa Borghese, in einem Nobelviertel von Rom, und war äußerst luxuriös. Die Fassade bestand aus cremefarbenem Marmor, Glas und Messing. In der Eingangshalle fanden sie den Hausmeister; er war dabei, den Farn am Rand eines kleinen Brunnens zu besprühen. Ohne hinzusehen, wusste Carpenter, dass Goldfische in dem Becken schwammen.

Zunächst konnte sich der Hausmeister gar nicht an Grimaldi erinnern, eine Hand voll Lire aber halfen seinem Gedächtnis nach. Der Mann steckte das Geld ein und lächelte. Er sprach zu Bepi auf Italienisch und sagte, es sei lange her, aber er könne sich sehr gut an Signore erinnern – *und* an seine Schwester. Mit einer Handbewegung und einem Nicken unterstrich er, dass Grimaldi ein Lebemann sei.

»Und wovon lebt er?«, wollte Carpenter wissen.

Bepi gab die Frage an den Hausmeister weiter und dolmetschte dann. »Geschäfte und Frauen.«

Der Hausmeister lachte. *»Sì, sì! Giacomo Bondi!«*

Bepi wollte übersetzen. »Er sagt, er war wie ...«

»James Bond. Hab schon verstanden.«

Der Hausmeister fuhr mit der Beschreibung eines Mannes fort, dessen Leben *überlebensgroß* war, bis plötzlich – peng! Er machte eine dramatische Geste und warf die Hände in die Luft. Plötzlich ist Signor Grimaldi *assolutamente diverso*. Keine Frauen, keine Partys, kein Trinkgeld! Er verkauft seinen Wagen, er verkauft seine Wohnung. Er verkauft die andere Wohnung! Er verschenkt seine Möbel, seine Bilder – *tutto, tutto, tutto*. Alles muss offenbar weg, bis er nichts mehr hat. Er habe selbst, fügte der Hausmeister hinzu, von der Menschenliebe des Mannes profitiert. Grimaldi habe ihm eine schicke Lederjacke geschenkt – *sì, sì, sì, sì – fino, suave*. Er strich versonnen über seinen Ärmel.

»Wann war das?«, ließ Carpenter nachfragen.

»Vor fünf Jahren.«

»Und danach?«

Der Hausmeister zuckte die Achseln. »*Niente.*«

»Fragen Sie ihn, ob er weiß, wo die Schwester geblieben ist.«

Bepi fragte, und der Hausmeister murmelte eine ganze Kette von *Sì-sì-sì.* Dann bat er sie, ihm in sein Büro zu folgen. Er zog ein Hauptbuch aus dem Regal und blätterte darin, bis er die Namen gefunden hatte, die er suchte.

Grimaldi – 114 Via Genova, Roma
Buccio – 1062 Av. Cristoforo Colombo, Roma

Er deutete mit dem Zeigefinger auf die Adressen und schüttelte missbilligend den Kopf. »No good«, sagte er in perfektem Englisch.

Der Wagen stand ein paar Häuser vor einem Blumengeschäft – italienisch geparkt – auf dem Bürgersteig. Die Besitzerin des Blumengeschäfts kam herausgestürzt und setzte zu einer Strafpredigt an. Bepi erwiderte etwas mit angehobener Stimme, trat auf die Frau zu, das Hinterteil eingezogen, als würde sie ihn peitschen, und die Floristin musste lachen. Bepi hielt einen Finger hoch, trat, gefolgt von der Frau, in den Laden und kam mit einem Weihnachtsstern in der Hand wieder raus.

»Für die Schwester, dachte ich. Blumen öffnen mir fast jede Tür.«

Die Fahrt dauerte mindestens eine Dreiviertelstunde, und als Bepi den Motor abstellte, standen sie vor einem hässlichen Hochhaus am Stadtrand von Rom. Das Gebäude war ein graues Monster ohne irgendwelche Verzierung. Überall Graffiti und Abfall – und nicht einmal andeutungsweise etwas Rasen, nur nackte Erde und Asphalt.

Bepi drückte auf einen Knopf und sprach lebhaft in die verbeulte Sprechanlage. Einen Augenblick später gab die Tür ein raues Summen von sich, und Bepi drückte sie mit einem Ruck auf.

»Was haben Sie zu ihr gesagt?«

Bepi zuckte die Achseln. »Die Wahrheit. Wir hätten ein paar Fragen zu ihrem Bruder Franco. Sie schien ziemlich aufgeregt. Ob wir Neuigkeiten von ihm hätten? Ich habe einfach mal ja gesagt.« Er hob die Brauen und hielt den Weihnachtsstern hoch. Der Aufzug stank nach Urin.

Grimaldis Schwester Angela war um die dreißig. Sie trug einen pinkfarbenen Trainingsanzug und eine schwere Goldkette um den Hals und machte einen verhärmten Eindruck. Bepi überreichte den Weihnachtsstern, der mit viel Wirbel entgegengenommen wurde. Es folgte eine heftige Diskussion, die erst endete, als Bepi auf ihr Drängen hin *limonata, sì, sì* sagte.

Angela Grimaldi verschwand, und die beiden Männer hatten reichlich Zeit, sich umzusehen. Die Wohnung befand sich in einem chaotischen Zustand, der von tiefer Verzweiflung zeugte. In einer Ecke stand ein kleiner Plastikweihnachtsbaum, und große gerahmte Fotos von Kindern hingen an der Wand. Überall sonst lagen Spielsachen, Berge von Kleidungsstücken, Zeitungen und dreckiges Geschirr herum. Aus einem Nebenzimmer drang die geistlose Melodie eines Gameboy.

Als die Getränke schließlich auf einem goldfarbenen Holztablett hereingetragen wurden und alle in der Essecke Platz genommen hatten, setzte sich Angela in Positur, legte den Kopf schief und fingerte an ihrer Halskette herum.

Bepi sagte etwas Einleitendes. Sie schenkte ihm ein müdes Lächeln und wickelte eine schwarze Haarlocke um den Finger. Bepi gestikulierte und sprach mit ernster Stimme. Carpenter schnappte das Wort *fratello* auf.

Angela wurde lebhaft, redete leidenschaftlich und begleitete ihre Worte mit weit ausholenden Gesten. Sie klang verbittert, aber alles, was Bepi übersetzte, war: »Sie will wissen, was los ist, was ihr großer Bruder jetzt vorhat. Er hat ihr schon ihre schöne Wohnung weggenommen. Ob er diese jetzt auch noch will?«

»Das verstehe ich nicht«, sagte Carpenter. »Wovon redet sie?«

Die Frau spie einen Satz aus. Dann seufzte sie und rammte einen Daumen in ihre Herzgegend.

»Ihr Bruder hat ihr Leben zerstört«, sagte Bepi.

Noch mehr Schnellfeuer-Dialog.

»Franco war immer sehr großzügig gewesen«, sagte Bepi. »Er hat ihr die Wohnung im Parioli-Viertel gekauft, dort, wo wir vorhin waren. Und dann, vor etwa fünf Jahren, hatte er ein ... hmm, eine religiöse Erweckung.«

»Eine *was?*«

»Er ist sehr fromm geworden. Er hat Angelas Wohnung verkauft und das Geld einer wohltätigen Einrichtung geschenkt. Dasselbe mit ihrem Wagen. Mit *seinem* Wagen. Und *seiner* Wohnung. Er schenkt *alles* einer religiösen Gruppe und sagt, jeder soll leben wie ein Mönch. Dann ... nichts. Er mietet ein Zimmer in den Slums. Sie streitet mit ihrem Mann. Ihr Mann haut ab. Sie hat kein Dach überm Kopf. Dann kommt sie hierher. Mit den *bambini*. Sie sagt, der fromme Scheißkerl hat ihr Leben ruiniert. Er hätte ihr genauso gut eine Kugel durch den Kopf jagen können.« Bepi holte tief Luft und reichte Angela ein Taschentuch.

Carpenter wiegte den Kopf. Grimaldis Schwester sagte offensichtlich die Wahrheit beziehungsweise die Wahrheit, wie sie sich ihr darstellte, auch wenn sie dabei offensichtlich einem Irrtum erlag. Mönche schlachten keine Kinder in ihren Betten ab, und da sie ein Armutsgelübde abgelegt haben, laufen sie nicht mit 20 000 Dollar herum, die im falschen Boden einer Reisetasche versteckt sind. »Sagen Sie ihr, dass ich herausfinden möchte, ob ihr Bruder irgendeinen Kontakt zu meiner Schwester hatte. Sagen Sie ihr, meine Schwester heißt – hieß – Kathy Carpenter.«

Weitere Diskussionen. Carpenter schnappte die Wörter *»Stati Uniti«* auf. Die Frau sah verwirrt aus und schüttelte energisch den Kopf.

Bepi hob die Schultern. »Nein.«

»Sagen Sie ihr, der ›fromme Scheißkerl‹ hat meine Schwester und meinen Neffen ermordet. Sagen Sie ihr, dass er wegen Mordes gesucht wird.«

Der anschließende Wortwechsel war eine Folge explosionsartiger Demonstrationen von Skepsis. Angelas Augen jagten hin und her, während sie ungläubig den Kopf schüttelte. *Non è possibile. Fantastico.* Die Frau beendete die Szene, indem sie die Hände dramatisch wie zum Gebet zusammenlegte und mit den Augen rollte wie eine Figur von Goya.

»Sie sagt, es stimmt, dass Franco ein sehr harter Mann war – *sehr* hart –, aber was Sie da behaupten? Das sei unmöglich.«

»Warum?«

»Weil er praktisch ein Priester ist, sagt sie. Er hat das Gelübde der Keuschheit und der Armut abgelegt. Er ... hm ...« – Bepi malte Anführungsstriche in die Luft – »›poliert seine Seele‹. Er lebt in einer anderen Welt. Ihm liegt nichts mehr an seiner Schwester. Ihm liegt nichts mehr an seinen Neffen und Nichten. Er sagt, *Gott* wird für sie sorgen. Dabei will sie natürlich nicht schlecht von der Kirche sprechen. Sie sagt, Sie verdächtigen einfach den Falschen.«

Die Frau hatte noch mehr zu sagen, und es kam ebenso emphatisch und emotional herüber.

»Er könne bestimmt niemanden ermordet haben«, übersetzte

Bepi. »Es sei einfach nicht möglich, weil er sonst in die Hölle kommen würde. Sie sagt, ihr Bruder sei ein verdammter Heiliger, und er – mir fällt das Wort in Ihrer Sprache nicht ein – *prügelt* sich für unreine Gedanken.«

»Geißelt sich.«

»Genau! Er geißelt sich schon für die kleinsten Sünden, und deshalb wird er eine große Sünde, eine Todsünde, selbstverständlich nicht begehen.«

Es gab offenbar nichts mehr zu sagen. Angela sah auf die Uhr, erhob sich und deutete damit das Ende des Gesprächs an. Es folgte ein Austausch überschwänglicher *grazie* – für den Weihnachtsstern und die *limonate* –, und kurz darauf traten Carpenter und Bepi wieder auf die schmutzige Straße.

»Was denken Sie jetzt?«, fragte Bepi auf dem Weg zum Wagen.

Carpenter dachte an den Beleg der telegrafischen Überweisung, der ihm aus Grimaldis Pass gefallen war. »Ich habe mich gerade gefragt, warum jemand wie Grimaldi, der ein Armutsgelübde abgelegt hat, ein Konto in der Schweiz besitzt.«

17

Vor dem Hassler schüttelten sich Bepi und Carpenter die Hand.

Im Wagen hatten sie vereinbart, dass Bepi – weiterhin *molto discreto* – ein paar offenen Fragen für Carpenter nachgehen würde. Unter anderem sollte sich der Italiener die »entfremdeten« Mitglieder der Familie Grimaldi vornehmen, die in der Akte des Außenministeriums aufgelistet waren. Vielleicht waren sie inzwischen wieder in Verbindung.

Carpenter dagegen wollte versuchen, für den nächsten Morgen noch einen Flug in die Schweiz zu buchen.

»Aber nicht etwa, um Grimaldis Schweizer Bankkonto zu überprüfen?!«, sagte Bepi und schüttelte zweifelnd den Kopf.

»Natürlich nicht«, erwiderte Carpenter nicht ganz ehrlich. »Ich will dort nur Grimaldis Haus unter die Lupe nehmen.«

»Ah ja«, sagte Bepi, der durch das hübsche Mädchen, das Unterschriften für die Spanische Treppe sammelte, etwas abgelenkt wurde. »Das Ding bei Sankt Moritz. Zu welchem Zweck?«

»Wird sich zeigen«, antwortete Carpenter.

Das Mädchen zupfte Bepi am Ärmel, beschwatzte ihn, flirtete mit ihm, und Bepi ließ sich schließlich zu dem jungen Mann mit dem Klemmbrett schleifen. Er drehte sich noch einmal um, hob die Schultern und grinste.

Der Flug nach Zürich dauerte nur eine Stunde, aber Carpenter brauchte fast genauso lange, um ein Hotel zu finden. Alle großen Häuser waren ausgebucht. Schließlich nahm er ein Zimmer im Florida, nicht weit vom Limmatquai entfernt. Er war schon einmal dort abgestiegen, als Carpenter Associates einen Fall zu bearbeiten hatte, an dem die Stahlarbeitergewerkschaft und eine Aluminiumgießerei beteiligt waren, die einem Schweizer Milliardär gehörte.

Zürich war eine von Carpenters Lieblingsstädten, und so entschloss er sich zu einem Spaziergang am Quai. Leichter Schnee rieselte vom farblosen Himmel, während er in Richtung Altstadt schlenderte.

Bald hatte er die Münsterbrücke überquert und kam in das Gewirr enger kopfsteingepflasterter Gassen mit ihren unerhört teuren Läden. Die Geschäfte waren wunderschön, aber er brauchte nichts und hatte niemanden, dem er etwas schenken wollte. Er bog in die Bahnhofstraße ein, kam an vielen weihnachtlich dekorierten Schaufenstern vorbei, bis er plötzlich vor einem Gebäude stand, das er angesteuert hatte, ohne sich dessen bewusst zu sein: die Zweigstelle der Crédit Suisse, in der Franco Grimaldi vor vier Monaten eine telegrafische Überweisung empfangen hatte.

Er wusste selbst nicht, warum er sie sehen wollte: Es war eine Bank wie jede andere. Doch dort zu stehen und zu wissen, dass sie – so wie das kahle Zimmer in der Via Genòva – Teil von Grimaldis Welt war, dass dieser durch diese Türen getreten war, machte Carpenter Hoffnung.

Er nahm ein liebloses Abendessen im Speisesaal des Hotels ein und erkundigte sich beim Portier, wie er am günstigsten nach Zuoz käme. Der Portier empfahl ihm, den Zug zu nehmen; er könne ihm die Fahrkarte besorgen. Die Schweizer sind für ihre zurückhaltende Neugier bekannt, aber wohl durch Carpenters großzügiges Trinkgeld angeregt, ließ sich der Portier auf einen kleinen Smalltalk ein. »Zuoz ist wunderschön. Sie wollen Ski fahren, nehme ich an?«

»Ja.« Was hätte er sonst sagen sollen?

»Der Schnee ist dieses Jahr nicht optimal, aber im Notfall bleibt immer noch der Gletscher bei Pontresina.«

Carpenter ging auf sein Zimmer, schenkte sich einen Scotch ein und wählte die Nummer von Max Lang.

Lang war Präsident der »Internationalen Bruderschaft von Bankangestellten und Finanzberatern« mit Hauptsitz in Genf und mit über zwei Millionen Mitgliedern in Ländern von Norwegen über Indien bis zu den USA. Lang verbrachte die meiste Zeit damit, »von einer Rede zur anderen, von einem Airport zum nächsten zu fliegen«, wie er sich selbst ausdrückte.

Nicht so im Stahlarbeiter-Fall. Da sollte Lang keine Rede halten, sondern einen Krieg und die Aussperrung von 1500 Arbeitern beenden. Carpenter Associates war von der Gewerkschaft engagiert worden, um das Management unter die Lupe zu nehmen. Von Ravenswood, West Virginia, aus, wo die Firma ihren Sitz hatte, führte die Papierspur in die Schweiz. Weitere Ermittlungen ergaben, dass die Firma einem Schweizer Industriellen gehörte – einem Playboy aus dem rechten Lager, der nichts lieber tat, als den Gewerkschaften eine zu verpassen.

Langs Organisation hatte zwar nichts mit den Metallern zu tun. Aber als Zeichen »brüderlicher Gefälligkeit« schritt ihr Präsident, also Lang selbst, bei den Bankern des Milliardärs ein (und *dort* hatte Lang eine Menge Einfluss). Die Banker ließen sich überzeugen, dass ein Krieg gegen die Gewerkschaften langfristig nicht in ihrem Interesse sei. Man fand aus der Sackgasse heraus. Die Arbeiter in West Virginia bekamen ihre Jobs zurück. Und Max Lang wurde zum Helden der Gewerkschaft.

»Max – hier ist Joe Carpenter.«

»Joe ... heyyy!«

»Wie geht's?«

»Bestens. Hast du einen neuen Fall? Wie Ravenswood?«

»Nein.«

»Schade. Dem haben wir's gezeigt, was? Mensch, Joe!« Lang

lachte bei der Erinnerung auf. »Das waren Zeiten! Die besten überhaupt. Mit Happy End.«

»Kann man wohl sagen.«

»Also ...«

»Du könntest mir einen Gefallen tun, Max.«

»Was immer ...«

»Ist 'ne größere Sache. Du kannst nein sagen.«

Lang grunzte. »Schieß los.«

»Es ist was, was sich nicht so gut am Telefon besprechen lässt.«

»Okay.«

»Sag mal: Benutzt du noch immer PGP?«

»Bis es was Besseres gibt.«

»Denselben Code wie früher?«

»Genau.«

»Ich schicke dir 'ne E-Mail – noch immer dieselbe Adresse?«

»Ja, klar.«

»Gut. Dann sehen wir uns in Genf. Vielleicht schon in wenigen Tagen. Ich rufe vorher an.«

»Wunderbar.«

»Und, wie ich schon sagte, wenn dir die Sache nicht geheuer ist – ich meine, sie ist wichtig, aber ...«

»Schickst du mir die verdammte Datei jetzt oder nicht?«

»Klar.«

»Also, dann schick sie!«

Nachdem er aufgelegt hatte, holte Carpenter seinen Laptop, legte eine Datei *(grimaldi)* an und tippte einen kurzen Brief:

max,

es ist ein harter brocken, aber ... ich brauche eine auskunft über ein konto bei der crédit suisse, zweigstelle bahnhofstraße in zürich. ich dachte, eines deiner mitglieder könnte da rankommen. (!) das konto gehört einem italiener. sein name ist franco grimaldi. die kontonummer lautet: Q6784-319. was

mich besonders interessiert, ist eine telegrafische überweisung vom letzten juli über $ 50 000. ich will wissen, von wem die kam.
joe

Carpenter sicherte *grimaldi* auf der Festplatte, ging auf das Directory und wechselte in die /N-CIPHER.pgp. Es war eine firmeneigene Version von Pretty Good Privacy, ein leistungsfähiges Chiffrierprogramm, das absolut nicht zu knacken war. Und das sollte auch so sein. Denn das, worum er Max bat, war nicht nur kriminell. Es war vielmehr ein Kriegsakt – ein Angriff auf die Daseinsberechtigung der Schweiz: das Bankgeheimnis. Schon über die Möglichkeit zu diskutieren, konnte Lang seinen Job kosten, und deshalb verschlüsselte Carpenter die Nachricht auf seiner Festplatte. Dann tat er, mehr zu Langs Schutz als zu seinem eigenen, noch Folgendes: Um sicherzugehen, dass Lang die Datei nicht entschlüsselte und den Text auf seine Festplatte kopierte, wählte Carpenter *Advanced Options* aus und markierte *Eyes Only.* Der entschlüsselte Text konnte nun zwar auf dem Bildschirm gelesen, aber nicht als Datei gesichert werden.

Mit all diesen Sicherheitsvorkehrungen versehen, schickte er die für Lang bestimmte Datei los. Bis er nach Genf kam, würde die Antwort auf ihn warten. Oder auch nicht. Denn um was es ging, war wirklich nicht ganz ohne.

Am nächsten Morgen frühstückte Carpenter in seinem Zimmer und rief Riordan an.

»Das wär aber wirklich nicht nötig gewesen«, sagte Riordan. »Der neuste Stand? Wie wir vorankommen?« Er schnaubte. »Ich habe nichts. Null. Die einzige Neuigkeit ist, dass wir den Wagen der Krankenschwester in einem Straßengraben gefunden haben, irgendwo nördlich von Hagerstown.«

»Und Grimaldi?«

»*Verschwunden.* Das ist das Wort, das die Zeitungsfritzen benutzen und das ich benutze. Der Kerl ist *verschwunden,* okay?

’ne verdammte Katastrophe, kann ich Ihnen flüstern. Wir haben damit in einer Woche den zweiten Polizisten, der im Dienst ermordet wurde. Bald ist Weihnachten, und wir haben zwei Beerdigungen. Zwei! Wir haben eine tapfere Witwe hier, eine tapfere Witwe dort – und jede Menge vaterlose Kinder. Und wonach suchen wir? Nach ’nem Täter mit einem Gesicht wie ’ne Schweineschwarte!« Er schnaubte. »Nicht, dass ihn jemand gesehen hätte. Niemand.« Riordan hielt inne, um Luft zu holen. »So – und was ist mit Ihnen? Können Sie mich vielleicht mit ’ner neuen Spur aufheitern? Wo stecken Sie überhaupt?«

»In der Schweiz.«

»Aha.«

»Bin grade aus Rom hergekommen.«

»Was Sie nicht sagen! Und was haben Sie in Rom rausgefunden?«

»Ich habe rausgefunden ... dass Grimaldi so was wie eine religiöse Bekehrung durchgemacht hat. Hat all seinen Besitz verkauft. Und das Geld einer karitativen Einrichtung vermacht.«

»Sie wollen mich wohl verarschen.«

»Keinesfalls.«

Schweigen am anderen Ende der Leitung. Dann sagte Riordan: »Religiöse Bekehrung, dass ich nicht lache.«

Das romantische Städtchen Zuoz lag an einen Berghang geschmiegt. Enge Straßen wurden von Häusern aus dem 16. Jahrhundert gesäumt, die cremefarben, ockergelb oder grau waren und eindrucksvolle, massive Holztüren besaßen. Auf den Bürgersteigen flanierten auffallend gut gekleidete Menschen.

Selbst mit seinem detaillierten Plan brauchte er eine ganze Weile, um die gesuchte Adresse zu finden. Er verlief sich und musste zweimal in seinem holprigen Deutsch nach dem Weg fragen.

Schließlich fand er das Haus, ein dreigeschossiges Chalet mit einem Messingschild neben einer Holztür, die älter hätte sein können als Amerika. Auf dem Schild stand:

Gunther Egloff, Direktor
Salve Caelo
Services des Catholiques Nord
Gemeinde Pius VI.

Carpenter klopfte und wartete. Schließlich kam eine Stimme aus einem Lautsprecher neben dem Schild. »Was ist?« Carpenter nannte seinen Namen, und kurz darauf öffnete ein Mann mittleren Alters die Tür, der in jeder Hinsicht Wohlstand ausstrahlte: leichter Bauchansatz, Kaschmirpullover, Lammfellpantoffeln. Eine Lesebrille in der Hand. Ein Glas Rotwein in der anderen. Aus dem Innern drang Opernmusik und der Geruch eines Holzfeuers.

»Bitte?«

Carpenter zögerte. Seine Geschichte schien im Angesicht dieser bürgerlichen Behaglichkeit einfach absurd. Mord. Brandstiftung. Schrecken in der Nacht.

»Sprechen Sie Englisch?«

»Ein bisschen.«

»Weil mein Deutsch ...«

»Schon gut – was kann ich für Sie tun?«

»Es geht um den Besitzer dieses Hauses. Mr. Grimaldi.«

Ein überraschter Ausdruck huschte über die Züge des Mannes, dann lächelte er und machte die Tür weit auf.

»Bitte kommen Sie herein. Sie müssen frieren.«

Carpenter dankte und stellte sich vor.

»Und mein Name ist Egloff«, entgegnete der Mann und führte Carpenter in ein geräumiges Zimmer, das von einem gewaltigen Kamin beherrscht wurde. »Darf ich Ihnen ein Glas Wein anbieten?«

»Gern«, sagte Carpenter, während sein Gastgeber den Puccini leiser stellte. »Was das Haus angeht, sind Sie allerdings im Irrtum. Es gehört Grimaldi schon einige Jahre nicht mehr.«

»Ach, wirklich?«

»Ja. Darf ich fragen: Sind Sie Amerikaner? Kanadier?«

»Amerikaner.«

»Sind Sie an dem Haus oder an Mr. Grimaldi interessiert?«

»Grimaldi.«

»Aha.« Egloff schenkte ihm ein und reichte ihm das Glas.

»Ich bin Detektiv«, sagte Carpenter.

»Detektiv!«, sagte Egloff belustigt.

Carpenters Augen wanderten zu einer großen topografischen Karte von einer Bergregion in einem Land ohne Grenzen. Egloff folgte seinem Blick.

»Erraten Sie, wo das ist?«, fragte er.

Carpenter zuckte die Achseln. »Irgendwo in Rußland. Georgien vielleicht.«

»Bosnien. Wir sind dort ziemlich aktiv.«

»Wir?«

»Salve Caelo.«

Carpenter schüttelte den Kopf. »Tut mir Leid ...«

»Eine Wohltätigkeitseinrichtung. Wir kümmern uns um die Flüchtlinge auf dem Balkan.«

»Hmm«, machte Carpenter und dachte an Grimaldis Pass und die Stempel aus Zagreb und Belgrad.

»Kennen Sie sich mit Bosnien aus, Mr. Carpenter?«

Carpenter machte eine hilflose Handbewegung. »Ich weiß nur, dass es dort äußerst kompliziert ist.«

»Es ist überhaupt nicht kompliziert. Im Gegenteil. Ich kann es mit zwei Worten erklären: *islamischer Imperialismus.* Was wir in Bosnien haben, ist ein politisches Melanom, der Anfang von etwas Schrecklichem. Nun. Was denken Sie?«

»Ich denke, es sind mehr als zwei Worte«, sagte Carpenter.

Egloff lachte. »Sie haben Recht. Aber jetzt sollten Sie mir verraten, in welcher Angelegenheit Sie ermitteln – ausgerechnet hier in Zuoz?!«

»In Sachen Mord. Zwei Morde.«

»Tatsächlich?! Ich muss schon sagen, Mr. Carpenter, Sie hören nicht auf, mich zu überraschen!«

»Eine Frau und ihr Sohn wurden getötet«, sagte er.

»Aha. Und Herr Grimaldi?«

»Er ist der Mörder.«

»Oh.« Egloff setzte sich, schlug die Beine übereinander und trank einen Schluck Wein. »Das glaube ich nicht.«

Carpenter zuckte die Achseln. »Dann liegen Sie aber falsch.«

»Nun, wenn Sie sich da sicher sind ... Aber was hatten Sie gehofft, hier zu erfahren?«

»Ich will das Warum erfahren – warum er es getan hat.«

»Und Sie sind extra aus Amerika gekommen, um sich ein altes Haus anzusehen?«

»Ich war zuvor in Rom. Und da ich wusste, dass er hier ein Haus hat ...«

»Ja. Gut. Das Haus. Wie ich schon sagte, hat es ihm früher gehört. Aber das ist Jahre her.«

»Sie sind ihm also begegnet?«

»Gewiss.« Er nahm noch einen Schluck Wein.

»Und was war Ihr Eindruck?«

Ein Knistern aus einer Art Sprechanlage, die Carpenter vorher nicht bemerkt hatte, war zu hören.

»Meine Frau«, sagte Egloff. »Sie ist krank.«

»Tut mir Leid.«

»Ich bin gleich zurück. Bitte bedienen Sie sich ...« Er deutete auf die Karaffe und erhob sich.

Nachdem Egloff das Zimmer verlassen hatte, nahm Carpenter die Aquarelle an der Wand in Augenschein. Es waren Darstellungen religiöser Themen in erstaunlich moderner Verpackung. Eine Verkündigungsszene zeigte ein Mädchen, das im Nachthemd vor seinem Bett kniete, während ein muskulöser Engel auf einem TV-Bildschirm zu ihm sprach. Ein Abendmahl in einem Raum, der wie eine Cafeteria aussah. Saulus auf dem Weg nach Damaskus war ein Mann mit Rucksack auf einer Straße voller Autos.

»Bemerkenswert«, sagte Carpenter, als Egloff kurz darauf wieder erschien.

»Danke. Die hat meine Frau gemalt«, sagte Egloff. »Aber zurück zu Herrn Grimaldi ... Als ich das Haus sah, dachte ich: Euro-Müll. Alles aus Leder und Chrom! Stellen Sie sich das vor – in einem Chalet wie diesem! Aber dann lernte ich den Mann kennen ... und er war ganz anders, als ich erwartet hatte. Dezent gekleidet. Sehr ruhig. Ein Gentleman.«

»Und ... Hat er Ihnen einen guten Preis gemacht?«

Egloff zögerte einen Augenblick. »Gut – aber fair.«

»Hat er gesagt, warum er verkaufen wollte?«

»Ich glaube, er steckte in finanziellen Schwierigkeiten.«

»Wirklich? Ich habe gehört, er hat all sein Geld einer wohltätigen Einrichtung gegeben.«

»Oh? Und wer hat Ihnen das gesagt?«

»Seine Schwester.«

»Aha«, sagte Egloff und schien zum ersten Mal aus dem Gleichgewicht.

»War es vielleicht Ihre Einrichtung?«

Plötzlich erhob sich Egloff und sagte mit einem bedauernden Lächeln. »Nun, das ist alles sehr interessant, aber ich muss jetzt zurück an die Arbeit.« Er nahm Carpenter am Arm und geleitete seinen Besucher zur Haustür, wo sie sich die Hand schüttelten.

»Wenn Sie mir Ihre Karte dalassen könnten«, meinte Egloff. »Für den Fall, dass mir noch was einfällt.«

»Gern«, sagte Carpenter.

Egloff warf einen Blick auf die Karte. »Und wo erreiche ich Sie, solange Sie in der Schweiz sind, Mr. Carpenter?«

»Ich wohne im Beau Rivage in Genf.«

»Schön. Und anschließend?«

»Geht's zurück nach Washington«, sagte Carpenter nicht ganz wahrheitsgemäß.

Egloff strahlte. Er öffnete die Tür, und sie schüttelten sich ein zweites Mal die Hand. Carpenter trat hinaus in die Kälte und schlug den Mantelkragen hoch.

Mit einem »Ciao« schloss Egloff die Tür, und Carpenter stand allein auf der Eingangstreppe. Er verweilte noch einen Augenblick, betrachtete das Messingschild, prägte sich die Namen ein.

Salve Caelo. Services des Catholiques Nord. Gemeinde Pius VI. Als er sich zum Gehen wandte, streifte sein Blick die Tür, und das Guckloch schien zu blinzeln. Wie die Nickhaut eines Falken. Oder einer Eule.

Aber das, so wusste er, war nur seine Fantasie. Die Tür war eine Tür, und wenn ihn ein Raubvogel beäugte, dann war es Egloff.

Eigentlich hatte er geplant, noch am selben Abend nach Genf zu fahren. Er hatte sogar schon die Fahrkarte – der Portier in Zürich hatte sie ihm besorgt. Er kam bis Chur, wo er umsteigen musste. Doch als er auf dem kalten Bahnsteig stand und auf den Anschlusszug wartete, überlegte er es sich anders. Er hatte es nicht eilig, nach Genf zu kommen, aber hier, in Chur, hatte er noch etwas Dringendes zu erledigen. Er nahm ein Zimmer in einem kleinen Hotel, gleich gegenüber vom Bahnhof.

Das Gespräch mit Egloff fand er äußerst beunruhigend. Zunächst die verrückten Theorien über den *islamischen Imperialismus;* dann war ihm aufgefallen, dass der Mann keine einzige Frage zu den Morden gestellt hatte; nur selten zeigten Leute so wenig Interesse an einem Thema wie Mord. Dafür hatte Egloff um so ausführlicher nach Carpenters Reiseplänen und seinem Hotel gefragt.

Aber das war nicht alles gewesen, dachte Carpenter. Seine Begegnung mit Egloff war voller Zufälle gewesen, und Zufälle machten ihn nervös: Egloff hatte mit einer religiösen Wohlfahrtsorganisation zu tun – so auch Grimaldi, wenngleich als Spender. Egloffs Organisation war auf dem Balkan tätig geworden – so auch Grimaldi, wie sein Pass nahe legte. Was Carpenter aber tatsächlich veranlasst hatte, seine Reise zu unterbrechen, war das Haus, das schöne, teure Schweizer Chalet.

Angela hatte behauptet, ihr Bruder habe das Haus verschenkt – zusammen mit allem anderen. Egloff wiederum hatte behauptet, Grimaldi habe das Haus verkauft, und hatte von »finanziellen Schwierigkeiten« seitens Grimaldis und von einem »guten, aber fairen« Preis gesprochen. Entweder Angela log oder Egloff. Und das wollte Carpenter morgen hier in Chur, der Hauptstadt des Kantons, herausfinden.

Gleich nach dem Frühstück erkundigte er sich an der Rezeption nach dem Weg zum Grundbuchamt, das, wie sich herausstellte, nur wenige Häuserblocks entfernt war. Er erklärte dem zuständigen Beamten, dass er an einem Besitz in Zuoz interessiert sei. Mit einem eifrigen Nicken verschwand der Beamte in einem anderen Zimmer und kehrte mit einem alten ledergebundenen Hauptbuch zurück. Darin fand Carpenter eine chronologische, handgeschriebene Liste aller Grundbesitztransaktionen, die seit 1917 in Zuoz stattgefunden hatten. Carpenter blätterte darin herum, bis er den Eintrag für die Heilestraße 49 gefunden hatte.

Der Verkauf des Hauses an den Salve Caelo war 1991 erfolgt. Kaufpreis: ein Schweizer Franken. Direkt unter dem Eintrag die Unterschriften von Franco Grimaldi und Gunther Egloff. Carpenter zeichnete Grimaldis Unterschrift mit dem Zeigefinger nach. Warum hatte Egloff gelogen?

Der Zug glitt an zahllosen Postkartenszenen vorbei, bis er mit einem lauten Schuuuusch seiner Bremsen im Genfer Bahnhof zum Stehen kam. Carpenter blieb eine halbe Stunde Zeit, und die nutzte er, um sich ein Hotel zu suchen. Dann ging er ins La Perle, wo ihn Lang schon an einem Tisch mit Seeblick erwartete.

Es war Langs Schicksal, dass er einem jener kleinen Spielzeug-Kobolde glich, die Kathy als Kind gesammelt hatte. Als er Carpenter sah, sprang er mit einem breiten Grinsen auf und schüttelte ihm die Hand. Dann setzte er sich wieder, und Carpenter konnte nicht umhin, sich zu fragen, ob Langs Füße tatsächlich den Boden berührten. Wahrscheinlich nicht.

Für einen kleinen Mann hatte er aber einen enormen Appetit, und bald sah Carpenter seinen Freund eine doppelte Portion Carpaccio verputzen.

»Es heißt, ich hätte den Stoffwechsel eines Kolibris«, sagte Lang.

»Du fliegst also 'ne Menge herum?«

Max kaute und zwinkerte.

»Genau. Bin viel unterwegs.« Er kicherte belustigt. »Das Geschäft boomt. Und eigentlich müsste es immer mehr Bankangestellte geben – aber nein. Jetzt stehen Geldautomaten irgendwo, wo's vor zwei Jahren nicht mal Telefon gab. Es gibt sogar Geldautomaten in *Celebes* und in *Phnom Penh,* wo es vor zwei Jahren nicht mal 'ne Bank gegeben hat. Bald werden alle Bankangestellten arbeitslos sein. Und ich dann wahrscheinlich auch.«

Während der Kellner die Teller abräumte und mit einem eindrucksvollen Löffelballett Langs *Steak Diane* flambierte, wühlte Lang in seiner dicken Aktentasche herum. Schließlich schob er Carpenter einen dünnen Umschlag über den Tisch. Der Umschlag war rot mit weißen Lettern, die in der Form eines Kreuzes angeordnet waren – der Schweizer Flagge:

Sicherheit

Vertrauen
und absolute DISKRETION mit Ihrem
Schweizer
Konto

Langs Gesicht ihm gegenüber glühte vor Begeisterung über seinen eigenen Witz.

Die Kontobewegungen waren auf Endlos-Computerpapier gedruckt. Carpenter entfaltete es in seinem Hotelzimmer. Hier und da hatte Lang mit einem Sternchen eine Fußnote hinzugefügt.

Grimaldi hatte das Konto seit etwa zwölf Jahren, und in dieser Zeit hatte er nur selten Beträge abgehoben. Anhand der Abbuchungen konnte Carpenter nachvollziehen, wann Grimaldi seine Wohnungen in Rom, das Haus in Zuoz und die Wagen gekauft hatte. An aufeinander folgenden Tagen im April waren telegrafische Überweisungen von der Banco di Lazio in Rom eingegangen. Eine Fußnote von Lang wies darauf hin, dass es sich um Immobilientransaktionen – wahrscheinlich den Verkauf von Grimaldis Wohnungen – handelte. An diesem Punkt belief sich Grimaldis Guthaben auf fast zwei Millionen Schweizer Franken. Zwei Tage später jedoch war das Guthaben durch verschiedene Bankschecks auf genau 1000 Schweizer Franken geschrumpft. Drei der Schecks waren kleinere Beträge: 10 000 Franken, die der Capella Cecilia zugute kamen, 5000 Franken an den ANC und 5000 Franken an den baskischen Euzkadi Educational Fund. Der vierte jedoch belief sich auf 1 842 000 Schweizer Franken zu Gunsten des Umbra Domini, S.A. (Napoli).

Carpenter runzelte die Stirn. Sein Latein war nie berühmt gewesen. Trotzdem wusste er, was *umbra domini* bedeutete. Schatten. Herr. Schatten des Herrn. Und er wusste, wo er die Worte schon einmal gelesen hatte: auf einer Broschüre in Grimaldis kahlen vier Wänden in der Via Genova.

18

Carpenter erhob sich und schaute hinaus auf den Genfer See. Die Lichter ringsum waren von einem Hof umgeben. In der Ferne glitt ein Schiff langsam übers Wasser wie in einer Lichthülle. Ein Nebelhorn tutete von der französischen Seeseite her. Carpenter spürte zwar die atemberaubende Schönheit des Augenblicks, aber es ließ ihn innerlich kalt.

Der Ausdruck mit Grimaldis Kontobewegungen ließ ihn allerdings nicht kalt. Solchen Geldflüssen nachzugehen, war meistens aufschlussreich, und ein nicht unbedeutender Teil seiner Arbeit als Detektiv bestand üblicherweise darin, den Zahlen ihre Geheimnisse zu entlocken.

Carpenter widmete sich erneut dem Ausdruck und stellte fest, dass zwischen 1992 und 1993 monatlich etwa 1000 Dollar von Salve Caelo – Egloffs »Wohltätigkeitsverein« – auf Grimaldis Konto eingegangen waren. Diese Überweisungen erfolgten etwa ein Jahr lang und brachen dann abrupt ab. Ende 1993 lag der Kontostand erneut bei 1000 Schweizer Franken. Neben der Zahl hatte Lang *Konto-Minimum* vermerkt.

Anschließend fanden keine Kontobewegungen mehr statt, erst wieder am 4. August 1995, dem Datum auf dem Beleg, der aus Grimaldis Pass geflattert war. An diesem Tag waren $ 50 000 von einem Konto der Banco di Parma, Zweigstelle Neapel, auf Grimaldis Konto eingegangen. Auch hier hatte Lang eine Fußnote angebracht: *Konto des Umbra Domini!*

Eine Woche später, am 11. August, hob Grimaldi die gesamte Summe in bar ab.

Was Carpenter also im doppelten Boden von Grimaldis Reisetasche gefunden hatte, war mit Sicherheit das Geld des Umbra Domini. Offenbar war Grimaldi für einen Auftrag angeheuert worden. Aber für welchen?

Und was war mit den Zahlungen zwischen 1992 und 1993? Carpenter überprüfte die kopierten Passseiten: Die monatlichen Zahlungen stimmten zeitlich mit Grimaldis Aufenthalten in Serbien, Kroatien und Bosnien überein. Es sah fast so aus, als hätte er für Salve Caelo gearbeitet – aber als was? Grimaldis Werdegang war beileibe nicht von humanitären Ansichten geprägt, und auch Egloffs Sicht von dem Krisengebiet zeugte nicht eben von Menschenliebe. Wie hatte er sich ausgedrückt? Ein *politisches Melanom.*

Carpenter griff zum Telefon und wählte Bepis Nummer in Rom.

»Pronto?«

»Bepi? Joe Carpenter.«

»Joe! Wie geht's?«

Carpenter entschuldigte sich für den späten Anruf, aber er brauche dringend eine Information. Ob sich Bepi über eine religiöse Organisation namens Umbra Domini und den Wohltätigkeitsverein Salve Caelo erkundigen könne?

»Kein Problem.«

»Aber ohne Staub aufzuwirbeln!«

»Sì, sì – discreto«, entgegnete Bepi.

»Gut. Könnten Sie's gleich erledigen?«

»Hmm ... Brauchen Sie einen schriftlichen Bericht?«

»Nein.«

»Okay. Dann treffen wir uns mit Gianni zum Mittagessen. Er weiß alles über Religionen. Alles, was Sie wissen wollen. Kein Problem.«

»Gut. Ich fliege morgen früh nach Rom. Geht's morgen Mittag?«

»*Certo.*«

Sie hatten sich auf einer Caféterrasse an der Via Veneto verabredet. Gianni Massina, ein Fachjournalist für religiöse Fragen bei dem Nachrichtenmagazin *Attenzione*, saß schon mit Bepi am Tisch, als Carpenter dazustieß. Nach einer lebhaften Begrüßungszeremonie kam Massina zur Sache.

»Mein Freund Bepi sagt, dass Sie sich für den Umbra Domini interessieren.«

»Ziemlich.«

Massina runzelte die Stirn. »Dann sollten Sie vorsichtig sein. Die Organisation will die alte Religion wiederbeleben. Ich glaube, es gibt ähnliche Bestrebungen in den Staaten. Mit Pat Robertson. Jerry Falwell. Den Traditionalisten, die für sich beanspruchen, dass der einzige richtige Glaube der alte Glaube ist. In den Staaten sind solche Gruppen natürlich vor allem protestantisch. Und sie gründen fast immer neue Kirchen. Hier bei uns bleiben sie innerhalb der Kirche und bilden, na, wie sagt man – *Associazioni – Laienorden*.«

»Sie meinen, wie die Dominikaner?«

»Nein. Nicht wie die Dominikaner. In Gruppen wie dem Umbra spielen Priester nur eine geringe Rolle. Sie sind mehr wie – ich weiß nicht ... wie manche islamisch-fundamentalistischen Gruppen. Sie lehnen jede Reform strikt ab. Nur in unserem Fall sind sie katholisch. Sehr streng.«

»Und woran glauben sie?«

»An die Tridentinische Messe ...«

»Die Messe auf lateinisch«, erklärte Bepi.

»Wo der Priester mit dem Rücken zur Kirchengemeinde steht«, fügte Massina hinzu. »Heutzutage steht der Priester nämlich mit dem Gesicht zur Gemeinde und predigt in der jeweiligen Landessprache.«

»Spielt das denn eine so wichtige Rolle?«, fragte Carpenter.

»Es ist eine Sache von Leben und Tod«, sagte Massina.

»Eigentlich mehr vom Leben *nach* dem Tod.« Bepis scherzhafter Einwurf wurde von Massina mit einem finsteren Blick bestätigt.

»Wenn der Umbra also Reformen ablehnt – um welche handelt es sich denn dann?«, fragte Carpenter.

Die Antwort der beiden Italiener kam wie aus einem Munde: »Das Zweite Vatikanische Konzil.«

Carpenter beugte sich weit über den Tisch. »Mal angenommen, es gibt keine dummen Fragen: Um was ging es denn bei diesem Konzil?«

»Es war ein Wendepunkt«, sagte Bepi.

»Eine Bombe«, verbesserte Massina. »Es hat die Kirche fast zerrissen. Aber ich werde melodramatisch. Das 2. Vatikanische Konzil war ein Treffen katholischer Führer aus der ganzen Welt, um die Kirche zu modernisieren – andere würden sagen liberalisieren. Die Traditionalisten waren gegen viele der Reformen, und so bildeten sie ihre eigenen Orden, Gruppen wie den Umbra Domini oder die Christenlegion. In Frankreich gab es Erzbischof Lefebvre.«

»Sie sehen verwirrt aus«, meinte Bepi mit einem Seitenblick zu Carpenter.

»Vielleicht muss man Katholik sein, um das zu verstehen.«

»Das glaube ich eigentlich nicht«, sagte Massina. »Es gibt doch überall diese Bewegungen, die verhindern wollen, dass sich etwas ändert. Manche von ihnen sind verrückt. Sie behaupten zum Beispiel, der Papst sei der Antichrist«, sagte Massina. »Der Teufel sitze auf dem Heiligen Stuhl. Und die Messe in der Landessprache sei eine ›Schwarze Messe‹.«

Carpenter lächelte unwillkürlich. »Und der Umbra?«

»Der Umbra ist der Schlimmste. Am Anfang dachte noch jeder, dass den Mitgliedern die Exkommunikation drohte. Aber nein. Sie verhalten sich sehr ruhig. Man arrangiert sich, macht Kompromisse. Sie dürfen die Messe auf Lateinisch lesen, Männer und Frauen beten getrennt, sie haben ihre eigenen Schulen.«

»Der Vatikan will keine Kirchenspaltung«, bemerkte Bepi.

»Und sie fahren besser, wenn sie in der Kirche bleiben. Trotzdem nennt die Presse sie ›die katholische Hisbollah‹.«

Bepi lachte. »›Die Presse‹?«

Massina zog einen Schmollmund und grinste dann. »Okay! Ich! Wo ist der Unterschied? Trotzdem kommt der Umbra an. Aber was heißt ›Hisbollah‹? Es bedeutet ›die Partei Gottes‹. Und was ist Umbra Domini? Das Gleiche: eine radikale religiöse Gruppe mit politischen Zielen. Deshalb nenne ich sie ›katholische Hisbollah‹. Hier!« Massina griff in seine Aktentasche und holte eine Broschüre hervor. »Das habe ich für Sie mitgebracht. *Crociata Decima!*«

Carpenter starrte auf die Broschüre. Es war die gleiche wie die in Grimaldis Zimmer an der Via Genova.

»Der Umbra hat das vor vier, fünf Jahren stark verbreitet«, erklärte Massina. »Damit wirbt er – für den zehnten Kreuzzug. Gegen den Islam natürlich. Sie sagen, Bosnien sei ein islamischer Brückenkopf. Es ist also ein Ruf zu den Waffen. Und hier kommt Ihre andere Gruppe ins Spiel. *Salve Caelo*. Sie wird von der Umbra getragen.«

»Der Wohltätigkeitsverein.«

Massina machte eine wegwerfende Handbewegung. »Das hat mit Wohltätigkeit wenig zu tun. Bei Bihac haben sie ein Flüchtlingslager eingerichtet. Nur dass es ein großer Witz ist, so als wäre Auschwitz ein ›Flüchtlingslager‹ gewesen. Es war auch in unserem Fall eher ein Konzentrationslager und zudem ein Bereitstellungsgebiet für Kommandounternehmen – gegen die Moslems natürlich. Sehen Sie, wie paradox das ist? Erst werden die Flüchtlinge vertrieben, und dann werden sie in Flüchtlingslager gesteckt. Und das haben sie erst für die Serben und dann für die Kroaten getan. Immer gegen die Moslems.«

»Jetzt wissen wir also, was Grimaldi in Bosnien getrieben hat«, sagte Carpenter. »Karitative Arbeit.« Und jetzt war ihm auch die Verbindung zwischen Egloff und Grimaldi klar.

»Sie nennen es einen ›schlagkräftigeren Katholizismus‹«, sagte Bepi.

»Was machen sie sonst noch?«

»Sie publizieren. Bücher, Broschüren, Videos, Kassetten. Über Geburtenkontrolle, die Freimaurer, Abtreibung, Homosexualität – sie finden, Homosexuelle gehören gebrandmarkt.«

»Tätowiert«, berichtigte Bepi.

Carpenter dachte nach. »Und wie viele sind es ungefähr?«

Massina hob die Schultern. »Ich glaube, so an die 50 000. Vielleicht mehr. Viele davon in Italien, Spanien, Argentinien – aber auch in den Staaten. Sogar in Japan, glaube ich. Blaue und Weiße.«

Carpenter hob fragend die Brauen.

»Das sind zwei Gruppierungen innerhalb des Umbra Domini«, erklärte Massina. »Die Weißen sind sehr streng. Jeder Tag beginnt mit dem Kirchgang. Jeden Tag spenden sie Geld. Die Frauen bedecken ihr Haar und verbergen ihren Körper. Sehr streng. Aber die Blauen! Die sind ganz anders. Die Blauen ›verlassen die Welt‹.«

»Was bedeutet das?«

»Sie verhalten sich wie Mönche. Nur Männer können Blaue sein. Sie legen Armuts- und Keuschheitsgelübde ab – und sie geißeln sich.«

»Sie meinen mit Peitschen?«

Massina zuckte die Achseln. »Eine alte Tradition. Flagellation – das gehörte früher zu den Riten der Buße.«

»Erzähl ihm vom ›Gang‹«, sagte Bepi.

»Das ist etwas Ähnliches«, erklärte Massina. »Eine andere Art von Buße. An Sonntagen gehen die Blauen auf den Knien zur Kommunion – wie Christi Weg mit dem Kreuz nach Golgatha. Und ... es ist eine sehr schmerzhafte Angelegenheit. Wegen der Steine auf dem Platz und der Granitstufen ...«

Carpenter hatte noch Riordans Stimme im Ohr. »Fliesenleger«, sagte er laut.

»Was?«, fragte Bepi.

»Einer der Bullen dachte, Grimaldi sei Fliesenleger von Beruf – anders konnte er sich die Schwielen an seinen Knien nicht erklären.«

»Nur, wenn er ein Blauer ist ...«

»Wer leitet das Ganze übrigens? Ein Bischof oder was?«

Massina beugte sich lächelnd zu Carpenter vor. »Sie sind nicht gläubig, oder?«

»Nein.«

»Das dachte ich mir. Der Kopf der Organisation ist« – Massina malte Anführungszeichen in die Luft – »›ein einfacher Priester‹. Ein Mann namens della Torre.«

»›Einfacher Priester‹!«, lachte Bepi. »Das ist so, als würde man die Beatles eine Keller-Band nennen!«

»Er ist noch jung, um die dreißig«, fuhr Massina fort. »Aber er hat enormes Charisma. Ist natürlich Dominikaner. Wie der Gründer.«

»Warum ›natürlich‹?«

»Nun, die Dominikaner sind die großen Fürsprecher der Orthodoxie. Die Inquisition war ihre Sache. Wie auch immer – er ist ein mitreißender Redner. Seine Kirche ist immer gerammelt voll. Die Leute stehen bis auf die Straße. Er geht durch die Menge, und sie küssen ihm die Füße und den Saum seiner Soutane. Das ist schon beeindruckend.«

»Und wo ist das?«

»In Neapel. In der Kirche San Eufemio. Ein winzig kleines Kirchlein – sehr alt, 8. Jahrhundert, glaube ich. Hergerichtet wie für einen Bühnenauftritt. Die geben ein Vermögen für die Beleuchtung aus. Angeblich hat man einen Profi aus London kommen lassen, der sonst Shows und Rock-Konzerte beleuchtet. Das Resultat ist ... phänomenal. Wenn della Torre auf die Kanzel steigt, taucht er aus dem Dunkel auf, und durch einen raffinierten Lichteffekt glaubt man, er sei von innen erleuchtet. Und wenn er spricht – mal ruhig, mal leidenschaftlich –, wird man magisch von ihm angezogen. Und man *will* gerettet werden.«

»Dann waren Sie also schon dort?«, fragte Carpenter.

»Einmal«, erwiderte Massina. »Und ich hatte eine Heidenangst. Ich war ziemlich kurz davor, ihm selbst die Füße zu küssen.«

»Glauben Sie, er würde mich empfangen?«

Massina zögerte. »Wenn Sie als Journalist auftreten, schon. Es geht ihm darum, das Wort zu verbreiten.«

»Wenn ich also einen Artikel schreiben würde ...«

Bepi warf die Hände hoch und sagte pathetisch: »›Neue Richtungen im Katholizismus.‹«

Massina hob die Schultern. »Vielleicht empfängt er Sie ja.«

»Spricht er Englisch?«

»Er spricht jede Sprache. Hat in Heidelberg, Tokio und Boston studiert. Ist sehr gebildet für einen einfachen Priester.«

Bepi beugt sich vor. »Könnte das gefährlich werden für Joe?«

Massina lachte. »Ich glaube nicht. Della Torre ist schließlich Priester. Aber seien Sie auf der Hut. Vielleicht legt er es darauf an, Sie zu bekehren!«

Neapel. Carpenter fand ein Hotel und ließ sich dann von einem Taxi ein paar Häuserblocks vom Hauptsitz des Umbra Domini entfernt absetzen. Für den Rest des Weges ließ er sich Zeit.

Jetzt, vor Ort, war er nicht mehr so überzeugt von seiner Idee. Obwohl er sich Visitenkarten hatte drucken lassen, die ihn als John C. Delaney, Redakteur des CNN, auswiesen, bestand dennoch die Möglichkeit, dass della Torre ihn irgendwie erwartete. Immerhin hatte er, Carpenter, an Grimaldis Tür in Rom gehämmert, dessen Schwester aufgesucht, dessen Bankkonto gecheckt und hatte Gunther Egloff das alles auf die Nase gebunden. Und der hatte ihn um seine Visitenkarte gebeten (und sie bekommen), sich nach seinem Hotel erkundigt (wobei Carpenter dann allerdings gelogen hatte). Und dann hatte er ihm durch den Spion in der Haustür nachgesehen.

Und das wahrscheinlich aus gutem Grund. Denn alles stand irgendwie in Verbindung. Die Indizienkette führte von Grimaldi zum Umbra Domini. Vom Umbra zu Salve Caelo. Von Salve Caelo zu Egloff. Von Grimaldi zu Egloff.

Das könnte unangenehm werden, dachte Carpenter bei sich, oder schlimmer.

Er stand vor einer alten neoklassischen Villa mit gewaltigen Holztüren, die auf einen kleinen Hof führten. In der Mitte plätscherte ein Brunnen.

Das Innere der Villa war so modern, wie das Äußere alt war. Die Luft pulsierte von fluoreszierendem Licht und schwirrte vom behäbigen Ratschen der Faxgeräte, vom Trillern der Handys und Summen der Computer. Eine Frau in einem langärmeligen Kleid warf einen Blick auf seine Karte und führte ihn in das PR-Büro.

Dort saß er etwa zehn Minuten inmitten eines unüberblickbaren Angebots an Büchern und Broschüren, alle mit dem Umbra-Logo versehen: ein goldenes Oval, in dessen Mitte, vor einem purpurfarbenen Hintergrund, ein durch eine Linie angedeuteter Hügel zu sehen war. Ein Kreuz war in den Hügel getrieben. Und ein langer Schatten mit den Worten UMBRA DOMINI leuchtete in goldenen Lettern. Die Broschüren lagen in mehreren Sprachen aus, aber bevor Carpenter eine genauer in Augenschein nehmen konnte, tauchte ein junger Mann mit modischem Haarschnitt auf.

»Dante Villa«, sagte er und streckte ihm die Hand entgegen.

»Jack Delaney. Ich bin vom CNN.«

»Haben Sie eine Karte?«

»Natürlich«, sagte Carpenter und zog eine aus seiner Westentasche.

»Womit kann ich Ihnen dienen, Mr. Delaney?«

»Nun ... wir planen eine Serie über die neuen Richtungen im Katholizismus.«

Der junge Mann warf das glänzende Haar in den Nacken.

»Und wie wir wissen, ist der Umbra Domini ein bedeutender Laienorden innerhalb der katholischen Kirche und hat großen Zulauf. Wir könnten ein Schwerpunktthema daraus machen, vorausgesetzt ...«

»Vorausgesetzt was?«

»Nun, Sie wissen ja, wie das Fernsehen ist. Es hängt viel davon ab, wer vor der Kamera steht. Was ehrlich gesagt der Hauptgrund für meinen Besuch ist. Ich habe gehört, dass Pater della Torre eine herausragende Persönlichkeit ist. Deshalb hatte ich gehofft, ein Vorinterview mit ihm machen zu können – nur um eine Vorstellung davon zu bekommen, was er sagt und wie es wirkt. Es würde nicht lange dauern. Und ich könnte ihm erklären, was wir uns vorgestellt haben.«

Der junge Mann zog die Brauen hoch.

»Er soll ja ganz bemerkenswert sein«, sagte Carpenter.

Von dem Ganzen offenbar nicht ganz überzeugt, fragte der junge Mann, wie lange Carpenter in Neapel zu bleiben gedenke.

»Ich weiß, ich hätte das alles viel früher in die Wege leiten müssen, aber es war einfach nicht möglich. Wir saßen in Rom an einer völlig anderen Story, und ich dachte mir, warum zum Teufel ... Pardon! Ich wollte einfach mein Glück versuchen und bin hergefahren.«

»Aha.« Der junge Mann zögerte. »Pater della Torre ist natürlich sehr beschäftigt. Aber ich weiß, dass er eine große Zukunft auf ...« – ein Lächeln – »auf der anderen Seite des Teiches sieht.«

»Ach!«

»O ja. Wir besitzen schon verschiedene Zentren in den Staaten.«

»Wirklich?« Carpenter zückte sein Notizheft.

»Und es werden ständig mehr.«

»Wo liegen sie?«

»Wo die Leute sind? New York, Los Angeles, Dallas.«

»Dann ist es also eher ein urbanes Phänomen.«

»Eigentlich schon. Die Schulen sind der Mittelpunkt unserer Organisation. Aber wir haben auch Häuser für Einkehrtage – auf dem Lande. Sehr schlicht ausgestattet, wie Sie sich sicher vorstellen können.«

»Und wenn ich filmen wollte ...«

»Dann brauchten Sie die Staaten nicht einmal zu verlassen.« Der junge Mann suchte in seinem Adressbuch und lächelte. »Sie könnten schon von Washington aus eine ganze Menge erreichen. Angefangen bei der St. Bartholomew's High School ...«

»St. Bart's?!«

»Sie kennen die Schule?«

»Wir haben als Schüler mal gegen deren Mannschaft gespielt. Ich wusste gar nicht, dass sie ...«

»Eine der unseren ist?« Villa gluckste. »Viele Menschen glauben, dass alle katholischen Schulen gleich sind. Aber natürlich sind sie's nicht. Sagen Sie, Maryland liegt doch bei Washington, oder?« Er betonte Maryland auf der ersten Silbe.

»Ja«, sagte Carpenter, »gleich nebenan.«

»Nun, dort haben wir so ein Heim für Einkehrtage. Ich gebe Ihnen eine Liste mit, wenn Sie wollen.«

»Wunderbar.«

»Sie können auch eine Pressemappe haben.«

»Noch besser. Und – was ist mit Pater della Torre?«

»Wenn Sie einen Augenblick Platz nehmen möchten, dann frage ich bei seiner Sekretärin an.«

Während er wartete, studierte Carpenter eine Weltkarte in einem Faltblatt. Neapel lag im Zentrum, versehen mit dem Umbra-Logo, von dem Strahlen in alle Teile der Welt ausgingen, wo der Orden Niederlassungen besaß. Es gab Außenposten in mindestens zwanzig Ländern: Slowenien, Kanada, Chile – die Gemeinschaft war fast über den ganzen Erdball verteilt.

Auf der Rückseite des Faltblatts hatte er gerade eine Liste mit den Mitgliederzahlen pro Land entdeckt, als der junge Mann zurückkam. Er hatte eine Mappe dabei mit dem Umbra-Logo und einem kleinen Sticker, auf dem »English« stand.

»Hierin finden Sie eine Menge Informationen«, sagte Dante, »darunter auch einen Artikel aus der *New York Times* und einen aus der *Changing Times*, einer katholischen Zeitschrift.« Dann warf er strahlend einen Blick auf Carpenters Visitenkarte. »Sie haben großes Glück, Mr. Delaney. Morgen um neun ist ein

Empfang für neue Mitglieder und um zehn eine Ordination. 11.30 Uhr müsste hinkommen.«

»Großartig.«

»Er lässt fragen, ob Sie einen Fotografen mitbringen.«

»Nein. Ich habe ...«

»Das macht nichts. Es sind mehrere Hochglanzfotos in der Pressemappe.« Dante warf wieder das Haar in den Nacken und streckte Carpenter die Hand hin.

»Wie viel Uhr war es noch mal?«, fragte Carpenter und zückte sein Notizbuch, als hätte er ein Dutzend Termine.

»Halb zwölf. Aber nicht hier, sondern in der Kirche. In seinem Büro. Ich gebe Ihnen einen kleinen Plan.«

19

Carpenter hätte am liebsten etwas gedöst, aber das Taxi besaß keine Stoßdämpfer, und so hockte er auf dem Rücksitz und klammerte sich an der ausgefransten Lederschlaufe fest, während der Wagen in Richtung Hafen stolperte. Seine Müdigkeit war zum einen darauf zurückzuführen, dass ihn das Lügen maßlos anstrengte; das war immer schon so gewesen.

Zum anderen hatte er viel Energie darauf verwendet, eine Erkenntnis zu verdrängen, die irgendwo in seinem Hinterkopf gereift war – eine höchst beunruhigende Erkenntnis.

Er starrte aus dem Wagenfenster, ohne etwas zu sehen. Die Erkenntnis war, dass nicht Kathy Grimaldis Ziel gewesen war. Sondern *Brandon.* Kathy war ermordet worden, weil sie um das Leben ihres Sohns gekämpft hatte, aber Brandon war abgeschlachtet und seine Kehle richtiggehend durchgeschnitten worden, fast rituell. Und Brandon war exhumiert und ein zweites Mal verbrannt worden. *Brandon.* Nicht Kathy.

Und diese zweite Verbrennung ging nicht auf Grimaldis Konto, denn der lag zu dem Zeitpunkt im Krankenhaus. Ein anderer musste es getan haben, was wiederum bedeutete, dass Grimaldi höchstwahrscheinlich einer größer angelegten Verschwörung angehörte. Und das alles schloss Riordans Theorie aus, Grimaldi sei bloß ein einzelner Verrückter. Verrückte konspirierten nicht miteinander. Wenn sie handelten, dann allein.

Darüber nachzudenken bereitete Carpenter Kopfschmerzen.

Wenn es tatsächlich eine Verschwörung war, rückte die Lösung des Falls in noch weitere Ferne. Und was konnte das alles mit dem Umbra Domini zu tun haben? Denn der hatte Grimaldi ja bezahlt. Carpenter bekam tatsächlich Kopfschmerzen.

Von seinem Hotelzimmer aus konnte er den Hafen Santa Lucia überblicken. Er stand auf dem Balkon mit dem Telefon in der Hand, um Bepi anzurufen und sich für morgen Abend mit ihm zu verabreden. Während er auf das Klingelzeichen lauschte, sah er den Sonnenball langsam im Meer versinken.

Keine Antwort. Er wählte Bepis Piepser und gab die Telefonnummer des Hotels ein, damit Bepi ihn zurückrufen konnte – und das war's dann. Mehr konnte er im Augenblick nicht tun. Doch dann fiel ihm wieder die Pressemappe ein.

Sie enthielt eine geschickte Präsentation eines scheinbar harmlosen Vereins, einer Art Teegesellschaft für die Seele. Dazu gab es eine Liste mit allen Schwesterorganisationen des Umbra, einschließlich seiner wohltätigen Einrichtungen, darunter auch Salve Caelo. Die extremistischen Ansichten der Gemeinschaft wurden mit keiner Silbe erwähnt.

Stattdessen konzentrierten sich die Pressemitteilungen auf die guten Taten des Umbra und dessen wachsende Mitgliederzahl. Mehrere Fotos zeigten großäugige Kinder auf Spielplätzen und in Klassenzimmern kirchlicher Privatschulen, die vom Umbra Domini gefördert wurden. Fotos von Jugendlichen, die Abfälle in öffentlichen Parks auflasen und alten Menschen halfen. Fotos von Kirchen vor und nach ihrer Restaurierung; und von Missionaren im Busch. Und schließlich auch noch ein Foto von Moslems, die lächelnd im Gemüsegarten eines »Flüchtlingslagers« von Salve Caelo arbeiteten.

Der Mann, der hinter all diesen Wohltaten stand, prangte auf mehreren Hochglanzfotos. Wenn diese Fotos der Wirklichkeit entsprachen, dann konnte Silvio della Torre zum Film gehen. Er war sozusagen jederfraus jungenhafter Held, hatte hohe Wangenknochen, strahlend blaue Augen und ein umwerfendes Lächeln unter einer pechschwarzen Lockenpracht.

Neben den Pressemitteilungen und Fotos enthielt die Mappe noch eine Hand voll Zeitungsartikel über die guten Werke der Organisation und zwei Lobeshymnen auf della Torre selbst. In beiden wurde auf sein Sprachtalent hingewiesen – er sprach sechs oder neun Sprachen, je nach Artikel – und auf sein Können als Kickboxer. »Pater della Torre kann es mit den besten Kickboxern aufnehmen. Also sei auf der Hut, Jean-Claude!«

Dann gab es noch eine Darstellung der »Missionsinhalte« von unübertrefflicher Harmlosigkeit. Kein Wort von rituellen Geißelungen, vom »islamischen Imperialismus« oder von der Brandmarkung Homosexueller. Stattdessen wurde die Bedeutung der »Familie« hervorgehoben, der »Kultur des Christentums« und der »Lehren des Katholizismus«.

Alles in allem hatte die Pressemappe die Wirkung eines Schlafmittels, und so schlief Carpenter denn auch in seinem Sessel ein.

Beim Aufwachen fühlte er sich besser, seine Laune aber verschlechterte sich wieder schlagartig, als er im Café um die Ecke seinen Morgen-Cappuccino trank. Aus einem blechernen Lautsprecher drangen die schonungslos lieblichen Rhythmen europäischer Popmusik. Er hatte nie verstanden, was die Leute daran fanden. Wenigstens der Kaffee war gut.

Die Kirche San Eufemio war klein und alt; das Fundament hatte sich gesenkt, sodass keine Mauer mehr lotrecht stand. Ein gepflasterter Weg führte zu zwei gewaltigen eisenbeschlagenen Originaltüren aus dem 8. Jahrhundert. Carpenter hatte sie schon auf einem Foto in der Pressemappe gesehen – weit geöffnet und dazwischen ein Brautpaar, das aus dem Dunkel der Kirche trat. Carpenter berührte das Holz; es war hart wie Stein.

Jetzt waren die Türen geschlossen, und es gab weder einen Klopfer noch einen Griff, nur ein großes altmodisches Schlüsselloch. Er suchte nach einem anderen Eingang und fand ihn an einer Seite. Er hielt inne und übte noch einmal sein Sprüchlein:

»Jack Delaney ... CNN ... Neue Richtungen im Katholizismus.«

Er klopfte, und zu seiner Überraschung öffnete della Torre höchstpersönlich. Das Oberhaupt des Umbra Domini trug einen schwarzen Rollkragenpulli, braune Freizeithosen und Halbschuhe. Carpenter stellte fest, dass Silvio della Torre in natura sogar noch besser aussah als auf den Werbefotos. Aber im Gegensatz zu den Schauspielern, denen Carpenter begegnet war und die immer kleiner waren, als sie auf der Leinwand wirkten, war della Torre größer, als er ihn sich vorgestellt hatte. Er war mindestens so groß wie Carpenter selbst, breitschultrig und athletisch gebaut und entsprach überhaupt nicht seiner Vorstellung von einem Priester.

»Sie sind bestimmt Jack Delaney«, sagte der Priester in akzentfreiem Englisch, ein amüsiertes Lächeln um die Lippen. »Ich habe Sie schon erwartet. Bitte treten Sie ein.«

»Danke.«

Durch eine weitere Tür gelangten sie in ein spärlich, aber elegant möbliertes Büro. Carpenter ließ sich auf einem roten Ledersessel nieder, während della Torre ihm gegenüber hinter einem alten Bibliothekstisch Platz nahm. Sofort musste Carpenter an Massinas Worte denken, wie sich der Priester während der Messe »ins rechte Licht« zu setzen vermochte. Er bemerkte die verschiedenen Lampen, die dezent in die alte Stuckdecke eingelassen waren, und wie das Licht auf die markanten Gesichtszüge des Priesters fiel.

»Wenn ich recht verstanden habe, wollen Sie eine Serie für das CNN machen.«

»Ja, das erwägen wir.«

»Das ist großartig, denn ich habe manchmal den Eindruck, als wollten die Medien uns partout nicht zur Kenntnis nehmen.«

Carpenter lächelte verbindlich. »Da täuschen Sie sich.«

Della Torre zuckte die Achseln. »Sei's drum«, sagte er. »Jetzt sind Sie ja hier.« Er faltete die Hände, legte die Ellenbogen auf den Tisch und stützte das Kinn auf den Handrücken. »Womit fangen wir an?«

»Nun«, sagte Carpenter, »ich schlage vor, dass Sie zunächst etwas über den Werdegang des Umbra Domini erzählen.«

»Gern«, erwiderte della Torre und lehnte sich in seinen Sessel zurück. »Wie Sie sicher wissen, sind wir ein Produkt – manche würden sagen, ein Nebenprodukt – des 2. Vatikanischen Konzils.« Während der folgenden zehn Minuten beantwortete der *capo* des Unternehmens alle Fragen Carpenters mit einem Lächeln.

»Wie hat sich die Organisation in den letzten Jahren verändert?«

»Nun, Mr. Delaney, es ist kein Geheimnis, dass wir weiter gewachsen sind.«

»Was ist Ihrer Meinung nach die größte Herausforderung, der sich die Kirche derzeit stellen muss?«

»Es gibt viele Herausforderungen. Es sind schwere Zeiten. Aber die größte Herausforderung für Katholiken ist, was ich ›die Versuchungen der Moderne‹ zu nennen pflege ...«

Carpenter nickte bei jeder Antwort nachdenklich und machte sich pflichtgemäß Notizen. Er bekam ein Gespür für seinen Widersacher, und was er spürte, war etwas wie Teflon, nur schwerer. Teflon und Stahl. Er beschloss, seine Taktik zu ändern.

»Es heißt, der Umbra Domini habe politische Ambitionen.«

»So?«, sagte della Torre, der die andere Tonart sofort registrierte. »Und wer sagt das?«

Carpenter hob die Schultern. »Ich habe einen ganzen Aktenordner voller Artikel im Hotel. Einige sind äußerst kritisch. Dort wird behauptet, der Umbra Domini unterhalte Beziehungen zu rechten Gruppierungen wie dem Front National.«

»Das ist lächerlich. Einigen unserer Mitglieder bereitet die Zuwanderung von Ausländern Sorge – aber das ist eine politische, keine theologische Frage. Wir sind eine vielschichtige Organisation; unsere Mitglieder vertreten die verschiedensten Ansichten.«

»Es heißt auch, der Umbra sei homosexuellenfeindlich.«

»Nun ...«

»Dass man fordert, die Schwulen zu brandmarken.«

»Ich bin froh, dass Sie dieses Thema anschneiden, denn es gibt mir Gelegenheit, die Sache zu klären. Es stimmt, dass wir Homosexualität als Sünde betrachten, und das haben wir auch unmissverständlich geäußert. Sie müssen verstehen, dass der Umbra Domini eine erzieherische Aufgabe hat. Wir sind Lehrer, und als Lehrer überspitzen wir unsere Aussagen manchmal. Was immer also irgendwer gesagt hat – niemand im Umbra Domini glaubt ernsthaft, dass Homosexuelle gebrandmarkt werden sollten. Obwohl ich es für vernünftig hielte, sie polizeilich zu registrieren.«

»Interessant«, sagte Carpenter und machte sich Notizen. »Ich wollte noch etwas anderes fragen, zu einer karitativen Institution – Salve ...« Er tat, als fiele ihm der Name nicht ein.

»Caelo.«

»Genau. Salve Caelo! Und welche Funktion sie in Bosnien hatte. Es heißt ...«

»Ich weiß schon. Es heißt, wir hätten dort ein KZ eingerichtet. Unter dem Vorwand, den Leuten zu helfen.«

»Mhm.«

»Das ist alles längst gründlich untersucht worden. Nichts konnte bewiesen werden.«

»Stimmt es denn?«

Della Torre blickte zur Decke, wie um eine höhere Instanz anzurufen. Dann sah er Carpenter fest in die Augen. »Darf ich Sie was fragen, Mr. Delaney?«

»Schießen Sie los.«

»Ist es nicht erstaunlich, dass Glaube und Frömmigkeit einerseits ebenso viel Aggression auslösen wie andererseits Bewunderung? Diese Geschichten, die Sie da erwähnen, zeugen doch nur von Neid.«

»*Neid*? Wie meinen Sie das?«

Della Torre seufzte, und als er wieder das Wort ergriff, beherrschte seine tiefe und leidenschaftliche Stimme den Raum. »Stellen Sie sich den Umbra Domini als eine schöne, unberührte Frau vor«, sagte er und fixierte Carpenter mit umwerfend blauen Augen. Und dann folgte eine Rede, wie Carpenter sie noch nie gehört hatte, eine Woge von Worten, deren Bedeutung irgendwie unabhängig von dem war, was tatsächlich gesagt wurde. Carpenter hatte fast das Gefühl, in Trance zu geraten. Es war, als würde ihm etwas vorgesungen. Und dann geschah etwas Außergewöhnliches, wenn auch auf ganz gewöhnliche Weise: Die Sonne verschwand hinter einer Wolke, der Raum verdunkelte sich, und Carpenter durchschaute den Trick des eitlen Priesters. Er hatte Augen, die einen in sich aufsogen, schöne Augen, aber sie waren nicht echt, ihre Farbe eine Art Aquamarin, eine Unterwasserschattierung – wie aus tropischen Gewässern. Im Dämmerlicht konnte Carpenter erkennen, dass della Torre Kontaktlinsen trug, farbige Kontaktlinsen. Und er erkannte die Schattierung wieder.

Es waren Monicas Augen.

Er fragte sich, ob della Torre genauso wie Monica zwischen »Aquamarin-« und »Saphirblau« geschwankt hatte. Auf jeden Fall hatten sie sich für dieselbe Farbe entschieden, und sicher aus demselben Grund. Es war ein sehr verführerisches Blau.

Della Torre schüttelte lächelnd den Kopf. Offensichtlich hatte er Carpenters nachlassende Aufmerksamkeit nicht bemerkt. »Wenn ich also von Attacken gegen den Umbra Domini höre oder von Zweifeln an den Absichten des Ordens – so bin ich nicht zornig. Ich empfinde nur Trauer. Und Mitleid. Menschen, die so sprechen, die diese Geschichten erfinden, sind im Dunkel ihrer eigenen Seele gefangen.«

Della Torre beendete seinen Vortrag, so wie er ihn begonnen hatte – mit den Ellenbogen auf dem Tisch und dem Kinn auf den gefalteten Händen.

Carpenter blieb eine Weile stumm. Und dann kam die Sonne wieder hervor und durchflutete den Raum mit Licht. Er räusperte sich und platzte, ohne viel zu überlegen, mit der Frage heraus: »Und Franco Grimaldi?«

Della Torre lehnte sich in seinen Sessel zurück, die Augen gedankenverloren auf Carpenter geheftet. »Grimaldi?«

»Einer Ihrer Leute.«

»Ja …?«

»Er wird wegen Mordes gesucht. In den Staaten.«

»Ah, ich verstehe.« Della Torre schaukelte in seinem Sessel vor und zurück. Schließlich sagte er: »Wegen dieser Frage sind Sie also eigentlich hier, oder?«

Carpenter nickte.

»Nun …« Der Priester hob die Schultern.

»Ich will wissen, warum er die Tat begangen hat.«

»Und Sie glauben, ich wüsste es?«

»Das glaube ich.«

»Und warum glauben Sie das?«

»Weil Sie ihm eine Menge Geld bezahlt haben.«

»So? Und wann?«

»Im August.«

Della Torre drehte sich in seinem Sessel zum Fenster hin und schaute hinaus. Er runzelte nachdenklich die Stirn. »Wenn Sie sagen, dass *ich* ihn bezahlt habe …«

»Der Umbra Domini hat ihn bezahlt. Es wurde Geld von Ihrer Bank, der Crédit Suisse, auf seine überwiesen.«

Della Torre seufzte und starrte weiter aus dem Fenster. Schließlich drehte er sich wieder zu Carpenter um. »Sie sind gar kein Reporter, stimmt's, *Mr. Delaney?*«

»Nein.«

»Und die Menschen, die dieser Mann getötet hat, stehen Ihnen nahe?«

»Sehr nahe«, sagte Carpenter und wunderte sich noch im selben Augenblick über della Torres Wortwahl. Woher wusste er, dass mehr als ein Mensch ermordet worden war?

Nach einem längeren Schweigen sagte della Torre: »Wissen Sie, Mr. Carpenter …« Er verstummte wieder und ließ Carpenter

Zeit zu verdauen, dass der »Jack Delaney«-Unsinn vorbei war. »Sie können sie nicht wieder zum Leben erwecken.«

»Ich weiß«, sagte Carpenter, »aber ...«

»Wir wollen uns nichts mehr vorlügen. Ich weiß von Ihrem Besuch in Zuoz – Herr Egloff hat mich angerufen. Und vorher waren Sie in Rom. Ich weiß, was Sie bewegt, und mache Ihnen gewiss keinen Vorwurf.«

Plötzlich schwamm Carpenters Blut in Adrenalin. »Ach ja?«

»Darf ich Sie etwas fragen?«

Carpenter nickte.

»Glauben Sie an Gott?«

»Ich denke schon.«

»Und glauben Sie, dass das Gute in der Welt von Gott ausgeht?«

»Ich denke, ja.«

»Und der Teufel? Glauben Sie an den Teufel?«

»Nein.«

»Dann an das Böse. Glauben Sie an das Böse?«

»Voll und ganz. Ich habe es *gesehen.*«

»Nun ... woher kommt das Böse, wenn nicht vom Teufel?«

Carpenter wurde plötzlich ungeduldig. »Darüber habe ich nie nachgedacht. Aber ich erkenne es, wenn ich es sehe. Und ich habe es gesehen.«

»Das haben wir alle. Aber das genügt nicht. Sie müssen genauer darüber nachdenken.«

»Warum?«

»Weil es der Grund ist, weshalb Ihre Schwester und Ihr Neffe getötet wurden.«

Es herrschte Totenstille im Raum, während Carpenter versuchte, einen Sinn in den Worten des Priesters zu finden. »Was soll das heißen?«, fragte er schließlich.

»Dass Sie über den Ursprung des Bösen nachdenken sollen.«

»Wenn Sie meinen, was Grimaldi Böses angerichtet hat. Das habe ich gesehen.«

»Das war *nicht* gemeint.«

»Was dann? Meinen Sie Kathy? Oder Brandon?«

Della Torre sah ihn schweigend an, dann wechselte er das Thema. »Ich möchte Ihnen die Kirche zeigen«, sagte er und erhob sich.

Carpenter folgte ihm in einen dunklen Raum. Della Torre betätigte mehrere Schalter, und der Raum füllte sich mit Licht, obwohl seine Dimensionen weiter undeutlich blieben.

»Beten Sie mit mir, Joe.« Der Priester trat auf die alte, kunstvoll geschnitzte Kanzel zu, die von unten erleuchtet war und fast im Leeren zu schweben schien. Carpenter, der sich zunehmend unbehaglich fühlte, nahm in einer der Bankreihen Platz. Er hatte schon lange nicht mehr gebetet und wollte es auch jetzt nicht – vor allem nicht mit della Torre. Er wusste, dass es gefährlich war, vor diesem Mann auf die Knie zu gehen.

Della Torre schwebte vor ihm auf der Kanzel, vom Licht umflossen und doch irgendwie dinghaft – wie eine Statue, die Hände gefaltet, den Kopf gesenkt, ein Kranz von Licht um das lockige Haar. Ein perfektes Bild.

»Kein Schmerz mehr«, flüsterte della Torre mit flehender Stimme, die so magisch widerhallte, dass es Carpenter schien, als spreche der Priester in seinem eigenen Kopf. »Kein Schmerz mehr.« Er presste die Handflächen an seine Brust und hob den Kopf zur Decke. Carpenter war wie gebannt. »Wir treten vor Dich in Deinem Haus, damit Du erkennen mögest, dass eines Deiner Kinder Schmerzen leidet. Nimm die Rachlust aus seinem Herzen, o Herr, denn die Rache ist Dein. Nimm ihn in Dein Herz auf. Befreie ihn vom Hass. Erlöse ihn vom Bösen.« Die Worte hallten von überall, selbst von oben, zurück. »Wir kommen in Dein Haus, o Herr ...«

»Scusi!«

Della Torre erstarrte auf seiner Kanzel, den Mund geöffnet, wie ein Fisch auf dem Trockenen.

»Scusi, padre ...« Ein alter Trunkenbold stand schwankend im Kirchenschiff. Einen Augenblick schien es, als fiele er um. Dann aber sank er mit einem glückseligen Lächeln auf die Knie, sah

zur Kanzel hoch – und kippte vornüber, sodass seine Stirn auf den Steinfliesen aufschlug.

Della Torre war zuerst wie gelähmt und dann rasend vor Wut. Er gestikulierte und brüllte den alten Mann an: »*Vaffanculo! Vaffanculo!*« Und obwohl Carpenter kein Italienisch sprach, erkannte er am Tonfall, was der Priester sagte. Es war mehr als etwa »Geh«. Es war »Raus hier, verdammt noch mal!«. Della Torres Gesicht war verzerrt, der Lack des Mitgefühls abgeblättert, sodass die Brutalität darunter zum Vorschein kam. Doch so schnell, wie die Maske gefallen war, hatte er sie wieder aufgesetzt. Della Torre, der erneut voller Mitgefühl schien, stieg von der Kanzel, um dem Mann zu helfen.

Carpenter folgte ihm.

»Wir sollten versuchen, ihn in mein Büro zu bringen. Ich kenne ihn. Ich werde seine Frau anrufen.«

Sie hakten den Mann unter und schleiften ihn zwischen sich durch den Korridor bis ins Büro. Dort angelangt, fing der Mann plötzlich an, heftig mit den Armen zu fuchteln. »Padre!«, brüllte er und stieß den Priester an. Der stolperte rückwärts, und aus seiner Tasche fiel ein Gegenstand zu Boden.

Eine kleine Flasche. Carpenter sah sie mehrmals von den Fliesen hochspringen, bis sie – völlig unbeschädigt – liegen blieb. Carpenter bückte sich und hob sie auf. Und traute seinen Augen nicht.

Es war die gleiche Flasche oder eine Nachbildung derer, die die Polizei bei Grimaldi gefunden hatte. Er erinnerte sich genau, wie er sie zum ersten Mal gesehen hatte: Er saß mit Riordan im Ärztezimmer des Fairfax Hospital. Und auf einem Medikamententablett: die kleine Flasche. Und das Messer. Das blutige Messer, an dessen Klinge ein hauchdünnes blondes Haar klebte. Brandons Haar. Das Polizeifoto der Flasche tauchte vor seinem geistigen Auge auf: das dicke, grobe Glas, an jeder Seite ein geprägtes Kreuz und ein Metallverschluss in Form einer Krone.

»Danke«, sagte della Torre und streckte die Hand aus. »Erstaunlich, dass sie nicht zerbrochen ist.«

Carpenter senkte den Kopf. »Ich gehe jetzt. Sonst verpasse ich mein Flugzeug.«

Und bevor der Priester etwas antworten konnte, war er bereits an der Tür und draußen.

»Mr. Carpenter«, rief ihm della Torre nach. »Was ist denn? Bitte – kommen Sie zurück. Wir sind noch nicht fertig miteinander.«

Carpenter blickte sich nicht um. Er ging einfach weiter. Dabei bewegten sich seine Lippen. Und was er sagte, war nur für ihn selbst bestimmt. »Da hast du gottverdammt Recht, das sind wir nicht.«

20

An die Taxifahrt zurück zum Hotel konnte sich Carpenter später kaum erinnern. Seine Gedanken waren ganz auf della Torre konzentriert gewesen, vor allem auf die Frage, warum der Priester zunächst auf sein Reporterspielchen eingegangen war. Sie hätten diese Farce noch ewig weiterspielen können, wäre Carpenter nicht mit seiner Bemerkung zu Grimaldi herausgeplatzt. Warum war della Torre, der doch genau wusste, wer Carpenter war und was er wollte, überhaupt bereit gewesen, ihn zu treffen?

Schließlich begnügte sich Carpenter mit der mehr als dürftigen Erklärung, dass della Torre ihn nur hatte sehen wollen, um sich ein Bild von ihm machen und ihn besser einschätzen zu können.

Als das Taxi vor seinem Hotel vorfuhr, wurde er aus seinen Grübeleien gerissen. Er steckte dem Fahrer eine Hand voll Lire zu und trat in die Lobby.

Der Portier blickte vom Empfang auf. »*Signore!*«, rief er übertrieben eifrig.

»Was?«, fragte Carpenter und steuerte auf den Lift zu.

Der Mann öffnete und schloss den Mund. Dann hob er beschwörend die Hände und rief: »*Benvenuto!*«

»*Grazie*«, sagte Carpenter. »Machen Sie bitte meine Rechnung fertig. Ich bin gleich zurück.«

»Aber, *Signore* ...«

Carpenter drückte auf den Liftknopf. »Ja, bitte?«

»Wenn Sie mir die Ehre erweisen würden ...« Der Portier deutete auf die Bar und verzog das Gesicht zu einem verschwörerischen Grinsen.

Carpenter schüttelte den Kopf. »Noch zu früh für mich«, sagte er.

»Ja, aber ...«

»Tut mir Leid. Ich hab's eilig.«

Carpenters Zimmer lag im zweiten Stock. Als er den Flur entlangging, hörte er ein Telefon läuten und stellte dann fest, dass es seines war. Bepi, dachte er und eilte zur Zimmertür. Er holte die weiße Plastikkarte, die als Schlüssel diente, aus der Tasche, steckte sie in den Schlitz und wartete auf das Aufleuchten des kleinen grünen Lichts. Und – wenn das kein Timing war! – Das Licht leuchtete auf, das Telefon hörte im selben Augenblick auf zu läuten, die Tür sprang auf, und jemand im Zimmer sagte: *»Pronto?«*

Ein Hüne von einem Mann saß am Schreibtisch vor Carpenters Computer, den Telefonhörer in der Hand. Er wirkte viel zu groß für den Stuhl. Als er Carpenter sah, legte er den Hörer auf die Gabel, – holte geräuschvoll Luft und erhob sich. Fast lässig schritt er zur Tür.

Carpenter wusste nicht, was er sagen sollte. Er brachte nur ein »Wer zum Teufel sind Sie?« heraus, und noch während er das sagte, bemerkte er, dass der Mann enorm breit, fast rechteckig war. Wie ein Schrank. Ein unrasierter Schrank.

»Scusi«, sagte der Mann leise und grinste, als er an Carpenter vorbei zur Tür hinaustreten wollte. Er war größer als Carpenter, so groß, dass er den Kopf unter der Tür einziehen musste.

Alles lief sehr ruhig und langsam, fast höflich ab. Carpenter berührte den Ärmel des Mannes. »Moment bitte ...«

Und dann ging plötzlich alles blitzschnell, fast gleichzeitig. Eine Art Bowlingkugel traf Carpenter ins Gesicht, ins *ganze* Gesicht, und ein Funkenregen durchrieselte seinen Kopf, wie ein Schwarm von Glühwürmchen. Als er rückwärts gegen die Wand prallte, schmeckte er das Blut im Mund. Er hob die Hände, um den nächsten Hieb abzuwehren – eine optimistische Geste, die aber weder verhindern noch abschwächen konnte, dass ein Vorschlaghammer gegen seine Brust donnerte. Zumindest fühlte es sich so an. Ein-, zwei-, dreimal.

Jetzt loderte sein Körper an allen kritischen Stellen auf. Seine Nervenenden schnappten nacheinander, und das Zimmer flackerte wie eine defekte Glühbirne – vielleicht fand das Flackern ja auch nur in seinem Kopf statt. Etwas Schweres ging auf seinen Nacken nieder und zwang ihn in die Knie. Dann erblickte er einen teuer aussehenden Schuh vor sich, der offenbar zum Schuss ausholte. Er sah alles mit erstaunlicher Klarheit – die Schnürsenkel, die Falten im Leder, die Nähte ...

Und dann hörte er einen Schrei. Er glaubte zuerst, er hätte ihn selbst ausgestoßen, aber als er aufblickte, sah er ein Zimmermädchen, Mund und Augen weit geöffnet, auf der Türschwelle stehen. Er wollte etwas sagen, als der Schuh plötzlich vorschnellte und sich tief in seine Rippen bohrte. Er hörte seine Knochen krachen wie Reisig oder alter Bambus. Das Zimmermädchen stieß einen zweiten Schrei aus oder vielleicht auch nicht – vielleicht war es dieses Mal wirklich er selbst. Aber nein, er hatte gar nicht mehr genügend Luft in der Lunge, um zu schreien. Er konnte nicht sprechen, und wenn er's genau bedachte, auch nicht atmen. Der ganzen Welt war die Luft ausgegangen, und er glaubte, sterben zu müssen.

Und dann war es vorbei, so plötzlich wie es begonnen hatte. Der Schrank war fort, und das Zimmermädchen lief schreiend den Flur hinunter. Sie hatte ihm wohl das Leben gerettet, aber Carpenter war außer Stande, ihr zu danken. Er rappelte sich mühsam hoch, schloss wortlos die Tür und taumelte ins Badezimmer.

Jeder Atemzug war wie ein Messerstich, weshalb er nur ganz flach atmete, die Hände auf die Rippen oder das, was davon übrig geblieben war, gelegt. Er trat ans Waschbecken, und ohne zu wissen, warum, drehte er den Wasserhahn auf. Das schien zu helfen. Das *Geräusch* half.

Er betrachtete sich im Spiegel, und was er sah, war weniger schlimm als erwartet. Kein Total-, mehr ein Blechschaden. Die Nase war blutig und die Oberlippe über einem der Eckzähne aufgesprungen. Er berührte den Zahn mit der Zunge und musste feststellen, dass dieser ohne weiteres nachgab. Er spuckte ihn aus und wollte noch danach greifen, aber der Zahn wurde in den Abfluss gespült.

Zu allem entschlossen, hob er sein Hemd hoch und enthüllte einen riesigen Bluterguss über den Rippen auf der rechten Seite. Zögernd berührte er ihn mit den Fingerspitzen und wäre dabei fast ohnmächtig geworden. Der Schmerz stieg in ihm hoch, brach sich wie eine Welle und sandte Schmerzströme in alle Richtungen. Die Farbe wich ihm aus dem Gesicht, und er stieß ein Geräusch aus, das so klang, als hätte er alle Vokale gleichzeitig ausgesprochen, ein ersticktes Keuchen, das erst endete, als er die Zähne zusammenbiss. Das muss geröntgt werden, dachte Carpenter. Und ein Zahnarzt muss her. Und Demerol. Aber nicht in dieser Reihenfolge.

Und nicht in Neapel.

Etwas spät zwar, aber immerhin, fiel ihm ein weiterer Grund für della Torres Scharade ein: Er hatte Carpenter ganz einfach eine Weile aufhalten wollen.

Es klopfte nachdrücklich an der Tür, und eine Männerstimme bat ihn zu öffnen. »Mr. Carpenter – *per favore* – alles okay?«

»Geht schon«, rief Carpenter zurück und zuckte vor Schmerz zusammen. »Alles in Ordnung.«

»Sind Sie sicher, *Signore?* Die Polizei ...«

»Machen Sie sich keine Sorgen!«

Etwas auf Italienisch murmelnd, verschwand der Mann.

Kurz darauf klingelte das Telefon, und zum ersten Mal in seinem Leben war Carpenter froh, einen Apparat im Badezimmer zu haben. Er hob ab und erklärte dem Hoteldirektor, dass er nicht mit der Polizei sprechen und keine Anklage erheben wolle.

»Aber Sie haben doch ein Recht darauf, Mr. Carpenter. Schließlich wurden Sie überfallen!«

»Bitte lassen Sie meinen Wagen aus der Garage holen und buchen Sie die Rechnung von meiner Visa-Card ab.«

»Sind Sie sicher, *Signore*?«

»Ich bin gleich unten.«

Tatsächlich aber brauchte er fast eine halbe Stunde, um das Hemd zu wechseln und seinen Koffer zu packen, und es kostete ihn seine letzten Kräfte, aufrecht durch die Lobby zu gehen. Der Hoteldirektor stand vor dem Hotel und sah entsetzt, würdevoll und bedauernd in einem aus. Er eilte zu Carpenters Leihwagen, öffnete mit einer Verbeugung die Tür und wartete, bis sein Gast auf dem Fahrersitz Platz genommen hatte, bevor er lächelnd die Tür zuschlug.

»Wo ist der Portier?«, fragte Carpenter durch das offene Fenster.

Der Manager runzelte die Stirn. »Roberto?«

»Ja. Ich habe ihn drinnen nicht gesehen.«

»Er ist vorhin gegangen. Sein Asthma!«

»Na, dann wünschen Sie ihm gute Besserung von mir.«

»*Grazie. Il signore è molto gentile!* Nach allem, was passiert ist!«

»Und sagen Sie dem Dreckskerl, dass ich das nächste Mal Kleinholz aus ihm mache.«

Schweigen. Dann räusperte sich der Manager. *»Scusi?«*

»Darauf kann er Gift nehmen.«

Noch am selben Abend machte sich Carpenter auf den Rückweg nach Rom, und während er auf der Autostrada in Richtung Norden fuhr, ging er hart mit sich ins Gericht.

Was zum Teufel hast du dir eigentlich gedacht? Falls du überhaupt gedacht hast – denn wenn du gedacht hättest, wärst du nicht im eigenen beschissenen Hotelzimmer zusammengeschlagen worden. Jetzt stecken dir wahrscheinlich ein paar Rippenenden in der Lunge, auf jeden Fall wirst du ein Weilchen nicht auf der Seite schlafen können. Und, o verdammt – tut das weh!

Aber nicht nur sein Körper schmerzte. Sein Stolz war mindestens so verletzt wie seine Rippen. Della Torre hatte ihn, so lange es ihm möglich war, in der Kirche zurückgehalten – zuerst mit seinem Vortrag, dann mit seinem Gebet. Seinem Gebet! Während sein Kollege, der Schrank, Carpenters Hotelzimmer durchsuchte. (»Schließ ihn in Dein Herz, o Gott!«) Und wäre der Trunkenbold nicht aufgekreuzt und hätte den Bann gebrochen – Carpenter wäre mit Sicherheit noch länger in der Kirche geblieben. Und dann der Portier, der ihn aufhalten wollte. (»Wenn Sie mir die Ehre erweisen würden ...«) Wie viele Andeutungen brauchte er eigentlich, um zu kapieren, dass etwas nicht stimmte!

Und schließlich im Hotelzimmer ... *Pronto? Wer zum Teufel sind Sie? Scusi. Peng!*

Das war's, was wirklich wehtat, denn er war ein guter Sportler, vor allem sogar ein guter Boxer. Er war es nicht gewohnt, einen Kampf zu verlieren, ganz gleich wie groß sein Gegner war. Er wusste, wie man Hiebe austeilt und wie man ihnen ausweicht. Das hatte er wenigstens bis zum heutigen Abend geglaubt.

Aber Prügel zu kassieren hatte auch etwas Gutes für sich. Es schärfte die Sinne, ließ einen nachdenken, wie man solche Prügel in Zukunft mied. Und deshalb beschloss Carpenter, nicht wieder im Hassler abzusteigen. Er entschied sich stattdessen für das Mozart, ein obskures Hotel in einer kopfsteingepflasterten Nebenstraße der Via del Corso.

Das Hotel befand sich im Westflügel eines heruntergekommenen Palazzos mit fast fünf Meter hohen Decken, einem brachliegenden Garten und einer schäbigen Bar. Obwohl er kurz vor Mitternacht eintraf, bekam er noch die gewünschte Suite im ersten Stock, die auf die Straße hinausging. Ein uralter Page führte ihn hinauf, und Carpenter musste die Zähne zusammenbeißen, um mit ihm Schritt zu halten.

Als er allein war, verriegelte er die Tür, ging an die Minibar und schenkte sich einen doppelten Scotch ein. Dann setzte er sich an den Schreibtisch neben dem Fenster und holte sein »Fallbuch« hervor.

Schon vor Jahren in Brüssel hatte er sich angewöhnt, für jede neue Ermittlung ein neues Adressbuch anzulegen. So auch in Kathys und Brandons Fall, und er hatte schon eine ganze Menge Telefonnummern und Anschriften gesammelt.

Er nahm einen Schluck Whiskey, schlug sein Büchlein auf und wählte Bepis Nummer zu Hause und im Büro. Als sich jeweils nur der Anrufbeantworter meldete, versuchte er's mit Bepis Handy, kam aber nicht durch. Schließlich wählte er dessen Piepser an und gab die Nummer vom Mozart an. Die gleiche Prozedur hatte er schon vor vierundzwanzig Stunden von Neapel aus gemacht, aber Bepi hatte nicht zurückgerufen. Das sah ihm ganz und gar nicht ähnlich, und Carpenter ahnte, dass irgendetwas nicht stimmte. Zum einen war Carpenter ein viel zu guter Kunde, den man nicht einfach so fallen ließ. Zum anderen war Bepi ein Technikfreak, der sich brüstete, er sei innerhalb von zehn Minuten überall zu erreichen, ganz gleich, ob er gerade die Sportschau sah oder im Flugzeug nach Tokio oder L. A. saß.

Carpenter hatte darüber gelächelt; wahrscheinlich war Bepi nie außerhalb Europas gewesen, vielleicht nicht einmal bis nach Sardinien gekommen. Und schon gar nicht bis Tokio.

Er rief sein eigenes Büro an in der Hoffnung, dass Judy noch spät arbeitete. Als sich die Zentrale meldete und er Lärm im Hintergrund hörte, fiel ihm ein, dass am heutigen Abend die jährliche Weihnachtsfeier stattfand. Es meldete sich eine Aushilfskraft, an deren Namen er sich jedenfalls nicht erinnern konnte und die ihn offensichtlich nicht verstand.

»Waaas?«

»Hier spricht Joe Carpenter.«

»Wer?«

»Joe Carpenter.«

»Tut mir Leid, Mr. Carpenter ist nicht da.«

»Nein, ich wollte nicht ...«

»Und im Übrigen ist das Büro geschlossen.«

Verärgert legte er auf und wählte seine Voice-Mail-Nummer in McLean. Er hörte ein halbes Dutzend Nachrichten ab, aber die einzige, die ihn wirklich interessierte, war die von Jimmy Riordan. Und ausgerechnet die war akustisch kaum zu verstehen. Es ging um irgendwelche *Schecks. Die Schecks werden Ihnen Freude machen!* Was sollte das heißen?

Carpenter schaute auf die Uhr. In den Staaten war es jetzt sieben Uhr morgens. Er wählte Riordans Privatnummer, keine Antwort. Er versuchte es auf dem Revier.

»Tut mir Leid, Detective Riordan ist nicht in Washington.«

Carpenter schlug mit der Handfläche auf den Tisch. Der Scotch hüpfte im Glas. Er kam sich vor wie in einer Taucherglocke. Niemand war zu erreichen.

Er fragte, wann Riordan zurückkommen würde.

»Keine Ahnung. Wahrscheinlich am Vierundzwanzigsten. – Am Heiligen Abend.«

»Kann man ihn irgendwie kontaktieren?«

»Kommt drauf an.«

»Ich bin ein Freund.«

»Na, dann hat er's Ihnen doch wohl erzählt: Er ist auf einer Konferenz. In Prag.«

»Haben Sie eine Telefonnummer, unter der er dort zu erreichen ist?«

»Moment, bitte.«

Während Carpenter wartete, fiel ihm wieder ein, dass Riordan die Konferenz erwähnt hatte – irgendwas über Osteuropa und die Demokratisierung der Polizei.

»Sind Sie noch dran?«

»Ja.«

»Also, Jimmy ist im Intercontinental. Haben Sie was zum Schreiben?«

»Schießen Sie los.«

Er notierte die Nummer in sein Notizbuch unter Riordans Namen, legte auf und rief das Prager Intercontinental an. Es war fast zwei Uhr morgens, und der Detective meldete sich nicht. Also hinterließ er wieder nur eine Nachricht. Dann streckte er sich auf dem Bett aus, streifte seine Schuhe ab und fiel stöhnend in einen unruhigen Schlaf.

Als Carpenter gegen Mittag aufwachte, lag er noch genauso da, wie er sich hingelegt hatte, flach auf dem Rücken. Er stützte sich auf Arm und Ellbogen, richtete sich auf, stellte die Füße auf den Boden und humpelte, sich die Seite haltend, ins Badezimmer. Vor dem Spiegel hob er sein T-Shirt. Die Farben auf seiner Brust waren atemberaubend: Gelb, Violett, Dunkelrot, Schwarz und ein kitschiges Rosa.

Er brauchte fast fünf Minuten, um die Wassertemperatur der Dusche richtig einzustellen, und an die zehn Minuten, um sich abzutrocknen. Manche Stellen taten so weh, dass er sie mit dem Handtuch nicht einmal abtupfen mochte. Oberhalb der Taille war alles noch taub, und das Bücken war die Hölle. Darum nahm er sich viel Zeit fürs Anziehen, bestellte Kaffee und Croissants beim Zimmerservice, und als das Tablett zehn Minuten später eintraf, kämpfte er noch immer mit seinen Schnürsenkeln. Er würde sich Slipper kaufen müssen.

Nachdem der Zimmerkellner gegangen war, schaltete Carpenter den Fernseher ein. Er zappte mit der Fernbedienung von einem Kanal zum nächsten, und plötzlich erschien Bepis Gesicht auf der Mattscheibe.

Es war ein älteres Foto von einem Fest, seiner Abiturfeier vielleicht. Bepi lächelte selbstbewusst, und Carpenter bemerkte, dass sein Haar kürzer war – eine sorgfältige Fönfrisur. Er sah aus wie eine Mischung aus Schnulzensänger und Chorknabe, und Carpenter hätte darüber gelächelt, wenn es nicht einen guten Grund für Bepis Erscheinen im Fernsehen gegeben hätte.

Carpenter versuchte zu verstehen, was der Kommentator sagte, bekam aber kein Wort mit.

Dann wurde Bepis Foto aus- und eine Live-Szene eingeblendet. Ein Reporter stand auf dem Bürgersteig vor einer großen

Kirche und sprach mit finsterer Stimme ins Mikrofon, umringt von Kindern, die in die Kamera glotzten und Grimassen schnitten. Im Hintergrund standen zwei Polizeiwagen und ein Krankenwagen.

Die Stimme des Reporters war weiter zu hören, während die Kamera auf drei uniformierte Männer gerichtet war, die eine Bahre schoben. Der Gehsteig war holprig, offenbar gepflastert, denn die Männer hatten Mühe, das Ding vorwärts zu bewegen.

Dann wurde zurück ins Studio geschaltet, und Carpenter konnte einige der Worte des Nachrichtensprechers verstehen: *Santa Maria. Polizia. Bepistraversi. Molto strano.*

Der Sprecher ordnete die Blätter vor sich, lächelte und wechselte das Thema.

Carpenter zappte weiter, wusste aber nicht, was er sah. Eine tränenüberströmte, in ein schwarzes Tuch gehüllte Frau wurde interviewt, aber Carpenter konnte nicht ausmachen, ob sie Bepis Mutter oder eine bosnische Flüchtlingsfrau war.

Frustriert schaltete Carpenter den Fernseher aus und wählte Judy Rifkins Privatnummer. Es war halb acht morgens in Washington, und ihm war gleichgültig, ob er sie weckte oder nicht.

»Joe! Wo bist du?«

»In Rom.«

»Ich wollte dich heute Nachmittag anrufen. Der Deal mit American Express tritt in die heiße Phase.«

»Ich glaube, Bepi ist tot.«

Schweigen am anderen Ende der Leitung.

»Da war gerade sein Foto im Fernsehen. Verstanden hab ich nichts, aber es waren Polizeiwagen, eine Ambulanz und eine Trage zu sehen.«

»Bist du sicher?«

»Nein. Ich weiß nur, dass ich ihn seit vierundzwanzig Stunden nicht ans Telefon bekomme, und ...« Ein heftiger Schmerz durchzuckte ihn, und er stöhnte unwillkürlich auf.

»Was hast du?«

»Nichts. Bitte sieh zu, was du über Reuters, AP oder sonst wen rauskriegen kannst, und fax es mir.« Er gab ihr die Nummer durch und legte auf.

Zwei Stunden später klopfte es, und ein Umschlag wurde unter der Tür durchgeschoben. Es steckten zwei Blätter drin: ein Deckblatt mit dem Briefkopf von Carpenters Associates und eine weitere Seite:

> Reuters Bericht beigefügt. Bist du okay? Rifkin
>
> Copyright 1996 Reuters, Limited
> 23. Dezember 1996
> LÄNGE: 129 Wörter
> SCHLAGZEILE: Opfer in Kirche gefunden
> ORT: Rom

LEICHE: Ein Privatdetektiv wurde heute Morgen außerhalb der Kathedrale Santa Maria Maggiore erschlagen aufgefunden. Laut Polizei wurde das Opfer, Antonio Bepistraversi, 26, vor seiner Ermordung gefoltert.
Die Leiche wurde von der 60jährigen Lucilla Conti entdeckt. Sie fand ihn auf den Stufen, die zum Hintereingang der Basilika führen. Frau Conti sagte aus, sie habe den Toten zunächst für einen der Obdachlosen gehalten, denen die benachbarte Piazza Vittorio Emanuele II. als Aufenthaltsort dient. Sie habe einen Bogen um ihn gemacht, da sie fürchtete, angebettelt zu werden. Als sie bemerkte, dass sich der Mann nicht regte, sei sie näher getreten und habe gesehen, dass sein Kopf in einem Plastikbeutel steckte.
Die Mordkommission betont, dass sich der Vorfall in einem heruntergekommenen Viertel abgespielt habe und dass sie mit der baldigen Aufklärung des Verbrechens rechne.

Carpenter las den Text dreimal durch, in der Hoffnung, ihn missverstanden zu haben, aber da gab es nichts misszuverstehen.

Bepi war tot und nicht nur das: Er war auf grausame Weise ermordet worden.

Plötzlich fiel ihm ein, dass er unbedingt mit Gianni Massina sprechen sollte. Wenn ihm irgendjemand sagen konnte, was geschehen war, dann Massina. Er blätterte in seinem Büchlein, fand und wählte Massinas Nummer.

»*Pronto?*«

»Hier spricht Joe Carpenter.«

»Ja?«

»Wir haben uns vor wenigen Tagen gesprochen.«

»Natürlich!« Massinas Stimme krächzte. »Haben Sie schon gehört, was mit Bepi passiert ist?«

»Ich hab's eben aus dem Fernsehen erfahren.«

Massina seufzte tief. »Ich kann es noch nicht recht fassen.« Ein weiterer Seufzer.

»Warum ich anrufe ... ich weiß nicht, Bepi ... Er hat ja für mich gearbeitet, und ich dachte, vielleicht, weil man ihn vor einer Kirche gefunden hat, dass der Umbra ...«

»Über den Umbra gibt es immer Gerüchte«, meinte Massina skeptisch. »Aber in diesem Fall hier? Ich glaube nicht. Es ist zwar eine interessante Kirche, aber eine Verbindung zum Umbra Domini besteht nicht.«

»Warum sagen Sie eine ›interessante‹ Kirche?«

»Sie ist sehr berühmt, 600 Jahre alt. Sie wurde nach einem geheimnisvollen Schneefall gebaut. Der Schnee fiel auf eine Weise, dass sich der Grundriss der Kirche deutlich auf dem Boden abzeichnete. Außerdem birgt sie mehrere berühmte Reliquien – Holzsplitter aus der Krippe.«

»Laut Reuters war es in einem ›heruntergekommenen Viertel‹.«

»Allerdings«, sagte Massina. »Wissen Sie, wie wir die Piazza Vittorio Emanuele nennen? ›Shit-und-Nadel-Platz‹! Lauter Junkies und Halbverrückte. Nicht mal die Prostituierten gehen da mehr hin.«

»In so einer miesen Gegend soll es ja vorkommen, dass sich einer einen goldenen Schuss setzt oder einen tödlichen Tritt bekommt. Laut Reuters ist Bepi aber gefoltert worden, und man foltert niemanden auf einer Kirchentreppe. Es muss also anderswo passiert sein.«

»Stimmt. Ich habe mit den Bullen gesprochen. Der Junge wurde so gegen fünf am Morgen dort hingelegt. Wo er vorher war, weiß man nicht, aber sein Blut war schon getrocknet, also gab es auch keine Blutspuren auf der Treppe. Vielleicht war er schon einen Tag lang tot, bevor er dort hingeschafft wurde.« Massina verstummte. »Er hat ein Kind, wussten Sie das?«, fragte er nach einer Weile.

»Ja, er hat es mir erzählt.«

Erneutes Schweigen, bis Massina schließlich den Bann brach. »Wissen Sie, wie er gestorben ist?«

»Nein.«

Massina holte tief Luft. »Die Polizei wird Stillschweigen bewahren, aber ... Ihm wurden Arme und Beine hinter dem Rücken zusammengebunden und das Seil um den Hals gelegt zu einem ... ich weiß nicht, wie man den Knoten nennt.«

»Laufknoten.«

»Laufknoten, genau. Je mehr er sich gewehrt hat, desto enger zog sich die Schlinge zusammen. Die Polizei vermutet, dass er stundenlang gelitten hat. Wenn er halb erstickt war, haben die Folterer die Schlinge immer wieder gelockert, um sie dann wieder zusammenzuziehen. Er hat viele Abschürfungen am Hals. An Fuß- und Handgelenken. Er hat sich offenbar vehement gegen die Fesselung gewehrt.«

»Wie meinen Sie das?«

Massina rang erneut nach Atem. »Man hat ihm offensichtlich eine Plastiktüte über den Kopf gestülpt. In so einer Situation hält man, so lange man kann, die Luft an, aber dann setzt sich der Instinkt durch – und man fängt an zu kämpfen! So wie Bepi gefesselt war, zog sich die Schlinge also jedes Mal fester zu, er wurde ohnmächtig, man hat ihm die Tüte abgenommen und die Schlinge wieder gelockert. Und das ein paar Mal hintereinander.

Nur dass man ihm beim letzten Mal die Tüte nicht abgenommen hat.«

Carpenter schwieg. Was hätte er auch sagen sollen?

»Haben Sie jemals so was gehört?«, fragte Massina nach einer Weile.

»Nein ... Sie etwa?«

Massina seufzte. »Nein, ich auch nicht. Aber dass der Umbra dahinter stecken soll, kann ich mir nicht vorstellen. Das sieht mir eher nach Mafia aus.«

Nach einem Schweigen räusperte sich Carpenter. »Nun ...«

»Felice Natale, eh?«

»Ja.«

»Passen Sie auf sich auf.«

»Sie auch. Fröhliche Weihnachten!«

21

Er hatte den Hörer kaum aufgelegt, da schrillte das Telefon wie bei einem Feueralarm.

»Carpenter«, sagte er in dem neutralen Tonfall, in dem er sich üblicherweise meldete, wenn seine Sekretärin gerade Kaffeepause machte.

»Raten Sie mal, wer ...«

»Jimmy! Gut, dass Sie anrufen. Ich muss Ihnen ein paar Dinge ...« Er wollte von Bepi und von seinen Erlebnissen in Neapel berichten, aber Riordan schnitt ihm mit seiner dröhnenden Stimme das Wort ab.

»Sie werden's nicht glauben, der Fall ist eingestellt! Aber wissen Sie was? Ich denke, ich bin da auf was gestoßen.«

Carpenter richtete sich kerzengerade auf.

»Neugierig geworden?«, fragte Riordan mit einem gackernden Lachen.

»Allerdings.«

»Wann können Sie herkommen?«

»Wohin?«

»Nach Prag! Von wo aus, glauben Sie wohl, rufe ich an?«

»Jimmy. Hier ist einiges passiert. Ich kann nicht ...«

»Der Flug dauert 'ne Stunde. Pendelverkehr sozusagen.«

Carpenter merkte, dass Riordan vor lauter Aufregung gar nicht richtig zuhörte. »Warum sagen Sie's mir nicht einfach am Telefon?«

»Hören Sie, es ist mordsmäßig wichtig. Also nehmen Sie den nächsten Flieger, und kommen Sie her.«

»Und Sie sind sicher ...«

»Todsicher. Es ist wichtig.«

Carpenter legte auf und versuchte, seine Gedanken zu ordnen. Er fand, dass er in Rom bleiben und etwas wegen Bepi unternehmen sollte – aber was? Andererseits konnte er in einem Tag wieder in Rom sein. Vielleicht noch früher.

Fünf Stunden später stand Carpenter vor dem Intercontinental-Hotel in der Hauptstadt der Republik Tschechien und schaute auf das, was einst nach Ansicht eines Volkskommissars ein »De-Luxe«-Hotel gewesen war – auf einen gesichtslosen Glas- und Betonklotz.

Carpenter fand Riordan in der Bar an der Seite eines Tschechen mit Ledermantel. Riordan mit seinem vorschriftsmäßigen Anzug und Schlips sah aus wie der Bulle, der er war, während sein Begleiter mehr das Bild eines arbeitslosen Rockmusikers abgab, eines schwindsüchtigen Genies, dessen langes fettiges Haar bis auf die Schultern fiel. Eine Schachtel Trumfs lag auf dem Tisch, umgeben von leeren Flaschen Pilsner Urquell. Carpenter trat auf die beiden wartenden Männer zu.

»Hey Joe!«, rief Riordan und sprang auf. »Joe Carpenter, Franz Janacek.«

Die beiden begrüßten sich. Der Tscheche hatte einen kräftigen Händedruck, schlaffe Augenlider, eine schlechte Haut und eine tiefe, fast unterirdische Stimme.

»Ist mir ein Vergnügen«, sagte Janacek.

»Franz ist ... ja, was eigentlich. Innenminister?«

Janacek grinste. »Noch nicht ganz.« Er zog eine Karte aus dem Mantel und legte sie mitten auf den feuchten Tisch. Carpenter betrachtete sie verblüfft. Janacek war Chef der Prager Kriminalpolizei.

»Ein herrliches Land, oder?«, sagte Riordan. »Ich spendier 'ne Runde.« Er winkte den Ober herbei wie jemand, der an der Reling eines auslaufenden Schiffes steht, während die Familie tränenüberströmt am Kai zurückbleibt.

Die Bar war voller Männer mittleren Alters in dunklen Anzügen. Sie standen in kleinen Gruppen zusammen und debattierten in etwa einem halben Dutzend Sprachen. Offenbar waren alle Raucher. Die Luft roch schwer nach billigem Tabak und teurem Schnaps.

Riordan nickte in ihre Richtung. »Sind alle hier! FBI, KGB – sogar die verdammten kanadischen Mounties. Die *Mounties* – das muss man sich mal vorstellen! Scotland Yard natürlich auch. Und die *gendarmes* – hab vorher noch nie einen Gendarmen gesehen.«

»Bullenparadies«, meinte Janacek und zündete sich eine Zigarette an.

Riordan lachte. »Franz ist ein Hippie.«

Das Bier wurde gebracht, und Carpenter nahm einen Schluck. Es schmeckte köstlich, brannte aber auf seiner aufgeplatzten Lippe. Er stöhnte.

»Was ist passiert?«, fragte Riordan grinsend.

»Bin gestürzt.«

Riordan schnitt eine Grimasse. »Im Ernst?«

»Irgendein Kerl ist in mein Zimmer eingebrochen.«

»Und dann?«

»Er wollte sich nicht festnehmen lassen.«

»Ist er entwischt?«

»Leider, ja.«

»So ’n Pech«, sagte Riordan. »Aber jetzt mal was anderes. Sie fragen sich doch bestimmt, warum ich Sie habe kommen lassen.« Er kicherte wie ein Schuljunge.

Carpenter musste auch lachen. »Sie sind ja betrunken.«

»Na ja, stocknüchtern bin ich nicht mehr. Aber was soll’s? Der springende Punkt jedenfalls ist, dass Franz und ich beide an der gleichen Arbeitsgruppe teilnehmen.«

»Über was?«

»Kalte Fälle.«

Carpenter verzog das Gesicht. »Was ist das schon wieder?«

»Ungelöste Mordfälle«, sagte Janacek.

»Weil es keine Beweise gibt«, erklärte Riordan.

»Oder, schlimmer noch, kein Motiv«, fügte Janacek hinzu.

»Eins der größten Probleme«, meinte Riordan. »Was macht man mit kalten Fällen? Außer hoffen, dass sie sich irgendwann irgendwie von selbst lösen?«

»Keine Ahnung«, sagte Carpenter. »Was tun Sie denn?«

Riordan zuckte die Achseln. »Darum geht es ja in der Arbeitsgruppe. Grundsätzlich fangen wir immer wieder von vorn an. Man verhört die Leute x-mal und hofft auf ein Geständnis. Oder auf eine neue Technik, wie die DNS-Tests. Aber meist bleibt ein kalter Fall ein kalter Fall. Und das ist äußerst frustrierend.«

Carpenter schüttelte den Kopf, wie um wieder klar zu werden, was Janacek veranlasste, den Mund zu einem wölfischen Grinsen zu verziehen. »Dann haben Sie also über den Fall meiner Schwester gesprochen«, sagte Carpenter, »und ...«

»Eigentlich nicht«, korrigierte Riordan. »Weil der Fall ja gelöst ist. Wir müssen den Kerl nur noch finden.« Er rülpste. »Wiederfinden«, fügte er hinzu.

»Und warum sollte ich jetzt hierher kommen?«, fragte Carpenter. Riordan ging ihm langsam auf die Nerven.

»Dazu komm ich noch, aber ... okay, die Sache ist die: Jemand aus der Runde hat eine Frage zu Serienmorden gestellt.«

»Eine gute Frage übrigens«, meinte Janacek. »Denn oft haben wir in solchen Fällen eine Leiche – aber kein erkennbares Motiv dazu.«

»Genau. Weil der Killer tut, was er tut – nur um es zu tun«, erklärte Riordan.

»Wie ein Wissenschaftler«, fügte Janacek hinzu. »Ich glaube, bei vielen kalten Fällen ist das so.«

»Also, der Typ aus der Runde, der die Frage gestellt hat, bittet um ein Beispiel. Janacek, bitte, erzählen Sie weiter.«

Der Tscheche beugte sich vor. »Der Fall, den ich anführte, hat sich vor drei, vier Monaten ereignet. Ende August, Anfang September. Eine Familie, die in der Nähe des Stromovkaparks wohnt. Nobles Viertel. Das Verbrechen: Brandstiftung, Mord. Zwei Tote.«

»Und nun hören Sie genau zu«, sagte Riordan. »Die Opfer sind ein kleiner Junge, zweieinhalb Jahre alt, und seine Mutter. Es ist Nacht, sie schlafen, und dann die Brandstiftung. Das Haus brennt bis auf die Grundmauern ab.«

»Es wurden chemische Beschleuniger verwendet. Nichts bleibt übrig«, sagte Janacek. »Nur ein paar Knochen. Zähne. Wir verdächtigen den Ehemann, aber ... nein.«

»Es gibt keine andere Frau, keinen anderen Mann, keine Lebensversicherung«, fügte Riordan hinzu.

Janacek nickte. »Keine Schulden. Nichts.«

»Glückliche Familie«, sagte Riordan.

»Wo war der Ehemann?«, wollte Carpenter wissen.

Janacek winkte ab. »Er hat ein sicheres Alibi.«

»Klingt irgendwie bekannt, was?«, fragte Riordan.

Carpenter nickte. »Und wann genau ist es passiert?«

»Am 1. September.«

Carpenter runzelte die Stirn. Er versuchte, sich an die Stempel in Grimaldis Pass zu erinnern.

»Ich hab's überprüft«, sagte Riordan. »Grimaldi ist kurz vorher nach Tschechien eingereist. Am 29. August.«

Die drei Männer tranken schweigend ihr Bier. »Es könnte Zufall sein«, meinte Carpenter schließlich.

Riordan nickte. »Möglich.«

»Aber glauben Sie, dass es Zufall ist?«, fragte Janacek sachlich.

»Nein«, gab Carpenter zurück.

Janacek nickte, mehr für sich als für die anderen.

»Könnte ich mit dem Ehemann sprechen? Wäre das möglich?«, fragte Carpenter schließlich.

Janacek runzelte die Stirn. »Jiri Reiner? Er kann kein Englisch.«

»Mit Ihrer Hilfe, natürlich.«

Janacek dachte nach. »Und wozu soll das gut sein?«

»Nun, erst mal würde ich gern wissen, ob seine Frau irgendwas mit meiner Schwester zu tun hatte. Oder die Kinder. Irgendeine Verbindung.«

»Welcher Art?«

»Ich weiß nicht.«

Janacek zuckte die Achseln. »Jiri ist noch völlig durcheinander. Der Arzt gibt ihm Beruhigungsmittel. Man fürchtet, er will sich umbringen.« Seine blassen Augen wanderten zu Carpenter. »Könnte man ja auch verstehen. In einer Nacht hat er alles verloren. *Alles.* Seine Frau, seinen Sohn, sein Haus.« Er starrte finster zu Boden.

»Na ja«, sagte Carpenter. »War nur eine Idee.«

Janacek wiegte zweifelnd den Kopf hin und her. »Wissen Sie, Jiri, er ist ...« Er suchte händeringend nach dem richtigen Ausdruck. »Er *kommuniziert* kaum noch, verstehn Sie? Er sagt oft kein Wort.«

Carpenter nickte.

»Trotzdem«, meinte Janacek nachdenklich. »Da die Fälle so ähnlich sind ... Vielleicht sollten wir zusammenarbeiten. Könnte ich eine Kopie vom Pass des Italieners haben?«

Carpenter und Riordan tauschten Blicke. »Ich bin sicher, das kann der Detective arrangieren«, sagte Carpenter.

»... und ein Foto?«

Riordan nickte. »Klar. Kein Problem.«

Janacek trank sein Bier aus und erhob sich. »Okay. Ich frage Jiri beziehungsweise seinen Arzt.« Er zuckte die Achseln. »Wer weiß ...« Damit reichte er Carpenter und Riordan die Hand. »Wir sprechen uns morgen Früh.«

»Danke«, sagte Carpenter.

Der Tscheche wollte schon gehen, drehte sich aber noch einmal um. »Wissen Sie, ein Fall, der von einem Land zum anderen führt, ist schon ungewöhnlich. Aber von einem Kontinent zum anderen ... Ist mir noch nie untergekommen. So was gibt es sonst nur bei Terrorismus, was hier ja nicht der Fall sein dürfte.«

»Wissen wir das sicher?«, fragte Riordan.

»Natürlich.«

»Und woher wissen wir's?«

»Weil es«, warf Carpenter ein, »kein Bekennerschreiben gibt, keine politischen Zusammenhänge.«

»Ich muss gehen«, sagte Janacek, zu Riordan gewandt. »Wenn Sie wieder in den Staaten sind, dann denken Sie dran und fragen Ihr FBI, ob die irgendeinen gemeinsamen Nenner in ihrer Datenbank finden können.«

»Mach ich«, sagte Riordan. »Ich frage *mein* FBI.«

Der nächste Tag war der letzte der Konferenz, und Riordan wie auch Janacek waren bis zum frühen Abend beschäftigt. Später sollte dann ein Bankett stattfinden.

Janacek rief an und ließ Carpenter wissen, dass er sich um ein Treffen mit Reiner bemühe. Sie würden es zeitlich schon irgendwie reinquetschen; er halte ihn auf dem Laufenden.

So musste Carpenter seinen Tag allein gestalten. Es gab zwar einiges zu tun, aber zunächst einmal wollte er eine Runde an der Moldau joggen. Obwohl seine Rippen noch schmerzten, würden ihm ein paar Kilometer am Fluss gut tun, wenn er nur langsam und locker lief.

Als er gemächlich vom Hotel aus startete, konnte er die Luftverschmutzung geradezu schmecken. Es war kalt, und der rußige, metallische Geschmack lag wie Blei auf seiner Zunge. Die Prager Schwerindustrie und die Lage der Stadt in einem Flusstal sorgten für ernste Umweltprobleme, vor allem im Winter.

Das Herz von Prag aber war alt und wunderschön, waren ihm doch Bombenschäden und städtebauliche Erneuerungen im Gegensatz zu den meisten anderen europäischen Hauptstädten erspart geblieben. Als er die berühmte Karlsbrücke erreichte, fing es an zu schneien. Er lief an den Heiligenstandbildern vorüber, die von ihren Sockeln auf die vorbeieilenden Fußgänger hinabblickten. Ein eisiger Wind fegte über den Fluss. Vereinzelte Verkäufer – Postkarten, Fotos, Christbaumschmuck – wärmten sich an winzigen Holzkohlefeuern. Eingemummte Frauen standen vor Plastikwannen mit lebenden Weihnachtskarpfen.

Als er nach ein paar Kilometern am Flussufer wieder auf die Brücke kam, waren die Verkäufer verschwunden. Der Wind hatte sich gelegt. Nasser Schnee bedeckte die nackten Füße und ausgestreckten Arme der Heiligen. Um nicht auszurutschen, legte Carpenter die restliche Strecke zum Hotel gehend zurück.

An der Rezeption erwartete ihn eine Nachricht von Janacek: Das Treffen mit Reiner sollte um acht Uhr abends stattfinden.

Nach dem Duschen schaltete Carpenter seinen Computer ein und ging on line, um via Nexis alle Meldungen über Brandstiftung/Mord-Fälle abzufragen, die Ähnlichkeit mit denen von Kathy und Brandon sowie Jiri Reiners Frau und Sohn hatten.

Nexis war eine gebührenintensive Datenbank mit Beiträgen aus hunderten Publikationen und Nachrichtenagenturen rund um den Globus. Der Browser arbeitete sehr schnell, und sobald man die Begriffe definiert hatte, war es leicht, das Gesuchte zu finden – ob es sich nun um eine Mitteilung von 1980 aus Reuters' Büro in Sofia, um einen Artikel über Serotonin-Forschung im *Journal of Endocrinology* von 1990 oder einen Beitrag über *wadlopen* in der letzten Ausgabe des *Het Parool* handelte.

Carpenter tippte: Brandstiftung *und* Mord *und* Kind.

Wenige Sekunden später las er auf dem Bildschirm, dass über 1000 Nennungen gefunden wurden. Carpenter dachte kurz nach und grenzte die Suche ein, indem er »*und* 1995« hinzufügte. Diesmal waren es 214 Titel – fast alle irrelevant. Es waren hauptsächlich Zusammenstellungen von Mordberichten, in denen die Brandstiftung in keinem Zusammenhang mit dem Kind oder dem späteren Mord stand.

Carpenter definierte seine Suche neu und tippte: Kathleen Carpenter *und* Brandstiftung *und* 1995.

Es erschienen 19 Berichte in verschiedenen Ausgaben der *Washington Post,* der *Washington Times* und des *Fairfax Journal* und von Associated Press – acht aus den ersten drei Tagen nach den Morden, zwei über die Exhumierung und der Rest über »John Does Flucht« und den Polizistenmord. Von da an: nichts.

Die Artikel durchzulesen war äußerst deprimierend, zum einen weil es alte Wunden aufriss, zum anderen weil es ihm die Unzulänglichkeit des Netzes, das er da auswarf, vor Augen führte. Es gab Dutzende von Synonymen für *Kind, Brandstiftung* und *Mord.* Würde er sie alle abrufen, müsste er tausende und abertausende von Berichten durchgehen.

Er beschloss, »Reiner *und* Brandstiftung *und* Prag« einzugeben, doch es kam überhaupt nichts dabei raus. Frustriert kehrte er zu seinem ursprünglichen Suchsystem zurück und stieß nur auf einen Bericht, der möglicherweise von Belang war. Es war ein kurzer Artikel in einem kleinen Lokalblatt von Bressingham, British Columbia, 100 Meilen nördlich von Vancouver. Der Bericht handelte von Brian und Marion Kerr und ihrem dreijährigen Sohn Barry; alle drei waren in einem Feuer umgekommen; die Polizei ging von Brandstiftung aus.

Obwohl es sich nicht, wie im Fall seiner Schwester und der Reiners, nur um eine Frau und ein Kind handelte, machte er einen weiteren Versuch und tippte: Kerr *und* Bressingham *und* Feuer *oder* Brandstiftung.

Da sich die Todesfälle in einer Kleinstadt zugetragen hatten, konnte man davon ausgehen, dass die Sache viel Staub aufgewirbelt hatte. Und so war es auch. Er fand acht Artikel über dasselbe Ereignis und las sie alle. Zwei Tage nach dem Feuer hatte die Polizei bestätigt, es sei Brandstiftung gewesen. Das Feuer war gleichzeitig an drei verschiedenen Stellen ausgebrochen, und die Labortests hatten ergeben, dass chemische Beschleuniger benutzt worden waren. Zeugen berichteten, sie hätten kurz nach Ausbruch des Brandes einen Mann aus dem Haus rennen sehen.

Als Erstes fiel Carpenter auf, dass alle Kinder Jungen waren – jedenfalls bis jetzt. Andererseits passte die Sache mit den Kerrs nicht ganz ins Bild. Carpenter hätte sich erinnert, wenn im Pass von Grimaldi auch ein Einreisevisum für Kanada gewesen wäre. Noch wichtiger war der Zeitpunkt der Tat: der 14. November.

Grimaldi lag damals noch im Krankenhaus. Mit einem Seufzer schaltete Carpenter den Computer aus und rief Judy in seinem Büro in Washington an.

»Hey! Wo steckst du?«

»In Prag.«

»Gib mir deine Nummer. Du solltest immer erreichbar sein!« Er gab ihr die Nummer.

»Irgendwas Neues über Bepi?«

»Nein.« Die Einzelheiten wollte er ihr lieber ersparen.

»Du glaubst also, es hatte mit dir zu tun?«, fragte sie.

»Ich habe krampfhaft versucht, es mir auszureden, aber allem Anschein nach hat es sehr viel mit diesem Fall zu tun.«

»Dann würde ich sagen: Mach sofort die Fliege! Hau ab von dort!«

»Ich bin ja nicht *dort.* Ich bin in Prag. Das heißt – ich bin noch nicht dort.«

»Warum nicht?«

»Weil es Dinge gibt, die ich erledigen muss – und andere, die du für mich erledigen kannst. Erst mal möchte ich, dass für Bepis Familie gesorgt wird. Eine Art Unterstützung. Genug für Kind und Mutter. Du weißt schon, was ich meine – genug zum Leben.«

»Für wie lange?«

»So lange wie nötig.«

»Das könnte dich viel Geld kosten.«

»Judy: Ich *habe* viel Geld.«

»Verstanden. Was sonst?«

»American Express.«

»Was genau?«

»Erzähl mir alles.«

»Sie wollen wissen, welche Rolle du übernimmst – nach dem Verkauf.«

»Keine.«

»Das möchten sie aber nicht.«

»Ich gehöre nicht mehr dazu. Ich bin draußen.«

»Für den Fall haben sie ein Angebot von zwölffünf, dazu Optionen, die noch mal drei Millionen wert sein müssten. Der Haken dabei ist: Du kannst die Optionen fünf Jahre nicht ausüben. Außerdem wollen sie eine Zusatzklausel, die jeden Wettbewerb untersagt.«

»Kein Problem.«

»Der Unterhändler sagt, wenn du drinbleibst, gehen sie noch sehr viel höher.«

»Sie gehen sowieso höher. Und sag ihnen, ich bin nicht an Optionen interessiert. Ich will das Geld.«

»Hab kapiert.«

»Ich will ausbezahlt werden. Und wenn ich ausbezahlt bin, will ich auch ...«

»... ganz draußen sein.«

Als Nächstes rief er Roy Dunwold an, den Leiter seines Viermannbüros in London. Roy war ein Kind der Arbeiterklasse, aufgewachsen in Derry oder Londonderry, je nachdem von welcher Seite man es sah – auf jeden Fall unter schwierigen Bedingungen. Nach mehreren Autodiebstählen und einer Reihe von Joy-rides – bei einem solchen war er schließlich mit einem Porsche in den Leichenwagen eines IRA-Trauerzugs gerast – hatte er zwei Jahre in einer Jugendhaftanstalt gesessen.

Anschließend kam er zu seiner Tante nach London, einer klarsichtigen Dame, die ein Bed-and-Breakfast-Haus in Kilburn führte und ihn darauf hinwies, dass Autodiebstahl bestenfalls eine Nebenbeschäftigung sei. Er aber brauche einen Beruf.

Und so machte er sich daran, einen zu erlernen, besuchte Abendkurse und später eine der besseren technischen Fachhochschulen. Er entwickelte sich zu einem hervorragenden Studenten und fand nach seinem Examen einen Job beim GCHQ-Cheltenham, einer Regierungsbehörde, die Informationen über das feindliche Ausland sammelte. Nach einem Jahr in der Zentrale wurde Dunwold auf einen Satellitenstützpunkt im Troodosgebirge von Zypern versetzt. Nach fünf Jahren hatte er genug von Retsina und One-Night-Stands und kehrte nach

England, und zwar in die Privatwirtschaft, zurück. Und irgendwann machte ihn Carpenter seinem neuen Arbeitgeber abspenstig, indem er ihm zwar das gleiche Gehalt, dazu aber einen Firmenwagen eigener Wahl anbot.

Dunwold entschied sich für einen Porsche.

Als Carpenter endlich durchkam, ging er gleich in medias res. »Ich weiß nicht, ob Sie informiert sind, aber ich arbeite an einem persönlichen Fall.«

»Ihre Schwester.«

»Und mein Neffe.«

»Ich weiß Bescheid.«

»Was ich jetzt vor allem suche«, sagte Carpenter, »sind ähnliche Fälle von Brandstiftung plus Mord, bei denen auch jeweils ein Kind betroffen ist. Ich habe schon einen zweiten Fall in Prag gefunden und noch einen in Kanada.«

»Sind Sie sicher, dass da ein Zusammenhang besteht?«

»Sicher bin ich nicht.« Pause. »Aber es ist nicht ausgeschlossen. Und ich dachte, Sie könnten mir helfen, weitere Fälle zu finden.«

»Wo?«

»Überall. Fangen Sie in Europa an.«

»England wäre wohl erst mal nahe liegender.«

»Okay. England.«

Dunwold schwieg, räusperte sich dann und sagte: »Da gibt's ein Problem.«

»Und das wäre?«

»Na ja, viele Fälle von Brandstiftung werden gar nicht als solche erkannt. Man schreibt sie anderen Ursachen zu: Kurzschlüssen, glimmenden Zigarettenstummeln oder so was. Da müsste ich jedem Brand, in dem ein Kind umkommt, nachgehen. 'ne ganze Menge Arbeit, wie?«

»Ich weiß.«

»Und in welchem Zeitabschnitt?«

»Alles nach dem 1. August.«

»Okay.«

»Sie könnten auch Interpol einschalten.«

»Ach was! Völlig überflüssig. Das machen wir besser. Wir können da ein paar interessante Datenbanken anzapfen. Auch die Versicherungsgesellschaften helfen einem oft weiter – erfahrungsgemäß. Ich versuch's mal bei Lloyd's.«

»Wie wär's mit der Polizei?«

»Versteht sich von selbst. Polizei, Europol, Scotland Yard.«

»Moment mal. Mir kommt da eine Idee.« Carpenter zog eine Kopie von Grimaldis Pass hervor und suchte die Seiten nach Einreisestempeln der fraglichen Zeitspanne. Bald fand er, was er suchte. »Könnten Sie auch São Paulo prüfen?«

»Brasilien?«

»Genau. Zwischen dem 13. und 18. September letzten Jahres. Und halten Sie mich auf dem Laufenden.«

»Wollen Sie einen schriftlichen Bericht?«

»Nein. Nur die Informationen. Judy weiß, wo ich bin.«

»Und mein Budget?«

»Machen Sie sich darüber keine Gedanken. Tun Sie einfach, was Sie können.«

»Gut, dann fröhliche Weihnachten und das Übliche. Ich melde mich.«

Carpenter traf Janacek und Riordan um halb acht in der Hotelhalle, und eine Dreiviertelstunde später, nach einer halsbrecherischen Fahrt durch den Schnee, standen sie vor dem Aufzug der Pankow-Klinik. Ein Arzt in weißem Kittel führte sie in Jiri Reiners Krankenzimmer. Obwohl es in dem Raum drückend heiß war, saß Reiner warm eingepackt in seinem Bett. Er war völlig abgezehrt, und die Augen wirkten riesig in dem hageren Gesicht.

»Er isst nicht mehr«, flüsterte Janacek. Der Arzt gab ihnen mit einer Geste zu verstehen, dass er ihnen nur wenig Zeit zugestand, und verließ das Zimmer.

Reiner hockte da und starrte Carpenter unverwandt an.

»Nun denn!«, begann Janacek. »Ich werde dolmetschen. Was wollen Sie Pan Reiner – pardon, Herrn Reiner – fragen?«

»Bitte sagen Sie ihm, dass meine Schwester Kathy und ihr kleiner Sohn Brandon am 7. November im Schlaf ermordet wurden. Ihnen wurde die Kehle durchgeschnitten. Dann wurde ihr Haus in Brand gesteckt.« Er musste tief Luft holen. »Irgendwas ging schief, und der Täter sprang mit brennenden Kleidern durchs Fenster.«

Janacek dolmetschte und senkte den Kopf, als er fertig war.

»Trotz schwerer Verbrennungen überlebte der Mann. Bei der polizeilichen Vernehmung verweigerte er die Aussage. Das Motiv für dieses Verbrechen ist völlig unklar.« Er schüttelte den Kopf. »Völlig unklar.«

Carpenter beobachtete Reiner, während Janacek übersetzte, und Reiner erwiderte seinen Blick. Beim Zuhören traten ihm Tränen in die Augen, aber er wischte sie nicht fort. Schließlich antwortete Reiner mit emotionsgeladener Stimme, seine Augen feucht und groß wie die eines Labradors.

»Er fragt«, übersetzte Janacek, »ob Ihre Schwester und ihr Sohn schon vor dem Brand tot waren. Er fragt, ob sie sich nicht gewehrt haben.«

Carpenter verstand, was Reiner wissen wollte. »Nein, sie starben nicht durch das Feuer. Sie wurden mit einem Messer getötet, blitzschnell.« Er beschloss, die Schnittwunden an Kathys Händen nicht zu erwähnen.

Die Augen geschlossen, die Hände über den Knien verschränkt, begann Reiner, sich heftig vor und zurück zu wiegen. Als er die Augen wieder öffnete und sprach, war ihm die Erleichterung vom Gesicht abzulesen: Carpenter begriff, dass er sich mit Bildern von seinem Kind und seiner Frau gequält hatte, wie sie, eingeschlossen und keuchend, bei lebendigem Leibe verbrannten. Nun konnten sich seine Gedanken mit einem anderen, etwas weniger qualvollen Bild beschäftigen. Er sagte etwas zu Janacek, und der Detektiv dolmetschte.

»Er fragt, wer er war, dieser Mann.«

»Ein Italiener mit Namen Franco Grimaldi. Ein Mann mit einer dunklen Vergangenheit. Ein Söldner. Ein Auftragskiller.«

Janacek übersetzte, und Carpenter sah, wie sich Reiners Gesicht verzerrte, als er Grimaldis Namen hörte. Er biss sich auf die Unterlippe und schüttelte traurig den Kopf.

»Sagen Sie ihm, Grimaldis Pass beweist, dass er in Prag war, als Reiners Frau und Kind ermordet wurden.«

»Das habe ich ihm schon gesagt«, sagte Janacek gereizt.

»Dann sagen Sie's ihm noch einmal.«

Wieder schüttelte Reiner ratlos den Kopf und tippte sich dreimal an die Stirn, wie um zu sagen, dass er darauf keine Antwort wusste.

Carpenter zeigte ihm ein Foto von seiner Schwester und fragte, ob sich die beiden Frauen gekannt hatten. War Hana Reiner jemals in den Vereinigten Staaten gewesen? Doch der arme Mann konnte immer nur den Kopf schütteln und murmeln: *»Ne, ne. Nevim. Nevim.«* Schließlich zog Reiner unter seinem Kissen ein kleines gerahmtes Foto von seiner Frau und seinem Sohn hervor. Der herzförmige Rahmen war aus Silber. Carpenter betrachtete das Bild und schüttelte den Kopf. Als der Arzt erschien und sie wegschicken wollte, verlangte Reiner mit energischer Stimme nach Carpenters Adresse und Telefonnummer. Carpenter reichte ihm seine Karte. Dann trat er ans Krankenbett und ergriff Reiners abgezehrte Hand.

»Ich werde es klären«, sagte er, ihn fest anblickend. Reiner drückte die Hand an seine Brust, schloss die Augen und sagte: *»Dekuji moc. Dekuji moc.«*

»Das heißt ›vielen Dank‹«, übersetzte Janacek.

»Hab verstanden.«

Schon mit der Beruhigungsspritze bewaffnet, die er seinem Patienten geben wollte, machte ihnen der Arzt ein ungeduldiges Zeichen zu gehen. An der Tür drehte sich Carpenter noch einmal um, und da kam plötzlich ein Gedanke. »Eine Frage noch«, sagte er.

Janacek winkte ab, aber Carpenter sah, wie Reiner den Arm des Arztes wegstieß.

»Prosim«, sagte er, in Carpenters Richtung gestikulierend.

»Fragen Sie ihn, ob seine Frau jemals in Italien war.«

Kathy war ein halbes Dutzend Mal in Italien gewesen, und Carpenter begann sich zu fragen, ob sie – oder etwa Hana Reiner – Grimaldi dort getroffen hatte. Janacek stellte die Frage, und etwas Sonderbares geschah.

Reiner sah weg.

Vielleicht deutete Carpenter es falsch, aber es kam ihm so vor, als wäre Reiner die Frage unangenehm. Mit gesenktem Kopf murmelte er etwas.

»Er sagt, sie waren nur einmal dort«, übersetzte Janacek. »Im Urlaub. Aber jetzt müssen wir gehen.«

Carpenter nickte, die Hand zum Abschiedsgruß gehoben. Der Mann im Krankenbett drückte das gerahmte Foto an die Lippen, den Blick immer noch abgewandt.

22

Am nächsten Morgen fuhr Carpenter Riordan durch den dichten Prager Verkehr zum Flughafen. Der Detective war ungewöhnlich schweigsam.

»Ich muss Ihnen was erzählen«, sagte Carpenter. »Es geht um ...«

»Schreien Sie doch nicht so.«

»Ich schreie nicht, ich rede ganz normal.«

Riordan stöhnte, als sich Carpenter in den Kreisverkehr einfädelte, rasch die Spur wechselte und dann mit Vollgas die Richtung zum Flughafen einschlug.

»Bitte nicht!«, jammerte Riordan.

»Der Sünde Sold«, antwortete Carpenter mitleidslos. »Wie viele Drinks haben Sie sich gestern Abend genehmigt?«

Riordan antwortete nicht gleich, so als würde er zählen. »Was ist schon ein Drink?«, knurrte er schließlich.

Je weiter sie sich vom Stadtzentrum entfernten, um so trostloser wurde die Architektur. Stein wich Beton, Ornamentik unverbindlicher Modernität. Selbst die Fenster wirkten sonderbar leer.

Riordan holte tief Luft und stieß einen Laut aus, als wäre ihm ein Rippenschlag versetzt worden. Dann richtete er sich auf und räusperte sich. »Okay«, sagte er schließlich. »Was wollten Sie mir erzählen?«

Carpenter warf ihm einen Seitenblick zu. »Italien.«

»Italien bedeutet Campari ... Was ist also damit?«

Carpenter seufzte. Wo sollte er anfangen? Bepi. »Der junge Mann, der mir in Rom geholfen hat, ist umgebracht worden. Vorher wurde er noch gefoltert. Das war vor zwei, drei Tagen.«

Riordan dachte eine Weile nach. »Und Sie glauben, es hat was mit Ihnen zu tun?«

»Ich denke schon, bin aber nicht sicher. Und am Abend vorher war ein Kerl in meinem Hotelzimmer, ein wahrer Hüne.«

»War das, als Sie ›gestürzt‹ sind?«

»Genau. Und ich glaube, er hätte mich ins Jenseits befördert, wenn das Zimmermädchen nicht zufällig aufgekreuzt wäre.«

»Gott, Gott! Was wollte der Kerl denn von Ihnen?«

»Das ist es ja: Ich hab keine Ahnung. Als ich reinkam, hockte er vor meinem eingeschalteten Computer, den Telefonhörer in der Hand.«

Während sie weiter in östlicher Richtung fuhren, riss plötzlich der Himmel auf, und grelles Sonnenlicht flutete durch die Windschutzscheibe. Riordan schnitt eine dermaßen Mitleid erregende Grimasse, dass Carpenter lachen musste.

»O Mann, Sie sehn beschissen aus!«

Riordan blickte ihn mit rot unterlaufenen Augen an. »Ich kann nichts dafür«, sagte er. »Es war auf dem Bankett. Jeder musste jedem zuprosten. Wir *mussten* trinken, wissen Sie – auf die Ehre von jedem Land. Wodka auf die Russen. Scotch auf die Schotten. Den Rest krieg ich nicht mehr ganz auf die Reihe.« Er dachte nach. »Ach ja, an Slibowitz kann ich mich auch noch erinnern.«

»Sie sind doch wohl ein bisschen zu alt für solche Scherze, oder?«

Riordan überging die Frage mit missmutiger Miene. »Und warum glaubte dieser Kerl, Sie wüssten etwas?«

Carpenter schüttelte den Kopf. »Wir waren zu laut.«

»Wir?«

»Mein Mitarbeiter – Bepi –, der umgebracht wurde. Wir haben Grimaldis alte Wohnungen aufgesucht, und wir haben mit seiner Schwester gesprochen ...«

»Und was haben Sie rausgefunden?«

»Dass er vor etwa fünf Jahren eine religiöse Bekehrung hatte.«

»Dass ich nicht lache! Und *wovon* zum Teufel ist er konvertiert?«

»Er war eine Art Spion. Irgendwas Paramilitärisches.«

»Wirklich?«

»Ja. Er hat Menschen getötet.«

»Und woher wissen Sie das?«

Carpenter sah ihn nur an.

»Woher wissen Sie das?«, wiederholte Riordan.

»Ich hab einen Freund, der arbeitet ... für einen Geheimdienst. Er hat mir eine Akte gezeigt.«

»Aha. Und wann darf ich mir die mal ansehen?«

»Gar nicht.«

»Warum nicht?«

»Weil die Akte weg ist.«

Riordan knurrte vor Wut oder Kopfweh oder beidem. »Und *wozu* ist er konvertiert?«, fragte er schließlich.

»Umbra Domini. Er hat sein ganzes Vermögen einer religiösen Gemeinschaft geschenkt, die sich Umbra Domini nennt.«

»Schatten des Herrn«, sagte Riordan.

Carpenter sah ihn verblüfft an. »Sie können Latein?«

»Nur ein paar Brocken.«

»Das Sonderbare ist – erinnern Sie sich an die telegrafische Überweisung auf Grimaldis Konto?«

»Ja ...?«

»Das Geld kam vom Umbra Domini.«

Riordan kicherte. »Das ist ja 'n Ding! Und wie haben Sie das wieder rausbekommen? Bei uns haben die Schweizer noch nie die kleinste Info rausgerückt.«

Carpenter zuckte die Achseln. »Alter Freundschaftsdienst sozusagen.«

Riordan klopfte mit dem Fuß auf den Boden. Dann hielt er plötzlich inne. »He, Moment mal. Die telegrafische Überweisung. Von der habe ich Ihnen nie erzählt.«

Carpenter wechselte die Fahrspur. »Da vorn ist schon der Flughafen.«

Riordan seufzte. »Ich hab ja immer gewusst, dass Sie's waren.«

Als sie auf den Terminal zufuhren, erzählte Carpenter von seiner Reise nach Neapel und wie die Weihwasserflasche aus della Torres Tasche gefallen war. »Sie sah genauso aus wie Grimaldis Flasche«, sagte er.

»Und was soll ich jetzt damit anfangen?«, fragte Riordan. »Wollen Sie mir weismachen, dass diese Umbras, oder wie die heißen, Grimaldi bezahlt haben, damit er Ihre Schwester umbringt?«

»Und meinen Neffen.«

»Ach, kommen Sie!«

»Und Jiri Reiners Familie. Und vielleicht noch andere.«

»Sind Sie verrückt? Warum sollten die das tun?« Riordan sah auf die Uhr und wühlte in seiner Aktentasche. »Ich sollte mir diesen Quatsch vielleicht trotzdem notieren.«

»Nicht nötig. Ich habe eine kleine Infomappe für Sie. Ich suche schnell einen Parkplatz. Wir treffen uns drinnen. Bestellen Sie mir einen Kaffee.«

»Okay, ich warte in der Bar.«

Eine Viertelstunde später fühlte sich Riordan bereits viel besser. »Wovon kommt das wohl?«, fragte er. »Vom Tomatensaft oder vom Wodka?«

»Ich würde sagen, vom Wodka«, sagte Carpenter und schob Riordan einen Umschlag über den Tisch. Riordan zog seine Lesebrille hervor und blätterte in den Umbra-Broschüren und Zeitungsartikeln.

»Okay«, sagte Riordan schließlich. »Danke für den Hinweis.

Jetzt brauch ich also nur noch zu meinem Chef zu gehen und ihm zu sagen, die Katholiken hätten's getan. Können Sie sich vorstellen, wie das ankommt?«

»Hier geht's nicht um die Katholiken«, entgegnete Carpenter. »Es geht um eine Organisation – die übrigens ein Gemeinschaftshaus bei Washington besitzt. Irgendwo bei Frederick. Vielleicht sollten Sie das mal überprüfen.«

»Okay.« Riordan runzelte die Stirn. »Aber ich muss es dem FBI verklickern. Seitdem sich Grimaldi die Krankenschwester geschnappt hat, hat mir der FBI einen Babysitter verpasst.« Er schaute Carpenter so tief in die Augen, dass er fast schielte, ergriff seine Hand und drückte sie fest. »Derek Watson heißt der, Joe. Joe ist doch richtig, oder? Wir tun unser Bestes. Wirklich unser Bestes!« Riordan ließ seine Hand los und schloss die Augen. »Derek«, sagte er, »ich hab diesen Derek um mich rum, sobald ich zurück bin.«

»Dann verklickern Sie's Derek.«

»Man könnte meinen, die vom FBI hätten Besseres zu tun.«

Carpenter zuckte die Achseln, trank einen Schluck Kaffee und wechselte das Thema. »Ich wollte Sie noch was fragen.«

»Schießen Sie los.« Riordan rührte mit einer Selleriestange in seiner Bloody Mary.

»Wir haben schon mal drüber gesprochen, über die Krankenschwester, Juliette, und dass sie zufällig ihre Autoschlüssel in der Tasche hatte, als sie mit Grimaldi im Aufzug war. Es war alles so ... praktisch für ihn. Haben Sie diese Juliette mal danach gefragt?«

Riordan überlegte. »Nein, eigentlich nicht. Ich weiß, ich hatte es versprochen, aber sie war dermaßen fertig, als wir sie verhört haben, und dann ... dann kam Derek dazu und hat die Sache sozusagen übernommen. Deshalb habe ich nur fünf Minuten mit ihr gesprochen.« Er zuckte die Achseln. »Obwohl ich Derek auf die Schlüssel hingewiesen habe ... weil Sie ja danach gefragt hatten.«

»Und ...?«

»Ich weiß nicht ... Er hat's mir irgendwie ausgeredet. Hat gesagt, er hätte *seine* Schlüssel immer in der Tasche. Warum sie dann nicht auch? Aber ob er sie gefragt hat? Keine Ahnung.« Der Detective ließ das Eis in seinem Glas klirren und bestellte per Handzeichen einen weiteren Drink.

»Würden Sie dem bitte noch mal nachgehen?«

Riordan kritzelte etwas auf den Umschlag, den Carpenter ihm gegeben hatte: *Juliette: Schlüssel.*

»Wo wohnt sie eigentlich?«, wollte Carpenter wissen. »In der Nähe der Klinik oder ...«

»Nein.« Riordan schüttelte den Kopf. »Irgendwo weiter draußen. Hagerstown ...« Pause. »Emmittsburg.«

Ihre Blicke begegneten sich.

»Nördlich von Frederick«, sagte Carpenter.

»Stimmt. Ich weiß noch, dass sie sagte, sie wollte sich eine Wohnung näher beim Krankenhaus suchen, weil ihr das Hin- und Herfahren auf die Nerven geht. Obwohl das noch gar nicht lange der Fall war.«

»Wieso?«

»Weil sie neu war. Hat ihren Job dort erst zwei Wochen vorher angetreten.«

»Moment mal. Soll das heißen, sie hat erst angefangen, *nachdem* Grimaldi eingeliefert wurde?«

Riordan rieb sich die Augen. »Genau. Sie kam von ... ich weiß nicht mehr woher. Jedenfalls ganz schönes Pech, was? Grad zwei Wochen im Dienst – und jemand packt sie. Ist immer noch in Therapie, die Arme.«

»Sie ist nicht wieder zur Arbeit erschienen?«

Riordan schüttelte den Kopf und gähnte. »Ich weiß, was Sie denken«, sagte er. »Sie ist erst zwei Wochen im Dienst, sie hat ihre Autoschlüssel dabei ...«

»Und sie wohnt zufälligerweise dort, wo der Umbra Domini so eine Art Wohngemeinschaft hat.«

Riordan nickte seufzend. »Sie haben ja Recht. Ich gehe der Sache nach. Okay? Aber machen Sie sich nicht allzu große Hoffnungen.« Er leerte sein Glas. »Sind Sie Weihnachten wieder in den Staaten?«

»Nein.«

»Warum nicht?«

Carpenter zuckte die Achseln. »Ich möchte jetzt nicht, dass Sie in Tränen ausbrechen, aber – was soll ich zu Hause? Ich hab niemand mehr. Die ganze Familie ist tot – außer mir.«

»Wohin also?«

»Ich weiß noch nicht. Wahrscheinlich zurück nach Rom.«

»Rom! Was reden Sie da von Rom? Gerade haben Sie mir erzählt, dass Ihr Mitarbeiter dort umgebracht wurde. Sind Sie lebensmüde oder was?«

»Niemand vermutet mich in Rom. Dort bin ich sicherer als irgendwo sonst. Wenn jemand hinter mir her ist, dann sucht er mich in den Staaten. Da würde *ich* jedenfalls suchen.«

Ehe Riordan antworten konnte, wurde sein Flug ausgerufen. Carpenter begleitete ihn bis zur Sicherheitssperre.

»Wissen Sie, diese Sache mit Ihrem Freund«, sagte Riordan. »Dem Burschen in Rom ...«

»Bepi.«

»Ja ...« Riordan hielt inne, um Pass und Flugticket vorzuzeigen. »Die Leichen häufen sich, finden Sie nicht?« Der Beamte stempelte seinen Pass und schob ihn mit einem gelangweilten Lächeln zurück. Weiter vorn leerte ein glatzköpfiger Mann seine Taschen, während eine Blondine darauf wartete, ihn abzutasten.

»Ihre Schwester und Ihr Neffe«, sagte Riordan, »das sind schon mal zwei. Dwayne Nummer drei. Bepi – wenn es Ihretwegen war – Nummer vier. Mit der Frau in Prag und ihrem Kind wären es sechs.« Stirnrunzelnd hob er den Kopf wie ein Hund, der auf ein fernes Geräusch lauscht.

Er wollte etwas sagen, aber der Beamte machte ihm ein Zeichen weiterzugehen. Der glatzköpfige Mann hatte die Sperre längst passiert, und hinter Riordan stauten sich die Reisenden. Er legte seine Aktentasche auf das Förderband, streckte die Arme hoch und bewegte sich vorwärts. Unter dem Rahmen des Metalldetektors drehte er sich, zum Ärger seiner Hintermänner, noch einmal um.

»Halten Sie mich auf dem Laufenden, okay? Der Kerl, der dahinter steckt, dieser Grimaldi, ist ein echter Satan.«

23

Weihnachten kam und ging, und nichts geschah. Anders als in Amerika wurden die Festtage in Italien geradezu geruhsam und besinnlich begangen.

Für Carpenter war es eine sonderbar losgelöste Zeit. Er mietete eine Suite in einem obskuren Hotel in der Nähe der Villa-Borghese-Gärten. Er ließ sich in einer Zahnklinik von einem eingebürgerten Engländer die Reste des Zahns entfernen, den er in Neapel eingebüßt hatte. Er suchte einen Radiologen auf und erfuhr, dass seine Rippen zwar geprellt, aber nicht gebrochen waren.

Er aß allein in abgelegenen Trattorien, las ein Penguin-Taschenbuch nach dem anderen, ging spät schlafen und joggte jeden Morgen. Er hätte wegen Bepi zur Polizei gehen können, aber Woody redete ihm das in einem kurzen Telefongespräch aus. Gut, der SISMI war gesäubert worden. Aber wie gründlich? Grimaldi hatte zweifellos noch Freunde dort. Und wer wusste, welche Verbindungen es zwischen SISMI und dem Umbra Domini gab? Besser Zurückhaltung üben und abwarten, bis sich die Wellen geglättet hatten.

Er hielt sich daran und wartete geduldig das Ende der Weihnachtszeit ab. Jeden zweiten Tag rief er von einem Münztelefon am Bahnhof aus in den Staaten an. Es gab nichts Neues. Selbst die Verhandlungen mit American Express waren auf Anfang Januar vertagt. »Niemand arbeitet richtig«, klagte Judy. »Alles wird aufgeschoben.« Carpenter sagte, er habe Verständnis dafür. Und er hatte Verständnis.

Er hörte auch regelmäßig seinen Anrufbeantworter ab. Es waren ein halbes Dutzend Einladungen drauf und doppelt so viele Lass-uns-in-Kontakt-bleiben-Anrufe und Festtagsgrüße von guten und weniger guten Bekannten. Monica hinterließ einen oberflächlich herzlichen Gruß, Claire einen steifen, feindseligen. Er erwog, die beiden anzurufen, ließ es dann aber, weil er ihnen nichts zu sagen hatte.

Manchmal saß er abends in seinem alten Brokatsessel und dachte an sein Haus in McLean. Aus der *Herald Tribune* wusste er, dass es dort stark geschneit hatte. Weiße Weihnachten! Er stellte sich die Auffahrt und die kleine Brücke, den Fluss und die weiß überzuckerten Bäume vor und das blasse Nachtlicht, vom Schnee erhellt, das durch die Atriumfenster drang.

Manchmal dachte er auch an Kathy und Brandon. Dabei fiel es ihm oft schwer, sich ihre Gesichter vorzustellen. Der Gedanke an Brandon bedrückte ihn. Er war ein so sonniges Kerlchen – gewesen. Er hätte Spaß an dem vielen Schnee gehabt. In einem Jahr hätte er angefangen, Fußball zu spielen, und Carpenter hatte sich schon darauf gefreut, es ihm beizubringen. Brandon brauchte einen Vater, auch wenn es nur ein Ersatzvater war, und wer wäre geeigneter gewesen als Joe Carpenter, eins der beiden Gründungsmitglieder der Allianz?

Und dann Grimaldi. Und nach Grimaldi Thermit. *Thermit.*

Carpenter schob das Bild beiseite und versuchte, es durch Harmloseres zu ersetzen. Die Post, die sich inzwischen in dem Korb stapeln musste, den die Haushälterin benutzte, wenn er auf Reisen war. Ein Berg von Zeitschriften, Katalogen und Glückwunschkarten von Anwaltskanzleien in Washington, New York, London und Los Angeles. Und während er in seinem Bett lag und an die Decke starrte, wurde ihm zum ersten Mal bewusst, dass er nicht besonders darauf erpicht war, nach Hause zurückzukehren.

Heute nicht, morgen nicht, vielleicht nie mehr.

Auch nach Sightseeing war ihm nicht zu Mute. Er hatte einmal die Bibliothek des Vatikans und die Sixtinische Kapelle aufgesucht. Beides hatte ihn beeindruckt, aber er interessierte sich allmählich für nichts mehr – außer für Grimaldi. Er löste das Kreuzworträtsel in der *Herald Tribune* und trank übermäßig viel Rotwein zum Abendessen.

Und dann kam Silvester, der traditionelle Anlass, sich hinzusetzen und das vergangene Jahr Revue passieren zu lassen und für das kommende gute Vorsätze zu schmieden. Er wartete bis acht und aß dann allein in einer Trattoria einen Häuserblock vom Hotel entfernt. Es gab eingelegte Calamari, Fenchelsalat, Ravioli mit Spinat- und Pinienkernfüllung, Lammfleisch mit Ei-Zitronen-Sauce und zum Dessert Tiramisu. Dazu ein Glas Vin Santo auf Kosten des Hauses.

Der Wein war ausgezeichnet, und Carpenter ließ ein beachtliches Trinkgeld zurück. Auf dem Rückweg zum Hotel entdeckte er eine alte Kellerbar mit Backsteinrundbögen und einem riesigen Fernsehapparat. Die Bar war von Arbeitern bevölkert. Die einzigen weiblichen Wesen waren zwei aufreizend gekleidete junge Frauen mit künstlichen Wimpern und knallroten Fingernägeln. Keine Prostituierten, eher Partygirls. Sie lachten viel und laut, aber es wirkte unnatürlich und verstärkte bei ihm das Gefühl der Einsamkeit.

Fußballspieler rannten über den Bildschirm. Florenz gegen Rom. Ein Video. Offensichtlich hatte Rom gewonnen, denn die Männer fieberten jeder Heldentat ihrer Mannschaft entgegen und mokierten sich über den unfähigen Kommentator.

Gegen elf winkte Carpenter den Kellner herbei, um eine Runde Champagner für die ganze Bar zu schmeißen. Als die Gläser verteilt und mit Hilfe zweier Gäste der Moët & Chandon eingeschenkt war, hoben alle ihre Gläser und prosteten Carpenter lauthals zu. Er spendierte eine zweite Runde, und als er die dritte bestellen wollte, schüttelte der Kellner stumm den Kopf und schrieb auf einen Zettel:

Moët & Chandon: Lire 80 000
Asti Spumante: Lire 20 000

Dann gab er ihm mit Gesten zu verstehen, dass die Männer zu betrunken seien, um den Unterschied zu bemerken. Carpenter ließ sich überzeugen, und so wurde Asti Spumante ausgeschenkt, was der festlichen Stimmung tatsächlich keinen Abbruch tat. Schließlich war Mitternacht, und das neue Jahr wurde mit Lachen und Klatschen begrüßt. Als sich Carpenter schließlich – kaum weniger betrunken als die anderen – auf den Weg machte, wurde er unter lautstarkem Beifall, einer Reihe von Glückwünschen, die er nicht verstand, und einem kollektiven *»Buona fortuna«* verabschiedet. Dann ging er, nachdem er dem Kellner ein Trinkgeld von mindestens 200 Dollar zugesteckt hatte.

Punkt acht Uhr morgens schrillte das Telefon neben seinem Bett. Als er sich mühsam umdrehte, fiel ihm ein, dass ihn beim Verlassen der Bar eine der beiden Frauen geküsst hatte. Hoffentlich hatte er sie nicht mit ins Hotel genommen, weil, nun ... schließlich sprach er ja kein Italienisch.

O verdammt, dachte er, ich hab keinen Kater. Ich bin noch betrunken.

»Hallöchen!«, dröhnte Roy Dunwolds fröhliche Stimme aus dem Hörer. »Hab Sie doch nicht geweckt, oder?«

»Natürlich nicht. Ich war gerade bei ... bei der Morgenandacht.«

»Wohl 'ne lange Nacht gewesen?«, lachte Dunwold. »Soll ich später noch mal anrufen? Macht mir ehrlich nichts aus.«

»Nein, nein! Bin hellwach.« Carpenter richtete sich auf, und die Welt ringsum begann sich zu drehen.

»Hört sich zwar nicht so an, aber wie Sie meinen. Ich rufe an, weil ich endlich was für Sie habe.«

»Hmmm.«

»Zunächst: Brasilien.«

»Hmmm?«

»He, hören Sie zu?«

»Ganz Ohr.«

»Der Fall in Rio. Danny, mein Kumpel, ist drauf gestoßen.« Roy sprach im Telegrammstil. Wahrscheinlich fasste er einen längeren Text zusammen. »Feuer, 17. September, zwei Uhr morgens, Eigentumswohnung in Leblon.«

»Wo ist das?«

»Schickes Viertel, gleich am Strand ... Jetzt kommt's: Kind, gerade vier Jahre alt, stirbt in Flammen, außerdem die Mutter und das dänische Hausmädchen ... Feuer greift auf Nachbarwohnungen über ... Sonst aber niemand ernsthaft verletzt. Geschätzter Schaden am Gebäude ... Hier! ›Verdacht auf Brandstiftung.‹«

Carpenter wiegte den Kopf. »Donnerwetter«, sagte er.

»Moment, bin noch nicht fertig.« Carpenter hörte das Rascheln von Blättern. »Die Sachverständigen sind sicher, dass es Brandstiftung war. Zur Familie: Name Peña. Beide Ehepartner Spitzenverdiener. Sie ist Psychiaterin ... er Direktor bei Rio Tino Zinc, Sheraton Hotels und so weiter.«

»Und das Kind? Junge, Mädchen ...«

»Junge, einziges Kind.«

»O Gott«, murmelte Carpenter.

»Bin noch nicht fertig! Hab noch 'nen anderen auf Lager.«

»Einen anderen was?«

»Was wohl? Einen anderen verdammten Fall, der in Ihr Muster passt. Noch ein Junge ...«

»Wann?«, fragte Carpenter. »Wo?«

»Oktober. Matilda Henderson und Sohn Martin. Und zwar hier, in London.«

Das Flugzeug nach London war fast leer. Kein Wunder am Neujahrstag. Heathrow war ähnlich trostlos. Trotzdem wäre er, nach Passieren des Zolls, fast an Roy vorbeigelaufen.

Roy besaß die Gabe der Unauffälligkeit – sehr nützlich für einen Detektiv. Er war ein unscheinbarer Typ, der sich selbst als »Durchschnittsjedermann und früher mal jung« bezeichnete. Aber das reichte als Erklärung nicht aus. Carpenter hatte ihn einmal darauf angesprochen, und Roy hatte auf eine Art genickt, die erkennen ließ, dass ihm das Thema vertraut war. »Es ist nicht, was man gemeinhin als ›gottgegebenes Talent‹ bezeichnet«, hatte er geantwortet. »Aber nur so habe ich meine Teenager-Jahre überlebt.«

Während Carpenter noch die leere Halle absuchte, stand Roy urplötzlich an seiner Seite. Er trug einen schweren Tweedmantel und einen groben Schal, der aussah, als wäre er von einem Anfänger gestrickt worden.

»Schönes neues Jahr«, sagte Roy ihm direkt ins Ohr, griff nach seiner Reisetasche und führte ihn nach draußen.

Roy stellte seinen Wagen immer im Parkverbot ab – diesmal hinter einem Bus, direkt vor dem Eingang –, doch offenbar bekam er nie ein Strafmandat. Es war ein marineblauer Porsche, den Roy fuhr, seitdem er für Carpenter arbeitete.

Unterwegs erzählte ihm Roy von den Hendersons. Die Frau, Matilda, war dank Erbschaft plus Scheidung zu Reichtum gekommen. Sie verkehrte in Intellektuellenkreisen und schrieb Romane, die sich nicht gut verkauften, aber immerhin Preise erhielten.

»Nie von ihr gehört«, sagte Carpenter.

»Ich auch nicht. Aber sie fing an, sich einen Namen zu machen. Ich hab ihren Nachruf gelesen, ein paar Interviews gesehen. Sie hat ihren Sohn mit einundvierzig bekommen. Im *Guardian* stand, die Geburt des Kindes habe auch die Schleusen der Fruchtbarkeit in ihrem literarischen Schaffen geöffnet.«

»Was ist mit dem Ehemann?«, fragte Carpenter.

»Kein Ehemann. Hat das Kind allein gekriegt. Ist in eine dieser Kliniken gegangen, na ja, Sie wissen schon.«

»Was für Kliniken?«

»Na, wo man Frauen ein Kind macht. Profimäßig.«

Moment, dachte Carpenter.

Aber Roy sprach weiter. »Ich finde so was unnatürlich, wenn Sie mich fragen. Statt ein bisschen Spaß zu haben, wie von Gott gewollt, ist so was – na ja, eiskalt, finden Sie nicht? Ich sag ja nicht, dass es falsch ist, *aber* ... Manche von diesen Frauen gehen zu einer Samenbank und sehen sich Schnappschüsse an! Fotos von den ›Spendern‹! Und dann lesen sie nach über den, dessen Nase ihnen am besten gefällt. Größe, Gewicht, IQ, Augenfarbe, Ausbildung – sie suchen sich den Papa aus wie eine Tapete!«

Carpenter fühlte sich an das Gespräch mit Riordan erinnert. *Kein Vater? Dann erzählen Sie mal, wie das funktioniert hat!*

Roy plapperte weiter, aber Carpenter dachte an Kathy, und eine Idee nahm in seinem Kopf Gestalt an. Auch Kathy hatte ihr Kind in einer Fertilitätsklinik empfangen. Vielleicht war das der kleinste gemeinsame Nenner. Vielleicht war Grimaldi der Samenspender. Vielleicht war er durchgedreht und machte Jagd auf seine Sprösslinge.

»Was würde unser guter alter Darwin dazu sagen?«, plapperte Roy. »Er würde es *unnatürliche* Auslese nennen.«

Carpenter lehnte sich in den Beifahrersitz zurück und hing seinen eigenen Gedanken nach. Die Idee, Grimaldi könnte ein verrückter, rachsüchtiger Samenspender sein, hatte er inzwischen verworfen. Das bot keine Erklärung für Bepis Tod. Für den Umbra Domini. Für Brandons Exhumierung.

Es war sonderbar, wie sich seine Stimmung seit dem Morgen verändert hatte. Roys Bericht über den Fall in London hatte ihn hellwach und so neugierig gemacht, dass er den nächsten Flug nach Heathrow genommen hatte. Diese Fertilitätskliniken mussten etwas mit der Sache zu tun haben, auch die Religion, daran bestand kein Zweifel, nur was genau, das blieb ein Rätsel. Plötzlich fühlte er sich todmüde und sehnte sich nur noch danach, zu duschen und dann zu schlafen.

Der Porsche bog in den St. James Place und hielt vor dem Duke's. »Da wären wir«, sagte Roy. »Tut mir Leid, wenn ich wieder mal zu viel gequasselt habe. Demnächst stelle ich mich am Speaker's Corner auf eine Apfelsinenkiste.«

»Kein Problem«, meinte Carpenter. »Waren ein paar gute Anregungen dabei.«

Ein Portier in Livree kam zum Wagen geeilt.

»Moment noch.« Roy griff nach einem Umschlag auf dem Rücksitz. »Hier ist das gesamte Material über den Fall Henderson und den in Brasilien. Außerdem habe ich zwei Termine für uns arrangiert.«

»Mit wem?«

»Mit Matilda Hendersons Schwester und mit ihrer besten Freundin, der Patentante des Jungen.« Roy legte den ersten Gang ein. »Morgen gegen zehn?«

Carpenter nickte, und als er ausstieg, zuckte ein Blitz am Himmel, dicht gefolgt von einem Donnerschlag. Der Portier bedachte ihn mit einem vorwurfsvollen Blick, als wäre es seine Schuld.

24

Matilda Hendersons Schwester Honor empfing sie mit kühler Höflichkeit. Sie war etwa fünfzig und trug das graue Haar im Bürstenschnitt, dazu schwere Ohrringe, eine modische, aber hässliche Brille und weite Pluderhosen, die Carpenter an den Zeichentrickfilm *Aladin* erinnerten, den er zusammen mit Brandon gesehen hatte. Ihre Wohnung in Chelsea war ganz in Schwarz, Weiß und Grau gehalten. Sie bot ihnen nichts zu trinken an, sondern hieß sie mit einer knappen Handbewegung auf unbequemen Stühlen aus Drahtgeflecht Platz zu nehmen.

»Ich bin hier, weil wir etwas gemeinsam haben«, begann Carpenter.

Sie hob skeptisch die Brauen.

Trotz ihrer kühlen Reaktion brach er nicht ab, sondern berichtete, wie seine Schwester und sein Neffe zu Tode gekommen waren. Roy schaltete sich gelegentlich ein, während Carpenter die ganze Geschichte aufrollte, angefangen bei dem Tag, als er von Kathys Tod erfuhr, bis hin zum heutigen Morgen. Als er fertig war, herrschte bedrückendes Schweigen.

»Ich weiß immer noch nicht, weshalb Sie hier sind, Mr. Carpenter«, sagte sie schließlich.

Roy Dunwold fiel schier die Kinnlade runter, Carpenter aber beugte sich zu ihr vor. »Ich dachte mir, es wäre doch *möglich*«, begann er, »dass es irgendwelche Parallelen zwischen meiner

Geschichte ...« er zögerte, »und der Ihrer Schwester und Ihres Neffen gibt ...«

»Meine Schwester und ihr Sohn wurden von einem Verrückten ermordet, während sie schliefen. Es könnte *Ihr* Verrückter gewesen sein, aber was ändert das schon?«

Carpenter starrte sie entgeistert an. »Sie wollen nicht, dass der Täter gefunden und bestraft wird?«

Sie zuckte die Achseln. »Er muss damit leben«, sagte sie frostig. »Genauso wie O. J.« Sie erhob sich. »Wissen Sie, ich bin Buddhistin und glaube, dass sich all diese Dinge mit der Zeit von selbst klären. Meine Schwester und ich standen uns nicht mehr sehr nahe, was Ihnen andere gewiss gern ausführlicher erklären. Und wäre ich nicht auf den Bahamas gewesen, als es passierte – man hätte mich sicher verdächtigt.«

»Eher unwahrscheinlich«, warf Roy ein, »aber es war ja immerhin von einer Erbschaft die Rede.«

Sie warf ihm einen vernichtenden Blick zu. »Das Geld habe ich wohl kaum nötig. Ich beabsichtige, damit eine Stiftung für einen Literaturpreis in Matildas Namen zu gründen. Aber wenn ich Sie jetzt bitten dürfte ...« Sie schaute auf die Uhr. »Ich habe noch einen Termin.«

Carpenter war jedoch fest entschlossen, ihr alles, was sie wusste, zu entlocken, und sei es nur, um sie nicht noch einmal aufsuchen zu müssen.

»Warum sollte man Sie verdächtigen?«

»Meine Schwester hat mich schwer enttäuscht. Wir lebten hier jahrelang vollkommen harmonisch zusammen. Ich malte, sie schrieb. Wir waren glücklich und zufrieden – bis sie auf diese absurde Idee verfiel, unbedingt ein Kind haben zu müssen.«

»Sie waren dagegen?«

»Natürlich war ich dagegen, und schließlich musste ich Matilda bitten, sich eine eigene Wohnung zu suchen. Als er geboren war, der kleine Martin, war Matilda nicht wiederzuerkennen. Sie sprach nur noch von Windeln und Spielzeug, Brustentzündung und selbst gekochter Babynahrung. Man konnte kein vernünftiges Gespräch mehr mit ihr führen.« Plötzlich hielt sie inne und errötete. »Es ist vorbei. Ich habe meine Trauerarbeit geleistet, und ich rate Ihnen, Mr. Carpenter, das Gleiche zu tun. Aber wenn Sie mich jetzt entschuldigen würden ...« Sie wies zur Tür.

Auf der Schwelle wandte sich Carpenter plötzlich um. »Wissen Sie, welche Fertilitätsklinik sie aufgesucht hat?«

Ein tiefer Seufzer. »Mein Gott, daran kann ich mich nicht mehr erinnern. Sie ist von Pontius zu Pilatus gelaufen. Sie war in den Staaten; sie war in Dubai – das muss man sich mal vorstellen! Ich glaube, es waren ein halbes Dutzend verschiedene Adressen. Sie faselte nur noch von Schleimhautverdickung und Ovulationszyklen und maß ständig die Temperatur in ihrer Vagina.« Sie verzog angeekelt das Gesicht.

»War sie auch in Italien?«, fragte Carpenter. »Der Mann, der meine Schwester umgebracht hat, kam aus Italien.«

»Ich weiß nicht. Wir haben uns nicht mehr vertragen. Jetzt, *bitte.* Ich habe einen Termin.«

Die Tür fiel ins Schloss.

»Alte Giftnatter«, zischte Roy. »Wahrscheinlich hat doch sie die beiden umgebracht.«

Matilda Hendersons beste Freundin, Kara Baker, lebte im Süden Londons, jenseits der Themse im Stadtteil Barnes. Roy lenkte den Porsche durch den dichten Verkehr und machte häufig Gebrauch von seiner Hupe. Als sie eben über die Hammersmith Bridge fuhren, klingelte sein Autotelefon.

»Verdammt«, knurrte Roy, »hat man denn nie seine Ruhe?« Er hob ab, lauschte und sagte schließlich mit resignierter Stimme: »Okay, wenn's sein muss. Ruf mich in einer Stunde dort an.«

Einer von Roys Mitarbeitern saß in Leeds fest, nachdem er Schwierigkeiten mit der dortigen Polizei bekommen hatte. Roy musste Carpenter leider absetzen.

Mit seinem Ententeich und seinem Kricketplatz hatte Barnes einen fast dörflichen Charakter. Das Haus, in dem Kara Baker wohnte, war ein stattlicher Ziegelbau, umgeben von einer alten Buchsbaumhecke. Der Eingang wurde von zwei kleinen steinernen Löwen bewacht, die rote Schleifen um den Hals trugen.

Die Frau, die Carpenter die Tür öffnete, hätte der Schwester von Matilda Henderson kaum unähnlicher sein können. Sie war Ende dreißig und umwerfend schön mit strahlend blauen Augen, einer ungebändigten roten Lockenmähne und betont weiblichen Körperformen.

Auch die Art, wie ihr Haus eingerichtet war, hatte nichts mit dem unterkühlten Design der Wohnung in Chelsea gemein. Hier teilten sich Antiquitäten und moderne Möbel in ungestörter Harmonie den Raum; alte orientalische Teppiche auf den Holzfußböden; Kunstgegenstände aus allen Epochen in den Regalen; und überall Grünpflanzen, die sich Säulen empor- und Treppengeländer hinunterranken und ungehindert Nadeln und Blätter abwerfen durften.

Es herrschte ein gemütliches Chaos: Zeitungen, Bücher, Tassen und Teller, Hüte und Handschuhe lagen herum. Eine rote Wärmflasche lümmelte sich in einem Sessel, eine Tüte Kartoffelchips ruhte auf dem Klavierhocker.

Sie entschuldigte sich für die Unordnung, schleuderte ihre Schuhe in eine Ecke und ging auf Strümpfen voraus in die Küche. »Kaffee?«

Carpenter hockte an einem alten Bauerntisch in der geräumigen Wohnküche, während sie den Kaffee bereitete.

»Sie waren also schon bei Honor?«

»Sie war nicht besonders hilfsbereit.«

»Arme Honny«, sagte sie mit einem Seufzer. »Sie gibt sich so eiskalt, dabei ist sie in Wirklichkeit wie gelähmt vor Kummer. Ich mache mir ernsthaft Sorgen um sie.«

Carpenter zögerte. »Dann hat sie mich zum Narren gehalten.«

»Ja, ich weiß; sie kann ein richtiges Biest sein. Aber glauben Sie mir, Matilda war der einzige Mensch auf der Welt, der ihr etwas bedeutet hat. Und Martin.«

Carpenter glaubte, nicht richtig gehört zu haben. »Mir hat sie aber was ganz anderes erzählt.«

»Unsinn«, erwiderte Kara, die nach zwei sauberen Tassen suchte. »Deshalb bin ich auch so um sie besorgt. Sie haben ihre Wohnung gesehen, haben gesehen, wie beherrscht und perfektionistisch sie ist. Warten Sie – ich will Ihnen eine von ihren Zeichnungen zeigen.« Sie stellte das Kaffeetablett auf den Tisch – zwei angeschlagene Becher, eine Zuckerdose aus Alabaster und eine Milchtüte –, verschwand und kehrte mit einer großen gerahmten Skizze vom Piccadilly Circus zurück.

»Sehen Sie«, sagte Kara. »Genauso ist Honny.«

Es war eine interessante Zeichnung, die Komposition gekonnt, die Perspektive bestechend, aber alles war so peinlich genau, so ins Detail gehend, dass es den Betrachter irgendwie kalt ließ.

»Ich verstehe, was Sie meinen.«

Kara rührte mit dem Zeigefinger in ihrem Kaffee und leckte ihn dann ab. »Honor steckt in einer ›Verleugnungsphase‹, wie die Psychologen das nennen. Nur dass sie nicht den Tod der beiden leugnet, sondern ihren eigenen Kummer.« Sie trank einen Schluck Kaffee und stöhnte fast vor Genuss.

Der Kaffee war sehr, sehr gut, und Kara Baker war sehr attraktiv. Dass ihn diese Attraktivität merkwürdig gleichgültig ließ, ärgerte ihn geradezu, denn Kara war eine Frau, die er normalerweise begehrt hätte.

»Hmm«, machte Kara Baker, den Kaffeebecher in beiden Händen. Die Brauen hochgezogen, sah sie ihn an und wartete, dass er etwas sagte.

»Mir hat Honor erzählt, sie hätte Matilda vor die Tür gesetzt – wegen des Kindes«, sagte Carpenter. »Dass sie sich entfremdet hätten, weil ihre Schwester schwanger war.«

»Quatsch«, sagte Kara. »Honor war begeistert von dem Gedanken an ein Baby. Sie hat sich eingehend mit den neuesten Techniken und Erfolgsraten der verschiedenen Kliniken beschäftigt. Sie hat x Gynäkologen aufgesucht und um Rat gefragt.

Sie hat alle Termine für Matilda arrangiert, hat Medikamenteneinnahme und Diät überwacht.«

Carpenter schüttelte den Kopf. »Das alles hört sich nicht nach der Frau an, die ich gesehen habe.«

»Sie können es ja nachprüfen, wenn Sie mir nicht glauben.« Sie beugte sich zu ihm vor. »Matilda hat in ihrem Testament bestimmt, dass Honor Martins Vormund sein sollte, falls ihr selbst etwas zustieße. Das mit dem Ausziehen war Matildas Idee gewesen. Sie hatte Sorge, dass Honor mit einem Baby in der Nähe nicht würde arbeiten können. Aber sie suchten schon nach einem gemeinsamen Landhaus für die Wochenenden. Und dann ...«

Sie brach plötzlich ab, und ihre Augen füllten sich mit Tränen. »Entschuldigen Sie, aber Matilda fehlt mir so sehr. Wir waren seit unserer Kindheit befreundet und stellten uns vor, als alte Damen gemeinsame Reisen in die Provence oder Toskana zu machen, Riesenhüte zu tragen und ...«

Sie verlor die Fassung, schlug schluchzend die Hände vors Gesicht und eilte zur Tür hinaus. »Verzeihen Sie. Ich bin gleich wieder da.«

Allein in der Küche, dachte Carpenter über den Verlauf ihres Gesprächs nach. Es war die ganze Zeit nur um die Beziehung der beiden Henderson-Schwestern gegangen. Jetzt musste er die Unterhaltung in eine andere Richtung lenken, damit er ihr die Fragen stellen konnte, derentwegen er gekommen war. Wer ein Interesse daran gehabt haben könnte, ihre Freundin umzubringen. Ob es Gerüchte, Verdächtige gegeben hatte. Schließlich würde er ihr seine eigene Geschichte erzählen und sehen, ob ihr irgendwelche Parallelen auffielen.

Er spülte die Kaffeebecher ab und wollte die Milchtüte in den Kühlschrank räumen. An die Kühlschranktür waren mit kleinen Magneten gut zwei Dutzend Postkarten geheftet – ein ganzer Reisekatalog. Die Tür klemmte, und als er sie mit einem Ruck aufzog, fiel eine der Karten zu Boden. Er bückte sich, hob sie auf und ... traute seinen Augen nicht! Genau die gleiche Karte hatte er vor Jahren von Kathy bekommen!

Es war ein Foto von einer italienischen Landschaft mit einem Städtchen im Hintergrund, das, umgeben von einem mittelalterlichen Wall, auf einem Hügel thronte. In dieses Foto war ein zweites eingefügt, das ein hübsches altes Hotel zeigte. *Pensione Aquila* stand darunter.

Er konnte sich noch gut an die Karte erinnern: Kathy hatte mit wenigen Strichen eine nackte Frau gezeichnet, die den Arm hochstreckte, Zeige- und Mittelfinger zum Victory-Zeichen gespreizt. Unterschrieben hatte sie mit dem alten auf der Seite liegenden A der Allianz.

Vor der Reise nach Italien hatte er versucht, Kathy zum Aufgeben der »Jagd nach dem Baby« zu bewegen. Inzwischen hatte sie fast 60 000 Dollar und drei Jahre ihres Lebens damit vergeudet. Das hatte sie ausgezehrt, körperlich wie auch seelisch, und sie schien immer zerbrechlicher zu werden.

Nach dem Eintreffen der Postkarte hatte er befürchtet, Kathys Glück würde mit einer weiteren Enttäuschung enden. Sie hatte schon einmal eine Fehlgeburt gehabt und war völlig niedergeschmettert und untröstlich gewesen.

Als Kara Baker in die Küche zurückkam, las Carpenter gerade, was auf der Rückseite ihrer Postkarte stand:

Liebe K,
wunderbar hier und so friedlich. Felder voller Sonnenblumen, so weit das Auge reicht. Drück mir die Daumen.
Alles Liebe – Matilda

Kara Baker hatte etwas sagen wollen, war aber auf der Schwelle stehen geblieben, offenbar fassungslos über das schlechte Benehmen ihres Besuchers. Ihr Mund lächelte schwach, aber ihre Augen waren kalt. »Ich glaube, Sie gehen jetzt besser.«

»Tut mir Leid«, sagte er und hielt die Postkarte wie ein Beweisstück hoch. »Ich weiß. Ich lese Ihre Post. Ich ... ich wollte die Milch in den Eisschrank stellen, da ist diese Karte runtergefallen ...«

Sie hatte heftig geweint. Ihre Augen waren gerötet, ihr Gesicht war fleckig. Sie ergriff die Karte, las sie und warf sie auf den Tisch. Sie nagte an der Unterlippe und holte tief Luft.

»Das ist die Stadt. Wo die Klinik war. Wo Matilda mit Martin schwanger wurde. Drum habe ich die Karte aufgehoben.«

»Montecastello di Peglia.«

Offenbar hatte sie ihn nicht gehört.

»Ich war übrigens dort, um ihr gewissermaßen Händchen zu halten. Es war sehr hübsch, ein typisches umbrisches Städtchen.« Noch ein tiefer Atemzug. »Und sie war *so ... glücklich.* Ich hatte eine Flasche Champagner mitgebracht, aber natürlich hatte ich vergessen ... sie wollte nicht einen Schluck trinken. Also sind wir mit dem Taxi zur Klinik gefahren und haben die ganze Flasche vor dem Eingang ausgekippt.«

»Wie viel hat Roy Ihnen erzählt?«, fragte er.

Sie blickte ihn verständnislos an. »Welcher Roy?« Dann erinnerte sie sich. »Ach ja. Ihr Kollege.«

»Hat er Ihnen erzählt, warum ich hier bin?«

Sie fuhr sich mit der Hand durchs Haar und runzelte die Stirn. »Irgendwas mit Ihrer Schwester und deren Baby. Dass vielleicht ein Zusammenhang mit Matildas Tod besteht.«

»Der Grund, weshalb ich die Postkarte gelesen habe ...«

»Ach, lassen Sie. Ist schon gut.«

»Nein, hören Sie zu. Meine Schwester hat mir die gleiche Karte geschickt.«

»...«

»Dort sei sie endlich schwanger geworden – nach jahrelangen Versuchen.«

Sie schluckte. »Genau wie Matilda. Die Clinica Baresi.« Sie sah ihn mit fragenden Augen an. »Und Sie denken jetzt ... was eigentlich? Ich hab keine Vorstellung.«

Er schüttelte den Kopf. »Ich weiß nicht, was ich denken soll. Aber es ist doch seltsam, oder? Hat Matilda niemals den Namen Grimaldi erwähnt? Franco Grimaldi?«

Kara schüttelte den Kopf. »Nein.«

Er fragte, ob er rasch telefonieren dürfe. Sie sah ihn befremdet an, zuckte die Achseln und deutete auf das Telefon. »Ich glaube, ich nehme inzwischen ein Bad«, sagte sie und verschwand.

Es dauerte über zehn Minuten, bis er endlich Kommissar Janacek in Prag am Apparat hatte.

»Ne?«, meldete sich Janacek.

»Hallo, hier ist Joe Carpenter, Jim Riordans Freund.«

»Natürlich«, kam die Antwort steif. »Schönes neues Jahr.«

Carpenter erzählte ihm von seiner Entdeckung. »Ich habe noch eine einzige Frage an Jiri Reiner«, sagte er. »Ist seine Frau in eine Fertilitätsklinik gegangen, um schwanger zu werden? Wenn ja, in welche? Ich möchte wissen, ob es die Clinica Baresi in Italien war.« Er erklärte, warum.

»Ich frage Pan Reiner«, sagte Franz Janacek. »Sie rufen zurück?«

»Aber sicher!«

»Oder wollen Sie warten? Ich rufe ihn von einem anderen Apparat aus an.«

»Noch besser.«

Den Hörer in der Hand, wartete Carpenter ein paar Minuten und ging alle Möglichkeiten in seinem Kopf durch. Wenn Jiri Reiners Frau ihr Kind in der Clinica Baresi empfangen hatte, war der Zusammenhang nicht länger zu leugnen. Irgendwer spürte die Kinder, die dort empfangen worden waren, auf und brachte sie um, eins nach dem anderen. Ein Mord an unschuldigen Kindern. Aber warum?

Janacek meldete sich wieder. »Hallo? Pan Carpenter?«

Carpenter hielt den Atem an. »Ja?«

»Jiri – er wollte zuerst nicht antworten, fragte, warum ich das wissen will.«

»Gut, also ...«

»Ich sage: ›Jiri, Ihre Familie ist *ermordet* worden. Beantworten Sie mir diese Frage!‹ Er sagt, wie schlecht er sich vorkommt ... als Mann. Schließlich sagt er, warum er sich schlecht vorkommt. Weil seine Frau nicht von ihm schwanger geworden ist. Sondern von einem Arzt. Ich muss weiterbohren: ›Welcher Arzt?‹ – ›Wo?‹ Ich traue ihm nicht, also sage ich ihm auch den Namen nicht, den Sie mir genannt haben. Dann hätte er vielleicht mit ja oder nein geantwortet, je nach Laune. Aber schließlich sagte er mir: Klinik Baresi in Italien.«

Carpenter holte tief Luft: »Ich ... ich kann's einfach nicht fassen!«

»Fahren Sie hin?«, fragte Janacek. »Zu der Klinik?«

»Es ist meine nächste Station«, sagte Carpenter und versprach, Janacek auf dem Laufenden zu halten.

Als er auflegte, kam Kara Baker in die Küche zurück. Sie sah frisch aus in ihrem langen weißen Frotteebademantel. Sie berührte seinen Arm und gab ihm durch einen Blick zu verstehen, dass sie unter dem Bademantel nackt war.

Zu seiner eigenen Überraschung schüttelte er den Kopf. Sie war wirklich eine außergewöhnliche Frau, doch statt ihr Angebot anzunehmen, erzählte er ihr, was er von Janacek erfahren hatte, und dankte ihr für den Kaffee und ihre Hilfe.

»Sie wissen gar nicht, wie sehr Sie mir geholfen haben. Ich hätte Monate gebraucht ...«

»Freut mich«, kam die Antwort mit einer Stimme, die keine Gefühlsregung verriet.

Carpenter schaute sie an und seufzte. »Ich muss gehen«, sagte er. Und ging.

25

Carpenter stand am Fenster seines Hotelzimmers, ein Glas Scotch in der Hand, und lauschte dem nächtlichen Regen, der an die Scheiben prasselte. Dabei ging er in Gedanken durch, was er bis jetzt in Erfahrung gebracht hatte. Kinder, in einer italienischen Fertilitätsklinik empfangen, wurden umgebracht. Von einem religiösen Fanatiker. Der offenbar für eine dubiose katholische Sekte mit Namen Umbra Domini arbeitete.

Aber die Rolle des Umbra Domini blieb unklar. Dass Bepi gerade Nachforschungen über die Sekte anstellte, als er ermordet wurde, legte den Verdacht nahe ... Carpenter dürfte jedoch nicht Bepis einziger Klient gewesen sein; vielleicht arbeitete er ja noch an anderen Fällen. Für den Besuch des Schranks in seinem Hotelzimmer in Neapel war sicher della Torre verantwortlich, aber auch dafür gab es keine Beweise. Und dann waren da die Weihwasserflaschen, die Grimaldi und della Torre bei sich trugen. So sonderbar diese Tatsache sein mochte, als Beweis reichte sie nicht aus. Vielleicht waren solche Flaschen ein Geschenk für besonders eifrige Anhänger, die »Blauen«, gewesen. Vielleicht war das Wasser darin geweiht, von della Torre oder dem Papst. Vielleicht stammte es aus Lourdes.

Blieb noch die telegrafische Überweisung.

Für welchen Zweck das Geld bestimmt war, wusste er nicht. Vielleicht hatte es mit Grimaldis Arbeit für Salve Caelo zu tun und diente zum Kauf von Waffen oder zur Bestechung der Serben. Aber das waren bloße Spekulationen. Die Überweisung war direkt vor den Kindermorden erfolgt, aber das konnte auch ein Zufall sein.

Carpenter ließ die Eiswürfel in seinem Glas klirren und nahm einen kräftigen Schluck Scotch. Er wusste heute mehr als vor einem Monat, aber es lief immer noch alles auf die eine Frage hinaus: *Warum?* Warum reiste jemand – dazu vielleicht ein gläubiger Mensch – quer durch die Welt und brachte Kinder um?

Und was den Umbra Domini betraf: Warum sollte eine religiöse Gemeinschaft, und sei sie noch so reaktionär, Kindern den Krieg erklären? Die Broschüren der Sekte sprachen sich gegen moderne Reproduktionstechniken aus, aber das war kaum ein Aufruf zum Mord. Irgendetwas anderes war im Spiel, eine finstere Macht. Aber welche?

Er schaltete seinen Laptop ein und fertigte anhand seiner handschriftlichen Notizen ein paar Memos über die Mordfälle Henderson und Peña an. Er sicherte die Datei auf seiner Festplatte, verschlüsselte sie, ging on line und legte sie über Modem auf seinem Computer zu Hause ab. Dann schickte er eine E-Mail an Judy, damit sie wusste, wo sie ihn in den nächsten Tagen erreichen würde.

Gegen vier Uhr fuhr Carpenter durch die mittelalterlichen Tore von Todi, einem malerischen Städtchen, das sich an einen Berghang über der umbrischen Ebene schmiegte. Im Verkehrsbüro, unweit des Hauptplatzes, wollte er eine Straßenkarte der Region kaufen, und so folgte er den Hinweisschildern zum *Centro.* Von einem ungeduldigen Taxi bedrängt, holperte er im Zickzack die immer schmaleren Gassen hinauf, bis er schließlich auf die berühmte *Piazza del Popolo*, das Herzstück der Stadt mit seinen *palazzi* aus dem 13. Jahrhundert, gelangte.

Er fand einen Parkplatz, der über dem Abgrund zu schweben schien und in nördlicher Richtung auf Perugia blickte. Sofort kam ein Wärter in grüner Uniform herbeigeeilt und verlangte Geld. Carpenter hob die Schultern und ließ den Mann mehrere

Lirescheine aus seinem Portemonnaie ziehen. Der Mann nahm 6000 Lire und steckte einen der 1000-Lire-Scheine zwischen seine gichtigen Finger. Dann hob er eine Braue und deutete auf seine Brust. Carpenter verstand – ein Trinkgeld – und nickte. Der Wärter schrieb einen halben Roman auf einen schmalen weißen Papierstreifen und klemmte ihn unter den Scheibenwischer.

»Touristeninformation?«, fragte Carpenter.

»Ahhhh, *sì*«, antwortete der Mann. *»Sì, sì.«* Woraufhin er eine dreiminütige Wegbeschreibung vom Stapel ließ, die in einer spiralähnlichen Bewegung seines Handgelenks gipfelte.

Nachdem er der Beschreibung, die er gar nicht verstanden hatte, gefolgt war, landete er zu seinem eigenen Erstaunen direkt vor der Tür des Fremdenverkehrsamts. Die Angestellte sprach wenig bis kein Englisch, aber sie wusste, was er wollte. Flink huschte sie von einem hölzernen Aktenschrank zum nächsten und überreichte ihm dann eine detaillierte Straßenkarte von Umbrien, einen Plan von Todi und Umgebung (einschließlich Montecastello), eine Liste mit den Festen und Festivals, ein kleines Poster mit den Wappen der Stadt und vier Postkarten der Region.

Carpenter dankte ihr, nahm Stift und Papier von ihrem Tisch und schrieb die Worte: *Clinica Baresi – Montecastello?*

Die Frau runzelte die Stirn und setzte zu einer lebhaften Pantomime an, wobei ihre Hände in die Höhe schossen, sich kreuzten und zu den Seiten hinabschnellten. Dann hustete sie, rieb sich die Augen und sagte: »Puff!«

Carpenter hatte nicht die leiseste Ahnung, was sie ihm zu erklären versuchte, gab aber vor, zu verstehen: »*Sì, sì.* Kein Problem.«

Die Frau bedachte ihn mit einem skeptischen Blick, zuckte die Achseln und zeichnete auf seiner Karte den Weg zur Klinik und den zur Pensione Aquila ein. Sie markierte beide Zielorte mit einem Sternchen und reichte ihm die Karte mit einem *»Buona Sera«*.

Carpenter ging zum Parkplatz zurück, breitete die Karte auf dem Beifahrersitz aus und schlug die angegebene Richtung ein. Die Straße führte ihn durchs Stadttor hinaus, dann auf einer Serpentinenstraße hinunter in die Ebene und weiter an einem schmalen Fluss entlang.

Nach acht Kilometern gelangte er an eine Agip-Tankstelle. Der Fluss war an dieser Stelle keine zwanzig Meter breit, war aber auf seiner Karte als der mächtige Tiber ausgezeichnet; ein Schild auf der Brücke nannte seinen italienischen Namen: *Tevere.*

Er bog links ab und fuhr mehrere Kilometer, bis sich der Weg hinter einer Baumschule gabelte. Er hielt am Straßenrand und blickte erneut auf die Karte. Rechts ging es nach Montecastello, das etwa dreihundert Meter über der Flussebene auf einer Felskuppel thronte. Er erkannte es von der Postkarte an Kara Bakers Kühlschrank her: Das Foto war mit Sicherheit ganz in der Nähe aufgenommen worden.

Links musste es nach der Markierung der Frau zur Klinik gehen. Und so folgte er dem leicht ansteigenden Weg, der an Stoppelfeldern, Olivenhainen und vereinzelten Gehöften vorbeiführte.

Zu seiner Linken entdeckte er zwei massive Steinsäulen mit einem Schild, auf dem in eleganten Lettern der Name *Clinica Baresi* prangte. Er bog in die zederngesäumte Einfahrt und gelangte nach etwa einem halben Kilometer auf einen Hügel.

Dann sah er das Gebäude – oder das, was davon übrig geblieben war –, und er begriff, was ihm die Frau im Fremdenverkehrsamt hatte erklären wollen.

Rauch. Feuer. Puff!

Die Clinica Baresi war so weit niedergebrannt, wie es für ein Steinhaus überhaupt möglich war. Wo die Hitze den Mörtel gesprengt hatte, waren die Steine zu geschwärzten Haufen zusammengefallen, sodass von der rechten Gebäudehälfte nichts geblieben war als ein grauer Schornstein, umgeben von Schutt. Die Westseite war mehr oder weniger intakt, aber zum Himmel offen. Ohne Dach, Fenster und Türen wirkte die Ruine viel älter, als sie in Wirklichkeit wohl war.

Er stellte den Motor ab und stieg aus.

Der Anblick der abgebrannten Klinik erinnerte ihn an jenen schrecklichen Morgen, als er sich Kathys Haus genähert hatte und ihm der Geruch von verbranntem Holz und geschmolzenem Plastik in die Nase gestiegen war. Er sah das Haus noch genau vor sich, ein Trümmerhaufen aus verkohltem Bauholz und verbogenem, angelaufenem Metall.

Der Anblick der Klinik erinnerte ihn auch an Brandons geschändetes Grab: den umgekippten Stein, die niedergetrampelten Blumen, die schwarzen Aschestreifen.

Und wie er so dastand, überkam ihn plötzlich ein Gefühl unbeschreiblicher Hilflosigkeit. Wohin er auch kam, um nach Antworten zu suchen, fand er verbrannte Erde vor. Jetzt auch die Clinica Baresi. Dabei war er endlich auf eine heiße Spur gestoßen, auf den Punkt, an dem alle Fäden zusammenzulaufen schienen.

Mutlosigkeit überfiel ihn, und er musste sich an seinen Wagen lehnen. Und zum ersten Mal seit dem Tod seiner Schwester kamen ihm ernsthafte Zweifel, dass er je erfahren würde, warum sie und Brandon umgebracht worden waren.

Deprimiert fuhr er an die Weggabelung zurück und schlug die Abzweigung nach Montecastello ein. Die Sonne war eben untergegangen, und gegen den flammendroten Himmel wirkte die Stadt aus der Ferne wie eine Festung.

Sanft erst, dann immer steiler wand sich die Straße hinauf zu der ummauerten Stadt auf dem Hügel. Carpenter, der vom dritten in den zweiten und dann in den ersten Gang schalten musste, hatte ein Auge auf den langsam steigenden Temperaturanzeiger des Motors. Nach etwa zehn Minuten erreichte er ein ebenes Areal außerhalb der Stadtmauern.

Es war eine Art Warteraum im Freien vor den Toren der Stadt. Ein paar Häuser klebten am Hang über einem winzigen Park, in dem Frauen mit spielenden Kindern an einem hübschen Brunnen saßen. Den Rest der ebenen Fläche nahm ein Parkplatz ein, von dem fünf Stellplätze für die *Pensione Aquila* reserviert waren. Davor ein roter Kasten, auf den in weißen Lettern das Wort MAPPA gemalt war. Er hob den Deckel und zog ein Kärtchen heraus.

Die Karte bestand aus einem handgemalten Stadtplan, der den Weg zur Pension anzeigte, und einer Zeichnung von einem Pagen auf der Rückseite: gestreifte Hosen, breites Lächeln und ein Hut mit der Aufschrift AQUILA. Mit zwei Koffern in der einen, zwei in der anderen Hand und einem fünften unter den Arm geklemmt, sah man ihn den Parkplatz verlassen. Eine gekonnte Art der Werbung, dachte Carpenter. Trotzdem brauchte er keinen Pagen.

Er schlenderte bis an den Rand des Parkplatzes und blickte über den Abgrund. Unten sah er den Tiber, wie er sich durch die Landschaft schlängelte, und, in der Ferne, die Lichter von Todi. Von unten drangen Kinderstimmen herauf, und nachdem er sich noch weiter vorbeugte, entdeckte er zu seinem Erstaunen ein kleines Fußballfeld. Ein Dutzend Jungen trainierten darauf im schwindenden Abendlicht.

Das Feld klebte regelrecht am Hang, wobei eine Hälfte auf einem natürlichen Vorsprung gleichsam ins Leere ragte. Das gesamte Feld war mit einem Drahtnetz überspannt, das von Metallpfeilern getragen wurde – eine notwendige Vorkehrung, um zu verhindern, dass die Bälle ins Tal flogen. Normalerweise hätte Carpenter eine Weile zugeschaut, aber er wollte die Pension erreichen, bevor es richtig dunkel wurde.

Offensichtlich waren Autos in dem Städtchen nicht zugelassen, und als er vor dem Stadttor stand, wurde ihm klar, warum. Autos hätten gar nicht hineingepasst – nirgends. Er trat durch einen schmalen Tunnel, der die Stadtmauer durchschnitt, und gelangte zur »Via Maggiore«, einer steilen Steintreppe, die wiederum in eine mittelalterliche »Straße« mündete, so eng, dass er mit ausgestreckten Armen die Hausmauern zu beiden Seiten hätte berühren können. Ein Stück weiter führte die Gasse durch das Erdgeschoss eines grauen Steingebäudes hindurch auf einen winzigen Platz. Und dort erblickte Carpenter, vom steilen Anstieg schwer atmend, das ovale Schild, das neben einer massiven Holztür angebracht war und mit leuchtenden Lettern verkündete:

PENSIONE AQUILA

Carpenter war überrascht. Bei *pensioni* handelte es sich im Allgemeinen um bescheidene Unterkünfte, das Aquila aber war ein elegantes Gebäude und mochte früher einmal ein kleiner Palast gewesen sein.

An der alten geschnitzten Tür hing ein kleines Schild: ENTRATA, und so trat Carpenter in die spärlich möblierte, marmorgeflieste Eingangshalle: zwei Gobelins an den Wänden, ein schwarzer Flügel in einer Ecke, mehrere alte Perserteppiche am Boden verstreut. Hinter einer großen Holztheke saß ein Mann um die fünfzig. Er hatte lockiges, graues Haar und trug ein elegantes marineblaues Sakko. Er war fast zu schön, um wahr zu sein.

»*Prego?*«, fragte der Mann.

Noch immer außer Atem, ging Carpenter auf den Empfang zu. Seine Rippen pochten vor Schmerz. »Joe Carpenter«, sagte er und suchte nach dem italienischen Wort für »Vorbestellung«, als ihn der Mann zu seinem Erstaunen auf Englisch begrüßte.

»O ja. Herzlich willkommen in Aquila«, sagte er mit britischem Akzent. »Noch weiteres Gepäck? Ich kann Tonio runterschicken.«

»Sie sprechen Englisch«, rief Carpenter.

»Nun ... ja«, sagte der Mann.

»Verzeihen Sie, ich war einfach nur überrascht.«

»Das sind die meisten Gäste. Man hört nicht viel Englisch in Montecastello, das heißt ... im Sommer schwappt eine kleine Touristenwelle aus dem Reich des Chianti zu uns herüber.«

Carpenter lachte. »Toskana?«

»Genau. Dort hört man – wenigstens im August – nichts als Englisch.« Er lächelte. »Wir haben hier im Allgemeinen wenig Touristen und noch weniger im Januar.« Er hielt inne, um Carpenter Gelegenheit zu der Erklärung zu geben, weshalb er mitten im Winter nach Montecastello gekommen war. Carpenter erwiderte sein Lächeln, schwieg aber. »Nun, dann tragen Sie sich bitte ins Gästebuch ein. Und überlassen Sie mir Ihren Pass für ein paar Stunden. Ich zeige Ihnen gleich Ihr Zimmer.« Er drehte das Gästebuch zu Carpenter herum, öffnete es und reichte Carpenter einen Stift.

Dass der Mann Englisch sprach, war ein Glücksfall. Von ihm würde er vielleicht etwas über die Clinica Baresi und ihren Leiter erfahren. Zunächst aber wollte er duschen und sich etwas ausruhen.

Er folgte dem Mann durch einen Flur, an dessen Wänden gusseiserne Leuchter in Form eines Adlers prangten, dessen Krallen weiße Kerzen umfassten.

Das Zimmer war geräumig und mit Antiquitäten eingerichtet. Der Mann deutete auf einen wurmstichigen Schrank: »Falls Sie den Fernseher suchen, der ist da drin.« So alt der Raum auch sein mochte, er war mit neuen Heizkörpern und einem modernen marmorgefliesten Bad ausgestattet. Carpenter entdeckte sogar einen geheizten Handtuchständer und einen weißen Frotteebademantel am Türhaken.

»Sie sind überrascht?«, fragte der Mann.

»Begeistert trifft es besser«, antwortete Carpenter.

Der Mann verbeugte sich dankend und öffnete die Tür, die auf einen kleinen Balkon führte. Sie traten hinaus. Es war schon fast finster, bis auf einen schmalen violetten Streifen am Horizont. »Wenn es heute Nacht klar ist«, sagte der Mann, »können Sie Perugia sehen.« Er zeigte auf einen verschwommenen Fleck in der Ferne. »Genau dort.«

Sie gingen wieder hinein, und auf der Schwelle zur Tür drehte sich der Mann noch einmal um. »Übrigens, sollten Sie ein Fax- oder Kopiergerät benötigen – wir haben natürlich beides. Eine

Frage noch ...« Er zögerte. »Gedenken Sie bei uns zu Abend zu essen? Unsere Küche ist durchaus zu empfehlen. Sie finden nichts Besseres, es sei denn, Sie fahren bis Todi oder Perugia. Wir servieren um acht.«

»Passt ausgezeichnet.«

Als er bei den *gnocchi* angelangt war, wusste Carpenter bereits eine ganze Menge über Nigel Burlingame, den gut aussehenden Mann, der ihn an der Rezeption empfangen hatte, und seinen Gefährten Hugh Cockayne. Auch Hugh war um die fünfzig, dazu groß und schlaksig – große Nase, abstehende Ohren, schütteres Haar – und ziemlich hässlich im Vergleich zu dem attraktiven Nigel.

Wie sich herausstellte, waren Nigel und Hugh zwei Schwule aus Oxford, die in den sechziger Jahren nach Italien gekommen waren, um zu *malen.* »Natürlich haben wir schauderhaft gemalt«, meinte Hugh leichthin, »stimmt's, Nigel?«

»Entsetzlich.«

»Dafür haben wir uns gefunden.«

Eine Zeit lang hatten sie in Rom gelebt, und als Nigels Vater gestorben war, erwarben sie einen Weinberg in der Toskana.

»Hört sich toll an«, sagte Carpenter.

»Es war noch schlimmer als die Malerei!«, sagte Nigel.

»Und so schmutzig ...«, fügte Hugh hinzu.

»Und so schweißtreibend ...«

»Weißt du noch, die Mücken?«

»Und die *viperi*!«

»Giftschlangen?«, fragte Carpenter.

Hugh nickte. »Die sind tödlich, müssen Sie wissen. Obwohl jeder Serum in seinem Kühlschrank hatte. Und sie krochen nicht nur am Boden. Sie saßen auch in den Weinstöcken. Die Pflücker hatten eine Heidenangst vor ihnen, stimmt's, Nigel?«

»Mhm.«

»Aber nicht nur die Pflücker. Einmal wollte ich nach einer Traube greifen. Und – mein Gott! – da stand ich so einer Schlange von Angesicht zu Angesicht gegenüber. Oder müsste es von Angesicht zu Kopf heißen?« Hugh wandte sich seiner schöneren Hälfte zu. »Hat eine Schlange ein Gesicht?«

Daraufhin kam es zu einer hitzigen Debatte darüber, was ein »Gesicht« ausmacht, bis Hugh schliesslich seufzte. »Wie auch immer, das war der Weinberg.«

»Wir hatten ständig Schwierigkeiten mit den Helfern«, sagte Nigel. »Das können Sie sich ja vorstellen. Und die Toskana war überlaufen von Engländern. Also, Weinberg, adieu ...«

»Der Hauptgrund war, dass es eine so verdammt harte Arbeit ist.« Hugh verzog das Gesicht und sah seinen Gefährten an. »Wir sind keine Schwerarbeiter, stimmt doch, Nigel, oder? Keine richtigen, meine ich.«

So plätscherte die Unterhaltung munter weiter, wobei Nigel servierte und Hugh Teller und Besteck abräumte. Auf die Gnocchi folgten gegrillte Lammkoteletts, dann grüner Salat, dann eine Obstschale und schließlich ein *digestivo*.

Carpenter war froh, dass er den beiden zuhören konnte. Mit der eigenen traurigen Geschichte hätte er die angenehme Atmosphäre nur gestört. Am Ende aber spürte er, wie Nigel und Hugh ihn erwartungsvoll anblickten.

»Und jetzt fragen Sie sich natürlich, was *ich* hier mache.«

Nigel warf Hugh einen Seitenblick zu. »Wir sind von Berufs wegen nicht neugierig, versteht sich ... Aber, es stimmt, wir haben uns schon die Frage gestellt.«

»Nur ganz beiläufig«, sagte Hugh mit einem Lächeln.

Carpenter nahm einen Schluck von seinem Fernet Branca.

»Falls es um einen Immobilienkauf geht«, meinte Nigel, »dann ist Ihr Geld gut angelegt.«

Carpenter schüttelte den Kopf. »Eigentlich wollte ich die Clinica Baresi aufsuchen.«

Nigel sah ihn bedauernd an. »Da haben Sie leider kein Glück.«

»Ich weiß«, sagte Carpenter. »Ich war heute Nachmittag dort.« Er hielt inne. »Wann ist das Unglück passiert?«

»Das war – wann genau, Hugh? August? Ende Juli? Auf jeden Fall in der Hauptsaison.«

»Und wie?«, fragte Carpenter weiter, obwohl er die Antwort kannte.

»Nun, es war Brandstiftung, stimmt's, Hugh?«

»Es waren keine Kinder, die mit Kerzen oder Feuerwerkskörpern gespielt haben«, sagte Hugh. »Es war ein Gebäude aus dem 16. Jahrhundert, ein umgebautes Kloster – das heißt der alte Teil.«

»Hat alle Unbilden eines halben Jahrtausends überstanden, und dann ...« Nigel schnippte mit den Fingern ... bis auf die Grundmauern niedergebrannt.«

»Müssen Profis gewesen sein«, sagte Hugh. »Nichts als Steine sind geblieben! Nun, Sie haben es ja gesehen. Das Feuer war so heiß, dass manche Steine regelrecht geborsten sind. Die Feuerwehr konnte nicht nah genug ran.«

»Waren Menschen drin?«

»Nein, es war ein Glück, wenn man von Glück sprechen kann«, sagte Hugh und zündete sich eine Zigarette an der Tischkerze an. »Die Klinik war bereits geschlossen.«

»Und warum?«

»Baresi war ziemlich krank. Die Klinik wurde schon mehrere Monate vor dem Brand geschlossen.«

»Glauben Sie, ich könnte Baresi sprechen?«

Beide schüttelten den Kopf. »Zu spät«, sagte Nigel.

»Er ist vor kurzem gestorben«, fügte Hugh hinzu.

»Lungenkrebs«, präzisierte Nigel und fächelte mit wohlmanikürter Hand den Rauch von Hughs Zigarette weg. »Für uns war die Schließung der Klinik ein Verlust. Aber nachdem Todi so in Mode gekommen ist, gleicht das die Geschäfte vielleicht aus.«

Carpenter runzelte die Stirn. »Was für Geschäfte?«

»Nun, es war eine ambulante Klinik«, erklärte Nigel. »Und so haben die Frauen, die dort in Behandlung waren, bei uns gewohnt.«

Carpenter war unverkennbar überrascht.

»Kein purer Zufall«, sagte Hugh lachend. »Ich meine, wir *sind* hier die einzige Attraktion.«

»Wir hatten ein Arrangement«, sagte Nigel.

»Dr. Baresis Patientinnen bekamen Sondertarife«, fügte Hugh hinzu, »und wir haben uns um sie gekümmert. Ließen sie vom Flughafen abholen, zur Klinik bringen – und so weiter.«

»Sie waren ja nicht krank«, sagte Nigel, »und brauchten keine Pflege im eigentlichen Sinne. Es waren gesunde Frauen.«

»Dann kannten Sie den Doktor also?«, fragte Carpenter.

Nigel und Hugh sahen sich an. Nigel wiegte den Kopf. »Wir kannten ihn, aber ich würde nicht behaupten, dass wir *Freunde* waren.«

Hugh lehnte sich in seinen Stuhl zurück. »Nigel meint damit, dass der gute Doktor nicht viel für Homosexuelle übrig hatte.«

»Aber seine Patientinnen hat er in Ihrer Pension wohnen lassen?«

»Na ja, weil wir das erste Haus am Platz sind. Ich glaube, er hätte sie auch in Todi unterbringen können, aber wir sind nun mal günstiger gelegen. Baresi selbst haben wir allerdings nur selten gesehen.«

Hugh begann das Geschirr abzuräumen, indem er mehrere Pirouetten um den Tisch drehte und jeden Teller einzeln mit einer übertriebenen Geste auf sein Tablett beförderte. Plötzlich hielt er inne, das Tablett auf einer Hand in Schulterhöhe balancierend. »Ich glaube, der berühmte *dottore* könnte einer von uns gewesen sein«, sagte er mit einem viel sagenden Lächeln. »Nie verheiratet. Keine Frau in seinem Leben. Traumhaft angezogen. Sinn für Antiquitäten. *Winziges* Hündchen. *Und* – er hielt sich betont fern von uns. Das passt alles zusammen. Dieser Typus ist zumeist auch ein fanatischer Homosexuellenfeind.«

»Was? Welcher Typus?«

»Na ja, der verkappte!« Damit drehte Hugh eine letzte Pirouette und entschwebte in Richtung Küche.

Nigel schaute ihm nach. Dann wandte er sich Carpenter zu. »Tut mir Leid, dass Sie wegen der Klinik gekommen sind«, sagte er nachdenklich. »Jetzt sind Sie sicher enttäuscht. War es ...« Er zögerte und schüttelte dann den Kopf. »Ich sollte so etwas nicht fragen.«

»Was denn?«

»Nun, ich meine, war es wegen Ihrer Frau? Wollten Sie sich die Klinik erst mal ansehen? Ich meine, wollten Sie versuchen, ein Kind zu bekommen?«, Er schlug eine Hand vor die Augen. »Verzeihen Sie mein schlechtes Benehmen. Mama und Papa würden sich im Grabe umdrehen.«

»Nein, nein«, erwiderte Carpenter. »Das ist nicht der Grund. Ich habe keine Frau.«

Nigel atmete erleichtert auf. »Da bin ich aber froh. Ich meine – wenigstens müssen Sie nicht alle Hoffnung aufgeben.«

Carpenter wollte mehr wissen. »War Baresis Klinik für viele so etwas wie eine letzte Hoffnung?«

Nigel lehnte sich in seinen Stuhl zurück. »Meine Kenntnisse über die Geheimnisse der Fortpflanzung sind begrenzt – mangels Relevanz, wenn Sie so wollen. Aber ich glaube, Baresi war wirklich eine Koryphäe auf seinem Gebiet. Seine Patientinnen kamen nahezu aus der ganzen Welt. Und die meisten zogen glücklich wieder ab.«

»Und was war nun sein Spezialgebiet?«, wollte Carpenter wissen.

Nigel runzelte die Stirn. »Ach, ich weiß nicht. Wie ich schon sagte, habe ich kein persönliches Interesse. Aber die Frauen haben die ganze Zeit von nichts anderem gesprochen, und offenbar war Baresi recht erfolgreich. Muss so was wie ein technischer Durchbruch gewesen sein. Mit Eiern.« Nigel runzelte erneut die Stirn. »Wie Sie sehen, bin ich ein hoffnungsloser Fall.«

»Ich *hasse* das Wort ›Ei‹«, sagte Hugh, der aus der Küche zurückgeschwebt kam. »Sich vorzustellen, dass man selbst mal ein *Ei* war!« Er verzog angewidert das Gesicht. »Wie ein verdammtes Küken. So ’n Legebatterie-Küken, nichts als Hackordnung im Erbsenhirn.« Er hielt inne. »Übrigens heißt es gar nicht ›Ei‹, Nigel, sondern Ovum.«

»Tatsächlich?« Nigel blickte erstaunt drein.

»Unter anderem hat der *dottore* wohl eine Methode entwickelt, die es diesem Ovum ermöglicht, eine Art Panzer zu produzieren, die es gewöhnlich nur entwickelt, wenn ein Spermium eingedrungen ist. Es ist sozusagen eine eiserne Jungfrau, insofern als sie die anderen Spermien draußenhält. Weil nämlich« – hier hob Hugh die Hände hoch wie ein Preisboxer – »der Gewinner bereits gewählt wurde!«

Nigel sah ihn entgeistert an.

»Jedenfalls«, fuhr Hugh fort, »hält diese Panzerung nicht nur die Spermien draußen, sondern bringt die ganze Geschichte auf fruchtbare Hochtouren, wenn man so sagen darf.«

»Ich hatte keine Ahnung, dass du so gut informiert bist«, sagte Nigel. Dann schaute er Carpenter an. »Obwohl sein Mitgefühl und seine Qualitäten als Händchenhalter bei einigen dieser armen Dinger sehr gefragt waren.«

Hugh nickte und zündete sich eine Zigarette an. »Ganz besonders bei Hana.«

»Eine von unseren Tschechinnen«, erklärte Nigel.

»Sie war so *ängstlich* und so *süß*. Sie hat mir alles erzählt, einfach alles.«

»Hana Reiner«, sagte Carpenter mit tonloser Stimme. »Aus Prag.«

»Sie kennen sie?«, fragte Hugh überrascht.

»Nein«, entgegnete Carpenter. »Ich bin ihr nie begegnet. Sie ist tot.«

26

Ich kann's einfach nicht glauben«, sagte Hugh, heftig an seiner Zigarette ziehend, nachdem Carpenter erzählt hatte, warum er hergekommen war.

Nigel schüttelte bedächtig den Kopf. »Was zum Teufel hat das zu bedeuten?«

»Ich hatte gehofft, irgendetwas in der Klinik zu finden, was den Vorfällen einen Sinn gibt«, sagte Carpenter. »Was ist übrigens mit Baresis Privathaus? Vielleicht hatte er ein Büro ...«

»Tut mir Leid«, antwortete Hugh. »Aber Baresis Wohnung befand sich im Nebengebäude der Klinik. Da ist nichts übrig geblieben. Absolut nichts.«

»Pas de cartes, pas de fotos, et pas de souvenirs«, fügte Nigel hinzu.

»Und was ist mit den Krankenschwestern?«, fragte Carpenter. »Die müssten doch wissen ...«

Hugh schüttelte den Kopf und drückte seine Zigarette aus. »Es gab keine Krankenschwestern. Nur zwei Laborantinnen – aber ich glaube nicht, dass die Ihnen weiterhelfen können.«

»Laborantinnen? Soll das heißen, dass dieser Kerl eine Klinik ohne Pflegepersonal betrieben hat?«

»Baresi war ein sehr verschwiegener Mann. Außerdem war es ja auch keine Klinik im herkömmlichen Sinne mit hunderten Patienten, sondern mehr eine Forschungseinrichtung. Ich glaube, der alte Knabe hat im Jahr nicht mehr als fünfzig oder sechzig

Patientinnen aufgenommen. Dabei hätte er, wenn er gewollt hätte, bestimmt fünfmal so viele haben können.«

»Und was ist mit den Laborantinnen?«, wollte Carpenter wissen.

»Na ja, die eine war fast so was wie eine Putzfrau. Die andere hatte mehr Ahnung, aber wir haben sie seit dem Brand nicht mehr gesehen, stimmt's, Nigel?«

»Sie soll nach Mailand oder Rom gegangen sein.«

Carpenter dachte angestrengt nach. »Gab's sonst noch jemanden? Freunde? Verwandte?«

Hugh sah Nigel an. »Nicht dass ich wüsste. *Aber* ... Sie könnten mit dem Priester sprechen.«

»Natürlich!«, rief Nigel aus.

»Sie waren zwar keine richtigen *Freunde* ...«

»Aber sie haben zusammen Schach gespielt«, sagte Nigel. »Oder mal gemeinsam ein Gläschen getrunken. So was in der Art.«

Hugh nickte. »Pater Azetti ist genau der richtige Mann.«

»Was ist dieser Azetti für ein Mensch?«, fragte Carpenter.

Hugh zuckte die Achseln. »Ein Außenseiter. Ganz anders als die Leute hier sonst.«

»Viele glauben, er sei ein Bolschewik. Deshalb sei er überhaupt hier, heißt es«, fügte Nigel mit einem unterdrückten Gähnen hinzu.

»Trotzdem bin ich sicher, dass ein Gespräch mit dem Pater sich lohnen wird«, meinte Hugh. »Und außerdem spricht er Englisch. Sehr gut sogar.«

»Ich will ihn gleich morgen früh aufsuchen. Wo finde ich ihn?«, fragte Carpenter.

»In der Kirche am Hauptplatz«, sagte Nigel. »Ich erkläre Ihnen den Weg, sonst verlaufen Sie sich noch. Obwohl man am Ende immer auf dem Platz landet. Ob man will oder nicht.«

Die drei erhoben sich gleichzeitig. Hugh entschuldigte sich und verschwand in der Küche. Nigel begleitete Carpenter bis in die Eingangshalle und pustete im Vorübergehen die Kerzen aus.

»Möchten Sie morgen geweckt werden?«, fragte er.

»Danke, ich hab einen Wecker dabei.«

»Augenblick«, sagte Nigel. »Ich will Ihnen noch was zeigen.« Er trat an die Rezeption und öffnete das ledergebundene Gästebuch, das auf dem Schalter lag. »Wir führen es, seit wir die Pension eröffnet haben. Hughie hat es extra in Gubbio anfertigen lassen.« Er klappte es zu, damit Carpenter die feine Lederarbeit mit dem kunstvoll eingefügten Adler begutachten konnte, der in den Klauen ein Schild mit den Lettern AQUILA hielt. Nigel schlug es auf der ersten Seite auf. »29. Juni 1987«, las er vor. »Unser erster Gast. Ein Signor Vassari. Er blieb zwei Tage.«

»Ein wunderschönes Buch«, sagte Carpenter.

»Finden Sie auch? Aber eigentlich wollte ich es Ihnen zeigen, weil all unsere Gäste darin vermerkt sind. Name, Adresse, Telefonnummer und Dauer des Aufenthalts. Ich habe vorhin nach Ihrer Schwester gesucht, und als ich den Eintrag fand, konnte ich mich plötzlich wieder gut an sie erinnern. Sie war sehr ruhig, las viel, fragte mich nach ein paar Rezepten.« Er schüttelte traurig den Kopf. »Hier«, sagte er und blätterte bis zur Mitte des Buches. »Schauen Sie.«

Und Carpenter sah, in schöner Handschrift, die Eintragung seiner Schwester:

Kathleen Carpenter – CB
207 Kaswick Lane
Burke, VA – USA
707-347-2122
Ank. 21. 4. 91
Abr. 23. 5. 91

Sie war zweiunddreißig Tage geblieben. Es war Carpenter damals gar nicht aufgefallen, dass sie so lange fort war. Aber er war ja auch immer so verdammt beschäftigt! »Was bedeutet das?«, fragte er, auf das CB deutend.

»Clinica Baresi – um auf den Sondertarif hinzuweisen. Wir haben noch andere Abkürzungen. OT – für das Fremdenverkehrsamt in Todi. AVM ist die *Agenzia Viaggi Mondiali* – ein Reiseveranstalter.«

Carpenter nickte ohne großes Interesse.

»In dem Buch sind alle Gäste aus der Klinik vermerkt. Sie können es sich gern anschauen.«

Plötzlich begriff Carpenter. »Hana Reiner ...«

»Hana, Ihre Schwester ... alle.«

Carpenter hoffte, etwas zu entdecken, was seine Schwester mit den anderen Opfern verband. Vielleicht waren sie zur gleichen Zeit hier gewesen ...

»Es ist 'ne Menge Arbeit«, sagte Nigel, »aber Sie könnten eine Liste mit allen Patientinnen zusammenstellen – ich meine ...« Er zuckte die Achseln.

Carpenter wusste, dass es viel Zeit kostete, alle Namen im Buch durchzugehen, nach dem *CB* zu fahnden und dann eine Liste davon anzulegen, aber es blieb ihm wohl keine andere Wahl.

Nigel wandte sich ab und gähnte so herzhaft, dass sich Carpenter seiner eigenen Müdigkeit bewusst wurde.

»Eine letzte Frage noch«, sagte Carpenter. »Wissen Sie, wann die Klinik eröffnet wurde?«

Nigel runzelte die Stirn. »Ach, ich weiß nicht mehr genau. Ich tippe auf '90 oder '91. So in etwa.« Damit drehte er sich um und eilte davon.

Carpenter machte sich ans Werk, schlug das Gästebuch auf der Seite vom Januar 1990 auf und blätterte, bis er die erste Klinikbesucherin gefunden hatte. Es war eine Anna Vaccaro aus Verona, die vom 3. Mai für sieben Tage im Aquila blieb.

Er beschloss, seinen Laptop aus dem Zimmer herunterzuholen, und legte eine Datei an, die er cbguest.lst nannte und in der er alle Namen, Adressen und Besuchsdaten festhielt. Schon bald fiel ihm auf, dass es zwei Kategorien von Patientinnen gab: Die meisten waren fünf bis sieben Tage geblieben, einige aber, darunter seine Schwester, knapp über einen Monat.

Die erste dieser zweiten Kategorie war eine Lanielle Gilot aus Antwerpen; sie wohnte von Ende September 1990 bis Ende Oktober im Aquila. Carpenter gab gerade ihren Namen ein, als Hugh, einen Cognacschwenker in der Hand, in die Lobby trat. Er blickte überrascht drein, bis Carpenter ihm erklärte, was er da trieb. Er fragte ihn außerdem, warum einige Patientinnen knapp eine Woche und andere über einen Monat geblieben waren.

»Unterschiedliche Verfahren«, sagte Hugh und lehnte sich an eine Säule. Er war nicht mehr nüchtern.

»Was meinen Sie damit?«

Hugh runzelte die Stirn und schaute zur Decke, als könnte er dort die Antwort finden.

»Unterschiedliche Verfahren«, wiederholte er. »Die In-vitro-Befruchtung war das schnellste. Sehr effizient. Man entnimmt der Frau eine Eizelle und ... Wie genau möchten Sie's wissen? Ich meine, die Damen sind ziemlich ins Detail gegangen.«

Carpenter zuckte die Achseln. »Kommt drauf an.«

»Gut, wie ich schon sagte: Bei der In-vitro sind die Frauen nur eine knappe Woche geblieben.« Er schloss die Augen, verzog das Gesicht und dachte angestrengt nach. »Und dann gab es die verschiedenen Transfers. Gametentransfer. Zygotentransfer.« Er schaute belustigt drein. »Komische Vokabeln fürs Kindermachen, finden Sie nicht? Und was ist überhaupt so 'n blöder Gamet oder 'ne Zygote? Sollte man ja eigentlich wissen ...« Er schwenkte den Cognac in seinem Glas.

»Und was war mit Hana Reiner?«, fragte Carpenter. »Ich bin noch nicht bei ihr angelangt. Welches Verfahren wurde bei ihr verwendet?«

Hugh rieb sich die Augen. »Wieder ein anderes«, sagte er. »*Oozytenspende.* Hat einen Monat gedauert. Ihre Schwester war eine von denen, oder?«

»Ich vermute ja. Sie war ziemlich lange hier.« Er hielt inne. »Wissen Sie, warum dieses Verfahren so lange dauert?«

Hugh wollte schon die Achseln zucken. »Moment, es fällt mir wieder ein«, stellte er fast erstaunt fest. »Hana hat es mir erklärt. Zunächst einmal bestand der alte Baresi auf diesem langen Aufenthalt. In einer anderen Klinik, von der Hana erzählt hat, bekam sie nach einem Aufnahmetermin die Pillen und Spritzen mit, die sie sich dann selbst geben musste.«

»Pillen und Spritzen?«

»Es ging darum, dass sie ihren Körper auf den der Spenderin abstimmte.«

»Welche Spenderin?«

»Die Eizellenspenderin. Darum geht es bei einer Oozytenspende.«

Carpenter blickte verwirrt drein.

Hugh seufzte. »Manchmal kann eine Frau – wie Hana – einfach nicht schwanger werden. Weil ihre Eizellen ... zu alt sind.«

»Was soll das heißen?«

»Nun ... die Frauen haben alle Eizellen schon, wenn sie geboren werden. Das wissen Sie doch sicher.«

»Natürlich«, log Carpenter.

»Und wenn die Frauen dann älter werden, dann werden auch die Eizellen älter, und es kommt manchmal zu Komplikationen. Die Chromosomen drehen durch, oder die Eizellen werden nicht so leicht befruchtet. Deshalb wurde dieses Verfahren entwickelt. In Hanas Fall hat Baresi einer jüngeren Frau, der Spenderin, eine Eizelle entnommen und diese Eizelle mit dem Sperma von Hanas Ehemann befruchtet und der Ehefrau die befruchtete Eizelle dann eingepflanzt.« Erschöpft von diesem Vortrag, nahm Hugh einen kräftigen Schluck.

»Rein biologisch ist es also eigentlich gar nicht das Kind der Frau.«

Hugh schnippte mit dem Fingernagel an den Rand des Cognacschwenkers und brachte ihn so zum Klingen. »Da bin ich allerdings anderer Meinung. Ich finde, es *ist* ihr Kind. Sie trägt es aus, sie gebiert es, sie stillt es. Aber im genetischen Sinne, da haben Mutter und Kind nichts gemein. Alle DNS kommt vom Ehemann und von der Spenderin. Ich glaube, Hana hatte Probleme damit.«

»Wie kommen Sie darauf?«

»Nun, er sah nicht gerade aus wie Jiri. Der Kleine, meine ich.«

»Das kann ich nicht beurteilen«, sagte Carpenter. »Ich habe nur ein Babyfoto gesehen. Aber ... Sie sind mit ihr in Kontakt geblieben?«

»Ja. Zwei Jahre lang haben wir uns wöchentlich geschrieben. Dann seltener. Aber sie hat mir ein Foto vom kleinen Franz geschickt, und ich nehme an, er sah der Spenderin ähnlich, denn von Jiri hatte er überhaupt nichts.«

»Ich verstehe immer noch nicht, warum es einen Monat gedauert hat ...«

»Nun, zunächst einmal wegen der Hormonspritzen. Ich sagte Ihnen ja, die Frau, die die Eizelle empfängt, muss ihren Zyklus dem der Spenderin anpassen. Und dann wegen des alten Baresi.«

»Okay.«

»Er bestand darauf, sie einen ganzen Monat dort zu behalten, was in anderen Kliniken nicht üblich ist. Ich glaube, er wollte die Hormone genau im Auge behalten. Außerdem wollte er nicht, dass sie fliegen; wegen des Luftdrucks, glaube ich.«

Carpenter runzelte die Stirn. Kathy hatte nie von Hormonspritzen, Oozyten oder Eizellenspenden gesprochen. Aber sie hatte sowieso nicht gern von so intimen Dingen geredet. Selbst mit ihm – oder gerade mit ihm – nicht.

»Darf ich Sie um einen Gefallen bitten?«, fragte Hugh.

»Natürlich.«

»Würden Sie mich auf dem Laufenden halten? Wegen dieser *Morde*, meine ich. Nigel hat mich immer mit Hana aufgezogen, aber ich mochte sie wirklich sehr.« Er machte eine hilflose Geste und gähnte ausgiebig. »Ich bin völlig kaputt«, sagte er. »Ich hau mich jetzt in die Falle.« Damit drehte er sich um und ging schwankend davon.

Carpenter wandte sich wieder dem Gästebuch zu und kämmte Seite für Seite nach dem verräterischen CB durch. Es war eine stupide Beschäftigung, in deren Verlauf ihm alle möglichen Gedanken kamen.

War es möglich, dass die Morde etwas mit den Spendern – von Eizellen oder Spermien – zu tun hatten? Es war schon vorgekommen, dass Leute ihre genetischen Nachkommen verfolgten, Männer, die nichts von ihrer Vaterschaft wussten und später erfuhren, dass ihr Kind zur Adoption freigegeben worden war. Er hatte mal eine Sendung zu diesem Thema gesehen.

Es ist spät, sagte sich Carpenter. Du bist müde. Grimaldi auf der Suche nach seinen Sprösslingen mit dem Ziel, sie umzubringen? Es gibt keinen Grund zu glauben, dass Grimaldi ein Samenspender ist, und selbst wenn er einer wäre, warum sollte er dann seine »Kinder« jagen?

Aber was, wenn der Erbe eines Vermögens erfuhr, dass der Erblasser ein Samenspender gewesen war und er, der Erbe, nun fürchten musste, dass ihn die Kinder des Spenders ausfindig machten und Anspruch auf das Erbe erhoben? Tja, dachte Carpenter, da wäre es eigentlich sehr viel leichter, die Kartei der Klinik zu vernichten – was ja auch tatsächlich obendrein geschehen war.

Er entdeckte eine weitere Frau, die über einen Monat in der *pensione* gewohnt hatte. Sie war vorerst die vierte. Bis zu Hana Reiner war er noch nicht vorgedrungen, aber er wusste von Hugh, dass sie in diese Kategorie gehörte. Da Hana und Kathy durch das Oozytenverfahren schwanger geworden waren, markierte er all diese Namen mit einem Kreuzchen für den Fall, dass sich der längere Aufenthalt als bedeutsam erweisen sollte.

Und da war auch schon die nächste: Marie Williams aus Minneapolis, Minnesota. Sie hatte sich am 26. März 1991 in der *pensione* angemeldet und war am 28. April abgereist. Er hielt inne. Marie Williams. Der Name klang irgendwie vertraut. Doch je mehr er sich bemühte, ihn einzuordnen, desto weniger vertraut kam er ihm vor, bis er glaubte, sich getäuscht zu haben.

Er blätterte weiter, und wieder stieß er auf den Namen einer Frau, die einen Monat hier gewesen war.

Marion Kerr – CB
17 Elder Lane
Bressingham, B.C.
Ank.: 17. 11. 92
Abr.: 19. 12. 92

Carpenter tippte den Eintrag in seinen Computer und wurde plötzlich stutzig. Bressingham, British Columbia. Kanada. Er hatte den Namen Kerr ganz vergessen. Aber jetzt fiel es ihm wieder ein. Die Suche via Nexis ... in Prag ... vor seiner Begegnung mit Jiri Reiner ... *Brandstiftung-Kind-Mord* oder so ähnlich ... und einer der Treffer, der einzige richtige Treffer, war die Geschichte einer Familie namens Kerr gewesen.

An Details konnte er sich nicht erinnern, nur an eines, dass der Mord an dem Baby der Kerrs in die Zeit fiel, als Grimaldi im Krankenhaus war. Deshalb hatte er geglaubt, dieser Fall könne nichts mit Kathys und Brandons Tod zu tun haben. Weil es sonst mehr als ein Mörder gewesen sein musste – eine Verschwörung zur Ermordung von Kindern.

Die Vorstellung war unfassbar, aber dort stand es:

Marion Kerr – CB
Bressingham, B.C.

Ein eindeutiger Beweis.

Er brauchte dringend einen Kaffee. Er ging auf sein Zimmer, nahm ein Tütchen Nescafé aus der Minibar und machte Wasser mit dem Schnellkocher heiß, den die *pensione* aufmerksamerweise bereitgestellt hatte.

Er wusste nicht mehr, was er denken sollte. Der Kerr-Eintrag legte nahe – *bewies* –, dass es mehr als einen Mörder gab, und der Verdacht, dass der Umbra Domini, Bepis Tod und der Überfall in Neapel irgendwie damit in Zusammenhang standen, war nicht mehr von der Hand zu weisen. Doch auf die Frage nach dem Warum fand er keine Antwort.

Mit der Tasse Nescafé kehrte er in die Lobby zurück und führte seine Suche trotz nachlassender Konzentration zu Ende. Als er den letzten Vermerk in den Computer tippte, begann es draußen bereits zu dämmern. Todmüde klappte er das Gästebuch zu, erhob sich und streckte die Glieder, bis es in seinen Rippen knackte. Er machte das Licht aus und ging auf sein Zimmer.

Erst jetzt, da die Liste vollständig war, sortierte er die Frauen mit dem Oozytenverfahren aus. Dank der Sternchen, die er im gegebenen Fall an die Namen angehängt hatte, konnte der Computer in Windeseile eine zweite Liste aufstellen: Von den insgesamt 272 Frauen hatten 18 mehr als einen Monat in der Pension gewohnt.

Kathleen Carpenter
Hana Reiner
Matilda Henderson
Adriana Peña
Marion Kerr

Und von diesen 18 waren fünf Frauen tot. Fünf Frauen und ihre Kinder. Und alle waren verbrannt.

Er schloss die Augen und sah Brandon vor sich. *Onkel Joe! Onkel Joe! Schau mal, wie ich einen Purzelbaum mache.* Und der kleine Kerl rollte unbeholfen über den Teppich, von Purzelbaum keine Spur, aber Brandon sprang hoch wie ein olympischer Athlet, die Arme siegreich in die Höhe gestreckt, das ganze Gesicht strahlend vor Stolz.

Carpenter schaute erneut auf die Liste. Die meisten Frauen kamen aus Europa und Nordamerika, vereinzelte aber auch aus anderen Teilen der Welt, aus Hongkong, Tokio, Tel Aviv, Rabat, Rio.

Er verschlüsselte die Liste, ging on line und schickte sie an sein Büro in Washington. Dann schrieb er ein kurzes Memo an Judy mit den Namen und Adressen der 18 Patientinnen und bat sie, Riordan mitzuteilen, dass mindestens fünf der Frauen und Kinder tot und deshalb alle anderen in Gefahr seien. Riordan sollte sich mit den Behörden ihrer Wohnorte in Verbindung setzen und veranlassen, dass die Frauen und Kinder in Schutzhaft genommen werden. Er, Carpenter, wolle in ein, zwei Tagen wieder in Washington sein.

In der Zwischenzeit sollte Judy ein Dossier über die letzten Jahre von Dr. Ignazio Baresi aus Montecastello, Italien, zusammenstellen. Alle greifbaren Informationen über die Clinica Baresi und eine Fertilitätstechnik mit Namen »Oozytenspende« könnten auch von Nutzen sein. Schließlich bat er sie, die dreizehn wahrscheinlich noch lebenden Frauen auf der Liste selbst zu kontaktieren. Wenn die Bullen die Sache richtig angepackt hatten, würde keine der Frauen mehr erreichbar sein. Und genau das solle sie mit ihrer Aktion testen.

Das Memo war zwei Seiten lang. Nachdem er es Judy geschickt hatte, wollte er nur noch schlafen. Aber es war Wochenende, und es bestand die Gefahr, dass Judy ihre Mailbox nicht öffnen würde. Er sah auf die Uhr. Es war kurz vor halb sechs, also halb zwölf nachts in Washington. Er griff nach dem Telefon und wählte Judys Privatnummer. Doch es meldete sich nur der Anrufbeantworter. Nach dem Signalton sagte er: »Judy, hier Joe. Bitte sieh sofort in deine Mailbox. Es ist dringend. Ich komme in zwei, drei Tagen.«

Er legte seine Kleider ab und streckte sich auf dem Bett aus wie ein Rückenschwimmer. Er schloss die Augen vor dem Licht der Morgendämmerung, lauschte auf den eigenen Atem und wartete auf den Schlaf.

Aber er fand keine Ruhe. Er sah Brandons verkohltes Gesicht und hörte Tommy Truongs Stimme: *Kein Blut mehr in dem klei-*

nen Jungen … Er dachte an Jiri Reiners hoffnungslosen Blick. Und Kara Bakers Tränen.

Mein Gott, dachte er und zog die Decke über den Kopf. Was war das für ein Massaker.

27

Es war elf, als Carpenter aus dem Bett stieg, kaum erholt von den paar Stunden Schlaf, die er sich gegönnt hatte. Er duschte kurz, um wach zu werden. Aufs Rasieren wollte er lieber nicht verzichten, Priester konnten da komisch reagieren, so glaubte er wenigstens.

Dann zog er seine Lederjacke an und ging in die Lobby hinunter. Nigel, der völlig verkatert war, zeigte ihm den Weg zu dem Platz, an dem die Kirche lag – »und ein Café«.

Draußen war es kalt, um die fünf Grad, und es sah nach Regen aus. Er wandte sich nach links und ging die schmale, kopfsteingepflasterte Straße hinunter. Bürgersteige und Autos gab es nicht, nur Reihen grauer Steinhäuser zu beiden Seiten.

Es gefiel ihm nicht besonders. Das winterliche Montecastello wirkte eher bedrohlich als schön. Im Laufe der Jahrhunderte waren offenbar die Fundamente der Häuser abgesackt, sodass sie jetzt etwas windschief erschienen. Als Carpenter die eine Gasse hinunter-, dann eine zweite hinaufging, kam ihm die Stadt wie ein Labyrinth vor, in dem man sich leicht verlaufen, aber nur schwer verstecken konnte.

Er kam an einigen Läden vorbei – alle ohne Schild. Wahrscheinlich brauchte man hier nicht zu werben: Jeder kannte jeden, und jeder wusste, was die anderen verkauften. Die Geschäfte waren von kaltem Neonlicht erleuchtet, und vor den

Türen hingen Vorhänge aus bunten Plastikperlen. Ein alter Mann trat auf die Straße; in seiner Tasche trug er Gemüse, in braunes Papier gewickelte Päckchen und einen Laib Brot. *»Salve«*, sagte er und entfernte sich rasch, den Blick auf den Boden geheftet.

Eine letzte Biegung, und Carpenter ließ das Gewirr der Gassen hinter sich und trat auf den Marktplatz von Montecastello, die Piazza di San Fortunato. Die Kirche San Giovanni Decollato nahm die ganze Nordseite des Platzes ein. Es war ein schlichter, ja strenger Bau aus demselben grauen Stein wie die übrigen Häuser der Stadt. Carpenter wollte schon die Stufen zum Eingang hinaufgehen, da stieg ihm Kaffeeduft in die Nase.

Gegenüber der Kirche befand sich ein kleines Café mit Perlenvorhang an der Tür und Metalltischen und -stühlen im Freien. Offenbar vereinte es in einem einzigen Raum alle kleinen Sünden, die Montecastello zu bieten hatte – Snackbar, Zeitungsstand, Videothek, Kneipe, Café, Tabakladen. Trotz der Kälte setzte sich Carpenter an einen Tisch im Freien und bestellte einen Espresso.

Es war kalt, aber windstill. Der Platz war auf drei Seiten von Gebäuden umgeben, auf der vierten war er von einem Abschnitt des Festungswalls begrenzt, einer gut einen Meter hohen Brustwehr, mit Blick auf die umbrische Ebene.

Während er auf den Kaffee wartete, warf Carpenter einen Blick auf den Zeitungsständer vor dem Eingang. Eine englische Zeitung war nicht darunter, nur eine drei Tage alte *Le Monde* – aber dieser Lektüre fühlte er sich jetzt nicht gewachsen. Er dachte darüber nach, ob er sich für das Gespräch mit dem Priester einen Vorwand einfallen lassen sollte. Er konnte doch nicht einfach sagen: »Erzählen Sie mir alles über Dr. Baresi.«

Der Kaffee kam. Er nippte daran und beobachtete unterdessen zwei Arbeiter, die am Nebentisch saßen und Karten spielten. Beide Männer waren sonnengebräunt und wettergegerbt; offenbar hatten sie ihr Leben im Freien verbracht. Sie wirkten vital und strahlten eine gewisse Bauernschläue aus. Augen und Zähne leuchteten hell aus den dunklen Gesichtern.

Carpenter überlegte, ob es in Amerika einen Ort gab, wo zwei Männer wie diese im Freien saßen, am helllichten Tag den Herrgott einen guten Mann sein ließen, Karten spielten und dazu Kaffee und Branntwein tranken. Höchstens so was wie ein Bierlokal fiel ihm ein, ein Treffpunkt für Arbeiter, aber das war etwas vollkommen anderes.

Mitten auf dem Platz stand ein schlichter Brunnen, ein rechteckiges Steinbecken. Aus einem verwitterten Löwenkopf blubberte Wasser. Carpenter beobachtete, wie eine ältere Frau zwei Plastikeimer füllte und forttrug.

Er bestellte noch einen Kaffee und ging, während der Espresso zubereitet wurde, zum Festungswall hinüber. Unter ihm fiel das Gelände nahezu senkrecht ab. An dem felsigen Abhang konnten sich nur ein paar jämmerliche Pinien halten.

Auf einem Hügel in der Ferne lag Todi mit seinen altertümlichen, terrassenartig angelegten Stadtmauern. Darunter erstreckte sich bis hinunter zum Fluss ein Flickenteppich kleiner Felder.

Der wunderbare Ausblick weckte in Carpenter eine merkwürdige Sehnsucht nach etwas, was er im Grunde gar nicht kannte. Es war lange her, wenn überhaupt, dass in Amerika in diesem Stil Landwirtschaft betrieben wurde. In seiner Heimat bot sich ein vergleichbarer Anblick allenfalls aus siebentausend Metern Höhe. Bestimmt war Cézanne an dieser Sehnsucht schuld.

Auf dem diesseitigen Flussufer lag der Wald mit den geometrisch angepflanzten Bäumen, an dem er vorbeigefahren war. Er sah, wo sich die Straße gabelte; eine Abzweigung führte zur Clinica Baresi, das heißt zu ihren Überresten, die andere nach Montecastello hinauf. Gut hundert Meter unterhalb lag der kleine Park, an dem er sein Auto abgestellt hatte.

Als er zum Café zurückkehrte, wartete der Espresso auf ihn; er leerte die Tasse in einem Zug und legte 3000 Lire unter den Teller. Dann ging er zur Kirche hinüber.

Carpenter trat durch die schwere Holztür, die in eine Art Vorraum führte. Eine hölzerne Wand mit Eingängen zu beiden Seiten trennte die Stätte des Gebets von der Außenwelt. Hier standen ein alter Tisch, auf dem sich Faltblätter stapelten, und ein Metallkasten für Spenden. Carpenter schob ein paar Scheine in den Opferstock, bevor er den Kirchenraum betrat.

Drinnen war es überraschend dunkel; zunächst sah er nur die Decke hoch über sich. Der Geruch von Kerzenrauch und Moder stieg ihm in die Nase, und leise Stimmen drangen an sein Ohr. Sie kamen aus dem vorderen Bereich der Kirche, wo sich der Altar befinden musste.

Durch die hohen Fenster drang jetzt im Winter offenbar nur trübes Licht, und auch die elektrischen Kandelaber mit ihren flackernden Glühbirnen wirkten eher deprimierend. Nicht weit von ihm, auf halbem Wege zum Altar, brannten Votivkerzen vor einer dunklen Statue. Carpenter setzte sich auf eine Bank nahe dem Eingang und wartete, bis sich seine Augen an das Halbdunkel gewöhnten.

Allmählich konnte er die Dimensionen der Kirche erkennen: Sie war erstaunlich groß. Jetzt sah er auch die kleine Gruppe, die sich vor dem Altar versammelt hatte – unscharfe Umrisse, helle Kleidung, die hie und da aufleuchtete. Der jähe Schrei eines Säuglings verriet, dass er einer Taufe beiwohnte.

Ein paar Minuten später war die Zeremonie beendet, und die Anwesenden gingen hinter der Mutter, die das brüllende Kind trug, durch den Mittelgang zur Tür. Als Letzter folgte der Priester. Er war groß, überragte die anderen. Als er vorüberging, konnte Carpenter ihn genauer sehen – ein Mann in den Vierzigern mit lockigen braunen Haaren, einem markanten Kinn und Adlernase. Er erinnerte ihn an jemanden. Aber an wen? Wäre der Priester nicht so hager gewesen, man hätte ihn als gut aussehend bezeichnen können. Aber das war er nicht, denn seine Züge wirkten irgendwie plump. Jetzt wusste er es: Der Priester ähnelte Ichabod Crane, mit seinem gequälten Ausdruck, der von langem Leiden zeugte.

Zehn Minuten lang ertönten aus dem Vorraum hinter Carpenter Stimmen und lautes Lachen, obwohl das Baby zornig und untröstlich schrie. Dann ging man auseinander, mit Küssen auf beide Wangen.

Quietschend öffnete sich die Tür, und ein Schwall kühler Luft drang herein. Tageslicht fiel in den dämmrigen Innenraum. Er stellte sich vor, wie der Priester auf den Stufen stand und Abschied nahm.

Dann hörte er wieder die Tür, und plötzlich ging der Priester an ihm vorbei den Mittelgang entlang. Carpenter stand auf und hörte sich mit überlauter Stimme sagen: *»Scusi, padre!«*

Der Priester wandte sich um. *»Sì?«*

Damit waren Carpenters Italienischkenntnisse erschöpft. »Kann ich Sie kurz sprechen?«

Pater Azetti lächelte. »Natürlich«, erwiderte er in fast akzentfreiem Englisch. »Was kann ich für Sie tun?«

Carpenter holte tief Luft. Wie sollte er anfangen? »Ich weiß nicht«, sagte er, »ich wohne in der *pensione* und – ich habe gehört, dass Sie mit Dr. Baresi befreundet waren.«

Das Lächeln des Priesters erstarb. Er musterte Carpenter misstrauisch. Schließlich sagte er: »Wir haben miteinander Schach gespielt.«

Carpenter nickte. »Das habe ich gehört. Nur ... eigentlich interessiere ich mich für seine Klinik.«

»Die gibt es nicht mehr.«

»Ich weiß, aber ... ich hatte gehofft, mit Ihnen sprechen zu können.«

Wieder ächzte die Kirchentür. Eine Frau in Schwarz tauchte auf; sie bekreuzigte sich und ging den Mittelgang entlang. Carpenter und Azetti beobachteten, wie sie in eine Bankreihe trat, niederkniete und betete.

Azetti sah auf die Uhr und schüttelte den Kopf. »Tut mir Leid«, sagte er. »Ich habe bis zwei Uhr Beichte.«

Carpenter machte ein enttäuschtes Gesicht.

»Aber wenn Sie warten ... oder noch einmal vorbeikommen

möchten, können wir uns in meinen Privaträumen unterhalten, direkt hinter der Kirche.«

»Ich mache bis dahin einen Stadtrundgang«, sagte Carpenter dankbar, »und sehe mir alles an.«

»Wie Sie wollen.« Azetti drehte sich um und ging auf ein dunkles Gebilde am Ende des Ganges zu, das an einen Kleiderschrank mit Vorhängen erinnerte. Doch als der Priester in gebückter Haltung darin verschwand, wurde ihm klar, was es war: der Beichtstuhl.

Zwei Stunden später saßen Carpenter und Azetti im Arbeitszimmer des Priesters und verzehrten gemeinsam ein Nudelgericht, das ein Gemeindemitglied vorbeigebracht hatte. Carpenter hatte sich das anfängliche Misstrauen des Priesters wohl nur eingebildet, denn Azetti erwies sich als guter Gastgeber. Er schnitt knuspriges Brot in Scheiben und schenkte beiden Wein ein. Dann träufelte er Olivenöl auf das Brot und bestreute es mit Salz und Pfeffer. Unterdessen wärmte sich Carpenter an dem Elektroöfchen an der Wand hinter seinem Rücken auf.

»Sie sind also wegen der Klinik gekommen«, begann Azetti.

Carpenter nickte.

»Wenn Sie die Ruine gesehen haben, wissen Sie ja wohl, was passiert ist.«

»So viel ich gehört habe, war es Brandstiftung.«

Azetti zuckte die Achseln. »Die Klinik war ohnehin geschlossen. Wirklich ein Jammer. So einen wie ihn gibt es kein zweites Mal.«

»Von wem sprechen Sie?«, fragte Carpenter.

»Dr. Baresi. Er war überaus talentiert. Ich bin zwar kein Experte, aber ich habe gehört, dass seine Erfolgsrate beachtlich war.«

»Wirklich?«

»Ja. Ich glaube, das kam, weil er nicht nur Arzt, sondern auch Wissenschaftler war. Haben Sie das gewusst?«

Carpenter schüttelte den Kopf.

»Ach so! Dann haben Sie Baresi überhaupt nicht gekannt! Er war vielseitig«, sagte Azetti. »Ein Genie! Obwohl ich ihn im Schach geschlagen habe – ziemlich regelmäßig sogar.«

Carpenter lachte.

»Ich habe wohl so viele Fehler gemacht, dass er meine Züge nicht vorhersehen konnte«, gestand Azetti. »Er hat sich immer beklagt, dass ich ihm einen Strich durch die Rechnung mache. Noch etwas Wein?«

»Nein, danke«, sagte Carpenter. Azetti war ihm sympathisch.

»Sein Vater, sein Großvater – die ganze Familie war reich. Politiker und Baugewerbe. Sehr korrupt – selbst für italienische Verhältnisse. Folglich hat er nie Geld gebraucht, musste nie arbeiten. Aber er hat studiert. Genetik in Perugia, Biochemie in Cambridge. Cambridge!« Azetti schenkte sich noch ein Glas Wein nach und tunkte Brot ein. »Er war für ein Institut in Zürich tätig – hat eine Auszeichnung erhalten.«

»Wofür?«

»Ich weiß nicht – Forschungsarbeiten. Aber natürlich hat er all das aufgegeben ...«

»Was hat er aufgegeben?«

»Die Wissenschaft.«

»Sie meinen, er machte seine Praxis auf?«, fragte Carpenter.

Azetti schüttelte den Kopf. »Nein – das kam erst später. Er hat noch Theologie studiert – in Deutschland – und ein Buch geschrieben. Ich habe es hier.« Ohne hinzusehen, griff der Priester hinter sich ins Bücherregal und holte einen dicken Band heraus. Er schob das Buch über den Tisch.

Carpenter schlug es auf, betrachtete den Titel und schüttelte den Kopf. »Es ist italienisch«, sagte er und bedauerte sofort die alberne Bemerkung.

Azetti lächelte. »Es heißt *Reliquien, Totem und Theologie*.«

Carpenter nickte und schob das Buch beiseite.

»Er war eine Autorität auf dem Gebiet«, fügte Azetti hinzu.

»Tatsächlich?«, sagte Carpenter lahm.

»Aber ja.«

»Das Essen ist köstlich.« Das Gespräch entfernte sich immer weiter von der Frage, die ihn bewegte – die Clinica Baresi –, und er wusste nicht recht, wie er es wieder in die gewünschte Richtung lenken sollte.

»Baresi brachte die Macht der Reliquien mit gewissen primitiven religiösen Instinkten in Verbindung. Animismus, Ahnenverehrung, so etwas. Derselbe Instinkt, der Angehörige bestimmter Stämme bewegt, das Herz ihrer Feinde zu essen – um die Kraft dieses Menschen in sich aufzunehmen –, veranlasste, laut Baresi, die Christen zu dem Glauben, dass die Gebeine eines Heiligen, besser gesagt ein Knochensplitter, den man bei sich trug, vor Krankheiten schützt.«

»Klingt interessant«, sagte Carpenter mäßig begeistert.

»Ja, das Buch ist wirklich interessant. Ich kann es empfehlen. Es geht dabei vor allem um Suggestion – aber manch einer würde behaupten, das treffe auch auf die Kommunion zu.«

»Wie ist das zu verstehen?«, fragte Carpenter.

Azetti zuckte die Achseln. »Wir essen und trinken das Fleisch und Blut unseres Herrn. Für die Gläubigen ist das ein Sakrament. Für andere ... ist es etwas anderes. Magie vielleicht.«

»Klingt polemisch.«

Der Priester lächelte. »Natürlich. Aber Baresi hat das nicht gestört. Seine Referenzen waren tadellos. Und im Vatikan hielt man viel von ihm.«

»Wirklich?«

»Aber ja. Im Vatikan wurde er ständig gebraucht.«

»Was heißt das?«

»Er hat Reliquien geprüft. Wenn ein Objekt fragwürdig erschien, wurde Baresi gebeten, es sich anzusehen. Meistens war der Fall rasch geklärt. Wenn sich herausstellte, dass ein Splitter ›des Wahren Kreuzes‹ aus Teakholz bestand ... oder ein Stückchen Kopfhaut des heiligen Franziskus die DNS eines Ochsen aufwies ... Ist Ihnen das Grabtuch von Turin ein Begriff?«, fragte der Priester in Anspielung auf das Leichentuch Christi.

»Gewiss«, erwiderte Carpenter. »Das ist allgemein bekannt.«

»Sehen Sie! Baresi gehörte zu den Wissenschaftlern, die es untersucht haben.«

»Irgendwo habe ich gelesen, dass es als Fälschung entlarvt wurde.«

Azetti runzelte die Stirn. »›Ein schönes Stück Leinen aus dem 13. Jahrhundert‹, hieß es. Angeblich hat Leonardo es gemacht. Man vermutete, dass es die erste Fotografie der Welt ist.«

»Und was meinte Baresi?«

»Er hielt es für einen Schwindel – einen ziemlich makabren.«

»Warum?«

»Wie er in seinem Buch schreibt, ist die Geschichte der Reliquien ein finsteres Kapitel – und das Leichentuch kann durchaus in diese Tradition gehören. Zeitweise maß man Reliquien eine so große Bedeutung bei, dass sich, wenn ein Heiliger krank wurde, die Leute vor seinem Haus versammelten und auf seinen Tod warteten. Sobald er gestorben war, stürmten sie das Haus und holten sich Teile – Finger, Zähne, Ohren, was sie kriegen konnten – und verkauften sie, Stück für Stück.«

Carpenter hörte mit offenem Mund zu.

»Oh, ja. Es heißt, zwei Tage nach seinem Tod sei vom heiligen Thomas von Aquin nur noch das Knochengerüst übrig gewesen.« Azetti lachte. »Grausig, nicht wahr? Und manchmal half man bei zählebigen Heiligen ein wenig nach – mit Gift.«

»Aber das Grabtuch ist doch nur ein Stück Stoff, ob es nun echt ist oder nicht.«

»Ja, aber es ist mit Säften durchtränkt – und mit Bilirubin.«

»Was ist das?«, fragte Carpenter.

»Ein Abbauprodukt des Blutes, das normalerweise ausgeschieden wird. Aber manchmal, unter extremem Stress – beispielsweise Folter – schwitzen Menschen Bilirubin aus.«

»Und das findet sich im Grabtuch?«

»Baresi hat Spuren davon entdeckt. Er hielt das Grabtuch für eine Fälschung, befürchtete aber, dass jemand sein Leben lassen musste, um es herzustellen.«

»Großer Gott«, sagte Carpenter.

Azetti nickte. »Reliquien schrieb man große Kraft zu. Eine Kirche mit einer berühmten Reliquie lockte oft Tausende von Pilgern an – und das brachte Geld. Doch dann kam die Reformation, und viele Reliquien wurden verbrannt.«

»Verbrannt«, wiederholte Carpenter. Der Grund seines Besuchs wurde ihm wieder bewusst. Er nippte an seinem Wein. »Was ich nicht begreife: Wie kam er von den Reliquien zur Medizin?«

»Ach, ja ... offensichtlich fühlte er sich dazu berufen. Ich glaube, er war fast fünfzig, als er sein Medizinstudium in Bologna aufnahm. Geburtshilfe und Gynäkologie.« Azetti runzelte die Stirn. »Ich glaube, während seiner Zeit als Assistenzarzt entdeckte er sein Interesse für das Thema Unfruchtbarkeit. Und anschließend baute er die Klinik. Das kam ganz überraschend.«

»Warum?«

»Nun, das ist eine Frage des Gefühls. Baresi war ... linkisch ... unbeholfen im Umgang mit Menschen. Und da sollte er Frauen bitten, sich auszuziehen! Außerdem war er Katholik. Gläubig. Folglich gab es Konflikte.«

»Konflikte welcher Art?«

Azetti verdrehte die Augen. »Kardinal Ratzinger spricht in seinem Katechismus für die ganze Kirche. Und die Kirche lehnt danach *jeden* Versuch ab, die natürliche Empfängnis zu beeinflussen.«

»Geburtenkontrolle.«

»Nicht nur! Die Kirche lehnt künstliche Befruchtung ebenso ab wie Abtreibung.«

»Das hätte ich nicht gedacht.«

»Aber ja. Dazu hat sich der Vatikan ausführlich geäußert. Kinder sollen auf natürlichem Wege, im Geschlechtsverkehr, empfangen werden. Verhütung ist gegen den Willen Gottes, aber die – wie heißt es gleich? – Reproduktionstechnik ebenso. Buchstäblich alles, was in einer Fertilitätsklinik geschieht, ist verboten.«

»Interessant. Und dennoch hat Baresi weitergemacht ...«

Der Priester seufzte. »Er hatte das Gefühl, dass für ihn eine Ausnahmeregelung galt. Zudem war er schwerlich der Einzige, der in dieser Hinsicht den Vatikan ignoriert. Geburtenkontrolle ist verboten – und doch wächst auch im katholischen Italien die Bevölkerung nicht mehr an. Und ich kann Ihnen versichern, dass die Menschen in diesem Land kein Keuschheitsgelübde abgelegt haben.« Azetti zuckte die Achseln und füllte sein Glas. »Was machen wir jetzt mit Ihrer Frau? Braucht sie seelsorgerischen Rat?«

Carpenter sah ihn verständnislos an.

»Ist sie in der *pensione*? Es wundert mich, dass Sie von so weit her kommen, ohne vorher anzurufen. Bestimmt ist sie sehr enttäuscht. Wenn Sie möchten, dass ich mit ihr spreche ...«

»Nein, Pater ...«

»Ich bin ein guter Zuhörer«, warf Azetti ein.

»Ich glaube, es besteht ein Missverständnis. Ich bin nicht verheiratet.«

Der Priester sah verwirrt aus.

»Ich bin hier, weil meine Schwester die Klinik aufgesucht hat. Vor einigen Jahren schon.«

»Aha! Ihre Schwester! War die Reise erfolgreich?«

»Ja. Sie hat einen reizenden kleinen Jungen bekommen.«

Azetti lächelte und nickte. Dann aber runzelte er die Stirn. »Das verstehe ich nicht. Ich meine, warum sind Sie eigentlich hier?«

»Sie ist im November gestorben.«

Der Priester zuckte leicht zusammen. »Das tut mir Leid. Und der Junge? Ich nehme an, der Vater kümmert sich jetzt um ihn – und Sie.«

Carpenter schüttelte den Kopf. »Er hatte keinen Vater. Meine Schwester zog ihn allein auf. Und außerdem ist auch das Kind gestorben. Sie wurden beide ermordet.«

Azetti schlug die Augen nieder. Dann fragte er: »Wie ist es passiert?«

»Jemand hat sie im Schlaf ermordet und dann das Haus niedergebrannt.«

Lange Zeit sagte Azetti nichts. Er schnitt noch ein Stück Brot ab und tunkte es in Wein. »Und deshalb sind Sie hier?«, sagte er schließlich.

Carpenter nickte. »Der Mörder war Italiener. Ich glaube nicht, dass meine Schwester ihm je begegnet ist. Und dann habe ich erfahren ...«

Der Priester stand auf und begann auf und ab zu gehen. Er wirkte aufgewühlt, als wäre ihm ein gefährlicher Gedanke gekommen. »Ein Junge haben Sie gesagt?«

Carpenter nickte.

»Ich frage mich ... ich frage mich, ob Sie eine Ahnung haben ... vielleicht wissen Sie ja, für welches Verfahren sich Ihre Schwester entschieden hatte. Es gab ja mehrere ...«

»Ich weiß, dass die Eizelle gespendet wurde.«

»Oozytenspende«, sagte der Priester, als handle es sich um eine tödliche Krankheit. Er blieb stehen und sah Carpenter an. »Aber natürlich kommt dergleichen vor. Die Gewalt nimmt überhand. Vor allem in den Vereinigten Staaten. Hat Ihre Schwester in der Stadt gewohnt? Wir leben in schwierigen Zeiten.«

Carpenter nickte. »Sie haben Recht. Gewalt ist ein wachsendes Problem. Aber meine Schwester und mein Neffe waren nicht die Einzigen.«

»Was heißt das?«

»In Prag wurde ein Junge ermordet. Ungefähr zur selben Zeit. Unter ähnlichen Umständen. Ein weiterer in London. Kanada ... Rio ... Gott weiß, wo noch. Darum bin ich hier: Sie alle verdankten ihre Existenz dieser Klinik.«

Der Priester ließ sich auf einen Stuhl sinken und schloss die Augen. Lange Zeit herrschte Schweigen. Carpenter bemerkte, dass es zu regnen begann.

Nach einer Weile senkte Azetti den Kopf und legte die Stirn auf die gefalteten Hände. Er murmelte etwas, was Carpenter aber nicht verstand.

»Was ist?«, fragte Carpenter.

»Es ist Gottes Wille!«, rief Azetti. Er stützte sich auf den Tisch und sah Carpenter mit wirrem Blick an. »Oder vielleicht auch nicht!«

»Pater ...«

»Ich kann Ihnen nicht helfen.« Der Priester wandte sich ab.

»Das glaube ich schon.«

»Ich kann es nicht!«

»Dann werden noch mehr Kinder sterben!«

Azetti traten die Tränen in die Augen. »Sie verstehen das nicht«, sagte er und holte tief Luft. »Das Beichtgeheimnis ist unantastbar. Der Beichtvater sollte es niemals preisgeben.«

»Was heißt, ›er sollte nicht‹?«

Der Priester schüttelte den Kopf.

»Sie wissen, wer dahinter steckt, nicht wahr?«, fragte Carpenter.

»Nein«, erwiderte Azetti, und Carpenter sah ihm an, dass er die Wahrheit sagte. »Ich gebe Ihnen mein Ehrenwort. Aber eines kann ich Ihnen sagen: Jeder Aspekt von Baresis Leben fließt in das ein, was Sie vor sich sehen – seine Arbeit als Wissenschaftler, seine Tätigkeit für den Vatikan und seine Klinik.« Der Priester verstummte.

»Ist das alles?«, fragte Carpenter.

»Alles, was ich sagen kann«, erklärte Azetti.

»Dann danke ich Ihnen für Ihre Hilfe«, entgegnete Carpenter sarkastisch. »Ich werde es mir merken. Und wenn mich wieder eine Mutter fragt, warum ihr Sohn sterben musste, erzähle ich ihr von Ihrem Gelübde – und von Ihren Prinzipien. Bestimmt wird sie dafür Verständnis haben.« Er stand auf.

»Warten Sie«, sagte der Priester. »Ich habe noch etwas für Sie.« Bevor Carpenter etwas erwidern konnte, ging Azetti ins Nebenzimmer. Carpenter hörte ihn in seinem Schreibtisch stöbern. Der Priester kam mit einem Brief in der Hand zurück.

»Hier.« Er gab Carpenter den Brief. »Baresi hat ihn mir ein

paar Tage vor seinem Tod aus dem Krankenhaus geschickt. Ich glaube, er wird einige Ihrer Fragen beantworten.«

Carpenter warf einen Blick auf die drei Bögen, die auf beiden Seiten dicht beschrieben waren. Die Kirchturmglocke begann zu läuten.

Azetti sah auf die Uhr. »Ich habe Beichte bis acht. Wenn Sie dann wiederkommen, werde ich den Brief für Sie übersetzen.«

»Könnten Sie nicht einfach ...«

Azetti schüttelte den Kopf.

»Pater ...«

»Es hat tausende von Jahren gewartet. Da hat es auch noch ein wenig länger Zeit.«

28

Carpenter musste nachdenken. Oder noch besser, nicht denken.

Der Priester hatte ihm etwas sagen wollen, ohne sein Gelübde zu brechen. Etwas über die verschiedenen Berufe Baresis und wie sie miteinander verflochten waren. Aber was das zu bedeuten hatte, war Carpenter schleierhaft.

Er musste laufen.

Das tat er immer, wenn er vor einem Problem stand, das er nicht lösen konnte. Er schaltete den Verstand ab und lief. Nicht selten kam die Lösung dann von selbst.

Aber in Montecastello wollte er nicht laufen. In den verwinkelten, kopfsteingepflasterten Gassen wäre das kein reines Vergnügen gewesen. Auch die steil abfallende Straße, die aus dem Städtchen hinausführte, war wenig verlockend.

Also entschied er sich für seine zweitbeste Meditationstechnik. Er setzte sich ins Auto und fuhr einfach drauflos, in Richtung Spoleto, versuchte, nicht zu denken, und hoffte, die Antwort werde sich ungebeten einstellen.

Der Karte zufolge waren es vierzig Kilometer bis Spoleto. Ideal, dachte Carpenter. Eine Stunde hin, eine zurück, ein Rundgang durch die Stadt.

Weit gefehlt. Er hatte übersehen, dass zwischen beiden Orten eine Bergkette lag. In Haarnadelkurven führte die schmale Asphaltstraße den steilen Hang hinauf. Die Fahrt war schön, doch erst nach einer Stunde erreichte er ein Schild, auf dem es hieß: SPOLETO – 10 KM. Trotzdem fuhr er weiter, bis er gezwungen war, in Abgaswolken gehüllt hinter einem Lastwagen herzukriechen. Bei einer Tankstelle machte er kehrt. Das Tageslicht war fast schon verblasst. Es war Viertel nach sechs.

»Sie haben ihn knapp verpasst«, sagte Hugh, als Carpenter in die Pension zurückkehrte.

»Wen?«

»Er hat seinen Namen nicht genannt, nur gesagt, er sei Ihr Freund.«

Carpenter sah ihn an. »Ich habe hier keine ›Freunde‹. Hat der Mann etwas ausrichten lassen?«

»Nein. Er sagte, es sei eine Überraschung. Dann fragte er, wo er Sie finden könnte ...« Hugh runzelte die Stirn. »Ich sagte, Sie seien zum Pater gegangen.«

Carpenter schwieg bedrückt.

»Das war ein Fehler, oder?«

»Ich weiß nicht. Wie sah er aus?«

»Groß. Riesengroß.«

»Italiener?«

Hugh nickte.

»Gibt es einen Hinterausgang?«, fragte Carpenter.

Hugh wurde blass, dann nickte er eifrig und führte ihn durch den Korridor in die Küche und hinter der Pension hinaus auf die Straße.

»Tut mir schrecklich Leid, Joe.«

»Macht nichts«, sagte Carpenter und schlug im Laufschritt den Weg zur Kirche ein.

Kurze Zeit später stand er in einer spärlich beleuchteten Sackgasse. Dahinjagende Wolken verschleierten den Mond. Wahrscheinlich wartete der »Schrank« schon vor der Kirche oder auf dem Marktplatz auf ihn, aber Carpenter beschloss, den Priester trotzdem aufzusuchen. Es war noch früh; bestimmt waren noch

Leute in der Kirche. Vielleicht würde er den Pater bitten, ihn nach Hause zu begleiten.

Aber anscheinend war er irgendwo falsch abgebogen. Er hätte längst auf der Piazza sein müssen. Er schlug die andere Richtung ein, verirrte sich jedoch immer mehr im Labyrinth der Gassen. Als er schon die Hoffnung aufgeben wollte, je an sein Ziel zu gelangen, bog er links ab und stand plötzlich auf der Piazza di San Fortunato.

Am Festungswall jenseits der Piazza sah er drei Männer, die auf die fernen Lichter von Todi blickten. Nicht weit von ihnen war der *padrone* des Café Luna damit beschäftigt, ein rostiges Rollo herunterzulassen. Einer der Männer rief ihm etwas zu, fragte nach Zigaretten, und der *padrone* murmelte eine Antwort. Dann ging er wieder hinein. Carpenter sah sich die drei Männer näher an.

Er hatte sich getäuscht. Es waren nur zwei. Aber einer von ihnen war groß wie ein Haus. Und klobig wie ein Schrank.

Carpenter holte tief Luft, um seinen Atem unter Kontrolle zu bekommen, und als sich die Männer wieder dem Blick auf Todi zuwandten, schlich er auf Zehenspitzen über den Platz und huschte die Stufen zur Kirche hinauf.

Drinnen war es nicht viel heller als draußen. Die Votivkerzen flackerten in ihren roten Hüllen, und die elektrischen Kandelaber verbreiteten Dämmerlicht.

»Pater?«, sagte er leise. »Pater?« Keine Antwort; das hieß wohl, Azetti befand sich in seiner Wohnung. Als Carpenter zur Tür zurückging, wurde ihm klar, dass er sich mehr als nur ein wenig verspätet hatte. Aber der Priester musste noch in der Nähe sein, denn die Kirche war nicht abgeschlossen.

Die Männer standen immer noch am Festungswall und rauchten, als Carpenter die Stufen hinunterging, sich zur Wohnung des Priesters neben der Kirche begab und an die schwere Holztür klopfte. Weil niemand antwortete, drehte er am Türknauf, und da nicht abgeschlossen war, trat er ein. Seine Augen hatten sich längst an die Dunkelheit gewöhnt, und so ging er, ohne das

Licht einzuschalten, von Raum zu Raum und rief den Namen des Priesters. Keine Antwort.

Als er zur Kirche zurückkehrte, machte er sich allmählich Sorgen. Wo mochte Azetti sein? Vielleicht betete er vor einem Seitenaltar in so tiefer Versenkung, dass er von der Außenwelt nichts mehr mitbekam und ihn nicht gehört hatte?

Carpenter wusste wenig vom Beten. Josie hatte eine Zeit lang einen religiösen Tick gehabt (der Anfall dauerte ungefähr drei Wochen); da hatte sie darauf bestanden, dass er und Kathy abwechselnd vor dem Essen ein Tischgebet sprachen. Und am Abend, wenn sie ins Bett gingen, mussten sie das Vaterunser aufsagen – in Josies Gegenwart und auf den Knien. Über die Worte, die er dann immer sprach, hatte er nie nachgedacht. Geheiligt werde dein Name.

Geheiligt.

Wieder rief er, diesmal lauter: »Pater Azetti! Ich bin's, Joe Carpenter.«

Nichts.

Vielleicht hatte der Priester ein Gemeindemitglied heimbegleitet, vielleicht machte er einen Krankenbesuch.

Carpenter wollte warten. Und er beschloss, eine Kerze für die Toten anzuzünden. Ohne nachzudenken, zog er einen Schein aus seiner Brieftasche, faltete ihn und steckte ihn in den Opferstock. Es hätte ein Dollar sein können oder eine Hundertdollarnote oder tausend Lire. Irgendwie war es ihm gleich. Er fühlte sich merkwürdig distanziert. Die Männer draußen. Die Worte des Priesters. Die gespenstische Stadt.

Für Kathy, dachte er und entzündete eine Kerze. Und dann eine zweite neben der ersten. *Für Brandon.* Er kam sich vor, als borgte er sich ein Ritual von jemandem – und das traf ja gewissermaßen auch zu.

Er wollte sich in eine der hinteren Reihen setzen, die Tür im Auge behalten und noch eine Weile auf Azetti warten.

Plötzlich rutschte er aus, taumelte, konnte sich gerade noch an einer Kirchenbank festhalten.

Das Halbdunkel nahm allen Dingen die Farbe, aber da, wo er ausgerutscht war, sah er auf dem Fliesenboden einen dunklen Fleck. Und dann erkannte er auch den Geruch ... nach frischem Blut.

Schließlich sah er auch das Rinnsal, das bis zu den Sitzreihen geflossen war, und verfolgte es bis zum Beichtstuhl. Dort angelangt, blieb ihm nichts anderes übrig, als in die Pfütze zu treten, obschon ihm nicht wohl dabei war. Aber der Weg in den Beichtstuhl führte nun mal durch Blut.

Er war noch nie in einem Beichtstuhl gewesen, und als er den Vorhang beiseite schob und feststellte, dass der Beichtstuhl leer war, blieb ihm fast das Herz vor Erleichterung stehen. Aber das währte nicht lange. Denn er bemerkte bald die Trennwand und ahnte sofort, was er auf der anderen Seite vorfinden würde.

Mit pochendem Herzen zog er die andere Hälfte des Vorhangs zurück. Azetti saß auf seinem Platz, den Kopf gegen das Gitter geneigt. An der rechten Schläfe klaffte nur ein kleines Loch, aber die Austrittswunde war faustgroß. Ohne hinzusehen, wusste Carpenter, dass das Gehirn des Priesters an der Wand hinter ihm klebte.

Ein Dumdumgeschoss. Mit einer weichen Spitze aus Blei. Ein Geschoss, das beim Aufprall zerbirst, sodass die Splitter in alle Richtungen fliegen. Früher machte man so etwas selbst, indem man ein Kreuz ins Blei schnitt; heutzutage konnte man es, in »besserer Qualität«, auch kaufen.

Der Priester hatte offenbar im Beichtstuhl gesessen und die Schläfe an das kleine Gitter gelehnt. Der Killer war dann auf der Seite des Beichtenden niedergekniet, hatte die Pistole herausgezogen, während er vorgab zu beichten. *Segne mich, Vater, denn ich habe gesündigt.* Und dann hatte er abgedrückt, direkt ins Ohr des Priesters, mit einem Geschoss, das einen Elefanten hätte töten können.

Es dauerte eine Weile, bis Carpenter Azetti aus dem Beichtstuhl geholt und auf den Boden gelegt hatte. Warum er das tat, war ihm selbst nicht klar. Azetti sah aus, als fühlte er sich im

Beichtstuhl unwohl. Wenn er nur ein Kissen für Azettis Kopf hätte, aber ...

Er hatte keins. Also ließ er Azetti auf dem Gang liegen und ging hinter den Altar, wo er in den verwirrenden Nischen eine halbe Stunde lang vergeblich nach einem Ausgang suchte. Gewiss grenzten andere Häuser direkt an die Rückwand der Kirche. Im Mittelalter war Raum kostbar gewesen – zumindest wenn man innerhalb von Stadtmauern wohnen wollte.

Vermutlich hatte aus demselben Grund auch die Wohnung des Priesters keinen Hinterausgang. Aber noch länger in der Kirche zu warten, erschien Carpenter auch sinnlos. Früher oder später würden die Männer hereinkommen.

Er öffnete die schwere Tür, blieb auf der obersten Stufe stehen und blickte auf den Platz hinaus. Er war menschenleer und, zumindest im Augenblick, vom Mondlicht hell erleuchtet. Carpenter eilte die Stufen hinunter und ging auf den Brunnen zu. Abgesehen vom Plätschern des Wassers, herrschte Totenstille.

Und dann sah er den Mann.

Ganz deutlich sah er ihn im Mondlicht an der Ecke stehen, wo die Via della Felice auf den Platz mündete. Im nächsten Augenblick verbarg sich der Mond hinter einer Wolke, und der Mann verschwand so plötzlich, dass Carpenter sich fragte, ob er überhaupt da gewesen war. Er bog in eine andere Gasse ein und blieb erst stehen, als sich ein dunkler Schatten wie eine Wand vor ihn schob.

Der Schrank.

Carpenter machte auf dem Absatz kehrt und rannte los, obwohl er nicht wusste, wohin.

»Ecco! Cenzo!«, rief der Schrank. Seine Stimme war überraschend hoch.

Mit einem Blick erfasste Carpenter den Platz: den Brunnen, die Kirche, das Café, den Festungswall. Kein Ausweg in Sicht. Der Schrank und sein kleinerer Gefährte waren ihm auf den Fersen. Im Dunkeln sah er ihre Zähne leuchten. Die beiden lächelten.

Carpenter ging rückwärts, achtete nicht auf die Richtung, er wollte nur weg. Der kleinere von beiden griff in seine Jacke und holte eine Waffe heraus; sie sah aus wie eine Walther mit Schalldämpfer, an der er herumschraubte, während er gleichzeitig etwas zu seinem Kumpel sagte. Carpenter stieß mit dem Rücken gegen den Festungswall. Er saß in der Falle.

Als die Männer ohne Hast auf ihn zukamen, sah er ihre Gesichter im Mondlicht. Der mit der Knarre war jung und hässlich. Er hatte Glupschaugen, und sein Gesicht war verunstaltet, als hätte man ihn bei der Geburt mit der Zange geholt. Er hatte ein Kamelgesicht. Sein Haar war kaum mehr als ein Schatten auf dem nahezu kahl geschorenen Schädel.

Der Schrank war aus einem anderen Stoff – Roheisen wahrscheinlich. Sein Schädel war ebenso quadratisch wie sein Körper, und er sah aus, als müsste er sich stündlich rasieren. Sein Kopf war von dichten Locken bedeckt, und selbst auf die Entfernung sah Carpenter seinen grimmigen Blick.

Ich könnte auf sie losstürmen, dachte er. Oder die andere Richtung nehmen: über den Wall springen und sehen, was dann passiert. Beide Möglichkeiten boten geringe Überlebenschancen, aber bei der einen waren sie möglicherweise höher als bei der anderen. Er hätte sich gern umgedreht und den Sturz abgeschätzt: Ging es senkrecht in den Tod, oder würde die Schräge den freien Fall bremsen? Er wusste es nicht und brachte es einfach nicht fertig, den Blick von den beiden Männern zu wenden, die auf ihn zukamen.

Als der kleinere seine Waffe hob, war Carpenter klar, dass er die Entscheidung bereits getroffen hatte. Fast beiläufig legte er die linke Hand auf den Wall, machte eine Kehrtwendung und sprang ins Leere. Hinter ihm, jetzt über ihm, hörte er drei Schüsse in rascher Folge, während er, wie es schien, sehr lange Zeit fiel und fiel.

Ich bin tot, dachte er. Tot. Er fiel durch wirbelndes Dunkel, im Fallen war es unmöglich, die Abfolge der Bilder zu verarbeiten. Und dann kam ohne Vorwarnung der Schlag des Aufpralls, und Carpenter kullerte ein Stück den Abhang hinunter. Wieder fiel er völlig unkontrollierbar. Instinktiv zog er die Knie an die Brust und schützte den Kopf mit den Armen, eine menschliche Kanonenkugel.

Sein letzter klarer Gedanke war: Wenn ich gegen einen Felsen schlage, ist alles vorbei. Ein Felsen, dachte er. Kopf ... Felsen ... Kopf wie ein Ei ... das Ei zerbricht ... überall Gehirnmasse. Oder ein Baum ... sogar ein Baum ... würde mich mitten durchreißen. Gefälle. Wissenschaft! Beschleunigung frei fallender Körper.

Dann merkte er, dass er unwillkürlich seine Beine wie ein Baseballspieler als Bremse benutzte. Er riss sich die Hände wund, während er durchs Gestrüpp segelte, kniff die Augen zusammen zum Schutz gegen Brombeerranken. Schließlich endete der Sturz abrupt, nachdem er mit dem Fuß gegen einen Felsbrocken stieß.

In Sicherheit.

Wenn er nicht tot war. Aber tot konnte er nicht sein. Sonst hätte es wahrscheinlich nicht so wehgetan. Auf der rechten Seite, wo er zuvor schon verletzt worden war, brannten seine Rippen wie Feuer, und sein Knöchel fühlte sich an, als hätte man einen Pflock hindurchgetrieben. Ein gellender Schmerz, der sich vom rechten Fuß das ganze Bein hinaufzog. Auf der Zunge schmeckte er Blut, seine Wange war wund gescheuert ... er wagte es nicht, sich zu bewegen.

Was, wenn er versuchte aufzustehen und nichts geschah? Er war völlig durcheinander und wie gelähmt vor Angst, buchstäblich gelähmt zu sein. Also lag er da und starrte zum Mond hinauf, der ab und zu hinter den Wolken hervorlugte. Schwerer Pinienduft lag in der Luft, und die Nacht erschien ihm merkwürdig hell. In der Ferne hörte er Vögel pfeifen. Vögel?

Wo bin ich?

Ach ja.

Er musste aufstehen. Wenn er nicht hochkam, konnte er ebenso gut schreien, dann sollten der Schrank und sein Freund ihm ruhig eine Kugel verpassen und dieser Qual ein Ende machen.

Keuchend und stöhnend rollte er sich auf den Bauch, griff nach einem Pinienzweig und zog sich hoch. Leicht schwankend sah er sich um. Er befand sich kurz oberhalb der Stadtmauer, wo das Gelände relativ eben war. Bis zum Parkplatz waren es knapp hundert Meter, und der Fußballplatz dahinter war hell beleuchtet. Wieder hörte er das Pfeifen, und ihm wurde klar, dass es nicht Vögel waren, sondern italienische Fußballfans.

Er klopfte sich ab und fand auf dem Boden einen dürren Pinienast, der als Wanderstock taugte.

So humpelte er, gegen den Schmerz im Knöchel ankämpfend, zum Parkplatz. Ob der Fuß nun gebrochen oder verstaucht war, es wurde mit jedem Schritt schlimmer. Und es waren viele Schritte. Nach zehn Minuten hatte er den Parkplatz erreicht. Lautes Jubeln ertönte. Jemand hatte ein Tor geschossen.

Auf dem kleinen Parkplatz standen dicht gedrängt die Autos und Fahrräder der Fans. Carpenter schaute sich nach seinem Mietwagen um. Erleichtert stellte er fest, dass man ihn nicht zugeparkt hatte. Schon wollte er darauf zugehen, da sah er in einem schwarzen Rover keine zwanzig Meter entfernt ein Feuerzeug aufleuchten. Gesichter konnte er nicht erkennen, aber es saßen zwei Leute in dem Auto, und sie benahmen sich nicht wie ein Liebespaar.

Er hielt den Atem an.

Natürlich. Die Stadt war eine Falle, es gab nur einen Zugang. Der Schrank hatte sein Hirn nicht besonders anstrengen müssen: Wenn Carpenter nicht in den Tod gesprungen war, wo sollte er hin, wenn nicht zu seinem Auto? Was hätte er tun sollen – etwa den ganzen elenden Berg hinunterkullern und dann per Anhalter nach Todi fahren?

Zurück nach Montecastello kam nicht in Frage, da hätte er wieder nur in der Falle gesessen. So wie er aussah, konnte er auch schlecht in der Zuschauermenge im Stadion untertauchen. Seine Kleidung war zerrissen und mit – nicht nur dem eigenen –

Blut befleckt, sein Gesicht zerschunden, und er humpelte erbärmlich.

Das kam also nicht in Frage. Und überhaupt wartete der Rover ja zwischen ihm und dem Fußballplatz. Also blieben nur ...

Die Fahrräder vor seiner Nase. Sie standen dicht gedrängt nebeneinander, Fahrräder aller Art. Geduckt inspizierte Carpenter die Räder, bis er gefunden hatte, was er suchte: ein altes englisches Rennrad, dessen Besitzer sich nicht die Mühe gemacht hatte, es abzuschließen.

Doch ungesehen vom Parkplatz zu verschwinden würde nicht leicht sein. Wenn sich der Schrank und sein Freund auf das Auto konzentrierten, schenkten sie einem Radfahrer vielleicht gar keine Beachtung. Aber wenn sie es doch taten, würden sie kurzen Prozess machen. Sie würden ihm einen Kopfschuss verpassen und wegfahren.

Aber er hatte keine Wahl, und wenn er sich lautlos bewegte, kam er vielleicht an ihnen vorbei. Carpenter holte tief Luft, schwang das linke Bein über die Querstange, stieß sich mit dem rechten Fuß ab und trat in die Pedale. Als das Fahrrad mit wachsender Geschwindigkeit auf den Rover zurollte, begann es schrecklich zu klappern. Flipflipflip-flipflipflip-flipflipflip-flipflipflip.

Carpenter warf einen Blick über die Schulter und sah, wo das Problem lag: Der Besitzer des Fahrrads hatte mittels einer Wäscheklammer eine Spielkarte am Rahmen befestigt, sodass die Speichen gegen sie schlugen, wenn sich das Rad drehte. Um einen Höllenlärm zu machen. Verdammt! Da stand der Rover und ...

Dann war er auf einmal an ihm vorbei, strebte der Straße zu, war offenbar noch einmal davongekommen. Das glaubte er zumindest, bis er den Motor aufheulen hörte. Hinter ihm leuchteten Scheinwerfer, und schon bewegte sich der Rover auf ihn zu.

Inzwischen hatte Carpenter den Parkplatz hinter sich gelassen und fuhr mit halsbrecherischer Geschwindigkeit bergab. Auf der Straße, die sich wie eine Spirale um den Berg wand, bekam Carpenter bei seiner rasanten Fahrt körperlich richtig die Zentrifugalkräfte zu spüren. Er hatte ein gutes Stück Vorsprung, sodass er nur das Scheinwerferlicht des Rover sah und nicht den Wagen selbst, der offenbar nicht aufholte.

Von Zeit zu Zeit bremste er sachte, sonst lehnte er sich nur in die Kurven und überließ alles andere der Schwerkraft. Sein Herz hämmerte, der Wind stach in den Augen, und die Spielkarte tanzte summend auf den Speichen.

Bald, wenn er die Ebene erreichte, würde die Schwerkraft gegen ihn arbeiten, er würde an Tempo verlieren, der Rover würde aufholen und ...

Plötzlich war er unten angelangt. Es wurde flach. Wie eine Bowlingkugel sauste er vom Berg herunter durch die Talebene auf die kleine Schonung zu, die ihm früher schon aufgefallen war. Es waren nur gut fünfhundert Meter bis zu dem Wäldchen, aber als er dort angelangt war, hatten ihn die Scheinwerfer des Rover bereits erfasst.

Er trat in die Pedale, was das Zeug hielt, war vor dem anderen am Waldrand und hielt sich, solange er noch Schwung hatte, im Schutz der Bäume auf dem Rad. Dann ließ er es fallen und humpelte tiefer in den Wald hinein.

In der Schonung herrschte eine unnatürliche Ordnung; die in regelmäßigen Abständen angepflanzten Laubbäume waren alle von derselben Größe. Es gab kein Unterholz, und die Zweige hatte man bis auf eine Höhe von zwei Metern abgehackt.

Jetzt machte der Rover mit aufgeblendeten Scheinwerfern am Waldrand Halt. Eine Weile stand er mit laufendem Motor da, dann erlosch das Licht, die Türen flogen auf, und der Schrank und sein Gefährte stiegen aus.

Carpenter rührte sich nicht von der Stelle; er konnte nicht fassen, was geschah. Er war im falschen Film. So wollte er nicht enden, er mit all seinen Beziehungen, in diesem Wäldchen hinter einem Baum versteckt. Er mit seinem Imperium der Informationsbeschaffung, das sich größere Unternehmen als seines so gern einverleibt hätten. Auf mindestens drei Kontinenten gab es überaus fähige Männer, die alles gegeben hätten, um für ihn zu arbeiten – und jetzt tapste er, gerade auf einem Fahrrad dem Tode entronnen, durch den Wald.

Verdammt kalt, dachte er, und dann der Knöchel ... arg geschwollen, aber nicht gebrochen, das war ihm jetzt klar. Entweder stand er inzwischen unter Einfluss von Endorphinen, oder die Verstauchung war nicht so schlimm, wie er vermutet hatte. Jedenfalls konnte er laufen, er musste nur den Schmerz aushalten.

In der Ferne hörte er den Fluss rauschen. Das Geräusch konnte ihm ein wenig Deckung geben, also schlug er die Richtung ein. Und wenn es hart auf hart ging, konnte er ins Wasser springen, flussabwärts schwimmen und ...

Ertrinken. Die Wassertemperatur lag wahrscheinlich unter zehn Grad.

Da hörte er trockene Zweige knacken und drehte sich um. Der Kleine kam, den Blick auf den Boden geheftet, auf ihn zu. Carpenter trat hinter einen Baum und wartete. Plötzlich blieb der Mann stehen, sah sich nach links und rechts um und öffnete seinen Hosenschlitz. Seufzend wandte er sich einem Baumstamm zu und erleichterte sich.

Carpenter wusste, dass sein Verfolger in diesem Augenblick am verletzlichsten war. Wenn er überhaupt eine Chance gegen ihn hatte, dann jetzt. Er holte tief Luft, trat hinter dem Baum hervor und stürzte sich von hinten auf den Mann.

Hätte er sich normal bewegen können, wäre er mit vier, fünf Schritten bei ihm gewesen und hätte ihn mit einem Genickschlag ins Jenseits befördert.

Aber leider klappte das nicht. Mit dem schmerzenden Knöchel konnte er sich weder schnell noch lautlos bewegen. Der Italiener hörte ihn und schnellte herum. Und dann lag Carpenter plötzlich und völlig unerwartet platt auf dem Bauch. Kamelgesicht hatte den rechten Arm unter seine Achselhöhle geschoben und drückte mit der Hand seinen Nacken nach unten. Mit der anderen Hand hielt er Carpenters linkes Handgelenk fest, während er ihm mit dem Kopf das Gesicht in die Erde drückte.

Carpenter wand und wehrte sich, konnte aber gegen den offenbar professionellen Griff nichts ausrichten. Der Kerl ist Ringer, dachte er, und zwar kein schlechter.

Eine Weile lagen sie regungslos ineinander verschlungen da. Plötzlich lockerte der Italiener den Griff und ließ Carpenters Handgelenk los, um nach etwas zu greifen, offenbar einem Messer. Carpenter schlug mit dem Ellbogen nach ihm, was aber keine Wirkung zeigte, und Kamelgesicht packte ihn an den Nackenhaaren und riss seinen Kopf nach hinten. Der Mond schien ihm in die Augen, und Carpenter dachte: *Jetzt schneidet er mir die Kehle durch.*

Der Italiener murmelte etwas; die herablassende, ja fast gönnerhafte Stimme machte Carpenter klar, dass er noch etwa eine Sekunde zu leben hatte. Knurrend biss er die Zähne zusammen und senkte gegen den Widerstand der Hand, die an seinen Haaren riss, den Kopf, bis sein Kinn fast den Hals berührte. Dann gab er plötzlich nach und schleuderte, die Kraft des Gegners nützend, den Kopf nach hinten und dem anderen mit aller Wucht ins Gesicht.

Mit einem Aufschrei rollte Kamelgesicht beiseite, und Carpenter stand mühsam auf. Vom Waldrand her rief eine sorgenvolle Stimme: *»Cenzo?«* Und dann lauter: *»Cenzo!?«* Der Mann zu seinen Füßen richtete sich unterdessen auf, kniete und schüttelte benommen den Kopf. Routiniert wie ein Torwart holte Carpenter aus und versetzte dem Kamelgesicht mit aller Kraft einen Tritt ins Gesicht. Fast überrascht, dass dessen Kopf nicht in die Höhe flog wie ein Fußball, beobachtete er, wie sein Gegner über den Waldboden rollte, wieder auf die Beine kam und Zähne ausspuckte.

Langsam, das Messer immer noch in der Hand, kam er auf Carpenter zu. Der Amerikaner konnte weder fliehen noch handeln, also hielt er dem eisernen Blick des anderen stand, bis der Italiener ausholte und ihm den Ärmel seiner Lederjacke aufschlitzte. Er sprang zur Seite, und noch einmal holte sein Gegner aus und zielte auf seinen Magen.

Wieder drang die Stimme vom Waldrand her zu ihnen: »*Cenzo? Che c'e?*«

Kamelgesicht ließ Carpenter nicht aus den Augen, er setzte zum Todesstoß an.

»*Dove sei, eh?*«

Das war zu viel. Der Italiener warf einen kurzen, ärgerlichen Blick in die Richtung des Rufers, und Carpenter nutzte die Gunst des Augenblicks und landete fünf Fausthiebe in zwei Sekunden. Dann trat er einen Schritt zurück, damit der andere fallen konnte, aber das erwies sich eher als Fehler, denn Kamelgesicht machte stattdessen einen Satz nach vorn.

Der Gegenschlag kam überraschend, aber Carpenter konnte trotzdem noch einen Treffer landen, und diesmal flog dem Italiener das Messer aus der Hand. Hastig bückte sich Carpenter danach, kam hoch und wurde gleich wieder flachgelegt. Er lag auf dem Bauch, bewegungsunfähig vom Hals abwärts. Nur mit den angewinkelten Armen konnte er nach hinten schlagen, ein eher hilfloses Fuchteln.

Aber mit dem Messer in der rechten Hand reichte es. Er spürte, wie sich die Klinge in etwas Hartes bohrte. Kamelgesicht keuchte. Immer wieder stieß Carpenter zu, und jedes Mal traf er etwas, aber nicht besonders tief oder fest. Schließlich brüllte der Italiener auf und rollte von ihm herunter. Währenddessen holte Carpenter noch einmal mit dem Messer aus und stach zu. Dann richtete er sich auf.

Der Italiener saß mit überraschtem Gesicht auf dem Boden. Eine leere Augenhöhle klaffte, wo Carpenter ihn getroffen hatte, und aus seinem Hals quoll das Blut wie aus einer Ölpipeline.

Dann fiel er vornüber und starb wortlos.

Keuchend stand Carpenter auf und humpelte in Richtung Fluss davon. Er war randvoll mit Adrenalin, und irgendwie machte das Durst. Aber bevor er den Fluss erreichte, fiel plötzlich ein greller Lichtstrahl in den Wald und glitt suchend hin und her. Carpenter sah sich um.

Der Rover hatte einen Suchscheinwerfer neben dem Fahrerfenster, und der Schrank hielt damit nach seinem Gefährten Ausschau. Wäre Kamelgesicht auf den Beinen gewesen, der Schrank hätte ihn bestimmt gesehen. Aber »Cenzo« würde nie wieder aufstehen. Carpenter verbarg sich hinter den Bäumen.

Der Schrank horchte, dann fixierte er den Suchscheinwerfer, zog eine Pistole aus dem Gürtel und schritt auf den Waldrand zu. Für einen Mann seiner Größe bewegte er sich erstaunlich schnell und behände. Und er strebte direkt auf seinen toten Gefährten zu.

Ohne lange nachzudenken, schlich Carpenter so geräuschlos wie möglich in Richtung Waldrand. Aber als der Schrank in tiefer Verzweiflung *»Cenzo!«*, rief, verlor Carpenter die Nerven. So schnell er konnte, humpelte er auf den Rover zu, sprang hinein und suchte auf dem Sitz panisch nach den Zündschlüsseln oder einer Waffe.

Vergeblich.

Ein Brüllen drang aus dem Wald, während Carpenter die Schlüssel suchte, die Sonnenblende herunterklappte, das Handschuhfach öffnete und ...

Wieder ertönte ein Brüllen, und als Carpenter aufblickte, sah er den Schrank im Lichtkegel des Scheinwerfers auf das Auto zurennen. Dann fand er die Schlüssel auf dem Boden, packte sie und probierte den ersten aus, den zweiten, den dritten, bis endlich der Motor ansprang. Inzwischen hatte der Schrank den Waldrand erreicht und hob seine Waffe.

Carpenter legte den Rückwärtsgang ein und fuhr mit Vollgas auf die Straße zu. Da begann der Schrank mit grauenhafter Gelassenheit zu feuern. Der erste Schuss demolierte einen Scheinwerfer, der zweite hinterließ ein Spinnennetz auf der Windschutzscheibe, der dritte prallte an der Kühlerhaube ab. Carpenter riss den Wagen herum und legte den ersten Gang ein, während ein vierter und fünfter Schuss das Fahrgestell trafen.

Er duckte sich, trat aufs Gas und peilte blind die Straße an. Vier oder fünf Sekunden blieb er in Deckung, bis er einen ohrenbetäubenden Lärm vernahm und Lichtblitze aufflackerten. Er spähte über das Armaturenbrett und sah einen Lastwagen mit aufgeblendeten Scheinwerfern und dröhnender Hupe auf ihn zurasen.

Instinktiv riss Carpenter das Lenkrad nach rechts, und als der Lastwagen vorbeidonnerte, stöhnte er erleichtert auf. Falsche Straßenseite, dachte er.

Das war knapp.

29

Todi oder Marsciano?

Carpenter hielt vor dem Stoppschild mitten im Nirgendwo. Links oder rechts? Norden oder Süden? Einem Impuls folgend, lenkte er den Rover nach links, Richtung Marsciano – wo immer das sein mochte. Solange er nur nicht wieder auf der Bergstraße nach Spoleto oder, noch schlimmer, in Montecastello landete.

Die Stadt war eine Falle, einerseits zwar leicht zu verteidigen, andererseits aber warf eine Flucht von dort Probleme auf. Und er war auf der Flucht. Vor dem Schrank, aber auch vor der Polizei. Der Priester war tot, und wenn der Morgen kam, würde man sicher Carpenter verdächtigen. Nigel und Hugh würden von Azettis Tod erfahren und sich erinnern, dass Carpenter ihn hatte aufsuchen wollen – und anschließend verschwunden war, ohne seine Sachen zu holen.

Natürlich konnte er zur Polizei gehen und alles erklären: von Bepi über Azetti bis zu dem Kamelgesicht. Aber in einem gestohlenen Wagen bei der Polizei vorzufahren, mit blutbesudelter Kleidung und zehn Worten Italienisch, war keine gute Idee. Das Mindeste, was ihm drohte, war ein tagelanges Verhör – und falls sich der Umbra Domini einschaltete, war es nicht unwahrscheinlich, dass ihm im städtischen Gefängnis etwas zustoßen konnte.

Bei der nächsten Kreuzung fuhr er in Richtung Perugia, nach

Norden. Fort von Umbrien. Fort von Rom. Fort von allen Orten, die er kannte.

Er brauchte ein Telefon, und er musste sich irgendwo waschen. In Italien gab es jede Menge öffentliche Toiletten, aber wenn er eine betreten hätte, wären die Leute schreiend weggelaufen.

Kurz vor Perugia folgte er dem Wegweiser zur A-1, zur *autostrada*. Hier an der Autobahn gab es Raststätten mit Tankstelle, Telefon, Lebensmittelgeschäft und Waschräumen. Das einzige Problem war die helle Beleuchtung.

Aber ihm blieb keine andere Wahl.

Er raste mit 130 Stundenkilometern durch die Nacht, als ein Windstoß plötzlich den Wagen erfasste; kurz darauf setzte heftiger Regen ein. Carpenter fuhr nun blind, empfand aber eine geradezu unnatürliche Ruhe – als wäre das gesamte Adrenalin in seinem Körper inzwischen abgebaut. Was höchstwahrscheinlich auch zutraf.

Er warf einen Blick in den Rückspiegel, sah keine Scheinwerfer und fuhr rechts ran, um systematisch alle Knöpfe und Schalter des Autos durchzuprobieren, bis er den Scheibenwischer in Gang gesetzt hatte. Dann fuhr er weiter.

Erst gegen Mitternacht fand er einige Kilometer südlich von Florenz eine Raststätte. Die meisten Fahrzeuge parkten so dicht wie möglich am Gebäude, also stellte er den Rover am äußersten Rand des Parkplatzes ab, wo die Gefahr, jemandem zu begegnen, geringer war. Dann schaltete er das Innenlicht an und betrachtete sein Gesicht.

Er sah schlimmer aus, als er gedacht hatte. Sein Hemdkragen war blutdurchtränkt (ob mit eigenem oder fremdem, war schwer zu sagen). Der Sturz über den Abhang hatte Schnitte und Kratzer auf seinen Wangen hinterlassen, und seitlich am Kopf klaffte eine Wunde; wie er sich die zugezogen hatte, war ihm selbst nicht klar. Er betastete sie vorsichtig; sie war noch feucht und die Haare ringsherum blutverklebt.

Er stieg aus und stand im eiskalten Regen. Ein rascher Blick zeigte, dass seine Kleidung nicht zu retten war. Blut auf der Jacke, Blut auf dem Hemd, Blut auf der Hose.

Was tun? Ob ihn der Regen reinwaschen würde, wenn er einfach so stehen blieb? Nein, dachte er, das gab allenfalls eine Lungenentzündung. Also zog er sich bis aufs T-Shirt, das noch sauber war, aus und tauchte sein Hemd in eine ölige Pfütze. Obwohl das Öl bei ihm einen Brechreiz auslöste, rieb er sich mit dem Hemd das Blut vom Gesicht und von der Lederjacke. Anschließend zog er die Jacke übers T-Shirt und öffnete die Motorhaube. Der Motor war bemerkenswert sauber, aber es fand sich genug Schmiere, um die Blutflecken auf seiner Hose zu bedecken.

Dann humpelte er durch den Regen über den Parkplatz und stieg die Treppe zum Restaurant hinauf. Ein Geschäftsmann, der ihm entgegenkam, sah ihn komisch an, sagte aber nichts.

Im Haus folgte er dem Wegweiser mit dem Strichmännchen. Die Herrentoilette war riesengroß. Als ihn der Toilettenmann hereinkommen sah, musterte er ihn von oben bis unten, wies dann mit dem Kopf in den hinteren Teil des Raums und deutete durch Zeichensprache an, dass es dort Duschen gab.

Er war Türke oder vielleicht auch Bulgare, jedenfalls geizte er mit Handtüchern. Carpenter wollte sechs; der Bulgare bot zwei. Schließlich schrieb er stirnrunzelnd Zahlen auf ein Blatt Papier, die Preise fürs Duschen und für jedes Handtuch. Er hatte auch Seife, Einwegrasierer, Aftershave und Shampoo anzubieten. Carpenter versorgte sich mit allem, was er brauchte. Als ihm die Rechnung präsentiert wurde, bezahlte er das Doppelte, *grazie*.

Das Duschen war angenehm, bis er seine Schnittwunden mit Seife bearbeitete; das tat höllisch weh. Er wusch sich das Blut aus den Haaren und reinigte seine Hose, so gut es ging; anschließend wickelte er sie immer wieder in Handtücher, um das Wasser herauszudrücken. Am Ende war die Hose immer noch nass und fleckig, aber dass es sich um Blutflecken handelte, fiel nicht mehr auf.

Beim Hinausgehen musterte er sich im Spiegel und dachte: *Ich sehe aus wie ein Kriegsheimkehrer – aus einem verlorenen Krieg.*

Es war nach Mitternacht. Wahrscheinlich schlief Roy, nach fünfmaligem Klingeln schaltete sich der Anrufbeantworter ein. Carpenter schob die Karte ins Telefon und versuchte es noch einmal.

Beim dritten Mal meldete sich eine menschliche Stimme. »Dunwold.«

»Roy – hier ist Joe Carpenter. Sind Sie wach?«

»Mhm.«

»Ich habe ein Problem.«

»Was für ein Problem denn?«

»Na ja ... ein paar Leute sind tot. Ich komme nicht an meinen Ausweis ran. Ich bin ziemlich kaputt. Und ...«

»Und was? Ich dachte schon, das ist alles!«

»Ich fahre ein gestohlenes Auto.«

»Noch etwas?«

»Sonst ist alles in Ordnung.«

»Aha. Und wo stecken Sie?«

»An der *autostrada*, kurz vor Florenz. In einer Raststätte. Ich habe Prügel bezogen und ... ich muss hier raus. Nach Frankreich oder in die Schweiz – in ein Land, wo ich mir über die Botschaft einen neuen Pass besorgen kann. Welchen Tag haben wir übrigens?«

»Sonntag. Sonntagmorgen, ziemlich früh.«

»Okay. Also am Montag, spätestens Dienstag – verschwinde ich hier.«

»Sie sagten, ein paar Leute sind verletzt.«

»Ich sagte, sie sind tot.«

»Also gut, sehr schwer verletzt. Und Sie fahren einen ... Leihwagen?«

»Genau.«

»Ich will Ihre Begeisterung nicht dämpfen, aber vielleicht ist das mit der Botschaft keine sehr gute Idee? Ich könnte Ihnen Papiere auf einen anderen Namen besorgen – wenn auch nicht gerade bis Dienstag.«

»Ich versuche mein Glück bei der Botschaft. Entscheidend ist jetzt, dass ich raus muss aus Italien. So bald wie möglich.«

»Ja, gut – ich brauche eine Stunde – oder eher zwei – rufen Sie mich zurück. Wenn Sie nicht durchkommen, versuchen Sie es anschließend alle Stunde einmal. Ich arrangiere, dass jemand Sie mit dem Auto abholt.«

»Da ist noch was. Ich brauche Kleidung.«

»Großer Gott! Sind Sie nackt?«

»Nein, nackt nicht. Meine Hose ist nass!«

»Du meine Güte! Sie müssen ja allerhand durchgemacht haben!«

»Roy, besorgen Sie mir einfach ein paar Klamotten.«

»Geht in Ordnung. Mal sehen, was ich tun kann.«

Er beschloss, nicht in der Raststätte zu warten, sondern in Richtung Norden, zur Landesgrenze, weiterzufahren. Wenn er blieb, wo er war, würde er nur Aufmerksamkeit auf sich ziehen. Auf der Autobahn schaltete er Heizung und Radio ein und hoffte, dass seine Hose trocknete.

Zehn Kilometer südlich von Bologna setzte ein weißer Alfa zum Überholen an, bremste dann ab und fuhr zwei, drei Kilometer im gleichen Tempo neben ihm her. Carpenter warf dem Fahrer einen finsteren Blick zu, musste aber feststellen, dass es sich um einen Polizisten handelte. Er trat auf die Bremse, der Bulle tat es ihm gleich und deutete mit ausdrucksloser Miene auf den Seitenstreifen.

Carpenter zog gar nicht erst in Erwägung, sich aus dem Staub zu machen. Er kannte die Straße nicht und hatte nicht die Absicht, Selbstmord zu begehen. Also fuhr er rechts ran, bereit, sich zu ergeben.

Der Alfa hielt hinter ihm, und der Fahrer stieg aus, die Hand am Pistolenhalfter. Carpenter ließ seine Hände auf dem Lenkrad und blickte geradeaus, bis der Polizist ans Fenster klopfte. Dann kurbelte er es herunter.

Kommentarlos musterte der Bulle sein zerschundenes Gesicht, die Kopfwunde und die beschädigte Windschutzscheibe. Schließlich sagte er: *»Patente«* und streckte die Hand aus.

Gehorsam griff Carpenter nach seiner Brieftasche, holte den Führerschein heraus und gab ihn dem Mann.

»Grazie, signore«, sagte der Polizist und inspizierte den Führerschein. *»Inglese?«*

Carpenter schüttelte den Kopf. »Amerikaner.«

Der Bulle nickte, als wäre damit viel erklärt. *»Un momento.«* Bedächtig umrundete er den Wagen, ging in die Hocke, untersuchte den kaputten Scheinwerfer, ließ die Finger über die Kühlerhaube gleiten, betastete die Einschusslöcher. Lange verweilte sein Blick auf der Windschutzscheibe, dann trat er wieder an die Fahrerseite des Wagens. Jetzt ist alles aus, dachte Carpenter und tastete schon nach dem Türgriff; er konnte ebenso gut gleich aussteigen, die Hände auf die Kühlerhaube legen und die Beine spreizen.

Aber verwundert musste er feststellen, dass der Polizist einen Block herauszog und sich Notizen machte. Nach getaner Arbeit riss er den Zettel aus dem Block und gab ihn Carpenter. *»Parla italiano?«*

Ungläubig schüttelte Carpenter den Kopf. »Leider nein.«

Wieder nickte der Bulle. Dann deutete er auf den defekten Scheinwerfer, die gesprungene Windschutzscheibe und den Betrag auf dem Strafzettel. 90 000 Lire, ungefähr 60 Dollar.

Carpenter zog 100 000 Lire aus der Brieftasche und drückte sie dem Polizisten in die Hand. *»Grazie«*, sagte er. *»Grazie!«*

Der Polizist zog einen übergroßen Geldbeutel mit Reißverschluss aus dem Mantel. Er steckte Carpenters Scheine hinein und holte 10 000 Lire heraus.

»Ecco il suo cambio, signore.«

Carpenter nickte und fragte sich, ob das ein Witz sein sollte.

Der Polizist berührte seine Kappe. *»Buon viaggio«*, sagte er und kehrte zu seinem Dienstwagen zurück.

Kurze Zeit später fand Carpenter die Raststätte, die er suchte. Roy meldete sich beim dritten Klingeln.

»Also gut«, sagte er. »Ich habe gerade eine Lösung gefunden. Sagen Sie mir, ob es für Sie in Ordnung geht. Ich hätte da einen Mann im Import-Export-Geschäft. Ein Individualist. Er schafft Olivenöl nach Slowenien und Zigaretten nach Italien. Alles vollkommen legal – abgesehen vom Zoll, den er anscheinend nicht entrichtet. Folglich kennt er gewisse Schleichwege über die Grenze, kapiert? Auf jeden Fall ist die Sache nicht billig, aber Sie können mitfahren, wenn Sie wollen. Interessiert?«

»Ja. Nein! Ich meine – wo zum Teufel ist Slowenien?«

»Als ich das letzte Mal nachgesehen habe, lag es noch in Jugoslawien, oben links.«

»Wie viel verlangt er?«

»Zwei Riesen. In bar.«

»Kein Problem. Nur ... dass ich nicht so viel habe.«

»Keine Sorge. Ich regle das von hier aus.«

Carpenter seufzte erleichtert. »Hören Sie, Roy, wenn ich jemals was für Sie tun kann ...«

»Aha!«

»Ich höre ...«

»Da wäre schon etwas ...«

»Was denn?«

»Sie könnten mich eine Außenstelle in Paris eröffnen lassen.«

Carpenter lachte. »Sie machen wohl Witze.«

»Nein. Arbeit gibt es genug.«

»Darüber sprechen wir, wenn ich zurückkomme.«

Roys Anweisungen waren denkbar einfach. Nehmen Sie die A-13 nach Padua, dann weiter Richtung Norden auf der A-4. Der Treffpunkt war die einzige Raststätte an der Straße zwischen Venedig und Triest. Der Mann, den er suchte, sollte einen blauen Overall tragen, auf dem über der Tasche MARIO eingestickt war. Sie würden sich an der Theke der Cafeteria treffen, wo Carpenter mit einer Ausgabe von *Oggi* in der Hand stehen sollte. »Die bekommst du überall«, versicherte ihm Roy.

Doch leider öffnete der Zeitungskiosk erst um sieben, und das Treffen fand um sechs statt.

Carpenter prüfte so unauffällig wie möglich die Mülleimer, aber sie waren bereits geleert. Einen Ausflug in die Stadt wollte er nicht machen, also blieb ihm nichts anderes übrig, als sich in die Cafeteria zu stellen, sich in die Speisekarte zu vertiefen und zu hoffen, dass Mario kein Pedant war.

Carpenter war beim vierten Cappuccino, als ein rundlicher, grauhaariger Mann im Blaumann in die Cafeteria trat. In der Hand hielt er ein Päckchen, im Mundwinkel hatte er eine Zigarette, und auf seiner Brust war der Name MARIO aufgestickt. Er ging an die Theke, warf Carpenter einen Seitenblick zu und bestellte einen Espresso.

Carpenter wartete eine Weile, bevor er ihn ansprach. *»Scusi«*, sagte er, womit sein Italienisch erschöpft war. *»Scusi!«* Mario kehrte ihm den Rücken und winkte ab, als wollte er sagen: »Lass mich bloß in Ruhe.«

Carpenter überlegte kurz, dann tippte er ihm auf die Schulter. »Wissen Sie, wo ich eine *Oggi* kaufen kann?«, fragte er. Mario schüttelte den Kopf. »Die suche ich nämlich ... *Oggi*! Die italienische Zeitung. Schon mal gehört?«

Mario drehte sich langsam zu ihm um. Sein wütend erstaunter Blick war leicht zu deuten: *Hast du völlig den Verstand verloren?*

»Ist noch zu früh, *signore*«, erklärte der Mann hinter der Theke mit warnendem Blick. »Sie müssen warten.«

Carpenter zuckte die Achseln, während Mario Geld auf die Bar warf, sein Päckchen nahm und, ohne sich noch einmal umzudrehen, zur Männertoilette ging. Carpenter wartete eine Weile, dann folgte er dem Italiener. Drinnen drückte ihm Mario das Päckchen in die Hand und deutete mit dem Kopf auf die Kabinen.

»Sprechen Sie Englisch?«, fragte Carpenter.

»Nein.«

Interessant.

In dem Päckchen befand sich, in braunes Packpapier gewickelt und säuberlich verschnürt, ein ähnlicher Blaumann wie Marios, nur dass auf der Tasche CESARE stand. Carpenter zog sich aus und schlüpfte in den Overall. Die Hosenbeine waren zehn Zentimeter zu kurz, und die Slipper, die er trug, passten zu diesem Outfit etwa so gut wie ein Tropenhelm zum Abendanzug. Aber immerhin war es eine Uniform und folglich eine gute Tarnung. Ein Briefträger, eine Krankenschwester, ein Bulle – ein Schlumpf. Die Leute sehen nur die Uniform und achten nicht auf das Gesicht. Auf jeden Fall war der Blaumann trocken und auch bequemer als die Hose, die er in den Mülleimer stopfte.

Mario fuhr einen Kleinlaster mit großartigem Sound; in beide Türen waren 50-Watt-Boxen eingebaut. Allerdings beschränkte sich seine Musikauswahl auf Euro-Pop und uralten Rock 'n' Roll. Schlimmer noch, er war ein leidenschaftlicher und völlig hemmungsloser Sänger.

Jemand rüttelte an seinem Arm. Benommen erwachte er auf dem Beifahrersitz eines Kleinlasters mit seiner Lederjacke auf dem Schoß. Sein zerschundenes Gesicht brannte. Sein geschwollener Knöchel pulsierte, sein Kopf dröhnte, und an der Brust spürte er seine Schürfwunden. Sonst ging es ihm gut, abgesehen von seiner geistigen Umnebelung.

»Attenzione!« Die Stimme schreckte ihn auf, und er drehte sich um.

Ach ja, Mario. Der kleine Kerl im blauen Overall warf ihm einen ernsten Blick zu und legte den Finger auf die Lippen. *»Niente«*, sagte er für den Fall, dass Carpenter noch nicht kapiert hatte.

Im Radio lief »The Wanderer«.

Go 'round and 'round and 'round ...

Ein Wegweiser am Straßenrand verriet, dass sie sich unweit von Gorizia befanden, wo immer das sein mochte. Kurz darauf erreichten sie einen Grenzübergang; auf dem Schild hieß es: SANT' ANDREA ESTE. Ein Uniformträger kam aus einem Holzhaus, lächelte und winkte sie durch.

Langsam fuhren sie weiter. Mario zupfte Carpenter am Ärmel und gab ihm durch Zeichensprache zu verstehen, er solle sich schlafend stellen.

Gehorsam lehnte sich Carpenter gegen die Tür, entspannte sich und schloss die Augen, erspähte aber noch ein weiteres Schild, auf dem N. GORICA stand. Kurz darauf erreichten sie ein zweites Zollhaus.

Ein Mann in grauer Uniform trat heraus und winkte Mario zu, er solle reinkommen. Offensichtlich wollte er, dass beide aus dem Laster ausstiegen, aber Mario schüttelte den Kopf und warf dem scheinbar schlafenden Carpenter einen mitleidsvollen Blick zu. Dann folgte ein italienischer Wortschwall, der Grenzpolizist schüttelte den Kopf und zuckte die Achseln. Mario sprang aus dem Laster und folgte dem anderen ins Haus. Durch die halb geschlossenen Lider sah Carpenter, dass sich Mario an einen Tisch zu einigen anderen Männern setzte, die Karten spielten.

Es war seltsam, sie reden zu hören, ohne ein Wort zu verstehen – er achtete um so genauer auf alle Nuancen der Stimmen und der Intonation, sodass ihm die verschwommen wahrgenommene Szene ungewöhnlich lebendig und komplex erschien.

Das ging zwanzig Minuten lang so weiter, während Mario zuerst eine Tasse Kaffee trank und dann noch einen Aperitif zu sich nahm.

Und dann noch einen.

Carpenter biss die Zähne zusammen, während die Männer scherzten und rauchten und laut auflachten. Schließlich standen sie einer nach dem anderen auf und verabschiedeten sich voneinander. Kurz darauf kam Mario wieder heraus, stieg in den Lkw und fuhr augenzwinkernd los.

Ein Schild verkündete, dass sie sich in Slowenien befanden. Carpenter reckte den Daumen hoch. Mario grinste gönnerhaft und zuckte die Achseln.

Die Straße führte an einem kleinen Fluss entlang durch ein Bergtal. Die Obstplantagen und Weingärten zu beiden Seiten lagen unter einer dünnen Schneedecke; alles war gepflegt und sprach von Wohlstand. Die Namen auf den Wegweisern konnte Carpenter nicht aussprechen: Ajdovscina, Postojna, Vrhnika, Kranj. Der einzige Ort, von dem er schon gehört hatte, war die Hauptstadt: Ljubljana.

Nach anderthalb Stunden erreichten sie ihr Ziel, und zwar ganz plötzlich. Vororte gab es nicht, nur eine schöne Stadt inmitten einer schönen Landschaft. Mario hielt vor dem Bahnhof. »Lub-jana«, sagte er schlicht.

Carpenter schüttelte ihm die Hand und wollte schon aussteigen, da fasste ihn der Italiener am Ärmel. Er rieb den Stoff des Overalls zwischen Daumen und Zeigefinger und gab zu erkennen, dass er ihn wiederhaben wollte. Überrascht sah Carpenter ihn an. Dann kreuzte er die Hände im Schoß und blickte angstvoll um sich.

Mario hatte kapiert – keine Hose. Grinsend legte er den Rückwärtsgang ein und fuhr zu einer Art Sonntagsmarkt im alten Stadtkern. An den meisten Ständen wurden Gemüse und Lebensmittel feilgeboten, aber einige hatten auch Kleidung. Carpenter erstand eine Levis in seiner Größe und ein T-Shirt mit dem Aufdruck: I LOVE LJUBLJANA.

Carpenter zog sich im Laderaum des Lasters um und ließ sich, nachdem er Mario noch einmal die Hand geschüttelt hatte, vor dem Grandhotel absetzen. *»Arrivederci«*, sagte Carpenter.

»Catch you later«, erwiderte Mario grinsend.

Am nächsten Morgen suchte Carpenter ein Bekleidungshaus in der Innenstadt auf und kaufte sich einen italienischen Anzug, einen Koffer und alles, was er sonst noch brauchte. In einer Apotheke besorgte er sich einen Stock. Anschließend frühstückte er mit Kaffee und Croissants und las die *Herald Tribune.*

Gegen Mittag kehrte er ins Hotel zurück, zog sich rasch um und ließ anschließend Passbilder machen. Dann ging er zur amerikanischen Botschaft in der Prazakowastraße und log das Blaue vom Himmel herunter. Gestern Abend sei er im Kasino gewesen, wo er ein Mädchen kennen lernte. Daraufhin sei es zum Streit mit einem Einheimischen gekommen. Als er wieder aufwachte, habe er sich in seinem Hotel befunden – ohne Ausweis –, anscheinend habe er die Schlägerei verloren.

Die Beamtin, eine junge Frau Anfang zwanzig, nahm ihm die Geschichte bedenkenlos ab. »Wurde Ihr Ausweis gestohlen?«, fragte sie.

»Ich weiß nicht«, erwiderte Carpenter. »An die Nacht erinnere ich mich nur noch verschwommen.«

»Haben Sie die Sache der Polizei gemeldet?«

»Nein.«

»Warum nicht?«

»Weil ich glaube, meine Frau hätte kein Verständnis dafür.«

»Oh.«

Und zu seiner Erleichterung fand sich in den Computern der Botschaft kein Hinweis darauf, dass in Italien ein amerikanischer Mörder namens Joe Carpenter gesucht wurde. Der Papierkrieg hielt sich in Grenzen, und eine Stunde später hatte er einen provisorischen Ausweis in der Tasche, der ein Jahr galt.

Am selben Nachmittag bestieg er eine Air-Adria-Maschine, die ihn nach Paris brachte. Von dort aus ging es weiter nach Washington. Er machte es sich in seinem Erste-Klasse-Sitz der United-Maschine bequem, bestellte bei der Stewardess eine Bloody Mary und schloss die Augen.

Hier fühlte er sich fast schon wieder wie zu Hause in Amerika. Den Stewardessen, die unverkennbar aus dem Mittleren Westen stammten, hätte er ewig zuhören können. Am liebsten hätte er ihnen allein für ihre Aussprache ein Trinkgeld gegeben.

Schließlich hob die Boeing 747 ab, und kurze Zeit später servierte eine Stewardess seine Bloody Mary.

»Du lieber Himmel«, sagte sie, als sie den Drink auf dem Tablett abstellte, »was ist denn mit Ihnen passiert?«

»Ich bin eine Felswand runtergefallen«, erwiderte er.

Sie schenkte ihm ein strahlendes Lächeln und eine Tüte Erdnüsse und tätschelte seinen Unterarm. »Sie sind mir ja einer!«

»Nein ... es stimmt wirklich.«

»Und wie haben Sie das angestellt?«, fragte sie, setzte sich neben ihn und schlug die Beine übereinander.

Carpenter zuckte die Achseln. »Das war nicht schwer«, erklärte er. »Ich habe einfach losgelassen.« Dann stieß er sein Glas gegen das Plastikfenster und brachte einen Toast auf Roy Dunwold aus. »Auf in die Neue Welt«, sagte er.

30

Ein schrecklicher Sturm, Sir! Ganz schlimm. Ein richtiger Blizzard!«

»Ja, das sehe ich«, sagte Carpenter und hoffte, dass Freddy daran gedacht hatte, seine Einfahrt freiräumen zu lassen. »Da muss allerhand los gewesen sein.«

»Aber ja, Sir! Das kann man wohl sagen. Die Leute im Fernsehen nennen ihn ›den Sturm von '96‹. Sehr dramatisch.«

Carpenter ließ den Blick über glitzernde Schneewehen schweifen. »Hier müssen Sie links abbiegen.«

»Wenn ich mir die Frage erlauben darf, Sir, sind Sie weit gereist?«

»Ich war in Italien.«

Der Fahrer nickte wissend. »Sind Sie ausgeraubt worden?«

Carpenter schüttelte den Kopf. »Nein. Man hat alles Mögliche mit mir gemacht, ausgeraubt wurde ich nicht.«

»Dann gratuliere ich Ihnen.«

»Warum?«

»Weil Sie mit leichtem Gepäck reisen! Selbst als Immigrant ...«

»An der Ecke links.«

»Sehr gut – selbst als Immigrant habe ich sehr viel mehr mit nach Amerika gebracht. Aber wie ich sehe, haben Sie Ihre irdischen Bindungen aufgegeben, Sir – eine Jacke zum Wechseln, das ist alles! Wie weise.«

»Vielen Dank. Ich bin tatsächlich ganz ungebunden.«
»Das sehe ich, Sir.«
»Es ist das große Haus auf der rechten Seite.«
»Meine Güte! So modern ...«

Carpenter gab dem Taxifahrer zwanzig Dollar und verzichtete aufs Wechselgeld. Er winkte kurz und ging zur Eingangstür hinauf.

Auf der letzten Stufe blieb er stehen. Das Haus war vollkommen dunkel – so hatte er es nicht zurückgelassen. Wenn er auf Reisen ging, ließ er stets ein, zwei Lampen an, weniger um Einbrecher abzuschrecken, eher als kleinen Willkommensgruß an sich selbst. Aber das einzige Licht, das er sah, war die rote Diode der Alarmanlage auf der Aluminiumtafel neben der Tür.

Wenigstens ist die Alarmanlage in Betrieb, dachte Carpenter. Sie war mit einer Batterie ausgerüstet, die sich bei Stromausfall einschaltete.

Unter einem Blumentopf am Rande der Treppe bewahrte er einen Hausschlüssel auf. Trotz des Schnees fand er ihn gleich und schloss auf. Als er eintrat, tippte er den Code ein, der die Alarmanlage ausschaltete.

Dann zog er die Tür hinter sich zu, stand im Dunkeln und horchte. Seit Neapel verhielt er sich etwas vorsichtiger, wenn er ein Haus betrat. Aber da war nichts und niemand. Nur das weiche Licht des Schnees, das durchs Fenster drang. Er betätigte den Lichtschalter, nichts geschah. Auch auf dem Flur ging das Licht nicht, und er merkte bald, dass die Heizung ebenfalls ausgefallen war.

Carpenter seufzte. Es hatte keine acht Grad im Haus, aber er würde trotzdem nicht im Hotel übernachten müssen. Im Arbeitszimmer war ein Kaminfeuer vorbereitet, und das Ledersofa ließ sich in ein Bett verwandeln. Da konnte er schlafen.

Das Telefon funktionierte natürlich noch. Carpenter benutzte es, um den Stromausfall zu melden. Die Frau, die den

Anruf entgegennahm, lachte. »Wo waren Sie denn? McLean ist seit drei Tagen ohne Strom! Aber wir kommen bald wieder ans Netz.«

Und so war es auch.

Als Carpenter aufwachte, war das Feuer erloschen, aber die Heizung funktionierte wieder, und das Haus war nun nicht mehr kalt, sondern nur noch kühl. Das Wasser im Boiler reichte immerhin für eine lauwarme Dusche. Er ging durch den Flur und dachte an die Arbeit, die ihn im Büro erwartete, als er etwas hörte: ein leises Summen, das aus dem Arbeitszimmer drang.

Der Computer war an. Irgendwann während der Nacht, als der Strom wiederkam, musste er angesprungen sein. Carpenter ging zum Schreibtisch, auf dem der Bildschirm flimmerte, und wollte den Computer ausschalten. Doch dann überlegte er es sich anders.

Wenn der Computer neu gestartet hatte, musste er an gewesen sein, als vor drei Tagen der Strom ausgefallen war. Und das hieß, entweder hatte er den Computer angelassen, als er vor einem Monat nach Italien flog, oder es war jemand eingebrochen.

»Ich habe den Computer nicht angelassen«, murmelte er vor sich hin. »Das mache ich nie.« Also war während seiner Abwesenheit jemand im Haus gewesen. Aber das war eigentlich ausgeschlossen. Die Alarmanlage war in Betrieb, und sie taugte etwas. Nur ein Profi kam daran vorbei. Außerdem fehlte nichts. Auf der Kommode lag eine Breitling-Armbanduhr im Wert von 2000 Dollar. Die Stereoanlage war ebenso unberührt wie die Vitrine im Arbeitszimmer, die Erstausgaben im Wert von 25 000 Dollar enthielt. Die Lithografien im Wohnzimmer waren noch mehr wert.

Carpenter setzte sich vor den Computer und drückte mehrmals die Entertaste, bis die Aufforderung *Passwort?*, auf dem Bildschirm erschien.

Dabei handelte es sich nun keineswegs um ein Wort, sondern um eine Kombination von Buchstaben, Nummern und Satzzeichen, die niemand erraten konnte, eben weil es kein Wort war. Wer die Kombination nicht kannte, hatte keinen Zugriff auf die Festplatte, konnte keine Operationen durchführen und keine Informationen abfragen. Allerdings hatte ein äußerst begabter Mensch die Alarmanlage überlistet und sich direkt zum Computer begeben. Hatte er sich vom Passwort aufhalten lassen? Carpenter hatte keine Ahnung. Aber dafür gibt es schließlich Passwörter, sagte er sich, um Leute fern zu halten. Aber aus demselben Grund gab es auch Alarmanlagen.

Als er sich bückte, um den Rechner unter dem Tisch auszuschalten, fand er den Knopf nicht sofort, und bei genauerem Hinsehen merkte er, warum. Der Computer war um ein kleines Stück verrutscht. Der Abdruck auf dem Teppich, wo das Gerät ein Jahr lang gestanden hatte, war deutlich zu sehen.

Du hast Halluzinationen, sagte er sich. Wahrscheinlich hast du ihn vor der Italienreise angelassen.

Aber das hatte er nicht. Das wenigstens wusste er genau.

»Hallo, Joe ...«

»Was ist denn mit Ihnen passiert?«

»Willkommen, Mr. Carpenter!«

»Schön, Sie wiederzusehen.«

Als er an seinen Mitarbeitern vorbei in sein Büro humpelte, wurde er mit Winken, Lächeln und Blicken echter Besorgnis begrüßt. Er schloss die Tür seines Zimmers hinter sich, warf Mantel und Stock auf die Couch und sagte seiner Sekretärin über die Sprechanlage, sie solle Murray Fremaux zu ihm schicken.

»Sie meinen den Computerexperten?«

»Genau.«

Zehn Minuten später erschien Murray Fremaux mit einer Tasse Kaffee in der Hand. Er machte ein besorgtes Gesicht.

»Was ist los?«, fragte Carpenter.

»Ich war noch nie in Ihrem Büro.«

»Aha. Setzen Sie sich.«

»Okay, aber ...«

»Was?«

»Ich weiß nicht ... werde ich jetzt entlassen?«

»Nein.«

»Gut«, sagte Fremaux und ließ sich auf einen Stuhl sinken. »Ich habe mir nämlich gerade einen Camry gekauft.«

»Herzlichen Glückwunsch. Jetzt hören Sie zu: Ich glaube, jemand ist in mein Haus eingebrochen, während ich weg war.«

»Ich dachte, Sie haben eine Alarmanlage.«

»Habe ich auch. Aber dadurch haben sich die Einbrecher nicht abhalten lassen.«

Fremaux dachte kurz nach. »Ist etwas weggekommen?«

»Nein. Aber ... ich glaube, man war am Computer.«

Fremaux nickte. »Nicht auszuschließen.«

»Die Sache ist die ... ich weiß nicht, ob jemand an die Daten herangekommen ist. Ich meine, ich habe ein Passwort ...«

»Passwörter taugen nicht viel.«

»... und alles wirklich Wichtige ist verschlüsselt.«

Fremaux wirkte skeptisch. »Was benutzen Sie?«

»N-cipher.«

»Gutes Programm.«

»Dann ist man doch wahrscheinlich auch nicht an die Daten herangekommen, oder?«

Fremaux zuckte die Achseln. »Keine Ahnung. Ist Ihnen sonst noch was aufgefallen?«

Carpenter dachte nach. »Ich glaube ... vielleicht wurde der Computer bewegt.«

»Warum glauben Sie das?«

»Weil er ... nicht mehr genau an derselben Stelle stand wie sonst.«

Fremaux nickte. »Sieht aus, als wären Sie ausgetrickst worden.«

»Wie bitte?«

»Ich vermute, man hat die Festplatte ausgebaut, eine Kopie gezogen und sie dann wieder eingebaut. In diesem Fall ist das Passwort nutzlos, weil es im Boot-Sektor angesiedelt ist.«

»Und die verschlüsselten Dateien ...«

Fremaux schüttelte den Kopf. »Kommt drauf an. Wo haben Sie den Schlüssel – auf Diskette oder auf der Festplatte?«

»Auf der Festplatte.«

Fremaux zuckte zusammen. »Schwerer Fehler.«

»Dann haben die Einbrecher alles ...«

»Vermutlich.«

Carpenter stöhnte. Er dachte an die E-Mails, die er von Montecastello geschickt hatte, die Liste der Frauen, die sich in der Clinica Baresi einer Behandlung unterzogen hatten, den Auftrag an Judy, mit Riordan Kontakt aufzunehmen. Glücklicherweise hatte er die Briefe von seinem Laptop aus abgeschickt – dann waren sie wenigstens sicher.

»Sie sehen erleichtert aus«, bemerkte Fremaux.

Carpenter nickte. »Ich habe ein paar E-Mails von Italien aus verschickt. Sie waren ziemlich brisant.«

Fremaux sah weg.

»Was ist los?«, fragte Carpenter.

Fremaux wiegte den Kopf. »Wahrscheinlich haben sie die auch.«

»Was? Wie denn? Das ist unmöglich.«

»Darf ich eine Frage stellen? Wenn Sie sich ins Internet einwählen, was machen Sie da?«

Carpenter zuckte die Achseln. »Nicht viel. Das geht automatisch. Im Grunde drücke ich nur Alt-E. Den Rest erledigt der Computer.«

Fremaux nickte. »Das habe ich mir gedacht. Sie benutzen eine automatische Einwählprozedur, in der Ihr Passwort gespeichert ist.«

»Na und?«

»Die Leute, die in Ihr Haus eingebrochen sind, haben das jetzt auch.«

»Dann ändere ich eben das Passwort.«

»Gute Idee«, bemerkte Fremaux, bereute aber seinen Sarkasmus sofort. »Aber das funktioniert nur in eine Richtung. Inzwischen haben diese Leute Ihre alten E-Mails – ganz gleich, welchen Computer Sie benutzt haben.«

Carpenter starrte ihn an.

»Die E-Mails sind bei Ihrem Internet-Provider vor Ort archiviert«, erklärte Fremaux. »Jeder, der das Passwort kennt, kommt an die alten Nachrichten heran.«

Carpenter lehnte sich zurück und schloss die Augen. Daher haben die also gewusst, wo ich jeweils bin, dachte er. In Montecastello. Im Aquila. Er sah Fremaux an. »Danke. Das war eine große Hilfe.«

Fremaux stand auf und zuckte die Achseln. »Tut mir Leid«, sagte er und wandte sich zur Tür.

»Das ist nicht Ihre Schuld. Aber, Murray ... Könnten Sie auf dem Rückweg bei Judy anklopfen und sie bitten, zu mir zu kommen?«

Fremaux zögerte. »Ich glaube, sie ist nicht da.«

»Warum nicht?« Carpenter sah auf die Uhr; es war halb elf.

»Soviel ich weiß, kommt sie erst heute Nachmittag aus dem Krankenhaus.«

»Wieso ist sie im Krankenhaus? Was fehlt ihr denn?«

»Sie hatte einen Unfall. Bei einer Feier – was genau passiert ist, weiß ich nicht. Aber ... anscheinend hat sie eine Flasche Champagner geöffnet ... und sich dabei ins Auge geschossen.«

»Womit?«, fragte Carpenter verdutzt.

»Mit dem Korken.«

»Das soll wohl ein Witz sein.«

»Ich weiß schon, was Sie denken. Der ultimative Yuppie-Unfall, aber ... ich würde sagen, es ist ziemlich ernst. Man musste ihr Beruhigungsmittel geben, damit sie das Auge nicht bewegt. Möglicherweise ist die Netzhaut beschädigt.«

»Wann ist das passiert?«

»Freitagabend«, sagte Fremaux, winkte kurz und zog die Tür hinter sich zu.

Carpenter saß regungslos da und kämpfte gegen den Impuls an, den nächstbesten Gegenstand an die Wand zu schmeißen.

Schließlich stand er auf und humpelte ohne Stock zu Freddys Arbeitsplatz. An der Trennwand, die seinen Bereich abschirmte, prangte ein riesiges Filmplakat von Fritz Langs *Metropolis.*

Carpenter zog sich einen Stuhl heran. »Haben Sie einen Augenblick Zeit?«

Freddy lehnte sich zurück und verschränkte die Arme.

»Ich möchte, dass Sie etwas für mich erledigen. Und zwar sofort.«

»Haben Sie schon gehört, was mit Judy passiert ist?«

»Ja, deshalb bin ich hier. Ich habe ihr am Wochenende ein Memo geschickt. Vermutlich hat sie es nicht bekommen. Murray Fremaux hat Zugriff auf alles. Er soll das zweiseitige Memo, das ich ihr geschickt habe, herunterladen ...« Carpenter dachte nach. »Es muss am Freitagabend gewesen sein, nach hiesiger Zeit.«

»Okay.«

»Wenn Sie es haben, lassen Sie alles andere stehen und liegen. Im Wesentlichen geht es um zwei Dinge: eine Liste von Frauen – ich glaube, es sind dreizehn –, mit denen wir sofort Kontakt aufnehmen müssen. Und dann brauchen wir noch Informationen über einen Wissenschaftler namens Baresi – Buchveröffentlichungen, Artikel, was Sie auftreiben können.«

Freddy nickte. »Geht in Ordnung. Aber ... was ist wichtiger?«

»Die Frauen.«

»Ich bitte die Leute von der Recherche, die Infos zusammenzustellen, und nehme mir die Liste mit den Frauen selbst vor.«

Carpenter dankte ihm und kehrte in sein Büro zurück. Als Erstes rief er Riordan an und hinterließ eine Nachricht auf dessen Anrufbeantworter, dann wählte er die Nummer der *pensione* in Montecastello.

»Pronto!«

»Hallo, Nigel! Hier ist Joe Carpenter.«

»Oh.« Es folgte eine lange Pause. »Wie geht es Ihnen?«

»Ich bin ziemlich lädiert.«

»Tja, wir haben auch einiges durchgemacht. Haben Sie gehört, was mit Pater Azetti passiert ist?«

Carpenter nickte. »Ich habe ihn in der Kirche gefunden.«

»Ja, und dann wurde noch ein zweites Opfer entdeckt ...«

»Ich weiß. Im Wald. Unterhalb der Stadt.«

Diesmal war die Pause noch länger. Schließlich sagte Nigel: »Das stimmt.«

»Er war kein Opfer«, sagte Carpenter. »Er hat versucht, mich umzubringen. Aber ich werde mit der italienischen Botschaft Kontakt aufnehmen und eine Erklärung abgeben.«

»Bevor Sie das tun, sollten Sie mit einem Anwalt sprechen.«

»Warum?«

»Weil ... als der Mann im Wald gefunden wurde ... waren Hugh und ich sicher, dass Sie der Tote sind. Ich meine, Sie hatten ja gesagt, dass Sie zu Azetti gehen. Und als Sie dann nicht in die Pension zurückkamen ... da sind wir zur Polizei gegangen.«

»Machen Sie sich darüber keine Gedanken.«

»Ich kann Ihnen nicht sagen, wie erleichtert wir waren ... ich meine, als wir sahen, dass es ein anderer war. Aber jetzt ... möchte die Polizei, dass Sie bei den Ermittlungen helfen.«

»Das überrascht mich nicht«, sagte Carpenter. »Hören Sie, Nigel, ich kümmere mich darum. Sagen Sie der Polizei, dass ich mich bei der Botschaft melde. In Washington. Und bei der Gelegenheit könnten Sie auch gleich Ihr Gästebuch dort hinterlegen.«

»Das Gästebuch? Aber warum denn?«

»Weil die Leute, die Azetti getötet haben, es sich holen könnten. Wenn es bei der Polizei liegt, sind Sie sicherer.«

»In Ordnung. Dann werde ich Ihren Rat beherzigen.«

Die zweite Leitung blinkte bereits, als Carpenter auflegte. Es war Riordan.

»Ich habe Neuigkeiten«, sagte er.

»Gute oder schlechte?«

»Gute, so wie's aussieht. Wir haben den Kerl.«

»Welchen Kerl?«

»Grimaldi. Wir kassieren ihn in einer Stunde. Wollen Sie dabei sein?«

Zwanzig Minuten später saß Carpenter neben Riordan in dessen zivilem Crown Victoria und fuhr auf dem Beltway in Richtung Norden nach Maryland.

»Wenn wir wieder im Büro sind«, sagte Carpenter, »gebe ich Ihnen eine Namensliste.«

»Ach ja? Was für 'ne Liste denn?«

»Eine Abschussliste. Frauen und Kinder. Am besten nehmen Sie Kontakt mit den jeweiligen Polizeidienststellen auf, damit sie in Schutzhaft genommen werden.«

Riordan holte ein Foto aus seiner Jackentasche. »Schaun Sie sich das an.«

Das Bild zeigte Grimaldi auf der Terrasse eines alten viktorianischen Hauses. Trotz der vielen Narben in seinem Gesicht bestand kein Zweifel an seiner Identität. Carpenter lächelte. »Wo habt ihr das her?«

»Vom FBI. Sie haben die Aufnahme vorgestern gemacht, mit Teleobjektiv. Sehen Sie die grobe Körnung?«

»Wie sind Sie ihm auf die Spur gekommen?«

»Erinnern Sie sich an die Krankenschwester?«

»Ja.«

»Was glauben Sie, wo die wohnt? In so 'ner Art christlicher Wohngemeinschaft, außerhalb von Frederick.«

»Ein Kloster?«

»Nicht direkt, keine Ahnung, wie man das nennt. Es ist einfach ein großes Haus in der finstersten Provinz.«

»Und es gehört dem Umbra Domini?«

»Ja.«

Carpenter lehnte sich seufzend zurück. »Ich hab's Ihnen ja gesagt«, bemerkte er schließlich.

Zwanzig Minuten später bogen sie in eine Allee im Westen von Emmittsburg ein, wo fünf Zivilfahrzeuge der Polizei und ein Funkwagen hinter einem gelben Absperrband warteten. Mitten auf der Straße stand zudem ein hochgerüsteter schwarzer Panzerwagen, und in der Luft zog ein Hubschrauber seine Kreise.

Die Aufmerksamkeit aller richtete sich auf ein großes viktorianisches Haus inmitten von Wintergärten und kahlen Eichen. Auf dem schneebedeckten Rasen vor dem Haus stand eine Statue der Gottesmutter mit dem Christuskind.

Riordan parkte am Straßenrand und ging zusammen mit Carpenter zu dem Funkwagen hinüber. Ein Mann saß bei offener Tür auf dem Vordersitz und sprach mit ernster Miene in ein Mobiltelefon. Er nickte Riordan zu. Etwa ein Dutzend Männer in schwarzen FBI-Windjacken standen in Grüppchen um den Wagen herum und warteten darauf, dass etwas geschah.

»Das ist Drabowsky«, sagte Riordan. »Sozusagen der zweite Mann in der Washingtoner Außenstelle.«

»Was macht der hier?«

»Tja, ich würde sagen, er leitet die Aktion.«

»Das sehe ich auch, aber *warum*?«

»Bewaffnete Entführung eines Autos. Dafür ist das FBI zuständig.«

»Das meine ich nicht. Ich frage mich: Seit wann macht so jemand Festnahmen?«

Bevor Riordan antworten konnte, warf Drabowsky das Mobiltelefon auf den Sitz neben sich und sprang aus dem Wagen.

»Okay, alle herhören!« Er klatschte in die Hände, um die Aufmerksamkeit der Agenten auf sich zu lenken. »In drei Minuten kommen sie raus! Acht Leute! Einer nach dem anderen! Acht Personen! *Otto!* Habt ihr das alle verstanden?« Die FBI-Leute murmelten zustimmend. »Sobald sie draußen sind, werden LaBrasca und Seldes sie hier im Wagen erkennungsdienstlich behandeln. Wenn ich das Zeichen gebe, und nur dann ... wird die Spezialeinheit ins Haus gehen und es Raum für Raum auf Fingerabdrücke durchsuchen. Anschließend machen wir eine Hausdurchsuchung. Irgendwelche Fragen?« Drabowsky sah sich um. »Okay – noch ein Punkt. Das hier ist keine Drogenhöhle, sondern eine Religionsgemeinschaft! Nur einer von den Leuten da drinnen wird eines Verbrechens beschuldigt – also ruhig Blut, Gentlemen! Okay? In Ordnung! Gehen wir!«

Die FBI-Leute gingen hinter den Fahrzeugen in Stellung, während Drabowsky auf Riordan zuging und ihm die Hand schüttelte. »Schön, dass Sie vorbeikommen«, sagte er.

Riordan zuckte die Achseln. »Ich war in der Nähe. Ich möchte Ihnen jemanden vorstellen. Joe Carpenter – Tom Drabowsky.«

Stirnrunzelnd schüttelte ihm Drabowsky die Hand.

»Joes Schwester wurde ...«, begann Riordan.

»Ich weiß«, sagte Drabowsky. »Sie werden hoffentlich nichts unternehmen, was Schlagzeilen macht, oder?«

Carpenter schüttelte den Kopf. »Nein. Ich möchte nur den Dreckskerl sehen.«

»Gut, weil ...«

»Hoppla!«, sagte Riordan und sah zum Haus. »Es geht los!«

Die Eingangstür wurde geöffnet, und eine Frau mittleren Alters kam heraus, die Hände über dem Kopf verschränkt. Ihr folgten ein Junge im College-Alter, der ein Grinsen nicht unterdrücken konnte, und ein alter Mann, der eine Gehhilfe vor sich herschob. Einer nach dem anderen traten die Hausbewohner über den Gartenweg auf die Straße, wo FBI-Agenten jeden Einzelnen beim Arm nahmen und zu einem Bus führten, wo sie erkennungsdienstlich behandelt wurden.

»Da ist sie«, flüsterte Riordan, als die Krankenschwester mit niedergeschlagenen Augen herauskam. Dann folgte ein stämmiger Koreaner, ein Postbediensteter in Uniform, ein gut gekleideter Hispano-Amerikaner und als Letzte eine junge Frau im Arbeitskittel.

»Wo ist er?«, fragte Carpenter.

Riordan schüttelte den Kopf. »Keine Ahnung.« Er warf einen Seitenblick auf Drabowsky, der ruhig und konzentriert in sein Handy sprach. Plötzlich regte sich etwas neben dem Haus:

Drei FBI-Agenten liefen geduckt zum Vorder- und Hintereingang und drängten sich nacheinander ins Haus, während draußen auf der Straße gespanntes Schweigen eintrat.

Carpenter wartete auf die Feuersalven. Aber nichts geschah. Die Minuten verstrichen. Schließlich kamen die Beamten wieder heraus, zuckten die Achseln und schüttelten die Köpfe, während sie ihre Waffen wieder im Halfter verstauten. »Okay«, rief Drabowsky, »sehen wir uns um.« Er und zwei andere Beamte schlugen den Weg zum Haus ein.

»Ich dachte, Grimaldi sollte da drin sein?«, sagte Carpenter.

»Ich auch«, erwiderte Riordan.

»Auf dem Foto war er doch genau dort drüben zu sehen.«

»Keine Ahnung, was da schief gegangen ist.«

Carpenter und Riordan gingen zum Haus. Als sie die Vordertreppe hinaufstiegen, trat ihnen ein FBI-Mann in den Weg. »Da können Sie nicht rein«, sagte er.

Riordan zückte seinen Ausweis. »Fairfax Police. Unser Fall.« Widerstrebend machte ihm der FBI-Agent Platz.

Das Haus war betont schlicht eingerichtet. Die weißgetünchten Wände waren schmucklos, die Holzfußböden auf Hochglanz poliert. Carpenter entdeckte weder Stereoanlagen noch Fernseher, und die wenigen Möbel wirkten alt. Die einzige Dekoration der Schlafräume bestand aus Kruzifixen über der Tür und einem gerahmten Foto von Silvio della Torre, der gütig auf die Bewohner herabzulächeln schien.

Auch die sonstige Ausstattung des Hauses war überaus asketisch. Im Esszimmer stand ein langer Tisch mit Holzbänken auf beiden Seiten, sonst nichts. In der Küche köchelte auf einem alten Herd eine Rübensuppe. Im Wohnzimmer waren acht Stühle mit hoher Lehne im Kreis angeordnet, wahrscheinlich fanden hier Diskussionsrunden statt.

Die FBI-Agenten durchsuchten die Schubladen in den Schlafzimmern. Unterdessen hielten Carpenter und Riordan nach Drabowsky Ausschau.

Sie fanden ihn in einem Raum, wo er gerade eine Kommode

durchsuchte; das übrige Mobiliar bestand aus einer Matratze und einer Stehlampe. Neben der Matratze standen ein Gefäß mit Brandsalbe und ein Papierkorb mit gebrauchten Verbänden.

»Das ist sein Zimmer«, sagte Carpenter und hob eine Ausgabe des *Osservatore Romano* auf. »Er war hier.«

Drabowsky sah ihm über die Schulter. »Er ist uns entwischt.«

»Pech gehabt«, meinte Riordan.

»Sie sollten sich das Badezimmer ansehen«, sagte Drabowsky. »Sieht aus wie ein Feldlazarett. Die Frau hat sich wirklich gut um ihn gekümmert.«

»Darf ich eine Frage stellen?«, sagte Carpenter.

Drabowsky sah ihn an, zuckte die Achseln.

»Wie zum Teufel konnte er euch durch die Lappen gehen?«

Drabowsky schüttelte den Kopf. »Kein Grund, zu fluchen.«

»Er stand unter Observation!«, fuhr Carpenter fort. »Wie zum Teufel kann er abhauen, während eure Jungs draußen vor der Tür sitzen ...«

»Er wurde nicht observiert«, erwiderte Drabowsky.

»Erzählen Sie keinen Scheiß!«, rief Riordan.

»Wir haben die Observation gestern Abend eingestellt.«

Riordan konnte es nicht fassen. »Was haben Sie getan? Wer ist denn auf diese Schwachsinnsidee gekommen?«

»Ich«, sagte Drabowsky.

Riordan schüttelte den Kopf. »Tom – um Himmels willen –, was für 'n hirnrissiger Einfall!«

»Wir sind hier praktisch auf dem Land!«, rechtfertigte sich Drabowsky. »Vielleicht ist Ihnen das auch schon aufgefallen. Ein halbes Dutzend Leute ist in dem Haus aus und ein gegangen, und unser Wagen steht vor der Tür wie ein rosa Elefant. Ich wollte ihm keine Angst einjagen, okay?«

»›Okay‹? Nein, es ist nicht ›okay‹. Der Dreckskerl ist auf und davon«, sagte Carpenter.

»Sieht so aus«, sagte Drabowsky.

Carpenter machte auf dem Absatz kehrt und ging, von Riordan gefolgt, zur Tür hinaus. »Da stimmt was nicht«, bemerkte Carpenter.

»Würd ich auch sagen.«

»Es ist nicht gerade einleuchtend ... ich meine, was wäre denn gewesen, wenn er die Observation bemerkt hätte? Was hätte er dann tun sollen? Einen Tunnel buddeln, um zu fliehen?«

»Keine Ahnung. Ich weiß auch nicht, was in denen vorgegangen ist!«

Als sie aus dem Haus gingen und auf die Polizeifahrzeuge zusteuerten, sah Carpenter, wie die Krankenschwester mit einem FBI-Agenten sprach. Sie trug Handschellen, lächelte jedoch selig, während sie die Fragen beantwortete.

Carpenter zögerte.

»Tun Sie's nicht«, sagte Riordan.

Aber Carpenter konnte nicht anders. Er ging zu ihr, packte sie am Arm und riss sie herum.

»Ihr Freund hat meine Familie abgeschlachtet. Das wissen Sie doch, oder?«

Juliette sah ihn aus beseelten braunen Augen an. »Es tut mir Leid«, sagte sie. »Aber ... was haben Sie erwartet?«

Beschwichtigend hob Riordan die Hände. »Schon gut! Schon gut! Gehen wir! Kein Problem!« Er nahm Carpenter am Arm und zog ihn von der Krankenschwester weg zu seinem Crown Victoria.

»Was habe ich erwartet?«, brummte Carpenter. »Was zum Teufel habe ich erwartet?!«

Judy kam erst am Donnerstag wieder zur Arbeit. Sie trug eine schwarze Augenklappe.

»Es ist aus«, sagte sie, als sie die Tür zu Carpenters Büro hinter sich zuzog.

Carpenter blickte auf. »Was? Deine Karriere als Schiedsrichterin?«

Judy legte den Kopf schief. »Nein, deine Karriere als Privatdetektiv.«

Carpenter lehnte sich zurück. »Oho!« Er hasste sich für seinen gewollt unbeteiligten Tonfall.

»Ja. Genau das habe ich gefeiert. Das Geschäft ist perfekt. Im Großen und Ganzen jedenfalls.« Sie ließ sich auf einen Sessel fallen und schlug die Beine übereinander. »Sobald ihre Anwälte die Papiere aufgesetzt und unsere Anwälte sie geprüft haben – bist du ein freier Mann.«

»Gut. Wie geht's deinem Auge?«

»Wird schon wieder. Interessiert es dich, wie viel du bekommst – oder soll ich dir einfach einen gerechten Anteil geben?«

»Nein.« Carpenter lachte. »Es interessiert mich sogar brennend.«

»Das dachte ich mir. Unterm Strich? Achtzehnfünf.«

»Wirklich?«

»Davon erhältst du zwölf, der Rest geht an die Minderheitsaktionäre.«

»So wie dich.«

»So wie mich. Und Leo. Und Dunwold. Und alle anderen. Sogar Freddy hat ein, zwei Anteile. Reicht jedenfalls für ein neues Auto.«

»Das nennt sich Gewinnbeteiligung.«

Das Haustelefon läutete, Carpenter nahm ab und meldete sich. Er horchte, legte die Hand auf die Muschel. »Wenn man vom Teufel redet ...«

Judy sah ihn fragend an.

»Es ist Freddy ... wenn es dich nicht stört.«

»Nein«, sagte Judy und machte Anstalten aufzustehen. »Ich schaue später noch mal rein.«

Carpenter schüttelte den Kopf. »Bleib, wo du bist. Das dauert nur einen Augenblick. Ich möchte mit dir besprechen, wie wir die Neuigkeit bekannt geben.«

Es klopfte an der Tür, dann trat Freddy ein. Er wirkte bedrückt. Als er Judy sah, sagte er: »Hallo, Judy ... Schön, dass es Ihnen offenbar besser geht.« Dann wandte er sich an Carpenter: »Ich habe die Namen überprüft, die Sie mir gegeben haben ...«

»Das hat sich wahrscheinlich schon erledigt. Inzwischen befasst sich Jim Riordan mit der Liste.«

Freddy schüttelte den Kopf. »Ich bin schon fertig.«

»Sie sind fertig?«

»Ja, so ziemlich.«

»Und ...?«

»Sie sind tot.«

Carpenter sah ihn lange an. Judys Blick wanderte zwischen den beiden Männern hin und her. Schließlich sagte Carpenter: »Wie bitte?«

Freddy schluckte. »Tut mir Leid, aber ... wie ich eben gesagt habe: Sie sind alle tot.«

31

Carpenter war sprachlos. Sie sind alle tot?

Es ist also vorbei, dachte er. Es gibt nichts mehr zu tun, und letztlich war offenbar alles von Anfang an sinnlos gewesen.

Das Gästebuch der Pension und die Liste, die daraus hervorging, hatten ihn hoffen lassen, einige der Frauen und Kinder könnten noch am Leben sein. In diesem Fall hätten seine Ermittlungen einem höheren Zweck gedient als dem der persönlichen Rache oder der Befriedigung seiner morbiden Neugier. Solange es noch Überlebende gab, hätte er sie retten können. Und sie wiederum hätten ihm helfen können, den Grund für Kathys und Brandons Tod herauszufinden.

Aber jetzt ... lebte niemand mehr, und er fühlte sich ausgebrannt, isoliert und hatte kein Ziel mehr vor Augen.

In Wirklichkeit ist doch jeder von uns aufgeschmissen und hilflos. Autos verunglücken, Flugzeuge stürzen ab, Seuchen breiten sich aus, und immer erwischt es Unschuldige. Wir sind dem Sturm schutzlos ausgeliefert, dachte Carpenter. Es zieht uns den Boden unter den Füßen weg. Deshalb beten die Leute, nehmen Vitamine und bekreuzigen sich. Deshalb klopfen sie auf Holz und schreiben Leserbriefe. Das alles soll nur die Illusion aufrechterhalten, das Leben sei fair – oder wenn schon nicht fair, wenigstens überlebbar – und man könne sich und die seinen schützen, wenn man Vorsichtsmaßnahmen ergreift oder die richtigen Beziehungen hat. Nur hilft das alles nichts. Weil die Vitamine nichts bringen, die Briefe nicht gelesen und die Gebete von niemandem erhört werden.

»Joe?« Freddy sah ihn an. »Alles in Ordnung?«

»Ja«, sagte Carpenter. »Tut mir Leid. Ich war nur ... überrascht.«

»Das habe ich mir gedacht. Auf jeden Fall wollte ich sagen, ich bin so ziemlich fertig mit der Liste ...«

Carpenter hob die Hand. »Einen Augenblick. Was heißt das, Sie sind so ziemlich fertig? Sind Sie jetzt fertig oder nicht?«

»Eine habe ich nicht gefunden«, sagte Freddy. »Noch nicht. Also kann ich nicht mit Sicherheit sagen, ob sie tot ist, aber ...«

»Welche?«

»Marie Williams. Minneapolis.«

Carpenter dachte nach. »Wie gründlich haben Sie gesucht?«

Freddy zuckte die Achseln. »Noch nicht besonders gründlich. So wie bei den anderen halt.« Freddy zog einen Schnellhefter aus seiner Aktentasche und schob ihn über den Schreibtisch. »Hier sind Berichte über alle Frauen. Judy hat die eine Hälfte erledigt, die andere ich, einige von den Namen in Übersee haben wir von Subunternehmern bearbeiten lassen. War zum größten Teil Routinesache.«

»Wie seid ihr vorgegangen?«

»Zuerst rufen wir an, vorausgesetzt, wir haben eine Telefonnummer. Wenn nicht, bekommen wir sie mit Hilfe der Adresse über die Auskunftsdatenbank. Die meisten Leitungen waren tot, aber ein paar Mal konnten wir mit dem Ehemann sprechen. Und mit den Nachbarn. Aktuelle Informationen sind on line zugänglich, und wir haben Adressen-cd-roms, die acht Jahre zurückreichen. Man tippt die Adresse ein, und der Computer spuckt die Leute aus, die nebenan wohnen oder gegenüber – ganz nach Belieben. Also haben wir sie einen nach dem andern angerufen, und sie haben uns dann erzählt, was passiert ist. Jedes Mal die gleiche Geschichte, mit leichten Abwandlungen. Mutter und Kind wurden getötet, manchmal die ganze Familie. Immer durch einen Brand.«

»Und in jedem Fall waren Kinder vorhanden?«

»Jungen. Nur Jungen, und keiner älter als vier Jahre.«

»Und wie steht es mit Tokio, Rabat – habt ihr die auch aufgespürt?«

»Über unsere Subunternehmer ... ja, überall dasselbe.«

»Ich möchte ganz sichergehen. Ist das alles wirklich hieb- und stichfest? Und nicht zum Teil nur ...«

»Gerüchte?«

»Ja.«

»Gerüchte sind es in keinem Fall. Wir haben alle Angaben anhand der Lokalzeitungen überprüft. Wir haben mit Versicherungsdetektiven, der Feuerwehr, Bestattungsunternehmen gesprochen – alle Frauen sind tot.«

»Außer der einen, wie heißt sie doch gleich ...«

Carpenter schlug den Ordner auf und warf einen Blick auf die Dossiers. Keines war länger als eine Seite.

Helene Franck
302 32 Börke SW
Vasterhojd, Schweden
geb.: 11. August 1953; verst.: 3. September 1995

August Franck
Adresse wie oben
geb.: 29. Mai 1993; verst.: 3. September 1995

Todesursache: vermutlich Rauchvergiftung

Bestätigung des Todes:
1. Standesamt (# 001987/8) Stockholm
2. Annelie Janssen aus Vasterhojd
033-107003 (Nachbarin)
3. Mäj Christianson aus Stockholm
031-457911 (Mutter/Großmutter der Verstorbenen)

Ermittler:
Fredrik Kellgren
Agentur Ögon Försiktig
Stockholm, Sv.
031-997-444
3. Februar 1996

Carpenter blätterte in dem Ordner, bis er das bewusste Blatt gefunden hatte.

Marie A. Williams
9201 St. Paul Blvd. # 912
Minneapolis, Minn.
Tel. 612-453-2735 (bis 9.9.1991)

»Wie steht es mit der Frau, die ihr nicht gefunden habt?«

»Die habe ich bearbeitet«, sagte Freddy. »Mal sehen. Die Telefonnummer gab es nicht mehr ... oder besser gesagt, es meldete sich ein Versicherungsvertreter, der die Nummer schon seit zwei Jahren hat.«

»Das heißt, sie ist vor mindestens zwei Jahren weggezogen.«

»Genau. Also habe ich die Adresse in der Datenbank nachgeschlagen, und siehe da – in dem Haus gibt es zweihundert Telefonanschlüsse.«

»Folglich ist es ein Apartmentgebäude.«

»Richtig. Ich habe also den Hausmeister angerufen, und er ist der Sache für mich nachgegangen. Die Frau hat einige Jahre dort gelebt und ist 1991 ausgezogen, ohne die neue Adresse zu hinterlassen. Sie hat sich nicht mal ihre Kaution auszahlen lassen – also muss sie völlig überstürzt gegangen sein.«

»Erinnert er sich an sie?«

»Nein, er ist neu. Genau wie die Nachbarn.«

»Und weiter haben Sie nicht nachgeforscht?«

»Nein ... ich meine, es war der zweite Name auf meiner Liste. Und da stellte ich mir noch vor, dass einige von ihnen ... ganz einfach ans Telefon gehen würden. Also bin ich zunächst nicht sehr gründlich vorgegangen. Ich habe es nicht einmal mit der Kreditauskunft versucht.« Freddy hielt inne. »Soll ich das jetzt tun?«

Statt zu antworten, stand Carpenter auf und ging zum Kamin. »Nein, Freddy. Sie haben gute Arbeit geleistet. Ich dachte, die Ermittlungen würden Wochen dauern.«

»Um die Wahrheit zu sagen, hat mich das auch überrascht. Aber wenn man bedenkt, dass die meisten dieser Frauen vierzig, fünfundvierzig Jahre alt sind. Gute Verhältnisse, keine auf der Flucht vor dem Gerichtsvollzieher. Die meisten verheiratet, stabile Beziehung. Normalerweise sind von, sagen wir mal, zwölf Leuten etwa ein Drittel *etwas* schwer zu finden. Sie sind umgezogen, haben geheiratet, der Ehemann wurde versetzt. Aber diese Frauen waren leicht aufzuspüren. Brave Bürger, 'ne Menge Spuren.«

»Außer Marie Williams.«

Carpenter nahm den Schürhaken und rückte die Scheite im Feuer zurecht, bis die Funken stoben. »Von jetzt an gehe ich selbst der Sache weiter nach«, sagte er.

»Das dachte ich mir, aber ... ich würde mir keine allzu großen Hoffnungen machen. Wer immer die Täter sind, sie haben ganze Arbeit geleistet. Ich meine, warum sollte ausgerechnet Marie Williams mit dem Leben davongekommen sein?«

Carpenter zuckte die Achseln, meinte damit aber: Warum nicht?

Er verbrachte einige Zeit damit, die Geburtsdaten in den Dossiers mit den Angaben im Gästebuch der Pension zu vergleichen. Es verhielt sich, wie er es erwartet hatte. Aus den Geburtsterminen ergab sich, dass die Kinder höchstwahrscheinlich in Baresis Klinik gezeugt worden waren. Marie Williams musste im dritten oder vierten Monat schwanger gewesen sein, als sie aus ihrer Wohnung in Minneapolis auszog.

Wieder schürte er das Feuer und blickte aus dem Fenster. Draußen auf den Straßen türmten sich immer noch die Haufen von den inzwischen vierten schweren Schneefällen des Winters. Die wenigen noch intakten Räumfahrzeuge der Stadt kamen längst nicht mehr nach. Er beobachtete den Tanz der Schneeflocken, der gerade von neuem begann.

Die Telefonanlage summte. Victoria stellte Riordan durch.

»So?«, sagte Riordan. »Haben Sie Conway schon angerufen, wie ich Ihnen empfohlen habe?«

Carpenter seufzte. »Ich war gerade dabei.«

»Sie verhalten sich wie ein Volltrottel – ist Ihnen das klar? Nach allem, was in Italien passiert ist ...«

»Ich hatte zu tun.«

»Erzählen Sie mir doch nichts! Sie machen sich was vor. Da draußen läuft Grimaldi rum – und ich weiß nicht, was er gerade anstellt! Also tun Sie mir einen Gefallen. Treiben Sie es nicht so weit, dass ich Sie unter Polizeischutz stellen muss – denn, bei Gott, das werde ich tun, Joe. Besorgen Sie sich selbst einen Leibwächter. Sie können sich's leisten.«

»Ist schon gut«, erwiderte Carpenter. »Ich rufe an. Ich verspreche es.«

»Okay.« Carpenter hörte, wie Riordan auf den Tisch trommelte. »Das ist ein Wort.«

»Also, was gibt es Neues?«

»Über Grimaldi?« Riordan schnaubte verächtlich. »Nichts. *Niente.* Der reinste Entfesselungskünstler.«

»Er hatte schließlich Helfer, oder?«

»Ja«, sagte Riordan. »Wir sprechen mit ihr.«

»Ich meine nicht die Krankenschwester. Ich rede von der Observation.«

»Was soll ich dazu sagen? Drabowsky ist eine Niete.«

»Sind Sie sicher?«

Nach kurzem Schweigen sagte Riordan: »Glauben Sie etwa, das FBI hat ihm geholfen?«

»Ich weiß nicht, was ich glaube. Vergessen Sie's. Ich habe Neuigkeiten für Sie. Die Liste, die ich Ihnen gegeben habe, aus dem Gästebuch der Pension.«

»Ach ja, die Frauen, die in der Klinik von diesem Soundso waren. Die nehmen wir uns gerade vor.«

»Spart euch die Mühe.«

»Warum?«

Carpenter sah aus dem Fenster. Inzwischen schneite es stärker. »Sie sind tot.«

»Wer ist tot?«

»Die Frauen. Und ihre Kinder.«

Eine lange Pause trat ein, dann: »Alle?«

»Wahrscheinlich. Eine haben wir nicht aufspüren können. Marie A. Williams.«

»Mal sehen, was sich von hier aus machen lässt«, sagte Riordan. »Halten Sie mich auf dem Laufenden, okay?«

»Ich informiere Sie auf jeden Fall, Jim.«

»Und rufen Sie Terry Conway an – versprochen?«

»Wird gemacht.«

»Eins möchte ich Ihnen noch sagen – Sie denken jetzt, es ist alles vorbei, nicht wahr? Sie sind alle tot, außer, wie heißt sie doch gleich, die wahrscheinlich auch tot ist. Also denken Sie, das war's. Hab ich Recht?« Riordan ließ ihm keine Zeit zu antworten. »Aber eins will ich Ihnen sagen: Wir wissen immer noch nicht, was zum Teufel dahinter steckt, oder? Folglich wissen wir auch nicht, wann es vorbei ist. Das wissen nur die.«

»Ich rufe Terry Conway an.«

Aber er rief Conway nicht an, zumindest nicht gleich.

Stattdessen blätterte er in seinem Adressenverzeichnis, bis er die Karte seiner Lieblingsauskunftei in Florida gefunden hatte.

»Mutual General Services.« Die Frauenstimme meldete sich nach dem ersten Klingeln; auch das gefiel ihm an der Firma. Die Leute arbeiteten gründlich, schnell und diskret. Und man wurde nicht mit Voice-Mail konfrontiert.

»Hier spricht Joe Carpenter von Carpenter Associates.«

»Was kann ich für Sie tun?«

»Ich brauche eine Kreditauskunft über eine gewisse Marie A.

Williams. Letzte bekannte Anschrift in Minneapolis.« Er gab die Adresse durch. »Wie weit können Sie zurückgreifen?«

»So weit, wie Sie es sich leisten können.«

Gateway Security wurde von einem sympathischen Mann namens Terry Conway geleitet, ein ehemaliger Football-Profi mit abgeschlossenem Jurastudium und viel Geschäftssinn. Jetzt verdiente er mehr Geld als jemals mit Football, und das besagte etwas, weil Conway nämlich in der Nationalliga gespielt hatte (bis seine Knie nicht mehr mitmachten).

Gateway war in einer Nische des Sicherheitsgeschäfts angesiedelt und stellte Leibwächter für die Reichen, die Berühmten und die Berüchtigten bereit – für Diplomaten und Politiker, Prominente und Wirtschaftsbosse, ihre Angehörigen und ihr Eigentum. Mit normalen Wachdiensten konkurrierte die Firma nicht, sondern hatte sich auf den Schutz von Einzelpersonen spezialisiert, und sie beschäftigte Profis, keine Gorillas.

Dennoch verabscheute Carpenter die Vorstellung, Bodyguards zu engagieren. Es bedeutete, sich selbst unter Observation zu stellen – und sich dafür auch noch dumm und dämlich zu zahlen. Und sie waren lästig, eben gerade weil sie immer da waren. Mit ihren Codewörtern, ihren Funkgeräten und ihren Störgeräuschen.

Er wusste, wie das war, weil er den Service schon für mehrere Klienten arrangiert hatte. Anfangs zeigten sie sich dankbar, weil sie sich »sicher« fühlten. Aber nach einer Weile begannen sie zu jammern. Und dann zu betteln. Ist es wirklich notwendig? Wie lange soll das noch so weitergehen?

Am Ende rang er sich zu dem Anruf durch, und als sich Terry meldete, schilderte er den Auftrag mit knappen Worten: »Ich hätte einen Firmenchef in Washington, Zivilist, ohne Anhang, fünfunddreißig ...«

»Verbindungen zur Regierung?«

»Nein. Allerdings liegen massive Morddrohungen vor ...«

»Welcher Art?«

»Leute, die auf ihn schießen.«

»Das genügt.«

»Das glauben wir auch, vielleicht wäre es nicht schlecht ...«

»Wer ist der Klient?«, fragte Terry.

»Ich.«

Eine längere Pause folgte. Schließlich sagte Terry: »Das sind schlechte Nachrichten: Wenn du umgelegt wirst, verliere ich einen guten Kunden.« Wieder hielt er inne. »Weißt du was, ich schicke Buck vorbei. Er hat Feingefühl – du wirst ihn mögen. Ich schicke ihn gegen sechs zu dir ins Büro – und zu deinem Haus schicke ich auch jemanden, der soll sich die Umgebung ansehen. In der Zwischenzeit solltest du dir ein Hotel besorgen. Für dich und Buck.«

»In Ordnung. Hoffen wir, dass ich ihn wirklich mag«, brummte Carpenter.

Als er auflegte, summte das Faxgerät. Es war eine Mitteilung von Mutual General Services mit der Überschrift *Williams, Marie A.* – die angeforderte Kreditauskunft, einschließlich Geburtsdatum (8. März 1962) und Sozialversicherungsnummer.

Mit diesen Angaben hatte Carpenter Zugriff auf Bankkonten, Krankengeschichte, Hypothekendarlehen, Steuerdokumente – und vieles mehr, wenn er wollte. Schon allein aus der Sozialversicherungsnummer ließen sich Informationen entnehmen. Die ersten drei Nummern gaben Aufschluss über den Geburtsort. Die Liste der entsprechenden Nummern fand er im *Open Sourcebook*, das er aus dem Regal griff. 146 stand für den Bundesstaat Maine. Er stellte das Buch weg und wandte sich der Kreditauskunft selbst zu. Sofort fielen ihm mehrere Eigentümlichkeiten auf.

Zum einen war Maries finanzielles Vorleben makellos: keinerlei Mahnungen, keine geplatzten Schecks, kein einziger. Das war ungewöhnlich, aber noch merkwürdiger war die Tatsache, dass die Daten erst mit dem Jahr 1989 begannen. Und das hieß, wenn das Geburtsdatum korrekt war, dass Marie bis zu ihrem sechsundzwanzigsten Lebensjahr alles bar bezahlt hatte. Mit siebenundzwanzig erhielt sie von American Express gleich eine Platin-Card. Gleichzeitig hatte sie mehrere Visa-Kreditkarten bekommen – jeweils mit sehr hohem Kreditrahmen –, aber davor nichts.

Wie stellt man das an?, fragte sich Carpenter. Allem Anschein nach war sie in voller Blüte dem Haupt des großen Gläubigers entsprungen. Woher war sie gekommen?

Und wohin war sie gegangen? Die Kreditkarten waren 1991 abgelaufen, und ihre Bankkonten wurden zur selben Zeit geschlossen. Und danach nichts. Keine Hypotheken, keine sonstigen Belastungen. Sie war praktisch verschwunden.

Und damit nicht genug. Eine Kreditauskunft enthielt immer auch eine Liste von Anfragen. Wenn man eine Wohnung mietet, verlangt der Vermieter in der Regel eine Kreditauskunft, und diese Anfrage wird erfasst. Wenn man also ein Kundenkreditkonto bei Macy's eröffnen, das neue Auto nicht bar bezahlen oder einen Job suchen wollte, dann erfolgte normalerweise eine Kreditprüfung, und diese wurde bei jeder weiteren Auskunft mit aufgelistet.

Doch Marie Williams' Kreditwürdigkeit war seit 1991 nur ein einziges Mal geprüft worden – und das hieß, sie nahm praktisch nicht mehr am Wirtschaftsleben teil. Ein Sachverhalt, der zwar möglich, aber nicht gerade wahrscheinlich war: Selbst Bankrotteure unternahmen allerhand Anstrengungen, um wieder in den Besitz einer Kreditkarte zu gelangen. Andernfalls wäre es ihnen unmöglich, ein Auto zu mieten, Reisen zu buchen oder Schecks einzulösen.

Ein Umzug ins Ausland reichte nicht als Erklärung für das Fehlen weiterer Einträge, ebenso wenig eine Eheschließung. Vielleicht hatte sie sich ja einer Sekte angeschlossen oder lebte vom Tauschhandel? Oder vielleicht hatte sie es einfach nicht nötig, Autos zu mieten und Reisen zu buchen. All das ließ sich dem Bericht jedoch nicht entnehmen.

Die einzige Ausnahme war eine Anfrage vom 19. Oktober

1995. Zwei Wochen vor dem Tod von Kathy und Brandon. Dem Bericht zufolge kam die Anfrage aus Chicago von Allied National Products – dem Namen nach zu urteilen, ebenfalls eine kleine Firma wie Mutual.

Er legte die Akte beiseite, rief Judy an und fragte nach einem Subunternehmer der Detektei in Minneapolis. Es gab einen – Gary Stoykavich, Twin Cities Research. Sie ratterte die Telefonnummern herunter und legte auf.

Mit einem Namen wie Stoykavich und Wohnsitz in Minneapolis – der Weißbrothauptstadt der Welt – war Garys Stimme eine Überraschung.

»Guten Tag«, meldete er sich. »Twin Cities Research.« Der raue Bariton, fast wie Fats Domino, konnte nur einem Afroamerikaner gehören. »Sie sprechen mit Gary.«

»Hier ist Joe Carpenter – vor einiger Zeit haben Sie einen Fall für uns bearbeitet ...«

Ein Baritonlachen. »Aber ja, aber ja. Eine Knochenarbeit war das. Für Miss Judy Rifkin.«

»Genau.«

»Was kann ich also für Sie tun, Mr. Joseph Carpenter? Ich vermute, Sie sind der *big boss* – oder ist die Namensgleichheit etwa zufällig?« Er gluckste vor Lachen.

»Keineswegs – ich bin's persönlich. Und ich suche eine Frau, die in Minneapolis gelebt hat – 1991.« Er zählte die bekannten Fakten auf.

»Eine Frage«, sagte Stoykavich. »Diese Marie Williams: Ist sie umgezogen oder wird sie ›vermisst‹? Und wenn sie vermisst wird, hält sie sich versteckt? Will sie überhaupt gefunden werden?«

Carpenter überlegte. »Gute Frage. Ich weiß es nicht.«

»Das macht bei den Kosten nämlich einen gewaltigen Unterschied.«

»Das ist mir klar, aber ... Mr. Stoykavich? Ich fürchte, Sie werden herausfinden, dass Ms. Williams tot ist.«

Carpenter versprach, die Kreditauskunft zu faxen. Stoykavich erklärte, er werde bei der Kfz-Meldestelle, den Zeitungen und beim Gericht Nachforschungen anstellen.

»Eins noch«, sagte Carpenter, »ich glaube – das heißt, ich weiß –, dass sie damals schwanger war. Etwa im vierten Monat.«

»Damit lässt sich etwas anfangen«, meinte Stoykavich. »Dann leg ich mal los.«

Carpenter sah gerade die Vertragsentwürfe für den Verkauf von Carpenter Associates durch, als Victoria über die Telefonanlage Deva Collins, eine Rechercheurin, ankündigte.

Deva war jung und nervös. Sie stand da, mit ihren Dokumenten in der Hand, warf ihr langes blondes Haar zurück und nahm die Brille ab. Carpenter bat sie, sich zu setzen.

»Das ist unser Ausgangsmaterial«, sagte sie, »alles On-line-Material über den italienischen Doktor Ignazio Baresi.«

»Sieht nach ziemlich viel aus.«

»Na ja.« Sie setzte die Brille wieder auf und wirkte nun etwas entspannter. »Zum Großteil sind es lediglich sekundäre Quellen – Verweise anderer Forscher auf Dr. Baresis Arbeit. Die untere Hälfte des Stapels – von dem gelben Blatt abwärts – sind Zitate aus seinen Werken in anderen Publikationen. Die habe ich nur für alle Fälle aufgehoben – falls Sie den Verfasser anrufen wollen oder so.«

»Und wie steht's mit Baresis eigenen Publikationen?«

»Das wird ein bisschen länger dauern. Obwohl ich inzwischen die meisten Titel aufgefunden habe.« Sie zögerte. »Nicht ich persönlich, wir alle eben. Ein Teil des Materials steht in Universitätsbibliotheken, aber verstreut, weil er auf zwei unterschiedlichen Gebieten tätig war. Er war sogar mir schon vorher ein Begriff.«

»Tatsächlich?«

Sie errötete. »Als Bibelforscher. Ich habe im Hauptfach Vergleichende Religionswissenschaft studiert, und er wurde viel zitiert.«

»Das ist großartig, bestimmt sehr hilfreich – bei den Nachforschungen.« Das Lob brachte sie nur in Verlegenheit.

»Vielleicht«, räumte sie widerstrebend ein. »Zumindest weiß ich, wo die wichtigen Ausgaben stehen. Aber Genetik war ein Problem. Da mussten wir Georgetown um Unterstützung bitten.«

»Sehr gut.«

Ihre Miene hellte sich auf, und sie nahm die Brille wieder ab. »Auf jeden Fall können wir den Großteil seiner wissenschaftlichen Aufsätze über Fernleihe besorgen. Davon sollten Sie sich dann Inhaltsangaben machen lassen, denn es sind hochwissenschaftliche Texte.«

»Was ist mit seinem Buch?«

»Es steht in mehreren Bibliotheken, aber auf Italienisch. Vielleicht finde ich irgendwo eine Rezension.«

Er warf einen Blick auf das Dossier. »Vielen Dank, Deva. Sie haben gute Arbeit geleistet.« Er stand auf und schüttelte ihr die Hand.

Wieder errötete sie, und einen Augenblick lang fürchtete er, sie würde knicksen.

Nachdem sie fort war, nahm er die erste Kopie von dem Stapel auf seinem Schreibtisch. Es war ein Aufsatz aus dem *Journal of Molecular Biology* und stammte von einem Dr. Walter Fields.

> *Die Rolle von Repressor-Proteinen bei der Transkription durch Ribonukleinsäure-Polymerase:* Kommentare zu publizierten Forschungsergebnissen von Ignazio Baresi, Ezra Sidran et al., vorgetragen bei der Jahreskonferenz über Biogenetik in Bern, Schweiz, 11. April 1962.

Carpenter kämpfte sich durch den ersten Absatz, musste aber feststellen, dass er kein Wort verstand. Stirnrunzelnd legte er den Aufsatz beiseite und nahm den nächsten vom Stapel. Doch daran hatte er genauso wenig Freude. Beim dritten Aufsatz kam er immerhin über die erste Seite hinaus, verlor angesichts der trockenen Materie aber auch bald den Mut. Frustriert warf er die Unterlagen auf den Tisch, lehnte sich zurück und schloss die Augen. Die Sache war komplizierter, als er gedacht hatte. Als Erstes brauchte er einen »Rabbi« – das war ein interner Slangausdruck in seiner Firma für jemanden, der wissenschaftliche Inhalte für Laien verständlich erklärte.

Aber damit nicht genug. Vielleicht waren die Publikationen Baresis gar nicht vollständig. Möglicherweise hatte er nach seinem »Abschied von der Genetik« seine Forschungen auf eigene Faust fortgesetzt – in seiner Klinik, inoffiziell. In der Presse fand man ständig Artikel über die ethischen Probleme, die durch Genforschung aufgeworfen wurden. Was, wenn Baresi damit Schwierigkeiten gehabt hatte und ... Aber er verwarf den Gedanken, das war reine Spekulation.

Missmutig fing er an, die Artikel auf zwei Stapel zu sortieren: einer für die genetische Forschung Baresis, ein zweiter für die späteren theologischen Untersuchungen. Vielleicht konnte er damit ja mehr anfangen. Zum Beispiel:

Frühe christliche Gemeinden und das Kerygma: eine vergleichende Textanalyse mit regionalen Quellen aus der Zeit des Apostels Markus. Von I. Baresi, *Journal of Comparative Religion,* Vol. 29, 11. August 1971.

Das Telefon summte. Möglicherweise war Theologie doch nicht unbedingt leichter zu verstehen als Genetik.

»Mr. Stoykavich ist am Apparat«, meldete Victoria.

Carpenter nahm das Gespräch entgegen. »Hallo, Gary, was brauchen Sie? Haben Sie eine Frage?«

»Aber nein«, dröhnte Gary ins Telefon. »Ich habe keine Frage. Ich habe eine Antwort.«

»Innerhalb von zwei Stunden? Wollen Sie mir etwa weismachen, dass Sie Marie Williams gefunden haben?«

»Nein, nein, das nicht. Sie erinnern sich doch, dass ich Sie gefragt habe, ob die Frau überhaupt gefunden werden will oder nicht? Darauf habe ich eine Antwort.«

»Und welche?«

»Sie will auf keinen Fall gefunden werden.«

»Worauf wollen Sie hinaus, Gary?«

»Mir tut es weh, Ihnen das zu sagen, weil ich vorhatte, in die Suche viele teure Stunden zu investieren. Aber es war ein Kinderspiel, mein Freund. Marie Williams ist am 19. September untergetaucht, weil am 18. September ihre wahre Identität ans Licht kam.«

»Wovon reden Sie? Welche Identität?«

»Marie Williams ist Callista Bates! Wie finden Sie das?«

»Sie machen Witze«, sagte Carpenter. Fotos aus der Boulevardpresse tauchten vor seinem geistigen Auge auf. Callista in Cannes. Callista in Le Dôme. Callista weltabgeschieden. Die Schauspielerin hatte seit sieben oder acht Jahren keinen Film mehr gedreht, aber ihr Gesicht – schön wie eh und je – war immer noch auf den Titelseiten der Illustrierten im Supermarkt zu sehen. Wie die Garbo war sie zum Idol geworden, gerade weil sie auf dem Gipfel einer brillanten Karriere der Welt den Rücken gekehrt hatte. Aber die Sache war noch mysteriöser (und noch unheilvoller). Wie »Lindbergh« oder »Sharon Tate« beschwor der Name »Callista Bates« eine Geschichte herauf – und jeder kannte die Einzelheiten.

Ein Häftling des Staatsgefängnisses in Lompoc, Kalifornien, der wegen schwerer Körperverletzung, Einbruch und Vergewaltigung eine Strafe von achtzehn Jahren verbüßte, hatte während seiner Haft begonnen, sich für Callista zu begeistern. Er schrieb an das Filmstudio und bat um Fotos, er schloss sich ihrem Fanclub an und sammelte Zeitungsberichte über sie in einem dicken Album – bis sich seine Zelle am Ende in einen Schrein für seine Angebetete, die liebreizende Callista Bates, verwandelt hatte.

1988 wurde ihm der Rest seiner Strafe erlassen, und der Mann stieg in den Bus nach Beverly Hills, wo Fremdenführer ihm Callistas Haus zeigten. In den nächsten Monaten trieb er sich in der Gegend herum und hinterlegte unwillkommene Geschenke vor dem Tor, das zu ihrem Anwesen führte. Darunter ein Sado-Maso-Videofilm aus Deutschland und ein Schnappschuss von einem nackten Gewichtheber mit durchbohrten Brustwarzen. Gruseliges Zeug.

Und es kam noch schlimmer. Nacht für Nacht summte die Sprechanlage an Callistas Eingangstor, aber wenn man nachsah, stand niemand draußen. Und obwohl ihre Geheimnummer immer wieder geändert wurde, klingelte zu jeder Tages- und Nachtzeit das Telefon; der Anrufer sagte immer nur einen Satz: »Callista, du Fotze – lass mich rein!«

Zweimal kletterte der Mann über die Mauer des Anwesens, wurde aber vom wütenden Bellen des alternden Labradors Kerouac abgeschreckt. Einmal fand Callista, als sie den Briefkasten öffnete, ihre Post blutdurchtränkt. Ein andermal tauchte der Verfolger neben ihrem Auto auf, zerrte wie ein Verrückter am Türgriff und brüllte, sie solle ihm öffnen.

Die Polizei zeigte sich zuvorkommend und besorgt, erwies sich aber als unfähig. Etwa einen Monat lang wurde verstärkt patrouilliert – spätnachts fuhren Streifenpolizisten am Haus vorbei und leuchteten mit Suchscheinwerfern auf Bäume und Büsche – ergebnislos. Durch eine Fangschaltung versuchte man, dem Anrufer auf die Spur zu kommen, der aber immer Münzfernsprecher benutzte. Nach monatelanger erfolgloser Suche meinten die Polizisten achselzuckend: »Lausbubenstreiche.« Als wären damit das Blut, die Pornografie und der Verrückte neben dem Auto zu erklären.

An dem Abend, als er den Hund tötete und gewaltsam ins Haus eindrang, saß sie im Wohnzimmer und las. Sie hörte den Hund bellen, dann ein qualvolles Jaulen und das Klirren von splitterndem Glas. Eine Woche lang wurde ihr telefonischer Hilferuf immer wieder auf allen Rundfunksendern gebracht: »Hier spricht Callista Bates ... 211 Mariposa ... da ist ein Mann ... mit einem

Messer ... er hat meinen Hund umgebracht ... jetzt steht er im Wohnzimmer und ... er ist kein kleiner Lausbub.«

Man musste der Polizei zugute halten, dass sie keine vier Minuten später eintraf, aber da hatte er bereits zweimal zugestochen und dabei die Sehnen von Callistas rechter Hand durchtrennt.

Eine letzte Filmaufnahme von Callista zeigte sie auf den Stufen des Gerichts nach der Verurteilung des Mannes. Sie war unglaublich schön in ihrem eisblauen Kostüm. Ihr einziger Kommentar lautete: »Das war's, Leute.«

Anschließend gab sie ab und zu noch ein Interview, sprach auch davon, wieder zu arbeiten. Aber die Boulevardpresse behielt Recht mit ihrem Urteil, Callista habe sich von der Welt zurückgezogen. Im Lauf des folgenden Jahres verkaufte sie ihr Haus und verschwand.

Man sah sie nie wieder – oder besser gesagt, überall und häufig gleichzeitig an verschiedenen Orten.

Für die Öffentlichkeit vereinte Callista Züge von Marilyn Monroe und JFK; Graffitikünstler sprühten ihr Bildnis auf Brücken und Gebäude. Sie war zum Kunstwerk geworden.

Bei Carpenter löste sie noch etwas anderes aus. Er verband etwas mit ihr, eine verschwommene Erinnerung. Es lag ihm auf der Zunge; er verspürte einen Adrenalinstoß, war plötzlich hellwach. Dann verflüchtigte sich der schemenhafte Eindruck.

»Nein, Mr. Carpenter, es ist kein Scherz. Ich habe den früheren Hausmeister gefunden. Als ich ihn anrief und nach Marie Williams fragte, wollte er wissen, ob ich von der Zeitung komme, vom *Enquirer* oder so. Marie Williams sei die einzige Mieterin, an die er sich erinnere, und es hätte ihn völlig umgehauen – seine Worte –, als er erfuhr, dass sie Callista Bates ist. Er hat den Reportern die Wohnung gezeigt. Er bot an, mir Zeitungsausschnitte – mit Fotos von ihm – zu schicken.«

»Gary«, begann Carpenter mit skeptischer Stimme, »der *Enquirer* ist nicht gerade ...«

»Einen Augenblick. Ich weiß, was Sie sagen wollen. Aber ich

erinnerte mich an die Story – Minneapolis ist meine Heimatstadt –, nur der Name Marie Williams war mir entfallen.«

»Warum glauben Sie dann, dass sie es war?«

»Weil ich mit dem Reporter vom *Enquirer* gesprochen habe.«

Carpenter lachte spöttisch.

»Immer langsam. Die Burschen sind viel sorgfältiger, als man denkt. Das müssen sie, weil sie sonst ständig Prozesse am Hals haben.« Der Detektiv hielt inne. »Hören Sie noch zu?«

»Klar, ich bin ganz Ohr.«

»Jemand hatte die Hotline des *Enquirer* angerufen: ›Ich habe sie gesehen!‹, hieß es. ›Mit einem Immobilienmakler. Century 21!‹ Es war irgendeine vorwitzige Frau aus der Vorstadt.«

»Ich dachte, Callista lebte in einem Apartmenthaus in der Innenstadt.«

»Ja – aber sie hatte vor, ein schönes Haus zu kaufen. Angenehmes Viertel. Bar auf die Hand. Der Makler sagte, das Geschäft war perfekt. Dann taucht ein Reporter vom *Enquirer* auf und entlockt der Empfangsdame den Namen ›Marie Williams‹. Und als Nächstes klopft er bei ihr zu Hause an – poch, poch! Wer ist da? Der *Enquirer!* Das war's – fort ist sie.«

»Gute Story. Die Frage ist nur: Woher wissen Sie so bestimmt, dass es tatsächlich Callista Bates war?«

»Der Reporter – er heißt Michael Finley – hat Fotos gemacht. Bevor er ins Haus ging, saß er draußen in seinem Auto und hat ein Foto nach dem anderen geschossen, wie sie das Haus verlässt, wie sie wiederkommt. Die Fotos habe ich gesehen. Zugegeben, die Haare sind braun, anders geschnitten, Sonnenbrille. Aber sie sieht ihr ähnlich. Keine Frage.«

»Sie sieht ihr *ähnlich*!«

»Ich bin noch nicht fertig. Finley weiß definitiv, dass es Callista Bates war. Er hat damals eine Kreditprüfung machen lassen – dieselbe Sozialversicherungsnummer mit einem anderen Namen: Callista Bates. Und er hat alles rausbekommen. Callista ist nämlich ein Künstlername, den hat sich ihr Agent einfallen lassen, als sie nach Kalifornien kam. Aber ihre Sozialversicherungsnummer hat sie behalten – warum auch nicht? Ganz gleich, wie sie sich nennt, sie muss auf jeden Fall Steuern zahlen. Also hat sie ihre eigene Nummer benutzt.«

»Wäre die nicht recht häufig aufgetaucht?«

»Eigentlich nicht. Schon weil sie sich damals gar nicht versteckte. Und um ihre Finanzen hat sie sich selbst gekümmert, um die Buchhaltung und die Steuererklärung. Daher vermute ich, dass ihre Sozialversicherungsnummer nicht sehr oft aufgetaucht ist.«

»Habe ich recht verstanden? Ihr wahrer Name ist ...«

»Marie Williams.«

»Aber als Schauspielerin nannte sie sich Callista Bates.«

»Und als sie Kalifornien verließ«, ergänzte Stoykavich, »nahm sie wieder den Namen Williams an. Das war eine Mordsshow, die sie da abgezogen hat. Das reinste Chamäleon, die Frau.«

»Und was geschah mit Finley?«

»Oh, dem geht es gut. Keine Sorge. Finley lebt heute noch von seinen Storys über sie. *Callistas Lieblingsrestaurants! Callista auf dem Rodeo Drive! Callistas heimliche Zufluchtsorte!*«

Carpenter empfand Panik. Er sah schon die Schlagzeilen vor sich: *Serienmörder verfolgt Callista und ihr Kind der Liebe.* Oder ein Sonderbericht im Fernsehen: Riordan am Telefon, Kameraschwenk auf eine offene Akte vor ihm. Dann Grimaldis zerstörtes Gesicht. Eine grausige Prozession ermordeter Mütter mit ihren Kindern, abgefackelte Häuser. Und schließlich eine Hotline-Nummer: *Wählen Sie 1-800-Callista (1-800-225-4782). Helfen Sie uns, sie zu finden, bevor andere sie finden!*

»Eins möchte ich Sie noch fragen, Gary: Wie viel haben Sie dem Kerl erzählt? Ich meine, haben Sie meinen Namen erwähnt?«

»Nein. Ich hab ihm gesagt, ich handle im Auftrag einer Selbsthilfegruppe verfolgter Frauen. Außerdem musste ich zweihundert Mäuse hinblättern, bevor er den Mund aufmachte.«

»Das ist gut.« Carpenter überlegte. »Aber was mache ich jetzt? Wenn sie schon vorher schwer zu finden war ...«

»Dann ist sie jetzt noch schwerer zu finden. Denke ich auch. Aber wir haben einige Anhaltspunkte. Laut Hausmeister hat sie ehrenamtlich in einer Bibliothek gearbeitet und Kurse an der Volkshochschule belegt. Und dann war sie ja schwanger, könnte also auch Kurse belegt haben, die damit zu tun hatten. Das ließe sich überprüfen.«

»Ja, warum eigentlich nicht? Mal sehen, was Sie noch herausfinden. Und wenn wir gerade dabei sind, könnten Sie mir noch die Nummer des Reporters geben. Wie heißt er doch gleich? Finley.«

Stoykavich gab die Nummer durch. »Noch eins«, sagte er.

»Was denn?«

»Wenn Sie Finley anrufen, halten Sie Ihre Brieftasche fest.« Der Privatdetektiv brach in schallendes Gelächter aus – wie Donnergrollen.

Callista Bates.

Eine gute und eine schlechte Nachricht in einem. Sie war schwer zu finden und daher schwer zu warnen – aber gleichzeitig war es daher auch schwer, sie zu töten. Und wenn Carpenter sie nicht fand, würde niemand sie finden. Dessen war er sich sicher.

Er stand auf und trat ans Fenster. Die Dämmerung brach langsam herein. Es war so kalt, dass es nicht mehr schneite. Hinter dem Pentagon leuchtete noch ein klarer Himmel in fast übernatürlichem Saphirblau. Die schon angestrahlte Kuppel des Kapitols trat in allen Einzelheiten plastisch hervor wie chinesische Elfenbeinschnitzerei. Über dem Kapitol hing die Sichel des abnehmenden Mondes und die Sterne glitzerten so übermütig, dass es nicht schwer fiel, sich das Universum als gigantische Metallkuppel zu denken – übersät mit kleinen Löchern, die einen Abglanz himmlischer Glorie durchschimmern ließen.

Seine Stimmung hob sich; fast fühlte er sich gut. Vielleicht lebte sie ja doch noch. Vielleicht ...

Das Telefon summte.

»Hier ist jemand, der zu Ihnen möchte«, meldete Victoria mit missbilligender Stimme.

»Wer denn?«

»Ein gewisser Buck.«

32

Der Mann, der zur Tür hereinkam, war etwa einsfünfundsechzig groß und um die vierzig Jahre alt. Die Haare hatte er glatt nach hinten gekämmt und zu einem Pferdeschwanz zusammengebunden. Seine Haut war unnatürlich gebräunt. Der kurze Hals ragte kaum aus den Schultern heraus. Er sah aus wie ein Darsteller in einem schlechten Actionfilm.

»Ich bin Buck«, sagte er und streckte die Hand aus.

»Danke, dass Sie gekommen sind«, sagte Carpenter, während Buck ihm mit eisernem Griff die Hand schüttelte.

»Was dagegen, wenn ich mich umsehe?«

»Tun Sie sich keinen Zwang an.«

Routiniert schlenderte der Leibwächter durch den Raum, sah hierhin und dorthin, nahm alles zur Kenntnis. »Was ist da drin?«

»Dusche.«

Buck öffnete die Tür und warf einen Blick hinein. »Schön«, sagte er. Er trat ans Fenster, blickte lange Zeit auf die Straße hinaus und ließ schließlich das Rollo herunter. Dann schweifte sein Blick wieder ruhelos und scheinbar ziellos durch den Raum.

Schließlich setzte er sich auf den Sessel neben dem Kamin und ließ seine Gelenke krachen. »Terry hat mich bereits eingenordet, also machen Sie einfach mit Ihrer Arbeit weiter. Ich ... seh nur zu.« Mit diesen Worten zog Buck ein Buch aus seiner Aktenmappe und begann zu lesen. Carpenter erspähte den Titel: *Japanisch für Fortgeschrittene.*

Carpenter wandte sich wieder den Unterlagen auf seinem Schreibtisch zu. Er hatte zwei Stapel vor sich. Einen mit den naturwissenschaftlichen Arbeiten Baresis, den anderen mit den religionswissenschaftlichen. Das Verhältnis betrug 5:30. Er bat Victoria, ihn mit der Mitarbeiterin aus der Recherche zu verbinden. »Glauben Sie, sie ist noch da?«

»Bestimmt, aber ...«

»Was?«

»Wer ist der Mann?«, kicherte sie.

»Sie meinen Buck? Buck ist mein Babysitter.«

Buck blickte nicht von seinem Buch auf.

»Oh – Sie meinen ein *Bodyguard*?« Sie schien das spannend zu finden. »Ich verbinde Sie mit Deva Collins.«

Deva meldete sich umgehend und fragte, was sie für ihn tun könne. »Ich brauche einen Rabbi«, sagte Carpenter.

»Wie bitte?«

Sie war offenbar noch so neu, dass sie den Ausdruck nicht kannte. In der Regel war es ein Journalist, manchmal ein Wissenschaftler, der einen mit Hintergrundwissen zu einem bestimmten Fall versorgen konnte – sagen wir über die Bekleidungsindustrie oder den Metallhandel oder das Gesundheitswesen. In diesem Fall brauchte Carpenter jemanden, der allgemein verständlich über Molekularbiologie sprechen konnte.

»Oh«, sagte Deva. »Natürlich. Ich besorge jemanden.«

»Gut. Und ich hatte gehofft, dass Sie selbst die religiösen Arbeiten für mich auswerten könnten. Ziemlich viel zu lesen. Vielleicht könnten Sie es als Kurzbiografie darstellen, Baresis Beitrag auf dem Gebiet ...«

Sie lachte unsicher. »Ich weiß nicht ... ich bin wirklich keine Expertin.«

»Ich brauche keine Expertin.«

»Na gut ... ich versuche es, wenn Sie wollen. Möchten Sie ein Memo?«

»Wir könnten uns dann auch einfach unterhalten.«

»Nein, nein«, entgegnete sie aufgeregt. »Ich bringe meine Gedanken immer gern zu Papier.«

Er meinte, das sei ihm auch recht, und bat sie, einen ihrer Kollegen mit einer Materialsammlung über Callista Bates zu beauftragen.

»In Ordnung.« Sie hielt inne, versuchte vergebens, ihre Neugier zu zügeln. »Ist das für einen anderen Fall?«

Er zögerte. Schließlich sagte er: »Nein.«

»Ah ja ... in Ordnung. Das Memo habe ich bis morgen Abend fertig. Reicht das?«

Das sei großartig, erwiderte er. Als er auflegte, schlug Buck eine Seite in seinem Buch um. »Callista Bates ... na, das war ein steiler Zahn.«

Eine Stunde später zwängte sich Carpenter auf den Beifahrersitz eines grauen Buick, der vor der Detektei am Straßenrand parkte.

»Ab morgen fährt Pico«, erklärte Buck, während er den Wagen geschickt über vereiste Straßen lenkte. »Pico liebt die Karre. Ich habe Angst, zu fest aufs Gaspedal zu treten, weil wir sonst abheben.«

Sie hatten bald die Memorial Bridge erreicht und überquerten den zugefrorenen Potomac. Buck klärte Carpenter unterdessen über die Ausstattung des Wagens auf.

»Die Leute sprechen immer von kugelsicher, aber sie wissen gar nicht, wovon sie reden. Die sind gut einen Zentimeter dick«, er klopfte gegen das Seitenfenster, »aus Lexan. Das hält fast alles ab. Aber wenn man einem ernsthaft ans Leder will? Dann benutzt man eben C-4.«

Von außen sah der Wagen völlig normal aus, aber innen war er eher eng und so gut isoliert, dass Carpenter Druck auf den Ohren verspürte, als die Tür zufiel. Buck erklärte, die Bewegungsfreiheit im Standardmodell sei der Panzerung, einem überdimensionalen Tank und den Hydraulikvorrichtungen geopfert worden, die es erlaubten, das Chassis für Geländefahrten anzuheben.

»Ich komme mir vor wie James Bond«, sagte Carpenter.

Buck lächelte. »Das sagen alle.«

Sie hielten an einem Lebensmittelgeschäft, wo sie einen Zwölferpack Budweiser Light besorgten, und dann an einer Videothek, um sich Callista-Bates-Filme auszuleihen. Als sie am Comfort Inn anlangten, wartete Carpenter im Wagen, während Buck die Formalitäten erledigte. Er fühlte sich wie in einem Tresorraum.

»Ich habe angrenzende Zimmer bekommen«, sagte Buck, als er Carpenter die Treppe zum zweiten Stock hinaufführte, »und einen Videorecorder.«

»Wir hätten auch im Willard absteigen können«, sagte Carpenter. »Ich hätte es spendiert.«

Buck schüttelte den Kopf. »Das Haus ist besser. Jemand, der Joe Carpenter sucht, fängt nicht im Comfort Inn an zu suchen.«

Die Zimmer lagen am Ende des Korridors gegenüber der Treppe und waren durch eine Tür verbunden. Die Einrichtung war hübsch, die Betten großzügig, und die Fenster boten einen Panoramablick auf den Verkehr der Interstate 95.

»Ich bekomme Sonderrabatt«, sagte Buck stolz. »Vierundsechzig Dollar die Nacht! Alles inklusive, mit Frühstück.« Er ging zum Fenster und zog die Vorhänge zu. »Die Sache ist die«, fuhr er fort. »In so 'nem Hotel sind die Sicherheitsvorkehrungen gut. Um Mitternacht wird abgeschlossen; wer dann noch rein will, muss klingeln. Und im Empfang sitzt ein bewaffneter Wachmann, der ist mehr wert als jeder Portier.«

Carpenter streckte sich auf dem Bett aus und überflog die Inhaltsangaben auf den Videos; einer davon war ein Science-Fiction-Film.

Piper – SciFi – 127 Minuten, 1986. Der Rattenfänger von Hameln, neu in Szene gesetzt in Hamlin, Ohio. Eine Oscar-Nominierung erhielt Callista Bates für die Rolle der »Penny«,

Punkmädchen und Stadtstreicherin, die mit den Bluesklängen ihrer Mundharmonika die Stadt vor einer Rattenplage – die Tiere sind Träger eines tödlichen Virus – rettet. Doch bald bereuen die Stadtväter, dass sie dieser Rattenfängerin den versprochenen Lohn vorenthalten haben. »Überwältigend.« *New York Daily News*
»Fantastisch!« *Premiere*
»Callista ist unwiderstehlich. Man möchte ihr selbst nachlaufen!« *Rolling Stone*

Er erinnerte sich an den Film und dass er ihn hatte sehen wollen; sogar die unendlich langweilige Oscar-Verleihung hatte er im Fernsehen verfolgt – Gillian zuliebe. *Gillian,* er sah sie wieder vor sich, ihre Grübchen, ihr Lächeln, ihre weißen Brüste. Was mochte aus ihr geworden sein?

Gillian war empört gewesen, weil Callista Bates den Oscar nicht bekam, aber alle Zuschauer, auch Carpenter selbst, waren hingerissen, als sie mit schelmischer Miene ihre Mundharmonika hervorholte, vor laufender Kamera spielte und allen in Erinnerung rief, dass »Penny« sich zu rächen wusste, wenn sie angeschmiert wurde.

Den Film selbst hatte er dann doch nie gesehen, und das Jahr 1986 war ihm weitgehend nur noch dunkel in Erinnerung. In diesem Jahr hatte er seine Firma gegründet, Leute eingestellt wie verrückt, Räume gemietet und mehr Aufträge bekommen, als er bearbeiten konnte. Er hatte sechzehn Stunden täglich gearbeitet; sein Privatleben – und auch Gillian – war dabei auf der Strecke geblieben.

Buck bestellte telefonisch Pizza: aus dem Steinbackofen, Lieferung frei Haus.

Dann rief er Pico und Chaz an – den Rest des »Teams«. Sie überprüften Carpenters Haus in MacLean. Plötzlich stieß Buck ein verblüffend schrilles Lachen aus. »Nein«, sagte er. »Ganz bestimmt nicht.« Er legte auf und fragte: »Sie wohnen wohl auf dem Land?«

Carpenter schüttelte den Kopf. »Ein Dorf ist MacLean nicht gerade.«

»Pico hat einen Hirsch gesehen. Der hat ihm einen Mordsschreck eingejagt.« Er lachte. »Wissen Sie, was er gefragt hat?«

Carpenter verneinte.

»Ob Hirsche *beißen.*«

Sie saßen auf dem Sofa, aßen Pizza und sahen eine Komödie – *Fast Track.* Das Bier war kalt, der Salat knackig und die Pizza besser als erwartet.

Und der Film war lustig, sehr lustig – aber ab und zu fiel Carpenter auf, wie hart an der Grenze der Streifen war. Ein schwerfälligerer Regisseur, weniger begabte Schauspieler, und das Machwerk wäre eine Katastrophe gewesen.

Es war Callista, die alles zusammenhielt. Als begabte Komikerin machte sie das Beste aus einer Rolle, die das Klischee auf den Kopf stellte. Sie war kein blondes Dummchen, sondern gerissen und stellte sich dumm, wenn es ihren Zwecken diente.

Buck kannte den Film anscheinend in- und auswendig und stieß Carpenter vor den besonders guten Stellen mit dem Ellbogen an: »Mann o Mann, sehn Sie sich das an.«

Im schwarzen Kostüm, mit Hütchen und Spitzenschleier, tritt Callista an den offenen, blumengeschmückten Sarg ihres Komplizen. Sie kniet nieder, betet. Zumindest hat es den Anschein, bis klar wird, dass sie und die »Leiche« mit zusammengebissenen Zähnen ein Streitgespräch führen.

»Gib mir den Schlüssel«, fordert sie.

»Ich kann nicht! Ich darf mich doch nicht bewegen.«

»In welcher Tasche ist er? Ich hole ihn mir selbst.«

»Und mich lässt du hier zurück? Kommt nicht in die Tüte.«

Zur Bestürzung des Bestattungsunternehmers und der übrigen Trauergäste beginnt Callista, die Taschen des Toten zu durchwühlen.

»Ich schwöre bei Gott, Walter, wenn du den verdammten Schlüssel nicht rausrückst, bringe ich dich um!«

»Du kannst mich nicht umbringen«, protestiert der Leichnam und richtet sich auf den Ellbogen auf. »Ich bin schon tot!«

Daraufhin fällt der Bestattungsunternehmer in Ohnmacht, Callista greift nach dem Schlüssel und ...

»Stopp!«, rief Carpenter, nahm die Fernbedienung, ließ den Film zurücklaufen.

»O Mann!«, klagte Buck. »Das ist die lustigste Stelle!«

Mit einer zerstreuten Handbewegung brachte ihn Carpenter zum Schweigen. Allmählich wurde Buck klar, dass Carpenters Interesse an Callista einen ernsteren Hintergrund hatte. Mit beleidigter Miene stand er auf. »Mal sehen, ob es hier Eis gibt.«

Carpenter nickte, ohne hinzuhören, ließ den Film zurück- und vorwärtsspulen, bis er die Stelle fand, die er wollte – Callistas verschleiertes Gesicht in Nahaufnahme –, und drückte den Pausenknopf.

Er starrte auf den Bildschirm. Kein Zweifel: Diese Frau war auf Kathys und Brandons Beerdigung gewesen.

Callista Bates.

Das Begräbnis lief vor seinem inneren Auge ab, als wäre es auch ein Film.

Die beiden glänzenden Holzsärge, der große und der kleine, Kathys und Brandons, ruhten tief unten in den Gräbern, die man für sie ausgehoben hatte – jeder Sarg mit weißen Rosen bedeckt. Eine letzte Rose fällt, wie in Zeitlupe.

Ein Mann – Carpenter selbst – steht in gebührendem Abstand und nimmt die Beileidsbekundungen der Trauergäste entgegen. Die Erste ist ihm, wie so viele andere, unbekannt: eine attraktive Blondine, ganz in Schwarz; sie trägt ein altmodisches Hütchen mit Gazeschleier.

Die Frau kommt ihm bekannt vor, aber er kann sie nicht einordnen. Vielleicht eine Nachbarin von Kathy oder die Mutter eines Gleichaltrigen aus dem Kindergarten. Der Junge ist in Brandons Alter, schwarze lockige Haare, mediterrane Haut. Verlegen, weil ihm ihr Name nicht einfällt, fragt Carpenter:

»Kenne ich Sie?« Sie schüttelt den Kopf: »Ich habe Ihre Schwester in Europa kennen gelernt.«

Plötzlich sprang das Gerät wieder an. Callista drängte sich an den Trauernden vorbei. Er hatte den Eindruck, dass jemand die Lautstärke voll aufgedreht hatte, und schaltete den Fernseher aus, dachte nach. Bestimmt hatte sie sich – und ihren Sohn – vorgestellt, dessen war er sich sicher, aber die Namen fielen ihm nicht mehr ein. Nicht um alles in der Welt.

Seufzend ließ er sich auf die Couch fallen und machte noch ein Bier auf. Callista Bates, Marie Williams – sie und ihr Sohn waren im November noch am Leben gewesen. Hatten sie sich in Sicherheit gebracht, und wenn ja, wo steckten sie jetzt?

Buck kam mit einem Plastikbecher Eiscreme wieder zur Tür herein. Mit Blick auf den dunklen Bildschirm sagte er: »Nett, dass Sie gewartet haben. Weiß ich zu würdigen.«

Sie verdrückten die restliche Pizza, tranken Bier und sahen den Film zu Ende. Bald ließ sich Carpenter wieder von der Handlung gefangen nehmen, lachte, wartete gewissermaßen darauf, dass Buck ihn vor Ausgelassenheit mit dem Ellenbogen in die Seite stieß.

Nach dem Film duschte Carpenter, während Buck telefonierte. Dann sahen sie gemeinsam Nachrichten, Sportberichte. Schließlich stand Buck auf. »Ich hau mich in die Falle. Aber ich bin nebenan, also ... keine Sorge.«

Als Carpenter allein war, kam er ins Grübeln. Irgendetwas an Callistas Auftreten als »Marie Williams« machte ihn stutzig. Da kam es ihm.

Was, wenn es Grimaldi war? Was, wenn Grimaldi hinter der anderen Anfrage betreffs der Kreditwürdigkeit von Marie Williams stand?

Carpenter holte seine Aktentasche und nahm das Dossier mit der Kreditauskunft von Marie Williams heraus:

Anfragen: 19.10.95 – Allied National Products (Chicago).

Chicago! »John Does« Aufenthaltsort. Er überprüfte das Datum; die Anfrage war zwei Wochen vor Kathys Tod erfolgt.

Das bewies noch nicht, dass Grimaldi tatsächlich dahinter steckte – schließlich hatte Carpenter selbst eine Auskunftei weit weg in Miami beauftragt. Andererseits ... wenn jemand »Marie Williams« suchte und außer einer alten Adresse nichts in der Hand hatte, war es durchaus sinnvoll, erst einmal eine Kreditauskunft einzuholen. Mit etwas Glück kam man so an die neue Adresse oder wenigstens an die Nummern ihrer Kreditkarten heran. Und sobald Grimaldi die hatte, konnte er jeden ihrer Schritte verfolgen – es sei denn, sie machte sich aus dem Staub. Und weil sie das tatsächlich tat, ließ sie ihre Kreditkarten verfallen – und rettete damit wahrscheinlich ihr Leben.

Pico, der Fahrer, ein gut aussehender Kubaner, der keine großen Worte machte, brachte sie in Rekordzeit zu Carpenter Associates.

Während Buck im Vorzimmer saß und Victoria durch seine Gegenwart aus dem Konzept brachte, veranlasste Carpenter eine Kreditprüfung von Kathleen Ann Carpenter, ehemals wohnhaft in 132 Keswick Lane, Burke.

Dann rief er Woody an.

Irgendwann im Lauf der Nacht war ihm Woody wieder eingefallen – oder genauer gesagt einer von dessen Brüdern. Andy oder Gus. Oder Oliver.

Als Joe Carpenter und Nick Woodburn zusammen in St. Alban's die Schulbank gedrückt hatten, war Woodys Familie ziemlich bekannt gewesen. Nicht in dem Sinne bekannt wie Carpenters Familie – sondern allein wegen ihrer Größe.

Die Woodburns hatten elf Kinder – sieben Jungen und vier Mädchen –, eine Zahl, die auf den Privatschulen Washingtons so aus dem Rahmen fiel, dass die Familie, wo immer sie auftauchte, quasi von einem Mantra begleitet wurde: »Sie haben elf Kinder – *und sie sind nicht einmal katholisch, nicht einmal katholisch, nicht einmal katholisch!*«

Carpenter hatte seine halbe Kindheit im Haus der Woodburns in Georgetown verbracht – ein Haus mit großem Garten, in dem es zuging wie in einem Taubenschlag.

Als Carpenter ihn im Außenministerium anrief, nahm Woody das Gespräch zwar entgegen, sagte aber sofort: »Ich kann nicht reden. Ich bin in einer Besprechung.«

»Ich möchte nicht mit dir reden, sondern mit einem deiner Brüder.«

»Normalerweise hätte ich Spaß daran zu raten, aber ...«

»Den bei der Boulevardpresse.«

»*Gus?* – An den hätte ich als Letztes gedacht. Eine Sekunde ... hier ist die Nummer.«

Als Chefredakteur des *National Enquirer* war Augustus Woodburn schwerer zu erreichen als sein Bruder, der nur eine Geheimbehörde der amerikanischen Regierung in Washington leitete. Am Ende musste sich Carpenter mit dem Versprechen der Sekretärin zufrieden geben, »A. W.« werde zurückrufen.

Gus hatte schon in jungen Jahren eine Schwäche für den Journalismus gezeigt. In St. Alban's hatte er die Schülerzeitung *Bulldog* herausgegeben, dann bei der *Post* ein Volontariat gemacht und schließlich für die Studentenzeitung in Yale geschrieben – bis er sich im letzten Studienjahr entschloss, eine Profi-Wasserskifahrerin zu heiraten. Nach dem Umzug nach Florida, wo seine Frau bei Cypress Gardens arbeitete, kam Gus beim *Enquirer* unter.

In jeder anderen Familie hätte er vielleicht als schwarzes Schaf gegolten. Aber der Woodburn-Clan war so groß, dass er verzeihen konnte, oder mit Woodys Worten: »Nicht zu glauben, wen der Junge ans Telefon bekommt.«

Carpenter hatte, als er die Programme durchzappte, den »Jungen« einmal im Fernsehen erlebt. Er stieß auf eine typische Talk-Show, bei der ein aggressiver Moderator Journalisten und neunmalkluge Experten aufeinander hetzte. Carpenter hätte weitergeschaltet, hätte der höhnische Gastgeber nicht in diesem Augenblick »Mr. Augustus Woodburn« vorgestellt, den Chefredakteur des *National Enquirer*. Thema der Runde: Medien und Ethik.

Offensichtlich war jemand auf die brillante Idee verfallen, Gus als Prügelknaben für die ehrenwerten Damen und Herren von *Harper's*, der *Washington Post*, der *Times* und *National Public Radio* einzuladen. Aber Gus, ein gut aussehender Mittdreißiger mit stechenden blauen Augen, machte seinerseits die Stars lächerlich. Auf den Spott über die »Schäbigkeit der Boulevardpresse« reagierte er mit einem Frontalangriff auf das Establishment.

Gelassen und nicht frei von Schadenfreude machte er seine Kollegen darauf aufmerksam, dass der *Enquirer* seine Einnahmen noch auf traditionelle Weise verdiente – durch den Verkauf von Zeitungen und nicht durch Werbung für Schnaps und Zigaretten. Was den Inhalt des Blatts anbelange, habe der *Enquirer* zwar nie den Pulitzerpreis erhalten – aber andererseits habe der Preis durch den Skandal um Janet Cooke viel an Glaubwürdigkeit eingebüßt. Was zum Problem der journalistischen Ethik führe. Der Reihe nach nannte er die Namen der Diskussionsteilnehmer und ihrer spendablen Wohltäter und warf die Frage auf, wie ein Journalist ausgewogen über Schusswaffenverbot oder das Gesundheitswesen berichten solle, wenn er gleichzeitig 30 000 Dollar für eine Rede vor der National Rifle Association oder der American Medical Association erhalte. »Wir beim *Enquirer* halten keine Reden«, sagte Gus. »Wir berichten noch nicht einmal darüber.«

Am Ende der Talk-Show erhielt Gus stürmischen Beifall.

Als Gus gegen zwei zurückrief, wollte Carpenter erklären, wer er sei, aber Gus schnitt ihm gleich das Wort ab.

»Ich weiß, wer du bist. Wegen dir hat mich Elizabeth Goode sitzen lassen, als ich im dritten Semester war.«

»Tut mir Leid.«

»Inzwischen bin ich drüber weg«, sagte Gus. »Worum geht's?«, fragte er dann ohne Umschweife.

»Um Callista Bates.«

»Meine Lieblingsschauspielerin. Was ist mit ihr?«

»Ich suche sie.«

»Da bist du nicht der Einzige. Nur über den unsterblichen Elvis bekommen wir mehr Tipps, wo er mal gerade wieder aufgetaucht ist.«

Carpenter erklärte, er suche sie aus persönlichen Gründen und könne wirklich nicht mehr sagen, aber wenn die Zeitung irgendwelche Hinweise auf Callistas Verbleib habe ...

»Ich fühle mich geschmeichelt. Ein Detektiv wendet sich an *mich.*« Er seufzte. »Aber Callista Bates? Um die Wahrheit zu sagen, ich glaube kaum, dass sich seit ihrer Abreise aus Minneapolis viel getan hat. Sie wurde häufig ›gesichtet‹, du weißt, was ich meine – aber es ist doch fast sechs Jahre her, oder?«

»Nun, wenn du etwas hörst ...«

»Kann sein. Wir haben einen freien Mitarbeiter, Finley heißt er, der seine Karriere auf Callistas Story aufgebaut hat. Hast du mit ihm schon gesprochen?«

»Nein, aber ein Mann, der für mich arbeitet ...«

»Ich hoffe, er war diskret, denn Finley ist ein scharfer Hund. Aber hör zu: Ich werde jemanden ins Archiv schicken und die Hotline prüfen lassen, mal sehen, was wir haben. Ich sage einfach, wir bringen einen Bericht über den Stand der Dinge, und – Finley soll die Sache leiten. Dann hat er was zu tun. Wahrscheinlich bringen wir das dann sogar. Auf jeden Fall halte ich dich auf dem Laufenden, wenn mir etwas Interessantes auffällt.«

»Danke, Gus. Ich schulde dir einen«, sagte Carpenter.

»Zwei. Denk an Elizabeth Goode.«

Später am Nachmittag traf ein Umschlag mit der Kreditauskunft über seine Schwester ein. Es waren sechs Seiten, aber Carpenter interessierte sich nur für die Liste der übrigen Anfragen. Da stand's:

19.10.95 Allied National Products.

Damit war alles klar. Dieselbe Firma in Chicago hatte am selben Tag »Marie Williams« überprüft. Es musste Grimaldi sein.

Was nun? Er überlegte kurz, rief dann einen seiner Rechercheure an: »Ich brauche eine Geburtsurkunde«, sagte er. »Von einer Frau namens Marie A. Williams, geboren am 8. März 1962. Den Geburtsort weiß ich nicht, irgendwo in Maine. In der Hauptstadt von Maine gibt es bestimmt eine Behörde für Bevölkerungsstatistik oder so etwas, wo man anfragen kann.«

Wenigstens würde er so den Namen ihrer Eltern und ihren Geburtsort in Erfahrung bringen. Auch wenn Callista nicht in ihre Heimat zurückgekehrt war, hielt sie vielleicht doch Kontakt mit ihren Eltern oder wenigstens mit Jugendfreunden. Das wäre immerhin ein Anhaltspunkt.

Den Rest des Tages verbrachte Carpenter in Mitarbeiterbesprechungen und Beratungen mit Rechtsanwälten und ging mit ihnen das Kleingedruckte in den Verträgen zum Verkauf der Firma durch. Buck folgte ihm auf Schritt und Tritt und inspizierte alle Büroräume misstrauisch. Dass seine Gegenwart die Leute beunruhigte, lag auf der Hand; dennoch machte Carpenter keine Anstalten, zu erklären, warum er hier war, sondern genoss perverserweise das Aufsehen, das der »Hydrant auf zwei Beinen« erregte.

Als Deva Collins gegen sechs vorbeikam und einen Bericht auf seinen Schreibtisch legte, war er müde.

»Was ist das?«

Sie wirkte geknickt. »Mein Memo.«

»Ihr Memo?«

»Über Ignazio Baresi – sein Beitrag zur Religionswissenschaft«, erklärte sie errötend.

»Ach, ja«, sagte er und rieb sich die Augen. »Richtig. Großartig!« Aber seine Begeisterung war gespielt. Im Augenblick wollte er nur eins: sich ein Bier genehmigen und mit seinem neuen Kumpel Buck Filme mit Callista Bates sehen.

Er warf einen Blick auf das Memo. Fünf oder sechs Seiten.

Die Wahrheit war, dass sein Interesse an der Lösung des Rätsels – das heißt genauer die Bedeutung Baresis für den Umbra Domini und die Mörder – ab dem Zeitpunkt in den Hintergrund getreten war, nachdem er *Fast Track* gesehen hatte. Jetzt ging es darum, Callista Bates und ihr Kind zu finden. Tot oder lebendig. Sobald das geschehen war, konnte er sich wieder der Suche nach Grimaldi und dem Mordmotiv zuwenden.

Doch die junge Frau, die vor ihm stand, hatte wohl hart an dem Bericht gearbeitet, und er wollte nicht gleichgültig erscheinen. Also setzte er sich, stützte das Kinn auf die Hand und begann zu lesen:

Ignazio Baresi (1927-1995):
Beiträge zur Bibelforschung
Bericht erstellt von: C. Deva Collins
Biografische Daten und Publikationsliste

Carpenter überflog die einleitenden Worte. Baresi hatte sich als Siebenunddreißigjähriger an der Sorbonne eingeschrieben und Seminare in Philosophie und Vergleichende Religionswissenschaft belegt. Nach einem Jahr hatte er sein Studium in Münster fortgesetzt. Ein Jahr lehrte er als Gastprofessor an der Harvard School of Divinity, wandte sich aber 1980 überraschend von dieser Fachrichtung ab und kehrte nach Italien zurück. Trotz der Kürze seiner Karriere ... bla, bla ... ist Baresis Einfluss auf dem Gebiet noch heute spürbar und so weiter.

Dann folgte eine chronologische Liste von Baresis Publikationen: Ein paar Titel fielen Carpenter ins Auge: *Die wahre Menschlichkeit Christi: Lehre oder autoritative Erklärung?* (1974). *Göttinnenverehrung und die Jungfrau Maria* (1977). Und seine einzige Monografie: *Reliquien, Totem und Theologie* (1980).

Bibelforschung und Christologie. Deva schilderte die Inhalte dieser Disziplin, die sich in den letzten hundertfünfzig Jahren auf die »Suche nach dem historischen Jesus« konzentriert habe. Dabei ging es den Forschern darum, Mythen, Hörensagen und Lehrmeinungen abzustreifen, die im Nachhinein dem »Ereignis der Erlösung« auferlegt worden waren, und herauszufinden, welche Teile des Evangeliums »verifizierbar« seien. Mit der Anwendung immer ausgeklügelterer moderner Methoden zeigte sich, dass die Antwort auf die Frage »Welche Aussagen über Leben und Tod Jesu lassen sich hieb- und stichfest beweisen?« lautete: *kaum welche.*

Baresis Arbeit. Baresis Magisterarbeit, seine erste Publikation, beschäftigte sich mit einer Analyse der Glaubenslehre und dem Einfluss äußerer Umstände auf die kirchliche Lehre. Baresi hob hervor, das Beharren der Lehre auf der menschlichen, fleischlichen Natur Jesu sei nicht aus dem Evangelium abzuleiten, sondern habe sich gegen den Glauben einer anderen christlichen Sekte gerichtet, für die Jesus rein göttlich war. Im Evangelium selbst wird auf die Geburt Christi kaum eingegangen (Maria wird selten erwähnt), und auch seine Leiden werden nicht hervorgehoben. Die dogmatische Behauptung, Jesus sei als Mensch geboren worden, als Mensch gestorben und habe als Mensch Schmerzen gelitten, lässt sich auch anhand christlicher Kunst dokumentieren. Eine frühe christliche Kunst gibt es nicht (die ersten Christen kamen aus einer semitischen Tradition, die jede bildliche Darstellung verbietet), doch sobald sich diese Kunst entwickelt, verändern sich die Christusdarstellungen in rascher Folge: von dem glücklichen, »sonnenhaften« Jüngling mit Strahlenkranz (4. Jahrhundert) zum leidenden Christus am Kreuz, aus allen Wunden blutend (7. Jahrhundert).

Deva betonte, diese erste Arbeit habe sich noch in der Tradition der Bibelforschung bewegt, danach habe sich Baresis Interesse jedoch in eine ganz andere Richtung gewandt. In der Einführung zu seiner zweiten größeren Arbeit schrieb er sinngemäß: »Während sich meine Kollegen darum bemühen, eine Schicht nach der anderen von der Perle zu schälen, bis sie auf den Kiesel im Zentrum stoßen, den Reizstoff, der das Christentum hervorbrachte, bin ich mehr an der wunderbaren Perle selbst und am lebendigen Band des Glaubens interessiert.«

Dies war seine »synkretistische« Theorie des Christentums; er zeigte, dass die christliche Kirche in ihrer Entwicklung fähig war, Elemente anderer Glaubensrichtungen zu integrieren, und sich daher über die ganze Welt ausbreiten konnte. Und er forderte, die Kirche müsse offen für den Einfluss »der einfachen Gläubigen« bleiben, um weiterhin zu gedeihen. In seinen Arbeiten stellte Baresi ausführlich die Absorbierung verschiedener Praktiken anderer Religionen durch das Christentum dar.

Kunst. Religiöse Kunst entstand erst durch die Ausbreitung des Christentums ausgehend von Palästina bis nach Rom, wo eine reiche heidnische Kunst großen Einfluss ausübte. Die christliche Kunst blühte wohl nicht zuletzt deshalb auf, weil die Kirchenoberen sie als wirksames Propagandawerkzeug zur »Verbreitung des Glaubens« erkannten.

Pilgerschaft. Baresi verglich die Pilgerreisen zu heiligen Stätten, die bereits im 4. Jahrhundert üblich wurden, mit Praktiken des Animismus und der primitiven Ahnenverehrung.

Die Jungfrau Maria und die Anbetung von Göttinnen. Die Erhebung der Jungfrau Maria, die im Evangelium noch kaum erwähnt wird, zu einer zentralen Gestalt spiegelt den Einfluss heidnischer Fruchtbarkeitskulte wider; Maria ist die christliche Erscheinungsform uralter Göttinnen wie Ischtar, Kybele und Aphrodite.

Die Geburt Christi. Nach Baresis Meinung enthielt der Bericht über den hellen Stern, der die Geburt »des Herrn« verkündete, Elemente verschiedener Sonnen- und Mondkulte.

Reliquien, Totem und Theologie. In seiner Monografie untersuchte Baresi die Entwicklung des Kults um Märtyrer und Heilige im Christentum, der zum Volksglauben an die Macht der Reliquien führte – und der höchstwahrscheinlich in alten totemistischen und animistischen Glaubenslehren wurzelt.

Totems und Fetische, die ebenso wie Reliquien ihrem Besitzer Macht verleihen, sind symbolischer Natur, wohingegen Reliquien körperliche Überreste von verstorbenen Heiligen oder durch den Kontakt mit dem »Leib Christi« geheiligte Objekte sind.

Totems und Fetische dienen häufig dazu, einem Stamm oder

einem einzelnen die Kraft eines Tieres zu übertragen. Nach Baresis Meinung erfüllten steinzeitliche Höhlenmalereien einen ähnlichen Zweck.

Baresi sah eine Verbindung zwischen Totemismus und primitiven Riten – bei denen beispielsweise das Blut eines Löwen getrunken wurde, um die Kraft des Tieres in sich aufzunehmen. Ähnlich verhält es sich mit kannibalischen Ritualen, bei denen Blut und Organe besiegter Gegner verzehrt wurden. In manchen Kulturen verlagerte sich der Glaube an die totemistische Kraft von Ritualgegenständen in den Bereich des Abstrakten: Worte, Zauberformeln und, vor allem im Judentum und Islam, Buchstaben und Zahlen.

In der zweiten Hälfte seines Buches befasste sich Baresi mit der Rolle von Reliquien im Christentum. Bereits im 4. Jahrhundert sei der Glaube an die magische Kraft von Reliquien, die Dämonen vertreiben, Krankheiten heilen sollten und so weiter, fest verwurzelt gewesen. Im 9. Jahrhundert blühte in Rom, das ganz Europa versorgte, ein schwunghafter Handel mit Reliquien. Im Mittelalter besaßen selbst kleine Kirchen Knochen, Fingernagelschnipsel oder Zähne verschiedener Heiliger und Märtyrer. Und Reliquienhändler warteten förmlich auf das Ableben aussichtsreicher Kandidaten für die Heiligsprechung, um deren Leichen auszuschlachten.

Die begehrtesten Reliquien waren die von Jesus und Maria. Die Vorhaut Jesu wurde in juwelenbesetzten Schreinen in einem halben Dutzend Kirchen aufbewahrt. Daneben fanden sich Haare, Heu aus der Krippe, seine Nabelschnur, seine Milchzähne, seine Tränen, sein Blut, seine Fingernägel. Das Haar Marias gab es ebenfalls in Hülle und Fülle, aber auch Fläschchen mit ihrer Milch und sogar Steine, die durch den Kontakt mit Marias Brustmilch weiß gefärbt waren. Ferner Passionsreliquien – unzählige Eisennägel, einzelne Dornen aus der Dornenkrone sowie die vollständige Dornenkrone (in der Sainte Chapelle in Paris), drei Exemplare der Lanze, die Christus durchbohrte, verschiedene mit Christi Schweiß getränkte Tücher, darunter auch das berühmte Grabtuch von Turin. Es gab Marmorbrocken vom Grab Christi, Sandalen, jeden denkbaren Gegenstand, der mit dem Leib Christi in Berührung hätte kommen können. (Aber natürlich keine zweiten Zähne oder Knochen wie von den Heiligen, da Christus ja in den Himmel aufgefahren war.)

Baresi listete auch einige Wunder auf, die verschiedenen Reliquien zugeschrieben wurden. Obwohl es offensichtlich Fälschungen gibt (aus all den Splittern des Wahren Kreuzes hätte man mehrere Scheunen bauen können), ist der Glaube an die Macht von Reliquien so alt und gleichsam instinktgegeben, dass die Annahme, es habe gar keine Reliquien von Christus und der Jungfrau gegeben, dem gesunden Menschenverstand widerspricht. Selbst moderne Menschen, so Baresi, glauben, dass die Erscheinung der Jungfrau Maria auf eine Heilquelle verweisen kann, und pilgern in Scharen nach Lourdes. Sei es da wahrscheinlich, dass keiner der zahlreichen Jünger Jesu echte Reliquien des lebendigen Gottes aufbewahrt habe?

Abschließend vertrat Baresi die These, das Ritual der Eucharistie, bei dem Wein und Brot in das Blut und den Leib Christi verwandelt werden, beruhe auf dem primitiven animistischen Glauben an die Macht von Reliquien. Die Transsubstantiation sei nichts anderes als eine spirituelle Verwandlung der symbolischen Reliquien (des Weins) in die echte Reliquie (das Blut).

(Anmerkung: Mr. Carpenter, der Großteil dieser Informationen stammt aus der Doktorarbeit von Marcia A. Ingersoll aus Georgetown aus dem Jahr 1989. Ich habe ihre Adresse, falls Sie sie brauchen. Deva.)

33

In der folgenden Woche kam Carpenter kaum voran.

Ein Informant in Augusta berichtete, am 8. März 1962 sei in Maine niemand namens Marie A. Williams geboren worden. »Vielleicht hat sie ihren Namen geändert«, meinte der beauftragte Detektiv, »aber in dem Fall können wir nichts machen. Auf Namensänderungen gibt es keine Querverweise ... nein, ich kann nicht alle Mädchen abfragen, die am 8. März 1962 geboren wurden. Allerdings habe ich auch eine *Mary* Williams gesucht, nur für den Fall, dass der Vorname nicht korrekt ist. Aber bei allen acht Marys, die ich gefunden habe, stimmte der Geburtstag nicht.«

Das war's dann wohl gewesen. Und Gus Woodburn beim *Enquirer* und Gary Stoykavich in Minneapolis ließen nichts von sich hören. Die einzigen neuen Informationen lieferte ein junger Rechercheur, der mit einem Pappkarton voller Papier in Carpenters Büro kam. Es war die Materialsammlung über Callista Bates, ergänzt durch Informationen von Katz & Djamma, der Agentur von Callista Bates – ein chaotisches Sammelsurium aus On-line-Recherchen, Zeitungsausschnitten, Videos, Fotos, Fan-Zeitschriften, Drehbüchern sowie Kopien von Callistas Aussage bei dem Prozess gegen den Mann, der ihr nachstellte, und Interviews mit *Rolling Stone*, *Premiere* und *60 Minutes*.

Der junge Mann entschuldigte sich. »Wir haben versucht, das Material zu sortieren, aber da wir nicht wussten, wonach Sie suchen«, er zuckte die Achseln, »haben wir es einfach chronologisch geordnet.«

»Ist schon in Ordnung«, sagte Carpenter. »Ich weiß selbst nicht, wonach ich suche. Also werde ich wohl einfach alles durchlesen müssen.« Und das tat er auch. Er las alles über Callista Bates, angefangen mit den Kritiken in *Cinéma Aujourd'hui* bis hin zu atemberaubenden Spekulationen über ihr Liebesleben. Anschließend wusste er, wie viel ihre Filme eingespielt hatten, kannte ihre Lieblingsblume, ihre bevorzugte Wohltätigkeitsorganisation und ihre politische Meinung. Die Orte, an denen man sie gesichtet haben wollte, waren ihm bestens vertraut. (Sie hat eine entstellende Krankheit und liegt in einer Schweizer Klinik im Sterben! Nein, sie lebt als Klarissin in den Straßen Kalkuttas!) Kurz gesagt, obwohl er längst nicht alles gelesen hatte, glaubte er alles über Callista Bates zu wissen – außer, wo sie geboren war, wo sie lebte und wie sie sich nannte.

Abends beschäftigte er sich mit den Videos. Inzwischen hatte er sie, in Gesellschaft von Buck und Pico, alle gesehen. Da auf den verschneiten und vereisten Straßen ans Laufen nicht zu denken war, machte er mit seinen Babysittern regelmäßig Bauchmuskelübungen. Es machte ihm wenig Spaß.

Die Schauspielerin Callista war das reinste Chamäleon, und aus ebendiesem Grund hatte sie es wohl auch geschafft, spurlos unterzutauchen. Bei jeder Rolle, die sie auf der Leinwand verkörperte, dachte man, das sei ihr wahres Ich, so sei sie und nicht anders.

Vielleicht war sie gerade deshalb eine große Schauspielerin – oder auch nicht. Vieles, was mit ihr zusammenhing, war Blendwerk, und man konnte nicht leugnen, dass ihr Stern erst aufging, nachdem sie, wie so viele andere Künstler, plötzlich fort war – und man sie in den Pantheon der zu früh Verstorbenen erhob. Oder der Vermissten.

Carpenter aber dachte, dass in Callistas Fall das Blendwerk täuschend echt wirkte. Als Schauspielerin zog sie die Zuschauer völlig in den Bann, und das merkte man erst, wenn der Film zu Ende war und einem klar wurde, dass man zwei Stunden lang die Augen nicht von ihr hatte wenden können. Und es war nicht nur ihre Attraktivität, die einen fesselte. Im Gegenteil, ihre Schönheit wurde durch die Rollen, die sie wählte, eher verschleiert – das ausgeflippte Punkmädchen in *Piper,* die ängstliche Hausfrau in *Daylily*, die zugeknöpfte Wissenschaftlerin in *Meteor Shower.*

Letzteres erinnerte ihn an etwas: Er musste einen Wissenschaftler namens David Torgoff anrufen. Laut Deva war er ein »wandelnder Widerspruch«, aber als Professor für Mikrobiologie am Massachusetts Institute of Technology war er für seine verständliche Ausdrucksweise bekannt. Insofern eignete er sich hervorragend als Führer durch die nebulöse Landschaft von Baresis Genforschung.

Gerade hatte er Torgoffs Nummer gefunden, da rief ihn Victoria über die Telefonanlage. »Ein Mr. Coppi aus Rom ist am Apparat.«

Carpenter zögerte. Der Name sagte ihm nichts. »Stellen Sie ihn durch«, sagte er schließlich.

»Mr. Carpenter? Joseph Carpenter?«

»Ja?«

»Entschuldigen Sie«, sagte der Mann, »aber ich muss sichergehen, dass ich mit dem Richtigen spreche. Sind Sie Mr. Joseph Carpenter, der unlängst in der Pensione Aquila in Montecastello di Peglia zu Gast war?«

Carpenter erstarrte. Nach längerem Zögern fragte er: »Wer spricht da?«

»Verzeihen Sie, Mr. Carpenter. Ich bin Marcello Coppi aus Perugia – Rechtsanwalt.«

»Aha«, sagte Carpenter und versuchte, gleichgültig zu klingen.

»Ja. Und ich habe Ihre Telefonnummer von einem Freund bekommen – bei den Carabinieri.«

»Verstehe. Worum geht's?«

»Ich fürchte, ich habe unangenehme Nachrichten für Sie.« Der Italiener räusperte sich. »Die Polizei wird bald das Gericht ersuchen, Anklage gegen Sie zu erheben wegen Mordes an ... einen Augenblick ... Giulio Azetti und ... Vincenzo Varese.«

Carpenter blieb die Luft weg. »Das ist doch verrückt«, sagte er. »Wenn ich Azetti hätte umbringen wollen, warum hätte ich dann den Leuten erzählt, dass ich zur Kirche gehe? Er war tot, als ich ihn fand!«

»Ich habe keinen Zweifel an Ihrer Unschuld, Mr. Carpenter, aber Sie sollten Einzelheiten Ihrer Verteidigung lieber nicht am Telefon erörtern. Ich möchte Ihnen lediglich sagen, dass es in Ihrem Interesse wäre, sich in dieser Angelegenheit hier in Italien einen Rechtsbeistand zu suchen – und Ihnen meine Dienste anbieten. Ich kann Ihnen versichern, dass ich die besten Referenzen habe ...«

»Das ist einfach unfassbar«, sagte Carpenter.

»Ja, das finde ich auch. Völlig ungewöhnlich. Normalerweise würde die Polizei eine Vernehmung in Washington in die Wege leiten, aber in diesem Fall ... Ich habe gehört, dass man einen Auslieferungsantrag stellen wird, sobald Anklage erhoben ist. Das ist wirklich ungewöhnlich.«

Carpenter überlegte. »Warum tun die das wohl?«

»Ich weiß nicht. Vielleicht übt jemand Druck aus.«

»Ja«, entgegnete Carpenter, »und ich kann mir auch vorstellen, wer.« Er hielt inne. »Wissen Sie, es wäre mir nicht gerade angenehm, ausgerechnet jetzt ausgeliefert zu werden ...«

»Sie belieben zu scherzen?«

»Ja. Ich neige zum Understatement. Aber die Frage ist: Wenn Sie meinen Fall vertreten – könnten Sie die Sache verzögern?«

»Ich weiß nicht ... Es ist natürlich möglich, aber ...«

»Sie brauchen einen Honorarvorschuss?«

Sobald man sich über einen Betrag geeinigt hatte, versprach Coppi, Carpenter über alle weiteren Entwicklungen auf dem Laufenden zu halten. Als Carpenter aufgelegt hatte, fluchte er leise vor sich hin – bis Victoria anklopfte und ihm Post vom *National Enquirer* brachte. Während er den Umschlag aufriss, drehte sich Victoria, die schon in der Tür stand, auf dem Absatz um.

Carpenter blickte auf. »Was ist?«

»Es hätte mich nur interessiert.«

»Was denn?«

»Na ja, wegen Buck ...«

»Der ist uns allen ein Rätsel, aber was haben Sie denn auf dem Herzen?«

»Es ... es hätte mich nur interessiert, ob er verheiratet ist.«

Carpenter runzelte die Stirn. »Keine Ahnung«, sagte er. »Wir haben nie darüber geredet. Soll ich ihn fragen?«

»Nein«, erwiderte Victoria errötend. »Ist nicht so wichtig.«

Als Victoria gegangen war, stützte Carpenter den Kopf auf die Hände. Italien war eine Katastrophe. Nicht dass er Zweifel am Ausgang des Verfahrens gehabt hätte – wenn der Fall je zur Verhandlung kam. Aber das schien ihm unwahrscheinlich. Wenn ich ausgeliefert werde, dachte Carpenter, dann stecken sie mich ins Gefängnis – das steht fest.

Es sei denn, ich schlage sie zuerst.

Was sollte er tun? Cool bleiben, sagte er sich. Bis es heiß wird. Und dann rennen wie der Teufel.

Der Umschlag von Gus Woodburn enthielt einen Brief und eine große Fotografie von einer Frau, die lachend niederkniete und einem kleinen Jungen den Anorak zumachte. Sie standen irgendwo an einem kalten Ort vor einem McDonald's: Im Hintergrund sah man Schneehaufen, geparkte Autos und Berge. *Das ist sie,* dachte er. *Höchstwahrscheinlich ist sie das.* Aber es ließ sich nicht mit Sicherheit sagen. Die Aufnahme zeigte sie im Dreiviertelprofil und war etwas unscharf. Offensichtlich ein vergrößerter Schnappschuss einer billigen Kamera ... sie konnte es zwar sein, aber auch eine Frau, die ihr ähnlich sah.

Aber der Junge war unverwechselbar: Er stand vor seiner Mutter mit einer Skimütze in der einen und einem Big Mac in der anderen Hand. Sein Haar war ein Gewirr schwarzer Locken, und er schien aus der Tiefe einer Quelle in die Kamera zu blicken.

Und das ist Jesse, hatte sie gesagt. Daran erinnerte sich Carpenter jetzt, und er wusste, dass sie ihren Namen auch genannt hatte. Sie hatte sich vorgestellt, dort, neben Kathys Grab. Sie hieß ...

Nichts. Vollkommene Leere.

Carpenter griff nach dem Begleitbrief, der mit dem Foto gekommen war.

Joe –

Callistas Beobachter halten dieses Foto für das wahre. Es kam vor einem Jahr herein, und der Briefumschlag hat sich irgendwo zwischen Postraum und meinem Schreibtisch in Luft aufgelöst. Also wissen wir nicht, wer es aufgenommen hat und wo, aber wenn es dir was nützt – wäre toll. (Sieht aus, als hätte sie ein Kind. Ein Kind der Liebe? Wenn du etwas herausfindest, lass es mich wissen!)

Gus

Carpenter holte eine Lupe aus seinem Schreibtisch und betrachtete das Foto genauer. Wäre es aus einem anderen Blickwinkel geschossen worden, hätte er die Kennzeichen der geparkten Autos erkennen und Rückschlüsse auf den Bundesstaat ziehen können, in dem das Foto entstanden war. Aber es war nur die obere Hälfte der Autos zu sehen. Doch durch das Vergrößerungsglas sah Carpenter auf den Bergen im Hintergrund Skipisten. Vielleicht kannte ja jemand unter den vierzig Mitarbeitern des Washingtoner Büros das Skigebiet. Er rief Victoria über die Telefonanlage.

»Wir machen einen Wettbewerb«, sagte er und gab ihr das Foto. »Ein Wochenende für zwei Personen in New York für denjenigen, der mir sagen kann, wo das Foto geschossen wurde.«

»Wie soll man denn das herausfinden?«, meinte Victoria mit einem skeptischen Blick auf das Foto.

»Wenn ich das wüsste, müsste ich keinen Wettbewerb machen«, sagte Carpenter. »Aber ich habe mir gedacht, vielleicht erkennt jemand die Anordnung der Skipisten im Hintergrund.«

Victoria runzelte die Stirn. »Welche Skipisten?«

»Auf den Berghängen. Direkt hinter dem Restaurant.«

»Das ist doch ganz verschwommen.«

»Das ist überhaupt nicht verschwommen. Ein Skifahrer würde die Pisten sofort erkennen.«

»Ich fahre Ski. Und ich sage Ihnen, das ist nur ein verschwommener Fleck.«

Carpenter schnitt eine Grimasse. »Machen Sie doch einfach ein paar Kopien und verteilen Sie sie, okay? Man kann nie wissen.«

Victoria zuckte die Achseln. »Oh-kayyy«, sang sie und verschwand in Richtung Kopierraum.

An diesem Abend holte sich Carpenter ein Gericht vom Chinesen um die Ecke, aß daheim in seinem Arbeitszimmer und spülte es mit reichlich Tsing Tao hinunter. Dabei sah er *Meteor Shower* zum dritten Mal und schlief später mit dem Gedanken ein: Ich brauche einen Anwalt.

Am nächsten Morgen holte Victoria seine Hemden und seine Lederjacke aus der Reinigung. Erstaunt stellte er fest, dass ein Umschlag an die Jackentasche geheftet war – in dem Baresis Brief an Pater Azetti steckte. Auf der Flucht aus Montecastello hatte er den Brief vollkommen vergessen. Er warf einen flüchtigen Blick darauf und schob ihn rasch in die Brusttasche der Jacke.

Während der Buick den George Washington Parkway in Richtung Key Bridge hinunterfuhr, saß Carpenter auf dem Rücksitz und las die *Washington Post.* Pico und Buck unterhielten sich leise. Plötzlich drehte sich Buck um.

»Wir haben ein Problem«, sagte er. »Wir werden seit zwei Tagen beschattet.«

Carpenter blickte von der Zeitung auf und warf einen Blick über die Schulter. »Ich sehe nichts außer Unmengen von Autos«, bemerkte er. »Es herrscht Berufsverkehr.«

»Buck hat Recht«, erklärte Pico, »letzte Nacht stand ein Wagen vor dem Haus.«

»Die ganze Nacht«, ergänzte Buck.

»Und als wir in der Reinigung waren, sind sie zur Tankstelle gegenüber gefahren. Ich glaube, sie beobachten uns seit gestern Früh.«

»Warum habt ihr nicht die Bullen gerufen?«, wollte Carpenter wissen.

Buck zuckte die Achseln. »Die Bullen rufen? Das sind doch Bullen.«

»Was soll das heißen?«

»Sie haben ein Bullen-Nummernschild«, erklärte Pico. »Die Stadt hat die Kennzeichen alle gleichzeitig ausgegeben – es sind fortlaufende Nummern. Man erkennt sie einen Kilometer gegen den Wind.«

Carpenter schloss die Augen und atmete tief durch.

»Gibt es da etwas, was wir wissen sollten?«, fragte Buck.

Carpenter schüttelte den Kopf. »Ich habe ein Problem in Italien. Ich glaube, es hängt damit zusammen.«

Bei der Detektei angelangt, stellte Pico den Wagen in der Tiefgarage ab, während Buck mit Carpenter zum achten Stock hinauffuhr. Als sich die Aufzugtür öffnete, strich sich der Leibwächter die Haare zurück und bemerkte unvermittelt: »Diese Victoria – sieht wirklich gut aus, die Frau.«

In seinem Büro trat Carpenter sofort ans Fenster. Auf der anderen Straßenseite wartete ein blauer Taurus im Halteverbot darauf, einen Strafzettel über 50 Dollar verpasst zu bekommen. Ob jemand im Auto saß, konnte Carpenter nicht erkennen, aber aus dem Auspuff strömten Abgase. Zähneknirschend zog er die Vorhänge zu und ging an seinen Schreibtisch, auf dem ein Päckchen lag.

Er las den Absender – Institute of Light – und riss das Packpapier auf. Darin steckte eine schöne, aber ziemlich abgegriffene Ausgabe von *Reliquien, Totem und Theologie.* Das Buch sah interessant aus. Mehrere Schwarz-Weiß-Abbildungen zeigten ziemlich unbekannte Gemälde wie etwa *Abgars Abgesandter nimmt von Christus das Tuch mit dem Abbild Christi in Empfang; Die Stadt Hierapolis; Maria stillt Jesus; Der bethlehemische Kindermord.*

Das letztere Gemälde wurde einem prominenten Meister (Danzig?) zugeschrieben, um 1490/97 datiert und gehörte zum so genannten *Jerusalem-Triptychon.* Dem Text zufolge betonten die Bilder die Grausamkeit der Peiniger Christi und stellten zugleich die metaphysische Hochzeit Jesu mit der heiligen Veronica dar.

Carpenter blätterte in dem Buch. Das erste Kapitel behandelte die Ursprünge der Reliquienverehrung und des Ikonenkults. Der Judaismus wurde der griechischen Kultur gegenübergestellt, die sich laut Baresi durch Polytheismus, Sesshaftigkeit und Bildhaftigkeit auszeichnete. Damit wolle er sagen, dass im Mittelpunkt des griechischen Lebens die Stadtstaaten und die repräsentative Kunst standen. Das Judentum definierte er hingegen als »linguistischen Monotheismus«, als Religion des Wortes und nicht des Bildes. Das Christentum sei als jüdische Sekte zu sehen, die im Lauf der Jahrhunderte immer sesshafter und bildhafter wurde – bis um 325 n. Chr. die ersten Christusdarstellungen auftauchten.

Das zweite Kapitel widmete sich unter der Überschrift »Blut und Gnosis« der Frage, welche Haltung die Kultur der Christen und Juden zur Natur und insbesondere zur Menstruation einnahmen. Carpenter hatte sich in diesen Abschnitt vertieft, als Riordan anrief.

»Es ist was rausgekommen«, sagte der Detective.

Carpenter legte das Buch beiseite. »Was? Singt die Krankenschwester?«

»Nein, sie singt nicht. Sie betet. Einen Rosenkranz nach dem anderen.«

»Was dann? Haben Sie Grimaldi gefunden?«

»Nein. Aber ich glaube, ich weiß, wie er entwischen konnte.«

»Wie denn?«

»Wir haben eine Liste der Ferngespräche, die im letzten halben Jahr von dem Haus in Emmittsburg aus geführt wurden. Mit wem sie gesprochen haben. Um rauszukriegen, wo Grimaldi untergetaucht sein könnte.«

»Gute Idee.«

»Also überprüfe ich die Liste mit unserer Datenbank – es sind ein paar hundert Nummern – und raten Sie mal, was?«

»Die machen Telefonsex.«

Riordan wieherte. »Falsch! Aber sie führen jede Menge Gespräche mit einem Anschluss in Potomac. Ich will Sie nicht raten lassen, wem der Anschluss gehört ...«

»Danke.«

»Weil Sie nie drauf kämen. Der Anschluss gehört unserem speziellen Freund, Thomas Drabowsky.«

Carpenter stutzte. »Der FBI-Typ?«, fragte er schließlich.

»Genau!«

»Sie glauben also, Grimaldi hat mit Drabowsky gesprochen?«

»Nein, nein, nein! Die Gespräche waren viel früher – bevor Grimaldi überhaupt auf der Bildfläche erschien. August, September, Oktober ... nachdem Grimaldi festgenommen wurde, bricht der Kontakt ab. Fast alle Gespräche haben am Wochenende oder am Abend stattgefunden. Also denke ich, der Kerl hat privat mit den Leuten von Emmittsburg zu tun. Können Sie mir folgen?«

»So ungefähr.«

»Also fahren Derek und ich raus und reden mit denen ...«

»Derek?!«

»Ja, er ist wieder an dem Fall dran. Ich fahr also raus und befrage sie einen nach dem andern. Und ungefähr der Vierte, mit dem ich rede, so ein unscheinbarer Typ, sagt: ›Ach ja, das sind meine Gespräche. Ich habe mit Thomas telefoniert.‹ Und ich sage: ›Aha? Können Sie mir verraten, worüber Sie gesprochen haben?‹ Und er sagt: ›Aber sicher. Über das Obdachlosenprogramm. Thomas hilft uns am Wochenende in der Herberge und in der Suppenküche. Thomas ist ein Heiliger‹, sagt er. Und ich sage: ›Ach wirklich? Und wer ist der Mann, Thomas meine ich, in Wirklichkeit?‹ Und er sagt: ›Er ist nur ein Mitglied – wie alle anderen auch.‹ – ›Ein Mitglied wovon?‹, frage ich. ›Vom Umbra Domini. Thomas ist Numerarier‹, sagt er. ›Und was‹, frage ich, ›macht Thomas draußen in der Welt, wenn er nicht gerade den Armen hilft?‹ Und der Typ sagt: ›Ich weiß nicht. Wir sprechen nicht über unser weltliches Leben.‹« Riordan brach in schallendes Gelächter aus. »Er redet mit einem Mordermittler und sagt: ›Wir sprechen nicht über unser weltliches Leben‹! Ist das die Möglichkeit?!«

Carpenter schwieg. »Was ist also Ihrer Meinung nach passiert?«, fragte er schließlich.

»Ich weiß, was passiert ist, auch wenn ich es nicht beweisen kann. Während Grimaldi im Krankenhaus liegt, sickert die Nachricht durch. Es dauert nicht lange, und Juliette arbeitet auf der Intensivstation im Fairfax General. Als Grimaldi verlegt werden soll, verhilft sie ihm zur Flucht, und er landet in Emmittsburg.«

»Das wussten wir bereits.«

»Jetzt hören Sie! Die Leute haben nicht nur mit Thomas gesprochen. Ich habe auch Ferngespräche nach Italien, nach Neapel – die fallen ins Auge. Und raten Sie mal, wen die da anrufen?«

»Da muss ich nicht raten.«

»Richtig, Grimaldi telefoniert nach Hause. Mit dem Umbra Domini. Hab ich überprüft.«

»Ist das nicht ein bisschen riskant?«

»Nein. Warum denn? Es ist deren Haus – ist doch ganz normal, wenn sie ab und zu im Hauptquartier anrufen. Interessant ist nur, wann sie telefonieren. Der erste Anruf erfolgt am Tag nach Grimaldis Flucht aus dem Krankenhaus – also vermute ich, er hat sich wieder zum Dienst gemeldet.«

»Okay.«

»Das nächste Gespräch war vor ein paar Wochen – kurz nachdem die Überwachung einsetzte ... Wahrscheinlich sind sie dahinter gekommen. Herrscht ja nicht gerade reger Verkehr da draußen.«

»Also hat Grimaldi in Neapel angerufen und ...«

»Hoppla hopp! Drabowsky schaltet sich ein. Die Überwacher verschwinden. Genauso wie Grimaldi.«

Carpenter dachte nach. Dann sagte er: »Was werden Sie tun?«

»Was ich tun werde? Das kann ich Ihnen sagen. Ich krieche in einen Mumienschlafsack, zieh den Reißverschluss zu und schicke mich per Frachtpost zum Mars, das tue ich.«

»Ich meine es ernst.«

»Ich auch. Betrachten Sie die Sache doch mal aus meiner Sicht: Ich höre in 34 Tagen hier auf. Ich kann solchen Mist nicht gebrauchen. Und nicht nur das: Ich kann auch nichts beweisen. Alles reine Spekulation.«

»Ist es nicht! Sie haben doch die Telefonliste.«

»Genau – als ob uns die Telefonliste sagen würde, was gesprochen wurde. Wir sind auf Vermutungen angewiesen. Und was Drabowsky betrifft – man kann seine Religion nicht gegen ihn verwenden. Was soll ich sagen? ›Verhaftet den Mann, er speist die Armen.‹ Ganz zu schweigen davon, dass der Kerl beim FBI nicht gerade ein einfacher Gefreiter ist, sondern eher so was wie ein Brigadegeneral. Wer sich mit dem anlegt, kriegt jede Menge Ärger.« Riordan seufzte. Schließlich fragte er: »Was ist mit Ihnen? Haben Sie was für mich?«

»Nein«, sagte Carpenter. »Das heißt, ich habe einen Brief ... von Baresi.«

»Er hat Ihnen geschrieben?«

»Nein«, sagte Carpenter, »der Brief war an einen Priester gerichtet. – Ich schicke Ihnen eine Kopie, sobald er übersetzt ist.«

Als Riordan auflegte, lehnte sich Carpenter zurück und dachte über Drabowsky nach. *Das gibt Ärger. Wenn jemand Callista Bates finden kann, ist es das FBI. Und wenn jemand beim FBI mich fertig machen will, dann hat er alle Mittel dazu in der Hand.*

Das Telefon summte, und Victoria meldete: »Dick Biddle ist draußen – haben Sie Zeit für ihn?«

»Sicher. Schicken Sie ihn rein.«

Biddle war ein älterer Mann, ein ehemaliger Mitarbeiter des Außenministeriums, der vor fünf Jahren in Pension gegangen war. Er war groß und dünn, und in seinen dunkelgrauen Anzügen mit dunkelroter Krawatte und teuren Manschettenknöpfen sah er aus wie ein Patrizier. Außerdem war er Kettenraucher.

Als er mit der Zigarette in der Hand das Büro betrat, legte er ein großformatiges Hochglanzfoto auf Carpenters Schreibtisch; dann setzte er sich und schlug die Beine übereinander. Die Zigarette in seiner Hand qualmte. Carpenter fiel auf, dass die Asche gut zwei Zentimeter lang war. *Wie bewegt er sich damit fort?*, fragte er sich. Dann warf er einen Blick auf das Foto. Es war das Bild vom *Enquirer,* das vermutlich Callista zeigte, vor einem McDonald's, Gott weiß wo.

»Ich freue mich schon auf mein Wochenende in New York. Der Preis gehört mir.« Biddle zog an seiner Zigarette, und Carpenter beobachtete fasziniert, wie die Schwerkraft an der Asche zerrte.

»Sie wissen also, wo das ist?«

»Allerdings.« Der Rauch stieg in Kringeln zur Decke.

»Und ... wollen Sie es mir nicht sagen?«

»Selbstverständlich. Es ist irgendwo ... in Maine.«

Carpenter sah ihn ungläubig an. »›Irgendwo in Maine‹ ... Wo zum Beispiel? Lillehammer?«

Biddle lächelte. »Nein. Zum Beispiel Sunday River. Oder Sugarloaf. Eins von beiden, aber zweifelsfrei Maine.« Wieder nahm er einen Zug, und die Asche bog sich gefährlich.

Carpenter betrachtete das Foto. »Woran sehen Sie das?«

»Also erstens der Schnee. Das ist ein Hinweis.«

»Klarer Fall ...«

»Und es ist ein Wintersportort ... das gibt's natürlich in Maine.«

»Richtig ...«

»Und dann die Bären.«

Carpenter sah sich das Bild genauer an. »Welche Bären?«, fragte er. »Da sind doch keine Bären.«

»Doch«, meinte Biddle und zeigte auf Carpenters Lupe. »Eisbären.«

Carpenter blickte durch das Vergrößerungsglas. »Wo?«

»Auf dem Fenster von dem Lastwagen.«

Carpenter sah genauer hin. Die hintere Windschutzscheibe des Wagens war mit einer Salz- und Schmutzschicht bedeckt, auf die jemand *Go You Bears!!!*, gekritzelt hatte. »Meinen Sie die Graffiti?«

»Ich meine den Eisbären«, erwiderte Biddle. »In der rechten unteren Ecke.«

Carpenter ließ die Lupe suchend über das Foto gleiten. Auf dem Fenster war ein ovaler weißer Fleck. »Der weiße Punkt?«, fragte er. »Man sieht doch nicht, was das ist!«

»Ein Eisbär. Im Galopp.«

»Woher wollen Sie das wissen?«

»Weil ich in Bowdoin studiert habe. Ich kenne den Bären.«

»Aber es gibt viele Universitäten, die Bären als ...«

»Totem haben«, ergänzte Biddle.

»Danke.« Carpenter sah sich nach einem Aschenbecher um. Die Asche am Ende der Zigarette zitterte bedenklich.

»Aber das sind Braunbären oder Grizzlys oder so. Und die Studenten feuern sie anders an, zum Beispiel ›*Go Bears!*‹ oder ›*Yoo-rahrah Bears!*‹. Aber nicht in Bowdoin. Wir sagen: ›*Go You Bears!*‹ Das gibt's nirgendwo sonst.«

»Tatsächlich ...«

»Das haben wir praktisch patentiert. Und deshalb kann ich Ihnen versichern, dass der weiße Fleck, den Sie vor sich sehen, zweifelsfrei der *Ursus Maritimus* ist. Das können Sie mir glauben.«

Carpenter legte die Lupe beiseite. »Das beweist noch nicht, dass der Lastwagen in Maine steht. Nur dass er aus Maine kommt. Mehr ist damit nicht gesagt.«

Biddle tippte mit dem Zeigefinger an seine Zigarette, und die Asche segelte auf den Teppich. Carpenter zuckte zusammen. »Vermutlich suchen Sie die Frau auf dem Bild?«, fragte Biddle.

Carpenter nickte.

»Haben Sie Grund zu der Annahme, dass sie sich *nicht* in Maine aufhält?«

»Nein.« Carpenter schüttelte den Kopf. »Sie wurde dort geboren.«

»Wirklich?« Biddle stand auf und wandte sich zur Tür. »Kann ich jetzt mein Wochenende buchen oder nicht?«

Carpenter griff nach der Lupe und musterte das Foto zum x-ten Mal. Schließlich legte er die Lupe weg und sagte: »Tun Sie das. Viel Spaß.«

Nachdem Biddle fort war, trat Carpenter ans Fenster. Der blaue Taurus stand immer noch da.

Über die Telefonanlage rief er Victoria. »Könnten Sie Buck hereinschicken? Und sagen Sie Freddy, dass ich mit ihm sprechen möchte.« Dann wählte er die Nummer des Genetikers in Boston, die Deva ihm gegeben hatte. Nach dem ersten Klingeln meldete sich ein Mann. *»Qui est là?«*

Der macht keine Umschweife, dachte Carpenter. »Dr. Torgoff? Spreche ich mit David Torgoff?«

»Da, da!«, kam die Antwort, diesmal auf Russisch.

Buck und Freddy kamen herein, und Carpenter bedeutete ihnen, sich zu setzen. »Hier spricht Joe Carpenter ... aus Washington.«

»Oh«, entschuldigte sich Torgoff. »Tut mir Leid. Ich dachte, es wäre mein Racquetball-Partner.«

Carpenter lächelte erleichtert. »Ist er Franzose?«

»Nein«, erwiderte Torgoff. »Das ist nur ... so eine Angewohnheit. Schwer zu erklären. Dafür müssten Sie wohl hier sein.«

»Ich bin ... sozusagen auf dem Sprung. Deshalb rufe ich an. Ich komme heute Nachmittag nach Boston und habe gehofft ... wenn Sie am Samstag Zeit hätten ...«

»Leider nein – aber Sonntag könnte ich Sie treffen. Passt es Ihnen nachmittags? Zwei Uhr rum?«

»Zwei ist in Ordnung.« Carpenter notierte sich Torgoffs Wegbeschreibung und legte auf. Dann wandte er sich an Buck und Freddy. »Ist Pico unten?«, fragte er.

Buck nickte. »Klar doch. Er wartet in der Garage. Soll er hochkommen?«

»Nein. Ich möchte, dass ihr drei euch ins Auto setzt und aus der Garage fahrt – und zwar schnell. Ihr braucht niemanden zu überfahren. Aber wenn ihr auf die Straße kommt, soll Pico das Gaspedal durchtreten.«

»Und wohin geht die Fahrt?«, fragte Buck.

»Das ist mir gleich, solange euch der Taurus auf der anderen Straßenseite folgt.«

»Möchten Sie, dass ich mitfahre?«, fragte Freddy.

»Richtig«, entgegnete Carpenter. »Sie setzen sich auf die Rückbank, sozusagen als Lockvogel.«

Freddy nickte nachdenklich. Carpenter stand auf, ging zum Garderobenständer, griff nach seinem Mantel und warf ihn Freddy zu. »Ziehen Sie den an«, sagte er, »und vielleicht können Sie sich irgendwo einen Hut borgen.«

Stirnrunzelnd schüttelte Buck den Kopf. »Ich weiß nicht recht, Joe ... Terry hat gesagt, ich soll Sie auf keinen Fall aus den Augen lassen.«

Carpenter nickte und zog die Lederjacke an, die er am Morgen aus der Reinigung geholt hatte. »Wenn Sie Terry sehen, sagen Sie ihm einfach, ab jetzt drehe ich den Geldhahn zu.« Freddy stöhnte. »Also ab durch die Mitte, mit Vollgas!« Carpenter schob die beiden zur Tür hinaus. Dann stopfte er Baresis Buch und einige Artikel über Callista in seinen Aktenkoffer, schaltete das Licht aus und trat ans Fenster. Vorsichtig spähte er auf die Straße hinunter. Auf den vereisten Gehsteigen waren ein paar

Fußgänger unterwegs, aber man sah kaum noch Autos. Zwei, drei Minuten verstrichen – und plötzlich schoss der Buick aus der Parkgarage, hüpfte über den Randstein und landete hart auf der Fahrbahn. Der Wagen schleuderte nach rechts und fuhr mit wachsender Geschwindigkeit auf die Kreuzung zu. Gleichzeitig setzte sich der Taurus im Halteverbot in Bewegung, wendete auf der verschneiten Straße und brauste hinter dem Buick her.

Mit dem Aktenkoffer in der Hand schloss Carpenter die Tür hinter sich und ging zu den Aufzügen. Als Victoria ihn sah, rief sie: »Joe?«

»Was ist?« Er drückte den Fahrstuhlknopf.

»Unten am Empfang ist ein Marshall der Bundespolizei«, sagte sie, die Hand auf der Telefonmuschel. »Und jemand von der italienischen Botschaft. Was soll ich denen sagen?«

»Die sollen raufkommen«, sagte Carpenter. Victoria übermittelte die Nachricht, während ihr Chef auf den Fahrstuhl wartete. Als er kam, hielt Carpenter sich die Tür offen und beobachtete die Anzeigetafel des zweiten Aufzugs.

4 ... 3-2-1 ... 2-3-4-5 ... 6 ... In wenigen Sekunden würde der Aufzug da sein.

Carpenter winkte Victoria zu, trat in den Aufzug und gab die Türen frei. »Sagen Sie denen, ich sei kurz aus dem Zimmer gegangen und käme gleich wieder.«

34

Unter dem Namen Joe Kelly nahm er ein Zimmer im Marriott Long Wharf, zahlte bar im Voraus und hinterlegte 50 Dollar für etwaige Telefongespräche. Er war zwar nicht gerade auf der Flucht, aber er hatte auch keine Zeit zu verlieren. Wenn der Umbra Domini ihn in Italien unter Anklage stellen wollte, dann würde er es tun. Der einzige Grund, warum ein Marshall in Begleitung eines Botschaftsangehörigen in seinem Büro auftauchen sollte, bestand darin, dass die italienische Polizei ihn verhören wollte – und ihn für gefährlich hielt.

Also galt es, Vorsicht walten zu lassen, zumindest bis er Marie Williams gefunden hatte.

Bis zu der Verabredung mit Torgoff blieb ihm noch ein Tag, und er wusste nicht recht, was er machen sollte. Also deckte er sich in einem kleinen Restaurant mit Falafel-Sandwiches ein, zog sich in sein Zimmer zurück, legte die Beine hoch und las Zeitungsausschnitte über Callista Bates.

Die Artikel brachten nicht viel Neues, aber schließlich stieß er auf die Abschrift eines Fernsehinterviews vom 27. April 1988. Damals hatte Callista für den schwarzen Thriller *Rose Red* geworben, und die Interviewerin Valery Fine war offenbar entschlossen gewesen, mehr zu tun, als nur Callistas neuesten Streifen zu kritisieren.

VF: Für *Lost Horizon* haben Sie also einen Oscar in der Ta-

sche, der neue Film ist ein Hit – Sie wollen ziemlich hoch hinaus, nicht wahr? Wie geht's Ihnen dabei?
CB: Wie's mir geht? Keine Ahnung. (Lacht.) Hoch hinaus? Vermutlich wie einem Segelflieger.
VF: Sie wirken so ... gelassen. Ich meine, Sie hatten wirklich viel um die Ohren, und Sie wirken so ... ausgeglichen. Sie wählen Ihre Rollen sorgfältig, lehnen viele Angebote ab ... anscheinend sind Sie immun gegen den Glamour.
CB: Das würde ich nicht sagen.
VF: Ich schon. Sie sind so ... verblüffend vernünftig. Und ich frage mich: Haben Sie jemals eine richtige Dummheit gemacht?
CB (lacht): Natürlich. Mein Gott – vernünftig. Wie langweilig das klingt.
VF: Ja, »vernünftig«, wenn man bedenkt, dass Sie die große Liebesgöttin sind. Ich meine – Sie sitzen hier – Sie sind Callista Bates! Aber gleichzeitig wirken Sie wie das nette Mädchen von nebenan.
CB (lacht): Worauf wollen Sie hinaus?
VF: Sie sind einfach schwer fassbar. Erzählen Sie uns etwas über sich, über die echte Callista Bates.
CB: Nein.
VF: Nein?!
CB: Ich will schwer fassbar bleiben.
VF: Aber warum? Ich kenne die Spielregeln – wir werden weder über Ihre Familie reden noch über Ihre Kindheit und so weiter. Aber warum wollen Sie nichts von sich preisgeben? Sie sind eine intelligente Frau. Sie lesen, Sie haben Interessen. Warum dürfen das die Menschen nicht erfahren?
CB: Ich will einfach nicht, dass sie mehr über mich wissen.
VF: Warum nicht?
CB (seufzt): Sehen Sie, wenn eine Kamera läuft – bei irgendeinem Sportereignis zum Beispiel –, da sind immer ein paar Leute im Hintergrund, die hüpfen und in die Kamera winken, weil sie ins Fernsehen kommen wollen.

VF (winkt): So meinen Sie ... Hallo, Mama!
CB: Genau. Und wenn das tatsächlich in den Nachrichten gebracht wird, sind sie ganz aus dem Häuschen. Es bringt ihnen etwas. Sie fühlen sich als Teil einer anderen Welt – der Fernsehwelt – und irgendwie glauben sie, das wäre *echter.*
VF: Wissen Sie, es ist wirklich komisch, weil mir das oft passiert. Nicht dass ich den Leuten sagen müsste, sie sollten sich meine Sendung ansehen, das tun ja bereits alle (lacht). Aber Freunde verlangen immer, ich sollte sie im Fernsehen bewundern: »Hey, Val, wenn du das Spiel von den Lakers siehst, halt nach mir Ausschau, ich sitze in der sechsten Reihe ganz rechts.«
CB: Ja! Obwohl es Ihre Freundin ist und Sie sich ständig sehen. In Lebensgröße. In Fleisch und Blut. Sie brauchen sie also gar nicht am Fernsehen zu sehen. Aber sie möchte das.
VF: In dem Fall war es ein Freund.
CB (lacht): Auf jeden Fall ist das die eine Reaktion auf die Kamera, aber es gibt auch eine andere. Es gibt Leute, die wollen nicht im Fernsehen erscheinen oder fotografiert werden – weil sie dadurch *weniger* echt werden. Sie kennen das Klischee von dem Eingeborenen, der sich nicht fotografieren lassen will, weil ihm die Kamera seine Seele raubt?
VF: Natürlich, aber ... einen Augenblick! Wir wollten doch über Sie reden!
CB (lacht): Zu mir komme ich noch! Was ich sagen will, es steckt von beidem etwas in mir. Als Schauspielerin hüpfe ich wie verrückt herum und will, dass mich jeder Mensch sieht. Aber im wirklichen Leben, *mich,* mein wahres Ich? Nein. Da bin ich wie die Leute auf Borneo. Über mein Privatleben will ich nicht reden, denn wenn ich es tue, geht es mir schlecht. Dann habe ich das Gefühl, ein Stück meiner Seele zu verlieren.
VF: Kommen Sie – ist das nicht ein bisschen ... hochgestochen? Ich will gar kein Stück von Ihrer Seele. Nur eine Geschichte. Etwas über Callista persönlich – statt über Callista den Star.

CB (seufzt): Sie verstehen das nicht, weil Sie nicht – ich meine, Sie sind diejenige, die die Fragen stellt.
VF: Okay. Das ist nur recht und billig. Stellen Sie mir eine Frage. Na los. Was Sie wollen.
CB: Okay (räuspert sich). Sagen Sie mal ... wie oft masturbieren Sie?
VF (brüllt vor Lachen): Das ist nicht fair! So etwas habe ich Sie nicht gefragt!
CB: Es gibt solche rücksichtslosen Interviewer.
VF: Aber darauf würden Sie doch einfach die Antwort verweigern?
CB: Ja – aber dann würden die Leute sagen, dass ich ausweiche. Oder keinen Sinn für Humor habe. Sehen Sie – ich will nicht schwierig sein. Ich habe schon unheimlich viel über mich gequasselt.
VF: Aber nicht richtig.
CB: Nein, nicht richtig. Aber auch das, was ich gesagt habe ... hat mir im Nachhinein eine Gänsehaut gemacht.
VF: Wie meinen Sie das?
CB: Zum Beispiel, wenn ich jemandem begegnet bin, und er meinte, er wisse alles über mich, aber es ist einfach alles ... schief. Nach einer Weile redet man einfach nicht mehr über sein Leben, denn sobald man es erzählt, gehört es einem nicht mehr. Es ist fort. Ich meine ... ich kann das nicht gut erklären.
VF: Aber ist das nicht der Preis des Ruhms? Wenn die Leute fünf Dollar zahlen sollen, um Sie im Kino zu sehen, schulden Sie ihnen nicht etwas?
CB: Das glaube ich kaum. Ich meine, sie zahlen doch für den Film und nicht, um herauszufinden, wer mein Lieblingssportler ist oder wie ich ausgesehen habe, als ich fünf war.
VF: Sie wollen mir also nicht den Gefallen tun?
CB: Sie sind gnadenlos!
VF: Bitte, bitte! Nur eine kleine Geschichte!
CB (seufzt): In Ordnung. Aber nur, weil es andere davon ab-

halten könnte, denselben Fehler zu begehen. Was es natürlich nicht tut.

VF: Jetzt kommen Sie schon. Wir warten!

CB: Okay. Aber es ist wirklich blöd. Nicht komisch, sondern dumm – und gefährlich (seufzt). Als ich zum ersten Mal an die Westküste kam, war ich neunzehn, ich hatte fast kein Geld und fuhr die ganze Strecke allein ... mit Gunther ...

VF: Wer ist Gunther?

CB: Gunther ist ein VW-Bus. Ein alter VW-Bus mit alten Reifen und schlechten Bremsen. Der Motor wurde dauernd zu heiß, und über die Rockies musste ich ihn praktisch schieben. Kein sicheres Auto also. Und um Geld zu sparen, schlief ich darin – manchmal am Straßenrand, manchmal auf Parkplätzen. Ich kann gar nicht mehr glauben, dass ich das getan habe.

VF: Also – ist Ihnen etwas Schreckliches passiert?

CB: Nein, darum geht es nicht. Die meisten Leute waren unglaublich nett, aber es sind Dinge passiert, die hätten – ich weiß auch nicht – gefährlich werden können.

VF: Zum Beispiel?

CB: Zum Beispiel der Kerl, der mich in sein Auto zerren wollte. Oder der Typ, der auf das Dach von meinem Bus geklettert ist und nicht mehr runterwollte – vollkommen zugekifft.

VF: Aber trotzdem haben Sie es getan, oder? Kommt es nicht darauf an?

CB: Nein. Ich hatte Glück. Jemand anders hätte vielleicht weniger Glück gehabt.

Das Interview ging noch ein, zwei Seiten weiter. Carpenter las es zu Ende und griff nach dem nächsten Artikel. Aber dann besann er sich. Die Geschichte mit dem VW-Bus erinnerte ihn an irgendetwas – genau, es war ein Bericht im *L.A. Style* über die Zeit, als sie verschwand. Die Überschrift lautete: DAS WAR'S, LEUTE! CALLISTA STEIGT AUS!

Nach kurzer Suche fand er den Artikel – ein Interview im Beverly Hills Hotel, wo Callista nach dem Verkauf ihres Hauses wohnte. Der Text mit seinen präzisen Beobachtungen und scheinbar unwichtigen Details sagte über den Verfasser ebenso viel aus wie über Callista. Der Artikel umrahmte ein Foto des Stars, in Shorts und Bluse, die nackten Beine übereinander geschlagen (»das einzige Zeichen von Anspannung ist ein gelegentliches Zucken eines Zehs«).

Sie brach auf zu neuen Ufern. So viel war klar. Das Haus und die Möbel waren verkauft, der Bentley wieder an das Studio zurückgegeben, aus dem er kam. Im Flur ihrer Hotelsuite wartete ein einziger Koffer.

Ich fragte sie nach ihren Plänen. Sie verharrte eine Weile im Zelt des Schweigens, das sie seit dem Prozess bewohnte, dann schüttelte sie ihre wunderbare Mähne und sagte: »Mir wird schon was einfallen.«

»Haben Sie denn nichts behalten?«

Sie verneinte.

»Keine Kleider? Keine Bilder? Was ist mit dem Mercedes?«

»Den habe ich verkauft«, gab sie zur Antwort. Hinter ihr huschte, hurtig wie ein flüchtiges Traumbild, eine Eidechse über die sonnenbeschienenen Mauern des Bungalows. Callista lächelte schelmisch. Sie setzte ihre Sonnenbrille auf und erhob sich. Offensichtlich war das Interview beendet. »Ich dachte, ich könnte ebenso gut auf dem Pferd weiterziehen, auf dem ich gekommen bin«, sagte sie. Dann drehte sie sich um und war verschwunden.

Carpenter runzelte die Stirn. Er war enttäuscht, hatte sich mehr versprochen. Aber dennoch: *das Pferd, auf dem sie gekommen war.* Gunther. Wenn man sie beim Wort nahm, war das Pferd, auf dem sie nach Kalifornien gekommen war, ein VW-Bus: *Gunther.*

Er griff zum Telefon und rief Gary Stoykavich in Minneapolis an. »Haben Sie was für mich?«

»Nicht die Bohne.«

»Dann hätte ich eine Bitte: Können Sie herausfinden, welchen Wagen Williams fuhr, als sie dort wohnte?«

»Das weiß ich schon«, sagte der Detektiv. »Sie fuhr zwei Autos – nicht eines. Einen Honda Accord und einen VW.«

»Käfer?«

»Nein. Einen Bus.«

»Wirklich?«, rief Carpenter.

»Tatsache. Und das Komische ist – als sie abreiste, ließ sie den Honda einfach stehen und nahm den Bus. Vielleicht hatte sie ja viel Zeug, sodass er praktischer war. Das meint jedenfalls Finley.«

»Dann weiß Finley also, dass sie einen Bus hatte«, sagte Carpenter mutlos. Er sah all seine Hoffnung schwinden, seine kurzlebige Erregung erlosch, sein neuer »Anhaltspunkt« führte wieder mal in eine Sackgasse. Wenn Finley wusste, dass sie in einem Kleinbus abgereist war, hatte er bestimmt alles darangesetzt, dem Wagen auf die Spur zu kommen.

»Ja, zum Teufel«, sagte Stoykavich. »Finley hat Marie Williams und ihre Sozialversicherungsnummer bei allen Kfz-Zulassungsstellen der USA, einschließlich Alaska, abgefragt.«

»Und es ist nichts dabei rausgekommen?«

»Ich glaube, er hat jede Menge Frauen namens Marie Williams gefunden, aber keine hatte einen VW-Bus.«

Carpenter bedankte sich und legte auf. Ihm wurde plötzlich bewusst, dass Grimaldi und seine Kumpane bei der Suche nach Callista einen drei- oder viermonatigen Vorsprung hatten. Zweifellos hatten sie ihre Anstrengungen zunächst darauf konzentriert, jene zu töten, die am leichtesten zu finden waren, aber drei bis vier Monate waren eine lange Zeit. Andererseits, so dachte Carpenter, bin ich ihnen wahrscheinlich überlegen. Und wenn ich schon solche Schwierigkeiten habe, wird es Grimaldi nicht viel besser ergehen.

Es sei denn, Drabowsky und das FBI helfen ihm. In diesem Fall ...

Er trat ans Fenster und blickte auf die graue Stadtlandschaft hinaus. Es hatte wieder zu schneien begonnen, und ein jäher Windstoß fegte einen ganzen Schwall Eiskristalle gegen die Scheibe.

Er rieb sich die Augen und setzte sich. Wieder stellte er sich vor, wie Marie Williams (oder wie immer sie sich jetzt nannte) den Bus irgendwo im Wald abstellte, wo er sich allmählich in seine Bestandteile auflöste. Vielleicht hatte sie ihn auch auf irgendeiner Straße zurückgelassen, wie sie so vieles in ihrem Leben zurückgelassen hatte.

Aber nein. Wenn sie das gewollt hätte, hätte sie es getan. Sie war jedoch weitergezogen – und sie zog immer noch durchs Land. Was folgte daraus?

Wenn sie den Bus noch hatte, was ihm wahrscheinlich erschien, musste er auf ihren neuen Namen zugelassen sein. Wie immer sie sich jetzt nannte und wo immer sie stecken mochte. Ihm war klar, dass er ausschließlich seinem Instinkt folgte. Nur weil die Frau in Maine geboren war und ein Foto von ihr in Maine existierte, hieß das noch lange nicht, dass sie dort lebte.

Andererseits, warum nicht? Irgendwo musste sie ja stecken, und selbst wenn die Beweisdecke dünn war, sprach die Wahrscheinlichkeit eher dafür, dass sie in Maine war als in Finnland.

In Maine lebten nur eine Million Menschen, wie viele VW-Busse mochte es dort geben und wie viele davon auf Frauen gemeldet? Carpenter besorgte sich die Nummer der Kfz-Zulassungsstelle in Portland und wählte. Natürlich war geschlossen. Er würde es Montagmorgen noch mal versuchen.

Seufzend nahm er sich den nächsten Artikel aus der Callista-Akte vor. Es war ein Bericht über Chiromantie in einer Frauenzeitschrift, in dem die Hände von vier Berühmtheiten analysiert wurden. Die Handleser stellten fest, Callista leide unter »übermäßiger Melancholie«.

Am nächsten Tag fuhr er mit öffentlichen Verkehrsmitteln nach Cambridge und stieg am Massachusetts Institute of Technology aus. Sofort wünschte er, er hätte ein Taxi genommen. Man hatte tonnenweise Salz auf den Schnee gekippt, aber das Schmelzwasser konnte nicht abfließen und bildete neben dem Bordstein nahezu unüberwindliche Teiche.

Torgoffs Büro lag in der Biologieabteilung des Whitaker College of Health, Science and Technology. Torgoff erwartete ihn – ein untersetzter junger Mann mit schwarzen Haaren und fröhlichem Lächeln. Er trug Blue Jeans, Wanderstiefel und ein rotes T-Shirt mit der Aufschrift ONLY THE CLONELY und dem doppelten Abbild von Roy Orbison darunter.

»Entschuldigen Sie meinen Aufzug«, begrüßte ihn Torgoff. »Aber ich laufe immer so herum.«

In dem kleinen Büro stapelten sich überall Unterlagen und Bücher. Die Wände waren mit Diagrammen und Listen, einem tibetischen Kalender und Cartoons über verrückte Wissenschaftler bedeckt. An der Decke hing ein staubiges, ramponiertes Modell der Doppelhelix aus grünem Blumendraht und weißen Pappkugeln. Torgoff deutete auf einen Stuhl und ließ sich in den seinen fallen, ein ergonomisches Prachtstück aus grünem Cord.

»Was wissen Sie über Genetik?«, fragte er.

Carpenter sah ihn ratlos an und zuckte die Achseln.

»Das ist keine Scherzfrage«, sagte Torgoff. »Wenn ich von LacOperonen oder RNS-Transkription anfange, können Sie mir vielleicht nicht mehr folgen. Und das wäre ungünstig. Also, warum erzählen Sie mir nicht einfach«, er trommelte sich an die Stirn, »was hängen geblieben ist?«

Carpenter überlegte. »Mendel. Es gab mal einen gewissen Mendel. Ererbte Anlagen ...«

»Gut! Ererbte Anlagen, großartig!«

»Dominante und rezessive Gene.«

»Können Sie das näher erklären?«

»Nein, aber ... ich konnte es mal. Und dann ...« Sein Blick schweifte zur Decke, und er sah das selbstgebastelte DNS-Molekül. »Die Doppelhelix.«

»Wissen Sie, was das ist?«

»DNS«, sagte Carpenter. »Aber ich weiß wohl mehr über DNS-Tests als über die DNS selbst. Ich könnte sie nicht definieren.«

»Versuchen Sie's mal.«

»Jede unserer Zellen enthält DNS. Und die DNS eines Menschen ist einzigartig. So ähnlich wie ein Fingerabdruck.«

»O. J. lässt grüßen. Was wissen Sie noch?«

»Das wär's dann schon. Ich könnte ein Chromosom nicht von einem Pontiac unterscheiden.«

»Okay«, nickte Torgoff, »wir haben nun also festgestellt, dass Ihr Wissen über Genetik gleich null ist. Ausgezeichnet. Kein Problem. Die nächste Frage: Ihre Assistentin sagte, Sie interessieren sich für Baresi?«

»Richtig.«

»Also, worum geht's? Interessieren Sie sich für Genetik oder für Baresi?«

»Hauptsächlich interessiere ich mich für seine Forschung.«

»Okay! Dann können wir Mendel vergessen. Das heißt, die beiden haben viel gemeinsam. Beide stellten grundlegende Fragen. Und beide waren ihrer Zeit voraus.«

»Wie das?«

»Als Mendel in seinem Garten Erbsen beobachtete, war alle Welt von Darwin fasziniert. Der, wie Sie vielleicht wissen, behauptete, dass sich Organismen in Reaktion auf Umwelteinflüsse entwickeln – nur konnte er nicht erklären, wie sie das anstellen.«

»Aber Mendel konnte es.«

Torgoff wiegte den Kopf. »Nicht genau. Aber er hat einiges herausgefunden. Zum Beispiel, dass erbliche Merkmale unabhängig voneinander von einer Generation an die nächste weitergegeben werden. Mit anderen Worten, manche Leute mit blauen Augen sind farbenblind, andere nicht. Das nennt man das ›Gesetz von der freien Rekombinierbarkeit der Erbanlagen‹. Und er begriff auch die Dominanz. Er beobachtete, dass bei der Kreuzung von großen mit kleinen Pflanzen große Pflanzen herauskommen – und nicht mittlere. Erst wenn die Hybriden erneut miteinander gekreuzt werden, kommen die rezessiven Merkmale wieder zum Vorschein – und man erhält kleine und große Pflanzen. Kapiert?«

»Klarer Fall.«

»Das ist schon was wert. Mendel hat einige Regeln der Vererbung erkannt – und damit ein uraltes Rätsel des Universums gelöst. Nicht dass es jemandem aufgefallen wäre. Alle blickten auf Darwin, damals und noch die nächsten dreißig Jahre lang! Bis andere Wissenschaftler dieselben Experimente machten und beim Studium der Literatur entdeckten, dass sie das Rad neu erfunden hatten. Mendel war vor ihnen da gewesen.

Baresi ist es ähnlich ergangen«, fuhr Torgoff fort. »Als er seine interessantesten Forschungen machte, blickten alle auf Watson und Crick. Seinen Doktor in Biochemie machte Baresi mit zweiundzwanzig, so um den Dreh. Auf jeden Fall 1953. Was in der Genetik etwa dem Jahr 1776 entspricht. Ein großes Jahr! Es herrschte enorme Aufregung, weil einige grundlegende Probleme kurz vor der Lösung standen – und alles drehte sich um die DNS, das Riesenmolekül in jeder Zelle eines lebendigen Organismus.

Inzwischen wussten alle, dass die DNS der Schlüssel zur Vererbung war. Aber wie funktioniert's? Wie reguliert sie die chemischen Vorgänge innerhalb der Zelle? Denn das tut sie: Sie synthetisiert Proteine, unter anderem Aminosäuren, die für lebenswichtige biochemische Reaktionen unverzichtbar sind. Können Sie mir folgen?«

»Halbwegs«, erwiderte Carpenter.

»Macht nichts. Entscheidend ist, dass die DNS einige extrem komplizierte Prozesse regelt. Und bevor man die verstehen konnte, musste jemand die Struktur des Moleküls durchschauen. 1953 war es dann soweit. Watson und Crick erstellten ein physikalisches Modell der DNS. Da oben hängt's.« Carpenter blickte zu dem Modell aus Draht und Pappe an der Decke.

»Eine Doppelhelix. Eine verdrehte Strickleiter, wenn Sie so wollen. Und in diesen aufregenden Zeiten begann auch Baresi zu forschen, in Bern, damals wie heute ein fruchtbares Forschungszentrum. Auf jeden Fall fing er relativ konventionell an, mit Kolibakterien. Das sind sehr schlichte Organismen, leicht zu kultivieren, vermehren sich wie verrückt – deshalb sind sie im Labor sehr beliebt. Und sie haben dieselbe DNS wie Sie und ich, ideal für Forschungszwecke. Aber schon nach ein, zwei Jahren ging er dazu über, rote Blutkörperchen zu untersuchen. Ähnlich wie Bakterien haben sie keinen Zellkern, und sie sind leicht zu beschaffen. Wir produzieren sie ununterbrochen.

Aber noch viel bedeutender war der nächste Schritt, den Baresi unternahm. Bevor ich Ihnen davon erzähle, müssen Sie wissen, dass Baresi nicht nur ein Genie war, sondern er vermochte es auch, bahnbrechende Hypothesen aufzustellen. Und wie die meisten erfindungsreichen Forscher gab er nicht viel auf Preise und die Meinung seiner Kollegen. Er war nicht hinter der nächsten Sensation her, sondern tat einfach, was er wollte. Das heißt, er schlug eine ganz eigene Richtung ein.«

»Und welche?«, fragte Carpenter.

»Er erforschte von nun an Zellen mit Zellkern – tierische Zellen.«

»Was war daran so revolutionär?«

»Es ist in der Praxis sehr schwierig. Die Zellen sind schwer zu kultivieren, und sie leben nicht besonders lange – und das ist schlecht, denn wenn eine Zellkultur vorschnell abstirbt, dann ist für den Forscher monatelange Arbeit verloren. Wie Baresi gearbeitet hat, weiß ich immer noch nicht genau.« Torgoff hielt inne. »Aber warum er es getan hat, kann ich Ihnen sagen.«

»So?«

»Sicher. Er wollte das Geheimnis der Differenzierung lüften. Und das ist nur bei Zellen mit Zellkern möglich. Denn bei Einzellern findet keine Differenzierung statt.« Mit zufriedener Miene lehnte sich Torgoff zurück.

»Ich will Sie nicht schockieren, Doc«, sagte Carpenter, »aber ich weiß nicht genau, was Differenzierung bedeutet. Besser gesagt, ich habe keinen blassen Schimmer.«

Torgoff lächelte vergnügt. »Ah ja, Differenzierung. Ich erkläre es Ihnen.« Er holte tief Luft. »Sie haben bestimmt schon gehört, dass wir aus einer befruchteten Eizelle, der Zygote, hervorgehen, also aus einem Einzeller. Im Kern dieser Zelle befindet sich ein Gewirr von Chromosomen. Das sind DNS-Stränge, an denen spezifische genetische Informationen – in Form von Genen – haften. Was die Zahl der Chromosomen pro Zelle betrifft – Hunde haben 78, Fische 92, Sie und ich haben je 46 – die eine Hälfte von Mama, die andere von Papa. 23 von der Eizelle und 23 von dem Spermium, das mit ihr verschmilzt. Alles klar?«

Carpenter nickte, und Torgoff fuhr fort:

»Unsere Gene, hunderttausende von Genen, verteilen sich auf die paarweise angeordneten Chromosomen. Ein Gen für die Augenfarbe, eines für die Blutgruppe und so weiter. Alles da, von Anfang an, in dieser einen befruchteten Zelle. Und dann beginnt die Zellteilung. Plötzlich sind zwei Zellen da, und dann vier und so fort. Und jede dieser frühen Zellen enthält das identische genetische Material – DNS, Chromosomen und Gene. Und das entscheidet darüber, wer da entsteht. Sie oder ich oder ein Footballspieler.

Aber recht bald schon, wenn der Embryo aus acht oder sechzehn Zellen besteht, differenzieren sich die Zellen. Das heißt, sie übernehmen spezifische Rollen, sie werden Gehirnzellen, Leberzellen, Nervenzellen. Obwohl sie alle dieselbe DNS besitzen, aktivieren sie unterschiedliche Gene – und diese Gene entscheiden, welche Enzyme die Zellen produzieren, und davon hängt ab, welche Art von Zelle hier entsteht. – Ein interessantes Rätsel: Da sie dieselben genetischen Informationen enthalten, möchte man meinen, dass sie über dieselben genetischen Fähigkeiten verfügen. Aber das tun sie nicht. Eine Zelle aus dem Anfangsstadium der Embryonalentwicklung ist undifferenziert: Sie kann einen ganzen Organismus hervorbringen – einen Menschen, eine Katze, eine Giraffe – aus einer einzigen Zelle. Aber eine Nervenzelle kann nur wieder eine neue Nervenzelle erzeugen. Wie kommt das?« Torgoff sah Carpenter an.

»Sie erwarten hoffentlich nicht, dass ich das beantworte?«

»Nein. Aber Baresi arbeitete an dem Thema: Der Differenzierungsprozess und die Mechanismen, die ihn kontrollieren. Und damit war er seiner Zeit um dreißig Jahre voraus.« Torgoff atmete tief durch. »Wie wär's mit 'nem Kaffee?«

»Gute Idee«, sagte Carpenter.

»An der Ecke gibt es ein Café.« Beide standen auf. Torgoff wickelte sich einen Schal um den Hals, dann zog er einen abgetragenen Parka an und setzte eine blaue Wollmütze auf. »Gehen wir«, sagte er.

Draußen war es bitterkalt, und als sie im Gänsemarsch durch den Schnee stapften, setzte Torgoff seine Lektion fort.

»Haben Sie den Prozess gegen O. J. verfolgt?«

»Nein«, erwiderte Carpenter ironisch. »Wurde viel darüber berichtet?«

Der Professor lachte. »Erinnern Sie sich, wie angestrengt da versucht wurde, Verwirrung über die Einzigartigkeit der DNS zu stiften?« Torgoff ahmte einen aggressiven, herablassenden Tonfall nach: »›Sie können also nicht behaupten, dass diese DNS Nicole Brown Simpson gehört, nicht wahr? Sie können nur eine Aussage über die statistische Wahrscheinlichkeit machen, dass sie Nicole Brown Simpson gehört, nicht wahr? Ja oder nein?‹ – ›Ja, das stimmt, aber wir müssten acht Milliarden Proben prüfen, bevor wir eine zweite derartige DNS fänden. Und so viele Menschen gibt es nicht auf der Erde, also ...‹« Torgoff hob die Hand. »›Einspruch, Euer Ehren, der Zeuge beantwortet die Frage nicht. Ich habe gefragt, ob es möglich sei, definitiv zu erklären, dass diese DNS-Probe Nicole Brown Simpson gehört. Ja oder nein?‹«

Das Café war ein langer, schmaler Raum hinter einem beschlagenen Spiegelglasfenster. Die unverputzte Ziegelwand schmückte eine italienische Flagge, und es duftete nach frischem Espresso. Torgoff und Carpenter setzten sich ans Fenster und bestellten Milchkaffee. Drei junge Männer saßen an drei Nachbartischen und lasen. Carpenter hatte den Eindruck, dass sie alle wie Raskolnikow aussahen.

»Wir sprachen von DNS«, fuhr Torgoff fort. »In jeder Zelle unseres Körpers finden wir die identische DNS. Daher reicht ein Tropfen Sperma oder Blut, ein Haar oder ein Hautfetzen, um einen Menschen durch Vergleich mit einer von ihm entnommenen Blutprobe zu identifizieren.«

Der Kaffee kam, und Carpenter beobachtete fasziniert, wie Torgoff eine übersättigte Zuckerlösung herstellte.

»In einer differenzierten Zelle ›sagt‹ die DNS den Genen, dass diese besondere Zelle Haar sein soll: Folglich kann sie Eigenschaften wie Augenfarbe und Blutgruppe vergessen. Stellen Sie sich die DNS als Klavier mit hunderttausend Tasten vor, und jede Taste ist eine genetische Eigenschaft. In einer differenzierten Zelle sind die meisten Tasten bedeckt, ausgeschaltet. Sie klingen nicht. Einige aber klingen: beim Haar sind es die Lockigkeit, die Pigmentierung, die Dichte. Aber damit hat sich's. Alles andere ist ausgeschaltet.«

»Für immer?«

»So weit wir wissen, ja. Sobald die DNS ein bestimmtes Gen ausdrückt, gibt es kein Zurück mehr. Eine Nervenzelle ist und bleibt eine Nervenzelle. Sie kann nichts anderes werden.«

»Und wie funktioniert das?«, fragte Carpenter. Das Thema interessierte ihn allmählich, obwohl er bisher keinen Zusammenhang zu der Ermordung seiner Schwester und den Todesfällen in Italien sah. »Wie entscheidet sich eine Zelle für ihre Rolle?«

»Das weiß ich auch nicht. Niemand weiß es. Und Baresi wollte es herausfinden – vor über dreißig Jahren.«

»Und hat er es geschafft?«

»Auch das weiß niemand.« Torgoff hielt inne. »Es ist einfach so«, fuhr er fort, »dass er von da an nichts mehr publiziert hat.

Wie lange er danach auf dem Gebiet gearbeitet hat, ist somit ungewiss. Vielleicht noch über Jahre. Soviel ich weiß, ist er später nach Deutschland oder so gegangen. Was er dort studiert hat ...«

»Theologie«, sagte Carpenter.

»Genau! Sie wissen also Bescheid.« Torgoff sah stirnrunzelnd auf die Uhr. »Ich muss meinen Sohn abholen ... Hören Sie, Biologie ist zurzeit die heißeste Wissenschaft auf der Welt. Und das heißeste Thema in der Biologie ist zufällig die Frage, an der Baresi damals gearbeitet hat.«

»Die Differenzierung?«

»Richtig. Er hat undifferenzierte Zellen von Froschembryos untersucht. Den letzten publizierten Arbeiten zufolge hat er Embryos im Vier- und Achtzellenstadium geteilt. Höchstwahrscheinlich hat er sich dabei eines überaus primitiven Instrumentariums bedient.«

»Er hat Frösche geklont?«

»Nein. Er hat Froschzwillinge gezüchtet.«

»Worin besteht der Unterschied?«

»Selbst eineiige Zwillinge erhalten ihr genetisches Material aus zwei Quellen: Mama und Papa. Klone erhalten es nur aus einer: Mama oder Papa. Wenn man einen Klon schaffen will, muss man das genetische Material aus der Eizelle entfernen ...«

»Den Zellkern ...«

»... und durch den Kern einer undifferenzierten Zelle ersetzen. Einer Zelle ganz am Anfang der Embryonalentwicklung. Dann haben Sie einen Klon, dessen gesamte Erbinformation aus einer einzigen Quelle stammt.«

»Und das ist machbar?«

»Aber ja. Man hat es mit Schafen gemacht. Am Roslin Institute in Edinburgh.«

Carpenter dachte nach. »Und wenn man es mit Schafen machen kann, ist es auch mit Menschen möglich, nicht wahr?«

Torgoff zuckte die Achseln. »Theoretisch.«

»Ich meine, wenn man wollte, könnte man mich klonen?«

»Nein«, entgegnete der Wissenschaftler. »Ihre Zellen sind samt und sonders differenziert. Als Sie zuletzt eine undifferenzierte Zelle in ihrem Körper hatten, waren Sie kleiner als eine Sommersprosse. Theoretisch könnte man allerdings ein Kind von Ihnen klonen. Aber nur im Embryonalstadium, solange es aus vier, acht, höchstens sechzehn Zellen besteht.«

»Und das ist möglich?«

Torgoff blickte zur Decke. »Vielleicht. Am Roslin Institute könnten sie's wahrscheinlich, aber wenn sie's täten, würden sie ins Gefängnis wandern.«

»Warum?«

»Weil es in Großbritannien verboten ist, Menschen zu klonen – nicht dass es häufig passiert. Aber um auf Baresi zurückzukommen: Für uns ist heute vieles selbstverständlich geworden. In Fertilitätskliniken werden ständig Embryonen geschaffen. In den fünfziger und sechziger Jahren war das noch Zukunftsmusik. Wenn man bedenkt, welche technischen Innovationen Baresi benötigte, um die praktischen Grundlagen zu schaffen ... was ist los?«

Carpenter schüttelte den Kopf. »Es ist nur ... Sie wissen, was aus Baresi geworden ist?«

»Nein, nur dass er später über Religion schrieb.«

»Ja, aber die Geschichte geht noch weiter. Er hat noch mit über fünfzig seinen Dr. med. gemacht und schließlich eine Fertilitätsklinik eröffnet.«

Torgoff zog die Brauen hoch und nippte an seinem Kaffee. »Er hatte ja viel Erfahrung mit der Herstellung von Embryos. Wahrscheinlich war er recht erfolgreich.«

»So sieht es aus.«

Torgoff seufzte. »Trotzdem ist es traurig. Er war ein überragender Forscher, und wenn man sich anschaut, was er getan hat und was er gewollt hat, dann ist es ein Jammer.«

»Was meinen Sie damit – was er gewollt hat?«

»Bei der Forschung über die Differenzierung ging es im Grunde nur darum, den Prozess rückgängig zu machen – und die Undifferenziertheit differenzierter Zellen wiederherzustellen.«

»Warum? Was wäre damit gewonnen?«

»Das ist der Heilige Gral«, erklärte Torgoff stirnrunzelnd. »Wenn man das könnte – mir wird schwindelig bei dem Gedanken –, wäre das Billionen wert. Und das Geld wäre noch das Wenigste. Wer die Differenzierung umkehren könnte, würde die Welt für immer verändern.«

»Wie das?«

»Weil wir dann auch Sie klonen *könnten.* Und jeden anderen auch. Wir könnten Beethoven ausgraben oder Elvis oder sie als Kinder haben. Oder die eigene Mutter. Oder man könnte Klone als Ersatzteillieferanten züchten und ausschlachten, wenn man eine neue Lunge braucht. Welche ethischen und sozialen Probleme das aufwirft, können Sie sich vorstellen: Wer adoptiert noch ein Kind, wenn man Kopien von sich selbst oder einem anderen per Post bestellen kann? Und in Verbindung mit der Gentechnik wären *menschenähnliche* Klone vorstellbar, austauschbare Geschöpfe, verwendbar als Kanonenfutter, Gladiatoren oder Sklaven. Wegwerfmenschen.«

»Ich glaube, jetzt übertreiben Sie aber mächtig, Doc.«

Torgoff lachte und schüttelte den Kopf. »Keineswegs. Alles, was Sie brauchen, ist eine Zelle mit Zellkern und intakter DNS – ein wenig Blut, Haar oder Fleisch. Sobald die Differenzierung rückgängig gemacht und die Undifferenziertheit der Zelle wiederhergestellt ist, können wir daraus einen vollständigen neuen Organismus machen. Dazu müssen wir lediglich den Zellkern in ein Ei einführen, dessen eigener Zellkern entfernt wurde. Ist doch ein Kinderspiel, oder?«

Carpenter überlegte. »Und wie geht's weiter?«

»Wenn es sich um einen Menschen handelt, geht es weiter wie nach der künstlichen Befruchtung. Das heißt …«

»Ich weiß«, fiel ihm Carpenter ins Wort. »Das wurde bei meiner Schwester gemacht.«

»Aha«, sagte Torgoff. »Dann wissen Sie ja Bescheid.« Er sah

wieder auf die Uhr und wurde unruhig. »Ich muss jetzt wirklich los«, sagte er. »Ein zwölfjähriger Junge wartet mit Eintrittskarten für ein Hockeyspiel auf mich.«

»Eine Sekunde noch«, bat Carpenter. »Wenn es Baresi wirklich gelungen wäre, die Differenzierung von Zellen rückgängig zu machen, dann hätten wir doch davon gehört, oder?«

»Auf jeden Fall.« Torgoff stand auf. »Das wäre vergleichbar mit ... der Erfindung des Rades? Da hätten Sie bestimmt davon gehört. Es sei denn ...«

»Was?«

Torgoff verknotete seinen Schal und setzte seine Wollmütze auf. »Ich weiß nicht«, sagte er. »Es sei denn, er hatte Zweifel. Vielleicht hatte er Angst. Ich meine, er war doch ein religiöser Mensch, nicht wahr?«

Als Carpenter mit der U-Bahn zu seinem Hotel zurückfuhr, wusste er nicht, was er denken sollte. Baresi erblickte Gott in einem Molekül und wandte sich dem Studium der Theologie zu? Vielleicht. Aber was hatte das mit dem Umbra Domini und einer Mordserie von Tokio bis Washington zu tun? Und warum sollte Baresis Leidenschaft für Wissenschaft und Religion für den Fall überhaupt von Bedeutung sein?, fragte er sich ungeduldig. Weil der Priester es gesagt hatte?

Ja.

Aber offensichtlich war des Rätsels Lösung in der Klinik zu suchen – nicht in der Wissenschaft und nicht in der Religion. Die Fertilitätsklinik. Das verband die Opfer, das hatten sie gemeinsam. Warum hatte er sich überhaupt mit der Jagd nach Phantomen abgegeben, statt mit den Frauen zu sprechen, die tatsächlich in der Klinik gewesen waren? Er hatte die Namen und Adressen jener Frauen, die nur eine Woche in der Klinik verbracht hatten und nicht 32 Tage. Keine dieser hundert Frauen war mit dem Oozytenverfahren schwanger geworden, und keine von ihnen war tot.

Aber Freddy und Riordan hatten mit ihnen gesprochen. Und

ihre Aussagen ließen sich in einem Satz zusammenfassen: *Ist das Leben nicht wunderbar?* Riordan und Freddy und ihm selbst war klar, dass keine dieser Frauen in Gefahr schwebte. Aber dennoch ...

Stöhnend fuhr er sich mit der Hand durchs Haar. Anscheinend hatte er ziemlich laut gestöhnt, denn der Mann ihm gegenüber musterte ihn misstrauisch. Carpenter ahnte, was er dachte: *Schon wieder so ein verdammter Psychopath.*

Da hatte Carpenter eine Eingebung, die ihn traf wie ein Blitzschlag, sodass er unwillkürlich zusammenzuckte; er setzte sich auf.

Was, wenn Baresi es tatsächlich getan hatte? Wenn er die Fertilitätsklinik benutzt hatte, um zu klonen ...

Das war der springende Punkt. Um was zu klonen? Oder wen? Carpenter seufzte vor Ausweglosigkeit, und der Mann gegenüber stand fluchend auf und suchte sich einen anderen Platz.

Und wenn er's doch getan hatte? Was war dann geschehen? Hatte Baresi etwa seine Meinung geändert und die Kinder ermorden lassen?

Das ist verrückt, murmelte Carpenter vor sich hin. Ohnehin konnten die Jungen aus der Klinik keine Klone sein. Sie ähnelten sich nicht. Brandon sah anders aus als Jesse, und keiner von beiden glich den anderen Kindern, die er auf Fotografien gesehen hatte. Etwa Martin Henderson. Oder dem Sohn von Jiri Reiner. Alle waren verschieden.

Klone kamen also nicht in Frage, es sei denn ...

Es sei denn, sie waren Klone einer Gruppe.

Aber welcher Gruppe? Des Kardinalskollegiums? Des AC Milano?

Wohl kaum, dachte Carpenter.

Das ist lächerlich. Selbst wenn Baresi in der Lage gewesen wäre, so etwas zu vollbringen, warum sollte er? Es sah nicht so aus, als wären die Kinder Bestandteil eines Experiments. Die Frauen suchten die Klinik auf, wurden schwanger und fuhren nach

Hause. Soweit Carpenter wusste, hatte Baresi nicht einmal um Fotos der Kinder gebeten, geschweige denn ihre Entwicklung verfolgt. Es war nur ein normaler medizinischer Eingriff gewesen; das war offenbar alles.

Nein, das war nicht alles.

Denn alle Patientinnen waren ermordet worden.

35

So kalt wie hier wurde es in Washington nicht.

Carpenter saß in einem gemieteten Taurus vor der Kfz-Zulassungsstelle in Portland, Maine, wärmte sich die Hände am Gebläse und übte sich in Selbstkritik. Er hätte bei Hertz seine Kreditkarte nicht benutzen dürfen, er hätte bar bezahlen sollen. Nur nahm der Autoverleih kein Bargeld, und so hatte er praktisch keine andere Wahl gehabt. Aber welche Rolle spielte das, solange er sein Benzin in bar bezahlte? Damit blieb zumindest seine Reiseroute ein Geheimnis.

Seine Finger, die er ans Gebläse hielt, waren immer noch wie erstarrt, nachdem er das Eis von der Windschutzscheibe gekratzt hatte. Für eine so mörderische Kälte bin ich nicht gerüstet, das ist ja wie in Minnesota und Saskatchewan. Eine Lederjacke und die teuren Handschuhe von Bergdorff-Goodman nützen da nicht viel. Ich brauchte heizbare Fäustlinge. Und einen Raumanzug.

8.56 Uhr. In vier Minuten öffnete die Zulassungsstelle. Ich hätte nach Sunday River fahren und ihr Foto herumzeigen sollen, dachte Carpenter. Den Vermietern von Ferienwohnungen, den Skilehrern, den Kindergärtnerinnen. Aber das Foto war zwei Jahre alt. Und wer sagte, dass sie dort wirklich länger Urlaub gemacht hatte? Sie stand schließlich nur vor einem McDonald's, im Hintergrund der Berg.

Aber der Berg war eindeutig zu erkennen. Er hatte das Foto

mit Reisebroschüren über Sunday River verglichen, die den Berg zeigten. Also war sie in Maine, oder zumindest war sie dort gewesen. Vor zwei Jahren.

Carpenter schaltete das Radio an. Laut Wetterbericht hatte es minus fünfzehn Grad – »und es wird wärmer!«.

Punkt neun öffnete eine Frau die Tore der Zulassungsstelle, und ein Dutzend Motoren erstarben. Gestalten in warmen Parkas stiegen aus und strebten auf das Gebäude zu. Carpenter folgte ihrem Beispiel und stand kurze Zeit später vor einem Informationsschalter.

Carpenter hatte von jeher angenommen, die Polizei, und nur die Polizei, könne den Besitzer eines Nummernschilds ausfindig machen. Aber das war eine altmodische Vorstellung, die aus einer Zeit stammte, als es noch so etwas wie Privatsphäre gab. Im Informationszeitalter hieß es nicht mehr »Zeit ist Geld«, sondern »Daten sind Geld«. Und so war auch der Bundesstaat Maine, ebenso wie andere Staaten vor ihm, ins Geschäft mit der Demografie eingestiegen und verkaufte Informationen an jeden, der dafür bezahlte.

Die Kfz-Zulassungsstelle in Portland war in der Lage, maßgeschneiderte Listen zu liefern. Und als Carpenter ein Formular ausfüllte, um Namen und Geburtsdaten der Besitzer von VW-Bussen, Baujahr 1965-75, abzufragen, stellte die muntere Schalterbeamtin nur eine Frage: »Möchten Sie einen Ausdruck oder selbstklebende Etiketten?«

»Ein Ausdruck genügt«, sagte Carpenter und bezahlte eine Gebühr von hundertdreißig Dollar, um die Bearbeitungskosten abzudecken.

»Morgen früh ab zehn Uhr können Sie Ihren Ausdruck abholen.«

Den Rest des Tages verbrachte er damit, die Gegend zu erkunden. Maine gefiel ihm. Die Felslandschaft, der Schnee, die Kiefernwälder wirkten absolut klar und karg. Zwar gab es hier für seinen Geschmack immer noch zu viele Einkaufszentren und Ladenketten, aber er kam auf seinem Streifzug durch ein

Dutzend Kleinstädte und Dörfer, deren Mittelpunkt jeweils die Kunsteisbahn und der Zeitungskiosk, die Werft und die Buchhandlung bildeten. Und auch wenn manche Orte durch leer stehende Häuser verschandelt waren oder ihr malerisches Ambiente künstlich wirkte, fühlte er sich hier heimisch. Vielleicht war es falsche Nostalgie, aber in einem solchen Städtchen schien es ihm eher möglich, ein zivilisiertes Leben zu führen, als in den gesichtslosen Vororten, die überall an der Ostküste wucherten.

Als er in sein Zimmer zurückkehrte, war es fünf und bereits dunkel. Er machte es sich in einem Sessel bequem, legte die Beine auf den Tisch und las Artikel über Callista.

In Ermangelung der üblichen detailreichen Schilderungen ihrer Lebensgeschichte, bekräftigt durch Freunde und Verwandte, die wichtigtuerisch Anekdoten erzählten, beschränkte sich die Berichterstattung über Callista Bates im Jahr 1986 auf wilde Spekulationen über ihre Herkunft und ihre Vergangenheit.

1984 begann mit einem Remake von *Last Horizon* ihre Karriere in Hollywood, ein »kleiner« Film, der unerwartet zum Kassenschlager wurde. Der überraschende Erfolg wurde der bezaubernden, unbekannten Hauptdarstellerin zugeschrieben. Schlicht gesagt, ging die Sonne auf, wenn sie die Szene betrat. Der Film hätte leicht zum New-Age-Melodram mit Bilderbuchlandschaften und erhabener Musik verkommen können, aber Callista, schelmisch und ein wenig boshaft, rettete den Streifen.

Als sie im Jahr 1990 untertauchte, hatte man das resolute Schweigen des Stars über seine Vergangenheit akzeptiert. Aber 1986 war die Aufregung bei der Regenbogenpresse noch groß. Die Schauspielerin hatte geäußert, es gebe eine schmale Grenze zwischen der Freiheit der Presse und dem Recht auf Privatsphäre, und die Anrufe jener, die diese Grenze überschritten, werde sie fortan ignorieren. Manche Presseorgane nahmen sie beim Wort und vermieden Fragen über Callistas Herkunft, während andere eigens Reporter auf sie ansetzten, die die Vergangenheit der Schauspielerin erforschen sollten. Das seien doch alles nur Allüren, hieß es: Ohne Publicity wäre Callistas Karriere schnell zu Ende.

Okay, sagte sie, die Presse solle ruhig in ihrer Vergangenheit herumwühlen, aber die Reporter sollten nicht erwarten, dass sie Beihilfe leistete oder ihnen verzieh. Kurz darauf kam *Piper* in die Kinos, und als sich der Film zum Hit entwickelte, veröffentlichte eine Boulevardzeitung namens *Startrak!*, basierend auf einem Interview mit Callistas Privatsekretärin, ein Gerücht: CALLISTAS HEIMLICHE TRAGÖDIE: SIE IST EINE WAISE!!!

Die Schauspielerin dementierte den Bericht nie, bestätigte ihn aber auch nicht. Sie entließ nur ihre Sekretärin und erklärte deren Nachfolgerin, für *Startrak!* sei sie nicht zu sprechen.

Dass sie es ernst meinte, wurde den Reportern der Regenbogenpresse erst nach und nach klar. Zwei, drei Jahre lang erschienen noch spekulative Berichte, Andeutungen über eine so traurige Jugend, dass die Schauspielerin die Erinnerung daran nicht ertrüge. Mindestens ein Dutzend Elternpaare behaupteten, Callista sei ihr einziges Kind, während im Internet Gerüchte über ihre tragische Kindheit kursierten – sie habe ihren kleinen Bruder ertränkt, sei in Pornofilmen aufgetreten und wegen Betrug, Ladendiebstahl und Waffenhandel verurteilt worden.

Eine Zeitung ging so weit, merkwürdig anmutende Fotos zu veröffentlichen, die die Schauspielerin darstellten, wie sie mit 16, 12, 8, 4 Jahren und bei der Geburt ausgesehen haben mochte.

Das Ganze war lächerlich, ärgerlich und verletzend. Doch letztlich erwies es sich als Schuss nach hinten. Der *New Yorker* widmete Callista einen ausführlichen Essay über die »Metastase des Ruhms« und seine schädlichen Auswirkungen auf das Privatleben von Prominenten. Andere Journalisten stießen ins selbe Horn und lobten Callistas Haltung, wenn sie auch mit Andy Warhol meinten, das alles sei unvermeidlich.

Vom Standpunkt des Detektivs aus waren all diese Berichte wenig ergiebig. Ob Callista nun Waise war oder eine von Fünflingen, vermochte niemand zu sagen. Nur eins stand fest: Wenn die Zeit gekommen war, würde Callista Bates es Carpenter eher nicht danken, dass er sie aufgespürt hatte.

Nach einem Abendessen, bestehend aus Hummer und einer Flasche Pilsner Urquell, kehrte er gegen zehn in sein Zimmer zurück und vertiefte sich in den *Boston Globe*. Die meisten Meldungen hatte er schon nachmittags im Autoradio gehört: ein Flugzeugabsturz, das Neueste aus Bosnien, ein Bericht über den Aktienmarkt und so weiter.

Lokalnachrichten ließ er meist aus, wenn er auf Reisen war. Was kümmerten ihn Kommunalpolitiker in Boston oder Betrugsaffären in Foxboro? Aber im *Globe* fand er einen interessanten Bericht über den Schriftsteller Nick Oglesby. Beim Weiterblättern erblickte er erstaunt ein Foto von Silvio della Torre, der in die Kamera lächelte. Der dazugehörige Bericht trug die Überschrift: ÜBERFÜLLTES GOTTESHAUS BEI LATEINISCHER MESSE.

Brockton – Trotz schwieriger Straßenverhältnisse und Temperaturen bis minus 18 Grad versammelten sich am Sonntag über tausend Gläubige in der Kirche Our Lady Help of Christians, um Pater Silvio della Torre die Messe auf Lateinisch lesen zu hören.

Der katholische Traditionalist stand vor dem Altar und zelebrierte den Gottesdienst mit dem Rücken zur Gemeinde. Seine machtvolle Stimme rührte viele Menschen zu Tränen. Kirchgänger sprachen von dem geradezu mystischen Band, das Generationen von Katholiken verbinde, die die Messe in dieser alten Sprache gefeiert haben.

In seiner Predigt beschwor della Torre die Gläubigen, »den Gräueln der Wissenschaft zu widerstehen«.

Der italienische Geistliche ist das Oberhaupt des rasch anwachsenden Laienordens *Umbra Domini*. Er traf am Freitag in Boston ein, um ein neues Hospiz der Gruppe in Brookline zu eröffnen.

Der *Umbra Domini* lehnt viele Reformen des 2. Vatikanischen Konzils ab und setzt sich für das Recht der Katholiken auf traditionelle Glaubenspraktiken ein.

Ein Sprecher der Gruppe erklärte, della Torres Reiseroute durch Amerika sei »flexibel und unbefristet«.

Carpenter las den Artikel mit pochendem Herzen zweimal durch. Dann schenkte er sich einen Scotch aus der Minibar ein, den er mit Blick auf das Foto des Priesters in einem Zug leerte.

Geblendet vom morgendlichen Licht, das der Schnee reflektierte, fuhr Carpenter am nächsten Tag zur Kfz-Zulassungsstelle. Es war bewölkt und etwas wärmer als am Vortag, aber die Luftfeuchtigkeit sorgte für eine durchdringende Kälte, die einen von Florida träumen ließ.

Die Beamtin am »Informationsschalter« überreichte ihm einen Umschlag. Der darin enthaltene Ausdruck umfasste etwa zehn Seiten und listete alle VW-Busse Baujahr 65-75 auf, die im Staat Maine registriert waren. Der alphabetischen Liste konnte man Namen, Adresse und Geburtstag des Fahrzeughalters sowie Kennzeichen und Baujahr des Autos entnehmen. Das Geburtsdatum war besonders wichtig, weil er so die Liste auf Frauen zwischen dreißig und vierzig eingrenzen konnte.

Callista war 1962 geboren.

Eine mühsame Suche stand ihm bevor. Sobald er seine Liste mit Frauen jenes Alters beisammen hatte, musste er sie nacheinander aufsuchen – und den Fuß in die Tür stellen. Er hatte bereits hinter siebzehn Namen ein Häkchen gesetzt, als er es sah:

Sanders, Marie A.
geb. 8.3.1962
P.O. Box 29
Cundys Harbor, Maine 04010
Volkswagen (Bus): 1968
EAW-572

Das Erste, was ihm ins Auge sprang, war 1962 – und dann *Marie.* War sie am 8. März geboren? Er meinte sich an eine solche Angabe erinnern zu können.

Mein Gott, dachte er. Ich habe sie gefunden.

Er stopfte die Liste in die Tasche, rannte hinaus zu seinem Auto und kam auf dem eisigen Boden fast zu Fall.

Sie musste es sein. Wie groß war die Wahrscheinlichkeit, dass im Staat Maine zwei Frauen namens Marie lebten, die am 8. März 1962 geboren waren und einen alten VW-Bus besaßen?

Er riss das Handschuhfach auf, holte die Karte heraus und suchte auf dem Index. Cundys Harbor: K-2. Unter einem Gewirr von Seen und Städten fand er schließlich den kleinen Punkt an der Küste, südöstlich von Brunswick.

Eine Stunde später fuhr er an den Kiefern von Bowdoin College vorbei (herzlichen Dank, Mr. Biddle) und folgte dem Wegweiser nach Orrs Island.

Selbst unter den tief hängenden Wolken war die Landschaft ansprechend, schiefergraue Felsen und dunkelgrüne Nadelbäume vor einem wilden Himmel. Das besondere Licht, das intensive Grau sprachen vom nahen Meer. Er kam an Strandrestaurants und Andenkenläden vorbei, die über den Winter offensichtlich geschlossen hatten. Die Straße wurde schmaler, gabelte sich nach links und führte in einem Bogen in das Dörfchen Cundys Harbor, wo sie endete. Carpenter sah eine Fahne, fuhr darauf zu und bog in einen kleinen Parkplatz ein, der zu einem Gemischtwarenladen mit Postamt gehörte.

Dort stand ein blauer VW-Bus, und noch bevor er das Nummernschild sah, wusste er, dass der Wagen ihr gehörte. EAW-572.

Was nun? Er stieg aus und trat auf ein Felsgesims unweit des kleinen Hauses. Zum Meer waren es keine dreißig Meter. Er musste annehmen, dass sich Callista ... Marie im Laden befand. Sie war von einem hartnäckigen Verbrecher belästigt worden. Er wollte sie nicht erschrecken.

Möglicherweise kannte sie ihn ja noch von Kathys Beerdigung her, was nicht unbedingt positiv sein musste, denn vielleicht quälte sie die Erinnerung. Carpenter ging zum Ufer hinunter und überlegte, was er tun sollte. Er hatte sich so sehr darauf konzentriert, sie zu finden, dass er nie bedacht hatte, wie er auf sie zugehen sollte. Und so stand er unentschlossen am Wasser und starrte aufs Meer hinaus.

Cundys Harbor war ein malerisches Fischerdorf, dessen Männer noch auf die See hinausfuhren. Auf muschelverkrusteten Kais stapelten sich Hummerfallen und andere Ausrüstung, und in dem kleinen Hafen lag eine kunterbunte Ansammlung von Schiffen und Fischerbooten vor Anker.

Es herrschte Ebbe, und die Schlammzone mit den Felsen und dem gelben Seegras war mit geborstenen Eisschollen übersät, die das zurückweichende Wasser liegen gelassen hatte. Der wechselhafte Himmel verdunkelte sich allmählich, die Kälte ging durch Mark und Bein. Carpenter schlotterte. Ich sollte mir einen Mantel kaufen, sagte er sich. Oder hineingehen.

In dem alten Tante-Emma-Laden gab es Lebensmittel und Textilien und eine altmodische Kühltheke mit Milch, Eiern und Bier. Eine grauhaarige Frau blickte von ihrer Zeitung auf, als er hereinkam. »Tag«, sagte sie, mehr wie eine Warnung als ein Gruß. Carpenter lächelte, trat sogleich an den Holzofen, um sich die Hände zu wärmen, und sah sich um. Der Raum war voll gestopft mit Gezeitentafeln, Landkarten, Fischködern, Taschenmessern, Lebensmitteln, Süßigkeiten, Elektrowaren, Zeitungen, Napfkuchen und Salzbrezeln. An einer Wand war ein winziges Postamt eingerichtet mit Einwurfschlitz für Briefe, Schalter und einem Sortiment von fünfzig kleinen Bronzebriefkästen.

Aber eine Callista Bates oder eine Marie Sanders war nicht zu sehen.

Schließlich sprach ihn die grauhaarige Frau freundlich an: »Kann ich etwas für Sie tun, mein Lieber?«

Kam auf einen Versuch an. »Ich hoffe ja. Ich suche Marie Sanders.«

»Du meine Güte«, sagte sie mit bedrückter Miene, sodass Carpenter allen Mut verlor.

»Ist das nicht ihr Wagen da draußen?«

»Ja doch. Aber sie ist nicht hier. Sie sind ein Freund von ihr?«

Carpenter nickte. »Wann kommt sie denn zurück?«

»In vier Wochen. Vielleicht auch sechs.«

Carpenter schüttelte enttäuscht den Kopf. »Ich dachte, sie lebt hier«, sagte er.

»Aber natürlich lebt sie hier. Das heißt hier in der Nähe.«

»Also ... ist sie auf Reisen oder ...«

Die Frau sah ihn aus großen hellblauen Augen an, dann kicherte sie – fast wie ein Teenager. »Du lieber Himmel«, sagte sie. »Ich spreche ja wirklich in Rätseln. Kommen Sie, ich zeige es Ihnen.« Sie zog einen riesigen blauen Pullover über und bedeutete ihm, ihr zu folgen.

Sie hielten den Kopf gegen den Wind gesenkt und gingen auf den Kai hinaus. »Dort«, sagte sie und deutete auf eine Inselkette, die sich am Horizont abzeichnete. »Sie sind draußen auf der letzten Insel.«

Carpenter blinzelte. »Sie wohnen da draußen?«

»Aber ja!«, sagte die alte Dame lachend. »An klaren Tagen können Sie den Rauch von ihrem Holzfeuer sehen.« Sie schauderte. »Kommen Sie rein, mein Lieber. Ich mache uns eine Tasse Tee.«

Gemeinsam kehrten sie in den Laden zurück. »Sie muss doch ein Funkgerät haben oder so was«, meinte Carpenter.

»Ein Handy. Aber es funktioniert nicht.«

»Sie machen Scherze.«

Die Frau schüttelte den Kopf, trat hinter die Ladentheke und steckte den elektrischen Wasserkocher ein. »Nein. Jonathan wollte sie warnen – vor dem letzten großen Sturm. Aber außer Rauschen war nichts. Wahrscheinlich Probleme mit der Batterie ... ist schon mal vorgekommen. Sehen Sie«, sagte sie und führte ihn zu einer großen Seekarte an der Wand, auf der das Land eine gesichtslose gelbe Fläche darstellte, während das Wasser mit Daten über Meeresströmungen, Tiefenlinien und Gefahrenpunkte bedeckt war. Sie deutete auf einen krummsäbelförmigen Hafen.

»Wir sind hier.« Dann ließ sie den Finger zu einer der drei Inseln draußen im Meer wandern. »Und Ihre Freundin ist da draußen.«

»Sanders Island«, las er. Sanders? Das musste ihr richtiger Name sein, ihr Familienname.

»Der Name steht auf der Karte, mein Lieber, denn als Käpt'n Sanders die Insel kaufte – ach, das ist lange her –, hat er durchgesetzt, dass sie nach ihm benannt wird. Aber für die Leute hier heißt sie immer noch Rag Island, das ist der alte Name.«

»Und warum hieß sie so?«

Die Frau trat wieder hinter die Theke und schaltete den Wasserkocher ab. »Sehen Sie sich die Küstenlinie an, eine einzige Zickzacklinie, ganz zerklüftet. Wie ein ausgefranster Stofffetzen.«

Carpenter betrachtete geistesabwesend einen Ständer mit Süßigkeiten.

»Zucker?«, fragte sie. »Sahne?«

»Beides, bitte.«

»So wie ich. Hell und süß.« Dann stellte sie zwei feine Porzellantassen mit Untertasse auf die Theke. »Becher mag ich nicht«, sagte sie.

Carpenter investierte eine Viertelstunde, um Maude Hutchison, so hieß seine Informantin, über ihre Vorlieben und die Lokalgeschichten auszufragen. Er erfuhr auch, wie lange sie schon hier lebte (»Eine Ewigkeit!«). Während sie redeten, kamen ein paar Männer herein, um Zigaretten zu kaufen, und eine Frau, die ihre Post aufgab. Als Carpenter wieder auf Marie Sanders zu sprechen kam, waren sie bei der zweiten Tasse Tee. »Marie wohnt also den ganzen Winter allein auf der Insel?«

»Sie und der Junge.« Maude rührte ihren Tee um. »Als sie damals herkam, war das Haus seit fünfundzwanzig Jahren unbewohnt gewesen! Natürlich erinnerte ich mich an Marie noch von früher her. Nicht dass ich sie wiedererkannt hätte nach der langen Zeit.«

»Sie meinen ... Sie haben Sie als Kind gekannt?«

»Sicher doch! Und ihre Eltern. Damals fuhr immer die ganze Familie auf die Insel hinaus. Auch ihr Bruder, der ziemlich kränklich war. Sie wickelten ihn in Decken ein und trugen ihn ins Boot. Und Old John junior? Der war ein richtiger Seebär. Im Sommer waren sie jedes Wochenende draußen – und in den Ferien auch. Natürlich war die Kleine damals erst fünf Jahre alt. Und jetzt wohnt sie mit ihrem eigenen Kind draußen.«

»Leben ihre Eltern in der Nähe?«

Maude schüttelte den Kopf. »Mein Gott, nein. Sie sind schon lange Jahre tot. Hat Marie es Ihnen nicht erzählt?«

»Nein.«

»Na, das überrascht mich nicht. Sie erzählt nicht viel von sich, die Gute.« Maude seufzte. »John junior war in Portland und hatte zu viel getrunken, und Amanda holte ihn ab. Aber John junior meinte, er könne selbst fahren. Und das konnte er auch, zumindest bis sie zu den Gleisen kamen. Die Anwälte haben behauptet, das Signal wäre kaputt gewesen, aber beweisen konnten sie's nicht. Und um die Wahrheit zu sagen, John junior war verdammt ungeduldig. Ich sehe es direkt vor mir, wie er ein Wettrennen mit dem Zug macht.« Sie schüttelte den Kopf. »Amandas Schwester hat Marie zu sich genommen. Damals lebte sie in Connecticut. Wiedergesehen haben wir sie erst ...«

»... erst kürzlich.«

»Stimmt! Bildhübsch und sehr mutig, und kaum ist sie da, holt sie schon Handwerker auf die Insel und lässt das Haus isolieren, ein ordentliches Bad einbauen, Holzöfen, einen Anlegeplatz. Ich weiß nicht, was alles. Stadtgespräch war das – vor allem, weil es so verrückt war. Denn das Geld kriegt sie nie wieder raus, wenn sie je verkaufen will.«

»Warum nicht?«

»Es gibt keinen Strom da draußen, und wahrscheinlich wird's nie welchen geben.« Sie leerte ihre Tasse. »Die Zeiten ändern sich!«

»Wie meinen Sie das?«

»Früher sind die Leute an die Küste oder zu den Inseln rausgefahren, um in die Natur zu kommen, weg von der Arbeit, weg vom Alltag. Raus in die Wildnis, kein Telefon, kein Toaster, nur Kerzen und Holzofen und Wasser aus der Quelle oder Zisterne.«

Er murmelte etwas von Pfadfindern und Zurück-zur-Natur.

»Damals, als der Käpt'n Rag Island kaufte«, sie lächelte, »standen die Inseln hoch im Kurs. Je abgelegener, desto besser. Aber heute will kein Mensch mehr so primitiv leben. Die alten Häuser auf den Inseln verfallen, weil niemand mehr bereit ist, auf Komfort zu verzichten.«

»Die Leute wollen halt alles mitnehmen.«

Maude kicherte. »Genau. Bloß nicht die Fernsehnachrichten oder die Sportschau versäumen.«

»Dann ist sie den ganzen Winter draußen – ohne Strom.«

»Erst war sie einen Sommer draußen, im nächsten Jahr dann Mai bis November. In diesem Jahr hat sie zum ersten Mal überwintert.« Die alte Frau runzelte die Stirn. »Natürlich gibt es immer Leute, die was dagegen haben. Obwohl wir sonst nicht gerade den Ruf haben, dass wir uns in fremde Angelegenheiten einmischen.«

»Warum haben sie was dagegen? Weil es so abgelegen ist?«

»Das stört sie weniger. Aber manche sind richtig hämisch, vor allem die Männer. Weil Marie ihr Brennholz selber macht, weil sie ihre Netze auslegt, sich um ihren Kram kümmert ... Den Männern gefällt die Vorstellung nicht, dass eine Frau ohne sie zurechtkommt. Und die Frauen – die sorgen sich mehr um das Kind.«

»Und was meinen Sie?«

Maude zuckte die Achseln. »Früher habe ich mir auch Sorgen um Jesse gemacht, aber er ist so ein liebes Kind und so glücklich. Der Junge ist ihr ein und alles. Inzwischen denke ich, was fehlt ihm schon? Comics, Videospiele, Kaufhäuser?«

»Aber wenn etwas passiert ...«

Sie seufzte. »Da haben Sie Recht! Wir haben ihr ins Gewissen geredet, aber sie sagt nur: ›Wir haben ein Leuchtgewehr. Wenn wir Schwierigkeiten haben, kriegt ihr das schon mit.‹ Trotzdem könnte ich ruhiger schlafen, wenn sie wenigstens ein anständiges Boot hätte.«

»Sie hat nicht einmal ein Boot?«

»Na ja, ein Boot schon, aber das macht nicht viel her. Für den Winter, bei stürmischer See taugt es nicht.« Sie hielt inne. »Und woher kennen Sie Marie?«, fragte sie schließlich.

Ihr beiläufiger Tonfall wirkte nicht gerade überzeugend. Plötzlich kam Carpenter der Gedanke, dass sie ihn vielleicht für Jesses Vater hielt.

»Ich habe sie bei der Beerdigung meiner Schwester kennen gelernt«, erklärte er. »Und als ich geschäftlich nach Portland kam, wollte ich mal vorbeischauen und sie besuchen. Aber von einer Insel hat sie nichts erwähnt.« Er grinste und schüttelte den Kopf. »Ich frage mich, ob ich hier in der Nähe wohl ein Boot mieten könnte.«

»Nein, mein Lieber. Um diese Jahreszeit würde niemand ein Motorboot vermieten.«

»Warum nicht?«

»Weil es viel zu kalt ist. Und ein kleines Boot ist nicht sicher. Sie brauchten was mit beheizbarer Kajüte. Denn wenn der Motor Probleme macht, gefrieren Sie wie Eis am Stiel. Es ist bitterkalt in einem offenen Boot, da reicht schon der Fahrtwind. Und wenn Sie über Bord gehen ... dann ist's aus. Ich glaube kaum, dass Sie länger als ein, zwei Minuten überleben würden.«

»Also fährt im Winter niemand raus?«

»So verrückt sind höchstens Hummerfischer oder Seeigeltaucher, und die würden's auch nicht machen – es sei denn wegen des Gelds.«

»Was ist ein Seeigeltaucher?«

»Die Seeigel mögen's kalt, und die Japaner essen sie gern, heißt es. Ich persönlich würde sie nicht anrühren.«

»Sie glauben also, die Taucher würden mich rausfahren?«

Maude sah ihn zweifelnd an. »Kann sein. Aber das wird ein teurer Spaß.«

»Trotzdem«, sagte Carpenter. »Wissen Sie, wo ich jemanden finde? Ich meine ... fragen kostet doch nichts.«

»Sie könnten ja mal bei Ernie's reinschauen – Fischereibedarf, die Fischer-Co-op. Normalerweise trifft man da jemand.«

Carpenter bedankte sich und sagte, es sei ihm ein Vergnügen gewesen.

Sie freute sich und räumte etwas verlegen die Tassen ab. »Ich glaube kaum, dass Sie heute rausfahren können. Es ist Sturm angesagt.«

Ernie, Ladeninhaber und Hafenmeister in Personalunion, äußerte dieselbe Meinung und schüttelte seinen bulligen Kopf. Sie waren umgeben von Schiffsbedarf, riesigen pinkfarbenen Vertäubojen, tausenderlei Ausrüstungsgegenständen in kleinen Behältern, Karten, Leuchtkugeln, Schwimmwesten, allem, was das Herz begehrt. Im Hintergrund rauschte ein Radio. »Der Wetterbericht sagt, der Nordostwind frischt auf. Soll erst morgen richtig losgehen. Aber wenn Sie mich fragen, gefällt mir die Luft nicht. Ich würd niemandem empfehlen, da rauszufahren. Nee.«

»Ich möchte trotzdem gern mit jemandem reden ...«

Ernie nickte in Richtung Tür. »Versuchen Sie's«, meinte er. »Da sind ein paar Leute drin. Fragen können Sie ja mal.«

»Ihr wollt nur nicht, dass ich fahre, weil ihr einen vierten Mann fürs Binokel braucht«, tat Roger die Bedenken der anderen Fischer am Tisch ab. »Aber ich wollte sowieso raus. Ein Pfund Seeigel wird in Tokio für viel Geld gehandelt, und wenn ich nicht bald ein paar an Land ziehe, kann ich mir keinen neuen Auspuff für meinen Lkw kaufen.«

Er war ein großer, gutmütiger Seebär mit langen schwarzen Haaren, dichten Brauen, hellen Augen und grau gesprenkeltem

Bart, aus dem weiße Zähne blitzten. In seinen riesigen Stiefeln sah er aus wie Rübezahl.

Carpenter kam mit ihm überein, 300 Dollar für die Fahrt nach Rag Island zu zahlen. Am nächsten Tag sollte ihn der Fischer dann wieder abholen. Obendrein lieh Roger ihm als Kälteschutz für die Überfahrt einen alten, etwas lädierten Taucheranzug.

Die Einzelheiten besprachen sie, während Roger die Wärmeschutzanzüge und die warme Unterwäsche aus einem Lager im Hinterzimmer holte.

»Das Zeug riecht nicht besonders«, meinte er naserümpfend, als er Carpenter eine lange Unterhose zuwarf. »Tut mir Leid.«

Carpenter zuckte die Achseln und zog sich um. Als er fertig war, faltete er seine Sachen zusammen und schlüpfte in die Lederjacke. Er holte seinen Geldbeutel aus der Hosentasche und wollte ihn in die Brusttasche der Jacke stecken. Aber da ertastete er Baresis Brief.

»Is' was?«, fragte Roger, als er Carpenters Gesicht sah.

»Nein, nur ein Ding, das ich immer wieder vergesse.« Er schob Brief und Geldbeutel in die Jackentasche und knöpfte sie zu. Dann steckte er seine Kleider in eine Plastiktüte und verknotete sie.

Roger würde ihn noch am Nachmittag zur Insel hinausbringen und ihn bei Hochwasser am nächsten Morgen wieder abholen. »Wenn's das Wetter erlaubt, natürlich. Was das Wetter macht, weiß man nie.«

Carpenter war sich im Klaren, dass sein Plan äußerst gewagt war – ungebeten die Insel einer Frau zu betreten, die Todesangst vor den Nachstellungen zwielichtiger Männer hatte. Aber Marie Sanders würde ihn wahrscheinlich von der Beerdigung her wiedererkennen, und er würde ihr alles erklären können. Die Tatsache, dass er erst wieder wegfahren konnte, wenn Roger ihn holte, konnte sogar von Vorteil sein. So konnte sie ihm wenigstens nicht die Tür vor der Nase zuschlagen.

Außerdem kam es nicht in Frage, vier oder sechs Wochen zu warten, bis sie wieder aufs Festland kam. Wenn er sie gefunden hatte, konnten die anderen das auch, und mit Drabowskys Hilfe würden sie wahrscheinlich nicht mehr lange brauchen.

Er folgte Roger zur Anlegestelle hinaus, eine Pier, die auf dem Wasser schwamm und sich im leichten Seegang hob und senkte. Die Winterpier, erklärte Roger, lässt sich bei schwerem Sturm leicht hereinholen.

»Warten Sie hier«, sagte Roger, »bin gleich wieder da.«

Er holte ein aufblasbares rotes Dingi und schob es ins Wasser. Dann hüpfte er hinein und ruderte zu einem strahlend weißen Boot hinaus, auf dessen Heck GO-4-IT stand. Roger zog das Dingi an Bord und zurrte es fest. Kurze Zeit später sprang der Motor an, und Roger manövrierte das Boot geschickt an die Pier und ließ Carpenter einsteigen.

Das Cockpit war mit Taucherausrüstung, Leinen, Bojen und anderen Gerätschaften gefüllt, deren Zweck Carpenter schleierhaft war. Er folgte dem Fischer in die Kajüte, wo ein kleines Heizgerät Wärme spendete.

Während sie aus dem winzigen Hafen fuhren, erzählte Roger vom Seeigelfang. »Die Arbeit ist gefährlich«, sagte er, »aber an guten Tagen hole ich tausend Pfund rauf. Seeigel – nicht dessen Rogen. Für Seeigel bekommt man einen Dollar fünfundzwanzig pro Pfund.«

»Warum im Winter? Da ist es doch eiskalt«, schrie Carpenter, um den Motor zu übertönen. Inzwischen waren sie auf offener See.

»Da ist Saison: September bis April. Wenn Sie im Sommer ernten, macht der Rogen drei Prozent vom Körpergewicht aus. Im Winter sind's zehn bis vierzehn.«

»Und Sie haben's auf den Rogen abgesehen?«

»Ja, ja. Dafür zahlen die. Die Japsen nennen das *uni.*«

Carpenter genoss die Fahrt. Das Boot war gut geschnitten und glitt scheinbar schwerelos über die Wellen dahin. Hinter ihnen war Cundys Harbor auf Spielzeuggröße geschrumpft.

»Und mögen Sie ihn?«, rief Carpenter.

»Wen?«

»Den Rogen?«

»Pfui Teufel.« Roger zuckte zusammen. »Bei den Japanern ist die Sache die ... *Achtung!*« Er riss das Boot jäh nach links herum. Ein dumpfer Aufprall folgte, und das Boot erzitterte unter ihren Füßen. *»Verdammt!«*, fluchte Roger zähneknirschend. Dann drosselte er den Motor, bis das Boot auf der Dünung trieb.

»Was ist los?«, fragte Carpenter.

»Wir haben einen Baumstamm gerammt«, erklärte Roger.

»Woher wissen Sie das?«

»Wenn sie an der Oberfläche treiben, sieht man sie. Und wenn sie sinken, ist das auch in Ordnung. Aber wenn sie gerade so schwer sind, dass sie direkt unter der Oberfläche treiben, sieht man sie überhaupt nicht.« Er legte den Rückwärtsgang ein und horchte. Es klang nicht gut.

Roger legte den Kopf schief. »Hört sich an wie ein Volltreffer«, sagte er. »Vielleicht kann ich's noch mal abschmirgeln.« Plötzlich ließ er die Faust auf die Konsole niedersausen. »Verdammt! Das ist die dritte Schiffsschraube in dem Jahr!« Er seufzte tief, wendete das Boot und legte den Vorwärtsgang ein.

»Wo waren wir stehen geblieben?«, rief Roger. »Vor dieser unhöflichen Unterbrechung?« Er lachte lauthals über seinen Scherz.

»Die Japaner!«, sagte Carpenter.

»Stimmt! Ich glaube, denen gefällt alles, was schwierig zu erhalten ist oder wider die Natur. Wie die Bonsais. Ein Baum will groß werden, also züchten sie ihn klein. Und schaun Sie sich die Gärten an – nichts als Felsen! Und Seeigelrogen ist auch so ein Beispiel, weil er normalerweise Ekel erregend ist. Und auch was sie sonst essen – Kugelfische? Falsch zubereitet sind die lebensgefährlich.«

Roger sah sich stirnrunzelnd um. »Kann sein, dass der Sturm doch ein bisschen eher kommt. Schaun Sie sich das an.«

Tatsächlich hatte der Wind aufgefrischt, und überall sah man weiße Schaumkronen. Aber das Boot war dem noch gewachsen.

»Wenn das schlimmer wird, setze ich Sie ab und fahre gleich zurück«, meinte Roger. »Der Winter war verdammt hart.«

»Falls die Landung schwierig wird ...«

»Kein Problem«, winkte Roger ab. »An der Leeseite gibt es eine gute Stelle. Nur das Tauchen ist ein Problem. Bei unruhiger See tauche ich nicht allein.«

Er öffnete ein metallgerahmtes Fenster in der Windschutzscheibe und streckte den Kopf hinaus. Sofort füllte sich die Kajüte mit feuchter, eisiger Luft. Rasch schob er das Fenster wieder zu. »Ziemlich steife Brise.« Er zuckte mit den Achseln: »Wenn ich Sie abgesetzt habe, fahr ich einfach zurück und seh mir die Schraube an.«

Roger war so mit den Nerven fertig, dass er sich nicht mehr unterhalten wollte. Er suchte eine Kassette aus und steckte sie in den Recorder – es war ein altes Little-Feat-Album. Roger bewegte sich im Rhythmus der Musik; trotz seiner einsneunzig war er ein guter Tänzer. Und wie Carpenter bald merkte, auch kein schlechter Sänger.

»Sie hätten Rocksänger werden sollen«, rief Carpenter.

Roger lächelte und wies nach links. »Flag Island«, verkündete er. Dann duckte er sich, wirbelte herum und klatschte in die Hände. *»If you'll be my Dixie Chicken«*, sang er völlig unbefangen.

Carpenter starrte durch die salzgetrübte Windschutzscheibe aufs Meer hinaus und überlegte, was er sagen würde. Zum Beispiel: *Schießen Sie nicht!* Und: *Wir haben uns auf der Beerdigung meiner Schwester kennen gelernt.*

»Bear Island!«, brüllte Roger gestikulierend.

Carpenter nickte. Mir wird schon was einfallen, dachte er.

Das nächste Lied war von Dire Straits – »Sultans of Swing«. Bei den ersten Gitarrenklängen deutete Roger geradeaus und dann nach links. »Backbord kommt schon Rag Island in Sicht.«

Carpenter folgte dem Blick des Seemanns zu einer dunklen Silhouette aus Bäumen und Felsen. Er nickte lächelnd.

Roger widmete sich wieder der Musik. Mark Knopfler sang, und der Fischer stimmte ein, die Augen halb geschlossen, als dürfte er sich durch nichts von der Melodie ablenken lassen. Carpenter hätte das wahrscheinlich beunruhigend gefunden, wenn er sich weiter Gedanken darüber gemacht hätte.

Stattdessen lauschte er dem fetzigen Bass und den synkopischen Gitarrenklängen und genoss den Augenblick, wie er war: erfrischend, laut, perfekt. In einer gemütlichen Kajüte vor der Kälte geschützt und bei guter Musik, jagte er über die Wogen zu einer Maid in Bedrängnis. Das Boot war die reine, Fiberglas gewordene Freude. Er spürte geradezu, wie sich schaumgekrönte Wellen am Bug brachen, während das Schiff die Wogen durchpflügte. Und Roger, sein lustiger Gefährte, der rübezahlhafte Seeigeltaucher, mit gefestigten Ansichten über die japanische Kultur und einer tollen Stimme, stand am Steuer und lenkte sie beide gegen –

Eine Felswand.

Vor ihnen ragte düster die Insel auf, und als sie daraufzurasten, warf Carpenter seinem neuen Freund einen fragenden Blick zu, da er glaubte, Roger plane einen Scherz, doch dann sah er entsetzt die Panik im Gesicht des Seemanns, der vergeblich das Steuer herumriss.

»Verdammt!«, schrie Roger und schlug gegen den Gashebel, um das Boot vor dem Aufprall zu bremsen.

Das letzte, was Carpenter hörte, bevor das Boot gegen die Felsen krachte, war Mark Knopfler: *»The band plays Dixie, double-four time …«*

Und sein letzter Gedanke war absurderweise: *zwei Songs, in denen das Wort »Dixie« vorkommt.*

Dann ein ohrenbetäubendes Kreischen, als der Fiberglasrumpf der GO-4-IT auf den Felsen zerbarst. Carpenter wurde gegen die Konsole geschleudert. Sofort brach von allen Seiten

Wasser herein; die Kajüte ging mit ohrenbetäubendem Krachen in die Brüche. Die Lichter erloschen. Dunkelheit breitete sich aus. Das Wasser stieg. Eine Hand packte ihn am Arm. Dann wurde das ganze Boot von einer Welle erfasst und in die Höhe geschoben. Für einen Augenblick schien die Gravitation außer Kraft gesetzt. Das Boot und die Welt ringsum schwebten gleichsam schwerelos in der Luft, ein Gipfelpunkt kurz vor der Vernichtung, bis das Boot ebenso plötzlich, wie es hochgehoben wurde, wieder auf die Felsen krachte.

Diesmal schlug Carpenter mit dem Kopf gegen etwas Hartes. Erst wurde ihm schwarz vor Augen, dann sah er einen hellroten Streifen aufleuchten. Die Hand an seinem Arm wurde fortgerissen, und mit einem Mal war er im Wasser, völlig benommen und orientierungslos. Mit seinem Kopf stimmte etwas nicht. Die Geräusche hörten sich falsch an – weit weg, zischend, sprudelnd, einfach falsch.

Einen Augenblick lang spürte er Boden unter den Füßen, aber dann verlor er den Halt. Instinktiv trat er Wasser. Es war kalt. Eiskalt. Und es bohrte sich wie ein eisiges Messer durch den Taucheranzug. Er spürte, wie die Wärme aus seinem Körper wich, und wusste, dass ihm noch eine knappe Minute blieb, dann wäre er tot, gegen die Felsen geschleudert, ertrunken oder erfroren. Bei dem Gedanken entfuhr ihm ein Keuchen. Er riss die Augen auf und sah durch brennendes Salzwasser einen Ring orangefarbener Flammen, die ausgelassen hierhin und dorthin züngelten.

»We are the sultans ...«

Eine Wand aus funkelnden schwarzen Felsen erhob sich aus dem Nichts, während ihn die Kälte in die Brust stach und die Luft aus der Lunge presste. Wieder spürte er etwas unter den Füßen, tat von jäher Hoffnung erfüllt einen Schritt, dann noch einen. Plötzlich reichte ihm das Wasser nur noch bis zur Brust, dann bis zur Taille, bis zu den Knien, den Knöcheln. Steine polterten unter seinen Füßen, unzählige Kiesel, eine phosphoreszierende schaumglänzende steinerne Flut strömte zum Meer. Einen Augenblick stand er wie angewurzelt da, dann drehte er sich um und blickte voller Entsetzen zu der Woge auf, die wie ein dunkles Haus in den Himmel ragte, bevor sie auf ihn herabstürzte.

36

Mami, ich glaube, er ist wach!«

»Bist du diesmal sicher?« Eine Frauenstimme, besorgt und doch voller Nachsicht.

»Mhm. Willst du wissen, warum?«

»Nein.«

»Weil ... hey! Du hast nein gesagt.« Kichern. »Willst du nicht wissen, warum, Mami?«

»Du hast Recht, ich will es wissen.«

»Weil seine Augen zu sind, aber darunter haben sie sich bewegt. Und zwar ganz, ganz schnell.«

Carpenter spürte den Lufthauch an seiner Wange. Den süßen Atem eines Kindes. Brandon? Und dann die Frauenstimme: »Nur weil er sich bewegt, muss er noch lange nicht wach sein. Das ist ein Reflex. Wahrscheinlich hat er im Schlaf gehört, wie ich den Topf hab fallen lassen, und das hat ihn erschreckt.«

»Was ist ein Ree-fleks?«

»Reflex.«

»Was ist das?«

»Das ist, wenn der Körper von allein reagiert. Zum Beispiel ... wenn ich dir mit dem Finger ins Auge steche – ganz schnell. Auch wenn du es nicht willst, würde sich dein Auge schließen.«

»Aber wenn ich weiß, dass du nur so tust, könnte ich meine Augen offen halten.«

»Nein, das ist ja gerade ein Reflex – man kann nicht anders. Wenn sich etwas deinem Auge nähert, gehen die Augen zu, damit sie nicht verletzt werden.«

»Das musst du versuchen – mir ins Auge zu stechen.« Leises Lachen. »Aber nicht richtig.«

»Lass mich zuerst fertig abspülen.«

»Okay.« Das Kind begann zu summen.

In Carpenters entrückter Wahrnehmung tauchten Erinnerungen auf: Musik, eine Welle, das Ertrinken ... Seine Lider flatterten, und er sah wie durch einen Nebel ein kleines Gesicht ganz nah an dem seinen, dann wich es verblüfft zurück.

»Ah! Er hat die Augen aufgemacht!« Das Kind kicherte glücklich und ängstlich zugleich. »Mami! Er ist aufgewacht!«

»Ach, Jesse.« Die Stimme kam näher. »Du hast ihn so lange angestarrt, du willst einfach, dass er aufwacht ...«

»Nein, nein. Er hat mich angeschaut. Wirklich!«

Das Licht tat ihm in den Augen weh, und er schloss sie wieder, aber diesmal konnte er nicht in diesen kühlen, toten Raum zurücksinken.

Und dann war die Frauenstimme ganz dicht über seinem Kopf. »Jesse – er schläft doch noch.«

»Ich dachte ... vielleicht war es nur ein Ree-fleks.«

»Du, du«, sagte sie nachsichtig. »Warum bist du nur so schlau?« Dann fing sie an, ihn zu kitzeln, oder wirbelte ihn herum, denn das Kind kicherte, ein tiefes gurgelndes Lachen, das von purer Freude zeugte.

»Bitte, noch mal!«

Carpenter dachte: *The band plays* ... Was bedeutete das? Und dann: *Erfroren.* Und: *Vielleicht bin ich tot.* Er schlug die Augen auf.

Die Frau hielt den Jungen an den Handgelenken fest und wirbelte ihn im Kreis herum, dass seine Haare flogen. Einmal, zweimal. Dann zog sie ihn behutsam an sich und stellte ihn auf die Beine. Das Kind schwankte, kicherte und wartete, bis das

Zimmer wieder stillstand. Dann sah es Carpenter in die Augen und setzte eine feierliche Miene auf.

»Schau«, sagte der Junge.

Die Mutter drehte sich zu Carpenter um und starrte ihn an.

»Ich hab's dir doch gesagt, Mami.«

Ihr eben noch heiteres Gesicht verdüsterte sich. »Du hast Recht, Jesse«, sagte sie vorsichtig. »Er ist tatsächlich wach.«

»Wir haben dich gerettet«, erklärte Jesse und sah Carpenter aus großen braunen Augen an. »Du hast sogar aufgehört zu atmen, bis Mami dir ihren Atem gegeben hat. Ich musste zählen – das war sehr wichtig –, dann hast du Wasser gespuckt.« Und dann mit schuldiger Miene: »Wir haben deinen Taucheranzug aufgeschnitten, und wir können ihn nicht mehr richten. Wie ...?«

Die Frau sagte: »Schsch.«

Kleine Finger strichen über Carpenters Stirn. »Du wirst wieder gesund.«

Carpenter hörte seinen Atem überlaut.

»Sie waren bewusstlos«, sagte die Frau. »Zwei Tage lang.«

Carpenter stöhnte.

»Wir haben lange gebraucht, um Sie vom Strand heraufzuschaffen ...«

»Du warst ganz kalt«, sagte Jesse. »Du warst richtig blau. Wir haben dich gerettet.«

Er hörte ein Geräusch, das er nicht einordnen konnte. Schließlich kam er drauf. Regen auf dem Dach. Das Klagen des Windes. Er wollte sprechen, brachte aber keinen Ton heraus.

Die Frau bat: »Jesse, hol ein Glas Wasser.«

»Gut«, sagte der Junge fröhlich. Carpenter hörte ihn weggehen, hörte das Scharren eines Hockers.

Als das Kind wiederkam, hob die Frau Carpenters Kopf an, und der Junge hielt ihm das Glas an die Lippen. Carpenter trank ein wenig, dann sank er erschöpft zurück. »Da war noch ein Mann«, sagte er. Wie hieß er doch gleich?

Die Frau schüttelte nachdenklich den Kopf. »Wir haben nur Sie gefunden.«

Roger. Er hieß Roger.

»We are the sultans ...«

Plötzlich fiel ihm alles wieder ein, und er fuhr zusammen. Kathy. Brandon. Bepi. Der Priester. All die Toten. »Callista«, sagte er.

Die Frau rang nach Atem, und ihre Augen wurden starr. Sie griff nach Jesse und zog ihn zu sich, weg vom Bett. Eine Weile hörte man nur das Toben des Sturms. Als sie schließlich sprach, lag keine Spur von Zärtlichkeit in ihrer Stimme. »Wer sind Sie?«, fragte sie.

Als er zum zweiten Mal erwachte, war es Nacht. Der Raum war vom gelblichen Licht zweier Petroleumlampen erfüllt, die an der Wand hingen. Jetzt sah er, dass er sich in einem großen, holzverkleideten Zimmer mit schrägen Dachbalken befand. Ein riesiger Kamin aus Feldsteinen beherrschte die gegenüberliegende Wand. Hinter der Glastür des Holzofens züngelten die Flammen. Er sah weder die Frau noch den Jungen, aber er hörte eine Stimme, ein leises Murmeln irgendwo hinter ihm.

Ich muss aufstehen, dachte er, stützte sich auf seinen Ellbogen und schwang die Beine aus dem Bett. Beim Aufsetzen zitterte er vor Schwäche und verspürte Übelkeit. Als er tief Atem holte und aufstand, wurde ihm heiß und kalt. Schwankend wie ein Betrunkener stand er da. Dann wurde ihm schwarz vor Augen, und er brach zusammen, als hätte man ihn niedergeschlagen.

»Sind Sie verrückt?«, fragte sie und schob seine Beine wieder ins Bett. Er sank in die Kissen. »Sie waren zwei Tage bewusstlos.«

»Ist mein Gesicht zerschlagen?«

»Nein ...« Sie warf ihr braunes Haar zurück; die Frage überraschte sie. »Warum wollen Sie das wissen?«

»So meine ich das nicht«, sagte er. »Ich meine ...« Sie war noch schöner, als er sie in Erinnerung hatte. Selbst im flackernden Licht nahm er den Unterschied wahr. Sie wirkte nicht mehr wie ein verlassenes Kind. Sie war jetzt älter, kräftiger und fraulicher. »Ich meine ... erkennen Sie mich nicht?«

»Nein«, erwiderte sie mehr argwöhnisch als neugierig. »Wer sind Sie?«

»Sie waren auf der Beerdigung«, erklärte er, »in Virginia. Da wurde meine Schwester begraben und ihr Sohn.«

Sie starrte ihn an.

»Kathy Carpenter«, sagte er, »und Brandon.«

Sie zog die Brauen zusammen, und in ihren Augen regte sich etwas.

»Es war November. Sie trugen einen Hut mit Schleier. Und Sie hatten blondes Haar.«

An ihrem Gesicht sah er, dass sie ihn erkannte, obwohl sie es nicht zugeben wollte. Und er wusste, was sie wohl dachte: *Er ist aus einem bestimmten Grund hier. Und das ist nicht gut.*

»Sie haben sie in Italien kennen gelernt – in der Klinik.«

»Was?« Sie wich ein Stück zurück und strich sich nervös die Haare aus dem Gesicht.

»Es geht nicht um Callista Bates. Ich suchte nach einem Namen aus dem Gästebuch ...«

»Welches Gästebuch?«

»Aus der *pensione.* Ich suchte eine ›Marie Williams‹. Und dann fand ich heraus ... dass Sie Marie Williams sind.«

Sie trat wieder ans Bett und setzte sich neben ihn, aber außer Reichweite. »Das verstehe ich nicht ... warum sind Sie zur Klinik gefahren?«

Er brauchte eine Stunde, um ihr seine ganze Geschichte zu erzählen. Zweimal versagte ihm die Stimme, und sie brachte ihm Wasser. Als die Lampen zischend und qualmend zu erlöschen drohten, holte sie neue. Von Zeit zu Zeit legte sie Holz nach, und als er fertig war, sagte sie: »Ich kapier es nicht.«

»Was?«

»Alles. Warum sollte jemand so was tun?«

Carpenter schüttelte den Kopf. »Ich weiß nicht. Aber es waren achtzehn Frauen mit Kindern – und ihr beiden seid die Einzigen, die noch leben.«

Sie fuhr sich durch die Haare und zog sie zu einem Knoten zusammen. Sie sah so verletzlich aus, dass er sie am liebsten in die Arme genommen und getröstet hätte. Er schminkte es sich sofort wieder ab. Schließlich sagte sie: »Woher soll ich wissen, dass Sie nicht lügen?«

»Weil Sie sich an mich erinnern. Machen Sie mir nichts vor.«

Sie ließ ihre Haare auf die Schultern fallen und stand auf. Nach einer Weile hörte er die Ofentür quietschen und ein Scheit ins Feuer fallen. Er sah ihren Schatten über die Decke gleiten, riesenhaft im schummrigen Licht der Lampen. Schließlich ließ sie sich in einen Schaukelstuhl fallen und tappte nervös mit dem Fuß.

»Sie können es überprüfen«, schlug er vor. »Rufen Sie in der Pension an. Reden Sie mit Nigel und Hugh. Oder rufen Sie Jimmy Riordan in Virginia an – er ist bei der Fairfax Police. Oder –«

»Ich habe kein Telefon«, unterbrach sie ihn. »Außerdem sind Jesse und ich in Sicherheit. Niemand wird uns hier finden.«

»Warum nicht? Ich habe Sie gefunden.«

Sie starrte ihn wütend an und wechselte das Thema. »Der Sturm legt sich allmählich. Morgen früh wird die Küstenwache unterwegs sein und nach Ihnen suchen. Die nehmen Sie mit aufs Festland, und dann können Sie uns vergessen. Ich meine ... das mit Ihrem Freund ist schrecklich und ... ich möchte Ihnen danken ... aber Jesse und ich, wir kommen schon klar.«

Er seufzte. Was sollte er noch tun? »Hören Sie«, sagte er, »wenn ich Ihnen nicht helfen darf, vielleicht können Sie mir helfen.«

Verwirrt sah sie ihn an. »Wie denn?«

»Ich habe meine Nachforschungen angefangen, weil ich nicht begreifen konnte, warum jemand Kathy umbringen sollte – und ich begreife es immer noch nicht. Also ... wenn ich Ihnen vielleicht ein – paar Fragen stellen dürfte ...«

»Zum Beispiel?«

»Ich weiß nicht, aber ... warum waren Sie in Baresis Klinik? Ich meine, warum ausgerechnet dort und nicht anderswo?«

Marie zuckte die Achseln. »Aus demselben Grund wie Kathy. Ich habe lange gesucht, und die Klinik hatte eine hohe Erfolgsquote. Baresi genoss einen guten Ruf. Und die Klinik hat als eine der ersten das Verfahren angeboten, an dem ich interessiert war. Sogar, dass sie im Ausland lag, war für mich ein Vorteil. So kam ich mal wieder nach Italien.«

»Mal wieder?«

»Ich habe als Kind dort gelebt. Bei Genua.«

»Sie sind in Italien aufgewachsen?«

Sie schüttelte den Kopf. »Nur drei Jahre war ich da. Meine Tante wurde krank, sonst hätte ich meinen Schulabschluss in Arenzano gemacht.«

»Aber ...«

»Mein Onkel war im Baugewerbe«, erklärte sie. »Ich glaube, er war ziemlich erfolgreich, und so haben wir ein unstetes Leben geführt. Pakistan, Saudi-Arabien. Die dritte Klasse habe ich in Tulsa gemacht, fünf bis sieben in Wilmington, dann Tacoma – in Tacoma bin ich gar nicht zur Schule gegangen. Und dann ... acht und neun in Houston. Italien kam danach. Im Grunde habe ich da länger gelebt als anderswo.«

»Die Frau im Laden hat gesagt, dass Ihre Eltern gestorben sind, als Sie klein waren.«

»Meine Tante und mein Onkel haben mich zu sich genommen. Ich glaube, sie haben es nicht gern getan – aber meine Tante war die einzige Blutsverwandte, die ich hatte.«

»Und sie hießen Williams?«

Marie nickte. »Tante Alicia und Onkel Bill.«

»Haben die beiden Sie adoptiert?«

»Was hat das mit Ihrer Schwester zu tun?«, entgegnete sie ärgerlich.

»Es hat was mit Ihnen zu tun. Denn wenn Sie adoptiert wurden, gibt es irgendwo Unterlagen. Bei dem einen oder anderen Gericht.«

»Mein Onkel und meine Tante wollten, dass ich denselben Namen trage wie sie. Tante Alicia fand, das sei weniger verwirrend. Sonst hätte es auf Reisen bei der Zollabfertigung immer zu lange gedauert.« Marie schüttelte den Kopf und lachte. »Sie haben mich adoptiert, weil es praktischer war. Weniger Ärger.« Sie hielt inne und lachte wieder. »Kein Wunder, dass ich so verkorkst war.«

»Haben sie es wirklich so ausgedrückt?«

Sie presste die Lippen zusammen. »Mhm.« Dann seufzte sie. »Ich brauche mich nicht zu beklagen. Sie waren beide über fünfzig und haben ein Kindergartenkind zu sich genommen. Dafür haben sie mich ganz gut behandelt.«

»Und warum waren Sie verkorkst?«

»Ich war ziemlich verwildert ... und wirklich total schüchtern. Meine Eltern sind umgekommen, und kurz zuvor ist mein Bruder gestorben. Die vielen Umzüge waren hart, und Tante Alicia und Onkel Bill – die haben mich meistens ignoriert. Und da wurde ich ... ich weiß auch nicht. In mich gekehrt. Und außer in Saudi-Arabien konnte ich nicht mal auf englischsprachige Schulen gehen. Da habe ich gemerkt, dass es am besten ist, ganz unauffällig zu sein. Das habe ich dann auch ganz gut hingekriegt.«

Carpenter musterte sie skeptisch. »Ich glaube eher, dass Sie auch als Kind ziemlich auffällig, besser gesagt, bemerkenswert waren.«

»Nein. Es stimmt wirklich. Ich war ein richtig hässliches Entlein. Mit abstehenden Ohren. Meine Nase war zu groß, meine Augen, mein Mund ... alles war zu groß. Sogar meine Knie. Und ich hatte riesige Füße. Ich sah aus wie ein Hundebaby.«

Carpenter lachte.

»Meine Tante hat mich immer angesehen und den Kopf geschüttelt. ›Vielleicht wächst sie noch rein‹ – aber das klang nie überzeugend, und mir war klar, dass sie eigentlich auch nicht daran geglaubt hat.« Marie lachte, und genauso überraschend runzelte sie wieder die Stirn. Dann setzte sie sich auf und sah ihn misstrauisch an. »Das alles hilft Ihnen nicht weiter. Ich glaube, es ist Zeit ...«

»Ich dachte nur, vielleicht war Baresis Klinik irgendwie anders ... ich weiß auch nicht.«

»Er ließ die Frauen nicht auswählen. Das war das eine. Und ich glaube, viele Leute hielten das für einen Nachteil, aber ich nicht. Für mich war es ein Vorteil.«

»Was meinen Sie mit auswählen? Was auswählen?«

»Spermaspender. Eizellenspenderinnen.«

»Die kann man auswählen?«

Sie nickte. »In den meisten Häusern. Ich war in einer Klinik in Minneapolis, nur um mich zu informieren. Und natürlich bekam ich eine ›Beratung‹ über die einzelnen Behandlungsschritte. Sie stellten viele Fragen: Sind Sie verheiratet? Wird das Sperma Ihres Mannes zur Befruchtung des Eis benutzt? Nein? Dann schauen Sie mal da rein ... und sie gaben mir ein Ringbuch mit Lobeshymnen über die Spender! Ich konnte es nicht fassen.« Mit gekünstelter Begeisterung rief sie: »Spender 123 ist Luftfahrtingenieur, athletisch gebaut, er hat einen IQ von 127 und das absolute Gehör. Spender 159 ist einsfünfundneunzig groß und wiegt ...« Sie schüttelte sich und imitierte einen Schrei des Entsetzens.

Er lachte. »Das hat Sie wohl ein bisschen an Herrenrasse erinnert?«

»Genau. Aber in Baresis Klinik gab es so etwas nicht. Man erfuhr nichts über die Spender. Rein gar nichts. Mir war das recht. Ich wollte es nämlich auch gar nicht wissen.« Wieder verwandelte sich ihre Stimme – in die eines brummigen Italieners. »Mahrii-ah! *Carissima!* Das wird *una piccola sorpresa*!«

»Was heißt das?«

»Eine kleine Überraschung. Nur dass er mit mir Italienisch sprach.« Sie lächelte bei dem Gedanken. »Ich mochte ihn gern.«

Jetzt wirkte sie entspannter, also versuchte er es noch einmal. »Ich weiß, dass Sie das nicht hören wollen, aber es ist wirklich gefährlich, hier zu bleiben.«

Genervt verdrehte sie die Augen.

»Hören Sie«, fuhr er fort, »diese Leute haben viel Geld – und nicht nur das. Sie haben Beziehungen, zum Beispiel zum FBI. Wenn ich Sie finden kann ...«

»Wie haben Sie mich denn gefunden?«

»Über Gunther.«

Verwirrt sah sie ihn an. »Sie meinen, mein Auto?«

»Im Grunde, ja.«

»Ich nenne es nicht mehr Gunther.«

»Darum geht es nicht.«

»Ich weiß, aber ...«

»Darf ich Ihnen eine Frage stellen: Wie haben Sie es überhaupt gemacht?«

»Was denn?«

»Sich eine neue Identität zuzulegen. Denn Sie haben sich gar nicht dumm angestellt ... für einen Amateur.«

»Danke – wenn das Kompliment ernst gemeint war. Erst einmal habe ich mir ein Buch gekauft. Von diesem Verlag in Colorado ... die haben lauter merkwürdige Ratschläge: Wie man Sachen in die Luft sprengt, wie man in der Wildnis Nahrung sucht, wie man einen Mörser baut. Ich glaube, der Laden ist bei Milizionären sehr beliebt.«

»Und dann haben Sie einfach die Anweisungen befolgt?«

»Ja. Sozusagen. Man sollte auf den Friedhof gehen und einen Namen vom Grabstein eines Babys auswählen. Aber einen Namen hatte ich ja schon, einen, den ich nie benutzte – also erübrigte sich das. Ich besaß sogar eine Geburtsurkunde. Und damals war ich auch schon schwanger.«

»Das war die Geburtsurkunde von Marie Sanders.«

»Genau. Meine Geburtsurkunde. Sie steckte in einem alten Umschlag, den ich seit meinem achtzehnten Lebensjahr mit mir herumschleppte, da hatte ihn mir mein Onkel gegeben. Darin steckten ein paar Milchzähne von mir, ein Hochzeitsfoto meiner Eltern, ein Zeitungsausschnitt von meinem Großvater bei einer Schiffstaufe und ein paar Wertpapiere, die mir meine Eltern gekauft hatten, als ich klein war. So bin ich nach Kalifornien gekommen – ich habe sie mir auszahlen lassen.«

»Aber ...«

»Wissen Sie was?«, sagte sie und stand auf. »Ich glaube, wir sollten jetzt ein wenig schlafen – vor allem Sie.« Und damit löschte sie die Lampen, eine nach der andern, und verschwand.

In dieser Nacht schlief er wie ein Toter, und am nächsten Morgen wachte er auf, weil Jesse seiner Mutter laut zurief: »Es ist so warm, Mami. Ich brauche meine Fäustlinge nicht. Darf ich sie ausziehen? Bitte!«

»Na ja ...«

»Es ist fast schon heiß, Mami. Komm doch raus und schau. Es ist heiß. Und neblig. Man sieht nicht einmal Bear Island.«

Carpenter hörte, wie die Tür ins Schloss fiel, und öffnete die Augen. Als er sah, dass er allein war, setzte er sich auf und hüllte sich in die Decke. Dann stand er vorsichtig auf und schlurfte quer durch den Raum zu einem Sessel neben dem Ofen.

Nach einer Weile riss Jesse die Tür auf und kam hereingerannt. Als er Carpenter sah, blieb er abrupt stehen. »Hey!«, rief er. »Du bist auf! Spielst du Mikado mit mir? Mami mag nicht mehr. Bitte.«

Also spielte er. Mikado und Memory, den ganzen Vormittag. Marie fand in einem Schrankkoffer auf dem Dachboden ein paar alte Sachen. Sie waren zerschlissen und muffig, aber sie passten.

Die Selbstversorgung und Vorratshaltung der kleinen Familie verblüfften Carpenter. Die beiden hatten einen Gemüsekeller, Fischereigeräte und Aalreusen. Es gab Trockenfrüchte an Schnüren, Zöpfe von Zwiebeln und Knoblauch, getrocknete Paprika und bündelweise Kräuter, die von den Balken herabhingen. Auch mit Reis, Bohnen, Trockenmilch und Trockenei, Mehl, Zucker und Haferflocken hatten sie sich eingedeckt. Wasser wurde mittels einer Handpumpe in der Küche aus einem Brunnen gepumpt; Jesse stellte sich auf einen Hocker und führte es ihm vor. »Manchmal friert es ein«, sagte der Junge, »aber wir haben viele – wirklich viele Flaschen. Und Regentonnen auch. Willst du sie sehen?«

Das Kind musste man einfach gern haben, und manchmal sah Carpenter einen Ausdruck auf Maries Gesicht, den er von Kathy her kannte: Mutterliebe und Stolz. *Ist er nicht wunderbar?*

Sie aßen zu Mittag, und anschließend führte Marie ihren Sohn in die Anfangsgründe des Lesens ein. Carpenter saß in einem alten Schaukelstuhl auf der Terrasse, blickte aufs Meer hinaus und hörte zu. Nach dem Unterricht kam Jesse herausgerannt und erklärte ihm mit Feuereifer, wie sie schwere Gegenstände – das Boot, den Anlegesteg – ins Wasser beförderten und wieder herausholten. »Wir machen es wie die Gypter«, sagte er und zog einen primitiven Schlitten unter der Terrasse hervor.

Der Schlitten bestand im Grunde nur aus einem rostigen Eisengestell, auf das ein Brett genagelt war. Durch Löcher in dem Brett war ein Seil gezogen, sodass sich das Ganze leicht ziehen ließ. Zu Demonstrationszwecken legte Jesse einen großen Stein auf den Schlitten, dann nahm er das Seil in seine kleinen Hände, zog und hievte das Wunderwerk der Technik erst auf ein und dann auf ein zweites Rundholz. Langsam und unter großem Ächzen und Stöhnen zog er den Schlitten mit seiner Last zum Ufer und blieb dabei alle ein, zwei Meter stehen, um jeweils das hintere Rundholz wieder vorn unterzulegen.

»So haben sie die Pyramiden gebaut«, erklärte Jesse. »Weil die Gypter keine Ziegel hatten.«

Beim Abendessen sagte Marie, wenn sich der Nebel verziehe, werde am nächsten Morgen bestimmt die Küstenwache vorbeikommen. »Und dann kann Mr. Carpenter in die Zivilisation zurückkehren.«

»Kann er nicht dableiben?«, fragte Jesse. »Mit ihm ist es lustiger.«

»Nein, natürlich kann er nicht dableiben. Er führt sein eigenes Leben – anderswo, und dahin will er zurück. Nicht wahr?«

Carpenter sah sie lange an. Schließlich sagte er: »Ja, stimmt genau.«

Das war natürlich gelogen, und er dachte später beim Abspülen darüber nach, während Marie nebenan Jesse vorlas. In Wahrheit war es jetzt, wo er sie gefunden hatte, noch nicht vorbei – vorbei war es erst, wenn ...

Wenn ich weiß, was passiert ist und warum.

Als Marie den kleinen Jesse ins Bett gebracht hatte, setzte sie sich zu Carpenter vor den Kamin. Sie sah traurig aus, und er sprach sie darauf an.

»Es ist nur ... seit Sie hier sind ... blüht Jesse so richtig auf ... und da merke ich erst, wie egoistisch ich bin.«

»Hier allein auf der Insel zu leben?«

Sie nickte. »Aber es kann ja nicht immer so weitergehen. Im Herbst kommt er in den Kindergarten, also ... müssen wir ein Haus suchen.«

»Haben Sie keine Angst, dass jemand Sie wiedererkennt?«, fragte Carpenter.

Sie schüttelte den Kopf. »Eigentlich nicht. Wir sind hier in einem ganz anderen Milieu, und ... ich war damals auch anders.«

»Sie meinen, Sie haben anders ausgesehen?«

»Nein. Ich meine, wie ich mich gefühlt habe. Irgendwie kommt mir das alles nicht mehr so wichtig vor. Nur Jesse ist wichtig.«

Carpenter nickte. »Stimmt. Und genau deshalb müssen Sie hier raus.«

Sie warf ihm einen ungeduldigen Blick zu. »Ich dachte, das wäre geklärt.«

Er seufzte. »In Ordnung, es ist geklärt. Aber tun Sie mir einen Gefallen: Wenn die Küstenwache kommt, sagen Sie denen, Sie hätten mich nicht gesehen.«

»Warum?«, fragte sie und musterte ihn misstrauisch.

»Weil dieselben Leute, die nach Ihnen suchen, auch mich suchen. Und das ist – das können Sie mir glauben – nicht gut für Sie. Denn wenn mich die Küstenwache aufs Festland bringt, dann muss jemand einen Bericht schreiben – und in diesem Bericht wird mein Name stehen. Weil bei dem Unglück ein Einheimischer umgekommen ist, werden die Zeitungen die Sache aufgreifen. Und ehe Sie sich's versehen, treiben sich Leute im Dorf herum, die niemand zuvor gesehen hat. Und raten Sie mal, was? Die werden Fragen stellen wie: ›Er hat ein Boot gechartert? Um bei Sturm hinauszufahren? Wo wollte er denn hin? Wen wollte er besuchen?‹« Er hielt inne und schöpfte Atem. »Das wird zu einem ziemlichen Problem werden«, fuhr er fort. »Am besten kehre ich auf eigene Faust aufs Festland zurück.«

»Wie denn?«

»Sie haben doch ein Boot. Sie könnten mich zur Küste bringen.«

Marie zog die Knie an die Brust. »Und was dann? Soll ich Sie einfach irgendwo auf den Felsen absetzen?«

»Ja.«

»Das ist verrückt. Was wollen Sie dann tun?«

»Das lassen Sie meine Sorge sein.«

Sie schüttelte den Kopf. »Das Boot ist noch nicht mal im Wasser. Und der Anlegesteg auch nicht.«

»Was heißt das, ›der Anlegesteg auch nicht‹? Wo ist er denn?«

Sie sah ihn an. »Im Winter muss man ihn hereinholen, sonst wird er mit dem Eis abgetrieben. Die Bucht friert ein-, zweimal im Jahr zu!«

»Schon, aber wenn der Steg ordentlich angebunden ist ...«

Sie lachte. »Ich rede von Tonnen Eis. Wenn das zu schmelzen beginnt und die Ebbe einsetzt ...«

»Die Bucht ist aber gar nicht zugefroren ...«

»Jetzt nicht, aber ...« Sie seufzte. »Ich denke, wir können den Anlegesteg rausbringen. Und dann werde ich Sie wohl zur Küste bringen.«

»Mehr habe ich nicht verlangt.«

»In Ordnung. So machen wir's.«

Eine Weile herrschte Schweigen. Schließlich sagte Carpenter: »Darf ich Sie noch was fragen?«

»Mein Gott!«, rief sie. »Sie sind genauso schlimm wie Jesse.«

»Nein, im Ernst – über die Klinik. Alle Frauen, die gestorben sind, hatten denselben Eingriff, und ich habe überlegt ... warum haben Sie sich dafür entschieden?«

»Wofür ... für die Oozytenspende?«

»Ja. Ich meine, in Ihrem Alter ist das ungewöhnlich. Die anderen Frauen waren älter, so wie Kathy. Ich dachte, deshalb wird es gemacht, weil ...« Er blickte zur Decke. »Vermutlich eine zu persönliche Frage.«

»Fragen Sie ruhig«, entgegnete sie betont gelassen. »Ich erzähle Ihnen ja auch sonst alles. In meinem Fall: Ich war nicht unfruchtbar. Ich kann Kinder bekommen. Und ich wollte wirklich gern ein Baby austragen. Aber es mussten die Gene eines anderen Menschen sein. Nicht meine.«

»Warum?«

»Duchenne-Muskeldystrophie.«

Carpenter sah sie verständnislos an. »Was ist das?«

Sie starrte ins Feuer. »Es gibt ein Gen ... Frauen sind die Trägerinnen und vererben es weiter, aber sie erkranken nicht daran. Die Söhne erkranken.«

»Und was passiert dann?«

»Ein genetischer Defekt, wie die Bluterkrankheit – nur dass man das nicht behandeln kann. Alle, die es haben, sterben früh. Mein Bruder war erst dreizehn.«

Carpenter erinnerte sich, dass Maude von dem Bruder erzählt hatte, der in Decken gewickelt aufs Boot getragen worden war. »Das tut mir Leid.«

Sie lehnte sich in ihren Sessel zurück und erzählte ihm in unbeteiligtem Tonfall, wie die Krankheit verlief, der unaufhaltsame Muskelschwund. Es beginnt unterhalb der Waden und setzt sich allmählich nach oben fort. Anfangs ist das Gehen nur beschwerlich, dann – schwierig, schließlich unmöglich. Die Beinmuskeln schwinden, und dann wandert die Krankheit höher hinauf, bis das Zwerchfell betroffen ist. Nun wird das Atmen schwierig und das Husten unmöglich. Am Ende sterben die Kranken an Lungenentzündung oder einer anderen Infektion. »Ich habe den

Test mit Mitte zwanzig machen lassen. Da hat sich herausgestellt, dass ich das Gen habe.«

Er wusste nicht, was er darauf sagen sollte, und so fragte er: »Würden alle Ihre Kinder daran erkranken?«

»Es steht jedes Mal fünfzig zu fünfzig. Das heißt, die Chancen stehen eins zu vier, dass man einen Jungen mit Muskeldystrophie bekommt.«

»Das ist doch nicht ganz aussichtslos ...«

»Beim russischen Roulette fährt man besser. Hinzu kommt, dass man mit dem Leben eines anderen Menschen spielt – und zwar mit dem Leben von jemandem, den man mehr liebt als alles andere auf der Welt.«

»Ich möchte immerzu sagen, wie Leid mir das tut«, sagte Carpenter, »aber ...«

»Es spielt keine Rolle. Ich habe Jesse ... und ich kann mir nicht vorstellen, dass ich ein anderes Kind mehr lieben würde als ihn.«

»Das glaube ich gern.«

»Und ich war nicht gerade am Boden zerstört, als ich das mit der Krankheit erfuhr. Ich meine ... ich war mit niemandem zusammen und hatte nicht vor, ein Baby zu bekommen. Damals schloss sich zwar eine Tür, aber ich hatte ja noch nicht einmal angeklopft.«

»Warum haben Sie Ihre Meinung dann geändert?«

Sie zuckte die Achseln. »Ich lebte in Minneapolis. Da war ich praktisch untergetaucht. Ziemlich einsames Dasein, beziehungslos. Und ich wusste, wenn ich ein Baby hätte, wäre es anders. Ich dachte an Adoption, aber mit Callista und meiner Vorgeschichte war es einfach zu kompliziert, es hätte nicht geklappt. Und dann las ich einen Artikel über diese neue Technik mit Eispenden und war wie elektrisiert. Zwei Monate später saß ich im Flugzeug nach Italien, und wieder zwei Monate später war ich schwanger.«

Als die Küstenwache am nächsten Vormittag kam, waren Carpenter und Jesse auf der anderen Seite der Insel auf »Entdeckungsreise«.

Für die Jahreszeit war es warm, fast schon frühlingshaft. Nebel hing zwischen den Bäumen, als Carpenter dem Kind auf einem schmalen, mit einem weichen Kiefernnadelteppich bedeckten Pfad durch den Wald folgte. Zuerst machten sie am »Anlegeplatz« halt, wo zwei Boote auf felsigem Untergrund inmitten zerbrochener Muschelschalen lagen. Die Boote ruhten kopfüber auf dem Dollbord und waren mit Seilen am Stamm einer Kiefer festgebunden. Das eine war ein etwa fünf Meter langes Skiff, das andere ein Dinghi. Unweit davon stand ein kleiner Schuppen mit »unseren ganzen Bootsachen«. Dazu gehörten unter anderem ein Außenbordmotor, der auf einem hölzernen Gestell ruhte, einige Benzinkanister, Ruder, Schwimmwesten, Vertäuungen, Anker und Angelgeräte.

Der Anlegesteg selbst war neu und grau gestrichen. Ein Teil war fest am Felsgestein verankert und ragte ein Stück über die Hochwassermarke hinaus. Der restliche Steg, bestehend aus einer floßartigen Plattform und einer kurzen Rampe, war an Land gezogen worden.

Carpenter folgte Jesse von Bucht zu Bucht. Sie befreiten zwei Krabben aus einer Aalreuse und lachten über eine Eiche, die durch ein herrenloses eisernes Bettgestell hindurchwuchs. Die letzte Station war eine Bucht am Ende der Insel, wo das alte Bootshaus stand und die silbern glänzenden Überreste eines alten Anlegestegs ins Wasser ragten. »Früher waren die Boote im Winter da drin«, erklärte Jesse, »aber jetzt ...« Der kleine Junge legte den Kopf schief und zeigte nach oben.

Carpenter hörte es auch: das leise Dröhnen eines Motors.

»Küstenwache«, sagte Jesse. Das Motorengeräusch wurde lauter und erstarb dann. Kurz darauf hörten sie einen anderen, kleineren Motor. »Das ist ihr kleines Boot«, sagte Jesse. »Es ist aufblasbar.« Er sah Carpenter an. »Hab ich dir schon meine Festung gezeigt?«

»Nein.«

»Komm«, sagte er, nahm Carpenter an der Hand und führte ihn über einen matschigen Weg zur »Festung« hinauf – einer

Lichtung, die von einem Gewirr kleiner Fichten und Tannen begrenzt war. Dort auf seiner Festung hatte Jesse mehrere kleine »Zimmer« geschaffen, deren Grundriss durch abgestorbene Äste angedeutet war. Der Junge zeigte Carpenter das »Wohnzimmer« der Festung, wo sie sich auf einem morschen Baumstamm – der Couch – niederließen und Jesse eine Geschichte erzählte. Sie handelte von einem verirrten Seehund und den Leuten, die nach ihm suchen.

Es war eine merkwürdige Geschichte, und in dem Augenblick, als sie endete, drang durch den Wald ein leises Pfeifen zu ihnen. Carpenter erkannte die Melodie und wusste, was sie bedeutete: Die Luft ist rein. Die Küstenwache war gekommen, die Küstenwache war wieder fort.

»Was ist mit Roger?«, fragte er.

Marie schüttelte den Kopf. »Sie haben ihn nicht gefunden. Aber man wird ihn finden – irgendwann trägt ihn die Strömung an Land ...«

»Haben sie nach mir gefragt?«

Sie nickte. »Sie sagten, Roger habe einen Besucher für mich rausfahren wollen und man habe dessen Wagen in Cundys Harbor gefunden.«

»Verdammt«, fluchte Carpenter leise.

»Und dann fragten sie, ob ich einen Mann namens Carpenter kenne.«

Er stöhnte auf vor Verzweiflung. Die Idee kann ich vergessen, dachte er. »Warum haben Sie ihnen dann nicht gesagt, dass ich hier bin?«, fragte er.

»Hätten Sie das gewollt?«

»Natürlich nicht.«

»Weil ... es mir nicht richtig erschien. Erstens hätten die eigentlich ein Hebeschiff dabeihaben sollen, und überhaupt ist mir aufgefallen, dass die Leute nicht alle von der Küstenwache waren.«

»Wie kommen Sie darauf?«

»Zwei von ihnen waren im Anzug.«

»Und wie haben die ausgesehen?«

Marie zuckte die Achseln. »Groß.«

»Glauben Sie, es waren Polizisten?«, fragte Carpenter.

»Vielleicht.«

»Vielleicht aber auch nicht.«

»Genau«, sagte sie. »Das hat mich beunruhigt.«

Carpenter seufzte. »Was wollten sie wissen?«

»Sie haben nach Ihnen gefragt. Und ob wir das Boot haben untergehen sehen, und – ach ja – sie wollten wissen, wo Jesse steckt. ›Wo ist der kleine Kerl?‹«

»Und was haben Sie geantwortet?«

»Ich sagte, wir hätten wohl geschlafen, als es passiert sein muss. Und am nächsten Tag, als wir das Boot fanden, sei da niemand gewesen. Und dass Jesse noch schläft.«

»Hat man Ihnen geglaubt?«

Sie nickte. »Klar. Ich bin wirklich eine gute Schauspielerin. Zumindest war ich das früher mal.«

Später am Nachmittag, eine Stunde vor Hochwasser, machten sie den Anlegesteg fertig. Nach fast dreistündiger harter Arbeit hatten sie es geschafft. Carpenter brachte den Steg in die richtige Position, während Jesse und Marie die Rampe mit Hilfe von Rollen und Seilen zu Wasser ließen. Zuletzt verschraubte Carpenter die einzelnen Teile. Dann legte er eine Pause ein.

»Ich kann nicht glauben, dass Sie das sonst allein machen«, sagte er zu Marie.

»Sie macht es nicht allein!«, protestierte Jesse.

Das Dingi war nicht sehr schwer, und gemeinsam mit Jesse trug Carpenter es zum Ufer. Dann rollten Marie und er das Skiff mit Hilfe von Rundhölzern zum Anlegesteg und schoben es über einige Planken ins Wasser. Carpenter ging noch einmal in den Schuppen und holte den Außenbordmotor. Es schien ihm unfassbar, dass Marie das schwere Ding normalerweise allein trug. Gemeinsam brachten sie den Motor am Heck des Skiffs an und bauten den Tank ein. Unterdessen befestigte Jesse, der in seiner übergroßen Schwimmweste wie das Michelin-Männchen aussah, die Benzinleitung erst am Motor, dann am Tank. Dann betätigte er, unter Aufsicht seiner Mutter, den elektrischen Starter. Nach ein paar Versuchen zündete der Motor mit lautem Dröhnen und spuckte eine dicke, blaue Rauchwolke aus.

Am Abend, als Jesse ins Bett gegangen war, saßen Carpenter und Marie vor dem Feuer, sie im Schaukelstuhl, die Knie an die Brust gezogen.

»Haben Sie Geld?«, fragte sie unvermittelt.

»Ich komme zurecht«, antwortete er verblüfft.

Marie lächelte. »Das meine ich nicht. Ich meine in bar. Damit Sie, wenn Sie an Land kommen ... nicht völlig blank sind.«

Carpenter nickte. Er glaubte, Fortschritte gemacht zu haben, aber sie konnte es offensichtlich nicht erwarten, ihn loszuwerden. Gemächlich stand er auf und holte seine Lederjacke, die am andern Ende des Raums an einem Haken hing. »Ich glaube, ich habe ausreichend dabei«, sagte er. »Das eigentliche Problem aber ist: Was wird aus Ihnen?«

Marie schüttelte den Kopf. »Machen Sie sich keine Gedanken um uns«, sagte sie. »Wir lassen ein paar Tage verstreichen, rufen mit der Signalpistole jemand vom Festland herüber, damit er uns holt, und dann verschwinden wir. Ich habe Geld. Wir lassen uns anderswo nieder. Diesmal leiste ich mir keine Fehler mehr.«

»Dabei könnte ich Ihnen helfen. Früher habe ich das beruflich gemacht.« Er griff in die Jackentasche und zog seinen Geldbeutel heraus. Dabei fiel ein nasser Umschlag zu Boden. Er hob ihn auf. *Baresis Brief!*

»Sie könnten Gunther nehmen«, schlug sie vor. »Er müsste in die Werkstatt, aber ...«

»Sie verstehen Italienisch, nicht wahr?«

»Wie bitte?«

»Und Sie können Italienisch lesen?«

»Sicher«, sagte sie, »aber ...«

In dem Umschlag steckten drei feuchte Luftpostbögen, die zusammenklebten. Vor dem Ofen setzte er sich Marie zu Füßen und löste die Seiten behutsam voneinander. »Dem Himmel sei Dank, dass es Kugelschreiber gibt«, bemerkte er.

»Wovon reden Sie? Was ist das?«

»Ein Brief, den Baresi an den Priester in Montecastello geschrieben hat. Der Pater gab ihn mir, bevor er ermordet wurde und ... hier«, er gab ihr die Bögen, »übersetzen Sie bitte.«

Widerwillig nahm sie den Brief und begann zu lesen, zuerst stockend und dann fast wie ein Original: »Zweiter August neunzehnhundertfünfundneunzig. Mein lieber Giulio ...«

Im Angesicht des Todes schreibe ich dir mit offenem und freudigem Herzen, in der Gewissheit, dass ich bald vor unserem Herrn stehen werde, um mein Urteil zu empfangen.

Jetzt erkenne ich, dass ich in meiner schwächsten Stunde zu dir kam und durch die Beichte nicht nur die Vergebung der Kirche, sondern auch ihre Mittäterschaft suchte. Die Ungeheuerlichkeit meines Geheimnisses und die Abgründigkeit dessen, was ich für meine Sünde hielt, erschienen mir so überwältigend, dass ich diese Bürde allein nicht mehr tragen konnte – sondern glaubte, sie teilen zu müssen.

Und so tat ich es, und das war falsch.

Es heißt, du hättest die Kirche geschlossen und seist nach Rom gefahren. Und du seist tagelang dort geblieben. Oh, Giulio ... wie tief muss ich dich beunruhigt haben!

Aber jetzt weiß ich, dass nur das Blendwerk des falschen Stolzes mich verführte, den Willen Gottes für meine eigene Leistung zu halten. Jetzt weiß ich, was du als Mann Gottes von jeher gewusst hast: dass wir Werkzeug des Herrn sind und unsere Taten nicht mehr und nicht weniger als das Wirken Seines Willens.

Die verheerende Entdeckung, die ich gemacht habe und durch die Zellen ihre ...

»Das verstehe ich nicht«, sagte Marie und deutete auf ein Wort.

Carpenter sah es sich an. »Undifferenziertheit«, las er. »Ein Begriff aus der Genetik.«

Marie fuhr fort:

»... Undifferenziertheit wiedererlangen, war im großen Plan der Schöpfung unvermeidlich. Wenn Ignazio Baresi es nicht gestern geschafft hätte, würde ein anderer es morgen vollbringen. Wenn nicht in Zürich, dann in Edinburgh.

Und eben in der Unvermeidlichkeit dessen, was ich getan habe, wird Gottes Hand sichtbar. Denn nur das kann ›Unvermeidlichkeit‹ sein: Gottes unveränderlicher Plan in unserer Welt.

Wie sonst, mein Freund, wenn nicht durch Verweis auf einen solchen Plan können wir die Umstände erklären, die einen Mikrobiologen zum Studium der Reliquien führten? Reliquien! Was sind sie anderes als magische Zeichen, Fetische, Hasenpfoten? Eine Art ›visuelle Hilfe‹ für die Naiven, um komplexe metaphysische Lehren dem gemeinen Mann anschaulich zu machen. Dieser Nagel durchbohrte die Hand Jesu! Dieser Splitter steckte in Seinem Fleisch! Er wandelte unter uns. Er hat wirklich gelebt.

Und doch – fast gegen meinen Willen – stellte ich, als ich diese Dinge unters Mikroskop legte, fest, dass sie ungeahnte Möglichkeiten bargen. Die herablassende Haltung, die ich anfangs einnahm, wich bald einem tieferen Verständnis. Nach fünfzigjähriger Forschung wurde mir klar, was jeder Bauer intuitiv weiß: dass diese Dinge lebendige und greifbare Bindeglieder zu Gott sind.

Wie du weißt, findet dieser Standpunkt am Petersplatz wenig Unterstützung. Der Vatikan würde am liebsten jene Zeit vergessen, als der Handel mit Reliquien blühte, als für einen Fetzen Fleisch oder einen Splitter Holz ein Vermögen bezahlt wurde und Reliquienhändler Heilige vergifteten, um möglichst rasch ihre Knochen verschachern zu können. Der Vatikan hat die Reliquienverehrung stets als Bedrohung empfunden. Wenn machtvolle Reliquien in abgelegene Diözesen gelangten, sind ihnen die Pilger mit ihrem Reichtum gefolgt. Und der Vatikan ging leer aus.

Als beratender Wissenschaftler im Dienste des Vatikans war meine Aufgabe leicht: das Unechte entlarven und zum Übrigen vorläufig kein Urteil abgeben. Und das tat ich auch: Ich enthüllte, dass das ›Schlüsselbein des heiligen Antonius‹ nur das Bruchstück einer Lammrippe war. Und dass ein ›Tuch, das die Stirn Christi trocknete‹, im 15. Jahrhundert gewebt wurde.

In Wahrheit waren, wie der Vatikan vermutete, sehr viele der Gegenstände, die ich untersuchte, Fälschungen. Aber nicht alle. Es gab Dinge, die man nicht ohne weiteres in Misskredit bringen konnte: Ihre Herkunft und ihr Alter sprachen für ihre Echtheit. Sie hätten sein können, für was man sie hielt, oder auch nicht.

Damals wandte ich mich, überwältigt von der Erkenntnis, dass ich Gott als Hebamme dienen könnte, der Medizin zu – und daraus entstand fürwahr mein Lebenswerk.«

Marie sah Carpenter an. »Wovon spricht er?«, fragte sie.

Carpenter schüttelte den Kopf. »Lesen Sie einfach weiter ...«

»Es war nicht schwer. Mein Medizinstudium hatte ich rasch absolviert. Bald hatte ich meine Klinik errichtet, und wie durch ein Wunder kamen Frauen aus aller Welt zu mir – alle aus eigenem Antrieb. Unter Verwendung von DNS-Material aus einem Dutzend der viel versprechendsten Reliquien verhalf ich achtzehn Patientinnen zu einer unbefleckten Empfängnis.

Wer weiß, alter Freund, was daraus entsteht? Vielleicht wird aus diesen Kindern nichts anderes als eine merkwürdige Horde von Bauern, wiederauferstanden aus der Vergangenheit, ohne einem höheren Zweck zu dienen. Oder vielleicht habe ich tatsächlich Christus neu gezeugt. Das werde ich nie erfahren. Und auch du wirst es nie erfahren. Aber gewiss sollten wir hoffen.

Und so, mein Freund, sage ich dir Lebewohl in der Hoffnung, dass ich dir deine Seelenruhe wiedergegeben habe. Im Zweifel kniete ich vor dir, das ist wahr – aber das war nur menschlich. Auch Christus kannte den Zweifel – ich aber nicht mehr.

Diese Sache ruht, jetzt und seit jeher, in Gottes Hand.

Ignazio«

»Joe?« Maries Stimme zitterte. »Wovon spricht er?«

Carpenter schwieg. Schließlich sagte er: »Haben Sie etwas zu trinken?«

Marie holte eine Flasche Cognac und zwei Gläser. Sie schenkte ein und wiederholte ihre Frage: »Wovon spricht er?«

Carpenter trank. »Von Jesse«, sagte er.

»Was ist mit ihm?«

»Na ja ... Baresi hat versucht, Jesus zu klonen.«

»Was?!«

Carpenter seufzte. »Ich wollte sagen, vielleicht ist Jesse ... vielleicht ist er Jesus.«

An diesem Abend blieben sie noch lange auf, und Carpenter berichtete, was er von dem Professor am Massachusetts Institute of Technology erfahren hatte.

»So war es also«, sagte er und schenkte sich seinen dritten Cognac ein. »Er nahm ein wenig von einer viel versprechenden Reliquie, isolierte eine Zelle mit Kern und führte ihre Undifferenziertheit wieder herbei. Danach brauchte er nur noch eine Eizelle und eine Frau mit Kinderwunsch.«

»Una piccola sorpresa«, sagte Marie.

»Sobald er das Ei hatte, ersetzte er den Zellkern durch denjenigen – aus der Reliquie, implantierte es und ...«

Das Feuer krachte und ließ einen Funkenregen über den Boden stieben. »Ich fasse es nicht«, sagte sie. »Wie wollte er, nach zweitausend Jahren, wissen, ob eine Reliquie echt ist? Das hätte er doch niemals beweisen können.«

Carpenter sprach von den sorgfältigen historischen Recherchen Baresis bezüglich der Herkunft von Reliquien, seiner Befähigung, DNS-Tests durchzuführen, seinem hohen Ansehen als Wissenschaftler – aber Marie schüttelte nur den Kopf.

»Was Sie sagen, läuft darauf hinaus, dass er für dieses Ratespiel besser gerüstet war als jeder andere. Aber auch so blieb es nur ein Ratespiel auf einer höheren Ebene.«

Carpenter gab zu, dass Baresi über einzelne Reliquien kein sicheres Urteil abgeben konnte. »Das hat er auch im Brief erwähnt, als er über die Wiederauferstehung einer Horde von Bauern sprach.«

»Das ist verrückt«, meinte Marie.

»Es mag verrückt sein, aber Jesse ist ein lebendiger Mensch, genau wie Brandon es war. Es spielt keine Rolle, ob Baresi Jesus oder Al Capone geklont hat. Es geht nur darum: Jemand will ihn umbringen. Deshalb ist meine Schwester gestorben und Brandon und alle anderen. Und deshalb müssen Sie hier raus.«

Wieder schüttelte sie den Kopf. »Aber warum kommt jemand auf so eine Idee?«

»Weil er Angst vor den Kindern hat – vor dem, was sie sind oder sein könnten. Und deshalb werden sie verbrannt – um ihre DNS zu vernichten. Das ist der reinste Exorzismus. Mit Feuer.«

»Ach, kommen Sie ...«

»Als Brandon ermordet wurde, hat man den Brandstifter gefasst. Da ist was passiert. Er hat Mist gebaut. Die Verbrennung war unvollständig, sodass man das Kind noch erkannte. Also haben sie es ausgegraben und noch mal verbrannt.«

»Aber ... das sind doch Kinder! Fast noch Babys. Sie wären doch ... weitere Schäfchen für die Kirche.«

»Hier geht es nicht um die katholische Kirche, sondern um den Umbra Domini. Christliche Ultrareaktionäre, die Bombenanschläge auf Abtreibungskliniken verüben, einen Kreuzzug gegen Moslems in Bosnien führen und ...« Carpenter hob die Hände. »Sehen Sie: Nach Ansicht des Umbra war Baresis Experiment eine Gräueltat.«

»Aber warum?«

»Weil er die Bibel auf den Kopf stellte: Er schuf Gott nach dem Bild des Menschen.« Tränen liefen ihr über die Wangen. Jetzt schien ihr klar geworden zu sein, dass Carpenter Recht hatte. »Lassen Sie mich Ihnen helfen«, bat er, »denn diese Leute werden erst Ruhe geben, wenn sie Jesse gefunden haben.«

»Aber wie? Wenn es so ist, wie Sie sagen, wie kann da jemand helfen?«

»Als ich bei der Armee war ... hatte ich einen komischen Job.« Sie sah ihn an, als wäre er nicht ganz bei Trost, aber er fuhr unbeirrt fort: »Ich leitete den Zentralstab für verdeckte Operationen bei der ISA.«

»Was ist denn das?«

Carpenter hob die Brauen. »Intelligence Support Activity. So ähnlich wie der CIA, nur dass sie wissen, was sie tun. Auf jeden Fall, die Sache ist die: Ich kann Ihnen und Jesse eine neue Identität schaffen, die niemand knacken kann. Unter keinen Umständen. Niemand kommt Ihnen beiden auf die Spur, das verspreche ich Ihnen. Aber Sie müssen mir vertrauen. Und Sie müssen hier weg.«

»Mami?« Jesse stand in der Tür und rieb sich die Augen.

»Hallo, Liebling«, sagte Marie zärtlich, »was ist los?«

Verschlafen stolperte er auf sie zu. »Ich hatte einen Albtraum.«

»Ach, Liebling«, sagte Marie. Er kletterte auf ihren Schoß und bettete den Kopf auf ihre Schulter. Sie streichelte ihm die Haare und küsste ihn. »Das ist aber gar nicht schön.«

»Böse Männer«, sagte Jesse.

Sie gab einen mitleidsvollen Laut von sich, eine Art Gurren, und fragte: »Soll ich dir eine Geschichte vorlesen?«

Jesse streckte seinen molligen Finger aus. »Nein, er soll.«

»Ich weiß nicht ...«

»Ich würde gern«, erbot sich Carpenter. »Willst du huckepack reiten?«

Marie warf ihm einen Blick zu, als Carpenter niederkniete, damit Jesse aufsteigen konnte, aber er wurde aus ihrem Gesichtsausdruck nicht schlau.

»Hey!«, rief Jesse, als sich Carpenter aufrichtete. »Ist das hoch.« Carpenter griff nach Jesses Füßen.

Dann marschierten sie ins Kinderzimmer, duckten sich unterwegs unter Balken und Türstürzen, und Jesse streckte immer wieder die Hand nach der Decke aus. Als sie auf dem Bett saßen, erklärte Jesse, er wolle keine Geschichte hören, sondern selbst eine vorlesen.

»Okay«, sagte Carpenter. »Schieß los.«

Der Junge zog ein Buch unter seinem Kopfkissen hervor und sagte mit überaus ernster Miene: »Mein Lesebuch.« Dann schlug er die erste Seite auf und las über das Buch gebeugt: »Ein Fisch ...«

Langsam ließ er sich nach hinten rollen, von dem Buch weg: »Zwei Fische!«

Und wieder vorwärts: »Roter Fisch!«

Und zurück, aber diesmal mit absichtlich blödem Gesichtsausdruck, die Augen weit aufgerissen und grinsend: »Blauer Fisch!« Dann purzelte er hemmungslos lachend um.

37

Carpenter kniete auf dem Anlegesteg und band das Dingi los, als Jesse sagte: »Schau, Mami – ein Boot.« Er blickte in die Richtung, in die der Junge zeigte, und suchte den von Nebelschwaden verhangenen Horizont ab. Außer dem schiefergrauen Himmel, den Felsen, den Kiefern und dem unruhigen Ozean sah er nichts. Doch dann tauchte sie auf: eine weiße Motorbarkasse auf der dunklen Dünung. Das Kind hatte erstaunlich scharfe Augen.

»Wer ist das?«, fragte er.

Marie beschirmte die Augen mit der Hand. »Keine Ahnung«, sagte sie. »Das Boot habe ich noch nie gesehen.«

Fluchend band Carpenter das Dinghi wieder fest und schlang die Leine zu einem Seemannsknoten. »Haben Sie ein Fernglas?«

Marie nickte und nahm Jesse auf den Arm. »Im Blockhaus«, sagte sie und rannte los. Carpenter folgte ihr, die Augen wegen des Nieselregens leicht zusammengekniffen.

Das Fernglas hing an einem Haken neben dem großen Bücherbord. Carpenter nahm es, blickte aufs Meer hinaus und stellte das Fernglas scharf. Obwohl das Boot noch so weit entfernt war, dass man die Gesichter der Männer nicht erkennen konnte, sah er immerhin, dass es drei waren.

»Sind sie's?«, fragte Marie und trat neben ihn.

»Schwer zu sagen.« Er konzentrierte sich ganz auf die verschwommenen Gesichter, und da geschah es: Im Heck des Boots erhob sich ein Koloss und deutete auf das Blockhaus. Carpenter brauchte sein Gesicht nicht zu sehen, um zu wissen, wer es war. »Sie sind's«, sagte er, als die Gestalten deutlicher zu erkennen waren. »Der Muskelprotz. Grimaldi. Und della Torre.«

Marie hielt den Atem an und zog Jesse enger an sich.

»Wir dürfen nicht hier bleiben«, sagte Carpenter. »Können wir uns irgendwo verstecken?«

Sie überlegte kurz. »Wir könnten zum Bootshaus gehen. Die kennen die Insel nicht. Vielleicht suchen sie nicht weiter.«

»Gut«, sagte Carpenter. »Holen Sie die Taschenlampe.« Er ging an den Wandschrank, in dem sie ein Gewehr aufbewahrte. »Wo haben Sie die Munition?«

»Im Brotkasten«, sagte Marie.

Er hätte es sich denken können. Mit dem Gewehr in der Hand trat er an den Brotkasten und öffnete ihn. Er griff hinein und fand einen Laib Sauerteigbrot, ein paar kleine Kuchen und ganz hinten eine Schachtel Munition.

Sie war verdächtig leicht.

Carpenter riss die Schachtel auf und holte aufstöhnend eine einzige Patrone heraus. »Wo ist der Rest?«, fragte er.

»Ich weiß nicht«, antwortete Marie kleinlaut. »Vielleicht ... habe ich sie aufgebraucht?«

»Und wie?«

»Beim Üben.« Als Marie Carpenters Gesichtsausdruck sah, fügte sie rasch hinzu: »Im Winter gibt's hier nicht viel Abwechslung!«

Es war nicht zu fassen. »Was soll ich jetzt machen?«, fragte er. »Die drei auffordern, sich in einer Reihe aufzustellen?«

Marie blickte so unglücklich drein, dass Jesse vor Mitgefühl mit seiner Mutter in leichte Panik geriet. Er vergrub den Kopf in den Falten ihres Rocks und heulte: »Nicht weinen, Mami! Nicht weinen!«

Carpenter hob beschwichtigend die Hände. »Schon gut«, brummte er. »Tut mir wirklich Leid. Bringen Sie Jesse zum Bootshaus – wir treffen uns dort in ein paar Minuten.«

Marie nickte, wandte sich im Gehen noch einmal um. »Aber ... was wollen Sie jetzt tun?«

»Ich weiß nicht«, sagte Carpenter. »Sie irgendwie festnageln!«

Er schob Jesse und Marie aus dem Haus und beobachtete, wie sie im Wald verschwanden. Dann lud er das Gewehr mit der einzigen Patrone und ging nach draußen. Er ließ sich auf sein rechtes Knie nieder, stützte das Gewehr auf dem Geländer der Terrasse ab und schloss das linke Auge. Bedächtig schwenkte er das Gewehr herum, bis die Motorbarkasse ins Visier kam.

Das Zielfernrohr war ein Meisterwerk. Die düstere Gestalt della Torres stand in eine Soutane gehüllt vorn am Bug, ohne auf Wind und Regen zu achten, ein klerikaler Odysseus. Zweihundert Meter trennten die Barkasse noch von der Insel, und obwohl der Schuss schwierig war, wusste Carpenter, dass er sein Ziel nicht verfehlen durfte. Er holte tief Luft und atmete langsam aus, während er die Brust des Priesters ins Fadenkreuz nahm.

Ein Schuss, und alles wäre vorbei, dachte er. Sein Finger schloss sich fester um den Abzug. Mit della Torres Tod wäre die Schlange enthauptet. Der Körper mochte noch eine Weile weiterleben, aber er würde blind und ziellos im Schmutz zappeln.

Oder auch nicht.

Er schwenkte den Lauf ein wenig nach links, bis das Fadenkreuz das rechte Auge des Schranks erfasste. Der Italiener rief della Torre etwas zu und ahnte nicht, dass sein Leben an einem seidenen Faden hing. Und obwohl das Boot gierte, hatte Carpenter den Rhythmus schon erfasst und hegte keinen Zweifel daran, dass er den Koloss umlegen konnte.

Schieß, sagte er sich. Schieß endlich! Mit dem Kerl solltest du nicht lange fackeln. Er hat zweimal versucht, dich umzubringen. Er hat Azetti erschossen und wahrscheinlich auch Bepi ermordet. Überzeugende Argumente, aber noch während er sie überdachte, wanderte das Gewehr wie von selbst nach links. Und plötzlich hatte er Grimaldi im Visier.

Mit grimmiger Miene saß er im Heck und starrte geradeaus. Inzwischen hatte sich das Boot dem Ufer auf hundert Meter genähert und steuerte direkt auf den Anlegesteg unterhalb des Blockhauses zu. Trotz des Wetters waren Grimaldis Züge durch das Zielfernrohr so klar zu erkennen, dass Carpenter sogar seinen Bartschatten sah. Tu's, dachte er. Tu's für Kathy und Brandon.

Für Jesse und Marie.

Für Jiri. Für mich.

Wenn ich abdrücke, sagte sich Carpenter, wird die Kugel seinen Schädel durchdringen wie ein Elektrobohrer und sein Hirn wegblasen. Carpenters Finger am Abzug juckte.

Nein, dachte er. Sie suchen nicht mich. Sie wissen nicht einmal, dass ich hier bin. Und wenn sie das Blockhaus leer vorfinden, wer weiß? Vielleicht fahren sie dann wieder weg.

Der Gedanke schien wenig überzeugend, aber es war die einzige Hoffnung. Auf jeden Fall hatte er durch einen Rückzug nichts zu verlieren. Schließlich hielt er keine M-16 mit vollem Ladestreifen in der Hand, sondern eine Roberts mit normalem Hahn und nur einem einzigen Schuss. Damit kam er nicht weit, und wenn er einen der Kerle umgelegt hatte, war es höchstwahrscheinlich auch um ihn geschehen. Also lieber abwarten.

Seufzend ließ er das Gewehr sinken und erhob sich. Die Barkasse hatte den Anlegesteg fast erreicht, und die Männer waren bereits aufgestanden. Zögernd wich Carpenter Schritt für Schritt zurück, bis er das Blockhaus umrundet hatte und auf den Pfad gelangte, den Jesse und Marie genommen hatten.

Im Wald herrschte bereits Zwielicht. Nebelschwaden zogen über den Weg wie der Rauch eines Feuers, und ringsum tropfte es von den Bäumen. Auf der Nordseite der Felsen fanden sich noch Schneereste. Ein schwerer Duft nach Harz hing in der Luft.

Aber Carpenter nahm nichts von alledem wahr, als er auf dem weichen Nadelteppich durch den schweigenden Wald schritt.

Und dann, allzu schnell, war er da.

Der Pfad endete auf einem Felsgesims am Meeresufer. Dort duckte sich ein niedriges, halb verfallenes Haus, an dessen Steinfundament bei Flut die Wellen leckten. Vor zwanzig Jahren hatte das Gebäude im Winter ein halbes Dutzend kleine Boote und Kanus beherbergt. Jetzt war es nur noch eine graue Ruine mit zerbrochenen Fenstern.

Carpenter sah sich um, hoffte, ein besseres Versteck zu entdecken, aber da war nichts. Nur der Regen, das Meer und der Wald.

Er öffnete die Tür und trat ins Bootshaus. »Marie?«, fragte er. Im Innern war es stockfinster, aber plötzlich traf ihn ein greller Lichtstrahl. Carpenter blieb fast das Herz stehen.

»Jesse!«, zischte Marie. »Mach das aus!«

Sofort ging die Taschenlampe aus, und wieder stand Carpenter im Dunkeln. »Wo seid ihr?«

»Ich habe ihn die Taschenlampe halten lassen ...«

»Ist schon gut.«

Bunte Lichtpunkte tanzten vor seinen Augen. Und dann konnte er allmählich Umrisse erkennen. Ein löchriger Bootsrumpf. Mehrere Hummerfallen. Fischernetze an den Wänden.

»Wird uns was passieren?«, fragte Marie. Sie kauerte in einer Ecke und hielt Jesse in den Armen.

»Keine Angst«, sagte Carpenter, »es wird schon alles gut gehen.«

»Sind Sie sicher?«

Warum lügen? »Nein«, sagte er. »Eigentlich nicht. Der Pfad führt vom Blockhaus direkt hierher. Wenn sie ihm folgen ... Gibt es sonst keinen Unterschlupf?«

Marie überlegte. Schließlich sagte sie: »Nein.«

»Irgendwas muss es doch geben.«

»Die Insel ist klein ... vielleicht denken sie auch, wir sind fort.«

Carpenter schüttelte den Kopf. »Der Ofen ist noch warm. Die wissen, dass wir hier waren. Wenigstens Sie und Jesse.«

Die Taschenlampe ging an und wieder aus.

»Jesse«, flüsterte Carpenter. »Lass das.«

»'tschuldigung«, sagte Jesse kleinlaut.

Carpenter setzte sich unter ein kaputtes Fenster neben der Tür, das Gewehr in den Armen. Er dachte an die drei Männer, die er im Visier gehabt hatte. Ich hätte einen von ihnen töten sollen. Della Torre oder Grimaldi, Grimaldi oder den Schrank.

»Was sollen wir tun?«, fragte Marie.

Carpenter schüttelte den Kopf. »Ich weiß nicht.«

Die Minuten verstrichen. Der Wind hatte aufgefrischt und strich ächzend durchs Gebälk. Im Dunkeln würde sich della Torre mit der Suche schwer tun, dachte Carpenter. Zumindest bei diesem Wetter. Wenn er gescheit ist, kehrt er aufs Festland zurück und versucht es morgen Früh noch mal. Das wäre an seiner Stelle das einzig Vernünftige, redete er sich ein.

Er hoffte gegen alle Vernunft, das war ihm selbst klar, und dann hörte er Stimmen. Zuerst waren sie nur verschwommen zu hören, und als sie deutlicher wurden, verstand er sie trotzdem nicht.

»Franco? Dove stanno?«

Carpenter hielt das Gewehr schussbereit. Auf der andern Seite des Raums saß Marie auf dem Boden und hielt den Atem an – und neben ihr Jesse. »Keine Angst«, flüsterte Carpenter, während der Regen aufs Dach trommelte und der Wind stöhnte.

Die Männer umrundeten jetzt offenbar das Bootshaus. Carpenters Herz pochte zum Zerspringen.

Plötzlich durchschnitt der Strahl einer Taschenlampe die Dunkelheit, huschte suchend über die Wände und warf riesige Schatten. Das Licht kam vom Fenster über Carpenter, und schon hatte es die Kauernden erfasst. Wie aufgeschrecktes Wild erstarrten Jesse und Marie im Lichtkegel.

»Ecco!«

Krachend zerbarst die Tür, eine riesige Gestalt tauchte aus dem Nichts auf und schob die zersplitterten Bretter aus dem Weg. Unter dem Türsturz verharrte der Schrank und genoss die Wirkung seines Auftritts auf die entsetzte Frau und das Kind. Dann machte er einen Schritt auf sie zu, und Carpenter murmelte: »Hey, starker Mann!«

Brüllend fuhr der Schrank herum, und in diesem Augenblick feuerte Carpenter. Die Kugel traf den Italiener ins Gesicht, durchschlug den Wangenknochen, schleuderte ihn empor und riss ihm die Schädeldecke ab. Der Schuss dröhnte. Marie schrie auf. Und der Schrank sackte in sich zusammen.

Carpenter ließ das Gewehr sinken und kroch auf allen vieren zur Leiche des Italieners. Während er den Toten nach einer Schusswaffe absuchte, blickte er in dessen Gesicht, das jetzt einen Ausdruck unendlicher Überraschung trug. Doch dann wurde er selbst überrascht.

»*Ciao.*«

Ohne hinzusehen, wusste er, wem die tonlose Stimme gehörte. Trotzdem drehte er sich um. Grimaldi stand draußen vor dem Eingang und blickte völlig frei von Mitgefühl auf ihn herab. Er richtete eine Beretta auf ihn.

Jetzt bin ich tot, dachte Carpenter. Wir sind alle tot. So sterbe ich also.

Grimaldi sagte etwas auf Italienisch, und della Torre trat an seine Seite, die Taschenlampe in der Hand. »Das ist ja Joe.« Er leuchtete Carpenter in die Augen. »Was für ein Glück, dass wir Sie hier treffen.« Gemächlich glitt der Lichtkegel zu der Leiche am Boden, die in einer Pfütze von Blut und Gehirnmasse lag. Della Torre machte das Kreuzzeichen, trat ins Bootshaus und suchte den Raum ab, bis der Lichtstrahl Jesse und Marie erfasste.

»Wissen Sie, wer die beiden sind?«, fragte der Priester. Weil Carpenter schwieg, beantwortete er seine Frage selbst. »Sie befinden sich in schlechter Gesellschaft, Joe. Und jetzt stehen alle auf! Wir gehen zum Haus zurück, da ist es warm.«

Grimaldi stellte eine Frage auf Italienisch, und della Torre schüttelte den Kopf. *»No ... portalceli tutti.«* Wenig später liefen alle fünf im Gänsemarsch durch den Wald.

Jesse und Marie gingen voraus; der gespenstische Lichtkegel von della Torres Taschenlampe wies ihnen den Weg. Hinter ihnen kam Carpenter, gefolgt von Grimaldi und dem Priester. Obwohl der Killer anderthalb Meter hinter ihm ging, glaubte Carpenter deutlich den Lauf der Beretta zu spüren, die auf sein Genick gerichtet war. Wenn ich einen Fluchtversuch unternehme, bringen sie mich gleich um. Wenn nicht, töten sie mich später. Um Jesse und Marie ist es so oder so geschehen. Es gibt keinen Ausweg.

Außer sie machen einen Fehler.

Und so unwahrscheinlich das auch sein mochte, er klammerte sich an diese Hoffnung und ging weiter.

Als sie das Blockhaus erreicht hatten, waren sie bis auf die Haut durchnässt. Grimaldi dirigierte sie an den Küchentisch, wo sie sich setzten, während della Torre eine Lampe anzündete und die Glut im Ofen schürte. Nach einer Weile kam der Priester mit der Lampe herbei und setzte sich Jesse und Marie gegenüber an den Tisch.

»Na also!« Er klatschte leise in die Hände. Mit Blick auf Grimaldi murmelte er etwas auf Italienisch und nickte in Richtung Wand, wo ein Stück Seil an einem Nagel hing. Dann sah er Marie an, die Jesse auf dem Schoß hielt, und fragte: »Joe, wissen Sie, wer Lilith war?«

Carpenter schüttelte den Kopf. »Nein. Nie gehört.«

Grimaldi trat mit dem Seil an den Tisch und reichte della Torre die Beretta, der sie auf Carpenter richtete. Dann ging Grimaldi zu Marie, schlang das Seil um ihre Taille und fesselte sie an den Stuhl. Unwillkürlich wollte sie aufstehen, aber Grimaldi griff nach ihren Handgelenken und zwang sie, sich wieder zu setzen. Dann stieß er eine Drohung aus, die keiner Übersetzung bedurfte.

Jesse kletterte wieder auf den Schoß seiner Mutter und weinte leise, während Grimaldi seine Arbeit beendete.

Della Torre räusperte sich. »Sie war Adams erste Frau – vor Eva.«

»Hören Sie«, sagte Marie, »wenn Sie Jesse nichts tun, mache ich, was Sie wollen.«

Della Torre erwiderte: »Passen Sie lieber genau auf. Was ich jetzt sage, betrifft Sie.« Dann sah er wieder Carpenter an. »Als Lilith Adam verließ – und das wird Sie amüsieren, Joe: Sie stritten darum, wer obenauf ist! –, baten die Engel, sie möge zurückkehren.«

Carpenter dachte: Vielleicht lässt sich mit der Petroleumlampe was machen. Laut sagte er: »Und hat sie das getan?«

Della Torre schüttelte mit trauriger Miene den Kopf. »Nein. Sie war so unglücklich mit Adam und mit Gott, dass sie lieber dem Satan beiwohnte und später seine Kinder gebar.« Lächelnd beugte er sich über den Tisch und berührte Jesses Haare. »Sie waren natürlich Dämonen.«

Carpenter nickte. »Die sieht man heutzutage häufig. Das liegt wohl an MTV.«

Kopfschüttelnd deklamierte della Torre: »Und die zehn Hörner, die du gesehen hast, und das Tier, die werden die Hure hassen und werden sie einsam machen und bloß und werden ihr Fleisch essen und werden sie mit Feuer verbrennen.« Dann lehnte er sich zurück. »Offenbarung, 17.16.«

Wieder wandte er sich an Grimaldi, der ratlos den Kopf schüttelte.

»Sie haben kein Seil mehr«, erklärte Marie.

Della Torre war überrascht. »Sie sprechen Italienisch?«

»Ci lasci andare, Padre.«

Della Torre schien den Gedanken zu erwägen. Schließlich sagte er: »Das kann ich nicht«, winkte Grimaldi herbei und flüsterte ihm etwas ins Ohr. Grimaldi nickte und ging noch einmal in die Küche. Dort wühlte er in mehreren Schubladen, kam mit zwei Küchenmessern zurück an den Tisch und nahm die Pistole wieder in Empfang.

Marie wurde blass, und Jesse klammerte sich noch fester an sie.

»Geben Sie mir Ihre Hand«, sagte della Torre zu Carpenter und griff nach einem Messer mit einer zwölf Zentimeter langen Klinge.

Carpenter starrte ihn ungläubig an. Nach längerem Schweigen schüttelte er den Kopf. Della Torre nickte Grimaldi zu, der hinter Carpenter trat.

Er rechnete mit einem Schlag, verspürte aber nur eine leichte Berührung – Grimaldis Handkante an seinem Hinterkopf. Dann hörte er ein Klicken, und plötzlich wusste er, warum Grimaldi die Hand so hielt: um sich gegen die Spritzer zu schützen, wenn er abdrückte.

Carpenter holte tief Luft, fluchte leise und streckte seine Hand aus. Der Priester ergriff sie, drehte sie um und betrachtete die Handfläche. Mit einer leisen Berührung drückte er Carpenters Hand auf den Tisch und richtete die Spitze des Messers auf die Handfläche.

»Haben Sie sich je die Hand lesen lassen, Joe?«

Carpenter schüttelte den Kopf. »Nein«, antwortete er mit heiserer Stimme. Er versuchte, ruhig zu atmen, aber es half nicht viel.

»Sehen Sie diese Linie?«, fragte della Torre. »Diese kurze Linie hier? Das ist Ihre Lebenslinie.« Und damit holte der Priester aus, stieß das Messer mit aller Kraft durch Carpenters Hand und nagelte sie am Tisch fest.

Der Schmerz war so jäh und heftig, dass er den Kopf zurückwarf und laut aufstöhnte. Er hörte Maries Schrei wie aus weiter Ferne, und dann zwang Grimaldi seine andere Hand auf den Tisch. Seine Faust wurde gewaltsam geöffnet, und dann durchbohrte ein zweites Messer seine linke Hand. Diesmal stieß er ein tierisches Brüllen aus, das in einem Keuchen endete.

Sein Kopf sank vornüber auf den Tisch, und er stöhnte durch zusammengebissene Zähne. Es kam ihm vor, als läge er lange Zeit so da. Als er schließlich aufblickte, starrte ihn della Torre mit unverhohlener Erregung an, während Jesse merkwürdig monoton weinte. Marie war kalkweiß.

Er schaute auf seine am Tisch festgenagelten Hände. Es floss überraschend wenig Blut, trotzdem drehte sich ihm der Magen um. Er holte tief Luft und beugte sich zu della Torre hinüber. »Sie verdammter Psychopath ...«

»Wir mussten improvisieren.«

Als Grimaldi das Wort hörte, kicherte er. Carpenter spürte, wie ihm mit einem Mal kalt wurde. *Ich stehe gleich unter Schock*, dachte er. Und dann: *Nur das nicht.*

»Sie begreifen nicht, was auf dem Spiel steht«, sagte der Priester.

»Ich weiß genau, was auf dem Spiel steht.«

»Das bezweifle ich«, entgegnete della Torre, und während er sprach, zuckte ein Blitzstrahl über den Himmel. Kurz darauf donnerte es, und plötzlich peitschte der Regen in jähen Böen gegen die Fenster. Mit besorgtem Blick sah sich della Torre um. »Ich frage mich«, sagte er, »ob bei dem Regen ...«

Carpenter hörte nicht zu. Er sah auf seine Hände und fragte sich, ob er den Mut hatte, den Tisch hochkant zu stellen. Wenn er das täte, würden die Messer sich mit einem Ruck von seinen Händen lösen.

Della Torre schüttelte den Kopf. »Sie sind unaufmerksam.«

Carpenter sah ihn an. »Ich bin ein wenig abgelenkt.«

Der Priester wandte sich an Grimaldi und murmelte etwas auf Italienisch. Der Killer nickte, zog den Reißverschluss seiner Jacke zu und ging in den Regen hinaus.

Zu Carpenter sagte della Torre: »Sie glauben zu wissen, was auf dem Spiel steht, Joe, aber in Wirklichkeit wissen Sie es nicht. Sie können es gar nicht wissen. Denn solange Sie nicht ebenso inbrünstig an Gott glauben wie an die Wissenschaft – und Sie müssen an beides glauben, um wirklich etwas zu begreifen –, sind Sie ahnungslos. Wissen Sie, wer der Junge ist?«

»Ich weiß, für wen Sie ihn halten«, sagte Carpenter.

Der Priester legte den Kopf schief. »Wirklich? Und für wen halte ich ihn?«

»Sie halten ihn für Jesus Christus.«

Della Torre schürzte die Lippen, überlegte kurz und schüttelte den Kopf. »Nein«, sagte er. »Dafür halte ich ihn nicht. Denn ... wenn ich ihn für Jesus Christus hielte, würde ich auf den Knien liegen. Selbstverständlich. Aber er ist es nicht. Er kann es nicht sein.«

»Sind Sie sicher?«

Della Torre machte eine vage Geste. »Ich bin sicher, dass Gott den Menschen nach Seinem Bilde geschaffen hat – und nicht umgekehrt. Das Kind ist ein Gräuel. Und dieser Gräuel trägt einen Namen.«

»Sein Name ist Jesse«, sagte Marie.

»Sein Name ist Antichrist!« Der Priester starrte sie wütend an, doch dann wurde sein Blick etwas weicher. »Wissen Sie«, sagte er, »Baresis Leistung war wirklich spektakulär. Ihm ist in wenigen Jahren gelungen, was alle Zauberer der Welt in Jahrhunderten nicht vollbringen konnten.«

»Und das wäre?«, fragte Carpenter und dachte dabei: *Du brauchst dich nur nach vorn zu werfen. Es dauert höchstens eine Sekunde. Der Tisch kippt um und ... ich kann nicht. Ich kann einfach nicht.*

Della Torre sah ihn an, als erriete er seine Gedanken. Schließlich sagte er: »Baresi beschwor Dämonen aus dem Blute herauf.«

Ein kalter Windstoß drang durch die Tür, während Grimaldi mit einem großen Benzinkanister wieder hereinkam. Er stellte della Torre eine Frage, und der Priester nickte.

Plötzlich war della Torres Stirn schweißbedeckt. »Ich bin ein wenig nervös«, erklärte er, als er Carpenters Blick auf sich spürte. »So etwas habe ich noch nie getan.«

»O Gott«, murmelte Carpenter und wollte den letzten Mut zusammenkratzen und den Tisch umstoßen. Das Gehirn befahl den Beinen aufzustehen, aber die Hände ließen es nicht zu.

»Was die beiden betrifft, gibt es keine Alternative«, fuhr della Torre fort und nickte Jesse und Marie zu. »Aber für Sie ... könnten wir die Sache beschleunigen.«

Carpenters Finger schlossen sich um die Messerklingen und öffneten sich wieder, während Grimaldi den Verschluss des Benzinkanisters aufschraubte. »Nein, danke«, murmelte Carpenter.

Della Torre stand auf. »Es ist an der Zeit.« Der Priester beugte sich über den Tisch und tauchte den Finger in das Blut, das aus Carpenters rechter Hand floss. Er ging zu Marie und malte ihr eine 6 auf die Stirn, dann verdrehte er Jesse den Arm, damit er aufsah, und tat dasselbe bei ihm. Wieder tunkte er den Finger in Blut und schrieb die Ziffer auch auf Carpenters Stirn. Nun trat er zurück und bewunderte sein Werk.

Im ersten Augenblick war Carpenter verwirrt, aber dann begriff er. Er, Jesse und Marie:

666

Der Antichrist.

Della Torre wandte sich ab, griff in seine Soutane und holte das Weihwasserfläschchen hervor, das Carpenter sofort wiedererkannte. Der Priester öffnete den Metallverschluss, sprengte Weihwasser in die vier Ecken des Raums und murmelte dabei etwas auf Lateinisch.

Plötzlich trat Grimaldi hinter Jesse und Marie, drehte den Kanister um und goss ihnen Benzin über den Kopf, sodass sich ein penetranter Gestank ausbreitete. Carpenter kämpfte sich mühsam hoch, jetzt oder nie – als ihm Marie die Entscheidung abnahm. Sie lehnte sich mit ihrem Stuhl zurück, trat mit dem Fuß gegen die Tischkante und stieß den Tisch um.

Carpenter brüllte vor Schmerz auf, als die Messer aus dem Tisch gerissen wurden. In diesem Augenblick kippte die Petroleumlampe um, die neben della Torre stand, und seine Soutane fing Feuer. Entsetzt bückte sich der Priester und wollte die Flammen ausschlagen, während Marie Jesse zurief, er solle weglaufen, und Grimaldi alle und keinen anbrüllte. Schatten tanzten an der Wand, als die Soutane aufflammte und della Torre zur menschlichen Fackel wurde. Ängstlich heulend rannte er auf die Tür zu – nach draußen, in den Regen.

Grimaldi wollte ihm helfen, aber bevor er den Priester erreichte, hatte sich Carpenter schon auf ihn gestürzt und ihm von hinten einen so kräftigen Schlag versetzt, dass der Benzinkanister auf den Priester zuflog. Jäh flammte die lebende Fackel auf, und Feuerzungen huschten über den Fußboden, während Carpenter Grimaldi gegen die Wand drängte. Carpenter packte seinen keuchenden Gegner am Revers und schlug mit der Stirn auf seine Nase. Ein Knacken war zu hören, und Grimaldi ging in die Knie. Carpenter brachte ihn ganz zu Fall und trat ihn mit aller Kraft in die Rippen.

Und noch einmal. Und dann versetzte er ihm einen Tritt an den Kopf, bis der Italiener plötzlich wegrollte, wieder auf die Beine kam und feuerte.

Drei Schüsse in einer Sekunde, panisch ballerte er drauflos, die Kugeln trafen die Zimmerdecke, die Wand und die Tür. Carpenter sprang in der Dunkelheit auf die Waffe zu und schlug sie Grimaldi aus der Hand. Wie mordwütige Psychopathen krochen sie auf allen vieren durch den Rauch und tasteten nach der Pistole.

Ein jäh aufleuchtender Blitz zeigte ihnen, wo sie lag; beide stürzten hin und landeten nebeneinander am Boden. Carpenter war schneller, aber als sich seine Hand schmerzlich um den Griff schloss, stieß ihm Grimaldi den Ellbogen in den Mund und rollte sich auf ihn. Schon hatte der Italiener Carpenters Hals mit der Armbeuge umfasst und drückte ihm die Luft ab.

Er war unglaublich stark.

Carpenter hielt stand, zappelte unter dem Gewicht des Killers. Aber es half nichts. Seine Muskeln erlahmten, alles verschwamm ihm vor den Augen, und er merkte, wie ihm langsam die Sinne schwanden. Er führte seinen Arm in einem Bogen am Fußboden entlang, bis die Pistole gegen etwas Festes stieß; dann drückte er ab.

Grimaldi brüllte auf, da die Kugel sein Knie durchbohrte, und Carpenter rollte weg, kroch zur Wand, schöpfte Atem. Dann leuchtete ein Blitz auf, und Carpenter sah Grimaldi wie auf einer Theaterbühne auf dem brennenden Fußboden sitzen, das Knie umklammernd, sich vor und zurück wiegend, fast wehklagend.

Sein schmerzverzerrtes Gesicht erinnerte Carpenter an den heiligen Sebastian auf diesem berühmten Gemälde, wie hieß doch noch der Künstler?

Dann schoss er ihn nieder. Der Schuss hinterließ ein kleines, blutiges Loch über Grimaldis linkem Auge.

Dann hörte er Marie rufen, drehte sich um und sah, dass das Feuer fast schon ihren Stuhl erreicht hatte. Jesse stand neben ihr und versuchte angestrengt, die Knoten zu lösen, aber seine kleinen Finger waren zu schwach. Carpenter löste die Fesseln und führte die beiden um das Feuer herum nach draußen.

Auf dem Pfad unterhalb des Blockhauses sahen sie ein schwelendes zitterndes Bündel im Regen liegen.

»Jesse – schau nicht hin.« Marie zog den Jungen eng an sich.

Carpenter kniete neben della Torre nieder und zuckte zusammen, als er das entstellte, verkohlte Gesicht sah. Haare und Lider waren völlig verschwunden, und aus den Augen rann eine merkwürdige Flüssigkeit. Carpenter war sich sicher, dass della Torre tot war – bis sich der Verletzte bewegte und stöhnte.

»Wir müssen ihn ins Krankenhaus bringen«, sagte Marie. »Wir nehmen ihr Boot. Kommen Sie.«

Carpenter sah sie an, als wäre sie nicht ganz bei Verstand. »Das sollten wir nicht machen.«

»Dann stirbt er!«

»Natürlich stirbt er! Das soll er doch.«

»Sie können ihn doch nicht so liegen lassen. Es ist eiskalt. Er hat Verbrennungen!«

Carpenter stand auf. »Wenn wir ihn ins Krankenhaus bringen ... dann nimmt das nie ein Ende. Ungefähr eine Million Leute denken wie er. Und wenn die herausfinden, dass Sie und Jesse noch am Leben sind – und das werden sie –, dann geht die Jagd weiter. Wir dürfen ihn nicht ins Krankenhaus bringen. Wir müssen hier weg.«

Marie schüttelte den Kopf. »Er ist ein Mensch«, beharrte sie.

Carpenter sah sie lange an. Schließlich sagte er: »In Ordnung. Bringen Sie Jesse zum Boot. Ich komme mit ihm nach.«

Marie nahm Jesse bei der Hand und rannte zu der Motorbarkasse. Sie war schon fast am Anlegesteg angelangt, als sie vom Weg her einen Schuss hörte, und ohne sich umzudrehen, wusste sie, dass sich die Fahrt zum Krankenhaus erübrigte.

Epilog

Danach sprach Marie tagelang nicht mit Carpenter, und letztlich dauerte es einen Monat, bis sie schliesslich zugab, dass es nichts anderes als ein Gnadenschuss gewesen war – ebenso barmherzig wie notwendig. Unterdessen waren die drei als Familie unterwegs. Carpenter griff in die Trickkiste und tat sein Möglichstes, um für sie alle eine neue Identität zu schaffen.

Es ging nicht nur darum, einen neuen Namen anzunehmen, sondern es galt, eine Legende zu schaffen – eine nachprüfbare Vergangenheit, einschließlich Arbeit und Krankengeschichte, Ausbildung und Daten, die einer Kreditwürdigkeitsprüfung standhielten, gültigen Pässen und Sozialversicherungsnummern, die dem Anschein nach schon vor Jahren vergeben worden waren. Der gesamte Vorgang dauerte drei Wochen und kostete 50 000 Dollar. Und als er abgeschlossen war, hätte Carpenter es Marie am liebsten nicht verraten.

»In ein paar Tagen sind Sie mich los«, versprach er, »sobald die Karte zur Unterschrift aus Liechtenstein kommt.« Dort hatte das Geld der beiden schließlich Ruhe gefunden, nachdem es wie eine Roulettekugel durch die merkwürdigsten Finanzplätze rotiert war, dank der freundlichen Unterstützung von Max Lang.

Aus den paar Tagen wurden ein paar Wochen, wie Carpenter sehr wohl geahnt hatte. Und dann war es Frühling, und sie küssten sich zum ersten Mal.

Auf dem Briefkasten stand der Name Shepherd.

Der Kasten befand sich am Ende einer langen Auffahrt in Piedmont, North Carolina, in den Ausläufern der Blue Ridge Mountains. Die Zufahrt schlängelte sich durch 40 Hektar hügelige Wiesen und endete vor einem steinernen Stall, nicht weit von einem großen, alten, renovierungsbedürftigen Farmhaus. Ein langer weißer Zaun umschloss den Grund, auf dem eine Araberstute mit ihrem Fohlen weidete.

Es war eine schöne Gegend, aber für Pendler ein wenig zu abgelegen. So gingen die meisten Menschen, die hier lebten, dem einen oder anderen freien Beruf nach.

Mr. Shepherd machte da keine Ausnahme: Er handelte mit seltenen Büchern und Erstausgaben und bediente sich dabei ausschließlich des Postwegs. Sein Beruf war nicht ausgefallener als manch anderer in der Nachbarschaft und erregte daher kein besonderes Aufsehen. Im Umkreis von einer Meile um das Anwesen der Shepherds wohnten: ein weltberühmter Mandolinenbauer, ein Ehepaar, das Strauße züchtete, eine Frau, die kulinarische Arrangements für Smith & Hawken kreierte, und ein Mann, der Trockenwände baute. Ferner gab es einen mutmaßlichen Marihuana-Anbauer, zwei Schriftsteller und eine Frau, die Gesellschaftsspiele erdachte.

Die Shepherds lebten bescheiden, zumindest im Augenblick. Sie ließen sich Zeit bei der Renovierung des Hauses und erledigten viele Arbeiten selbst. Der Plan sah vor, eine Weile zusammenzuleben, sich dann scheiden zu lassen und getrennte Wege zu gehen. Ein vernünftiges Vorhaben, das sich gut in die Legenden einfügte, die sie sich geschaffen hatten. Aber daraus wurde nichts, da inmitten der Freuden eines schlichten Landlebens die gegenseitige Zuneigung wuchs. Nach kurzer Zeit war aus ihrer sprichwörtlichen Vernunftehe ein Bund der Liebe geworden.

Die Vergangenheit drängte sich nur einmal ein. Zwei Jahre nach ihrer Abreise aus Maine brachte das Fernsehen in der Reihe »Amerikas ungelöste Rätsel« einen Pseudodokumentarfilm mit dem Titel *Schicksalsinsel.* Joe und Marie verfolgten entsetzt, wie

Robert Stack den Zuschauern eine gespenstische Neuinszenierung der Ereignisse präsentierte, die zu ihrer Flucht von der Insel geführt hatten.

Es begann damit, dass ein blauer Taurus im nebelverhangenen Küstendorf Cundys Harbor eintraf. Ein Schauspieler, der keinerlei Ähnlichkeit mit Carpenter hatte, verhandelte mit einem anderen, der Roger Bowker darstellen sollte – und danach bestiegen die beiden Männer ein Boot, das tatsächlich wie die GO-4-IT aussah. Maude wurde interviewt, und der Hafenmeister sagte vor der Kamera: »Wir sahen, dass ein Sturm aufkam. Roger war aber ein Dickschädel!«

Der spektakuläre Untergang des Boots wurde nicht nachgestellt, sondern nur von Stack geschildert. Dann folgten Fotos, die das Washingtoner Büro von Carpenter Associates, Carpenters Haus in McLean – »schön«, bemerkte Marie – und Carpenter selbst zeigten. Das letzte Foto war ein Abzug von dem Bild, das er spaßeshalber in seinem Büro aufgestellt hatte.

»Es sieht dir überhaupt nicht ähnlich«, meinte Marie.

»Ich weiß.«

Der Erzähler erklärte, Carpenters Verschwinden sei zufällig mit dem Verkauf seiner Firma zusammengefallen, und stellte dann die Frage: »Warum fuhr Joe Carpenter zur Schicksalsinsel? Stellte er Nachforschungen an? Ja, das tat er.«

Diese viel sagende Bemerkung wurde nicht sofort erklärt. Es folgte ein Werbeblock und wieder eine nachgestellte Szene. Ein schwarzer Mercedes fuhr auf den Bootshafen von Bailey Island, und drei Männer stiegen aus. Sie beugten sich über eine Seekarte und verständigten sich auf Italienisch über den Weg nach Rag Island.

Dann sah man den Erzähler auf der Insel vor der niedergebrannten Blockhütte. Es folgte ein Blick auf das Bootshaus, den Anlegesteg, die Felsen, an denen die GO-4-IT zerschellte, und schließlich sah man einen Sonnenuntergang über dem Meer.

Stack interviewte den Polizeichef von Bath, einen Captain der Küstenwache und einen Attaché der italienischen Botschaft und stellte ihnen die Frage: »Was taten diese Männer hier?« Fotos von della Torre, Grimaldi und dem Schrank wurden gezeigt. »Der erste – ein prominenter katholischer Geistlicher. Der zweite – ein dreifacher Mörder. Der dritte – ein gefährlicher Gewaltverbrecher, der den Kriminalbehörden in seiner Heimat nicht unbekannt ist. Warum waren sie zusammen? Was wollten sie auf der Schicksalsinsel? Diese Fragen blieben offen.

Und was war mit der mysteriösen Frau, die mit ihrem Kind auf der Insel lebte? Seltsamerweise existieren von den beiden keine Fotos.« Eine Porträtzeichnung erschien auf dem Bildschirm, und Maude sprach mit besorgter Miene über Maries Entscheidung, »da draußen« zu leben. Glücklicherweise wies die Zeichnung zwar Merkmale der menschlichen Gattung auf, zwei Augen und zwei Ohren und so weiter, hatte aber wenig Ähnlichkeit mit Marie.

Zuletzt sah man den Erzähler auf dem Anlegesteg, wo er seinen Bericht beendete. »Das Feuer, das Marie Sanders' Blockhaus zerstörte, war nicht das einzige in jener Nacht. Zeugen berichten, dass am späten Abend auf See ein zweites Feuer ausbrach. Wie die Polizei erklärt, zerstörte dieses zweite Feuer das Boot, das Pater della Torre am Morgen gechartert hatte. Nach Auskunft von Fachleuten konnte um diese Jahreszeit niemand den Versuch überleben, schwimmend die Küste zu erreichen. Doch als forensische Experten die Insel durchkämmten, entdeckten sie lediglich die sterblichen Überreste eines einzigen Menschen: Und dieser Mensch war Franco Grimaldi.«

Was geschah mit den anderen? Eine Collage von Fotos erschien auf dem Bildschirm: Joe, Roger, der Schrank, Jesse, Marie und della Torre. »Vielleicht fanden sie den Tod im Meer, vielleicht liegen sie auf der Insel begraben. Oder vielleicht ... nur vielleicht ... entkamen Marie Sanders und ihr Kind auf diesem kleinen Boot.« Ein Foto von Maries Dingi wurde eingeblendet. »Es wurde am nächsten Morgen auf dem Festland gefunden.«

Zuletzt sah man eine Luftaufnahme, zu der Robert Stack kommentierte: »Alles, was wir wissen, ist, dass sieben Menschen auf die Schicksalsinsel kamen – und niemand hat sie jemals lebendig wiedergesehen.«

Die Sendung blieb folgenlos. Wenn einer der Nachbarn sie gesehen hatte, erwähnte er sie zumindest nicht, was nicht weiter verwunderlich war, denn die Shepherds waren inzwischen vollkommen integriert, und manch einer hätte schwören können, dass sie schon immer hier gewohnt hatten. Marie gab Kurse in Sprachtherapie an der Volkshochschule, und Joe trainierte mit der Fußballmannschaft der unter Siebenjährigen.

Jesse war der Einzige aus der Familie, der seinen Vornamen hatte behalten dürfen. Aber meistens wurde er Jay gerufen, und seine Freunde machten daraus »J. J.«.

Er hatte viele Freunde, und wie sich bald herausstellte, war er auch im Kindergarten und später in der Schule beliebt. Bei einem Elternabend bemerkte seine Lehrerin, er sei ein geborener Leader – und habe auch Talent zum Friedenstiften. »Vielleicht arbeitet er eines Tages mal für die Vereinten Nationen.«

Im Augenblick setzte er sein diplomatisches Talent als Schülerlotse im Schulbus ein.

Joe beobachtete oft vom Fenster seines Arbeitszimmers im ersten Stock aus, wie Jesse die lange Auffahrt zur Schulbushaltestelle hinaufging. Das orangefarbene Schülerlotsenband leuchtete noch aus der Ferne zwischen den Weiden hervor. Eines Tages bemerkte Joe überrascht, dass Jesse auf halbem Weg kehrtmachte, seine Pausenbrottasche stehen ließ und zum Haus zurückrannte. Er stürmte durch die Vordertür ins Haus.

»Was hast du vergessen?«, rief ihm Marie aus der Küche zu.

»Ich hab vergessen, die Fische zu füttern!«, schrie Jesse und hastete die Treppe hinauf.

Die Fische waren die ersten Tiere seiner Menagerie; als Nächstes folgte ein Welpe der schokoladenbraunen Labrador-Coonhound-Mischlingshündin Pickle, die Jesses Freund Ethan gehörte. Jesse hatte bereits einen roten Hundekorb vom Schulbusfahrer erstanden, dessen Hund »zu verwöhnt« war – »er schläft nur auf der Couch«. Danach kam ein weiterer Hund ins Haus, »damit sie nicht allein sind«, dann eine Katze und eine Ziege.

Jesse versorgte die Fische ganz selbstständig, nur das schwere Aquarium konnte er nicht ausleeren und mit frischem Wasser füllen. Aber er machte es sauber und spülte die Steine ab. Er fütterte die Fische, und im Winter behielt er die Temperatur im Auge, damit die Tiere es warm genug hatten.

Jesse liebte die Fische. Er besaß sieben Stück, und jeder hatte einen Namen. Nachts durfte er die Aquariumbeleuchtung anlassen, dann konnte er sie vom Bett aus beobachten. Es gefiel ihm, wie sie durchs Aquarium glitten, in der kleinen Burg ein und aus schwammen oder sich hinter grünen Wasserpflanzen verbargen. Sogar die silbernen Bläschen, die aus dem Belüfter aufstiegen, gefielen ihm. Schuldbewusst trat er jetzt ins Zimmer, denn er hatte seine Schützlinge ja *fast* vergessen.

»Habt ihr Hunger?« Vorsichtig hob er die Abdeckung des Aquariums hoch und stellte sie beiseite; dann holte er das Futter aus dem Regal. Akribisch maß er einen Teelöffel voll ab. Immer wieder hatte man ihm erklärt, dass es wichtig sei, sie ausreichend, aber nicht übermäßig zu füttern. Er verteilte die vielfarbigen Flocken gleichmäßig über die Wasseroberfläche und kniete dann nieder, um die Fische beim Fressen zu beobachten. Es gefiel ihm, wie sie aufstiegen, nach dem Futter schnappten und dann wieder untertauchten. Manchmal, so auch jetzt, sprach er mit ihnen. »Hey, streitet nicht, es gibt genug zu essen.« Dann runzelte er die Stirn. Einer der gestreiften – halb verborgen hinter einer Pflanze – rührte sich nicht vom Fleck, auch nicht, um zu fressen. Jesse stand auf und blickte von oben hinein. Der gestreifte Fisch sah krank aus. Er lag auf der Seite, sein Bauch war gebläht, und sein Schwanz wirkte weißer als sonst und etwas schleimig. Er rührte sich wirklich kein bisschen. Und seine Bauchflosse sah – zerschlissen aus. Da! Jesse sah, wie ein Gurami herbeigeschwommen kam und am Schwanz des Gestreiften nagte!

»Hey!« Unwillkürlich griff Jesse ins Wasser und holte den toten Fisch heraus. Er hielt ihn in der hohlen Hand und streichelte ihn sanft. »Du wirst wieder gesund«, sagte er, umschloss ihn mit beiden Händen und legte ihn behutsam wieder ins Wasser. Aufmerksam blickte er ins Aquarium.

Und der Fisch schwamm davon.

JOHN F.

CASE

DAS ERSTE DER SIEBEN SIEGEL

ROMAN

Aus dem Englischen von
Ulrike Wasel und Klaus Timmermann

BASTEI LÜBBE

Dann sah ich: Das Lamm öffnete das erste der sieben Siegel; und ich hörte das erste der vier Lebewesen wie mit Donnerstimme rufen: Komm! Da sah ich EIN WEISSES PFERD; *und der, der auf ihm saß, hatte einen Bogen. Ein Kranz wurde ihm gegeben, und als Sieger zog er aus, um zu siegen.*

Die Offenbarung des Johannes

Prolog

Hudson Valley

11. November 1997

Tommy war nervös. Susannah merkte das, weil sie wusste, dass er sich gerne reden hörte, und jetzt hatte er schon seit achtzig Kilometern kein Wort mehr gesagt. Sie konnte es ihm nicht verübeln. Sie war auch nervös. Und aufgeregt. Und sie hatte Angst.

Es wurde allmählich dunkel, als sie den Taconic Parkway verließen und mit eingeschaltetem Licht durch sanft hügeliges Farmland fuhren, eine Landschaft wie von Ralph Lauren mit makellosen Häusern, die ganz bestimmt irgendwelchen Ärzten oder Anwälten gehörten. Es waren »Minianwesen« oder Enklaven mit Namen wie »Foxfield Meadows«, nur dass eigentlich nichts angebaut wurde, außer vielleicht sonnengetrocknete Tomaten oder Rucola.

Als sie am Omega Institute vorbeikamen, überlegte Susannah laut – was ist denn das? Und der Fahrer, Tommy, machte ein Geräusch wie eine Ente – *kwak-kwak-kwak*! Beide mussten sie lachen (etwas zu laut), und Susannah dachte, irgend so ein New-Age-Quatsch.

Das, was sie so nervös machte, das war die Sache mit den Zähnen, mit dem Zähne*ziehen*. Man konnte es drehen und wenden, wie man wollte, das mit dem Zähneziehen war irgendwie gruselig. Und falls sie geschnappt wurden, dann wären sie dran wegen ...

Nicht, dass sie diejenige sein würde, die es tun musste – sie konnte keiner Fliege was zuleide tun. Dafür war Vaughn zuständig, für die Zähne und die Finger. Und für die Spritzen. Das musste er auch machen, schließlich war er Arzt. (Und noch dazu ein guter, wie Tommy sagte. »Vaughn ist ein ›Old Blue‹, stimmt's, Vaughn?« Was immer das hieß.)

Trotzdem musste man sich doch fragen, wieso das mit den Zähnen unbedingt sein musste. Und das mit den Fingern. Wieso die beiden nicht einfach ... kaltmachen und wegschaffen? Oder, besser noch, sie liegen lassen?

Susannah dachte eine Weile darüber nach, dann zuckte sie die Achseln. Solange war unberechenbar, dachte sie und lächelte wissend. Manchmal machte er Sachen praktisch nur, um andere zu beeindrucken. Um eine Show abzuziehen. Um sie alle zu verunsichern.

Aber egal. Sie würden nicht geschnappt werden. Alles war durchgespielt worden, vom Klopfen an der Tür bis zu den Handfesseln, und es gab nichts, was sie nicht bedacht hatten.

Wie der gemietete Transporter von U-Haul. Der Wagen war Solanges Idee, und sie war genial, weil Vaughn, nachdem sie den Laderaum umgebaut hatten, so eine Art Operationsraum hatte. So konnte er seine Aufgabe noch während der Fahrt erledigen.

Und der Transporter war unauffällig. Weil die Wagen von U-Haul überall unterwegs waren. Überall in Amerika waren sie zu sehen. Sogar hier. Jeder benutzte sie.

Ihre Aufgabe war es, sich Einlass ins Haus zu verschaffen und, sobald sie drin war, dafür zu sorgen, dass die Bergmans nicht an ihre Pistole kamen. Sie hatte also eigentlich zwei Aufgaben, und der Grund, warum alle dachten, dass sie es schaffen konnte, war – sie bildete sich wirklich nichts darauf ein, es war einfach eine Tatsache –, dass sie »hübsch« war. Hübsch wie eine Cheerleaderin. Und schwanger. Sodass sie irgendwie verletzlich wirkte.

Und deshalb vertrauten auch fremde Menschen ihr. Was wichtig war. Die Bergmans waren nämlich völlig paranoid – als würde ihnen jemand nach dem Leben trachten. Susannah lächelte bei dem Gedanken. Wenn das keine Ironie des Schicksals war.

Aber vor allem war das Ganze beängstigend und schrecklich, und sie wünschte, sie wäre nicht dabei, aber es musste getan werden. Sie wusste, dass es getan werden musste, weil Solange es gesagt hatte, und Solange log nie. Niemals.

Und sie würden keine Schmerzen haben. Vaughn hatte gesagt, sie würden nicht das Geringste spüren. Bloß »einen Stich von der Nadel, wie von einer Biene«. Und das war's dann.

Natürlich nur, wenn nichts schief ging. Wenn sie zum Beispiel einen Dobermann hatten oder so. Aber nein, sie hatten keinen Hund, sonst hätte Lenny was davon gesagt. Lenny war der Sohn von den Bergmans, und wenn da ein Dobermann rumlief, hätte er es ihnen erzählt.

So wie Marty ihnen von der Pistole erzählt hatte. Marty war zwar nicht mit den Bergmans verwandt, aber er hatte mit ihnen zu tun. Er hatte gesagt, *Ich kann mir nicht vorstellen, dass der alte Wichser damit umgehen kann, aber er hat eine .38er Special, die er in der Diele aufbewahrt – in einem Tischchen, direkt unter dem Telefon, Ich hab ihn mal angesprochen auf seine »Kanone«, und er hat gesagt: »Wie bitte? Was für eine Kanone? Ich hab doch keine Kanone.« Und das sollte noch nicht mal ein Witz sein. Ich meine, der Typ lebt im vorigen Jahrhundert.*

Trotzdem ... was, wenn die Nadel abbrach oder die Frau anfing zu schreien? Dann würde das Chaos ausbrechen, und zwar schnell. Wie mit Riff – als sie noch klein war und er von einem Auto überfahren wurde und ihr Vater ihn mit seiner .22er von seinem Leiden erlösen wollte, aber vor lauter Nervosität das Herz nicht finden konnte. Und einfach immer weiter drauflosschoss.

Falls das passierte oder irgendwas in der Art, dann wäre alles voller Blut – und sie alle auch. Und eigentlich, *nach dem Gesetz*, war das, was sie vorhatten, Mord. Und für jemanden wie sie, mit ihrer katholischen Erziehung, auch wenn sie längst nicht mehr in der Kirche war, konnte es nichts Schlimmeres geben.

Denn Töten war unrecht. Das wusste sie. Ohne Wenn und Aber. Jemanden zu töten war unrecht –

Es sei denn ...

Es sei denn, man war Soldat. Und genau das waren sie – sie und Tommy und Vaughn und der Franzose im Laderaum. Sie waren Soldaten. Sogar Ritter. Genau wie bei den Kreuzzügen.

Susannah dachte über diesen Geheimen Krieg nach, Solanges Krieg, *ihren* Krieg, als der Blinker anfing zu ticken und der Transporter in eine zweispurige Landstraße einbog und ein Rudel Rehe aufschreckte, die am Straßenrand ästen.

Der verbeulte U-Haul-Transporter vibrierte und schaukelte hin und her, als er über die holprige Straße klapperte, an jedem Briefkasten langsamer wurde, dann wieder beschleunigte, wieder langsamer wurde, während der Fahrer die richtige Adresse suchte. Schließlich hielt der Wagen neben einem verrosteten Briefkasten mit der Aufschrift: BERGMAN

Eine ganze Weile starrte Tommy auf die silbrigen, aufgeklebten Buchstaben und murmelte etwas vor sich hin. Dann schaltete er die Scheinwerfer aus, setzte ein Stück zurück, legte den Vorwärtsgang ein und fuhr mit angehaltenem Atem in die lange Einfahrt.

Susannah rutschte unruhig auf ihrem Sitz hin und her und holte tief Luft. Beim Ausatmen machte sie ein stotterndes Geräusch, befeuchtete sich dann mit der Zunge die Lippen.

Langsam fuhr der Wagen knirschend über den Kies und näherte sich der Veranda eines weißen Farmhauses. Kurz davor, unter dem Schattendach einer Kastanie, stellte Tommy den Motor ab, die Beifahrertür ging auf, und Susannah stieg aus.

Sie war auffallend hübsch, jung und schwanger, mit großen braunen Augen und aschblondem Haar. Sie trug ein gelbes Sommerkleid unter einer abgetragenen grauen Strickjacke, die viel zu groß war und ihrem Vater gehört haben könnte. Sie warf dem Fahrer einen Blick zu, der besagte *Auf geht's*, atmete einmal tief durch und stieg die Treppe zur Veranda hoch, wobei sie kurz die

Töpfe mit Chrysanthemen auf beiden Seiten in Augenschein nahm.

Oben angekommen zögerte sie, von einem jähen Übelkeits- und Schwindelgefühl übermannt. Einen Augenblick lang zauderte sie vor der Tür. Schließlich klopfte sie – ganz leise, insgeheim hoffend, dass niemand zu Hause war.

Zunächst öffnete niemand, aber sie konnte von drinnen den Fernseher hören, und so klopfte sie erneut. Diesmal lauter. Und dann noch einmal, schlug beinahe gegen die Fliegentür.

Schließlich flog die Innentür auf, und eine Frau in den Fünfzigern spähte durch die verriegelte Fliegentür. »Ja?«, sagte sie fragend.

»Hi!«, erwiderte Susannah, die verlegen und schön zugleich aussah.

Martha Bergmans Blick richtete sich auf den schwangeren Bauch, wanderte dann zu dem U-Haul-Transporter, wo ein drahtiger junger Mann (der Mann der jungen Frau, so vermutete sie) ihr kurz zuwinkte. Der Wagen war an der Seite mit einer Señorita bemalt, einer spanischen Dame, die verschämt über den Rand ihres Fächers lugte. Die Firma U-Haul war dafür bekannt, dass sie ihre Wagen mit Szenen bemalte, die einen Hinweis darauf gaben, aus welcher Gegend sie kamen: Cowboys und Hummer und Wolkenkratzer. Martha folgerte, dass dieser Wagen aus New Mexico kam oder von irgendwo im Südwesten.

»Kann ich ihnen helfen?«, fragte Martha.

»Das hoffe ich«, erwiderte Susannah, während sie das Gewicht von einem Bein auf das andere verlagerte. »Wir haben uns total verfahren.«

Marthas Gesichtszüge entspannten sich. »Wohin wollen Sie denn?«

Die junge Frau schüttelte den Kopf und zuckte die Achseln. »Das ist das Problem. Wir haben den Zettel mit der Hausnummer verloren. Aber ich weiß, es ist eins von den Häusern hier – eins von den Häusern an der Boice Road.«

Martha verzog das Gesicht. »Die Straße ist sehr lang, meine Liebe.«

»Ich hatte gehofft – wenn ich vielleicht Ihr Telefon benutzen dürfte ... ich könnte meinen Bruder anrufen. Der ist nämlich schon in dem Haus.«

Martha runzelte unwillig die Stirn. Dann fiel ihr Blick auf Susannahs Bauch, und, auf einmal beruhigt, lächelte sie, entriegelte die Fliegentür und hielt sie auf. »Natürlich«, sagte sie. »Kommen Sie rein. Das Telefon ist da drüben, auf dem Tischchen.«

»Das ist sehr nett von Ihnen«, sagte Susannah, als sie in die Diele trat. »Und Donnerwetter – ein schönes Haus haben Sie!« Eigentlich hatte es große Ähnlichkeit mit dem Haus ihrer Eltern, mit falschen Orientteppichen auf den Hartholzdielen und viel kitschigem Krimskrams.

Aus dem Nebenzimmer übertönte eine dröhnende Männerstimme den Lärm des Fernsehers. »Martha! Was machst du denn? Du verpasst ja alles.«

»Ich komme gleich.«

»Mit wem redest du da?«, fragte der Mann.

»Hier ist eine junge Frau, die mal telefonieren muss«, antwortete Martha, wandte sich Susannah zu und seufzte schwer. »Die Jets spielen«, sagte sie zur Erklärung.

Susannah lächelte wissend und schüttelte den Kopf, als wollte sie sagen:

Männer! –, ging dann auf den Tisch mit dem Telefon zu. »Dauert nicht lange«, sagte sie und nahm den Hörer hoch. Von der älteren Frau abgewandt, wählte sie die Nummer des Handys hinten im Transporter und wartete. Es tickte einige Sekunden lang, dann kam ein schrilles Geräusch, und –

»Ja.« Es war Vaughn.

»Hiii!«, sagte Susannah übertrieben für Mrs. Bergman.

»Bist du drin?«

»Ja!« Und dann, genau wie sie es einstudiert hatten, ließ sie die Platte ablaufen, dass sie ganz in der Nähe seien oder es zumindest glaubten, aber die Nummer von dem neuen Haus verloren hätten – und wie war sie noch gleich?

»Was ist mit der Knarre?«

Susannah lächelte über ihre Schulter, während sie sprach, und zog fast beiläufig die Schublade des kleinen Tisches einen Spaltbreit auf. Als sie die .38er sah, sagte sie: »Hab ich! Kein Problem.«

»Bist du sicher?«

»Absolut.«

»Bin gleich da.«

Sie redete noch einige Sekunden weiter, nachdem Vaughn die Verbindung abgebrochen hatte, legte dann den Hörer wieder auf, drehte sich um und lehnte sich gegen das Tischchen.

»Na, das hat ja gut geklappt«, sagte Mrs. Bergman, obwohl ihr ein wenig unbehaglich zumute wurde, als die junge Frau blieb, wo sie war, vor dem Telefon. »Welches Haus ist es denn nun?«, fragte sie.

Susannah zuckte die Achseln, drehte sich erneut um, öffnete die Schublade und nahm die .38er heraus. Als sie die Reaktion der älteren Frau sah, hielt sie die Waffe auf den Rücken und lächelte. »Ihnen wird nichts passieren«, sagte sie. »Wirklich.« Sie dachte an Solange und daran, was er ihnen am Abend zuvor gesagt hätte: *Jagt ihnen bloß nicht zu viel Angst ein. Sie dürfen nicht in Panik geraten. Jedenfalls nicht gleich am Anfang*.

In diesem Augenblick kam Harry Bergman herein, mit finsterer Miene, ein Glas Wein in einer Hand und eine Zeitung in der anderen. An einer schwarzen Kordel um seinen Hals hing eine Brille. »Im Hof steht ein *Wagen*«, verkündete er, als wäre es das Erstaunlichste der Welt. Dann erst registrierte er Susannah und sagte überrascht: »Hallo?«

»Der gehört uns«, murmelte Susannah.

Harry blickte von der jungen Frau zu Martha und wieder zurück. »Was geht hier vor?«, fragte er angespannt, als er das Gesicht seiner Frau sah. Einen Moment lang sagte niemand etwas, und dann ertönte ein grelles Quietschen im Hof – wie Nägel auf einer Schiefertafel, und danach das Scheppern von Metall.

Martha fuhr zusammen.

»Was zum Teufel –«, sagte Harry.

»Das ist nur der Transporter«, erwiderte Susannah, bemüht beruhigend. »Das war die Hecktür. Die muss wohl mal geölt werden.«

»Ja«, sagte Harry, drehte sich um und machte einen Schritt auf das Tischchen neben Susannah zu.

»Nicht doch«, sagte sie leise und hielt die Browning in seine Richtung. »Das lassen Sie lieber.«

Harry erstarrte eigentlich nicht, er sank eher in sich zusammen, und währenddessen trat seine Frau vor ihn. »Lassen Sie ihn doch in Ruhe. Er ist nicht –«

»Martha –«, protestierte Harry.

»Nehmen Sie sich, was Sie wollen.«

»Vielen Dank«, sagte Susannah, »aber ... darum geht's nicht.«

Die Bergmans sahen sie verständnislos an, und sie hätte sich selbst in den Hintern treten können. Aber da ging auch schon die Fliegentür auf, und Vaughn kam herein, eine abgesägte Schrotflinte in der Hand, wie eine Aktentasche – ohne sie auf jemanden zu richten, was schließlich nicht nötig war. Der Franzose folgte direkt hinter ihm mit mehreren Plastikfesseln, wie sie die Polizei benutzt, wenn sie viele Leute auf einmal festnimmt. Tommy war draußen auf der Veranda und hielt Wache.

»Okay, jetzt hört mal gut zu«, sagte Vaughn. »Ihr macht genau, was wir euch sagen, dann seid ihr uns in zehn Minuten wieder los. Versprochen, okay?«

Harry Bergman legte einen Arm um seine Frau und nickte, nicht so sehr, weil er zustimmte, sondern weil er viel zu viel Angst hatte, etwas zu sagen.

Dann trat der Franzose mit den Handfesseln hinter sie, und mit einem unpassenden *»S'il vous plaît«* nahm er sachte Harrys Arm von der Schulter seiner Frau. Er zog die Arme des älteren Mannes nach hinten auf den Rücken, schlang die Plastikkordel um Harrys Handgelenke und zog fest zu. Danach wandte er sich der Frau zu und fesselte sie ebenfalls.

»Phantastisch«, sagte Vaughn und wandte sich Susannah zu. »Du weißt, was du zu tun hast, ja?«

Susannah nickte – rasche, ruckartige Bewegungen mit dem Kopf – und sah zu, wie die Bergmans nach draußen geführt wurden. Als sie durch die Tür gingen, hörte sie Vaughn sagen: »Übrigens, ich habe gestern mit eurem Sohn gesprochen und soll herzliche Grüße bestellen.«

Man konnte förmlich hören, wie sie nach Luft schnappten.

Dann schlug die Fliegengittertür zu, und Mr. Bergmans Stimme erhob sich, verängstigt und langsam anschwellend, wie ein kleiner Hund, der sein Revier vor einem Rottweiler verteidigt: »Was haben Sie vor? Wohin bringen Sie uns?« Und Vaughns Stimme, ruhig und sachlich: »Bloß zum Wagen ...«

Na ja, sozusagen, dachte Susannah, und ein Schauder durchlief sie, als sie ein Taschentuch hervorholte und die .38er abwischte. Dann legte sie die Pistole zurück in die Schublade und wischte ihre Fingerabdrücke von dem Holz und dem Telefon. Was noch? Sie sollte den Fernseher ausmachen und auch das Licht und die Haustür hinter sich zuziehen. Es sollte so aussehen, als wären sie bloß –

Plötzlich zerriss ein angstvolles, fast barbarisches Brüllen die Luft, ein prähistorischer Aufschrei blanken Entsetzens. Im gleichen Moment verstummten alle abendlichen Geräusche, und Susannah rannte erschrocken und unwillkürlich los, reagierte auf die primitive Anziehungskraft der Angst eines anderen Menschen.

Als sie gerade von der Veranda sprang, sah sie Tommy. Er kam von hinten um den Transporter herum, mit schnellem Schritt und gesenktem Kopf, den Mund geöffnet und hektisch blinzelnd. »Was ist passiert?«

Tommy schüttelte bloß den Kopf und setzte sich hinter das Lenkrad. »Geh da nicht hin«, sagte er.

Aber wie hätte sie das nicht tun können?

Als sie um die Ecke bog, sah sie den Mann – Mr. Bergman – auf der Erde, und sein Körper zitterte, als hinge er an einem unsichtbaren Starkstromkabel. Ein kurzes Stück dahinter lag die Frau auf dem Bauch in der Einfahrt. Der Franzose hielt sie fest, eine Hand in ihrem Nacken und ein Knie in ihr Kreuz gedrückt. Einen kurzen Augenblick lang trafen sich die Blicke von Susannah und der Frau, und es war, als erbebte die Nacht zwischen ihnen. Dann trat Vaughn über den noch zuckenden Körper des Mannes hinweg, hockte sich neben die Frau und verabreichte ihr eine Spritze hinten in die Schulter, durchstach das dünne Baumwollkleid, das sie trug.

Im selben Moment weiteten sich die Augen der Frau, verdrehten sich und wurden weiß. Die Verbindung zwischen ihr und Susannah, eine Doppelleitung aus Hass und Mitleid, zerriss, als zehn Kubikzentimeter pharmazeutisches Morphin in ihr Herz rauschten. Sie verkrampfte sich für einen langen Augenblick, erschlaffte dann genauso plötzlich wieder. Schließlich schwand auch die letzte Spannung aus ihrem Körper, und sie war tot.

Es dauerte eine Sekunde, bis Susannah merkte, dass sie immer noch die Luft anhielt. Als sie ausatmete, meinte sie erklären zu müssen, warum sie gekommen war. »Ich habe ein Geräusch gehört«, sagte sie.

Vaughn stand auf und nickte. »Das war der Typ. Er ist ausgeflippt, als er die Spritze sah.«

Der Franzose kletterte hinten in den Wagen, wo zwei Zweihundert-Liter-Fässer neben einem Metalltisch bereitstanden. Der Boden war mit schwarzen Polyäthylenbahnen bedeckt. An der Decke waren eine ganze Reihe Lampen befestigt, und der Franzose schaltete sie an. Dann sprang er wieder aus dem Transporter und schüttelte den Kopf. »Nein«, sagte er. »Das war nicht die Spritze. Es war der Wagen. Er hat das Plastik gesehen und Panik gekriegt.«

Vaughn zuckte die Achseln. »Egal. Hilf mir, die Frau reinzuschaffen.«

Der Franzose fasste den Körper der Frau an den Armen, während Vaughn die Füße nahm. Als sie sie hochhoben, warf Vaughn Susannah einen Blick zu. »Du hast gesehen, wie das Licht ausgegangen ist, nicht?«

Susannah blickte verwirrt. »Welches Licht?«

»Das Licht in ihren Augen«, sagte Vaughn. »Ihr habt euch beide angesehen, als es mit ihr zu Ende ging.«

Susannah nickte langsam. Ja, sie hatte es gesehen. Die Augen waren ... *schlaff* geworden. Die beiden Männer hievten die Leiche der Frau in den Laderaum.

Vaughn drehte sich zu Susannah um und sah sie mitfühlend an. »Ich habe es gesehen«, sagte er. »Ich habe es dir am Gesicht angesehen.«

»Was?«, fragte Susannah.

»Wie du reagiert hast. Es war, als ob ...« Seine Stimme verlor sich.

»Was?«, fragte Susannah fast so, als würde Vaughn mit ihr flirten.

Vaughn überlegte einen Moment, schüttelte den Kopf und lachte. »Es war ... kompliziert«, sagte er. »Es war *ungemein* kompliziert.« Dann bückte er sich, packte den toten Mann an den Armen und schleifte ihn zum Wagen.

Susannah konnte es nicht fassen – wie die Füße kleine Furchen in den Boden machten, so vollkommen parallel sahen sie aus, fast wie die Linien auf einem Blatt Papier.

1

Diamantberge

26. Januar 1998

Zuerst hörte er es nicht. Das Geräusch war weit weg und mehrere hundert Meter tiefer, ein fernes Grollen, das mit dem Wind dahinfegte. Kang stapfte langsam den Hang hoch, den Kopf gesenkt, achtete weder auf das Stöhnen des Windes noch auf das Geräusch, das die Böe in ihren Fängen mit sich trug.

Die Kälte machte ihn ungeschickt. Zweimal war er auf dem Eis ausgerutscht, und zweimal hatte er den Sturz mit den Händen abgefangen, die Finger in den verkrusteten Schnee geschlagen. Mit den Löchern in seinen Handschuhen war das, als würde er zerbrochenes Glas umklammern.

Trotzdem war er über sich selbst erstaunt, dass er überhaupt so weit gekommen war – und das mitten im Winter. Schließlich war er ein Krüppel. Aber zäh. Zäh, wie es nur Koreaner waren. Zwar waren auch schon andere vor ihm hier langgegangen – er war durch einen gespenstischen Wald geklettert, in dem von Tausenden Kiefern nur noch die Stümpfe übrig waren –, aber sie hatten zwei gesunde Beine gehabt.

Er hatte dagegen nur noch eins.

Die meisten Bäume waren vor Jahren gefällt worden, um daraus Feuerholz zu machen. Doch als er höher kam, sah Kang Kiefern, die sozusagen bei lebendigem Leibe geschält worden waren, die Rinde von den Stämmen abgezogen, um etwas Essbares zu haben. Zumindest etwas, was in den Hungerjahren als essbar durchging.

Das weiche Holz unmittelbar unter der Rinde füllte den Magen, war zwar nur schwer verdaulich, ließ sich aber gut kauen. Das nahm einem den quälenden Hunger – zumindest vorübergehend –, und aus der eigentlichen Rinde konnte man einen schwachen Tee brühen.

Doch andererseits starben die Bäume, wenn man ihnen die Rinde nahm, und das Land wurde verwundet.

Es waren in erster Linie die Frauen, die in die Berge gingen, um nach wilden Gräsern, Rinde und Feuerholz zu suchen. Auch Kangs Frau war, bevor die Krankheit sie ebenso dahinraffte wie so viele andere, diesen Hang hinaufgestiegen, ausgerüstet mit derselben Klappsäge, die er nun bei sich hatte, und mit demselben Seil.

Sie war es, die ihm gesagt hatte, dass er in diese Richtung gehen sollte. Obwohl es ein unglaublich steiler Weg war, hatte er sein Versprechen gehalten und war ihrem Rat gefolgt. Seit ihrem Tod hatte er diesen Marsch ein dutzendmal auf sich genommen und das gesammelte Holz gegen Kräuter, Reis und ein Paar alte Stiefel eingetauscht. Inzwischen kannte er die Berge oberhalb von Tasi-ko so gut wie die Risse in der Decke über seinem Bett.

Er blieb kurz stehen, um zu verschnaufen, und nahm das über ihm liegende Gelände in Augenschein, überlegte, wo er am besten über die Felsen kletterte, und entschied sich weit im Voraus, wo er bei jedem Schritt den Fuß aufsetzen würde. Sein Vorhaben war für ihn schwieriger, als es für andere gewesen wäre, weil eines seiner Beine vom Knie an aus Holz war und er nicht spüren konnte, wenn sich der Boden unter seinem Schritt veränderte.

Vor ihm erstreckte sich offenes Gelände, und er suchte sich vorsichtig einen Weg über das Schneefeld, damit er nicht in eine Spalte fiel. Schließlich erklomm er einen Grat und erreichte die Stelle, zu der er wollte, einen Hain aus kräftigen Kiefern, strotzend vor grünen Nadeln über dem Schnee.

Wie immer, wenn er hierherkam, blitzte das Gesicht seiner Frau vor ihm auf, und ihm kamen die Tränen. Dann torkelte er zu dem Wald, suchte sich einen jungen Baum, brach einen Zweig ab und saugte an dem Harz. Währenddessen hielt er nach einem geeigneten Baum Ausschau, den er mit einer Säge fällen und ins Dorf schleifen konnte.

Und in diesem Moment hörte er es, hörte es zum ersten Mal in der Stille der Kiefern: ein einzelnes, deutliches Geräusch, das auf dem Wind ritt, ein mechanisches Jaulen, das er augenblicklich erkannte.

Es war das Geräusch der Erlösung, der Klang der Rettung.

Kang humpelte zurück zu dem Grat und spähte den Hang hinab auf die Straße, wo ein Lkw-Konvoi in Richtung Tasi-ko rollte, winzig klein in der Ferne.

Es waren insgesamt sechs Truppentransporter, ein Jeep und zwei Sattelschlepper, auf deren Anhänger orangefarbene Bulldozer vertäut waren. Von seiner Position aus konnte Kang deutlich sehen, welchen Weg der Konvoi genommen hatte, während er sich durch das Tal schlängelte. Die Reifen mit den Schneeketten fraßen sich knirschend in den Schnee und das Eis und pflügten die Erde auf, sodass es fast den Anschein hatte, als hätten die Wagen eine Linie über die zerklüfteten Konturen des Landes gezogen.

Zum ersten Mal seit Wochen hoben sich Kangs Mundwinkel, und er lächelte. Vor Erleichterung grunzend, setzte er sich schwer in den Schnee, und mit einem kleinen Schraubenzieher, den er immer dabeihatte, zog er die Schrauben an seinem künstlichen Bein nach. Jetzt würde alles besser werden.

Schlimmer hätte es aber auch nicht mehr werden können. Es war der grässlichste Winter seit Menschengedenken, die lähmende Kälte hatte den Hunger in eine Hungersnot und die Hungersnot in eine Seuche verwandelt. In diesem Augenblick lagen einunddreißig Menschen – ein Viertel des Dorfes – auf dem Boden in der Fabrik, ihre Leichname wie Klafterholz gestapelt. (In dem Gebäude, das die Form eines Sarges hatte und aus Zement gebaut war, waren über zwanzig Jahre lang Besen – *gute* Besen – hergestellt worden. Jetzt, so dachte Kang, war es so tot wie seine Bewohner. Ohne Brennstoff waren die Drehmaschinen verstummt, während die Luft still und kalt wurde.)

Das von außen schon abschreckende Gebäude war innen der blanke Horror – eine provisorische Leichenhalle, gepflastert mit den Kadavern von Männern, Frauen und Kindern, deren mit Pusteln bedeckte Gliedmaßen in den Tagen vor Eintritt des Todes erschreckend blau angelaufen waren. Als einziger Sanitäter in Tasi-ko war es Kangs Aufgabe gewesen, die Leichen in die Fabrik zu tragen, wo sie auf ihre Beerdigung im Frühjahr warteten.

Bevor er eben die Lkws gesehen hatte, die sich auf das Dorf zu schlängelten, hatte Kang Zweifel gehegt, ob im Frühjahr überhaupt noch jemand da sein würde, um die Toten zu begraben. Und wenn ja, dann wäre er wohl kaum dieser Jemand gewesen, und falls doch, dann hätte er wahrscheinlich nicht mehr die Kraft gehabt, mit Spitzhacke und Schaufel zu arbeiten.

Jetzt fühlte er sich beschämt, beschämt wegen seiner Verbitterung. Irgendwann, vielleicht als seine Frau starb, hatte er sich dem Pessimismus hingegeben. Er war plötzlich überzeugt gewesen, dass die Außenwelt von dem Leiden in Tasi-ko entweder nichts wusste oder nichts wissen wollte, weil das Dorf abgelegen und unbedeutend war. Das waren subversive Gedanken, wie Kang sehr wohl wusste. Falls er sie jemandem offenbart hätte, hätte das die Widerstandskraft sämtlicher Einwohner schwächen können. Und die Gedanken waren nicht nur subversiv gewesen, sondern auch falsch. Das Leben eines Bauern in Tasi-ko war zweifellos genauso viel wert wie das eines Ingenieurs in Pjöngjang. Der Beweis war da, dort unten auf der Straße. Es war nur eine Frage der Zeit und der Verteilung der knappen Mittel gewesen.

Das Eintreffen der Armee war die Widerlegung seiner negativen Gedanken. Die Lkws brachten ganz bestimmt Nahrungsmittel und Medizin – und Ärzte, *richtige* Ärzte, keine Sanitäter wie ihn. Das waren Leute, die auf der Universität in Pjöngjang gewesen waren. Die würden wissen, was zu tun war.

Er dagegen hatte nichts tun können. Er musste mitansehen, wie die Dorfbevölkerung in nicht ganz einem Monat von einer Krankheit infiziert worden war, deren Symptome so heftig und seltsam waren, dass das Institut für Infektionskrankheiten in der Hauptstadt, sobald es davon erfuhr, einen Arzt nach Tasi-ko geschickt hatte.

Der Arzt war sehr klein und sehr alt gewesen – ein kompakter kleiner Gnom mit großen, gelben Schneidezähnen. Er rauchte ununterbrochen importierte Zigaretten, und wenn er sprach, brach es förmlich aus ihm heraus, woraufhin er wieder lange schwieg. Kang hatte gewusst, dass einer, der soviel raucht, ein wichtiger Mann sein musste, aber er hatte ihn trotzdem nicht ausstehen können.

Am Ende untersuchte der Arzt ein Dutzend Patienten, von denen vier inzwischen gestorben waren. Er notierte die Symptome und ließ sich von Kang den Verlauf der Krankheit schildern. Er nahm Blutproben von vier Dorfbewohnern und ließ zwei der Toten in Laken einwickeln und zur Autopsie in die Hauptstadt bringen.

Als der Arzt wieder abfuhr, fragte Kang ihn, was er denn nun während seiner Abwesenheit machen sollte, aber der alte Mann gab ihm keine Antwort. Er zündete sich wieder eine Zigarette an, lehnte sich aus dem Fenster seines Wagens und zeigte auf das Gebäude, wo die Toten aufgebahrt wurden. »Das war die spanische Dame«, sagte er. »Das alles war die spanische Dame!«

Zwar stand es Kang nicht zu, einem erfahrenen Arzt aus Pjöngjang zu widersprechen, aber er konnte nicht anders. Als der Wagen anfuhr, lief er neben ihm her. »Aber Genosse Doktor – das stimmt nicht! Wir hatten keine Touristen hier. Keine Ausländer –« Plötzlich beschleunigte der Wagen, und Kang rief hinterher: »Was kann ich tun?«

Der alte Mann warf ihm einen letzten Blick zu und schüttelte den Kopf. Kang blieb zurück auf der Straße und dachte, der Alte müsste verrückt sein.

Aber das alles spielte jetzt keine Rolle mehr. Der alte Mann war wieder da. Er brachte Medizin – und Bulldozer, um die Toten zu begraben.

Kang wusste, dass er eigentlich den Hang hinunterlaufen müsste, um den Soldaten zu helfen. Aber wegen der Kälte zögerte er. Ganz gleich, was für Medikamente und Nahrungsmittel die Armee auch brachte, Feuerholz war so gut wie nicht zu kriegen, und es wäre reine Verschwendung, wenn er nach der mühsamen Kletterei bei dieser Kälte mit leeren Händen zurückkäme.

Er ging die hundert Meter zurück zu dem Wäldchen, entschied sich für einen kleinen Baum, kniete sich in den Schnee und fing an, wie wild mit seiner Klappsäge den Stamm durchzusägen. Das Harz war zähflüssig und verklebte die Zähne der Säge, doch schließlich knickte der Baum um, und Kang rappelte sich hastig auf. Er band das Seil um die unteren Äste der Kiefer, wandte sich um und eilte zurück zu dem Bergkamm, den Baum hinter sich herschleifend.

Als er den Grat erreichte, blieb er stehen, um zu verschnaufen, und was er dann sah, verwirrte ihn. Etwa einen Kilometer südlich des Dorfes hielt die Hälfte des Konvois – drei Lkws und ein Sattelschlepper – mitten auf der Straße an und wartete. Die anderen Lkws fuhren weiter und rumpelten ins Dorf und dann ... durch das Dorf hindurch.

Bis auf den Jeep. Der Jeep fuhr auf den kleinen Platz, der in besseren Zeiten als Marktplatz für die Bauern aus der Gegend gedient hatte. Mit laufendem Motor stand er in der Kälte und zog die Dorfbewohner an wie ein Magnet Eisensplitter, doch Kang wusste, was die eigentliche Anziehung ausmachte: die Hoffnung auf Medizin, Nahrung und Nachrichten.

Kang wollte sich wieder in Bewegung setzen, doch dann zögerte er. Der Konvoi südlich vom Dorf hatte sich nicht von der Stelle gerührt. Die Lkws standen mitten auf der Straße, mit abgestelltem Motor, Soldaten lungerten herum, rauchten und hielten ihre Kalaschnikows bereit.

Und dort im Norden wiederholte sich die Szene. Die zweite Hälfte des Konvois blieb etwa einen Kilometer hinter Tasi-ko stehen. Soldaten sprangen hinten von den Lkws, standen herum und warteten.

Es war ein beunruhigender Anblick, selbst aus so großer Ferne auf dem Berg. Das Dorf wurde bestimmt unter Quarantäne gestellt. Und obwohl es Kang störte, dass Tasi-ko so isoliert wurde, musste er einsehen, dass es klug war. Was immer das für eine Seuche war, sie musste eingedämmt werden. Nach dem Verrat durch China, nach den verheerenden Überschwemmungen und einer Hungersnot würde sein Land wohl kaum eine weitere Katastrophe überstehen.

Wieder hatte er gefährliche, aufrührerische Gedanken. Aber was er dachte, war die Wahrheit. Und eine weitere Wahrheit war, dass er sehr müde war, und wenn er müde war, fehlte ihm die Energie, »den Garten seines Verstandes zu jäten«.

Diese Metapher hatte Kang in der Armee gelernt während seines sechsjährigen Dienstes als Sanitätsoffizier einer Aufklärungseinheit in der entmilitarisierten Zone. Manche Gedanken waren Blumen; andere waren Unkraut. Wieder andere waren Vipern. Alles richtig zu erkennen erforderte ständige Wachsamkeit.

Aber »ständige Wachsamkeit« verlangte mehr Energie, als Kang erübrigen konnte. Mit den Jahren hatte er zu viel verloren – sein Bein durch eine Landmine, seine Frau durch eine Krankheit. In den letzten Wochen hatte er kaum mehr als wildes Gras gegessen, und jetzt – jetzt war sein Verstand weiß Gott kein Garten, sondern eine Trümmerlandschaft. Kang kümmerte es einfach nicht mehr. Was konnte ihm die Welt denn schon noch antun?

Plötzlich knisterte ein elektrisches Megaphon und gellte über den Dorfplatz. Kang versuchte angestrengt mitzubekommen, was gesagt wurde, doch als die Worte den Hang hinauftrieben, wurden sie zu leise und unverständlich. Er konnte jedoch sehen, was sie bewirkten: Die Menschen wichen von dem Jeep zurück und verschwanden einer nach dem anderen in ihren Häusern. Bald darauf wirkte das Dorf – eine Ansammlung von baufälligen

Holzhäusern, umgeben von Brachfeldern und einer verlassenen Fabrik – unheimlich leer. Erst jetzt verließ der Jeep den Marktplatz und fuhr, eine weiße Abgaswolke hinter sich herziehend, nach Norden zu der zweiten Straßensperre.

Erst eine Quarantäne, dachte Kang, jetzt eine Ausgangssperre. Aber am helllichten Tag? Wieso? Und was war mit den Ärzten? Wo waren sie? Auf Kangs Gesicht, das so lange teilnahmslos gewesen war, zeigten sich tiefe Stirnrunzeln. Was er da sah, ergab keinen Sinn, und sein Instinkt riet ihm, auf der Hut zu sein. Obwohl nicht damit zu rechnen war, dass er von so weit unten entdeckt werden würde, zog er den roten Schal aus, den seine Frau ihm aus der Wolle eines alten Pullovers gestrickt hatte. Er stopfte den Schal in seine Jacke, setzte sich auf den Baum, den er gefällt hatte, brach einen Zweig ab und fing an, darauf zu kauen, während er die Straße beobachtete.

Im Verlauf der nächsten Stunde geschah nicht viel. Bis auf die Soldaten und die Barrikaden blieb die Straße nach Pjöngjang leer. Zu leer. Sie war nie übermäßig belebt, doch jetzt war sie wie ausgestorben. Kein einziges Auto, kein Lkw oder Fußgänger kam an der einen oder anderen Straßensperre an. Was nur bedeuten konnte, dass es noch andere Sperren geben musste, weiter vom Dorf entfernt, und dass die beiden, die er sah, einem ganz anderen Zweck dienten, als er angenommen hatte. Sie waren nicht dazu da, den Verkehr vom Dorf fernzuhalten. Sie waren dazu da, die Leute *im* Dorf zu halten.

Kangs Herz flatterte ihm in der Brust.

Und dann, ganz plötzlich, tat sich was. Wie auf ein Kommando rannten die Soldaten an beiden Blockaden zum Straßenrand und kauerten sich in die Gräben. Kang wusste nicht, was er davon halten sollte – selbst als er das Flugzeug sah, das über die Berge kam.

Wie jedes andere Flugzeug, das er je gesehen hatte, war es eine Militärmaschine. Die Aluminiumaußenhaut hatte eine mattbraune Farbe, die das Sonnenlicht beinahe zu verschlucken schien. Kang beobachtete, wie das Flugzeug sich Tasi-ko näherte, die Motoren dröhnend in der eisigen Luft. Plötzlich löste sich ein Stück vom Rumpf und fiel taumelnd auf das Dorf zu. Kang wollte nicht glauben, was er da sah. Das Flugzeug schwenkte nach Osten ab, richtete sich aus und beschleunigte auf den Horizont zu, während Kang unwillkürlich aufsprang.

Er öffnete den Mund, um zu rufen oder zu schreien – Richtung Flugzeug, Richtung Dorf, Richtung Soldaten –, aber es war zu spät. Die Welt *pulsierte*. Licht blitzte auf, und dann folgte ein tiefes *Wrrummmm*, das die Luft aus dem Himmel sog. Einen Wimpernschlag lang sah Kang, wie sich von Tasi-ko aus eine sengende Lichtwelle in alle Richtungen wälzte. Dann schlug eine Hitzeflut gegen den Bergkamm und rollte über ihn hinweg. Er schnappte nach Luft, noch einmal, dann begriff er voller Entsetzen, dass in der Luft keine Luft war – nur Hitze und der Geruch von brennendem Haar.

Die bringen alle um, dachte er. In seiner Panik rutschte er auf dem Eis aus und schlug hart, flach auf den Rücken. Ein Lichtschauer ergoss sich hinter seinen Augen, und irgendetwas knackte tief in seinem Kopf. Kangs Gesichtsfeld flimmerte, und das letzte, was er sah, bevor ihn seine Sinne verließen, war Tasiko, das in einem Flammenmeer erbebte.

Als er erwachte, war es dunkel, und in der Luft lag der beißende Geruch von Rauch. Sein Gesicht fühlte sich an, als wäre ihm die Haut von den Wangen geschält worden, und sein Hinterkopf dröhnte so rhythmisch wie eine Trommel. Mit den Fingern der rechten Hand befühlte er die schmerzende Stelle, direkt hinter dem rechten Ohr, und zog jäh die Hand zurück, schockiert über die blutende Beule. Einen Augenblick lang hob sich ihm der Magen, und ihm war, als würde ihm gleich die Brust von innen nach außen gekehrt. Aber nichts geschah.

Maschinen dröhnten in der Ferne, irgendwo links und ganz weit unten.

Unten. Wo war er?

Langsam setzte Kang sich auf und schaute sich um. Er war auf einem Berggrat, genau wie der oberhalb von Tasi-ko. Der Boden war eisglatt, und hier und da staken Baumstümpfe aus dem Schnee. Er drehte sich nach dem Lärm um und sah, wie Bulldozer über ein Schuttfeld vor- und zurückfuhren, im Scheinwerferlicht von einem halben Dutzend Lkws.

Er war auf einem Berg mit Blick auf eine Baustelle. Aber wie war er dorthin gekommen? Er hatte Holz geschlagen und ... Der Schmerz in seinem Kopf machte das Denken unmöglich. Ein Strom unvollständiger Bilder wand sich durch seinen Schädel: ein braunes Flugzeug, ein Jeep, das Gesicht seiner Frau – *Feuer*.

Er brauchte einen Arzt, und instinktiv rief er nach den Männern da unten. Aber natürlich konnten sie ihn nicht hören. Er rappelte sich auf und stieg den Hang hinab, schrie gegen den dröhnenden Lärm der Bulldozer an. Eine kleine Lawine Steine und Felsbrocken rollte ihm voraus, und als er näher kam, sah er zum ersten Mal, dass die Bauarbeiter ausschließlich Soldaten waren und dass die Soldaten Gasmasken trugen.

Seltsam.

Er war den Hang zur Hälfte hinabgestiegen, als einer der Soldaten ihn sah und anfing zu rufen. Erleichtert blieb Kang stehen, um zu verschnaufen, und inmitten einer Gruppe von Felsbrocken stehend, winkte er und rief zurück. Dann geschah etwas Sonderbares. Der Soldat hob seine Kalaschnikow in Brusthöhe und feuerte auf die für ausgebildete Soldaten typische Art und Weise los, mit kurzen Salven, die sich fast so anhörten wie der telegraphische Code, den Schiffe auf See verwenden.

Und während das geschah, dehnte sich der Augenblick aus. Plötzlich wusste Kang, wo er war – nämlich genau dort, wo er vermutet hatte: auf dem Berg oberhalb von Tasi-ko. Und dann schoss es ihm durch den Kopf: *Die bringen alle um.*

Der Felsbrocken neben ihm spuckte Steine, als 9-mm-Kugeln in ihn einschlugen. Doch Kang rührte sich nicht von der Stelle. Seine Augen waren in die Ferne gerichtet, ignorierten die auf ihn zulaufenden Soldaten, starrten stattdessen auf die Kraterlandschaft, die qualmend im Licht der Lkw-Scheinwerfer lag. Tasiko war verschwunden.

Die Erkenntnis beängstigte ihn noch mehr als die Gewehre, beängstigte ihn wie noch nie etwas in seinem Leben. Denn es war eine Angst, die keinen Ausgangspunkt hatte und die auf nichts gerichtet war. Sie kam von innen und außen zugleich. Es war blankes Entsetzen, rein und gewaltig, und es entströmte ihm wie Hitze einem Feuer.

Jäh aus seiner Erstarrung gerissen, drehte Kang sich um und lief los, kletterte von Stein zu Stein den Berghang hinauf, von einem Schatten zum nächsten. Hinter ihm verloren seine Verfolger allmählich an Boden, je tiefer sie in die kalte, dunkle und unbekannte Bergwelt kamen. Sie schwenkten ihre Taschenlampen in großen, nutzlosen Bögen. Bald war klar, dass sie keine Ahnung hatten, wohin er geflohen war, und dass sie sogar langsam fürchteten, sie selbst könnten sich verirren.

Dennoch rastete Kang nicht. Im Gegensatz zu sonst fühlte er sich alles andere als unbeholfen mit seinem Holzbein, sondern er bewegte sich mit fehlerfreier Effizienz voran, unsichtbar wie ein Schatten in der Nacht. Die Lungen brannten ihm, und seine Oberschenkelmuskeln hatten fast keine Kraft mehr, trotzdem ging er immer höher und höher in die Berge, bis die Stimmen der Soldaten nicht mehr zu hören waren und die Bulldozer verstummten.

Nach vier oder fünf Stunden in der klirrenden Kälte war sein Hemd schweißnass und sein Stumpf wund und blutig. Seine Finger waren steifgefroren, er hatte eine schwere Kopfverletzung, und sein Gesicht war mit Blasen bedeckt. Die Körperteile, die ihm keine Schmerzen bereiteten, waren abgestorben. So einfach war das.

Aber er ging weiter, und schließlich kam er zu einer Art Pfad, der bergab führte. Dem folgte er, und als der Morgen graute, hatte er das Gebirge hinter sich gelassen. Er erreichte die »Straße des Sieges« und folgte dieser Überlandstraße, ohne nachzudenken und ohne sich zu fragen, wohin sie wohl führte. Er machte sich nichts vor: Er wusste nicht, wohin, und ganz offensichtlich würde er bald sterben. Sehr wahrscheinlich würden ihm die letzten Kräfte ausgehen. Dann wollte er sich hinsetzen, um sich auszuruhen, und das war's dann. Wenn er Glück hatte, würde er einen Baum finden, gegen den er sich lehnen könnte ... er würde die Augen schließen ... und sich einfach fallen lassen.

Er freute sich darauf, so zu sterben, wie ein alter Mönch, der sich die Welt träumte. Doch das Bild weckte seine Lebensgeister erneut, und während er an der Straße entlangging, hielt er Ausschau nach einem geeigneten Baum. Dem Todesbaum. *Seinem* Baum.

Aber er fand ihn nicht. Es wurde Mittag, die Luft erwärmte sich, und nach und nach wurde es wieder Abend. Die Nacht brach herein, die Temperatur fiel, und Kang ging weiter und weiter.

Und so ging es einen zweiten Tag und dann einen dritten Tag. Instinktiv und ohne nachzudenken, stapfte Kang dem einzigen Ort entgegen, den er so gut kannte wie die Umgebung von Tasiko. Die Entmilitarisierte Zone zwischen Nord- und Südkorea. Die EMZ, ein scharf bewachtes Niemandsland von über hundertfünfzig Kilometern zwischen Gelbem Meer und Japanischem Meer, war Naturschutzgebiet und Todesstreifen zugleich. Von Tunneln durchzogen und mit Landminen übersät, war die Zone ein grünes Band in einem Meer aus Schlamm und Eis – friedlich, bewaldet und gefährlich. Das Tor zum Vampir-Süden.

Vielleicht würde er ja dort seinen Baum finden.

2

Eilmeldung

TELEGRAMMTEXT 98 SEOUL 008070
GEHEIM
INFO CIAE-04 DODE-OI INR-02
SEITE 01
VON: AMERIKANISCHE BOTSCHAFT SEOUL
AN: CIA LANGLEYVA SOFORT 8030
MAD WASHINGTON DC DRINGEND
IDENT.: ZUSTÄNDIGE VORGESETZTE, LEITER, OST-ASIEN/SÜDKOREA
BETR.: ÜBERLÄUFER – KANG YONG-PU
BEZ.: SEOUL

1. GEHEIMER GESAMTTEXT
2. SÜDKOREA ANSP BERICHTET/FESTNAHME VON DVRK-BÜRGER KANG YONG-PU DURCH SÜDKOREAN. ARMEE AM 29.01.98 UM 04.00. KANG GIBT AN EMZ IN DERSELBEN NACHT VIA »EINSCHLEUSUNGSTUNNEL« CA. 43 KILOMETER WESTL. VON SEHYON-NI BETRETEN ZU HABEN.
3. KANG KRIEGSVERSEHRTER UND »SANITÄTER«. SAGT ÜBERGELAUFEN NACH MILITÄR. VORFALL IN TASI-KO.
4. ANSP HÄLT KANGS BEHAUPTUNG FÜR NICHT GLAUBWÜRDIG. INFOQUELLE »VELOZIPED« (PJÖNGJANG) MELDET KEINE MILITÄRAKTION IN II CORPS.

5. KANG ALS »INSTABIL« EINGESCHÄTZT. WIRTSCHAFTSFLÜCHTLING.
6. EMPFOHLENE SCHRITTE: KEINE (RÜCKFÜHRUNG BETR. PERSON NACH ANWEISUNG VIA TRANSIT EMZ)

Taylor Fitch lockerte die Krawatte am Hals, lehnte sich in seinem Schreibtischsessel zurück, seufzte und las das Telegramm zum drittem Mal an dem Nachmittag. Als ehemaliger Zeitungsreporter (na schön, das war eine Tarnung gewesen, aber er hatte *trotzdem* Artikel geschrieben) musste er grinsen über die Verwendung nicht erläuterter Akronyme. Wer wusste schon, dass das ANSP die »südkoreanische CIA« war – das sogenannte »Amt für nationale Sicherheitsplanung«? Wer wusste schon, dass DVRK für Demokratische Volksrepublik Korea stand (auch bekannt als die »Kommunisten«)?

Die Antwort lautete: so gut wie keiner. Und Fitch meinte damit nicht etwa die Öffentlichkeit. Er meinte die CIA.

Der CIA-Mann rieb sich übers Kinn und überlegte träge, ob er sich den Bart färben sollte. Er hatte ihn seit dem College, und er wurde allmählich grau, wie die Haare an seinen Schläfen. Das gefiel ihm nicht. Ja, er hasste es sogar (obwohl er, wie er zugeben musste, seine in letzter Zeit umfangreicher werdende Taille noch viel mehr hasste). Vielleicht sollte er einem Fitnessclub beitreten. Vielleicht –

Vielleicht sollte er sich aber auch mal auf seine Arbeit konzentrieren. Er könnte über fünfzig Pfund abnehmen, und das Telegramm läge noch immer hier. Er musste etwas damit machen.

Zum Beispiel könnte er es ... abheften. Einfach ab in die Akte damit. Schließlich war dieser Soundso niemand Besonderes. Er war kein Mitglied der Volksversammlung – beileibe nicht. Und wenn das Büro in Seoul nicht totalen Murks gemacht hatte, war dieser Kang noch nicht mal in der Koreanischen Arbeiterpartei. Er war lediglich so etwas wie ein Krankenpfleger – und dazu noch irgendwo auf dem Lande.

Tasi-ko. Wo in aller Welt ...?

Fitch schwenkte seinen Stuhl herum und sah auf die große Karte an der Wand hinter ihm. Es war eine Generalstabskarte von Nordkorea, die ganz unten eine alphabetische Liste der großen und kleineren Städte sowie der Dörfer hatte. Neben jedem Eintrag waren die Koordinaten mit den Längen- und Breitengraden, den Minuten und Sekunden angegeben.

Ausgangspunkt der Karte war die EMZ – eine dicke grüne Linie, die von Ost nach West am 38. Breitengrad entlang verlief. Nördlich der Linie markierten kleine rote Stecknadeln die Standorte der Infanterie- und Artillerieeinheiten der DVRK, während die Marinestützpunkte und Flugplätze mit blauen Reißzwecken gekennzeichnet waren.

Tasi-ko lag im Sektor K-7, also im II Corps, in den Ausläufern der Diamantberge, etwa hundertdreißig Kilometer nördlich der EMZ. Eine gottverlassene Gegend. Bloß ...

Irgendetwas war dort geschehen. Vielleicht aber auch nicht. Die Quelle in Pjöngjang wusste von keinem »Vorfall« und Fitch auch nicht. Aber das besagte nicht viel. Nordkorea war ein geheimnisvolles Land. Dort geschah vieles, worüber weder innerhalb noch außerhalb des Landes berichtet wurde. Das einzige, was sich wirklich zuverlässig sagen ließ, war, dass dieser Kang sein Leben aufs Spiel gesetzt hatte, um überzulaufen. Und obgleich es durchaus möglich war, dass die Hungersnot ihn zu dem Schritt getrieben hatte, wieso sollte er deshalb lügen? Wieso sollte er sich irgendeinen »Vorfall« aus den Fingern saugen, wo er doch einfach nur hätte sagen müssen: »Ich hatte Hunger«?

Also war vielleicht doch irgendwas geschehen. Aber was? Das Telegramm gab keinerlei Anhaltspunkte, und Fitch meinte den Grund zu kennen: Seoul hatte gar nicht erst gefragt – weil Seoul faul war.

Es war angeblich ein Eliteposten, aber die Wahrheit war, dass die Mitarbeiter dort die Hälfte der Zeit das entgegennahmen, was die Koreaner ihnen gaben, es abtippten und zurück nach

Langley, Virginia, schickten. Sie bearbeiteten die Informationen nicht. Sie stellten sie nicht in Frage. Sie gaben sie einfach weiter und marschierten ins nächste Bordell.

Fitch brummte vor sich hin und wandte sich wieder seinem Schreibtisch zu. Er zog die Tastatur näher an sich heran und setzte ein Telegramm mit folgendem Wortlaut auf:

WAS FÜR EIN »VORFALL«?

Dann drückte er die Verschlüsselungstaste, druckte das Ergebnis aus und schickte es mit seinem großen, roten Faxtelefon nach Seoul.

Die entschlüsselte Antwort lag am Morgen auf seinem Schreibtisch. Laut MOTOWN (wie »Seoul« sich gern selbst bezeichnete) behauptete Kang, dass Tasi-ko etwa zehn Tage zuvor vollständig zerstört worden war, und zwar angeblich durch eine Benzin-Luft-Bombe, die auf das Dorf abgeworfen worden war, nachdem Soldaten es einige Stunden zuvor abgeriegelt hatten. Kang war der einzige Überlebende, und das Dorf war von Bulldozern dem Erdboden gleichgemacht worden. Kein Stein war mehr auf dem anderen geblieben.

INFORMANT BEHAUPTET TASI-KO VON SEUCHE HEIMGESUCHT DIE (UNBEKANNTE) SPANISCHE FRAU EINGESCHLEPPT HATTE. BEHAUPTET DVRK-AKTION ERFOLGTE NACH INSPEKTION DURCH ARZT VON INSTITUT FÜR INFEKTIONSKRANKHEITEN IN PJÖNGJANG.

Was für eine spanische Frau? dachte Fitch. In Nordkorea gab es keine Spanierinnen. Und falls doch, dann höchstens so viele, wie es Banjos in Timo gab. Und überhaupt, woher wollten die wissen, wer die Seuche ausgelöst hatte?

Die Nachricht endete mit einem kurzen entlastenden Hinweis darauf, dass MOTOWN keine Möglichkeit habe, die Richtigkeit der Geschichte zu überprüfen – die schließlich von einer Quelle stammte, die in keiner Weise als zuverlässig betrachtet werden könne.

Sie hatten natürlich Recht, und Fitch musste zugeben, dass dieser Kang immer verrückter wirkte. Dennoch ... es schadete nichts, ein paar Anrufe zu tätigen. Man konnte ja schließlich nie wissen.

Was er brauchte, waren Fotos, Fotos von Tasi-ko (oder von dem, was davon noch übrig war). Und er wusste auch, wo er vielleicht welche bekommen konnte.

Die erste Anlaufstelle war das National Reconnaissance Office (NRO), eine CIA-»Filiale«, die ein Jahresbudget von sechs Milliarden Dollar hatte und von Spionagesatelliten aus Fotos mit hoher Auflösung machte. Leider verlangte das NRO, dass jeder Antrag auf Bildmaterial vom Verbindungsbüro der CIA abgesegnet wurde – was bedeutete, dass jeder Antragsteller ein Codewort haben musste, mit dem der Zugriff auf eines der speziellen Computerprogramme der CIA möglich war.

In diesem Fall gab es aber kein Programm und somit auch kein Codewort. Fitch hatte nur so eine Ahnung, und das reichte dem Mitarbeiter des Verbindungsbüros keineswegs.

Glücklicherweise war das Pentagon kooperativer als das NRO, und Fitch war sicher, dass er von der National Imagery & Mapping Agency (NIMA) bekommen würde, was er brauchte. Die NIMA war die einzige Stelle, die das Militär mit Satellitenaufnahmen versorgte, und sie hatte ein weitaus umfangreicheres Archiv als das NRO. Während das NRO sich auf ultrasensible Ziele wie beispielsweise Truppenentwicklungen und Atomreaktoren konzentrierte, hatte die NIMA ein weitaus größeres Aufgabenfeld.

Die NIMA kümmerte sich nicht nur um zahlreiche konventionelle militärische Belange, sondern war auch mit der gewaltigen Arbeit betraut, die Welt kartografisch zu erfassen – die ganze Welt –, und zwar dreidimensional; gleichzeitig musste sie laufend die Verlagerungen von Küstenlinien, Klimaveränderungen und landwirtschaftliche Entwicklungen auf jedem Kontinent verfolgen.

Und dieses letzte Aufgabengebiet war es, weshalb Fitch sich an die NIMA wandte und der zuständigen Mitarbeiterin sagte, was er suchte:

»Fotos.«

»Na, dann sind Sie hier genau richtig. Was für Fotos?«

»Nordkorea.«

Die Frau gab ein uneindeutiges Geräusch von sich, eine Art halbersticktes Grunzen.

»Heißt das ja?«

»Nun, kommt drauf an. Nordkorea ist groß.«

Fitch drehte sich auf seinem Stuhl um und suchte nach dem Kartenindex von Tasi-ko. »Ich habe hier die Koordinaten.«

»Lassen Sie hören.«

Er tat es.

»Um welchen Zeitraum geht es?«

»Also, genau genommen um zwei. Ich brauche Fotos, die in der letzten Woche aufgenommen wurden, und welche von vor einem Monat oder früher.«

»Davor und danach«, sagte die Frau.

»Genau.«

»Tja ... mal sehen, was ich finden kann, aber wenn es um eine Gegend in der finstersten Provinz geht – was für eine Auflösung brauchen Sie?«

»Da kann ich Sie trösten«, sagte Fitch. »Die Fotos müssen nicht besonders scharf sein. Geländeaufnahmen, mehr nicht. Hauptsache, ich kann einen Parkplatz von einem Reisfeld unterscheiden.«

»Oh, gut«, sagte die Frau erleichtert. »Das dürfte kein Problem sein. Ehrlich gesagt, solche Aufnahmen könnten Sie vermutlich sogar im Internet finden.«

»Ich habe keinen Internetanschluss«, sagte Fitch.

»Sollten Sie aber!«

»Nur über meine Leiche.«

»Wie meinen Sie das?«

»Aus Sicherheitsgründen. Die Computer sind hier nicht mit dem Telefonnetz verbunden.«

»Na ja, nur für alle Fälle: Wir haben www.nfka.com.« Pause. »Haben Sie verstanden?«, fragte sie.

»Ja«, erwiderte Fitch. »Hab ich. Aber bis ich mir einen Anschluss legen lasse, ist das alles rein akademisch.«

Die Fotos trafen am späten Nachmittag desselben Tages ein, überbracht von einem Boten des Pentagons, als Fitch sich gerade den Mantel anzog, um nach Hause zu gehen. Schon in der Tür stehend, riss er den Umschlag auf und nahm zwei Fotos im Format 28 x 35 heraus. Das erste war ein farbunechtes Landsat-Foto, das einen Sechsundneunzig-Grad-Bogen abdeckte – etwa drei Kilometer breit. Es zeigte eine Ansammlung von, wie es aussah, Betonhäusern, umgeben von Brachfeldern in den Ausläufern der Diamantberge. Auf der Rückseite waren Zeit, Datum und die Koordinaten vermerkt:

13:07:23 Z
13.1.97
38° 41' 16" N, 126° 54' 08" O

Das zweite war ein Schwarzweißfoto und trug auf der Rückseite einen Stempel, dem zu entnehmen war, dass es sich um das Produkt eines Luftwaffenaufklärungsprogramms handelte, dessen Kryptonym geschwärzt worden war. Das Foto war am 28. Januar aufgenommen worden und enthielt die gleichen Koordinaten wie das erste Foto. Und obwohl der Bogen anders war – nur dreizehn Grad –, war das Bild absolut eindeutig.

Es zeigte ein Feld. Umgeben von Schnee.

Fitchs Herzschlag beschleunigte sich, als er von dem einen Foto zum anderen blickte und wieder zurück. Er überprüfte die Koordinaten ein zweites Mal, aber es war eigentlich nicht erforderlich. Dieselbe zweispurige Straße, die auf dem Landsat-Foto durch das Dorf verlief, führte auch über den »Parkplatz«. Himmel, dachte er, es ist wie ein Zaubertrick. Erst sieht man es, und dann wieder nicht.

Und obwohl er wusste, was die Bilder bedeuteten – ein Massaker –, war ihm gleichzeitig klar, dass es sich für ihn auszahlen würde, die Entdeckung als Erster gemacht zu haben. Ein Orden vielleicht, oder wenigstens eine Belobigung. Und so kam es, während er in der Tür seines Büros stand, dass sich trotz des eindeutigen Beweises für Massenmord in seinen Händen ein kleines Grinsen auf seinem Mund abzeichnete.

Es dauerte fast achtundvierzig Stunden, bis die Abschrift der Befragung von Kang bei ihm eintraf. Der Text war noch immer auf Koreanisch verfasst: sechsundzwanzig Seiten, dazu, wie nicht anders zu erwarten, eine lahme Entschuldigung von MOTOWN (ihre Übersetzer, so hieß es, seien »alle überlastet«). Fitch hatte gehofft, allen Mitarbeitern der »Tasi-koArbeitsgruppe« (eine, wie er zugeben musste, etwas hochgestochene Bezeichnung) die Übersetzung geben zu können. Doch da das nicht möglich war, entschied er sich stattdessen, Harry Inoue zu sich zu bitten. Harry sprach fließend Koreanisch und noch vier weitere Sprachen.

Die Gruppe bestand aus fünf Leuten. Neben Fitch und Inoue waren da noch Janine Wasserman, eine erfahrene Ermittlerin, die gerade von einer Dienstreise nach Seoul ins Hauptquartier zurückgekehrt war; Allen Voorhis, ein talentierter Analytiker, der fast seit Beginn seiner beruflichen Laufbahn im National Photo Interpretation Center arbeitete; und Dr. George Karalekis, ein Arzt im Institute of Science & Technology.

Fitch begrüßte sie alle in dem kleinen Konferenzraum, den er für Freitag morgen reserviert hatte, und verteilte Kopien der Fotos, die er von der NIMA erhalten hatte. Dann fragte er Harry Inoue, wie schnell er die Abschrift der Kang-Vernehmung übersetzen könne.

»Kommt darauf an«, sagte Inoue. »Kann ich sie mit nach Hause nehmen?« Fitch schüttelte den Kopf, und Harry zuckte die Achseln. »Dann Dienstag.«

»Okay«, erwiderte Fitch. »Vielleicht könnten Sie jetzt schon mal einen Blick reinwerfen? Und grob sagen, was drin steht?«

Inoue nickte und fing an zu lesen.

Als alle Platz genommen hatten, erklärte Fitch, worum es ging. Er erzählte, dass ein Sanitäter namens Kang bei Nacht die Demarkationslinie überquert und mit einer Geschichte aufgewartet hatte, die einfach unglaublich wäre – wenn die vorliegenden Fotos sie nicht bestätigen würden. Aus irgendeinem Grund hatte die nordkoreanische Armee ein ganzes Dorf zerstört, noch dazu ein friedliches. Allem Anschein nach mit einer Benzin-Luft-Bombe. Wenn eine dreißig Jahre alte Volkszählung stimmte, dann waren über hundert Menschen getötet worden.

»Ich sehe keine Leichen«, sagte Voorhis, der durch den unteren Teil seiner Bifokalbrille auf die Fotos blickte. »Ich sehe nur jede Menge Schutt.«

Fitch nickte. »Richtig«, sagte er. »Kang könnte sich irren. Es ist durchaus möglich, dass sonst noch jemand überlebt hat.«

»Vielleicht alle«, sagte Wasserman.

Fitch blickte sie an. Sie war eine große, füllige Frau Ende dreißig mit einer rauen Stimme und durchdringenden blauen Augen. Ihre elegante Kleidung bestand nur aus Designerklamotten, wie Fitch vermutete. (Es hieß, sie hatte Vermögen und war mit den Guggenheims verwandt, oder mit den Rothschilds. Jedenfalls Familienkapital, und das jede Menge.) »Wie meinen Sie das?«, fragte er.

Wasserman zuckte mit den Schultern. »Es wäre nicht das erste Mal, dass die Nordkoreaner Menschen umsiedeln. Und es wäre auch nicht das erste Mal, dass sie irgendwas inszenieren.«

Fitch dachte darüber nach und sagte dann: »Könnte was dran sein. Vielleicht haben sie die Leute woanders angesiedelt. Vielleicht brauchten sie das Gelände, wo das Dorf stand, für andere

Zwecke. Aber Kang sagt etwas anderes. Und Kang ist unsere einzige Informationsquelle.«

Dr. Karalekis schaltete sich mit der nahe liegenden Frage ein: »Apropos, was sagt Mr. Kang denn nun eigentlich? Was war das Motiv für die ganze Zerstörungsaktion?«

Fitch wandte sich an Inoue und hob die Augenbrauen.

Inoue räusperte sich und beugte sich vor, die Augen weiter auf den Bericht vor sich geheftet. »Er sagt – und ich paraphrasiere –, dass das Dorf von einer Epidemie heimgesucht wurde. Und dass viele Bewohner bereits gestorben oder todkrank waren.«

»Sagt er, was die Todesursache war?«, fragte Karalekis.

Inoue schüttelte den Kopf und blätterte eine Seite um. »Nein. Er sagt, er hätte so etwas noch nie zuvor gesehen. Über vierzig Grad Fieber. Brandige Geschlechtsteile.« Er blickte Karalekis fragend an, dessen Gesicht keine Regung zeigte.

Inoue blätterte weiter. »Heftiges Erbrechen, Sturzblutungen – Mund, Nase, Augen ... guter Gott, hören Sie sich das an! Einige von ihnen sind blau angelaufen. ›Leuchtend blau‹.«

Karalekis nickte, ebenso für sich wie für die anderen.

»Verblüfft Sie das denn nicht?«, fragte Inoue. »Dass Leute blau anlaufen?«

Karalekis zuckte die Achseln. »Das gibt es. Es nennt sich ›Zyanose‹, Blausucht.«

Fitch wandte sich an den Arzt. »Sie wissen, wovon dieser Kang hier redet? Sagt Ihnen das was?«

Karalekis verdrehte die Augen. »Es könnte alles Mögliche sein.«

Fitch und Inoue starrten ihn an. Schließlich sagte Fitch: »Nein. Es könnte nicht ›alles Mögliche‹ sein. Es könnte zum Beispiel nicht eine gewöhnliche Erkältung sein. Es könnten keine Hämorrhoiden sein.«

Karalekis lachte in sich hinein. »Das habe ich auch nicht gemeint. Ich meinte, dass ich nicht weiß, inwieweit auf einen Beobachter wie Kang Verlass ist. Ich weiß weder, was er für eine Ausbildung hatte, noch –«

Wasserman beugte sich vor. »Könnten wir ... *bitte*? Ich verstehe nicht, was das damit zu tun hat, dass die nordkoreanische Armee ein Dorf zerstört haben soll. Also, einige Leute waren krank –«

»Offenbar schwer krank.«

»Na und?«

Inoue hob mahnend einen Finger in die Luft. »Moment«, sagte er und blätterte zwei Seiten weiter. »Hier heißt es: ›Sie wollten‹ ... das Wort, das dem am nächsten kommt, ist ›kauterisieren‹. Sie wollten das Dorf kauterisieren.«

»Und woher sollte Mr. Kang wissen, was die Armee für Motive hatte? Haben sie es ihm gesagt?«, fragte Wasserman.

Inoue blickte verlegen. »Nein«, antwortete er. »Sie haben Recht. Es ist bloß eine Vermutung. Aber er sagt, im Schnitt sei einer von drei, einer von vier seiner Patienten gestorben, als ein Arzt aus Pjöngjang eintraf. Und gleich danach, etwa eine Woche später, wurde das Dorf ... zerstört.«

»Deshalb meint er, sie hätten es ›kauterisiert‹.«

Inoue nickte. »Wie eine Wunde.«

»Und wenn sie gar nicht vorhatten, die Krankheit einzudämmen?«, fragte Wasserman. »Wenn sie sie bloß vertuschen wollten?«

»Wieso hätten sie sie vertuschen wollen?«, fragte Fitch.

»Weil die Wirtschaft am Boden liegt, die Fabriken geschlossen sind, die Leute hungern, nichts funktioniert«, erwiderte Wasserman. »Das letzte, was sie gebrauchen können, ist noch mehr schlechte Publicity.«

»Und Sie glauben, sie würden dafür hundert Leute umbringen?«

Wasserman dachte darüber nach. Schließlich sagte sie: »Klar.«

Karalekis wandte sich an Fitch, der entnervt aufstöhnte. »Was ist mit dem Arzt«, fragte Karalekis, »dieser Arzt aus Pjöngjang? Was hat er über die Epidemie gesagt?«

»Er hat gesagt –« Fitch blickte kurz zu Wasserman, und als er ihren skeptischen Blick sah, korrigierte er sich. »Verzeihung.

Wir wissen nicht, *was* der Arzt gesagt hat. Aber *laut Mr. Kang* hat der Arzt für die Geschichte eine, äh ... eine spanische Frau verantwortlich gemacht.«

Wasserman lachte laut auf, und Fitch knirschte mit den Zähnen.

»He! Ich gebe nur wieder, was dieser Kang gesagt hat!«

Im Zimmer wurde es still. Voorhis putzte sich die Nase, und Karalekis hustete, aber niemand wusste, was er sagen sollte. Schließlich brach Inoue das Schweigen.

»Genau genommen«, sagte er, »hat er das nicht.«

Fitch blickte verdutzt und verärgert zugleich. »Was hat er nicht?«

»Das gesagt.« Inoue tippte mit dem Finger auf die Abschrift vor sich. »Er hat nicht ›eine spanische Frau‹ gesagt. Er hat gesagt ›die spanische *Dame*‹. Er hat gesagt: ›Der Arzt hat der spanischen Dame die Schuld an allem gegeben.‹«

»Oh, na dann *entschuldigen Sie vielmals*«, sagte Fitch.

Inoue machte eine verlegene Geste, als wollte er sagen, er habe es ja nur gut gemeint, als er plötzlich merkte, dass Dr. Karalekis ihn anstarrte.

»Was ist?«, fragte er.

»Was haben Sie da gesagt – genau?«

Inoue blickte verlegen drein. »Sie meinen, was in der Abschrift steht?«

Karalekis nickte.

»Also, es ist nur eine Kleinigkeit, aber ... laut Mr. Kang hat der Arzt gesagt ...« Er blickte auf die entsprechende Seite. »›Der Arzt hat der spanischen Dame die Schuld an allem gegeben.‹«

»Die ›spanische Dame‹«, wiederholte Karalekis.

»Ja. Nach dem, was hier steht, hat er das gesagt.«

»*Nicht* –›eine spanische Frau‹.«

Inoue schüttelte den Kopf. »Nein.«

Karalekis blickte dem Übersetzer einen langen Augenblick unverwandt in die Augen. Dann schluckte er schwer und wandte sich an Fitch. »Ich glaube, Sie rufen besser in Atlanta an«, sagte er.

»Atlanta? Wieso Atlanta?«, sagte Fitch.

»Da sitzt das CDC, das Center for Disease Control, unsere oberste Gesundheitsbehörde«, sagte Karalekis. »Wenn es stimmt, was euer Kang da sagt, dann könnten daran mehr Menschen sterben, als im Zweiten Weltkrieg ums Leben gekommen sind.«

3

In den Wochen darauf erhielt die »Tasi-ko-Arbeitsgruppe« einen eigenen Decknamen (BLINDSIDE) und wurde um zwei Mitglieder »verstärkt«, Dr. Irving Epstein, einen Grippespezialisten von den National Institutes of Health (NIH), und Neal Gleason, einen schlaksigen FBI-Agenten, der für die Kooperation mit der CIA zuständig war.

Fitch ging die Ernennung von Gleason genauso gegen den Strich, wie er sich über Epstein als neuen Mitarbeiter freute, aber er konnte nichts gegen den FBI-Mann tun. Gleasons Aufgabengebiet war es, mit der CIA in Sachen chemische und biologische Waffen zusammenzuarbeiten, was (theoretisch) eine Ausweitung des FBI-Auftrages bedeutete, das Land gegen interne terroristische Aktivitäten zu schützen. In Wahrheit (zumindest nach Fitchs Überzeugung) war Gleasons Teilnahme an der Arbeitsgruppe ein weiteres Beispiel dafür, wie rücksichtslos das FBI seit dem Ende des kalten Krieges versuchte, seinen Einfluss auszuweiten.

Gleason war auch nicht sonderlich an Fitchs kleinem Team interessiert. Er hatte Wichtigeres zu tun, denn er pendelte zweimal im Monat zwischen Washington und Amman hin und her, wo er sich regelmäßig mit amerikanischen Angehörigen der Inspektionsteams der Vereinten Nationen im nahegelegenen Irak traf. Wie zu erwarten, befand er sich fast permanent im Jetlag – ein Zustand, den er hinter gespielter Gelassenheit und einer Maui-Jim-Sonnenbrille verbarg.

Für den FBI-Mann war das Tasi-ko-Team nur eine von gut einem Dutzend Gruppen, deren Treffen er lediglich als »Gasthörer« besuchte (wenn er mal nicht gerade an irgendeinem Flughafen auf seinen Abflug wartete). »Betrachten Sie mich einfach als eine Fliege an der Wand«, sagte er zu Fitch. »Ich werde keinen Mucks von mir geben.« Und so war es auch meistens.

Epstein war da schon ein ganz anderes Kaliber. Er war ein kleiner, dicker, redseliger Mann von Anfang sechzig und kleidete sich mit Vorliebe im Stil der dreißiger Jahre, einschließlich Fliege, Hosenträger und Leinenanzug. Er fand es insgeheim spannend, der »Geheimwelt« (wenn auch nur leihweise) anzugehören, und es machte ihm sichtlich Spaß, die Feinheiten der Grippe im allgemeinen und der Spanischen Grippe im besonderen zu erläutern. Die »Spanische Dame«, so erklärte er, war ein Spitzname für die Krankheit, der in Spanien unzählige Menschen zum Opfer gefallen waren. Karikaturen aus der Zeit zeigten häufig eine aufreizende Frau in verlockender Pose – hinter deren Mantilla aus Spitze ein grinsender Schädel lauerte.

Mit Karten von Asien und einem Laserzeiger ausgerüstet, erklärte der Epidemiologe begeistert, dass das Influenzavirus empfindlich ist und sich ständig verändert. Je nach seiner Antigenstruktur -

»Seiner *was*?« Die Stimme gehörte Fitch, aber die Frage hätte auch von allen anderen kommen können – das heißt, von fast allen.

»Er meint die Proteinhülle«, erklärte Karalekis. »Die typischen Oberflächenmerkmale des Virus.«

Fitch grunzte.

»Je nach seiner Proteinhülle«, fuhr Epstein fort, »klassifiziert man das Virus als eins von drei Grundtypen: A, B und C. Es gibt noch andere, aber das sind die wichtigsten.«

Fitchs Stirn legte sich in Falten – er ließ sich nicht gern belehren –, aber Janine Wasserman hielt ihn mit einer sanften Berührung am Arm zurück.

»Innerhalb jedes dieser Typen«, sagte Epstein, »gibt es alles in allem eine unendliche Zahl von Varianten –«

»Wenn wir also von der Grippe sprechen«, warf Voorhis ein, »sprechen wir im Grunde von einer *Klasse* von Krankheiten.«

Epstein zuckte die Achseln. »Ich würde es zwar nicht so ausdrücken, aber so könnte man es durchaus sagen. Wichtig dabei ist, dass wir jedes Jahr einen neuen Impfstoff produzieren müssen, da durch die Mutation des Virus die pandemische Variante aus dem Vorjahr ihrer Nachfolgerin Platz macht.«

Epstein bedachte seine Zuhörer mit einem gütigen Lächeln, aber Fitch ließ sich nicht so einfach abspeisen. »Doc, Sie benutzen hier ständig Wörter –«

»Er meint das vorherrschende Virus, das sich auf der ganzen Welt ausbreitet«, sagte Karalekis.

»Wie eine Epidemie«, warf Voorhis ein.

Epstein schüttelte den Kopf. »Nein, eine Pandemie ist nicht ›wie eine Epidemie‹. Eine ›Pandemie‹ ist global. Eine Epidemie ist – wie im Falle von Tasi-ko – ein lokal begrenzter Ausbruch.«

»Damit hätten wir es – strenggenommen – mit einem nordkoreanischen Problem zu tun«, stellte Gleason klar.

Karalekis zog die Augenbrauen hoch. »Nun ja«, sagte er, »das *hätten* wir ... es sei denn ...«

»Es sei denn, die Epidemie breitet sich aus«, schloss Epstein. Einen Augenblick lang schenkten die beiden Ärzte einander ein warmes Lächeln.

Voorhis rutschte unbehaglich auf seinem Stuhl hin und her. »Aber manche Epidemien sind schlimmer als andere, nicht wahr? Je nach ... Virus.«

»Genau«, erwiderte Epstein. »Manche Viren sind virulenter als andere, und manchmal befallen sie verschiedene Bevölkerungsgruppen. Die Spanische Grippe hatte es auf junge Menschen abgesehen. Kinder. Jugendliche. Menschen unter dreißig.«

»Wieso das?«, fragte Wasserman.

Epstein schüttelte den Kopf. »Ich weiß nicht.«

Fitch blickte finster, und Karalekis sagte an ihn gerichtet: »Das weiß keiner.«

»Wieso nicht?«, fragte Fitch.

Karalekis zuckte die Achseln. »Weil sich die Forschung bislang nicht eingehend damit befasst hat.«

»Mit der *Grippe*?«, fragte Fitch.

»Nein. Mit diesem bestimmten Virus, um das es hier geht«, sagte Epstein. »Niemand hat es bisher unter einem Mikroskop gesehen.«

»Wieso nicht?«

»Weil Viren submikroskopisch sind. Sie sind nur unter einem Elektronenmikroskop zu erkennen, das erst 1937 erfunden wurde, also fast zwanzig Jahre nachdem die Krankheit ausgebrochen und wieder verschwunden war.«

»Dann hat also niemand das Virus je gesehen?«, fragte Fitch.

Karalekis nickte.

»Einschließlich der Koreaner?«, fügte Fitch hinzu.

Karalekis und Epstein blickten einander an. Dann sagte Epstein: »Ja ... einschließlich der Nordkoreaner.«

»Was bedeutet«, fuhr Fitch fort, »dass der Mann aus Pjöngjang –«

»Der Arzt«, ergänzte Wasserman.

»Was auch immer er ist. Es bedeutet, er hat eine Vermutung geäußert – als er die ›Spanische Dame‹ erwähnte, hat er eine Vermutung geäußert.«

»Nun ...« Karalekis dachte darüber nach.

»Es muss so gewesen sein«, sagte Fitch mit Nachdruck. »Sie haben eben gesagt –«

Epstein schüttelte den Kopf. »So einfach ist das nicht.«

Fitch blickte verwirrt. »Wieso nicht?«

»Weil er die Patienten gesehen hat. Weil er Symptome behandelt hat. Den Verlauf der Krankheit beobachtet hat.«

»Und auf *dieser* Grundlage«, sagte Karalekis beipflichtend, »hat er die Krankheit mit der Spanischen Grippe verglichen.«

Eine Weile sagte niemand etwas, dann ergriff Janine Wasserman das Wort. »Nicht unbedingt«, sagte sie. »Er hat keinen *Vergleich* angestellt. Er hat gesagt, es *sei* die Spanische Grippe. Punkt aus.«

Voorhis verdrehte die Augen. »Der Übersetzer sagt. Der Arzt sagt. Der Überläufer sagt.« Er hielt inne und blickte sich in der Runde um. »Bin ich hier der Einzige oder –«

Neal Gleason schnaubte herablassend, sah dann auf die Uhr und schob seinen Stuhl zurück. Mit gespielt bedauernder Miene stand er auf und sagte: »Das ist ja alles sehr interessant, aber ich habe um zwei Uhr einen Termin in der Marinewerft, also, äh ... halten Sie mich auf dem Laufenden, okay?« Und damit nahm er sein Jackett und verließ den Raum.

Wasserman schien nichts davon mitzubekommen. Sie beugte sich vor, stützte die Ellenbogen auf den Konferenztisch und tippte leicht mit den Fingerspitzen gegeneinander. Einmal, zweimal. Dreimal. Dann wandte sie sich stirnrunzelnd Karalekis zu und sagte: »Was mir zu denken gibt, George ... nun ja, vermutlich geht es Ihnen allen nicht anders, ist die Reaktion der Koreaner.«

»Natürlich.«

»Denn wenn ich mich nicht irre, lässt sich eine Grippeepidemie nicht dadurch eindämmen, dass man die Menschen tötet, die die Krankheit haben –«

»Wieso nicht?«, fragte Voorhis.

»Weil –«, setzte Epstein an.

»Es mehr als einen Vektor gibt«, erklärte Karalekis.

»Genau.«

Voorhis blickte von einem Arzt zum anderen, als würde er bei einem Tennismatch zusehen. Schließlich sagte er: »Was ist ein ›Vektor‹?«

»Ein Überträger«, sagte Epstein.

»Zum Beispiel?«, fragte Fitch.

»Menschen. Nagetiere. Enten«, antwortete Karalekis. »Bei der Grippe spielen Wildenten eine gewaltige Rolle«, sagte er, sich für das Thema erwärmend.

»Die Migration von Wasservögeln –«, hob Epstein an.

»Das ist der springende Punkt«, sagte Karalekis.

»Die erste Welle setzt fast immer in China ein«, fügte Epstein hinzu.

»Wieso das?«, fragte Voorhis.

»Dort sind die Wasservögel, dort ist die Bevölkerungsdichte so groß, wie es erforderlich ist, damit die Welle beginnen kann –«

»Es gibt zahlreiche Gründe«, bemerkte Karalekis, »aber es ist ein Glück für uns, dass es etwa ein Jahr dauert, bis ein neues Virus die Staaten erreicht. Somit haben wir Zeit, einen neuen Impfstoff herzustellen und die Bevölkerung zu schützen.«

Janine Wasserman räusperte sich. »Könnten wir wohl beim Thema bleiben ... wir sprachen über die Reaktion der Koreaner. Und dass sie einfach unlogisch ist.« Die beiden Ärzte machten ein langes Gesicht. Ihr Vortrag oder ihr Duett, oder was immer es war, hatte ihnen Spaß bereitet. »Und ich habe«, fuhr Wasserman fort, »über ihre Ungewissheit – oder ihre vermeintliche Ungewissheit –, dass es die Spanische Grippe sei und nicht irgendwas anderes in der Art, nachgedacht.«

Epstein und Karalekis öffneten den Mund, aber Fitch bedeutete ihnen mit einer leichten Handbewegung zu schweigen.

»Und da ist mir der Gedanke gekommen«, fuhr Wasserman fort, »dass den Nordkoreanern klar gewesen sein muss, dass sich die Ausbreitung einer solchen Krankheit wohl kaum verhindern lässt, indem sie die Einwohner von Tasi-ko umbringen.«

Die Ärzte blickten einander an. Schließlich gab Epstein ihr mit einem Nicken recht.

»Was sie getan haben, war also absolut irrational, es sei denn ... sie *wussten* ... dass es für den Ausbruch dieser speziellen Epidemie keine anderen Überträger gab. Dass es eine einmalige Geschichte war. Dass sie noch mal Schwein gehabt hatten.«

Karalekis spitzte die Lippen und machte ein saugendes Geräusch. »Mmmm«, sagte er. »Ich verstehe, was Sie sagen wollen.«

Epstein runzelte die Stirn, ehrlich verblüfft. Einen Augenblick lang wirkte er wie ein kleiner Junge, dem seine Mutter die Sachen seines Vaters angezogen hat. Er wandte sich von Wasserman zu Karalekis und sagte: »Was will sie sagen?«

Karalekis blickte starr auf den Tisch vor sich. »Mrs. Wasserman will damit sagen, dass möglicherweise ein Unfall passiert ist und dass das, was in Tasi-ko geschehen ist ... ein Versuch war, die Unfallfolgen einzudämmen.«

»Sie meinen, ein *Labor*unfall?«, fragte Epstein.

Karalekis blickte auf. »Genau. Andernfalls –«

»Hätten sie gewusst, dass sie gegen die Epidemie nichts hätten ausrichten können«, beendete Fitch den Satz. »Sie hätten es hinnehmen müssen. Sie hätten keine andere Wahl gehabt.«

Besorgnis breitete sich auf Epsteins Gesicht aus. »Aber ist das realistisch? Ich meine, wissen wir, ob die Nordkoreaner mit irgendwas in der Art experimentieren?«

Karalekis schnaubte verärgert. »Ja«, sagte er. »Das wissen wir allerdings. Sie haben eins der intensivsten Biowaffenentwicklungsprogramme der Welt. Allerdings haben wir in dem Land keine Inspektionsteams, deshalb kann ich Ihnen nicht sagen, wo die Labors sind. Aber wir wissen, dass sie ein Programm haben, und für ein Land wie Nordkorea ergibt das durchaus Sinn.«

»Wieso sagen Sie das?«, fragte Epstein.

»Weil«, sagte Karalekis, »biologische Waffen die kostengünstigsten Waffen der Welt sind. Sehen Sie es einmal so: Ein Nuklearwaffenprogramm kostet ein paar hundert Millionen – nur um es überhaupt auf die Beine zu stellen. Aber Milzbrand, Cholera und Typhus kann man in einer Garage herstellen – mit einfachsten Mitteln. Und man braucht keine Raketen, um sie abzufeuern. Dafür genügt jeder handelsübliche Sprühbehälter.«

»Ich werde Dr. Epstein ein Buch geben, wo er das alles nachlesen kann«, sagte Fitch ungeduldig. »Mich interessiert, ob es in der Nähe von Tasi-ko ein Waffenlabor gibt und wie es möglich ist, dass so etwas freigesetzt wird.«

Karalekis zuckte die Achseln. »Ein Unfall. Undichte Rohre. Es kommt nicht oft vor, aber es kommt vor.«

»Dritte Welt«, bemerkte Voorhis. »Ich wette, das passiert alle naselang.«

»Natürlich«, sagte Karalekis, »wenn es tatsächlich ein Unfall war ... und wenn es sich tatsächlich um die Spanische Grippe handelt ...«

»Ja?«, sagte Fitch.

»Nun, dann wirft das doch eine nicht unerhebliche Frage auf, nicht wahr?«

Epstein schnaubte. »Allerdings.«

Fitch blickte von einem Arzt zum anderen. »Und wie lautet die Frage?«

Karalekis hob die Augenbrauen. »Nun ... ich meine, wo kriegen sie sie her?«

Die Frage schwebte eine Weile in der Luft. Schließlich lachte Voorhis leise vor sich hin. »Sie nehmen uns auf die Schippe, nicht?«

»Wie bitte?«, fragte Karalekis.

»Sie nehmen uns auf den Arm.«

Jetzt blickte Karalekis verwirrt. »Nein«, sagte er. »Ganz und gar nicht. Wie kommen Sie darauf?«

»Na ja, weil ...«, Voorhis grinste übers ganze Gesicht. »Wir reden hier von der *Grippe*, Himmel Donnerwetter noch mal! Jeder kriegt sie. Es geht nicht um Ebola. Auch nicht ums Q-Fieber! Wieso sollten die Koreaner mit so was wie der Grippe herumspielen, wo sie doch was weiß ich haben? Milzbrand! Sarin! Es muss unzählige Sachen geben, die gefährlicher sind.«

Epstein und Karalekis blickten einander kurz an. Dann wandte sich Epstein wieder an Voorhis. »Ich glaube, Sie verstehen nicht ganz«, sagte er. »Die Sterblichkeitsrate bei der Spanischen Grippe –«

Voorhis blickte skeptisch. »Ich weiß, was Sie sagen wollen. Sie ist ein Monster. Aber sie ist nicht *giftig*. Man würde damit keine Armee angreifen.«

»Das stimmt«, bemerkte Karalekis. »Vermutlich nicht. Aber wenn man den Feind schwächen wollte – die Zivilbevölkerung systematisch angreifen –, dann wäre die Spanische Grippe ein äußerst effektives Mittel.«

Epstein schaltete sich ein. »Ich bin erst letzte Woche die Zahlen durchgegangen«, sagte er. »Nehmen wir zum Beispiel New York: Dort gibt es sechsundfünfzig Krankenhäuser mit Notaufnahme – achttausend Betten. Das ist alles! Oder fast: Es gibt noch ein paar Entseuchungswagen – *zwei* –, von denen jeder vielleicht drei Leute pro Stunde behandeln kann.« Er hielt inne. »Ein biologischer Angriff auf New York oder irgendeine Großstadt wäre ... katastrophal.«

»Der andere Aspekt der Grippe ist natürlich der, dass sie sich von allein ausbreitet«, sagte Karalekis. »Wenn sie einmal angefangen hat, setzt eine Art Kettenreaktion ein: Das Virus oder die Bakterie produziert immer mehr von sich. Wie bei einem Kernreaktor. Aber andererseits ist sie mit einer Neutronenbombe vergleichbar, denn sie fügt der Infrastruktur des Feindes keinerlei Schaden zu. Sie tötet die Menschen und lässt die Gebäude intakt.«

Voorhis brummte. »Also, wie tödlich ist das Zeug denn nun?«

»Tja«, erwiderte Karalekis, »mit dem richtigen Bazillus ... könnte man theoretisch eine Art biologischen Flächenbrand entfachen, der alle Menschen auf dem Planeten töten würde – es sei denn, sie sind immunisiert worden.«

»Verstehe«, sagte Voorhis. »Aber wir reden hier nicht ›theoretisch‹. Wir reden über diesen Bazillus in Nordkorea. Wie tödlich ist er?«

»Okay. Lassen Sie es mich mal so ausdrücken«, sagte Karalekis. »Im Herbst 1918 tötete die Spanische Grippe über eine halbe Million Amerikaner. Das ist mehr, als in den beiden Weltkriegen, Korea und Vietnam zusammen gestorben sind. *Und es hat nur vier Monate gedauert.*«

»Was ist mit der Pest?«, fragte Fitch. »Die muss doch noch schlimmer gewesen sein.«

Karalekis schaukelte hin und her, dachte über den Einwurf nach. »Möglich. Aber die Pest brauchte für das, was sie anrichtete, immerhin zwanzig Jahre. Die Spanische Grippe hat zwanzig oder dreißig Millionen Menschen in nur zwölf Monaten getötet.«

»Himmel«, flüsterte Fitch.

Epstein wandte sich an Voorhis. »Sie haben vorhin Ebola erwähnt«, sagte er. »Nun, dabei handelt es sich durchaus um eine fürchterliche Mikrobe, aber ... sie ist stabil. Und die Wahrheit ist, man kann sie sich nur schwer zuziehen.«

»So schwer wie Aids«, sagte Karalekis.

»Es muss zu einem Austausch von Körperflüssigkeiten kommen – und damit meine ich nicht niesen«, sagte Epstein weiter. »Aber bei der Grippe ... tja! Wie Sie eben gesagt haben: ›Jeder kriegt sie.‹«

»Und sie ist alles andere als stabil«, fügte Karalekis hinzu. »Wir haben für die Grippe im nächsten Jahr keinen Impfstoff –«

»Genauer gesagt«, sagte Epstein, »wir haben für die Grippe vom letzten Jahr keinen Impfstoff. Und die einfache Wahrheit ist die, dass die Spanische Dame das tödlichste Ereignis in der Geschichte der Medizin war.«

»Und das in ihrem natürlichen Zustand«, sagte Karalekis.

»Was meinen Sie mit ihrem ›natürlichen Zustand‹?«, fragte Fitch.

»Nun, ich spekuliere nur, aber ... wenn die Koreaner angefangen haben, mit dem Bazillus herumzuspielen, an den Genen herumzupfuschen ... könnten sie ein Chimärenvirus schaffen, das noch tödlicher ist.«

»Ein ›Chimärenvirus‹!«, stieß Voorhis hervor.

»Er redet von Genmanipulation – die Schaffung eines Monsters durch die Verschmelzung eines Bazillus mit einem anderen«, sagte Epstein.

»Ja, aber – für so was brauchte man doch ein mit allen Schikanen ausgestattetes Labor, oder?«, fragte Voorhis.

Epstein schüttelte den Kopf. »Die Gentechnologie schickt

Biochemiekästen an Schulen, um sie für ihre Sache zu begeistern. Oder man kann sie für vierzig Dollar kaufen.«

Niemand sagte etwas. Dann brach Fitch das Schweigen. »Sie wollen also damit sagen, dass wir ganz schön in der Scheiße stecken.«

»Laienhaft ausgedrückt«, erwiderte Epstein, »ja, das ist durchaus möglich.«

Während sie darüber nachdachten, stand Janine Wasserman auf und ging ganz gemächlich um den Tisch herum. Schließlich blieb sie vor der Karte von Nordkorea an der Wand stehen und studierte sie einen Augenblick. »Es gibt da zwei Probleme«, sagte sie nachdenklich. »Erstens müssen wir genau lokalisieren, wo sich der Unfall ereignet hat.«

»Dabei kann das Pentagon helfen«, sagte Fitch.

»Ich bin sicher, wir kriegen die Genehmigung, das Gebiet überfliegen zu lassen«, sagte Voorhis. »Mindestens mit U-2.«

Fitch nickte. »Und ECHELON.«

Alle pflichteten murmelnd bei, außer Epstein. »Was ist ›Echelon‹?«, fragte er und blickte von einem CIA-Mitarbeiter zum anderen.

Fitch rutschte unruhig auf seinem Stuhl, verärgert über den Lapsus, der ihm da im Beisein eines Außenstehenden unterlaufen war. Schließlich sagte er: »Das ist ... äh, ein Geheimprogramm«, erklärte er. »Ich hätte es nicht erwähnen dürfen.«

Tatsächlich war das ECHELON-Wörterbuchprogramm eine der sensibelsten und geheimsten Operationen des Nachrichtendienstes, ein weltweites elektronisches Abhörnetzwerk von erstaunlichen Ausmaßen. Durch die Verbindung von Satelliten und »Abhörstationen« mit einer Reihe leistungsstarker Simultanrechner konnten der US-Nachrichtendienst und seine Verbündeten praktisch alle elektronischen Meldungen auf der Welt abfangen und dekodieren – in Echtzeit, also während sie übermittelt wurden. Durch die Suche nach Schlüsselwörtern identifizierte und differenzierte dasselbe Programm daraufhin Nachrichten, die von Interesse waren.

»Also, was für Wörter nehmen wir?«, fragte Voorhis mit gespitztem Stift.

Fitch zuckte die Achseln. »Da gibt es nicht viele. ›Influenza‹ wird uns nicht weiterbringen ...«

»Ja, aber ... ›Influenza‹ und ›Nordkorea‹ oder ›Influenza‹ und ›Tasi-ko‹ ... alles mit Tasi-ko wäre vermutlich interessant.«

Fitch nickte. »Das müsste hinhauen.«

»Selbst wenn wir das Labor wirklich finden«, sagte Voorhis, »was machen wir dann? Schließlich liegt es in Nordkorea.«

»Wenn wir soweit sind, ist es eine diplomatische Angelegenheit. Das kann das Außenministerium regeln«, sagte Fitch.

»Was ist mit dem Impfstoff?«, fragte Wasserman. »Wie lange würde es dauern, einen zu entwickeln?«

Epstein antwortete zögerlich. »Sechs Monate. Alles in allem.«

»Könnten Sie es schneller schaffen, wenn es sein müsste?«

Epstein blickte Karalekis an, der die Brauen hochzog. Schließlich sagte Epstein: »Wenn wir es überhaupt schaffen können, dann vielleicht einen Monat schneller. Aber es ist so oder so eine rein hypothetische Frage. Man kann keinen Impfstoff produzieren ohne das Virus, und –«

Karalekis beendete den Satz. »Und das Virus haben wir nicht.«

Wasserman beugte sich vor und drückte Karalekis so fest die Schultern, dass er beinahe zusammengezuckt wäre. »Genau«, flüsterte sie, »das ist das zweite Problem. Ich denke, wir machen uns besser auf die Suche danach.«

Falls das Virus überhaupt zu finden war, dachte Karalekis, dann am ehesten in einem fensterlosen Gebäude auf dem Gelände des Walter Reed Army Medical Center in Bethesda, Maryland. Hier befand sich das Staatliche Gewerbedepot – oder wie es in der Sensationspresse manchmal genannt wurde, »die Todesbibliothek«. Es sah aus wie ein Lagerhaus und war voll mit Metallregalen, auf denen sich Kartons stapelten. In jedem Karton waren menschliche Gewebeproben, die in Formaldehyd eingelegt und mit kleinen Paraffinblöcken umhüllt waren. Insgesamt enthielt das Gebäude über 2,5 Millionen Stücke erkranktes, aber ruhendes Gewebe, das von Soldaten stammte, die in irgendwelchen Kriegen für ihr Land gefallen waren.

Karalekis vermutete, dass sich in dem einen oder anderen Wachsblock Spuren des Virus finden ließen. Und am ehesten in den Lungengewebeproben. Dabei handelte es sich um papierdünne Scheibchen, die man Soldaten entnommen hatte, die im Herbst 1918 an einer Atmungserkrankung gestorben waren. Doch selbst in diesen Fällen war die Wahrscheinlichkeit, eine nützliche Probe zu finden, verschwindend gering. Da sich das Influenzavirus bereits innerhalb von vierundzwanzig Stunden nach dem Tod seines Wirts allmählich zersetzt, war davon auszugehen, dass es, selbst wenn es gefunden wurde, vermutlich nicht für die Herstellung eines Impfstoffs taugen würde.

Dennoch musste der Versuch unternommen werden, und so geschah es. Gestützt durch eine entsprechende Verfügung, dass bestimmte Forschungen für den Erhalt der nationalen Sicherheit oberste Priorität hatten, initiierte Karalekis eine umfassende und zeitaufwendige Suche, die Jahre in Anspruch zu nehmen drohte. Mehr konnte er nicht tun. Er war nicht besonders zuversichtlich, dass die U-2-Aufklärungsflugzeuge irgendetwas finden würden. Biolabors ließen sich leicht tarnen. Und das ECHELON-programm, so umfangreich es auch war, arbeitete nur so effizient, wie der Feind unvorsichtig war. Falls die nordkoreanische Nachrichtenübermittlung Tasi-ko nicht erwähnte, würde ECHELON nichts ausspucken. Und die CIA stand im Regen.

Vielleicht aber auch nicht.

An einem strahlenden Nachmittag im Februar sah Karalekis, der an seinem Schreibtisch im Institute of Science & Technology saß, unerwartet Fitch in seiner Tür stehen.

»Ich glaube, Epstein hat unser kleines Problem gelöst«, sagte Fitch.

Karalekis blickte skeptisch. »Wiiirklich?!« Er zog das Wort in die Länge, als würde er es auf einer Wasserrutsche aussprechen.

»Ja, *wirklich*.« Fitch ließ sich auf einen Stuhl plumpsen und warf eine Akte auf Karalekis' Schreibtisch.

Der Arzt betrachtete sie misstrauisch. »Und was ist das ... bitte schön?«

»Ein Antrag auf Finanzierung eines Forschungsprojektes«, erwiderte Fitch. »Ein alter. Epstein hat mir davon erzählt, und ich habe mir von der National Science Foundation eine Kopie geben lassen.«

Karalekis blickte auf das Deckblatt:

»Suche nach ›A/Kopervik/10/18‹«
beantragt von
Dr. med. Benton Kicklighter (NIH)
Dr. Anne Adair (Georgetown University)

»›A-Kopervik, zehn-achtzehn‹«, sagte er. »Was zum Teufel bedeutet das?«

Fitch grinste. »Tja«, sagte er, »das, mein Freund, ist ja gerade der Knaller.«

»Ach ja?«

»Und ob«, sagte Fitch. »Wie immer sie es auch nennen wollen, die Spanische Grippe ist und bleibt die Spanische Grippe.«

Karalekis runzelte die Stirn. »Ich verstehe nicht ganz.«

»Schauen Sie, das hier ist ein Antrag auf Finanzierung eines Forschungsprojektes, ein *abgelehnter* Antrag, von einem Arzt an die NIH. Einem Typen namens Kicklighter und einer gewissen Adair. Wie sich herausstellt, gibt es da diese toten Bergarbeiter –«

»Toll.«

»– und die beiden wollen sie ausgraben. Sie liegen auf einem Friedhof irgendwo weit oben im nördlichen Polarkreis.«

»Und das soll uns weiterbringen ... *wie*?«, sagte Karalekis.

»Sie sind 1918 gestorben. Und laut dieser Akte ist es ganz offensichtlich, was sie getötet hat: Die Symptome sind klassisch. Hohes Fieber, Zyanose, Erbrechen und so weiter ... Und nach dem, was hier steht« – Fitch tippte mit dem Zeigefinger auf den Antrag, einmal, zweimal, dreimal – »liegen sie seitdem im Dauerfrost begraben.«

Karalekis beugte sich vor. »Wiirklich?!«, sagte er. »Im *Dauerfrost* …« Er wiederholte das Wort, als würde er es zum ersten Mal aussprechen. »Und … die glauben …?«

Fitch zuckte die Achseln. »Sie wissen es nicht. Niemand weiß es. Solange sich keine Expedition auf die Suche macht, wird es sich nicht sagen lassen. Aber wie es aussieht, wimmelt es in der ganzen Gegend um Kopervik – irgendeine Geisterstadt, vermute ich – nur so von Eisbären. Eisbären, klar?«

»Ja. Na und?«

»Also haben sie sie sehr tief begraben«, sagte Fitch. »Und sehr sehr kalt.«

4

Murmansk

23. März 1998

Viertens«, sagte der große, schlaksige Mann, der vorn im Raum stand, »die Schneebrille.« Mit erhobener Hand ließ er eine Brille an einem Finger baumeln. »Gehen Sie unter gar keinen Umständen tagsüber ohne Brille nach draußen, nicht mal für eine Minute.«

Annie Adair warf beunruhigt einen Blick auf die lange Ausrüstungsliste. Wenn jedes einzelne Teil einen fünfzehnminütigen Vortrag erforderlich machte, und es sah ganz danach aus, mussten sie noch Stunden in diesem engen, stickigen Raum sitzen.

Der große Mann beugte sich vor, um zu demonstrieren, wie man die Brille am besten aufsetzte, wobei er übertrieben mit dem Kopf wackelte, damit die Gläser auch wirklich fest am Gesicht hafteten. Als er sich wieder aufrichtete, die schwarze, ballonartige Brille an Ort und Stelle, sah er aus wie ein übergroßes Insekt. »Sie sollte ganz eng sitzen – wie eine Badebrille«, führte er weiter aus. »Die Dichtungsmanschetten an den Schläfen sollten keinerlei Licht durchlassen.«

Annie unterdrückte ein Gähnen und warf Dr. Kicklighter einen Blick zu. Er war bekannt für seine Ungeduld, und den Anzeichen nach – gereiztes Wippen mit dem Fuß, Kauen an den Fingerknöcheln – war er kurz davor zu platzen. Und das konnte sie nicht zulassen. Doctor K konnte absolut nicht mit Menschen umgehen, und kollegiale Höflichkeit war für ihn ein Fremdwort. Er kapierte einfach nicht, dass es besser war, ein paar Stunden Langeweile zu ertragen, als die Menschen gegen sich aufzubringen, auf die man angewiesen war.

Und die einem schließlich einen Gefallen taten.

Eisbrecher waren normalerweise Jahre im voraus ausgebucht. Und einen zu finden, der unter der richtigen Flagge am richtigen Ort zum richtigen Zeitpunkt fuhr und darüber hinaus bereit war, die Kopervik-Expedition aufzunehmen, war ... nun ja, weiß Gott keine Selbstverständlichkeit. Und dennoch hatte sich irgendwie eins ins andere gefügt. Die Finanzierung, die sie vor über einem Jahr beantragt und an die sie schon nicht mehr geglaubt hatte, war plötzlich bewilligt worden – und wie durch ein Wunder hatten sie auch noch Platz an Bord der *Rex Mundi* gefunden, eines betagten Eisbrechers, den die National Oceanic and Atmospheric Administration (NOAA) angemietet hatte.

Wie Doctor K das zuwege gebracht hatte, war ihr ein Rätsel, aber sie hatte nicht die Absicht, einem geschenkten Gaul ins Maul zu schauen. Das eine Mal, als sie ihn fragte, setzte er ein rätselhaftes Grinsen auf und sagte: »Nun, Annie, wie es aussieht, haben wir Freunde auf höchster Ebene.« Und so musste es wohl sein: Unter anderem bedeutete Annies Fahrt auf der *Rex Mundi* nämlich, dass die Schneemänner – die Schnee- und Eisphysiker der NOAA – auf fünf Tage Landurlaub in Oslo würden verzichten müssen.

Was sie also nun wirklich nicht gebrauchen konnten, waren irgendwelche Reibereien mit den Physikern oder der Crew. Letztere stellte natürlich schon an sich ein Problem dar. Trotz der versprochenen großzügigen Sonderzulage hatten einige von der Crew das Schiff verlassen, als sie erfuhren, dass auf der Kopervik-Etappe Leichen exhumiert werden sollten. Es waren zwar Ersatzleute gefunden worden, aber das war nicht einfach gewesen. Seeleute, so hatte man ihnen gesagt, waren abergläubisch, wenn es darum ging, eine Ladung Leichen zu transportieren.

Der Mann mit der Schneebrille ließ sich weiter über Lichtbrechungswinkel und Sonnenintensität in der Arktis aus. Wäre es nach ihr gegangen, hätte Annie den ganzen Tag lang geduldig dagesessen, doch zu ihren Aufgaben als Schützling gehörte es nun mal, auch ihren Mentor vor Unbill zu bewahren. Doctor K konnte richtig beleidigend werden, und als sie sah, dass sein Fuß das Tempo erhöhte, schaltete sie sich plötzlich ein. »Ich denke, wir haben das soweit verstanden«, sagte sie mit einer, wie sie hoffte, heiteren und versöhnlichen Stimme.

»Wie bitte?« Der Schneemann konnte einfach nicht fassen, dass er unterbrochen worden war.

»Ich ... wir ... ich meine, wir haben verstanden, dass wir die Brille tragen sollen, wenn wir nach draußen gehen.« Annie täuschte unbeholfen ein Gähnen vor, in der Hoffnung, er würde es kapieren: *Die Leute sind müde. Sie haben einen Transatlantikflug hinter sich.*

Doch er blickte drein, als hätte er einen Schlag ins Gesicht bekommen. Sie wusste, dass sie gegen ein ungeschriebenes Gesetz verstoßen hatte – wenn Experten »Zivilisten« instruierten, sogar wenn diese Zivilisten selbst Wissenschaftler waren, wurde höfliche Aufmerksamkeit, wenn nicht gar Ehrerbietung erwartet. Dabei ging es um Revierverteidigung. Wenn Doctor K fachfremde Gäste in seinem Labor hätte und denen erklärte, wie man einen virösen Abstrich behandelte, würde er gespannte Aufmerksamkeit erwarten. Annie entfuhr ein kurzes, nervöses Lachen, aber sie fuhr unbeirrt fort: »Hören Sie, ich bin wirklich die Letzte, die Sie belehren müssen, was es heißt, schneeblind zu werden«, sagte sie atemlos. »Es ist mir nämlich selbst mal passiert.«

»Ach wirklich.«

»Ja. Beim Skifahren. Ich habe im Lift meine Brille verloren.« Gott, jetzt hörte sie sich wirklich wie eine Vollidiotin an. »Oberhalb der Baumgrenze konnte ich dann plötzlich nichts mehr sehen.«

Es entstand eine Pause, und dann nahm der Physiker einen beißenden Tonfall an. »Also, richtige Schneeblindheit hat eine ganz andere Dimension. Dabei geht es nicht bloß um Orientierungslosigkeit. Dabei geht es um Schmerzen, heftige Schmerzen – als wären ihre Augen mit zerriebenem Glas gefüllt. Es kann sein, dass Sie tage-, ja wochenlang außer Gefecht gesetzt sind, wenn ihre Augen zu lange ungeschützt waren.«

Einen Augenblick lang herrschte Stille, und dann setzte das Fußwippen wieder ein – wenn auch in einem langsameren Takt.

»Vermerkt«, sagte Doctor K mit kalter Stimme.

»Ausgezeichnet.« Der NOAA-Physiker zog sich die Brille vom Kopf – rote Striemen um die Augen – und nahm eine Neoprengesichtsmaske. »Fünftens. Sinkt die Temperatur unter –«

»Entschuldigen Sie«, unterbrach ihn Dr. Kicklighter, »ich weiß, es ist Ihr Job, aber – werden Sie das alles nicht noch einmal wiederholen müssen, wenn unser Schreiberling da ist? Wäre es nicht sinnvoller, auf ihn zu warten? Ich meine, für ihn ist es genauso wichtig wie für uns, dass er sein Sehvermögen und so weiter behält.«

»Was für ein Schreiberling?« Der Physiker funkelte sie verärgert an, und Annie dachte: So. Das war's jetzt. Er hasst uns.

»Ein Mann namens Daly –«

Es klopfte laut an der Tür, und ein dünner, blonder Mann trat ein, ohne auf eine Antwort zu warten. Annie erkannte in ihm den leitenden Physiker.

»Sie werden die Unterweisung an Bord fortsetzen müssen, Mark. Ein schwerer Sturm zieht in unsere Richtung, und der Kapitän sagt, wenn wir nicht in zwei Stunden hier wegkommen, hängen wir noch drei oder vier Tage im Hafen fest.«

»Wir stechen in See?«, fragte Doctor K. »Aber –«

Der blonde Mann zuckte die Achseln. »Wir machen, was der Kapitän sagt«, sagte er. »Er tut uns schließlich einen Gefallen. Wenn er wollte, müssten wir hier bleiben. Was hätten wir dann davon? Sie würden so schnell kein Schiff mehr bekommen.« Er hielt einen Augenblick inne, um seine Worte wirken zu lassen, und sagte dann grinsend: »Zwanzig Minuten! Dann steht der Bus vor Ihrem Hotel.«

Und damit war der blonde Mann auch schon wieder weg.

Mark, der Physiker, stopfte bereits die Ausrüstung in einen großen, blauen Matchbeutel.

»Aber ... was ist mit Frank Daly?«, fragte Annie.

»Wer ist Frank Daly?«, fragte Mark.

»Unser Schreiberling«, wiederholte Kicklighter.

»Wir hatten eine Abmachung«, sagte Annie. »Ich meine ... mein Gott, er kommt extra um die halbe Welt angereist!«

Mark blickte lächelnd auf, zuckte die Achseln und warf sich den Matchbeutel über die Schulter. »Ich schätze, Mr. Daly wird das Schiff verpassen.«

»Ist im Grunde ein Segen«, brummte Kicklighter, als er aufstand. »Wir brauchen ihn, wie wir einen vereiterten Zahn brauchen.«

Mark lachte vor sich hin und verschwand durch die Tür, während Annie zurückblieb und darüber nachdenken musste, wie paradox es doch war, dass Frank Daly nicht mitkam. Nach dem ganzen Hickhack, ob es wünschenswert (oder vielleicht unvermeidlich) war, dass ein Reporter die Expedition begleitete, würde er nun in Murmansk eintreffen – nur um festzustellen, dass die *Rex Mundi* nicht mehr da war.

Eine halbe Stunde später stand Annie vor ihrem Hotel und wartete auf den Bus, der sie alle zum Schiff bringen sollte. Die Luft war drückend, warm und reglos, voll stiller Feindseligkeit, sodass sich zu ihrer Frustration auch noch Furcht gesellte.

Sie hatte versucht, Daly zu erreichen, um ihm zu sagen, dass er nicht mehr kommen sollte. Aber die Verbindung war hundsmiserabel, und nun ...

Die Temperatur stieg von minus neun auf minus fünf Grad, und als sie die Docks erreichten, fegten Schneeflocken in einem feuchten und böigen Wind hin und her.

Sie war ein wenig ängstlich, als sie den schwankenden Steg betrat, der auf das Deck des Schiffes führte. Die dicken Seile, die als Handlauf dienten, waren glatt vom Eis, und als sie (versehentlich) nach unten schaute, sah sie nichts als schwarzes Wasser. Sie zögerte kurz, und Dr. Kicklighter fasste ihren Ellbogen und bugsierte sie weiter.

Dann war sie sicher auf Deck, und die beiden standen einen Augenblick lang da, die Hände an der Reling, und beobachteten, wie Plastikbecher immer wieder von den Wellen gegen die Kaimauer geworfen wurden.

»Wir sind hier am Rand der Welt«, sagte Kicklighter und nickte in Richtung Stadt. »So nennen die Einheimischen sie.«

Annie nickte höflich, aber sie wusste nicht, wovon er redete. »Was nennen sie so?«, fragte sie.

»›Murmansk‹ das bedeutet ›der Rand der Welt‹.« Seine Stirn kräuselte sich, und er hielt inne. »Vielleicht bedeutet es auch ›das Ende der Welt‹. Ich bin nicht sicher.«

Annie blickte ihn an. »Das ist aber ein himmelweiter Unterschied«, sagte sie und wurde rot, als sie Kicklighter lächeln sah.

Langsam hob er den Arm und winkte, der Wind zerrte am Stoff seines Parkas. »Stimmt«, sagte er zu niemand Speziellem und fügte hinzu: *»Bon voyage.«*

5

Archangelsk

23. März 1998

Frank Daly befand sich auf halber Strecke auf dem dreistündigen Flug von Moskau nach Murmansk, als die Maschine – eine Iljuschin-86 – anfing zu beben. Beunruhigt blickte er von seinem Laptop auf und sah durch das scheckige Fenster, dass die Maschine in eine Wolke geflogen war. Die Luft war beinahe undurchdringlich – doch er konnte die dunklen Konturen der Tragfläche ausmachen, während der Jet gespenstisch durch das Weiß drang.

Und dann wurde das Beben stärker und ging in heftiges Vibrieren über, das zu einem Rütteln eskalierte. Daly klappte seinen Computer zu, zog den Reißverschluss der wattierten Tasche zu, verstaute die Tasche in seinem Rucksack und keilte ihn unter den Sitz vor sich. Dann lehnte er sich zurück und dachte: Ich bin selbst schuld. Wenn wir abstürzen, dann weil ich Schicksal gespielt habe, wo ich doch eigentlich an der Spanischen Dame arbeiten sollte. Der Luftgott hatte was gegen Bummelanten, und jetzt ereilte ihn sein Schicksal. Es sei denn ...

Er glaubte nicht an Gott. Es sei denn ... na ja, unter den gegebenen Umständen. In einem Hurrikan in zehntausend Metern Höhe – was zum Teufel war das?

Der Jet scherte in westlicher Richtung aus, zitterte heftig, bockte und ächzte. Spiele niemals Schicksal in einem Flugzeug, sagte Daly sich, die Seiten seines Sitzes umklammernd. *Was habe ich mir da nur gedacht? Wie konnte ich das nur für einen Glücks-*

fall halten? Gedankenlos klopfte er mit den Knöcheln gegen die Armlehnen, dreimal und wieder dreimal. Das war bei ihm zu einem Ritual geworden, dessen Ursprung er längst vergessen hatte. Aber es schien schwarze Katzen von ihm fern zu halten. Und zerbrochene Spiegel ebenso.

Und abstürzende Flugzeuge. Zumindest hatte er noch nie in einem gesessen.

Dennoch war ihm klar, was es mit dieser Angewohnheit auf sich hatte. Es war eine abgekürzte Form des Gebets, das letzte Relikt einer katholischen Erziehung.

Ein massiger Mann mit einem buschigen Schnauzer auf dem Sitz am Gang stieß ein überraschend feminines »Ooooh!«, aus, warf Daly einen Blick blanker Panik zu, vergrub dann das Gesicht in den Händen. Augenblicke später war der Himmel dunkel, die Gepäckfächer öffneten sich klappernd, und die Deckenlämpchen gingen an und aus: *Bitte nicht rauchen! Bitte anschnallen! Bereitmachen zum Sterben!* Ein Tablett mit Getränken krachte zu Boden, ein Mann schrie auf, und die Maschine sackte ab, wackelte und senkte sich steil, kämpfte gegen die Turbulenzen um sie herum.

Und so ging es zehn Minuten weiter, während sich in der Kabine ein durchdringender Geruch von Erbrochenem ausbreitete. Wodkaflaschen und Bier- und Sodadosen rollten den Gang hinunter und unter die Sitze, ein Gepäckfach klappte auf, und Taschen purzelten heraus, was einige vor Schmerz oder Schreck aufschreien ließ.

Schließlich schwenkte Flug 16 nach Osten ab, wendete und flog nach Süden. Auf beiden Seiten des Ganges schluchzten Passagiere, während ein Mann hinten in der Maschine lauthals in einer Sprache sang, die Daly nicht erkannte. Der Geruch von Alkohol vermischte sich mit dem Gestank von Erbrochenem, was ein übelkeiterregendes Miasma erzeugte. Kurz darauf machten sich die Stewards forsch daran, wieder für Ordnung zu sorgen, kümmerten sich um die Verletzten, verstauten herumliegendes Gepäck, beruhigten hysterische Passagiere.

Es kam keinerlei Durchsage. Nur vereinzelter Applaus, als die Maschine eine halbe Stunde später krachend auf der Landebahn aufsetzte, einen Hüpfer machte, erneut heftig aufsetzte und donnernd abbremste. Durch das Fenster sah man, wie der Schnee seitlich an einem langen grauen Terminal vorbeistob, auf dem kyrillische Buchstaben aufgemalt waren.

»Wo sind wir?«, fragte Daly niemand Speziellen.

Die Antwort kam von mehreren Sitzen vor ihm, wo ein rotgesichtiger Australier über das Geplärre eines wütenden Babys hinwegrief: »Wir sind in Archangelsk, Kumpel. Verdammt, wir sind im gottverlassenen Archangelsk.«

Eine frustrierende Stunde lang versuchte Daly in Erfahrung zu bringen, wann die nächste Maschine nach Murmansk ging – was, wie sich herausstellte, das reinste Ratespiel war. Die Dame am Schalter von Aeroflot telefonierte zehn Minuten herum, bis sie erfuhr, dass die Rollbahnen in Murmansk geschlossen waren. »Ist Sturm«, erklärte sie, als hätte er das nicht schon längst selbst gemerkt.

»Und wie komme ich dann nach Murmansk?«, fragte er. »Ich muss unbedingt nach Murmansk.«

Die Frau zuckte die Achseln, schrieb dann die Telefonnummer und Adresse von zwei Reisebüros in der Stadt auf – Intourist und Sputnik. Dort würde er Informationen bekommen, sagte sie, über »Bus und Bahn«.

Vor dem öffentlichen Telefon in der Flughafenhalle war eine lange Schlange, also ging Daly nach draußen, um ein Taxi zu suchen. Überraschenderweise fand er fast sofort eins. Es war ein schwarzer ZIL mit zerbeulten Kotflügeln und einer Heizung, die ihm kalte Luft auf die Knie pustete. Winzige Schneekörnchen prasselten auf die Windschutzscheibe wie Schrotkugeln.

»Sie sprechen Englisch, nicht?«

Der Fahrer warf ihm im Rückspiegel einen Blick zu. »Klar«, sagte er. »Spreche alles.«

»Wie weit bis Murmansk?«

Der Fahrer zuckte die Achseln. »Vielleicht fünfhundert«, erwiderte er.

»Meilen?«

»Dollar. Rubel. Kilometer. Alles das gleiche. Weil sie nicht hinkommen.«

»Aber ich muss dahin!«

Der Fahrer lachte. »Irgendwann. Klar. Nicht heute.«

»Aber –«

Das Lächeln des Fahrers war so breit wie die Straße, und er zwinkerte im Rückspiegel. »Willkommen in Archangelsk«, sagte er. »Ist Tor zum Nordpol.«

Als sie die Innenstadt und das Reisebüro Sputnik erreichten, war es halb fünf am Nachmittag und stockdunkel – nicht verwunderlich so hoch oben im Norden. Laut Dalys Reiseführer lag Archangelsk nur fünfzig Kilometer südlich vom nördlichen Polarkreis.

Als er am Schalter stand, fasste er kurz Hoffnung. Die Sputnik-Mitarbeiterin lächelte ihm immer wieder aufmunternd zu, während sie telefonierte und nach irgendeiner Möglichkeit suchte, wie er von Archangelsk nach Murmansk kommen konnte. Einmal schien sie richtig aufgeregt. Ihr professionelles Lächeln wurde weicher, sie spreizte die Finger der linken Hand in der Luft, und es war offensichtlich, dass sie ein gutes Wort für ihn einlegte.

Doch dann erstarb diese Lebhaftigkeit, die Finger erschlafften, und die Mundwinkel fielen herab. Sie gab ein angewidertes *tsk* von sich und legte den Hörer auf. »Die Bahn ist geschlossen. Zwischen hier und Murmansk, auch zwischen hier und Moskau, auch überall nach Osten. Ist –«

»Ich weiß: großer Sturm.«

»Ja. Zuviel Schnee.« Sie zuckte die Achseln. »Ich denke, Sie bleiben ein oder zwei Tage hier.«

Daly stöhnte, aber es war unvermeidlich. »Was ist mit Hotelreservierungen? Können Sie –«

Die Frau schüttelte den Kopf. »Nur Bus und Bahn.« Daly

blickte offensichtlich so niedergeschlagen drein, dass die Frau Mitleid mit ihm bekam. Sie musterte ihn von oben bis unten, versuchte die teuren Schuhe und den Parka mit dem schäbigen Matchbeutel in Einklang zu bringen, den er bei sich hatte. Letzterer war khakifarben und aus Segeltuch. Er hatte Plastikverschlüsse, die wohl wie Leder aussehen sollten, es aber nicht taten, und auf der Lasche war mit Kugelschreiber sorgfältig ein plumpes Friedenssymbol aufgemalt.

Sie deutete auf das Friedenssymbol. »Ist für Tschetschenen?«, fragte sie.

Daly überlegte einen Moment. »Ja«, sagte er. »Vermutlich.«

Die Frau lächelte. »Versuchen Sie ›Excelsior‹«, sagte sie. »Ist hübsch – um die Ecke. Wird Ihnen gefallen.«

Das »Excelsior« war tatsächlich hübsch, aber auch komplett ausgebucht, also setzte er sich in die komfortable Hotelhalle und sah in seinem Reiseführer *Rußland, Ukraine & Weißrussland* nach. Was die Hotels betraf, gab das Buch nicht viel her. Die Unterkünfte in Archangelsk waren entweder »billig und scheußlich« oder »akzeptabel und teuer«. Für Daly, dessen Unkosten von einer Stiftung getragen wurden, war die Wahl klar oder hätte es zumindest sein sollen.

Doch wie er feststellen musste, waren die A&T-Hotels (wie er sie innerlich nannte) mit Ölunternehmern, Diamantenhändlern, Warenbörsenbrokern und Wirtschaftsgaunern aus aller Herren Ländern belegt. Archangelsk war allem Anschein nach die Ausgangsbasis für alle möglichen Risikokapitalisten, die darauf aus waren, Sibirien zu »erschließen«. Sein Gepäck durch den Schnee schleifend, marschierte er zu drei A&Ts, die alle ausgebucht waren. Schließlich schob er dem Mann an der Rezeption des »Puschkin« ein paar Dollar zu und bat ihn, ihm ein Zimmer zu besorgen – egal wo.

Es dauerte fast eine Stunde, doch am Ende verließ er die Lobby mit einem Zettel in der Hand: *»Tschernomorskaja« – Ulitsaja Temme 3*.

Der Türsteher blickte skeptisch, als Daly ihn bat, ihm ein Taxi zu besorgen, deutete vage auf das Wetter und schüttelte betrübt den Kopf. »Bus ist besser«, sagte er und zeigte in Richtung Haltestelle, einen halben Block entfernt, wo ein paar fröstelnde Gestalten unter einer flackernden Straßenlaterne standen und mit den verfrorenen Füßen stampften. Daly wollte schon auf einem Taxi beharren, doch der Türsteher blickte derart verwundert drein – fast schon gekränkt –, dass er es aufgab.

Er stapfte zur Bushaltestelle und dachte: Wäre Dad nicht stolz? Sein Alter Herr hatte ihn stets gewarnt, dass er es zu nichts bringen oder »nichts Anständiges aus sich machen« würde, solange er nicht lernte, den »Tatsachen ins Auge zu sehen« und einen kühlen Kopf zu bewahren. *Du musst dein irisches Temperament zügeln, Frankie. Sieh mich an.* Und an dieser Stelle klopfte er sich dann auf die eigene Brust. *Mein ganzes Leben arbeite ich für einen Hungerlohn, und wieso? Weil ich immer Recht haben muss. Weil ich mein Klugscheißer-Maul nicht halten. kann. Weil ich nie kapiert habe, dass es sich nicht lohnt, aus jeder Mücke einen Elefanten zu machen. Wie in dem Kenny-Rogers-Song über den Glücksspieler, der auch wissen muss, wann er besser klein beigibt.* Daly schüttelte den Kopf in Erinnerung daran, wie sehr sein Vater die Intelligenz und Klugheit von Kenny Rogers verehrte.

Inzwischen fror er allmählich ein, zunächst die Extremitäten: Zehen, Füße und Gesicht. Auf den Boden zu stampfen brachte auch nichts. Das einzige, was helfen konnte, war der Bus, und als er schließlich kam, stieg er sofort ein, sobald sich dessen Tür ruckartig geöffnet hatte. Der Fahrer blickte auf den Zettel in Dalys Hand, zeigte auf seine Uhr und beschrieb mit dem Zeigefinger einen Halbkreis. Eine halbe Stunde zum »Tschernomorskaja«.

Daly suchte sich einen Sitz möglichst nahe an den Heizungsschlitzen und nahm Platz. Und während er auf der Fahrt durch Archangelsk in dem klapprigen Bus durchgeschüttelt wurde, dessen Fenster so beschlagen und vereist waren, dass er sich vorkam wie in den Wolken, ging ihm der Song einfach nicht mehr aus dem Kopf, sodass er entnervt das Gesicht verzog.

Wie ein Hamster im Käfig drehte sich die Melodie im Kreis.

Man spielt mit den Karten, die einem zugeteilt werden, und die konnte man laut Kenny Rogers ausspielen, man konnte passen, man konnte weggehen oder ...

Was? Er überlegte kurz, und dann fiel es ihm wieder ein. *Ach ja, man konnte weglaufen.*

Als er ins Hotel kam, den Koffer in der Hand, fegte der Wind den Schnee beinahe horizontal durch die Luft, und der Strom war ausgefallen. Zumindest größtenteils. Ein Generator stampfte im Keller und lieferte gerade genug Saft, dass man noch sehen konnte, aber sonst nichts. Die wenigen Lampen, die brannten, wurden durch Kerzen verstärkt, die die schäbige Eingangshalle in finstere gelbe Trostlosigkeit tauchten, in der es nach Wachs roch.

Daly trat mit einem argwöhnischen Blick ein und schaute sich um. In einer Ecke der Lobby hockte eine mürrische Prostituierte, in Polyester gleichsam eingeschweißt, auf einer roten Kunststoffcouch und lackierte sich die Fingernägel. In der Nähe saß ein japanischer Geschäftsmann in einem ramponierten Sessel und blätterte in einem Comic-Heft, während drei junge Männer in schwarzen Lederjacken über einer Flasche Wodka miteinander stritten.

Daly füllte an der Rezeption eine Anmeldekarte aus und bezahlte in Dollar. Als der Mann an der Rezeption das Geld zählte, las Daly das handgeschriebene Schild hinter ihm an der Wand:

BRAUCHEN SIE GELD?
SIE KÖNNEN IHRE HABSELIGKEITEN
IN UNSEREM GESCHÄFT
IM ZWEITEN STOCK VERKAUFEN.
FAIRE PREISE!

Daly war verblüfft über die russische Kleptokratie, in der alles, was nicht niet- und nagelfest war, geklaut oder gekauft wurde. In Moskau hatten zwei Leute ihm seine Sonnenbrille abkaufen wollen, und ein Jugendlicher auf einem Moped hatte nach seiner Armbanduhr gegrapscht. Autofahrer nahmen ihre Scheibenwischer mit ins Restaurant und legten sie auf den Tisch wie zusätzliches Besteck. Nach zwei Tagen in der russischen Hauptstadt war Daly klar geworden, dass es nur eine Frage der Zeit war, bis jemand versuchen würde, ihn wegen seines Laptops umzubringen. Also tauschte er die teure Tragetasche aus Leder gegen einen schäbig aussehenden Matchbeutel ein. Der Laptop – ein ThinkPad für viertausend Dollar – passte bequem in die Segeltuchtasche, die in einem früheren Leben zweifellos als Behältnis für Buntstifte und Erdnussbuttersandwiches (oder was immer russische Kinder mittags aßen – Rote Bete vielleicht) gedient hatte.

Nach einer Weile gab er es auf, auf den Lift zu warten, und ging, den Schlüssel in der Hand, die Treppe hoch, die so dunkel war, dass er nervös wurde. Irgendwo zwischen dem zweiten und dritten Stock hörte er jemanden rufen. Der Lärm klang gedämpft und panisch, fern und nah zugleich. Nach einem Augenblick merkte er, dass die Rufe durch die Wand kamen, woraufhin sich ihm die Nackenhaare sträubten. Dann begriff er: Es war nichts Übernatürliches; jemand saß im Fahrstuhl fest. Mit einem Seufzer ging er denselben Weg zurück und sagte dem Mann an der Rezeption Bescheid, der achselzuckend die Handflächen zur Decke drehte. »Jeden Abend gleiches Problem«, sagte er mit leiser, rauer Stimme. »Ich erzähle Gästen von Stromsparpolitik. Aber ...« Er zuckte erneut die Achseln. »Eine Stunde, vielleicht zwei.«

Die armen Schweine, dachte Daly und beschloss, sich von Aufzügen fern zu halten. Sein Zimmer war im vierten Stock, und er brauchte eine Weile, bis er dahinterkam, wie man die Tür in dem düsteren Korridor öffnete.

Sobald er drinnen war, warf er seinen Koffer aufs Bett und betrachtete mit zunehmender Beklommenheit die fleckige Tapete, die gesprungenen Wandleuchter und schmuddeligen Deckenplatten. Ein Radiator klapperte an der Wand, fühlte sich aber kalt an. Das einzige Fenster ging auf einen Luftschacht, was zur Folge hatte, dass das Zimmer dunkler und vermutlich wärmer war als viele andere in dem Hotel. Dennoch hatte sich der Wind durch den Spalt zwischen Fensterbank und Fensterrahmen gezwängt, und auf dem abgewetzten Teppich lag eine kleine Pyramide aus körnigem Schnee. Daly betrachtete sie einen Augenblick, in der Hoffnung auf ein verräterisches Zeichen von Feuchtigkeit, sah dann aber ein, dass der Schnee nicht schmolz.

Er verschränkte die Arme, die Fäuste unter die Achseln geklemmt, und setzte sich auf die Bettkante. Er atmete kräftig aus, sah zu, wie sein Atem durch die Luft wirbelte, und zitterte.

Dennoch, dachte er, so kalt und ungemütlich ihm auch zumute war, es gab eine tröstliche Tatsache: Bei diesem Sturm würde zumindest die *Rex Mundi* nicht auslaufen.

6

77° 30' N, 20° 12' O

Annie stand an der Reling und blickte nervös nach vorn auf das Packeis. *Festlandeis,* korrigierte sie in Gedanken. Was bedeutete, dass es mit dem Land verbunden war.

Bring das nicht durcheinander, sagte sie sich.

Sie wollte keine Fehler machen, um den Schneemännern keinen Anlass zu geben, sie zu veralbern. Oder sie zumindest herablassend zu behandeln, mit amüsierten Blicken und hilfreichen Korrekturen. Sie konnte nicht gut mit so was umgehen. Sie kam sich dann dumm vor, bekam einen roten Kopf und wurde trotzig. Sie konnte nichts dagegen tun. Sie hatte immer zu hören bekommen, »das liegt in der Familie«. *Ein dünnes Fell.*

Und bis sie alt genug war, um zu verstehen, dass das nur eine Metapher war, hatte sie es für eine Krankheit gehalten, eine Krankheit, die sie geerbt hatte, zusammen mit den Wangenknochen ihrer Mutter. *Ein dünnes Fell.* Es klang wie etwas, das jederzeit Risse bekommen konnte. Wie Eis auf einem Teich.

Festlandeis. Überall.

Sie waren noch rechtzeitig vor dem Sturm weggekommen, und es war ein strahlender Tag, mit blauem Himmel und Temperaturen knapp über Null. Die *Rex Mundi* mahlte sich kriechend langsam durch das Eis, das Deck und die Aufbauten mit Frost überzogen. Das Schiff fuhr in Richtung Storfjord, eine Passage aus Wasser und Eis, das zwischen der vergletscherten Ostküste von Spitzbergen und der Westküste von Edgeøya trieb, einer kleineren Insel im norwegischen Meer.

Annie starrte auf den zerbröckelten Eisteppich, der sich vor dem Bug erstreckte, so weit das Auge reichte. Sie hielt nach einem dunklen Punkt Ausschau, dem ersten Anzeichen für das, was die Schneemänner eine »Rinne« nannten – eine Bresche im Eis, die sie in das tintenschwarze offene Gewässer bringen würde.

Und dann würden sie schneller vorankommen.

Trotz der zusätzlichen Tage, die sie dank ihrer überstürzten Abreise gewonnen hatten, machte sie sich wegen der Zeit und der Logistik Sorgen. Den ersten Teil der Reise – nordnordwestlich durch die Barentssee – hatten sie schnell geschafft. Murmansk blieb den ganzen Winter über eisfrei, da die Stadt von demselben Ausläufer der warmen Atlantikströmung umspült wurde, die die Route zur Westküste von Spitzbergen fast das ganze Jahr hindurch freihielt.

Doch kaum hatten sie nach Osten abgedreht in Richtung der Storfjord-Passage, da steckten sie auch schon im Packeis. Und sobald sie in den Fjord gelangten, war das Eis noch dicker geworden, was bedeutete, dass sie sich stundenlang durch Festlandeis kämpfen mussten und nur langsam vorankamen. Der Hubschrauber hatte sich wiederholt auf die Suche nach Rinnen gemacht, die sie zu den Wasserkanälen bringen würden, die durch das Eis flössen wie Bäche durch Schneefelder.

Aber jetzt hatten die Schneemänner dem ein Ende bereitet. Der Physiker, der auch als Pilot des Expeditionshubschraubers fungierte, beschloss, dass es besser war, Sprit zu sparen, um Nachschub zum Camp in Kopervik und wieder zurück zu bringen. Jetzt gab es nichts mehr zu tun, als sich durch das Eis zu pflügen und zu hoffen.

Abgesehen von den Rinnen gab es auch freie Wasserflächen, praktisch wie Seen inmitten des »ewigen Eises«. Die Seen entstanden, wie Annie gesagt wurde, mehr oder weniger regelmäßig jedes Jahr an denselben Stellen. Ihre Größe und Position wurden auf speziellen Karten verzeichnet. Sie hatte sich am Morgen eine angesehen. Einer von der Mannschaft hatte ihr gezeigt, wo genau sie offenes Gewässer erwarteten. Auf der Karte erschien es als lange, fiedrige Form, die sich landeinwärts auf einen der wenigen schwarzen Punkte auf Edgeøya zuwand – das Bergwerkscamp von Kopervik.

Das Problem war, dass die Karten erst seit wenigen Jahren angelegt wurden und daher niemand wusste, wann einer der »Seen« vielleicht verschwinden und wieder zu Eis werden würde. Wegen des Eises wurde die Geschwindigkeit der *Rex* auf ein Minimum dessen gedrosselt, was sie bei voller Fahrt schaffen konnte. Wenn sie also die ganze Strecke durch Eis mussten ... nun, dann würden sie lange brauchen.

Wenn sie allerdings in den nächsten zwei Stunden das offene Gewässer erreichten, würden sie mit etwas Glück gegen Abend ihren Ankerplatz erreichen und am Morgen an Land sein.

Gegen ihre Ungeduld war sie machtlos. Das Forschungsprojekt war ihre Idee gewesen, und sie war am Boden zerstört gewesen, als die National Science Foundation (NSF) den Antrag auf Finanzierung, trotz Doctor Ks Unterstützung, abgelehnt hatte. Nun da das Projekt doch noch genehmigt worden war, wollte sie die Forschungen durchführen – und zwar *jetzt.*

Es ging darum, dem Lungengewebe der Bergarbeiter viröse Proben zu entnehmen. Sie und Doctor K würden mit einer modernen Methode namens Polymere Kettenrekonstruktion oder PKR das Virus im Labor wiedererschaffen. Wenn sie Glück hatten und genug Material erzeugen konnten, um die Virusvariante zu züchten, die die Bergleute getötet hatte, konnten sie natürlich einen Impfstoff herstellen (für den Fall, dass jemals einer gebraucht wurde). Aber noch wichtiger (nach Annies Dafürhalten) war, dass sie imstande wären, Doctor Ks Theorie zu verifizieren, dass es einen Zusammenhang zwischen bestimmten Arten von Proteinhüllen und der Virulenz verschiedener Influenzavirustypen gab. Das wäre ein gewaltiger Durchbruch ...

Es hatte Annie sehr überrascht, dass es um die Jahrhundertwende auf dieser Erde noch so unwirtliche Gebiete gegeben hatte, dass sie keiner souveränen Nation angehörten, so beispielsweise (bis 1920) der Archipel Svalbard mit der Insel Spitzbergen. Bis zu dem Zeitpunkt, als der Archipel ein Teil von Norwegen wurde, waren die Inseln und damit die Bodenschätze praktisch jedem zugänglich, der bereit war, monatelange Dunkelheit und Isolation, ein lebensfeindliches Klima und die ständige Bedrohung durch Eisbären in Kauf zu nehmen. (Noch heute waren die Besucher von Svalbard in der Regel bewaffnet – und nicht mit .22ern. Sie bevorzugten Gewehre und Handfeuerwaffen vom Kaliber .45, damit sie sicher sein konnten, einen angreifenden Dreihundert-Kilo-Bären niederzustrecken.)

Svalbard war natürlich nicht gerade überreich an Bodenschätzen. Die Insel hatte eigentlich nur Kohle zu bieten. Ein amerikanischer Geschäftsmann namens John Longyear war der erste gewesen, der auf den Inseln Kohle abbaute. Er gründete 1906 die Arctic Coal Company, die auf Spitzbergen ein Bergwerk einrichtete, ein Ereignis, das einen regelrechten »Kohlerausch« auslöste und abenteuerlustige Briten, Dänen und Russen anlockte, die sich überall auf den Inseln auf die Suche nach Kohle machten.

Der zunächst einträgliche Kohleabbau wurde im Laufe der Zeit zunehmend teurer. Aber das war kaum der springende Punkt. Der eigentliche Schatz war der Archipel selbst, der an strategisch wichtiger Stelle den Eingang zur Barentssee hütete. Die Russen und Briten, Norweger und Dänen meldeten ihre Ansprüche auf weitaus mehr an als auf die Kohle in der Erde.

Schließlich setzten die Norweger sich durch, und zwar indem sie weiter Bergwerke betrieben wie das in Kopervik – ein nahezu unzugänglicher Außenposten, der am Ende die teuerste Kohle der Welt produzierte. Zumindest so lange, bis die Souveränitätsfrage schließlich zugunsten von Norwegen entschieden war, woraufhin das Bergwerk prompt stillgelegt wurde.

Jetzt, fast sechzig Jahre später, waren Annie und Doctor K hinter einem ganz anderen vergrabenen Schatz her: ein Virus, das so virulent und ansteckend war, dass es möglicherweise als Maßstab für alle anderen Viren dienen könnte. Es lag, so hofften sie wenigstens, knapp einen Meter tief im Permafrost, tief in den Lungen von fünf norwegischen Bergarbeitern, die achtzig Jahre zuvor an ihrem eigenen Sputum erstickt waren. Den akribischen Aufzeichnungen des lutherischen Geistlichen zufolge, der damals in Kopervik gelebt hatte, lagen die Leichname der Minenarbeiter in der westlichsten Ecke des Friedhofes, unmittelbar hinter der Kirche.

Natürlich würde das NOAA-Team Eiskernproben vom Permafrost nehmen müssen, bevor die Exhumierung stattfand. Falls die Eiskerne ergaben, dass es Schmelz-und-Tau-Zyklen gegeben hatte, würde entschieden werden müssen, ob die Arbeit überhaupt fortgesetzt werden sollte. Da das Influenzavirus sich rasch nach dem Tod seines Wirts zersetzt, wäre es sinnlos, die Toten zu exhumieren, wenn die Leichen irgendwann seit 1918 einmal aufgetaut waren.

Was, wenn man es recht bedachte, nicht unwahrscheinlich war.

Dieses verdammte Eis, dachte Annie, die auf den faltigen weißen Ozean blickte, in der Hoffnung, schwarzes Wasser zu entdecken. Doch es war nichts zu sehen, nur der kristallklare blaue Himmel und aufgetürmte Wellen, weiß wie Laken und genauso blendend.

Schließlich war dieses Projekt ihr Kind. Kein Wunder, dass sie ungeduldig war.

Sie war es, die, ermutigt durch Doctor K, fast ihre gesamte Freizeit dafür geopfert hatte, in Bergsiedlungen in so entlegenen Gegenden wie Chile, Sibirien und Tibet nach, wie Doctor K es nannte, »lebensfähigen Opfern« zu suchen.

Schließlich hatte sie in einer alten Ausgabe der *New York Times* etwas über Spitzbergen gelesen. In dem Artikel ging es um die russischen und norwegischen Ansprüche auf den Archipel

Svalbard. Fast beiläufig wurden die Kohlebergwerke der Region erwähnt, und dass die Spanische Grippe 1918 schlimm unter der dortigen Arbeiterschaft gewütet hatte. Das allein überraschte sie nicht, sondern vielmehr der Umstand, dass die Toten an Ort und Stelle begraben worden waren und nicht auf dem Festland. Neugierig geworden, forschte sie weiter nach und wusste bald mehr über die Bestattungspraktiken im eiskalten Norden, als sie je erwartet hatte.

Die Einheimischen betteten ihre Toten meist über der Erde zur letzten Ruhe und bereiteten Ihnen ein Hügelgrab aus Felsen und Steinen. Ein Grab auszuheben war unmöglich. Der Boden war bis zu einer Tiefe von ein, zwei Metern hart gefroren, und so war es besser, der Natur ihren Lauf zu lassen. Am Ende nahmen sich dann die Bären der Toten an.

Doch die Bergwerksfirmen hatten eine Alternative, und zwar Dynamit. Sie bohrten Löcher in die gefrorene Erde, steckten Dynamitstangen hinein und sprengten etwa ein Meter tiefe Gräber aus dem Boden. Was durchaus reichte: Weder Wärme noch Bären würden je an die Toten herankommen.

So hoffte Annie zumindest. Und mit Doctor Ks Erlaubnis hatte sie an die Bergwerksfirma geschrieben und sich nach den Gräbern erkundigt. Die Firma war im Zweiten Weltkrieg geschlossen worden, aber die Anwaltskanzlei, die deren Interessen vertrat, verwies sie an die Kirche, deren Pfarrer für die Bergleute in Kopervik und Longyearbyen zuständig war. Die Kirchenbücher enthielten die Namen der toten Arbeiter und ihrer Familienangehörigen, bei deren Nachfahren die Zustimmung für die Exhumierung (und anschließende erneute Beisetzung) ihrer Verwandten eingeholt wurde.

Doctor K hatte bei dem ganzen Unternehmen eine zwar passive, aber durchaus unterstützende Rolle gespielt. Und als das Fundament schließlich gelegt war, beantragte er die Finanzierung des Forschungsprojekts in ihrer beider Namen – mit abschlägigem Bescheid.

Alle hielten das Projekt für vielversprechend. Interessant.

Lohnenswert. Und für angebracht: In wissenschaftlichen Kreisen ging man davon aus, dass eine größere Mutation des Influenzavirus kurz bevorstand. Dergleichen geschah etwa alle dreißig Jahre, und es war »überfällig«. Man war sich ebenfalls darin einig, dass die erwartete Veränderung, »falls die Vergangenheit das Vorspiel war«, ein A-Virus hervorbringen würde – wie das der Spanischen Grippe. Es herrschte ebenfalls Übereinstimmung darin, dass Doctor Ks Theorie vielversprechend war und dass eine Probe von dem Virustyp des Jahres 1918 – falls sich eine finden ließe – nützliche Daten über den Zusammenhang von Virulenz und Antigenstruktur liefern könnte.

Falls Doctor K Recht hatte, ließen sich anhand des relativ auffälligen hakenähnlichen Fortsatzes an der Proteinhülle des Antigens die virulenteren Influenzavarianten erkennen. Unter Virologen war dieser Fortsatz (halb scherzhaft) als »Kicklighter-Horn« bekannt.

Noch heute kam der A-Typ in dem einen oder anderen Teil der Welt vor – und die Menschen, die mit dem Virus infiziert wurden, starben nicht massenweise. Doctor Ks Untersuchungen zu diesen Varianten bestätigten im Grunde seine Theorie: Ihnen fehlten der eher auffällige Haken und, wie er vorhergesagt hatte, die damit einhergehende Virulenz. Es war somit durchaus davon auszugehen, dass ein Blick auf die Virusvariante von 1918 – abgesehen davon, was für Erkenntnisse sich außerdem noch gewinnen ließen – seine Theorie bestätigen oder widerlegen würde.

Und so egoistisch es sich vielleicht auch anhörte, Annie konnte sich des Gedankens nicht erwehren, dass sie, wenn die Expedition von Erfolg gekrönt war, auf dem besten Weg zu einer Professur an der Georgetown University war.

Sie wäre sogar schon weiter gewesen, wenn der Finanzierungsantrag nicht einem denkbar schlechten Timing zum Opfer gefallen wäre. Nur einen Monat bevor der Antrag bei der National Science Foundation eingereicht wurde, hatte es im Arbor-Viren-Forschungslabor in Cambridge, Massachusetts, einen Unfall gegeben, der in der Öffentlichkeit für viel Wirbel gesorgt hatte. Ein Reagenzglas war in der Zentrifuge zerbrochen, und zwei Ärztinnen und ein Laborassistent hatten sich mit *Sabia* infiziert, einer häufig tödlich verlaufenden, mit Fieber und Blutungen einhergehenden Krankheit, die zuvor nur in Brasilien vorgekommen war. Zwar war der Vorfall sofort heruntergespielt worden, doch die Sensationspresse hatte Wind davon bekommen, mit dem Ergebnis, dass im Kongress eine Sondersitzung stattfand, die sich auf die NSF ausgesprochen abschreckend auswirkte. Aus Angst vor weiterer Kritik lehnte die Stiftung die Finanzierung einer Expedition ab, die im Grunde darauf abzielte, eines der gefährlichsten Viren in der Menschheitsgeschichte dem Vergessen zu entreißen.

Und nach einem Jahr, als Annie eigentlich schon gar nicht mehr an den Antrag dachte, wurde die Finanzierung plötzlich genehmigt – nicht von der NSF, sondern von einer kleinen Stiftung, die ihren Sitz in einem Haus hinter dem Obersten Bundesgericht hatte.

Annie hatte vorher nie von ihr gehört, ja, sie hatte nicht einmal gewusst, dass Doctor K den Antrag auch bei anderen potenziellen Geldgebern eingereicht hatte. Aber das war typisch für Doctor K. Er behielt Dinge für sich – vermutlich, um Annie vor weiteren Enttäuschungen zu bewahren. Was ihr nur Recht war.

Annie ließ das Fernglas sinken, noch während sie weiter nach vorn schaute und versuchte, mit bloßer Willenskraft eine Wasserrinne herbeizuzaubern. Aber da war keine. Nur Eis und Schnee und ...

Ein wirbelndes Muster, wie Prismen, die sich in ihrem Gesichtsfeld immer neu formten. Sie hatte darüber gelesen. Es war eine verbreitete Halluzination, und Annie wusste aufgrund ihrer vorbereitenden Lektüre in der Woche zuvor, dass das Phänomen erstmals von einem Polarforscher berichtet wurde, der im neunzehnten Jahrhundert mit seiner Crew Baffin Island zur Hälfte durchwandert hatte – nachdem ihr Schiff eingefroren und »wie eine Walnuss« vom Eis zerquetscht worden war.

Zumindest das würde nicht passieren; sie konnten unmöglich festfrieren. Die *Rex* war für die Arktis gebaut, und mit ihrem stahlverstärkten Rumpf und den kraftvollen Maschinen konnte sie vier bis sechs Meter dickes Eis durchpflügen.

Sie wünschte nur, das Schiff würde schneller vorankommen.

Annie kniff kurz die Augen zusammen, wie ihr geraten worden war, wenn sie Halluzinationen bekam. Bei dem Gedanken an den Polarforscher und seine Crew fröstelte sie. Zuerst hatten sie ihre Hunde gegessen, dann Stücke Segeltuch, dann Teile ihrer Kleidung. Ganz zuletzt aßen sie ihre Stiefel, und da hatten sie kaum noch Zähne im Mund. Das Tagebuch des Expeditionsleiters wurde von einer späteren Expedition gefunden. Es war in Ölpapier eingeschlagen und in einer Tabakdose verstaut worden. In dem Tagebuch schrieb der Leiter, dass Schuhleder sich saftig auf der Zunge anfühlte und dass er es ganz still im Mund behielt, bis es sich auflöste wie eine Hostie.

Und dann war er vermutlich gestorben.

Annie spürte eine Veränderung in der Luft, und sie blinzelte in die Ferne. Am Horizont waren Regenwolken, so sah es zumindest aus. Sie schaute durchs Fernglas, um es genauer sehen zu können, und ihre Hoffnung sank. Gewitterwolken zogen am blauen Himmel auf. Auch das noch. Wieder ein Sturm.

Trotz der Kleidungsschichten, die sie am Leibe trug – angefangen von Thermounterwäsche bis hin zu dem bauschigen, roten Michelin-Männchen-Parka, der ihr von der *Rex* zur Verfügung gestellt worden war –, durchlief sie ein Schauder. Sie fror, aber sie wollte nicht zurück in ihre Kajüte gehen, nicht einmal auf die warme Kommandobrücke. Sie hatte das abergläubische Gefühl, dass das offene Gewässer niemals kommen würde, wenn sie nicht weiter in die Ferne blickte. Und es musste kommen. *Bald.*

Ihr Blick wanderte hinab zum unteren Deck, wo Doctor K mit verschränkten Armen und verkniffenem Mund stand und den Horizont beobachtete. Er war vermutlich nervös – er musste nervös sein. In den nächsten Tagen stand viel für ihn auf dem Spiel. Aber er würde sich natürlich nichts anmerken lassen. Im Gegensatz zu ihr behielt er seine Gefühle für sich.

Bis auf seine beißende Intoleranz, wenn andere einen Fehler machten. An der Georgetown University und bei den NIH galt Kicklighter unbestritten als Koryphäe. Als Virologe war er einer der führenden Experten der Welt für Ribonukleinsäure-Viren. Er war als Kandidat für den Nobelpreis im Gespräch – das war nichts Neues –, aber er selbst wies den Gedanken von sich. »Ich bin nicht an Trophäen interessiert«, log er.

Als emeritierter Professor der Georgetown University war seine Unbeliebtheit legendär. Wenn jemand erfuhr, dass Annie seit ihrer Promotion seine Assistentin war, bekam sie oft zu hören: »Für den *Schinder* arbeiten Sie? Wie halten Sie das bloß aus?«

Er ist schüchtern, sagte sie dann. Er lebt in seiner eigenen Ideenwelt. Und ... er kann einfach nicht gut mit Menschen umgehen.

So konnte man es auch ausdrücken. Aber es stimmte schon, Doctor K war nie gemein. Er wurde nicht wütend. Und er war nicht nachtragend. Das Problem war nur, wenn man mit ihm zusammenarbeitete und seinen Gedankensprüngen nicht folgen konnte (was, ehrlich gesagt, viele Studenten nicht konnten), dann musste er innehalten und etwas erklären. Und dadurch ging ihm dann manchmal etwas verloren, und gerade das war manchmal wichtig.

Und wenn eine Frage zu einem besonders ungünstigen Zeitpunkt gestellt wurde, dann bekam er diesen Ausdruck im Gesicht, den seine Studenten so gerne nachahmten. Seine Schultern fielen herab, sein Kopf neigte sich zur Seite, und ganz langsam und geduldig fing er an zu erklären und sprach mit einer Stimme, die zuweilen so distanziert klang wie von einer Tonbandaufnahme – eine Aufnahme, die die Frage sezierte, als wäre sie ein

Frosch, und die falschen Voraussetzungen freilegte, die ihr zugrunde lagen.

So etwas war für den jeweiligen Fragesteller vernichtend, ja, aber Annie konnte sich in Doctor K hineinversetzen, verstand, dass er aus dem Konzept geriet und traurig war, dass ihn eine dumme Frage aus einem konstruktiven Gedankenfluss gerissen hatte.

So etwas würde sie natürlich niemals sagen – denn das würde sich anhören, als wollte sie angeben und signalisieren, dass wenigstens *sie* so clever war, Doctor Ks sprunghaften Gedankengängen zu folgen. Aber eigentlich ... dachte sie. Manchmal konnte sie ihm tatsächlich uneingeschränkt folgen, ganz gleich, was für Kapriolen sein Verstand schlug – und wenn er dann den Schwung verlor, konnte sie ihn wieder in Fahrt bringen. Und das war sehr belebend. Jedenfalls –

»Sie sollten reingehen, meine Liebe.«

Sie fuhr zusammen. Die Stimme ertönte direkt neben ihrem Ohr, mit der Folge, dass ihr das Herz heftig gegen die Brust schlug.

Sie würde sich nie daran gewöhnen – diese eigenartige Intimität, die die *Rex* einem aufzwang. Das Schiff machte einen erstaunlichen Lärm, während es knirschend durch das Eis brach »wie ein Riese, der Felsbrocken kaut« – das hatte sie irgendwo gelesen. Und es war nur das Geräusch vom Bug. Die Maschinen waren achtern, eine unaufhörlich startende Rakete, die die Decks zum Vibrieren brachte, während das Eis an den Seiten des Schiffes entlangschliff.

Die Besatzung war offenbar an den Krach gewöhnt, und die Schneemänner auch, die schließlich schon viele Male auf einem Eisbrecher mitgefahren waren. Die Crew der *Rex* bestand aus acht Mann, und sie alle verwendeten anscheinend eine Art Zeichensprache, sodass sie sich, wenn sie sich laut verständlich machen wollten, nicht mit irgendwelchen einleitenden Worten abgaben: sie senkten einfach den Kopf und schrien einem ins Ohr.

Es war eine sonderbare Intimität, den Atem des Mannes auf ihrer Haut zu spüren. Natürlich war sie so etwas nicht gewohnt. Selbst wenn sie damit rechnete, wenn einer von Ihnen den Kopf vorneigte, fuhr sie zurück, als wollte sie einem Kuss ausweichen. Und dann kam sie sich dumm vor. Und wurde rot, genau wie jetzt.

Es war Mark, der Eisphysiker. Er neigte wieder den Kopf, und diesmal wich sie kaum zurück. »Auf ihrer Wange bilden sich schon Frostflecken.«

Er richtete sich auf und legte einen behandschuhten Finger an seine Wange. Sie bedeutete ihm, sich vorzubeugen, damit sie ihm etwas sagen konnte, aber er schüttelte ungeduldig den Kopf und signalisierte ihr mit einer scheuchenden Bewegung, dass sie reingehen sollte. Sie zeigte auf Doctor K, aber Mark packte sie am Arm und schob sie in Richtung Tür.

Kurz darauf kam er hinterher. In der warmen Luft dampfte ihre Kleidung so stark, dass es aussah wie Rauch.

»Sind Sie etwa sein Babysitter?«, fragte er und deutete mit einem Nicken nach draußen.

»Er würde nicht merken, wenn er Frostbeulen kriegt. Ich wollte bloß –«

»*Sie* haben nicht gemerkt, dass Sie Frostbeulen kriegen.« Er nahm seine Schneebrille ab und inspizierte ihre Wange. »Nicht so schlimm. Und Sie können beruhigt sein – dem Professor geht es gut, ich habe nach ihm gesehen. Was haben Sie denn überhaupt da gemacht? Jemand hat mir gesagt, Sie wären schon über eine Stunde da draußen.«

»Ich habe nach Wasser Ausschau gehalten«, sagte sie.

»Ach, machen Sie sich deshalb keine Gedanken. Wir erreichen in einer halben Stunde Wasser – vielleicht früher.«

Sie bedachte ihn mit einem skeptischen Blick.

»Da ist ein Blink«, sagte er.

Sie sah ihn nur an, unsicher, ob er sie verschaukeln wollte. »Ein Blink«, wiederholte sie.

»Sie sind so misstrauisch! Kommen Sie«, sagte er, nahm sie am

Arm und führte sie zu einem Bullauge. »Sehen Sie sich den Himmel an, direkt über dem Horizont. Sehen Sie die dunklen Formen?«

Annie nickte. »Wir kriegen ein Unwetter«, sagte sie.

Mark schüttelte den Kopf. »Wir kriegen kein Unwetter. Und das dahinten sind keine Wolken. Wie ich Ihnen dauernd klarmachen will, hier schneit es nicht oft. In Atlanta schneit es öfter. Die Arktis ist eine Wüste.«

Annie spähte durch das Fernglas, das leicht getönt war, damit man nicht geblendet wurde. »Wieso sagen Sie, das sind keine Wolken? Schauen Sie sie doch an! Es *sind* Wolken.«

»Das ist ein Widerschein. Bei Eis und Schnee gibt es Temperaturschichten in der Luft – und das verursacht bizarre Lichtbrechungen. Häufig kann man über den Horizont hinausblicken.«

»Sicher«, sagte sie. »Und an einem klaren Tag kann man sogar die Zukunft sehen, was?«

»Ich meine es ernst. Wenn man von Eis umgeben ist und die Bedingungen richtig sind, sieht man in der Ferne das Wasser, direkt hinter dem Horizont, wie es vom Himmel reflektiert wird. Wenn man im Wasser ist, kann man Eis sehen – was einmal die wichtigere Verwendung des Phänomens war. Früher wurde auf den Schiffen jemand am Bug postiert, der den Himmel beobachtete, um nach Eisbergen Ausschau zu halten.« Er deutete nach vorn. »Das nennt man ›Blink‹. Wasserblink. Eisblink. Schneeblink. Das dahinten – das ist ein Wasserblink. In einer Stunde sind wir auf dem offenen Meer. Sie werden schon sehen.«

Sie glaubte es eigentlich erst, als es geschah. Sie war in ihrer Kajüte und zog sich trockene Sachen an, als eine jähe Stille ihr fast das Herz stocken ließ. Unvermittelt hatte das Eis den Weg freigegeben, das Knirschen der Eisblöcke hörte auf, und die Welt – die ganze Welt – glitt sanft dahin, als hätte ein Bohrer ein dickes Brett durchstoßen.

Lächelnd ließ sie sich rückwärts auf ihre Koje fallen und schloss die Augen. Es war fast so, als könnte sie es sehen: die reine, scharfe Kontur des schrägen Bugs, der durch das offene Wasser schnitt, das dunkle Meer, auf dem sich die wogende, phosphoreszierende Gischt teilte.

Und kurz davor, fast zum Greifen nahe: Kopervik. Das Virus. Und ihre Zukunft.

7

Archangelsk

24. März 1998

Ist weg.«

»Nein«, sagte Daly, »das muss ein Irrtum sein.« Der Schneesturm hatte sich noch nicht gelegt, also musste der Mitarbeiter der Reederei Polarsk sich irren. »Sie sollte zwar gestern auslaufen, aber, verstehen sie – ich hatte keine Möglichkeit, nach Murmansk zu kommen.«

Der junge Mann hörte geduldig zu, wickelte sich eine lange fettige Haarsträhne um den Zeigefinger. Dann wiederholte er, was er gesagt hatte: »Ist weg.«

»Aber – es ist Sturm. Da tobt ein Hurrikan, verdammt noch mal! Bei dem Wetter läuft doch kein Schiff aus!«

Der junge Mann seufzte, strich ein zusammengerolltes Faxblatt auf dem Schreibtisch vor sich glatt und legte den Finger neben eine Zeile mitten auf der Seite. »Ich verstehe Sie ja, Mann, aber dieses Schiff ist ein Eisbrecher – es fährt *vor* dem Sturm ab.«

»Was?« Daly war ebenso verdutzt über die lässige Sprache des Angestellten wie über das, was er gesagt hatte. Zum ersten Mal fiel ihm auf, dass der junge Mann einen Ohrring trug.

»Ja«, sagte er. »Sie legte um elf Uhr ab – gestern.«

Daly fuhr sich mit der Hand durchs Haar und lehnte sich auf dem Stuhl zurück. Er hatte das Gefühl, dass der junge Mann seiner Sache sicher war. Und dann begriff er: Er hatte das Schiff nicht nur verpasst, sondern es war bereits ausgelaufen, *noch bevor er eigentlich hätte ankommen sollen.*

Was ihn stinksauer machte. Er hatte die ganze Zeit ein schlechtes Gewissen gehabt, weil Kicklighter und Adair seinetwegen warten mussten – dass sie sich fragen würden, wo er blieb und so weiter –, und musste jetzt erfahren, dass sie ihn abgeschrieben hatten, einfach so. Als hätte er vor einem Kino in Washington gestanden und nicht im »Tschernomorskaja« gehockt – in diesem verdammten »Tschernomorskaja« – in Archangelsk!

»Kann ich hier irgendwo ein Fax abschicken?«

»Nicht auf die *Rex Mundi.*« Der junge Mann schüttelte den Kopf. »Ist nicht möglich.«

»Wieso nicht?«

»Weil ... es ein Schiff ist.« Er zuckte die Achseln. »Sie müssen Telex schicken.«

»Telex?« Daly wusste nicht mal genau, was ein Telex war. Irgend so was wie ein Telegramm oder so. Aber er sagte: »Okay, ich schicke ein Telex. Wo kann ich das machen?«

Das Hauptpostamt sei direkt um die Ecke auf der *ulitsa Woskresinia.* Und es sei noch dazu ein gutes. Als Daly das Büro der Reederei verließ, sprang ihn die Kälte an wie ein Kettenhund. Einen Augenblick lang war ihm, als würde er auf der Stelle zu Eis erstarren. Das war nicht so eine Kälte, wie es sie in den Staaten gab, dachte er. Es war eine Kälte, die es nirgendwo gab. Sie kam direkt aus der Hölle, und noch während er dastand, wie gelähmt, saugte sie ihm die Seele aus.

Ein steifer Wind blies von Norden her, direkt aus Murmansk, fegte ihm körnigen Schnee ins Gesicht, der sich anfühlte wie eine Mischung aus Eis und Sand. Schaudernd zog er die Schultern hoch, drückte den Kragen seines Parkas enger an den Hals und stolperte vorwärts. Einen Fuß vorsichtig vor den anderen setzend, bewegte er sich über die Eisscholle, die wohl der Bürgersteig sein sollte, und ging den Hügel hinab in Richtung auf den zugefrorenen Fluss.

Es dämmerte, und er konnte nicht viel sehen. Die Straße lag links von ihm, aber eigentlich erahnte er sie nur. Das Kinn auf die Brust gedrückt, befand er sich in einer monochromen Welt, folgte den Straßenlaternen in Richtung *dvina.* Die Metallpfosten unter den Lampen waren mit Schnee bedeckt und kaum zu erkennen; das Licht hing in der Luft wie durch Zauberei, blass und verschwommen, und schaukelte in einem grauen Wind.

In der Nähe rangierte ein Schneepflug vor und zurück auf dem Platz, dem *ploschtschad Lenina*, schob den Schnee an jeder Ecke zu einem Wall auf. Könnte sein, dass ich eine Weile hier bleiben muss, dachte Daly und biss die Zähne gegen die Kälte zusammen.

Vor dem Postamt angekommen, stieg er die vereiste Treppe zur Tür hoch, riss sie auf und trat in einen warmen Kokon, der nach nasser Wolle, Schweiß und billigem Tabak roch. Männer und Frauen mit roten Gesichtern liefen in unförmiger Kleidung umher und stellten sich vor nummerierten Schaltern an. Daly ging von einer Person zur anderen und fragte: »Telex? Telex?« Aber niemand schien ihn zu verstehen. Schließlich nahm ein Mann mit Pelzmütze ihn am Ärmel und erklärte ihm in perfektem und akzentfreiem Englisch, wie er ein Telex schicken konnte.

Daly ging zu einem der hinteren Schalter und verfasste eine Nachricht auf der Rückseite eines Briefumschlags vom »New Worid Aster Hotel« in Schanghai.

Dr. Benton F. Kicklighter
Kopervik-Expedition
Schiff Rex Mundi
Freq 333-80

Es ist ein dunkler und stürmischer Tag.
Sitze fest in Archangelsk.
Treffe sie in Hammerfest am 28.
Frank Daly

Er las die Nachricht noch einmal und wollte unbedingt noch etwas hinzufügen, irgendetwas Gemeines und Vorwurfsvolles, weil man ihn sitzen gelassen hatte. Doch obgleich er privat bis in alle Ewigkeit nachtragend und stur sein konnte, hatte er sich diszipliniert, im beruflichen Leben nicht zu jammern. Zumindest wenn es nichts brachte.

Er las die Nachricht erneut, runzelte die Stirn und zerknüllte den Zettel. Zunächst einmal wurden die Gebühren pro Wort berechnet, und sie waren so hoch, dass es besser war, nur Substantive und Verben zu verwenden. Außerdem war Kicklighter sicherlich nicht der Typ, der Spaß vertrug. Er hätte nichts übrig für eine Formulierung wie »Es ist ein dunkler und stürmischer Tag«. Im Gegenteil, in den wenigen Gesprächen mit ihm hatte er den Eindruck gewonnen, dass der Professor ein arrogantes Arschloch war, der unheilbar an GMS litt – Großmannssucht. Was hatte er doch noch zu ihm gesagt?

Ehrlich gesagt, Mr. Daly, halte ich nicht viel von euch Journalisten. Ihr habt in der Regel eine beschränkte Konzentrationsfähigkeit.

Und dann hatte er Daly und die ganze Zunft der Journalisten mit einem einzigen Zungenschnalzen abgetan. Daly hatte sich arg zusammenreißen müssen, um den Mund zu halten. Vor gar nicht so langer Zeit hätte er erwidert, dass Virologen ihn auch nicht sonderlich beeindrucken würden – sie hätten angeblich einen kurzen Schwanz. Doch stattdessen hatte er mit den Schultern gezuckt und mit beschämter Miene die Hoffnung geäußert, der Professor würde ihm eine Chance geben, sich zu bewähren.

Er suchte nach einem neuen Stück Papier, und da er kein fand, strich er den Umschlag von dem chinesischen Hotel glatt und bearbeitete die bereits geschriebene Nachricht:

SITZE FEST ARCHANGELSK.
TREFFPUNKT HAMMERFEST. DALY

Das ist besser, dachte er. Fünf Wörter und nur den Nachnamen. *Daly.* Wie Charlemagne, nur auf irisch.

Ihm kam der Gedanke, dass er vielleicht auch Anne Adair als Adressatin angeben sollte ... aber nein. Die Expedition war zwar ihre Idee gewesen (laut *Record* des Medizinischen Forschungsinstitutes), doch sie war nun mal nur Kicklighters Assistentin. Großmannssüchtige waren pedantisch, wenn es ums Protokoll ging – auch oder erst recht, wenn es einen Protegé betraf. Es war also besser, er ließ ihren Namen weg.

Mit dem Umschlag in der Hand stellte Daly sich ans Ende der langen Schlange vor dem Telexschalter. Von der birnenförmigen Frau vor ihm stieg Dunst auf, und in der Luft lag ein beißender Geruch nach türkischen Zigaretten. Schuhe schlurften und quietschten auf dem nassen Holzboden. Hin und wieder hörte er amerikanische und englische Stimmen in dem Lärm, aber er konnte nicht sehen, von wem sie kamen. Die Schlange bewegte sich nach langen, unruhigen Wartephasen immer schubweise bloß einen halben Meter weiter. Aber das war eigentlich auch egal. Er konnte ohnehin nicht weg, und das wohl für mehrere Tage.

Nachdem er das Telex aufgegeben hatte, schaute er noch einmal im Reisebüro Sputnik rein und buchte einen Flug nach Hammerfest in Norwegen. Um dem Sturm Gelegenheit zu geben, sich auszutoben, und damit der Flughafen von Archangelsk genug Zeit hatte, seine Rollbahnen vom Schnee und seine Iljuschins vom Eis zu befreien, entschied er sich für einen Flug in drei Tagen – womit er in Hammerfest wäre, bevor die *Rex* zurückerwartet wurde.

Anschließend hatte er nichts mehr zu tun, als zum »Tschernomorskaja« zurückzugehen – und zu arbeiten.

In seinem Zimmer zog er den Laptop aus dem Matchbeutel und zögerte. Er hatte zwar den erforderlichen Transformator und den Adapter für die Steckdose, aber er wollte beides nicht benutzen. Nicht bei dem Strom hier: Andauernd flackerte die Deckenlampe wie ein Stern, der kurz davor ist, zur Nova zu werden. Wenn er den Laptop an die Steckdose anschloss, riskierte er einen Festplattenschaden. Er benutzte lieber den Akku. Wenn er den Mantel anbehielt, konnte er arbeiten, bis ihm die Finger vor Kälte steif wurden oder der Akku keinen Saft mehr hatte, je nachdem, was als erstes passierte.

Er rückte einen Stuhl an den Schreibtisch, setzte sich und schaltete den Computer ein. Als der endlich bereit war, ging er ins Datenverzeichnis und rief die Interviewnotizen auf, die er in der Woche zuvor in Schanghai geschrieben hatte.

> Liu Shin-Li – Dr. med., Univ. Peking, Dr. Johns Hopkins, Leiter, Infl.-Abteil., Inst. für Allerg. & Infekt.-Krankheiten, Schanghai. Aufsatz, »die Spanische Dame in China: ein historischer Überblick« (Ost-West-Zeitschrift für Epidemiologie). 1918:10 Millionen Opfer (allein in Indien!). I. Weltkrieg. Russische Revol. »Abweichung« vs. »Mutation«. Epidemie, Pandemie. Typ-A-Veränderung »längst überfällig«. Nächstes Jahr? S-L: »Ich möchte keine Spekul. abgeben. Interess. Bazillus.«

Daly war nach Schanghai geflogen, um Shin-Li zu interviewen, der in China als der führende Epidemiologe galt – und China war das Epizentrum sämtlicher Influenzapandemien in der Geschichte der Menschheit.

Das Interview ging über knapp fünf Seiten, und auf weiteren zehn Seiten waren diverse Dinge vermerkt: ein kurzer Bericht über einen Besuch von Daly auf einem chinesischen Bauernhof, Auszüge aus verschiedenen Fachartikeln, die er in den Laptop eingescannt hatte, und schließlich der Artikel, durch den er überhaupt erst auf die Kopervik-Expedition aufmerksam geworden war.

Letzterer war eine zwei Absätze umfassende Notiz im *Record,* dem vierzehntägig erscheinenden internen Mitteilungsblatt der National Institutes of Health:

> Leiter der Grippeabteilung besucht Arktis

Daly drückte die Bild-nach-unten-Taste, lehnte sich zurück und ging die Notizen Bildschirm für Bildschirm durch. Ihm schwebte eine dreiteilige Artikelserie vor. Zunächst zirka zweitausend Wörter, Grundsätzliches über Influenzaviren und die »Spanische Dame« im besonderen – dann in Teil zwei die Expedition nach Edgeøya. Der Titel sollte lauten: »Vergessene Gräber geben ihr Geheimnis preis«. Im letzten Teil dann würde er über Kicklighters Arbeit und seine Proteinhüllen-Theorie berichten.

Wenn alles glatt ging, würde der Artikel vielleicht im *Harper's* oder im *Smithsonian* abgedruckt, und mit dem veröffentlichten Artikel würde er versuchen, einen Vertrag für ein Buch zu bekommen. Worum es ihm eigentlich ging: Er wollte den Sprung vom Reporter zum Autor schaffen. Für sich allein arbeiten, mit anderen Worten: nicht mehr für jemand anders.

Das einzige Problem war nur, dass er das Schiff in Murmansk verpasst hatte, und nun würde er auch nicht dabei sein, wenn die »vergessenen Gräber ihr Geheimnis preisgaben«. Somit würde er viel von dem Kolorit verlieren, das er sich erhofft hatte, es sei denn, er könnte eine Möglichkeit finden, die Geschichte aus der Sicht von jemand anders zu erzählen.

Anne Adair käme dafür in Frage. Oder vielleicht jemand von der Crew oder die NOAA-Wissenschaftler. Sie könnten etwas über die Kälte, die Maschinen und den Permafrost erzählen, die schreckliche Einsamkeit einer Insel im nördlichsten Teil der norwegischen See.

Aber es wäre besser gewesen – wem wollte er was vormachen? Es wäre sehr viel besser gewesen, er wäre bei der Öffnung der Gräber dabei gewesen. Mit einem lauten Brummen beugte Daly sich vor und tippte *Teil I.* Dann drückte er die Return-Taste und machte sich an den Vorspann seines Artikels. Eine halbe Stunde später war ihm endlich ein Anfang gelungen, den er ganz passabel fand:

(Schanghai) Sie nannten sie die »Spanische Dame«, obwohl die Bezeichnung alles andere als zutreffend war. Ihre Wurzeln lagen nämlich in China, nicht in Spanien, und eine Dame war sie weiß Gott nicht; sie war eine Killerin. Denn nachdem sie in die Staaten gekommen war, tötete sie innerhalb von wenigen Monaten mehr Amerikaner, als im Ersten Weltkrieg ums Leben gekommen waren. Und dabei fing das Miststück gerade erst an.

Daly verschränkte die Arme und lehnte sich zurück. Lächelnd las er, was er geschrieben hatte, und dachte: Nicht schlecht. Guter Aufhänger. Nur dass er damit nicht durchkommen würde. Nicht mit so einer Zeile. Sie war zu frech. Eine Grimasse schneidend, ersetzte er »das Miststück« durch »sie« und tippte weiter.

Dr. Liu Shin-Li, Leiter der Influenzaabteilung im Institut für Allergien und Infektionskrankheiten von Schanghai sagt, »die Spanische Grippe war eine der tödlichsten Pandemien der Menschheitsgeschichte und tötete dreißig Millionen Menschen auf der ganzen Erde«.

Daly runzelte die Stirn und dachte: *Schön wär's.* Shin-Lis Englisch war bei weitem nicht so gut, wie das Zitat glauben machte. Aber ... so ungefähr hatte er das gesagt.

Die Geschwindigkeit, mit der die Krankheit tötete, war ebenso verblüffend, wie das Virus tödlich war. In Westport, Connecticut, brach eine Frau beim Bridge tot zusammen. In Chicago winkte ein Mann am Straßenrand ein Taxi heran und starb, bevor er die Tür öffnen konnte. In London wehrte ein Torwart mit einer Parade den Ball ab – und war tot, als er auf den Boden aufschlug.

Alle diese Leute waren angeblich bei guter Gesundheit – bis sie starben. Doch Millionen andere hatten weniger »Glück«, denn sie litten unter etlichen Symptomen, die so vielfältig waren, dass es den Anschein hatte, als wäre ein Dutzend Krankheiten im Spiel.

Ein Arzt in New York berichtete, dass seine Patienten »blau wie Heidelbeeren« seien und Blut spuckten. Häufige Symptome waren über vierzig Grad Fieber, Sturzblutungen aus der Nase, langanhaltendes Erbrechen und extremer Durchfall. In vielen Fällen kam es zu brandigen Genitalien, Leukopenie (eine Art umgekehrte Leukämie), plötzlicher Erblindung und zum totalen Hörverlust.

Die Patienten schrien bei der geringsten Berührung vor Schmerzen auf, und die Ärzte standen bei dieser Krankheit, deren Symptome die von vielen anderen schrecklichen Erkrankungen nachahmten, vor einem Rätsel. In einem Militärstützpunkt wurden Hunderte von Soldaten irrtümlich gegen Chlorgasvergiftung behandelt, weil sie die entsprechenden Symptome zeigten. Andernorts wurden die Erkrankten am Blinddarm operiert oder auf Lungenentzündung, Cholera, Ruhr, Typhus oder Dreitagefieber behandelt.

Die meisten Opfer, so stellte man schließlich fest, hatten sich förmlich zu Tode gehustet, waren an einer Mischung aus Blut und Schleim erstickt, weil ihre Lungen sich zu einer Masse wie »Johannisbeergelee« auflösten.

Das Akkulämpchen am Computer blinkte, und Daly sah auf seine Uhr. Es war kurz nach sieben, und er wurde langsam hungrig. Doch er kam mit dem Artikel gut voran, und außerdem war es draußen eiskalt. Er tippte weiter.

Laut Dr. Shin-Li »beginnt die Ausbreitung des Virus zunächst bei den Wildenten, und davon haben wir hier in China mehr als sonstwo auf der Welt. Damit nicht genug – weil wir Hühner, Enten und Schweine zusammen züchten, kann das Virus von einer Tierart zur anderen hin und her wechseln, wobei es sich verändert.«

Weil die Influenza ihre Form verändert und Tiere ständig Viren austauschen, kommt es häufig zu Mutationen. Im Gegensatz zu den äußerst stabilen Mikroben wie Pocken und Polio ist die Influenza ein RNS-Virus mit einer segmentierten chemischen Struktur, die durch äußerst schwache Verbindungen zusammengehalten wird. Da dem Virus die DNS-Funktion fehlt, die vor Mutationen schützt, »ordnet es sich selbst« in seinen Wirtstieren ständig neu an. Das bedeutet, dass Segmente abbrechen und sich mit anderen Segmenten wieder verbinden und neue Grippevarianten erzeugen.

Aufgrund dieses Charakteristikums ist die Wissenschaft gezwungen, jedes Jahr einen neuen Impfstoff zu entwickeln.

Das Akkulämpchen leuchtete jetzt ununterbrochen, und Daly rechnete sich aus, dass ihm noch zehn Minuten blieben, bis der Laptop keine Energie mehr hatte.

Gegenstand der Untersuchung von Dr. Benton Kicklighter ist die Erforschung der Gründe, warum die Spanische Grippe die tödlichste Influenzaart überhaupt ist.

Das Akkulämpchen flackerte, der Computer gab einen Piepton von sich, und Daly fuhr zusammen. Er hatte noch etwa eine Minute, bevor der Laptop abstürzte, aber er wollte nicht aufhören. Jetzt kam er nämlich zu dem Teil der Geschichte, der ihm Kopfzerbrechen bereitete, der für ihn keinen Sinn ergab. Es ging um die Expedition und den Grund, warum sie durchgeführt wurde. Wenn er am Computer blieb und darüber schrieb oder es wenigstens versuchte, wäre er vielleicht in der Lage, sich einen Reim darauf zu machen. Zumindest müsste er seine Verwirrung artikulieren können – was der erste Schritt wäre, die Story hinzukriegen.

Aber nicht jetzt. Wieder ertönte ein Piepen, und mit einem Seufzer speicherte Daly die Datei ab und schaltete den Computer aus. Dann steckte er ihn in seinen Matchbeutel, den er unter das Bett schob. Seine Finger waren steif, und ihm knurrte der Magen, obwohl ihm, als er den Schnee sah, der sich vor seinem Fenster türmte, und das Heulen des Sturms im Luftschacht hörte, der Appetit verging. Wie es aussah, würde er im Keller des »Tschernomorskaja« essen müssen.

Wieso lief ihm bei diesem Gedanken nicht das Herz vor Freude über?

8

78° 20' N, 22° 14' O

Annie wachte abrupt auf, wurde aus einem so tiefen Schlaf ins Bewusstsein gerissen, dass sie förmlich nach Luft schnappen musste, als sie die Augen aufschlug und feststellte, auf der Welt zu sein. Sie sprang auf, lief über den Korridor zum Hauptdeck, die Schneebrille in der Hand. Gespannt darauf, wo sie gerade waren, lehnte sie sich gegen die Metalltür, die auf das Deck führte, stieß sie auf und trat hinaus – wo die kalte Luft ihr ins Gesicht fuhr wie das Blitzlicht eines Paparazzo. Mit einem Mal war sie wacher als je zuvor in ihrem Leben und wie erstarrt – ihre Gedanken zerstoben explosionsartig in alle Richtungen, wie eine Pusteblume im Wind.

Eisberge! Aber was für ein fades Wort für das, was sich ausnahm wie schwimmende Eispaläste. Die *Rex* segelte durch eine Flotille treibender blauer Berge. Und sie waren ganz anders, als sie erwartet hatte, keine großen Eiswürfel, die auf dem dunklen Wasser tanzten, sondern architektonische Wunder, von Wind und Wasser zu komplexen und verschlungenen Formen gemeißelt. Da waren parabolische Kurven, gotische Türme, gedrechselte Säulen, glänzende Bergkämme und wellige Hänge, hochragende Berge aus Eis. Und alle waren sie aus einem durchscheinenden Material, das mit dem Eis, das sie kannte, nichts gemein hatte, sondern in einem reinen Blau, einem himmlischen Licht erstrahlte, wie von innen beleuchtet.

Es war das Blau von Montego Bay und das Blau, das auf die

Statuen in den kleinen Gärten der Bostoner Vorstädte gemalt wurde, um die Gewänder der Jungfrau Maria darzustellen. Es war das reinste Blaugrün, in dem man die Wände von Swimmingpools strich. Und es war das strahlende, unnatürliche Blau, das, sich auf den Dächern von Polizeifahrzeugen drehend, einen Tatort gespenstisch erhellte.

Kurz vor Sonnenuntergang erreichten sie ihren Ankerplatz, und Annie konnte die Küste von Edgeøya sehen – eine zerfurchte, ins Meer geduckte Insel, deren trostlose Küste von einer gezackten Linie schwarzer Felsen markiert war. Eine Stunde nachdem der Anker gesetzt worden war, aßen sie und Doctor K, die Schneemänner und der Kapitän zusammen in der Kapitänsmesse zu Abend.

Der Kapitän war ein großer Lette mit frischem Gesicht und schütterem Haar, das er sich in Strähnen quer über den Kopf kämmte. Annie mochte ihn, aber jetzt am Tisch war sie gedämpfter Stimmung. Ihre Begeisterung und ihr Erstaunen über die Arktis waren dem Gefühl gewichen, dass sie alle einfach nicht dort sein sollten, nicht dorthin gehörten, dass es viel zu schön war. Die leere, vollkommene Landschaft mit ihrer kargen Farbpalette, die klare Luft, die durchdringende Stille – all das wurde durch die Primärfarben ihrer Parkas, die Wolke Dieselabgase, die über dem Schiff hing, den banalen Lärm, den ihre Anwesenheit erzeugte, zerstört.

»Was ist los?«, fragte der Kapitän, das fleischige Gesicht vom Wein gerötet.

Annie schüttelte den Kopf. »Ich weiß nicht. Nichts. Es ist bloß – ich habe das Gefühl, dass wir Eindringlinge sind.«

Doctor K schmunzelte. »Und die Bergleute? Die waren dann wohl auch Eindringlinge.«

»Ja, die auch«, sagte sie, schüttelte dann den Kopf, als ein stämmiger Matrose mit einer Servierplatte mit Leber und Zwiebeln neben sie trat. »Ich habe keinen Hunger. Danke.«

»Die Bergleute müssten Ihnen eigentlich leid tun«, sagte einer der Physiker. »Ich meine, die Jungs waren schließlich keine Forscher. Ihre Arbeit hatte nichts Ruhmverheißendes. Sie waren *Bergleute.* Sie haben also den ganzen Tag in einem Loch gesteckt, und wenn sie rauskamen – waren sie *hier.*«

Der Kapitän nickte. Er hatte ein paar Flaschen spanischen Sekt mitgebracht, um auf ihre Ankunft in Edgeøya anzustoßen. Er entkorkte eine, beugte sich über den Tisch und goss allen ein. »Dieser Ort ist die Hölle«, sagte er lapidar.

Der Physiker, ein Gewichtheber namens Brian, der zugleich auch der Hubschrauberpilot des Schiffs war, lachte und nippte an seinem Sekt. »Na«, warf er ein, »das würde ich nun nicht gerade sagen. Für die Hölle ist es hier vielleicht ein bisschen *kühl.*«

Der Kapitän schüttelte den Kopf. »Nein, da bin ich anderer Meinung«, sagte er. »Die Temperatur ist genau richtig.«

»Und woher wissen sie das?«

»Dante«, sagte Annie.

Alle am Tisch blickten sie an. Der Kapitän lächelte und nickte ihr anerkennend zu, während er die Flasche auf den Tisch stellte.

Brian runzelte die Stirn. »Versteh ich nicht.«

»Die junge Lady hat Recht«, sagte der Kapitän. »Dante – das ist der Höllenexperte.«

»Ach, sie meinen den *Dichter*«, sagte Brian.

Mark, der Anne an Deck wegen der Erfrierungserscheinungen gewarnt hatte, schaltete sich ein: »Ich dachte, das wäre Milton.«

Der Kapitän schüttelte den Kopf. »Nein, Milton ist der Teufelsexperte. Dante ist der Höllenexperte.«

»Und ... worauf wollen Sie hinaus?«, fragte Brian.

»Ganz einfach. Aber ... vielleicht kann die junge Lady es besser erklären?«

Annie fühlte sich überrumpelt, aber ihr blieb keine andere Wahl: Sie hatte ihr großes Mundwerk aufgerissen, und jetzt musste sie auch Farbe bekennen.

»Also ... im Inferno – im neunten Höllenkreis, wo es am

schlimmsten ist – ist ein Eispalast. Kein Feuer, sondern – das Gegenteil, ein Ort, wo es immer kalt ist. Wie hier. Mein Literaturlehrer«, sagte sie und spürte, wie sie rot wurde, »hielt den Gedanken – dass die Hölle kalt ist – für sehr alt … für ein Relikt aus der Eiszeit – als Feuer Leben bedeutete und die Kälte Tod brachte.«

Der Kapitän nickte. »Ich fahre drei-, viermal im Jahr nach Spitzbergen, aber nie nach Edgeøya«, sagte er, während er sich ein zweites Glas von dem billigen Sekt eingoss. »Und jedes Mal denke ich: ›Wir haben hier nichts zu suchen‹. Der Mensch ist nicht dafür bestimmt, hier zu sein. Kein Wesen ist das.«

Mark lachte. »Na, hoffen wir, dass die NOAA das nicht herausfindet, sonst sind wir alle unseren Job los.«

»Und ich sage Ihnen«, fuhr der Kapitän fort, »wenn ich dieses Gefühl habe, bin ich besonders auf der Hut.«

»Und wieso, Captain?« Doctor K blickte aufrichtig interessiert.

»Weil – das ist so etwas wie ein Alarmsignal in meinem Blut. Als könnten Eis oder Wasser ihr Spiel mit dem Schiff treiben, vielleicht. Und ich spüre das – ganz stark –, wenn wir zu den Siedlungen kommen.«

»Himmel, Captain, vielleicht sind Sie ja nicht der Richtige für den Job«, witzelte Brian und warf einen vielsagenden Blick in Annies Richtung. »Vielleicht wären Sie auf dem Traumschiff besser aufgehoben.«

Der Kapitän sah einen Augenblick lang verblüfft aus, und dann wurde seine Miene wieder ernst. »Es ist hart hier. Ihre Bergleute haben das am eigenen Leib erfahren.«

»Allerdings«, sagte Kicklighter, »aber nicht die Arktis hat sie getötet, sondern ein Krankheitserreger. Und er hätte sie überall getötet. Sie wären in Paris, Oslo, egal wo gestorben. Sehr viele Menschen sind gestorben.«

Mark wandte sich an Doctor K. »Sie sprechen von der Spanischen Grippe, nicht wahr?« Kicklighter nickte. »Mein Urgroßvater ist daran gestorben. Und einer seiner Brüder. Meine Großmutter hat gesagt, es sei einfach nichts mehr zu machen gewesen.«

»Man wusste ja nicht mal, was es war«, sagte Annie. »Das Virus war unter dem Mikroskop nicht zu erkennen. Und selbst wenn –«

»Sie hätten eine bessere Chance gehabt, wenn Sie von einem Löwen angegriffen worden wären, als mit dem Virus in der Lunge«, sagte Kicklighter.

Brian lehnte sich zurück. »Ooooh«, sagte er. »Löwen und Tiger und Bären – du meine Güte!«

Mark lachte, und Annie wurde rot. Der Professor blinzelte mehrmals rasch, als hätte er den Faden verloren. Schließlich rang er sich ein schwaches Lächeln ab. »Allerdings«, sagte er.

Sie machen sich über ihn lustig, dachte Annie, und damit im Grunde auch über sie. Nicht, dass Doctor K sich dadurch beirren ließ. Der Professor war gegen Spott immun, war sich seiner selbst so sicher, dass es ihm eigentlich egal war, was andere dachten. Und nun, da er mit dem Essen fertig war, faltete er seine Serviette zusammen, schob seinen Stuhl zurück und stand auf. Er nickte dem Kapitän zu und sagte: »So ... morgen ist ein großer Tag.«

Er war schon halb zur Tür hinaus, als er stehenblieb, sich umdrehte und in seine Jacketttasche griff. »Bevor ich's vergesse«, sagte er. »Das hier ist gestern gekommen.« Er nahm einen Zettel aus seiner Tasche und reichte ihn Annie. »Es war wohl der Schneesturm«, fügte er hinzu. Dann winkte er kurz und war verschwunden.

Annie entfaltete den Zettel und blickte auf die Nachricht:

SITZE FEST ARCHANGELSK.
TREFFPUNKT HAMMERFEST. DALY

»Schätze, der Löwenbändiger braucht seinen Schlaf«, sagte Brian.

Annies Gesicht wurde plötzlich warm. »Lachen sie ruhig«,

sagte sie, »aber er ist in seinem Job der Beste auf der Welt. Und wenn Sie glauben, dafür braucht man keinen Mut, dann haben sie keine Ahnung von den Krankheitserregern, mit denen er zu tun hat.« Sie steckte das Telex in ihre Tasche.

»Ach ja?«

Ihr Gesicht glühte jetzt, und sie wusste, dass ihr der Wein in den Kopf gestiegen war. »Ich wäre an ihrer Stelle nicht so blasiert«, sagte sie, »erst recht, wenn Sie nicht wissen, worauf Sie sich hier einlassen.«

»Einlassen?« Brian runzelte die Stirn, und Mark blickte sie fragend an.

Annie spielte mit ihrer Serviette. »So habe ich das nicht gemeint«, sagte sie. »Ich meinte, wenn Sie nicht wissen, wovon Sie reden.« *Gott, das hörte sich noch schlimmer an.* Verwirrt drehte sie sich der Bedienung zu, die mit einer Kanne Kaffee neben ihr stand. »Bitte«, sagte sie mit einer Stimme, die viel zu laut und fröhlich klang.

Brian fixierte sie weiter. »Ich wusste nicht, dass wir uns auf irgendwas *einlassen*«, sagte er.

»Das tun wir auch nicht.«

»Ich meine, ich habe gedacht, wir würden bloß ein paar Leichensäcke ausbuddeln.«

»Stimmt«, erwiderte Annie viel zu schnell. Sie nippte zweimal an ihrem Kaffee und merkte, dass Mark und Brian Blicke austauschten. Dann faltete sie ihre Serviette zusammen und schob ihren Stuhl zurück. »Ich denke, ich schau mir mal das Nordlicht an«, sagte sie, während sie ihren Parka nahm.

»Gute Idee«, bemerkte der Kapitän, stand mit einer kleinen Verbeugung auf, öffnete die Tür und hielt sie für Annie auf.

Annies Herz schlug wie eine Trommel, als sie über den Korridor nach draußen ging. Das Lügen fiel ihr nicht leicht. Sie konnte eigentlich so gut wie gar nicht lügen. Und wenn sie einmal lügen musste, machte sie sich schleunigst davon, so wie jetzt.

Die Wahrheit war, dass die Expedition nicht ganz ungefährlich war. Obwohl sie alle denkbaren Vorsichtsmaßnahmen getroffen hatten, bestand immer die – wenn auch geringe – Möglichkeit, dass das Virus noch aktiv war und dass es irgendwie freigesetzt wurde. Und wenn das passierte, dann wären alle an Bord des Schiffes in Gefahr. In diesem Sinne ließen sie sich tatsächlich auf etwas ein, obgleich es unwahrscheinlich war, dass der Extremfall wirklich eintrat.

Annie stand an der Reling, die Augen auf das Nordlicht gerichtet, das hinter dem Horizont flimmerte, ein wogender grüner Vorhang, der zu den Sternen aufstieg.

Sie war sich ihrer Sache plötzlich nicht mehr sicher. Zwar hatte Doctor K das Forschungsprojekt beantragt, aber die Expedition war ihre Idee gewesen. Zugegeben, ohne Doctor Ks Unterstützung wäre das Ganze nie zustande gekommen, aber ohne *sie*, Annie, wäre die Expedition erst gar nicht denkbar gewesen.

Wenn also irgendetwas schief ging und die Hälfte der Menschheit starb ... dann wäre sie dafür verantwortlich.

Annie stieß einen verzweifelten Laut aus. Es war ausgeschlossen, dass das Virus freigesetzt wurde. Selbst wenn die *Rex* einen totalen Stromausfall hatte und die Generatoren im Kühlraum versagten, die Leichentransportkisten waren hermetisch verschlossen, und die Leichen selbst sollten in formalingetränkte Laken gewickelt werden. Selbst wenn das Schiff einen Eisberg rammte und *sank,* würden die Leichen nirgendwohin gelangen. Selbst wenn die Fische sie sich nicht holten, die *Rex* befand sich mitten im arktischen Kreis, einer sich im Uhrzeigersinn bewegenden Strömung, die um den Nordpol zirkuliert: Alles, was über Bord ginge, würde für alle Zeiten um die Spitze der Erde treiben und das in Temperaturen unter dem Gefrierpunkt.

Somit bestand eigentlich kein Grund zur Besorgnis. Das wusste sie, und die Stiftung ebenfalls. Sonst hätte sie das Forschungsprojekt bestimmt nicht doch noch bewilligt. Die einzige realistische Sorge war demnach, dass sich die Expedition als Zeitverschwendung erweisen könnte. Angenommen, die Leichen lagen zu dicht unter der Erdoberfläche? Angenommen, sie kamen nach Washington zurück und stellten fest, dass sie zuwenig viröses Material hatten, um damit zu arbeiten? Dann hätte sie nicht nur die Zeit aller Beteiligten verschwendet, sondern obendrein auch noch einen dicken Batzen Stiftungsgelder.

Ihre Gedanken waren aufgewühlt, und das blieb auch so. Als sie später in ihrer Koje lag, die Augen schloss und versuchte einzuschlafen, musste sie an Frank Daly denken. In gewisser Weise war Daly ihre Schuld. In ihrer Begeisterung hatte sie ihm zugeredet, die Expedition zu begleiten, und musste dann erfahren, dass Doctor K die Idee entsetzlich fand. Sie hätte das Angebot ja rückgängig gemacht, aber Doctor K wollte nichts davon hören: »Das würde ihn nur misstrauisch machen«, hatte er gesagt. Als hätten sie irgendetwas zu verbergen.

Und dass sie jetzt, nachdem er die lange Reise auf sich genommen hatte, ohne ihn aufgebrochen waren – nun, das reinste Desaster.

Irgendwie würden sie das wieder gutmachen. Dafür würde sie schon sorgen. Doch bis dahin gab es viel zu tun.

Sie drehte sich auf die Seite, zog das Kissen ans Kinn und stellte sich den Ablauf des nächsten Tages vor. Sie würde im Morgengrauen aufstehen, sich ihre Thermowäsche und den Schneeanzug anziehen, in der Messe eine Tasse Kaffee trinken und Doctor K helfen, die Ausrüstung zusammenzustellen. Anschließend würden sie und die anderen mit Schneemobilen zum Lager in Kopervik fahren. Die Schneemänner meinten, die Fahrt würde ungefähr eine Stunde dauern. In der Zwischenzeit würden Brian und Doctor K damit anfangen, die Ausrüstung per Hubschrauber nach und nach zum Camp zu transportieren.

Und die Ausrüstung war gewaltig – die Jamesway-Hütte, die als Hauptquartier dienen würde, ein paar Zelte, zwei tragbare Generatoren, drei Fässer Diesel. Außerdem Kisten mit Verpflegung und Kochutensilien, Gewehre und Munition zum Schutz gegen Bären, Maurerwerkzeuge zum Graben sowie Pressluft-hammer und Schaufeln, eine Palette Leichentransportkisten, Seile und einen Behälter mit formalingetränkten Laken.

Falls Doctor K Recht hatte, würde die Ausgrabung der Särge etwa drei Tage in Anspruch nehmen, vorausgesetzt, sie lagen nicht tiefer als einen Meter in der Erde.

Sie erinnerte sich nicht, dass sie eingeschlafen war, aber das musste sie wohl, denn ganz plötzlich war es Morgen. Sie saß in dem Sessel neben ihrer Koje, mit einem Buch auf dem Schoß – ihr fiel wieder ein, dass sie mitten in der Nacht aufgestanden war. Auf den Knien hatte sie eine Decke, und über ihrer rechten Schulter brannte eine Lampe, deren Licht völlig unnötig war, denn es war taghell. Unwillkürlich drehte sie den Kopf zum Bullauge, und als sie den Himmel sah, blinzelte sie zweimal, rappelte sich dann auf wie eine Sechsjährige am Weihnachtsmorgen. Sie duschte so schnell wie nie zuvor in ihrem Leben, achtete darauf, dass ihre Haare trocken blieben, zog ihre Thermowäsche an und stieg in den Schneeanzug. Augenblicke später stand sie auf Deck und setzte sich die Schneebrille auf.

»Wir haben Probleme, Schlafmütze.«

»Was?«

Brian huschte an ihr vorbei und eilte in Richtung Hubschrauber. »Probleme«, sagte er über die Schulter.

»Womit?«

Der Physiker ging weiter und zeigte, ohne sich umzudrehen, wortlos auf die Brücke. Zunächst verstand Annie nicht, doch dann sah sie es: Die Schiffsflagge stand horizontal und knatterte im Wind.

Während er auf den Hubschrauber zuschritt, breitete Brian die Arme aus wie Flügel und schwenkte sie hin und her. »Wind!«, rief er.

Anne erschrak. Sie verstand nichts von Hubschraubern. Wie viel Wind war zuviel?

»Keine Sorge«, sagte Mark, der mit einem Becher Kaffee zu ihr kam. »Hier, der ist für Sie.«

»Danke.«

»Es wird besser, nicht schlimmer.«

»Sind Sie sicher?«, fragte sie und nahm, den Becher in beiden Händen haltend, ein paar Schlucke.

»Ich habe den Wetterbericht gesehen.«

»Aber –«

»Brian dramatisiert gern. Er möchte, dass alle denken, er holt für Sie die Kastanien aus dem Feuer, auch wenn das Feuer aus ist.«

»Dann wird der Wind also –«

»Vergessen Sie den Wind einfach.«

Eine Stunde später waren sie auf dem Eis, eine Karawane leuchtend roter Schneemobile, die heulend über den gefrorenen Boden surrten, direkt in die Morgensonne hinein. Sie saßen jeweils zu zweit in jedem Snow-Cat, aber der Lärm war so ohrenbetäubend, dass Gespräche unmöglich waren. Annie störte es nicht. Es war der größte Tag in ihrem Leben. Ein Eisbär begleitete sie ein gutes Stück, trabte etwa im Abstand von hundert Schritten westlich von Ihnen, Weiß auf Weiß. Und dann, ganz plötzlich, war er weg, verschwunden wie der Rauch eines abgebrannten Streichholzes.

Es war nichts zu sehen. Es war alles zu sehen.

Auf halber Strecke nach Kopervik flog der Schiffshubschrauber langsam über sie hinweg. Seine Rotorblätter zerhackten die Luft. Annie winkte, und eine Sekunde lang war ihr, als ob der Hubschrauber antwortete, auf seinem Weg zu der verlassenen Siedlung einen kleinen Schwenk machte.

Kurz darauf erreichten sie ein weites Schneefeld mit tiefen Spalten, Löchern und Vertiefungen, die sie ohne weiteres hätten verschlucken können. Auf Marks Anweisung hin fuhren sie ein Stück nach Westen zurück und machten einen langen Umweg nach Norden, um dem Feld auszuweichen.

Endlich, etwa zwei Stunden nachdem sie vom Schiff aufgebrochen waren, fuhren sie schließlich dröhnend in Kopervik ein.

Es war, wie Annie es sich vorgestellt hatte, ein Geistercamp. Und viel zu sehen gab es auch nicht. Eine dunkelgraue, fensterlose Kirche aus Holz mit einem kleinen Turm, eine ordentliche Reihe Hütten und ein Berg Ölfässer. Durch die Siedlung hindurch bis zu einem Bergwerksschacht neben einem unauffälligen weißen Hügel verlief eine gefrorene Piste.

Jetzt da sie endlich vor Ort war, durchlief Annie ein Schauer der Erregung beim ersten Anblick der kühlen Leere des Camps, wusste sie doch, welche Geheimnisse es barg. Sie stand auf, schaute sich um und sah zu ihrer Überraschung Brians Hubschrauber auf dem Eis stehen, der darauf wartete, entladen zu werden.

Annie lachte. »Auf geht's«, sagte sie zu den Schneemännern und deutete auf den Helikopter. »Wir haben jede Menge Arbeit!«

Der Friedhof lag hinter der Kirche, und in ihrer Ungeduld, einen Blick darauf zu werfen, stieß sie beinahe mit Doctor K zusammen, der um das Gebäude herum kam.

»Hoppla!«, sagte sie und lachte überrascht. »Tut mir leid! Ich wollte bloß –« Der Ausdruck auf seinem Gesicht ließ sie erstarren, und einen langen Augenblick war sie nicht einmal sicher, dass er sie erkannte.

»Annie«, sagte er dann und streckte die Hand nach ihrem Arm aus.

Er wirkte so todunglücklich, dass sie es mit der Angst bekam, und sie wich zurück. »Was ist los?«, fragte sie, ohne es wirklich wissen zu wollen.

Doctor K suchte nach Worten, wandte sich dann frustriert ab. »Etwas Schreckliches ist passiert«, sagte er.

Annies Magen verkrampfte sich. »Was denn?«

Doctor K drehte sich dem Friedhof zu, deutete dann mit einem Nicken über ihre Schulter auf die Seitenwand der Kirche.

Annie drehte sich um. Erst jetzt sah sie, dass die dunkelgraue, mit Schindeln verkleidete Wand mit weißer Farbe beschmiert war. Graffiti? dachte sie. Am Nordpol? Sie blinzelte verwundert und trat von der Kirche zurück, um die Wand besser sehen zu können.

Sie hob den Blick und sah, dass die plumpen Farbstriche ein einziges Bild ergaben, eine primitive Zeichnung, die sie an Picassos *Guernica* erinnerte.

»Das ist ein Pferd«, sagte sie, sprach das Offensichtliche aus, während ihr Gesicht sich verfinsterte, als sie die wilden Augen, die gebleckten Zähne und die geblähten Nüstern des Tieres sah.

Einen Augenblick lang sagten beide kein Wort. »Irgendjemand war hier«, sagte Anne. »Nicht wahr?«

Doctor Ks Schultern sackten herab. »Ja«, sagte er. »Irgendjemand war hier.«

9

Hammerfest, Norwegen

27. März 1998

Obwohl die reine Flugzeit nur dreieinhalb Stunden betrug, brauchte Frank Daly über anderthalb Tage von Archangelsk nach Hammerfest. Außer für die erste Etappe bis Murmansk gab es keine täglichen Anschlussflüge. Von Murmansk nach Tromsø ging nur dienstags bis freitags eine Maschine, aber von Tromsø nach Hammerfest konnte man nur am Wochenende fliegen.

Doch das war egal. Er hatte ausreichend Zeit. Die *Rex Mundi* würde frühestens in zwei Tagen einlaufen, und dann wäre er bereits dort. Was immer auch passierte (und über dem Nordatlantik näherte sich schon wieder ein Sturm), er würde das Schiff nicht ein zweites Mal versäumen.

Und er war froh, endlich dem »Tschernomorskaja« den Rücken gekehrt zu haben. Im Vergleich dazu war sogar die Flughafenlounge in Murmansk eine Verbesserung gewesen. Obwohl er fast einen ganzen Tag in sich zusammengesunken auf einem harten Plastikstuhl verbracht hatte, immer wieder aufgeschreckt durch unverständliche Lautsprecherdurchsagen, hatte er es warm gehabt. Und das konnte er von den Tagen in Archangelsk weiß Gott nicht behaupten.

So blickte er schließlich, als der Jet der Norsk Transport durch die Wolken stieß, auf sein Ziel hinab: Hammerfest. Aus der Luft wirkte die Stadt ordentlich und sauber, eine Ansammlung von adretten, kleinen Gebäuden, die sich am Rand einer glatten grauen See zusammendrängten. Als die Maschine sich in die Kurve legte, konnte er sehen, dass der Hafen, gesäumt von kleinen Gebäuden, im Windschatten einer hohen Klippe lag und dass etliche Schiffe an den Docks vertäut waren. Drei lange Kais ragten ins Meer hinaus, wo Fischer- und Vergnügungsboote an ihren Liegeplätzen dümpelten.

Zumindest aus der Luft erinnerte die Stadt ihn an das Weihnachtsdorf seiner Mutter, eine umfangreiche Sammlung von Keramikgebäuden, -bäumen und -figürchen, die jedes Jahr liebevoll auf einer Fläche aus makellosem Baumwollschnee arrangiert wurden. Niemand – nicht einmal die Lieblingsnichten oder Cousinen, die zu Besuch kamen – durfte das Dorf oder irgendeinen seiner Bewohner berühren. In den winzigen Fenstern jedes Hauses und Ladens funkelte Licht; die Spiegelfläche des Teichs war stets glänzend und makellos. Jede Figur hatte ihren festen Platz, der niemals verändert wurde – jedes Jahr sangen dieselben Figuren Weihnachtslieder vor immer demselben Haus, während ein großer Mann beladen mit Geschenken den Gehweg zu dem alten georgianischen Stadthaus hocheilte.

Seine Mutter wischte täglich den Staub von den Häusern, und schon als Kind begriff Frank, dass das Dorf für sie eine Gegenwelt war. Im Gegensatz zu ihrem Leben in einem beengten Doppelhaus, kaum anderthalb Kilometer in Windrichtung von einer Raffinerie entfernt, stellte seine Mutter sich vor, sie würde in einem dieser hübschen kleinen Häuser wohnen und Plätzchen backen.

Das Dorf war eine ideale und geordnete Welt, wo der Schnee stets weiß war und niemand am Samstag vorbeikam, um irgendwelche Raten zu kassieren. Es war so eine Stadt, eine Weihnachtsstadt, wo die Väter mit Blumen nach Hause kamen und kein Mann zu tief ins Glas schaute oder seine Frau betrog.

Daly rutschte unbehaglich in seinem Sitz hin und her, als das Dorf zum Flugzeug emporstieg. Er wollte nicht an seine Kindheit erinnert werden. Und überhaupt, seine Mutter war inzwischen gestorben, und das Weihnachtsdorf lag verstaut auf Tante

Dellas Speicher. Es hatte ihn erstaunt, wie die Schwestern seiner Mutter nach ihrem Tod über das Haus hergefallen waren. Sie hatten alle Formalitäten erledigt, als »Frank senior« nicht aufzufinden war. (Was kein Wunder war, weil er sich drüben in Breezewood tage- und nächtelang mit einer Tänzerin amüsiert hatte – wie hätte er da erfahren sollen, dass seine Frau tot war?) Und als er dann höchstselbst auf der Beerdigung erschienen war, wie betäubt vor schlechtem Gewissen wie vor Trauer, hatte er sich plötzlich und untypischerweise äußerst großzügig gezeigt. »Hier«, hatte er gesagt, als er die Habseligkeiten seiner Frau verteilte, »Dottie würde wollen, dass du es bekommst – was sollen ich und Frank junior auch mit einem Weihnachtsdorf anfangen?«

Später war er dann wieder ganz der alte, machte den »verrückten Schwestern« bittere Vorwürfe, sie hätten »Dotties weltliche Habe« geplündert. Wie zu erwarten, gewannen die »Sammelobjekte« seiner Mutter, die von allen immer als »das Gerumpel im Keller« bezeichnet worden waren, sprunghaft an Wert – aber da waren sie bereits verschwunden. »Aufgeteilt«, wie Frank senior sagte.

Kurz vor der Landung ließ der Eindruck einer Weihnachtsidylle nach, und als er von Bord ging, sah Frank, dass Hammerfest alles andere als vollkommen war. Der Schnee war ruß- und sandbesprenkelt, und Dieselschwaden hingen in der Luft. Was ihm aus fünfzehnhundert Metern Höhe wie ein Weihnachtsdorf erschienen war, entpuppte sich nun als eine ganz gewöhnliche, ziemlich moderne Stadt. Später erfuhr er, dass die Stadt im Zweiten Weltkrieg von den Nazis besetzt gewesen war und der Hafen als Stützpunkt für U-Boote gedient hatte, die von dort ihre Angriffe in den Nordatlantik starteten. Als die Deutschen schließlich vertrieben wurden, steckten sie die Stadt in Brand, sodass fast nichts mehr aus der Zeit vor dem Krieg übrig war.

Außer vielleicht der Mann an der Rezeption im Hotel »Aurora«, ein bleicher über Siebzigjähriger, der darauf bestand, Frank das Gepäck aufs Zimmer zu bringen. Dort packte Frank seine Taschen aus, nahm eine lange heiße Dusche und ging wieder nach unten in die Lobby.

Laut dem Zeitplan, den Annie Adair ihm gegeben hatte, würde die *Rex* frühestens am Samstag aus Kopervik zurückkehren. Damit hätte er eigentlich zwei freie Tage, doch nach allem, was geschehen war, hielt er es für ratsam, sich zu erkundigen, wie weit das Schiff noch entfernt war. Frank fragte an der Rezeption, wo das Büro des Hafenmeisters war, und der alte Mann gab ihm eine Hochglanzbroschüre mit einem Stadtplan auf der Rückseite.

»Es ist gleich hier«, sagte er und zog eine Linie von Sie *befinden sich hier* zu einer Straßenecke in der Nähe des Hafens.

Draußen war es fünf Grad über Null und bedeckt; die Sonne war nur noch ein matter Schimmer am Horizont. Die Luft war klamm, und von Westen her blies ein rauer Wind, der nach Meer roch. Obwohl der Hafen nur zehn Minuten vom »Aurora« entfernt war, kam Frank völlig durchgefroren dort an.

Und er war überrascht. Der Hafen war größer und belebter, als er erwartet hatte. Er ließ den Blick schweifen und sah zu, wie ein riesiger Kran über einen kroatischen Frachter schwenkte und mit klirrendem Getöse dessen Containerfracht entlud. Lagerhäuser säumten die Straße, die den Kai entlangführte, und Fischkutter schaukelten in dem plötzlich unruhigen Wasser. Über ihm krächzten Möwen, die in der böigen Luft kreisten, und in der Nähe spülte eine Frau in Arbeitskleidung mit einem Wasserschlauch glitzernde Fischschuppen vom Kai ins Meer.

Vor der Hafenmeisterei klapperte eine Metallplatte im Wind, die an das Speisekartenschild eines Restaurants erinnerte. Daran befestigt war eine gedruckte Liste mit den für den Tag geltenden Ankunfts- und Abfahrtszeiten, den Namen der Schiffe, ihren Flaggen und Heimathäfen. Er las sie träge durch – die *Anelise*, die *Goran Kovasič*, die *Stella Norske* –, ohne damit zu rechnen, dass die *Rex Mundi* aufgeführt war, da es sich offenbar um einen täglich wechselnden Fahrplan handelte. Aber da stand sie:

Amkomft 1250	Skip *Klara*	Hammerfest
Amkomft 0240	Skip *Rex Mundi*	Murmansk

Er sah auf seine Uhr. Es war kurz vor halb zwei. Wenn hier kein Fehler vorlag, dann würde die *Rex* zwei Tage früher eintreffen als planmäßig vorgesehen, und zwar in etwa anderthalb Stunden. Er eilte ins Büro des Hafenmeisters, um zu fragen, ob der Plan stimmte, und wenn ja, wo das Schiff anlegen würde.

Er hatte einen alten Seebären mit Lesebrille und roter Gesichtsfarbe erwartet, doch der Hafenmeister entpuppte sich als ein junger Mann mit langem schwarzen Haar, das so straff nach hinten zu einem Pferdeschwanz gebunden war, dass seine Augen einen asiatisch schrägen Blick hatten. Er saß vor einem lädierten Monitor, die Füße auf dem Schreibtisch, und las im *Rolling Stone.* Die in der Decke eingelassenen Lampen beleuchteten die blonden Haaransätze dicht über der Kopfhaut.

»Ich habe mir den Fahrplan angesehen«, sagte Frank.

Der junge Mann blickte auf. »Ja?«

»Und da steht, da steht was von einem Schiff, die *Rex Mundi* …«

Der junge Mann warf einen Blick auf den Monitor und nickte. »Ja, ein Eisbrecher. Der Lotse ist bereits an Bord.«

»Dann ist das also kein Fehler …«

Der Pferdeschwanz schwang von links nach rechts. »Die *Rex* ist in einer Stunde an Kai C. Durch die Tür, nach rechts, dann bis ganz ans Ende.«

Frank konnte es nicht fassen. Er hätte sie wieder verpassen können. Wofür hielten die sich denn, verdammt noch mal? Wie kamen sie dazu, ihm nicht Bescheid zu geben, dass ihr Zeitplan sich wieder geändert hatte? Was, wenn er nicht nach Hammerfest gekommen wäre? Was, wenn er in Archangelsk oder Murmansk geblieben wäre? Was glaubten sie denn, wer er war? Irgendein Trottel auf Vergnügungsreise?

Er hatte alle Beteiligten gewissenhaft über alles informiert. Er hatte der Stiftung seine Fax- und Telefonnummer sowie die Ankunfts- und Abreisezeiten mitgeteilt – alles, was wichtig war. Und dann hatte er dafür gesorgt, dass die Informationen nicht nur an das Schiff weitergeleitet wurden, sondern auch an Kicklighters Büro in den NIH. Somit mussten sie gewusst haben, wo er war und wie sie ihn erreichen konnten.

Und jetzt wollten sie ihn einfach ausbooten und ihn behandeln wie einen unerfahrenen Reporter von irgendeinem Skandalblättchen. Was er eigentlich tun sollte, dachte Frank, als er türknallend die Hafenmeisterei verließ, war seine Sachen packen und nach Hause fahren. Das Ganze einfach vergessen – so was hatte er doch wirklich nicht nötig.

Aber eigentlich war es sein Fehler. Er hätte den Mund halten sollen, aber stattdessen hatte er die Story überall angepriesen. Allen erzählt (und vor allem dem Leiter der Stiftung, Fletcher Harrison Coe), wie interessant sie sei. Wie wichtig. Wie *aufregend.* Und dank ihm freute sich die Stiftung nun auf eine dreiteilige Serie mit Abdrucken in der *Post,* der *Times* und Gott weiß wo sonst noch. Wahrscheinlich war Coe jetzt gerade mit irgendwelchen Redaktionsleitern im Century oder Kosmos Club essen und erzählte Ihnen, was für ein fantastischer Artikel das werden würde (und obendrein, was für ein wunderbarer Reporter Frank Daly war). Wenn er also jetzt zurück nach Washington kam mit nichts anderem in der Tasche als einem Cocktailstäbchen von Aeroflot und einer Ansichtskarte vom »Tschernomorskaja«, dann wären alle ganz schön enttäuscht.

Von *ihm.*

Und es wäre Ihnen verdammt gleichgültig, wessen »Schuld« es war.

Und deshalb erschien es ihm plötzlich ungeheuer wichtig, dabeizusein, wenn die *Rex* anlegte. Er brauchte Fotos. Wenn er schon keine Aufnahmen von der Exhumierung auf Edgeøya kriegen konnte, dann zumindest davon, wie Kicklighter und Adair die Gangway herunterkamen und die Leichenkisten entladen wurden.

Im Hotel angekommen, nahm er immer zwei Stufen auf einmal zu seinem Zimmer im ersten Stock. Er riss seinen Koffer aus dem Schrank, warf ihn aufs Bett, nahm die Nikon heraus, die er im Monat zuvor gekauft hatte, und spulte den Film darin zurück. Er wollte einen neuen Film eingelegt haben, wenn das Schiff einlief, weil die Fotos, die er in den letzten Wochen gemacht hatte, überwiegend unbrauchbar waren – Schnappschüsse von Schanghai und so weiter. Die einzigen Bilder, die er ganz sicher verwenden würde, waren welche von Shin-Li, den er in dessen Büro fotografiert hatte, umwölkt von Zigarettenrauchfahnen.

Bei dem Gedanken, was für Aufnahmen ihm entgangen waren, wurde ihm regelrecht schlecht: die *Rex Mundi*, wie sie durchs Eis krachte, das Deck weiß überzogen; Adair, wie sie neben den geöffneten Gräbern stand und wunderschön aussah –

Nein, das war nicht richtig.

Adair, wie sie neben den geöffneten Gräbern stand und *intelligent* aussah, während die Särge der Bergleute aus der Erde geholt wurden. Außerdem, Kicklighter. Kopervik. Hubschrauberfotos. Und wer weiß, was noch? Angreifende Eisbären.

Er musste sich mit dem begnügen, was er am Kai vor die Linse bekam. Aber eines musste er unbedingt fotografieren, nämlich das Entladen der Leichenkisten. Wahrscheinlich würden die Kisten, auf einer Palette gestapelt, mit einem Kran aus dem Bauch des Schiffes gehoben. Dann würde die Palette in einen norwegischen Militärlaster geladen und zum Luftwaffenstützpunkt in Tromsø gebracht, wo eine C-131 bereitstand, um sie in die Staaten zu fliegen. Wenn er schon keine Aufnahmen von Kopervik hatte, dieses Foto war einfach unverzichtbar.

Aber zunächst musste er sich wieder beruhigen. Es würde nichts bringen, wenn er gleich auf Kicklighter losging, und außerdem hatte er im letzten Monat viel zuviel Geld ausgegeben, um sich, wie er zugeben musste, mit Vorliebe gehörig ins eigene Fleisch zu schneiden.

Also holte er tief Luft, rang sich ein irres Lächeln ab und eilte die Treppe hinab in die Lobby und auf die Straße. Eine Minute später kam er an Kai B vorbei, und als er um eine Ecke bog, sah er sie – die *Rex Mundi,* die im Kielwasser eines fetten Schleppers in den Hafen glitt.

Erneut war Frank verblüfft. Der Name mochte ja »König der Welt« oder so bedeuten, aber es war das hässlichste Schiff, das er je gesehen hatte. Der wulstige schwarze Bug war mit Roststreifen überzogen – das nautische Äquivalent eines Totschlägers. Die Aufbauten etwa in der Mitte des Schiffes sahen aus wie ein billiges Motel, das jemand auf das Deck aufgeschraubt hatte.

Die *Rex* legte mit dröhnenden Maschinen am Kai an, und Matrosen liefen hektisch umher. Frank fing an, Fotos zu machen, hielt dann inne, um zuzusehen, wie die Männer an Deck den Arbeitern am Kai armdicke Seile zuwarfen. Es war wirklich ein schöner Anblick, die kraftvolle Präzision, mit der die Seeleute arbeiteten, die aufgewickelten Taue, die sich in wabernden Spiralen entrollten –

»Hvor tror du du skal?«

Die Stimme ließ ihn zusammenfahren, und auch die Hand auf seinem Arm – die er abschüttelte, als er zurückwich. »Herrgott noch mal«, sagte Frank, »Sie sollten eine Glocke tragen oder so!«

Es waren zwei – junge Burschen in khakifarbenen Uniformen mit roten Armbinden –, und sie blickten finster.

»Er du engelsk?«

Frank nickte. »Fast. Amerikaner.«

Der erste Uniformierte überließ dem zweiten das Sagen, und der zweite trat vor und entschuldigte sich auf eine Weise, die keinen Zweifel daran ließ, dass es ihm nicht leid tat. »Ich bedaure ... Sie können hier nicht bleiben.«

Frank legte den Kopf schief. »Wirklich«, sagte er. Sie sahen aus wie von der Militärpolizei: dumm, blond, stämmig, Bürstenhaarschnitt. Beide trugen eine Pistole in einem Lacklederhalfter, sodass Frank Mühe hatte, sie ernst zu nehmen. »Wieso nicht?«, fragte er.

Der Polizist machte eine finstere Miene, holte tief Luft, drohte mit dem Zeigefinger wie ein Lehrer, der seiner Klasse die Leviten liest. »Bedaure – wir müssen sperren ...« Die Miene wurde noch finsterer, und seine Stimme brach frustriert ab.

»Den Kai?«, half Frank ihm auf die Sprünge.

»Ja!«, sagte der Polizist. »Bedaure, wir müssen den *Kai* für die Öffentlichkeit sperren. Die Öffentlichkeit darf hier nicht durch!«

Frank zuckte die Achseln. »Ich hole jemanden ab«, sagte er und fügte hinzu, »und außerdem, ich bin nicht die Öffentlichkeit. Ich bin Journalist.«

Die beiden beratschlagten sich flüsternd auf Norwegisch, dann wandte sich der *Engelsk* sprechende Militärpolizist wieder an ihn. »Sie müssen warten«, sagte er, drehte sich auf dem Absatz um und ging zu einem wartenden Jeep.

»Daly!«, rief Frank. »Frank Daly. Sagen Sie ihnen, ich gehöre zu Kicklighter. *Doctor* Kicklighter.«

Genau in dem Augenblick, als er das sagte, bog ein BMW um die Ecke, gefolgt von einem großen Mercedes. Am Kotflügel des BMW flatterte eine amerikanische Flagge, wie Kinder sie auf Paraden schwenken, und beide Wagen hatten getönte Scheiben. Langsam rollten sie auf den Kai zu und hielten an. Inmitten der Gabelstapler, Kräne und Hafenfahrzeuge wirkten sie äußerst fehl am Platze.

»Wer ist das?«, fragte Daly, als niemand ausstieg.

Der Soldat schnitt eine Grimasse und wippte auf den Fußballen. Sein Kollege sprach lebhaft in ein Handy, das er aus dem Jeep genommen hatte. Schließlich warf er das Handy in den Wagen und kam zurück.

»Tut mir leid«, sagte er, »aber Kai C ist versperrt.«

»Gesperrt«, korrigierte Frank.

»Entschuldigung?«

»Sie meinen, Kai C gesperrt. Sie haben gesagt –«

Der Militärpolizist schüttelte den Kopf und beugte sich ihm böse grinsend zu. »Danke«, sagte er, so nah, dass Frank schon überlegte, ihm ein Pfefferminzbonbon anzubieten.

»Nichts zu danken.« Aber wieso sich mit ihm anlegen? Es würde nichts bringen. Der Bursche machte nur seine Arbeit. Schließlich war er bei der Militärpolizei.

Was Frank jetzt doch ins Grübeln brachte. Was hatten Soldaten an den Docks zu suchen, die öffentlich sind, und was hatte das mit der *Rex* zu tun? Und wieso war ein Wagen von der Botschaft da?

»He, hören Sie«, sagte er im versöhnlichen Ton, »Sie haben denen doch gesagt, dass ich ›Daly‹ heiße, nicht? Sie haben Ihnen meinen Namen genannt?« Er redete nur, um Zeit zu schinden. Wenn er Kicklighter oder Adair sah, würden sie sich vielleicht einschalten.

»Ja«, sagte der Polizist. »Niemand hat je von Ihnen gehört.«

»Oh.« Sie müssten jeden Moment auftauchen, dachte Frank. Die Leinen waren an den gigantischen Pflöcken vertäut, und man hatte eine Gangway zur Seite des Schiffes gebracht, wo sie jetzt an Ort und Stelle manövriert wurde. Irgendwer musste jetzt auftauchen.

Vielleicht aber auch nicht. Plötzlich öffneten sich die Wagentüren, und ein halbes Dutzend Männer traten in den windigen Nachmittag hinaus. Auf Daly wirkte das Ganze wie einstudiert, als hätten sie es geprobt – ein Eindruck, der durch das Äußere der Männer noch verstärkt wurde.

Jeder von Ihnen trug einen dunklen Anzug und Mantel. Frank musste nicht erst auf ihre Füße blicken, um zu wissen, dass schwarze Lederschuhe über den Kai gingen; davon war auszugehen. Und es war fast bedrohlich, aber ebenso komisch, wie sie da so plötzlich auftauchten – am helllichten Tag – und dastanden, in diesem Aufzug, unter freiem Himmel. Solche Typen bekam man sonst nicht zu sehen. Nicht in der finstersten Provinz, nicht in *Norwegen.* Auf der Wall Street, ja. Auf der K

Street in Washington – um die Mittagszeit –, vielleicht. In Hammerfest? Und nicht auf einer Beerdigung? Wohl kaum, dachte Daly und sah zu, wie die Männer, miteinander plaudernd, die Gangway hochgingen. Im Nu waren sie im Innern des Schiffes verschwunden.

»Bitte«, sagte der Militärpolizist. »Gehen Sie jetzt?«

Frank nickte, aber er rührte sich nicht von der Stelle. »Ja, aber ... was ist denn da los?«, fragte er. »Wer waren die?«

Der Soldat schüttelte den Kopf, und sein Partner sagte etwas auf Norwegisch zu ihm. Es klang ungeduldig, und Frank war sich ziemlich sicher, dass er es übersetzen konnte: *Sehen wir zu, dass der Spinner verschwindet.*

»Sie müssen gehen.«

»Hat es da einen Unfall gegeben?« Der Gedanke war ihm zuvor nicht gekommen, und jetzt da er ihn hatte, rührte sich etwas in seiner Brust. Zu seiner Beunruhigung war es die Art von gespannter Sorge, die man sich um Menschen macht, die man gern hat. War Adair etwas passiert?

Das jetzt nicht auch noch, dachte Frank. Ich hab schon genug Probleme.

Und dann sah er sie – das heißt, er sah eine kleine Gestalt mit blondem Haar, die zwischen zwei von den Anzügen die Gangway herunterkam. Kicklighter war direkt hinter ihr, sein Silberschopf und roter Parka stachen aus den vielen eleganten Anzügen hervor.

Anne sprach über die Schulter mit einem schlaksigen Amerikaner in einem anthrazitfarbenen Mantel und, wie es aussah, einer Maui-Jim-Brille. Hinter ihr geriet Kicklighter ins Stolpern und wurde prompt von den beiden Männern, die ihn flankierten, aufgerichtet.

Maui Jim kam Frank bekannt vor. Er hatte das selbstsichere Gebaren eines Mannes, der es gewohnt war, durch Polizeiabsperrungen zu gehen. Er war groß und gepflegt und hatte rötliches Haar, und Frank hätte schwören können, ihn schon einmal gesehen zu haben – aber wo?

Sie hatten jetzt die Gangway verlassen und gingen auf die Autos zu.

»Dr. Adair! He!« Als sie ihn nicht zu hören schien, wollte er ihr nachgehen, wurde aber abrupt aufgehalten von dem Englisch sprechenden Militärpolizisten, der ihm den ausgestreckten Arm vor die Brust hielt. »Zurück!«

»Dr. Adair – Herrgott noch mal!« Diesmal blickte sie auf, und ihre Augen wurden größer, als sie ihn erkannte. *Frank.* Er sah, wie ihre Lippen den Namen formten, als Maui Jim die hintere Tür des Mercedes öffnete und Annie mit einer Hand auf ihrer Schulter, die andere auf ihrem Kopf in den Wagen bugsierte. Als wäre sie eine Kriminelle.

Dann ging er um den Mercedes herum auf die andere Seite. Er öffnete die Tür und war schon halb eingestiegen, als er zögerte und Frank direkt anblickte. Und in dem Moment erkannte Frank ihn.

»Gleason!« *Du Arschloch – was machst du denn hier?*

Plötzlich setzten die Wagen zurück, und Frank sah Annies Gesicht im Rückfenster, als das Auto vorbeirollte. Sie hatte einen Ausdruck im Gesicht, den er nicht ganz deuten konnte. Angst. Verwirrung. Eine Art stummes Flehen.

Und dann stand Frank da und starrte den davonfahrenden Wagen nach, bis sie auf die Hafenstraße einbogen und beschleunigten.

Er konnte es nicht fassen. Er war den weiten Weg bis zur Hölle und zurück geflogen, und jetzt – wollte nicht mal jemand mit ihm reden. Er hatte fast viertausend Dollar für Hotels und Flugtickets ausgegeben und –

Verdammt noch mal! Da fahren sie! Mit Gleason!

Als er zum Hotel zurückging, die Kamera an der Seite schwingend, bekam er vor lauter Wut nichts um sich herum mit. Die Kälte, die Möwen, das grelle Licht, alles verschwand. Und dann war er da und stand an der Rezeption.

»Haben Sie eine Liste mit den Hotels in der Stadt?«

Der Empfangschef blickte zu ihm auf. »Gefällt Ihnen ihr Zimmer nicht?«

Frank biss sich auf die Lippe. Der alte Mann sah aufrichtig gekränkt aus. »Doch«, sagte er. »Das Zimmer ist in Ordnung. Ich suche eine Freundin.«

Die Erleichterung des Mannes und das Lächeln, das gleich darauf folgte, erinnerten Frank an eine Illustration in einem Kinderbuch. Gepetto, dachte er. Ich spreche mit Gepetto.

»Ich denke, das Fremdenverkehrsbüro wird eine Liste haben«, sagte der alte Mann und beschrieb ihm den Weg.

Sobald er eine Liste mit den Hotels hatte, telefonierte er die nächsten anderthalb Stunden herum. Weder Kicklighter noch Adair waren in irgendeinem Hotel oder Gästehaus in Hammerfest angemeldet.

Er rief in Washington in der National Science Foundation und bei den NIH an, aber auch dort konnte ihm niemand sagen, wo Kicklighter wohnte. »Ich glaube nicht, dass er in einem *Hotel* ist«, sagte eine Mitarbeiterin. »Ich glaube, er ist in einem Zelt auf Spitzbergen oder irgendwo anders in der Gegend.«

Als er nicht mehr weiterwusste, fiel ihm etwas ein, das Adair ihm über den Eisbrecher gesagt hatte, dass er von der NOAA gechartert worden war. Bei seinem fünften Anruf in Washington an dem Nachmittag (wer scherte sich um die Kosten? er war ohnehin so gut wie pleite) fragte er sich durch die Bürokratie durch, bis er jemanden am Apparat hatte, der am selben Nachmittag mit einem Eisphysiker namens Mark gesprochen hatte. »Sie wohnen in einem Hotel namens ›Skandia‹. Oder ›Sandia‹. Jedenfalls so ähnlich.«

Es war das »Skandia«, und als Frank mit dem Taxi zu dem Hotel fuhr, wurde ihm zweierlei klar. Erstens, Annie hatte Angst. Soviel wenigstens stand fest, nach ihrem Blick zu urteilen. Zweitens, irgendetwas war passiert, sonst wären sie nicht schon zurück. Der Kai wäre nicht gesperrt worden. Und Neal Gleason wäre nicht in Hammerfest und würde andere nicht auf Autorücksitze stoßen.

Frank war Gleason drei- oder viermal begegnet, als er mal zwei Jahre lang über die nationale Sicherheit berichtet hatte. Gleason war keine zuverlässige Quelle – damals und heute nicht. Im Gegenteil, das eine Mal, dass Gleason ihm was gesteckt hatte, war es falsch gewesen – sogar eine Lüge, die Frank fast seinen Job gekostet hätte. Deshalb war Gleason für ihn ein Arschloch. Und nicht bloß irgendein Arschloch, sondern die Sorte Arschloch, die sehr wahrscheinlich keinen blassen Schimmer von Epidemiologie hatte.

Aber von Terrorismus verstand Gleason was. Wenn Frank sich recht erinnerte, war er so etwas wie ein Verbindungsmann. Er hatte ein Büro in Washington, in einem dieser komischen kleinen Gebäude mit Kameras am Dach. FBI/CIA – irgend so was. Er würde sich kundig machen, wenn er wieder zu Hause war, aber allein schon das Wissen, dass Gleason hier war, gab ihm ein besseres Gefühl. Denn Gleason ging nur dorthin, wo es Probleme gab, und Probleme bedeuteten Nachrichten.

Im »Skandia« angekommen, hatte er im Nu zwei von den NOAA-Leuten ausgemacht. Sie waren in der Hotelbar und aßen *Gravlax* und Hering und tranken Bier. Er kam mehr oder weniger gleich zur Sache, erzählte Ihnen, wer er war und was er hier machte. Überaus freundlich gab er eine Runde aus und spulte seine Geschichte ab, wobei er detailliert erzählte, was er alles durchgemacht hatte, nur um »versetzt zu werden, und das nicht einmal, sondern gleich zweimal. Also, was ist da draußen passiert?«

Die Physiker tauschten Blicke aus. Schließlich sagte der namens Mark: »Ich würde ihnen ja gerne helfen, aber –«

»Wir könnten Schwierigkeiten kriegen.«

»Die Sache ist heikel«, erklärte Mark.

Frank ließ sich das Wort auf der Zunge zergehen, als würde er den Geschmack testen. »Heikel«, wiederholte er.

»Ja.« Die Wissenschaftler blickten einander an und nickten: Es war genau das treffende Wort. »Wir dürfen nicht darüber sprechen«, sagte Brian.

»Wir sind gewissermaßen zum Stillschweigen verpflichtet«, fügte Mark hinzu.

Frank nickte verständnisvoll. »Deshalb war wohl auch das FBI da. Die haben viel mit heiklen Sachen zu tun. Ich und Neal, wir kennen uns ja schon eine ganze Weile.«

»Wer ist Neal?«, fragte Brian.

»Gleason«, erwiderte Frank. »Der Typ mit der Sonnenbrille.«

Brian nickte bestätigend. »Und der ist beim FBI?«

»Ja«, sagte Frank. »Hat er euch nichts davon gesagt?«

Mark schüttelte den Kopf. »Er hat sich nicht mal vorgestellt. Ich hatte den Eindruck, die wären alle von der Botschaft.«

Frank schüttelte den Kopf. »Nee, nee. Neal ist beim FBI und nirgendwo anders.«

Er wollte sie mit Small talk bei Laune halten und so lange eine Runde nach der anderen ausgeben, bis sie wieder auf Kopervik zu sprechen kamen – was einfach passieren musste, und wenn es die ganze Nacht dauerte. Also protzte er ungeniert mit Prominenten, die er irgendwann kennen gelernt hatte, und tratschte unterhaltsam drauflos. »In St. Albans wurde er ›Al God‹ genannt.«

»Wer?«, fragte Brian.

»Der Vizepräsident«, sagte Mark. »Er meint den Vizepräsidenten.«

»Der *Vereinigten Staaten!?*«

»Ja doch.«

»Aber was ist St. Albans?«, fragte Brian und leerte seinen dritten halben Liter an dem Abend.

»Ein College«, sagte Frank. »Noch ein Bier?«

»Nein, ich –«

»Ober!«

Frank fragte Mark, wie er bei der NOAA gelandet war, und hörte sich aufmerksam eine langatmige Erklärung an, in der eine Freundin, die Ozeanographie studiert hatte, ebenso eine Rolle spielte wie auch ein Praktikum in Glacier Bay, Alaska. Sie sprachen über die globale Klimaerwärmung und das Ross-Eisschelf, das in einem besorgniserregenden Maße »kalbte«. Um neun Uhr wusste er, dass Brian einen geistig zurückgebliebenen Bruder hatte, und um zehn, dass Mark sich zweimal den Tripper geholt hatte – einmal auf dem College und einmal auf einer Indienreise. »Zum Glück nicht den weichen Schanker«, sagte Brian lallend.

Zuhören war eine Kunst, und Frank war ein Genie darin. Die Leute waren ihm gegenüber offen, weil er verständnisvoll war – was immer sie auch sagten, er verstand es. Er hörte auch die Zwischentöne.

»Also ... Kopervik – wie war's da?«

Mark lachte in sich hinein. Er konnte einiges vertragen – im Gegensatz zu Brian.

»Ich meine nicht den Geheimkram«, sagte Frank, »worum es dabei auch immer geht. Ich meine Kopervik. Wie ist Kopervik?«

Brian bekam nicht mehr viel mit. »Es war verschneit«, sagte er. »Jede Menge Schnee überall.«

»Wirklich!«, sagte Frank.

»Und ob!«

»Wahnsinn«, sagte Frank, hielt dann inne und setzte wieder an. »Ihr seid also da angekommen, und es war verschneit, und ...« Er wusste nicht genau, wie er weitermachen sollte. »Und – also, was habt ihr da entdeckt?«

Brian musterte ihn über den Rand seines Glases hinweg. »Sie sind ganz schön hartnäckig, was?«

Frank nickte. »Das stimmt.«

»Na ja«, sagte er und formulierte die Worte mit übertriebener Sorgfalt, »Hartnäckigkeit ist ein wichtiger Charakterzug, und der verdient es, belohnt zu werden.«

»Ich bin froh, dass Sie das so sehen«, sagte Frank.

»Also, ich sage ihnen, was wir entdeckt haben«, sagte Brian und beugte sich über den Tisch, während er Marks Protestversuch mit einer Handbewegung abtat. »Wir haben –«

»Brian!«, sagte Mark.

»– ein großes ... weißes ... Pferd entdeckt.«

»Herrgott!«, sagte Mark vorwurfsvoll und stand auf.

»Ein *was?*«, fragte Frank, der Brian unverwandt in die Augen blickte.

»Ein Pferd«, wiederholte Brian.

»Wir müssen gehen«, sagte Mark und fasste seinen Freund am Arm. »Wir müssen morgen um sechs aufstehen.«

»*Ich* muss nicht um sechs aufstehen«, widersprach Brian betrunken.

Mark zog ihn auf die Beine. »Doch, du auch«, sagte er. »Wir alle.«

»Was für ein Pferd?«, fragte Frank.

Mark schüttelte energisch den Kopf und warf ein paar Dollarscheine auf den Tisch. Dann bugsierte er Brian in Richtung Ausgang.

»Ein großes«, rief Brian, bevor die Tür hinter ihm zufiel. »So groß wie eine Kirche!« Dann lachte er.

Und dann waren sie weg.

10

Washington, D.C.

31. März1998

Im Grunde, dachte Frank, ist Washington eine Art politischer Themenpark. Überall Monumente, alte Stadthäuser, Gedenktafeln, Statuen und Parks. Man war von »Geschichte« umgeben, sodass man, ob man nun wollte oder nicht, auf Schritt und Tritt mit der Vergangenheit konfrontiert wurde.

Da ist Reagan angeschossen worden, dachte er wohl zum hundertsten Mal, da drüben, vor dem »Hilton«. Oder, da vorne ist die Stripperin »Argentine Firecracker« im Tidal Basin baden gegangen, mit diesem Kongressabgeordneten, wie hieß er noch gleich, ach ja, Wilbur Mills (lange her). Frank bog nach links in die Massachusetts Avenue ein und fuhr gleich darauf in den Kreisverkehr am Sheridan Circle. Und genau hier, dachte er, direkt vor mir, wurde Orlando Letelier durch eine Autobombe in die Luft gejagt. Genau hier. Direkt ... unter ... meinen ... Rädern.

Während ihm diese Gedanken und Bilder noch durch den Kopf gingen, manövrierte er seinen Wagen durch den Stadtverkehr und hielt nach einem Parkplatz Ausschau, der nicht allzu weit vom Kosmos Club entfernt war.

Der Wagen war ein weißer Saab mit Heckklappe, ein 1990er Marketingfehler, den er neu gekauft hatte, kurz nachdem er die Stelle bei der *Post* bekommen hatte. Seine damalige Freundin – Monica Kingston – behauptete, neue Autos machten sie sinnlich, und sie meinte, das hinge mit den »Pheromonen des Geldes« zusammen. Eine Behauptung, die sie gleich darauf veranschaulichen oder beweisen wollte, was beinahe zur Folge hatte, dass er den Saab, nur wenige Minuten nachdem er ihn beim Händler abgeholt hatte, zu Schrott gefahren hätte.

Nun war Monica für ihn Geschichte und er für sie. Das Auto war alt und ständig in der Werkstatt. Er hätte es längst verkauft, aber er hing daran. Und außerdem fuhr es wie der Teufel.

Es war kein Parkplatz zu finden. FedEx-Laster und Pkws mit diplomatischen Kennzeichen hatten jede Lücke besetzt. Außerdem war er etwa vier Blocks vom Kosmos Club entfernt, und obwohl er an fünf Tagen die Woche zehn Kilometer im hohen Tempo joggte, ging er aus irgendeinem Grund niemals irgendwohin zu Fuß. Nicht, wenn es sich vermeiden ließ. (Und normalerweise ließ es sich vermeiden, obgleich er dadurch, wie jetzt, in der Regel zu spät kam.)

Dann sah er ihn.

Einen überlangen Lincoln, etwas kleiner als ein Flugzeugträger, der aus einem Parkplatz mit geköpfter Parkuhr etwa zwei Blocks vom Club entfernt ausscherte. Reflexschnell wie ein nach dem Ball hechtender Torwart wendete Frank auf der Straße, wodurch er eine Kakophonie von Flüchen und Hupen auslöste. Er parkte ein, zog den Zündschlüssel ab, sprang aus dem Wagen, knallte die Tür zu und joggte elegant zu der alten Villa, in der der Club untergebracht war. Er brauchte weniger als eine Minute, um die breite und vornehme Treppe zu erreichen.

Es war ein großer und angenehmer Vorraum, wo Gäste auf ihre Gastgeber warten mussten, die natürlich Mitglieder des Clubs waren. Ein halbes Dutzend Couchs und ebenso viele Clubsessel waren in dem Raum verteilt. Die meisten davon waren mit Männern in einem bestimmten Alter besetzt, die eine bestimmte Art von Anzug trugen. Fast alle lasen sie die *Times*, doch der eine oder andere sprach leise in ein Handy. Die Wände waren, wie Frank bemerkte, mit Fotos vom alten Washington und von alten Washingtoner Bürgern und Bürgerinnen gesäumt – distinguierte Männer und Frauen, deren Gemeinsamkeit die Mitgliedschaft im Club war.

Im Grunde mochte er keine Clubs, aber der Kosmos war anders. (Zumindest ein wenig anders.) Eines seiner Ziele war die Förderung von Kunst und Wissenschaft, und unter seinen Mitgliedern waren fast ebenso viele Biologen und Schriftsteller wie Anwälte und Beamte des Auswärtigen Dienstes.

Somit hätte Frank sich eigentlich wohl fühlen müssen, aber in Wahrheit war er nervös. Sein Gastgeber Fletcher Harrison Coe, von Haus aus Arabist und ehemaliger Botschafter im Jemen, hatte große Hoffnungen in die Serie gesetzt, an der Frank arbeitete – ein Umstand, der wahrscheinlich für eine Enttäuschung sorgen würde.

Weil er, natürlich, in Hammerfest nichts erreicht hatte.

Er war drei Tage in Norwegen geblieben, hatte aber keinen von der Besatzung der *Rex* zu fassen gekriegt. Außerdem hatte er es nicht geschafft, an Bord des Schiffes zu gelangen. Und es war ihm auch nicht gelungen, das einzige Gespräch fortzuführen, das er überhaupt gehabt hatte – das mit den NOAA-Physikern, die beide abgereist waren. Und da er Kicklighter und Adair nirgendwo ausfindig machen konnte, hatte er es schließlich aufgegeben und seine Spesen zusammengerechnet, während er auf die Maschine nach Tromsø, Oslo und in die Staaten wartete.

Und die Spesen beliefen sich auf ein stattliches Sümmchen. Neunzehn Tage unterwegs. Fast dreitausend Dollar für Flugtickets, zweitausend für Hotels, sechshundert und noch was für Essen und Bewirtung. Außerdem Wäsche, Bus, Bahn und Taxis, Telefonate und ... alles in allem etwas über sechstausend Dollar.

Er hatte die Abrechnung per E-Mail an die Stiftung geschickt und gehofft, sie würde im Äther verloren gehen. Aber mitnichten, und jetzt war er hier, vielleicht zehn Minuten zu spät, auf Coes Einladung hin.

»Da sind Sie ja!« Jennifer Hartwig glitt durch die Tür wie eine Walküre durch ein Altenheim. Eine *Times* nach der anderen senkte sich in den Raum. »Sie sind zu spät! Küsschen!« Flüchtige Wangenküsse und dann das blendende Lächeln mit der strahlenden Aura von ererbtem Vermögen.

»Sagen Sie«, raunte Frank ihr zu, als sie sich bei ihm einhakte, »waren Sie die einzige Blondine in Harvard, oder gab es noch andere?«

Sie lachte und drückte ihm den Arm.

»Nein, wirklich«, sagte er, »Sie sind perfekt.«

Sie lachte erneut und sagte: »Danke, und wissen Sie was? Sie stecken in Schwierigkeiten. Er hat ihre Spesenabrechnung gesehen.«

»Oh.«

Jennifer erledigte die täglich anfallenden Arbeiten der Stiftung. Sie sorgte dafür, dass die Stipendiaten ihre Forschungsgelder und Spesenschecks bekamen, wo auch immer sie gerade waren, und dass die Stiftungszeitung pünktlich erschien – sechsmal im Jahr. Sie beantwortete Anträge, koordinierte die Jurymitglieder beim jährlichen Wettbewerb und fungierte als Gastgeberin, wenn die »Graduierten« der Stiftung zu einer Vollversammlung eingeladen wurden.

Unversehens befanden sie sich auch schon im Speisesaal, umgeben von vornehmem Gemurmel, steuerten an den einzelnen Tischen vorbei zu demjenigen, an dem Fletcher Harrison Coe saß, der jetzt aufstand, um Frank die Hand zu reichen.

»Willkommen zu Hause, Frank!«

»Tut mir leid, dass ich mich verspätet habe«, sagte Frank. »Ich konnte keinen Parkplatz finden –«

»Das sind die Diplomaten«, erwiderte Coe, während er sich auf seinen Stuhl sinken ließ. »Die sind überall.« Er hielt inne, nahm einen Stift aus seiner Hemdtasche und begann, ihre Speisenbestellung auszufüllen. »Also! Was nehmen Sie?«

Frank öffnete die Speisekarte und blickte darauf. Das Steak war bestimmt fantastisch. Und der Hackbraten *chasseur* ... »Ich nehme den Gemüseteller«, sagte er und lächelte Coe an (der, wie er wusste, Vegetarier war).

»Ausgezeichnet!«, sagte Coe, der es rasch aufschrieb. »Ich wusste gar nicht, dass Sie Vegetarier sind, Frank.«

»Ich auch nicht«, sagte Jennifer ein wenig skeptisch.

Frank zuckte die Achseln. »Na ja, ich versuche, weniger rotes Fleisch zu essen.«

»Ein guter Anfang«, bemerkte Coe. »Man muss ja nicht gleich eingefleischter Vegetarier werden.« Er legte eine Kunstpause ein, lachte dann über seinen eigenen Witz, winkte einem älteren Ober und gab ihm den Speisezettel.

Es folgte ein Zwischenspiel mit höflichem Geplauder, und Frank erzählte komische Geschichten, die er erlebt hatte – von dem haarsträubenden Flug nach Murmansk beziehungsweise Archangelsk, vom Hotel »Tschernomorskaja« und den »Gespenstern«, die sich als im Fahrstuhl eingeschlossene Gäste entpuppten. Dann gab Coe Anekdoten zum besten, erzählte aus seiner Zeit als Botschafter und später als Kolumnist bei der *Times* (»der in London«).

Die Gemüseteller kamen und gleich darauf das Steak für Jennifer, über das sie sich gierig wie ein Dingo hermachte. Inzwischen waren über zwanzig Minuten vergangen, seit Frank im Club eingetroffen war, und zu seiner Überraschung genoss er das gesellige Zusammensein. Er erzählte eine amüsante Geschichte von einer Schlange, die in der Küche eines Restaurants in Schanghai frei herumgekrochen war, und Coe eine wohl ein wenig übertriebene Anekdote von einem verdorbenen Ei, das ihm einmal in Qatar serviert worden war.

Seine Assistentin lachte, und Coe lehnte sich mit einem zufriedenen Lächeln zurück. »Naaaaa ...«, sagte er, Frank anblickend, »wann kriegen wir denn nun ihre wunderbare Serie zu sehen?«

Jennifer lächelte breit und klimperte mit den Augen. »Ja, wann?«, fragte sie.

Das Schweigen war so bedeutungsschwanger, dass es sich gut

eine Stunde hätte hinziehen können. Frank faltete mit ungewöhnlicher Sorgfalt seine Serviette zusammen, räusperte sich und beugte sich vor. Dann holte er tief Luft, fiel auf seinem Stuhl zurück und sagte: »Tja ...«

Coe runzelte die Stirn, und Jennifer machte anscheinend Dehnübungen mit ihren Augen, die vor lauter Schadenfreude doppelt so groß wurden.

»Ist er fertig?«, fragte Coe. »Der *erste* Teil?«

Frank blickte ihn eine ganze Weile an. Schließlich sagte er: »Nein.«

Coe rieb sich das Kinn. »Oh ... ach du je.«

»Es hat Probleme gegeben«, erklärte Frank, obwohl das auf der Hand lag.

»Mmmm.« Der Sriftungsleiter wandte den Blick ab, plötzlich distanziert. Nach einem Moment sah er Jennifer an, dann wieder Frank. »Tja, ich denke, wir können es noch ein wenig verschieben, aber –«

»Ich meine, wir sollten die Sache vielleicht ganz aufgeben«, sagte Frank. »Die Serie, meine ich.«

»Hmmm«, sagte Coe und winkte dem Kellner. »Wir hätten gern einen Kaffee, Franklin. Koffeinfreien für mich. Cappuccino für Ms. Hartwig. Frank?«

»Einen normalen.«

Als der Kellner gegangen war, wandte Coe sich wieder Frank zu. »Also, ich muss schon sagen, das ist ... ärgerlich.«

Frank verzog das Gesicht. »Ich weiß.«

»Wir hatten eigentlich schon beschlossen, den ersten Teil als Aufmacher der Mai-Ausgabe zu bringen. Jetzt ... tja, müssen wir uns wohl was anderes überlegen.«

Frank verzog das Gesicht zu einer Grimasse, die Bedauern ausdrücken sollte.

»Was haben wir sonst noch, Jennifer?«

Sie dachte nach. »Es ist alles ziemlich dürftig. Marquardts Artikel über die Taliban. Aber ich glaube, er hat keine Fotos, und überhaupt ist die Sache nicht gerade aktuell. Dann noch

Coronas Story über Teenager in den Slums von L.A. Die ist zwar ganz gut, aber ...«

»Was mir Kopfzerbrechen bereitet«, unterbrach Coe sie, »ist, dass Sie soviel Zeit auf die Story verwandt haben. Wie viel? Einen Monat? Sechs Wochen?«

»Zwei Monate«, sagte Frank. »Etwa zwei Monate.«

»Tja, natürlich kommt so was schon mal vor, aber – Sie haben ein Vermögen ausgegeben, Frank.«

»Ich weiß.«

»Und?«

Beim Kaffee erzählte er ihnen, dass er das Schiff von Murmansk nach Kopervik verpasst hatte und Kicklighter und Adair dann plötzlich in Hammerfest nicht aufzufinden waren. »Ich habe also einen ganz guten Aufhänger über die Grippe, aber nichts darüber, was sie tatsächlich in Kopervik gefunden haben.«

Coe nahm einen letzten, genüsslichen Bissen grüne Bohnen, nippte an seinem Kaffee und schüttelte den Kopf. »Also, ich finde, die sind ihnen eine Erklärung schuldig – das ist das Mindeste. Was sagen Sie?«

»Sie sagen, sie sind ›nicht im Hause‹.«

»Verstehe ...«

»Aber damit kommen sie bei mir nicht durch. Ich werde Kicklighter die Tür einrennen, wenn's sein muss, bis zum Sankt-Nimmerleins-Tag.«

Der ältere Mann nickte zerstreut. »Das ist ja alles schön und gut, aber ... ich weiß nicht, ob Sie ihre Zeit nicht besser nutzen sollten.« Dann beugte er sich vor, als wollte er ihm etwas Vertrauliches sagen. »Das Problem ist, ich bin leider ein ziemlicher Fan ...«

Frank zuckte zusammen. Er wusste, was kommen würde. »Was für ein Fan?«, fragte er.

»Also, ehrlich gesagt, Frank – ein Fan von *Ihnen.* Und ich muss gestehen, ich habe ... ich habe sozusagen ... mit ungelegten Eiern gehandelt.«

Frank warf ihm einen verwirrten Blick zu.

»Die Sache ist die: Ich habe leider mit dem einen oder anderen Chefredakteur über die Serie geplaudert ... und sie sind *sehr* interessiert –«

»Großer Gott«, stöhnte Frank. »Mit wem?«

»Vom *Atlantic*«, erwiderte Coe, »von der *Times.* Natürlich von der *Post* – aber die *Post* ist schließlich leicht zu begeistern.«

Frank seufzte.

»Ich war sogar mit dem Idioten von *Vanity Fair* essen, aber – nun ja, ich fürchte, es wird da einige – Enttäuschungen geben.« Er sprach das Wort so aus, als wäre es ein Synonym für »Häme«.

Zu mehr ließ Coe sich so gut wie nie hinreißen, wenn er jemandem eins auf den Deckel gab. Er erging sich in Anspielungen, wobei sich das Eigentliche im Unterton oder zwischen den Zeilen verbarg. Hin und wieder äußerte er sich sehr hintersinnig, sodass seine Absichten nur schwer zu enträtseln waren. Doch in diesem Fall war die Deutung einfach: Frank hatte die unverzeihliche Sünde begangen, Coe wie einen Idioten aussehen zu lassen. Er, Frank, war für die ungelegten Eier verantwortlich. Oder anders ausgedrückt, er war ein Versager. Und nicht nur irgendein Versager, sondern ein Eliteversager. Die Johnson Foundation sichtete jedes Jahr Tausende von Bewerbungen und wählte daraus ein halbes Dutzend Stipendiaten aus, ein wahres Sprungbrett für journalistische Karrieren. Alles in allem hatte Frank sich ganz gut bewährt, und dann auf dem Weg nach Murmansk hatte er versagt.

»Hören Sie – die Sache ist noch nicht gestorben«, sagte er zu seiner eigenen Überraschung.

Coe blickte skeptisch.

»Der erste Teil ist wirklich gut. Ich kann ihn innerhalb von ein, zwei Tagen fertig kriegen.«

»Und wie wollen Sie das schaffen?«

»Er steht praktisch schon. Ich habe in China daran gearbeitet, und dann in Europa. Es ist ein solider Artikel, der direkt in das Thema einführt.«

»Worum geht's?«, fragte Coe.

»Um Antigenmutation. Die ist nämlich überfällig, und wenn sie kommt, dann wird das eine schlimme Geschichte. Wenn ich das erklärt habe, gehe ich auf die Hintergründe ein, Wildenten, Viren im Allgemeinen und das Virus von 1918 im Besonderen. Ich erläutere, wie Impfstoffe hergestellt werden, und damit sind wir wieder bei der Antigenmutation – und der Suche nach der Spanischen Grippe. An dieser Stelle kommen Kicklighter und Adair ins Spiel – und *cut*. Fortsetzung folgt.«

Zu seiner Überraschung mischte Jennifer sich ein. »Was ich nicht verstehe, ist Folgendes: Falls die Spanische Grippe wirklich wiederkäme, wäre das dann nicht eine Art Antiklimax? Ich meine, sie würde diesmal doch nicht so viele Menschen töten. Die medizinische Versorgung ist heute sehr viel besser. Oder nicht? Ich meine, früher sind die Leute an Scharlach gestorben ...«

Frank schüttelte den Kopf. »Nein«, sagte er, »wenn ein Influenzavirus – wie das der Spanischen Grippe – aufträte, wäre die Situation nicht viel besser als 1918.«

»Im Ernst? Wieso?«

»Weil es keinen Impfstoff gibt. Und es handelt sich um eine so ansteckende Krankheit, dass sie die Leute in Massengräbern bestattet haben.«

»Wie in Indien?«, fragte Jennifer.

»Nein«, erwiderte Frank. »Wie in Philadelphia.«

»Ja, aber was Sie da vorschlagen«, sagte Coe und tat den Gedanken mit einer schwungvollen Handbewegung ab, »ist eine einteilige Serie. Darauf läuft es doch hinaus.«

Frank lächelte schwach. »Nein, ich mache auch einen zweiten Teil für Sie. Aber ich weiß nicht, wovon der handelt. Noch nicht. Das finde ich schon noch raus.«

Coe brummte. »Wir wollen's hoffen. Was anderes bleibt uns ja auch kaum übrig.«

Frank schüttelte den Kopf. »Nein, irgendwas ist da im Busch. Annie war unglaublich hilfsbereit –«

»Wer ist Annie?«, fragte Jennifer.

»Dr. Adair. Sie hat sich große Mühe gegeben. Ich meine, sie hat mich mit Shin-Li in Kontakt gebracht, sie hat mir geholfen, Termine beim CDC, der obersten Gesundheitsbehörde, zu bekommen. Und als zweifelhaft war, ob ich auf dem Eisbrecher mitfahren könnte, hat sie sich für mich stark gemacht.«

»Und hat es sich dann anders überlegt«, sagte Coe. »Passiert dauernd.« Der Stiftungsleiter blickte auf die Uhr, hob dann eine manikürte Hand und kritzelte in der Luft, um zu sagen, dass er die Rechnung wollte.

»Ich glaube nicht, dass sie ihre Meinung geändert hat«, sagte Frank. »Irgendwas ist da passiert. In Kopervik. Ich weiß es.«

»Ach ja?« Coe zog einen Elfenbeinzahnstocher aus einem kleinen ledernen Schlüsseletui. »Wie können Sie sich da so sicher sein? Sie waren schließlich nicht dabei.« Er fing an, auf dem Zahnstocher zu kauen.

»Stimmt, aber ich war in Hammerfest. Und da war noch jemand anderes – und das ist interessant.«

»Von wem reden Sie?«, fragte Coe mit skeptischem Unterton. Der Ober kam mit der Rechnung, und Coe zeichnete sie ab.

»Neal Gleason«, antwortete Frank.

Coe blinzelte ein-, zweimal, überlegte und gab dann auf. Er drehte seine Handflächen zur Decke. »Und wer ist das?«, fragte er.

»Er ist beim FBI, ein Verbindungsmann zur CIA. Er ist in der Abteilung für nationale Sicherheit – ein ziemlich gespenstischer Verein. Wofür er genau zuständig ist, bleibt geheim, aber wie es aussieht, ist er der Ermittler für MVWs.«

»Und das heißt?«, fragte Jennifer.

»Massenvernichtungswaffen.«

Coe wurde bleich. »Sie meinen, zum Beispiel ... Atombomben?«

Frank nickte. »Ja, aber – nicht nur. Auch chemische und biologische Waffen.«

»Und dieser Mann war in Hammerfest?«, fragte Coe.

»Er war am Kai«, erwiderte Frank. »Er war auf dem Schiff. Er hat Kicklighter und Adair in einen Wagen bugsiert. Und seitdem haben sie nicht mehr mit mir gesprochen. Direkt nachdem Gleason aufgetaucht ist.«

»Interessant«, sagte Coe. »Aber ... ich möchte einfach nicht noch mehr Geld aufs Spiel setzen.«

Frank nickte zustimmend. Was blieb ihm anderes übrig?

»Dennoch«, sagte Coe, »Sie meinen, wir könnten Teil eins haben –«

»In zwei Tagen. Höchstens drei.«

»Mhm.« Coe zog eine Taschenuhr aus seiner Weste, blickte darauf und erhob sich. »Termin«, sagte er und eilte hinaus.

Am Eingang zur Lobby warf Coe sich einen etwas abgetragenen Kamelhaarmantel über und wickelte sich sorgfältig einen Chenilleschal um den Hals. In der Nähe ging Jennifer auf und ab und sprach in ein winziges Handy, das aussah wie aus echtem Walnussholz.

Coe legte den Kopf schräg und sah Frank an. »Wissen Sie, je mehr ich darüber nachdenke ...« Eine lange Pause.

»Ja?«

Ein freundliches Lächeln. »Ich denke, ein Teil wird vermutlich reichen. Diesen ganzen Geheimkram mit der Arktis brauchen Sie nicht.«

»Aber –«

»Man muss seine Verluste minimieren, finden Sie nicht?«

»Ich denke, Gleasons Beteiligung –«

»Nun, das kommt noch hinzu, nicht?« Coe zog sich weiche Lederhandschuhe über.

»Wie meinen Sie das?«

Coe wirkte gequält. »Ich meine, wenn Sie der Sache nachgehen, werden Sie Nachforschungen anstellen müssen.«

»Ist das *schlecht?*«

Coe blickte weg, holte dann tief Luft. »Die Zeiten haben sich geändert. Wir müssen uns ihnen anpassen.« Coe runzelte für den Bruchteil einer Sekunde die Stirn, klatschte dann in die Hände.

»*Ciao*«, sagte er, drehte sich um und ging zu der wartenden Limousine, dicht gefolgt von Jennifer.

Als Frank ihnen nachschaute, stellte sich ein schwarzer Pförtner neben ihn, wippte auf den Fußballen, die Hände auf dem Rücken, die Augen auf die Straße gerichtet. Schließlich wandte er sich Frank zu und sagte: »Und wie geht es uns heute, Sir?«

Einen langen Augenblick wusste Frank nicht, was er sagen sollte. Also ging er den Weg des geringsten Widerstandes und sagte die Wahrheit: »Uns geht's beschissen.«

Das Gesicht des Pförtners erhellte sich zu einem Lächeln. »Ja, Sir! Stimmt genau, und so ist es uns schon immer gegangen!«

Nach Russland und Norwegen kam Frank seine Washingtoner Wohnung wie ein Palast vor. Sie lag am Mintwood Place in Adams-Morgan, einer sozial und ethnisch bunt gemischten Gegend, die im Reiseführer als »*hip* und lebendig« bezeichnet wurde – was soviel hieß wie, dass es jede Menge gute und exotische Restaurants, ein paar interessante Kneipen und praktisch keine Parkplätze gab.

Selbst am helllichten Tag wimmelte es auf den Straßen nur so vonYuppies auf der Suche nach *yebeg wat, pupusas* und *nasi goreng.* Punker mit rabenschwarzen Haaren und bleichen Gesichtern lungerten auf den Bürgersteigen, während sich Salvadorianer zu Dreier- oder Vierergruppen versammelten, um gemeinsam eine Flasche zu leeren oder ein Geschäft zu machen. Kofferradios dröhnten um die Wette.

Die Wohnung war schon fast unanständig groß – er hatte sie, lange bevor das Viertel schick wurde, gemietet. Sie hatte hohe Fenster, jede Menge unverputzte Ziegelwände und eine Zweitausend-Dollar-Stereoanlage, die ihm zweimal gestohlen worden war (aber in den letzten drei Jahren nicht mehr). Die Zimmer waren groß und waren einmal modern eingerichtet gewesen. Jetzt wirkten sie fast spartanisch, was darauf zurückzuführen war, dass die sehr attraktive Alice Holcombe die meisten Möbel mitgenommen hatte, als sie auszog. (Das war vor sechs Monaten gewesen, und Frank war dazu nichts anderes eingefallen als *Na ja* ...)

Er zündete die Gasflamme unter dem Teekessel an, nahm den Telefonhörer und rief seine Mailbox an. Es waren keine wichtigen Anrufe eingegangen – schon gar keiner von Kicklighter oder Adair. Eine Einladung zum Abendessen. Eine Einladung zum Poker. Anrufe von Freunden, die sich »nur mal melden wollten«, und welche von Informanten und Möchtegerninformanten, darunter einer, der behauptete, den Mord an Kennedy gelöst zu haben »und noch *mehr*!«. Der letzte Anruf war eine Erinnerung daran, dass er am Montagabend um neun zum Hallenfußball verabredet war.

Frank löffelte Kaffeepulver in eine Filtertüte, sah dann die Post durch, als das Wasser im Kessel zu sieden begann.

Es war nichts Besonderes darunter: das *Journal of Scientific Exploration,* der *Economist,* eine Rechnung von Visa, ein Kontoauszug von Crestar und jede Menge Reklame, die das Papier nicht wert war.

Als der Kessel schließlich pfiff, goss er ein wenig Wasser auf das Kaffeemehl und wartete, bis die ersten schwarzen Tropfen in die Tasse fielen. Dann goss er mehr nach und wartete etwas länger. Tatsache war: Er war einer großen Story auf der Spur. Da war er sich absolut sicher. Obwohl er nicht genau sagen konnte, worum es bei der Sache ging, war da draußen etwas im Gange, und daran war nicht zu rütteln. Er konnte es undeutlich vor seinem geistigen Auge sehen: wie ein schwarzes Loch, das sich indirekt durch das Verhalten von Objekten offenbart, die von ihm angezogen werden – Objekte, die verschwinden.

Objekte wie Kicklighter und Adair.

Am Nachmittag setzte er sich an den langen Holztisch, der ihm als Schreibtisch diente, und schrieb auf Briefpapier von der *Washington Post* einen Formbrief an eine ganze Buchstabensuppe von Bundesbehörden: BI, CIA, CDC, NOAA sowie das Pentagon und das Außenministerium. Jeder Brief war an das zuständige Büro für Informationen und Geheimhaltung der jeweiligen Behörde gerichtet und begann mit dem gleichen Wortlaut:

> Sehr geehrte Damen und Herren,
>
> mit folgendem Antrag berufe ich mich auf das »Gesetz zur Informationsfreiheit« (5 U.S.C.,552).
> Ich bitte um die Freigabe von sämtlichen Informationen oder Unterlagen, die im Zusammenhang mit der Expedition von Dr. Benton Kicklighter und Dr. Anne Adair stehen, die kürzlich an Bord der *Rex Mundi,* eines norwegischen Eisbrechers, von der russischen Stadt Murmansk zum Archipel Svalbard gefahren sind. Soweit ich unterrichtet bin, fand die Expedition unter der Schirmherrschaft der National Science Foundation (NSF) statt, mit dem Ziel, die Leichname von fünf Bergleuten in dem Dorf Kopervik zu exhumieren. Das Schiff verließ Murmansk am oder um den 23. März und kehrte fünf Tage später nach Hammerfest (Norwegen) zurück.

Des Weiteren bat er in dem Brief um schnellstmögliche Erledigung seines Antrags, da er im öffentlichen Interesse liege. Als er den Brief geschrieben hatte, setzte er, als wäre ihm der Gedanke erst nachträglich gekommen, Folgendes darunter:

cc: Williams & Connolly

Dabei handelte es sich um die Anwaltskanzlei, die für die *Post* arbeitete. Eigentlich wäre es nicht erforderlich gewesen, die Kanzlei zu erwähnen, da Regierungsbehörden gesetzlich verpflichtet waren, Anträge binnen zehn Tagen zu erfüllen. In der Praxis jedoch untergruben die Behörden die Absicht der Gesetzgebung, indem sie lediglich den Eingang des Briefes bestätigten, ohne die beantragten Unterlagen herauszurücken. Das war häufig der Fall, wenn die Antragsteller normale Bürger waren, die im Eigeninteresse handelten und nicht wussten, dass sie die Herausgabe einklagen konnten. Frank wollte signalisieren, dass er (und die *Post)* bereit waren, vor Gericht zu gehen.

Als er die Briefe ausgedruckt hatte, brachte er sie zur Post an der Columbia Road. Es war ein kurzer Fußweg, aber ein abwechslungsreicher, denn er kam an einem Mann vorbei, der aufblasbare Gummitiere verkaufte, an Geschäften, die sich auf Nostalgietoaster, Lavalampen und skurrile Masken spezialisiert hatten, an einem neuen äthiopischen Restaurant, einer In-Kneipe namens »Millie & Al's«.

Der Mann hinter dem Postschalter war ein fröhlicher Jamaikaner, der ein blaues Taschentuch auf dem Kopf hatte, dessen Zipfel zu akkuraten kleinen Knoten gebunden waren. »Was haben wir denn da, Mister?«

Frank gab ihm die Briefe.

»Hochoffizielle Sachen!«, rief der Jamaikaner, als er nacheinander einen schrägen Blick auf die Adressen warf. »Donnerlittchen! Ssi-Aii-eh! EffBii-Aii! Pent-a-gonn!« Er blickte auf. »Interessantes Leben, Mann!« Lachend nahm er Franks Geld entgegen, gab Wechselgeld zurück und warf die Briefe in den Postsack hinter sich. »Wir danken für Ihr Vertrauen. Der nächste, bitte!«

In den folgenden Tagen tätigte Frank Telefonanrufe und arbeitete an der Influenzastory – und zwar für ihn noch immer an »Teil eins«.

Die Anrufe gingen immer an dieselben drei Leute, immer mit dem gleichen Ergebnis. Neal Gleason war nicht im Büro, und Kicklighter war nicht an seinem Schreibtisch. Adair war einfach nirgends aufzufinden, doch ihr Anrufbeantworter nahm seine Nachrichten auf. Gleasons Privatnummer stand nicht im Telefonbuch, und die von Kicklighter auch nicht. Zweimal bekam Frank den Wissenschaftler spätabends an den Apparat, aber der alte Mann sagte jedes Mal nur »Hallo?«. Woraufhin er auflegte – woraufhin er sich eine Geheimnummer geben ließ.

Als er die Influenzastory fertig hatte, ließ er sie per Kurier zur

Stiftung in der K Street bringen. Am nächsten Nachmittag rief Coe an und sagte, dass ihm der Artikel gut gefiel und dass er meinte, »ein zweiter Teil wäre nicht erforderlich«.

»Wunderbar«, sagte Frank. »Das denke ich auch.«

Es entstand eine Pause, die Coe gleich darauf mit einer Frage füllte. »Was steht als nächstes an? Nichts Kostspieliges, hoffe ich.«

»Ich hab mir überlegt, ich fahre nach New Mexico«, erwiderte Frank. »Schreibe einen Artikel über das *Sin-Nombre*-Virus, besuche Taos, rede mit den Leuten vom Gesundheitsamt. Ist eine gute Story.«

Coe klang erleichtert. »Ausgezeichnet«, sagte er. »Ich freu mich schon drauf.«

»Ja, Sir.«

Aber Frank reiste nicht sofort ab. Am Montagabend fuhr er nach Springfield, wo er mit Bekannten Hallenfußball spielte. Es war ein heißumkämpftes Match gegen eine peruanische Mannschaft, die fast ebenso hart wie gut spielte. Frank schoss zwei Tore, doch der Sieg ging an die anderen, und er fuhr voller blauer Flecken, aber gut gelaunt nach Hause.

Am selben Abend rief er etwa zum zehntenmal innerhalb einer Woche bei Annie an, und zu seiner Verblüffung meldete sie sich. »Ich versuche schon die ganze Zeit, Sie zu erreichen«, sagte er.

»Ich weiß. Ich bin gerade erst nach Hause gekommen. Ich habe meine Eltern besucht – es waren acht Nachrichten von Ihnen auf dem Anrufbeantworter.« In ihrer Stimme lag keine Verärgerung, keine Ungeduld, nur so etwas wie verlegenes Bedauern.

»Hätten Sie zurückgerufen?«

Nach einem langen Schweigen am anderen Ende der Leitung sagte sie: »Na ja ... ich denke ... ich denke, es gibt eigentlich nichts zu sagen. Außer – es tut mir leid, dass Sie soviel Mühe hatten. Aber, ehrlich gesagt, bringt es nichts, darüber zu reden.«

»Tja«, sagte Frank, »ich finde doch. Es ist eine wichtige Story.« Sie schwieg so lange, dass er schließlich nachsetzte: »Dr. Adair?«

»Ja ...«

»Ich sagte, es ist eine wichtige Story.«

»Ich weiß. Ich hab's gehört. Es ist bloß – ich kann Ihnen nicht dabei helfen.«

»Also – Sie könnten schon. Aber Sie tun es nicht. Und ich muss wissen, warum.«

»Tja ...« Sie war so lange still, dass er schon glaubte, sie hätte aufgelegt. Dann: »Ich muss Schluss machen.«

»Aber das ist einfach unverschämt!«

Der Vorwurf verblüffte sie, und Frank musste sich eingestehen, dass er so etwas nie und nimmer zu Gleason gesagt hätte. »Was?«, fragte sie.

»Es ist unverschämt!«, antwortete er. »Wenn man es recht überlegt ... ich meine, ich bin wegen dieser Geschichte um den halben Erdball gereist. Ich habe ein Vermögen ausgegeben. Und jetzt wollen Sie nicht mal mit mir *reden*.«

»Ich kann nicht.«

»Wieso nicht?«

»Ich kann einfach nicht.«

»Wegen Gleason, stimmt's?«

Zum ersten Mal hatte er Gleason erwähnt, und sie war überrascht. »Was?«

»Ich sagte, wegen Gleason, stimmt's? *Neal* Gleason.«

»Ich muss jetzt Schluss machen.«

»Und das ist alles? Mehr haben Sie nicht zu sagen – ›Ich muss jetzt Schluss machen‹?«

»Nein, wirklich –«

»Sind Sie vielleicht verpflichtet zur ... wie sagt man noch?« Ihm fiel das Wort nicht ein. »Geheimhaltung oder so?«

Sie schwieg erneut.

»Hören Sie, Dr. Adair –«

»Annie.«

»Hä?«

»Nennen Sie mich einfach Annie, wie alle anderen.«

»Okay. *Annie.* Die Sache ist die, ich habe wirklich gedacht, wir kämen gut miteinander aus. Ich meine, vor diesem ganzen ...« Er brach ab. Das Wort, das ihm auf der Zunge lag, war »Scheiß«, aber er wollte sich ihr gegenüber nicht im Ton vergreifen. »Sie waren so hilfsbereit! So nett!«

»Danke«, sagte sie. Und dann einen Augenblick später: »Wahrscheinlich.«

Frank lachte. »Also, wie wär's mit einem gemeinsamen Abendessen?«

»Abendessen?«

»Wir vergessen Spitzbergen. Wir gehen schön essen. Sie sagen, wann. Sie sagen, wo. Einzige Bedingung – kein kanadisches Restaurant.«

Das Telefon war einen Augenblick lang still, und dann: »Das ist lustig, aber ... ich denke nicht. Ich meine, unter den Umständen halte ich das für eine nicht so gute Idee.«

Sie klang, als würde sie es aufrichtig bedauern, was ihn ermutigte nachzuhaken. »Was für Umstände?«, fragte er. »Ich weiß nichts von irgendwelchen Umständen.«

Jetzt musste sie lachen. »Na ja, Sie möchten, dass ich Ihnen was erzähle, und – ich kann nicht.«

»Sie ›können nicht‹. Das heißt also. Sie haben tatsächlich irgendwas unterschrieben!«

Ein genervtes Seufzen blies durch den Hörer. »Ich muss Schluss machen«, sagte sie. »Und überhaupt, das hier bringt nichts. Es geht nicht.«

»Legen Sie nicht auf!«, sagte er. »Ich muss es doch wenigstens versuchen dürfen.«

»Sie sollten mit Dr. Kicklighter reden.«

»Gute Idee!«, erwiderte Frank. »Dr. Kicklighter! Warum bin ich da nicht von allein drauf gekommen – nur, ich bin drauf gekommen. Und das Problem ist, er hat offenbar sein Telefon zerhackt.«

»Tut mir leid. Er hat sehr viel zu tun.«

»Wir haben alle viel zu tun. Sie haben viel zu tun! Ich habe viel zu tun! Sogar Gleason hat viel zu tun!«

»Ich weiß, aber ... Ich muss jetzt wirklich Schluss machen. Wirklich!«

»Warum?«

Er konnte hören, wie sie tief Luft holte. »Weil ich ein Hähnchen im Backofen habe, und es brennt schon an, und während wir uns hier unterhalten, füllt sich meine Wohnung allmählich mit Rauch, und wenn ich mich nicht sofort darum kümmere, schlägt der Rauchmelder Alarm, und die Feuerwehr kommt und dann die Polizei, und dann verliere ich meine Wohnung, und dann lande ich auf der Straße und erfriere – wollen Sie das etwa?«

Frank überlegte. »Nein«, sagte er schließlich. »Aber ich bin in einer Woche wieder da – und ich denke, wir sollten wirklich zusammen essen gehen.«

11

Los Angeles

11. April 1998

Susannah rückte die Windeltasche zurecht, setzte sich das Baby auf die Hüfte und klappte den neuen Buggy zusammen. Sie hatte jetzt den Dreh raus. Man trat auf einen Hebel, und der Buggy faltete sich zusammen, kinderleicht. Eine Asiatin hinter ihr hielt für sie den Buggy fest, als sie in den Bus der Linie 20 einstieg.

»Ich stelle ihn hier hin«, sagte die Frau, als Susannah das Fahrgeld bezahlte. »Okay?« Sie stellte den Buggy in eine Gepäcknische direkt hinter dem Fahrer.

»Vielen Dank«, sagte Susannah und schenkte der Frau ein breites, dankbares Lächeln.

»Ihr Kleiner ist richtig süß.« Die Frau reichte dem Fahrer ihr Ticket.

»Ja, nicht?« Susannah senkte den Kopf und rieb ihre Nase an der des Babys. »Er ist ein richtiges Püppchen«, sang sie. »Was ist er doch für ein süßes kleines Püppchen.«

Sie bat den Fahrer, ihr zu sagen, wenn sie auf dem Wilshire Boulevard waren, nahm dann vorn am Gang Platz und stellte die Windeltasche auf den Sitz neben sich, damit niemand sich dort hinsetzte. Dann berührte sie mit dem Finger die Stupsnase des Kleinen und drückte sie ganz sacht. Das brachte ihn immer zum Lachen, und er gluckste und lächelte, sodass seine Grübchen zum Vorschein kamen. »Wie bist du nur so süß geworden?«, fragte sie und wiegte den Kopf vor und zurück. »Sag schon. Wie? Hmmmm?«

Sie blickte zum Fenster hinaus, an dem L.A. vorbeiglitt, und ließ Stephen auf und ab wippen, ganz leicht, damit er nicht quengelte. Einfach unglaublich, wie zubetoniert die Stadt war! Oder wie heruntergekommen die meisten Häuser waren. Und die Palmen – wozu waren die denn eigentlich gut? Sie waren dünn und kerzengerade, und sie spendeten eigentlich keinen Schatten. Sie standen einfach nur da, an der Straße, wie eine Reihe von Enttäuschungen.

Was wirklich schade war, denn mit Palmen verband sie immer romantische Vorstellungen – sie beugten sich im Wind an einem elfenbeinfarbenen Strand, ein paar Meter vom Wasser entfernt. Blaues Wasser. Und ein wolkenloser Himmel. Aber hier in L.A., im wirklichen Leben, in der Wüste gestrandet, von Beton umgeben, waren sie ... ja was?

Potthässlich. Ja genau, und das war das einzig treffende Wort dafür. Potthässlich. Und überhaupt, wenn man sie fragte, war die ganze Landschaft ernüchternd – selbst hier, nicht weit von Beverly Hills, wo eigentlich alles perfekt sein müsste, aber das war es nicht – es war ernüchternd. Auch wenn der Bus nicht gerade durch die schönsten Viertel fuhr ...

Sie war schon eine ganze Weile mit verschiedenen Bussen unterwegs. Das war jetzt der vierte, mit dem sie und Stephen durch die Gegend fuhren.

Jetzt kräuselte sich das Gesicht des kleinen Jungen, und er machte *äh-äh-äh,* und sie wusste ohnehin schon, dass es Zeit war, ihn zu stillen, weil ihre Brüste sich allmählich so prall anfühlten. Sie sollte ihn besser gleich stillen, damit ihre Milch nicht austrat, das wäre nämlich schlecht, weil die Sachen, die sie anhatte, nur für heute waren (sie hatte die Schildchen und so weiter reingesteckt, damit sie nicht zu sehen waren).

Adeline war mit ihnen in der Pentagon City Mall einkaufen gewesen, nicht weit von ihrem sicheren Haus in den Potomac Towers. Es war ein Ausdruck von Adeline – »unser sicheres Haus« –, obwohl es eigentlich nur eine Wohnung mit zwei Schlafzimmern war. Aber ganz gleich, wie man sie nannte, die

Wohnung war echt *cool.* Dazu gab es ein neues Auto, ein Bankkonto und, was das allertollste war, eine neue Identität. Wenn Susannah in der Wohnung war (und nach Rhinebeck war sie schon oft da gewesen), war sie »Mrs. Elliott Ambrose«. Was ihr gefiel, weil es sich vornehm anhörte. Vornehmer zumindest als Susannah Demjanuk.

Jedenfalls war die Wohnung praktisch – nicht weit vom Einkaufszentrum und nicht weit vom Flughafen. Sie hatten sich dort andere Sachen angezogen, und wenn sie wieder dort waren, würden sie sich noch einmal umziehen. Und die Sachen zurückgeben, nur ein ganz kleines bisschen benutzt.

Die Kleidung war deshalb wichtig, weil man das ist, was man anhat. Das sagte Solange. Er sagte, wenn man sich gut genug kleidete, war das so, als wäre man unsichtbar – zumindest was die Cops anging und Leute vom Sicherheitsdienst und so weiter. Wenn man sich richtig kleidete, ließen sie einen in Ruhe. Das war praktisch ein *Gesetz.*

Jedenfalls waren die Sachen echt teuer – das Kostüm allein kostete mehr als das Flugticket –, und es war einfach unsinnig, sie zu kaufen. Erst recht, wenn man sie leihen konnte.

Die meisten Sachen kaufte sie in Secondhandläden. Auf diese Weise taten sie was für den Umweltschutz, und sie verschwendeten kein Geld, das sie für wichtigere Dinge ausgeben konnten (zum Beispiel für eine gute Zentrifuge). Sogar Baumwolle – die ja als umweltfreundliches, natürliches Material galt – Baumwolle herstellen war wie ... nach Öl bohren oder so. Also im Grunde Umweltverschmutzung! Aber mit ihrer Methode konnte Belinda oder irgendwer von den anderen in der Abteilung für Sondereinsätze alles zurückbringen, sobald sie und Tommy von der Pazifikküste heimkehrten.

Susannah ließ den Blick durch den Bus schweifen. Im Grunde war ein Bus gar kein so schlechter Ort, um ein Baby zu stillen. Die Sitze waren so hoch, dass man sich einigermaßen verstecken konnte, und er war nicht sehr voll besetzt.

Stephen gab kleine, nasse, schmatzende Geräusche von sich,

als er trank. Nach einigen Minuten legte sie ihn an die andere Brust an, während L.A. am Fenster vorbeiglitt. Es zog weiß Gott langsam vorbei. Der Verkehr war dicht, und manchmal verging eine ganze Ampelphase, ohne dass sie von der Stelle kamen: rot, grün, gelb, rot, *hallo?* Aber keiner hupte; die Fahrer waren es offenbar gewohnt. Kein Wunder, dass der Himmel eine so eklig graue Farbe hatte.

Als der Fahrer sagte, »nächster Halt Wilshire Boulevard«, hatte sie ihre Bluse bereits wieder zugeknöpft und Stephen sein Bäuerchen gemacht. Sie faltete die Stoffwindel zusammen, auf der sie Stephen immer sein Bäuerchen machen ließ, steckte sie zurück in die Windeltasche und nahm dann aus dem kleinen wattierten Fach unten in der Tasche eine Glühbirne, bückte sich und legte sie auf den Boden, wo sie sie mit dem Fuß festhielt.

Praktisch im selben Moment, als sie aufstand und die Birne losließ, gab der Fahrer Gas, um einen in der zweiten Reihe parkenden Wagen zu überholen, und fuhr dann an die Bushaltestelle. Sie hörte, wie die Glühbirne über den Boden rollte, als sie nach vorne zum Busausstieg ging.

Natürlich wusste sie nicht, wann und wo die Glühbirne zerbrechen würde. Vielleicht rollte sie den ganzen Tag herum, oder vielleicht platzte sie auch schon, bevor Susannah ausgestiegen war. Es war nicht vorherzusagen. Nicht wirklich.

Auch aus diesem Grund mochte Solange die Glühbirnenmethode. Sie funktionierte nach dem Zufallsprinzip, sagte er, wie die Natur.

Als sie ausgestiegen war, wusste sie nicht, wo sie war – Norden, Süden, Osten, Westen. Sie könnte überall sein. Also ging sie zu einer rothaarigen Frau hinüber, die an einem Tisch vor einem Café saß, nur wenige Schritte von der Bushaltestelle entfernt.

»Entschuldigen Sie?«

Die Frau blickte von einem kleinen ledernen Notizbuch auf, in das sie geschrieben hatte. Ihr Gesicht hatte einen verblüfften Ausdruck.

»Wissen Sie, wo der Rodeo Drive ist?« Susannah setzte Stephen von einer Hüfte auf die andere.

Die Frau musterte sie von oben bis unten – als würde sie sich ausrechnen, wie viel Susannah für ihr Outfit ausgegeben hatte, oder, schlimmer noch, als bezweifelte sie, dass ihr die Sachen wirklich gehörten. Dann seufzte sie und ließ den Blick zur Straßenecke schweifen. »Hier gleich rechts«, sagte sie.

Susannah lächelte dankbar.

»Übrigens«, fügte die Frau hinzu, wobei ihr Gesicht sich zu einem bösartigen Lächeln verzog, sodass Susannah am liebsten eine Glühbirne hervorgeholt und sie nach dem Miststück geworfen hätte, »es heißt Roh-*day*-oh Drive. Nicht Roa-dy-oh.«

»Vielen Dank«, sagte Susannah und ging in die Richtung, die ihr die Frau genannt hatte. Woher sollte *sie* wissen, dass es nicht so ausgesprochen wurde, wie es nahelag? Rodeo. Eben wie ein. *Ro*-de-oh. Schließlich war sie hier im Westen, oder?

Frauen taxierten andere Frauen mehr als Männer, obwohl Männer sie anders taxierten. Außer schwulen Männern, die sie genauso taxierten, wie Frauen es taten. Bei Männern, die dich anmachen wollten, änderte es auch nichts, wenn du ein Baby dabei hattest. In Wahrheit taten ihr die vielen bewundernden Blicke sogar gut. Sie hatte das Übergewicht von der Schwangerschaft verloren, und in diesem tollen Outfit sah sie richtig gut aus. Und sie hatte jetzt sogar eine noch bessere Figur, wo ihre Brüste so groß waren vom Stillen. Besser als Implantate. Und Stephen war so niedlich, dass die Leute einfach nicht den Blick von ihnen beiden abwenden konnten.

Es war so ein gutes Gefühl, dass sie beinahe wünschte, es wäre ihr richtiges Leben. Den Rodeo Drive hinunterzugehen, das Baby in seinem nagelneuen Buggy zu schieben, nichts Besseres zu tun zu haben, als einen Schaufensterbummel zu machen und darüber nachzudenken, irgendwo einen Happen zu essen. Die Schaufenster waren so sauber, die Scheiben waren – nicht bloß durchsichtig, sondern richtig unsichtbar. Und die Geschäfte waren so edel, bei der Hälfte von ihnen brauchte man einen Termin, um überhaupt reinzukommen. Und alles war in den Auslagen so arrangiert, als wäre es etwas Heiliges. Brillen lagen in Vitrinen, die sich drehten, damit sie von allen Seiten zu sehen waren, wie kostbare Juwelen. Und in einem Schaufenster lag eine Handtasche. Eine einzige Handtasche, mehr nicht!

Alles schimmerte und glänzte, sogar die Leute.

Susannah überprüfte ihr Aussehen, betrachtete ihr Spiegelbild in der Schaufensterscheibe. Und siehe da! Sie passte hierher, ja wirklich – sie sah aus wie die Frau von jemandem, einem Produzenten oder so. Oder vielleicht auch, als wäre sie selbst eine Produzentin, die mit ihrem Baby einkaufen ging, auf der Suche nach Ohrringen oder einem Teppich.

Ein gutes Gefühl.

Es war sogar ein so gutes Gefühl, dass sie schon ein schlechtes Gewissen bekam. Aber Solange hatte ihre Route persönlich ausgearbeitet, mit Hilfe dieser kleinen Stadtpläne im Computer. Sie wusste also genau, welche Busse sie nehmen und durch welche Viertel sie gehen sollte. Alles Übrige war ihr überlassen. Sie konnte die Glühbirnen deponieren, wo sie wollte – in einem Bus, einer Mülltonne, im Rinnstein neben einem parkenden Wagen –, Hauptsache im richtigen Stadtviertel.

Nur so war sichergestellt, dass sie die Ergebnisse überprüfen konnten. Und außerdem waren es ausschließlich Viertel von Wohlhabenden, denn, nun ja ... wer verbrauchte die meisten Bodenschätze? Wer richtete den größten Schaden an?

Und hier war praktisch der Bauch der Bestie, genau hier – das Schickimickizentrum, wie Solange es nannte. Vielleicht aber auch nicht. Aber so was in der Art. Das Zentrum der Verschwendungssucht. Genau hier, auf dem Rodeo Drive.

Roh-*day*-oh Drive.

Es war bloß noch eine Glühbirne übrig. Sie hatten nämlich nur etwa ein Dutzend hergestellt. Susannah blieb auf dem Gehweg vor dem »Bijan's« stehen, rückte den kleinen Schirm zurecht, der Stephens Augen vor der Sonne schützte. Dann griff sie in die Windeltasche, nahm die Glühbirne heraus, ging damit auf die Straße und legte sie vorsichtig neben den Rinnstein, wo ganz sicher ein Auto darüber fahren würde.

Aus der anderen Richtung kam eine Gruppe von Leuten, lachend. Sie hatten große weiße Zähne und einen raubgierigen Blick, sodass sie am liebsten sofort auf die Glühbirne getreten wäre. Aber sie tat es nicht – nicht etwa weil ihr dann schlecht werden würde, sondern weil sie Schuhe anhatte, die bei Joan & David hundertzweiundneunzig Dollar kosteten, und dann konnte man sie nicht mehr zurückbringen.

Was bedeutete, sie würde sie behalten müssen.

12

Washington, D. C.

17. April 1998

Es war Mitte April, und die Stadt erstrahlte im Frühling. Bei seiner Rückkehr aus Santa Fe merkte Frank, dass der Winter sich verabschiedet hatte. Alles war wie verwandelt. Die Straßen und Parks und Grünstreifen waren ein Tulpen- und Azaleenmeer, und die Sträucher standen in voller Blüte.

In seiner Wohnung angekommen, warf er den Koffer aufs Bett, zog sich T-Shirt und Laufschuhe an und ging joggen, um seine steifen Glieder nach dem langen Flug wieder in Schwung zu bringen. Er lief durch den Rock Creek Park und folgte dem Fahrradweg. Unweit des Zoos war der schwarze Asphalt über einen halben Kilometer hinweg mit abgefallenen Kirschblütenblättern übersät. Immer mal wieder löste eine Windböe einen Schauer Blütenblätter aus, die wie Konfetti durch die Luft wirbelten. Vergiss Paris, dachte er. Einige wenige Wochen im Frühling war Washington die schönste Stadt der Welt.

Vielleicht kam es ihm aber auch nur so vor, weil er die letzten zwei Wochen in Pick-ups durch die Wüste gebraust war, wo es nichts als Sand und Steine und Gestrüpp gegeben hatte. Ein einzelner Busch Spanischer Flieder wäre ihm wie ein Wunder erschienen.

Er hatte ein Ärzteteam begleitet, das in der Gegend von Four Corners, also dem Punkt, wo sich die Grenzen von Arizona, Colorado, Utah und New Mexico berühren, daran arbeitete, einen Ausbruch des Hanta-Virus einzudämmen. Bislang gab es erst zwei Fälle, die über hundertfünfzig Kilometer voneinander entfernt aufgetreten waren, aber bei einem Virus, das siebzig Prozent der Infizierten tötet, wollte niemand ein Risiko eingehen.

Manchmal lagen die überprüften Haushalte auf Reservatsgebiet und manchmal nicht. In jedem Fall war es schwierig, die Erlaubnis zu bekommen, Fallen aufzustellen, Blutproben zu nehmen oder Häuser zu inspizieren.

– Sie wollen mein Haus auf Mäusescheiße kontrollieren? Wer sind Sie denn überhaupt?

– Wir versuchen, eine Epidemie zu verhindern – wie es '93 hier eine gegeben hat.

– Und die Mäuse ... verursachen sie?

– Ja. In gewisser Weise. Es ist ein Virus. Die Mäuse *verbreiten* es.

– Ach nee. Und wie heißt das Virus?

– *Sin Nombre.*

– Das soll der Name sein? Ohne-Namen-Virus?

– Ganz genau.

– Sie wollen mich wohl verscheißern ...

Einige Leute erinnerten sich an '93. Das Fieber. Die Panik. Die Sterbenden. Sie wussten mehr über *Sin Nombre,* als ihnen lieb war, und sie fanden den Namen nicht lustig. Aber diejenigen, die damals nicht dabei waren oder nichts mitbekommen hatten, konnten mit dem Namen nichts anfangen und setzten eine Miene auf, die sagte. *Das glauben Sie doch selbst nicht. Was Besseres fällt ihnen wohl nicht ein – eine Krankheit, für die es nicht mal einen Namen gibt!*

Andere reagierten misstrauisch.

– Sie wollen mich auf Antikörper testen? Wenn es um HIV geht, dann sagen Sie es doch gleich, und kommen Sie mir nicht mit so einem *Sin-Nombre*-Scheiß.

Am Ende bekamen die Ärzte, was sie wollten, und es kam zu keinem ernsthaften Ausbruch der Krankheit – nur die beiden Fälle. Doch es war interessanter Stoff, und die Story ging Frank leicht von der Hand. Das Wichtigste war, dachte er, dass der Artikel Coe glücklich machen und ihm selbst ausreichend Bewegungsfreiheit geben würde, um der Story nachzugehen, die ihn eigentlich interessierte.

Er duschte, setzte sich dann an seinen Computer und machte seine Spesenabrechnung. Er tippte eine Aufstellung und steckte das Blatt zusammen mit den Quittungen in einen Umschlag, den er am Morgen an Jennifer schicken würde.

Dann schob er die Diskette von seinem Laptop in das Laufwerk des großen Computers und kopierte die Dateien seiner Reise. Er rief *Nombre 1* auf und las seine Notizen durch, legte dann eine neue Datei an, *Nombre 2*. Er arbeitete etwa eine Stunde an der Story, aber das war das höchste der Gefühle: Es war Frühling, und es zog ihn nach draußen.

Also kopierte er die Dateien auf eine Diskette, schaltete den Computer aus und ging in die Küche. Er öffnete den Kühlschrank und suchte nach der Diskettenbox, die er hinter der Milch aufbewahrte. Es war, so wusste er, eine sonderbare Praxis, seine Sicherheitskopien dort zu verstauen – aber sie war effektiv. Im Kühlschrank war es kalt, aber es fror nicht, und was noch wichtiger war: Er war isoliert. Falls ein Feuer ausbrach, würde seinen Dateien nichts passieren.

Es war später Nachmittag, das Sonnenlicht fiel schräg durchs Fenster, als er zum Telefon griff und Annie Adair anrief.

»Hallo?«

»Ich bin's, Frank Daly.«

»Oh!« Eine Pause. »Hi.« Zwischen den beiden Silben, zwischen dem »Oh« und dem »Hi«, veränderte sich ihre Stimme, von Begeisterung zu Argwohn.

Sie plauderten ein wenig. Wie es ihm ergangen war. Wie es ihr ergangen war. Hatte sie den Artikel erhalten, den er ihr geschickt hatte? Über die Grippe?

»Oh, ja! Er ist *gut*«, sagte sie. »Ich bin beeindruckt.«

Es dauerte eine Weile, aber irgendwie brachte er es dann über die Lippen: »Ich hab mir gedacht ... Na ja, vielleicht könnten wir zusammen ausgehen – irgendwo was essen.«

»Ich weiß nicht«, sagte sie. »Das ist, glaub ich, keine so gute Idee.«

»Wieso nicht?«

»Weil ... na ja, weil ich immer noch nicht mit Ihnen reden kann.«

»Aber das tun Sie doch! Wir reden gerade miteinander.«

»Sie wissen schon, was ich meine. Ich meine ... über Kopervik. Hammerfest. Den ganzen Kram.«

»Sie glauben, dass ich deshalb angerufen habe?«

»O ja.«

»Mein Gott, Sie sind ja ganz schön misstrauisch! Kopervik! Sie denken, ich will über Kopervik reden?«

»O ja.«

»Ach! Kopervik ... ich sag ihnen was – wie wär's, wenn ich versprechen würde, über nichts von alledem zu reden?«

»Ich denke, ich würde Ihnen nicht glauben. Sie erscheinen mir ziemlich hartnäckig.«

»Hartnäckig? Ich? Nie und nimmer. Nicht hartnäckig. Hungrig. Und wenn ich es schwöre? Feierlich. Wenn ich Ihnen mein Wort gebe?«

Ein nervöses Lachen verriet ihm, dass sie darüber nachdachte.

»Okay – wissen Sie was? Ich schwöre auf einen ganzen Stapel Bibeln.«

Ein kleines Kichern.

»Was sagen Sie dazu? Bibeln!«

»Sie machen mir keinen religiösen Eindruck.«

»Okay ... stimmt. Bin ich auch nicht. Wie wär's dann mit *Gravity's Rainbow*? *Gray's Anatomy*! Sagen Sie, welche Bücher, ich stapele sie und schwöre drauf!«

Schweigen am anderen Ende der Leitung. Dann: »Aber ...« Ein Seufzer. »Ich weiß, dass Sie noch immer was über die Expedition erfahren möchten. Wäre bei mir nicht anders.«

»Vertrauen Sie mir. Ich habe den Artikel fertig«, sagte er. »Sie haben ihn gelesen. Jetzt schreibe ich über die größeren und besseren Infektionen.«

»Zum Beispiel?«

»*Sin Nombre.* Ich komme gerade aus New Mexico.«

»Wirklich?«

Er schaltete um in seine salbungsvollste Nachrichtensprecherstimme und las von dem Blatt vor ihm ab. »›Noch vor Anfang des Winters machten sich Gesundheitsexperten im Gebiet von Four Corners Sorgen, dass *Peromyscus maniculatus* sich gefährlich stark vermehrte. Besser bekannt als die Gemeine Weißfußmaus ...‹« Er hielt inne. »Möchten Sie mehr hören?«

»Nein.«

»Okay, also, gehen wir essen?«

»Tja ...«

Er fasste die Wörter »tja« oder »vielleicht« immer als Zustimmung auf. *Sag nicht nein,* hatte er seine Mutter früher immer angefleht, *sag vielleicht.* »Großartig!«, sagte er. »Passt ihnen Freitag? Ich weiß, Freitagabend ist sehr beliebt, aber ... Ich hol Sie um halb acht ab!« Ohne ihr Zeit zum Antworten zu lassen, legte er auf und dachte, wenn sie nicht will, ruft sie mich an. Und wenn sie meine Nummer nicht rauskriegt, wird sie einfach nicht da sein.

Annie wohnte nicht weit von ihm, in einem Stadthaus in Mount Pleasant, zusammen mit einer Frau namens Indu aus Kansas und einem selbstständigen Computer-Freak aus Caracas. »Die arbeiten beide heute Abend«, sagte sie und lachte. »Wir drei sind richtige Workaholics.«

Er hatte länger für die Parkplatzsuche gebraucht als für die eigentliche Fahrt, und das sagte er ihr, als er die Tür des Saabs öffnete.

»Dann gehen wir doch zu Fuß«, sagte sie.

Und so geschah es.

Es war ein warmer, regnerischer Tag gewesen. Die Bürgersteige waren nass und sauber, die Rinnsteine nicht wie sonst voller Abfall. Gemeinsam schlenderten sie durch die wenigen Straßen zwischen Mount Pleasant und Adams-Morgan, vorbei an angeheiterten Grüppchen und in zweiter Reihe parkenden Polizeiwagen, vorbei an »Kenny's Bar-B-Que« und der Unification Church. Die Luft war angefüllt mit Geißblatt- und Alkoholduft, mit Salsa und Rap.

»Erzählen Sie mir von Ihrer Reise«, sagte sie. »Was hat Ihr Interesse für *Sin Nombre* geweckt?«

»Der Name. Der hört sich so gespenstisch an ... vielleicht weil er das Gegenteil ist von dem, was man über New York sagt.«

»Nämlich?«

»Na ja – dass man ihm gleich zwei Namen geben musste, weil es so toll ist. Aber dieses Virus ist so bösartig, dass man ihm nicht mal *einen* Namen geben wollte.«

»Ich habe mich immer gefragt, warum man es so genannt hat«, sagte Annie.

»Das kann ich Ihnen sagen!«

»Toll!«

»Aber Sie werden enttäuscht sein.«

»Wieso?«

»Weil die Namensgebung mit politischer Korrektheit zu tun hat«, erwiderte Frank. »Früher lautete der Name Muerto-Cañon-Virus, nach der Gegend, wo es zum ersten Mal aufgetreten ist. Aber das war nicht haltbar, weil der Cañon in einem Navajo-Reservat liegt, und die Navajo haben einen Heidenaufstand gemacht, weil ein Virus nach dem Cañon benannt wurde.«

»Wieso denn das?«

»Weil dort ein Massaker stattgefunden hat – vor hundert Jahren, Weiße haben Indianer getötet. Nun tötete das Virus sie, und es war nicht gerade sensibel, das Virus nach diesem Blutbad zu benennen. Ich meine, genauso könnte man das Tay-Sachs-Syndrom ›Auschwitz-Krankheit‹ nennen.«

»Wie ging's weiter?«

»Es wurde in ›Four-Corners-Virus‹ umbenannt.«

»Das macht Sinn«, sagte Annie. »Krankheiten werden oft nach dem Ort benannt, wo sie zum ersten Mal aufgetreten sind.«

»Hongkong-Grippe, Marburg, Ebola –«

»Genau.«

»Alles Ortsnamen«, sagte Frank. »Mit einer Ausnahme, Ebola ist ein Fluss – zumindest soviel ich weiß. Jedenfalls, als es auf einmal Four-Corners-Virus genannt wurde, gingen die Einheimischen auf die Barrikaden. Die Handelskammer, die Fremdenverkehrsämter – ich meine, ihr Standpunkt ist durchaus nachvollziehbar. Das wäre ja so, als würde man in einer Stadt namens ›Polioville‹ wohnen.« Annie lachte. »Also hatte das Virus doch keinen Namen, und schließlich nannte man es dann ›Ohne-Namen-Virus‹.«

»Nur dass es übersetzt wurde.«

»Ja. Ich denke, man hatte auch ein sensibles Gespür für Sprache.«

Sie gingen schließlich in ein äthiopisches Restaurant namens »Meskerem«. Es gab weder Besteck noch Stühle. Sie saßen auf Lederkissen und aßen einen scharfen Eintopf mit den Händen, indem sie sich Fleischstückchen und Gemüse mit Hilfe eines schwammigen Sauerteigbrotes namens *injera* von dem Serviertteller in den Mund schaufelten. Es war ein Abendessen, das dazu angetan war, eine entspannte Intimität zu erzeugen, doch Annie blieb reserviert. Sie wirkte, als würde sie sofort Reißaus nehmen, sobald er Kopervik erwähnte.

Also vermied er das Thema. Sie sprachen über die Behördenpolitik im Umgang mit Krankheiten, und nach einer Weile wurde Annie gesprächiger.

»Sie würden es nicht glauben«, sagte sie. »Wenn irgendwo Cholera, Typhus, Diphtherie, egal was ausbricht, sogar die Pest, wird die Weltgesundheitsorganisation und die oberste Gesundheitsbehörde und Gott weiß wer verständigt. Aber gibt das Außenministerium die Informationen raus? So gut wie nie. Selbst wenn Thailand sich vor Geschlechtskrankheiten nicht mehr retten kann oder in Bolivien die Cholera ausbricht, das wird alles als Politikum gesehen – ein Angriff auf das betreffende Land.«

»Man sollte meinen, die Gesundheit von Menschen müsste ihnen mehr am Herzen liegen.«

»Und die andere Sache ist die: Jede Krankheit hat ihre eigene Lobby. Deshalb richtet sich die Finanzierung von Forschungsprojekten weniger danach, ob sie dem Wohl der Mehrheit zugute kommen, als danach ... was weiß ich ... wer am besten die Werbetrommel für seine Sache rühren kann.«

»Halten Sie das für schlecht?«

Sie zuckte die Achseln. »Es ist einfach so. Man kann es den Leuten nicht verübeln. Es geht ihnen unendlich nahe, wenn die Menschen leiden, die sie lieben, aber gleichzeitig sind die zur Verfügung stehenden Gelder begrenzt, also ...«

Sie hatte feine Gesichtszüge, lange Beine und die Haltung einer Tänzerin. Sie war so hübsch, dass nicht nur Franks Augen ihr folgten, als sie auf dem Weg zur Toilette an den vollbesetzten Tischen vorbeiging. Und dennoch hatte Frank, als er sie in den NIH kennenlernte, schon nach fünfzehn Minuten gewusst, dass sie nicht die Psyche einer hübschen Frau hatte. Komplimente machten sie verlegen, und sie konnte nicht flirten, zumindest schien es ihm so. Sie war scheu und schüchtern und schreckte bei dem kleinsten Körperkontakt zurück.

Sie hatte etwas Naives an sich, das er umso überraschender fand, als sie, wie Frank wusste, eine brillante Wissenschaftlerin war. Einerseits war sie vermutlich ein Genie, und andererseits war sie weniger abgebrüht als die Sechstklässler, mit denen er an der Hine Middle School gesprochen hatte (im Rahmen einer Schulreportage für die *Post*).

Doch so schwer sie sich auch mit Small Talk tat, sie hatte Humor und sprach gern über ihre Arbeit. Und ihr Lachen war vielversprechend: ein unbekümmertes Kichern, das manchmal mit ihr durchging.

Also stellte er sich ganz auf sie ein und beschränkte sich auf die Dinge, bei denen sie sich wohl fühlte, hörte ihr aufmerksam zu und vermied alles andere. Und es funktionierte. Er konnte förmlich fühlen, wie sie lockerer wurde, weicher, als die Anspannung verschwand. Diese Eigenschaft hatte er mit seinem Vater gemein, eine Flexibilität, die es ihm ermöglichte, für jeden, mit dem er zusammen war, die perfekte Folie zu werden, ob er die Person nun verführen oder ihr Informationen entlocken wollte. Diese seine »Gabe« bereitete ihm manchmal Kopfzerbrechen.

Aber nicht einmal der Gedanke an seinen Vater – von dem er sich sein ganzes Leben lang zu distanzieren suchte – konnte ihn davon abhalten, sich bei Annie Adair ins Zeug zu legen. Als sie zurückkam und wieder Platz genommen hatte, beugte er sich vor und nahm ihre Hand. Es entstand ein verlegener Augenblick, in dem sie reflexartig versuchte, ihre Hand zurückzuziehen, aber er hielt sie fest.

»Moment«, sagte er. »Ich will nicht aufdringlich werden, sondern mir nur ihre Handfläche ansehen.«

»Wieso?«, fragte sie, offensichtlich voller Argwohn, er wollte sich vielleicht über sie lustig machen.

»Um Ihnen aus der Hand zu lesen.«

»Seien Sie nicht albern«, sagte sie – aber ihre Hand entspannte sich.

Er streichelte ihren Handteller und dann jeden Finger. »Sie glauben also, ich kann nicht aus der Hand lesen?«

»Ja.«

»Tja, ich kann's aber.«

Sie kicherte. »Und wo haben Sie diese Fähigkeit erworben? Auf der Handleseschule?«

»Ich muss doch sehr bitten«, sagte er in einem gespielt offiziellen Ton, »wir sagen nicht ›Handleseschule‹; das Institut heißt Schule für Chiromantie. Auf der ›Handleseschule‹ lernt man Blindenschrift.«

Ein Kichern.

»Und nein, ich habe keinen Abschluss gemacht. Aber ich habe

mal für eine Zeitschrift einen Artikel über eine Handleserin geschrieben.«

»Wirklich?«

»Ja. Sie haben bestimmt schon mal so ein Schild gesehen. Wie eine große rote Hand mit Zahlen drauf, und es hängt für gewöhnlich im Fenster eines kleinen weißen Hauses, direkt am Highway, zwischen einem Laden, in dem Flaggen repariert werden, und einem Geschäft für Aquarienzubehör. Und ich habe mir gedacht: ›Was sind das wohl für Leute, die da hingehen?‹«

»Fischzüchter, würde ich meinen. Und Leute mit Flaggen.«

»Und Leute mit Handflächen«, stimmte Frank zu. »Jedenfalls habe ich mit einer gewissen Madame Rurak gesprochen – das Orakel von Hyattstown. Und mit ihrer Erlaubnis habe ich einige ihrer Kunden interviewt. Und wie sich herausstellt, hat sie eine richtig bunte Kundschaft. Es sind die gleichen Leute, die zu Chiropraktikern gehen, nur dass sie deren Psyche ›einrenkt‹, nicht deren Rückenwirbel.«

»Und war das Ganze – na ja – bloß ausgemachter Mumpitz?«

Er zuckte die Achseln, streichelte weiter ihre Handfläche und starrte darauf. »Ich weiß nicht. Sie hat zwar nicht gerade die Lottozahlen verraten. Sie war intensiv, wissen Sie, richtig konzentriert, aber alles, was sie sagte, war eher allgemein.«

»Wie Zeitungshoroskope.«

Frank verzog das Gesicht. »Aua.«

Sie lachte. »Und was, glauben Sie, hat es ihnen gebracht? Den Leuten, die zu der Frau gegangen sind?«

»Ich hatte den Eindruck, dass sie alle bester Laune waren, wenn sie wieder gingen. Ich denke, sie hat ihnen etwas Tröstliches gesagt, darüber, wie ihr Leben verlaufen ist. Sie hat gesagt, es steht genau hier, hier in ihrer Handfläche, da steht es bereits geschrieben. Ganz gleich, was Sie gemacht haben und hätten, es wäre alles genau so gekommen. Sie hätten sich mit zehn einen Computer kaufen können, Sie hätten Gitarre lernen können, Sie hätten Sherry Dudley fragen können, ob sie mit ihnen zum

Schulball geht – und nichts hätte irgendetwas geändert. Es war nämlich alles schon ganz früh festgelegt: die Lebenslinie, die Liebeslinie. Den Leuten hat's gefallen. Anscheinend hat es sie entlastet.«

Sie lachte. »Und wer war Sherry Dudley?«

»Darüber darf ich nicht sprechen«, murmelte er.

Sie kicherte wieder. »Aber Sie glauben doch nicht an so was, oder?«

»An was?« Er krümmte ihr nacheinander die Finger und strich sie wieder gerade. »Sie meinen, an das Schicksal?« Er beugte sich über ihre Hand und schaute eindringlich darauf. »Natürlich. Ich seeehe ... jemand ... Neues! Jemand Neues in Ihrem Leben.«

»Wirklich?«, sagte sie, die Stimme voller Skepsis.

»Ja. Und es wird wunderschön werden. Sie sollten alles tun, was diese Person sagt.«

»Und ist diese Person vielleicht groß, dunkel und gut aussehend?«

Er erforschte weiter die Hand. »Nun, ja – er ist eindeutig groß und – hmmm – sieht nicht schlecht aus! Wirklich nicht schlecht. Aber ...« Er schüttelte den Kopf und runzelte die Stirn. »Nicht sehr dunkel. Eher ... ach, ich weiß nicht genau – irisch oder so. Blaue Augen. Ein Herz aus Gold. Erwähnt nie Kopervik. So in etwa.«

»Verstehe.«

»Und da ist noch was. Eine unglaublich detaillierte Linie. Ja, dieser Bursche hat eine sentimentale Bindung an sein Auto, das er eigentlich verkaufen sollte.« Er blickte zu ihr hoch.

»Und ist das Auto ein Saab?« Sie kicherte. »Rein zufällig?«

Er blickte auf ihre Hand. »Ich glaube, es ist tatsächlich ein Saab! Erstaunlich. Sie sollten Wahrsagerin werden! Ich meine, Sie brauchen dafür nicht mal eine Hand – mein Gott, Sie sind ja ein Naturtalent.«

Sie gingen zu »Bob's«, um ein Eis zu essen. Irgendwann kamen sie auf das Thema Familie. Ihre war ganz anders als seine, mit einem Stammbaum, der bis zur *Mayflower* zurückreichte, New-England-Clan, viele Akademiker und erfolgreiche Finanzleute.

»Sie arrangieren dauernd irgendwelche Wohltätigkeitsbälle. Für meine Mutter eine Gelegenheit, ein Heidengeld für Kleidung auszugeben, ohne ein schlechtes Gewissen haben zu müssen.«

»Mit dem legendären ›Familienvermögen‹?«

»Sozusagen. Aber so legendär auch wieder nicht. Granddad hat während der Depression mit Spekulationsgeschäften ordentlich abgesahnt. Geben und Nehmen. Er hat ›genommen‹. Und Ihre Familie?«

»Ehrlich gesagt ... ich habe keine Familie – ich meine, keine richtige.«

Annie runzelte die Stirn. »Jeder hat eine Familie.«

Er zuckte die Achseln. »Ich habe ein paar Tanten und Cousinen, aber wir haben keinen Kontakt. Keine Geschwister. Mom ist tot. Dad und ich haben uns zerstritten.«

»Das ist traurig.«

»Eigentlich nicht«, sagte er. »Sie würden es verstehen, wenn Sie meinen Alten Herrn kennen würden.«

Sie gingen zurück zu ihrem Haus. Es war kühler, und am Horizont grollte ein Gewitter. Sie war jetzt unbefangener im Umgang mit ihm, entspannter, lehnte sich ab und zu gegen ihn, berührte ihn am Arm, wenn sie besonders engagiert redete.

Selbst er fand seine Zurückhaltung erstaunlich. Nicht ein Wort über Kopervik, bis auf ein einziges Mal, und das war im Scherz. Und als sie dann vor ihrer Haustür standen und sie eine Einladung stammelte, doch noch auf einen Sprung reinzukommen – »ich könnte uns einen Kaffee machen« –, lehnte er ab. Wenn er mitginge, würde er seine Hände nicht von ihr lassen können. Und das könnte wunderbar werden – oder problematisch.

Und so standen sie vor der Tür, ein wenig verlegen, bis er sagte: »Also, es war ein toller Abend, ich rufe Sie an« – und mit einem Wink zum Abschied drehte er sich um und ging die Stufen hinab zu seinem Saab.

Auf der Fahrt nach Hause hörte er Jazz im Radio und dachte über den Abend mit Annie Adair nach. Er wusste, seine Zurückhaltung würde sich bei ihr auszahlen, aber in welcher Weise sie sich auszahlen würde, wusste er nicht. War es Annie, die er wollte – oder ging es ihm um Kopervik? Er konnte es nicht mit Sicherheit sagen. Er fühlte sich von ihr angezogen, aber schließlich fühlte er sich von vielen Frauen angezogen. Und dann wieder fühlte er sich von ihr nicht nur *angezogen.* Er mochte sie. Sie war sympathisch und klug und lustig ...

Er wollte beides: Annie und Kopervik. Kopervik und Annie.

Die Reihenfolge war egal.

In der Woche danach erhielt Frank Standardantwortschreiben von etlichen Behörden, die den Eingang seiner Anfrage auf der Grundlage des Gesetzes zur Informationsfreiheit bestätigten. Kurz darauf bekam er noch eine Antwort, einen ziemlich dicken Umschlag.

Es war ein Päckchen von der National Science Foundation, und auch ohne es geöffnet zu haben, wusste Frank, dass das darin befindliche Material enttäuschend sein würde. Sonst wäre es ihm nicht so schnell zugeschickt worden.

Trotzdem, er musste es lesen – *schließlich konnte man ja nie wissen.*

Er setzte sich an den Küchentisch, öffnete den Umschlag und zog sechzig Seiten Unterlagen heraus. Zuoberst war ein Brief, der besagte, dass mit dem zugesandten Material seinem Antrag vollständig Genüge geleistet worden sei und dass es keine weiteren Sendungen geben würde. Auf zwei anhängenden Blättern wurden die verschiedenen Fälle erläutert, in denen einer Anfrage unter Berufung auf das Gesetz zur Informationsfreiheit nicht entsprochen werden musste.

Die ersten siebenundfünfzig Seiten bestanden überwiegend aus dem ursprünglichen Antrag auf Finanzierung eines Forschungsprojektes, den Kicklighter und Adair zwei Jahre zuvor an die NSF gestellt hatten. Frank überflog den Antrag von Anfang bis Ende, doch er enthielt nichts, was er nicht schon wusste.

Damit blieben noch drei Seiten übrig.

Die erste war ein Ablehnungsschreiben vom 11. Januar 1997 mit dem Briefkopf der National Science Foundation, adressiert an Dr. Kicklighter, und es begann mit folgendem Wortlaut:

> Wir bedauern, dass die Stiftung sich gezwungen sieht, Ihren Antrag auf Finanzierung eines Forschungsprojektes (Aktenzeichen 96-14739) abzulehnen. Sollten sich die Forschungsprioritäten ändern oder zusätzliche Gelder zur Verfügung stehen ...

Nichts Neues.

Die nächste Seite war ebenfalls ein Brief, allerdings jüngeren Datums, nämlich vom 17. Februar 1998. Er war an den Leiter der NSF adressiert und mit »Herzlichst« unterzeichnet. Aber das war alles. Sonst war nichts zu lesen, denn jede Zeile des Briefes – einschließlich des Briefkopfes – war mit schwarzem Markierstift geschwärzt worden. Am Rand hatte der zuständige Sachbearbeiter »B (I)« geschrieben.

Bingo.

Frank musste nicht erst auf den Erläuterungsblättern nachsehen, um zu wissen, dass die Ausnahme B (I) Angelegenheiten der nationalen Sicherheit vorbehalten war. Das war die Bestätigung dessen, worauf Neal Gleasons Anwesenheit in Hammerfest hingedeutet hatte – dass es bei der Kopervik-Expedition um mehr ging als um »reine Forschung«.

Und das wiederum erklärte vermutlich, warum Kicklighter plötzlich nicht mehr zu erreichen war und warum Annie sich weigerte, über Kopervik oder über das, was sich dort ereignet hatte, zu sprechen. Wenn es sich um eine Sache der nationalen Sicherheit handelte, hatten sie sich vermutlich zu Stillschweigen verpflichten müssen.

Aber warum? Der Forschungsprojektantrag lag direkt vor ihm, in vollständiger Fassung, ohne dass ein Wort unkenntlich gemacht worden war. Sämtliche Aspekte und Ziele der Expedition waren darin detailliert erläutert. Hier stand schwarz auf weiß, worum es bei der Expedition ging. Warum also eine Schweigeverpflichtung – es sei denn, es ging noch um etwas anderes, etwas, von dem in dem Antrag nichts erwähnt wurde.

Frank starrte auf den geschwärzten Brief. Er konnte von überall kommen: FBI, CIA, das Pentagon – es war nicht zu erkennen.

Frustriert nahm er sich die letzte Seite in dem Stoß Papiere vor. Es war wiederum ein Brief, datiert auf den 23. Februar 1998 und ebenfalls an den Leiter der NSF adressiert.

In drei kurzen Sätzen dankte der Verfasser dem Leiter für seine Hilfe und verkündete, die Stiftung sei »glücklich, Ihnen mitteilen zu können, dass die Kicklighter-Adair-Expedition nach Kopervik genehmigt worden ist«. Der Brief war unterzeichnet:

Ihr sehr ergebener
Lloyd Kolp
Geschäftsführender Leiter

Frank blickte auf den Briefkopf:

THE COMPASS TRUST

Die Büros der Stiftung waren in McLean, etwa drei Querstraßen von der CIA entfernt. Was natürlich nichts besagte. Zumindest nicht unbedingt.

Aber A. Lloyd Kolp? Was machte er, wenn er nicht gerade Leiter des Compass Trust war?

Frank lehnte sich zurück, die Briefe vor sich auf dem Tisch, von links nach rechts chronologisch geordnet. Zuerst die NSF-Ablehnung von Kicklighters Antrag. Dann verstreichen anderthalb Jahre, und mit einem Mal kommt irgendwer vom Geheimdienst ins Spiel. *Wie,* wissen wir nicht. *Mit welchem Ziel,* wissen wir nicht. Aber er ist da. Und eine Woche später erhält die NSF einen Brief, in dem dem Leiter für seine Hilfe *(was für Hilfe?)* gedankt wird und gleichzeitig die Entscheidung der Stiftung angekündigt wird, die Expedition zu genehmigen.

Stand der zweite Brief mit dem dritten in Zusammenhang? *Man konnte nie wissen ...*

Zum Verrücktwerden, dachte Frank. Es war, als wollte man ein Puzzle zusammensetzen, obwohl die Hälfte der Teile fehlte.

Er lehnte sich zurück und schaute an die Decke. Der Ventilator drehte sich langsam. Franks Blick fiel auf den Kalender neben dem Telefon. Die Tage, an denen er joggen gegangen war, waren umkringelt. Vielleicht sollte er jetzt joggen gehen, aber ...

Er hatte keine Lust dazu. Der Himmel war bedeckt, und es war abzusehen, dass es bald schütten würde. Es war nur eine Frage der Zeit. Er ging zu seinem Schreibtisch und schaltete den Computer ein.

Er hatte noch immer Zugang zum Informationsdienst Nexis, dank der *Post* (oder, genauer gesagt, dank seiner Fähigkeit, das Passwort in der Setup-Datei in seinem Computer im Büro zu knacken). Er war froh, dass er das getan hatte, weil der Service unglaublich teuer und das Internet alles andere als ein nützlicher Ersatz war. Wenn er im Internet Näheres über den Compass Trust herausfinden wollte, würden ihm vermutlich Unmengen von Informationen über Orientierungslauf angeboten, die er erst aussortieren müsste.

Nexis brachte einen direkt dahin, wo man hinwollte – ohne Umwege.

Die Datenbank war gewaltig – praktisch jede Zeitung und Zeitschrift der Welt, von der *Times* bis zum *Journal of Robotics,* und sogar bis zu zwanzig, dreißig Jahre zurück. Frank musste lediglich den Teil der Daten auswählen, den er brauchte (»Nachrichten«) und die Begriffe eingeben, die er suchte: *Compass Trust* UND *Stiftung.* Dreißig Sekunden später hatte er eine Liste sämtlicher Artikel, in denen die Begriffe vorkamen.

Es waren elf Belegstellen, die bis 1981 zurückreichten. Mehrere davon wiederholten sich oder waren Nachdrucke von Nachrichtenagenturmeldungen. Doch die relevanten Informationen ergaben unter dem Strich, dass es sich bei dem Compass Trust um eine Stiftung handelte, die von J. Kendrick Mellowes, »einem konservativen Philanthropen«, gegründet worden war.

Frank lächelte über die Bezeichnung. Mellowes war zweifelsohne ein Philanthrop, aber er war auch (und zwar in erster Linie) ein »Geheimdienstgroupie«, der für die Berufung in den »Beratungsausschuss des Präsidenten zu ausländischen Geheimdienstaktivitäten« ein Vermögen hingeblättert hatte.

Frank ging zurück zum Hauptmenü und startete eine neue Suche – diesmal nach »A. Lloyd Kolp«. Sekunden später erschien eine Liste mit fünf Artikeln.

Der jüngste war drei Jahre alt. Er berichtete, dass Gen. A. Lloyd Kolp seinen Posten als Chef des Army Medical Research Institute of infectious Diseases (AMRIID) verließ. Nach einem Urlaub mit der Familie wollte der General die Geschäftsführung des Compass Trust übernehmen.

Frank lehnte sich zurück und stieß einen Seufzer aus. Er wusste, wer Kolp war. Und auch ohne sich die anderen Artikel anzusehen, wusste er, was drin stand. Er überflog die Überschriften, um zu sehen, ob er Recht hatte, und sah sich bestätigt:

AMRIID-LEITER BEHAUPTET: AFFENVIRUS KEINE GEFAHR
Forschungsinstitut in Reston desinfiziert:
Kolp besucht Anlage

Der General war ein oder zwei Wochen in den Schlagzeilen gewesen, als AMRIID zu Hilfe gerufen wurde, um ein privates Primatenforschungsinstitut in Reston, Virginia, abzuriegeln und zu desinfizieren. Affen waren zu Dutzenden gestorben, und man hatte befürchtet, dass eine schreckliche Krankheit ausbrechen könnte.

Kolp und seine Leute hatten sich der Sache heldenhaft angenommen. Die Befürchtungen der Öffentlichkeit waren zerstreut worden. Und am Ende hatte irgendwer ein Buch über den Vorfall geschrieben.

Aber Frank wusste, dass AMRIID eine dunklere Geschichte hatte. Hinter dem Institut mit seinem umständlichen Akronym verbarg sich ein älterer und einfacherer Name: »Fort Detrick«. Detrick war das zentrale Forschungslabor des Pentagons für biologische Waffen gewesen, nur wenige Kilometer von Camp David entfernt und in unmittelbarer Nähe von einer großen Neubausiedlung gelegen.

Es diente natürlich nur reinen Verteidigungszwecken – so zumindest die Version, die der Öffentlichkeit unterbreitet wurde. Doch die Wahrheit war, dass keine Nation Abwehrmaßnahmen gegen solche Waffen entwickeln konnte, wenn sie nicht wusste, um was für Waffen es sich handelte, wie sie funktionierten und wo ihre möglichen Grenzen lagen.

Die Folge war, dass die Waffen selbst gebaut und getestet werden mussten.

Und daher arbeiteten die Forscher des Pentagons mit einigen der gefährlichsten Giftstoffe und Viren der Erde: Botulin, Rizin, Lungenmilzbrand, Lungenpest.

Gewaltige Geldmittel waren in die sogenannte »Waffenentwicklung mittels biologischer Wirkstoffe« geflossen. Wissenschaftlerteams erforschten verschiedene Verbreitungsmethoden, um die eine mit der höchsten »Erfolgsgarantie« zu finden. Andere arbeiteten an Mikroverkapselungstechniken, um zu verhindern, dass biologische Wirkstoffe beim Kontakt mit Wasser, Hitze oder Luft an Wirkungskraft verloren.

Wieder andere Forscher wandten ihr ganzes Talent darauf an, die tödliche Wirkung von Bakterien und Viren zu verstärken, und suchten nach Faktoren zur Mortalitätssteigerung. Andere erzeugten mittels der DNS-Technologie durch die Neuanordnung von Genen neue und gefährlichere Krankheitserreger.

Das alles geschah im Namen der Selbstverteidigung. Da andere Länder möglicherweise biologische Waffen entwickelten, waren die Vereinigten Staaten gezwungen, das Gleiche zu tun, damit sie nötigenfalls Gegenmittel erfinden und auf den Angriffsfall vorbereitet sein konnten. Manche glaubten, dass die Forschungen nach wie vor betrieben wurden, obwohl Staatsverträge solches untersagten, aber wer konnte das schon mit Sicherheit sagen?

Frank trommelte mit den Fingern auf seinem Schreibtisch. Detrick, Kolp. Und Mellowes. Der Compass Trust. Man musste kein Genie sein, um sich auszurechnen, dass der Geheimdienst bei der Kopervik-Expedition seine Finger im Spiel gehabt hatte. Und Annie – was war mit ihr? Wusste sie davon? Aber wieso nicht? Die Expedition war schließlich ihre Idee gewesen.

Er klickte auf »Drucken« und wartete, bis die Artikel ausgespuckt wurden.

Es war nur so eine Ahnung – er konnte eigentlich nichts beweisen –, aber er kannte sich gut genug mit solchen Dingen aus, um zu mutmaßen, dass der Compass Trust eine Scheinorganisation zur Finanzierung von Projekten war, die das Pentagon und die CIA »an den Büchern vorbei« durchführen wollten.

Die Frage war: warum diese Expedition? Und warum jetzt? Warum sollte das Pentagon *heimlich* ein Projekt finanzieren, um ein seit langem verschollenes – und sehr gefährliches – Virus aus dem Dauerfrostboden zu bergen? Die Antwort schien auf der Hand zu liegen: weil das Projekt illegal war oder gegen irgendeinen Vertrag verstieß, wie beispielsweise den, der Bakterienforschung zu Kriegsführungszwecken verbot.

Erst als er den Computer abschaltete, merkte er, dass es angefangen hatte zu regnen und dass er inzwischen fast im Dunkeln saß. Er lehnte sich zurück, seufzte und überlegte, dass die Dunkelheit genau seiner Stimmung entsprach.

Herrgott noch mal, dachte er, Annie! Wie konntest du nur, Baby?

13

Er saß auf der Treppe vor ihrem Haus, als sie den Gehweg hinaufkam.

Sie trug ein blaues Kostüm, dessen Rock bis zu den Knien ging, rote Schuhe und eine passende rote Handtasche. Sie las in der *Post* und ging mit kleinen schlurfenden Schritten, damit sie nicht darauf achten musste, wo sie langging.

Er hatte sie schon einmal in diesem Stil gekleidet gesehen, an dem Tag, als sie sich kennen gelernt hatten, in ihrem Büro in den NIH. Sie hatte ihren Laborkittel ausgezogen, und ein ähnliches Kostüm wie jetzt war zum Vorschein gekommen – die Aufmachung einer Hausfrau aus der Vorstadt, anonym und langweilig. So professionell und selbstsicher sie auch in ihrer weißen Laborkleidung wirkte, sie scheiterte kläglich, wenn sie versuchte, sich als erfolgreiche Karrierefrau auszustaffieren. Im Grunde erweckte sie den anrührenden, aber unverkennbaren Eindruck eines kleinen Mädchens, das sich als Erwachsene verkleidet.

»Frank!«, sagte sie, als sie ihn endlich bemerkte. Herzliches, offenes Lächeln. »Hiiiiii.«

Er stand auf. »Hallo ...«

Seine Stimme sagte ihr, dass etwas nicht stimmte. »Was ist los?«, fragte sie.

Er dachte nach. »Tja«, sagte er, »das ist kompliziert.«

In der warmen Frühlingsluft setzten sie sich zusammen auf

die Treppe. Annie faltete die Zeitung auf ihrem Schoß zusammen und sah ihn an.

»Ich habe bei einigen Behörden einen Antrag auf Herausgabe von Informationen gestellt«, sagte Frank. »Über die Expedition.«

Annie stöhnte auf und verdrehte die Augen. »Ich dachte, wir wollten nicht darüber reden.«

»Ich habe Material zugeschickt bekommen. Ich denke, Sie sollten es sich ansehen.«

Sie blickte weg, verärgert, weil er sich nicht an ihre Abmachung hielt.

»Ich weiß, was Sie jetzt sagen wollen«, sagte Frank, »aber ich finde wirklich, Sie sollten mich bis zu Ende anhören. Wirklich.«

Mit einem Seufzer und einem entnervt nachsichtigen Blick wandte sie sich ihm zu. »Schießen Sie los«, sagte sie mit einer Stimme, die ebenso gelassen wie ausdruckslos klang.

Er zeigte ihr den Brief mit der B (I)-Zensur *(Na und? Ich weiß nicht, was das soll.)* und den nächsten, vom Compass Trust *(Lassen Sie mal sehen ... wer ist A. Lloyd Kolp?).* Er erzählte ihr, wer Kolp war, und erklärte, was es mit Mellowes auf sich hatte. Sie war jetzt interessiert – sogar aufgeregt. *Doctor K hat gesagt, die NSF würde uns finanzieren – von dieser Compass-Sache hat er nichts erwähnt.*

Als Frank fertig war, steckte er die Papiere in seine Aktentasche. »Sie haben von alldem nichts gewusst, stimmt's?«

Sie hatte die Lippen zusammengepresst, als ob sie gleich weinen würde, und schüttelte den Kopf.

»Also ...« Er griff nach ihrer Hand, aber sie zog sie zurück und saß da, die Ellbogen auf den Knien, das Gesicht in den Händen vergraben. »Ich hatte gehofft, wir könnten reden – über das, was in Kopervik passiert ist. Über Neal Gleason und so weiter.«

Sie presste sich die Handballen auf die Augen und bewegte den Kopf hin und her. Er sah dunkle Flecken auf ihrem Rock und wusste, dass sie weinte. Schließlich sagte sie: »Wer ist Neal Gleason?«

»Der Mann, der Sie in Hammerfest vom Schiff abgeholt und in den Wagen bugsiert hat. Er ist beim FBI.«

Sie holte tief Luft und erhob sich. »Ich muss rein«, sagte sie.

Frank wollte sie festhalten, aber sie riss sich los. »Annie –«

»Ich kann nicht darüber reden.«

»Hören Sie, Annie, das ist eine Story, die in die Zeitungen muss – und sie wird Schlagzeilen machen. Die Öffentlichkeit muss davon erfahren. Sie können nicht den Kopf in den Sand stecken.«

Sie blieb vor der Tür stehen. »Ich weiß«, sagte sie.

»Also, warum –«

»Es ist nicht so, wie Sie glauben.«

»Was meinen Sie?«

»Ich muss rein.«

»Nein, einen Moment noch. Was haben Sie eben gemeint? Die Expedition wurde vom Geheimdienst gefördert. Keine Frage. Das lässt sich an fünf Fingern abzählen. Als die NSF Ihren Antrag ablehnte –«

Annie schüttelte den Kopf.

»– ist Kicklighter zur CIA gegangen.«

»Nein. Ist er nicht. So ist es nicht gewesen.«

»Okay, dann ist die CIA eben zu *Ihnen* gekommen! Was macht das für einen Unterschied? Der springende Punkt ist doch der, dass es um Biowaffenforschung geht – und das ist illegal. Ich kann mir nicht vorstellen, dass Sie da mit drinstecken.«

»Tu ich auch nicht. Und es ist auch nicht so, wie Sie glauben.«

»Ach, hören Sie doch auf, Annie – man hat Sie benutzt. *Ich* weiß es – aber das wird ihnen sonst niemand glauben. *Reden* Sie mit mir!«

Sie schüttelte traurig den Kopf und wischte sich mit dem Handrücken über die Augen. »Ich kann nicht ...« Sie holte einen Schlüssel aus ihrer Handtasche, öffnete die Tür und wollte ins Haus gehen. Plötzlich sanken ihre Schultern herab, und sie drehte sich zu ihm um. »Es war neulich wirklich ein wunderschöner Abend mit Ihnen«, sagte sie. Dann brach sie in Tränen aus, ging ins Haus und schloss die Tür hinter sich.

Er saß an seinem Schreibtisch, trommelte mit den Fingern aufs Holz und versuchte, sich auf alles einen Reim zu machen, doch Annies Zurückhaltung ergab für ihn einfach keinen Sinn. Was konnte er sonst noch tun? Nach einer halben Stunde sah er auf den Bildschirm, wo die Dinge aufgelistet waren, die er noch erledigen wollte. Es war eine sehr kurze Liste:

1. Kolp anrufen
2. Flugpapiere überprüfen

Punkt eins war eine Pflichtübung in defensivem Journalismus. Kolp anzurufen würde ihn nicht weiterbringen. Der Mann würde sehr wahrscheinlich nicht reden. Aber versuchen musste er es, sonst würden die Anwälte ihn in der Luft zerreißen, sobald die Story veröffentlicht wurde. *Sie haben den Mann nicht angerufen? Sie sind einfach davon ausgegangen, dass er nicht reden würde?*

Also rief er bei Kolp an, und es lief in etwa so, wie er erwartet hatte.

»Der General ist im Moment nicht in seinem Büro. Können Sie mir sagen, worum es geht?« Wie jede gute Vorzimmerdame versuchte Kolps Sekretärin Informationen aus ihm herauszulocken, während sie gleichzeitig ihren Boss abschirmte.

»Mein Name ist Frank Daly. Von der *Post.* Na ja, eigentlich bin ich derzeit beurlaubt und arbeite für eine Stiftung ... Ja, ja, ich weiß, es ist kompliziert, also – sagen Sie ihm einfach, es geht um Kopervik.«

Dann legte er auf und nahm Punkt zwei der Liste in Angriff: Flugpapiere überprüfen.

Er wollte wissen, was mit den Leichen der Bergleute geschehen war – wohin man sie gebracht hatte und wie sie dort hingekommen waren. Die NSF hatte Kicklighters Antrag abgelehnt, weil sie zu hohe Risiken befürchtete. Und da Frank sich für die von Annie getroffenen Vorsichtsmaßnahmen interessiert hatte, konnte er sich gut daran erinnern, was ihrer Darstellung nach auf Kopervik passieren sollte.

Zunächst einmal sollten die Wissenschaftler in Hochsicherheitsschutzanzügen die Leichname aus den Särgen nehmen, in formalingetränkte Laken einwickeln und in hermetisch verschließbare Überführungskisten legen. Ein Hubschrauber würde die Kisten dann zur *Rex Mundi* transportieren, wo sie im Laderaum, genauer gesagt im Kühlraum, bei einer Dauertemperatur von minus fünfzehn Grad für die Dauer des Transportes aufbewahrt werden sollten. Nach der Ankunft in Hammerfest stand ein Hubschrauber bereit, um die Kisten zum Militärflugplatz in Tromsø zu fliegen. Dort würde die Expedition von einer C-131-Militärtransportmaschine abgeholt, die ohne Ladung aus Bosnien kam, um zurück in die Staaten zu fliegen. Die C-131, die ebenfalls mit Kühlgeräten ausgerüstet war, sollte Annie, Kicklighter und die Leichentransportkisten zum Luftwaffenstützpunkt in Dover, Delaware, fliegen. Sobald die Formalitäten erledigt und die Leichname durch den Zoll waren, würden sie dann in einem mit Kühlgeräten ausgestatteten Laster zu den NIH gebracht.

So sollte es ablaufen, zumindest nach Franks Informationen. Aber war es auch so abgelaufen? Oder waren die Leichen woanders hingebracht worden – nach Fort Detrick zum Beispiel?

Frank ging in sein Adressenverzeichnis und suchte die Nummer des Informationsbüros des Pentagons heraus. Die Frau, mit der er sprach – Captain Marcia Devlin –, war forsch und effizient. Sie sagte, sie würde binnen einer Stunde zurückrufen, was sie auch tat.

»Ich habe die Informationen, die Sie suchen«, sagte sie.

»Wunderbar.«

»C-131 ... Abflug in Tuzia um 06.00, achtundzwanzigster März, Landung Tromsø, 14.25, am selben Tag. Nahm fünf Passagiere an Bord, neunundzwanzigster März. Abflug Tromsø um 05.00, Ankunft Andrews, acht Stunden später. Am neunundzwanzigsten März.«

»Sie haben gerade Andrews gesagt. Sie meinen aber doch wohl Dover, oder?«

»Nein, Sir. Ich meine, was ich gesagt habe. Sie waren um 13.00 in Andrews.«

Frank dachte darüber nach. »Dann haben sie es sich anders überlegt«, sagte er.

»Bitte?«

»Ich sagte, sie müssen es sich anders überlegt haben. Sie wollten nach Dover.«

»Da bin ich überfragt. Ich kann Ihnen nur sagen, dass sie auf Andrews gelandet sind.«

Frank seufzte. »Tja, vielen Dank. Wenn Sie mir jetzt wohl die Namen der Passagiere geben würden –«

»Das darf ich nicht.«

Frank heuchelte Überraschung. »Ach? Und weshalb nicht?«

»Diese Informationen müssen vertraulich behandelt werden.«

»Sie meinen, sie sind geheim.«

»Nein, Sir, ich meine, sie sind *vertraulich*.«

Frank dankte ihr für ihre Hilfe, legte auf und dachte darüber nach, was er erfahren hatte. Es waren fünf Passagiere – Kicklighter, Adair, Gleason und ... wer?

Er nahm das Telefonbuch aus seiner Schreibtischschublade und rief die Nummer des Luftwaffenstützpunktes Andrews, Maryland, an. Die Zentrale verband ihn mit dem Presseoffizier Sergeant Raymond Garcia.

Frank stellte sich vor und sagte: »Captain Devlin hat mir den Tipp gegeben, bei Ihnen anzurufen. Sie arbeitet im Informationsbüro des Pentagons.«

»Ja, Sir.«

»Also, ich schreibe einen Artikel für die *Post*«, log er, »und ... äh, Marcia – ich meine, Captain Devlin – meinte, Sie könnten mir helfen.«

»Tja, wenn ich kann ...«

»Es geht darum, wie der Zoll mit dem Militär verfährt ...«

»Und da interessieren Sie sich für den Luftwaffenstützpunkt Andrews?« Garcias Stimme klang argwöhnisch.

»Eigentlich nicht. Er liegt eben nur ganz in meiner Nähe – daher ist es um einiges einfacher für mich, mich an euch zu wenden als an einen Stützpunkt in Alaska.«

»Und was möchten Sie genau?«

»Einige Flugpapiere einsehen.«

»Was für Flugpapiere?«

»Ach, ich weiß nicht – spielt eigentlich keine Rolle. Die vom letzten Monat würden es tun. Sofern sie typisch sind. War der letzte Monat ziemlich typisch?«

»Sie meinen, für Flüge aus dem Ausland?«

»Ja.«

»Ich weiß nicht. Schätze, ja. Wahrscheinlich.«

»Tja, also dann wäre März ganz gut.«

»Aber ... wonach suchen Sie denn eigentlich?« Frank kam der Gedanke, dass Sergeant Garcia nur zwei Tonlagen zu haben schien: Verwirrung und Argwohn.

»Ich möchte mir nur ansehen, wie stark der Flugverkehr im Allgemeinen ist, und mir vielleicht ein Bild machen, was für Sachen das Militär so durch den Zoll bringt – und wie das abläuft. Ich meine, es werden Waffen und medizinische Geräte sein – aber doch bestimmt auch persönliche Dinge.«

»Und darum geht's in ihrem Artikel?« Der Sergeant klang skeptisch.

»Ja«, sagte Frank. »Genau darum.«

»Mhm. Hört sich ziemlich langweilig an.«

Na toll, dachte Frank. Ich telefoniere mit einem Journalistengegner. »Ich werde ziemlich viel Originalzitate bringen.«

»Tja ...«

»Aber ich muss beispielsweise Folgendes wissen: Führt jede Militärmaschine eine Passagier- und Ladungsliste?«

»Auf jeden Fall.«

»Und bekommt der Zoll die zu sehen?«

»Natürlich.«

»Und was ist mit der Öffentlichkeit? Wenn ich zum Beispiel die Märzlisten einsehen wollte, wäre das möglich?«

»Ich nehm es an.«

»Interessant«, sagte Frank.

»Es sei denn, es ist ein Geheimflug. Davon haben wir einige.«

»Aber Sie könnten die von den übrigen unterscheiden, nicht?«

»Sicher.«

»Dann würde ich gern persönlich bei Ihnen vorbeischauen. Ich brauche lediglich die Listen von einem einzigen Monat. März wäre schön.«

Es dauerte drei Tage, aber schließlich konnte Sergeant Garcia keinen Grund finden, Franks Bitte abzuschlagen, und so traf er alle nötigen Vorbereitungen. Frank war sicher, dass das Informationsbüro des Pentagons in der Zwischenzeit sämtliche Flugpapiere vom März durchging, um sie auf irgendwelche Peinlichkeiten hin zu überprüfen: ein Kongressabgeordneter, der mit präkolumbianischer Kunst aus Peru gekommen war, ein General mit einer Vorliebe für dänische Pornographie, ein CIA-Flug, der erst gar nicht durch den Zoll gegangen war.

Während Frank über die Allenton Road nach Andrews fuhr, überlegte er, was er möglicherweise finden würde. Falls die Flugpapiere da waren, die er suchte, würde er sehen, wer die Leichname durch den Zoll gebracht hatte und wohin sie transportiert worden waren. Er würde ebenfalls erfahren, wer die Passagiere vier und fünf gewesen waren. Und wenn die Papiere nicht da waren ... tja, auch das wäre aufschlussreich. Es würde bedeuten, dass die Papiere von den anderen getrennt worden waren, weil der Flug geheim oder sonstwie brisant gewesen war.

Am Haupttor von Andrews gab ihm ein Uniformierter einen Passierschein, eine Parkplakette und eine Karte vom Stützpunkt, winkte ihn dann durch in Richtung auf das Gebäude des Hauptquartiers.

Sergeant Raymond Garcia entpuppte sich als kleiner Mann mit einem Spektrum von Gesichtsausdrücken, die so einstudiert wirkten, dass er sie, da war Daly sicher, vor dem Spiegel geübt hatte. Als er Frank sah, legte er die Hände auf den Rücken, presste die Lippen zusammen und sagte sein Sprüchlein auf. Dabei wippte er in seinen blankgeputzten Schuhen vor und zurück.

»Wie Sie sich gewiss denken können, ist auch der Armee die Tatsache bewusst, dass das militärische Transportwesen nicht absolut vor Missbrauch geschützt ist. Aber ich kann Ihnen versichern, dass solche Missbrauchsfälle äußerst selten vorkommen. Wir arbeiten eng mit der Zollbehörde zusammen.« Schräggelegter Kopf. Bedeutungsvoller Blick.

Das war so gut einstudiert, dass Frank unter anderen Umständen ganz gern die Story recherchiert hätte, die der Grund für dieses Dementi war. Doch im Moment wollte er Garcia einfach nur beruhigen.

»Ich bin nicht auf der Suche nach irgendwelchen Leichen im Keller, Sergeant. Ich schreibe einen ganz allgemeinen Artikel – und es geht dabei weniger um die Armee als um den Zoll und dessen großes Aufgabengebiet.«

Schließlich wurde er in einen kleinen, neonbeleuchteten Raum eskortiert, wo ein Tisch und ein Stuhl auf ihn warteten. Auf dem Tisch lag ein Stapel Papiere, und daneben stand ein Glas Instantkaffee mit einem Plastiklöffel.

»Kaffee?«, fragte Garcia.

Frank nickte, und kurz darauf kam der Sergeant mit einem Plastikbecher wieder. »Weidmannsheil«, sagte er, als er ihm den Becher reichte. Dann drehte er sich auf dem Absatz um und schloss die Tür hinter sich.

In den nächsten fünf Minuten tat Frank so, als würde er die Flugpapiere durchgehen. Aber er wusste, was er wollte. Die Akten waren chronologisch geordnet, und er brauchte nicht einmal eine Minute, um zu finden, was er suchte.

Flug 1251 von Tuzia nach Tromsø am 28. März. Dann am

nächsten Tag von Tromsø nach Andrews. Die Landezeit war mit 13.13 angegeben.

Franks Augen wanderten zu der Spalte »Passagiere«.

Da standen fünf Namen, und zwar in alphabetischer Ordnung:

Adair, Anne
Fitch, Taylor
Gleason, Neal
Karalekis, Dr. George
Kicklighter, Dr. Benton

Er schrieb die Namen auf, die er nicht kannte. Karalekis war vermutlich ein Arzt an den NIH. Fitch konnte Gott weiß was sein. FBI, CIA ...

Er nahm sich die zweite Seite der Flugpapiere vor, wo die Ladung aufgeführt war, und einen Augenblick lang glaubte er, es müsse ein Irrtum vorliegen.

Der Laderaum war leer, bis auf ein paar Computer und das Gepäck der Crew und ihrer Passagiere.

Frank nahm einen großen Schluck Kaffee und schaute wieder darauf. Keine Rede von Leichentransportkisten oder von irgendwelchen sterblichen Überresten. *Seite 2 von 2,* stand da.

Er sah die anderen Flugpapiere durch, ob es noch einen Flug von Tromsø gegeben hatte, entweder am selben oder am nächsten Tag oder am übernächsten. Nichts. Nirgendwo Leichentransportkisten.

Er war immer wieder begeistert, wie gut der Saab auf der Straße lag (wenn er nicht gerade in der Werkstatt war). Der Wagen hatte eine großartige Kurvenlage, und wenn Frank nicht schon acht Punkte auf seinem Strafkonto für Verkehrssünden gehabt hätte, hätte er auf dem Rückweg nach Washington ordentlich Gas gegeben.

Also beherrschte er sich. Er hielt die Tachonadel genau auf

neunzig Kilometer, und das war auch ganz gut so, denn er war mit seinen Gedanken nicht bei der Sache. Keine Leichen. Was konnte das zu bedeuten haben?

Eigentlich alles Mögliche. Vielleicht waren die Kisten mit einer anderen Maschine transportiert worden. Vielleicht hatte es am norwegischen Zoll eine Verzögerung gegeben, sodass sie erst im April in die Staaten gebracht werden konnten. Vielleicht hatte es ein gewaltiges, noch nie dagewesenes Tauwetter gegeben, und die Leichen waren verwest. Vielleicht hatte es auf Edgeøya einen Eskimo-Sommer gegeben.

Oder Bären. Annie hatte ihm von den Bären erzählt, und dass die Bergleute Gräber mit Dynamit aushoben, damit sie so tief waren, dass die Bären nicht rankamen. Vielleicht waren die Gräber nicht tief genug gewesen. Außerdem gab es in der Arktis den sogenannten »Frosthub«, und es konnte passieren, dass Objekte an die Oberfläche kamen. Er erinnerte sich, dass Annie ihm davon erzählt hatte.

Er fuhr am RFK-Stadion vorbei und kam in das Verkehrschaos um das Kapitol.

Die Schmelz-und-Tau-Zyklen im Permafrost – das, so wusste er von Annie, gehörte zu den Tests, die sie vor Ort machen wollten. Falls die Leichen irgendwann im Laufe der vergangenen achtzig Jahre aufgetaut waren, wäre das Virus nicht mehr zu untersuchen, und es wäre sinnlos, die Leichen in die Staaten zu bringen. Aber falls dem so gewesen war, warum hatte Annie nichts davon gesagt? Wieso die ganze Geheimnistuerei?

Und es gab auch noch eine andere Möglichkeit. Statt die Leichen ganz mitzunehmen, hatten Annie und Kicklighter sich vielleicht einfach für Kernproben entschieden. Sie hatte ihm sogar erzählt, wie das funktionierte. Dabei wurden mit Hilfe eines Spezialbohrers zylindrische Teile aus den Lungen und den wichtigsten Organen entnommen.

Das Problem bei dieser Erklärung war, dass auf der Liste mit dem Gepäck der Passagiere nichts von »Gewebeproben« oder medizinischen Geräten oder dergleichen stand. Und das Problem bei all den anderen Erklärungen war, dass sie nicht erklärten, warum Neal Gleason da gewesen war, was der Compass Trust damit zu tun hatte oder warum er, Frank, in Hammerfest und danach so radikal abgeblockt worden war.

Am Abend hatte er ein Fußballspiel – in einer Halle im Sportsplex in Springfield. Die übliche Truppe war vollständig versammelt, und wie immer hatte niemand in seinem Team genau das gleiche T-Shirt an. Sie spielten gegen eine hispanische Mannschaft, von der die meisten in der Weltbank arbeiteten. Alle trugen sie identische grelle Farben – eigentliche Uniformen, mit kniehohen Strümpfen! –, Während Franks Kameraden in T-Shirts herumstanden, die ... irgendwie dunkel waren. Überwiegend.

»Was soll das heißen, es ist nicht blau! Da ist Blau *drin*!«

»He, Schiedsrichter! *Es gris!* Er soll sich ein anderes anziehen.«

»Es ist nicht *gris*, du Arsch. Was soll das heißen, *gris?*«

Als das Spiel unentschieden endete, gingen die beiden Mannschaften nach oben, um Bier zu trinken und die anderen Teams zu ärgern, die unten spielten. Es machte Spaß, wie immer, denn es war die einzige Zeit, in der er nicht nachdenken musste – zumindest über nichts Wichtiges. Die *Washington Post* war weit weg, keine Gedanken über seinen Vater, kein Fletcher Harrison Coe, kein Neal Gleason, keine Leichentransportkisten. Nur ein Dutzend Männer, die etwas taten, was ihnen Spaß machte und worin sie ziemlich gut waren. Es hatte keine tiefere Bedeutung, und gerade deshalb war es so wichtig.

Gegen zehn Uhr verabschiedete er sich und ging nach draußen zum Parkplatz. Er fühlte sich gut, was ihn überraschte, denn sobald er das Gebäude verließ, fiel ihm wieder ein, dass er an einem toten Punkt angelangt war. Er hatte keinen Schimmer, was er als nächstes tun sollte. Wegen Kopervik. Oder Annie. Oder beiden. Und mit einem Mal war es wieder von Belang.

Aber es war eine herrliche Nacht, und er stand einen Augenblick lang neben dem Saab und genoss sie. Ein Flugzeug kroch am Horizont vorbei, bewegte sich unglaublich langsam. Frank sah eine Weile zu und kam zu dem Schluss, dass es kein Flugzeug war. Es musste ein Komet sein, dachte er. Oder ...

Die Panoptikon Satellite Corporation lag in Herndon, Virginia, nur drei Kilometer vom Dulles Airport entfernt. Sie war ein kommerzielles Unternehmen, das Aufklärungs-Satellitenfotos von hoher Bildqualität verkaufte. Ihre Kundschaft waren allerlei Drittweltländer, die sich keine eigenen Satelliten leisten konnten, Firmen, die Bodenschätze abbauten, Umweltschutzgruppen, Agrarunternehmen, Fischereibetriebe und die Medien.

Und ihre Leistungen waren nicht billig. Frank hatte ein schlechtes Gewissen, dass er das Geld der Stiftung für eine Story ausgab, die er eigentlich fallen lassen sollte, aber er würde nicht aus eigener Tasche zahlen – und die Sache war schließlich wichtig.

Er sagte der Mitarbeiterin, was er wollte, nannte ihr die Koordinaten von Kopervik und das Datum, an dem, wie er sich ausgerechnet hatte, die *Rex Mundi* in Edgeøya eingetroffen war. Die Mitarbeiterin gab die Informationen in ihren Computer ein, wartete einige Sekunden und sagte: »Kein Problem. Wir haben den Archipel Svalbard zweimal am Tag fotografiert, und wie es aussieht, haben wir Archivaufnahmen von den letzten drei Jahren.«

Zwanzig Minuten später kam sie mit einem Schwarzweißfoto im Format 90 x 120 wieder, das noch ein wenig feucht war. Entlang des oberen rechten Randes waren in einer Reihe Datum und Zeit und die Positionskoordinaten abgedruckt. Sie legte das Foto auf einen Tisch und beschwerte die Ecken mit filzbeschichteten Gewichten.

Sie betrachteten es gemeinsam.

Nach einem Augenblick lachte sie und sagte: »Schauen sie mal.« Ihr Zeigefinger deutete auf ein längliches Wölkchen in der Nähe der rechten Ecke des Bogens.

Frank blinzelte. »Was?«

»Das da.« Sie legte einen langen, geschwungenen und sorgfältig bemalten Fingernagel neben die ovale Form, die zunächst aussah wie ein Fehler im Papier. »Eisbär«, sagte sie. »Ich habe schon mal welche gesehen.« Sie setzte eine Fotolupe auf das Bild und sagte, er solle durchgucken.

Sie hatte Recht. Es war ein Bär. Aber er interessierte sich mehr für Kopervik selbst – die Gebäude, die Kirche und den Hubschrauber. Mit der Lupe war zu erkennen, dass der Hubschrauber in einem Schneenebel stand, den er mit seinen Rotoren aufwirbelte. Sie mussten sich gedreht haben, als das Foto geschossen wurde.

Er sah sich erneut das Dorf an und konnte zwischen den übrigen Häusern die Form einer kleinen Kapelle ausmachen, mit einem gekappten, aber erkennbaren Turm. Und nicht weit von der Kapelle vereinzelte dunkle Punkte. Vermutlich Annie und Kicklighter und die Jungs von der NOAA.

Sie standen als Grüppchen in der Nähe einer dunklen Fläche, wo die Schneedecke nicht mehr einheitlich war. Jetzt da er sich an die Vogelperspektive gewöhnt hatte, begriff er, dass es der Friedhof neben der Kapelle war. Er konnte die Steinmauer drum herum erkennen, deren quadratische Form deutlich auszumachen war, selbst unter dem Schnee. Mit dem Vergrößerungsglas sah er in regelmäßigen Abständen Kleckse, sicherlich die Grabsteine, und daneben einen dunklen Bereich, der verwischt wirkte. Das waren Kisten oder Baumstämme, ein Haufen Bauholz oder –

Särge. Ein Haufen Särge.

Er runzelte die Stirn. Genau das hatte er zu sehen erwartet, und dennoch ... Irgendwas an der Szene störte ihn. Er trommelte leicht mit den Fingern auf den Tisch und starrte einige Minuten weiter auf das Satellitenfoto, verschob die Lupe, um sich die eine oder andere Stelle genauer anzusehen, doch er konnte dem Foto keine weiteren Informationen entlocken. Er sah auf das oben am Rand aufgedruckte Datum und schüttelte erneut den Kopf. Er war auf dieses Datum gekommen, indem er von der Ankunft der *Rex Mundi* in Hammerfest zurückgerechnet hatte.

Es war eine Dreitagereise, also ... war die Expedition allem Anschein nach ihrem Zeitplan voraus gewesen. Offenbar hatte die Exhumierung nicht so lange gedauert, wie sie gedacht hatten. Das Foto hier war eindeutig von ihrem letzten Tag auf Edgeøya. Sonst wären sie erst an einem späteren Tag in Hammerfest gewesen. Außerdem waren keine Arbeitszelte zu sehen, also mussten die Zelte bereits wieder auf der *Rex Mundi* gewesen sein. Und die übrige Ausrüstung ebenfalls, denn auch davon war nichts zu sehen.

Er schob die Lupe über den Hubschrauber und suchte nach den Leichenkisten, aber der ganze Bereich war durch das Schneegewirbel verschwommen. Und außerdem, dachte er, hätte die Crew wohl kaum zuerst die Ausrüstung verstaut und dann die Kisten mit den Leichnamen geholt. Die hätten sie wohl als erstes in den Kühlraum aufs Schiff gebracht.

Er nahm die filzbezogenen Gewichte von den Ecken und sah zu, wie sich das Foto zu einem Zylinder zusammenrollte. Die Mitarbeiterin rollte es gekonnt so eng zusammen, dass es in die Kartonröhre mit dem Panoptikon-Logo darauf passte. Sie drückte eine Plastikkappe auf das offene Ende und schrieb eine Rechnung über 289,46 Dollar.

Er war schon auf halbem Weg nach Hause, als ihm die Erleuchtung kam. Irgendwo in Bandarland, kurz vor der Chain Bridge Road, dachte er: *Moment mal* – und trat auf die Bremse. Der Typ hinter ihm flippte aus, aber Frank wendete bereits und fuhr zurück nach Herndon.

»Ich möchte noch was probieren«, sagte er zu der Mitarbeiterin.

»Wie bitte?«

»Dieselben Koordinaten, nur einen Monat früher. Achtundzwanzigster Februar, so um den Dreh ...«

Sie blickte ihn an, zuckte die Achseln und tippte auf ihrer Tastatur.

Eine halbe Stunde später schaute er auf das zweite Foto – genau das gleiche wie das erste, aber ohne den Hubschrauber, Annie und ihre Freunde.

Er schob die Lupe über den Friedhof. Die dunklen Aufwerfungen waren da, der Stapel Särge. Er sah auf das Datum, nur sicherheitshalber und um sich zu vergewissern, dass die Mitarbeiterin ihn nicht missverstanden hatte. Aber da stand es: 11.47, 28. Februar 1998. Als Annie und Kicklighter noch in den Vereinigten Staaten waren. Und dennoch – die Leichen waren bereits verschwunden und die Särge auf einen Haufen gestapelt.

Weil ihm diese Möglichkeit plötzlich klar geworden war, hatte er vor der Chain Bridge kehrtgemacht. Bis dahin hatte er für alles eine einleuchtende Erklärung gefunden. Vorzeitige Ankunft in Hammerfest? Na ja, dann war in Kopervik wohl alles schneller gegangen als erwartet.

Was ihn schließlich stutzig gemacht hatte, waren die Särge. Wie sie dagelegen hatten, in einem unordentlichen Haufen. Annie hatte ihm erzählt, wie aufwendig es gewesen war, die Erlaubnis für die Exhumierung zu erhalten. Zunächst hatte sie die Bergleute identifizieren müssen, ihre Familien auffinden, sich mit ihnen in Verbindung setzen, um die Einwilligung für die Ausgrabung ihrer Angehörigen einzuholen, dann die lutherische Kirche überzeugen, dass es im öffentlichen Interesse liege, ihren Friedhof aufzureißen. Er wusste, dass die sterblichen Überreste der Bergleute, sobald die NIH ihre Arbeit abgeschlossen hatten, schließlich wieder auf dem Festland bestattet werden sollten.

Es war alles so korrekt abgelaufen und schon fast übertrieben pietätvoll. Er konnte sich einfach nicht vorstellen, dass Annie so behutsam vorgehen und dann die Särge auf einen Haufen werfen würde wie ausrangiertes Holz.

Jemand anders war also zuerst in Kopervik gewesen. Und

hatte die Bergleute mitgenommen. Er dachte kurz darüber nach, ging dann noch einmal zu der Mitarbeiterin.

»Dritte Runde«, sagte er. »Einen Monat früher. Zwanzigster Januar wäre schön.«

Sie blickte ihn an. »Also wissen Sie – die wenigsten Leute werden hierbei nicht süchtig.« Sie tippte das neue Datum in ihren Computer ein und schüttelte den Kopf. »Ich würde jedenfalls nicht den Januar nehmen – nicht auf diesem Breitengrad. Es sei denn, Sie sind an Infrarotaufnahmen interessiert.«

»Wieso?«

»Da ist es *dunkel*, den ganzen Tag. Wenn da Lichter wären, könnten Sie sie erkennen, aber –«

Frank schüttelte den Kopf. »Nein, es ist eine Geisterstadt.«

»Also ...?«

»Versuchen Sie den zwanzigsten November.«

Als er drei Stunden später fertig war, belief sich die Rechnung auf zweitausendachthundert Dollar.

Er war immer einen Monat weiter zurückgegangen, bis er das gefunden hatte, was, wie er wusste, da sein musste: die Schneedecke unberührt, die Gräber intakt. Das Datum war der 20. August 1997.

Damit war klar, dass die Leichen zwischen dem 20. August und dem 20. September aus den Gräbern geholt worden waren, denn an letzterem Datum sah der Friedhof genauso aus wie in den folgenden Monaten bis zu Annies Ankunft mit dem Hubschrauber.

Sobald er den zeitlichen Rahmen kannte, musste er nur noch den genauen Tag der Exhumierung eingrenzen, der sich schließlich als der 9. September herausstellte.

Auf dem Friedhof stand ein kleiner Kran, ein Schneemobil und ein rechteckiges Zelt. Hinter der Kirche stand ein Hubschrauber, und auf dem Friedhof befanden sich etwa ein Dutzend Leute. So oft und so angestrengt er auch durch die Lupe schaute, er konnte einfach keine der verschwommenen und grobkörnigen Gestalten erkennen, die an den Gräbern standen.

Er bewegte die Lupe zu dem Hubschrauber, der aufgrund seiner Größe minimal besser zu erkennen war. Er hatte die Form einer Libelle und stand im Schnee, vielleicht zwanzig Meter von der Kirche entfernt. Frank spähte auf den Rumpf und suchte nach irgendwelchen Erkennungszeichen, doch ohne Erfolg. Die Auflösung war einfach nicht gut genug. Ermüdet lehnte er sich auf seinem Stuhl zurück und rieb sich die Augen.

Als er sie einen Moment später wieder öffnete, sah er etwas – vielleicht war es nur Einbildung –, etwas, das er vorher noch nicht gesehen hatte: ein Gitter. Oder genauer gesagt eine *Art* Gitter – hinten am Rumpf des Hubschraubers. Er nahm das Vergrößerungsglas, hielt es über das Foto, hob und senkte es, um die beste Schärfe zu bekommen.

Aber vergeblich. Was immer er gesehen hatte oder meinte, gesehen zu haben, verlor sich hinter der dicken Linse der Lupe, die Linien und Ränder stoben auseinander, als wäre das Vergrößerungsglas eine Zentrifuge. Frustriert stand er auf und ging zur Kasse. Halb benommen und noch immer darüber nachgrübelnd, wie das, was er herausgefunden hatte, einzuordnen war, bezahlte er die Rechnung mit seiner Visacard und ging nach draußen zum Wagen, mit einer dicken Paketröhre voller Satellitenfotos unter dem Arm.

Zumindest wusste er jetzt, was wann und wo geschehen war. Irgendwer war vor Annie und der *Rex* in Kopervik gewesen. Deshalb war Gleason da gewesen, als das Schiff anlegte. Deshalb waren sie mit leeren Händen zurückgekehrt. Und deshalb war um die ganze Geschichte herum eine Mauer des Schweigens errichtet worden.

Es waren nur noch zwei Fragen offen.

Wer? Und *warum?*

14

Jemand war ihnen zuvorgekommen. Als die Expedition den Friedhof erreichte, waren die Leichen verschwunden.

Er saß in seinem Wagen auf der Chain Bridge, ohne sich von der Stelle zu bewegen, und nahm die CD, die gerade spielte, gar nicht richtig wahr – ein Kap Verde-Blues. Er starrte geradeaus auf die lange Reihe von Rücklichtern, deren Spiegelungen den nassen Asphalt wie Blutlachen bedeckten. Der Verkehr stand still. Seine Scheibenwischer fegten hin und her. Dann und wann zuckte ein Blitz durch die Regenvorhänge.

Er dachte, dass irgendwo weiter vorn ein Unfall sein musste. Er dachte, dass er sich neue Scheibenwischer besorgen sollte. Er dachte: Die Heckscheibe beschlägt. Aber worüber er anscheinend nicht nachdenken konnte, war die Frage, was seine Entdeckung in der Panoptikon Satellite Corporation eigentlich bedeutete. Stattdessen hatte er weiterhin nur die Bilder vor Augen: die Anhäufung von rechteckigen Formen der durcheinanderliegenden Särge, die dunklen verwischten Flecke der ausgehobenen Gräber.

Er *wollte* nicht denken, das war einer der Gründe. Er war einer ganz normalen Story auf der Spur gewesen, dem detektivischen Bravourstückchen, in dem der unerschrockene Reporter eine unheilige Allianz zwischen Wissenschaft und Militär aufdeckt. Er hatte geglaubt zu wissen, worum es bei dieser Story ging, doch plötzlich war sein Bezugsrahmen verschwunden, und jetzt war er ratlos. Und außerdem bekam er es allmählich mit der Angst.

Er trommelte mit den Fingerspitzen aufs Lenkrad. *Wer? Warum?*

Einerseits erklärten die Bilder vieles: Kicklighters niedergeschlagen schleppender Gang, als er die Gangway von der *Rex* herunterkam, Annies Reh-im-Scheinwerferlicht-Blick und ihre Weigerung, über Kopervik zu sprechen, Neal Gleasons Anwesenheit in Hammerfest. Sie erklärten die Verbindung zum Pentagon, die Finanzierung durch den Compass Trust. Andererseits ... nein, mitnichten. Eigentlich erklärten sie überhaupt nichts.

Die Wagenschlange vor ihm bewegte sich nicht, und in der Ferne konnte er Sirenengeheul hören. Er versuchte, seine Gedanken zu den Satellitenfotos zu ordnen. Hauptsächlich waren es keine Gedanken, sondern Fragen, die immer gleichen Fragen: *Wer* hatte die Gräber ausgehoben und *warum*?

Grabungen im Permafrost waren so schwierig wie in hartem Gestein – man brauchte Tage, um voranzukommen, selbst mit Spezialgerät. Und Kopervik war so abgelegen, dass es genauso gut auf einem anderen Planeten liegen könnte. Was bedeutete, dass es sich wohl kaum um Grabräuberei handelte. Jemand – und zwar jemand mit einem sehr dicken Portemonnaie – wollte die Leichname haben. Und der einzige Grund, diese besonderen Leichen haben zu wollen, war der, an das Virus ranzukommen, das sie in sich bargen. Was wiederum nur bedeuten konnte, dass die Leute, die die Leichname gestohlen hatten, dieses Virus züchten wollten, genau wie Kicklighter und Adair es vorgehabt hatten.

Aber *wozu*?

Bestimmt nicht, um die Proteinhüllen zu untersuchen. Annie hätte von jeder derartigen Expedition nach Kopervik gewusst. Da sie die gesamte Grundlagenforschung gemacht hatte, wäre sie aus Gründen der kollegialen Höflichkeit konsultiert und vielleicht sogar zur Teilnahme eingeladen worden. Und wenn schon nicht Annie, dann hätte doch zumindest die National Science Foundation davon gewusst. Ebenso die Vertreter der Bergbaugesellschaft und die Familien, die ihre Erlaubnis erteilt hatten, die Leichen zu exhumieren.

Was also hatte das Ganze zu bedeuten?

Er überlegte, ob vielleicht ein Pharmaunternehmen an dem Virus interessiert war, um einen Impfstoff zu entwickeln. Aber welches Unternehmen würde denn schon einen Impfstoff gegen einen Erreger herstellen wollen, den es gar nicht gab oder den es nur im ewigen Eis der Arktis gab? Wohl keines. Niemand würde so etwas tun.

Wer dann? Und *warum?*

Warum ein Influenzavirus in seinen Besitz bringen, das wegen seiner Virulenz gefürchtet war? Tja, so schwer war die Frage nicht, dachte er. Wenn jemand dieses Virus nicht zu Studienzwecken brauchte und auch keinen Impfstoff entwickeln wollte, dann blieb als einziger Grund für die Bergung der Leichen der, das Virus als biologische Waffe zu benutzen.

Und was für eine Waffe! Da sie durch Tröpfcheninfektion übertragen wurde, war sie ungemein ansteckend, und damit nicht genug –

Ein Hupen von hinten riss Frank aus seinen Gedanken, und er sah, dass zwischen ihm und den blassroten Augen des Wagens vor ihm eine Lücke von zwanzig Metern entstanden war. Der Verkehr setzte sich endlich wieder in Bewegung. Er beugte sich im Sitz nach vorn, auf der mittlerweile fast undurchsichtigen Windschutzscheibe perlte der peitschende Regen. Er fuhr die Arizona Avenue hinauf und bog in die Nebraska Avenue ein. Am Ward Circle platschten Studenten der American University unbesonnen und durchnässt über die vielspurige Kreuzung.

Wer? Das Militär kam am ehesten in Frage, aber wie er herausgefunden hatte,war das Militär – oder zumindest der Geheimdienst – ja heimlicher Geldgeber der Expedition gewesen. Und sie hätten bestimmt kein Geld gegeben, wenn sie die Leichen bereits exhumiert hatten.

Dann Terroristen. Das würde natürlich erklären, warum Neal Gleason in der Sache mitmischte. Aber nein. Angesichts der Geldmittel, die vonnöten waren, um eine Expedition nach Kopervik auszurüsten – eine Expedition, die unter Umständen nur ein paar Frostbeulen eingebracht hatte –, war einer der gefährlichen Böse-Jungs-Staaten wahrscheinlicher. Iran, Irak, Libyen. Die üblichen Verdächtigen.

Aber das glaubte er nicht. Irgendwas an seinen Überlegungen stimmte nicht, irgendwas hatte er übersehen. Aber was?

Zwei Querstraßen von seiner Wohnung entfernt hielt er an und kaufte sich rasch eine Portion Reis und *bistec al pasilla.* Zu Hause angekommen, warf er die Satellitenfotos auf den Couchtisch, setzte sich vor den Fernseher und schaltete die Kanäle durch, bis er das Spiel der Bullets oder Wizards oder wie sie sich diese Woche gerade nannten, gefunden hatte. Er sah, wie Strickland einen verdeckten Pass an Webber abspielte, der einen Rückwärtsjam riskierte. Attraktives Spiel, bis der Spielstand eingeblendet wurde und er sah, dass Indiana mit sechzehn Punkten vorn lag.

Er schaltete den Apparat ab. Er konnte sich ohnehin nicht richtig konzentrieren. Die Satellitenfotos gingen ihm nicht aus dem Kopf, und er wurde das Gefühl nicht los, dass irgendwas daran keinen Sinn ergab. Aber *was?*

Vielleicht kam er ja dahinter, wenn er seine Notizen und Unterlagen über das Grippevirus noch einmal durchging. Er konnte sich doch beim Essen ein paar seiner Interviewbänder anhören. Vielleicht halfen die seinem Gedächtnis auf die Sprünge. Er kramte die Schachtel mit den Kassetten durch, bis er fand, was er suchte – *Influenza /Adair Gespräch 8.3.98* –, und legte das Band ein. Dann holte er sich ein Bier und eine Flasche Yucateco-Sauce und lauschte aufmerksam.

»Es ist unbeabsichtigt. Sie benutzen Wirtszellen, um sich zu reproduzieren. Die Tatsache, dass sie einen krank machen, ist ein Nebeneffekt. Das ideale Virus würde niemanden krank machen.«

»Nein? Ich dachte, das wäre ihr Daseinszweck.«
(Lachen) »Nein, sie haben den gleichen Daseinszweck wie wir – biologisch betrachtet. Sie wollen sich vervielfältigen. Und wenn sie dabei ihren Wirt töten, ist das uneffektiv.«

Er schüttelte den Kopf. Wie sollte er finden, was er suchte, wenn er nicht wusste, was es war? Er betätigte den Schnellvorlauf. Annie sagte:

»Das Pockenvirus ist so unempfindlich, das könnten Sie auf ein Blatt Papier geben und in einen Aktenschrank packen, und es könnte Jahrzehnte darin überleben. Jahrhunderte. Das bereitet Archäologen Sorgen, wissen sie, wenn sie Mumien ausgraben.«
»Aber das Grippevirus –«
»Ist damit nicht zu vergleichen.«

Er schaltete das Gerät aus und stand auf. Das Band brachte ihn nicht weiter. Er wollte sich lieber mit der Quelle selbst unterhalten.

Von der Straße führten ein paar Stufen zu Annies Haus hinauf. Er setzte sich auf die oberste Stufe und wartete eine halbe Stunde. Schließlich kam sie die Treppe hinauf, lachend, im Gespräch mit einer kleinen, dunkelhaarigen Frau. Beide schleppten sie Plastiktüten voller Lebensmittel. Diesmal trug sie Sandalen, ein verwaschenes rotes T-Shirt und eine Jeans mit ausgefransten Knien. Irgendwie wusste er, dass die Knie tatsächlich vom vielen Tragen durchgescheuert waren und nicht, weil es gerade Mode war. Die kleinere Frau bemerkte ihn zuerst und hielt Annie am Arm fest. Annie blieb stehen, ihr Lachen erstarb, auf ihrem Gesicht spiegelten sich in rascher Folge einige interessante Empfindungen wider – eine Nanosekunde lang schien sie wirklich erfreut, ihn zu sehen –, bevor sich ein argwöhnisches Lächeln durchsetzte.

»Haben Sie das noch öfter vor? Wenn ja, könnte demnächst vielleicht ein Abendessen auf Sie warten«, sagte sie.

»Ich wollte Ihnen was zeigen«, sagte Frank und klopfte auf die Röhre mit den Satellitenfotos.

»Okay«, sagte Annie.

Die andere Frau blieb an der Tür stehen und zeigte ungehemmt ihre Neugier. Endlich stellte Annie sie einander vor. »Frank – Indu. Indu wohnt mit mir zusammen.«

»Und Frank?«, erkundigte Indu sich knapp.

»Frank ist Journalist«, erwiderte Annie.

Indu bedachte Frank mit einem schrägen Lächeln, warf Annie einen amüsierten Blick zu und ging ins Haus.

Annie drehte sich zu Frank um. »Was wollten Sie mir zeigen?«

»Satellitenshots.«

»Was?«

»Satellitenfotos. Aus der Vogelperspektive ...«

»Wovon?«

»Kopervik. Sechsundzwanzigster März, gegen ein Uhr nachmittags. Sie sehen aus wie ein Pünktchen.«

»Ist das ihr Ernst?«

Frank nickte. »Ich weiß jetzt, was ihr gefunden habt.«

Annie betrachtete ihn kühl, überlegte, ob das ein Trick war, und wenn ja, wie er sie so dermaßen unterschätzen konnte. »Ehrlich?!«, sagte sie, und ihre Stimme triefte förmlich vor Sarkasmus.

»Jawohl.«

»Und was haben wir gefunden?«

»Bupkis.«

»Was?«

»Die Leichname waren weg. Irgendwer war vor euch da.«

Sie sah ihn lange an, dann bat sie ihn ins Haus. »Ich denke, wir sollten darüber nicht hier draußen auf der Straße sprechen.«

Und selbst drinnen, als das Foto schon mit Büchern an den

Ecken beschwert auf dem Tisch lag, zögerte sie noch immer, etwas dazu zu sagen.

»Ich bin sicher, dass Gleason Sie gezwungen hat, irgendwas zu unterschreiben«, sagte Frank. »Aber das müsste doch jetzt wohl irrelevant sein – es sei denn, Sie halten mit etwas hinterm Berg.« Er zeigte auf das Satellitenfoto. »Oder ist das schon alles?«

Sie neigte den Kopf. »So ziemlich«, sagte sie. »Ich war wie unter Schock. Und das bin ich wohl immer noch.«

Er holte das zweite Foto aus der Röhre, legte es auf das erste und beschwerte die Ecken erneut mit Büchern.

»Das hier wurde einige Monate früher aufgenommen«, sagte Frank. »Am zwanzigsten August.« Der Schnee war jungfräulich unberührt. »Und das hier«, fuhr er fort, während er das dritte Foto entrollte, »war am neunten September.« Er legte das dritte Bild auf die beiden anderen und beschwerte es. »Da ist es passiert«, sagte er.

Sie starrten lange auf das Foto. Der Erdboden war aufgebrochen, die Särge lagen auf einem Haufen. Ein Hubschrauber stand im Schnee, nicht weit von der Kirche entfernt. Schließlich sagte Annie: »Dann waren sie also schon Monate weg, bevor wir gekommen sind.«

Er nickte.

»Wer war es?«, fragte sie.

Frank sah sie an, als wollte er sagen, *wenn ich das wüsste* ...

Das Telefon klingelte und klingelte erneut. Keiner von beiden rührte sich, bis Indu von oben rief, Annies Mutter sei am Apparat. Annie verzog das Gesicht und schlug die Augen gen Himmel, doch sobald sie den Hörer in der Hand hielt, wurde deutlich, dass ihre Mutter zugleich auch ihre beste Freundin war. Das Gespräch zwischen den beiden war vertraut und angeregt, mädchenhaft und liebevoll.

»O neiiiin«, sagte Annie. »Du machst Witze.«

Während sie sich unterhielten, dachte Frank: Vielleicht sollte ich die Sache jetzt bringen, die Story einfach schreiben – und nicht versuchen, sie zu *lösen*. Auch ohne alle Fragen geklärt zu haben, war es eine echte Titelgeschichte. Eine Topstory. Und wenn er sie veröffentlichte, würden die Geheimdienstler irgendwie reagieren müssen. Gleason & Co. konnten vielleicht ihm ausweichen, aber nicht der gesamten amerikanischen Presse.

Andererseits, sobald die Story erschien, würde sie nicht mehr ihm gehören. Da war es schon besser, so lange zu warten, bis er sicher war, wirklich alles versucht zu haben. Und dessen war er sich nicht sicher – ganz und gar nicht. Es gab noch immer Dinge, die er tun konnte, Fragen, auf die er eine Antwort zu finden hoffte. Zum Beispiel: Welche Art von Waffe konnte man mit der Spanischen Grippe produzieren? Es gab Leute, die ihm darauf eine Antwort geben konnten – tatsächlich kannte er jemanden, der ihm das sagen konnte. Er hatte ihn auf einer Konferenz zum Thema Terrorismus kennen gelernt. Vor zwei Jahren, in Baltimore. Er sah noch immer das Gesicht vor sich. Ein breites Gesicht, hohe Wangenknochen, schwarzes Haar. Komischer Name. Ein irgendwie komischer Name. Wie hieß der Typ noch gleich?

Annie ging aus dem Zimmer, und als sie wieder hereinkam, hielt sie ihren Kontaktlinsenbehälter in der Hand. Während sie weiter mit ihrer Mutter sprach, nahm sie sich die Linsen aus den Augen. Als sie zu Frank aufsah, bemerkte er, dass sie den irren, verschwommenen Blick eines extrem kurzsichtigen Menschen hatte.

Er winkte ihr leicht zu, als wollte er sagen: *Hier bin ich* – und sah, dass sie lächelte.

»Ich muss jetzt Schluss machen«, sagte sie ins Telefon. »Ich hab dich lieb!« Sie küsste den Hörer sogar, bevor sie ihn zurück auf die Gabel legte. Sie kam zum Tisch zurück, rieb sich mit den Knöcheln die Augen und starrte dann kurzsichtig auf das Satellitenfoto.

»Ich mach mich auf die Socken«, sagte Frank. »Es gibt viel zu tun.« Er wollte die Bücher von den Bilderecken nehmen, doch Annie hielt seinen Arm fest.

»Moment, Moment, Moment«, sagte sie. »Nicht so schnell.«

Frank sah zuerst sie an, dann das Foto. Schließlich sagte er: »Was?«

Sie zeigte auf den Hubschrauber. Von oben aufgenommen wirkte der Rumpf wie eine Art länglicher Tropfen, und die dunklen Rotorblätter hoben sich deutlich gegen den Schnee ab. »Schauen Sie mal da«, sagte sie.

Frank legte den Kopf schief und blinzelte. »Was denn? Den Hubschrauber?«

»Die Streifen«, sagte sie.

Frank starrte noch angestrengter auf das Foto. »Was für Streifen?«

»Auf dem Rumpf.«

Er sah genau hin und schüttelte den Kopf. »Ich sehe keine Streifen.«

»Da.« Sie zeigte auf ein paar verwischte Punkte am Rumpfende.

Er fixierte die Stelle. »Ich seh immer noch nichts«, sagte er.

»Das ist eine amerikanische Flagge.«

»Das kann nicht sein!«

»Sie müssen die Augen zusammenkneifen!«

Er kniff die Augen zusammen. Beugte sich vor.

»Ich verbringe die Hälfte meines Lebens so, sitze im Dunkeln und starre durch ein Elektronenmikroskop auf Bilder, die noch viel undeutlicher sind als das da. Es ist eine Flagge«, wiederholte sie. »Eine amerikanische Flagge.« Sie ergriff seine Hand und beschrieb mit seinem Zeigefinger ein winziges Rechteck in der Luft über dem Foto. »Die Streifen verlaufen so«, sagte sie und zeichnete parallele Linien über dem Rumpf. »Sehen Sie?«

Sie hatte Recht. Es war das »Gitter«, das er gesehen hatte oder gemeint hatte zu sehen. Die parallelen Linien waren Streifen, und wenn man gezielt danach suchte, waren sie kaum zu übersehen – mit einem Vergrößerungsglas aber unmöglich zu erkennen.

»Jetzt bin ich total durcheinander«, sagte Frank. »Das ergibt keinen Sinn. Überhaupt keinen.«

»Meinen Sie, das ist ein Militärhubschrauber?«

Er schüttelte den Kopf. »Könnte sein. Vielleicht aber auch nicht. Er könnte auch von einem Schiff kommen, das unter amerikanischer Flagge fährt.«

Annie hockte sich auf einen Stuhl. »Das versteh ich nicht«, sagte sie und unterdrückte ein Gähnen.

»Eine Frage«, sagte er und nickte Richtung Foto. »Wenn Kopervik hier war, wo war dann euer Schiff– die *Rex Mundi*?«

Sie überlegte einen Moment und deutete dann auf einen Punkt auf dem Tisch, ungefähr einen halben Meter links von dem Foto. »Hier irgendwo. Wir mussten mit Schneemobilen rüberfahren. Das hat lange gedauert.«

Er fixierte die Punkte noch ein Weilchen länger und vergewisserte sich, dass sie tatsächlich Streifen bildeten. Dann schob er die Bücher von den Fotos, sodass diese sich aufrollten. Schließlich steckte er sie zurück in die Röhre. Er überlegte, ob er noch einmal zu Panoptikon fahren sollte, um möglicherweise Fotos vom Ankerplatz des Schiffes zu bekommen. »Hatte der Hafen einen Namen?«, fragte er.

Annie schüttelte den Kopf. »Das war kein richtiger Hafen. Und einen Namen hatte die Stelle ganz bestimmt nicht. Wir haben einfach irgendwo geankert.«

Damit war diese Idee wohl vom Tisch, dachte er insgeheim erleichtert. Seine Visacard war hoffnungslos überzogen, und er hatte ernste Zweifel, ob die Stiftung Verständnis dafür zeigen würde, dass er bereits soviel Geld ausgegeben hatte – geschweige denn, dass sie bereit wäre, einen zweiten Versuch zu finanzieren.

Annie brachte ihn zur Tür, gähnte erneut und sagte entschuldigend: »Ich bin seit sechs Uhr auf.«

»Da gibt es ein gutes Gegenmittel, wissen Sie.« Plötzlich hatte er das Verlangen, sie zu küssen. Aber als er sich zu ihr vorbeugte, fuhr sie zurück, redete wie ein Wasserfall und beteuerte, wie froh sie sei, dass er nun alles wisse, was sie wisse, dass es endlich nicht mehr diese Mauer des Schweigens zwischen ihnen gebe, und er solle sie doch *bitte* anrufen und über alles auf dem Laufenden halten, was er herausfinde. Dann zerrte sie ihn zur Tür und schob ihn mehr oder weniger mit sanfter Gewalt nach draußen. Er kam sich vor wie damals auf der High School.

Der Typ mit dem komischen Namen war Thomas R. Deer, und das Komische daran war, dass das R. für »Running« stand. Er war ein breitschultriger Sioux aus Montana und Experte für chemische und biologische Waffen. Sein Büro lag im sechsten Stock des National Security Studies Institute, gleich gegenüber der U-Bahn-Haltestelle Bethesda.

Frank nannte der Dame am Empfang seinen Namen, nahm in dem elegant eingerichteten Vorzimmer Platz und verkürzte sich die Wartezeit damit, im *Economist* zu blättern.

Er hatte Deer auf einer Konferenz zum Thema »Urbaner Schutz vor Bioterrorismus: Krisenmanagement und Konsequenzen« kennen gelernt, die vom Army War College gesponsert worden war. Die meiste Zeit war für Reden draufgegangen, die muskelbepackte Trottel vom Pentagon und seriöse Wissenschaftler von privaten Forschungsinstituten hielten. Es gab Vorträge von Vertretern des Weißen Hauses, der Ministerien für Agrarwirtschaft, Justiz und Verteidigung wie auch von Repräsentanten der Rüstungsindustrie. Eine Frau aus dem FBI-Labor steuerte ihr Scherflein ebenso bei wie jemand von der Organisation der Notfallärzte. Frank jedoch interessierte sich vor allem für diejenigen, die weit weniger wortgewandt und weitaus stärker gefährdet waren. Es waren die Vertreter derjenigen, die als erste reagieren mussten – beispielsweise der Chef der Feuerwehr von Arlington, die Krankenschwester aus Fairfax, der besorgt dreinblickende Mann vom New Yorker Amt für Katastrophenschutz.

Sie waren es, die ihren Kopf würden hinhalten müssen, und sie waren alles andere als optimistisch. Die ersten, die bei einem chemischen Angriff Hilfe leisten mussten, würden ihm aller

Wahrscheinlichkeit nach selbst zum Opfer fallen. Und was konnten sie schon tun? Es gab nur eine begrenzte Anzahl von Rettungswagen und Krankenhausbetten, nur begrenzt Platz im Leichenschauhaus. Sobald ein Rettungswagen im Einsatz gewesen war, musste er dekontaminiert werden – was bedeutete, dass er nicht mehr zur Verfügung stand. Das gleiche galt für die Räume der Notaufnahmen und für das Personal, das darin arbeitete: Wie effizient würden die Leute wohl arbeiten können, wenn sie Schutzanzüge trugen? Die traurige Wahrheit war: Ein Gasangriff auf ein einziges New Yorker Hochhaus würde innerhalb einer Stunde das gesamte Gesundheitssystem der Stadt lahm legen.

Und ein biologischer Angriff wäre noch schlimmer, weil die Katastrophe erst nach Tagen offensichtlich würde, wenn die Notaufnahmen der Opfer nicht mehr Herr würden – bis es zu spät wäre und man nur noch die Toten begraben konnte. Oder sie verbrennen. Und je nachdem, welches Bakterium verwendet wurde, wäre zu diesem Zeitpunkt auch das Krankenhauspersonal schon längst tödlich erkrankt.

Es war eine von den Konferenzen, die man nicht mehr vergaß.

»Frank?« Deer beugte sich durch die Tür, todschick in einem Anzug, der aussah wie von Armani. »Hab ich mir doch gedacht, dass Sie das sind! Kommen Sie mit.«

Sie schritten über einen mit Teppich ausgelegten Gang, plauderten über die *Washington Post* und ein kleines In-Restaurant am Eastern Market, wo man die besten Krabbenomeletts der Stadt bekam. Als sie sein Büro betraten, deutete Deer auf einen Ledersessel und ließ sich selbst hinter einem wuchtigen Mahagonischreibtisch nieder. Die Fensterfront in seinem Rücken bot einen weiten Blick über Washington.

Sie plauderten noch ein Weilchen länger, erzählten, was sich bei ihnen beruflich getan hatte, sprachen über die Dienstreisen, die sie in den letzten zwei Jahren unternommen hatten. Schließlich kam Deer zur Sache. »Was kann ich für Sie tun?«, fragte er.

Frank zuckte die Achseln. »Ich arbeite an einer ziemlich

außergewöhnlichen Story, und ich hatte gehofft, Sie könnten mir vielleicht weiterhelfen.« In knapp zehn Minuten erzählte er ihm, worum es ging, und schilderte die Ereignisse so, dass sie einer gewissen Heiterkeit nicht entbehrten. Er begann mit seinem Flug nach Murmansk und seinem Aufenthalt im »Tschernomorskaja«. Deer musste lachen, als Frank das Hotel beschrieb, doch im weiteren Verlauf der Geschichte legte seine Stirn sich allmählich in Falten.

»Sind Sie sicher, dass das FBI von der Sache weiß?«, fragte Deer.

Frank nickte. »Ja, die wissen Bescheid. Das Pentagon ebenfalls.«

»Okay. Also wer hat die Leichen gestohlen?«

»Ich weiß es nicht«, erwiderte Frank. »Eine Zeit lang habe ich an –«

»Die Iraker gedacht.«

Frank sah ihn erstaunt an. »Woher wissen Sie das?«

»Weil das jeder denkt. Alle denken immer, die Iraker waren es, ganz egal was.«

»Aber Sie denken das nicht.«

»Nein. Was sollten die damit anfangen wollen?«

Frank zuckte die Achseln. »Ich weiß nicht. Weil das Virus so tödlich ist ...«

Deer war nicht überzeugt. »Tödlich ist ein relativer Begriff«, sagte er. »Und bei einem pathogenen Stoff wie dem Grippevirus gäbe es jede Menge Vorarbeiten zu leisten, um daraus eine Waffe zu machen. Und es wäre gar nicht so einfach –«

»Was meinen Sie mit ›daraus eine Waffe machen‹?«

»Unterschiedliche Viren haben unterschiedliche Eigenschaften. Manche sind praktisch unzerstörbar, während andere sofort absterben. Wenn man ein Virus als Waffe benutzen will, muss man eine besonders virulente Variante davon heranzüchten. Man müsste die Faktoren steigern, die wir als ›mortalitätssteigernd‹ bezeichnen. Man müsste die beste Verbreitungsmethode finden. Und es gibt Dutzende von Bazillen und Toxinen, die erschöpfend erforscht sind – und nicht schwer zu kriegen. Man müsste nicht extra bis in die Arktis fahren.«

»Was sind das für Bazillen und Toxine?«

»Milzbrand. Botulin.«

Frank notierte sich die Namen. »Kann man die kaufen?«

Jetzt musste Deer die Achseln zucken. »Wer in einem Universitätslabor arbeitet oder einem kommerziellen Labor oder wer sich einen falschen Briefkopf zulegt und *behauptet*, er wäre Wissenschaftler, kann sich alles, was er will, bequem mit der Post zuschicken lassen. Q-Fieber, Tularämie, Pest – man kriegt alles zugesandt, mit der Paketpost. Was ich damit sagen will, ist: Warum sollte einer das Rad neu erfinden wollen, wenn er nach einer biologischen Waffe sucht? Die allgemein zugängliche Literatur ist voller Informationen – einschließlich Informationen über Verteilersysteme.«

»Als da wären?« Frank kritzelte eifrig in sein Notizbuch.

»Spraydosen. Zecken. Fledermäuse. Bomben –«

»Fledermäuse?«

»Natürlich, Fledermäuse! Auch Tauben. Und Delphine.«

»Wie macht man –«

»Man schnallt es ihnen an.«

»Was denn?«

»Kleine Porzellanbomben.«

»Sie machen Witze.«

Deer sah ihm unverwandt in die Augen. »Sehe ich so aus?«

Frank rutschte in seinem Sessel hin und her. »Also was hatten Sie noch mal über das Grippevirus gesagt?«

»Dass es keine besonders gute Waffe abgeben würde. Nein.«

»Warum nicht?«

»Also«, sagte Deer, »zunächst einmal: Wenn man einen Krieg führt, hat man es mit militärischen Einheiten auf dem Schlachtfeld zu tun. Da würde man natürlich etwas nehmen, das sofort Wirkung zeigt – etwas, das die Leute umhaut. Wie zum Beispiel Gas.«

»Und wenn man es auf die Zivilbevölkerung abgesehen hat?«

»Sie meinen wie Saddam bei den Kurden?«

»Ja«, nickte Frank. »So in etwa. Oder bei einem terroristischen Anschlag.«

Deer drehte sich mit seinem Sessel um und schaute über Washington. »Dann würde man trotzdem etwas nehmen, das man kontrollieren kann – mit dem man seine Macht demonstrieren kann, ohne gleich den ganzen Planeten zu entvölkern.«

»Zum Beispiel?«

»Lungenmilzbrand. Mit Lungenmilzbrand könnte man schon ziemlich hohe Forderungen stellen.«

»Warum? Was ist daran so besonders?«

»Tja, das ist eine grausame Infektion, die den Menschen fürchterliche Angst einjagt. Und es ist ein Bazillus, mit dem man arbeiten kann. Man kann den Menschen zeigen, was man tun könnte und womit man *aufhören* könnte, was genauso wichtig ist.«

»Man würde also ein Exempel statuieren, indem man eine Großstadt auslöscht –«

»Oder eine Kleinstadt. Oder auch nur ein bestimmtes Gebäude. Man müsste gar nicht viel machen, um die Aufmerksamkeit der Leute zu erregen. Bei Lungenmilzbrand darf man die Toten nicht mal begraben. Man muss sie verbrennen.«

»Warum?«

»Weil der Infektionsträger etwa so empfindlich wie ein Pflasterstein ist, nämlich eine Spore. Man könnte sie abkochen, und es würde nichts bewirken.«

Frank nickte. »Verstanden. Und bei der Grippe ...?«

»Die Spanische Grippe ist eine Pandemie. Und damit wären wir wieder bei dem, was ich vorhin gesagt habe, nämlich dass tödlich ein relativer Begriff ist. Das Ebolavirus beispielsweise hat eine wesentlich höhere Mortalitätsrate als die Spanische Grippe. Tatsächlich tötet es fast jeden, der infiziert wird. Aber es ist gar nicht so einfach, sich damit zu infizieren, und deshalb sterben letztlich doch nicht so viele Menschen daran. Bei der Spanischen Grippe dagegen haben wir eine ziemlich niedrige

Mortalitätsrate, aber sie ist extrem ansteckend. Wenn man natürlich mit ihr rumspielen würde ...«

»Was meinen Sie mit ›rumspielen‹?«

»Na ja, sie genetisch manipulieren. Theoretisch könnte man sie mit irgendwas anderem kombinieren, einem pathogenen Stoff, der wesentlich tödlicher wäre.«

»Zum Beispiel?«

Der Wissenschaftler wiegte den Kopf hin und her, erwog die Möglichkeiten. »Kobragift.«

»Wie bitte?!«

»Klar. Dann würden Sie sich nicht bloß eine Grippe einfangen, sondern auch einen Schlangenbiss in die Lunge.«

»Um Gottes willen!«, entfuhr es Frank.

Deer nickte. »O ja«, sagte er, »es ist ein gefährliches Geschäft. Aber ich glaube nicht, dass *Ihre* Leute so was vorhaben – ich meine die Leute, die sich oben in der Arktis die Leichen unter den Nagel gerissen haben.«

»Warum nicht?«

»Nun ja, wenn sie so etwas vorhätten, dann brauchten sie kein besonders gefährliches Grippevirus, das noch dazu so schwer zu bekommen ist. Sie könnten nehmen, was gerade so im Umlauf ist. Sie könnten eine gewöhnliche Erkältung nehmen. Aber das ist nicht das Entscheidende«, fügte Deer hinzu. »Entscheidend ist: Die Grippe kriegt jeder. Und man kann sie nicht kontrollieren. Wenn man sie also als Waffe verwenden würde, könnte man Millionen Menschen damit töten – zig Millionen.«

»Genau das meine ich doch«, antwortete Frank. »Deshalb bin ich ja so besorgt.«

»Aber wer sollte so etwas tun wollen, und wieso?«, fragte Deer.

Frank überlegte. »Keine Ahnung«, sagte er schließlich.

Deer verschränkte die Hände im Nacken und lehnte sich im Sessel zurück. »Ich vermute, diejenigen, die die Leichen ausgegraben haben, wollten sie für die Forschung. Wahrscheinlich irgendein Pharmaunternehmen – eins von den kleineren. Eine ziemlich kopflose Aktion.«

»Glauben Sie wirklich?«, fragte Frank.

»Ja, das glaube ich.«

»Und Gleason?«

»Ich weiß nicht – das FBI steckt seine Nase überall rein. Die Expedition ist immerhin gescheitert, wurde regelrecht an der Nase herumgeführt, und die FBI-Leute wollten einfach feststellen, was genau da passiert ist.«

Frank dachte darüber nach. Schließlich sagte er: »Wahrscheinlich haben Sie Recht.«

Deer nickte, dann drehte er seinen Sessel einen Viertelkreis herum. »Andererseits«, sinnierte er, »wenn da einer Rache nehmen will ... wenn einer richtig wütend ist auf die Welt ...«

Frank runzelte die Stirn und beugte sich vor. »Wer zum Beispiel?«

Deer zuckte die Achseln. »Ach, ich weiß nicht. Wie wäre es denn beispielsweise mit den Sioux?«

»Die Sioux«, wiederholte Frank, unsicher, ob er veralbert werden sollte.

»Wir verstehen nicht viel von Eisbrechern«, redete Deer weiter, »aber ... es gibt einige unter uns, die ziemlich sauer sind.«

Frank konnte ihn nur noch anstarren.

Dann verzog sich Running Deers Pokergesicht, und er grinste von einem Ohr zum anderen. »*Verarscht ...*«

15

Alexandria, Virginia

Seit sechs Tagen waren sie nun schon zur Untätigkeit verdammt, und Tommy hatte Sehnsucht nach Susannah. Er war es gewohnt, regelmäßig mit ihr zu schlafen, und der fehlende Sex machte ihn nervös. Trotz Yoga und Meditationsübungen und trotz der Entspannungstechniken, die ihnen während der Ausbildung eingetrichtert worden waren, kriegte er seine Nerven einfach nicht unter Kontrolle. Das schlimmste dabei war, dass er eigentlich gar keinen Grund hatte, nervös zu sein. Soviel war klar. Es war bloß ein Test, mehr nicht. Nur eine kleine Bootsfahrt.

Vielleicht zerrte ja das dauernde hin und her an seinen Nerven. Wenn es so aussah, als würde es gleich losgehen, so wie jetzt, geriet er richtig unter Hochspannung. Machte sich unnütze Gedanken, aber irgendwie konnte er sich nicht dagegen wehren, dass sie sich in sein Hirn schlichen. Was, wenn der Motor nicht ansprang? Was, wenn es im Jachthafen irgendwelchen Ärger gab? Was, wenn die Küstenwache auftauchte? Er war für das Boot verantwortlich. Test hin oder her, er wollte jedenfalls nicht, dass es seine Schuld war, wenn die ganze Sache schief ging. Also brachte er sich selbst auf Hochtouren, und wenn dann beschlossen wurde, alles wieder abzublasen – was mittlerweile schon *dreimal* passiert war –, verfiel er wieder in Trübsal. Aber er war nervös-trübselig, mit all der Energie, die sich in ihm aufgestaut hatte. Außerdem konnte er den Wetterkanal langsam nicht mehr sehen, auch wenn Belinda und Vaughn darauf bestanden, ihn die ganze Zeit zu sehen. Noch ein weiteres Tief, das sich als grüne pulsierende Masse Richtung Mittelatlantik schob, und er würde kotzen.

Natürlich hatte die Generalprobe wie am Schnürchen geklappt. Von A bis Z. Es hatte keinerlei Probleme gegeben, trotz Tommys insgeheimer Befürchtung, dass sich die Düse der Zerstäubervorrichtung, die er selbst in der Werkstatt gebaut hatte, verstopfen könnte. Im Grunde bestand die Apparatur aus einer Hochleistungsdruckpumpe, die er an ein handelsübliches Pestizidsprühgerät angeschlossen hatte. Eine Kreuzung zwischen Rasendüngerverteiler und Schneekanone. Das Ding sah aus wie eine Wasserkanone und funktionierte wie geschmiert. Als sie Tommys selbstgebautes Wunderwerk auf dem Anwesen in Placid ausprobierten, hatte es das speziell angefertigte Gerät, das Solange bestellt hatte und das von jemandem entwickelt worden war, der sich »Aerosoldesigner« schimpfte, was auch immer das sein sollte, bei weitem übertroffen. Er hörte förmlich noch immer den Stolz in Susannahs Stimme: »Tommy kann einfach alles bauen.« Solange hatte ihn mit einem strahlenden Lächeln bedacht und ihm das größte Lob überhaupt gezollt: »Gut gemacht.«

Obwohl die Generalprobe reibungslos gelaufen war, kamen sie seitdem über die Fahrt zum Jachthafen einfach nicht hinaus, ohne dass der Wind drehte oder dass unversehens ein paar Regentropfen auf die Scheibe klatschten. Und das bedeutete dann, zurück vor den Fernseher und den Wetterkanal einschalten, und er war so verdammt gelangweilt, dass er hätte heulen können.

»Würdest du das bitte lassen?«, sagte Belinda und warf ihm einen genervten Blick zu.

»Was?«

»Die Wipperei mit dem Fuß.«

»Kann ich jetzt nicht mal mehr mit dem Fuß wippen? Ich *muss* mit dem Fuß wippen.« Er stand auf und legte eine kleine

Steppeinlage aufs Parkett, mit rhythmisch schlackernden Beinen. Zum Schluss verbeugte er sich übertrieben tief vor ihr. »Ich hab's nun mal im Blut.«

Belinda lächelte; sie hatte irgendwie die Neigung, ihn zu bemuttern. Sie nannte ihn Tommy-O. Sie konnte gar nicht richtig böse werden.

»Lass den Quatsch«, sagte Vaughn in seiner ausdruckslosen New-England-Stimme. Aber eigentlich störte es ihn gar nicht. Nichts störte Vaughn. Er tat nur so, als würde es ihn stören, damit er sich auf Belindas Seite schlagen konnte. »Wir versuchen uns zu konzentrieren.«

»'tschuldigung.«

Die beiden hatten es gut. Sie langweilten sich nicht. Sie mussten arbeiten. Belinda war stellvertretende Leiterin der Einheit für Sondereinsätze, und sie hatte alle Hände voll zu tun. Schon allein die Kommunikation mit dem Hauptquartier war ein Riesenakt. Jede gesendete Botschaft musste dreifach verschlüsselt werden – die Verschlüsselung einer Verschlüsselung einer Verschlüsselung –, wobei drei unterschiedliche Algorithmen verwendet wurden, von denen jeder hundertachtundzwanzig Elemente hatte.

Tommy wusste nicht so richtig, was ein Algorithmus war oder was die Anzahl der Elemente zu besagen hatte. Aber hundertachtundzwanzig war viel. Das war ihm klar.

Außerdem war Belinda kontrollgeil, was zur Folge hatte, dass sie überall mitmischen und über alles informiert sein wollte, und zwar ständig. Wenn sie nicht gerade schlief oder trainierte, telefonierte sie entweder über ihr Handy oder sie hockte vor ihrem Laptop.

Und Vaughn war genauso beschäftigt wie sie. Den ganzen Tag saß er auf dem Bett und tippte in seinen Laptop. Was er da machte? Er redete nicht wie ein normaler Mensch, deshalb war das gar nicht so leicht zu sagen. Aber Tommy fragte ihn gerne, nur um ihn reden zu hören.

»He, Vaughn, was machst du gerade?«

»Ich berechne Ausbreitungsprognosen.«

Und dann, eine halbe Stunde später: »He, Vaughn ...«

»Untersuchungen zum Aufbau eines bestimmten Toxins.«

»Welches denn?«

»Getreideschwarzrost.«

Und fünf Minuten später blickte er dann über Vaughns Schulter auf den Laptopbildschirm. »Was ist das?«

»Die Abdrift von Sprühschleiertröpfchen.«

Manchmal schwatzten Belinda und Vaughn angeregt über irgendwelche Dinge, die überhaupt keinen Sinn ergaben. Wenn die Technikfreaks ins Plaudern gerieten, nannte Susannah das »Wortsuppe«. Ihr schien das gar nichts auszumachen, aber *er* fühlte sich dann ausgeschlossen. Und jetzt wo er die ganze Zeit mit ihnen auf engem Raum zusammenhockte, kam er sich vor wie ein Fisch auf dem Trockenen. Ihm fehlte seine Werkstatt. Ihm fehlte Susannah. Ihm fehlten alle anderen, die auf dem Anwesen lebten. Ihm fehlte die freie Natur. Wohingegen Belinda und Vaughn kaum mitbekamen, wo sie waren. Sie hätten in einem Schrank eingesperrt arbeiten können.

Vaughn war schon ein komischer Kauz. So abgehoben, dass er schon fast nicht mehr wie ein echter Mensch wirkte. Susannah hatte ihm mal erzählt, dass sie Vaughn am Arm berührt hatte, bloß um zu sehen, ob er sich kalt anfühlte.

Belinda stand auf, reckte sich, nahm die Fernbedienung und stellte den Wetterkanal ein. Der Typ rasselte zwar noch die Angaben für den Mittleren Westen runter, aber Belinda war schon zu einer Entscheidung gelangt, wohl aufgrund von irgendwelchen Informationen aus ihrem Computer.

»Es sieht gut aus«, sagte sie. »Heute Mittag geht's los.«

»Du bist der Boss«, erwiderte Tommy.

Er vertrieb sich die Zeit bis dahin mit Liegestütz, Sit-ups, Kniebeugen, Yoga. Er absolvierte sein mentales Training. Er absolvierte sein Selbstprüfungsritual und stellte fest, dass er randvoll war mit negativen Gedanken! Er machte Vaughn schlecht. Fühlte sich überlegen. War stolz auf seine Zerstäuberapparatur.

Maulte über Langeweile. Jammerte nach Sex. Er machte die Blaues-Wasser-Meditationsübung, die fast immer funktionierte, doch obwohl er total konzentriert war, hörte er, wie Vaughn sagte: »O Mann! Überprüf das mal!« Das muss ja was Weltbewegendes sein, dass er sich so eine Reaktion abringt, dachte Tommy, aber dann riss er sich zusammen. Blaues Wasser! Konzentration! An die Arbeit! Er ließ das blaue Wasser im Geist langsam höher steigen, bis kein Platz mehr übrig war, nicht einmal für einen einzigen Gedanken. Alles war blau. Ein gedankenloser Ozean.

Tommy war sozusagen mit Booten groß geworden, deshalb gehörte er zum Team. In jedem Bootshafen fühlte er sich wie zu Hause, er kannte sich aus mit Knoten und Seilen, mit Schiffsmotoren, Docks und Anlegeplätzen. Die anderen ließen ihn einfach schalten und walten, und da er wusste, was er zu tun hatte, und die beiden anderen aussahen wie Touristen, achtete im Jachthafen Belle Haven keiner auf sie. Das Boot war vor drei Wochen angemietet und von Virginia Beach hergeschleppt worden. Vor zwei Wochen hatte Tommy selbst die tragbaren Gestelle für die Wasserkanonen gebaut. Er und Vaughn hatten die Ausrüstung – verstaut in Kühlboxen und Jutetaschen – an Bord geschleppt. Belinda saß an Deck und cremte sich mit Sonnenschutz ein. In null Komma nichts hatte er die *Sundancer* aus dem Becken gesteuert und manövrierte sie durch das viel befahrene Gebiet um den Hafen herum. Kurz darauf waren sie in offenem Fahrwasser auf dem Potomac und fuhren Richtung Zentrum von Washington.

Der Himmel war bedeckt, und auf dem Fluss waren nur wenige Boote unterwegs. Für einen Dienstag ganz normal. Die Operation war für die Mittagszeit geplant, weil die Leute dann aus ihren Büros kamen, Restaurants ansteuerten und auf der Mall spazieren gingen oder joggten.

Über ihnen erklang das Dröhnen von Düsenflugzeugen im Landeanflug auf den National Airport. Mitten auf dem Fluss, als sie den Flughafen auf der einen Seite hatten und den East Potomac Park auf der anderen, stellte Tommy den Motor ab und ließ die *Sundancer* treiben. Dann baute er die tragbaren Gestelle auf, während Vaughn und Belinda so taten, als würden sie angeln. Als alles an Ort und Stelle war, ließ er den Motor wieder an und fuhr weiter flussaufwärts, immer näher und näher an das Ufer in Höhe der Mall.

Es waren viele Leute unterwegs. Er sah Jogger und Inline-Skater, Biker und Golfer, Touristen und Mütter mit ihren Buggys. Ein kleines Motorboot fuhr steuerbord an ihnen vorbei. Ein paar Kinder mit Schwimmwesten winkten. Er winkte zurück.

Belinda hatte unzählige Berechnungen angestellt, aber in Wahrheit war die Operation gar nicht so kompliziert. Die wichtigsten Variablen waren Luftfeuchtigkeit, Windrichtung und die Entfernung des Bootes zum Ufer. Der Druck der Wasserkanone war vorgegeben, ebenso wie der Flugbogen – optimal ausgerichtet für die Verteilung des Tröpfchenschleiers. Je näher sie dem Ufer kamen, desto größer wurde ihre Eindringtiefe, und desto mehr Menschen wurden erfasst. Der Wind war jedoch die kritischste Variable, weil er sich nicht verändern durfte und aus einer von zwei Richtungen kommen musste: entweder Nordosten oder Südwesten. Sobald er sich drehte, würden sie die Operation abbrechen müssen.

Das Boot fuhr in ungefähr nördlicher Richtung den Potomac hinauf. Das bedeutete, dass sie sich, falls der Wind aus Nordosten kam, so weit wie möglich dem Ufer auf der Virginiaseite annähern und ihre Ladung auf das Pentagon abfeuern würden. Wenn der Wind jedoch aus Südwesten wehte, so wie heute, mussten sie dicht an das Ufer auf der Seite des Regierungsviertels ranfahren und ihre Munition in die Luft zwischen Washington Monument und Lincoln Memorial abschießen.

Falls die Eindringtiefe ausreichte, würde der Sprühschleier sogar das Weiße Haus erreichen, und der Präsident würde anfangen zu niesen, so wie alle anderen. Das wäre natürlich zum Schreien komisch, aber Tommy hätte lieber das Pentagon eingenebelt. Schließlich war es nur ein Testlauf, und ihm gefiel die Vorstellung, die Militärs mal ordentlich aufzumischen.

Trotzdem hatten sie ein paar gute Ziele, auch wenn der Wind aus Südwesten kam. Sie würden in Höhe der Brücke, über die die 14th Street führte, anfangen zu sprühen. Damit deckten sie alles zwischen dem Jefferson Memorial und dem Kennedy Center ab. Beispielsweise das Vietnam Veterans Memorial und die Sportanlagen hinter dem Tidal Basin.

Ein Supercoup, wenn es nicht bloß ein Test wäre.

Als sie die Brücke erreichten, auf der sich der Verkehr staute, ging Tommy nach achtern, um die Sprühkanone bereitzumachen. Während Belinda das Boot steuerte, zeigte er Vaughn genau, was er zu tun hatte, dann ging er nach unten und schaltete alles ein.

Und es funktionierte absolut perfekt. Man konnte den Strahl kaum sehen, so fein war der Nebel. Er schoss in einem hohen Bogen in den Himmel und verschwand dann, einen Regenbogen zurücklassend. »Es klappt, Mann!«

Belinda lachte, und Vaughn sagte das, was er immer sagte, wenn er begeistert war: »Junge, Junge.«

Aus Freude über den Erfolg hob Tommy spontan die rechte Hand, damit Vaughn es ihm gleichtat.

Vaughn hielt die flache Hand dicht neben das Gesicht, als wollte er auf die Bibel schwören, und als Tommy ihm klatschend auf die Handfläche schlug, wippte die Hand nach hinten, schlaff wie ein Handschuh.

So ein Vollidiot, dachte Tommy, der Typ hat wirklich von *nix* eine Ahnung.

16

Es war Annies Idee gewesen, auf der Mall zu joggen. Normalerweise lief er direkt am Fluss entlang oder durch den Rock Creek Park, aber die breiten Spazierwege auf der Mall waren eine nette Abwechslung – wenn auch ein wenig übervölkert. Und man konnte sich bequem unterhalten, weil man nicht bei Steigungen außer Atem geriet.

Er mochte die Art, wie Annie lief. Wenn sie ging, wirkte sie ein wenig linkisch, wie ein verlegenes Schulmädchen, das vor die Klasse gerufen worden war. Aber ihr Laufstil war ganz anders. Sie bewegte sich leicht und anmutig, und ihre langen Beine glitten wie schwerelos über den Boden.

Als sie das Lincoln Memorial erreichten, sprinteten sie Seite an Seite die Stufen hinauf. Oben angekommen, wandten sie sich um und genossen, um Atem ringend, den Blick auf die Aussicht, durch die sie eben noch gejoggt waren.

»Das sieht aus wie von Seurat«, sagte Annie.

»Der mit den vielen Punkten.«

»Nachmittag –«

»... auf der Insel La Grande Jatte.«

Überall waren Menschen; in Autos, auf Fahrrädern und Inline-Skates. Sie joggten und machten Picknick. Sie schlenderten am Potomac entlang. Flugzeuge dröhnten über sie hinweg zum National Airport. Motorboote durchpflügten den breiten Fluss. Und überall waren Monumente: Washington, Lincoln, Jefferson und Einstein. Das Vietnam Veterans Memorial. Das lang gezogene Wasserbecken der Mall und dahinter: das Kapitol.

Auf dem Rückweg kamen sie auf halber Strecke an einem improvisierten Spielfeld vorbei, wo zwei Mannschaften mit leidenschaftlichem Einsatz Football spielten. Als sie gerade daran vorbeiliefen, flog der Ball nach einem Fehlpass über die Außenlinie, prallte einige Male vom Boden ab und kullerte dann Richtung Straße.

»Holt ihr mal den Ball?«, rief jemand.

Instinktiv hob Frank den Ball auf und warf ihn dem Quarterback zu. Es war ein perfekter Pass, und der Ball flog wie an der Schnur gezogen vierzig Meter weit ins Feld.

»Wow!«, rief der Mann, als das Footballei ihm gegen die Brust prallte. »Willst du mitspielen?« Frank schüttelte den Kopf, winkte leicht und trabte weiter.

»Wir könnten spielen«, sagte Annie. »Wenn Sie wollen.«

»Nee ... Ich spiel nicht gern Football.«

»Hätte ich nicht gedacht. Das war ja fast wie bei einem Profi.«

Er zuckte die Achseln. »Ich hab früher mal gespielt«, sagte er.

»Sie können aber richtig gut werfen.«

Er zog das Tempo ein wenig an, sodass sie gezwungen war aufzuholen. Sie wollte ja nur nett sein, aber ... er wollte nicht darüber reden. Beim Football musste er immer an seinen Vater denken, und ... *Ob er überhaupt noch am Leben ist?* Die Frage war schon beinahe müßig.

Eine Weile liefen sie schweigend weiter, und Annie wunderte sich über seine Verstimmung. Schließlich wechselte sie das Thema, was auch immer das unausgesprochene Thema zuvor gewesen war. »Und?«, setzte sie an. »Ist es vorbei?«

»Was?«

»Die Kopervik-Geschichte. Sie sind in einer Sackgasse gelandet, stimmt's?«

»Nein!«, entgegnete er gekränkt. »Ich stecke nicht in einer Sackgasse.«

»Ja, aber was können Sie denn noch machen?«

»Vieles.«

»Zum Beispiel?«

»Den Anhaltspunkten weiter nachgehen.«

»Welchen Anhaltspunkten?«, fragte sie.

Er schielte zu ihr hinüber. *Gute Frage.* »Ich weiß nicht. Da sind so einige.«

Annie lachte. Dann wich sie einem Teenager auf einem Fahrrad aus, holte Frank ein und wiederholte die Frage: »Welche Anhaltspunkte?«, wollte sie wissen und sah ihn dabei an.

»Machen Sie einen auf Torquemada?«, fragte Frank zurück.

»Ich bin bloß neugierig«, sagte sie.

»Okay ... die Flagge!«, schlug Frank vor. »Die Flagge ist ein Anhaltspunkt.«

»Die auf dem Hubschrauber?«

»Genau.«

Sie überlegte beim Laufen und sagte dann: »Wie wollen Sie denn damit weiterkommen?«

Frank verdrehte die Augen, im Laufen eine ausgesprochen uneffektive Geste. »Es ist eine amerikanische Flagge«, sagte er. »Also handelt es sich vermutlich um ein amerikanisches Schiff. Und deshalb könnten die Leichen in einem amerikanischen Hafen angekommen sein.«

»Jaaaa?«

»Wenn ja, müsste es jedenfalls Unterlagen dazu geben«, sagte Frank.

»Es sei denn, sie haben sie eingeschmuggelt.«

»Vielleicht war es aber gar nicht so einfach, sie ins Land zu schmuggeln. Jedenfalls nicht, wenn sie gekühlt werden mussten.«

»Und das mussten sie!«, rief Annie so laut und deutlich, dass ein entgegenkommendes Paar sie anstarrte. Sie wurde rot und senkte die Stimme. »Ich meine, sie mussten gekühlt werden, wenn das Virus erhalten bleiben sollte.«

»Und nachdem sie sie in den Staaten hatten ...«

»... brauchten sie ein Labor, um mit dem Virus zu arbeiten.«

»Was für eine Art von Labor?«, fragte Frank.

Er bekam nicht sofort eine Antwort. Sie überlegte, und beim Überlegen wurde sie langsamer. Frank passte sein Tempo entsprechend an.

»Nehmen wir an, sie hatten einen Kühlraum, wie eine riesige Tiefkühltruhe.« Sie ging jetzt und er auch. »Sie könnten Proben aus den Leichnamen entnehmen – zuerst aus den Lungen – und jeweils nur mit kleinen Gewebeproben arbeiten. Auf diese Weise würden sie keine Schutzanzüge brauchen. Sie könnten mit Handschuheingriffen arbeiten.« Sie runzelte die Stirn.

»Womit?«, fragte er nach.

Sie schüttelte den Kopf und lachte leise, fast traurig. »Gott! Ich fasse es nicht!«

»Was denn?«

»Ich mache mir doch tatsächlich Sorgen um sie. Ich musste gerade denken – ich meine, hoffentlich wissen die, dass man auch im Kühlraum bei der Probenentnahme vorsichtig sein muss. Einige Instrumente könnten warm werden, und wenn das passiert, kann das Virus freigesetzt werden.« Sie schüttelte den Kopf. »Tut mir leid. Ich plappere wirres Zeug. Ich habe nur gedacht: ›Hoffentlich wissen die überhaupt, was sie da machen.‹ Aber tu ich das eigentlich?«

»Tom Deer meint, es waren Leute von einem Pharmaunternehmen«, sagte Frank.

Annie blickte skeptisch.

Als sie die Treppe vor dem Kapitol erreichten, rannten sie die Stufen hinauf und kamen völlig außer Atem oben an – obwohl Annie noch genug Energie hatte, die Arme hoch in die Luft zu recken und triumphierend von einem Bein auf das andere zu hüpfen – wie Sylvester Stallone in *Rocky*.

Im Wagen, auf dem Rückweg zu ihrer Wohnung, nahm sie das Gespräch da wieder auf, wo sie es abgebrochen hatten.

»Also!«, sagte sie. »Was wollen Sie denn nun wegen der Flagge unternehmen?«

»Nun ja«, antwortete Frank. »Als Erstes habe ich mal das

Außenministerium angerufen und denen erzählt, dass ich einen Artikel darüber schreibe, was passiert, wenn Amerikaner im Ausland sterben. Wie ihre Leichen zurück in die Staaten überführt werden.«

»Es waren aber Norweger«, wandte Annie ein.

»Jaja, aber wenn man sie als Amerikaner ausgegeben hat ... Ich meine –«

»Okay. Was dann?«

»Tja, es gibt da alle möglichen Vorschriften, da werden Totenscheine verlangt, für den Transport sind bestimmte Behältnisse erforderlich, die müssen auf eine bestimmte Art versiegelt sein ... Weiß der Himmel was noch alles. Jedenfalls habe ich die Zollbehörde angerufen, die die Rückführung sterblicher Überreste in die Vereinigten Staaten überwacht.«

»Und?«

»Wir haben eine Zeit lang um den heißen Brei herumgeredet, und dann habe ich einfach gefragt.«

»*Was* gefragt?«

»Ob irgendwer fünf Leichname ins Land gebracht hat und wie ich die finden könnte.« Ein Polizeiwagen raste mit halsbrecherischer Geschwindigkeit vorbei. »Mann! Haben Sie den gesehen?« Frank hielt vor einer Ampel. Der Saab ging aus, und er musste ihn mehrmals neu starten und kräftig mit dem Gaspedal pumpen, um ihn wieder zum Laufen zu kriegen.

»Und was haben sie gesagt?«, fragte Annie.

»Wer?«

»Die vom Zoll.«

»Wozu?«

Sie schlug ihm leicht auf den Arm. *»Die Leichen!«*

»Ach so. Sie haben gesagt, ich sollte die Hafenämter anrufen.«

»Welche Hafenämter?«

»Alle«, erwiderte er.

»Alle?«

»Jawohl. Bis ich die Leichen gefunden habe.«

»Donnerwetter.«

»Sie haben mir eine Liste gefaxt.«

»Und das wollen Sie wirklich machen? Jedes einzelne Hafenamt anrufen?«

»Natürlich«, sagte Frank. »Ich werde mich erkundigen, ob im Herbst irgendwelche Leichname angekommen sind.«

»Himmel! So was könnte ich nie. Ich hasse es, Leute anzurufen, die ich nicht kenne.«

Frank zuckte die Achseln. »Das ist das tägliche Geschäft eines Reporters.«

»Ich weiß, aber ... so was nenne ich hartnäckig!«

Er lachte. »O ja, ich bin ein echter Terrier.«

Auf seinem Anrufbeantworter waren zwei Nachrichten, und sie kamen aus den entgegengesetzten Ecken seiner allzu realen Welt.

Die erste Stimme war die von Fletcher Harrison Coe. Mit seiner für Long Island typischen gedehnten Sprache schaffte er es, Franks Namen in einen vielsilbigen Ausdruck stiller Anerkennung zu verwandeln.

> »Fraa-ann-nnk. Fletcher Coe am Apparat. Ich rufe an, weil wir noch immer auf den Artikel über *Sin Nombre* warten, den Sie uns versprochen haben. Für diese Ausgabe versprochen, dachte ich zumindest. Ich weiß natürlich, dass Sie sehr beschäftigt sind, aber ... ich bin doch ein wenig in Sorge wegen dieser erstaunlich hohen *Kosten* und ... nun ja, wenn wir so gar kein *Ergebnis* von Ihnen bekommen, bringt uns das ein wenig in Verlegenheit. Schließlich wollen wir für unser Geld was sehen. Wär schön, wenn Sie sich melden würden, ja?«

Gott, jetzt würde er den Artikel über New Mexico in Windeseile runterschreiben müssen. Er konnte Jennifer oder Coe nicht anrufen und ihnen mit lahmen Ausreden kommen; er musste es einfach schaffen. Und das würde er auch. Wenn er die halbe

Nacht durcharbeitete und morgen sehr früh weitermachte, konnte er es vielleicht bis morgen Nachmittag schaffen.

Er löschte die Nachricht und spielte die nächste ab.

Onkel Sid lebte in einer völlig anderen Welt als Fletcher Harrison Coe, und er hielt sich auch an andere gesellschaftliche Regeln. Das bedeutete unter anderem, dass er sich nicht vorstellte. Musste er auch nicht. Eine Nachricht auf den Anrufbeantworter zu sprechen schien bei Onkel Sid den Wunsch auszulösen, alles Wichtige lautstark runterzurattern, ohne zwischendurch auch einmal Luft zu holen:

»Frankie? Bist du da? Wo bist du? Hör mal! Ich weiß Bescheid über diesen Mist mit deinem Vater, und du hast allen Grund, stinksauer zu sein, das versteh ich ja, aber ich hab einfach gedacht, du solltest wissen – er ist ein zäher alter Brocken, aber das ist jetzt schon sein zweiter Herzinfarkt, verflucht noch mal, und es sieht nicht gut aus, Frankie, der Herzmuskel ist schwer geschädigt, und ich weiß nicht, ob er das übersteht. Wenn er rauskriegt, dass ich dich angerufen habe, scheißt er mich zusammen, aber ich hab mir gedacht, dass du vielleicht doch für ihn dasein willst, verstehst du? Es sind mittlerweile zehn Jahre, verflucht noch mal. Willst du denn wirklich bis ins nächste Jahrhundert stur bleiben? Na, jedenfalls liegt er auf Intensiv, im Krankenhaus St. Mary's.« (Pause, Papier raschelte, eine Faust krachte auf eine harte Oberfläche.) »Verdammt, ich find die blöde Nummer jetzt nicht, aber die kriegst du bei der Auskunft. St. Mary's!«

Und dann kam ein Piepton, und er war weg.

Das hat mir gerade noch gefehlt. Ausgerechnet jetzt ... Ärger stieg in ihm auf, und einen Moment lang genoss er ihn richtig. Dann schämte er sich. *Das nenne ich egozentrisch. Ich bin ja schon genauso schlimm wie der Alte Herr.*

Er holte sich ein Bier aus der Küche und setzte sich damit im Wohnzimmer vor den Computer. Er schaltete ihn an, und während das Windows-Programm hochfuhr, nippte er an seinem Bier.

Er dachte nicht oft an seine Familie. Eigentlich dachte er überhaupt nicht an sie. Sie alle waren Teil seiner Kindheit, und seine Kindheit war schon lange vorbei.

Eine einsame Klaviernote gefolgt von einem Harfenakkord verkündete ihm, dass der Computer arbeitsbereit war. Er ging ins Textverarbeitungsprogramm und lud seine Notizen zu *Sin Nombre*.

Was hatte Sid gesagt? »Dass du vielleicht doch für ihn dasein willst«! Toll, dachte Frank. Als ob er je für uns dagewesen wäre.

»Uns«, das waren er und seine Mutter, Sigrid, geborene Leverkuhn, ehemals Schönheitskönigin und die große High-School-Liebe des besten Footballspielers, den Kerwick High je gehabt hatte. (Ta-daa!)

Frank ging seine Notizen durch und suchte nach einem Zitat von einem der Indianer, mit denen er im Taos Pueblo gesprochen hatte.

Die Ehe war ein riesiger Fehlschlag gewesen. Entstanden war sie im jugendlichen Überschwang, doch ebenso wie die besten Jahre des Alten Herrn war auch die Ehe zusehends verblasst. Als Big Frank nach zwei »Saisons« an der Penn State University und doppelt so vielen Knieoperationen nach Kerwick zurückkehrte, sah er aus wie einer, der den Krieg verloren hat, und er fühlte sich auch so.

Seine Braut kam mit ihm.

Und dann wurde Frankie geboren, und das war's dann. Die Zukunft war Vergangenheit – so schien es zumindest –, und alle Träume des Alten Herrn waren nur noch Schall und Rauch. Er gab auf, dachte Frank. Er bekam es einfach mit der Angst und gab auf. Himmel, dabei war er gerade erst zwanzig.

Und er war so gut wie nie da. Wenn er nicht im Elektrizitätswerk arbeitete, wo er einen Job als Installateur hatte, hing er mit seinen Kumpels in »Ryan's Bar & Grill« rum – oder stieg den Kellnerinnen nach.

Was unter anderem bedeutete, dass Frank von seiner Mutter großgezogen wurde. Sie wohnten in einem heruntergekommenen Haus in einem Arbeiterviertel. Vor jedem Haus an ihrer Straße war ein zimmergroßes Rasenstück (oder häufiger noch ein Rechteck aus festgetretenem Dreck) – außer vor dem Haus der Dalys und von ein paar anderen, die richtige Gärten hatten. Der Garten war Sigrids ganzer Stolz, und als kleiner Junge half Frank ihr gerne bei der Arbeit darin.

Obwohl er nicht gerade viel Zeit dafür hatte. Schon als er noch klein war, arbeitete Frank – schaufelte Schnee, mähte Rasen, machte Besorgungen. Und dann, als er alt genug war, arbeitete er an den Wochenenden bei Safeway. Von morgens neun bis abends neun packte er die Einkäufe der Kunden in Tüten und füllte Regale auf. In den Sommerferien arbeitete er vierzig Stunden die Woche im Elektrizitätswerk, heizte die Dampfkessel. Jeden Freitag überreichte er seiner Mutter seinen Gehaltsscheck, und selbst der Alte Herr musste zugeben, dass Frankie sich so ziemlich selbst finanzierte.

Und das tat er, obwohl gesagt werden muss, dass er mit recht guten Anlagen ausgestattet war. Von seiner Mutter hatte er die Liebe zu Büchern und ein fast fotografisches Gedächtnis geerbt, eine Kombination, die ihn zu einem hervorragenden Schüler machte. Seine Tanten sagten gern, er sei Sigrid »wie aus dem Gesicht geschnitten«, aber das war Wunschdenken. Sie hatte ihm ihre meergrünen Augen und hohen schrägen Wangenknochen mitgegeben, doch im Grunde war es sein Lächeln, das die Menschen an sie erinnerte. Dieses leicht scheue Anheben der Wangen hatte etwas Verschmitztes an sich, das in seinen Augen aufblitzte und allen, die es sahen, eine gleichsam verschwörerische Zuneigung abverlangte.

Alles Übrige hatte er von seinem Vater. Er war sehnig und knochig, und das dunkelbraune Haar fiel ihm in die Stirn. Mit seinen einsfünfundachtzig wog er gerade mal zweiundsiebzig Kilo – ein langer Lulatsch, dessen rechter Arm von den Lokalzeitungen mit einer Schrotflinte verglichen wurde.

Als einziger von den Neulingen an der High School wurde er gleich im Footballteam aufgenommen und war schon im zweiten Jahr Quarterback. Seine Ergebnisse waren beeindruckend und wurden von Spiel zu Spiel immer besser. Es dauerte nicht lange, und der Alte Herr tauchte mit seinen Kumpels bei Heim- und Auswärtsspielen als Zuschauer auf. Sie ließen die Flaschen kreisen und grölten die Schulhymne. Der Stolz seines Vaters war offensichtlich – vor allem, als sein Sohn einen Fünfundsechzig-Meter-Pass warf, der nicht nur das Spiel entschied, sondern auch den High-School-Rekord für Pennsylvania brach. Alle Welt wusste, dass Frank eine goldene Zukunft als College-Footballer erwartete – als er plötzlich aufhörte zu spielen.

Frank lehnte sich im Sessel zurück und starrte auf den Bildschirm. Es war Abend, und er hatte noch kein Wort geschrieben. Autoscheinwerfer glitten an der Wand hoch, breiteten sich fächerartig über die Decke aus, rasten an der gegenüberliegenden Wand wieder nach unten und verschwanden im Teppich.

Dass ich mit Football aufgehört habe, dachte er, war wirklich bescheuert.

Es tat ihm nicht etwa leid. Schließlich brach es dem Alten Herrn das Herz – und darum war es ihm ja gegangen.

Es geschah gegen Ende seines zweiten Jahres auf der High School: Seine Mutter erkrankte an einer Infektion der Atemwege, die sich zu einer Lungenentzündung auswuchs. Als Frank aus der Schule nach Hause kam, war sie zusammengebrochen und lag auf dem Küchenboden. Er war erst fünfzehn, aber er trug sie zum Wagen, und nachdem er die Autoschlüssel gefunden hatte, raste er bei dichtem Verkehr zur Notaufnahme – wo ihn die Krankenschwester wieder nach Hause schickte, um die Krankenversicherungsunterlagen zu holen, die sie brauchte.

Und er tat es. Als er mit den Versicherungsscheinen wieder im Krankenhaus eingetroffen war, schickten sie ihn noch einmal nach Hause, um Zahnbürste, Nachthemd und Morgenrock für seine Mutter zu holen. Nachdem er auch das erledigt hatte, rief er bei »Ryan's Bar & Grill« an und fragte nach seinem Vater. Er erklärte dem Barkeeper, dass es ein echter Notfall sei und es um Leben und Tod ginge, damit der den Alten Herrn nicht verleugnete, wie schon so oft.

Tut mir leid, Frankie, ich hab ihn seit Tagen nicht gesehen. Aber ich hör mich mal um. Sag deiner Mutter, sie soll sich nicht unterkriegen lassen.

Er verbrachte die Nacht auf einem unbequemen Stuhl im grell erleuchteten Wartezimmer der Notaufnahme. Über ihm flimmerte ein Fernseher mit miesem Empfang, aus dem schlechte Witze und hektische Musik krächzten. Seine Mutter lag auf der Intensivstation, und die Ärzte blickten besorgt drein. *Sie ist sehr krank, Junge. Gibt es irgendeine Möglichkeit, deinen Vater zu erreichen?*

Die ganze Zeit über dachte Frank, dass sie wieder gesund werden würde, weil ja schließlich kein Mensch mehr an Lungenentzündung starb. Oder doch? Nein. Natürlich nicht. Bis auf diejenigen, die es doch taten.

Er blieb drei Tage lang bei seiner Mutter, hielt ihre Hand, wartete darauf, dass seine Tanten kamen. Und als sie kamen, war es fast noch schlimmer. Sie regten sich nur ständig darüber auf, dass sein Vater nicht da war, und schmiedeten Pläne, was sie tun würden, wenn Sigrid wieder gesund war. Aber ... sie wurde nicht wieder gesund.

Der Alte Herr kam während der Totenwache. *Ich hatte beruflich zu tun*, nuschelte er, und sein Atem stank nach Pfefferminz. Frank stürzte sich auf ihn, aber Onkel Sid ging dazwischen. *Niemals darfst du die Hand gegen deinen Vater erheben*, sagte er.

Im Herbst jenes Jahres hörte Frank auf, Football zu spielen. Er machte kein großes Aufheben darum: Er ging einfach nicht mehr zum Training. Damals priesen die Lokalzeitungen die Mannschaft von Kerwick als »das beste Team aller Zeiten«, und pro Woche riefen mindestens zwei College-Trainer an. Frank erklärte ihnen höflich, dass er nicht mehr Football spiele.

Was ist los, Junge? Bist du verletzt?

Nein, alles in Ordnung.

Dann … versteh ich das nicht.

Ich spiele einfach nicht mehr. Ich bin irgendwie … mit anderen Dingen beschäftigt.

Was für »andere Dinge«?

Ich lese. Arbeite im Supermarkt.

Das soll doch wohl ein Witz sein, oder?

Nein.

Dann brauchst du ganz sicher eine Therapie – je eher, desto besser. Such dir professionelle Hilfe.

Sein Schultrainer kam vorbei – mehrmals –, aber schließlich gab er auf. Er musste sich um seine Mannschaft kümmern, und mittlerweile hatte Kerwick schon drei Spiele gewonnen. Irgendwann dämmerte es dann allen, dass die Kerwick High School Frank nicht unbedingt brauchte. Sie hatten, auch ohne ihn, ein Klasseteam.

Aber darauf kam es nicht an. Es kam natürlich darauf an, seinem Vater das Herz zu brechen, ihn dafür zu bestrafen, dass er sein eigenes Leben vor so vielen Jahren einfach weggeworfen hatte, und dafür, dass er seine Frau im Wartesaal ihrer Ehe sitzen gelassen hatte.

Football war das Beste gewesen, das der Alte Herr in seinem Leben gehabt hatte, die Quelle aller Hoffnungen und Erwartungen. Wenn er seinen Sohn spielen sah, war das wie eine Wiedererweckung. Und zu sehen, dass er aufgab, war eine zweite Beerdigung.

Sie sprachen nie richtig darüber, obwohl Frank sah, dass sein Vater es liebend gern getan hätte. Aber nach dem Tode seiner Mutter sprachen sie eigentlich überhaupt nicht mehr miteinander – bis auf Belanglosigkeiten: *Weißt du, wo die Schneeschaufel ist? Brauchst du den Wagen? Ich fahr für ein paar Tage weg.*

Als er im letzten Schuljahr war, hatte Frank schon längst beschlossen, Kerwick zu verlassen. Eine Ironie des Schicksals wollte es, dass sich ihm die Möglichkeit dazu bot, weil er ein Stipendium gewann, das nur Schülern gewährt wurde, deren Eltern Mitglied in der Gewerkschaft waren, der sein Vater angehörte.

Die University of California in Berkeley lag so weit entfernt, wie es überhaupt möglich war, um ohne Schiff von zu Hause wegzukommen. Er verlebte dort friedliche vier Jahre, studierte Geisteswissenschaften und belegte etliche Seminare über Kreatives Schreiben. Außerdem entdeckte er dort seine Liebe zur Biologie, sodass er eine Zeit lang ernsthaft überlegte, im Anschluss noch Medizin zu studieren. Aber da er nun mal so dicht an der Armutsgrenze aufgewachsen war, schreckte er vor den gewaltigen Schulden zurück, die ein Medizinstudium mit sich gebracht hätte. Als er '89 sein Examen machte, kehrte er zurück an die Ostküste, um sich dort Arbeit zu suchen.

Und er fand sie in New York City als Redakteur bei der *Alliance*, einer russisch-englischen Zeitung, die im russischen Viertel in Brighton Beach erschien. Schon bald veröffentlichte er Artikel über dieses »Klein-Odessa« in der *Village Voice* und im *Boston Globe Magazine*. 1992 hatte er bereits Preise für kritischen und investigativen Journalismus gewonnen. Letzteres für eine Serie über Benzinschmuggel, der von aus Russland emigrierten Gangstern kontrolliert wurde. An diesem Punkt seiner Karriere bewarb er sich dann erfolgreich um eine Anstellung bei der *Washington. Post*. Seine Arbeit in der Abteilung für Lokales, bei der er über Polizeiaktionen und Gerichtsverhandlungen berichtete, brachte ihm schon bald eine Beförderung in die exotischere Abteilung »Nationale Sicherheit« ein. Auch da hatte er sich gut geschlagen, aber als er noch dabei war, sich ein gutes Netzwerk von Informanten aufzubauen, wurde er erneut versetzt. Diesmal sollte er über den Präsidentschaftswahlkampf berichten. Auch das war im Grunde eine Beförderung, aber keine, mit der er glücklich war. Die Arbeit als politischer Berichterstatter beschränkte sich auf die Beschäftigung mit Postenrangeleien und Mauscheleien, mit Klatsch und Tratsch.

Was ihn zur Johnson Foundation getrieben hatte, war die Aussicht auf eine weitere Beförderung. Er sollte im Weißen

Haus über die Präsidentenfamilie berichten, aber diesmal in Form von »Features«. Diese Vorstellung entsetzte ihn derart, dass er sich für das Johnson-Stipendium bewarb. Sein vorgeschlagenes Projekt sollte die Erkundung der »schönen neuen Welt« bislang unbekannter Viren sein.

Auf diese Weise konnte er sich ein Jahr bei der *Post* beurlauben lassen, ohne gleich den Boden unter den Füßen zu verlieren. Und derweil konnte er sich Gedanken darüber machen, wer er eigentlich war und was er eigentlich tun wollte – während er über ein Thema schrieb, das ihn ehrlich interessierte.

Während Frank die Lichter der Autoscheinwerfer beobachtete, die über die Decke glitten, dachte er darüber nach, wer er im Moment eigentlich war. War er wirklich jemand, der, wie sein Onkel Sid es ausgedrückt hatte, »bis ins nächste Jahrhundert stur« blieb? Vielleicht. Wahrscheinlich. Es sah jedenfalls ganz danach aus.

Aber dann dachte er, verdammt, was soll's, vielleicht ist der Zeitpunkt ja doch gekommen. Er griff nach dem Telefon und wählte die Nummer der Auskunft in Kerwick.

Es ertönte ein Rufton, und dann sagte eine Frauenstimme: »Die von ihnen gewählte Vorwahl hat sich geändert. Die neue Nummer lautet ...«

Mein Gott, dachte er, es war wirklich lange her. Sie hatten die Vorwahl für seine Kindheit geändert.

17

Als er sich am nächsten Morgen seinen Kaffee kochte und am Küchentisch die *Washington Post* las, fühlte er sich erschöpft.

Er hatte bis drei Uhr nachts an dem Artikel über *Sin Nombre* gearbeitet, war aber noch immer nicht fertig. Leider nicht, denn heute war der zweite Freitag im Monat und somit Abgabeschluss für das Mitteilungsblatt der Johnson Foundation. Wenn er allerdings nicht heute die Hafenämter anrief, würde er bis Montag warten müssen.

Einen kurzen Moment erwog er, in der Foundation Bescheid zu sagen, dass er seinen Artikel später abgeben würde; sein Vater liege auf der Intensivstation und ...

Nein. Er würde die Krankheit seines Vaters nicht als Ausrede benutzen, um den Abgabetermin zu verschieben. So mies war er denn doch nicht. Stattdessen wollte er bis Mittag an dem *Sin-Nombre*-Artikel arbeiten – besser gesagt, *bis er ihn fertig hatte* – und dann anfangen, die Häfen anzurufen. Und was seinen Vater betraf ... da würde er später anrufen.

Um zwei Uhr steckte der Artikel im Rucksack eines Fahrradkuriers und war unterwegs zu Jennifer Hartwig. Das Begleitschreiben zu der Story beinhaltete die kleinlaute Bitte, ihm die bislang angelaufenen Kosten zu erstatten.

Ich hätte nie gedacht, dass meine gute Fee eine fast einsachtzig große Kalifornierin ist, dachte Frank.

Das Thai-Restaurant lieferte ihm ein Mittagessen, das er direkt aus der Verpackung aß, während er sich durch die Liste der Hafenämter arbeitete.

Es war eine mühselige Angelegenheit und vermutlich reine Zeitverschwendung. Aber es war auch die einzige Spur, die er hatte. Also stürzte er sich in die Arbeit, und nach einem halben Dutzend Anrufe konnte er sein Sprüchlein wie in Trance runterbeten.

Wie schnell er eine Antwort bekam, hing von der Intelligenz und Kooperationsbereitschaft der Person am anderen Ende ab. Manchmal bekam er schon nach einer Minute die erwünschte Auskunft. Manchmal brauchte er zehn Minuten, bis er sich, vor Ungeduld mit den Fingern auf dem Schreibtisch trommelnd, die schwachsinnigen Aufzählungen unerwünschter Alternativen der automatisierten Telefonzentralen angehört hatte.

Außerdem waren erstaunlich viele Leute »nicht an ihrem Platz«, sprachen gerade »auf der anderen Leitung«, waren »zum Mittagessen« oder einfach »nicht im Hause«. Trotzdem hatte er um vier Uhr nachmittags schon neunzehn Häfen erreicht, von denen elf definitiv ausgeschlossen werden konnten. Entweder hatten sie im ganzen letzten Jahr keinerlei Leichenüberführungen gehabt, oder falls doch, so waren sie vor September 1997 erfolgt. Damit blieben aber noch immer Dutzende von Häfen, die er anrufen musste.

Er stand auf und reckte sich. Das konnte noch ewig dauern.

Und dann hatte er Glück.

Das Telefon läutete, und eine Frau namens Phyllis, die im Bostoner Hafen arbeitete, war am Apparat. Mit sachlicher Stimme teilte sie ihm mit, dass der Hafen im vergangenen Jahr acht Rückführungen sterblicher Überreste von Amerikanern abgewickelt habe – fünf davon zur gleichen Zeit.

Frank setzte sich so abrupt auf, dass die Kaffeetasse klapperte. »Ganz sicher?«, fragte er.

»Aber ja, mein Bester! Das weiß ich noch sehr genau. Es war nämlich höchst ungewöhnlich.«

»Wieso das?«

»Na ja, zunächst mal die Anzahl der Leichname – das war das eine. Und dann, dass sie per Schiff kamen. Normalerweise erfolgen Rückführungen per Flugzeug – aber es handelte sich um Opfer eines Unfalls auf See.«

»Haben Sie den Namen des Schiffes?«

»Die *Crystal Dragon*. Ich hab noch gedacht, was für ein hübscher Name!«

Frank wollte ihr danken, aber sie fiel ihm ins Wort.

»Das ist schließlich mein Job. Das sind alles Unterlagen, die der Öffentlichkeit zugänglich sind. Wenn Sie mir jetzt ihre Faxnummer geben, schicke ich Ihnen die näheren Einzelheiten.«

Fünf Minuten später schoben sich acht Seiten mit Dokumenten aus dem Faxgerät. Er bekam eine Liste mit den Namen der Toten sowie die Totenscheine, die allesamt von dem Schiffsarzt, einem gewissen Dr. Peter Guidry, unterzeichnet waren. Todesursache war in allen Fällen Ertrinken.

Ein unterschriebener und eindrucksvoll abgestempelter Brief von einem Beamten im Auswärtigen Dienst an der amerikanischen Botschaft in Reykjavik gab als Todesursache »Unfall auf hoher See« an und erteilte die Genehmigung, dass »die sterblichen Überreste ohne die üblichen beglaubigten Sterbeurkunden den amerikanischen Zoll passieren« durften. Außerdem verfügte das Dokument, dass die Leichname nach ihrer Ankunft in Boston einem lizenzierten Leichenbestatter überstellt werden sollten, der für das Bestattungsunternehmen J.S. Bell's Funeral Home in Saugus, Massachusetts, tätig war.

Da sich die Todesfälle auf hoher See ereignet hatten, war es Aufgabe des Leichenbestatters, »die Vollständigkeit der sterblichen Überreste« zu überprüfen und zu bestätigen, wonach sie dann in seine Obhut übergeben werden sollten.

Ein Dokument beglaubigte, dass dies geschehen war. Unterschrieben war es von einem Leichenbestatter, dessen Namen Frank nicht lesen konnte, und gegengezeichnet von einem Zollbeamten, der aber nur seine Initialen daruntergesetzt hatte. Aus seinem Gespräch mit dem Mann vom Außenministerium wusste Frank, dass dieses Verfahren so ziemlich normal war. Vielleicht, so dachte er, hat J.S. Bell's eine Art Vertrag mit dem Hafen von Boston, dass sie alle Leichenüberführungen abwickeln, die dort anfallen.

Er betrachtete die Liste mit den Namen, die alphabetisch geordnet waren:

Leonard Bergman, 22
Arturo Garcia, 26
Thomas O'Reilly, 39
Ross D. Stevens, 52
Christopher Yates, 27

Keiner der Namen sagte ihm etwas. Was ihm allerdings auffiel, war, dass alle Toten aus derselben Stadt stammten: Lake Placid, New York.

Wie konnte das sein? Vielleicht waren sie Männer von der freiwilligen Feuerwehr gewesen, die eine Reise gewonnen hatten, oder Vertreter für ein Versandhaus oder ...

Das glaube ich nicht, dachte er. Es sei denn, das ist kein verrückter Zufall, sondern ein Volltreffer. Die Satellitenfotos bewiesen, dass die Leichen der Bergleute am 9. September in Kopervik exhumiert worden waren. Das Datum auf den Totenscheinen vor ihm lautete: 12. September. Vier Tage später waren die sterblichen Überreste in Boston eingetroffen.

Er überlegte, was er als nächstes tun sollte, und die Antwort war klar: *Nur die Ruhe bewahren, nichts überstürzen. Du weißt ja immer noch nicht, worum es eigentlich geht.*

Er ließ sich die Nummer des Bestattungsunternehmens J.S. Bells in Saugus geben und wählte sie.

Laut Annie mussten sich die Leichen der Bergleute stark verändert haben. Nach achtzig Jahren in der Erde war eine gewisse Austrocknung zu erwarten. *Soll das heißen, dass sie wie Mumien aussehen?*

Nein, erwiderte sie. *Eher so wie Lebensmittel, die zu lange in der Tiefkühlung liegen. Nach einer Weile verändert sich die Form von Hähnchenbrust, weil das Fleisch Feuchtigkeit verliert. Genauso verändert sich Eiscreme, und Kadaver eben auch. Nach zirka einem Monat sind selbst Eiswürfel nur noch halb so groß.*

Das war aufschlussreich. Die eingefallenen Augen, die vorstehenden Rippen, die nach hinten gezogenen Lippen. Die Leichen mussten die Hälfte ihres Gewichts verloren haben – was niemand verstecken könnte. Ein Leichenbestatter musste das sofort sehen.

Beim dritten Klingeln hob eine Frau ab, und als sie hörte, dass Frank Reporter war, teilte sie ihm mit, sie habe »nichts Neues« für ihn.

»Wie bitte?«, sagte Frank verwirrt.

»Sie sind doch für die Nachrufe zuständig, oder?«

»Nein«, erwiderte Frank. »Ich schreibe keine Nachrufe. Ich ... ich arbeite für die *Post*.«

»Die *Washington Post*?«

»Ja.«

»Ach. Oh! Normalerweise rufen uns nur die Lokalzeitungen an, aber – würden Sie einen Moment dranbleiben?«

Es dauerte allerdings fast sechs Minuten, bis sich eine Männerstimme meldete, und in dieser Zeit hatte Frank den Anruf auf Lautsprecher geschaltet. Dann: »Malcolm Bell hier.«

Frank hechtete zum Hörer.

»Hallo! Ja, mein Name ist Frank Daly von der *Washington Post*.«

Pause. »Was kann ich für Sie tun, Mr. Daly?«

»Frank«, verbesserte er und kam sich dabei selbst ein bisschen aufdringlich vor. »Ich schreibe gerade an einer Story, die ... na ja, sie ist ein wenig ungewöhnlich, weil ... also, es geht um Todesfälle, die, äh, schon länger her sind ... einige Ertrunkene, und ... ich habe Grund zu der Annahme, dass ... Sie sich um die sterblichen Überreste gekümmert haben.«

»Ja?«

Frank stockte, suchte nach einer möglichst taktvollen Formulierung seiner Frage. »Nun, wie schon gesagt, es handelt sich um Ertrunkene.«

»Ich verstehe.«

»Genau, und ... wie gesagt, es war ein Unfall ... zumindest glauben wir, dass es ein Unfall war ... auf hoher See. Auf einem Schiff namens *Crystal Dragon*.«

»Der Name *Crystal Dragon* sagt mir was, Mr. Daly. Wie lautet ihre Frage?«

»Tja, also, was ich fragen wollte – und ich weiß, das klingt seltsam, aber – waren die Verstorbenen ... Lassen Sie es mich anders ausdrücken: War an den Leichnamen irgendetwas Ungewöhnliches?«

Nach einer langen Pause antwortete Bell entschuldigend: »Tut mir leid, Mr. Daly, aber wir sind zur Diskretion verpflichtet. Wir haben unsere Vorschriften und ... nun ja, wie Sie sich bestimmt denken können, steht es uns nicht an, über das Aussehen der Verstorbenen zu sprechen – jedenfalls nicht mit der Presse. Schließlich müssen wir gewisse Rücksichten nehmen.«

»Ich verstehe schon, aber –«

»Wenn Sie mir erklären würden, *wieso* Sie das interessiert, könnte ich ihnen vielleicht helfen. Sie sagten, Sie arbeiten an einem Artikel?«

»Richtig ...« Frank spürte, dass sich das Blatt gewendet hatte. Von Bell würde er mit Sicherheit nichts erfahren.

»Und Sie sind bei der *Post* ...«

»Ja, nun –«

»Ich würde wirklich gern wissen, warum die *Post* sich für etwas interessiert, das vor so langer Zeit und so weit weg passiert ist. Verstehen Sie, was ich meine?«

»Natürlich.« Allmählich hatte Frank das ungute Gefühl, dass er derjenige war, der ausgefragt wurde. »Aber, äh ... nun denn, tut mir leid, dass ich Sie belästigt habe.«

»Das war doch keine Belästigung. Ich würde Ihnen gerne weiterhelfen. Wenn Sie mir Ihre Nummer geben würden –«

Frank fiel ihm ins Wort: »Ich kriege gerade ein Gespräch auf der anderen Leitung. Würden Sie einen Moment warten? Ich muss nur eben sehen, wer das ist.« Er drückte die Stummtaste und zählte bis zehn. Schließlich sagte er zu Bell: »Hören Sie, das ist ein wichtiges Gespräch. Kann ich Sie morgen wieder anrufen?«

»Ja natürlich, aber – Ihr Name war ›Daly‹, richtig?«

Irgendwann im Verlauf des Gesprächs mit dem Leichenbestatter hatte Frank ein ungutes Gefühl beschlichen. Ein sehr ungutes Gefühl. Und er war selbst daran schuld. Er war zu ungeduldig gewesen. Er war immer zu ungeduldig! Wenn er an einer wirklich interessanten Story arbeitete und eine heiße Spur hatte, neigte er dazu, sich Hals über Kopf darauf zu stürzen – statt zunächst einmal alles in Ruhe zu durchdenken. Sich eine Strategie zurechtzulegen. Zu entscheiden, in welcher Reihenfolge er wo anrufen sollte. Sonst passierte es nämlich schnell, dass man den Leuten mehr erzählte, als man von ihnen erfuhr. Und manchmal sprach man auch mit den falschen Leuten – und genau das war ihm eben passiert.

Denn schließlich hätte er sich denken können, dass jemand, der fünf tote Norweger unter dem Vorwand, sie seien bei einem Unfall auf hoher See ums Leben gekommen, in die Vereinigten Staaten schaffen wollte, einen Leichenbestatter brauchte, dem er vertrauen konnte, um die Leichen durch den Zoll zu bringen. Und das war natürlich Mr. Bell, der mindestens genauso neugierig war wie Frank. Ja *natürlich, aber – Ihr Name war »Daly«, richtig?*

Wütend auf sich selbst, schaltete er den Computer ein und rief Nexis auf – was er natürlich vor dem Anruf bei dem Bestattungsunternehmen hätte tun sollen. Wenn fünf Amerikaner auf hoher See umkamen, dann war das eine *Nachricht* wert.

Er tippte seine Kennnummer und das Passwort ein und klickte das *Nachrichten*-Icon an. Eine neue Seite erschien auf dem Bildschirm, und er füllte die Suchanfrage aus.

Es dauerte zirka zehn Sekunden, bis die Meldung erschien, dass siebenundzwanzig »Hits« gefunden worden waren. Er ging die Liste durch. Der erste Hit war ein Artikel aus dem *Boston Globe* vom 16. September. Der letzte stammte aus der *Albany Times Union* vom 5. März. Er rief die erste Story auf; sie trug die Überschrift:

STURM IM ATLANTIK FORDERT FÜNF MENSCHENLEBEN

Nach Aussage des Kapitäns der *Crystal Dragon* war das Schiff auf einer Ost-West-Atlantiküberquerung gewesen und ein Besatzungsmitglied bei hohem Seegang über Bord gefallen. Vier weitere hatten mit einem Rettungsboot versucht, ihm zu Hilfe zu eilen, doch das Boot kenterte. Obwohl alle Männer Schwimmwesten trugen, ertranken sie. Da die Männer Schwimmwesten trugen und das Schiff mit einem Hubschrauber ausgestattet war, konnten die Leichname später geborgen werden.

Im letzten Absatz wurde erläutert, dass die *Crystal Dragon* ein Missionsschiff sei und dem »Tempel des Lichts« gehöre, einer neuen Sekte, deren Zentrale in Lake Placid lag. Unter der Führung eines charismatischen Heilers namens Luc Solange unterhielt der »Tempel« Wellness-Zentren in Big Sur und Cabo San Lucas. Angeblich waren die Verunglückten allesamt Mitglieder der Sekte gewesen, und es war geplant, eine kollektive Trauerfeier abzuhalten.

Franks Neugier war geweckt, doch Nexis war teuer, und eigentlich durfte er es gar nicht benutzen. Jedenfalls nicht während er zu Hause und beurlaubt war. Mit geübtem Auge überflog er die Artikel, so schnell er konnte, und speicherte sie auf seiner Festplatte. Dann meldete er sich ab und druckte sie aus.

Während der Drucker noch arbeitete, rief er das Krankenhaus St. Mary's an. Die Krankenschwester teilte ihm mit, dass der Zustand seines Vaters nach wie vor kritisch sei.

»Kann ich mit ihm reden?«, fragte Frank.

»Nein!«, raunzte sie, »das können Sie nicht. Der Mann ist

schwer krank. Er steht unter Beruhigungsmitteln. Er ist intubiert.«

»Verstehe.«

»Sie sagten, Sie sind mit ihm verwandt?«

»Ich bin sein Sohn. Würden Sie ihm sagen, dass ich angerufen habe?«

»Ihm sagen, dass Sie *angerufen* haben? Mehr nicht?« Ihr Tonfall sprach Bände, was sie von seiner Sohnesliebe hielt. »Ich soll ihm bloß sagen, dass sein *Sohn* angerufen hat?«

»Ja. Sagen Sie ihm, ich bin unterwegs.«

18

Madison, Wisconsin

Madison, ach, Madison im Frühling!

Unter einem strahlendblauen Himmel trottete Andrew den Bascom Hill hinauf, belebt von dem linden Lüftchen nach monatelangem Frost. Es war zwar noch nicht warm genug für kurze Hosen, aber der ganze Hang war übersät mit jungen Frauen, die auf dem Rücken lagen und sich in der Sonne rekelten, ihre weißen Beine blass im hellgrünen Gras.

Wie viele andere Studenten aus seinem Bekanntenkreis hatte Andrew einen Teilzeitjob, um seine Studiengebühren und das Lehrmaterial bezahlen zu können. Studenten taten fast alles, um Geld zu verdienen. Er kannte Kommilitoninnen – ehrgeizige Studentinnen –, die sich als Tänzerinnen in Oben-ohne-Bars was dazu verdienten, und andere, die auf Kindergeburtstagen als Clowns auftraten. Er kannte sogar einen Typen, der im Sommer mit einer fahrbaren Würstchenbude unterwegs war. Klasse!

Andrew arbeitete fünfzehn Stunden die Woche als studentische Hilfskraft. Wann immer möglich, versuchte die Univerwaltung, den Studenten Jobs zu geben, die mit ihren Interessen übereinstimmten (vorausgesetzt, diese Interessen ließen sich irgendwie feststellen, was nicht immer der Fall war). Im Allgemeinen jedoch arbeiteten beispielsweise Studenten der Bibliothekswissenschaft im Magazin. Studenten der Theaterwissenschaft verkauften Eintrittskarten an der Kasse der Studentengewerkschaft. Und Studenten der Agrarwissenschaft arbeiteten in der legendären Eisdiele der Uni.

Andrew hatte als Maschinenbaustudent einen Job im Dampfheizwerk bekommen, wo er chemische Zusätze in die Kesselspeisepumpe füllte und technische Zeichnungen anfertigte, um den Verlauf der Rohrstränge zu verbessern oder den Austausch veralteter Teile in der Anlage selbst zu erleichtern. Wie für viele andere große Institutionen, darunter auch Krankenhäuser und Militärstützpunkte, war es für die Universität sehr viel kostengünstiger, mit Dampf zu heizen als mit Strom.

Andrew ging den Hügel hinab Richtung Westcampus, wo das Heizwerk Walnut Street lag. Auf den Bürgersteigen drängten sich die Studenten auf dem Weg von oder zu irgendwelchen Seminaren, und er kam nur langsam voran. Aber das machte nichts: Er hatte jede Menge Zeit.

Trotzdem war er nervös. Obwohl es bloß ein Test war – wenn man ihn dabei erwischte, wie er etwas anderes als Amertrol in die Kesselspeisepumpe füllte, konnte er einpacken. Und was, wenn viele Leute krank wurden, richtig krank – konnten sie ihm dann auf die Schliche kommen?

Er dachte darüber nach. Nein, entschied er. Das war ja das Tolle daran.

Der andere Grund für seine Nervosität war der, dass er seine Sache gut machen wollte. Solange verließ sich auf ihn. Das hatte die Frau von der Einheit für Sondereinsätze gesagt, und er glaubte es. Vor zwei Wochen hatte sie plötzlich vor seiner Tür gestanden, unangekündigt, einen Walkman in der Hand. »Das sollst du dir anhören«, hatte sie gesagt und ihm den Kopfhörer gereicht.

Und dann erklang Solanges Stimme tief in seinem Kopf und sagte: *Andrew ... die Frau heißt Belinda, und ich möchte, dass du genau das tust, was sie dir sagt.* Keine Frage, dass es Solange war. Andrew hatte seiner Stimme unzählige Male gelauscht – im Radio, Fernsehen, auf Kassetten. Diese Stimme war unverwechselbar, so einmalig wie ein Hurrikan. Und als er hörte, dass Solange ihn persönlich mit Namen ansprach, mit ihm redete, als seien sie alte Freunde, klopfte ihm das Herz vor Freude bis zum Hals. *Wir brauchen deine Hilfe im Geheimen Krieg. Es geht um alles, und du bist der Einzige, der das tun kann. Lass mich nicht im Stich, Andrew. Lass mich nicht im Stich, mein Freund.*

Bis zu diesem Moment hätte er es nie für möglich gehalten, dass irgendwer auf dem Anwesen – und schon gar nicht Solange – überhaupt von seiner Existenz wusste. Er hatte Schecks geschickt, natürlich, und alle notwendigen Veröffentlichungen bestellt. Er hatte an Seminaren teilgenommen und sich seine Chakras im Wellness-Zentrum in Big Sur aufeinander abstimmen lassen. Aber er war nie auf dem Anwesen selbst gewesen, und er hatte auch noch nie jemanden kennen gelernt, der im »Tempel« eine wichtige Position inne hatte. Bis jetzt.

Und trotzdem hatte Belinda alles über ihn gewusst, sogar Dinge, die er selbst nicht gewusst hatte – bis sie sie ihm offenbarte. *Solange sagt, ihr wart in einem früheren Leben Brüder. Ist das möglich, Andrew? Hast du das gespürt?*

Und ob er das gespürt hatte!

Er passierte das Footballstadion, ging durch das Sicherheitstor des Heizwerks und zum Umkleideraum. Er hängte seinen Rucksack und die Jacke in den Spind, nahm seine rote Schutzkleidung heraus und zog sie sich über die Jeans und das Hemd. Die Schutzkleidung war weit und hatte eine große Tasche, in die die Thermosflasche bequem hineinpasste.

Die Thermosflasche sah aus wie eine von diesen schicken verchromten Dingern, die man bei »Starbuck's« kaufen kann. Und falls ihn einer fragte, würde er genau das sagen.

Die Anlage war schon irgendwie toll, obwohl nur wenige Leute wussten, wie sie funktionierte oder was für Leistungen sie wirklich erbrachte. Die meisten – selbst Ingenieure – dachten, dass sie ein geschlossenes System wäre, um im Winter die Wärmeversorgung zu sichern. Aber das stimmte nicht. Der auf rund vierhundert Grad aufgeheizte Dampf wurde das ganze Jahr über benutzt. Über das kilometerlange Leitungssystem heizte er im

Winter, betrieb im Sommer die Klimaanlagen und lieferte ganzjährig warmes Wasser. Und das System war alles andere als geschlossen, denn der überschüssige Dampf wurde über unterirdische Ablassöffnungen, die auf dem ganzen Campus verteilt waren, ins Freie geleitet.

Ohne diese Öffnungen wäre das System nicht funktionsfähig gewesen, weil sie die sogenannten »Wasserhämmer« verhinderten. Leute, die zu Hause Zentralheizungen hatten, kannten dieses Phänomen. Wasserhämmer waren im Grunde durch Kondensation hervorgerufene Druckschwankungen, die durch die Leitungen jagten und sie erbeben und pochen ließen. Um diesen Missstand in einem Privathaus zu beheben, entlüftete man die Rohrleitungen und glich den Druck aus. Aber das, was in einem privaten Heizsystem lediglich ärgerlich war, stellte in einem industriellen System, das Heißdampf verwendete, ein Problem von einer völlig anderen Größenordnung dar. Dort konnten unkontrollierte Wasserhämmer soviel Druck aufbauen, dass sie die Leitungen zum Platzen brachten und einen Dampfgeysir in die Luft jagten, der sich augenblicklich auf das Eintausendsiebenhundertfache seines ursprünglichen Volumens ausdehnen würde. Anders ausgedrückt, er würde explodieren. Und jedem den Kopf abreißen, der sich irgendwo in der Nähe befand.

Die Ablassöffnungen verhinderten dies, indem sie kontinuierlich und automatisch kleine Dampfmengen abgaben, sodass in sämtlichen Rohrleitungen ein gleichmäßiger Druck herrschte. Der »Entspannungsdampf« wurde in die Abwasserkanalisation unter der Universität geleitet, von wo aus er durch die Gullys ins Freie gelangte.

»He, Drew, wie läuft's denn so?« Steve Belinsky, einer der Elektroingenieure, riss seine Spindtür auf und fing an, seine Schutzkleidung auszuziehen.

»Kann nicht klagen«, sagte Andrew. »Schöner Tag.«

»Super. Ich denke, ich fahr zum Angeln – rüber nach Monona.«

»Hoffe, die Viecher beißen.«

»Ist mir eigentlich egal. Da draußen auf dem See ... mit ein paar Bierchen ... was interessieren einen da die Fische?«

»Und die ganze Zeit über lässt du mich hier im Bauch des Wales im Stich.«

»Du Ärmster«, sagte Belinsky und knallte die Spindtür zu. »Bis dann, Kumpel.«

Andrew schloss die Spindtür, verdrehte die Rädchen an dem Zahlenschloss und ging zum Büro, um sich die Checkliste für seinen Arbeitstag abzuholen. Als erstes ging er zur Kesselspeisepumpe, wo es zu seinen Aufgaben gehörte, den Zusatz von Amertrol ins Wasser zu kontrollieren. Diese Chemikalie bildete eine harzige Masse, die Unreinheiten wie Kalk und Kieselerde gegen die valente Anziehungskraft der Leitungsrohre festhielt und so verhinderte, dass sich mineralische Ablagerungen an den Rohrinnenwänden bildeten, die den Dampfdurchlass erschwert hätten.

Er würde den Inhalt der Thermosflasche gleichzeitig mit dem Amertrol in den Wasserzulauf geben. Es würde nur ein paar Sekunden dauern, und es bestand kaum Gefahr, dass ihn irgendjemand dabei beobachten würde. Im gesamten Werk waren nur fünf Arbeiter beschäftigt.

Solange sagt, ihr wart in einem früheren Leben Brüder. Ist das möglich, Andrew? Hast du das gespürt?

Und ob er das gespürt hatte! Er spürte es sogar jetzt, in diesem Moment.

19

Frank hatte die ganze Woche an einer Grippe laboriert, ebenso wie Annie.

Er war schlapp, verschnupft und hatte Gliederschmerzen, und es schien einfach nicht besser werden zu wollen. Die Grippe hatte ihn drei Tage lang völlig außer Gefecht gesetzt, und erst jetzt fühlte er sich allmählich wieder auf dem Weg der Besserung. In der *Post* stand, dass die ganze Stadt von der Grippewelle erfasst worden war: Ein halbes Dutzend Schulen waren geschlossen worden, und im Kongress hatte man Schwierigkeiten, die beschlussfähige Mitgliederzahl zusammenzubekommen.

Und das, obwohl die typischen Erkältungsmonate doch schon seit Wochen vorüber waren. Im Übrigen war nicht nur Washington betroffen. Auch Los Angeles hatte Ähnliches zu vermelden. Man nannte es die »Beverly-Hills-Grippe«, weil diese Gegend am ärgsten betroffen war. Frank hatte einen Beitrag darüber in den Abendnachrichten gesehen. Der Reporter saß in der Polo Lounge, umgeben von leeren Tischen. Am Ende des Beitrags bestellte er sich einen Teller Hühnersuppe und zwinkerte in die Kamera. Spaßig, dachte Frank und putzte sich zum x-tenmal die Nase.

Er schüttelte den Kopf, um einen klaren Gedanken fassen zu können, und fing an, die ausgedruckten Nexis-Texte durchzusehen, eine von AP zusammengestellte Sammlung von Artikeln verschiedener Zeitungen. Größtenteils war die Geschichte stets die gleiche – knappere Versionen des Artikels aus dem *Globe*.

Er las sich alles mehrmals durch, aber es steckte nicht viel drin. Wenn ihm überhaupt etwas auffiel, dann die Tatsache, wie nichts sagend die Artikel waren. Es gab keine Interviews mit Augenzeugen, keine Zitate von anderen Seeleuten, die den Sturm beschrieben, die Höhe der Wellen oder den Moment, als das Rettungsboot kenterte.

Er fand nur die Darstellung des Kapitäns, die knapp und anscheinend auch schlüssig war.

Frank (vielmehr dem Journalisten in ihm) kam es noch merkwürdiger vor, dass es keine *lokale* Berichterstattung gegeben hatte. Der *Lake Placid Sentinel*, von dem man hätte erwarten können, dass er die Story auf der ersten Seite bringen würde, tat genau das Gegenteil. Er brachte nur eine Kurzmeldung unter der Rubrik »Aus aller Welt« und behandelte den Unfall wie eine Überschwemmung in Bangladesch und nicht wie das, was er war: nämlich eine Katastrophe vor der eigenen Haustür.

Die einzige Ausnahme war eine Artikelserie von einem Mann namens Eric Overbeck, der für das *Rhinebeck Times-Journal* schrieb. Er schilderte die Seelenqualen von Martha und Harry Bergman, die Eltern von einem der ertrunkenen Seeleute.

FAMILIE DARF NICHT AN TRAUERFEIER TEILNEHMEN
Eltern drängen auf Untersuchung
Ehepaar aus Rhinebeck verklagt Sekte auf Herausgabe der sterblichen Überreste seines Sohnes

Den Artikeln zufolge waren die Bergmans empört über die ihrer Meinung nach schlampige Untersuchung der Umstände, die zum Tode ihres Sohnes geführt hatten. »Anscheinend begnügen sich alle damit, was diese Leute erzählen«, sagte der Vater, »nur ich nicht. Mir reicht das nicht. Ganz und gar nicht! Und ich werde weiter meinen Mund aufmachen.« Die Zeitung brachte ein Foto des Sohnes, eines gut aussehenden jungen Mannes, der

»sein Studium ein Jahr vor dem Examen abgebrochen hatte, um dem ›Tempel des Lichts‹ beizutreten«. Die Bergmans hatten schließlich einen Privatdetektiv engagiert, der in der Sache ermitteln sollte. Zudem hatten sie sich einen Anwalt genommen und die Staatsanwaltschaft von Dutchess County bedrängt, diese »Kirche«, die ihre Zentrale in Lake Placid hatte, genauer unter die Lupe zu nehmen.

Offensichtlich waren diese Bergmans die richtigen Ansprechpartner für ihn. Dann kam er zum letzten Artikel.

UNIDENTIFIZIERTER TORSO
MÖGLICHERWEISE FRAU AUS RHINEBECK

ALBANY – Der Torso, der letzte Woche in einem Waldgebiet in den Adirondacks gefunden wurde, ist möglicherweise der von Martha Bergman, einer Einwohnerin von Rhinebeck, die vor fast sechs Monaten gemeinsam mit ihrem Mann Harold spurlos verschwand. Die Polizei hat Meldungen bestätigt, dass es sich bei dem Torso um den einer Frau handelt, die Mrs. Bergmans Alter und Gewicht hatte. Anhand von dermatologischen Berichten, die von Mrs. Bergmans Arzt zur Verfügung gestellt wurden, konnte zwar festgestellt werden, dass spezifische Kennzeichen von Mrs. Bergman mit denen der Leiche übereinstimmen; dennoch gaben Vertreter der Staatsanwaltschaft zu bedenken, dass die fortgeschrittene Verwesung des Leichnams eine eindeutige Identifizierung unmöglich mache. »Ohne Kopf und Hände ist es äußerst schwierig, eine positive Identifizierung vorzunehmen«, sagte die Polizeisprecherin Marilyn Savarese. »Wir können weder Zahnbefunde noch Fingerabdrücke vergleichen. Allerdings werden derzeit DNS-Tests vorgenommen, wobei wir Material benutzen, das aus dem Wohnhaus der Bergmans stammt.« Die Ergebnisse dieser Tests werden vermutlich erst in einigen Wochen vorliegen.

Mrs. Bergman und ihr Gatte Harold verschwanden unter ungeklärten Umständen im November. Die Polizei steht vor ei-

nem Rätsel, zumal im Haus der Bergmans keinerlei Spuren von Gewaltanwendung gefunden wurden.
Angeblich litten die Bergmans seit dem Tod ihres Sohnes, eines Anhängers der Sekte »Tempel des Lichts«, unter Depressionen.

Ein nachdenkliches Brummen grollte in Franks Kehle.

Es drückte zugleich Begreifen und eine Warnung an ihn selbst aus – eine leise Mischung aus *Heureka* und *oh-o*.

Allmählich fing das Ganze an Sinn zu machen, und umso mehr bereute er seine Elefant-im-Porzellanladen-Methode bei den Recherchen. Er hätte geduldiger sein müssen. Wieder hörte er die Stimme des Bestatters: *Ihr Name war »Daly«, richtig?*

Ja, allerdings. Und hätten Sie auch noch gerne meine Adresse? Oder soll ich mich lieber gleich selbst erschießen? Wenn ich dann tot bin, können Sie mir gern den Kopf abschneiden – ganz wie Sie möchten!

Wieder machte er das Geräusch, diesmal ein bisschen lauter und ein bisschen länger. Mmmnnnn.

Ein seltsames Geräusch, wenn man genau hinhörte. Eine Art Muhen. Aber ein verängstigtes Muhen.

Er konnte nichts beweisen, aber er glaubte nun zu wissen, was passiert war. Aus was für Gründen auch immer hatte der »Tempel des Lichts« die Leichname aus Kopervik geholt und einen Unfall auf See vorgetäuscht. Die Körper der Bergleute waren dann in Leichensäcke verstaut und mit den Namen der ertrunkenen Seeleute versehen worden – die noch immer an Bord des Schiffes waren, versteckt oder ... tot. Vielleicht waren sie aber auch überhaupt nie an Bord gewesen. Auftritt des Bestatters, Bell ...

Alles lief nach Plan, bis die Bergmans auf eine genauere Untersuchung drängten. *Anscheinend begnügen sich alle damit, was diese Leute erzählen, nur ich nicht.* In der Tat. Ein Totenschein hatte Harry Bergman nicht gereicht. Er hatte eine Autopsie verlangt.

Und anscheinend hatte er endlich bei der Staatsanwaltschaft

ein offenes Ohr gefunden – als Bergman verschwand.

Frank suchte nach dem Ausdruck der Artikel aus dem *Times-Journal*. Wie hieß der Reporter? Overbeck. Er war der einzige, der mehr als nur einen Beitrag geschrieben hatte.

Er rief die Auskunft an und stieß auf einen E. Overbeck, der in einer Stadt namens Port Ewen am Hudson wohnte. Er wählte die Nummer.

Eine Mädchenstimme meldete sich nach dem zweiten Klingeln. »Hallo?«

»Ist Eric da?«

»Ja, Moment. Oh! Wer ist denn da?«

»Frank Daly!«

Es gab ein Geräusch, als sie den Hörer hinlegte, und Frank hörte sie vom Telefon weggehen. Von fern klang ihre Stimme: »Daddy! *Daddy!* Telefon!«

Frank bekam noch mit, was die beiden zueinander sagten, als sie wieder in Hörweite kamen: »Ich weiß nicht«, sagte die Kleine ungeduldig. »Frag ihn doch selbst.«

»Hallo?«

»Eric Overbeck?«

»Ja?« Zögerlich.

»Mein Name ist Frank Daly. Ich bin Reporter bei der *Post.*« (Na ja, in gewisser Weise. Es klang jedenfalls sehr viel überzeugender als *Ich bin bei der* Post, *aber beurlaubt.*)

»*Oh*, ja, klar! Was kann ich für Sie tun?«

Frank hörte dem Mann an der Stimme an, wie beeindruckt er war. Schön zu wissen, dass die Zeitung noch immer soviel Ansehen genoss. »Tja, so genau weiß ich das ehrlich gesagt gar nicht. Ich arbeite an einem Beitrag, der mit ein paar von Ihren Artikeln zusammenhängt. Ich denke, ich habe wohl gehofft, Sie könnten mir ein paar Tipps geben.«

»Sie meinen das AKW, stimmt's?« Er klang aufgeregt. Sogar glücklich.

»Äh, nein«, erwiderte Frank. »Nein, eigentlich rufe ich wegen der Bergmans an. Sie haben da ein paar Artikel geschrieben –«

»Ja.«

Hundertachtzig Grad.

Overbecks Stimme klang nicht mehr nach eifrigem Reporter, der darauf erpicht war, seinen Namen in der *Post* zu lesen. Eher wie jemand, der gerade per Gerichtsbeschluss dazu verdonnert worden war, öffentlich gegen die Hisbollah auszusagen. »Hören Sie«, sagte Overbeck, »ich würde Ihnen ja gerne helfen, aber ich bin gerade sehr beschäftigt.«

»Es wird nicht lange dauern.«

»Tut mir leid. Ich habe wirklich keine Zeit.«

»Aber –«

»Versuchen Sie nicht, mich zu überzeugen«, sagte Overbeck. »Ich will einfach keinen Ärger, okay? Die Zeitung, für die ich arbeite, hat eine Auflage von zweitausend. Wenn wir vom ›Tempel‹ verklagt werden, bin ich meinen Job los. So einfach ist das.«

»Haben die gedroht, Sie zu verklagen?«

»Dazu sage ich gar nichts.«

»Haben sie gedroht –«

»Ich muss Schluss machen«, sagte Overbeck.

Und dann war er weg.

Frank versuchte, ihn erneut anzurufen, aber die Leitung war besetzt. Und das blieb sie auch, bis klar war, dass der Hörer neben dem Apparat lag.

Er ging in die Küche und holte sich eine Flasche Negra Modelo aus dem Kühlschrank. Zurück im Wohnzimmer, rief er Annie an und erzählte ihr, was er gemacht und gehört und sich überlegt hatte.

»Sie meinen also, die haben sie umgebracht«, sagte sie. Es war keine Frage.

»Jawohl«, sagte er. »Ich bin ziemlich sicher.« Langes Schweigen am anderen Ende. »Kann ich vorbeikommen?«, fragte er. Die Leitung blieb stumm.

»Heute Abend besser nicht«, sagte sie. »Ich bin noch immer ziemlich schlapp. Vielleicht morgen.«

Sie schwiegen beide, aber keiner legte auf.

Schließlich fragte sie: »Was nun?«

Er zuckte die Achseln. Wortlos. Dann lachte er, weil sie es ja nicht sehen konnte. »Ich werde ein paar Leute anrufen. Den Staatsanwalt von Dutchess County. Einen PD in Poughkeepsie.«

»Einen was?«

»Einen Privatdetektiv. Der hat für die Bergmans gearbeitet. Er heißt Kramer. Martin Kramer.« Er stockte. »Und dann ... mein Vater ist krank, also –«

»Oh, nein!«

»Ich werde ihn wohl besuchen müssen.«

Am Nachmittag des folgenden Tages stand er in der Eingangshalle des Krankenhauses St. Mary's und wartete darauf, Blickkontakt mit einem menschlichen Wesen zu bekommen. Der Wachmann schien mit seinen Gedanken irgendwo auf dem Mars zu sein; etliche Krankenpfleger und Schwestern hasteten ein und aus, ohne ihn anzusehen. Die Frau am Empfang, die unter dem matten Neonlicht aussah, als müsste sie selbst eingeliefert werden, beendete schließlich ihr langatmiges Telefongespräch und blickte zu ihm hoch.

»Kann ich Ihnen helfen?«

»Da bin ich sicher«, sagte er mit einer Wärme in der Stimme, die ein Lächeln auf ihr Gesicht zauberte. Er erklärte, dass sein Vater auf der Intensivstation lag und er selbst gerade erst von außerhalb eingetroffen war. »Ich würde ihn gern sehen. Erfahren, wie es ihm geht.« Sie rief irgendwo an und schickte ihn dann, lächelnd, hinauf zum Schwesternzimmer.

Die Krankenhausflure riefen ihm seine Mutter in Erinnerung, und die Erinnerung wurde stärker, als die Schwester ihn bat, in einem Wartezimmer am Ende des Ganges Platz zu nehmen, in dem schon zwei andere Leute saßen – eine Blondine um die fünfzig in einer grell pinkfarbenen Jogginghose und einem Sweatshirt mit Pailletten besetzt, die den Schriftzug *Atlantic City!* ergaben.

Die andere Person war ein müde aussehender Mann, der einen öligen Overall trug. Auf der Brust war ein elliptischer blauer Kreis aufgedruckt und darin der Name des Mannes: RAYMOND. Ihre Köpfe flogen hoch, als Frank durch die Tür trat, und er sah die Furcht in ihren Gesichtern aufscheinen, bevor sie zu Erleichterung verblasste. Ein Blick auf ihn hatte genügt, und sie wussten, dass er kein Überbringer von Nachrichten war, weder von guten noch von schlechten.

Es war derselbe Raum, in dem er gewartet hatte, als seine Mutter im Sterben lag, vor vierzehn Jahren.

Und das Gefühl war das gleiche. Die Luft war schwer vor Angst und Hoffnung, während aus dem Fernseher an der Wand falsches Gelächter pulsierte. Zu dritt blickten sie auf den Bildschirm, ohne etwas zu sehen, jeder mit sich selbst beschäftigt.

Schließlich kam eine Schwester herein.

»Ist hier jemand für Mr. Daly?«

Zum ersten Mal wurde Frank bewusst, dass die Frau in der pinkfarbenen Hose irgendwas mit seinem Vater zu tun hatte, denn sie standen beide gleichzeitig auf, verblüfften sich gegenseitig. Argwöhnisch betrachteten sie einander kurz, dann wandten sie sich der Schwester zu.

»Der Doktor kommt gleich«, erklärte sie, »aber ich kann Ihnen jetzt schon sagen, dass sich die Herztätigkeit stabilisiert hat.« Ein kurzes Tätscheln auf den Arm der Frau und ein aufmunterndes Lächeln. »Es geht ihm besser.« Daraufhin packte die Frau Franks Hand und drückte sie so fest, dass es weh tat.

»Ich bin Daphne«, sagte sie und eröffnete ihm dann, sie sei die *Frau* seines Vaters.

»Aha«, sagte Frank völlig perplex. »Ich bin Frankie.«

»Oh«, sie runzelte die Stirn, gewann die Fassung wieder und strich ihm über den Ärmel. »Alles in Ordnung mit dir?«

Er fragte sich, ob das Stirnrunzeln auf sein Aussehen oder seine Identität zurückzuführen war. Da es keine Möglichkeit gab, das herauszufinden, sagte er: »Ja, mir geht's gut. Ich erhol mich gerade von einer Grippe.«

»Die geht zur Zeit um«, meinte sie.

Sie hatten einander nicht viel zu sagen, und beide waren sie froh, als der Doktor kam, um ihnen mitzuteilen, dass »Francis« offenbar auf dem Weg der Besserung sei, aber nach wie vor noch sehr krank. »Er hat Schindluder mit seiner Gesundheit getrieben«, sagte der Doktor. »Aber trotzdem ist er stark wie ein Bulle. Vielleicht wird ihm das ja eine Lehre sein. Wir wollen es hoffen.«

Er wollte nur einem von ihnen einen Besuch erlauben, und Frank ließ Daphne sofort den Vortritt. Aber sie wehrte ab: »Du hast ihn so lange nicht gesehen«, sagte sie. »Ich finde es besser, wenn *du* reingehst.«

»Nein, ist schon gut –«

Sie wandte ihm den Rücken zu und nahm eine abgegriffene Ausgabe von *People* in die Hand. »Es geht mich zwar nichts an«, sagte sie, »aber ich finde, es ist wirklich Zeit, dass du ihn siehst.« Dann setzte sie sich, und ihm blieb keine andere Wahl, als reinzugehen.

Und das tat er.

Der Alte Herr lag auf dem Rücken, das Gesicht zur Decke. Aus seiner Nase kamen Schläuche, und unter dem Nachthemd schlängelte sich ein Katheterabfluss hervor. Im linken Arm steckte eine Infusionsnadel, und er hatte dichte Stoppeln auf Kinn und Wangen. Die Augen waren dunkel, und sein Atem kam stoßweise.

Himmel, dachte Frank.

Er nahm einen Stuhl und zog ihn näher ans Bett. Minuten verstrichen. Die Augen seines Vaters waren zwar geöffnet, aber er war nicht sicher, ob der Alte Herr tatsächlich bei Bewusstsein war. Das Gesicht zeigte keine Regung, und die Augen waren wie Glas. Dann sank der Kopf zur Seite, und die Augen des Alten Herrn blickten in Franks.

»Hi«, sagte Frank.

Der Alte Herr blinzelte.

Wieder verging eine lange Zeit. Es war offensichtlich, dass der

Alte Herr nicht sprechen konnte, und ebenso offensichtlich, dass Frank nicht wusste, was er sagen sollte. Schließlich streckte er den Arm aus und nahm die Hand seines Vaters. Er war erstaunt, wie rau sie sich anfühlte, aber er wusste auch, wieso. Nach all den Jahren im Kesselraum waren die Hände des Alten Herrn wie aus Asbest. Frank hielt die Hand umschlossen, drückte sie sacht und hörte sich selbst für sie beide sprechen: »Es tut mir leid«, sagte er. »Es tut mir leid, dass es soviel ... Unglück gegeben hat.«

Der Alte Herr blinzelte ein zweites Mal. Dann wurde der Griff seiner Hand in der seines Sohnes fester, und er zog Frank näher zu sich heran. Sein Kopf kippte zur Seite, als er die Achseln heben wollte, und die Mundwinkel hoben sich leicht zu einem *Was-will-man-machen?*-Lächeln.

Einen Moment lang hätte Frank schwören können, dass er Tränen in den Augen des Alten Herrn sah, aber dann fiel ihm auf, dass es umgekehrt war. Wie ein Berg, der sich erhebt, so dröhnte ihm das Herz in der Brust, und er hatte das Gefühl, eine Rasierklinge verschluckt zu haben.

Der Alte Herr wandte den Blick ab, und bald war alles wieder normal. Sie blieben lange so, Hand in Hand, schweigend, sich gegenseitig haltend. Franks Kindheit huschte an seinem geistigen Auge vorbei, und er sah seine Mutter und den Kesselraum, den Schulhof, den Tante-Emma-Laden, den Garten, das Footballfeld – *Himmel*!

Und dann keuchte der Alte Herr und stieß Luft aus, *Puff*, und dann war es vorbei.

Daphne lud ihn ein, im Haus zu wohnen – »Du kannst dein altes Bett haben, dein Dad hat mir immer verboten, es auszurangieren« –, aber Frank lehnte ab und beteuerte, er habe bereits für sein Zimmer im »Red Roof Inn« bezahlt. Aber an der Totenwache kam er nicht vorbei, die sich als eine Art offenes Haus für fröhliche Trauergäste erwies. Als er vor dem Haus eintraf, das für ihn noch immer sein »Zuhause« war, stellte er traurig fest, dass der Garten völlig verwahrlost war, die Rosen unbeschnitten, die Blüten vom letzten Jahr noch immer auf den Stängeln. Er trat ins Haus und sah sofort, dass Daphne dem Wohnzimmer ihren Zauber aufgezwungen hatte: Ein mandeläugiges Waisenkind starrte tränenumflort auf den Großbildschirm des Fernsehers und die Ledercouch.

Dieser wenig verheißungsvolle Auftakt wurde jedoch rasch durch etwas anderes verdrängt, als nämlich die Freunde seines Vaters ihn zu sich in die Küche einluden.

»Hol dir ’nen Stuhl, Frankie!«

»Ich hoffe, du musst den Sarg nicht bezahlen, mein Junge! Hast du je schon mal so ein Ding gesehen?«

»Ich kann dir sagen, Frank, ich hab gedacht, das wäre die *Titanic*.«

»Gebt dem kleinen Frank mal ein Bier – er sieht ein bisschen grün im Gesicht aus!«

»Mit allen Schikanen«, sagte einer. »Ein Mahagoni-Lexus – hätte deinem Vater bestimmt gefallen!«

»Setz dich, Frankie – zum Donnerwetter, du machst mich richtig müde. Hast du ihn schon gesehen? Rausgeputzt wie J. Edgar Hoover ...«

Und Onkel Sid: »Bin mir gar nicht sicher, ob er das wirklich war! So gut hat er nie ausgesehen!«

»Der Mann hat Recht! Seit wann hat dein Vater so rosige Bäckchen?«

»Nie«, sagte Frank.

»Und so glatt rasiert kenne ich ihn auch nicht!«

Und so ging es weiter, die Frauen standen im Wohnzimmer und redeten pietätvoll miteinander, und die Unterhaltung in der Küche floß zwanglos dahin. Hier und da eine Anekdote, lautes Gelächter, Hände, die auf den Tisch klatschten. Noch eine Runde Bier. Noch ein Histörchen, noch mehr Lachen. Die Frauen warfen von Zeit zu Zeit einen Blick in die Küche, schauten streng drein oder verdrehten irritiert die Augen.

Er blieb bis zehn Uhr abends, und bis dahin erfuhr er mehr

über den Alten Herrn als in all den Jahren zuvor. Als er den Freunden seines Vaters zuhörte, begriff er allmählich, und zum ersten Mal, dass man diesen Mann mit den großen Schwächen auch hätte lieben können. Und ihm aus dieser Liebe heraus vielleicht sogar hätte vergeben können.

Am nächsten Morgen fuhr er neben der laut weinenden Daphne im Trauergeleit zum Friedhof Holy Cross. Dort hielt Pater Morales eine kurze Ansprache. Frank warf eine Hand voll Erde auf den Sarg. Und dann war es Zeit, nach Hause zu fahren.

»Aber du musst doch noch seine Sachen durchsehen«, sagte Daphne. »Vielleicht willst du das eine oder andere – ich meine, du verstehst schon, *behalten*.«

Es erschien ihm leichter, mit ihr zum Haus zurückzufahren, als mit ihr zu debattieren, und so tat er es.

»Die Sachen sind im Schlafzimmer«, sagte sie. »Nicht gerade viel. Er war kein großer Sammler.«

Frank ging ins Schlafzimmer, wo die Kleidung des Alten Herrn ordentlich gestapelt auf dem Bett lag. Ein paar abgetragene Sportjacketts, ein halbes Dutzend Hosen auf Drahtbügeln, zwei Schachteln mit Hemden, frisch aus der Reinigung, und ein dunkelblauer Mantel. Mit einem unbehaglichen Gefühl probierte Frank den Mantel an und stellte zu seinem Erstaunen fest, dass er ihm um die Schultern spannte. Er hatte immer geglaubt, sein Vater sei kräftiger als er. Doch offenbar nicht.

Er legte den Mantel zurück aufs Bett und ging zur Kommode hinüber. In den Schubladen, die er eine nach der anderen herauszog, fand er das übliche – T-Shirts und Unterwäsche, Socken und Polohemden, ein paar Pullover und Sweatshirts. Eine alte Timex lag oben auf der Kommode und daneben eine abgegriffene Brieftasche.

Er kam sich vor wie ein Dieb, als er die Brieftasche aufklappte und hineinsah. Sie enthielt zwölf Dollar in bar, Führerschein, zwei Kreditkarten, Versicherungsunterlagen, Scheckkarte. Sein Gewerkschaftsausweis war auch da. Und ganz hinten, da wo

Daphne es nicht so schnell sehen würde, steckte ein Schwarzweißfoto von Franks Mutter.

Er nahm das Bild heraus und tat es in seine eigene Brieftasche, dann schaute er sich noch ein letztes Mal um. Mehr war nicht da.

»Ich muss zurück an die Arbeit«, sagte er.

»Natürlich, aber –«

»Melde dich ... du weißt, wenn ich irgendwas für dich tun kann.«

»Aber willst du denn gar nichts von den Sachen?«, fragte sie.

Frank schüttelte den Kopf. »Nein, ich denke nicht. Du solltest sie der Wohlfahrt spenden.« Er stand neben der Tür.

»Tja, die Bücher musst du dir aber noch ansehen«, sagte sie. »Es wäre nicht richtig, sie einfach wegzuwerfen.«

»Welche Bücher?«, fragte er.

Sie ging aus dem Zimmer und kehrte kurz darauf mit drei übergroßen Alben zurück – wie man sie für Fotos benutzt. Alle drei waren in weinrotes Lederimitat eingebunden und hatten einen umlaufenden Goldrand. Sie reichte sie ihm, und er schlug neugierig das oberste auf.

Auf der ersten Seite war der erste Artikel von ihm, bei dem er namentlich genannt worden war. Ein langer Beitrag in der *Alliance* über orthodoxe Juden unter den Emigranten in Brighton Beach. Dann kamen die Artikel, die er für die *Village Voice* geschrieben hatte, und dann sein allererster für die *Post*. Der vergilbte Zeitungsausschnitt war sorgfältig mit der Schere herausgetrennt und mit durchsichtigem Klebeband befestigt worden. Rechts davon stand mit blauem Kugelschreiber das Datum: 16. Juli 1992.

Frank war sprachlos. In diesen drei Alben waren wohl Hunderte von Artikeln – tatsächlich jeder Beitrag, den er je veröffentlicht hatte. Er sah Daphne an, die traurig die Schultern hochzog. »Wie?«, fragte er.

»Er hat sie ... einfach *abonniert*«, sagte sie. »Immer alles aboniert.«

Er hatte Annie am Abend der Totenwache von Kerwick aus angerufen, daher wusste sie bereits von seinem Vater, als er wieder in Washington eintraf.

»Wie fühlen Sie sich?«, fragte sie.

»Na ja, ganz gut. Ich bin froh, dass ich hingefahren bin. Und wie fühlen Sie sich?«

»Sie meinen, mit der Grippe?«

»Ja.«

»Ich glaube, so allmählich gibt sie auf«, sagte Annie. »Ich gehe jedenfalls wieder arbeiten. Gibt's irgendwas Neues?«

»Ich habe noch mal das Material durchgesehen, das ich über die Leute gesammelt habe, die ertrunken sind oder angeblich ertrunken sind, und das ist ganz interessant.«

»Inwiefern?«, fragte sie.

»Also, zunächst einmal sind die Nachrufe alle gleich. Als hätte sie ein und dieselbe Person wie am Fließband produziert, und ich vermute, dem war auch so. Dann die Familien – ich bin endlich dazu gekommen, sie anzurufen.«

»Und was haben sie gesagt?«

»Die erste, die ich erreicht habe, war O'Reillys Schwester Megan, die – wie sich herausgestellt hat – Mitglied beim ›Tempel des Lichts‹ ist. Genau wie ihr Bruder.«

»Ha!«, sagte Annie.

»Und dann wären da Mr. und Mrs. Garcia, die Eltern von Arturo. Ebenfalls Mitglieder.«

»Wirklich?!«

»Allerdings, aber das habe ich erst rausgefunden, *nachdem* ich mit ihnen geredet hatte. Der Staatsanwalt von Dutchess County hat mir erzählt, dass sie voll drauf sind.«

»Was soll das heißen, ›voll drauf‹?«, fragte Annie.

»Na ja«, sagte Frank. »Eben, dass sie da richtig mitmischen. Wobei es sich hier natürlich um eine Sekte handelt, und deshalb –«

»Hab schon verstanden.«

»Okay. Jedenfalls haben die beiden richtig seltsam reagiert.

Ich meine, sie waren feindselig. Sie mochten meine Fragen nicht und hatten selbst eine ganze Menge Fragen an mich. ›*Nein*, wir finden nicht, dass an dem Unfall auf der *Crystal Dragon* irgendwas *eigenartig* war. Und *nein*, wir haben keinen Grund zu der Annahme, dass Arturo oder Thomas noch leben! Wie, sagten Sie, war noch mal Ihr Name? Und ihre Telefonnummer? Wer ist Ihr Vorgesetzter?‹ Sie meinten, ich würde sie mit meinem Anruf aufgrund ihres Glaubens schikanieren. Ist das zu fassen? Ich meine, würden *Sie* so reagieren, wenn Sie angerufen würden?«

»Natürlich nicht«, erwiderte Annie. »Aber was war mit den anderen?«

»Tja, das ist die Kehrseite der Medaille. Ich habe mit Ross Stevens' Tochter gesprochen – übrigens, der Bursche war nicht mehr ganz so jung, schon zweiundfünfzig – und mit Chris Yates' Mutter. Und bei den beiden war es völlig anders.«

»Wie denn?«

»Nun ... die wollten nicht mit mir sprechen. Ich meine, überhaupt nicht.«

»Weil es ihnen ... zu weh tat?«

»Nein. Weil sie eine Heidenangst hatten.«

Annie verstummte.

»Ich weiß ja, dass ich vielleicht voreilige Schlüsse ziehe«, fuhr Frank fort, »aber – die Eltern, die sich nicht zufrieden gegeben haben und eine Untersuchung wollten – die Bergmans – tja, die sind spurlos verschwunden, nicht wahr? Ich meine, wenn das stimmt, was der Staatsanwalt sagt, waren sie wie vom Erdboden verschluckt, bis ... bis man diesen ...«

»Torso gefunden hat«, sagte Annie. »In den Zeitungen war die Rede von einem ›Torso‹.«

Eine Weile herrschte Schweigen, dann sagte Frank: »Ich denke, ich fahre mal da hoch in den Norden.«

»Ich finde, Sie sollten wirklich nicht –«

»Ich fahre.«

Langes Schweigen, dann: »Frank?«

»Was?«

»Was ist dieser ›Tempel des Lichts‹ eigentlich? Was sind das für Leute?«

Er überlegte einen Moment, lauschte ihrem Atem am anderen Ende der Leitung. »Ich weiß nicht«, sagte er. »Vielleicht sind das ganz normale Leute. Aber ich glaube es nicht.«

20

Er fuhr vom New Jersey Turnpike auf die Interstate 287, nahm dann den Highway, der durch New York bis zur kanadischen Grenze verläuft, überquerte den Hudson bei Poughkeepsie und fuhr auf der Hauptstraße in die Stadt. Er hielt nach einem Restaurant namens »Fernacci's« Ausschau. Als er es gefunden hatte, parkte er auf dem Parkplatz nebenan, stellte den Motor ab und lehnte sich zurück. Es war halb sieben, und er sollte Martin Kramer um sieben Uhr dort treffen.

Anstatt im Restaurant zu warten, schlug er den Sportteil der *Post* auf und fing an zu lesen.

Zwanzig Minuten später kam ein neuer schwarzer Jaguar auf den Parkplatz gefahren. Es war ein XJ-12 mit einem Armaturenbrett aus Walnussholz und, so vermutete Frank, mit Sitzen, die aus den Häuten chinesischer Schwerverbrecher gemacht worden waren. Ein untersetzter Mann stieg aus und betrachtete ihn fragend.

»Sind Sie Daly?«, fragte er.

»Ja«, antwortete Frank.

»Marty Kramer. Freut mich.«

Sie schüttelten sich die Hand und gingen ins Restaurant, das erstaunlich schick und auf zirka sechzehn Grad klimatisiert war. Viel Fliesen und Holz, und leise *Turandot* im Hintergrund. Der Empfangschef führte sie zu einem Ecktisch, und sie nahmen Platz.

»Schöner Schlitten«, sagte Frank mit einem Blick hinüber zum Parkplatz.

Kramer zuckte die Achseln. »Er bringt mich hin, wo ich hin will.«

Er war ein kleiner, hühnerbrüstiger Mann mit einer Hakennase, schiefen Zähnen und glitzernden schwarzen Augen. Sein dunkles Haar war kurz geschnitten und borstig und glänzte pomadig. »He, Mario!«, rief er. »Was muss man tun, damit man hier was zu trinken kriegt?«

Lächelnd kam der Kellner mit der Weinkarte und wies sie zusätzlich auf die Spezialitäten hin. Dann nahm er ihre Getränkebestellung entgegen und verschwand so, wie er gekommen war.

Im Verlauf der folgenden Stunde arbeiteten sie sich durch zwei Drinks hindurch (die Knicks gegen die Wizards); zwei Portionen Carpaccio (Clinton gegen Starr); mindestens ein ganzes Brot, in Scheiben geschnitten und mit Olivenöl beträufelt (Trainingskost beim Zehn-Kilometer-Langlauf); und ihren Hauptgang: Ossobuco für Kramer und Tortellini für Frank.

Kramer erwies sich als interessanter Erzähler und guter Zuhörer, aber als schlechter Informant. Nach fünfundfünfzig Minuten Plauderei hatte Frank noch so gut wie nichts über Kramers Arbeit für die Bergmans erfahren – und das sagte er auch.

»Wissen Sie«, stellte er fest, »Sie haben mir noch gar nichts erzählt.«

Kramer lächelte: »Was wollen Sie wissen?«

»Nun«, sagte Frank und füllte ihre Gläser erneut mit Montepulciano, »zunächst einmal: Wurden die Bergmans ermordet? Was meinen Sie?«

Kramer legte das Gesicht in Falten, wiegte den Kopf hin und her und sagte: »Hören Sie, ich habe ein Problem. Wenn mein Name in die Zeitungen gerät, verliere ich Klienten. So einfach ist das. Und ist ja auch klar. Ich habe Ihnen doch meine Karte gegeben? Was steht da drauf?«

»Da steht, dass Sie Privatdetektiv sind.«

»Genau. *Privatdetektiv.*«

»Vertrauen Sie mir, das bleibt alles unter uns.«

Kramer grinste spöttisch. »Vertrauen Sie mir ...«

Frank lächelte. »Ich meine es ernst.«

Kramer zwinkerte ihm vielsagend zu. »Sind Sie sicher?«

Statt einer Antwort faltete Frank die Hände vor der Brust. »Absolut.«

Kramer seufzte, kapitulierte offensichtlich vor Franks Beharrlichkeit. »Okay«, sagte er und legte seine Serviette beiseite. »Ich riskier's. Was wollen Sie wissen?«

»Alles, was Sie mir über die Bergmans erzählen können«, erwiderte Frank.

Der Detektiv lehnte sich zurück und überlegte. Schließlich sagte er: »Zwei Spinner.«

Frank lachte, dann erstarb sein Lächeln. »Wieso?«

»Na, was ist denn eigentlich passiert? Der Sohn der Bergmans ist weggelaufen und zum Zirkus gegangen. Na und?«

»Ja, aber ... als die Eltern Sie engagiert haben, war der Sohn schon tot. Es ging also nicht darum, einen Vermissten zu finden.«

Kramer spitzte die Lippen zu einem fleischigen Knoten der Skepsis. »Das stimmt nicht ganz«, sagte er. »Die sind, ungefähr sechs Monate nachdem der Junge zum ›Tempel‹ gegangen war, zu mir gekommen. Das ist zwei Jahre her.«

»Und was wollten sie von Ihnen?«, fragte Frank.

»Ich sollte ihn kidnappen. So haben sie es zwar nicht genannt, aber sie haben es gemeint. Die hatten schon einen Psychofritzen engagiert, der ihn wieder ›entprogrammieren‹ sollte.«

»Und was haben Sie gemacht?«, fragte Frank.

Kramer zuckte die Achseln. »Ich habe mich umgesehen. Ein paar Fragen gestellt. Soweit ich sagen konnte, ging es dem Jungen gut. Er war ganz happy. Also bin ich abgesprungen. Hab ihnen gesagt, dass es nicht ginge.«

»Und nachdem er ertrunken war? Haben sie Sie noch mal engagiert?«

Kramer sah einen Moment aus, als sei ihm unbehaglich zumute, dann beugte er sich vor: »Was ich nicht verstehe, ist: Wieso interessiert Sie das überhaupt? Ich meine, das ist nicht gerade eine Story von landesweitem Interesse, und die *Post* erscheint in Washington – deshalb kapier ich das nicht. Wonach suchen Sie eigentlich?«

»Nach der Wahrheit.«

Kramer schnaubte verächtlich. »Dann sollten Sie wohl lieber Krischnamurti probieren.«

»Sehr lustig«, sagte Frank.

»Jetzt mal im Ernst. Sind Sie Polizeireporter oder was?«

»Nein.«

»Was denn?«

»Ich arbeite an einem medizinischen Artikel, aber das ist eine komplizierte Geschichte. Und um Ihre Frage zu beantworten, ich glaube, man kann sagen, dass ich herausfinden möchte, ob die Leute auf dem Schiff –«

»Die *Crystal Dragon*?«

»Ja«, sagte Frank. »Ob diese Leute wirklich ertrunken sind oder nicht. Weil sie das nämlich meiner Meinung nach möglicherweise nicht sind. Vielleicht war die ganze Sache getürkt. Und falls ich mich irre und sie wirklich ertrunken sind, dann war es vielleicht Mord.«

Kramer starrte ihn eine ganze Weile an, nippte an seinem Montepulciano und sagte dann: »Wo waren wir?«

Frank musste einen Moment überlegen. »Sie haben gesagt, dass Sie zweimal für die Bergmans gearbeitet haben. Einmal als ihr Sohn sich der Sekte anschloss ...«

»Und nachdem er ertrunken war«, sagte der Detektiv. »Das war dann unentgeltlich.« Anscheinend waren Franks Augenbrauen in die Höhe geschnellt, denn Kramer schob hastig eine Erklärung nach. »Sie haben mir leid getan. Und wahrscheinlich habe ich mich auch ein bisschen schuldig gefühlt. Ich weiß nicht ... vielleicht hätte ich damals ja doch versuchen sollen, den Jungen da rauszuholen.« Er blickte reuig. »Außerdem war es nicht viel Arbeit«, fuhr er fort. »Ich habe mit ein paar Leuten von dem Schiff geredet –«

»Und wie waren die?«

»Kooperativ. Kamen mir nicht so vor, als hätten sie was zu verbergen.«

Erneut hatte Frank wohl skeptisch dreingeblickt, denn Kramer beugte sich zu ihm vor und sagte: »Hören Sie, die Sache war so. Wenn es um den ›Tempel‹ ging, waren die Bergmans geradezu verrückt. Man konnte gar nicht mit ihnen darüber reden. Sie sagten zwar, sie hätten selbst ›religiöse Überzeugungen‹, aber der Junge hätte eine ›Gehirnwäsche‹ hinter sich, der Junge wäre in einer ›Sekte‹. Was sagt Ihnen das?«

»Ich weiß nicht«, antwortete Frank.

»Sie waren *bigott*«, erklärte Kramer. »Und *paranoid*. Meine Güte, dass sie nicht unter den Teppich geguckt und nach Landminen gesucht haben, war alles. Sämtliche Telefone waren angezapft. Da waren Leute, die das Haus beobachteten ... Gütiger Himmel, sie haben sich sogar eine Pistole gekauft! Die haben sie in der Diele aufbewahrt, für den Fall, dass einer einbrechen wollte.« Kramer lachte.

»Was für eine Pistole?«, wollte Frank wissen.

Kramer zuckte die Achseln. »Weiß nicht genau. Ich glaube, es war eine .38er.«

Frank runzelte die Stirn. »Also –«

»Begreifen Sie, worauf es hinauslief? Sie wollten jemanden, dem sie die Schuld geben konnten. Sie *brauchten* einen Schuldigen. Sonst hätten sie nämlich sich selbst die Schuld geben müssen – verstehen Sie, was ich sagen will?«

»Dann glauben Sie also, dass dem ›Tempel‹ nichts vorzuwerfen war?«

Kramer schüttelte den Kopf. »Ich weiß nicht, vielleicht hätten sie sogar vor Gericht gehen können. Möglicherweise hätten die Schiffseigner irgendwie haftbar gemacht werden können – nicht genug Rettungsübungen, so was in der Art. Aber darum geht es nicht. Ich will Ihnen klarmachen, dass man in meinem Gewerbe viele Leute trifft, die irgendwelchen Fantastereien nachjagen. Die Hälfte? Ich könnte sagen, stecken Sie Ihr Portemonnaie wieder ein, ich weiß jetzt schon, dass ich Ihnen das nicht geben kann, was Sie möchten. Ich meine – denken Sie doch nur an all die Vermissten im Vietnamkrieg. Wenn man die Angehörigen fragt, dann gibt es keine Vermissten, bloß jede Menge ›geheime Gefangene‹. Oder den Absturz der TWA-Maschine. War das ein *Unfall*? Scheiße, nein. Das war eine Rakete, eine Bombe, ein Wartungsfehler – irgendwas. Wenn man nämlich mit Angehörigen zu tun hat, gibt es nie so was wie einen *Unfall*. Der Verlust muss einen Grund haben, es muss jemanden geben, den man zur Verantwortung ziehen kann. Sie brauchen irgendeine Art von Vergeltung – Geld, Rache, egal. Ansonsten hat es keinerlei Bedeutung. Dann ist es purer Zufall. Und an dem Punkt beginnt die Gralssuche. Dann geht es nicht mehr darum, was passiert ist, sondern um irgendwas anderes. Und ob einem das nun gefällt oder nicht, damit verdiene ich viel Geld.«

»Und Sie meinen, das war auch bei den Bergmans so?«

»Das *weiß* ich.«

»Und was ist mit der Leiche, die man gefunden hat?«

»Sie meinen in den Adirondacks?«

Frank nickte.

Kramer zuckte die Achseln. »Man weiß noch nicht, ob es die Bergman ist.«

Frank pflichtete ihm bei. »Aber ... wenn doch?«

Kramer blickte finster, überlegte. »Ich weiß nicht, vielleicht haben Sie Recht. Vielleicht hat der ›Tempel‹ sie um die Ecke gebracht. Ich kann zwar keine *Beweise* dafür sehen, aber ...«

»Wenn es nicht der ›Tempel‹ war ...?«

»Sagen wir mal so: Ich finde, die Staatsanwaltschaft sollte sich auf die Suche nach *Mister* Bergman machen.«

Die Andeutung kam für Frank überraschend. »Sie denken ...«

Der Detektiv beugte sich vor und senkte die Stimme. »Die Bergmans hatten ganz schön Probleme.«

»Was für Probleme?«, hakte Frank nach.

»Probleme, die jedenfalls nichts mit ihrem Junior zu tun hatten«, erwiderte der Detektiv. Frank wollte etwas sagen, aber

Kramer kam ihm zuvor. »Ich will nicht zuviel behaupten, aber – wollen Sie wissen, was ich gehört habe? Bergman hat einen ganzen Batzen Geld auf die Cayman Inseln geschafft, ganz kurz bevor er und seine Frau verschwanden.«

»Davon wusste ich nichts«, sagte Frank.

Kramer nickte. »Haben Sie schon mit Tuttle gesprochen?«

»Sie meinen den von der Staatsanwaltschaft in Placid?«

»Ja.«

»Nur am Telefon«, sagte Frank.

»Sie könnten ihn wohl danach fragen, aber ich glaub nicht, dass er Ihnen viel erzählen wird. Das ist eine wichtige Spur, an der sie dran sind.«

Frank nippte an seinem Wein und dachte nach. Dann schlug er einen anderen Kurs ein. »Was ist mit der Exhumierung? Ist die je ...?«

Der Detektiv schüttelte den Kopf. »Nein, die ist auf dem Instanzenweg hängen geblieben. Die County hatte sie schon angeordnet, aber der ›Tempel‹ hatte Einspruch eingelegt. Ich meine, sie hatten die Dokumente des Jungen. Unterschrieben und versiegelt. Notariell beglaubigt. Sein Testament. *Seine* Unterschrift, keine Frage. Er wollte dort beerdigt werden, und er wollte nicht, dass seine sterblichen Überreste ›entweiht‹ werden. Das hatte er sogar in seinem Testament ausdrücklich geäußert. Und dann verschwinden Mom und Pop von der Bildfläche, und – peng – war die Frage nur noch rein akademisch.«

Der Kellner kam mit der Rechnung, und Frank reichte ihm seine Visacard, unsicher, ob sie nicht vielleicht schon gesperrt war. »Meinen Sie, sie könnten mir die Namen der Leute von der *Crystal Dragon* nennen, mit denen Sie gesprochen haben?«, fragte er. »Vielleicht könnte ich mich auch mal mit denen unterhalten.«

Kramer spitzte die Lippen. »Ich denke, ja«, sagte er. »Geben Sie mir Ihre Faxnummer, dann schicke ich Ihnen meine Memos.«

Frank nannte ihm die Nummer und fragte: »Wie ist es denn da oben? In Placid.«

Kramer schüttelte den Kopf. »Weiß nicht. Es ist ... gepflegt. Ziemlich gut organisiert. Ganz offensichtlich haben die Leutchen ordentlich Geld. Der Anführer ist ein Spinner, aber – was soll's, es macht sie glücklich.«

Sie verabschiedeten sich auf dem Parkplatz, Kramer bedankte sich für die Einladung zum Essen und versprach, sich zu melden, sobald irgendwas auf seinem »Radarschirm« auftauchte. Dann stieg er in den Jaguar, der brüllend ansprang, rollte vom Parkplatz, winkte kurz über die Schulter und verschwand im fließenden Verkehr.

Frank sah ihm nach, dann stieg er in seinen Saab und ließ sich das Gespräch noch einmal durch den Kopf gehen. Vielleicht sagte Kramer ja die Wahrheit, aber Frank schien es, als hätte der Privatdetektiv eine bestimmte Absicht verfolgt, nämlich die Geschichte herunterzuspielen. Warum sollte er das tun, fragte sich Frank. Die meisten Detektive waren ganz wild auf Publicity. Je häufiger ihr Name in den Zeitungen auftauchte, desto mehr Kunden hatten sie.

Als er vom Parkplatz Richtung Norden fuhr, bereute er, dass er soviel über seine Nachforschungen preisgegeben hatte, vor allem seinen Verdacht wegen der Ertrunkenen. Und er bereute es sogar noch mehr, als er nur wenige Querstraßen vom Restaurant entfernt Kramers Jaguar auf dem Parkplatz neben einem Schnellimbiss stehen sah und den Detektiv selbst, wie er aufgeregt in das Münztelefon daneben sprach.

Frank wurde langsamer und vergewisserte sich, dass es wirklich Kramer war, dann fuhr er weiter. Hoffentlich geht es dabei nicht um mich, dachte er.

21

Daytona Beach, Florida

Wie die meisten seiner Nachbarn in Pine Creek war auch Gene Oberdorfer Rentner. Etwa vier Monate zuvor war er aus Lake Placid nach Florida gezogen, fest entschlossen, nie wieder einen Winter im eiskalten Norden über sich ergehen zu lassen.

Pine Creek, das um einen Golfplatz herum gebaut worden war und zwei bewachte Einfahrten hatte, unterschied sich eigentlich nicht von vielen anderen Siedlungen in Florida. Aber in gewisser Hinsicht war es etwas ganz Besonderes, und das wurde jedem klar, der zwischen dem siebten und achten Loch auf dem Golfplatz unterwegs war. Neben dem durch Streifen auf dem Asphalt markierten Übergang über eine, wie es aussah, kleine Straße stand ein Holzschild mit der Aufschrift:

FLUGZEUGE HABEN VORFAHRT

In Florida, wie überall sonst auf der Welt, bevorzugen Bauplaner unbebautes Land, weil es Abrisskosten spart. Folglich hatten sie das Gebiet von Pine Creek jahrelang ignoriert, weil sie den mittendrin liegenden Flugplatz aus dem Zweiten Weltkrieg als Hindernis betrachteten. Für sie waren die Rollbahnen nur zusätzliche Kostenfaktoren – etwas, das man hätte abtragen müssen. Was eine Menge Arbeit und schweres Gerät erforderte.

Aber wo andere nur Schwierigkeiten sahen, entdeckte der

Bauplaner, der Pine Creek schließlich gestaltete, eine günstige Gelegenheit. Er nannte seine Schöpfung *Pine Creek Fly-In* und schuf ein regelrechtes Paradies für die Besitzer kleiner Flugzeuge – für Leute wie John Travolta und Gene Oberdorfer. Der Haupthangar des kleinen Flughafens und die Abstellplätze auf dem Vorfeld waren nichts Besonderes – eigentlich ganz ähnlich wie auf dem kleinen Flugplatz, wo Oberdorfer seine Cessna früher untergestellt hatte.

Einmalig an Pine Creek war das System von Rollbahnen, die bis vor die Wohnhäuser führten, und die Hangars, die aussahen wie zu groß geratene Garagen. Leute wie Oberdorfer konnten so bequem in ihr Flugzeug steigen wie andere Leute in ihre Autos. Eine Minute später konnte er schon aus seiner Einfahrt auf die Rollbahn einbiegen und fünf Minuten später in der Luft sein.

Das Ganze war also wie geschaffen für Oberdorfer, dessen Mission sowohl ein kleines Flugzeug als auch einen privaten Hangar erforderte.

Wie üblich stand er um halb sechs auf, machte seine Morgengymnastik und -meditationen und ging dann zum Clubhaus, um pünktlich um sieben mit seinen neuen Bekannten eine Runde Golf zu spielen. Meistens machte ihm das Golfspielen Spaß, obwohl er ehrlich gesagt nicht besonders gut war. Und heute war er noch dazu unkonzentriert. Der Wetterbericht hatte keinen Regen gemeldet, nun jedoch bauten sich allmählich Wolken am Horizont auf, und das bereitete ihm Sorge.

Andererseits, dachte er, als er mit seinem Schläger einen Schauer aus Erde und Gras in die Luft beförderte, falls es tatsächlich keinen Regen gab, wären die Wetterbedingungen nahezu perfekt. Temperaturen um die achtundzwanzig Grad, hohe Luftfeuchtigkeit, leichter Ostwind. So wichtig war es eigentlich auch nicht. Er konnte es heute machen oder auch morgen. Die Entscheidung lag bei ihm, solange die Bedingungen stimmten. Trotzdem, die Frage ging ihm nicht aus dem Kopf. Und sein Spiel litt unter der fehlenden Konzentration. Besonders die kurzen Schläge. Seine Drives waren erbärmlich und sein Putting einfach schauderhaft.

»Verdammt«, sagte er, als sein Ball am vierzehnten Loch ins Rough segelte. »Habt ihr was dagegen, wenn ich einen Freischlag nehme?«

Die Frage löste lautes Gejohle aus. »Ein Freischlag kann dich auch nicht mehr retten, Obie«, scherzte ein Mann namens Johnson. »Wie wär's stattdessen mit 'ner Runde Freibier für alle?«

Gegen Mittag waren sie im Clubhaus beim Lunch – auf seine Kosten, weil er am neunten Loch so unglaublich mies gespielt hatte. Um zwei war er wieder zu Hause. Das Wetter hielt, das Barometer war stabil, der Wind unverändert. Eine Stunde später war er in seinem Hangar und überprüfte die Ausrüstung ungefähr zum zehnten Mal.

Aufgrund der Tatsache, dass er einen privaten Hangar besaß, war es ein Kinderspiel gewesen, das Flugzeug entsprechend aufzurüsten. Die Geräte zum Bestäuben großer Felder sind recht simpel und bestehen im Grunde nur aus verschiedenen Rohrleitungen, die an der hinteren Kante der Tragflächen angebracht werden. In diese Röhren waren zwanzig Zerstäuberdüsen eingesetzt worden, und das Ganze funktionierte gut. Alles, was er brauchte, hatte er in einem Heimwerkermarkt bekommen.

Der Kanister selbst war ziemlich groß, aber er passte auf den Passagiersitz hinter ihm. Das Teil kam aus der Schweiz und war anscheinend für die Bekämpfung irgendwelcher Schädlinge im Berner Oberland gedacht gewesen. Die Zentrale hatte ihn besorgt, und das war gut so. Die Zerstäubungsdichte war vorgegeben, und es gab einen eingebauten Luftkompressor. Er musste ihn lediglich aufladen, das Ding mit Wasser füllen und das Material dazugeben. War er erst in der Luft, würde sich auf Knopfdruck ein feiner Schleier hinter dem Flugzeug ausbreiten.

Er wartete bis halb fünf. Wie die meisten kleinen Flugplätze verfügte auch Pine Creek nicht über Instrumente, um Starts und Landungen zu überwachen. Für Kurzflüge musste man noch nicht mal einen Flugplan einreichen. Ein paar von den stolzen

Flugzeugbesitzern – vor allem diejenigen mit Oldtimer-Modellen – stiegen manchmal auf, um Loopings und Rollen zu fliegen. Aber zur Zeit war niemand in der Luft, zumindest sah er keinen. Und es gab keine Wartezeit auf der Startbahn. (Eigentlich musste man nur an den Wochenenden vor dem Start Schlange stehen.)

Er verstaute den Kanister auf dem Passagiersitz und drapierte seine Jacke darüber. Dann ging er seine Checkliste durch, trat zurück und bewunderte sein handwerkliches Geschick. Wirklich, die Düsen und Rohrleitungen waren kaum zu sehen, selbst auf diese kurze Entfernung.

Draußen hing der Windsack schlaff herab, und nur gelegentlich wurde er von einer leichten Brise bewegt. Am Himmel war weit und breit kein Flugzeug zu sehen, außer einer Verkehrsmaschine auf dem Weg nach Süden.

Aus der Vogelperspektive war deutlich zu erkennen, dass dieser Teil Floridas mittlerweile fast vollständig erschlossen war. In der Ferne sah man Richtung Orlando noch ein paar Farmen mit leuchtendgrünen Flächen frischen Grases drum herum, doch abgesehen davon und außer einigen Golfplätzen und einem Grünstreifen am Bach entlang erstreckten sich, so weit das Auge reichte, in alle Richtungen Siedlungen und Einkaufszentren. Das war auch gut so. Denn für den Test brauchte er eine hohe Bevölkerungsdichte.

Der Ozean war nur sechs Kilometer von Pine Creek entfernt, und wenige Minuten später flog Oberdorfer bereits über die Wohnanlagen und Hotels direkt am Strand. Er hatte vor, eine »Linearbestäubung« vorzunehmen, was nichts anderes hieß, als dass er eine kleine Menge Material auf einer durchgängigen Linie versprühen wollte, im Vertrauen darauf, dass ein günstiger Wind den Impfstoff ins Landesinnere tragen würde.

Es bestand jedenfalls keine Gefahr, das Ziel zu verfehlen.

Direkt unter ihm schoben sich Autos am hellen Strand entlang. Ihre Zahl übertraf sogar die der Schwimmer. Die Stadt hatte zwar die Strandzeiten ein wenig verkürzt, aber die Zufahrt an sich nicht verboten – was ihn ungemein ärgerte. Die Hälfte des

Planeten war zubetoniert, und diese Idioten mussten bis zum Strand fahren!

Da konnte einem doch die Galle überlaufen.

Er ging tiefer, griff nach hinten und betätigte den Schalter, um den Luftkompressor in Gang zu setzen. *Los geht's!* dachte er, als das Flugzeug den Strand entlangschwebte, der Kompressor vor sich hin stampfte und ein feiner Nebel sich fächerförmig von den Tragflügelkanten ausbreitete.

22

Cal Tuttle saß Frank gegenüber auf der anderen Seite des Schreibtisches, und hinter ihm hing die Fahne seines Amtes. Staatsanwalt Tuttle, ein teiggesichtiger Mann Ende vierzig, war nicht gerade redselig.

Frank fragte ihn, wie der Torso gefunden worden war.

»Hund von Campern.«

»Waren Sie überrascht?«

Tuttle neigte den Kopf und sah ihn an. »Dass im Wald eine enthauptete Frau mit abgeschnittenen Händen gefunden wurde?« Er überlegte einen Moment und zuckte dann die Achseln. »Eigentlich nicht.«

»Haben Sie die Leiche gleich nach dem Fund mit den Bergmans in Verbindung gebracht?«

»Nein.«

»Warum nicht?«

»Es gab nichts, um eine Verbindung herzustellen.« Er machte mit Zunge und Gaumen ein leise schmatzendes Geräusch. »Die DNS-Tests dauern eine Weile. Dann wissen wir mehr.«

»Könnten Sie mir die Namen der Camper nennen?«

»Nein, ich glaube, das wäre denen nicht recht. Der Hund hieß jedenfalls Taz.«

»Danke. Aber Sie halten in dieser Sache Kontakt mit den Ermittlungsbehörden von Dutchess County, richtig?«

»Wenn Sie das sagen.«

»Nun ja, es wäre schon eine Meldung wert, wenn Sie es nicht täten«, entgegnete Frank leicht gereizt.

Tuttle schmunzelte, dass er Frank allmählich aus der Ruhe brachte.

»Ich habe gehört, dass Harry Bergman mit dem Tod seiner Frau in Verbindung gebracht wird«, sagte Frank und achtete auf Tuttles Reaktion. »Stimmt das?«

Ein bedauerndes Lächeln. »Ach«, erwiderte Tuttle, »das ist ja ganz was Neues.«

»Tatsächlich?«

»Ja«, sagte der Staatsanwalt. »Das ist mir bislang noch nicht zu Ohren gekommen.«

Frank runzelte die Stirn. Wenn Tuttle kein genialer Schauspieler war, sagte er die Wahrheit. »Nun ja, vielleicht war meine Quelle falsch informiert.«

»Das denke ich auch.«

Frank beschloss, einen anderen Kurs einzuschlagen. »Was ist mit dem ›Tempel‹?«

»Was soll damit sein?«

»Ich weiß nicht. Was sind das für Leute?«

Tuttle sagte achselzuckend: »Die bleiben ziemlich unter sich. Wir kriegen sie nicht oft zu Gesicht.«

Frank seufzte. Seit fast einer halben Stunde versuchte er, mit diesem Staatsanwalt ein vernünftiges Gespräch zu führen, und allmählich hatte er es satt. Also legte er seinen Stift beiseite und fragte Tuttle, ob er ihm den Weg zur Zentrale des »Tempels des Lichts« beschreiben könnte.

Tuttle zeichnete eine kleine Karte auf einen Zettel und schob ihn über den Schreibtisch. »Wahrscheinlich lassen die Sie gar nicht rein«, sagte er und schüttelte Frank die Hand.

»Warum nicht?«

Wieder zuckte Tuttle die Achseln. »Unnahbar.«

Und wirklich, sie ließen ihn nicht rein – nur bis zum Besucherzentrum.

Es war in einem mit weißen Schindeln verkleideten Haus außerhalb des Anwesens untergebracht. Rund zweihundert Meter weiter konnte Frank ein schmiedeeisernes Tor und ein kleines steinernes Wachhäuschen sehen. Das Tor war offensichtlich geschlossen, also hielt er vor dem Besucherzentrum, hob den Türklopfer, der wie eine Ananas geformt war, und ließ ihn fallen. Einmal. Zweimal. Noch mal.

Eine freundliche junge Frau öffnete die Tür und bat ihn herein. Er zeigte ihr seinen Presseausweis und sagte: »Ich hatte gehofft, mir das Anwesen ansehen zu können, aber das Tor ist geschlossen.«

Die Frau entschuldigte sich und erklärte, dass das Tor immer geschlossen sei: Ohne vorherige Anmeldung dürfe niemand das Grundstück betreten.

»Wen kann ich denn anrufen, um einen Termin zu bekommen?«, fragte Frank.

»Ich fürchte, den müssen Sie vorher schriftlich beantragen«, antwortete sie.

»Sie meinen, ich kann mit niemandem sprechen?«

»Derzeit nicht.«

»Was ist denn mit ihm?«, fragte Frank und deutete mit dem Kinn auf ein Foto an der Wand. Das Bild zeigte einen Mann Mitte dreißig, der auf einem Berg stand und in die Kamera lachte. Hinter und unter ihm lag die Welt.

»Das ist Solange«, sagte sie mit einem Lächeln. »Ich glaube nicht, dass er zur Verfügung steht. Aber da Sie Journalist sind, könnten Sie unser Büro für Öffentlichkeitsarbeit anrufen – nur ich glaube, da ist heute keiner. Soweit ich weiß, sind alle auf einer Demo in Buffalo.«

»Aber –«

»Wir haben eine Website – Sie könnten ihnen eine E-Mail schicken, wenn Sie möchten. Sie müssen nur unsere Website aufrufen und dann ›Öffentlichkeitsarbeit‹ anklicken.« Sie reichte ihm eine Broschüre, die auf steifem grauen Papier gedruckt war. »Da steht alles drin«, sagte sie, »die Postanschrift und die E-Mail-Adresse.«

Er dankte ihr.

»Und wenn Sie sich ein bisschen umschauen möchten, unser Besucherzentrum hat drei Abteilungen: Inspiration, Information und den Laden. Aber Sie müssen sich beeilen«, fügte sie entschuldigend hinzu, »wir schließen in einer halben Stunde.«

Frank versprach, sich zu beeilen.

Das Erste, was ihm auffiel, als er den »Inspirationsraum« betrat, war der Geruch von Weihrauch und brennenden Kerzen. Dann sah er das auffällige Schwarzweißfoto, das die gesamte rückwärtige Wand einnahm.

Es zeigte einen Mann – Solange – am Strand, der genau an der Wasserlinie entlangging, die Hosenbeine hochgekrempelt, einen Hund neben sich, der Himmel strahlend hell. Über ihm segelten Möwen in der Luft, und ein kalligraphisches Spruchband gebot: FOLGE MIR. WANDLE IM LICHT.

Als Frank näher an das Bild herantrat, fiel ihm erstmals die Musik auf. Ein Knabenchor sang eine betörende Melodie in einer Sprache, die er nicht identifizieren konnte. Rumänisch oder Bulgarisch oder so. Die klaren Stimmen umfingen ihn, erfüllten die Luft. *Klasse Sound*, dachte Frank.

Die Wände des Raumes waren mit weichem grauen Stoff bezogen und rundherum mit kleinen Fotografien behängt, jede ungefähr im Posterformat. Wie das große Bild waren sie schön gerahmt und kunstvoll ausgeleuchtet. Frank betrachtete die Motive der Fotos: ein Spinngewebe mit Tautropfen darin; ein lichtdurchfluteter Kiefernwald; Kinder, die Hand in Hand dem Sonnenuntergang entgegengingen.

Was allen Bildern gemein war, so erkannte er, war *Licht* – wunderbar fotografiertes Licht. Frank ging von einem Exponat zum anderen, schritt durch den Wasserfall der Musik. Er fühlte sich ... *gut*. Ja, sogar irgendwie erbaut.

Zu ein paar Fotos – denen mit Solange – gab es Tonmaterial. Frank nahm sich einen Kopfhörer und drückte auf einen Knopf.

Er betrachtete ein Foto von Solange, der in einem Weizenfeld stand. Er hatte die Sonne im Rücken, und fast sah es so aus, als hätte er einen Heiligenschein. Und auch der Weizen war in Sonnenlicht getaucht, auf den Ährenspitzen funkelten Lichtersterne. Als Frank den Knopf drückte, schien sich der Weizen zu bewegen, zu wogen und sich zu biegen, wie vom Wind. Er beugte sich vor und sah, dass das Bild selbst unbeweglich blieb, dass aber dahinter eine Vorrichtung sein musste, die das Licht funkeln und schimmern ließ. Über die Kopfhörer kam plötzlich das Rauschen von Wind in einem Feld, was die Wirkung noch steigerte. Und dann sprach eine Stimme über den Wind hinweg.

»Und Gott sprach: Es lasse die Erde aufgehen Gras und Kraut, das Samen bringe, und fruchtbare Bäume auf Erden, die ein jeder nach seiner Art Früchte tragen, in denen ihr Same ist. Und es geschah so. Und die Erde ließ aufgehen Gras und Kraut, das Samen bringt, ein jedes nach seiner Art, und Bäume, die da Früchte tragen, in denen ihr Same ist, ein jeder nach seiner Art. Und Gott sah, dass es gut war. Da ward aus Abend und Morgen der dritte Tag.« [I. Mose I, 11–13]

Frank ging an einigen weiteren Bildern vorbei und nahm das nächste Kopfhörerpaar. Er stand jetzt vor einer Lagerfeuersszene. Solange war neben dem Feuer unter einem sternenübersäten Himmel. Diesmal kam das Prasseln des Feuers vom Band – und wie der Weizen, so schien das Feuer zu glimmen und sich zu bewegen. Ebenso die Sterne, die heller leuchteten, als die Stimme in seinen Ohren erklang:

»Und Gott machte zwei große Lichter: ein großes Licht, das den Tag regiere, und ein kleines Licht, das die Nacht regiere ...« [I.Mose I, 16]

Ah, dachte Frank. Die Genesis. Er beschleunigte seinen Rundgang und sah sich darin bestätigt, dass die verschiedenen Bilder die Schöpfungsgeschichte wiedergeben sollten. Ziemlich geschickt, dachte er.

Er beeilte sich, in den »Laden« zu kommen. Hier wurden Vitamine, Seifen, ätherische Öle für Aromatherapie, Kerzen und dergleichen mehr angeboten. Esoterische Bücher und Kassetten nahmen eine ganze Wand ein. Klassische Musik lief– Pachelbel, dachte er. Die Brünette, die ihn am Eingang begrüßt hatte, stand hinter der Theke und verpackte gerade die Einkäufe einer Frau mittleren Alters mit Zöpfen. »Möchten Sie irgendwas kaufen?«, rief sie. »Wir schließen nämlich in« – sie warf einen Blick auf ihre Uhr – »oje, zwei Minuten!«

Er zögerte und hastete dann in den Informationsraum. Er hatte gerade noch Zeit für einen raschen Rundumblick. Er sah jede Menge Grafiken und Schaubilder und Landkarten, noch mehr Audiomaterial, für das zahlreiche Kopfhörer auf einer Holztheke bereitlagen. Ein Exponat bestand aus einer Karte der Vereinigten Staaten, auf der viele winzige Lichtlein glommen. Auf einem Tisch in der Mitte war unter der Überschrift ERWÄRMUNG ein dicker Globus zu sehen, in dem ein Thermometer steckte. Von der Decke hing eine »Bevölkerungsuhr«, die aussah wie eine Bombe. Sie tickte geräuschvoll, und ihre digitalen Zahlen rasten schneller, als das menschliche Auge wahrnehmen konnte. Auf einer Wand brannte der brasilianische Regenwald. Auf der gegenüberliegenden Wand war ein Kiefernwald bis auf wenige Zentimeter über dem Boden abgeholzt worden.

»Wir haben jetzt geschlossen«, sagte die Brünette mit ihrer liebenswerten, freundlichen Stimme. »Aber Sie können gern morgen wiederkommen. Wir haben ab neun geöffnet.«

Sie gab ihm eine kleine Plastiktüte mit »ein paar Pröbchen. Probieren Sie mal das Mango-Duschgel«, sagte sie, während sie ihn zur Tür geleitete. »Es ist phantastisch.« Auf dem Weg nach draußen steckte er noch rasch ein paar Broschüren ein.

Er hatte eigentlich gehofft, es noch bis Washington zu schaffen, doch gegen neun Uhr auf dem New Jersey Turnpike merkte er, dass er einnickte. Die Hupe eines Sattelschleppers ließ ihn verschreckt zusammenzucken, und er beschloss, sich ein Motel zu suchen.

Wenige Kilometer südlich von Cherry Hill fand er eines. Es

erinnerte irgendwie an *Psycho* und hatte eine separate Bar. Der strohgedeckte Eingang der Bar wurde von Schildern flankiert, auf denen zu lesen war:

VINNIE & THE GEE-GNOMES!
NUR HIER IM LEAKY TLKL!

Sein Zimmer war ganz in Rosttönen gehalten: orangefarbene Wände, Vorhänge, Tagesdecke, Teppich. Neben dem Bett hatte jemand mit der Faust durch die Gipskartonwand geschlagen. Es war eine von den Absteigen, in denen man einen Stuhl unter den Türknauf klemmt. Das tat er denn auch und ging unter die Dusche.

Das Mango-Duschgel war toll.

Erfrischt holte er seinen Laptop raus und machte sich ein paar kurze Notizen zu den Interviews mit Kramer und Tuttle und zu seiner halben Stunde im Besucherzentrum. Als er das Geschriebene durchlas, wurde ihm klar, was für eine Pleite die Fahrt gewesen war.

Wenn er Kramer glaubte, dann jagte er Hirngespinsten hinterher. Und wieso sollte er Kramer *nicht* glauben? Schließlich war Kramer näher an der Geschichte dran als sonstwer. Er kannte die Bergmans, wusste um die Probleme, die sie mit ihrem Sohn gehabt hatten – und er hatte sogar Leute auf dem Schiff befragt. Seiner Meinung nach war nichts an der Sache dran. Seine Klienten waren genauso hirnverbrannt gewesen wie die Leute vom »Tempel«, vielleicht sogar noch durchgedrehter.

Andererseits ... Tuttle hatte ehrlich überrascht gewirkt, als er ihn gefragt hatte, ob ein Verdacht gegen Harry Bergman bestand, für den Tod seiner Frau verantwortlich zu sein. Was hatte er gesagt? *Das ist ja ganz was Neues*, mit reichlich Sarkasmus in der Stimme. Und doch, wenn man Kramer glaubte, war das eine wichtige Spur.

Entscheidend waren die Worte *wenn man Kramer glaubte*. Tat er das? Frank überlegte. Warum sollte der Mann lügen, fragte er sich. Und die Antwort drängte sich wie von selbst auf: schönes Auto.

Was natürlich nichts zu bedeuten hatte. Er war wieder da, wo er angefangen hatte – in einem billigen Motel mit horrenden Ausgaben und ohne echte Story. Er könnte genausogut noch im »Tschernomorskaja« sitzen.

Über die Tastatur gebeugt, tippte er die Worte: *»Tempel des Lichts« – Besucherzentrum.* Dann nahm er die Broschüre zur Hand und tippte die verschiedenen Angaben zum »Tempel« ab: Adresse, Fax, Telefon, Website, E-Mail. Sonst noch was Wichtiges? Eigentlich nicht. Außer dass sie anscheinend viel Geld hatten. Ein »Flaggschiff«. Und einen Hubschrauber. Und ein »Anwesen«.

Wo kam das Geld her, fragte er sich. Das Duschgel war zwar toll, aber wieviel Geld konnte man mit so was verdienen? Schließlich verkauften sie das Zeug ja nicht landesweit in Supermärkten.

Er fragte sich, wie ihre Website wohl aussah, und schloss den Laptop ans Telefonnetz an. Als er AOL anklickte, dachte er: Frank Daly, der Cyberspace-Schnüffler.

Die Homepage des »Tempels« brauchte ungefähr dreißig Sekunden, um sich aufzubauen, das Bild der Erde – aus dem Weltraum aufgenommen. Doch statt der wahllosen Wolkenschleier, die über dem altvertrauten »blauen Kiesel« wirbelten, hatte der Künstler die Wolken zu einem gespenstisch stilisierten Bild verdichtet: ein sich aufbäumendes weißes Pferd mit wildem Blick. *Tempel des Lichts* leuchtete pulsierend in ständig wechselnden Farben. Unter dem Schriftzug war eine Vielzahl kleinerer Kästchen, jedes mit einem Bild versehen. Er klickte das erste an: Solange und der Hund am Strand. Es war das gleiche Bild, das er im Inspirationsraum des Besucherzentrums gesehen hatte.

Es gab nicht viel her. Der Text stellte den Leiter des »Tempels« vor, Luc Solange, »ein widerwilliger Guru der Ökologiebewegung« und »eine führende Gestalt offensiven Umweltschutzes«. Die erklärte Mission des »Tempels« war es, »die Harmonie zwischen der Mutter Erde und dem Kind Mensch wiederherzustellen«. Solange hielt angeblich häufig Vorträge in den Wellness-Zentren des »Tempels« in Big Sur, Taos, Cabo San Lucas und anderen »Stätten spiritueller Konvergenz«. Man konnte diese Vorträge ebenso aufrufen wie Informationen zu den Wellness-Zentren.

Andere Seiten boten Optionen an wie »Envirogeddon« und »Entschlüsselte Offenbarungen«, wobei letzteres Solanges Deutung der sieben Siegel war. Frank warf einen kurzen Blick hinein und stellte fest, dass es sich um eine schwer verständliche, gelehrte Arbeit mit vielen Fußnoten handelte, die mit Verweisen auf Numerologie und Kabbala durchsetzt war. Er rief eine andere Seite auf, »Drachenmärchen«, und sah, wie sich die Umrisse eines großen Schiffes, das durch hohe Wellen schnitt, langsam auf seinem Monitor aufbauten. Er klickte das Schiff an, bekam aber eine Fehlermeldung, derzufolge die Seite nicht gefunden werden konnte. Er ging zurück.

Ein »Buch der Tage« zeigte Bilder von lächelnden »Templern« bei der Arbeit, beim Spiel und en famille. Es gab Bestellformulare für die »EcoVita«-Produkte des »Tempels« (Aromatherapie und Ernährungszusätze) sowie für dessen Publikationen. Zum guten Schluss wurden Links zu anderen Websites angeboten, darunter die von »Earth First« und »Peta«, und »ein Brief von Lukas«, der die Leser aufforderte, dem »Tempel« in seinem Kampf um die Rettung des Planeten beizustehen.

Frank sah auf die Uhr und verließ das Internet. Es war halb elf, und er wollte Annie noch anrufen, bevor sie schlafen ging.

»Hallooo«, sagte sie, und es klang, als wäre sie froh, seine Stimme zu hören. »Wo sind Sie?«

»In New Jersey. Mein Zimmer ist völlig orange. Ich komme mir vor, als würde ich in einem Kürbis stecken.«

Sie lachte und machte einen Witz über Disneys Cinderella. Dann wurde sie ernst. »Also, wie ist es gelaufen?«

Er erzählte ihr von Kramer und dem Besucherzentrum und fügte hinzu, dass er sich gerade die Website des »Tempels« angesehen habe. »Vielleicht wollen Sie mal reinschauen«, sagte er, »ist schon interessant – wenn man auf so was steht.«

»Ich seh's mir mal an«, erwiderte sie. »Vielleicht geh ich aber auch ins Bett.«

Sie unterhielten sich noch ein paar Minuten über nichts Besonderes, dann legten sie auf, und Frank stand vor der Wahl, entweder schlafen zu gehen oder es doch noch mit den Gee-Gnomes zu versuchen.

Es war weit nach Mitternacht, fast eins, als das Telefon klingelte und ihn aus einem tiefen REM-Schlaf riss. »Wa ...?«

»Frank? Ich bin's, Annie.«

»Hallo«, nuschelte er und schaltete das Licht an.

»Aufwachen!«

»Ich *bin* wach«, sagte er und sah sich wild im Zimmer um. »Ich habe bloß ... geschlafen. Jetzt bin ich wach.« Er stockte. »Wieso bin ich wach?«

»Sie müssen nach Hause kommen.«

»Tu ich. Werde ich. Morgen bin ich zurück. Ich meine, am Nachmittag. So gegen zwei.«

»Nein«, sagte sie, »Sie müssen jetzt gleich kommen. Sofort!«

Da war etwas in ihrer Stimme – Angst, Begeisterung, eine Mischung aus beidem. »Alles in Ordnung?«, fragte er, schlug die Decke zurück und schwang die Beine aus dem Bett.

»Ja«, sagte sie. »Mir geht's gut. Aber ich habe mir die Website angesehen –«

»Welche?«

»Die vom ›Tempel‹.«

»Ach so.«

»Und sie sind es!«, sagte sie. »Es ist der ›Tempel‹.«

»Natürlich ist es der ›Tempel‹. Ist schließlich ihre Website. Wovon reden sie eigentlich?«

»Sie sind ein Genie«, erklärte Annie. »Sie hatten Recht. Die vom ›Tempel‹ haben die Leichen mitgenommen!«

»Und das steht in der Website?«

»Nein! Ich meine, ja, in gewisser Weise. Das Pferd ist auf der Website!«, sagte Annie.

»Welches Pferd?«

»Das weiße Pferd – mit dem irren Blick. Es gehört zu ihrem Logo.«

»Sie meinen ... das vor der Erde?«, fragte Frank. »Mit den Wolken und so?«

»Jawohl!«

Er überlegte. »Na und?«, sagte er schließlich. »Es ist bloß ein Pferd.«

»Es ist das *gleiche* Pferd«, klärte Annie ihn auf.

»Das gleiche wie was?«

»Das Pferd in Kopervik. Da war ein Pferd auf die Kirche gemalt – ein großes Pferd –, aber es war ein Graffiti. Und es hat uns irgendwie Angst gemacht. Und als ich jetzt das Pferd auf der Website gesehen hab – das ist wie ihre Unterschrift. Sie haben die Leichen gestohlen und ihr Zeichen auf der Kirche hinterlassen!« Sie verstummte einen Moment, dann: »Frank!«

»Was?«

»Warum sollte eine ... religiöse Gruppe ... so etwas machen? Ein Virus. Ich meine –«

»Ich weiß nicht«, sagte er.

»Aber wir müssen das jemandem sagen, stimmt's?«

»Ja. Sicher.«

»Aber ... wem?«

Er dachte nach, aber es gab keine andere Wahl. »Gleason«, sagte er. »Wir müssen es diesem verdammten Gleason sagen.«

23

Er packte seine Sachen zusammen und fuhr durch die Nacht Richtung Washington, wo er kurz nach vier Uhr am Morgen ankam. Wundersamerweise fand er ganz in der Nähe seiner Wohnung einen Parkplatz.

Zu Hause angekommen, wusste er nicht recht, wie er die Zeit totschlagen sollte. Er hatte versprochen, Annie ganz früh abzuholen – um sieben – und mit ihr zum FBI zu fahren. Was bedeutete, dass er sich noch für zwei Stündchen aufs Ohr legen könnte.

In der Gasse hinter seinem Wohnhaus hörte er die Müllmänner mit den Tonnen herumpoltern. Ich sollte lieber duschen, dachte er. Ein paar Notizen machen, die Satellitenfotos zusammensuchen. Kaffee kochen.

Fünf Minuten später stand er unter der Dusche und ließ sich das heiße Wasser auf den Nacken prasseln. Und dann fiel es ihm ein.

Heute kommt die Müllabfuhr gar nicht. Die kommt donnerstags. Wir haben Dienstag. Und außerdem, die Müllmänner kamen zwar früh, aber doch nicht so früh. Er sah auf die Uhr. Halb fünf.

Er stand einen Moment wie erstarrt und dachte nach, dann stellte er die Dusche ab. Er stieg aus der Kabine, wickelte sich ein Handtuch um die Hüfte und ging zum Küchenfenster, das auf die rückwärtige Gasse ging.

Zwei Männer warfen Müllbeutel hinten in einen Transporter von der Mietwagenfirma U-Haul. Was die städtische Müllabfuhr bestimmt nicht getan hätte. Die Missstände in der Verwaltung waren zwar bekannt, aber Frank war sicher, dass es so weit denn doch noch nicht gekommen war. Noch nicht, jedenfalls.

Sie zerrten die Müllbeutel aus dem Container, der zu seinem Apartmenthaus gehörte, und schleuderten sie in den Transporter. Der Container gegenüber blieb voll, ebenso die anderen weiter oben. Worauf haben die es wohl abgesehen, dachte er, und dann sah er plötzlich wieder Kramer vor sich, wie er neben dem Schnellimbiss stand und hektisch telefonierte.

Die klauen meinen Müll, dachte er. Nein. Das kann nicht sein. Trotzdem ... ansonsten wohnten bei ihm im Haus nur noch die Lehrerin Charlotte Seltzer und Carlos Rubini, der im Wohnungsamt arbeitete. Warum sollte sich jemand für deren Müll interessieren? Und trotzdem ...

Er öffnete das Fenster und lehnte sich hinaus: »He!«, rief er. »Was machen Sie denn da?«

Die beiden Männer erstarrten und blickten dann langsam zu ihm hoch. Sie schienen sich einen Moment zu beratschlagen, gingen dann seelenruhig zum Transporter, warfen die Beutel, die sie noch in den Händen hielten, hinten rein und schlossen die quietschende Tür. Geruhsam gingen sie nach vorn zum Führerhaus, stiegen ein und fuhren davon.

Frank versuchte das Nummernschild zu erkennen, aber es war zu weit weg. Dann bog der Transporter um die Ecke und war verschwunden.

Stöhnend überlegte Frank, was in seinem Müll gewesen sein mochte. Orangenschalen und Papiertaschentücher, Artikelentwürfe, Transkripte von Interviews, leere Milchtüten und verschimmeltes Brot, Notizen und Steuerformulare ... O Gott, er sollte sich wirklich einen Schredder besorgen.

Neal Gleasons Büro lag in einer Gegend der Stadt – man konnte unmöglich von Stadtviertel sprechen –, die Buzzard Point genannt wurde. Seit Frank nach Washington gekommen war, sprach alle Welt davon, dass gerade dieses Gebiet als nächstes eine wunderbare urbane Renaissance erleben würde. Angesichts seiner Lage nah am Fluss und nur wenige Minuten vom Kapitol entfernt, schwebte den Planern so etwas vor wie das modernisierte Hafengebiet von Baltimore: ein Edelviertel direkt am Wasser, mit einer breiten Promenade, Apartmenthäusern, Hotels, Restaurants und teuren Geschäften.

Doch trotz der vielen Pläne und Architektenmodelle schien sich Buzzard Point einfach nicht zu verändern. Die Straßen waren voller Schlaglöcher und so oft ausgebessert, dass sie wie handgemacht aussahen. Zwischen einer Hand voll hässlicher Betonbürogebäude und leer stehenden Grundstücken versteckte sich hier und dort ein kleines Unternehmen. Ihnen allen war das trutzig wehrhafte Aussehen gemein, das offenbar aus dieser Gegend nicht wegzudenken war.

Es gab Tante-Emma-Läden mit Metalltüren zum Schutz vor Einbrechern, Spirituosengeschäfte, wo die Verkäufer hinter kugelsicheren Glaswänden standen, und bunkerähnliche Friseurläden. An den Tankstellen drängelten sich Kinder, die gegen Trinkgeld die Windschutzscheibe putzen oder den Wagen volltanken wollten.

Frank war nicht ganz wohl dabei, den Wagen hier auf der Straße abzustellen, aber wie sich herausstellte, gab es keine andere Möglichkeit. Hierher verirrten sich nicht so viele Besucher, dass sich ein bewachter Parkplatz gelohnt hätte.

Das FBI-Gebäude war einer von diesen gesichtslosen Kästen aus den fünfziger Jahren mit einer uniformen Reihe von zu klein geratenen Fenstern pro Stockwerk. Drinnen war es auch nicht besser: fleckiger blauer Nadelfilzboden und Akustikdecken, deren Platten bereits brüchig waren und durchhingen. Zwei bewaffnete und uniformierte Männer überwachten den Eingang. Einer stand an der Tür, und der andere saß hinter einer Theke aus Holzimitat gleich neben einem Drehkreuz. Man musste an dem ersten vorbeigehen und einige Zeit bei dem zweiten verbringen, bis man die Erlaubnis bekam, zu den dahinterliegenden Fahrstühlen vorzudringen.

Der Mann hinter der Theke rief Gleasons Büro an, forderte sie auf, ihre Namen in eine Liste einzutragen, schaute in Annies Handtasche, untersuchte Franks Aktenkoffer und zog die Kappe von der Rolle, in der die Satellitenfotos waren. Dann schrieb er ungelenk ihre Namen und den von Gleason auf kleine rechteckige Stücke aus gelbem Pappkarton, schob diese in Plastikhüllen und wies sie an, sie an ihrer Kleidung festzustecken. Eine massige Frau kam aus einem der Fahrstühle hinter dem Drehkreuz, und sie durften durchgehen. Die Frau geleitete sie nach oben in einen Vorraum mit ein paar aprikosenfarbenen Plastiksesseln. Gerahmte Drucke mit Blumenpastellen zierten die Wände.

Sie mussten nicht lange warten. Gleason kam heraus und bedeutete ihnen wortlos, in sein Büro vorauszugehen. Der FBI-Mann war in Hemdsärmeln, und als er um seinen Schreibtisch herumging, war die Pistole in seinem Schulterhalfter deutlich zu sehen. Seine Augen waren blass und erstaunlich blau. Fast babyblau. Frank dachte, dass er den Mann zuvor noch nie ohne seine Sonnenbrille gesehen hatte.

»Nun«, sagte Gleason. »Sie wollten mit mir reden? Reden Sie.«

»Ich weiß, dass Sie in Hammerfest waren«, begann Frank und wollte die Satellitenfotos hervorholen.

»Hmmm«, sagte Gleason. »Anschauungsmaterial. Sehr hübsch, aber ich habe eigentlich keine Zeit für einen Bildervortrag. Beschränken Sie sich doch bitte auf die mündliche Darstellung, und fassen Sie sich kurz, ja?«

Frank hatte vergessen, was für ein Arschloch Gleason doch war. »Ich wollte ihnen klarmachen, dass Dr. Adair mir nichts gesagt hat«, stellte er fest. »Ich habe aus anderen Quellen erfahren, was mit den Leichen passiert ist.«

Gleason nickte und beschrieb dann mit dem Zeigefinger der rechten Hand einen kleinen Kreis in der Luft. Frank sollte sich beeilen. Also lieferte Frank ihm eine verkürzte Darstellung und schloss mit der Feststellung, dass das auf die Kirchenmauer in Kopervik gemalte Pferd Annies Meinung nach mit dem Bild auf der Website des »Tempels« identisch war.

Gleason applaudierte langsam und gemächlich. »Faszinierend«, sagte er.

Annie warf Frank einen verwunderten Blick zu.

»Sie hören sich aber nicht so an, als wären Sie fasziniert«, sagte Frank.

»Nun ja, ehrlich gesagt, ich begreife nicht ganz, wieso Sie gedacht haben, das würde mich interessieren«, erwiderte Gleason. »Ich will ihnen was sagen. Ihnen beiden. Friedhöfe in Norwegen fallen nicht in den Zuständigkeitsbereich des FBI. Und selbst wenn, wir ermitteln nicht gegen religiöse Gruppen.«

»Aber«, wandte Annie ein, »Sie waren doch dabei. Sie –«

»Ich glaube, Dr. Adair will damit sagen, dass wir beide *wissen*, dass das FBI an dem Fall arbeitet, und wir dachten, Sie –«

»Und ich sage *Dr.* Adair, dass die Diskussion dieser Angelegenheit eine Verletzung der von ihr unterzeichneten eidesstattlichen Verpflichtung zur Verschwiegenheit ist und dass ich sie dafür strafrechtlich verfolgen kann.«

»Was?« Annie war empört. Ihre Wangen glühten, als käme sie gerade vom Schlittschuhlaufen ins Warme. »Ich habe ihm nichts erzählt«, sagte sie. »Aber was spielt das überhaupt für eine Rolle? Verstehen Sie denn nicht? Diese Gruppierung hat die Leichen entwendet und ist jetzt im Besitz des Virus und –«

Gleason hob die Stimme und ließ sie gleichzeitig schneidender klingen:

»Das geht Sie überhaupt nichts an, Dr. Adair. Und was Sie betrifft, Mr. Daly, so denke ich wirklich, es wäre in Ihrem Interesse, wenn Sie die Finger von der Sache lassen – oder Sie landen alle beide im Knast.«

»Ich glaube. Sie übersehen da was, *Neal*. Ich habe nämlich überhaupt nichts unterschrieben.«

»Sie müssen auch nichts unterschreiben, Sie Klugscheißer.

Wir haben Gesetze – darunter auch welche gegen Landesverrat.«

Gleason plusterte sich nur auf. Diese Anspielung auf Landesverrat konnte nicht sein Ernst sein. Aber bei diesem Drohspiel konnten die zwei mitmischen.

Franks Augenbrauen schnellten hoch. »*Landesverrat?* Vielleicht steckt da ja doch noch eine dickere Story hinter, als ich gedacht hatte. Ich hab gar nicht gewusst, dass wir Krieg haben. Aber vielleicht haben Sie sich ja verplappert. In diesem Fall sollten wir uns vielleicht unserer verfassungsmäßigen Rechte vergewissern. Mir scheint nämlich, *Neal*, dass diese ›Geheimhaltungspflicht‹ schon in der Vergangenheit nicht so toll funktioniert hat. Ich meine, man denke nur mal an die Pentagon-Papiere –«

Gleason stand auf und sagte: »Danke für Ihre Hilfe.« Er nickte in Richtung Tür. »Das Gespräch ist beendet.«

»Moment mal«, sagte Annie. »Ich verstehe das nicht. Ich meine, die Sache ist völlig –«

»Ich sagte: Das Gespräch ist beendet.«

Annie stand auf, ihr Gesicht glühte noch immer. Frank packte die Unterlagen wieder in seine Aktentasche und verschloss die Rolle mit den Fotos. Dann stand er auf, nahm Annie am Arm und ging hinaus.

Sie sprachen kaum ein Wort, bis sie wieder draußen auf der Straße waren. »Können die das wirklich machen?«, fragte Annie. »Was soll das alles?«

Frank sah zum Himmel, der bedeckt war mit schnell ziehenden Wolken. Der Fluss sah metallic-grau aus. »Das bedeutet, dass sie an dem Fall dran sind und nicht wollen, dass wir ihnen bei ihren Untersuchungen dazwischenfunken. Mehr nicht.«

Annie überlegte einen Moment. »Das ist doch gut, oder? Ich meine, dass sie an dem Fall dran sind.«

Frank zuckte die Achseln. »So ungemein beruhigend finde ich es nicht gerade.«

»Warum denn nicht? Das FBI! Die verstehen was davon.«

»Meinen Sie, die hätten den Unabomber je erwischt, wenn seine Familie ihn nicht schließlich ans Messer geliefert hätte?«

Ein dicker Regentropfen klatschte auf den Bürgersteig. Dann noch einer. Und noch einer.

»Ich hätte gedacht, Mr. Gleason würde zumindest wissen wollen, was wir wissen«, sagte Annie.

»Nennen Sie ihn nicht ›Mr. Gleason‹.«

»Wie soll ich ihn denn nennen?«

Frank sah sie schräg an und schüttelte dann den Kopf. »Ich bin wahrscheinlich nicht gerade die beste Adresse für diese Frage.«

Annie lächelte. »Verstehe«, sagte sie.

24

Die Idee, mit Stern zu sprechen, kam von Annie.

Er war Doktorand an der theologischen Fakultät in Georgetown und schrieb an einer Dissertation über neue Religionen (oder so ähnlich). Sie waren ein paar Mal miteinander ausgegangen (»nur auf einen Kaffee oder ins Kino«, sagte Annie), hatten sich aber seit zwei Jahren aus den Augen verloren. Vor wenigen Wochen war sie ihm zufällig auf der Connecticut Avenue in der Schlange an der Theke eines Selbstbedienungscafés begegnet. Wie er erzählte, saß er noch immer an seiner Arbeit und gab einen »mehr oder weniger vierteljährlichen« Rundbrief namens *Armageddon Watch* heraus. Er beschäftigte sich mit Sekten und neuen Religionen, mit Gehirnwäsche und dem Tausendjährigen Reich. *Ich bin Experte für Bekloppte*, scherzte er. Woraufhin sie irgendwas Witziges über ihr Spezialgebiet sagen wollte, nämlich »Bazillen«, aber dann war sie an der Reihe und musste sich entscheiden, ob sie nun Cappuccino oder Milchkaffee wollte, und –

Dann war er weg.

»Ich könnte mir denken, dass er einiges über den ›Tempel‹ weiß«, sagte Annie. »Das fällt doch in sein Ressort.«

Frank fand auch, dass sie mit ihm reden sollten.

Sie fanden Stern im Telefonbuch. Er wohnte außerhalb von Georgetown, an der Reservoir Road. Annie rief ihn an, und Stern lud sie zu sich ein.

»Stört es dich, wenn ich einen Bekannten mitbringe? Wir arbeiten gewissermaßen gemeinsam an einem Projekt.«

Nein, sagte er, es störe ihn nicht. Und tatsächlich erwies sich Stern als der vollendete Gastgeber. Nachdem er sie an der Haustür seines schäbigen Mietshauses begrüßt hatte, kochte er eine Kanne schwarzen Tee und bestärkte Frank in seiner Neugier hinsichtlich der vielen Bücher in der Wohnung. Sie lagen in Stapeln, große und kleine, auf jeder erdenklichen Fläche: auf dem Boden, den Tischen, den Fensterbrettern, den Heizkörpern – überall, nur nicht auf Bücherregalen (von denen es keine gab).

Er war älter, als Frank erwartet hatte – kein junger Bursche, sondern ein Mann Ende zwanzig. Er hatte wässrigblaue Augen, und sein Haar, das sich bereits lichtete, war entweder zu lang oder zu kurz, je nachdem was für eine Frisur beabsichtigt gewesen war. Er trug Stiefel und Jeans und ein weites Flanellhemd, und er lächelte viel.

Frank und Annie saßen auf der Kante einer abgewetzten Couch mit einem schönen grünen Bezug und schlürften ihren Tee.

»Ben ist genial«, sagte Annie, um ihn in Stimmung zu bringen. »Seine Dissertation ist fantastisch.«

Stern schmunzelte. »›Fantastisch‹ passt gut. Das Ding ist jetzt sechshundert Seiten lang, und ich bin dem Ende nicht näher als am ersten Tag vor drei Jahren.«

Frank verzog mitfühlend das Gesicht. »Das Problem kenne ich«, sagte er. »Ich arbeite seit vier Monaten an ein und derselben Story.«

»Das Blöde ist: Je mehr man weiß, desto komplizierter wird alles – also rückt das Ende in immer weitere Ferne. Wie bei den Zenonischen Paradoxien«, sagte Ben, »nur dass es nicht um Mathematik geht, sondern um Prosa.«

»Annie hat gesagt, sie schreiben über Sekten.«

Stern neigte sich nach rechts und links und rollte die Schultern, während er die Frage überdachte. »Ich denke, das kann man so sagen. Sekten, neue Religionen – wie man sie bezeichnet, hängt vom persönlichen Standpunkt ab.«

»Und wie lautet Ihre These?«

Stern zuckte die Achseln. »Je mehr sich alles ändert, desto mehr bleibt alles, wie es war.«

»Ach ja?«

Stern lächelte. »Es ist eine komparative Studie – die Taboriten und ›Mankind United‹.«

Frank schüttelte den Kopf. »Noch nie gehört.«

Stern rutschte verlegen in seinem Sessel hin und her, als wäre er dabei erwischt worden, wie er eine UFO-Zeitschrift las. »Das ist in etwa so, als wollte man Äpfel mit Birnen vergleichen«, sagte er. »Ich meine, sie sind sehr unterschiedlich, aber auch ... aber auch sehr ähnlich. Die Taboriten waren im fünfzehnten Jahrhundert eine religiöse Splittergruppe in Böhmen. Sie erklärten dem Klerus den Krieg und predigten eine Art von proaktivem Glauben an das Tausendjährige Reich Christi.«

»Wie bitte?«, fragte Annie. »Was –«

»Sie fanden, es sei ihre Aufgabe, das Tausendjährige Reich vorzubereiten, anstatt einfach nur rumzusitzen und zu warten, dass es kommt.«

»Und wie bereitet man das Tausendjährige Reich vor?«, fragte Frank.

»Man reinigt die Welt von der Sünde. Und das haben sie auch versucht, mit allen möglichen Werkzeugen, die sie gerade zur Hand hatten – Dolch, Spieß, Katapult, Armbrust. Man kann von Glück sagen, dass sie noch keine Bomben hatten.«

»Die haben also wahllos Menschen umgebracht?«, fragte Annie.

Sterns Augenbrauen schnellten hoch, und er zog eine Packung Camel aus der Brusttasche. Er zündete sich eine Zigarette an, nahm einen tiefen Zug und sagte: »Sie haben *Sünder* getötet. Schließlich waren sie Vorbereiter des Tausendjährigen Reiches Christi auf Erden. Es war ihre Aufgabe, ihre Pflicht, ihre *religiöse* Pflicht, jeden zu massakrieren, der nicht zu ihrer Bewegung dazugehörte. Daran konnte man nämlich feststellen, dass er ein Sünder war. Das waren Fremde. Und deshalb wurden sie getötet. Und so wurde die Erde gereinigt.«

»Mein Gott«, sagte Frank.

»Genau.«

Mit gespielt grimmiger Miene beugte sich Stern über den Überseekoffer, der als Couchtisch diente, und packte Annies Handgelenk. Mit einem bedrohlichen Zischen, das nur durch den halbkomischen Versuch abgemildert wurde, einen tschechischen Akzent nachzuahmen, flüsterte der nicht mehr ganz junge Doktorand: »Verflucht sei, wer sein Schwert nicht am Blute der Feinde Christi labt. Kein Mitleid für den Satan. Keine Gnade für das Böse. So spricht Jan der Fromme.«

»Wow«, sagte Annie, zog ihren Arm zurück und rieb sich das Handgelenk.

»Und die anderen Typen?«, fragte Frank.

Stern blickte einen Moment verwirrt drein und sagte dann: »Ach – Sie meinen ›Mankind United‹. Die waren ... anders.«

»Sie haben gesagt, sie waren ähnlich.«

»Nun ja. Aber sie waren fünfhundert Jahre auseinander, hinzu kommt die Entfernung, wie groß sie auch sein mag, vom mittelalterlichen Prag nach Santa Monica während der Weltwirtschaftskrise.«

»Ziemlich groß, würde ich meinen«, sagte Frank.

»Ich auch«, pflichtete Annie bei.

»›Mankind United‹ entstand in den frühen dreißiger Jahren«, sagte Stern. »Angeführt wurden sie von einem Mann namens Arthur Bell, der eine Verschwörungstheorie über ›unsere heimlichen Meister, die internationalen Bankiers‹ ausheckte.«

»Aha«, meinte Frank. »Es geht also wieder mal um die Juden.«

Stern lachte. »Sie haben recht! Er war ein fanatischer Antisemit. Aber er berief sich auf das Tausendjährige Reich Christi, genau wie die Taboriten. Nur dass die Utopie für ihn eher mit Klimaanlagen als mit Landreform zu tun hatte.«

Annie kicherte.

»Doch er hatte dieselben Vorstellungen. Er sagte, es würde ein Blutbad geben, eine Naturkatastrophe, an die sich ein Armageddon-artiger Krieg anschließen würde, der die *meisten* Menschen auf der Welt – wie viele genau, weiß ich nicht – töten würde. Und das wäre gut so, weil damit auf die Neue Zeit vorbereitet würde. Auch bekannt unter dem Namen ›Tausendjähriges Reich‹. Nach diesem Krieg hätte jeder eine Klimaanlage, ein Haus für fünfundzwanzigtausend Dollar und eine Sechzehn-StundenWoche – es sei denn, man wollte sich zur Ruhe setzen, dann bekäme man natürlich Rente.«

»Nix dagegen«, scherzte Frank.

»Es gab viele Leute, die nix dagegen hatten. Bell wurde jedenfalls reich.«

»Sie schreiben also darüber«, fasste Frank zusammen, »dass diese beiden Burschen, Jan der Fromme und Arthur der Klimatisierte, den gleichen Traum hatten.«

»Genau«, sagte Stern. »Die beiden – und Millionen andere durch die Jahrhunderte hinweg. Sie alle hatten – oder haben – den gleichen dämlichen Traum. Noch einen Schluck Tee?«

»Gerne«, sagte Frank.

Stern füllte seine Tasse auf und wandte sich dann Annie zu. »So«, sagte er in einem *Nun-zur-Sache*-Tonfall, »was liegt an?«

»Wieso?«, fragte sie.

»Na ja«, sagte Stern, »ich weiß, dass du nicht angerufen hast, um mir zu sagen, wie gern du mich hast – und überhaupt, du hast gesagt, dass du an etwas arbeitest. Dass du und Frank *zusammen* an etwas arbeitet.«

»Ach so, ja«, erwiderte Annie. »Das tun wir. Wir arbeiten an dieser ... Sache.« Dann sah sie Frank an, lächelnd, und kam einem Augenklimpern so nahe, wie es einer Mikrobiologin nur möglich ist. Der schwarze Peter war wieder mal bei ihm gelandet.

Frank seufzte und räusperte sich. »Wir interessieren uns für den ›Tempel des Lichts‹.«

Einen Augenblick lang schien es Stern die Sprache verschlagen zu haben. Sein Körper verkrampfte sich kaum merklich, dann lehnte er sich in seinem Sessel zurück und betrachtete sie starr. Lange Zeit sagte er gar nichts. Endlich sah er Annie an, mit einem Blick, als hätte jemand versucht, ihm eine Rolex für fünfzig Dollar anzudrehen. »Was soll das?«, fragte er.

Annie blinzelte. Frank runzelte die Stirn. »Was meinst du damit?«, fragte sie zurück.

»Was ich damit meine? Meine Güte, Annie. Ich hab dich – wie lange? – zwei Jahre oder so nicht gesehen. Und dann rufst du mich aus heiterem Himmel an und sagst: ›Ach, übrigens! Das ist mein Bekannter, und wir interessieren uns für den Tempel des Lichts.‹ Soll das ein Scherz sein?«

»Nein«, sagte Frank, »das ist kein Scherz.«

Bis dahin hatte Stern Annie angesehen. Jetzt wandte er sich abrupt Frank zu. »Von wem kommen Sie?«, fragte er nüchtern.

»Von wem ich komme?«, wiederholte Frank. »Ich *komme* von niemandem. Ich bin mit Annie gekommen.«

»Er schreibt für die *Post*«, sagte Annie.

»Ach wirklich!« Stern legte den Kopf schief. »Wie ist Ihre Telefonnummer?«

»Meine Telefonnummer?«

»Jawohl! Bei der Arbeit. Was passiert wohl, wenn ich bei der *Post* anrufe?«

»Tja, eigentlich bin ich derzeit beurlaubt.«

Stern verdrehte die Augen. »Für wie blöd haltet ihr mich?«

»Ehrlich! Sehen Sie.« Frank holte sein Portemonnaie heraus und zeigte ihm seinen Presseausweis und seine Personalkarte von der *Washington Post*.

»So was kann doch jeder fälschen«, sagte Stern. »Das ist rein gar nichts wert.«

»Stimmt! Und das beweist, dass es echt ist: Die *Post* ist nämlich kniepig«, sagte Frank.

»Das ist doch lächerlich«, erklärte Annie. »Ich bin's, Ben! Was denkst du denn bloß?«

Stern ignorierte sie, sah weiter Frank an. »Wenn Sie beurlaubt sind, was machen Sie dann zur Zeit?«

»Ich habe ein Sam-Johnson-Stipendium.«

»Und was ist das?«

»Es gibt jedes Jahr so eine Art Ausschreibung. Journalisten legen Exposés vor, in denen sie darlegen, was sie machen würden, wenn sie ein Jahr über das schreiben könnten, was sie wirklich interessiert. Ich habe so ein Exposé eingereicht und ... es hat ihnen gefallen.«

Stern sah ihn unverwandt an. »Und das war über den ›Tempel des Lichts‹?«

»Nein«, antwortete Frank, »es geht um neuartige Viren.«

Die Furchen auf Sterns Stirn wurden noch tiefer.

»Sie können die Foundation anrufen. Sie steht im Telefonbuch.«

»Und wie soll ich wissen, dass der Verein keine Tarnung ist?«, fragte Stern.

»Die Johnson Foundation? Für wen denn?«

»Für den ›Tempel‹.«

»Den ›Tempel‹?!«

»Wieso nicht? Der ›Tempel‹ zahlt einem halben Dutzend Stiftungen Geld – dem Institut für religiöse Erfahrung, der Gaia-Stiftung. Sie machen keinen Hehl daraus, weil es gute Publicity bringt.«

»Mag ja sein. Aber *diese* Stiftung bekommt jedenfalls kein Geld von ihnen. Glauben Sie mir. Der alte Coe würde glatt einen Herzinfarkt kriegen.«

Stern betrachtete ihn weiter eindringlich, dann nickte er, als hätte er soeben eine Entscheidung gefällt. »Ich will euch was zeigen«, sagte er. Er stand auf, ging durch das Zimmer zum Schreibtisch, der am Fenster stand. Nachdem er einen Stapel Papiere beiseite geschoben hatte, nahm er ein Exemplar seines Rundbriefs in die Hand und kehrte damit zum Sessel zurück. »Seht euch das an«, sagte er und warf den Rundbrief auf den Überseekoffer zwischen ihnen. Dann setzte er sich wieder.

Es war die Frühjahrsausgabe des *Armageddon Watch* – zweiunddreißig Seiten dickes Papier, in der Mitte geheftet. Auf dem Titelblatt wurden Berichte angekündigt über Scientology im Internet, eine Santeria-Sekte im westlichen Louisiana und einen südindischen Ashram, in dem Gehirnwäsche betrieben wurde.

Frank überflog die Seiten, bis er zu Seite acht kam. Dort entdeckte er, eingebettet in eine Kolumne mit der Überschrift PERSONALIA, ein Bild von Luc Solange, der in die Sonne blinzelte und ein Steuerrad umklammert hielt, vermutlich das der *Crystal Dragon*. Darunter stand: *Steuermann.*

Frank zeigte es Annie. »Er sieht gut aus«, sagte sie, fast ein wenig erstaunt.

Unter dem Foto war ein kurzer Text:

> Ein seltener Schnappschuss vom Guru des »Tempels des Lichts«, Luc Solange, auf hoher See an Bord seines Flaggschiffs, der *Crystal Dragon*. Nach fünfzehn Jahren in den USA ist der gebürtige Schweizer Solange erneut unterwegs. Im vergangenen November reiste er beispielsweise nach Tokio, wo er vor der Organisation »Chosen Soren« eine Rede hielt. *(Foto: Anonym)*

»Nicht schlecht«, sagte Frank.

»Ich habe dreihunderteinundvierzig Abonnenten«, erklärte Stern. »Die meisten sind Theologen und Eltern. Ein paar Journalisten, der eine oder andere Privatdetektiv – und natürlich die Sekten selbst. Das sind Abonnenten mit Postfach-Anschriften.«

»Haben Sie viel über den ›Tempel‹ geschrieben?«, fragte Frank.

Stern schüttelte den Kopf. »Das ist der erste Beitrag seit mehr als einem Jahr. Ich klopfe sozusagen auf den Busch.«

»Wie meinst du das?«, fragte Annie.

»Ich meine, dass es gefährlich ist«, antwortete Stern. »Es ist anstrengend. Darauf habe ich keine Lust mehr.« Er zögerte einen Moment, dann fuhr er fort: »Weißt du noch, wann wir das letzte Mal verabredet waren?«

Annie nickte. »Da habe ich gerade den Antrag auf Finanzierung meines Forschungsprojektes eingereicht. Vor zwei Jahren.«

Stern nickte. »Ach ja, was ist denn daraus geworden?«

Annie schielte zu Frank hinüber. »Abgelehnt.«

Stern verzog mitfühlend das Gesicht. »Pech. Jedenfalls habe ich damals das letzte Mal was über den ›Tempel‹ geschrieben – bis jetzt.«

»Worüber haben Sie denn beim ersten Mal geschrieben?«, erkundigte sich Frank.

»Das lag in der Richtung, über die wir vorhin gesprochen haben. Ich habe Verbindungen zwischen Solange und früheren Sektenführern gezogen und Ähnlichkeiten aufgezeigt. Ich habe ihn als ›säkularen Apokalyptiker‹ bezeichnet, der die Zehn Gebote durch die Prinzipien radikaler Ökologie ersetzt hat. Und er redet nicht nur, er will sie herbeiführen.«

»Was herbeiführen?«

»Die Apokalypse. Armageddon. Ganz wie man will. In seinen Schriften behauptet Solange, er sei die letzte ›welthistorische‹ Gestalt ...«

»Was meinen Sie damit?«

»Jesus, Buddha –«

»Solange«, warf Annie ein.

»Genau. Und seine Bedeutung liegt genau in diesem Umstand. Er ist die Hebamme der Endzeit. Zumindest behauptet er das.«

»Aber warum will das überhaupt jemand sein?«, fragte Annie.

Sterns Augenbrauen hüpften auf und nieder. »Solange sieht die Dinge nicht wie unsereiner. Seine Weltsicht ist ökozentrisch.«

»Die Erde zuerst«, sagte Frank.

»Genau. Nicht der Mensch spielt die wichtigste Rolle, sondern die Natur. Ihm geht es um die Wiederherstellung des Garten Eden – was unter anderem das Ende der industrialisierten Zivilisation bedeutet.«

»Klingt gefährlich«, bemerkte Frank.

»Darauf könnt ihr wetten. Deshalb nennen sie ihn ja auch den ›Ersten Reiter‹.«

»Der Erste Reiter?«, wiederholte Annie.

Stern nickte. »Ja. Der Erste Reiter der Apokalypse.«

Alle drei versanken sie eine Weile in Schweigen und nippten still an ihrem Tee. Dann sagte Frank: »Und was ist denn nun mit Ihnen passiert? Ich meine, zwischen Ihnen und denen? Sie haben vorhin gesagt, dass Sie mit der Veröffentlichung des Fotos ein wenig ›auf den Busch klopfen‹ wollten.«

»Nun ja«, sagte Stern. »Der Artikel, den ich damals geschrieben habe, war ziemlich unverblümt. Im Grunde war es eine Zusammenfassung dessen, was andere – vor allem Journalisten – schon geschrieben hatten. Außerdem habe ich das Ganze in eine historische Perspektive gerückt, wie ich sie euch vorhin dargestellt habe. Das einzige wirklich neue Material stammte aus ein paar Berichten, die ich von einem Bekannten im kalifornischen Justizministerium zur Verfügung gestellt bekam. Dessen Sohn war zehn Jahre zuvor bei den ›Children of God‹ verschwunden, und seitdem setzt sich der Vater aktiv gegen neue Religionen ein. Jedenfalls ... sie haben mich aufs Korn genommen.«

»Wer hat dich aufs Korn genommen?«

»Der ›Tempel‹. Oder, wie sie sich manchmal selbst nennen, ›die Sanftmütigen‹. Sie haben angefangen, mich zu beobachten.«

»Ist nicht wahr.«

»Doch«, sagte Stern. »Es war wie im Film. Ich wurde *beschattet.* Sechzehn Stunden am Tag stand ein Wagen vor meiner Wohnung. Von morgens sechs bis abends zehn, sieben Tage die Woche.«

»Klingt teuer«, bemerkte Frank trocken.

»Ich fühlte mich *geschmeichelt.* Ich machte mich über sie lustig, wenn ich an dem Wagen vorbeikam. Dann haben sie meinen Hund umgebracht.«

»Was?«

»O neiiin«, sagte Annie. »Doch nicht deinen goldigen Labrador? Bitte nicht Brownie!«

»Irgendwer hat ihm ein vergiftetes Steak gegeben. Du weißt ja, wie er war. Er hat einfach alles gefressen, bloß kein Hundefutter. Der arme Kerl ... Und dann fingen die nächtlichen Anrufe an. Ich habe ein paar Mal die Nummer ändern lassen, dann hatte ich sogar eine Geheimnummer – es half nichts. Schließlich hab ich immer den Stecker rausgezogen. Als nächstes tauchten dann Leute bei mir im Büro auf und schrien mich an. Ich meine, mit diesen Menschen konnte man einfach nicht reden.«

»Wie sahen die aus?«, fragte Frank.

»Wie Studenten. Ganz normal. Das einzig Abnorme an ihnen war, dass sie mich anbrüllten – und mit Blut rumspritzten.«

Annie wurde bleich.

»Einmal kam eine Frau in die Bibliothek gerannt, zerrte einen kleinen Jungen hinter sich her und kreischte, sie hätte mich mit ihm ›erwischt‹! Direkt danach kriegten ein paar Leute an meiner Fakultät E-Mails, darunter auch mein Doktorvater.«

»Was für E-Mails?«, fragte Frank.

»Ach, so richtig kindisches Zeug. Hassbriefe. Ich meine, einer der Mitarbeiter bei uns ist schwul – das weiß jeder, also bekam er schwulenfeindliche Hetztiraden. Und mein Doktorvater ist Afroamerikaner, und was meint ihr, was sie ihm geschickt haben? Irgendwelchen Scheiß über christliche Identität!«

»Und Ihr Name stand drauf?«

»Nein, dazu sind sie zu geschickt. Sie hatten mit ›Weiße Rächer‹ oder ähnlich unterschrieben. Aber das war egal, weil sie es über meinen Computer abgeschickt hatten, und die Polizei konnte das zurückverfolgen.«

»Wie konnten sie es denn über Ihren Computer schicken?«, fragte Frank.

»Ganz einfach«, erwiderte Stern. »Sie sind in die Wohnung eingebrochen, als ich nicht da war, haben die E-Mails geschickt, und das war's.«

»Wie furchtbar«, sagte Annie.

»Ich bin *festgenommen* worden«, fuhr Stern fort. »Ich sollte angeklagt werden! Wegen Diskriminierung! Könnt ihr euch das vorstellen?«

»Aber Sie sind aus der Sache rausgekommen«, sagte Frank.

Stern nickte und lachte dann. »Jawohl, die haben Mist gebaut. Ich hatte nämlich gerade mein Seminar gegeben, als die E-Mails verschickt wurden. Es stand in der Kopfzeile: Donnerstag, vierzehn Uhr fünfzehn. Ich konnte es gar nicht geschickt haben.«

»Und wie ging es weiter?«

»Gar nicht. Die Polizei hat die ›Tempel‹-Anwälte kontaktiert, und wisst ihr, was die gesagt haben? Die haben gesagt, ich wäre so verrückt, wahrscheinlich hätte ich selbst meinen eigenen Hund vergiftet. Und dann haben sie gesagt, ›vielleicht hat er ja die Zeitangabe im Computer geändert‹ – was tatsächlich nicht schwer wäre. Hätte ich natürlich machen können, aber – warum soviel Mühe, wenn ich die Briefe doch einfach über ein anonymes Mailsystem hätte schicken können, bei dem es gar keine Kopfzeile gibt?«

»Und damit war der Spuk dann vorbei?«, fragte Frank.

Stern schüttelte den Kopf. »Nein. Es ging noch Monate so weiter. Sie haben für mich einen Nachsendeantrag bei der Post gestellt – sodass meine Post plötzlich verschwand, was besonders unangenehm war, weil plötzlich jemand anfing, meine Visacard und Mastercard zu belasten.«

»Womit denn?«, fragte Annie.

»Mit peinlichem Zeugs, Sachen, die einen in echte Schwierigkeiten bringen können – schon allein weil man auf den Mailinglisten steht. Gewaltpornographie. Chemikalien, mit denen man Speed herstellen kann, und so weiter. Ich hatte tausend Dollar für Anrufe bei 900er Nummern und ein Abonnement für den Rundbrief der Gesellschaft ›Mann-liebt-Boy‹ und den der ›Church of the Mountain‹.«

»Was ist denn das?«, fragte Annie.

»Ein Nazi-Verein. Aber versteht ihr, ich hatte eine ganze Reihe von Inkassofirmen auf dem Hals, ganz zu schweigen von der Drogen- und der Zollfahndung.«

Annie verdrehte die Augen.

»Dann haben sie eine Verleumdungsklage gegen mich angestrengt ...«

»Warum?«, fragte Frank.

»Warum nicht? Sie konnten es sich doch leisten. Und mich hat es Kopf und Kragen gekostet, sie abzuschmettern.«

»Und dann?«

»Dann nichts mehr. Sie haben einfach aufgehört.«

»Aufgehört?«, wiederholte Annie.

»Ja. Einfach ... aufgehört. Als hätten sie sich hinreichend verständlich gemacht und würden sich nun wieder wichtigeren Dingen zuwenden. Ich glaube, es war eine Warnung.«

»Mein Gott«, wisperte Frank.

»Deshalb bin ich ein bisschen paranoid«, fügte Stern hinzu. »Ich meine, da bringe ich Solange mal wieder im Rundbrief – und, peng, taucht *ihr* auf und erkundigt euch nach dem ›Tempel‹. Ihr seht, was ich mitgemacht habe.«

Frank nickte. »Ja«, sagte er, »allerdings.«

»Ich mach noch mal Tee«, sagte Annie und stand auf. Wortlos nahm sie die Teekanne von dem Koffer und ging damit in die Küche.

Stern sah Frank an. »Wissen Sie«, sagte er, »das Einzige, was sie nicht versucht haben, war, mich umzubringen.«

»Ja, aber ... es ist noch nicht aller Tage Abend.«

»Aber sie hätten mich erledigt. Ich meine, wenn ich für sie nicht bloß ein kleines Ärgernis gewesen wäre.«

»Glauben Sie wirklich?«

»Ich weiß es. Und ich erwähne das nur, weil – ich weiß nicht, was Sie und Annie vorhaben –«

Frank wollte etwas sagen, aber Stern fiel ihm ins Wort.

»– *und ich will es auch nicht wissen*. Ich denke nur, Sie sollten vorsichtig sein. Um Annies willen.«

»Das werde ich«, sagte Frank. »Ich mag sie nämlich sehr.« Er schwieg einen Moment, dann sprach er weiter. »Aber was uns am ehesten weiterhelfen würde, wären Informationen.«

Stern zuckte die Achseln. »Was kann ich euch sagen? Wie viel wisst ihr?«

»Solange ist Schweizer.«

Stern nickte. »1982 ist er in die Staaten gekommen. Man sagt, dass er pleite war.«

»Warum hat er sein Land verlassen?«

»Ich denke, er wollte eine größere Spielwiese. Wahrscheinlich war die Schweiz ihm für seine Ziele zu eng geworden. Und dann ging ungefähr zur selben Zeit sein Unternehmen bankrott.«

»Was war das für ein Unternehmen?«

»Er hatte eine homöopathische Klinik in Montreux, und zwei seiner Patienten sind an Nierenversagen gestorben. Irgendeine Kräutermedizin hatte versagt.«

»Also kam er nach Amerika.«

»Ja. Und er eröffnete eine Klinik in Los Angeles. Lief ganz gut. Er hat sich in der Umweltpolitik engagiert und eine Gruppe ins Leben gerufen, die sich ›Verdure‹ nannte, ein bisschen wie ›Earth First‹, nur wesentlich undurchsichtiger. Die Presse wurde auf ihn aufmerksam, seine Anhängerschaft wuchs. Er fing an, Vorträge im ganzen Land und im Ausland zu halten.«

»Und dann?«

Sterns Zigarette war schon lange aus, also zündete er sich eine neue an und blies einen langen Rauchstrahl in die Luft über Franks Kopf.

»Nun ja, sein Einfluss wurde größer. Und größer. Ich glaube, es war 1992, da kam ein Typ, der früher bei der Moon-Sekte war, und übernahm das Rekrutierungsamt.«

»Was soll das heißen, ›Amt‹?«

»Sie haben für alles ein ›Amt‹: Finanzen, Rekrutierung, Geheimdienst.«

»Geheimdienst?«

Stern nickte. »Die haben einen internen Geheimdienst, wie er effektiver nicht sein könnte. Jedenfalls dieser Typ von den Moonies – ich meine, der früher bei den Moonies war, kommt also an, setzt sich hin und entwickelt eine völlig neue Rekrutierungsstrategie. Plötzlich sind sie richtig aggressiv. *Und diabolisch.* Und sie haben es besonders auf zwei Gruppen abgesehen: Leute in den Zwanzigern, weil die die nötige Energie haben; und Leute in den Achtzigern, weil die das nötige Geld haben. Sie gründen Nonprofit-Organisationen, um unverheirateten Müttern zu ›helfen‹, ›beraten‹ Jugendliche mit Drogenproblemen und ›kümmern‹ sich um alte Menschen. In Wirklichkeit geht es ihnen natürlich nur darum, Kontakt zu möglichst vielen hilfsbedürftigen Menschen zu bekommen – weil die nämlich am ehesten zu gewinnen sind. Sie haben sogar in einem halben Dutzend Städten Clubs für einsame Herzen gegründet, um Treffen zu ermöglichen zwischen Mitgliedern und Menschen, die sie für ihre Zwecke begeistern wollen.«

»Ich verstehe, warum Sie das als ›diabolisch‹ bezeichnen«, sagte Frank.

»Es war verblüffend. Die haben zehntausend Dollar für eine Datenbank bezahlt, die nur verkrachte Existenzen enthielt. Ich meine Leute, die bis über beide Ohren verschuldet waren. Sie haben sich deren finanzielle Situation angeguckt und zu jedem einzelnen ein Dossier angelegt. Dann sind sie zu denen nach Hause gegangen, haben an die Tür geklopft und ihnen einen Ausweg angeboten. ›Du bist ein Opfer‹, haben sie gesagt. ›Es ist nicht dein Fehler. Amerika ist dafür verantwortlich. Amerika wird vom Konsum terrorisiert! Pack deine Sachen, verbrenne deine Rechnungen, und komm zu uns. Wir geben dir einen Job, Freunde und ein Zuhause.‹ Und das haben sie auch getan. Nur haben sie dabei ganz vergessen zu erwähnen, dass der Job unbezahlt war und das Zuhause ein Schlafsaal, in dem jeweils vier Leute untergebracht waren. Aber das spielte dann ohnehin keine Rolle mehr. Die Leute waren mittlerweile von jeder Tussi oder jedem Typen der Organisation bis zum Gehtnichtmehr vernascht worden und freuten sich schon, wenn sie jede zweite Nacht mal vier Stunden schlafen konnten!« Stern hielt inne und atmete einmal tief durch. »Es war eine gottverdammt effektive Rekrutierungsmaschine«, sagte er. »Sie hatten den kritischen Punkt erreicht. Kurz zuvor war das dieses Okologiegrüppchen namens ›Verdure‹ gewesen, mit, wenn's hoch kommt, zweihundert Mitgliedern, und schon zwei Jahre später gibt es Tausende von Menschen, die mit glasigen Augen rumlaufen und sich ›Tempel des Lichts‹ schimpfen.«

»Wo ist der Zucker?«, rief Annie aus der Küche.

»Keiner mehr da«, sagte Stern.

»Wie viele Mitglieder hat denn nun der ›Tempel‹?«, wollte Frank wissen.

»Ihren Angaben nach?«, fragte Stern zurück. »Dreißigtausend. Aber in Wahrheit? Vielleicht ein Viertel davon. Aber selbst bei dieser Anzahl gibt es einen inneren und einen äußeren Zirkel.«

»Und wie funktioniert das?«

»Wie man erwarten würde. Die im inneren Zirkel sind Hardliner – arbeiten rund um die Uhr. Vielleicht tausend Leute verteilt auf rund sechs Städte. Plus die auf dem Anwesen. Da haben sie zirka dreihundert.«

»Wo?«

»Auf dem Anwesen – in der Nähe von Lake Placid. Sie haben eine ehemalige Schule gekauft und zu ihrer Zentrale umfunktioniert.«

»Und der äußere Zirkel?«

»Das sind Leute, die Schecks schicken, den Rundbrief abonniert haben und Solanges Vitaminpillen kaufen.«

»Erzähl uns mehr davon«, sagte Annie, die mit der Teekanne auf einem Tablett wieder ins Zimmer kam. »Erzähl uns von der Vitaminfabrik auf dem Anwesen.« Sie stellte das Tablett auf den Überseekoffer, goss sich Tee ein und ging mit ihrer Tasse hinüber zum Fenster.

»So exotisch ist die gar nicht«, sagte Stern. »Ich meine, sie machen homöopathische Mittelchen und Produkte für die Aromatherapie. Ginseng. Zedernöl. Und die Vitamine.«

»Bringt das viel ein?«

»Einiges. Außerdem haben sie Patente.«

»Worauf?«, fragte Annie und wandte sich vom Fenster ab.

»So Sachen zur verzögerten Freisetzung von bestimmten Chemikalien. Die werden in Polymere gehüllt, damit sie sich unterschiedlich schnell auflösen.«

»Was zum Beispiel? Was für Chemikalien?«, fragte Frank.

»Alle möglichen. Schmerzmittel. Insulin. B-12. Was ihr wollt. Wie diese kleinen bunten Dinger in manchen Kapseln, nur noch kleiner.«

»Er meint Mikrovermantelungen«, sagte Annie, die zum Fenster hinausstarrte, über die Schulter.

»Genau. Hab ich doch gesagt, oder? Na jedenfalls«, fuhr Stern fort, »ich hab Frank vorhin schon erzählt, dass es einen inneren Zirkel gibt – und darin dann noch mal einen inneren Zirkel! Und das müsst ihr wissen, weil ihr nämlich mit denen zu tun bekommen werdet – die Abteilung für besondere Angelegenheiten.«

»Was ist das?«, fragte Frank.

»Spione«, erwiderte Stern. »Der interne Geheimdienst des ›Tempels‹. Und die sind gut, sehr professionell. Äußerst verschwiegen und finanziell üppig ausgestattet. Außerdem haben sie eine Menge Externe auf ihrer Gehaltsliste – Privatdetektive, Journalisten, Cops, Akademiker ... was ihr wollt.«

»Klingt beeindruckend.«

»Und ob. Der reinste Albtraum. Und dann haben sie noch ihre Spezialteams.«

»Wofür? Zum Bierholen?«

Stern lächelte schwach. »Nein«, sagte er. »Für Entführungen.«

»Das ist doch wohl ein Witz?«

Stern schüttelte den Kopf. »Versteht ihr denn nicht: Wenn ihr euch mit denen anlegt, nehmen sie euch ins Visier. Und eines Tages wacht ihr dann auf, und – *peng!* – seid ihr weg.«

»Das kann ich ja nun gar nicht leiden«, sagte Frank und rührte in seinem Tee. »Ich werde immer richtig sauer, wenn ich verschwinde.«

»Das ist nicht lustig«, sagte Stern.

Frank nickte. »Ich lache ja auch nicht. Aber noch mal zurück zu der Geldfrage ... womit machen sie die meisten Profite? Vitamine? Patente?«

Stern schüttelte den Kopf. »Nein.«

»Plus die Spenden«, sagte Frank. »Von den Mitgliedern. Und ich vermute, dass sie auch noch Beiträge verlangen –«

»Das ist nicht der springende Punkt«, sagte Stern. »Die richtig dicke Knete kommt woanders her.«

Frank sah ihn verwundert an. »Woher denn?«

Stern drückte seine Zigarette aus und zündete sich sofort eine neue an. »›Chosen Soren‹«, sagte er.

Frank überlegte einen Moment, dann erinnerte er sich an den Namen: »Ach, dieser japanische Verein«, sagte er. »Der im Rundschreiben erwähnt wurde.«

»Stimmt«, antwortete Stern. »Nur dass ›Chosen Soren‹ keine japanische Organisation ist. Sie besteht aus Koreanern, die in Japan arbeiten. Hauptsächlich Nordkoreaner. Sie machen die miesesten Arbeiten für die Japaner und schicken Unsummen nach Hause. Dabei fallen enorme Währungsgewinne an.«

»Und von denen kriegt der ›Tempel‹ sein Geld?«

Stern nickte. »Das meiste jedenfalls.«

Frank war verblüfft. »Aber ... *warum*?«

»Ich weiß es nicht«, antwortete Stern, »aber seit 1995 haben sie von den Koreanern fünfzig Millionen Dollar gekriegt.«

»Woher wissen Sie das?«

»Zollberichte. Hab ich vom Justizministerium in Kalifornien bekommen. Die haben einen Typen erwischt, der einen regelrechten Rundflug gemacht hatte – Los Angeles, Tokio, Genf und zurück nach Los Angeles. Und so weiter. Vermutlich haben sie jede Menge Bargeld bei ihm sichergestellt, das er eigentlich nicht hätte haben sollen. Jedenfalls haben sie ihn verhört, und er hat gesungen. Hat Ihnen alles erzählt.«

»Nämlich?«

»Dass er Geld, und zwar viel Geld, verschoben hat, damit keiner mehr feststellen konnte, wo es ursprünglich herkam.«

»Und das war ... ›Chosen Soren‹-Geld?«

»Ja.«

»Wo ist der Typ jetzt?«

Stern blies einen Rauchkringel Richtung Decke. »Die haben Mist gebaut. Anstatt den Fall weiterzuverfolgen, haben sie ihn ausgewiesen. Er steigt also in Tokio aus dem Flugzeug, und das war's. Er ist nie aus der Gepäckabfertigung rausgekommen. Seine Frau steht da mit zwei Kindern, genau hinter der Passkontrolle und – nichts. Sie haben bloß noch seinen Koffer gefunden, auf einem Wägelchen in der Abfertigungshalle. Ende der Geschichte.«

»Sonst keine Spur von ihm?«

»Nein. Wie gesagt: Ende der Geschichte.«

»He!« Der Ausruf kam von Annie. Sie stand mit ihrer Teetasse am Fenster und hatte sich leicht vorgebeugt, um irgendwem draußen etwas zuzurufen. *»He!«*

»Was ist denn?«, fragte Frank und ging rasch zu ihr rüber.

»Da ist jemand an Ihrem Wagen.«

Er zog den Vorhang beiseite und sah, dass sie Recht hatte. Der Saab parkte am Straßenrand vor dem Mietshaus, und die Fahrertür war offen. Eine Frau in einem blauen Kleid lehnte sich gerade ins Innere des Wagens.

»Gleich wieder da«, sagte Frank, und ohne auf Annie zu warten, war er schon aus der Wohnung, am Fahrstuhl vorbei und die Treppe hinunter, immer zwei Stufen auf einmal nehmend. Wenige Sekunden später hastete er durch die Eingangshalle und hinaus auf die Straße. Die Wagentür war jetzt geschlossen und die Frau zirka zwanzig Meter entfernt. Sie schob einen Buggy auf die nächste Straßenecke zu.

»Moment mal!«, rief er und trabte hinter ihr her. »Hallo, Sie da! *Moment bitte*!«

Die Frau wandte sich um und hob eine Hand, um ihre Augen gegen das Sonnenlicht abzuschirmen. Er sah, dass sie jung war – sehr jung –, eine sommersprossige, ländliche Schönheit. »Hi«, sagte sie und schenkte ihm ein freundlich strahlendes Lächeln.

Erstaunt stellte er fest, dass er um Atem rang, eher vor Aufregung als vor Anstrengung, und er sprach abgehackt. »Verzeihen Sie, dass ich so geschrien habe, aber – ich hab da vorhin aus dem Fenster geschaut –, und Sie waren – nun ja – Sie waren in meinem Wagen.«

Das Lächeln wurde noch breiter. »Das war *Ihr* Wagen?«, fragte sie und bewegte dabei den Buggy vor und zurück, um das Baby bei Laune zu halten.

»Ja«, sagte Frank und kam sich im Scheinwerferstrahl ihrer Freundlichkeit ein wenig albern vor.

»Ach! Ich habe das Licht für sie ausgemacht. Sie hatten es angelassen.«

»Wirklich?« Er überlegte kurz. »Das kann ich mir nicht vorstellen. Wieso hätte ich denn das Licht anmachen sollen? Es ist doch helllichter –«

Sie schüttelte den Kopf, und er sah, dass sie grüne Augen hatte. »Ich weiß nicht. Sind Sie vielleicht durch einen Tunnel gefahren oder so?«

Das Baby gluckste, und Frank schielte in seine Richtung. Er konnte nicht sagen, ob es ein Junge oder ein Mädchen war, aber wie seine Mutter war es einfach entzückend. »Ein süßes Kind«, sagte er.

»Danke!«, sagte sie und neigte kokett den Kopf. Dann wandte sie sich um und setzte den Kinderwagen sacht in Bewegung. »Ich muss weiter«, sagte sie. »Papa kommt bald nach Hause.«

»Äh, ja ... vielen Dank für Ihre Hilfe«, sagte Frank.

Als er zu Sterns Wohnung zurückging, sah er, dass die Scheinwerfer aus waren – was natürlich gut war (obwohl die Batterie vielleicht trotzdem schon tot war). Er würde es gleich ausprobieren, aber zuerst musste er Annie holen.

»Wer war das?«, fragte sie.

»Ich weiß nicht. Ich muss das Licht angelassen haben. Sie hat es ausgemacht.«

»Mir ist nicht aufgefallen, dass das Licht noch brannte.«

Frank zuckte die Achseln. »Na ja, jedenfalls gut, dass sie es gesehen hat ...« Er drehte sich zu Stern um und reichte ihm die Hand. »Wir müssen los«, sagte er. »Aber ... vielen Dank für Ihre Hilfe – ehrlich.«

»Kein Problem.«

»Darf ich Sie gegebenenfalls noch mal belästigen?«

»Tja«, sagte Stern nachdenklich. »Wenn es sein muss ... aber wenn Sie sich wirklich mit dem ›Tempel‹ anlegen, rufen Sie mich nicht von zu Hause aus an. Und kommen Sie um Himmels willen nicht einfach so vorbei. Schicken Sie Rauchsignale oder etwas in der Art.«

Frank lachte.

Als sie in Richtung Auto gingen, sagte Annie kopfschüttelnd: »Ich bin mir sicher, dass Sie das Licht *nicht* angelassen haben.«

»Also schön. Ich hab das Licht nicht angelassen, na und? Haben Sie zugehört, was er erzählt hat? Über diesen ›Chosen‹-Verein? Fünfzig Millionen Dollar? Warum bloß?«

»Ich weiß nicht«, sagte Annie. »Ich mache mir mehr Sorgen wegen dieser Vitamingeschichte oder was sich dahinter verbirgt.«

Er öffnete die Wagentür und schob sich hinters Lenkrad. Annie sagte gerade irgendwas über Mikrovermantelungen, als er den Zündschlüssel ins Schloss steckte.

Der Saab sprang mit einem Aufheulen an, aber das Geräusch wurde beinahe von Franks Stimme übertönt: »Verdammt, was ist das denn?«

Annie drehte sich zu ihm um und sah, dass er seine Hände anstarrte – die, wie das Lenkrad, mit einer durchsichtigen Schmiere bedeckt waren.

»Was ist?«, fragte Annie.

Er hielt die geöffneten Hände hoch, wie ein katholischer Heiliger. »Keine Ahnung«, sagte er. »Da ist irgendwas Schleimiges. Geben Sie mir doch mal ein Papiertuch von hinten, ja?«

Annie griff nach hinten, wo eine Rolle Küchenpapier auf dem Boden lag. Dann half sie ihm, die Schmiere von seinen Fingern und dem Lenkrad zu wischen. Als sie fertig waren, stopfte Frank die Tücher unter den Vordersitz, schaltete in den ersten Gang und fuhr los, zu Annies Haus in Mount Pleasant.

»Das war diese Frau«, sagte Annie.

»Was war sie?«

»Sie hat das Zeug aufs Lenkrad geschmiert, oder was meinen Sie?«

»Ich weiß nicht. Ich meine, es war eklig.«

Annie durchlief ein Schauder. »Da stimmt was nicht.«

»Sie hatte ein Baby bei sich. Wahrscheinlich ist es nur irgend so ein Babyzeug«, sagte Frank. »Was sie an den Fingern hatte.«

Die Fahrt zu Annies Haus dauerte rund zwanzig Minuten, und als sie dort ankamen, fühlte er sich irgendwie schlecht.

»Alles in Ordnung?«, fragte sie.

Er nickte. »Ja ja, alles in Ordnung. Bloß ein bisschen geschafft. Ich hab den ganzen Tag noch nichts gegessen.«

Annie musterte ihn skeptisch, als sie aus dem Wagen stieg. Dann wandte sie sich um und lehnte sich durchs offene Fenster. »Ganz ehrlich?«, fragte sie.

»Ja. Wahrscheinlich zu viel Tee oder so.«

Und dann fuhr er weiter, schlängelte sich durch den dichten Verkehr Richtung Columbia Road, vorbei an Kneipen und Nightclubs und Polizeiwagen ... Er musste auf so vieles achten – beispielsweise auf die Betrunkenen an der Ecke, auf die Hunde und den Kiosk.

Als er die Columbia Road erreichte, bemerkte er verwundert, dass er schwitzte, säuerlichen kalten Schweiß, als bekäme er Fieber. Und er fühlte sich wirklich gar nicht gut. Sein Herz raste, und er hatte so ein zittriges Gefühl in Magen und Brust – wie Lampenfieber, nur dass es nichts gab, wovor er Lampenfieber hätte haben müssen. Er saß in seinem Wagen, und das Adrenalin kochte völlig grundlos in ihm hoch. Er fuhr auch nicht schnell. Tatsächlich fuhr er – wie viel? Zehn Kilometer die Stunde.

Kein Wunder, dass ihn alle anhupten.

Irgendwas stimmte nicht, und er wusste auch was: Plötzlich war er sich jeder Möglichkeit bewusst, und in jeder Möglichkeit sah er eine Gefahr. Wenn er beispielsweise das Steuer ein wenig nach links drehte, würde der Wagen auf die Gegenfahrbahn gelangen und einen Unfall verursachen. Dabei war unwichtig, dass es ja keinen Grund für ihn gab, das Steuer nach links zu drehen. Entscheidend war: Er könnte es. Und diese Möglichkeit war beängstigend, weil natürlich viele Menschen verletzt würden. Und wenn er den Wagen vor dem Herumreißen des Lenkrads noch beschleunigen würde, könnte er bis auf den Bürgersteig fliegen und Gott weiß wie viele Menschen ins Verderben reißen.

Das reinste Blutbad.

Die Angst, die er empfand, war wie ein Schwindelgefühl, irrational und unkontrollierbar. Jeder kann auf einer geraden Linie gehen, aber wenn man versucht, das auf einem Balkongeländer in dreißig Meter Höhe zu machen, stürzt man unweigerlich ab.

Und so fühlte er sich jetzt, wie kurz vor dem »Absturz«, als zöge sein Verstand ihn über ein unsichtbares Geländer. Das Autofahren war unermesslich schwierig – wie wenn man versucht, sich gleichzeitig den Bauch zu reiben und den Kopf zu tätscheln. So vieles konnte so leicht schiefgehen, mit katastrophalen Folgen. Wieso machten das alle einfach so? Wie konnten sie auf so viele Dinge gleichzeitig achten? Auf den Tacho und die Schaltung, auf Kupplung, Bremse und Gas – andere Autos, Ampeln, Menschen, die kreuz und quer über die Straße liefen. Der Tacho! Die Welt war eine Flutwelle aus Orten und Ereignissen, und sie schäumte vor lauter möglichen Folgen.

Und ich ertrinke darin, dachte Frank.

Ein weiteres Problem war, dass ein wesentlicher Teil von ihm fehlte – seine *Haltung* zur Welt, oder seine Sicht der Welt. Es war, als hätte er etwas vergessen, und zwar nicht, *wer* er war, sondern *wie* es war, er zu sein. Nicht die Fakten zu sich selbst, sondern die Bedeutung dieser Fakten.

Plötzlich wusste er, was es war: Er hatte seinen Blickwinkel vergessen. Er hatte vergessen, wie es war, Frank Daly zu sein, und nun konnte er sich nicht vorstellen, dieses Wissen je wiederzuerlangen. Der gesamte Sprachschatz seines Seins war ihm abhanden gekommen, sodass es ihm schien, um er selbst zu sein, müsste er eine Sprache sprechen, die er nie erlernt hatte. Sie war ihm nicht zugänglich. *Er* war sich nicht zugänglich.

Und diese Erkenntnis erfüllte ihn mit einem Grauen, das umso tiefer reichte, als es unentrinnbar war – es kam von innen, von einem Ort, wo Frank hätte sein sollen und wo jetzt nichts war. Ein Vakuum.

Er wusste natürlich, was passiert war. Er war unter Drogen gesetzt worden. Von Stern oder Annie oder auch von der jungen Frau, die er in seinem Auto erwischt hatte. Die sommersprossige Mommy mit dem strahlenden Lächeln. Aber dieses Wissen war keineswegs tröstlich. Wer auch immer es getan hatte, dieser Jemand hatte ihm alles genommen, sodass nun nichts mehr da war. Es war nichts mehr von *ihm* da. Und er wusste, dass es nie wieder besser werden würde, denn das, was er verloren hatte, war ungefähr so greifbar – und schwer fassbar – wie Weltzeit.

Er brauchte unglaublich lange, um zurück zu seiner Wohnung zu kommen – wo er hingehörte.

Also trat er das Gaspedal bis zum Anschlag durch. Der Saab schoss auf die Gegenfahrbahn und jagte über die stark befahrene Straße, den Verkehr zerteilend, wie ein sich öffnender Reißverschluss. Ein Mann im seriösen Anzug hechtete Richtung Rinnstein, überall gellten Hupen. Häuser und Geschäfte flogen förmlich vorbei.

Er musste ins Bett. Im Bett wäre er in Sicherheit. Aber zuerst musste er den Wagen parken. Und unter den gegebenen Umständen war das völlig unmöglich. Selbst wenn er eine Parklücke gefunden hätte, den Saab abzustellen wäre ungefähr so schwierig gewesen, wie das Spaceshuttle anzudocken, eine Tonne Stahl durch drei Dimensionen zu manövrieren, und das nur unter Verwendung von Händen und Füßen. Ausgeschlossen. Das konnte keiner. Also trat er mit beiden Füßen auf die Bremse, sodass der Wagen schlingernd mitten auf der Straße stehen blieb.

Bevor er ausstieg, schaltete er noch das Licht ein, damit er das Auto später leichter wiederfinden konnte.

Er war überrascht, wie benebelt er sich fühlte. Als säße sein Kopf auf einem Kugellager. Vom Bürgersteig kam ein Mann auf ihn zu und sprach leise in Spanisch auf ihn ein. Dann wich der Mann zurück, von irgendetwas in Franks Augen eingeschüchtert.

Einen Moment später (oder vielleicht auch mehr – vielleicht war es eine Stunde später) stand er in seiner Wohnung und hörte die Nachrichten auf seiner Voicemail ab.

> »Frank! Hier ist Jennifer. Diese Ausgaben für Satellitenfotos ... soll das ein Witz sein? Melden Sie sich bitte.«

Und die nächste Nachricht:

> »He, Frank! Ich bin's, Onkel Sid. Hör mal, wir sind alle tief traurig wegen deinem Dad, aber – he, es war schön, dich mal wiederzusehen, und ... na du weißt schon, lass dich mal wieder blicken!«

Und die dritte Nachricht, von einer Frau, die ihm alles Gute wünschen wollte:

> »Hallo! Wir sind uns heute Nachmittag begegnet, wissen sie noch? Ich wollte bloß sagen, gute Reise – und, ach ja! Wenn Sie wieder zurückkommen wollen und bleiben wollen, sollten Sie vielleicht anfangen, an etwas anderem zu arbeiten!«

Und dann klingelte das Telefon, und der Anrufbeantworter sprang an, und Annie meldete sich: »Frank – ich bin's. Ich mache mir Sorgen wegen diesem *Zeug* auf dem Lenkrad. Rufen Sie mich zurück, okay? Oder vielleicht komme ich einfach vorbei ... Sind Sie da? Melden Sie sich doch!«

Wohl kaum. Das Telefon pulsierte, hob und senkte sich wie eine Ameisenkönigin, die im Dunkeln atmete. Und seine Hände – *Gott, seine Hände! Er konnte so entsetzliche Dinge mit seinen Händen tun ...*

25

Anwesen des »Tempels des Lichts«, Lake Placid

23. Mai 1998

Die Zentrale des »Tempels« befand sich auf dem Campus einer ehemaligen Privatschule. Das großzügige Gelände lag rund dreißig Kilometer außerhalb von Lake Placid hinter einem imposanten rostigen Eisenflügeltor in einem langgezogenen geschlängelten Tal.

Eine asphaltierte Zufahrt wandte sich vom Tor durch einen Fichtenwald bis zu einer kleinen Lichtung, die als Parkplatz diente. Von dort führte ein Kiespfad weiter durch dunklen Wald und mündete auf eine gepflegte Wiese, wo ein stiller Teich am Fuß eines sanft ansteigenden Hanges lag.

Am westlichen Rand dieser Wiese erhoben sich einige weiße Häuschen, in denen früher die Lehrer der Schule gewohnt hatten und die jetzt für die Führungspersönlichkeiten des »Tempels« reserviert waren. Ganz in der Nähe waren zwei baufällige Schlafsäle für die einfachen Befehlsempfänger des inneren Zirkels.

Eindrucksvoller waren dagegen die Laboratorien. Dabei handelte es sich um einen ganzen Komplex aus hypermodernen Glas- und Stahl-Bauten, in denen die Krankenstation, die Kantine, Verwaltungsbüros, Forschungslabors und Produktionsstätten untergebracht waren. Von hier aus wurden die internationalen Aktivitäten des »Tempels« geleitet sowie Vitaminpräparate, homöopathische Medikamente und Aromatherapiebedarf hergestellt.

Ganz oben am Hang, mit Blick auf die Schlafsäle und Laboratorien, erhob sich das Haus des ehemaligen Schuldirektors, eine wunderbar restaurierte Tudor-Villa mit Sprossenfenstern und einer umlaufenden weinumrankten Pergola. Sie war die Residenz von Solange und das Sanktuarium des »Tempels«.

Susannah saß auf der gefliesten Terrasse unter einem Baldachin aus pinkfarbenen Glyzinen, bestaunte die grandiose Bergwelt und wünschte, ihre Nervosität würde sich legen. Das Problem war nur, dass sie nicht wusste, warum sie herbestellt worden war. Und das machte sie nervös, denn es kursierten Gerüchte über die Terrasse und die Dinge, die hier geschahen.

Aber es waren eben nur *Gerüchte,* beruhigte sie sich selbst.

In Wahrheit war es fast immer ein gutes Zeichen, wenn man in die Zentrale des »Tempels« bestellt wurde. Gelegentlich arrangierte Solange Ehen zwischen den Mitgliedern, und wenn er das tat, gab er dies immer auf dieser Terrasse bekannt. Ebenfalls auf dieser Terrasse wurden Belohnungen überreicht und Sonderaufgaben verteilt. Und das, so dachte Susannah, musste der Grund dafür sein, warum *sie* hier war – ein guter. Warum auch sonst? Sie hatte alles getan, was man ihr aufgetragen hatte – in Rhinebeck, Los Angeles und Washington –, und alles hatte reibungslos geklappt. Andererseits galt das gleiche für Tommy und Vaughn und die Übrigen. Warum also war nur sie auf das Anwesen bestellt worden? Warum war sie die einzige aus ihrem Team, die hier auf der Terrasse saß?

Verschämt, denn sie stillte den kleinen Stephen, blickte sie zu Solange auf, der Belinda gerade nach einem Abtrünnigen befragte.

»Und wie habt ihr ihn gefunden?«

»Durch die Detektive. Er war irgendwo in einem Motel und hat wohl einen Fehler gemacht.«

»Was für einen?«

»Er hat zu Hause angerufen. Sie rufen immer zu Hause an. Wie E. T.«

Solange nickte erfreut. »Und Kramer hat das Telefon abgehört?«

Belinda nickte. »Er hat da so einen Telefonfreak an der Hand, der wohl die Leitung angezapft hat. Vielleicht hat er aber auch die Nummer, wo der Anruf herkam, irgendwie geknackt. Jedenfalls haben sie ihn in einem Motel in New Jersey geschnappt.«

»Und wo ist er jetzt?«, fragte Solange.

Belinda deutete mit dem Kinn in Richtung Laborkomplex. »Krankenstation. Der Doc hat ihn so mit Barbituraten vollgepumpt, dass er nicht mehr ansprechbar ist. Wenn du mit ihm reden willst, müssten sie ihn erst wieder aufpäppeln.«

Solange schüttelte den Kopf. »Nein, lasst ihn so.«

Er ist so toll, dachte Susannah. Wie er so dasteht, den Kopf nach hinten geneigt, die Augen halb geschlossen, wie ein Jazzmusiker, der dem Solo eines anderen Künstlers lauscht, und wenn er sich bewegt, dann auf den Fußballen, wie ein Footballspieler, der sich ein wenig zurückfallen lässt.

Er ist wie eine Katze, dachte Susannah. Ein geschmeidiger Kater.

Solange war gut einsachtzig groß und schlank. Er trug eine verwaschene Jeans, Trekkingschuhe und ein weißes Hemd, dessen Ärmel er bis zu den Ellbogen hochgekrempelt hatte. Bartstoppeln zeichneten sich als dunkler Schatten auf Kinn und Wangen ab, und sein pechschwarzes Haar hätte mal wieder geschnitten werden können. Achataugen unter buschigen, graumelierten Brauen.

Was für Augen, dachte Susannah. Da kommt seine Macht her – es liegt nicht daran, was er sagt, sondern an der Art, wie er einen ansieht, wenn er es sagt, als wollte er einem zu verstehen geben: *Du bist der einzige Mensch, der es versteht, der es* wirklich *versteht.* Und wenn man das hörte oder sah oder spürte, dann, ja, dann war es fast so, als würde man sich verlieben.

Was leicht passieren konnte. Solange war der attraktivste Mann, den Susannah je gesehen hatte – nicht, dass er wirklich gutaussehend war. Jedenfalls nicht im herkömmlichen Sinne des Wortes. Seine Nase, die er sich vor langer Zeit einmal gebrochen hatte und nie gerichtet worden war, bewahrte ihn davor, ein

Schönling zu sein. Die Folge war eine Adlernase, die seinem Gesicht im Zusammenspiel mit den Augen einen raubtierartigen Zug verlieh, selbst wenn er lachte.

Und dann seine Stimme. Tief wie ein Bergwerk, mit leichtem Akzent und einer seltsam betörenden Intonation. Während Susannah ihn reden sah, ihn sprechen hörte, ihn mit ihren Augen spürte, wusste sie, dass sie einen bedeutenden Menschen vor sich hatte. Oder gleich eine Vielzahl von bedeutenden Menschen. Zu verschiedenen Zeiten hatten die Zeitungen ihn mit Hitler, dem Rattenfänger von Hameln, John Muir und Koot Houmi (wer auch immer das war – das wollte sie noch nachschlagen) verglichen.

Und die anderen teilten ihre Gefühle. Wie sie waren alle von Solange fasziniert (und ein ganz klein wenig verängstigt).

Auf der Terrasse waren fünfzehn von Ihnen, dazu der kleine Stephen, Susannah und ihr Guru. Jeder von Ihnen gehörte zum »Personal«, was bedeutete, dass sie ihr Leben ganz und gar im Wirkungskreis der Organisation verbrachten. Alle waren sie irgendwann schon einmal auf der *Crystal Dragon* mitgefahren, und seitdem teilten sie Tisch und Bett miteinander, konspirative Wohnungen und Codes, Geheimnisse und Verbrechen. Sie waren Vollzeitkommunarden, und sie bedeuteten einander alles – Familie, Liebhaber, Schiffsgenossen, Freunde. Sie hatten nur einander und besaßen nichts, bis auf das, was allen gemeinsam gehörte. Selbst die Vergangenheit des Einzelnen gehörte nicht mehr ihm selbst, denn sie alle hatten den gleichen symbolischen Geburtstag – der Tag, an dem sie ins »Personal« aufgenommen worden waren.

Während das Baby an ihrer Brust saugte, wanderten Susannahs Augen von einem zum anderen. Mit Ausnahme ihrer selbst waren alle Anwesenden entweder Abteilungsleiter oder stellvertretende Abteilungsleiter.

Innerhalb des »Tempels« waren diese Leute legendär, und Susannah kannte fast alle von Ihnen. Der hagere Mann mit den nikotingelben Fingern war Saul, der die Abteilung leitete, in der sie selbst arbeitete, nämlich die für besondere Angelegenheiten. Rechts und links von ihm saßen seine Stellvertreter – Antonio, Belinda und Jane –, die für Forschung, Sondereinsätze und Security zuständig waren.

Veroushka, von der es hieß, sie sei Solanges Geliebte, und die so sexy war, dass Tommy behauptete, er könne sie »quer durchs Zimmer riechen«, war für Rekrutierung zuständig.

Abgesehen von Veroushka und dem Team von der Abteilung für besondere Angelegenheiten waren die Leiter und stellvertretenden Leiter der Abteilung für Finanzen und Kommunikation anwesend sowie die führenden Köpfe der Verwaltung, der technischen Abteilung und der Rechtsabteilung. Susannah wusste zwar, wer sie waren, kannte aber ihre Namen nicht, zumindest nicht alle.

Und einen der Anwesenden hatte sie überhaupt noch nie gesehen, einen Japaner oder so, der ganz offensichtlich nicht zu ihnen gehörte. Er trug einen dunklen Anzug, weißes Hemd und Krawatte und hielt sich abseits. Ein stiller Beobachter.

»Was ist mit den Eltern?«, fragte Solange.

Belinda wandte sich zu einem schlaksigen jungen Mann um, der mit dem Rücken an die Wand gelehnt dasaß und gelangweilt dreinblickte. »Fred?«

»Sie wissen, dass er hier ist«, sagte der Anwalt, »aber sie können nichts machen. Er muss sie nicht sehen oder mit Ihnen sprechen. Er ist dreiundzwanzig. Außerdem habe ich eine eidesstattliche Versicherung von ihm, in der er erklärt, dass alles in Ordnung ist – besser gesagt, ich werde sie haben, sobald sie geschrieben ist.«

»Und du meinst, er unterschreibt?«

»Er hat sie schon vor fünf Jahren unterschrieben, als er ins ›Personal‹ aufgenommen wurde. Jeder hat so eine Versicherung unterschrieben. Mehr als eine. Jetzt müssen wir nur noch das Datum einsetzen und uns überlegen, was genau drinstehen soll.«

»Gut!«, sagte Solange, klatschte in die Hände und drehte sich um. »Wer ist jetzt dran? Avram! Was hast du zu berichten?«

Der Leiter der technischen Abteilung war ein schielender russischer Flüchtling mit schlimmer Schuppenflechte. Während er seine Bifokalbrille mit seinem Hemdzipfel putzte, räusperte er sich und blickte kurzsichtig in Solanges Richtung. Dann lächelte er. »Wir können loslegen.«

Solange starrte ihn verblüfft an. »Machst du Witze?«

»Nein. Obwohl ich, wenn du gestattest, mal eines sagen muss: Das war nicht einfach. Seit fast acht Monaten arbeiten wir rund um die Uhr – und zwar ausschließlich daran. Wir hatten Probleme mit den Temperaturen. Wir hatten Probleme mit Zuständigkeiten und der Disziplin bei dem einen oder anderen Mitarbeiter. Und der Impfstoff!« Er stockte und sah jeden einzelnen auf der Terrasse eindringlich an. »Habt ihr eine Ahnung, wie schwierig es ist, zwanzigtausend befruchtete Eier zu kaufen, ohne die Aufmerksamkeit der Gesundheitsbehörden zu erregen?«

Solange und die anderen lachten, Avram schmunzelte.

»Aber ... ja!«, schloss er. »Wir können morgen mit der Impfung beginnen. Wann immer du willst.«

Solange schloss einen Moment die Augen. »Und die Dame?«, fragte er.

Avram setzte sich die Brille wieder auf die Nase und blinzelte zweimal kurz, während seine Augen sich fokussierten. »Die Dame ist stärker denn je«, sagte er. »Und sie gedeiht prächtig.«

»Du sagst, sie ist stärker denn je. Dann ist das deine *Theorie*.«

Avram schüttelte den Kopf. »Nein. Das ist eine Tatsache.«

»Aber wie kannst du das wissen?«

»Weil wir Tests gemacht haben – nicht draußen, aber im Labor. Und die Ergebnisse sind eindeutig. Wir haben die Mortalitätsrate um den Faktor fünf erhöht.«

»Wie?«

Avram legte den Kopf schräg und musterte Solange. »Willst du eine technische Erklärung?«

»Erzähl's mir einfach«, befahl Solange.

Avram zuckte die Achseln. »Im Oktober hatten wir die Genome analysiert. Von da an haben wir versucht, eine Möglichkeit zu finden – wie soll ich sagen – eine Möglichkeit zu finden, das Virus zu *tarnen,* um es für das Immunsystem unsichtbar zu machen, oder fast unsichtbar.«

»Und?«

»Wir haben's geschafft.«

»Wie denn?«

Avram seufzte auf, stolz auf seine Leistung, aber unwillig, sie Laien zu erläutern. *»Trial and Error«,* sagte er. »Wir haben rausgefunden, dass wir das Virus durch die Entfernung eines speziellen DNS-Segmentes dazu bringen können, ein Sekret abzusondern, das seine Antigene tarnt und sie so vor den Antikörpern verbirgt. Sozusagen als trüge das Virus einen Teflonmantel. Die Sialinsäurerezeptoren können es nicht binden, und wenn das nicht geschieht, gibt es auch keine Abwehrreaktion. Die Hälfte der Zeit bleibt das Virus demzufolge unbemerkt.«

»Das bedeutet für die Mortalitätsrate ...«

»Eine Steigerung um zirka fünfundfünfzig Prozent.«

Lange sagte niemand etwas. Schließlich rief Solange: »Okay! Dann fangen wir morgen mit der Impfung an. Jeder hier auf dem Anwesen, was?«

Avram nickte. »Ich kümmere mich darum«, sagte er.

Mit einer schwungvollen Kopfbewegung warf sich Solange das Haar aus dem Gesicht. »Und Mr. Kim?«, fragte er, wobei er die Hände wie zum Gebet zusammenlegte und sich übertrieben ehrfürchtig vor dem Asiaten verneigte.

»In zwei Tagen kann ich ein Paket für ihn fertig machen«, antwortete Avram und kratzte sich im Nacken.

»Okay«, sagte Solange mit einem breiten Grinsen. »Sind sie einverstanden, Mr. Kim?«

Der Koreaner sah ihn ausdruckslos an. Er hatte offensichtlich kein Wort verstanden.

»Zwei Tage«, sagte Solange langsam und hielt zwei Finger hoch. »Dann ...« Seine Hand glitt nach unten wie ein Flugzeug im Sturzflug. »Pjöngjang.«

Kim lächelte verstehend und nickte heiter.

Veroushka hob die Hand, und Solange nickte ihr zu. »Was ist mit unseren Leuten im Ausland?«, fragte sie. »Ich habe Rekruteure in Russland, Israel, Frankreich – und noch in ein paar anderen Ländern. Ich rede hier von *unseren* Leuten. Was machen wir mit Ihnen? Holen wir sie nach Hause?«

Bevor Solange antworten konnte, schaltete sich Belinda ein. »Es ist kostengünstiger, wenn wir sie aufsuchen. Gib mir eine Liste, wer wo ist, und ich schicke noch am selben Tag eine Kurierfrau los. Innerhalb von einer Woche können wir sie alle geimpft haben.«

Veroushka runzelte die Stirn. »Ich weiß nicht ... vielleicht sollten wir sie doch herbeiordern. Ich meine, wie soll die Frau durch den Zoll kommen?«

»Wir besorgen uns ein notariell beglaubigtes Schreiben, in dem steht, dass sie Diabetes hat«, erwiderte Belinda, »und transportieren den Impfstoff in Insulinampullen. Ich glaube nicht, dass man ihr Schwierigkeiten machen wird.«

»Okay«, sagte Solange. »Kommen wir zum nächsten Punkt der Tagesordnung.« Lächelnd wandte er sich Susannah zu und streckte ihr den Arm entgegen, damit sie aufstand.

»Susannah?«

Ihr blieb fast das Herz stehen. Der kleine Stephen nahm den Kopf von ihrer Brust, und einen Moment lang sah es so aus, als wollte er anfangen zu weinen. Sie reichte ihn Belinda, stand auf und knöpfte ihre Bluse zu.

»Mein Gott, Mädchen!«, sagte Solange. »Schau dich an! Du bist *schön*!«

Susannahs Wangen glühten, und sie schlug die Augen nieder.

»Saul – warum hast du mir nicht gesagt, wie toll sie aussieht, hä? Wofür habe ich eigentlich eine Aufklärungsabteilung, wenn ich solche Geheimnisse nicht erfahre?« Er legte den linken Arm um ihre Schultern und zog sie an sich heran.

»Ich hab dir die Berichte geschickt«, sagte Saul lächelnd. »Und Belinda hat sie abgezeichnet.«

»Ja gut«, sagte Solange. »Aber nur *Berichte* – das nächste Mal will ich Fotos sehen. Jetzt hört mal: Ich habe die Berichte gelesen und weiß, was sie geleistet hat. Und ich werde den Namen dieser Kleinen hier abändern, und zwar in ›Bond‹. Okay? Susannah Bond. Bist du einverstanden, *ma chère*?«

Susannah nickte, verlegen, weil alle Blicke auf ihr ruhten, und aufgeregt, weil Solange seinen Arm um sie gelegt hatte.

»Ich kann euch sagen«, sprach er mit seinem weichen Akzent weiter, »diese Kleine hier kennt keine Skrupel. Wenn ich euch erzählen würde, was sie getan hat, müsste ich euch umbringen!« Er lachte, und die anderen fielen ein. »Im Ernst. Das macht selbst mir Angst!«

Noch mehr Gelächter.

»Aber …« Er schleuderte das Wort in die Luft wie eine Granate. »Es gibt da ein Problem.«

Susannah blieb zum zweiten Mal in wenigen Minuten fast das Herz stehen. »Wa – was für ein Problem?«, fragte sie und blickte zu Solange hoch.

Er schüttelte bedauernd den Kopf. »Der kleine Junge«, sagte er.

Plötzlich wusste Susannah, warum sie hier war, was nicht stimmte, was sie falsch gemacht hatte. Wer im »Tempel« aufgenommen wurde, verabschiedete sich von der Idee, Kinder zu haben, weil die Menschen ohnehin … wie sagte Solange immer? *Mega-expandierten!* Sie überwucherten die ganze Erde. Wie Ungeziefer. Und das war das allergrößte Problem, aber …

»Aber –«

»Pssst!«, zischte Solange leise und zog sie noch enger an sich. Sie hätte nicht gedacht, dass er so stark war. »Keine Entschuldigungen. Ich habe dir doch gesagt, *ma chère:* Du bist eine Heldin! Du wirst immer eine Heldin sein – also red jetzt bloß keinen Scheiß, klar?«

Sie nickte.

Er nahm seinen Arm von ihren Schultern und ging zu einer Art Holzkiste hinüber, die Susannah zuvor nicht bemerkt hatte.

Er klappte den Deckel hoch, griff hinein und holte eine Hand voll durchsichtiger Plastikmüllbeutel heraus. Nacheinander verteilte er sie an die Leute, die auf der Terrasse saßen.

Ohne nachzudenken, griff Susannah nach einem Beutel, doch Solange schüttelte den Kopf. »Für dich nicht, *ma chère.* Für die anderen.«

Rasch trat er zu Belinda, nahm ihr den kleinen Stephen vom Arm, schüttelte einen der Beutel auf und steckte das Baby hinein. Dann drehte er den Beutel in der Hand und knotete ihn fest zu. »Nimm«, sagte er und reichte ihn Belinda.

Susannah war fassungslos. Sie brachte kein Wort heraus, als Stephens gedämpfte Schreie durch das Plastik drangen. Sie konnte ihn darin sehen, wie er strampelte, die Temperatur in die Höhe trieb, sodass das transparente Plastik beschlug und undurchsichtig wurde. Ihre Knie knickten ein, doch Solange ergriff ihren Arm und stützte sie.

»Du musst stark sein«, sagte er. »Für den Kleinen – das ist wichtig, *ma chère.*« Dann wandte er sich an die anderen. »Los«, sagte er. »Alle außer Susannah und Mr. Kim.«

Einer nach dem anderen stülpten sich ihre Freunde die Plastikbeutel über den Kopf und banden sie am Hals zu. Entsetzt sah Susannah, wie die Beutel sich aufblähten und wieder zusammenzogen, wie sie um Wangen und Nasen klebten und sich dann erneut bauschten.

Solange ging noch einmal zu der Holzkiste, griff ein zweites Mal hinein und kam mit zwei Boxhandschuhpaaren zurück. Er warf Susannah eins zu und bedeutete ihr, die Handschuhe anzuziehen. Er selbst streifte sich das andere Paar über.

»Die Sache ist kompliziert«, erklärte Solange, während er seine Hände in die Handschuhe steckte. »Erde, sie ist die Mutter – heilig. So wie das Leben. Das ist unsere Religion. Das wissen wir. Aber wir wissen auch, dass wir dabei sind, sie zu töten – du und ich – wir töten sie, und wir töten ihre Kinder – die Millionen unterschiedlichen Spezies, die sie hervorbringt. (Du musst nicht extra einen Knoten machen, *ma chère.* Steck einfach nur die

Hände rein.) Wir haben die Atmosphäre durchlöchert, das Grundwasser vergiftet, den Boden verdorben, die Wälder zerstört. Und wenn du jetzt diese Beutel siehst, kannst du dir vielleicht vorstellen, wie die Erde sich fühlt, wie es ist, unter Plastik begraben zu werden, an den eigenen Ausdünstungen zu ersticken. Wenn ich dir sage, dass Zivilisation Mord ist, wirst du dich vielleicht daran erinnern.« Solange klatschte in die Hände und fing an zu tänzeln.

»Darf ich Stephen bitte rausholen?«, fragte Susannah. »Ich glaube, das ist nicht gut für ihn.«

»Aber, *ma chère,* das ist doch gerade der Punkt. Ich glaube, er ist nicht gut für *uns.* Oder glaubst du das etwa? He – du weißt doch genauso gut wie ich, was das größte Problem ist. Die Überbevölkerung, nicht wahr? Es gibt zu viele von uns. Und trotzdem lieferst du uns einen weiteren Räuber, den es zu ernähren gilt. Was hast du dir bloß dabei gedacht? *Womit* hast du gedacht?«

Susannah schüttelte den Kopf. Solange war jetzt zwischen ihr und Stephen, und sie konnte ihn nicht mehr sehen.

»Wenn er von einer anderen wäre, *ma chère,* würde ich ihn wie ein Kätzchen ertränken. Als Exempel. Aber er ist von dir, und deshalb verrate ich dir jetzt, was wir machen werden: Wir werden um ihn boxen! Eine Runde. Drei Minuten. Und wenn du danach noch auf den Beinen bist, darfst du ihn retten, *ma chère,* okay? Aber wenn nicht, tja, dann wird er wohl bleiben, wo er ist.«

»Aber – ich kann das nicht. Ich weiß gar nicht, *wie*!« Panik wallte in ihr auf.

»Ich bringe es dir bei. Wichtig ist, dass wir endlich anfangen, verstehst du? Denn bis dahin ist alles reine Zeitverschwendung, hä?«

Susannah nickte.

»Okay, also es geht los. Ein kleiner Punch. Komm schon, *ma chère,* wie du schon gesagt hast: Ich glaube, es ist nicht gut für ihn.«

Sie schlug nach ihm, und Solange machte einen graziösen Schritt zur Seite, schielte dabei auf seine Armbanduhr. »Okay, das war ein Anfang, aber kein besonders guter. Schlag *durch* mich hindurch, *ma chère* – nicht nach mir. Los!«

Sie konnte kämpfen. Sie war mit drei Brüdern aufgewachsen, und einer von Ihnen war ein richtiger Raufbold gewesen. Aber sie konnte sich nicht auf Solange konzentrieren. Es kostete sie all ihre Kraft, nicht zu Belinda hinüberzurennen und –

Sterne! Plötzlich sah sie Sterne. Mit einem linken Haken ließ Solange ihren Kopf nach hinten fliegen und verpasste ihr dann eine rechte Gerade, von der ihr ein Lichtblitz durch die Augen fuhr. Sie taumelte rückwärts, ungläubig. Niemals hatte ihr Bruder sie so geschlagen.

»Halt die Fäuste oben, *ma chère,* und komm näher an mich ran. Meine Reichweite ist größer als deine. Komm schon! Denk doch mal nach! Komm in meine Arme.«

Sie schmeckte Blut im Mund, und Tränen brannten ihr in den Augen. *Was hatte er gesagt? Dass sie stehen musste? Auf den Beinen bleiben? Wegen Stephen?*

Solange landete einen linken Haken auf ihrer Schulter, dann schlug er mit rechts, aber sie wich aus, sprang zurück. »Gut so! Noch zwei Minuten!«

Er hat gesagt, er würde ihn da lassen, wo er ist. Er hat gesagt, er würde ihn in dem Beutel lassen.

»Nicht schlecht«, sagte Solange, »aber du musst in den Nahkampf, *ma chère,* sonst hast du keine Chance. Ich bin zu groß für dich.«

Sie bewegte sich kreisförmig um ihn herum, versuchte, außerhalb seiner Reichweite zu bleiben, schaffte es aber nicht richtig. Er schnitt ihr immer wieder den Weg ab, erwischte sie mit einer schnellen Folge von Seitwärtshaken an den Oberarmen.

»Lauf niemals weg, wenn du angegriffen wirst, *ma chère.* Das ist eine wichtige Regel. Wenn jemand dich verfolgt, verfolge ihn. Sonst ...« Mitten im Satz attackierte er, traf sie mit drei wuchtigen Schlägen, die ihr die Zähne lockerten und den Mund mit

Blut füllten. Dann beugte er blitzschnell den Oberkörper vor, machte einen Schritt nach vorn und schlug sie so hart in die Magengrube, dass sie das Gefühl hatte, das stumpfe Ende eines Telefonpfahls wäre durch sie hindurchgerammt worden.

Plötzlich war sie auf allen vieren, bekam keine Luft, würgte vor Schmerzen.

»Noch eine Minute und zwanzig Sekunden!«, sagte Solange über ihr. »Na los, Susannah, steh auf! Sonst gibt's eine Nachspielzeit.«

Sie bekam noch immer keine Luft, aber sie tat, was er ihr sagte: Sie wuchtete sich von den Fliesen hoch, warf sich ihm mit eingezogenem Kopf in die Arme und umklammerte ihn. Damit hatte er nicht gerechnet, und sie nutzte seine Verblüffung, indem sie ihn zweimal schlug und beim zweiten Mal sogar sein Kinn erwischte.

Sie hielt ihn, so fest sie konnte, umklammert, verschränkte die Hände hinter seinem Rücken. Zusammen drehten sie sich einmal im Kreis, und sie sah die Gesichter ihrer Freunde in den Beuteln pulsieren. Sie beobachteten sie.

Aber irgend etwas fehlte, und während sie verzweifelt kämpfte, um den sehr viel stärkeren Solange weiter in ihrer Umklammerung zu halten, erkannte sie, was das war, und sie geriet in Panik: Der kleine Stephen weinte nicht mehr.

»Noch dreißig Sekunden, *ma chère!* Enttäusch mich nicht!« Sie hielt ihn fest, doch mit einer jähen Bewegung drehte er sich plötzlich von ihr weg. Und dann zielte er nur noch auf ihren Kopf, auf Mund, Nase, Kinn, Wangen, eine Gerade nach der anderen, sodass sie unter der Wucht der Schläge über die Terrasse kreiselte. Es regnete Sterne in ihren Augen, und ihr Gesicht glühte unter den Schlägen.

Sie hielt sich kaum noch auf den Beinen, schwankte wie unter Schock auf zitternden Knien hin und her. Langsam hob sie einen Handschuh vors Gesicht und berührte ihre Wange, als wollte sie sich vergewissern, dass ihr Gesicht noch da war. Und benommen sah sie, wie er den rechten Arm kreisen ließ wie ein Quarterback beim Football vor dem alles entscheidenden Wurf, oder wie eine Zeichentrickfigur, die ihr einen Hieb verpassen wollte, der sie in den Weltraum schicken würde.

Und dann lachte er, trat auf sie zu, und wie ein Bräutigam bei einer Hochzeit nahm er sie in die Arme und hob sie hoch. »Nicht schlecht, *ma chère,* gar nicht schlecht.« Er wandte sich den anderen zu und rief mit einem Lausbubengrinsen: »Was macht ihr denn da mit den Tüten auf dem Kopf? Seid ihr so hässlich? Nehmt sie ab! Was seid ihr nur für alberne Leute!«

Und so wurden die Beutel abgenommen, und alle lachten und keuchten gleichzeitig, während Mr. Kim applaudierte und Susannah neben dem kleinen Stephen auf die Knie sank und verzweifelt und blutig mit den Fingern den Beutel aufriss.

Einen Augenblick später lag der Junge in ihren Armen, voller Leben brüllend, und sie war so glücklich, sie brach in Tränen aus und dachte mit einem hingebungsvollen Blick Richtung Solange: *Danke, danke, danke, danke ...*

26

Ich bin um fünf wieder da«, sagte Annie. »Ruf mich an, wenn dir komisch wird – versprochen?«

Frank saß in Annies Wohnzimmer im Sessel vor dem Fernseher und schaute sich eine morgendliche Nachrichtensendung an. Zuerst hatte er das Gefühl, die Sprecherin hätte Annies Stimme, obwohl er wusste, dass das nicht stimmen konnte.

»Frank?«

Er runzelte die Stirn und beugte sich näher zum Fernseher hin. Die Sprecherin sagte etwas, aber es kam ihm viel zu langsam vor, bis ihre Worte in seinem Hirn anlangten. Er hatte das Gefühl, einen ausländischen Film zu sehen, der nicht lippensynchron war.

»Alles in Ordnung mit dir?«

Er wandte sich Annie zu. Ihre Worte schienen mit einer kleinen, aber signifikanten Verzögerung in seinem Hirn anzukommen, als telefonierte sie aus Tokio.

»Tipptopp«, sagte er und drehte sich wieder Richtung Fernseher.

»Vielleicht sollte ich doch lieber noch einen Tag zu Hause bleiben. Ganz ehrlich.«

»Es geht mir gut«, sagte Frank.

Und wundersamerweise stimmte das auch, denn er war wieder mal in eine jener Zeitblasen geistiger Klarheit geglitten, die er als »normal« erkannte. Die Ärzte versicherten ihm, dass die

Nachwirkungen der Droge in den kommenden Tagen immer schwächer werden und »Anfälle« immer seltener auftreten würden, dass er immer längere Phasen relativen Wohlbefindens erleben würde. Nur noch ein paar Tage, und er müsste eigentlich völlig genesen sein – obwohl ein gelegentlicher Rückfall nicht ganz auszuschließen war.

»Bist du sicher?«, fragte Annie. Sie wollte zur Arbeit und hatte sich eines ihrer Kindergärtnerinnen-Outfits angezogen. »Ich weiß nicht.« Als sie sich hinunterbeugte, um ihm einen Kuss zu geben, zog er sie zu sich in den Sessel und verzog schmerzlich das Gesicht, als er das Gewicht ihres Körpers spürte.

»Geh nicht«, sagte er schwach. »Mir wird doch ganz komisch.«

Sie kicherte. »Frank ...«

»Schon gut. Raus mit dir.«

Nach Franks Drogenrausch war er in der psychiatrischen Klinik in Georgetown gelandet. Dort war man bestens ausgerüstet, um mit jemandem fertig zu werden, der geradezu beängstigende Halluzinationen hatte. Er hatte die Sanitäter angegriffen, die auf Annies panischen Anruf hin gekommen waren – ein Vorfall, den er als den verzweifelten Versuch in Erinnerung hatte, vor Männern zu fliehen, die ihn zu Boden drückten, um ihn zu zerstückeln. Als Polizisten eintrafen, um ihn unter Kontrolle zu bringen, hatte er auch die wie ein Berserker attackiert. Der Saab wurde von der Columbia Road abgeschleppt, wo er einen denkwürdigen Stau verursacht hatte.

Annie hatte den ganzen Tag unter Aufbringung all ihrer Hartnäckigkeit gebraucht, um die Ordnungskräfte davon zu überzeugen, dass Frank tatsächlich *Opfer* eines Verbrechens war und kein Drogensüchtiger, der wegen Widerstands gegen die Staatsgewalt belangt werden müsste. Der Saab wurde sichergestellt und nach Fingerabdrücken untersucht. Außerdem wurde die lederne Lenkradverkleidung entfernt und ins Labor geschickt.

Man kam zu dem Schluss, dass die Droge – die als psychotrope Substanz namens BZ identifiziert worden war – mit Hilfe eines gewerblichen Lösungsmittels verabreicht worden war – von Sportlern mitunter als eine Art Superliniment benutzt –, das direkt in den Blutkreislauf und das tiefer liegende Gewebe eindrang. Mit Hilfe dieses Mittels konnten Arzneistoffe – oder eben auch Gifte – transdermal verabreicht werden.

Nach vier Tagen in der geschlossenen Abteilung war Frank in ein normales Krankenzimmer verlegt worden. Nach zwei weiteren Tagen ließen sie ihn gehen, wenn auch vollgepumpt mit Tranquilizern, um die Nachwirkungen einer, wie es in seiner Akte hieß, »unfreiwilligen akuten, nicht genau bestimmbaren Rauschmittelvergiftung« zu lindern.

Sein Körper hatte die unvermeidlichen Auswirkungen einer gewaltsamen Freiheitsbeschränkung durch vier ausgewachsene Männer zu spüren bekommen. Aber zumindest pinkelte er kein Blut mehr. Er schlurfte zum Badezimmer wie ein alter Mann, spritzte sich Wasser ins Gesicht und betrachtete sich im Spiegel. Am ersten Tag nach dem »Zwischenfall« hatte sein Gesicht ausgesehen wie ein Klumpen Hackfleisch. Mittlerweile waren die Schwellungen abgeklungen, und nur um ein Auge herum war die Haut immer noch aufgedunsen und blassgrün verfärbt. Mit blauen Streifen. In der Vertiefung über dem Kinn war zu sehen, wo er genäht worden war, nachdem er sich durch die Unterlippe gebissen hatte.

Abgesehen von seinem malträtierten Gesicht hatte er noch zwei gebrochene Rippen davongetragen, als einer seiner Retter sich etwas zu schwungvoll auf ihn geworfen hatte. Außerdem waren Daumen und Mittelfinger der rechten Hand – die er bei dem Versuch, den Sanitätern zu entkommen, durchs Küchenfenster gerammt hatte – genäht, geschient und bandagiert.

Wenn er schon gerade eine seiner »klaren« Phasen hatte, sollte er auch arbeiten, dachte er. Er ging langsam die Treppe zu Annies Zimmer hinauf. Mit der verletzten Hand war es schwierig, zu tippen oder die Maus zu bedienen, aber irgendwie ging es doch. Allerdings konnte er unmöglich am Laptop arbeiten, den Annie für ihn aus seiner Wohnung geholt hatte.

Gestern hatte er sich das Gespräch mit Tom Deer ausdrucken lassen, und während Annies Computer startete, überflog er es erneut.

> Deer: Damit könnte man niemandem Furcht einflößen. Man könnte sie nur einsetzen. Und dann würden die Vögel sie weitertragen. Wenn man beispielsweise in Peking eine erste Welle auslöst, ist die im Handumdrehen einmal rund um den Globus – PENG!

Frank trommelte mit den Fingern auf dem Tisch.

> Deer: Die Grippe kriegt jeder. Und man kann sie nicht kontrollieren. Wenn man sie also als Waffe verwenden würde, könnte man Millionen Menschen damit töten – zig Millionen.
> Deer: Aber wer sollte so etwas tun wollen, und wieso?
> Deer: Man könnte sie nicht mehr aufhalten.

Frank erinnerte sich, dass Deer ihn gegen Ende des Gesprächs mit seiner Bemerkung über die Sioux auf den Arm genommen hatte. Was hatte er noch mal gesagt? Es fiel ihm nicht mehr ein, und er blätterte nach.

> Deer: Andererseits, wenn da einer Rache nehmen will ... wenn einer richtig wütend ist auf die Welt ...

Wütend auf die Welt. Je mehr er über den »Tempel des Lichts« – oder zumindest über dessen Anführer – erfuhr, desto deutlicher wurde ihm, dass die Gruppe ganz sicher »wütend auf die Welt« war. Und Frank wusste, dass das Töten von »zig Millionen« Menschen eine Großtat wäre, wenn es nach Solange ging. Tatsächlich wäre damit ein großer Schritt getan, das wieder zu korrigieren, was Solange als »die Verseuchung durch eine Amok laufende Spezies« nannte. Und diese Spezies war natürlich die Menschheit.

Annies Computer spielte die kitschige kleine Windows-Fanfare, und Frank rief seine Dateien auf.

Am Vortag hatte er ein paar Stunden im Net gesurft und Websites aufgerufen, die irgendwie mit dem »Tempel des Lichts« zu tun hatten. Seine Ergebnisse hatte er in einem Dokument zusammengefasst, das er »Übersicht« genannt hatte.

»Tempel«/Solange

Le Monde: »Tempel des Lichts« Anfang der siebziger Jahre in Lausanne gegründet. Ursprünglich: »Académie des Recherches et de la Connaissance des Hautes Sciences« – ARCH. 1979: Zwei Mitglieder werfen Bombe in die Kirche von Einsiedeln; Protest gegen den Widerstand des Papstes gegen Empfängnisverhütung. 1980: Ein Mitglied nach Attentat auf den Leiter der Schweizer Atombehörde wegen Mordes verurteilt. Weitere Zwischenfälle, darunter Angriffe auf Umweltschutzverbände, die von Solange als »unzureichend militant« diffamiert wurden. Nach dem ungeklärten Tod eines liberalen Politikers, der Solange als einen »fanatischen Bazillus in der grünen Bewegung« bezeichnet hatte, verschwand ARCH und sein Anführer aus der Öffentlichkeit.
Zwei Jahre später tauchte die Organisation in San Francisco als »Tempel des Lichts« wieder auf, eine neugegründete »Religion« unter Führung von Luc Solange.
Nach *U. S. News & World Report:* Solange »lieferte eine bizarre Mischung aus Mystik und ›radikaler Ökologie‹ und gewann damit eine Anhängerschaft mit bemerkenswert hohem Ausbildungsstand«. Die »Missionare« des »Tempels« waren »vor allem an den naturwissenschaftlichen Fachbereichen der besten Universitäten Amerikas aktiv«.

Unter der Überschrift »›Tempel‹ und Finanzen« listete er auf, wie sich das Anwerben von Wissenschaftlern bezahlt gemacht hatte, und zwar sowohl durch den Verkauf der Eco-Vita-Produkte als auch durch die hohen Gebühreneinnahmen aus den Patenten im Besitz des »Tempels«. Er notierte, dass die lukrativsten Patente im Wert von jährlich rund zehn Millionen Dollar Mikrovermantelungstechnologien betrafen, die an Pharmaunternehmen verpachtet worden waren. Er zitierte Annie:

> Adair (12.5.98): »Im Prinzip werden bei der Mikrovermantelung sehr kleine Partikel mit Schutzhüllen umschlossen, die sich nach einer gewissen Zeit auflösen. Auf diese Weise können biologische Wirkstoffe auch unter Bedingungen überleben – beispielsweise in der Magensäure oder bei hohen Temperaturen –, unter denen sie normalerweise absterben würden.«

Er gähnte und runzelte die Stirn. Seine Konzentration war hin; sie wurde mal stärker, mal schwächer, wie ein schwindendes Funksignal. *Stern*, dachte er. Ich sollte Stern anrufen.

Und das hatte er schon. Dreimal bereits, aber bis jetzt hatte Stern nicht zurückgerufen. Er sollte mal nach ihm sehen. Schließlich war er vor dem Wohnhaus des Doktoranden vergiftet worden, also musste die Frau gewusst haben, bei wem er gewesen war.

Aber er wollte jetzt nicht zu ihm rüberfahren. Er war zu müde, und außerdem konnte er sich gar nicht mehr konzentrieren. Er würde morgen nach Stern sehen, oder übermorgen, und sich überzeugen, dass es ihm gutging.

Die Polizei war inzwischen seit drei oder vier Tagen mit seinem Wagen fertig, und gestern hatten sie ihm telefonisch mitgeteilt, dass er das Fahrzeug abholen müsse. Ab Montag, so erklärte der Beamte, würde man ihm täglich zwanzig Dollar Parkgebühr berechnen. Außerdem musste er noch den Abschleppdienst bezahlen, er war empört und kam sich vor, als würde man ihn ein zweites Mal vergewaltigen.

Am Donnerstag sah sein Auge fast normal aus, und die Fäden in der Lippe waren gezogen worden. Da er keine Gefahr mehr für sich und andere war, holte er den Saab ab und zahlte.

Als Annie nach Atlanta fuhr, um dort an der jährlichen Tagung der Influenza-Experten teilzunehmen, einem Ereignis, das sie »Großes Grippepalaver« nannte, kam es ihm eigenartig vor, ohne sie in ihrer Wohnung zu bleiben, und so zog er wieder in seine eigenen vier Wände. Indu war nie richtig warm mit ihm geworden. Annie meinte, das sei wahrscheinlich darauf zurückzuführen, dass Frank in der zweiten Nacht, die er frisch aus dem Krankenhaus in ihrer Wohnung verbracht hatte, irrtümlich in Indus Zimmer geraten war und sich zu ihr ins Bett gelegt hatte.

Wie er schließlich in *Annies* Bett gelandet war, wie sie zum Liebespaar geworden waren – dieses Ereignis war irgendwo in der Nebelbank seiner Erinnerung verloren, wo es vielleicht für immer bleiben würde. Manchmal bekam er eine Ahnung davon, den Schatten einer Erinnerung. Ein- oder zweimal sah er undeutlich ihr besorgtes Gesicht, das sich über ihn beugte und das plötzlich froh aufleuchtete, wenn er ihren Namen aussprach. Und dann konnte er sehen, wie sie sanft ein feuchtes Tuch auf seine Stirn legte, und er erinnerte sich, dass sie neben ihm ins Bett geschlüpft war, spürte noch ihren warmen Körper ausgestreckt neben sich. Doch dann wurde die Erinnerung nebulös und löste sich auf. Zweimal sprach sie von ihrem »ersten Mal«, einmal mit einem glücklichen verträumten Blick in den Augen, das andere Mal mit einem leicht verruchten Lachen. Er lächelte nur, weil es ganz offensichtlich nicht angebracht war *nachzufragen.* Außerdem war es irgendwie spaßig – wenngleich verwirrend –, der Phantasie freien Lauf zu lassen ... Im Bett war Annie überraschend ungehemmt und leidenschaftlich, oder zumindest so leidenschaftlich, wie seine Verletzungen es zuließen.

Stern hatte noch immer nicht auf seine Anrufe reagiert, und so stattete Frank auf dem Weg von der Polizeigarage der Wohnung des Doktoranden einen Besuch ab.

Und obwohl Stern nicht zu Hause war, gab es auch keinen Hinweis darauf, dass er verschwunden sein könnte. Keine Stapel von Zeitungen oder Post.

Er klopfte an der Nachbarstür.

Ein dünner Schwarzer mit Drahtbrille öffnete. Nein, sagte er, er hatte Stern nicht gesehen. »Muss verreist sein, weil ich keine Musik höre. Der mag Musik, das kann ich Ihnen sagen. Für meinen Geschmack mag er sie zu sehr.«

Frank ließ nicht locker. »Hat er Sie je gebeten, na, beispielsweise seine Blumen zu gießen oder seine Post entgegenzunehmen oder so?«

Sterns Nachbar starrte ihn an. »Ben hat keine Blumen. Der ist doch kein Blumentyp. Ich hab doch schon gesagt, dass er ein Musiktyp ist. Was mit der Post ist, weiß ich nicht. Ich glaube, er hat irgendwo ein Postfach.« Er beäugte Frank neugierig. »Wie gut kennen Sie Ben?«

»Eigentlich gar nicht«, musste Frank zugeben.

Der schlanke Mann machte eine kreisende Bewegung mit dem Zeigefinger neben der Schläfe. »Ben ist ein bisschen *ungewöhnlich«,* sagte er.

Als Frank nach Hause kam, hatte er einen Anruf von Annie auf seiner Voicemail.

»Hi, Frank, ich bin hier in Atlanta.« (Pause.) »Ich rufe an, weil ... etwas ganz Seltsames passiert ist. Und ich glaube, das könnte ... Na jedenfalls hat es in verschiedenen Teilen des Landes ungewöhnliche Grippe-Epidemien gegeben – ungewöhnlich deshalb, weil es nicht die richtige Jahreszeit dafür ist, verstehst du? Ich hab mir nicht sehr viel dabei gedacht, bis ich hierhergekommen bin. Aber es ist eine *Archiv*grippe.« (Pause.) »Ich will damit sagen, dass ... ach, ich wünschte, du wärst hier, ich spreche so ungern auf Band. Jedenfalls kann das, was passiert ist, kein natürlicher Zufall sein, weil –«

An der Stelle hatte sich das Band abgeschaltet. Die zweite Nachricht begann:

»Weil es nämlich völlig ausgeschlossen ist, dass diese Grippe an vier verschiedenen Stellen auftauchen kann! Und dann ist da noch was ...« (Tiefes Luftholen, Seufzen.) »Das ist mir einfach zu frustrierend. Ich bin morgen zurück. Wir können ja dann darüber reden.«

Frank spielte beide Nachrichten noch einmal ab und runzelte die Stirn. Was zum Teufel war eine »Archivgrippe«?

Am nächsten Mittag traf er sie gegen eins zu Hause an. »Ich telefoniere gerade«, sagte sie und sauste zurück in die Küche. Er folgte ihr. »Sieh dir das da schon mal an«, sagte sie mit der Hand über der Sprechmuschel und deutete mit dem Kinn auf ein paar Unterlagen auf dem Küchentisch. »Noch nicht«, sagte sie dann erneut ins Telefon. »Ich fahr sofort rüber ins Labor, sobald ich ein wenig Atem geschöpft hab.«

Bei den Unterlagen handelte es sich um zwei Ausgaben eines Blattes, das sich *WRMM* nannte und vom Center for Disease Control herausgegeben wurde. Die Abkürzung stand für »Wöchentlicher Report zur Morbidität und Mortalität«.

Auf der ersten Seite stand unter der Balkenüberschrift »Epidemiologische Notizen und Berichte«:

AUSBRÜCHE VON INFLUENZA A

KALIFORNIEN – Am 18. April dieses Jahres veranlasste das kalifornische Gesundheitsministerium eine Untersuchung des Ausbruchs einer akuten Atemwegserkrankung, die von Ärzten, Notpraxen und Krankenhäusern im Großgebiet Los Angeles gemeldet worden war. In der Zeit vom 4. – 11. April wurden 1395 Fälle belegt. Bei 1011 von Ihnen wurde eine Temperatur von über 37,8° sowie Husten festgestellt. Die

Patienten waren zwischen 34 und 99 Jahre alt. 68 mussten stationär behandelt werden; bei neun wurden röntgenologisch Anzeichen von Lungenentzündung diagnostiziert. Ähnliche Symptome traten bei 27 von 142 Mitarbeitern der behandelnden Institute auf. Bei vielen Patienten war eine ungewöhnlich langwierige akute Phase sowie eine abgeschwächte Rekonvaleszenzphase zu verzeichnen.
Tests mit vom CDC zur Verfügung gestellten Reagenzien der Influenza-Variante, die 1997/98 zirkulierte, erbrachten keine abschließende Identifizierung. Behandlung erfolgte mit Amantadine.

Annie kritzelte etwas auf einen Block Papier.

»Vielleicht heute Abend«, sagte sie. »Wenn ich Glück habe. Klar, egal wann.«

Frank blätterte die *WRMMs*, weiter durch, konzentrierte sich auf die Teile, die von Influenza-Ausbrüchen berichteten. Außer in Kalifornien hatte es ähnliche Fälle in Washington, D.C.; Madison, Wisconsin; und Daytona Beach, Florida, gegeben.

»Danke, Ozzie. Ja«, sagte Annie. Sie legte auf und ließ sich auf den Stuhl ihm gegenüber sinken. Sie sah sehr müde aus. »Was machen wir nur?«, fragte sie. »Dafür gibt es keine *medizinische* Lösung. Es gibt nicht genug Amantadine, um die Bevölkerung von Washington zu schützen, geschweige denn –«

»Wovon redest du denn?«, fragte Frank. »Eine Menge Leute haben die Grippe gekriegt. Das kann nicht *unsere* Grippe sein, weil sie nicht krank genug geworden sind. Es ist niemand gestorben. Also ... warum die Aufregung?«

»Stimmt. Es ist nicht unsere Grippe. Noch nicht. Aber diese Leute, die krank geworden sind – die hatten nicht bloß die *Grippe*, Frank. Zunächst einmal sind Grippefälle im April selten und im Mai – Wisconsin und Florida – extrem selten. Ehrlich gesagt, ist das der einzige Grund, warum wir überhaupt was gemerkt haben. Bei dem ersten Ausbruch, dem in Los Angeles, hat man anfänglich noch nicht mal auf Grippe hin untersucht. Wenn der ein oder zwei Monate früher gewesen wäre, hätten wir heute noch keine Ahnung, dass es sich überhaupt um dieses seltsame Grippevirus gehandelt hat.«

»Was soll das heißen, dass sie nicht einfach bloß die Grippe hatten?«

»Sie hatten eine *Archiv*grippe, das hab ich dir doch schon am Telefon gesagt.«

»Was ist –«

Sie war aufgestanden und tigerte hin und her. »Ich habe gerade mit einem Bekannten vom CDC gesprochen. Die meisten von uns haben Zugriff auf eine Genom-Datenbank, die die Nukleotidenstränge der Influenzavarianten speichert. Damit können wir aufzeichnen, was es bereits gab, vergleichende Untersuchungen anstellen, neue Varianten entdecken. Die Ergebnisse aus Wisconsin und Florida liegen jetzt vor, und sie entsprechen genau den Ergebnissen aus Los Angeles und Washington. Alle Erkrankten, Frank – Menschen in vier geographisch weit auseinanderliegenden Gebieten –, haben eine Grippe gehabt, die genetisch identisch ist mit einer Variante namens –« sie hielt inne, um einen Blick auf den Block neben dem Telefon zu werfen. »A/Peking/2/82.« Sie hob beide Arme. »So etwas gibt es einfach nicht.«

»Warum nicht? Was ist ›A/Peking –‹«

»Das ist eine Grippevariante, die erstmals in China entdeckt wurde. Im Februar 1982. Und jetzt ist sie wieder hier. Aber das ist unmöglich, Frank. Die Influenza ist in einem Zustand ständiger Mutation. Das ist typisch für sie. Sie ist instabil. Sie mutiert. Man findet keine *exakten Repliken* von sechzehn Jahre alten Varianten.«

»Haben wir aber.«

»Am CDC ist das die Sensation und das Rätsel des Tages. Nach dem ersten Ausbruch in Los Angeles haben sie gedacht, es wäre ein Laborunfall gewesen, und die Epidemiologen haben sämtlichen Labors die Hölle heiß gemacht, um die Quelle zu finden.«

»Wieso?«

»Na ja, Virologen, pharmazeutische Labors, Epidemiologen, Leute, die Impfstoffe herstellen – wir alle arbeiten gelegentlich mit alten Grippevarianten, um sie zu studieren. Und gelegentlich passiert dabei eine unbeabsichtigte Freisetzung. Ist schon vorgekommen. Das war die einzige logische Erklärung für den Ausbruch in Los Angeles – bis dieselbe Variante auch in Washington auftauchte. Und dann in Wisconsin. Und dann in Florida.«

»Aber wenn Leute, die sich in Los Angeles infiziert hatten, irgendwo anders hingeflogen sind? Wäre das keine mögliche Erklärung?«

»Nein, weil das Muster nicht stimmt. Wenn es so gewesen wäre, hätte es hier und da kleine Infektionshäufungen gegeben. Die hat es wahrscheinlich sogar gegeben. Aber das ist keinem aufgefallen, weil die Leute nicht ernsthaft krank geworden sind. Und da es nicht in die Grippezeit fiel, sind die meisten Fälle wahrscheinlich einfach nur als Atemwegsinfektionen behandelt worden. Diese Ausbrüche dagegen –« Sie nahm die *WRMMs* vom Tisch. »Keiner davon wurde durch einen Infektionsträger oder einen ganzen Jumbo-Jet voller Infektionsträger ausgelöst. Sieh dir mal die Zahlen aus Madison an. Das waren zweitausendachthundert Fälle innerhalb einer einzigen Woche. Und der Anfang erfolgt nicht stufenweise, es fängt nicht mit ein paar Fällen an und baut sich dann langsam auf. Nein, es war *peng* – alle auf einmal. Und in Florida waren es fast ebenso viele Fälle, und es ist genauso abgelaufen. Und dann sieh dir mal die Zahlen hier aus Washington an. *Fast viertausend erfasste Fälle!* Mein Gott, wahrscheinlich ist es das, was wir beide uns auch eingefangen hatten!«

»Ist das viel?«

»Ja, das ist viel. Das ist verdammt viel. Weil das nur die Spitze des Eisbergs ist. Die meisten Menschen mit einer leichten Grippe gehen nämlich gar nicht zum Arzt.«

»Worum handelt es sich also?«

»Um *Tests«*

»Was für Tests?«

»Das sind Verteilertests gewesen.«

»*Was?!*«

Sie zeigte auf die *WRMMs.* »Und so haben sie rausgefunden, welche Methode die erfolgreichste war. Das CDC veröffentlicht das jede Woche im Internet. Der ›Tempel‹ musste noch nicht mal Auswertungen machen, sondern lediglich in den *WRMMs,* nachlesen, wie es gelaufen ist und welches Verfahren zur höchsten Infektionszahl geführt hat.« Sie hielt die Blätter hoch und schüttelte sie in der Luft. »Und der Gewinner ist: die Hauptstadt unseres schönen Landes. Washington, D.C.!«

»Wie haben sie das gemacht? Das Virus verbreitet, meine ich.«

»Da gibt es viele Möglichkeiten. Man muss es nur irgendwie in die Luft bringen. Das kannst du mit einem Flugzeug, einem Auto machen – du könntest es von irgendeinem Dach werfen.« Sie seufzte. »Wenn es einmal in der Luft ist, wird es eingeatmet.« Sie holte tief Luft. »Ich weiß nicht, was wir machen sollen. Vielleicht wenn wir mit Gleason sprechen –«

»Genau. Aber wieso habe ich bloß nicht so richtig Vertrauen zu ihm? Wenn ich mich recht entsinne, hat er das letzte Mal, als wir an seine Tür klopften, damit gedroht, uns wegen Landesverrats vor Gericht zu bringen.«

»Aber wenn wir die Unterlagen mitbringen, die du seitdem zusammengetragen hast, und diese *WRMMs,* und vielleicht wenn ich mit Doctor K spreche – und ihn überreden kann mitzukommen.« Sie schlug die Augen zur Decke. »Ich werde Doctor K das Logo des ›Tempels‹ zeigen – das Pferd! Er wird sich an das in Kopervik erinnern. Und er war auch in Atlanta. Er ist über diese Ausbrüche ebenso verwundert wie alle anderen. Falls Gleason nicht auf mich hören will, vielleicht hört er ja auf Doctor K. Vielleicht sogar Benny Stern – er könnte ihm einiges über den ›Tempel‹ erzählen.«

»Stern scheint verreist zu sein.«

»Trotzdem finde ich, wir müssen es versuchen. Bei Gleason, meine ich.« Sie sah auf die Uhr. »Ich gehe jetzt ins Labor und seh mir die Proben an, die ich mitgebracht habe.«

»Wozu das?«

»Weil mir da was seltsam vorkommt.«

»Was denn?«

Sie nahm die *WRMMs* zur Hand. »Wo war es? Hier.« Sie las laut vor: »›Bei vielen Patienten war eine ungewöhnlich langwierige akute Phase sowie eine abgeschwächte Rekonvaleszenzphase zu verzeichnen.‹ Das heißt, dass viele Kranke nicht so schnell wieder gesund werden, wie sie eigentlich müssten. Die Symptome *schleppen sich.* Irgendetwas sorgt also dafür, dass sich die Infektion hält, oder hindert das Immunsystem daran, aktiv zu werden. Fast so, als wäre das Virus irgendwie getarnt.«

»Ist so was denn möglich?«

Sie presste die Augen zu und öffnete sie wieder. »Ich fürchte, dass diejenigen, die das gemacht haben, die Genome manipuliert haben, sodass die Immunreaktion des Körpers behindert wird. Bei A/Peking/2/82 macht das nicht viel. Das war eine recht harmlose Variante. Aber wenn sie das mit der Grippe von 1918 gemacht haben ...«

»Was dann?«

Sie starrte ihn an.

»Annie. *Was dann*?«

»Dann würde sie fast jeden umbringen, der daran erkrankt. Die einzige Rettung wäre eine weltweite Immunisierung.« Es entstand eine kurze Pause, und dann lächelte Annie, fuchtelte wild mit der Hand in der Luft und fing an, viel zu schnell zu reden. »Wahrscheinlich bin ich bloß paranoid. Vielleicht war die Peking-Variante eine besonders langwierige Grippe, und wir haben nur nicht genug Daten darüber, weil sie so harmlos war.« Sie stockte. »Aber ich will mir das mal ansehen – denn eines ist jedenfalls sicher.« Sie schlug auf die WRMMs. »Das hier waren *Tests*!«

»Ich rufe Gleason an«, sagte Frank.

Auf dem Weg zurück in seine Wohnung hielt Frank an einem Imbissstand und aß rasch etwas zu Mittag. Während Annie im

Labor war, wollte er seine Notizen über den »Tempel« ausdrucken und eine umfassende Darstellung der Ereignisse und Beweise formulieren, die selbst Gleason nicht mehr ignorieren konnte.

Und wenn der stur blieb, sollten sie sich vielleicht an das Nationale Amt für Katastrophenschutz wenden. Tom Deer anrufen. Irgendwas.

Seine Tür war auf.

Zuerst dachte er, er hätte vielleicht vergessen abzuschließen. Doch dann betrat er den Raum, der als Schlaf- und Arbeitszimmer diente, und brauchte trotzdem noch eine Sekunde, um zu erkennen, was nicht stimmte. Seine Tastatur war da, sein Monitor war da, sein Drucker war da – aber sein Rechner war verschwunden. Ebenso sein Laptop. Sein Aktenschrank war leer. Sein Zip-Laufwerk war weg. Nirgendwo waren irgendwelche Disketten zu sehen – sein komplettes Archiv gestohlen.

»Scheiße«, sagte er und blieb wie angewurzelt auf dem Fleck stehen. Er dachte, wie viel von seinem *Leben* jetzt fehlte. Er war weniger besorgt wegen seiner derzeitigen Arbeit – jedenfalls nicht sehr –, weil das meiste davon auf den Sicherheitsdisketten sein würde, die er im Kühlschrank aufbewahrte. Es ging ihm um alles andere. Seine persönlichen Briefe. Seinen Terminkalender. Sein Adressbuch. Steuerunterlagen.

Wut stieg in ihm auf. Es war ein primitives, kraftvolles Gefühl, vielleicht vergleichbar mit den Empfindungen eines Hundes oder Wolfes, der in seinen Bau zurückkehrt und die Witterung eines Eindringlings aufnimmt. Wenn er ein Hund gewesen wäre, hätte sich sein Nackenfell gesträubt.

Stattdessen zeigte er die konditionierte Reaktion eines Bürgers des ausgehenden zwanzigsten Jahrhunderts: Er eilte zum Telefon, um den Diebstahl bei der Polizei zu melden. Natürlich würde das nichts nützen. Aber das machte man nun mal, und es war für ihn nicht das erstemal, denn drei Jahre zuvor waren ihm seine Stereoanlage und der Fernseher geklaut worden. Er rechnete nicht damit, dass die Polizei sein gestohlenes Eigentum wiederfinden und die Diebe bestrafen würde. Er rief an, weil die Versicherung einen Polizeibericht verlangte, sonst würde sie nicht zahlen.

Erst in dem Augenblick, als er nach dem Telefon griff, dämmerte ihm, dass das hier kein normaler Einbruch gewesen war, dass der Diebstahl von *informierten* Leuten verübt worden war, dass Fernseher, Monitor, Stereoanlage und Lautsprecher sie nicht interessiert hatten. In dem Bruchteil einer Sekunde, als er diesen Gedanken fasste, wusste er, wer dahinter steckte.

Und just in dem Moment, als er den Hörer abhob, um die Polizei anzurufen, krachte ihm etwas auf den Hinterkopf, und er ging zu Boden. Im Fallen schlug sein Kopf auf den Telefontisch, und Funken sprühten ihm vor den Augen.

Eine Sekunde später war ein Mann über ihm, und Frank konnte seinen Atem spüren. Ein Arm legte sich um seinen Hals, und er roch etwas ekelhaft Süßliches, einen Krankenhausgeruch, der nur von Chloroform stammen konnte. Eine Hand legte sich über seinen Mund und presste ihm einen feuchten Lappen ins Gesicht.

Frank schlug um sich. Wand sich. Kämpfte. Doch schließlich wurde er ruhig und hielt die Luft an.

Es kam ihm so vor, als läge er lange so da, aber es konnten nur relativ wenige Sekunden gewesen sein. Seine Lungen waren in heller Panik, sein Herz dröhnte, aber er spürte, dass sein Angreifer die Umklammerung lockerte, nur ein wenig, gerade genug.

Frank erwachte unter ihm zu Leben, stieß seinen Kopf in das Gesicht des Mannes, sodass der nach hinten kippte. Dann sprang er auf und wollte den Burschen mit einem Fußtritt erledigen, solange er noch am Boden lag. Aber der Mann war zu schnell und Frank zu benommen. Der Eindringling wich dem Tritt aus, rollte ein Stück weg und sprang auf.

Frank sah schwarze Jeans und T-Shirt, rotbraunes Haar und ein rundliches Gesicht mit einem hellroten Blutfleck um Mund und Nase. Frank stürzte sich auf ihn, aber seine schmerzenden

Rippen verlangsamten die Attacke, und er konnte sich nicht richtig aufrichten. Der Mann war vor ihm an der Tür und riss sie auf. »Claude!«, rief er, dann war er draußen und knallte die Tür hinter sich zu.

Frank fasste nach dem Türknauf, doch er ließ sich nicht drehen. Sein Gegner hielt die Tür von der anderen Seite zu, bis sie einen Moment später nach innen aufschwang, sodass Frank die Türkante gegen die Stirn bekam. Er taumelte rückwärts und sah im Türrahmen das blutige Gesicht seines Angreifers und hinter ihm einen weiteren Mann, dunkel und finster dreinblickend. Chloroformgestank lag in der Luft.

Die Angst trieb ihn nach vorn, aber seine Footballerfahrung rettete ihn. Er wusste, wie man attackiert. Er sah das runde Gesicht in der Tür und den anderen Mann dahinter, sah den Chloroformlappen in seiner Hand – und er senkte den Kopf und rannte in sie hinein.

Der Angriff überraschte sie; sie verloren das Gleichgewicht und taumelten nach hinten, Richtung Treppenabsatz. Er drängte sie immer weiter, bis sie schließlich alle drei in einem Gewirr aus angeschlagenen Köpfen und wild rudernden Armen die Treppe hinunterpolterten.

Dann schlich sich eine unsichere Stimme in den Tumult: »He! Verdammt, was ist denn hier los?«

Franks Angreifer rappelten sich auf, kaum dass sie unten angekommen waren. Sie sprangen Richtung Haustür und stießen Carlos – Franks Nachbarn – beiseite, dem die Einkaufstüten aus der Hand flogen. »He!«, krähte er.

Frank zog sich am Treppengeländer hoch und stürmte auf die Straße hinaus, aber es war zu spät. Er sah die Männer in einen schwarzen Kleintransporter springen, der ein Stückchen entfernt in zweiter Reihe parkte. Er rannte hinterher, hoffte, das Nummernschild lesen zu können, als der Wagen losfuhr und davonbrauste.

»Mein Gott«, stöhnte er. Als hätte er nicht schon genug Schmerzen gehabt.

Carlos kam angelaufen, einen Salatkopf in der Hand und heftig schnaufend. »Frank«, sagte er in einem flehentlichen Ton, »was ist hier los?«

27

Ozzie Vilas hatte im CDC bereits die meisten vorbereitenden Arbeiten erledigt, und Annie war ihm dafür dankbar.

Ein Elektronenmikroskop erfasst eine Fläche von ungefähr einem Millionstel Millimeter. Viren sind außerordentlich winzig – so würden beispielsweise mehrere Millionen Viren auf ein Komma passen. Im Gewebe oder Blut waren sie jedoch verteilt, und außerdem hing die vorhandene Anzahl von der jeweiligen Infektionsphase ab. Um ein Virus ohne frustrierende und zeitraubende Sucharbeit betrachten zu können, wurden Virenstämme gezüchtet, häufig in Gewebeschichten aus Nierenzellen von Affen, und dann durch den Einsatz von Hochgeschwindigkeitszentrifugen konzentriert. Manchmal wurden Viren durch ein Verfahren, das sich PKR nannte, nachgebildet.

Der Virenstamm, den Ozzie ihr und Dr. Kicklighter zur Verfügung gestellt hatte, war bereits konzentriert und pelletiert, wobei das viröse Material mit Harz dispergiert worden war. Die so entstandenen winzigen harten Kügelchen waren in Röhrchen gefüllt worden, die man in Watte gepackt und sicher in einem Metallcontainer verstaut hatte, der das Warnsymbol für gefährliches biologisches Material trug.

Die NIH hatten viele gute Elektronenmikroskopisten, die große Erfahrung damit hatten, Muster vorzubereiten und nach Pathogenen zu suchen. Annie nahm ihre Dienste gern in Anspruch, weil sie nur äußerst ungern selbst die Suche nach

Virenfährten unter dem Mikroskop durchführte. Das Mikroskop war nämlich ein recht klapprig wirkendes Ding etwa von der Größe einer altertümlichen Telefonzelle und jeweils in einem eigenen Raum untergebracht – normalerweise im Kellergeschoss. Da absolut stabile Bedingungen erforderlich waren, hatte man den Raum dick isoliert und auf Streben ausbalanciert. Und genau damit hatte Annie ihre Schwierigkeiten. Es war ein toter Raum mit der Atmosphäre wie unter einer Glasglocke. Sich darin aufzuhalten war, wie lebendig begraben zu sein.

Sie legte ihre Sachen in ihrem Büro ab und brachte die umständliche Prozedur hinter sich, die entsprechende Schutzkleidung für den Umgang mit infektiösen Stoffen anzulegen. Nachdem das erledigt war, legte sie eines der virösen Kügelchen zurecht und schabte mit einer speziellen Schneideapparatur, die mit einer Diamantklinge ausgestattet war, eine Reihe von winzigen, Ångström-dicken Scheibchen davon ab, die dann automatisch in eine Flüssigkeit fielen. Jetzt kam der kniffligste Teil – nämlich das winzige runde Plättchen aufzuheben, das unters Mikroskop gelegt werden sollte, und das viröse Muster darauf zu bekommen. Dieses Plättchen war eine winzige Scheibe, zwei Millimeter im Durchmesser, ungefähr so groß wie ein Stecknadelkopf. Es kam darauf an, den leicht erhabenen Rand dieses Plättchens mit einer Präparierpinzette zu packen und eines der in der Flüssigkeit treibenden Scheibchen virösen Materials damit so zu »erwischen« oder »rauszulöffeln«, dass das Scheibchen gut an der Oberfläche mit dem Sichtraster haftete. Sie starrte auf die Virusproben, die in der Flüssigkeit dahin trieben, und suchte nach einer, die golden schimmerte. Die goldenen waren nämlich immer die dünnsten und somit besten Scheibchen. Je dünner, desto höher die Wahrscheinlichkeit, dass es gelang, ein erkennbares viröses Muster aus dem ansonsten verwirrenden Haufen sichtbaren Materials zu isolieren.

Zwei Proben hingen über den Plättchenrand und mussten

entsorgt werden. Eine dritte riss ein, als Annie versuchte, sie noch in der Flüssigkeit auf das Raster zu manövrieren. Und dann musste sie ausgerechnet in dem Augenblick husten, als es ihr gerade gelingen wollte, ein wunderbar goldenes Scheibchen auf das Raster zu befördern. Natürlich rutschte es weg, und sie brauchte drei weitere Versuche, bis sie eines erwischte. Meine Güte, sie hatte diese Grippe wirklich satt!

Und nun würde sie sehen, wie diese Grippe wirklich aussah. Sie fixierte das Raster in der »Schachtel«, schob diese ins Mikroskop und schaltete es ein. Sie brauchte fast eine Stunde, bis sie gefunden hatte, was sie suchte, und als sie die Vergrößerung noch besser einstellen wollte, konnte sie es wieder eine ganze Weile nicht finden. Als sie es endlich wieder lokalisiert hatte, runzelte sie die Stirn.

Das Influenzavirus ähnelt einem runden Ball mit einer Vielzahl von Stacheln und Noten auf seiner Oberfläche. Die Stacheln sind die Antigene, Hämaglutinin und Neuraminidase, die sich an die Schleimhaut der Atemwege heften. Bei jeder Virusvariante sehen diese Stacheln anders aus. Wenn das Immunsystem durch frühere Infektionen oder Impfung für eine besondere Variante sensibilisiert ist, erkennt das Immunglobulin des Körpers die Stacheln und reagiert, indem es sich an sie bindet und so neutralisiert. Doch bei diesem Virus, das sie da vor sich hatte, sahen die Stacheln irgendwie ... seltsam aus. Sie waren anders als bei allen Grippeviren, die sie bisher gesehen hatte. Sie wirkten fast *schleimig* – irgendwie klebrig und undeutlich, als wären die Oberflächenproteine mit einem zähen Gel überzogen.

Sie runzelte die Stirn. Häufig konnte man, solange man am Mikroskop saß, nicht genau erkennen, was man da eigentlich sah. Ein Ausdruck war oft hilfreich, um ein deutlicheres Bild zu bekommen. Neuere Apparate waren an Computer angeschlossen, die es erlaubten, ganze Bilderserien zu speichern, die dann koloriert und verschiedenen optischen Manipulationen unterworfen werden konnten, sodass die einzelnen Bilder deutlicher wurden. Die Benutzerzeit an solchen Geräten war strikt rationiert, wie die Benutzerzeiten für Hochleistungsteleskope. Annie arbeitete jedoch mit einem älteren Gerät, das lediglich Glasplattennegative erstellte, die dann, wie jedes herkömmliche Negativ, mit Hilfe eines Vergrößerungsgerätes belichtet werden konnten. Sie machte mehrere Abzüge – wohl wissend, dass das CDC auch einen Abzug haben wollte –, hängte die meisten davon zum Trocknen auf und ging mit einem der noch nassen Abzüge zurück in ihr Büro. Sie wollte ihn mit den Bildern von A/Peking/2/82 vergleichen, die sie aus einer Computerdatenbank abrufen konnte.

Sie loggte sich in die zentrale Datenbank der NIH ein und klickte sich ins Bildarchiv für Influenzaviren. Nachdem sie den Suchbegriff eingegeben hatte, wartete sie, bis sich das graphische Schaubild auf dem Monitor aufgebaut hatte, was enervierend langsam vonstatten ging, da ihr Computer veraltet und ziemlich lahm war. Als A/Peking/2/82 endlich voll zu sehen war, schüttelte sie den Kopf. Es war zwar mit ihrem Abzug identisch – aber doch nicht das gleiche. Das Bild auf dem Monitor war klar und deutlich, ohne das verschwommene Aussehen seines Gegenstücks. Aber die *Struktur* war die gleiche. Sie verstand das nicht. Sie tippte etwas ein und ließ das Computerbild ausdrucken.

Ozzie hatte ihr auch Dias von Immunfluoreszenztests mit dem Virus gegeben. Auf diese Weise wurden die meisten Grippevarianten identifiziert. Man setzte den Antikörpern von bekannten Varianten Proben aus, die zuvor radioaktiv markiert worden waren, um sie fluoreszierend zu machen. Wenn dann die Antikörper einer bestimmten Variante auf die Antigene dieser Variante trafen, leuchtete das Virus unter einem Fluoreszenzmikroskop hell auf, wie ein Neonlicht.

Hier jedoch geschah etwas Eigenartiges. Einige wenige viröse Partikel leuchteten auf, doch nur schwach, längst nicht so hell wie normalerweise. Außerdem hätten es viel mehr Partikel sein müssen. Als wäre ein Großteil der Viren für die Antikörper unsichtbar, und selbst wenn sie sichtbar waren, zeigte sich eine wesentlich schwächere Wirkung.

Sie rannte beinahe zu Doctor Ks Büro, wo sie die Sache erörterten und dann abwechselnd unter dem Fluoreszenzmikroskop Ozzies Proben in Augenschein nahmen. Doctor K wollte ganz sicher sein, dass das erste Dia nicht anomal war. Aber hier bot sich das gleiche Bild – keine dichte Wolke aus hellen Sternchen, sondern nur vereinzelte, schwach leuchtende Punkte.

»Das gibt's doch gar nicht«, sagte er. »Als würde irgendetwas die Rezeptoren daran hindern, sich an die Antigene zu binden.«

Die bekannten Antikörper waren markiert, und die sichtbare fluoreszierende Reaktion trat ein, wenn sie die virösen Antigene aufspürten, auf die sie spezialisiert waren. In diesem Fall waren die Antigene zwar da, doch die Antikörper fanden sie nicht.

»Genau«, sagte Annie, »und wissen Sie was, ich glaube, es ist dieses ... klebrige Zeug. Es stößt die B-Zellen ab.«

»Kein Wunder, dass die Leute so lange krank bleiben. Und sie meinen, jemand hat es manipuliert, um die Abwehrreaktion zu unterdrücken?«

»Zumindest um sie zu verzögern. Ich meine, wir sehen diese schwachen Reaktionen, also vielleicht brauchen die B-Zellen nur länger.«

»Stimmt.«

»Das erinnert mich an Masern«, sagte Annie plötzlich. Bei Masern handelte es sich um ein weiteres Ribonukleinsäurevirus, das strukturelle Ähnlichkeit mit dem Grippevirus hatte. Und wie die Grippevariante, mit der sie es hier zu tun hatten, störte das Masernvirus die Lymphozytenproduktion von Immunglobulin.

Nachdem sie und Doctor K noch ein Konferenztelefonat mit Ozzie und anderen CDC-Mitarbeitern geführt hatten, war Annie erschöpft. Unaufhörlich musste sie gähnen. Jetzt war ihr klar, warum diese Grippe sich so hinschleppte. Ihre körpereigene Abwehr wurde unterdrückt, ganz wie bei Menschen, die an Aids erkrankt waren.

Dr. Kicklighter telefonierte schon wieder, als Annie schließlich ihre Tasche packte. Sie klopfte auf den Türrahmen und winkte ihm kurz zu, bevor sie ging. Er winkte zurück, ohne sich nach ihr umzuschauen. Sie hatten darüber gesprochen, dass er vielleicht gebraucht würde, um dem FBI bestimmte Dinge klarzumachen, und er hatte sich einverstanden erklärt – wenn auch nur widerwillig. Er war eher aufgeregt über die wissenschaftlichen Implikationen des manipulierten Virus und weniger besorgt über dessen mögliche Bedeutung für die Pläne, die der »Tempel« mit der Spanischen Grippe hegte.

»Es ist erstaunlich«, hörte sie ihn ins Telefon sagen. »Als würde das Virus Teflon absondern, verstehen Sie? Ich würde liebend gern wissen, wie das erreicht wurde, denn wenn man diesen Prozess umkehren könnte, wäre es möglich, die Immunreaktion zu *verstärken* ...«

Annie war todmüde, als sie zu ihrem Wagen ging, und trotz des warmen Abends zitterte sie vor Kälte. Lichtkegel ergossen sich von den Straßenlampen. Sie hörte das Brausen des Verkehrs drüben auf der Wisconsin Avenue und dem Beltway. Sie hatte all ihre Energie im Labor aufgebraucht, und der Weg über den riesigen und fast völlig leeren NIH-Parkplatz kam ihr sehr lang vor. Sie war froh, als sie endlich ihren Honda erreichte. Sie wollte nur noch nach Hause und ins Bett.

Sie wollte gerade in die Straße einbiegen, die Richtung Wisconsin Avenue führte, als der Wagen gegen ihren stieß. Der Aufprall war so wuchtig, dass ihr Körper nach vorn geschleudert wurde. Metall knirschte gegen Metall. Der Sicherheitsgurt wirkte wie ein Gummi, und als er seine größtmögliche Ausdehnung erreicht hatte, riss er ihren Körper heftig zurück in den Sitz.

Oh ... *nein,* dachte sie, das hat mir gerade noch gefehlt. Sie putzte sich die Nase und löste müde den Sicherheitsgurt, um auszusteigen und sich den Schaden anzusehen, der sicherlich nicht unerheblich war. Ihr würde die mühselige Prozedur – Versicherungsnummern austauschen und eventuell auf die Polizei warten – wohl nicht erspart bleiben.

Der junge Mann, der den Unfall verursacht hatte, war schon aus seinem Wagen gestiegen und betrachtete ihr eingedrücktes Heck mit bekümmerter Miene. Er hatte eine Baseballmütze mit dem Schirm nach hinten auf dem Kopf. »Mannomann«, sagte er und schüttelte traurig den Kopf. »Mein Dad reißt mir den Kopf ab.« Die Stoßstange hatte einen Knick, und das Nummernschild hing nur noch an einer Ecke fest. Splitter des geborstenen Rücklichts lagen auf dem Asphalt. »Es tut mir so leid, Ma'am. Ich hab bloß ...« Sie stand an der Nahtstelle der beiden Wagen – sein schwarzer Kleintransporter überragte ihren kleinen Civic. Das linke Hinterrad wurde anscheinend von dem Kotflügel blockiert.

Er trat neben sie. »Meinen Sie, wir sollten die Polizei holen?«

»Ich denke schon«, sagte Annie.

Ein großer Wagen von U-Haul hielt neben ihnen. Ein rothaariger Mann lehnte sich aus dem Fenster. »Kann ich irgendwie helfen?«

Ohne eine Antwort abzuwarten, stieg er aus und kam zu ihnen. »Donnerwetter«, sagte er zu dem jungen Mann. »Du hast sie ja ganz schön gerammt.«

»Ja, ich –«

Und dann schlang der Fahrer des Kleintransporters seine Arme um ihre Schultern, presste sie an sich und drückte ihr einen feuchten, süßlich riechenden Lappen auf Mund und Nase. Mit weit aufgerissenen Augen sah sie, dass die Ladetür des U-Haul-Wagens aufgestoßen wurde. Sie geriet in Panik, wand sich und versuchte zu kämpfen, doch in Sekundenschnelle war sie im Innern des Transporters. Und mit ihr noch jemand anders. Und dann schloss sich die Tür, und das Licht in ihrem Kopf erlosch.

Der eine Cop war groß und der andere klein – wie Pat und Patachon, und Frank fragte sich, wer im Ernstfall wohl den guten und wer den bösen Bullen spielen würde.

»Sind sie versichert?«, fragte der Große, der gerade das Türschloss inspizierte.

Frank bejahte.

»Dann empfehle ich Ihnen, das Schloss auszutauschen. Sie liegen sowieso ganz sicher über der Selbstbeteiligung, und in den meisten Fällen übernehmen sie auch die Kosten dafür. Sie sollten sich wirklich ein besseres Schloss anschaffen.«

Er reichte Frank einen Zettel mit der Nummer des Polizeiberichts. »Falls Sie irgendwie die Seriennummern rauskriegen können – ich meine von den Computern –, rufen Sie uns bitte an. Obwohl Sie ihre Schätzchen vermutlich nie wiedersehen werden. Die schlachten die aus wie Autos. Nächste Woche um diese Zeit ist Ihr Motherboard schon in Hongkong und Ihre Festplatte in Mexiko.« Er nickte seinem Partner zu, und die beiden strebten in Richtung Tür.

»Das war's schon?«, fragte Carlos. »Mehr machen Sie nicht? Sie nehmen Fingerabdrücke. Sie sprechen mit Frank. Sie fragen ihn, was passiert ist. Und was ist mit mir? Ich will eine Aussage machen. Und sollten diese Männer jemals gefasst werden, erstatte ich sogar eine Anzeige wegen Körperverletzung.«

Frank war gelangweilt, die Cops waren gelangweilt, aber Carlos blieb in seinem Zustand höchster Erregung.

Der große Cop warf Carlos einen Blick zu. »Wie bitte?«

»Ich will, dass ein Phantombild gezeichnet wird. Ich will, dass die Beschreibung der Männer an die Presse gegeben wird. Ich wäre gern persönlich bei der Gegenüberstellung dabei. Ich bin ein Belastungszeuge.«

Der Große sah Carlos an. »Gucken Sie sich gern Krimis im Fernsehen an, Mister ...?«

»Carlos«, schaltete Frank sich ein. »Ich glaube, die Officer haben –«

»Rubini«, sagte Carlos mit Nachdruck und ohne auf Frank zu

achten. »Ich heiße Carlos Rubini. Und Sie verhalten sich, als wäre das hier ein ganz normaler Einbruch gewesen, aber dem ist *nicht* so. Es war ein Entführungsversuch. Ein schweres Verbrechen. Ein *Kapital*verbrechen, wenn ich nicht irre. Sie müssen etwas unternehmen. Ich als Bürger bin mit Ihren Maßnahmen nicht zufrieden. Sehen Sie sich den Mann doch an.«

Carlos zeigte mit den Fingern auf Frank. Er hatte sich gewaschen, sah aber trotzdem aus wie nach einer Schlägerei. Sein rechtes Auge war blau unterlaufen, und bei dem Treppensturz waren die frisch verheilten Nähte an Finger und Daumen wieder aufgerissen. Das war das größte Problem. Er konnte die Blutung einfach nicht stoppen. Er hatte ein Badetuch um die Hand gewickelt, mittlerweile schon das dritte, und auch das war bereits völlig durchtränkt.

Der große Cop warf Frank einen Blick zu, als wollte er sagen, *der Typ ist ja ein echter Hauptgewinn.* »Mir scheint«, sagte er dann, »dass Mr. Daly diese Mistkerle bei einem Einbruch überrascht hat. Von Waffen war jedenfalls bislang nicht die Rede, daher gehen wir von folgender Situation aus: Einer der Männer trug gerade Diebesgut zum Wagen, der – aufgrund der hier herrschenden Parkplatznot und des Umstands, dass schon eine ganze Reihe anderer Fahrzeuge in zweiter Reihe parkten – ein gutes Stück entfernt stand. Einbrecher B ist also damit beschäftigt, die Beute zum Wagen zu schleppen, während Einbrecher A noch hier drin ist und überlegt, was als nächstes mitgehen soll, als Mr. Daly nach Hause kommt. Der Mann drinnen versteckt sich im Wandschrank. Ich denke, so wird es gewesen sein. Und als Mr. Daly zum Telefon geht, um die Polizei zu verständigen, outet der Typ sich sozusagen. Mr. Daly?«

Frank zuckte die Achseln. »Klingt ungefähr richtig.«

Carlos runzelte die Stirn und holte tief Luft. »Das ist *nicht* richtig. Warum haben sie dann bitte schön Franks Unterlagen gestohlen?«

Der kleine Cop hatte per Handy telefoniert, und als er fertig war, blickte er misstrauisch drein. »Die Zentrale sagt, dass wir hier vor ein paar Tagen schon einen Einsatz hatten. Irgendwas mit Drogen. Hat das was damit zu tun?«

»›Irgendwas mit Drogen‹«, schnaubte Carlos empört. »Dieser Mann wird vergiftet, beinahe umgebracht, und jetzt diese Unterstellungen!«

Der Kleine erwiderte achselzuckend, dass er keineswegs irgendwas unterstellen wollte.

»Das will ich auch hoffen«, zischte Carlos.

»Die haben Ihre Unterlagen und Ihren Computer mitgenommen«, sagte der Kleine. »Sie sagen, Sie sind Reporter?«

Frank nickte.

»Dann ... arbeiten Sie vielleicht an etwas, das ... jemanden *beunruhigen* könnte?«

Frank wollte, dass sie gingen. Die Cops, Carlos, alle. Er wollte Annie anrufen und hören, was sie im Labor herausgefunden hatte, und dann wollte er zu ihr fahren und an der Sache arbeiten, die er für Gleason schrieb. Er schüttelte den Kopf. »Nein«, sagte er. »Ich arbeite nur an einem Artikel über die Grippe.«

Als die Polizisten weg waren, brachte Carlos seine Enttäuschung mit seiner quiekenden, durchdringenden Stimme zum Ausdruck. »Wirklich, Frank – du *weißt,* dass das kein normaler Einbruch war. Eins kann ich dir sagen: Ein Volk bekommt die Regierung, die es verdient hat.« Er drohte mit dem Finger. »Du solltest eine solche Schlampigkeit nicht durchgehen lassen. Wie sollen die sich denn je ändern?«

Frank versuchte ein Lächeln. »Tut mir leid, Carlos. Und ich bin dir wirklich für deine Hilfe dankbar. Wenn du nicht genau im richtigen Moment gekommen wärst ... Egal, ich bin jedenfalls ziemlich fertig.«

»Ich werde mit der Hausverwaltung sprechen, dass ein neues Schloss an der Haustür angebracht werden soll. Unterstützt du mich dabei?«

»Absolut.«

»Es gefällt mir nicht«, sagte Carlos, »dass hier jeder einfach so reinspazieren kann.« Er deutete auf Franks Hand. »Soll ich dich zur Notaufnahme fahren? Ich glaube, das muss genäht werden.«

»Ist nicht nötig. Meine Freundin kann mich später hinfahren.«

Annies Telefon war besetzt. Frank spritzte sich etwas Wasser ins Gesicht und wischte das Blut sorgfältig mit einem Waschlappen ab. Dann kippte er eine halbe Flasche Wasserstoffperoxid über die Hand und sah zu, wie rosa Schaum um die Schnitte herum aufbrodelte. Er wickelte Gaze darum und befestigte sie mit Klebeband.

Annies Telefon war noch immer besetzt, also ging er zum Wagen und fuhr zu ihrer Wohnung. Wenn sie nicht zu Hause war, würde Indu ihn schon reinlassen. Auf sein Klopfen hin kam tatsächlich Indu an die Tür. Sie zog den Vorhang beiseite und spähte hinaus, dann öffnete sie ihm rasch.

»Annie ist nicht hier, Frank«, sagte sie, und auf ihrer Stirn standen Sorgenfalten. »Ehrlich gesagt, bin ich etwas beunruhigt. Bitte«, fügte sie hinzu, trat beiseite und ließ ihn herein.

»Beunruhigt?«, sagte er. »Wieso?«

Im hellen Licht der Diele sah sie ihn zum ersten Mal richtig. »Ach du je, was ist denn mit dir passiert?«

Er ignorierte die Frage. »Wieso bist du wegen Annie beunruhigt?«

Auf Indus glattem braunen Gesicht malte sich unsichere Besorgnis ab. »Die Polizei hat angerufen, wegen ihrem Auto.«

»Was ist mit ihrem Auto?«

»Sie haben es auf dem NIH-Parkplatz gefunden – *verlassen*.«

Frank hatte auf einmal das Gefühl, alle Luft sei aus dem Raum gewichen. »Verlassen«, sagte er.

»Na ja, sie haben gesagt, der Wagen habe einen Unfall mit Blechschaden gehabt. Aber – Annie – warum hat sie keinen Abschleppwagen geholt? Sie würde ihr Auto nicht einfach so da stehenlassen, Frank. Ich mache mir Sorgen, dass sie verletzt worden ist, vielleicht liegt sie im Krankenhaus.«

»Wann war das?«

»Die haben vor rund einer halben Stunde angerufen.«

Die nächste Stunde verbrachte er am Telefon. Zuerst versuchte er es bei sämtlichen Krankenhäusern. Annie war in keiner Notaufnahme. Dann rief er die verschiedenen Polizeireviere an. Bei keinem war ein Unfall gemeldet worden. Der NIH-Sicherheitsdienst hatte den Wagen entdeckt und die Polizei verständigt.

»Jetzt mache ich mir aber wirklich Sorgen, Frank. Was ist, wenn sie – ich weiß nicht, irgendwo herumirrt, unter Schock oder so.« Sie stockte, und dann hellte sich ihr Gesicht auf. »Vielleicht ist sie ja bei *dir* zu Hause – meinst du, das könnte sein?«

Er rief an. Nein, sie war nicht da, aber vielleicht hatte sie eine Nachricht hinterlassen. Während des Kampfes war der Hörer vom Telefon gefallen. Falls sie angerufen hatte, während die Leitung besetzt war, war sie mit seiner Voicemail verbunden worden. Er rief dort an und tippte die Nummer für seine Mailbox ein. Die neutrale Frauenstimme teilte ihm mit, dass er drei Nachrichten hatte. Die ersten beiden waren von Annie – ihre nervösen Anrufe aus Atlanta, in denen sie irgendwas von Archivgrippe und Tests erzählte. Er hatte vergessen, sie zu löschen.

Der dritte Anruf war erst eine halbe Stunde alt, und als er ihn abhörte, sträubten sich ihm die Nackenhaare. Die Stimme war mechanisch verfälscht, ein elektronisches Leiern, das mit einem unmenschlichen Timbre durchs Telefon drang.

»Vermissen Sie etwas?« Dann kam ein Lachen – Ratta-Ta-Ta-Ta. Und dann eine hämische Parodie auf Annies Nachricht vom Vorabend. *»Ach, Frank, ich wünschte, du wärst hier, ich spreche so ungern auf Band.«* Wieder dieses Ratta-Ta-Ta-Ta. *»Ein Vorschlag. Wollen Sie Ihre Freundin wiedersehen? Dann wandeln Sie im Licht, Kumpel.«*

»Was ist?«, sagte Indu, als er den Hörer auflegte. »Hat sie angerufen? Was hast du denn?«

»Ich glaube, sie ist entführt worden.«

»Was?« Ihre großen braunen Augen unter den zusammengezogenen Brauen blickten verstört. Aber er war schon aufgesprungen und auf dem Weg zur Tür. *»Frank!* Wo willst du hin?«

Er hielt gerade so lange inne, um die entsetzte Indu zu bitten, Annie als vermisst zu melden, dann rannte er zum Wagen. Er sprang in den Saab und betätigte den Anlasser, aber der Motor sprang nicht an. Scheiße! Seine beiden verletzten Finger vergessend, schlug er vor lauter Frust mit voller Wucht auf das Armaturenbrett. Ein stechender Schmerz schoss durch seine Hand, gefolgt von einem dumpfen Pochen, das ihn eine Sekunde lang tief in den Sitz drückte.

Und dann war er auf der Straße und rannte. Die Straßen waren belebt, wie immer, und er wich erschreckten Yuppies, verdutzten Jugendlichen und besorgt dreinblickenden Frauen aus, überquerte verkehrsreiche Straßen mit jähen Ausweichmanövern, Schwenks und gefährlichen Zwischensprints. Vor »McDonald's« hob ein Bettler die Hand wie ein Verkehrspolizist. »He!«

Frank konnte an nichts anderes denken, als dass er sein Telefon erreichen musste, bevor wieder jemand anrief, um eine Nachricht zu hinterlassen. Sein Voicemailsystem verfügte nämlich über die technische Raffinesse, dass es die Nummer des jeweiligen letzten Anrufers zeigte. Gott sei Dank hatte er, als er von Annies Apparat aus anrief, aufgelegt, bevor das System sich einschaltete. Er hetzte die Treppe hinauf, und die Nummer war noch in der Anzeige. Eine 914er Vorwahl.

Er wollte zu seinem Computer, um die Nummer in seinem Telefonverzeichnis auf CD-ROM zu suchen. Und dann fiel ihm wieder ein, dass er ja keinen Computer mehr hatte.

Carlos zögerte lange, bevor er Frank hereinließ, doch dann öffnete er mürrisch die Tür. Carlos war nämlich der ultimative Computerfreak, und innerhalb von zwei Minuten hatte er die Nummer für Frank rausgesucht. »Ein Anschluss in Poughkeepsie«, sagte Carlos mit seiner schrillen Stimme. »Im Staat New York. *Martin Kramer Assodates.* Kennst du die?«

»Allerdings«, sagte Frank. »Ich kenne den Typen.« Frank dachte zurück an ihren gemeinsamen Lunch bei »Fernacci's«. *Zwei Spinner,* hatte Kramer über die Bergmans gesagt. *Sie waren bigott. Paranoid. Dass sie nicht unter den Teppich geguckt und nach Landminen gesucht haben, war alles.*

»Willst du die Adresse haben?«, fragte Carlos.

»Nein, danke«, sagte Frank. »Ich weiß, wo der wohnt.«

28

Er überlegte, ob er das FBI verständigen sollte, doch nach der Katastrophe von Waco hegte er nicht gerade großes Vertrauen in dessen Fähigkeiten zur Lösung von Geiselnahmen. Er wollte es anders versuchen.

Eine halbe Stunde später verschloss er mit Heftklammern einen wattierten Umschlag. Darin befand sich die Diskette aus dem Kühlschrank mit sämtlichen Informationen zum »Tempel«, der Spanischen Grippe und Luc Solange. Beigefügt war ein Memo, das er hastig auf Carlos' Computer heruntergetippt hatte und in dem er Informationen zusammenfasste, die *nicht* auf der Diskette waren – darunter auch Annies Aussagen über die *WRMMs*, ihre Vermutung, dass die Grippeepidemien der letzten Zeit Verteilertests gewesen waren, ihre Entfrühung und seine eigenen Pläne. Da er Gleasons unerbittliche Skepsis kannte, gab er zusätzlich seinen Voicemailcode an, damit der FBI-Mann sich die Drohnachricht des »Tempels« selbst anhören konnte. Frank hatte sie natürlich nicht gelöscht.

Carlos (der Bürger) Rubini gelobte feierlich, den Umschlag am nächsten Morgen in Gleasons Büro abzugeben. Carlos war ganz aus dem Häuschen vor Begeisterung, als Frank beteuerte, je weniger er wisse, desto sicherer sei es für ihn. Carlos sollte unbedingt darauf bestehen, dass Gleason den Umschlag persönlich in Empfang nahm. Falls Gleason nicht da wäre, sollte Carlos klarstellen, dass die Sache von höchster Dringlichkeit sei, eine

Frage der nationalen Sicherheit, und dass der Umschlag sofort an Gleason weitergeleitet werden müsste.

»Verlass dich drauf, Frank«, sagte Carlos mit leuchtenden Augen. »Ich sorge dafür, dass Mr. Gleason die Sachen kriegt. Hab doch gewusst, dass das kein einfacher Einbruch war. Mir macht man so schnell nichts vor.«

Nachdem er sich derart abgesichert hatte, erwog Frank, über die Staatsgrenze nach Virginia zu fahren und sich eine Waffe zu besorgen. Aber er verwarf die Idee. Schließlich konnte ihm eine Waffe nur dann etwas nützen, wenn seine rechte Hand einsatzfähig war. Und schon allein das Auto fahren würde ihm Probleme bereiten.

Außerdem beschloss er, nicht mit dem Saab zu fahren. Was, wenn der irgendwo unterwegs endgültig den Geist aufgab? Zudem war ein Automatikwagen leichter zu bedienen. Also nahm er ein Taxi zum Bahnhof, mietete sich bei Budget einen Wagen und fuhr los. Nach Norden.

Als er Delaware erreichte, peitschte dichter Regen auf die Frontscheibe. Die Seitenfenster beschlugen immer wieder. Der Wagen schlitterte über Wasserpfützen. Ihn trieb das irrationale Gefühl an, dass Annie, solange er ihr folgte und ihre Rettung plante, unversehrt bleiben würde. Es war reines Wunschdenken, aber es hielt ihn aufrecht, während er unbeirrt weiter durch den Regen Richtung Norden raste.

Er kämpfte gegen die Bilder an, was ihr wohl zugestoßen sein mochte. Er kämpfte gegen Benny Sterns Stimme in seinem Kopf an. *Das einzige, was sie nicht versucht haben, war, mich umzubringen. Aber sie hätten mich erledigt, wenn ich für sie nicht bloß ein kleines Ärgernis gewesen wäre.* Er drehte die Musik aus dem Radio auf volle Lautstärke und konzentrierte sich aufs Fahren. Dann und wann donnerte ein dicker Sattelschlepper vorbei, ließ Wasser auf die Frontscheibe prasseln, sodass er so gut wie nichts mehr sah. Fast genoss er es, wenn er in solchen Situationen zusammenschreckte, weil es ihn von seinen Ängsten ablenkte: Er fuhr blind durch einen lärmenden Tunnel, jagte durch den Regen.

Gegen vier Uhr morgens erreichte er Lake Placid. Endlich hatte es aufgehört zu regnen. Dann war er auch schon auf der anderen Seite der Stadt, fuhr durch die ländliche Gegend, in der er an nur wenigen Häusern vorbeikam. Die älteren standen dicht an der Straße; die neueren lagen zurückgesetzt am Ende langer Zufahrten. Einmal beleuchteten seine Scheinwerfer ein Rudel Rehe in einem Feld, dicht am Straßenrand. Sie standen reglos da, während er näher kam, und dann sprangen sie in die Dunkelheit davon. In keinem der Häuser brannte Licht. Er sah keine Verandaleuchten, nicht das blaue Flimmern eines Fernsehers, gar nichts. Die Landschaft schimmerte unter einem vollen Mond, der das hügelige Terrain seltsam geisterhaft leuchten ließ. Seitdem er die Stadt hinter sich gelassen hatte, war ihm kein einziger Wagen mehr begegnet. Die Leere bedrückte ihn. Ich bin allein auf der Welt, dachte er. Alle anderen sind tot.

Er kam an dem weißen, mit Schindeln verkleideten Haus vorbei, in dem das Besucherzentrum des »Tempels« untergebracht war. Dahinter sah er das Tor zum Anwesen. Er bog von der Straße ab und ließ den Wagen auf eine Grasböschung holpern. Er wusste, dass die Straße, die zum Anwesen hinaufführte, vom Tor und Wachhaus aus zu beobachten war – also wurden die Wagen, die hinein- und hinausfuhren, überwacht; er hatte jedoch noch keine Mauer entdecken können.

Er besaß noch nicht einmal einen groben Plan. Irgendwo, in gebührendem Abstand vom Tor, würde er in den Wald gehen. Und dann? Er wusste es nicht. Er würde nach Annie suchen. Sie finden. Und nach Hause bringen.

Er trabte an der Straße entlang, durch Adrenalin und Nervenanspannung so auf Hochtouren, dass er sogar das Blut in den Ohren rauschen hörte. Er verließ die Straße und suchte sich einen Weg zwischen den Bäumen. Das Mondlicht war hell, die Bäume silbern und schwarz.

Es war ein Hochwald, ein gut gepflegter Wald, sodass er dank Mondlicht und den weit auseinanderstehenden Bäumen gut vorankam. Der Boden war mit Tannennadeln bedeckt, federnd und weich unter seinen Schritten. Es war so still, dass er das Surren und Knistern der Insekten hören konnte, oder vielleicht waren es Vögel, und dann und wann das Rascheln eines Tieres.

Nach einer Weile wurde der Baumbestand dichter und dunkler. Er ging nun langsam, tastete sich voran. Tiefhängende Zweige streiften ihn, griffen jäh aus der Dunkelheit, packten mit harten Fingern nach seinem Gesicht. Und dann befand er sich unversehens auf einer Lichtung, die nicht bloß eine Lichtung war, sondern auch ein Parkplatz. Kies knirschte unter seinen Schuhen. Der Mond stand tief, doch in seinem letzten Schein sah er Autos, die im schwachen Licht ganz farblos wirkten und in einer ordentlichen Reihe an den Seiten des Rechtecks abgestellt worden waren. Sie sahen bösartig und hart gepanzert aus, wie eine Schlachtreihe aus schwarzen Käfern. Er sah auf die Uhr. Die Leuchtdioden zeigten 5:10 an. Jenseits des Parkplatzes sah er einen Kiespfad, der sich zwischen den Bäumen verlor.

Er folgte diesem Pfad, und kurz darauf trat er auf eine weitere Lichtung, diesmal eine Wiese. Am Horizont sah er einen schwach hellen Streifen, einen zart aprikosenfarbenen Schimmer, entweder der erste Schein der Morgendämmerung oder der Abglanz irgendeiner hellerleuchteten Stadt. Er passierte einen Teich und Tennisplätze. Dann Gebäude – eine Ansammlung weißer Häuser und dahinter größere Umrisse, bei denen es sich, wie er beim Näherkommen feststellte, um alte Backsteingebäude mit Schlafsälen handelte.

Ein *Campus.* Fast hätte er das Wort laut ausgesprochen, so erleichtert war er, endlich das einordnen zu können, was ihm im Dunkeln so geheimnisvoll erschienen war. Ein *Campus.* Das half ihm, sich zu orientieren, damit waren die Dinge wieder auf Normalmaß zurechtgerückt. Jetzt fiel ihm auch ein, dass Stern davon gesprochen hatte. Eine alte Privatschule oder etwas in der Art. Der Pfad führte jetzt den Hang hinauf und weitete sich zu einem Weg. Als er den Hügelkamm erreichte, fiel sein staunender Blick auf einen Komplex aus hochmodernen Glas- Stahl-Bauten: eine Fabrik, ein Lager, Bürogebäude. Das Ganze überaus elegant, groß, sauber und offensichtlich sehr teuer – ein kleines Industriegebiet versteckt im Wald. Und aus den Gebäuden kamen Geräusche, die völlig anders waren als die im Wald: ein Summen von Maschinen, ein schwaches metallisches Klappern. Teile des Komplexes waren erhellt, arbeiteten – und von allem schien ein seltsam kühles, fluoreszierendes Glühen auszugehen. Zwischen den einzelnen Gebäuden verliefen Straßen. Zwei große Laster standen vor der Laderampe des Lagerhauses. Auf den weißen Seiten der Lkws prangten eine untergehende Sonne und der Schriftzug ECO-VITA.

Bis jetzt hatte er noch kein einziges menschliches Wesen entdeckt, doch er spürte, dass sie da waren, dass sie im Innern dieser Anlage arbeiteten. *Und dort ein Virus produzierten?* Obwohl Tom Deer beteuert hatte, die Herstellung eines Virus sei ungefähr so schwierig, wie sich selbst ein Fass Bier zu brauen, musste er sich eingestehen, dass er insgeheim doch gehofft hatte, der »Tempel« wäre dieser Aufgabe nicht gewachsen und würde daran scheitern. Angesichts der Größe und der Qualität dieser Anlage hier erstarb diese Hoffnung in ihm.

Jenseits der modernen Gebäude konnte Frank einen weiteren Baumbestand ausmachen. Und dahinter, hoch oben auf dem Berg, stand ein großes Haus, zu dem eine gewundene Zufahrtsstraße hinaufführte, die von altmodischen Kugellampen gesäumt wurde. Eine Villa.

Chez Solange.

Um den Gebäudekomplex zu umgehen, musste er wieder zurück in den Wald. Als er die Anlage schließlich hinter sich gelassen hatte, war der Himmel schon fast hell. Nun konnte er sich schneller bewegen, und schon bald befand er sich kurz vor dem Wald zwischen Fabrik und Villa. Es war ein alter Wald aus Tigerschwanzfichten mit Stämmen so gerade wie Bleistifte. Hier, so nah an der Villa, waren die unteren Äste gekappt worden, sodass er wie unter einem Baldachin gehen konnte. Es gab kein Unterholz; er kam sich vor wie in einer Parklandschaft. Frank lehnte sich gegen einen Baum, um zu verschnaufen.

Ein surrendes Geräusch ließ ihn aufblicken. Es war ein Geräusch, das er auf seinem Weg durch das Anwesen oft gehört hatte, ein Vogel, ein großer Käfer, einer der nächtlichen Klänge. Deshalb blickte er eher instinktiv nach oben. Er erwartete eigentlich nicht, irgendwas zu sehen. Aber er sah etwas.

Und was er da sah, ließ ihm fast das Herz stillstehen. Es war ein winziges rotes Lämpchen an einer Überwachungskamera. Die Kamera bewegte sich leicht, als er zu ihr aufblickte, eine mechanische Winkelkorrektur. Sie schwenkte mit einem leisen Surren nach rechts, stoppte, stellte sich ein, schwenkte nach links.

Verzweiflung überkam ihn.

Er wusste nicht, ob diese Geräte Infrarotsensoren oder Überwachungskameras waren, aber er wusste, dass das surrende Geräusch ihn die ganze Zeit über begleitet hatte. Er war überwacht worden, seit er das Grundstück betreten hatte.

Dennoch, Überwachungskameras waren wirkungslos, wenn niemand auf sie achtete. Außerdem würde er nicht zum Wagen zurückkehren, das war so sicher wie das Amen in der Kirche. Er würde Annie finden und sie hier rausholen. Es musste eine Möglichkeit geben.

Er hatte vor, einen großen Bogen um die gepflegte Anlage der Villa zu machen, um ihre sorgfältig ausgeleuchtete und schön angelegte Zufahrt. Er hatte vor, sich am Waldrand entlangzubewegen, wo das Licht besser war, und zwischen den Bäumen hindurch hinter die Villa zu gelangen. Dort wollte er sich ein wenig umsehen.

Doch plötzlich stand er in gleißendem Licht, geblendet. Eine Frauenstimme sagte: »Treten Sie bitte auf die Lichtung, und zwar so, dass wir Ihre Hände sehen können.«

Man legte ihm Hand- und Fußfesseln an und warf ihn in einen kleinen Raum, in dem sich nichts befand außer einer in die Decke eingelassenen Lampe und einer Toilette in der Ecke.

Es war unmöglich zu sagen, wie lange er in dem Raum war,

weil er nichts hatte, um die verstreichende Zeit irgendwie abzuschätzen. Er meinte, mindestens vierundzwanzig Stunden, aber sicher war er nicht. Der schwache Lichtstreifen um die Tür blieb immer gleich. Jedenfalls war er lange genug in dem Raum, um sehr hungrig und durstig zu werden. Lange genug, um etliche Male wegzudämmern und jedes Mal in einem Zustand desorientierter Benommenheit zu erwachen, der ihm allmählich immer angenehmer erschien, als bei vollem Bewusstsein zu sein. Lange genug, um allmählich zu befürchten, man könnte ihn vergessen haben oder, noch schlimmer, dass man ihn einfach in diesem Raum krepieren lassen wollte.

Und dann öffnete sich die Tür, und aus dem blendenden Licht traten zwei bewaffnete Männer. Sie gaben ihm Wasser und führten ihn in einen anderen Raum, der sich krass vom ersten unterschied.

»Darf ich Ihnen eine Erfrischung anbieten?«, fragte Solange. »Sie sehen aus, als könnten Sie eine Kleinigkeit gebrauchen.«

Sie saßen einander gegenüber, an einem langen Eichenholztisch, der auf einem schönen alten Buchara-Teppich stand, in einem Raum, der ein wahres Meisterwerk in Holz war. Er hatte eine kunstvolle Kassettendecke, Bücherregale vom Fußboden bis zur Decke, rollbare Bibliotheksleitern, und an einer Wand standen niedrige Schränke, über denen sich Sprossenfenster erhoben. Unter einem wunderbar gemeißelten Kaminsims züngelte fröhlich ein Feuer. Es gab zwei Türen in dem Raum, darüber fächerförmige Oberlichter aus bernsteinfarbenem Glas. Jede Tür wurde von einem Mann und einer Frau flankiert, die jeweils Bluejeans und ein weißes Hemd trugen. Sie hielten Waffen in der Hand, die, so fand Frank, aussahen wie Ingram-Maschinenpistolen. Es waren sehr kleine Waffen, schwarz, kompakt, effizient wirkend. Keine der Wachen hatte ihn auch nur eines Blickes gewürdigt. Sie waren so teilnahmslos wie die Beefeater vor dem Londoner Tower.

Frank war seit über einer Stunde in diesem Raum, an einen

Stuhl gefesselt. Schließlich war Solange gekommen und hatte sich gesetzt.

»Wo ist Annie?«, fragte Frank.

Solange lehnte sich zurück, sodass sein Stuhl leicht nach hinten kippte und auf zwei Beinen balancierte. Frank konnte es ihm nicht gleichtun. Seine Hände waren zwar frei, aber seine Beine waren mit dicken Plastikriemen, die Schnappschnallen hatten, an die Stuhlbeine gebunden, und zwar so, dass seine Oberschenkelmuskulatur so angespannt war wie ein Eisenband. Infolgedessen saß er die ganze Zeit über leicht nach vorne gebeugt da, um die Spannung zu lockern. Vor Solanges Ankunft hatte der Stuhl in der Mitte des Raumes gestanden, und Frank war gezwungen gewesen, einen kontinuierlichen, prekären Balanceakt zu vollführen. Wenn er sich nämlich nicht vorbeugte, wurde der Schmerz in seinen Oberschenkeln unerträglich. Wenn er sich aber zu weit vorbeugte, würde er mit dem Stuhl umkippen und aufs Gesicht fallen.

Als Solange eintrat, wurde der Stuhl zum Tisch getragen – eine riesige Erleichterung für Frank, denn nun konnte er sich vorbeugen, ohne befürchten zu müssen, das Gleichgewicht zu verlieren.

Auf dem Tisch zwischen den beiden Männern standen ein Servierbrett mit Käse und Obst, eine Karaffe Wein und zwei leere Gläser. Solange goss Wein in eins der Gläser, schwenkte es, roch daran und nahm schließlich einen kleinen Schluck, den er genüsslich im Mund rollen ließ. Er sah Frank an, und gespielte Sorge kräuselte seine buschigen Augenbrauen. »Sie wollen wirklich nichts?«, sagte er. »Das ist wirklich ein vorzüglicher Rotwein.«

»Wo ist sie?«, fragte Frank.

»An Ihrer Stelle würde ich nicht nein sagen, Frank«, sagte Solange. »Man sollte die Dinge genießen, solange man kann.«

»Und Sie sollten sich verpissen.«

Solange verzog das Gesicht, dann schüttelte er nachsichtig den Kopf, als wäre Frank ein trotziges Kind. Ein Schlückchen Wein, ein Seufzer. Dann sprang er auf und schlenderte zum Kamin hinüber. Er hatte einen Gang wie eine Raubkatze, tänzelnd auf den Fußballen. Er stellte den Ofenschirm beiseite, kniete sich nieder und arrangierte geschickt die Holzscheite mit dem gusseisernen Kaminbesteck. Bald schoss ein Funkenregen in die Höhe, und das Feuer, das nur noch geglimmt hatte, loderte erneut auf. Solange legte das Kaminbesteck wieder an Ort und Stelle, rückte den Ofenschirm zurecht und betrachtete sein Werk. Ohne den Kopf zu wenden, hob er auffordernd eine Hand, und eine der Wachen, ein sommersprossiger Bursche, der so jung war, dass die Ingram in seinen Händen aussah wie ein Spielzeug, trat näher. Solange sagte etwas, und der Bursche verließ das Zimmer.

Solange kehrte an seinen Platz gegenüber Frank zurück und setzte sich. Er schob den Wein beiseite, verschränkte die Hände und stützte das Kinn darauf. Er betrachtete Frank neugierig forschend.

»Sie interessieren mich, Frank. Warum sind Sie hergekommen? Ich meine – was haben Sie sich dabei gedacht? Wir sind ja nicht *undankbar*, aber ... wirklich!« Seine Augen funkelten angriffslustig.

Frank sagte nichts.

»Wirklich keinen Wein? Er würde Sie entspannen.«

Die Tür öffnete sich, und Frank wandte sich um, weil er hoffte, es wäre Annie. Aber es war ein dünner, beinahe skelettöser Mann, der im Türrahmen stehen blieb. Solange ging zu ihm hinüber, und die beiden unterhielten sich kurz. Der Dünne ging wieder, und Solange kehrte zum Tisch zurück. Einen Augenblick lang saß er regungslos da, dann schien er einen Entschluss zu fassen. Er trommelte mit den Fingern auf den Tisch, nahm sein Weinglas und leerte es in einem Zug. »Also, Frank«, sagte er, »ich habe da ein paar Fragen, die Sie sicherlich nicht beantworten möchten, aber ... wie Sie sich bestimmt vorstellen können, gibt es ein paar Dinge, die ich einfach wissen muss. Zum Beispiel: wie viel von dem, was Sie herausgefunden haben, weiß inzwischen das FBI? Hmmmm? Wie viel?«

Solange war jetzt aufgestanden und ging auf und ab. Seine ungewöhnliche Stimme wurde lauter. »Weiß Gleason von den Verteilertests? Weiß er, dass Sie hier sind. Sie und Dr. Adair?«

Frank blickte auf.

»Wenn man nämlich Dr. Adair glauben darf –«

»Ich bringe Sie um«, sagte Frank. »Was habt ihr mit ihr gemacht?«

»Mit *ihr gemacht*? Nun, wir haben sie natürlich verhört. Und ich muss zugeben, dass sie *jeden* erdenklichen Anreiz hatte, die Wahrheit zu sagen. Aber man kann ja nie wissen.« Auf einen Wink von ihm kamen die Wachen zu Frank. Sekunden später stand er, seine Beine waren frei, und man band ihm die Hände auf den Rücken.

Solange steckte sich eine Traube in den Mund und stand auf. »Gehen wir«, sagte er. »Das ist ein Zehntausend-Dollar-Teppich, und ich will ihn nicht versauen.«

Ein Fahrstuhl brachte sie drei Stockwerke tiefer, und dann gingen sie einen langen Korridor entlang. Die Wände bestanden aus grobem Zement und der Boden aus einem gummiartigen elastischen Material. Franks Beine hatten sich erholt, obwohl sie sich noch immer wackelig und schwach anfühlten. »Dieser Boden wurde ausschließlich aus recycelten Reifen hergestellt«, sagte Solange. »Er ist sehr strapazierfähig und, wie Sie merken, angenehm zu begehen. Ist Ihnen eigentlich klar, wie viele ausrangierte Reifen es gibt? Ganze Berge.«

Der ist komplett wahnsinnig, dachte Frank und versuchte nicht darüber nachzugrübeln, was Solange damit gemeint hatte, er wolle den Teppich »nicht versauen«, oder was wohl am Ende des langen Korridors lag. Er wollte nicht mit diesen Leuten in einen kleinen Raum gehen.

»Beim Recycling«, fuhr Solange fort, »reicht es nicht, den Leuten einfach einen gewissen Pfandbetrag zu erstatten, den sie beim Kauf gezahlt haben – einem gewissen Prozentsatz der Käufer ist dieses Geld nämlich scheißegal. Andererseits, wenn man den Betrag so hoch ansetzt, dass jeder motiviert ist, ihn sich zurückzuholen, werden die Armen benachteiligt. Es ist auch keine Alternative, hohe Müllgebühren zu verlangen, denn dann wird der einfach *illegal* irgendwo hingekippt, hab ich Recht?«

»Also ... was dann?«, hörte Frank sich selbst fragen. »Sie stellen dieses Zeug hier her?« Ich glaube, ich drehe durch, dachte Frank. Was kommt als nächstes? Ein Vortrag über Abgaskatalysatoren?

»O ja«, erwiderte Solange. »Wir haben die Technik revolutioniert – der Prototyp wurde hier entwickelt. Die Rechte haben wir an PetroChem. verkauft.« Er hielt inne. »Ich wünschte, wir hätten Zeit für eine Besichtigung«, sagte er. »Ich würde Ihnen gern die Anlagen zeigen.«

Sie betraten einen weiteren Korridor, und Solange öffnete eine Tür zur Linken. Einen Moment später befanden sie sich alle in einem kleinen Raum mit Betonwänden und einem Abfluss im Boden. Es wirkte seltsam, dass mitten in diesem Zimmer ein schwarzer Metallgartentisch stand, um den vier passende Sessel aus demselben Material gruppiert worden waren. In einer Ecke ein doppeltes Spülbecken. Zusammengerollt auf dem Boden lag ein Wasserschlauch. Neben dem Spülbecken war eine verschlossene Tür.

Die Wachen stießen Frank in einen der Sessel. Solange fuhr sich mit der Hand durchs Haar. Dann nickte er abrupt, und einer seiner Untergebenen sagte etwas in ein rundes Gitter, das neben der Tür in die Wand eingelassen war. Kurz darauf öffnete sich die hintere Tür, und zwei stämmige Männer kamen herein, die Annie zwischen sich stützten.

»Annie!« Der Name entfuhr Frank unwillkürlich.

Die Gestalt, die schlaff zwischen den beiden Männern hing, hob nicht einmal den Kopf. Sie war offensichtlich vollgepumpt mit Drogen, das konnte er sehen, als die Männer sie näher heranführten. Ihre Augen waren glasig und blicklos, ihre Füße bewegten sich kaum. Sie ließen sie in einen Sessel sinken, und ihr Kopf fiel auf die Brust.

»Sie haben sie unter Drogen gesetzt«, sagte Frank und kam sich selbst dabei töricht vor.

Solange zog übertrieben die Augenbrauen hoch. »Ja. Nun ja, Sie wissen doch, wie das ist.« Er neigte den Kopf zur Seite und setzte ein irres, groteskes Lächeln auf. »Manchmal willst du Action«, sang er zur Melodie eines Werbespots für Schokoriegel. »Manchmal eben nicht.«

»Sollen wir die Plastikplanen holen?«, fragte einer der Männer. Er stellte zwei Flaschen Pepsi, einen Flaschenöffner und eine Keksdose auf den Tisch. Frank starrte die Flaschen an, dachte, dass Solange wieder den guten Gastgeber spielen wollte und wie eigenartig das doch war. Es waren schwere Glasflaschen, leicht trüb mit winzigen Kratzern. Pfandflaschen.

»Nein«, sagte Solange und lehnte sich an die Wand. »Wir spritzen den Boden ab, wenn wir fertig sind.«

Plötzlich wurde Franks Sessel nach hinten gekippt. Dann stopfte man ihm einen nassen Lappen in den Mund. Einer der Wachmänner hielt die geöffnete Pepsiflasche mit einem Finger zu und schüttelte sie kräftig. Frank sah gerade noch, dass Solange lächelte.

Dann trat der Mann auf ihn zu, hielt ihm die Flasche unter die Nase, und ein Strahl schäumender Kohlensäure spritzte durch Franks Nasenlöcher bis in seine Nebenhöhlen. Frank zappelte unkontrolliert, als der Schmerz ihm durch den Kopf schoss und jede Zelle seines Körpers in Panik geriet. Er ertrank. Er starb. Er erstickte.

Und dann wurde der Sessel wieder aufgerichtet, und die Cola lief ihm aus der Nase. Er war völlig fertig. Annie weinte.

»Mitten rein in die Zentrale!«, rief Solange lachend. »Peng!« Er begann, auf und ab zu gehen, und sprach in liebenswürdigem Tonfall. »Diese Methode gefällt mir aus folgenden Gründen, Frank«, sagte er und zählte sie an den Fingern einer Hand ab. »Erstens erfordert sie keine hochmoderne Technik. Zweitens verbraucht sie keine natürlichen Rohstoffe. Drittens ist sie nicht nachweisbar. Viertens verursacht sie keine dauerhaften Schäden. Fünftens? Man kann sie zigmal wiederholen, und sie verliert nie ihre Durchschlagskraft.« Seine Hände sanken herab, und er atmete tief durch. »Und jetzt sagen Sie mir etwas zu Gleason. Weiß er, dass Sie hier sind? Weiß er von den Verteilertests?«

Frank fixierte ihn wortlos.

Solange zuckte die Achseln, und Franks Sessel wurde zum zweiten Mal nach hinten gekippt. Der Lappen landete wieder in seinem Mund, und sein Kopf explodierte erneut. Dann war er wieder in der Senkrechten, schniefend, und bebte am ganzen Körper. Er sah, wie seine Beine krampfhaft zuckten – wie die Beine eines Frosches im Labor. Galvanische Reaktion. Annies Kopf hing schlaff auf ihrer Brust, und ihre Augen waren geschlossen.

»Also«, sagte Solange. »Ich hatte Sie nach Gleason gefragt.«

Einer der Wachleute zog ihm den Lappen aus dem Mund, aber Frank sagte nichts.

»Sie sind ein schwieriger Fall, Frank.« Solange seufzte und nickte den Wachmännern zu. Frank sah, wie der Mann die Flasche erneut aufschüttelte.

Solange hob eine Hand und neigte den Kopf Richtung Annie. »Nein«, sagte er. »Sie ist dran.«

Das Blut schoss Frank in den Kopf. »Lasst sie in Ruhe.«

»Ach ... die Gabe der Sprache.« Solange trat an den Tisch und öffnete die Keksdose. Er nahm einen kleinen, durchsichtigen Plastikbeutel heraus und faltete ihn auseinander. Frank sah das Wort *Safeway*.

»Eine Zweitverwendung des Beutels«, sagte Solange. »Wird sogar noch höher geschätzt als Recycling.«

Komplett wahnsinnig, dachte Frank und beobachtete entsetzt, wie einer der Wachmänner eine kleine Spraydose in die Hand nahm. In einer raschen, gut abgestimmten Choreographie sprühte er Annie etwas ins Gesicht – als würde er ein Insekt besprühen –, und Solange stülpte ihr den Beutel über den Kopf, schlang die Griffe um ihren Hals und zog sie fest zu.

Frank wollte aufspringen, aber wurde von hinten zurückgezogen und in seinen Sessel gedrückt –

Während Annie aus ihrer Apathie hochschreckte. Aber da ihre Hände auf dem Rücken zusammengebunden waren, hatte sie keine Möglichkeit, den Beutel abzunehmen, der sich bei jedem panischen, röchelnden Atemzug entsetzlich aufblähte und wieder angesogen wurde. Sie zuckte, warf den Kopf von rechts nach links, versuchte den Beutel abzuschütteln, biss hinein. Ihr Gesicht rötete sich von dem Zeug, mit dem sie sie besprüht hatten.

»Aber *hallo*«, sagte Solange leise lachend. »Pfefferspray.«

Wie lange das so weiterging – die Kohlensäure, die in Franks Nebenhöhlen zischte, Annie, die Beutel, das Pfefferspray –, konnte Frank nicht sagen, doch am Ende standen beide Flaschen leer auf dem Tisch. Es mochten zehn Minuten gewesen sein; es mochten zwei Stunden gewesen sein. Schmerz, so erfuhr er, war eine Landschaft mit ganz eigenen Dimensionen, wo vertraute Zeiteinteilungen wirkungslos waren.

Natürlich »redete« er, und später fragte er sich, warum er sich so lange geziert hatte. Aber es spielte keine Rolle. Die Fragen nahmen kein Ende, und wenn Solange einer Antwort nicht recht traute, landete der Lappen wieder in Franks Mund, und die Pepsi schoss ihm durch die Nase.

Und dann, als Frank schon nicht mehr daran glaubte, hörte Solange auf. »Es reicht«, sagte er scharf, als wollte er die anderen zurechtweisen. Er trat neben Frank und drückte ihm die Schulter. »Es ist vorbei«, sagte er. »Keine Schmerzen mehr. Das war's. Es ist vorbei.«

Frank wusste, dass er bei Solanges Berührung hätte Widerwillen empfinden müssen, doch stattdessen empfand er *Dankbarkeit*. Das hätte nicht sein dürfen. Aber er empfand sie nun mal.

»Holt ihnen frische Sachen«, befahl Solange. »Und sagt dem Doc, er soll ihnen irgendwas gegen die Schmerzen geben.« Und dann war er weg.

Eine halbe Stunde später wurden sie durch die Flure geführt wie zwei seltsam zurückhaltende Hausgäste. Man brachte sie in den ehemaligen Ballsaal der Villa, einen großen Raum mit schimmerndem Holzboden und gewölbter Decke, der in ein großes Büro umgewandelt worden war. An den Wänden hingen Graphiken, Karten, Satellitenfotos. Es gab Schreibtische, Computer, Telefone und Reihen von Aktenschränken. Das Pferdelogo war praktisch allgegenwärtig.

Frank und Annie wurden, die Hände auf dem Rücken gefesselt, zu einem Schreibtisch geführt, an dem Solange saß und an einem Computer arbeitete. Er sah nicht auf, als sie näher kamen. Sie blieben stehen und warteten. Über Frank, an einer der korkbezogenen Wände, hingen verblasste Fotografien von Weizenfeldern, die aus der Luft aufgenommen worden waren. Auf jedem Bild war ein Kreis gezogen und in diesen Kreis ein Keil gezeichnet worden. Auf jedem Bild wirkte der Weizen irgendwie geschädigt – entweder war er von einer Krankheit befallen, oder er litt unter Dürre. Die Stärke der Schädigung variierte, von ein paar braunen Flecken auf einem ansonsten gesund wirkenden Getreidefeld bis hin zu einem Feld, das zu einem dunklen Fleck zusammengefallen war, als wäre es geschmolzen. Auf jedem Foto stand ein Datum, und auf den Rändern waren handschriftliche Anmerkungen. Frank betrachtete die Notizen.

Puccina Graminus 272 – 4017/9
Puccina Graminus 181 – 2022/7
Puccina Graminus 101 – 1097/3
Puccina Graminus 56 – 6340/7

Solange hörte auf zu arbeiten und schaltete seinen Computer ab. Er schaute zu Frank und Annie auf und lächelte sie warmherzig an. »Ach, da sind Sie ja. Sie sehen schon viel besser aus.«

»Was ist Puccina Graminus?«, fragte Annie. Ihre Stimme hörte sich seltsam an, fand Frank, irgendwie mechanisch. Das war die Wirkung der Tranquilizer; er nahm an, dass er sich ähnlich anhören würde. Jedenfalls fühlte er sich seltsam, nicht gerade ruhig, aber eigentümlich losgelöst, als spielte er, er selbst zu sein.

»Getreideschwarzrost«, sagte Solange. Er deutete auf die Fotos. »Das sind relativ frühe Feldversuche. Wir sind wie Pferdezüchter. Wir versuchen, die schnellste und beste Variante von Puccina Graminus zu kreieren. Bislang ist sechsundfünfzig unser Derbysieger, aber es ist ja noch nicht aller Tage Abend. Neben dem Schwarzrost arbeiten wir auch mit verschiedenen Mais- und Reisschädlingen. Das sind die wichtigsten Pflanzen für die Welternährung.«

Annie runzelte die Stirn und warf Frank einen raschen Blick zu. Trotz ihrer hohlen Stimme, trotz der deutlichen Spuren ihrer Qual machte ihm die wache Lebendigkeit in ihren Augen neuen Mut. Ansonsten sah sie aus, als wäre sie etliche Tage auf einem Rettungsfloß getrieben. Ihre Haut war rissig und gerötet, sie hatte Blasen an den Lippen und rotgeränderte Augen. »Aber warum?«, fragte sie. »Warum machen Sie das?«

»Um das Gleichgewicht wiederherzustellen«, erwiderte Solange. »Um für Mutter Natur etwas in die Waagschale zu werfen, gegen eine Spezies, die dieses Gleichgewicht zuungunsten aller anderen aus den Fugen gebracht hat. Sie sind Wissenschaftlerin. Sie sollten das verstehen. Die ›grüne Revolution‹ ernährt mit ihrem Hybridweizen und widerstandsfähigen Mais und Reis eine Population, die den Planeten zerstört. Wir brauchen sie nicht. Und die Natur will sie nicht.«

»Also erschaffen Sie Seuchen und Hungersnöte«, sagte Annie.

Solange antwortete ihr nicht. Stattdessen sah er auf die Uhr und sprang auf. »Zeit zu gehen«, sagte er, und der ganze seltsame Zug – Annie und Frank in Fesseln, die schweigenden und allgegenwärtigen Wachen – folgte dem lebensprühenden Solange zum Aufzug.

»Sie erwähnten Hungersnöte und Seuchen«, sagte Solange. »Aber warum denn nicht? Wenn es natürlich ist, dass ein Mensch einen Impfstoff gegen Grippe entwickelt, warum ist es dann unnatürlich, wenn ein anderer eine Supergrippe entwickelt? Wenn wir Zeit hätten, würde ich Ihnen liebend gerne vor Augen führen, warum es notwendig ist. Ich würde Ihnen die Zahlen zeigen, die Prognosen, den Schaden, den die Erde erleiden wird. Dann würden Sie einsehen, dass es notwendig ist, eine Spezies zu stoppen, die sich unkontrolliert vermehrt. Sie würden es einsehen, und Sie würden zu uns kommen. Und Sie könnten im Labor nützliche Arbeit leisten, das bezweifle ich nicht – obwohl« – er runzelte die Stirn – »ich eigentlich keine rechte Aufgabe für Frank bei uns sehe. Aber« – er klatschte in die Hände – »dafür ist jetzt keine Zeit.«

Franks Herzschlag beschleunigte sich, als sie in den Fahrstuhl stiegen und er sah, dass einer der jungen Burschen das dritte Untergeschoss drückte. Das war die Etage, in der sie gefoltert worden waren. Und wirklich, sie gingen wieder denselben Korridor entlang. Annies Schritte wurden schneller, als sie zu dem Raum kamen, und Frank merkte, dass er die Luft anhielt. Aber Solange ging daran vorbei, führte sie durch zwei grüne Sicherheitstüren mit Drahtverglasung hindurch und bog dann in einen kurzen Gang ein. Einer der Wachleute zog ein Schlüsselbund aus der Tasche, schloss zwei separate Schlösser auf und öffnete die schwere Tür. Solange trat ein, und die anderen folgten.

Sie befanden sich in einem quadratischen Zimmer mit Schlackensteinwänden und einem geharkten Kiesboden – wie in einem Zen-Garten. Es gab zwei Rattansessel und zwischen ihnen einen kleinen Rattantisch, auf dem eine Vase mit einem einzelnen Fliederzweig stand. Eine komplette Wand wurde von einer weißen Emaildoppeltür eingenommen, und auf beiden Türflügeln prangte das weiße Pferd vor der großen blauen Erde.

»Bitte nehmen Sie Platz«, sagte Solange und deutete auf die Sessel. Sie setzten sich. Auf ein Nicken von Solange hin richteten die Wachen ihre Pistolen auf Frank und Annie.

»Ich bitte um Verzeihung für diese Dramatik«, sagte Solange,

»aber viele neigen nun mal dazu, sich furchtbar *aufzuregen*. Wir haben gelernt, uns darauf einzurichten.«

Annie warf Frank einen verängstigten Blick zu, dann starrten sie beide auf die Waffen, bis Solange das merkte und versuchte, sie zu beruhigen. »Oh, keine Sorge, wir werden Ihnen ein paar Stunden Zeit lassen, um zu meditieren und Ihren Geist zu reinigen, bevor wir Sie in unsere Bertha hier stecken«, sagte er und tätschelte die Emailtür, als wäre sie die Flanke eines preisgekrönten Ochsen. »Sie hat eines unserer hartnäckigsten Probleme mit Leuten wie Ihnen gelöst. Ich wünschte nur, wir hätten sie bereits für die Bergmans gehabt.« Er zog die Tür auf. Der Raum, in dem sie sich befanden, war so rein und schlicht, dass Frank sich wunderte, als er sah, dass das Innere dieses übergroßen Kühlschranks, oder was immer es war, ziemlich dreckig aussah, voller Ruß und Schmutzstreifen und mit Ascheflocken auf dem Boden.

Frank überlegte krampfhaft, was Solanges Worte zu bedeuten hatten. Was meinte er mit »für die Bergmans«?

»Das ist eine Mikrowellenkammer«, sagte Solange. »Im Prinzip verkocht sie alle flüssigen Bestandteile, und dann folgt eine rapide Austrocknung. Am Ende bleibt von Ihnen nur ein Häufchen Ruß.« Er griff hinter sich, strich mit dem Finger über die Innenwand und zeigte ihnen einen dunklen, öligen Fleck. »Tja, das hier ist Ihr Freund Ben Stern.«

Obwohl Frank spürte, dass ihn die Tranquilizer in den Sessel drückten, obwohl er das Gefühl hatte, sich wie durch Wasser zu bewegen, obwohl die Waffen auf ihn gerichtet waren, sprang Frank auf und stürzte sich auf Solange. »Du psychotischer Scheißkerl«, sagte er.

Solange duckte sich zur Seite und schlug zu, fest. Und noch mal. Seine Schläge waren kraftvoll, und Frank, die Hände auf dem Rücken gebunden, hatte keine Möglichkeit, sich zu wehren. Schließlich bekam er einen Haken in die Magengrube, und er sackte zusammen. Die Wachen stießen ihn zurück in den Sessel.

Solange lachte, ein langes, glucksendes, aufrichtig amüsiertes Lachen. Schließlich hörte er auf und schüttelte den Kopf. »Da verabreiche ich ihm eine Dröhnung, die einen *Ochsen* ruhig stellen würde, und er legt sich mit mir an.« Er seufzte. »Sehr beeindruckend.«

»Warum machen Sie das?«, fragte Annie. Sie sprach mit der angestrengten Intonation eines Schlaganfallopfers, jedes Wort einzeln artikulierend.

Solange blickte verdutzt drein. »Ich hab Ihnen doch schon erklärt, dass es sich um ein Entsorgungsproblem handelt.«

»Nein!«, sagte Annie. »Ich meine die Spanische Grippe. Den Getreideschwarzrost.«

Erneut sah Solange verblüfft aus. »Weil ich der Erste Reiter bin. Haben Sie denn gar nicht aufgepasst?«

»Wovon reden Sie eigentlich?«, wollte Frank wissen.

Solange sah ihn an. »Die *Offenbarung*.« Und dann fing er an zu sprechen, aber mit einer anderen Stimme, einer Stimme, die kraftvoll und nuanciert war. Der Stimme eines Predigers.

> *»Dann sah ich: Das Lamm öffnete das erste der sieben Siegel; und ich hörte das erste der vier Lebewesen wie mit Donnerstimme rufen: Komm! Da sah ich* EIN WEISSES PFERD; *und der, der auf ihm saß, hatte einen Bogen. Ein Kranz wurde ihm gegeben, und als Sieger zog er aus, um zu siegen.«*

Die Wachen blickten verzückt.

»Gott sendet mich aus zu siegen, zu siegen, fürwahr, eine Spezies zu besiegen, die Amok läuft, die außer Kontrolle gerät, eine Spezies, die ihr irdisches Paradies zerstört.«

Frank konnte sich nicht zurückhalten. Er wandte sich an die Wachen. »Glaubt ihr diesen Scheiß etwa?« Dann sah er Solange an. »Sie sind der durchgeknallteste Dreckskerl, den ich je in meinem Leben gehört habe!« Und dann fing er an zu lachen. Er konnte sich nicht zurückhalten. Er war so verängstigt, dass er entweder lachen oder weinen musste.

Solange starrte ihn an, und für einen Moment glaubte Frank, dass er ihn auf der Stelle umbringen würde. Aber als Solange gerade einen Schritt auf ihn zukam, klingelte ein Handy in seiner Tasche. Das Geräusch war so unerwartet und unpassend, dass es sich geradewegs in Franks Kopf hineinzubohren schien. Verärgert riss Solange das Telefon aus der Tasche.

»Ja«, sagte er ungeduldig. »Was ist?«

Er lauschte, ungefähr eine volle Minute lang, und im Verlauf dieser Minute konnte Frank förmlich sehen, wie Solange das Interesse an allem im Raum, an ihm, an Annie verlor. Es war, als wäre seine Aufmerksamkeit greifbar gewesen, und ihre plötzliche Abwesenheit hinterließ bei Frank ein seltsames Verlassenheitsgefühl. Solange runzelte die Stirn, nahm das Telefon vom Ohr, schob die Antenne wieder hinein und schritt zur Tür, ohne sie noch eines Blickes zu würdigen. »Gehen wir«, sagte er.

»Und was ist mit *denen*?«

Solange zuckte die Achseln. »Darüber sollen sie sich den Kopf zerbrechen«, antwortete er.

Frank hörte, wie die Riegel sich schlossen, erst der eine, dann der andere.

Da der Boden mit Kies bestreut war, dauerte es eine Weile, bis sie die ziemlich stabile Vase zerbrochen hatten. Als es ihnen endlich gelang, war es relativ leicht, die Stricke zu zerschneiden. Doch sie mussten leider feststellen, dass es keine Möglichkeit gab, aus dem von außen verriegelten Raum zu gelangen.

Sie konnten nichts anderes tun, als einander zu halten. Frank erklärte Annie, dass er versuchen würde, den nächstbesten, der zur Tür hereinkam, zu überrumpeln. Sie hätten das Überraschungsmoment auf ihrer Seite, und vielleicht könnte er dem Wachmann die Waffe entreißen. Oder so was in der Art. Es war nicht viel, aber es war tatsächlich das Einzige, was sie tun konnten.

Dann schliefen sie aneinandergeschmiegt auf dem Boden.

Annie träumte von Stern und wimmerte im Schlaf.

Frank träumte von Carlos.

Und er träumte noch immer, als er ein Geräusch hörte, das wie ferner Donner klang, eine Serie von dumpfen Schlägen, die das Neonlicht flimmern und die Tür erbeben ließen. Zuerst glaubte er, es gehöre zu seinem Traum. Entweder das, oder er fing schon an zu halluzinieren. Aber auch Annie hörte es und erwachte und starrte ihn an. Sie fragten sich, ob vielleicht die pharmazeutischen Labors in die Luft flogen.

Doch dann hörten die Geräusche auf, und schon bald nickten sie wieder ein.

Plötzlich dröhnte eine lautsprecherverstärkte Stimme um sie herum. »WEG VON DER TÜR!«

Die Männer, die hereingestürmt kamen, trugen kugelsichere Westen, auf deren Rücken in übergroßen Buchstaben FBI stand. Sie hatten Helme und Gasmasken aufgesetzt und waren schwer bewaffnet. Sie waren keineswegs freundlich und verstanden nicht, dass Frank und Annie Opfer waren und nicht »Tempel«-Angehörige, die sich sozusagen im Allerheiligsten versteckt hatten.

Es dauerte eine ganze Weile, bis sie den Männern das begreiflich machen konnten.

Auch Neal Gleason war, als sie ihm schließlich gegenüberstanden, nicht gerade froh, sie zu sehen, geschweige denn sichtlich erfreut, dass sie überlebt hatten.

Gleasons blaue Augen waren blutunterlaufen, und er sah aus wie jemand, der seit Tagen nicht mehr geschlafen hat.

»Anscheinend haben Sie die Nachricht erhalten«, sagte Frank.

»Irgendwer hat sie gewarnt«, sagte Gleason. »Die müssen einen Informanten bei der Polizei von Lake Placid haben. Die waren nämlich die Einzigen, die von unserer Aktion wussten.«

»Wer ist ihnen entwischt?«, fragte Frank.

»Solange«, sagte Gleason. »Solange und sein Team für Sondereinsätze.«

29

Er saß in dem Büroraum der Villa und wachte über Annie, der man Schlaftabletten verabreicht hatte. Er wollte natürlich an der Story arbeiten, aber das war unmöglich. Schließlich war er nicht Victor Hugo. Er brauchte einen Computer oder wenigstens eine Schreibmaschine. Oder auch nur ein Telefon. Dann könnte er den Artikel sogar *diktieren.*

Doch das Telefon in dem Raum war tot, und an das im Flur ließ man ihn nicht ran. Ein Sicherheitsbeamter saß vor dem Büroraum, mit einem Funkmikro am Ohr und einer Uzi auf dem Schoß, und achtete darauf, dass ohne Neal Gleasons Einverständnis niemand hier aus oder ein ging.

Es dauerte eine Weile, aber schließlich bekam Frank doch eine Erklärung zu hören – wenngleich eine ziemlich unbefriedigende. »Ich bin zu Ihrem Schutz hier«, sagte der Beamte mürrisch. *»Okay?«*

»Nein«, erwiderte Frank. »Das ist nicht okay. Ich will keinen Schutz, verdammt. Ich will einen Laptop.«

Aber genau darum ging es natürlich. Gleason wollte nicht, dass er einen Artikel schrieb – zumindest während Solange noch auf freiem Fuß war. Also blieb ihm nichts anderes übrig, als Däumchen zu drehen, auf und ab zu tigern, aus dem Fenster zu starren und sich das Treiben draußen anzusehen.

Und das war seltsam bedrückend, ein surreales Tableau, das, wenn es von Bosch gemalt worden wäre, vielleicht »der zerstörte Garten der Lüste« hätte heißen können. Ein Hubschrauber war auf der Wiese neben dem Teich gelandet, und seine Rotorblätter kreisten gemächlich, während Männer des Einsatzkommandos mit Schäferhunden das Gelände absuchten. Elitesoldaten in Schutzanzügen eilten in den Labortrakt und wieder hinaus und sahen dabei aus wie eine Reklame für Intel, während FBI-Agenten in identischen Windjacken einen großen weißen Transporter mit Computern und Akten beluden. Ansonsten schien der Campus menschenleer, da die »Templer« in ihren Unterkünften bleiben mussten, bis sie verhört wurden.

Schließlich hatte Frank genug von dem Anblick, und er setzte sich an einen mit kunstvollen Schnitzereien verzierten Schreibtisch, der in einem Erker des großen Raumes stand. Seine vier Löwentatzenfüße ruhten auf einem wunderschönen alten Kelim. Ein Neunzehn-Zoll-Monitor von Toshiba stand auf der Schreibtischplatte, jedoch ohne dazugehörigen Computer.

Es wäre schön gewesen, mal einen Blick auf Solanges Festplatte werfen zu können, dachte Frank. Aber vielleicht fand er ja noch etwas anderes ... einen Notizblock, eine Diskette, einen Kalender – irgendwas.

Er zog nacheinander die Schreibtischschubladen auf und schaute hinein. Aber da war nichts. Ein paar Kugelschreiber und Bleistifte, Büroklammern, ein leeres Notizbuch und ein Packen Papier für Laserdrucker. Ein Stadtplan von New York, eine Schere, einige Heftzwecken und unbeschriftete Karteikarten.

Er faltete den Stadtplan auseinander und betrachtete ihn. Nichts, dachte er. Keine Markierungen oder Nadeleinstiche. Keine eingezeichneten Linien. Bloß ein Stadtplan. Seufzend lehnte er sich im Sessel zurück und schloss die Augen.

So blieb er eine ganze Weile sitzen, und dann plötzlich, voller Energie oder einfach nur gelangweilt, setzte er sich auf. Er schob den Stadtplan vom Schreibtisch, nahm sich ein Blatt Papier und fing an zu schreiben. *Wer sagt denn eigentlich, dass ich nicht* doch *Victor Hugo bin?*

Nachdem er etwa fünfzehn Minuten gearbeitet hatte, las er

sich durch, was er geschrieben hatte – ein halbes Dutzend Variationen des einleitenden Absatzes. Okay, dann bin ich eben nicht Victor Hugo, dachte Frank. Ich bin der Schriftsteller in *Shining*, der von Jack Nicholson gespielt wird. Er knüllte die Seiten zusammen und warf sie in den Papierkorb.

Solanges Papierkorb. Der noch halb voll war.

Arbeitete das FBI wirklich so nachlässig? Hatten sie tatsächlich den Papierkorb übersehen?

Allem Anschein nach ja.

Er stand auf, schüttete den Inhalt des Korbes auf die Schreibtischplatte und fing an, ihn durchzusehen. Viel war es nicht. Ein Ausdruck des jüngsten *Wöchentlichen Reports zur Morbidität und Mortalität*. Die ersten zwei Seiten eines Essays mit dem Titel »die Politik der Dystopie«. Zusammengeknüllte gelbe Haftzettel mit Notizen wie »Nikki anrufen«, »Dienstag Intvw. mit *Futurist*« und »Belinda wg. Rekrutierungslisten fragen«. Er fand eine leere Flasche Evian, eine zerknautschte Packung Salmiakpastillen und Schnipsel eines Schwarzweißfotos.

Das Bild war dreimal in der Mitte durchgerissen worden. Auf dem Schreibtisch zusammengelegt, ergaben die acht Stücke das Foto eines kleinen Häuschens. Oder kein Haus – eher eine Baubude. Oder so etwas wie eine Baubude. Was immer es war, es stand mitten in einem industriellen Niemandsland, so gesichtslos wie eine Zementplatte. Diese trostlose Umgebung hätte irgendwo in Yonkers oder Washingtons Anacostia liegen können, in East L.A. oder der Southside von Chicago. Schwer zu sagen. Und noch schwerer war es, Mutmaßungen darüber anzustellen, welche Bedeutung diese Hütte für Solange haben mochte (wenn sie überhaupt eine hatte).

Er war noch immer in die Betrachtung des Fotos versunken, als ein FBI-Beamter mit ein paar Geflügelsalatsandwiches und ein paar Dosen Mineralwasser hereinkam. »Wenn ich mal eben Ihre Aussage und die Ihrer Freundin aufnehmen könnte«, sagte er, »kommen wir vielleicht schneller voran.«

»Soll das heißen, dass wir dann gehen können?«

»Das muss Neal entscheiden«, sagte der FBI-Agent, »aber ehe wir nicht ihre Aussagen haben, tut sich bestimmt nichts.«

Also weckte er Annie – es war schließlich schon später Nachmittag –, und als sie soweit war, erzählten sie dem Mann alles, was sie wussten. Zumindest das meiste davon. Als Frank die Organisation »Chosen Soren« erwähnte, hörte der Beamte nämlich plötzlich auf, sich Notizen zu machen. Mit einem Seufzer steckte er die Kappe auf seinen Stift, stand auf und sagte, er sei sofort wieder da.

Tatsächlich dauerte es ganze zwei Stunden, bis jemand kam, und dieser Jemand war eine beleibte, modisch gekleidete Frau mit einem Diplomatenkoffer von Hermes und einer rauen Stimme. »Janine Wasserman«, stellte sie sich vor und reichte Frank und Annie die Hand. »Ich helfe dem FBI.«

»Das ist nett von Ihnen«, antwortete Frank, »aber ich hatte gehofft, Gleason zu sprechen. Wir würden uns gern verabschieden.«

»Oh, Sie können sich bald auf den Weg machen«, sagte sie. »Aber bis dahin können Sie mir hoffentlich etwas über die Nordkoreaner erzählen.« Mit einem Lächeln spazierte sie zu einem grünen Ledersessel hinüber und setzte sich. »Würden Sie mir bitte Näheres erzählen? Ich kann Ihnen versichern, es ist für eine gute Sache.«

Frank und Annie sahen einander an. Schließlich sagte Frank: »Da gibt es eigentlich nicht viel zu erzählen. Wir glauben, dass sie Solange finanzieren.«

»Ach *ja*? Nun, ich könnte mir vorstellen, dass sie das tun, aber ... wieso glauben Sie das?«

»Es gibt einen Zollbericht über koreanisches Geld, das aus Japan geschickt wird. Und es macht Sinn. Ich meine, dass die Nordkoreaner gern –«

»Wirklich?«, unterbrach Wasserman. »Haben Sie diesen Bericht? Ich würde ihn mir gerne mal ansehen.«

»Nein.«

Sie legte die Stirn in Falten. »Sie haben ihn nicht? Oder –«

»Nein, wir haben ihn nicht«, sagte Annie.

»Aber Sie haben *ihn gesehen*«, schlug Wasserman vor.

Frank schüttelte den Kopf.

Die Frau zog die Augenbrauen hoch. »Dann ...? Ich glaube, ich verstehe nicht ganz.«

»Man hat uns davon erzählt«, sagte Frank.

Nylon raschelte, als Wasserman die Beine übereinander schlug. »Verstehe«, sagte sie. »Dann handelt es sich also um ein Gerücht.«

»Richtig.«

»Nun ja«, bemerkte Wasserman, »manche Gerüchte sind wahr. Das hängt vermutlich von den Quellen ab, auf die man sich bezieht. Von wem reden wir in diesem Fall?«

»Ich glaube, diese Quelle ist tot«, sagte Frank. »Ein Washingtoner Doktorand namens Ben Stern. Solange hat ihn umgebracht.«

»Okaa-aay«, erwiderte Wasserman. »Zumindest *vorläufig*. Aber ... eigentlich verstehe ich das nicht so recht. Warum sollten die Nordkoreaner Solange ›finanzieren‹? Sie haben nicht gerade Devisen im Überfluss, um damit herumzuspielen.«

»Möchten Sie meine *Meinung* hören?«, fragte Frank.

»Mmmm.«

Frank zuckte die Achseln. »Nun, meiner *Meinung* nach besteht da ein gemeinsames Interesse.«

Wasserman runzelte die Stirn. »Das leuchtet mir nicht so ganz ein«, sagte sie. »Ich meine, da liegen doch Welten zwischen. Was könnten diese beiden Parteien denn gemeinsam haben?«

Frank überlegte kurz, doch Annie warf ein: »Fragen Sie das, weil Sie die Antwort wissen wollen oder weil Sie wissen wollen, ob *wir* die Antwort kennen?«

»Oooh!«, sagte Wasserman. »Eine gute Frage. Ich weiß nicht.«

»Haben Sie eine Visitenkarte?«, fragte Annie.

Die massige Frau bewegte sich unruhig in ihrem Sessel. »Nein«, sagte sie mit einem Anflug von Bedauern in der Stimme. »Die habe ich leider nicht.«

Frank stieß entnervt die Luft aus.

»Hören Sie«, sagte Wasserman und beugte sich zu ihnen vor. »Ich mache Ihnen einen Vorschlag. Wenn Sie heute Abend noch hier rauskommen wollen, werden Sie sich bemühen, kooperativ zu sein.«

»›Wenn Sie heute Abend noch hier rauskommen wollen‹ – wer *sind* Sie überhaupt, verdammt noch mal?«, fragte Frank. »Und was geht hier eigentlich vor? Sind wir verhaftet?«

Wasserman erwog die Frage. Schließlich antwortete sie: »Nein. Wenn ich das richtig verstanden habe, sind Sie nicht ›festgenommen‹ im engeren Sinne des Wortes. Es handelt sich eher um präventiven Gewahrsam.«

»Präventiver Gewahrsam!«, entfuhr es Annie.

»Und was heißt das?«, wollte Frank wissen.

»Um ehrlich zu sein«, sagte Wasserman und strich die Falten ihres Rockes glatt, »es handelt sich um einen nationalen Notstand. Der Präsident hat es um drei Uhr siebzehn heute Morgen offiziell bekannt gegeben.«

Frank sank zurück in die Polster der Couch und stöhnte ungeduldig auf. »Und warum werden wir festgehalten?«

»Darüber müssen Sie mit Neal sprechen. Er hat das Sagen, wenn es um inländische Angelegenheiten geht.«

»Aber wir haben doch nichts getan«, sagte Annie mit plötzlich tränenfeuchten Augen.

»Das glaube ich Ihnen aufs Wort«, antwortete Wasserman. »Und ich bin sicher, dass Neal die Dinge schon klären wird. Aber wie Sie sich gewiss denken können, haben wir wenig Zeit – also sollten wir jetzt wieder zum Thema kommen, das wäre bestimmt am besten. Einverstanden?«

Annie nickte.

»Wir sprachen vorhin von einem ›gemeinsamen Interesse‹«, sagte Wasserman und sah dabei Frank an.

»Richtig«, erwiderte Frank. »Und ich will Ihnen sagen, was ich denke: Ich denke, Solange und die Nordkoreaner wären begeistert – *beide* wären sie begeistert –, wenn Amerika in die Knie gehen würde.«

»Okaaay ... rein theoretisch betrachtet ...«

»Und Solange kann dafür sorgen. Und man kann ihn negieren!«

Wasserman blickte ehrlich verwirrt drein. »Warum sagen Sie das?«

»Weil er ein ›Spinner‹ ist. Sie sind alle Spinner. Und deshalb ist alles, was sie sagen oder tun, aus jedem Kontext herausgelöst. Es *hat* keinen Kontext. Sobald man sagt, dass eine ›Sekte‹ das und das gemacht hat, verliert das fragliche Ereignis jedwede politische Bedeutung, die es ansonsten gehabt hätte.«

»Warum?«

»Weil eine Sekte im Prinzip ein Zusammenschluss einsamer Irrer ist«, antwortete Frank. »Ich meine, das denken zumindest die Leute. Und weil sie irre sind, wird das, was sie tun, als irrational eingestuft. Daher haben ihre Handlungen keine kohärente Bedeutung. Was wiederum nichts anderes heißt, als dass man sich nicht näher mit ihnen beschäftigen muss. Man kann sie einfach ›negieren‹.«

Wasserman nickte nachdenklich. »Mal angenommen, Sie haben recht. Warum sollte denn Nordkorea eine Epidemie auslösen wollen, die die Hälfte der Menschen in diesem Land töten würde?«

»Weil das Land zusammenbrechen würde, wenn so viele Menschen sterben. Unsere höchste Priorität – unsere einzige Priorität – wäre, die Toten zu begraben. Oder sie zu verbrennen. Und selbst wenn wir noch eine funktionsfähige Regierung hätten, kann ich mir nicht vorstellen, dass sie Truppen ins Ausland in den Krieg schicken würde. Ich denke, wir würden bleiben, wo wir sind. Wir würden Holz hacken und Krematorien bauen.«

Wasserman schwieg eine Weile. Dann fragte sie: »Sie haben eben einen Krieg im Ausland erwähnt?«

»Ich dachte dabei daran, dass Nordkorea den Süden überfällt.«

»Und Sie haben vor, darüber zu schreiben?«

Frank rieb sich die Bartstoppeln am Kinn. »Ich weiß nicht«, sagte er. »Vielleicht.«

Wasserman nickte. »Vielleicht auch nicht. Sie können es nicht beweisen.«

»Stimmt«, sagte Frank. »Ich kann es nicht beweisen.«

»Und eigentlich spielt es ohnehin keine Rolle«, fügte Wasserman hinzu und erhob sich.

Annie sah sie schockiert an. »*Es spielt keine Rolle?* Wie können Sie so etwas sagen?«

»Weil Mr. Daly Recht hat. Solange *ist* negierbar. Und betrachten Sie doch einmal die Alternativen. Falls Solange Erfolg hat, ist die Frage nach der Verantwortung rein akademisch. Die Hälfte der Menschen in diesem Land wird sterben, und Sie haben Recht – ich glaube kaum, dass wir unter diesen Umständen eine Regierung hätten, die sich für auswärtige Angelegenheiten interessiert.«

»Okay. Und wenn er scheitert?«, fragte Frank.

»Tja, dann ist er einfach nur ein Irrer. Selbst wenn Sie nachweisen könnten, wo das Geld herkam, das er erhalten hat – und ich glaube nicht, dass Sie das könnten –, was würde das beweisen? Dass es aus Nordkorea kam? Wohl kaum. Sie könnten höchstens nachweisen, dass es von koreanischen Arbeitern in Japan kam. Worauf viele Menschen sagen würden: Na und? Vielleicht hat Solange viele koreanische Anhänger. Vielleicht sind die ja auch verrückt.«

»Und was wollen Sie mir damit sagen?«, fragte Frank.

Wasserman antwortete mit einem gleichgültigen Achselzucken: »Nur dass Sie sich vorsehen sollten. Am Ende steht in Wahrheit die Glaubwürdigkeit des Frank Daly auf dem Spiel. Und seien wir ehrlich, ich kann mir nicht vorstellen, dass Sie gern als ein weiterer Journalist mit einer Verschwörungstheorie dastehen möchten – selbst wenn Sie Recht haben. Oder irre ich mich?«

Bevor er etwas erwidern konnte, machte sie auf dem Absatz kehrt und *ging*.

Kurz darauf kam Gleason in die Villa und fragte Frank und Annie, ob sie ihn nach New York begleiten wollten.

»Haben wir eine andere Wahl?«, fragte Frank.

»Klar«, antwortete Gleason. »Sie können hier bleiben, wenn Sie möchten. Außerdem gibt es nicht weit von hier ein Motel. Wir würden dann jemanden vor der Tür postieren. Aber ich glaube nicht, dass es Ihnen dort gefallen würde, und wenn Sie mitkommen, kann ich Sie im Auge behalten – und Sie sind näher am Geschehen. Und das wollen Sie doch, oder?«

Im Hubschrauber war es laut, und der Flug schien endlos. Als sie landeten, war ihnen, als wären sie nicht nur durch den Raum, sondern auch durch die Zeit gereist.

Governors Island, eine Insel und ein Stützpunkt der Küstenwache, der um die Jahrhundertwende gebaut und ein Jahr zuvor geschlossen worden war, liegt zur Brooklynseite hin in New Yorks oberer Bucht, wo Hudson und East River zusammenfließen. Keine anderthalb Kilometer trennen die Insel von Manhattan, und doch hat sie so gut wie nichts mit der belebten, lärmenden, hellerleuchteten Stadt gemein, die die meisten Menschen kennen. Hier findet sich eine Oase aus Schindelhäusern, segelnden Möwen und salzigem Wind.

Frank und Annie verbrachten die Nacht unbewacht in einem Gästehaus rund hundert Meter von den Docks entfernt. Es gab kein Telefon, aber dafür war die Aussicht von der Veranda atemberaubend, ein Panorama, das sich von der Freiheitsstatue bis zur Brooklyn Bridge erstreckte, und dazwischen Manhattan.

Am nächsten Morgen trafen sie sich mit Gleason auf der Kommandobrücke der *Chinquateague*, eines gut dreißig Meter langen Boots der Küstenwache, auf dessen Deck ein 25-mm-Maschinengewehr installiert war.

»Die Sache ist die«, sagte Gleason, während er durch ein Präzisionsfernglas die Reihe von Frachtern beobachtete, die darauf warteten, in die Bucht fahren zu können. »Wir wissen, was er tun wird. Oder was er meint, was er tun wird.« Er stockte einen Moment. »Andererseits, wenn man es mal von seiner Warte aus betrachtet, er *weiß*, was wir wissen. Also warum sollte er es tun?« Er reichte Annie das Fernglas, kniff mit Daumen und Zeigefinger seine Augenlider zusammen und gähnte.

Eine sanfte Brise spielte mit der Flagge am Heck des Schiffes, aber ansonsten war es ein perfekter Tag für einen »biologischen Zwischenfall« – feucht, warm und bedeckt.

»Er wird es tun«, sagte Frank, »weil er größenwahnsinnig ist. Solche Menschen sind bekanntermaßen nicht sonderlich flexibel.«

Gleason nickte. »Das denke ich auch. Ich glaube, er wird es tun, um zu beweisen, dass er es kann.«

Annie war nicht so überzeugt. »Und wenn er auf Plan B ausweicht?«, fragte sie.

Gleason blickte verständnislos. »Was ist Plan B?«

Annie schüttelte den Kopf. »Ich weiß nicht. Aber ich wette, er hat einen. Er hat Tests in Kalifornien und Wisconsin und noch anderswo durchführen lassen – und immer hat er dieselbe Grippevariante benutzt.«

»Und was zum Teufel sagt uns das?«, fragte Gleason.

»Dass er Verteilermethoden getestet hat – und nicht das Virus selbst.«

Gleason sah einen Moment beunruhigt aus, doch dieser Moment ging schnell vorüber. »Na schön, aber wir sind ihm weit voraus. Wir haben unsere eigenen Tests gemacht – in den fünfziger Jahren. Und ich kann Ihnen sagen, wie die Ergebnisse waren. Wenn man die maximale Infektionsrate erreichen will, hat man drei Möglichkeiten: Boot, Flugzeug, U-Bahn.«

»Und diese Möglichkeiten sind abgesichert, stimmt's?«, fragte Frank.

Der FBI-Mann nickte. »Allerdings«, sagte er. »Die sind abgesichert.«

Frank blickte skeptisch.

»Wir haben die Luftkorridore über New York und Washington für kleine Flugzeuge geschlossen. Dasselbe gilt für die Wasserwege. Sie werden keine Motorboote auf dem Hudson oder East River sehen – auch nicht auf dem Potomac. Nicht, bis das hier vorbei ist, und vielleicht sogar nie mehr.«

»Was ist mit den großen Schiffen?«, fragte Annie und deutete mit dem Kinn auf die Warteschlange der Frachter.

»Sie kommen erst in den Hafen, wenn sie durchsucht wurden und wir ein Team an Bord geschickt haben.«

»Und die U-Bahnen?«, fragte Frank.

»Wir haben Leute auf jedem Zug.«

»Was ist mit Pkws?«, fragte Annie. »Oder einem Lastwagen? Wenn sie das Virus mikroverkapselt haben, könnte es einfach durch den Katalysator aus dem Auspuff entweichen. Sie müssten bloß damit rumfahren, und keiner würde was merken.«

Gleason dachte darüber nach.

»Meine Güte«, sagte Frank und sah Annie an. »Du könntest richtig gefährlich sein.«

»Ich glaube nicht, dass sie das machen«, beschloss Gleason. »Damit hätten sie nicht die Tiefenwirkung, die sie haben wollen. Nicht mit einem Wagen. Sie brauchen ein Boot oder ein Flugzeug. Irgendwas, das überall hingelangt. Ein U-Bahnsystem wäre gut.«

»Und die Wasserversorgung?«, fragte Frank.

Gleason schüttelte den Kopf. »Nein. Es ist ein Mythos, dass man einfach was ins Trinkwasser geben könnte. Das hätte nämlich nicht die nötige Verteilerwirkung. Und man hat mir gesagt, dass man nicht unbedingt infiziert wird, wenn man es trinkt. Es ist ein Virus der Atemwege.«

»Was ich nicht begreife, ist«, warf Frank ein, »wieso Sie meinen, dass Sie damit fertig werden, ohne dass jemand was merkt. Ich meine, schon allein die Piloten –«

»Oh, die werden was merken, klar. Einige Leute werden was merken. Aber in den Medien werden Sie nichts darüber finden.«

»Warum nicht?«

»Weil heute Morgen sämtliche Sender und Printmedien des Landes ein Fax oder einen Telefonanruf bekommen haben.«

»Dann haben wir jetzt also eine Zensur?«

Gleason verzog das Gesicht. »Nicht mehr als während des Golfkrieges. Außerdem betrifft sie nur diese Sache, und sie ist nur vorübergehend«, sagte er. Auf Franks finstere Miene hin wurde der FBI-Mann ausführlicher. »Hören Sie, wir leben im zwanzigsten Jahrhundert. Genauso gut könnte ich sagen, wir leben in einem vollbesetzten Theater. Wenn da einer anfängt und ›Feuer‹ schreit –«

»Und was, wenn es wirklich ein Feuer gibt?«, fragte Frank.

»Dann werden wir damit fertig«, sagte Gleason.

»Okay«, sagte Frank. »Dann werdet damit fertig. Wozu braucht ihr *uns* dann noch? Ich meine, wenn ich die Story nicht bringen darf.«

»So einfach ist das nicht«, sagte Gleason.

»Warum nicht?«

»Weil es das Internet gibt«, warf Annie mit trostloser Stimme ein.

Gleason neigte den Kopf, sodass es halb wie ein Nicken, halb wie eine Verbeugung aussah. »Das ist ein großes Problem«, sagte er.

Frank beobachtete eine Möwe, die über dem Maschinengewehr am Bug ihre Kreise zog. »Und wie geht es jetzt weiter?«, fragte er. »Wie lange warten wir hier?«

Gleason zuckte die Achseln. »Das hängt ganz von Solange ab«, sagte er.

30

Staten Island

Susannah war es nicht gewöhnt, große Transporter zu fahren, aber der Mietwagen von U-Haul ließ sich leicht lenken. Er hatte Automatikgetriebe und eine tolle Rundumsicht. Was gut war, denn seit dem Boxkampf hatte sie Probleme mit den Augen. Hinter ihrer herzförmigen Sonnenbrille war das rechte Auge fast völlig zugeschwollen und das linke blutunterlaufen und irgendwie trübe. Der Doktor hatte gesagt, es würde wieder in Ordnung kommen, aber noch nicht so bald. Es würde wohl eine Weile dauern.

Währenddessen saß Stephen in seinem Kindersitz und gurgelte fröhlich.

Sie dagegen hatte Angst. Nicht so sehr wegen ihres Vorhabens oder davor, was passieren würde, wenn es schief ging – sondern davor, irgendwas falsch zu machen. Sie hatte besondere Instruktionen von Solange bekommen, und Gott stehe ihr bei, wenn sie Mist baute.

Sie war schon vor fast einer Stunde am Dock angekommen, ungefähr eine Minute nach dem Ablegen der Fähre. Das war nicht etwa Pech, sondern genau so geplant gewesen. *Als Erste rauf, als Erste wieder runter*, hatte Solange gesagt, als wäre das ganz besonders wichtig.

Also hatte sie neunundfünfzig Minuten gewartet, und dann, als sich die Sperre hob, fuhr sie langsam vor, bis der Wagen tief im Innern der Fähre war. Im Rückspiegel konnte sie den Wagen des Franzosen sehen, mit Vaughn und Belinda auf der Rückbank.

Sie war richtig nervös. Dabei hätte sie das gar nicht sein müssen. In vielerlei Hinsicht war ihr Job der einfachste. Tatsächlich musste sie überhaupt nichts machen, außer sie bekamen irgendwelche Schwierigkeiten. *Dann kommt dein Einsatz*, ma chère. *Du bist Plan B.*

Toll, dachte sie. Ich bin Plan B. Sonst ist keiner Plan-irgendwas, außer Plan A, vermute ich mal. Aber ich bin Plan B. Sie kniff die Augen zusammen, weil sie sich mit Tränen füllten, was sie in letzter Zeit häufig taten. Draußen hörte sie Fährleute irgendwas rufen und dann die Bootssirene – ein tiefes heulendes *Tuuuut*. Der Boden fing an zu beben und die Wände, und auf einmal rumpelten sie vorwärts. Dann wurde es ruhiger, und sie nahmen Fahrt auf, wurden immer schneller. Sie konnten es spüren.

Wie auf ein Stichwort hin stiegen Vaughn und Belinda aus dem Wagen hinter ihr und gingen zu dessen Kofferraum, wo die Ingrams verstaut waren. Sie trugen die T-Shirts, die Solange entworfen hatte, damit die »Templer« einander sofort erkannten, ganz gleich, wie verwirrend die Situation auch werden mochte. Die T-Shirts waren toll – blutrot, mit einer primitiven, indonesischen *Mudman*-Maske vorne drauf und darüber:

DIE SANFTMÜTIGEN

Sie wünschte, sie hätte auch eins ... aber eigentlich doch nicht. Weil es so noch besser war. Sie war etwas Besonderes. Sie war Plan B. Normalerweise hätte sie sich ausgeschlossen gefühlt, aber diesmal nicht. Weil Solange nämlich auch kein T-Shirt trug. Also war er auch Plan B.

Hinter ihr quietschte die Tür des U-Haul-Wagens, als jemand, vermutlich Saul, sie nach oben rollte. Dann wackelte der Transporter, und sie hörte, wie sie das Zerstäubergerät rauszogen.

Sie stieg aus dem Wagen und ging um ihn herum auf die andere Seite. Nachdem sie die Beifahrertür geöffnet hatte, nahm sie

Stephen aus dem Kindersitz, setzte ihn sich auf die Schulter und strebte Richtung Oberdeck. »Toi, toi, toi«, sagte sie, als sie an dem grinsenden Solange vorbeikam.

Und dann war sie draußen, und es war irgendwie herrlich, in der frischen und feuchten Brise. Es waren viele Leute an Deck, die meisten lächelten, und drinnen waren auch viele. »Guck mal«, sagte sie zu Stephen und zeigte mit dem Arm, »das ist eine *große* Stadt! Siehst du die große Stadt? Wo ist die große Stadt? *Oh!* Da ist sie!«

Ein alter Schwarzer mit einer Schuhputzerkiste lächelte ihr zu, wandte sich dann an einen Typen, der aussah wie ein Banker, tippte mit der Fingerspitze an seine Mütze und sagte: »Kann ich Ihnen helfen, Sir? Ihre Schuhe sehen ein bisschen schmuddelig aus.« Eine Band fing an, im großen Hauptraum zu spielen. Irgendwer warf irgendwem einen Ball zu. Kinder rannten kreischend übers Deck.

Sie stand an der Reling, zeigte Stephen die Freiheitsstatue, als sie leise von irgendwo in der Mitte des Bootes eine Maschinenpistolensalve hörte. Eine Frau schrie auf, eine zweite Maschinenpistole kam ins Spiel, und die Menschen fingen an, hin und her zu rennen, als könnten sie tatsächlich irgendwohin. Dann hörten die Schreie auf, und die Fähre kam fast zum Stillstand, und ihre Freunde tauchten wie aus dem Nichts auf und sahen einfach unglaublich toll aus.

Saul und der Franzose, Vaughn und Belinda, Veroushka und Avram. Vielleicht noch vier, fünf andere – und alle trugen sie Ingrams. Außer Saul, der das Zerstäubergerät zum Bug zerrte, und dem Franzosen, der einen Elektrobohrer trug.

»Alle Mann nach drinnen«, befahl Veroushka.

»Dalli, dalli!«, schrie Antonio und richtete seine Ingram auf eine dicke Frau und ihre Familie.

»Bewegung, los«, brüllte Jane. »Seid ihr taub?«

Zuerst vereinzelt, dann zu zweit und zu dritt und in Zehnergrüppchen drängten sich die Passagiere in den großen Innenraum.

Susannah fand es toll, dabei zu sein. Sie fand es toll, zu etwas zu gehören, vor dem sich alle anderen fürchteten. Sie lachte, als der Franzose an ihr vorbeiging, sich dann umdrehte und mit dem akkubetriebenen Bohrer auf sie zielte, als wäre es eine Ingram. Dann riss sie die Augen auf und blickte erschreckt, als der Bohrer *Surr-Surr* machte anstatt *Ratta-Ta-Ta*.

Lustig ...

Doch plötzlich wurde die Lage für einen kurzen Augenblick brenzlig. Dieser Typ mit dem Bürstenhaarschnitt packte Jane an den Haaren, riss sie nach hinten und warf sie zu Boden – blitzschnell – und hielt auf einmal die Maschinenpistole in der Hand. Mein Gott, dachte Susannah, der versteht was davon.

Aber dann stellte sich heraus, dass er das doch nicht tat. Veroushka ließ ihre Waffe fallen und hob die Arme hoch in die Luft – »Nicht schießen!«, schrie sie. Woraufhin der Typ sich umdrehte, und genau in dem Moment kam Antonio aus dem Hauptraum und feuerte seine Ingram mit einer schwungvollen Bewegung von links nach rechts ab, sodass dem Typen fast der Kopf abgetrennt wurde.

Er blieb eine scheinbar endlos lange Zeit schwankend stehen, die Hände schlaff an den Seiten, den Kopf auf der Brust, während eine Frau wenige Meter entfernt mit einem Loch im Hals zu Boden rutschte. Dann gab Veroushka dem Typen einen kleinen Stups, und er fiel um wie ein Baum.

Die Leute schrien und weinten, als Veroushka Antonio eine Kusshand zuwarf und ihre Waffe aufhob. »Schnauze, verdammt!«, brüllte sie, als fühlte sie sich beim Fernsehen gestört. Und das Erstaunlichste war, dass sie gehorchten. Sie hielten die Schnauze, verdammt.

Solange war auf dem oberen Deck, beobachtete das Ganze mit einem leisen Lächeln, hatte alles total unter Kontrolle. Susannah wich einem Blutrinnsal aus und zog Stephen näher an sich. »Igittiigitt!«, flüsterte sie, als sie etwas Klebriges unter den Schuhsohlen spürte.

»Sieh mal da«, sagte Annie und zeigte mit der Hand.

Frank blinzelte. »Wo?«

»Da, die Fähre. Die hat angehalten.«

Frank blickte angestrengt. »Du hast Recht«, sagte er, dann korrigierte er sich. »Nein, hat sie nicht. Sie fährt wieder.« Er hob ein Fernglas an die Augen und richtete es auf das Boot. Einen Moment lang wunderte er sich. Er hatte mit vielen Menschen an Deck gerechnet, aber er sah nur rund ein Dutzend. Er versuchte, das Fernglas schärfer einzustellen, aber die Fähre war zu weit weg, um viel erkennen zu können. Das einzige, was er sah, waren Formen und Farben. Hauptsächlich Rot.

»Tragen die auf der Fähre Uniformen?«

»Wer?«

»Na die Leute, die dort arbeiten.«

»Das glaube ich nicht«, meinte Annie.

»Weil –«

Plötzlich kam Gleason zusammen mit dem Kommandeur des Schiffs, einem Lieutenant namens Horvath, die Treppe hinaufgestürmt. »Wir haben ein Problem«, sagte Gleason.

»Womit?«, fragte Frank.

»Mit der Fähre«, antwortete Horvath, nahm das Telefon und bellte Befehle an seine Mannschaft hinein. Irgendwo unter ihnen fing eine Glocke an zu läuten, und eine Sirene heulte dreimal kurz auf.

»Was ist damit?«, fragte Annie, während die Schiffsmotoren ansprangen und das Boot vom Dock ablegte. »Was ist passiert?«

»Sie haben sie entführt.«

Annie starrte ihn an. »Sie können sie nicht den Hudson rauffahren lassen«, sagte sie. »Ich meine, das ist völlig ausgeschlossen.«

Die *Chinquateague* glitt von der Anlegestelle, wendete und nahm Fahrt auf. Frank lehnte am Steuerpult des Schiffes und versuchte, das Fernglas ruhig zu halten. »Sie haben ein Maschinengewehr oder etwas in der Art am Bug«, sagte er. »Wie eine Wasserkanone.«

»Das ist eine Zerstäuberapparatur«, sagte Gleason, der gerade eine Nummer in sein Handy tippte. Er drehte sich weg, sprach in drängendem Tonfall ins Telefon – »Jetzt, jetzt sofort« –, klappte es wieder zu und steckte es weg.

»Wie wollen Sie sie aufhalten?«, fragte Frank, während das Boot der Küstenwache über das Wasser jagte.

»Wenn ich muss«, sagte Gleason, »versenke ich sie.«

»Das können Sie doch nicht machen«, sagte Annie. »Da sind ein paar hundert Menschen an Bord!«

Der FBI-Mann ignorierte sie und sprach den Lieutenant an. »In zwanzig Minuten ist ein Kampfhubschrauber hier. Können Sie sie aufhalten?«

Der Lieutenant sah verunsichert aus. »Ich weiß nicht«, sagte er. »Ich könnte sie wohl rammen, wenn es nicht anders geht, aber ... Wissen Sie, was ich wirklich machen kann? Ich kann sie von dem Zerstäuber abhalten. Ich kann dafür sorgen, dass sie keine Gelegenheit haben, das Ding einzusetzen.«

»Tun Sie das!«, sagte Gleason und telefonierte schon wieder, als der Lieutenant anordnete, die Abdeckung von dem 22-mm-Gewehr zu entfernen.

Saul hat es richtig *erwischt*, dachte Susannah. Er war gerade dabei, die Zerstäubervorrichtung einzustellen, als das Schiff von der Küstenwache in ungefähr hundert Meter Entfernung einen halsbrecherischen Schwenk machte. Dann fing der Bulle an, über Megaphon mit ihnen zu quatschen, als wäre er ihr Vater, ganz vernünftig und ruhig –

Bis Vaughn und Veroushka an die Reling traten und ihre Magazine auf sie leerschossen. Mann, war das cool, dachte Susannah, wie das Glas auf der Brücke zersplitterte, das Megaphon nur noch *arrrrrp* machte und die Bullen oder Marineinfanteristen, oder was immer sie waren, in alle Richtungen auseinanderhechteten.

Bloß dass es dann doch nicht so cool war, weil es Saul nämlich daraufhin erwischte, richtig *erwischte* – und dabei hatte er doch gar nichts gemacht. Er stand bloß in dem Moment neben dem Zerstäubergerät und sah sich die Show an, und die Cops ballerten mit dieser Kanone los oder was das war, und, mein Gott, sägten ihn damit fast in zwei Hälften. *Ich meine, wirklich!* Und den anderen auch, der da bei ihm stand, nur dass er nicht tot war. Er blutete nur.

Und dann wurde die Fähre gestoppt, und dabei geriet sie mächtig ins Schwanken, und die Passagiere wurden seekrank, saßen auf dem Boden im Hauptraum, ganz still und jämmerlich.

Wovor hatten *die* denn bloß Angst? Susannah wunderte sich. Schließlich lag der Druck doch wohl auf ihr und ihren Freunden. Wenn man rausschaute, sah man ein paar Polizeiboote, zwei Feuerwehrboote und ein Boot von der Küstenwache. Und das war noch nicht alles. Genau vor ihnen war ein mattschwarzer Hubschrauber, der wie eine Libelle auf der Stelle schwebte und die Mündungen seiner Bordgeschütze genau auf ihren Bug gerichtet hatte. Sie fragte sich, wie lange er da so in der Luft hängen konnte, bevor ihm der Treibstoff ausging und er ins Wasser plumpste. Aber das war eigentlich auch egal: Vermutlich hatten sie auch Taucher.

Sie stand auf der Brücke mit Veroushka und Solange und lauschte dem Franzosen. Er marschierte hin und her, ein Handy ans Ohr gepresst, und stritt mit dem Typen vom FBI, dem Unterhändler.

»Hören Sie«, sagte Gleason ins Telefon. »Damit Ihnen eins klar ist, das Boot fährt auf keinen Fall den Hudson rauf. Eher lasse ich es versenken. Vielleicht ist Ihnen der Hubschrauber aufgefallen. Der ist genau zu diesem Zweck da. Wenn Sie das kapiert haben, lässt sich über alles andere reden. Also, sagen Sie was.«

Der FBI-Mann ging auf und ab, während er lauschte, und sah dabei Annie und Frank an.

»Ich bin froh, dass Sie das anschneiden«, sagte Gleason. »Und ich werde Ihnen sagen, was ich machen kann. Sie haben mehr Geiseln, als Sie brauchen. Sie wollen sie doch auch gar nicht, weil sie ein logistisches Problem darstellen.« Er hörte einen Moment zu, dann redete er weiter. »Wir könnten ein Geschäft machen. Sie lassen Frauen und Kinder frei, ich sorge dafür, dass Sie was zu essen bekommen – was meinen Sie? Pizza. Was Sie wollen!«

Gleason lauschte kurz, dann klappte er das Handy zu.

»Was hat er gesagt?«, fragte Annie.

»Er denkt darüber nach.«

»Los geht's, *ma chère*.«

Susannah zögerte. »Stephen auch?«, fragte sie.

»Natürlich Stephen auch«, sagte Solange. »Würdest du Stephen denn hier zurücklassen? Sehe ich aus wie ein Verrückter?« Dann nahm er die Tasche mit den Virusampullen und warf sie sich über die Schulter. »Etienne«, sagte er und drehte sich zu dem Franzosen um, »wenn du mit ihm redest – geh ihm ordentlich auf die Nerven, ja? Mach die Sache nicht zu einfach, sonst wird er misstrauisch. Und mach ihm klar, dass am Dock nur ein Krankenwagen sein darf. Besteh darauf. Sonst nichts.«

Der Franzose – seinen Namen hatte sie nie erfahren – nickte. »*Bien*, aber ... was, wenn sie uns nicht andocken lassen?«, fragte er mit seinem ulkigen französischen Akzent.

Solange lachte spöttisch. »Er *will*, dass ihr andockt. Da ist es für euch riskanter. Also verhandle mit ihm. Sag ihm, dass ihr den Zerstäuber gegen einen Flug nach Kuba austauscht. Wenn du ihm den anbietest, gibt er dir alles, was du willst.«

»Und danach?«

Solange zuckte die Achseln. »Ihr seid alle geimpft. Fliegt nach Kuba.« Der Franzose blickte skeptisch. »Verstehst du denn nicht?«, lachte Solange und tippte bei jedem Wort auf das T-Shirt des Franzosen. »Ihr besitzt das Erdreich, du Idiot! Die Erde gehört *euch*, Mann!«

»Nehmen Sie's mir nicht übel«, sagte Gleason, als Frank und Annie in das Motorboot umstiegen. »Ich habe getan, was ich tun musste.«

»Sie meinen wirklich, es ist vorbei?«, fragte Frank.

Gleason deutete auf die Fähre, die gerade am Dock festmachte. »Ja. Es ist so gut wie gelaufen, da bin ich sicher. Sonst würde ich Sie jetzt nicht ans Ufer lassen.«

»Stimmt«, sagte Frank und versuchte, nicht allzu skeptisch auszusehen.

»Wir tauschen Pizzas gegen Menschen ein«, sagte Gleason mit Nachdruck. »Auf so einen Handel würde ich mich jederzeit wieder einlassen.«

»Wer würde das nicht?«, fragte Annie.

»Passen Sie auf: In zehn Minuten werden jede Menge Frauen und Kinder von Bord kommen. Und danach? Dann verhandeln wir wegen der Zerstäuberkanone. Sie sehen also, die Sache ist praktisch erledigt.«

Wenn *Sie* dann mal nicht erledigt sind, dachte Frank und winkte, als das Motorboot ablegte und Kurs aufs Ufer nahm.

Annie sah ihn an. »Das läuft alles zu glatt«, sagte sie.

»Ich weiß.«

»Also, was meinst du, was sie vorhaben? Vom Dock aus sprühen?«

Frank schüttelte den Kopf. »Gleason wird sie nicht in die Nähe des Apparates lassen. Eher schneidet er sie in Stücke.«

»Was dann?«

»Ich weiß nicht. Irgendwas.« In der Gegend um das World Trade Center gingen die Lichter an. Im Osten erstreckte sich die Brooklyn Bridge über den Fluss wie ein monochromer Regenbogen. Wie von Gleason angeordnet, setzte das Motorboot sie an einem Pier in der Nähe der alten Anlegestelle ab, ungefähr einen Häuserblock von der Polizeiabsperrung entfernt, die an der Kreuzung von South Street und Broad Street begann.

»Wo willst du jetzt hin?«, fragte Annie.

»Nirgendwohin. Ich will bloß die Fähre beobachten.«

Susannah verstaute Stephen sicher in seinem Kindersitz, startete den U-Haul-Transporter und fuhr an. *Als Erste rauf, als Erste wieder runter*, dachte sie und verstand zum ersten Mal, warum es so wichtig war, dass der U-Haul-Wagen das erste Auto auf der Fähre war. Solange hatte wirklich an alles gedacht.

Als der Transporter von der Fähre auf die Straße rollte, konnte sie sehen, wie die anderen Frauen und Kinder aufs Dock drängten. Das Gebiet um die Anlegestelle war fast völlig menschenleer, nur ein Sanitäter stand neben einem Krankenwagen und dirigierte alle zu dem Erste-Hilfe-Zelt im nahen Battery Park.

Susannah bog auf die State Street, sah die Straßensperre weiter vorn und wich nach rechts auf die Water Street aus. Die Straße war leer, doch weiter vorn sah sie die Lichter der Polizeiwagen, und instinktiv wollte sie ihnen ausweichen. Daher bog sie nach links, doch dann gab es keine Abbiegemöglichkeit mehr. Drei Streifenwagen mit eingeschaltetem Blaulicht blockierten die Kreuzung vor ihr. Auf den Bürgersteigen dahinter drängten sich viele Menschen, einschließlich eines Fernsehteams, um einen Blick auf die Fähre zu erhaschen.

Susannah fuhr langsamer. Hielt an. Kurbelte ihr Seitenfenster runter, als ein Cop auf sie zukam.

»Alles in Ordnung?«, fragte er.

»Ja.«

Der Polizist schaute zu Stephen hinüber. »Wie geht's dem kleinen Mann?«

»Oh, der ist wohlauf«, sagte Susannah. »Wir wollen jetzt nur noch nach Hause. Es war ganz schön beängstigend.« Sie strich Stephen übers Haar. »Und es war ein langer Tag, wissen Sie – mit dem Umzug und so.«

»Haben Sie irgendwelche Papiere bei sich?«

»Natürlich«, antwortete Susannah und kramte in ihrer Handtasche, bis sie ihr Portemonnaie gefunden hatte. Sie nahm ihren Führerschein heraus und reichte ihn dem Cop. Der warf einen Blick darauf und gab ihn ihr zurück.

»Stört es Sie, wenn ich mal einen Blick in den Laderaum werfe?«, fragte er.

Susannah schüttelte den Kopf. »Wie Sie möchten«, sagte sie. Sie beobachtete im Rückspiegel, wie er an dem Transporter entlangging. Dann verschwand er aus ihrem Gesichtsfeld, und einen Moment später hörte sie das Quietschen der Aluminiumtür, die der Cop hochschob. Auf der Kreuzung waren rund ein Dutzend weitere Polizisten, und alle sahen sie angespannt aus. Sie entspannten sich erst, als die Tür laut scheppernd wieder runtergezogen wurde.

Der Cop kam zurück. »Wir hatten nicht erwartet, dass irgendwelche Fahrzeuge von der Fähre kommen würden«, sagte er.

Susannah gestikulierte betont hilflos. »Die haben gesagt, ich könnte vom Schiff runter. Also bin ich in den Transporter gestiegen. War das falsch?«

Der Cop schmunzelte. »Nein. Das war nicht falsch. Wir waren bloß überrascht.« Dann nahm sein Gesicht einen besorgten Ausdruck an. »Ist Ihr Mann auf der Fähre?«

Susannah schüttelte den Kopf. »Nein. Wir wollten uns bei der Mietwagenfirma treffen.«

»Gut. Aber ich denke, man wird Ihnen ein paar Fragen stellen wollen. Deshalb machen Sie jetzt bitte folgendes: Sie biegen links in die Bridge Street ein, das ist gleich da vorn, und fahren dann bis zum Park. Da steht ein Erste-Hilfe-Zelt hinter dem Denkmal – Sie können es gar nicht verfehlen. Sagen Sie dem Beamten dort, wer Sie sind – dass Sie von der Fähre kommen. Ansonsten kriegen Sie nämlich einen Strafzettel.«

Susannah nickte, mit raschen, kleinen, ruckartigen Kopfbewegungen. Das Herz klopfte ihr in der Brust wie ein Specht gegen einen abgestorbenen Baum.

Frank und Annie standen hinter der Polizeiabsperrung und beobachteten die Fähre, als der Wagen von U-Haul angefahren kam. Sie sahen zu, wie der Polizist mit dem Fahrer sprach und dann um den Transporter herumging, um einen Blick in den Laderaum zu werfen. Annies Hand auf Franks Arm verkrampfte sich.

»Was ist?«, fragte er geistesabwesend.

»Der sieht aus wie der, in dem ich gewesen bin«, sagte sie.

Frank wusste zunächst nicht, was sie meinte, doch dann verstand er. Sie sprach von dem Transporter, mit dem sie entführt worden war. »Na ja«, sagte er, »er hat jedenfalls dieselbe Größe.« Er versuchte, einen besseren Blick auf den Fahrer zu bekommen, der jetzt wieder mit dem Polizisten sprach.

»Das meine ich nicht«, beharrte Annie. »Ich meine, er sieht *wirklich* so aus wie der, in dem ich gewesen bin.«

Er hörte die Dringlichkeit in ihrer Stimme und wandte sich zu ihr um. »Was willst du damit sagen?«

»Er hat dieses Motiv drauf– genau wie der andere.«

Frank sah zu dem U-Haul-Wagen hinüber, der gerade von dem Polizisten über die Kreuzung gewinkt wurde. Er wollte das Gesicht des Fahrers sehen, aber er stand auf der falschen Straßenseite.

Annie hatte jedenfalls Recht mit dem »Motiv«. Auf der Seite des Wagens war eine Flamenco-Tänzerin oder so etwas in der Art aufgemalt. Sie hielt einen Fächer vors Gesicht, doch ihren Augen sah man an, dass sie lachte.

Dann war der Wagen an ihm vorbei, und er sah, dass er ein New Yorker Nummernschild hatte – was doch eigentlich nicht zusammenpasste. Wenn dieser Transporter von U-Haul in New York vermietet worden war, hätte er Wolkenkratzer als Logo haben müssen. Oder einen riesigen Apfel oder dergleichen. Aber keine Señorita. Instinktiv setzte er sich in Bewegung und ging neben dem Wagen her. Dann verfiel er in leichten Trab, wobei er Annie hinter sich herzog. Der Transporter blinkte, als wollte er links abbiegen, tat es aber nicht: Als er die Bridge Street erreichte, beschleunigte er und fuhr einfach geradeaus weiter.

»He!«, schrie der Polizist und warf die Arme in die Luft.

Und in diesem Augenblick wusste Frank, was er zu tun hatte. Er wusste nicht wieso, aber plötzlich verstand er den Scherz, und ihm war klar, dass er diesen Transporter erwischen musste.

»Das ist die Spanische Dame«, sagte er. »Sie sieht aus wie eine Señorita, aber –«

»Schon verstanden«, unterbrach Annie ihn und versuchte, mit ihm Schritt zu halten.

Als sie die nächste Ecke erreichten, hielt Frank hektisch links und rechts nach einem Taxi Ausschau. Dann entdeckte er eine schwarze Limousine, die vor einem Restaurant auf der Stone Street stand. Der Chauffeur saß vorne auf dem Kotflügel und las Zeitung. Frank ging an dem Wagen vorbei, und als er die Schlüssel im Zündschloss stecken sah, wies er Annie an, auf der Beifahrerseite einzusteigen und die Tür von innen zu verriegeln.

»Aber –«

»Tu es einfach«, sagte er und sah zu, wie sie sichtlich widerwillig seiner Aufforderung Folge leistete. Die Tür fiel zu.

»He!«, rief der Chauffeur, als er von dem Geräusch aufschreckte. »He, Lady! Was machen Sie denn da? Das ist doch nicht Ihr Wagen!« Aufgebracht rutschte er vom Kotflügel runter und kam an die Beifahrertür, die gerade von Annie verriegelt wurde. »Raus da!«, kommandierte er und klopfte ans Fenster. »Sie dürfen da nicht einfach rein!«

»Entschuldigen Sie bitte«, sagte Frank, ging zur Fahrerseite und öffnete die Tür. »Lassen Sie mich mit ihr reden.« Dann stieg er ein, zog die Tür hinter sich zu und drehte den Schlüssel im Zündschloss. Der Motor der Limousine heulte auf. Der Chauffeur brüllte: *»Du Arsch-loo …?!«* Und der Wagen raste los.

Im Rückspiegel sah Frank, wie der Chauffeur die Straße entlangrannte und nach der Polizei rief. Dann bogen sie um eine Ecke, und er war weg.

Die ganze Aktion hatte keine Minute gedauert, aber trotzdem war es pures Glück, dass sie den U-Haul-Wagen wiederentdeckten – und dass es der richtige Transporter war. Vielleicht hatte sich der Fahrer in dem Straßengewirr rund um das World Trade Center verfahren, oder vielleicht fuhr er auch einfach nur langsam. Jedenfalls erspähten sie den Wagen nach rund einer Minute etwa einen Block vor ihnen, wie er die Fulton Street Richtung Franklin Delano Roosevelt Drive entlangrumpelte.

Die Ampeln waren allesamt gegen sie, wurden immer dann rot, wenn Frank sich der Kreuzung näherte, aber das war eigentlich egal. Er sehnte sich förmlich nach einer Polizeisirene, aber natürlich war weit und breit kein Cop in Sicht.

Allerdings war die Limousine mit einem Autotelefon ausgestattet, und Frank sagte zu Annie, sie solle Gleason anrufen.

»Wie denn?«, fragte sie. »Ich weiß seine Nummer nicht.«

»Ruf ihn einfach an«, sagte er. »Ruf das FBI in Washington an. Sag ihnen, das ist ein Notfall. Sag ihnen, es geht um Solange. Das wird sie überzeugen. Und dann dasselbe mit der Küstenwache. Irgendwer wird dich dann schon weitervermitteln.«

»Und wie kriege ich die Nummern raus?«, fragte sie.

Frank stöhnte auf. »Fünf-fünf-fünf, eins-zwei –«

»Aber wie sollen sie uns zurückrufen? Wir sitzen in einem gestohlenen Wagen.«

Er atmete einmal tief durch und sagte: »Du telefonierst nicht gerne, oder?«

»Das ist mein voller Ernst!«, erwiderte Annie trotzig. »Wie sollen sie uns zurückrufen?«

»Wir reden hier vom FBI«, sagte Frank. »Da darf man wohl davon ausgehen, dass sie einen Anruf zurückverfolgen können, oder? Die könnten wahrscheinlich deine DNS übers Telefon analysieren, wenn du lange genug dranbleibst.«

Mit zutiefst misstrauischer Miene nahm sie den Hörer und fing an zu wählen, wobei sie das Gerät beäugte, als handele es sich um eine Schlange.

Währenddessen fuhr Frank weiter oder versuchte es zumindest. Unter der Hochstraße behielt er den Transporter im Auge, dann folgte er ihm die Auffahrt hinauf. Inzwischen waren etliche Wagen zwischen ihnen. Der Verkehr auf dem Franklin Delano Roosevelt Drive war dicht und zähflüssig, und der U-Haul-Wagen war rund hundert Meter vor ihnen.

»In welche Richtung fährt er?«, fragte Annie, eine Hand über den Hörer gelegt.

Frank schüttelte den Kopf. »Richtung Harlem oder Bronx ...«, antwortete er und schaltete das Radio ein. Er hatte sofort einen Nachrichtensender drin, aber es kam nichts über die Fähre nach Staten Island, den »Tempel« oder irgendwas im Zusammenhang damit. Sie passierten die Williamsburg Bridge.

»Das war Gleason«, bemerkte Frank und deutete auf das Radio. »Wenn es nach dem FBI ginge, brauchte man eine Sondererlaubnis, um den Wetterbericht zu verlesen.«

Sie ließen die Lower East Side hinter sich und dann den Midtown Tunnel. Als sie am UNO-Gebäude vorbeifuhren, sah Frank eine Chance, etwas dichter aufzuschließen, doch ein Motorradfahrer, der sich vor ihn drängte, machte ihm einen Strich durch die Rechnung. Kurz darauf setzte der Transporter den Blinker und bog vom Highway auf die 96th Street, gefolgt von Frank und Annie.

Aber erneut ließen die Ampeln sie im Stich. Der Mietwagen rollte noch bei Gelb über die Kreuzung, aber Frank und Annie schafften es nicht mehr. Eine Flut von Autos kreuzte ihren Weg und –

»Gottverdammich!«, fluchte Frank, schlug mit den Handflächen aufs Lenkrad und ließ sich in den Sitz zurücksinken.

Als die Ampel endlich auf Grün schaltete – und Frank kam es so vor, als wäre eine Stunde vergangen –, trat er das Gaspedal bis zum Anschlag durch, ohne die leiseste Ahnung zu haben, wohin sie nun fahren sollten. Eine Querstraße weiter bog er rechts ab und fuhr Richtung Harlem.

»Wieso Harlem?«, fragte Annie.

»Wieso nicht?«, fragte er zurück. Er schaute abwechselnd nach links und rechts, immer in der Hoffnung, irgendwo den Transporter zu entdecken.

Drei oder vier Minuten vergingen auf diese Weise, und dann reichte ihm Annie mit einem triumphierenden Blick das Autotelefon. »Ich hab ihn«, sagte sie.

»Gleason?«, fragte Frank.

»Ich hoffe für Sie, dass es wichtig ist«, erwiderte der FBI-Mann. »Wir haben hier alle Hände voll zu tun.«

»Ich glaube, von der Fähre ist jemand entwischt.«

Am anderen Ende herrschte einen Moment Schweigen, und dann:

»Was soll das heißen?«

Frank erzählte ihm von dem U-Haul-Transporter.

»Und Sie verfolgen ihn?«, fragte Gleason. »Wo sind Sie?«

»Ich habe ihn in Harlem verloren«, sagte Frank. »Aber er muss irgendwo hier in der Gegend sein. Oder er war es zumindest. Ich bin jedenfalls an der Kreuzung 122nd und ... Third Avenue.«

»Ich bitte die New Yorker Polizei um Unterstützung.«

»Ich weiß nicht, ob das Virus in dem Transporter ist oder nicht.«

»Aber ich weiß es.«

»Was soll das heißen. Sie wissen es?«

»Wir haben eine Analyse der Stimme des Burschen gemacht, mit dem ich verhandele.«

»Und?«

»Es ist nicht Solange.«

Frank blinzelte aufgeregt. »Was? Wer ist er dann?«, fragte er.

»Was spielt das schon für eine Rolle, wer er ist? Irgendein Franzmann! Wen interessiert's? Auf jeden Fall ist es nicht Solange.«

»Geben Sie mir Ihre Nummer«, sagte Frank. »Für den Fall, dass wir den Transporter finden.« Gleason gab sie ihm, und sie legten auf.

»Solange ist frei«, sagte er. »Sie haben mit dem Falschen ›verhandelt‹.«

Annie schlug verzweifelt die Augen gen Himmel.

Fünf Minuten später sahen sie den Transporter. Er parkte in der Nähe der Kreuzung von Madison Avenue und 132nd Street. Frank hielt hinter ihm. Er sagte Annie, sie solle Gleason anrufen und ihm mitteilen, wo sie den Wagen gefunden hatten. Dann stieg er aus und ging vorsichtig um den Transporter herum zur Fahrertür.

Hinterm Steuer saß eine Frau und stillte ihr Baby. Er erkannte sie sofort wieder: das madonnenhafte Biest, das ihm zwei Wochen zuvor seine Chakras durcheinander gebracht hatte, indem sie ihm diesen Dreckskram aufs Lenkrad geschmiert hatte, der ihn sozusagen wie eine kleine Alice nicht ins Wunderland, sondern durch den Spiegel gejagt hatte.

»Allerliebst«, sagte er, riss die Tür auf, griff ins Wageninnere und zog den Schlüssel ab.

»Ihr seid zu spät«, sagte sie, ohne die Augen von dem Baby zu nehmen oder irgendein Interesse an Frank zu zeigen.

»Wo ist er hin?«

»Verpiss dich.«

Fast hätte er sie aus dem Transporter gezerrt, doch dann gewann sein Sinn für Prioritäten die Oberhand, und er knallte stattdessen die Tür zu. Dann ging er nach hinten, wo Annie wartete.

»Die Polizei ist unterwegs«, sagte sie.

Frank nickte, packte den Griff der Transporterhecktür und riss sie scheppernd nach oben. Ein Blick bestätigte seine Erwartungen: Eine doppelte Wand hatte einen ungefähr sechzig Zentimeter tiefen Raum zwischen Führerhaus und Ladefläche verborgen. Ein Teil dieser Wand stand auf, so wie Solange sie zurückgelassen hatte.

»Da war er drin«, sagte Frank.

»Wer hat den Wagen gefahren?«, wollte Annie wissen.

»Erinnerst du dich noch an das Luder, das behauptet hat, ich hätte das Licht angelassen?«

»Die!?«

Frank nickte. »Sie stillt gerade Junior.«

»Aber ... wo ist Solange? Was hat er vor?«

»Dasselbe, was er auf der Fähre machen wollte.«

»Aber wie? Wie kann er das jetzt noch?«

»Ich weiß nicht«, sagte Frank kopfschüttelnd und sah sich um. Sie befanden sich mitten in einer trostlosen Gegend der Stadt. Er sah ausgebrannte Gebäude. Einige wenige Hochhäuser und ein paar mit Graffiti besprühte Neubauten. Etliche Mietskasernen. Ein unbebautes Grundstück. Alle dreißig bis vierzig Meter stiegen kleine Dampfsäulen aus der Straßendecke, quollen wirbelnd aus den Kanalschächten.

Dampf.

Frank wandte sich zu Annie um. »Wo sind noch mal die Studenten krank geworden?«

»Welche Studenten?«

»Als sie die Verteilertests gemacht haben.«

Sie versuchte, sich zu erinnern. »Madison. Die University of Madison. Warum?«

»Weil wir nie herausgefunden haben, welches Verfahren angewendet wurde.«

»Nun ja, sie müssen ein Boot benutzt haben, irgendwo. Oder ein Flugzeug.«

Frank schüttelte den Kopf. »Aber wie kommt es dann, dass in Madison nur Studenten erkrankt sind?«

»Es waren aber nicht nur Studenten«, korrigierte Annie. »Dozenten sind auch krank geworden.«

»Aber im Großen und Ganzen waren die Fälle auf den Campus beschränkt gewesen, richtig?«

Annie nickte.

»Also, wie kommt das?«

»Ich weiß es nicht«, sagte Annie.

»Aber ich glaube, ich weiß es«, sagte Frank nachdenklich. »Es lag an dem Verfahren, das sie angewendet haben.«

»Und welches war das?«, fragte Annie.

Frank nickte in Richtung auf den Nebel, der aus dem nächstgelegenen Kanaldeckel drang.

»Dampf?«, fragte sie.

»Todsicher«, erwiderte Frank. »Krankenhäuser und Universitäten nutzen Dampf. Zum Heizen, aber auch für ihre Klimaanlagen. Und die Hälfte der Gebäude in dieser Stadt werden mit Dampf beheizt. Vielleicht sogar noch mehr.«

»Aber ... das ist ein geschlossenes System«, wandte Annie ein. »Der Dampf gerät doch nicht in das Belüftungssystem der Häuser. Er erhitzt nur die Heizkörper –«

»Er wird *überall* abgelassen«, sagte Frank mit Nachdruck. »Nicht in den Gebäuden, aber auf dem Weg zu den Gebäuden. Er wird an jeder Straßenecke dieser Stadt abgelassen. Sieh dich doch mal um.«

Sie tat es. Überall sah sie kleine Dampffähnchen. Schließlich fragte sie: »Woher weißt du das?«

»Mein Vater hat in einem Heizwerk gearbeitet«, erklärte Frank. »In Kerwick. Während der Sommerferien habe ich dort gejobbt.«

»Aber ...« Annie sah ihn verwirrt an. »Wie kriegt Solange das Virus in die Leitungen?«

»In jedem Heizwerk gibt es eine Stelle, wo Chemikalien zugesetzt werden – zum Entmineralisieren. Die gehen direkt ins System.«

»Aber sind die Werke denn nicht bewacht?«

Frank nickte. »Doch, das sind sie.« Unvermittelt wirkte er verunsichert. »Es ist ja bloß eine Theorie. Und überhaupt – ich sehe kein Heizwerk hier in der Nähe, du etwa?«

Sie blickten sich um. Es gab nichts, was auch nur annähernd so aussah wie ein Heizwerk. Bloß Slums.

Annie nickte in Richtung Führerhaus. »Was sagt *sie* denn eigentlich?«

»›Verpiss dich‹«, antwortete er, und als er ihren verstörten Gesichtsausdruck sah, fügte er hinzu: »Das war ein Zitat. Keine Aufforderung.« Sein Blick glitt erneut über die Straße, suchte nach Solange. Er wusste, dass er hier irgendwo in der Nähe war. Er musste hier sein.

Aber da war nichts. Ein paar Kneipen. Ein freies Grundstück mit einem Maschendrahtzaun drum herum und einer Art Hütte oder Blockhaus. Eine unscheinbare Kirche. Der Neubaukomplex, dessen Rasenflächen so abgetreten waren, dass sie nur noch aus hartem Boden bestanden. Kinder beim Seilspringen.

Solanges Papierkorb. Die Hütte war dieselbe wie auf dem Foto, das er aus Solanges Papierkorb gefischt hatte. Das zerrissene Bild.

»Er ist da drin«, sagte Frank und zeigte auf das Häuschen.

Annie runzelte die Stirn. »Woher weißt du das?«, fragte sie.

Frank überging die Frage. »Behalte du unsere Mutter Teresa im Auge«, erwiderte er und rannte los.

Die Hütte war ein quadratisches Rechteck aus Schlackensteinen, das in der Mitte des freien Grundstücks stand, umgeben von einem Maschendrahtzaun, der oben mit Stacheldraht gesichert war. Frank ging am Zaun entlang, suchte nach der Öffnung, von der er wusste, dass sie da war, und als er sie fand, schlüpfte er hindurch.

Er näherte sich der Hütte, als ginge er durch ein Minenfeld – schließlich rechnete er jeden Moment damit, dass Solange das Feuer auf ihn eröffnete. Aber es passierte nichts dergleichen. Ein aufgebrochenes Schloss lag auf dem Boden, und die Tür war angelehnt. Als Frank eintrat, stellte er fest, dass die Hütte leer war.

Aber jetzt wusste er, wo er war, und er wusste auch, was die Hütte für eine Funktion hatte. Sie war ein ungeheiztes Gebäude, das über einem vertikalen Schacht erbaut war, über dessen Leiter die Wartungsmannschaften in den unterirdischen Bauch der Stadt einstiegen. Dabei musste es sich um ein faszinierendes, wenngleich unsichtbares Labyrinth aus Katakomben und Tunneln handeln, aus Gewölben und Kaminen, Abwasserkanälen und Schächten, die den Zugang zu allen Arten von Versorgungsleitungen ermöglichten – Strom und Gas, Wasser und Dampf, Kabel und Telefon. Frank wusste das, weil alle Dampfleitungssysteme mehr oder weniger gleich aussahen. Außerdem hatte einer der Installateure in Kerwick früher für die New Yorker Stadtwerke gearbeitet. Ebenso wie die Stadt selbst war das System legendär groß und kompliziert, und der Bursche kam immer richtig ins Schwärmen, wenn er davon erzählte. Frank meinte schon fast, seine Stimme zu hören. *In New York* ...

Der Eingang zum Schacht lag unter einer Metallplatte im Boden. Als Frank die Platte anhob, schreckte er vor dem brackigen Gestank zurück, der ihm entgegenschlug. Trotzdem setzte er sich und steckte die Beine in den Schacht. Und dann, mit aller Vorsicht, die ihm seine Angst gebot, begann er angewidert seinen Abstieg, Sprosse für Sprosse.

Für ihn war es die schlechteste aller möglichen Welten – eine Mischung aus Höhenangst und Klaustrophobie. Der Schacht war gerade so breit wie seine Schultern, nur spärlich erhellt, und er stank widerlich. Frank hatte keine Ahnung, wie tief er hinunterführte – ob zehn Meter oder dreißig, aber so oder so, es wäre ein gefährlicher Sturz. Und die Leiter war glitschig, fühlte sich schleimig an unter seinen Händen und ölig unter seinen Schuhen. Zweimal rutschte er ab. Zweimal hielt er sich mit Mühe fest.

Und dann war er auf dem Boden und lauschte seinem wild pochenden Herzen, während er am Ende eines langen, feuchten Tunnels stand, der ihn – lächerlicherweise – an einen alten Horrorfilm erinnerte. *Das Ding.* Wo sich am Ende herausstellte, dass das Monster eine Karotte ist.

Konzentrier dich, ermahnte er sich. Du willst dich doch hier unten nicht umbringen lassen. Du willst dich hier unten nicht mal verlaufen.

Langsam setzte er sich in Bewegung. Und dann, als seine Augen sich an das Dämmerlicht gewöhnt hatten, beschleunigte sich sein Schritt, weil das Gefühl, nur wenig Zeit zu haben, seine Angst in den Hintergrund drängte. Er musste Solange erreichen, bevor Solange das Heizwerk erreichte.

Zum Glück musste er nicht lange rätseln, in welche Richtung er gehen sollte. Der Tunnel war schnurgerade. Es gab zwar rechts und links eine Hand voll Seitengänge, doch er sah rasch, dass es allesamt Sackgassen waren – also gab es keine Entscheidungen zu treffen.

Er trabte jetzt, platschte durch Wasserpfützen, voller Angst, dass er vielleicht schon zu spät sein könnte. Aber auf diese Weise machte er ziemlich viel Lärm, und ihm ging der Gedanke nicht aus dem Kopf, dass er ein toter Mann war, falls Solange ihn hörte.

Und einen Moment lang glaubte er wirklich, er sei ein toter Mann. Eine Salve aus einer Maschinenpistole ratterte durch den Tunnel und übertönte das Wassertröpfeln, das ihn überall umgab. Er erstarrte, wartete auf den Schmerz und begriff dann erst, dass er nicht verletzt war. Entweder hatte Solange ihn verfehlt, oder er hatte auf etwas anderes gezielt.

Frank spähte angestrengt in die Dunkelheit. Er konnte Solange hören, und nach ein paar Schritten konnte er ihn auch sehen. Solange hatte Frank den Rücken zugewandt und rüttelte an der Eisentür zum Kraftwerk, deren Schloss er gerade durchlöchert hatte. Die Ingram lehnte neben ihm auf dem Boden an seinem Rucksack, und Frank hörte, wie er auf Französisch fluchte, während er an der Tür zerrte.

Er hatte keine Zeit mehr, lange zu überlegen. Solange musste nur zu der Kesselspeisepumpe gelangen, und das wäre das Ende. Ganz gleich, wie viele Wachen vor dem Heizwerk waren, im Inneren befanden sich höchstens zwei oder drei Arbeiter. Mehr brauchte man nicht pro Schicht, um ein Heizwerk in Gang zu halten.

Was bedeutete, dass es nichts zu entscheiden gab. Es stand auf Messers Schneide, für ihn und für Solange. Also sprintete er los, lief auf Zehenspitzen, wünschte, er wäre noch so schnell wie damals in der High School. Es lagen noch rund zwanzig Meter zwischen ihnen, als Solange seine Schritte hörte, sich umdrehte und Frank sah, der auf ihn zugestürmt kam, wie jemand, auf dessen Stirn MAGIRUS-DEUTZ hätte stehen sollen.

Zu weit, dachte Frank. Ich bin zu spät.

Solange bückte sich nach der Ingram und richtete sich blitzschnell wieder auf, die Finger auf dem Lauf. Er brauchte bloß eine Sekunde, *weniger als eine Sekunde*, um die Waffe von einer

Hand in die andere zu wechseln, nach dem Abzug zu tasten, den Lauf anzuheben, abzudrücken –

Schmerz durchzuckte Frank, und es knallte zweimal laut, als er sich gegen Solange warf. Die Maschinenpistole fiel Solange aus den Händen, und die Luft entwich stoßartig aus seinem Mund, als er rückwärts gegen die Wand flog und sein Hinterkopf dumpf auf dem Beton aufschlug. Frank machte einen Schritt zurück und warf sich mit einer schwungvollen rechten Geraden erneut gegen ihn, die eine ganze Zahnreihe aus Solanges Mund fegte. Dann schlug er erneut zu, wieder und wieder, bis er es leid war und seine Stirn mit voller Wucht auf Solanges Nasenrücken krachen ließ.

Der Guru war stehend k.o., als Frank seine Faust in den roten Brei in der Mitte von Solanges Gesicht rammte, sodass Blut durch die Luft spritzte. Dann wirbelte er herum, packte ihn bei den Haaren und schlug Solanges Gesicht gegen die Türkante. Einmal, zweimal, noch mal. Solange taumelte zurück, als suchte er nach einer Stelle, wo er umkippen könnte. Frank half ihm dabei, indem er mit der Handkante, so fest er konnte, auf die Verdickung in Solanges Nacken schlug. Er hörte ein Knacken, als würde man einen Eisstiel zwischen zwei Fingern zerbrechen, und Solange schlug lang hin.

Jetzt hörte Frank die Polizisten. Sie kamen durch den Tunnel gelaufen. Und zwei Installateure standen mit offenem Mund in der Tür. Frank machte einen Schritt zurück, brauchte etwas Platz, um mit voller Wucht gegen Solanges Brust zu treten – doch da merkte er, dass etwas nicht stimmte. Er war schwächer, als er hätte sein sollen, und aus irgendeinem Grund bekam er kaum Luft. Und seine Brust war nass. *Völlig durchnässt.* Er blickte nach unten.

Mein Gott, dachte er. *Ich sterbe ...*

Epilog

Und tatsächlich wäre er fast verblutet.

Er war zweimal in die Brust getroffen worden, und eine der beiden Kugeln hatte Gewebe und eine ganze Reihe von Blutgefäßen zerfetzt, bevor sie nur wenige Millimeter von seinem Rückgrat entfernt stecken blieb. Fast eine Woche lang lag er auf der Intensivstation des Columbia Presbyterian Hospital, atmete durch eine Sauerstoffmaske und wurde künstlich ernährt. Nach zwei Operationen hatte schließlich ein Arzt erklärt, Frank befinde sich auf dem Wege der Besserung, woraufhin er in ein Einzelzimmer der VIP-Station verlegt wurde.

Was gut und schlecht zugleich war. Gut, weil das Zimmer groß, hell und hübsch eingerichtet war, mit Couch und Sitzgarnitur vor einer breiten Fensterfront. Wie geschaffen für Annie, falls ihm je erlaubt würde, Besuch zu empfangen. Aber es war auch schlecht, weil das Zimmer kein Telefon hatte. Und es war befremdlich, weil er wusste, dass seine Krankenversicherung niemals die Kosten für eine solche Unterbringung übernehmen würde – im Leben nicht –, und weil er wusste, dass das Krankenhaus das ebenso gut wusste wie er. Außerdem war er keine *Very Important Person* – außer vielleicht für Annie.

Und trotzdem ... da lag er nun.

Er fragte seinen Arzt, was dahinter steckte, aber der sagte lediglich: »Machen Sie sich darüber keine Gedanken. Betrachten Sie es als Beförderung.«

»Okay«, erwiderte Frank, »aber kriege ich dann auch ein Telefon, zusammen mit meiner Beförderung?«

Das brachte den Chirurgen ins Stocken. »Äh, nein«, sagte er, »noch nicht.«

»Und Besucher?«

»Natürlich. Bald. Wenn Sie etwas zu Kräften gekommen sind.«

Zunächst war es ihm auch gar nicht unlieb, weil er mit Schmerzmitteln vollgestopft war und ohnehin die Hälfte der Zeit nicht wusste, wo er war. Doch nach vier oder fünf Tagen begriff er allmählich, dass irgendwas nicht stimmte oder, besser gesagt, dass sich irgendwas zusammenbraute. Und vermutlich hätte er noch im Rollstuhl einen Fluchtversuch unternommen, wenn der Doktor nicht eines Morgens zur Tür hereingekommen wäre und gesagt hätte: »Hier ist jemand, der Sie sprechen möchte.«

Frank lächelte, setzte sich auf und lehnte sich vorsichtig gegen die Kissen, weil die Wundnähte in seiner Brust noch immer äußerst empfindlich waren. Doch sein Lächeln erstarb, als er sah, dass es nicht Annie war, die ihn besuchen kam. Es war ein Colonel von der Air Force, und er hieß Fitch. »Taylor Fitch«, sagte er und hielt Frank die ausgestreckte Hand hin.

»Hi«, sagte Frank, plötzlich argwöhnisch. Sie reichten sich die Hand, und Frank fragte: »Was ist los?«

»Nun«, sagte der Colonel und nahm ein Blatt Papier aus seinem Diplomatenkoffer, »bevor wir unsere kleine Unterhaltung beginnen, würde ich mir wünschen, dass Sie das hier unterschreiben. Eine reine Formalität.« Er reichte Frank das Blatt und holte mit hoffnungsvoller Miene einen Kugelschreiber aus seiner Tasche.

Frank warf einen Blick auf das Papier. Es war eine Erklärung, dass er sich zur Verschwiegenheit verpflichten würde. »Ohne mich«, sagte er, »vielen Dank«, und reichte es zurück.

Der Colonel verstaute das Blatt wieder in seinem Diplomatenkoffer. Dann seufzte er, aber nicht sonderlich bekümmert. »Es ist eigentlich auch egal.«

Frank zuckte die Achseln. »Ich bin Journalist. Ich werde dafür bezahlt, dass ich über Dinge schreibe. Und es ist eine gute Story.«

Fitch nickte. »Das kann man wohl sagen – eine verdammt gute Story. Keine Frage.« Dann runzelte er die Stirn. »Aber Sie können sie nicht veröffentlichen.«

Frank musterte ihn. »Kennen wir uns eigentlich?«, fragte er.

Fitch schüttelte den Kopf. »Nein.«

»Aber Ihr Name kommt mir bekannt vor.«

Zum ersten Mal schien sich beim Colonel Unbehagen breitzumachen. »Möglich«, sagte er ausweichend. »Ich war früher selbst mal Journalist.«

Frank schüttelte den Kopf. »Nein, irgendwo anders her«, erwiderte Frank.

»Nun«, sagte Fitch. »Das tut nichts zur Sache. Ich –«

Frank wandte den Kopf Richtung Fenster und überlegte angestrengt. »Er stand auf einer Liste.«

»Wer?«

»Ihr Name.« Er dachte weiter nach, und dann fiel es ihm wieder ein. »Jetzt weiß ich! Sie sind mit Annie und Gleason von Hammerfest zurückgeflogen.«

»Mit wem?«

»Neal Gleason.«

»Kenne ich nicht«, sagte Fitch.

»Ja, klar«, erwiderte Frank und unterdrückte das leise Lachen, das seine Brust wie eine Rasierklinge zu durchschneiden drohte. »Ich glaube nicht, dass einer von uns Mr. Gleason wirklich *kennt*. Ich glaube auch nicht, dass einer von uns sonderlichen Wert darauf legt. Aber neben ihm haben Sie gesessen.« Er hielt kurz inne und sah seinen Besucher vielsagend an. »Ich hatte vor, Sie aufzusuchen, aber – ich hatte alle Hände voll zu tun. Ist das eine echte Uniform oder bloß ein Kostüm?«

Fitch grinste. »Ich bin Reserveoffizier.«

Frank schaute erneut weg. »CIA, richtig?«

Fitch zuckte die Achseln. »Ich möchte Ihnen was zeigen«, sagte er und holte diesmal eine Art Rundbrief aus seinem Diplomatenkoffer. Er reichte ihn Frank und sagte: »Ich habe die entsprechende Seite oben eingeknickt.«

Frank betrachtete die Titelseite: *The Federal Register.* Er schlug Seite dreizehn auf. »Soll ich das lesen?«, fragte er.

»Nur damit Sie verstehen, worauf ich hinauswill«, antwortete Fitch.

Unter der Überschrift »Erklärung des nationalen Notstandes« war eine Mitteilung des Präsidenten der Vereinigten Staaten an den Kongress abgedruckt.

> Da die Aktionen und politischen Schritte der Regierung der Demokratischen Volksrepublik Korea eine ständige Bedrohung der nationalen Sicherheit, der Außenpolitik und der Wirtschaft der Vereinigten Staaten darstellen, wird entsprechend der Notstandsgesetze {50 U.S.C. 1622 (d)} der nationale Notstand ausgerufen ...

Frank sah seinen Besucher an. »Und?«

»Ich versuche nur, Ihnen eine Menge Ärger zu ersparen.«

»Wie das?«

»Nun, bevor ich das genauer erkläre, möchte ich Ihnen versichern, dass wir alle Ihnen ungeheuer dankbar sind. Das meine ich ganz aufrichtig.«

»Danke.«

»Aber Sie müssen auch begreifen, dass eine Erklärung dieser Art dem Präsidenten, und in der Folge dann auch mir, ganz besondere Befugnisse verleiht.«

»Welche wären das?«

»Also, im Prinzip können wir so ziemlich machen, was wir wollen. Bei allem, was mit Nordkorea zu tun hat, ist die Verfassung so ziemlich aufgehoben. Falls erforderlich – und ob dem so ist, entscheiden dann wir – könnten wir Eigentum einziehen, Truppenverbände losschicken, das Kriegsrecht ausrufen. Das *Habeas-Corpus-Prinzip* löst sich in Luft auf, was bedeutet, dass wir jede Person festhalten könnten, so lange wir wollen – ohne je

Anklage zu erheben.« Er hielt inne und sah sich um. »Gefällt Ihnen Ihr Zimmer?«

»Ja«, sagte Frank. »Es ist ganz hübsch.«

Fitch lächelte. »Gut. Ich bin froh, dass es Ihnen gefällt. Aber das ist noch nicht alles. Wenn es nicht anders geht, könnten wir Reiseerlaubnisse verweigern und falls nötig sogar eine Zensur verhängen.«

»Wer ist ›wir‹?«

»Die Regierung der Vereinigten Staaten.«

Frank blickte skeptisch.

»Ich weiß, was Sie denken, aber das können Sie nachschlagen. In der Verfassung sind Maßnahmen für den Fall des nationalen Notstandes vorgesehen – sie selbst ist diesen Maßnahmen untergeordnet. Artikel neun, Absatz eins. Soll ich es Ihnen aufschreiben?«

»Nein«, sagte Frank. »Ich glaube, das wird nicht nötig sein.«

»Das Komische daran ist, dass wir die meiste Zeit rund ein halbes Dutzend solcher Fälle haben. Iran, Irak, Angola, Libyen und so weiter – bei allen handelt es sich um einen nationalen Notstand. Roosevelt hat sogar einen nationalen Notstand erklärt, der dreiundvierzig Jahre bestand – kein Witz! Von 1933 bis 1976. Also nimmt das eigentlich niemand so besonders wichtig, es sei denn, irgendein armes Würstchen – wie Sie – lehnt sich zu weit aus dem Fenster. Und dann kriegt er Schwierigkeiten.« Fitch schwieg kurz, seufzte. »Wie fühlen Sie sich?«

»Mir geht's gut«, sagte Frank.

Fitch nickte. »Gut. Na, jedenfalls«, schloss er, »ist es überall das gleiche. Jedes Land hat gewisse Bestimmungen für Fälle dieser Art. In Frankreich nennt man das ›Belagerungszustand‹. In England –«

»Worauf wollen Sie hinaus?«

»Das ist ganz einfach: Wenn Sie diese Story an irgendwen verkaufen, kriegen Sie jede Menge Ärger. Erstens glaubt Ihnen sowieso keiner, und selbst wenn, keiner würde es drucken. Das garantiere ich Ihnen.«

Frank sah ihn an. »Sind Sie vielleicht Lektor bei *Reader's Digest* oder so was in der Art? Ich meine –«

Fitch lachte leise auf. »Sehr witzig«, sagte er. Und dann erstarb sein Lächeln. »Hören Sie, ich weiß, was Sie denken. Sie denken, wir können Sie nicht aufhalten –«

»Oha«, unterbrach Frank ihn. »Kommt jetzt die Stelle, wo Sie mir sagen, dass Sie mich umbringen werden?«

Fitch blickte schockiert. »Natürlich nicht! Sie sind ein Bürger der Vereinigten Staaten.«

»Was dann?«

»Jetzt kommt die Stelle, wo ich Ihnen sage, dass Sie nichts beweisen können.«

»Blödsinn«, sagte Frank. »Einige Menschen sind umgekommen. Sie wurden auf der Fähre getötet –«

Fitch schüttelte den Kopf. »Einige Irre haben versucht, die Fähre zu entführen. Na und?«

»Ich bin angeschossen worden. Luc Solange –«

»War in Polizeigewahrsam, als Sie angeschossen wurden.«

Frank starrte ihn an.

»So was passiert doch alle naselang«, sagte Fitch. »Sie waren schließlich in *Harlem*.« Lächelnd nahm er einen Zeitungsausschnitt aus seinem Koffer. »Der ist eine Woche alt«, sagte er, »aber ich dachte, es würde Sie trotzdem interessieren ...«

JOURNALIST IN NEW YORK ANGESCHOSSEN

23. Mai (New York) – Frank Daly, ein Reporter der *Washington Post*, wurde gestern Abend in Harlem Opfer eines Raubüberfalls. Der Journalist, der zur Zeit für ein Jahr von der *Post* beurlaubt ist, liegt mit schweren Schussverletzungen im Columbia Presbyterian Hospital. Sein Zustand wurde als kritisch beschrieben. Ein Polizeisprecher erklärte, dass es noch keine Spur von den Tätern gibt.

Frank blickte auf. »Erstaunlich«, sagte er.

Fitch lächelte ein wenig dümmlich. »Wir sind schon ziemlich

gut, wenn es drauf ankommt.« Dann wurde er wieder ernst. »Frank, das Problem, so wie wir es sehen, ist folgendes: Nordkorea ist ein psychopathischer Staat. Und derzeit sind die Leute da verzweifelt und haben nichts mehr zu verlieren. Wenn die sich je dazu entschließen sollten, Japan mit Milzbrand oder Pockenviren anzugreifen, könnten sie das in null Komma nichts. Dafür brauchten sie bloß Wetterballons einzusetzen oder auch nur die Leute, die sie schon vor Ort in Tokio haben. Außerdem haben wir einige amerikanische Bataillone in der Gefahrenzone stationiert, knapp außerhalb der EMZ. Die Sache ist also die: Wir wollen sie nicht zum Äußersten treiben, verstanden?«

»Meine Ohren sind ganz gut«, sagte Frank.

»Und aus *Ihrer* Sicht stellt sich die Situation nicht viel besser dar. Sie haben keine Virenprobe oder irgendwas Vergleichbares. Und Sie haben auch keine Zeugen. Wenn Sie nun also überall was von toten Norwegern und der Spanischen Grippe rumerzählen, bringt Sie das nicht weiter – es sei denn, wir beschließen. Sie irgendwo weit weg zu bringen. Was wir selbstverständlich tun könnten.«

»Da wäre Annie Adair«, sagte Frank.

»Was ist mit ihr?«

»Sie ist eine Zeugin.«

Fitch schlug sich mit der flachen Hand gegen die Stirn. »Stimmt ja«, sagte er. »Sie hat alles gesehen, nicht wahr? Dann könnten Sie die Story also doch ins Internet bringen oder im Ausland veröffentlichen – und Sie hätten tatsächlich eine Zeugin. Daran hatte ich gar nicht gedacht! Nur ... ach ja, jetzt fällt es mir wieder ein: Sie hat sich per Unterschrift zur Verschwiegenheit verpflichtet! Also klappt das wohl doch nicht.« Er setzte sich auf die Bettkante. »Denn eines kann ich ihnen sagen: Wenn Sie Dr. Adair in Ihrer Geschichte erwähnen, serviert Gleason sie ab. Und sie kriegt kein Bein mehr auf den Boden.«

Wenn man vom Teufel spricht ... Ungefähr dreißig Minuten nachdem Fitch gegangen war, wurde Annie hereingelassen.

»Ich warte schon seit Tagen da draußen«, schimpfte sie, »und dann kommt dieser *General* und spaziert einfach –«

»Das war kein General. Der Mann ist Colonel.«

»Colonel? Als ich ihn kennen lernte, war er noch CIA-Agent.«

»Ich weiß. Er war mit auf dem Flug von Hammerfest.«

Sie küsste ihn sanft auf den Mund und setzte sich neben ihn.

An diesem Abend wurde ein Telefon in seinem Zimmer angeschlossen, und Annie brachte ihm eine Zeitung vom Krankenhauskiosk.

VERHAFTETE SEKTENMITGLIEDER
KURZ VOR DER AUSWEISUNG?

7. Juni (Havanna) – Zwei Wochen nach ihrer Ankunft in Kuba kämpfen acht amerikanische Sektenmitglieder gegen ihre Auslieferung aufgrund von Entführungs- und Mordanklagen aus ihrer Beteiligung an der abstrusen Geiselnahme an Bord der Staten-Island-Fähre im letzten Monat.

In einem Interview mit Agence France Press erklärte Belinda Barron, die Sprecherin der festgenommenen Anhänger des »Tempels des Lichts«, sie und ihre Freunde seien nach Kuba geflohen, um »religiöser Verfolgung« zu entgehen.

»Für die Geschehnisse an Bord der Fähre«, sagte Barron Journalisten gegenüber, »sind Polizei und FBI verantwortlich. Sie haben überreagiert. Wir haben lediglich ein ›Guerillatheater‹ inszeniert, mehr nicht. Es sollte eine gewaltlose Demonstration gegen die Wasserverschmutzung sein – und die Cops haben daraus ein Blutbad gemacht ...«

In den folgenden Wochen verbrachte Frank aufgrund seines, wie die Ärzte sagten, »geprellten« Rückgrats jeden Morgen mehrere Stunden mit Bewegungstherapie. Die übrige Zeit durchforstete er die Zeitungen nach Spuren der ganzen Geschichte.

NORDKOREA UNTERZEICHNET WAFFENABKOMMEN

Humanitäre Hilfe an Inspektionen gebunden

2. Juli (Pjöngjang) – Nach monatelangen Verhandlungen mit nordkoreanischen Spitzenpolitikern erklärten Vertreter der Vereinten Nationen gestern, dass ein Abkommen erreicht wurde, in dem Waffeninspektionen als Vorbedingung für humanitäre Hilfe in dem völlig verarmten Land akzeptiert wurden.

George Karalekis, der amerikanische Leiter der UN-Waffeninspektoren, die in der nordkoreanischen Hauptstadt erwartet werden, erklärte, sein Team werde unverzüglich in den Diamantbergen nach Laboratorien zur Herstellung biologischer Warfen suchen.

»Uns liegen unbestätigte Berichte vor, dass die Nordkoreaner an solchen Waffensystemen arbeiten«, sagte Karalekis Reportern gegenüber. »Natürlich sind wir äußerst besorgt über eine solche Entwicklung ...«

Ein zweiter Artikel erschien an dem Tag, als Frank aus dem Krankenhaus entlassen wurde. Er stand auf Seite drei der *Times*, unter einem Foto der jungen Frau, die den U-Haul-Transporter von der Fähre gefahren hatte:

DREI SEKTENMITGLIEDER UND EIN PRIVATDETEKTIV WEGEN MORDES AN EHEPAAR VOR GERICHT

20. Juli (Albany) – Drei Sektenmitglieder und ein Privatdetektiv aus Poughkeepsie hörten gestern unbeteiligt zu, während die Staatsanwaltschaft ihnen schauerliche Morde und Verstümmelungen zur Last legte. Susannah Demjanuk, 23, wirkte sehr aufgewühlt, während sie vor Gericht aussagte, sie und die anderen hätten »auf Befehl« gehandelt, als sie das Ehepaar Harold und Martha Bergman zu Beginn dieses Jahres ermordeten und die Leichname zerstückelten. »Luc hat uns gesagt, was wir machen sollten«, bezeugte Demjanuk, »und wir haben's gemacht.« Aufgefordert, diesen »Luc« zu identifizie-

ren, zeigte sie unter Tränen auf den Guru des »Tempels des Lichts«, Luc Solange, und sagte: »Da sitzt er, am Tisch der Verteidigung. Der mit der Halsstütze und dem Gipskorsett.« Die Verteidigung des Angeklagten bezeichnete Demjanuks Aussage als die »Phantastereien einer psychisch labilen Frau, die kein Recht hat, den ersten Stein zu werfen«.

Anscheinend wurde damit auf Demjanuks Rolle im Zusammenhang mit dem »Mikrowellen«-Mord an dem Washingtoner Doktoranden Benjamin Stern, 28, angespielt. Stern hatte in seinem Rundbrief *Armageddon Watch* kritische Berichte über den »Tempel« veröffentlicht. Er war im April dieses Jahres verschwunden. Demjanuk sagte heute Nachmittag aus, dass die Bergmans aus ihrem Haus in Rhinebeck, New York, entführt und im Laderaum eines U-Haul-Transporters ermordet worden waren. Zum Zeitpunkt ihres Todes hatten die beiden eine gerichtliche Verfügung beantragt, die Leiche ihres Sohnes Leonard exhumieren zu dürfen, der als Mitglied des »Tempels des Lichts« bei einem Unfall auf hoher See ertrunken war.

Neben Solange sind weiter angeklagt: Martin Kramer, 44, aus Poughkeepsie, Thomas Reckmeyer, 26, und Vaughn Abelard, 25. Ein viertes Sektenmitglied, gegen das in diesem Fall Anklage erhoben wurde, Etienne »der Franzose« Moussin, 29, wird in Kuba vermutet.

Ansonsten gab es in diesem Monat keine interessanten Meldungen mehr, außer man zählte die aus der *Post* mit:

FRANK DALY UND ANNIE ADAIR
WOLLEN IN KÜRZE HEIRATEN

Zu diesem Zeitpunkt hatte er schon zweihundert Seiten des Buches geschrieben.

»Wovon handelt es denn?«, fragte Annie über seine Schulter, während er eifrig tippte.

»Hab ich dir doch gesagt«, antwortete er und sah zu ihr auf. »Es ist ein Roman. Ein Thriller.«

»Aber wovon handelt er denn nun?«

»Tja«, sagte er, »er handelt von ... diesem Journalisten ...« Er tippte ein paar Worte, dann wandte er sich wieder ihr zu. »Diesem *unverschämt gut aussehenden* Journalisten ...«

»Ach ja?« Sie blickte skeptisch.

»Und einer Frau.«

»Und wie ist die so?«

»Sie ist groß.«

»Nur ›groß‹!?«

»Nein. Sie ist auch ... genial ... und hinreißend. Absolut hinreißend.«

»Und wie ist die Handlung?«

»Tja«, sagte er, »da ist so ein Eisbrecher.«

Sie musterte ihn argwöhnisch. »Und?«

»Und sie ist da drauf, weil – na ja, sie ist eben Wissenschaftlerin. Und er sitzt in so einem billigen Hotel fest, irgendwo in Russland ...«

Penn Cage kennt den Tod wie seine Westentasche: Als Staatsanwalt hat er sechzehn Menschen in die Todeszelle gebracht. Doch nach dem plötzlichen Tod seiner Frau sehnt er sich nach Ruhe und Frieden. Mit seiner kleinen Tochter begibt er sich in die Stadt seiner Kindheit, um den Schatten der Vergangenheit zu entfliehen. Aber Natchez, Mississippi, ist nicht der Ort, um seine Trauer zu begraben. Ein dunkles Geheimnis umgibt diese Stadt im Süden der USA, ein Geheim-nis, an dessen Aufdeckung niemand Interesse be-kundet …

›Nach *@E.R.O.S.* und *Schwarzer Tod* läuft Greg Iles zur Hochform auf.‹ *WASHINGTON POST*

ISBN 3-404-14550-X

BASTEI LÜBBE

»Gewohnt brillant – schlaflose Nächte garantiert!«
FREUNDIN

In einem Bunker unterhalb von Washinton, D.C., trifft sich eine Gruppe von Männern, um eine junge Frau zum Tode zu verurteilen. Das Opfer ist Faith Lockhart, eine Lobbyistin, die aussagen will, was sie über Bestechungen in Washington weiß. Aus diesem Grund steht sie unter dem Schutz des FBI. Als beim Attentat auf Faith ihr Bewacher getötet wird, entkommt sie mit Hilfe des Privatdetektivs Lee Adams. Auf der gemeinsamen Flucht vor den Profi-Killern decken die beiden eine unglaubliche Verschwörung auf. Aber kann Faith ihrem Begleiter wirklich trauen?

»Gnadenlos gut.« HAMBURGER ABENDBLATT

ISBN 3-404-14715-4

BASTEI LÜBBE

Der Mord an der jungen Ordensschwester Valentine läßt ihren Bruder Ben, einen Anwalt und früheren Jesuiten, nicht ruhen. Sein einziger Hinweis ist ein verblaßtes Foto aus dem Paris des Jahres 1943. Auf der Suche nach den vier Männern, die auf diesem Foto abgebildet sind – und dem fünften, der es aufgenommen hat –, stößt er auf eine Reihe ungeklärter Todesfälle. Interne Kirchenangelegenheiten, bedeutet man Ben, die ihn gefälligst nichts anzugehen hätten.

Alle Spuren führen nach Rom, zu den geheimen vatikanischen Archiven und weit in die Vergangenheit: Irgendwann in der Renaissance, so heißt es, unter den berüchtigten Borgia-Päpsten, gab es eine geheime Mördertruppe, Assassini genannt, die dann zum Einsatz kam, wenn alle anderen Mittel versagten.-Hat irgend jemand diese Truppe wieder zum Leben erweckt? Hat der Vatikan Interessen, die er notfalls sogar mit Mord schützt?

ISBN 3-404-13509-1

BASTEI LÜBBE

Der Super-Schocker des neuen ›King of Crime‹ aus Irland

In Kilbride, einem Dorf in der Nähe von Dublin, wird ein junges Mädchen ermordet auf dem Altar einer Kirche gefunden. In ihrer Wange steckt eine keltische Brosche. Der Priester Liam Lavelle, ein Spezialist für moderne Sekten, sieht Verbindungen zu christlichen und alten keltischen Reinigungsrituale; für ihn ist die Leiche eine Warnung vor kommenden Greueln. Unterstützung erfährt er von Seiten der Kunstjournalistin Jane Ward. Deren Schwester hat sich vor einigen Jahren von der Familie losgesagt und in der selben Gegend einer Sekte angeschlossen, die sich die Hüter des Siebten Siegels nennt. Und genau zu dieser Sekte, die die Welt mit Gewalt neu ordnen will, führen Lavelles Nachforschungen …

ISBN 3-404-14645-X

BASTEI LÜBBE